# O CORAÇÃO DE NANQUIM

ROBERT
GALBRAITH

# O CORAÇÃO DE NANQUIM

UMA HISTÓRIA DO DETETIVE CORMORAN STRIKE

Tradução de Edmundo Barreiros

Rocco

Título original
THE INK BLACK HEART
A Strike Novel

Primeira publicação na Grã-Bretanha em 2022 pela Sphere



Direitos para a língua portuguesa reservados
com exclusividade para o Brasil à
EDITORA ROCCO LTDA.
Rua Evaristo da Veiga, 65 – 11º andar
Passeio Corporate – Torre 1
20031-040 – Rio de Janeiro - RJ
Tel.: (21) 3525-2000 – Fax: (21) 3525-2001
rocco@rocco.com.br / www.rocco.com.br

*Printed in Brazil*/Impresso no Brasil

Preparação de originais
GABRIEL PEREIRA

**CIP-BRASIL. CATALOGAÇÃO NA PUBLICAÇÃO**
**SINDICATO NACIONAL DOS EDITORES DE LIVROS, RJ**

G148c

Galbraith, Robert
O coração de nanquim : uma história do detetive Cormoran Strike / Robert Galbraith ; tradução Edmundo Barreiros. - 1. ed. - Rio de Janeiro : Rocco, 2023.

Tradução de: The ink black heart : a Strike novel
ISBN 978-65-5532-348-1 (brochura)
ISBN 978-65-5532-350-4 (capa dura)
ISBN 978-65-5595-195-0 (recurso eletrônico)

1. Ficção policial. 2. Ficção inglesa. I. Barreiros, Edmundo. II. Título.

CDD: 823
23-83378 CDU: 82-312.4(410.1)

Meri Gleice Rodrigues de Souza - Bibliotecária - CRB-7/6439

O texto deste livro obedece às normas do
Acordo Ortográfico da Língua Portuguesa.

Para Steve e Lorna,
minha família, meus amigos
e dois bastiões contra a anomia,
com amor

*Existem duas formas de escuridão. Uma é a noite...*
*E a outra é a cegueira.*

Mary Elizabeth Coleridge
*Doubt*

# PRÓLOGO

*Ferimentos no coração são frequentemente fatais,*
*mas não necessariamente.*

Henry Gray
*Henry Gray's Anatomy of the Human Body*

# 1

*Por que você deixou seus olhos pousarem em mim*
*E, enquanto isso, prendeu a respiração?*
*Em todas as eras isso não poderá ser*
*como se não tivesse sido.*

Mary Elizabeth Coleridge
*A Moment*

De todos os casais sentados no Rivoli Bar no Ritz, naquela noite de quinta-feira, o par que estava claramente se divertindo mais não era, na verdade, um casal.

Cormoran Strike e Robin Ellacott, detetives particulares, sócios e autodeclarados melhores amigos, estavam comemorando o aniversário de trinta anos de Robin. Os dois estavam pouco à vontade quando chegaram ao bar, que se assemelhava a um porta-joias em estilo art decó, com suas paredes de madeira escura e dourada e os painéis jateados de vidro Lalique, porque eles sabiam que aquele passeio era único nos quase cinco anos em que se conheciam. Nunca antes haviam escolhido passar a noite na companhia um do outro fora do ambiente de trabalho, sem a presença de outros amigos ou colegas, ou sob o pretexto de um machucado (porque houve uma ocasião algumas semanas antes em que Strike acidentalmente deu dois olhos roxos a sua sócia e comprou para ela curry para viagem como recompensa).

Mais inusitado ainda, os dois tinham dormido o suficiente e estavam bem-arrumados. Robin usava um vestido azul justo, seu cabelo louro avermelhado estava limpo e solto, e seu sócio havia percebido os olhares de aprovação que ela atraía dos homens que bebiam ali ao passar. Ele já a havia elogiado pela opala na depressão na base do pescoço, o presente de aniversário de seus pais. Os pequenos diamantes que a circundavam criavam um halo cintilante sob as luzes douradas do bar, e, sempre que Robin se mexia, centelhas de fogo escarlate brilhavam nas profundezas da pedra.

Strike estava usando seu terno italiano favorito, com camisa branca e gravata escura. Sua semelhança com um Beethoven de nariz quebrado e um pouco acima do peso havia aumentado, agora que ele tinha raspado a barba recém-crescida, mas o sorriso afetuoso da garçonete ao entregar ao detetive seu primeiro Old Fashioned lembrou a Robin o comentário que a atual esposa de seu ex-marido, Sarah Shadlock, uma vez fizera sobre Strike:

— Ele é estranhamente atraente, não é? Tem uma aparência um pouco castigada, mas nunca me importei com isso.

Que mentira ela havia dito: Sarah gostava de seus homens bem bonitos, como provado por seu incansável e por fim bem-sucedido interesse por Matthew.

Em uma mesa para dois, sentados de frente um para o outro nas cadeiras com estampa de leopardo, Strike e Robin inicialmente superaram seu ligeiro desconforto com uma conversa sobre o trabalho. Um coquetel poderoso permeava uma discussão sobre os casos em andamento na agência, e nesse momento seus risos cada vez mais altos começaram a atrair olhares tanto do barman quanto dos clientes. Logo os olhos de Robin estavam brilhantes e as bochechas ligeiramente coradas, e até Strike, que era consideravelmente maior que sua sócia e capaz de lidar bem com o álcool, tinha tomado bourbon o bastante para fazer com que se sentisse agradavelmente leve e solto.

Depois dos segundos coquetéis, a conversa se tornou mais pessoal. Strike, filho ilegítimo de um astro do rock com quem se encontrara apenas duas vezes, contou a Robin que uma de suas meias-irmãs, Prudence, queria conhecê-lo.

— Onde ela se encaixa? — perguntou Robin. Ela sabia que o pai de Strike tinha se casado três vezes, e que seu sócio era o resultado de uma transa de uma noite com uma mulher geralmente descrita pela imprensa como uma "supergroupie", mas achava nebuloso o restante de sua árvore genealógica.

— Ela também é ilegítima — respondeu Strike. — Alguns anos mais nova que eu. A mãe dela era aquela atriz, Lindsey Fanthrope. Uma mulher birracial. Ela já fez de tudo. *EastEnders, The Bill*...

— Você quer conhecer Prudence?

— Não tenho certeza — admitiu Strike. — Não consigo deixar de achar que já tenho parentes o suficiente. Ela também é terapeuta.

— De que tipo?

— Junguiana.

Sua expressão, que misturava cautela e desagrado, fez Robin rir.

— Qual o problema em ser uma terapeuta junguiana?

— Não sei... Gostei bastante dela em suas mensagens de texto, mas...

Tentando buscar as palavras certas, os olhos de Strike encontraram o painel de bronze na parede atrás da cabeça de Robin, que mostrava uma Leda nua sendo engravidada por Zeus na forma de um cisne.

— ... Bem, ela disse que também não foi fácil para ela tê-lo como pai. Mas quando descobri como ela ganha a vida...

Sua voz se calou. Ele bebeu mais bourbon.

— Você achou que ela não estava sendo sincera?

— Não exatamente... — Strike deu um suspiro. — Tive muitos psicólogos me dizendo por que vivo do jeito que vivo, e eles ligam tudo isso a minha família, se é que podemos chamá-la assim. Prudence me disse em uma de suas mensagens de texto que ela achou que perdoar Rokeby foi "curativo". Mas esqueça isso — disse Strike abruptamente. — É seu aniversário, vamos falar sobre a *sua* família. O que o seu pai faz? Você nunca me contou.

— Ah, não contei? — falou Robin um pouco surpresa. — Ovelhas. Ele é professor de veterinária, produção e reprodução de ovelhas.

Strike engasgou com o coquetel.

— Qual é a graça? — perguntou Robin, as sobrancelhas erguidas.

— Desculpe — disse Strike, tossindo e rindo simultaneamente. — Eu não estava esperando. Só isso.

— Para seu governo, ele é uma autoridade e tanto — disse Robin, fingindo estar ofendida.

— Ovelhas... Como era mesmo o restante?

— Veterinária, produção e reprod... *Por que* isso *é* tão engraçado? — perguntou Robin, enquanto Strike gargalhava outra vez.

— Não sei. Talvez a coisa da produção e reprodução. E também as ovelhas.

— Ele tem quarenta e seis letras depois do nome. Eu contei quando era criança.

— Muito impressionante — disse Strike, dando outro gole no bourbon e tentando parecer sério. — Então, quando ele se interessou por ovelhas? Isso é uma coisa da vida inteira, ou uma ovelha em especial chamou sua atenção quando ele era...

— Ele não *transa* com elas, Strike.

O riso renovado do detetive fez cabeças girarem.

— O irmão mais velho dele ficou com a fazenda da família, então meu pai fez veterinária em Durham, e, sim, ele se especializou... Pare de rir, droga. Ele também é editor de uma revista.

— Por favor, me diga que é sobre ovelhas.

— É sim. *Gestão de ovelhas.* E, antes que você pergunte, não, eles não têm uma seção de fotos chamada "A ovelha dos leitores".

Dessa vez, a gargalhada de Strike foi ouvida em todo o bar.

— Mais baixo — disse Robin, sorrindo, mas consciente dos olhos que agora estavam sobre eles. — Não queremos ser expulsos de *outro* bar em Londres.

— Nós não fomos expulsos do American Bar, fomos?

A lembrança de Strike das consequências de tentar socar um suspeito no Stafford Hotel era nebulosa, não porque estivera bêbado, mas porque tinha se desligado de tudo, exceto da própria raiva.

— Eles podem não ter nos barrado *explicitamente*, mas tente voltar lá para ver a recepção que você vai ter — disse Robin, pescando uma das últimas azeitonas dos pratos que tinham chegado com seu primeiro drinque. Strike tinha acabado sozinho com as batatas chip.

— O pai de Charlotte criava ovelhas — disse Strike, e Robin sentiu aquele leve frisson de interesse que sempre experimentava quando ele mencionava a ex-noiva, o que era quase nunca.

— É mesmo?

— É, em Arran — acrescentou Strike. — Ele tinha uma casa enorme lá com a terceira mulher. Criação por hobby, sabe? Provavelmente para não pagar impostos. Elas eram umas malditas mal-encaradas. Estou falando das ovelhas. Não consigo me lembrar do nome da raça. Lã preta e branca. Chifres grandes e olhos amarelos.

— Parece que são Jacobs — disse Robin e, respondendo ao sorriso irônico de Strike, acrescentou: — Cresci com pilhas enormes de *Gestão de ovelhas* ao lado da privada, obviamente eu conheço as raças... Como é Arran?

O que ela realmente quis dizer era: "Como era a família de Charlotte?"

— Bonita, pelo que eu me lembro, mas só estive na casa uma vez. Nunca me convidaram para voltar. O pai de Charlotte não aguentava nem me ver.

— Por quê?

Strike terminou seu coquetel antes de responder.

— Bom, havia algumas razões, mas eu acho que no topo da lista estava o fato de sua mulher ter tentado me seduzir.

O suspiro de surpresa de Robin foi mais alto do que ela esperava.

— É. Eu devia ter vinte e dois ou vinte e três anos. E ela, pelo menos, quarenta. Muito bonita, se você gosta das muito magras e viciadas em cocaína.

— Como... O quê...?

— Tínhamos ido passar o fim de semana em Arran. Scheherazade, essa era a madrasta, e o pai de Charlotte bebiam muito. Metade da família tinha problemas com drogas também, todas as meias-irmãs e os meios-irmãos.

"Nós quatro nos sentamos para beber depois do jantar. O pai dela nunca tinha gostado muito de mim. Ele torcia por alguém com sangue mais azul. Eles puseram a mim e a Charlotte em quartos separados em andares diferentes.

"Fui para meu quarto no sótão por volta das duas da madrugada, tirei a roupa, caí na cama bêbado, apaguei a luz e, alguns minutos depois, a porta se abriu. Achei que fosse Charlotte, obviamente. O quarto estava escuro como breu. Eu abri espaço e ela se deitou ao meu lado..."

Robin percebeu que sua boca estava aberta e a fechou.

— ... totalmente nua. Eu ainda não tinha me dado conta, estava com quase uma garrafa inteira de uísque dentro de mim. Ela, ah, me agarrou, se você entende o que estou dizendo.

Robin levou a mão à boca.

— E nós nos beijamos, e só quando ela sussurrou ao meu ouvido que tinha percebido eu olhando para seus peitos quando ela se inclinou para perto do fogo, foi que me dei conta de que estava na cama com minha anfitriã. Não que isso importasse, mas eu não tinha olhado para seus peitos. Eu estava me preparando para segurá-la. Ela estava tão bêbada que achei que fosse cair no fogo quando jogou um tronco dentro dele.

— O que você fez? — perguntou Robin, ainda com os dedos à frente da boca.

— Pulei da cama como se tivesse um rojão enfiado no rabo — disse Strike enquanto Robin começava a rir outra vez. — Bati na mesinha ao lado e quebrei um jarro vitoriano gigante cheio de água. Ela apenas riu, tive a impressão de que achava que eu ia voltar direto para a cama com ela quando passasse o susto. Eu estava tentando achar minha cueca no escuro quando a verdadeira Charlotte abriu a porta.

— Ah, meu *Deus*.

— É. Ela não gostou muito de ver a mim e a sua madrasta pelados no mesmo quarto. — A dúvida era qual de nós ela mais queria matar. Os gritos acordaram sir Anthony. Ele subiu correndo a escada em seu robe brocado, mas estava tão puto que não o havia amarrado direito. Ele acendeu a luz e ficou ali parado segurando uma bengala pontiaguda, alheio ao fato de que seu pau estava à mostra até sua mulher apontar isso.

"Anthony, nós estamos vendo o Bráulio."

Robin então riu tão alto que Strike teve que esperá-la se recompor antes de continuar a história. No bar, a curta distância de sua mesa, um homem de cabelo grisalho observava Robin com um leve sorriso malicioso no rosto.

— E depois? — perguntou Robin sem fôlego, enxugando os olhos com o guardanapo em miniatura que viera com sua bebida.

— Bom, até onde me lembro, Scheherazade não se deu ao trabalho de se justificar. Ao contrário, ela parecia achar aquilo engraçado. Charlotte pulou em cima dela, e eu tive que segurá-la, e sir Anthony parecia achar que era tudo culpa minha por não ter trancado a porta do quarto. Charlotte pensava um pouco dessa maneira também. Mas morar em ocupações ilegais com minha mãe, de fato, não tinha me preparado para o que esperar da aristocracia. Em comparação, tenho a dizer que as pessoas se comportavam muito melhor nas propriedades invadidas.

Ele ergueu a mão para indicar à garçonete sorridente que eles estavam prontos para novos drinques, e Robin, cujas costelas estavam doendo de tanto rir, se levantou.

— Preciso ir ao banheiro — falou ela em voz baixa, e os olhos do homem grisalho na banqueta do bar a seguiram quando ela se afastou.

Os coquetéis tinham sido pequenos, mas muito fortes, e Robin, que passava grande parte da sua vida fazendo vigilância usando agasalho esportivo, tinha perdido o hábito de andar de saltos. Ela precisou segurar o corrimão com firmeza enquanto descia a escada acarpetada de vermelho até o banheiro das mulheres, que era mais palaciano do que qualquer outro que tivesse visitado antes. De cor rosa-claro como um macaron de morango, ele tinha pias circulares de mármore, um sofá de veludo e paredes cobertas por murais com ninfas em lagos cheios de lírios.

Depois de fazer xixi, Robin ajeitou o vestido e conferiu o rímel no espelho, imaginando que ele tivesse escorrido com tantas risadas. Enquanto lavava as mãos, ela pensou novamente na história que Strike tinha acabado de lhe contar. Por mais engraçada que ela a tivesse achado, também era um pouco intimidadora. Apesar da vasta gama de comportamentos humanos surpreendentes, muitos deles sexuais, que Robin tinha encontrado em sua carreira de detetive, ela às vezes se sentia inexperiente e desapegada de coisas mundanas em comparação com outras mulheres de sua idade. A experiência pessoal de Robin nas praias mais selvagens das aventuras sexuais era inexistente. Ela tivera apenas um parceiro sexual, e tinha razões além do normal para precisar confiar em quem levaria para a cama. Um homem de meia-idade com uma mancha de vitiligo sob a orelha direita afirmara certa vez, durante seu julgamento, que Robin, então com dezenove anos, o havia convidado para uma escadaria escura para fazer sexo, e que ele a sufocara até que ficasse inconsciente porque ela dissera "gostar de pegar pesado".

— Acho que é melhor que meu próximo drinque seja água — sugeriu Robin cinco minutos depois, enquanto voltava a se sentar na cadeira em frente a Strike. — Esses coquetéis são muito fortes.

— Tarde demais — disse Strike enquanto a garçonete servia copos novos à frente deles. — Quer um sanduíche para cortar um pouco desse álcool?

Ele lhe entregou o cardápio. Os preços eram exorbitantes.

— Não, escute...

— Eu não teria convidado você ao Ritz se não estivesse preparado para bancar — disse Strike com um gesto generoso. — Eu teria encomendado um bolo, mas...

— Ilsa já fez isso, para amanhã à noite? — palpitou Robin.

Na noite seguinte, um grupo de amigos, incluindo Strike, ia oferecer a Robin um jantar de aniversário, organizado por sua amiga em comum.

— É, eu não devia contar a você, então aja como se estivesse surpresa. Quem vai a esse jantar, afinal? — perguntou Strike. Ele tinha uma leve curiosidade se haveria alguma pessoa que não conhecesse, especialmente homens.

Robin listou os nomes dos casais.

— ... e eu e você — terminou ela.

— Quem é Richard?

— O novo namorado de Max — disse Robin. Max morava com ela e era seu senhorio, um ator que alugava um quarto porque não podia fazer os pagamentos de sua hipoteca sem um inquilino. — Estou começando a pensar se não é hora de me mudar da casa dele — acrescentou ela.

A garçonete voltou, e Strike pediu sanduíches para os dois antes de se voltar para Robin.

— Por que você está pensando em se mudar?

— Bom, o programa de TV no qual Max atua paga muito bem, e eles acabaram de renová-lo para uma segunda temporada, e ele e Richard parecem muito interessados um pelo outro. Não quero esperar até que eles me peçam para sair. Enfim — Robin deu um gole em seu coquetel novo —, tenho trinta anos. Já está na hora de ficar sozinha, não acha?

Strike deu de ombros.

— Não sou bom em ter que fazer as coisas até uma determinada data. Isso é mais o departamento de Lucy.

Lucy era a irmã com quem Strike tinha passado a maior parte de sua infância, porque eles tinham a mesma mãe. Ele e Lucy, em geral, tinham visões opostas do que constituíam os prazeres e prioridades da vida. Afligia Lucy que Strike, com quase quarenta anos, continuasse vivendo sozinho em dois quartos alugados acima de seu escritório, sem nenhuma das obrigações estabilizantes — mulher, filhos, uma hipoteca, associações de pais e mestres, o dever de ir a festas de Natal com os vizinhos — que sua mãe também tinha evitado inescrupulosamente.

— Bom, acho que é hora de arranjar minha própria casa — disse Robin. — Vou sentir falta de Wolfgang, mas...

— Quem é Wolfgang?

— O dachshund de Max — disse Robin, surpresa com a dureza no tom de Strike.

— Ah... achei que fosse algum cara alemão por quem você tivesse se encantado.

— Hah... não — retrucou Robin.

Ela, agora, estava se sentindo bem bêbada. Com sorte, os sanduíches iam ajudar.

— Não — repetiu ela. — Max não é do tipo que fica tentando arranjar encontros para mim com alemães. O que, tenho que dizer, é uma mudança e tanto.

— Muitas pessoas tentam arranjar encontros para você com alemães?

— Não alemães, mas... Ah, você sabe como é. Vanessa sempre diz para eu entrar no Tinder, e minha prima Katie quer que eu conheça um amigo dela que acabou de se mudar para Londres. Ele é chamado de Hugh, o Jegue.

— Jegue? — repetiu Strike.

— É, porque seu nome... soa parecido com jegue, não me lembro — disse Robin, com um vago aceno de mão. — Ele se divorciou recentemente, por isso Katie acha que seríamos perfeitos um para o outro. Não consigo entender por que as pessoas se tornam compatíveis só porque cada uma delas ferrou com um casamento. Na verdade, é o contrário...

— *Você* não ferrou com seu casamento — rebateu Strike.

— Ferrei, sim — discordou Robin. — Eu não devia ter me casado com Matthew. Era um problema, que só piorou com o tempo.

— Foi ele quem teve um caso.

— Mas era eu que não queria estar presente. Eu que tentei acabar com tudo na lua de mel, mas não tive coragem...

— Tentou? — questionou Strike, para quem isso era informação nova.

— Tentei — confirmou Robin. — Eu, no fundo, sabia que aquilo era errado.

Por um momento ela foi transportada para as Maldivas e para aquelas noites quentes nas quais andara sozinha pela areia branca diante da mansão enquanto Matthew dormia, perguntando a si mesma se estava apaixonada por Cormoran Strike.

Os sanduíches chegaram, e Robin pediu um copo de água. Por aproximadamente um minuto, eles comeram em silêncio, até que Strike disse:

— Eu não entraria no Tinder.

— *Você* não entraria, ou *eu* não deveria?

— Os dois — disse Strike. Ele tinha comido um sanduíche e começado o segundo antes que Robin desse duas mordidas no dela. — Em nossa linha de trabalho, não é muito inteligente se expor demais na internet.

— Foi isso o que eu disse à Vanessa. Mas ela disse que eu podia usar um nome falso até me entusiasmar por alguém.

— Não há nada como mentir sobre o próprio nome para construir fundações sólidas de confiança — disse Strike, e Robin riu outra vez.

Strike pediu mais coquetéis, e Robin não protestou. O bar agora estava mais cheio do que quando eles se sentaram; o zumbido das conversas, mais alto, e os cristais pendurados dos lustres estavam cercados por uma auréola enevoada. Robin, agora, sentia um carinho indiscriminado por todos no salão, do casal idoso conversando em voz baixa enquanto bebia champanhe aos bartenders atarefados em seus smokings brancos e ao homem de cabelo grisalho que sorriu para ela enquanto ela olhava ao redor. Acima de todos, ela gostava de Cormoran Strike, que estava lhe proporcionando uma noite de aniversário maravilhosa, memorável e cara.

Quanto a Strike, que realmente não tinha olhado para os peitos de Scheherazade Campbell tantos anos antes, ele estava fazendo o possível para estender essa mesma cortesia para sua sócia, mas ela nunca parecera tão bonita para ele: corada de beber e rir, o cabelo louro avermelhado reluzindo sob o brilho difuso da cúpula dourada acima deles. Quando, de repente, ela se abaixou para pegar alguma coisa no chão, uma caverna profunda de decote se revelou por trás da opala pendurada.

— Perfume — disse ela, se aprumando, depois de pegar a bolsinha roxa que trouxera do Liberty, na qual estava o presente de aniversário de Strike. — Quero botar um pouco.

Ela desamarrou a fita, abriu o embrulho e pegou o vidro quadrado; Strike a viu borrifar uma pequena quantidade nos pulsos e, em seguida — ele se forçou a desviar o olhar —, no vão entre os seios.

— Adorei — disse ela, com o pulso no nariz. — Obrigada.

De onde estava sentado, ele sentiu um suave aroma do perfume: embora com o olfato prejudicado por muitos anos fumando, mesmo assim, ele detectou rosas e um toque de almíscar, o que o fez pensar em pele aquecida pelo sol.

Os coquetéis novos chegaram.

— Acho que ela se esqueceu da minha água — disse Robin, tomando um gole de seu Manhattan. — Esse tem que ser meu último. Eu não uso mais saltos com frequência. Não quero cair de cara no meio do Ritz.

— Eu chamo um táxi para você.

— Você já gastou muito.

— Estamos bem em termos de dinheiro — disse Strike. — Para variar.

— Eu sei. Isso não é fantástico? — Robin deu um suspiro. — Estamos mesmo com um saldo bancário saudável *e* toneladas de trabalho entrando... Strike, nós somos um *sucesso*.

— Quem teria imaginado?

— Eu teria — disse Robin.

— Quando você me conheceu, eu estava quase falido, dormia em uma cama de campanha no escritório e tinha um único cliente.

— E daí? Eu gostei de você não ter desistido — disse Robin. — E consegui ver de cara que você era muito bom no que fazia.

— Como você podia saber disso?

— Bom, eu o vi trabalhando, não vi?

— Lembra de quando você trouxe aquela bandeja com café e biscoitos? — disse Strike. — Para mim e John Bristow, naquela primeira manhã? Eu não conseguia imaginar como você tinha conseguido tudo aquilo. Foi como um truque de mágica.

Robin riu.

— Eu só pedi ao cara do térreo.

— E você disse "nós". "Pensei que depois de oferecer café a um cliente, *nós* devíamos providenciá-lo."

— Sua memória — disse Robin, surpresa por ele ter as palavras exatas na ponta da língua.

— Ah, bem... você não é uma... pessoa comum — disse Strike.

Ele pegou o seu drinque quase no fim e o ergueu.

— À Agência de Detetives Strike e Ellacott. E feliz trinta anos.

Robin pegou seu copo, brindou com ele e bebeu até o fim.

— Merda, Strike, olhe a hora — disse ela de repente ao olhar seu relógio. — Tenho que acordar às cinco. Vou ter que seguir o namorado da srta. Jones.

— É, está bem — grunhiu Strike, que poderia muito bem passar mais algumas horas ali, naquela cadeira confortável, banhado em luz dourada, o cheiro de rosas e almíscar pairando sobre a mesa. Ele sinalizou para pedir a conta.

Como Robin tinha previsto, ela ficou mesmo meio desequilibrada nos saltos altos enquanto atravessava o bar, e demorou muito mais do que deveria para encontrar no fundo da bolsa a ficha para pegar seu casaco.

— Você pode segurar isso para mim? — perguntou ela a Strike, entregando a ele a bolsa que continha o perfume enquanto remexia dentro dela.

Depois de pegar o casaco dela, Strike teve que ajudar Robin a vesti-lo.

— Eu com certeza estou bem bêbada — murmurou a detetive.

Ela pegou de volta a bolsinha roxa e, segundos depois, comprovou suas palavras virando o salto em um tapete redondo vermelho que cobria o piso de mármore do saguão e escorregando para o lado. Strike a segurou e manteve o braço em torno de sua cintura enquanto a conduzia para fora por uma das entradas laterais ao lado da porta giratória, porque ele não confiava que Robin conseguiria passar por ela.

— Desculpe — disse Robin enquanto desciam cuidadosamente a escadaria íngreme em frente ao Ritz, o braço de Strike ainda em torno de sua cintura, corpulento e quente ao seu lado: com maior frequência tinha sido ela que o apoiara, nas ocasiões em que o coto de sua perna direita se recusara a continuar carregando o corpo depois de um esforço excessivo desaconselhável. Ele a segurava tão apertado que a cabeça dela estava quase apoiada no peito dele, e ela podia sentir o cheiro da loção pós-barba que ele pusera para a ocasião especial, encobrindo até o cheiro de cigarros velhos.

— Táxi — chamou Strike, apontando enquanto um táxi preto deslizava suavemente em sua direção.

— Strike — disse Robin, tornando a se apoiar nele para ver seu rosto.

Ela pretendia agradecer a ele, dizer como tinha sido maravilhosa a noite que havia tido, mas, quando seus olhos se conectaram, nenhuma palavra saiu. Por uma fração de tempo de um minuto, tudo em torno deles ficou borrado, como se estivessem no olho de um furacão em câmera lenta, com carros roncando baixo e luzes passando, com pedestres e céu salpicado de nuvens, e só o cheiro um do outro fosse real; e Strike, olhando para baixo, para o rosto dela virado para cima, se esqueceu nesse instante de todas as decisões severas que o haviam contido por quase cinco anos e inclinou quase infinitesimalmente a cabeça, sua boca em direção à dela.

E, involuntariamente, a expressão de Robin foi de felicidade para medo. Ele percebeu isso e tornou a se aprumar, e, antes que qualquer um deles pudesse processar o que tinha acabado de acontecer, o barulho banal da motocicleta de um entregador anunciou a volta do mundo a seu curso regular; o furacão tinha passado, Strike conduzia Robin na direção da porta aberta do táxi, e ela se jogou no banco duro.

— Boa noite — disse ele para ela.

A porta se fechou e o táxi partiu antes que Robin, atônita, pudesse decidir se sentia mais choque, alegria ou remorso.

# 2

*Vem, deixa-me falar contigo, parte incumbida*
*De imortalidade — meu próprio coração profundo!*

Maria Jane Jewsbury
*To My Own Heart*

Os dias depois de sua noite no Ritz foram, para Robin, cheios de agitação e suspense. Ela tinha consciência de que Strike fizera uma pergunta sem palavras, e que ela respondera silenciosamente com um "não" muito mais forte do que se ela não estivesse cheia de bourbon e vermute e não tivesse sido pega de guarda baixa. Agora havia uma reserva maior nos modos de Strike, uma animação um pouco forçada e uma fuga de todos os assuntos pessoais. Barreiras que tinham caído ao longo de cinco anos trabalhando juntos pareciam ter sido reerguidas. Robin temia ter magoado Strike e sabia que era preciso muito para magoar um homem tão silenciosamente confiante e resiliente quanto seu sócio.

Enquanto isso, Strike se recriminava. Ele não devia ter feito aquele movimento tolo e não consumado: ele não tinha chegado à conclusão meses antes que um relacionamento com sua sócia era impossível? Eles passavam tempo demais juntos, estavam juridicamente ligados um ao outro pela empresa, a amizade era valiosa demais para colocá-la em risco, então por que, sob o brilho dourado daqueles coquetéis de preço exorbitante, ele tinha jogado fora toda a boa resolução e cedido àquele impulso poderoso?

A autocensura se misturava com sentimentos ainda menos agradáveis. O fato era que Strike raramente sofrera recusa de mulheres, porque era incrivelmente bom em ler pessoas. Nunca antes ele tomara uma atitude sem ter certeza de que seu avanço seria bem recebido, e certamente jamais tivera uma mulher reagindo como Robin reagira: com um alarme que, em seus piores momentos, Strike achou que pudesse ser repulsa. Ele podia ter o nariz quebrado, estar acima do peso ou ter só uma perna, e seu cabelo farto, escuro e cacheado era chamado pelos amigos de escola de pentelho, mas isso nunca o havia impedido de conquistar mulheres maravilhosas antes. Na verdade, amigos homens, a cujos olhos o *sex appeal* do detetive era em grande parte invisível, sempre expressaram ressentimento e surpresa por ele ter uma vida sexual tão bem-sucedida. Mas não seria uma vaidade detestável pensar que a atração que ele exercera sobre namoradas anteriores permanecia mesmo enquanto sua tosse matinal piorava e cabelos brancos começavam a aparecer em meio aos castanho-escuros?

Pior ainda era a ideia de que ele interpretara de maneira totalmente equivocada os sentimentos de Robin por um período de anos. Ele presumira que o leve desconforto dela nas ocasiões em que foram forçados à proximidade física ou emocional tivesse a mesma origem do seu próprio: uma determinação de não sucumbir à tentação. Nos dias posteriores à silenciosa rejeição dela ao seu beijo, ele não parava de recordar incidentes que considerara comprovarem que a atração era recíproca, voltando repetidas vezes ao fato de que ela interrompeu sua primeira dança em seu casamento para segui-lo, deixando Matthew abandonado na pista de dança. Ela e Strike se abraçaram no alto da escada do hotel, e, enquanto a segurava em seu vestido de noiva, ele podia jurar ter ouvido na mente dela os mesmos pensamentos perigosos que enchiam a dele: vamos fugir e que se danem as consequências. Teria ele imaginado tudo isso?

Talvez tivesse. Talvez Robin quisesse fugir, mas apenas de volta para Londres e o emprego. Talvez ela o visse como mentor e amigo, e nada mais.

Foi nesse estado de ânimo intranquilo e deprimido que Strike recebeu seus quarenta anos, que foram marcados por um jantar em um restaurante, organizado, como tinha sido o de Robin, pelos amigos Nick e Ilsa.

Ali pela primeira vez, Robin conheceu o amigo mais antigo de Strike, da Cornualha, Dave Polworth, de quem, como Strike previra uma vez, ela não gostou muito. Polworth era pequeno e falador, comentava negativamente todos os aspectos da vida em Londres e se referia às mulheres, inclusive à garçonete que os servia, como "vadias". Robin, que estava na extremidade oposta da mesa de Strike, passou grande parte da noite em um papo difícil com a mulher de Polworth, Penny, cujos principais assuntos de conversa eram seus dois filhos, como tudo em Londres era caro e o idiota que era seu marido.

Robin comprara para Strike uma cópia rara, produzida para teste, do primeiro álbum de Tom Waits, *Closing Time.* Ela sabia que Waits era seu artista favorito, e sua melhor lembrança da noite foi a expressão de verdadeira surpresa e prazer no rosto de Strike quando ele desembrulhou o pacote. Ela teve a impressão de rever no sócio um pouco de seu calor habitual quando ele lhe agradeceu, e ela esperava que o presente transmitisse a mensagem de que uma mulher que o achasse repugnante não se daria ao trabalho de comprar para ele algo que sabia que realmente queria. Ela não tinha como saber que Strike estava se questionando se Robin considerava que ele e Tom Waits, de sessenta e cinco anos, eram contemporâneos.

Uma semana depois do aniversário de Strike, o colaborador mais antigo da agência, Andy Hutchins, entregou sua carta de demissão. Não foi totalmente surpreendente: embora sua esclerose múltipla estivesse em remissão, o trabalho estava cobrando seu preço. Eles organizaram para Andy um coquetel de despedida ao qual todos compareceram, com a exceção do outro colaborador, Sam Barclay, porque ele perdera o sorteio e, naquele momento, estava seguindo um alvo através do West End.

Enquanto Strike e Hutchins falavam de trabalho do outro lado da mesa, Robin conversava com sua mais nova contratada, Michelle Greenstreet, conhecida por seus novos colegas, após ela mesmo pedir, por Midge. Ela era uma ex-policial de Manchester, alta, magra e muito em forma, uma fanática por academia com cabelo preto e curto penteado para trás e olhos cinza límpidos. Robin já havia se sentido levemente inadequada diante da visão do tanquinho de Midge quando a colega se esticou, certa vez, para pegar uma pasta equilibrada em cima de um armário, mas ela gostou de sua franqueza e do fato de ela não parecer se achar superior a Robin, a única da agência que não era ex-policial ou militar. Midge confidenciou a Robin pela primeira vez que uma das principais razões para desejar se mudar para Londres tinha sido o fim de um relacionamento ruim.

— Sua ex era policial também? — perguntou Robin.

— Não. Ela nunca ficou em um emprego por mais de dois meses — respondeu Midge, com mais que um traço de amargura. — Ela é um gênio não descoberto que ou vai escrever um romance best-seller ou pintar um quadro que vai ganhar o Prêmio Turner. Eu ficava o dia inteiro fora para ganhar dinheiro para pagar nossas contas, e ela ficava em casa, passando o tempo na internet. Terminei com tudo quando encontrei seu perfil naquele site de encontros, Zoosk.

— Meu Deus, sinto muito — disse Robin. — Meu casamento terminou quando encontrei um brinco de diamante em nossa cama.

— É, Vanessa me contou — disse Midge, que tinha sido recomendada à agência por uma amiga policial de Robin. — Ela disse também que você não ficou com a joia, sua otária.

— Eu teria vendido — disse Pat Chauncey, a gerente do escritório, entrando inesperadamente na conversa. Pat era uma mulher de voz rouca e cinquenta e sete anos, com cabelos pretos e dentes da cor de marfim antigo que fumava sem parar fora do escritório e, dentro dele, sugava sem parar um cigarro eletrônico. — Uma mulher me enviou, pelo correio, as cuecas de meu marido, aquela vaca descarada.

— Sério? — perguntou Midge.

— Ah, sim — respondeu Pat.

— O que você fez? — quis saber Robin.

— Eu as prendi na porta para que fossem as primeiras coisas que ele visse ao chegar em casa do trabalho — disse Pat. Ela deu um longo trago em seu cigarro eletrônico e prosseguiu: — E mandei para ela uma coisa da qual ela não ia se esquecer.

— O quê? — perguntaram Robin e Midge em uníssono.

— Não importa — respondeu Pat. Vamos dizer apenas que não se espalha facilmente na torrada.

Os gritos de risos das três mulheres chamaram a atenção de Strike e de Hutchins. Strike olhou Robin nos olhos, e ela sustentou seu olhar, sorrindo. Ele virou o rosto sentindo-se um pouco mais alegre do que vinha se sentindo havia um bom tempo.

A saída de Andy submeteu a agência a uma tensão já conhecida, porque no momento havia vários serviços em suas agendas que consumiam tempo. O primeiro e mais longo deles implicava em tentar descobrir podres do ex-namorado de uma cliente apelidada de srta. Jones, que estava envolvida em uma árdua disputa pela guarda da filha bebê. A srta. Jones era uma morena bonita que nutria um desejo quase embaraçoso por Strike. Ele podia ter obtido uma muito necessária massagem no ego por conta daquela perseguição escancarada, não fosse pelo fato de considerar muito pouco atraente a combinação de presunção com carência que a mulher exibia.

Seu segundo cliente era também o mais rico: um bilionário russo-americano que vivia entre Moscou, Nova York e Londres. Dois objetos extremamente valiosos tinham desaparecido de sua casa na South Audley Street, embora o alarme de segurança não tivesse sido acionado. O cliente desconfiava de seu enteado que morava em Londres e desejava pegar o jovem em flagrante sem alertar a polícia ou sua esposa, que estava disposta a considerar sua prole, que vivia na farra e desempregada, uma pessoa modelo e incompreendida. Agora havia câmeras espiãs ocultas monitoradas pela agência em todos os cantos da casa. O enteado, que era conhecido na agência como Dedos, estava igualmente sob vigilância caso tentasse vender o porta-joias Fabergé ou a cabeça helenística de Alexandre, o Grande.

O último caso da agência, com o codinome de Aliciador, era, sob o ponto de vista de Robin, particularmente desagradável. Uma conhecida correspondente internacional de um canal de notícias americano tinha se separado recentemente do namorado de três anos, que era um produtor de TV igualmente bem-sucedido. Logo depois de sua amarga separação, a jornalista descobrira que o ex-parceiro ainda estava em contato com a filha dela de dezessete anos, que Midge apelidara de Pernas. A jovem de dezessete anos, que era alta e magra, com cabelo louro comprido, já estava aparecendo em colunas de fofocas, em parte por causa do sobrenome famoso, em parte porque já tinha trabalhado como modelo. Embora a agência ainda não tivesse testemunhado contato sexual entre Pernas e Aliciador, sua linguagem corporal estava longe de ser paternal-filial durante seus encontros secretos. A situação mergulhara a mãe de Pernas em um estado de fúria, medo e desconfiança que estava envenenando seu relacionamento com a filha.

Para alívio geral, como estavam todos trabalhando demais depois da partida de Andy, no início de dezembro Strike conseguiu roubar com sucesso de uma agência de detetives concorrente um ex-membro da polícia metropolitana chamado Dev Shah. Havia muita hostilidade entre Strike e Mitch Patterson, o chefe da agência em questão, que remontava à época em que Patterson pusera o próprio Strike sob vigilância. Quando Shah respondeu à pergunta "Por que você quer deixar a Patterson Inc.?" com as palavras "Estou cansado de trabalhar para cuzões", Strike o contratou no ato.

Como Barclay, Shah era casado e tinha um filho pequeno. Ele era mais baixo do que seus dois novos colegas homens, com cílios tão grossos que Robin achou parecerem falsos. Todo mundo na agência gostou de Dev: Strike, porque ele tinha um entendimento rápido e era metódico na manutenção de seus registros; Robin, porque ela gostava de seu senso de humor seco e o que, interiormente, chamou de ausência de babaquice; Barclay e Midge, porque Shah demonstrou desde o início que jogava pela equipe e não tinha nenhuma necessidade aparente de ofuscar os outros contratados; e Pat, que, como ela, admitiu em sua voz grave para Robin enquanto esta entregava recibos uma sexta-feira, porque "ele não perdia em nada para o ator Imran Khan, perdia? Aqueles olhos!".

— Hum, muito bonito — disse Robin com indiferença, contando seus recibos. Pat passara grande parte dos doze meses anteriores torcendo abertamente para que Robin caísse pelo charme de um contratado anterior cuja boa aparência era igualada por seu jeito desagradável de ser. Robin só podia estar agradecida por Dev ser casado.

Ela havia até sido forçada a interromper temporariamente seus planos de procurar apartamento devido às muitas horas que estava trabalhando, mas, mesmo assim, se ofereceu para vigiar a casa do bilionário no Natal. Era bom para ela ter uma desculpa para não ir à casa dos pais em Masham, porque tinha certeza de que Matthew e Sarah estariam desfilando com o filho recém-nascido, de sexo até então desconhecido, pelas ruas familiares onde, certa vez, quando adolescentes, ele e Robin andaram de mãos dadas. Os pais de Robin ficaram decepcionados, e Strike ficou claramente desconfortável em aceitar sua oferta.

— Está tudo bem — disse Robin, sem intenção de explicar suas razões. — Eu prefiro ficar em Londres. Você perdeu o Natal no ano passado.

Ela estava começando a se sentir física e mentalmente exausta. Tinha trabalhado praticamente sem parar pelos últimos dois anos, período que incluiu separação e divórcio. O recente aumento de reservas entre ela e Strike estava girando em sua mente, e, por menos que quisesse ir a Masham, a perspectiva de trabalhar durante as festas era inegavelmente deprimente.

Então, no meio de dezembro, a prima favorita de Robin, Katie, enviou um convite de última hora para uma viagem de esqui no Ano-Novo. Um casal tinha desistido ao descobrir que a mulher estava grávida; o chalé já estava pago, então Robin só precisaria pagar as passagens aéreas. Ela nunca tinha esquiado na vida, mas, como Katie e o marido iam se revezar para cuidar do filho de três anos enquanto o outro estava nas encostas, sempre haveria alguém com quem conversar, se ela não quisesse passar a maior parte do tempo caindo nas pistas para crianças. Robin achou que a viagem poderia lhe dar um sentido de perspectiva e serenidade que estava lhe escapando em Londres. Só depois de aceitar, ela percebeu que, além de Katie e do marido, e de um casal de amigos em comum de Masham, Hugh "Jegue" estaria no grupo.

Ela não contou nenhum desses detalhes para Strike, só disse que tinha a oportunidade de fazer uma viagem de esqui e gostaria de ir, o que significava estender um pouco o tempo que ela planejava tirar no Ano-Novo. Sabendo que Robin tinha direito a muito mais folgas do que estava propondo tirar, Strike concordou sem hesitação e desejou que ela se divertisse.

# 3

*Olhos com o brilho e a coloração de vinho*
*como os seus podem fascinar totalmente um homem...*

Emily Pfeiffer
*A Rhyme for the Time*

No dia 28 de dezembro, o ex-namorado da srta. Jones, que havia levado uma vida aparentemente sem nada a censurar por semanas, finalmente escorregou em grande estilo, comprando uma grande quantidade de cocaína em frente a Dev Shah, depois consumindo-a com duas acompanhantes antes de levá-las para a casa em Islington. A empolgada srta. Jones insistiu em ir ao escritório para ver as fotos que Shah tinha tirado, então tentou abraçar Strike. Quando ele a afastou com delicadeza e firmeza, ela pareceu mais intrigada do que ofendida. Depois de pagar sua conta final, ela insistiu em beijar Strike no rosto, disse a ele com ousadia que lhe devia um favor e que esperava que ele o cobrasse um dia, e partiu em uma nuvem de Chanel nº 5.

No dia seguinte, a mãe no caso do Aliciador foi mandada para a Indonésia para cobrir um acidente de avião catastrófico. Pouco antes de sua partida, ela ligou para Strike para dizer a ele que a filha estava pensando em passar o Ano-Novo no Annabel's com a família de uma amiga da escola. Tinha certeza de que o Aliciador ia tentar se encontrar com sua filha lá, e exigiu que a agência pusesse detetives para vigiar a casa noturna.

Strike, que preferiria ter pedido ajuda a qualquer outra pessoa, ligou para a srta. Jones, que poderia levar Midge e ele para o clube exclusivo para sócios como seus convidados. O detetive estava determinado a levar Midge consigo não apenas porque ela seria capaz de seguir Pernas ao banheiro, se necessário, mas porque não queria que a srta. Jones achasse que ele tinha armado a situação na esperança de dormir com ela.

Ele teve uma implacável sensação de alívio quando a srta. Jones ligou para ele duas horas antes do encontro marcado para lhe dizer que sua filhinha estava com febre.

— ... e a *droga* da minha babá ligou dizendo estar doente e meus pais estão em Mustique, por isso estou ferrada — disse-lhe ela com petulância. — Ainda assim, vocês podem ir. Deixei seus nomes na porta.

— Eu agradeço — disse-lhe ele. — Espero que sua filha melhore logo.

Ele desligou antes que a srta. Jones pudesse sugerir qualquer outro encontro.

Às 23h, ele e Midge, que usava um smoking de veludo vermelho-escuro, estavam no subsolo da casa noturna da Berkeley Square, sentados um em frente ao outro a uma mesa entre duas colunas espelhadas e sob centenas de balões de hélio dourados, dos quais pendiam fitas cintilantes. Seu alvo de dezessete anos estava sentado a algumas mesas de distância com a família da amiga de escola. Ela não parava de olhar para a entrada do restaurante, com uma expressão que misturava esperança e nervosismo. Telefones celulares não eram permitidos no Annabel's, e Strike podia ver a crescente e irrequieta frustração da adolescente por ser forçada a contar exclusivamente com seus sentidos para conseguir informação.

— Atrás de você à direita, grupo de oito — falou Midge em voz baixa para Strike. — Você está recebendo olhares.

Strike os viu enquanto Midge falava. Um homem e uma mulher em uma mesa para oito tinham se virado em suas cadeiras para olhar para ele. A mulher, que tinha cabelo comprido do mesmo ruivo dourado de Robin, estava usando um vestido preto muito justo e sapatos de saltos altos que cobriam com amarras suas pernas lisas e bronzeadas até os joelhos. O homem, em um smoking com brocados e um foulard afetado, parecia vagamente familiar a Strike, embora não conseguisse identificá-lo de imediato.

— Você acha que eles o reconheceram dos jornais? — sugeriu Midge.

— Espero muito que não — resmungou Strike. — Ou vou precisar de um novo emprego.

A foto que a imprensa usava com a maior frequência era da época em que Strike era militar, e ele agora estava mais velho, com cabelo mais comprido e havia ganhado peso. Nas ocasiões em que teve de apresentar provas em um tribunal, ele sempre fazia isso exibindo a barba cerrada que crescia convenientemente rápido quando precisava dela.

Strike identificou os reflexos de seus observadores em uma coluna próxima e viu que, no momento, eles estavam conversando com as cabeças juntas. A mulher era muito bonita e — algo que não era típico naquele salão — parecia não ter feito nada óbvio no rosto: a testa ainda enrugava quando ela erguia as sobrancelhas, seus lábios não eram artificialmente grossos e ela era muito jovem — talvez na casa dos trinta — para ter se submetido à cirurgia que deixara a mulher mais velha à sua mesa com a aparência enervante de estar usando uma máscara.

Ao lado de Strike e Midge, um russo corpulento explicava a trama de *Tannhäuser* para sua companhia feminina muito mais jovem.

— ... mas Mezdrich o atualizou — disse ele. — E, nessa produção, Jesus agora aparece em um filme de uma orgia na caverna de Vênus.

— *Jesus* aparece?

— *Da*, por isso a Igreja não está satisfeita, e Mezdrich vai ser demitido — concluiu seriamente o russo, levando a taça de champanhe aos lábios. — Ele está resistindo, mas vai acabar mal para ele, anote minhas palavras.

— Pernas em movimento — Strike informou a Midge quando a adolescente se levantou com o restante de seu grupo, a barra de plumas de avestruz de seu minivestido adejando felpuda ao seu redor.

— Pista de dança — palpitou Midge.

Ela estava certa. Dez minutos depois, Strike e Midge tinham conseguido um bom ponto de observação em um nicho perto da pista de dança, de onde tinham uma visão clara de seu alvo dançando em sapatos que pareciam um pouco altos demais para ela, os olhos ainda se dirigindo com frequência para a entrada.

— Eu queria saber se Robin está gostando de esquiar — gritou Midge para Strike quando "Uptown Funk" começou a ecoar pelo salão. — Um amigo meu quebrou a clavícula na primeira vez que tentou. Você esquia?

— Não — respondeu Strike.

— Belo lugar, Zermatt — falou Midge em voz alta, então acrescentou algo que Strike não captou.

— O quê? — perguntou Strike.

— Eu disse: "Queria saber se ela arranjou alguém." Boa oportunidade, o Ano-Novo...

Pernas estava gesticulando para a amiga da escola que ia se sentar pelo resto da música. Ao sair da pista de dança, ela pegou sua bolsa de festa e deixou o salão.

— Ela vai usar o celular no banheiro — previu Midge, saindo em seu encalço.

Strike permaneceu no nicho, sua cerveja sem álcool já quente na mão, sua única companhia um enorme Bodhisattva de estuque. Pessoas embriagadas estavam amontoadas nos sofás perto dele, gritando umas com as outras acima da música. Strike tinha acabado de afrouxar a gravata e abrir o botão do colarinho quando viu o homem de paletó brocado caminhar em sua direção, tropeçando em pernas e bolsas ao se aproximar. Então Strike finalmente o identificou: Valentine Longcaster, um dos meios-irmãos de Charlotte.

— Há quanto tempo eu não vejo você — gritou ele quando chegou perto de Strike.

— É — disse Strike, apertando a mão estendida. — Como vão as coisas?

Valentine ergueu a mão e afastou a franja comprida e suada, revelando pupilas muito dilatadas.

— Nada mal — gritou ele, acima do baixo pulsante. — Não posso reclamar. — Strike percebeu um leve traço de pó branco no interior de uma narina. — Você está aqui a trabalho ou a lazer?

— Lazer — mentiu Strike.

Valentine gritou algo indecifrável em que Strike ouviu o nome do marido de Charlotte, Jago Ross.

— O quê? — gritou ele em resposta, sem sorrir.

— Eu disse que *Jago quer citar você no divórcio.*

— Ele vai ter trabalho — respondeu Strike em voz alta. — Eu não a vejo há anos.

— Não é o que Jago diz — gritou Valentine. — Ele encontrou um nude que ela enviou para você no celular velho dela.

*Merda.*

Valentine estendeu o braço para se equilibrar no Bodhisattva. Sua companhia feminina de cabelo ruivo-dourado os estava observando da pista de dança.

— Aquela é Madeline — gritou Valentine no ouvido de Strike, seguindo sua linha de visão. — Ela acha você sexy.

A risada de Valentine foi aguda. Strike bebia sua cerveja em silêncio. Finalmente o homem mais jovem pareceu sentir que não havia mais nada a ganhar na presença de Strike, então se levantou, bateu uma continência de brincadeira e sumiu de vista outra vez, no momento em que Pernas reapareceu na beira da pista de dança e desabou em um banco de veludo em uma agitação de plumas de avestruz. Sua infelicidade era palpável.

— Banheiro das mulheres — informou Midge a Strike, juntando-se a ele alguns minutos depois. — Acho que ela não conseguiu sinal do celular.

— Bom — falou Strike com brutalidade.

— Você acha que ele disse a ela que vinha?

— Parece.

Strike tomou outro gole de cerveja quente e disse em voz alta:

— Então, quantas pessoas estão nessa viagem de esqui de Robin?

— Acho que são só seis pessoas — gritou Midge em resposta. — Dois casais e um sujeito sozinho.

— Ah — disse Strike, assentindo como se a informação fosse fortuita.

— Eles estão tentando juntar os dois — disse Midge. — Ela estava me contando, antes do Natal... Hugh Jacks é o nome dele. — Ela olhou para Strike com expectativa. — *Hugh, o Jegue.*

— Ha — disse Strike com um sorriso forçado.

— Ha, ha, é. Por que — gritou Midge em seu ouvido — os pais não pronunciam o nome em voz alta antes de escolhê-lo?

Strike assentiu, de olho na adolescente que agora esfregava o nariz com as costas da mão.

Faltavam quinze minutos para a meia-noite. Com sorte, pensou Strike, assim que o ano novo fosse anunciado, seu alvo seria recolhido pela família da amiga de escola e levado em segurança de volta para sua casa em Chelsea. Enquanto ele observava, a amiga de escola chegou para arrastar Pernas novamente para a pista de dança.

Às dez para meia-noite, Pernas desapareceu mais uma vez na direção dos banheiros femininos, e Midge foi novamente atrás. Strike, que desejava se sentar, já que o coto doía, não teve escolha além de se encostar no Bodhisattva gigante porque a maioria das cadeiras vagas estava coberta de bolsas e paletós nos quais ele não queria mexer. Sua garrafa de cerveja agora estava vazia.

— Você não gosta da noite de Ano-Novo ou algo assim? — disse uma voz da classe operária de Londres ao seu lado.

Era a mulher do cabelo avermelhado, agora de rosto rosado e descabelada de dançar. Sua aproximação tinha sido marcada por um alvoroço nas cadeiras a sua frente, pois quase todo mundo se levantava para ir para a pista de dança pequena demais, a empolgação crescendo com a aproximação da meia-noite.

— Não é minha favorita — gritou ele para ela em resposta.

Ela era extremamente bonita e, com certeza, estava chapada, embora falasse com coerência perfeita. Vários belos colares de ouro pendiam em torno do pescoço esguio, o vestido sem alça era justo nos seios e a flute de champanhe meio vazia em sua mão corria o risco de derramar seu conteúdo.

— Nem a minha. Não este ano — gritou ela em seu ouvido. Ele gostou de ouvir um sotaque do East End em meio a todos aqueles de classe alta. — Você é Cormoran Strike, certo? Valentine me contou.

— Isso mesmo — disse ele. — E você é...

— Madeline Courson-Miles. Não está aqui a trabalho, está?

— Não — mentiu, mas estava com muito menos pressa para enxotá-la do que tinha estado com Valentine. — Por que este Ano-Novo não é seu favorito?

— Gigi Cazenove.

— Desculpe?

— Gigi Cazenove — falou ela mais alto, inclinando-se para perto, seu hálito fazendo cócegas no ouvido dele. — A cantora? Ela era minha cliente. — Quando ela viu o rosto inexpressivo de Strike, disse: — Foi encontrada enforcada esta manhã.

— Merda — disse Strike.

— É — concordou Madeline. — Ela só tinha vinte e três anos.

Ela tomou um gole de seu champanhe, parecendo triste, então gritou em seu ouvido:

— Nunca conheci um detetive particular.

— Até onde você sabe — disse Strike, e ela riu. — O que você faz?

— Sou joalheira — gritou ela para ele em resposta, e seu sorriso superficial disse a Strike que a maioria das pessoas teria reconhecido seu nome.

A pista de dança agora estava pulsando com corpos quentes. Muitas pessoas usavam chapéus de festa purpurinados. Strike podia ver o russo corpulento que havia falado de *Tannhäuser* pulando fora de ritmo ao som de "Rather Be", do Clean Bandit.

Os pensamentos de Strike viajaram brevemente na direção de Robin, em algum lugar nos Alpes, talvez bêbada de glühwein, dançando com o homem recém-divorciado que seus amigos insistiram que conhecesse. Ele se lembrou da expressão em seu rosto quando se curvou para beijá-la.

*It's easy being with you*, cantou Jess Glynne.
*Sacred simplicity,*
*As long as we're together,*
*There's no place I'd rather be...*

— Um minuto para 2015, senhoras e senhores — gritou o DJ, e Madeline Courson-Miles olhou para Strike, enxugou a flute de champanhe e se inclinou para gritar em seu ouvido outra vez.

— Aquela garota alta de smoking é sua namorada?

— Não, uma amiga — disse Strike. — Os dois sem saber o que fazer esta noite.

— Então ela não se importaria se eu beijasse você à meia-noite?

Ele olhou para seu rosto adorável e convidativo, os olhos castanhos quentes, seus cabelos caindo em ondas sobre os ombros nus.

— *Ela* não — disse Strike, com um meio sorriso.

— Mas você se importaria?

— Preparem-se — berrou o DJ.

— Você é casada? — perguntou Strike.

— Divorciada — respondeu Madeline.

— Saindo com alguém?

— Não.

— *Dez...*

— Nesse caso — disse Cormoran Strike, largando a garrafa vazia.

— *Oito...*

Madeline se inclinou para botar o copo em uma mesa próxima, mas errou a borda e ele caiu no chão acarpetado. Ela deu de ombros ao se erguer.

— *Seis... cinco...*

Ela envolveu o pescoço dele com seus braços, e Strike passou os dele em torno da cintura dela. Ela era mais magra que Robin: ele podia sentir suas costelas através do vestido justo. O desejo nos olhos dela era como um bálsamo para ele. Era noite de Ano-Novo. *Que se foda tudo.*

— *... três... dois... um...*

Ela se apertou contra ele, as mãos agora em seu cabelo, a língua em sua boca. O ar ao seu redor foi rasgado por gritos e aplausos. Eles não se largaram até os primeiros compassos roucos de "Auld Lang Syne" terem sido cantados. Strike olhou ao redor. Não havia sinal de Midge nem de Pernas.

— Vou ter que ir embora logo — gritou ele. — Mas quero seu telefone.

— Então me dê seu celular.

Ela digitou o número para ele, então devolveu o celular. Com uma piscadela, ela deu a volta e foi embora, desaparecendo na multidão.

Midge demorou mais quinze minutos para aparecer. Pernas se juntou ao grupo da amiga da escola, com o rímel borrado.

— Ela não parou de procurar um lugar onde conseguisse sinal, mas não teve sorte — gritou Midge no ouvido dele. — Então voltou para o banheiro para dar uma boa chorada.

— É uma pena — disse Strike.

— Isso no seu rosto é batom? — perguntou Midge, olhando para ele.

— Encontrei uma velha amiga de minha mãe — disse ele. — Bom, feliz 2015.

— Para você também — respondeu Midge, estendendo a mão, que ele apertou.

Enquanto olhava para a multidão alegre, onde balões eram jogados de um lado a outro e glitter explodia dos lança-confetes, Midge gritou no ouvido de Strike.

— Nunca passei o Ano-Novo em um banheiro antes. Espero que não seja um mau presságio.

# 4

*Durma contente, como dorme a rosa paciente.*
*Caminhe com ousadia nas neves brancas e intocadas,*
*O inverno é a liberação do próprio inverno.*

Helen Jackson
*January*

No geral, Robin gostou do tempo passado em Zermatt. Tinha esquecido a sensação de dormir oito horas por noite; gostou da comida, de esquiar e da companhia dos amigos, e mal tremeu quando Katie disse a ela, com uma expressão de preocupação transformada em alívio quando Robin respondeu calmamente, que Matthew tinha levado Sarah de volta para Masham durante o Natal, junto com seu bebê recém-nascido.

— Eles lhe deram o nome de William — disse Katie. — Nós esbarramos com eles uma noite no Bay Horse. A tia de Matthew tinha ficado de babá. Eu *realmente* não gosto daquela Sarah. Ela é tãããão presunçosa.

— Também não posso dizer que gosto muito dela.

Ela estava satisfeita em saber que tinha evitado o encontro quase inevitável em sua cidade natal, e, com sorte, nas próximas festas de fim de ano seria a vez da família de Sarah receber o neto, então não haveria chance de um encontro casual.

A vista do quarto de Robin era para o Matterhorn coberto de neve, que perfurava o céu azul-claro como um canino gigante. A luz sobre a montanha piramidal mudava de dourada para pêssego, de azul-escura para verde, dependendo do ângulo do sol, e, sozinha em seu quarto, olhando para a montanha, Robin chegou perto de alcançar a paz e a perspectiva que ela buscava ao fazer a viagem.

A única parte do feriado que Robin teria dispensado com prazer era Hugh Jacks. Ele era alguns anos mais velho e trabalhava com produtos químicos farmacêuticos. Ela achava que ele tinha boa aparência, com a barba clara bem aparada, ombros largos e grandes olhos azuis, e não era exatamente desagradável, mas Robin não conseguia deixar de achá-lo patético. Não importava o assunto em discussão, de algum modo, ele conseguia voltar para seu divórcio, que parecia havê-lo surpreendido. Depois de seis anos de casamento, sua mulher anunciou que não estava feliz, que não era feliz havia muito tempo, fez as malas e foi embora. Hugh contou a Robin a história toda duas vezes nos primeiros dias da viagem, e, depois do segundo recital quase idêntico, ela fez o possível para não se sentar perto dele no jantar. Infelizmente, ele não soube interpretar aquele gesto e continuou a procurá-la, encorajando-a a compartilhar detalhes de seu próprio casamento fracassado em um tom lúgubre que teria sido apropriado se os dois estivessem sofrendo da mesma doença terminal. Robin adotou uma atitude desafiadora, dizendo a ele que havia muito mais peixes no mar e que ela estava pessoalmente aliviada por estar livre outra vez. Hugh disse a ela como admirava sua animação com uma expressão um pouco mais satisfeita nos olhos azuis aquosos, e ela temeu que ele tivesse entendido sua declaração de independência feliz como um convite tácito.

— Ele é adorável, não é? — perguntou Katie esperançosamente certa noite em um bar, quando Robin tinha conseguido se livrar de Hugh depois de uma hora de histórias sobre sua ex-mulher.

— Ele é legal — disse Robin, que não queria ofender a prima —, mas, na verdade, não é meu tipo.

— Ele, em geral, é muito engraçado — falou Katie, decepcionada. — Você não o está vendo no seu melhor. Espere até ele tomar um ou dois drinques.

Mas na noite de Ano-Novo, com grande quantidade de cerveja e schnapps em seu interior, Hugh primeiro ficou barulhento, embora não particularmente divertido, depois sentimental devido ao álcool. À meia-noite, os dois casais beijaram seus parceiros, e o Hugh de olhos turvos abriu os braços para Robin, que permitiu que ele lhe desse um beijo no rosto, depois tentou se livrar, enquanto ele falava de modo embriagado em seu ouvido.

— Você é muito bonita.

— Obrigada — disse Robin. — Você pode me soltar, por favor?

Ele fez isso, e Robin foi para a cama logo depois, trancando sua porta. Alguém bateu assim que ela apagou a luz: ela permaneceu deitada no escuro, fingindo estar dormindo, e ouviu passos se afastando lentamente.

Outro aspecto menos que perfeito de sua folga tinha sido sua própria tendência a ficar se remoendo ao pensar em Strike e no incidente em frente ao Ritz. Era bem fácil não se lembrar de seu sócio enquanto tentava se manter na vertical sobre esquis, mas, fora isso, sua mente desimpedida sempre voltava à pergunta do que teria acontecido se ela tivesse se livrado de suas inibições e medos e deixado que ele a beijasse. Isso levava inexoravelmente a outra pergunta, a mesma que ela fizera a si mesma enquanto andava pelas areias brancas das Maldivas três anos antes. Será que ela ia passar todas as suas férias, para o resto da vida, se perguntando se estava apaixonada por Cormoran Strike?

*Você não está*, disse a si mesma. *Ele lhe deu a chance de uma vida, e talvez você o ame um pouco porque ele é seu melhor amigo, mas não está apaixonada por ele.* E então, com mais honestidade: *E se você estiver, tem que superar. Sim, talvez ele tenha ficado chateado quando você não o beijou, mas é melhor do que pensar que você está morrendo de amores por ele. Uma sócia apaixonada é a última coisa que ele iria querer.*

Pena que ela não era o tipo de mulher que teria aproveitado um beijo em uma noite embriagada e depois rido disso. Pelos indícios que conhecia da vida amorosa passada de Strike, era disso que ele gostava: mulheres que jogavam o jogo com uma alegria que Robin nunca havia aprendido a sentir.

Robin voltou para o escritório na segunda semana de janeiro, levando com ela uma caixa grande de chocolates suíços. Para todo mundo que perguntou, incluindo Strike, ela disse que tinha se divertido muito.

# PARTE UM

*O coração é o órgão central de todo o sistema*
*e consiste de um músculo oco; pela sua contração, o sangue*
*é bombeado para todas as partes do corpo através de uma série*
*complicada de tubos...*

Henry Gray
*Henry Gray's Anatomy of the Human Body*

# 5

*É um mistério estranho, o poder das palavras!*
*Nelas há vida e morte. Uma palavra envia*
*a cor vermelha correndo para o rosto,*
*correndo com muitos significados, ou pode tornar*
*a corrente fria e ser mortal para o coração.*

Letitia Elizabeth Landon
*The Power of Words*

## 14 de setembro de 2011
## Do *The Buzz*, site de notícias e entretenimento

**The Buzz** conversa com Josh Blay e Edie Ledwell, o casal criador da animação de enorme sucesso no YouTube: *O coração de nanquim*!

**TB:** Então, uma animação sobre partes do corpo em decomposição, alguns esqueletos, um demônio e um fantasma... Como vocês explicam seu sucesso?

**Edie:** Espere, Drek é um demônio?

**TB:** É o que eu pergunto a você.

**Edie:** Sinceramente não sei.

*[Josh ri]*

**TB:** Só estou dizendo, quando você descreve *O coração de nanquim* para pessoas que não assistiram, elas se surpreendem por ser um sucesso. *[Edie e Josh riem]* Vocês esperavam essa reação a sua, vamos ser honestos, animação estranha?

**Edie:** Não, com certeza não.

**Josh:** Estávamos nos divertindo. É basicamente uma reunião de piadas.

**Edie:** Mas, na verdade, muito mais gente do que esperávamos entendeu a piada.

**TB:** Você diz "a piada"... mas as pessoas leem muitos significados na história!

**Josh:** É, e nós... às vezes você pensa: "Ah, é. Acho que era isso que queríamos dizer"; mas outras vezes...

**Edie:** Às vezes as pessoas veem coisas que... bom, não que elas não estejam lá, mas que não vimos nem tínhamos a intenção.

**TB:** Você pode me dar um exemplo?

**Josh:** O verme falante. Nós só achamos que era engraçado, porque um verme em um cemitério, você sabe, está comendo corpos em decomposição. Então gostamos da ideia de ele estar puto com o emprego e falando de seu trabalho como se fosse difícil e entediante. Como trabalhar em uma fábrica. Um verme desalentado.

**Edie:** Mas aí algumas pessoas disseram que ele é fálico ou algo assim. E um grupo de pais reclamou...

**Josh:** ... reclamou que estamos fazendo piadas de pênis para crianças.

**Edie:** E com certeza não estamos. O Verme não é um pênis.

*[Todos riem]*

**TB:** Então por que vocês acham que *O coração de nanquim* decolou desse jeito?

**Edie:** Nós não entendemos isso melhor do que você. Temos a visão de dentro. Não conseguimos ter o ponto de vista de quem está de fora.

**Josh:** Só podemos supor que haja muito mais pessoas perturbadas do que qualquer um de nós imaginava.

*[Todos riem]*

**TB:** O que vocês acham que há em Cori, o coração sem corpo/herói, de quem as pessoas gostam tanto? Você dá voz a Cori, certo, Josh?

**Josh:** É. Hum... *[pensa por bastante tempo]*. Imagino que ele saiba que é mau, mas está tentando ser bom.

**Edie:** Mas ele não é mau. Ou não estaria tentando ser bom.

**Josh:** Acho que as pessoas meio que se identificam com ele.

**Edie:** Ele já passou por muita coisa.

**Josh:** Especificamente, uma caixa torácica, uma tampa de caixão e sete palmos de terra.

*[Todos riem]*

**TB:** Então, quais são seus planos para o desenho animado? Continuar no YouTube ou...?

**Edie:** Nós não planejamos, não é?

**Josh:** Planejamento é para presunçosos.

**TB:** Mas a coisa está crescendo muito. Vocês agora estão ganhando dinheiro, certo?

**Josh:** É, quem diria? É loucura.

**TB:** Vocês têm alguém ajudando com isso? Um agente ou...

**Josh:** Temos uma amiga que entende dessas coisas e que está nos ajudando, sim.

**TB:** Alguns de seus fãs criaram um jogo online com base no jogo que Drek joga na animação. Vocês viram?

**Josh:** É, vimos outro dia. É um trabalho de programação impressionante.

**Edie:** Mas é estranho, porque o jogo de Drek, o da animação...

**Josh:** É...

**Edie:** ... na verdade, não é um jogo. Ou, pelo menos, não devia ser um jogo, devia?

*[Josh faz que não com a cabeça]*

**Edie:** Devia ser mais... toda a ideia do jogo é não ser um jogo de verdade.

**TB:** Então quando Drek força todo mundo a "jogar o jogo"...

**Edie:** Ele força? Não sei se ele força, acho que eles fazem isso para agradá-lo, porque ele está entediado...

**Josh:** ... indediado.

**Edie:** ... desculpe, é, "indediado", então eles concordam em jogar, mas isso sempre dá muito errado para alguém.

**Josh:** O jogo de Drek é, você sabe: *[na voz de Drek]* "jogue o jogo, cara"... Respeitar as regras. Fazer a coisa esperada.

**TB:** Então é uma metáfora?

**Edie:** É, mas é paradoxal, porque o próprio Drek nunca joga de acordo com as regras. Ele só gosta de ver todo mundo tentar segui-las.

**TB:** Vocês dizem que não planejam, mas vai haver...?

**Josh:** Camisetas de Drek? Nos perguntaram literalmente outro dia onde podiam comprar uma camiseta dele.

**Edie:** E aí nós pensamos... estão falando sério?

**TB:** Então, nada de produtos?

**Edie:** *[Rindo]* Não estamos planejando lançar produtos.

**Josh:** Nós gostamos que seja como é. Estamos só brincando. Não somos pessoas de negócios.

**Edie:** Somos mais o tipo de gente que se deita em um cemitério e imagina corações fora do corpo flutuando por lá. *[Todos riem]*

## 15 de setembro de 2011
## Trecho de um chat dentro do jogo online *Drek's Game*, entre seus criadores

<15 de setembro de 2011 20.38>

**Anomia:** "Não era nossa intenção." Nós tiramos todas as regras da porra de seu desenho animado, sua vadia pretensiosa.

**Morehouse:** calma

**Anomia:** isso vai acabar muito mal para Ledwell. Ela está desrespeitando todos os fãs, dizendo que eles são burros por gostar do jogo

**Morehouse:** ela não estava dizendo isso

**Anomia:** claro que estava. Ela disse que somos dois idiotas que não entendemos sua metáfora

**Anomia**: é culpa dela se os fãs se voltarem contra ela depois disso

**Morehouse:** é, e, por falar nisso, talvez seja melhor baixar o tom no Twitter

**Anomia:** sabe o que isso realmente significa? Nosso jogo está ficando popular demais. Ela não gosta que os fãs venham nos procurar atrás de diversão entre os episódios. Está com medo de que a gente fique com muito poder. A próxima coisa que vai fazer é tentar nos impedir.

**Morehouse:** Não é muita paranoia? Nós não somos uma ameaça, não estamos ganhando dinheiro, é uma homenagem.

**Anomia:** Não esqueça. Eu a conheço. Ela é a porra de uma hipócrita gananciosa.

## 5 de fevereiro de 2013
## De *The Buzz*, um site de notícias e entretenimento

### Sucesso meteórico no YouTube, *O coração de nanquim* é contratado pela Netflix

O desenho animado cult *O coração de nanquim* vai trocar o YouTube pela Netflix, com uma segunda temporada já em desenvolvimento. Rumores apontam que o casal de namorados animadores Josh Blay e Edie Ledwell, que criaram a animação no cemitério de Highgate, garantiram um valor alto de seis dígitos do serviço de streaming.

Fãs da animação estão divididos em relação a sua mudança para o mainstream. Enquanto alguns estão empolgados, outros estão preocupados que a estreita conexão entre criadores e fãs vá se romper.

O superfã anônimo Anomia, criador do popular jogo multiplayer *Drek's Game*, disse no Twitter:

Então a venda de Ledwell está encaminhada. Parece que tudo o que os fãs adoravam vai ser sacrificado por dinheiro. Preparem-se para o pior, Tinteiros.

## 6 de fevereiro de 2013
## Chat dentro do jogo online *Drek's Game* entre Anomia e três moderadores

<Canal de moderadores>

<6 de fevereiro de 2013 21.41>

<Anomia. Corella. Endiabrado1. Verme28>

**Anomia:** Vocês viram que o The Buzz me citou?

**Corella:** hahaha. Você está famoso!

**Anomia:** Eu já era famoso

**Anomia:** todos os fãs querem saber quem é Anomia

**Corella:** é verdade, nós queremos!

**Endiabrado1:** Eu ainda não consigo entender por que seus fiéis moderadores não podem saber

**Anomia:** Eu tenho minhas razões.

**Anomia:** Mas eu disse a vocês que eles estavam indo para a Netflix, não disse?

**Corella:** Como você sempre sabe o que vai acontecer?

**Anomia:** Eu sou um gênio. Enfim, acho que vamos precisar de 2-3 moderadores novos. Estamos conseguindo cada vez mais tráfego aqui

>

**Anomia**: Talvez pergunte àquela garota, Páginabranca. Ela parece inteligente.

**Corella**: LordDrek está jogando há mais tempo, e gosto muito dele.

**Anomia**: o que você quer dizer com "gostar muito dele"

**Corella**: bom, ele parece bem simpático e é grande fã do desenho e do jogo.

**Anomia**: Eu não quero nenhum amigo da vida real aqui. Regra 14, lembra? Anonimato total.

**Corella**: Eu não o conheço na vida real, ele só parece um cara legal!

**Anomia**: está bem, vou perguntar a ele e à Páginabranca. E talvez a Vilepechora, ele está sempre aqui, talvez seja hora de ajudar com o aluguel

**Corella**: você não precisa checar com Morehouse?

**Anomia**: por quê?

**Anomia**: ele vai concordar com qualquer coisa que eu decida

**Anomia**: A fama é minha, não se esqueçam

**Corella**: haha

>

>

>

**Corella**: Onde está Morehouse, afinal? Ele não tem aparecido muito.

**Anomia**: Ele vai voltar, não se preocupe com isso.

**<Um novo canal privado foi aberto>**

**<6 de fevereiro de 2013 21.43>**

**<Endiabrado1 convidou Verme28>**

**<Verme28 entrou no canal>**

**Endiabrado1**: ela não fica mais modesta, não é? "Eu sou um gênio"

**Verme28**: Anomia ?

**Endiabrado1**: quem mais?

**Verme28**: você ainda acha que Anomia é uma garota ?

**Endiabrado1**: ela é com certeza uma garota, dá pra perceber pelas coisas que ela diz

**Verme28**: Morehouse conhece Anomia na vida real e diz que é um homem

**Endiabrado1**: só para despistar todo mundo

**Verme28**: Anomia é alguém, certo ?

**Endiabrado1**: Todo mundo é alguém

**Verme28**: Quero dizer alguém que trabalha na produção do Coração de nanquim

**Endiabrado1**: Talvez. Não sei

**Verme28**: Queria que eles não tivessem saído do YouTube . Eu não tenho **Netflix** . Eu chorei quando soube

**Endiabrado1**: Eu também fiquei triste, mas Anomia tem que parar de criticar L******. Ela vai acabar fechando a gente

**Verme28**: meu Deus , não diga isso . Eu ia morrer

## 28 de maio de 2014
## De *The Buzz*, um site de notícias e entretenimento

### Agente de Edie Ledwell confirma internação

Após dias de rumores, Allan Yeoman, agente da escritora e animadora Edie Ledwell, confirmou que a coautora de *O coração de nanquim* foi internada na noite de 24 de maio, mas já voltou para casa.

Em nota, Yeoman, gestor da agência criativa AYCA, disse:

"Por solicitação de Edie Ledwell, confirmamos que ela foi internada em 24 de maio e já recebeu alta. Edie agradece aos fãs por sua preocupação e apoio, e pede privacidade para se concentrar em sua saúde."

Há muita especulação dos fãs desde a notícia que a polícia e uma ambulância foram chamadas ao apartamento da animadora logo após a meia-noite do dia 24, com testemunhas afirmando que Ledwell estava inconsciente enquanto era levada de maca para a ambulância.

Os fãs de *O coração de nanquim*, que têm sido considerados "tóxicos" devido a seu comportamento online, ficaram divididos em relação à notícia da internação de Ledwell. Enquanto a maioria expressou preocupação, alguns trolls foram críticos, dizendo que Ledwell tinha forjado uma tentativa de suicídio para conquistar simpatia...

## 28 de maio de 2014
## Chats dentro de *Drek's Game* entre Páginabranca, a mais nova moderadora do jogo, e Morehouse e Anomia, seus cocriadores

<Canal privado>

<28 de maio de 2014 23.03>

**Páginabranca:** então
L****** realmente tentou
se matar

**Morehouse:** parece

>

**Páginabranca:** merda, isso
é muito triste

**Morehouse:** é

**Páginabranca:** você falou
com Anomia?

**Morehouse:** ainda não

**Morehouse:** Acho que ele
está me evitando

**Páginabranca:** por quê?

**Morehouse:** porque falei
com ele para pegar leve
com L****** no Twitter

**Páginabranca:** você não
acha mesmo que ela fez
isso por causa de trolls
do Twitter?

**Morehouse:** Não sei,
mas ser chamada
constantemente de vendida
e traidora com certeza
não ajudou com a situação

>

**Páginabranca:** você é um
amor

**Morehouse:** Sou?!

**Páginabranca:** eu quis
dizer decente

**Páginabranca:** você nem fica
puto por Anomia receber
todo o crédito pelo jogo

**Morehouse:** ele pode ficar
com o crédito

**Morehouse:** Tem mais coisas
na vida do que ter um
monte de seguidores na
porra do Twitter

**Páginabranca:** rsrs você é muito maduro, estou falando sério. Sem sarcasmo.

**Páginabranca:** Posso lhe perguntar uma coisa?

**Morehouse:** Vá em frente

**Páginabranca:** Anomia é mesmo um homem?

**Morehouse:** claro. Por que você está perguntando isso?

**Páginabranca:** Endiabrado1 me disse outro dia que acha que Anomia é uma garota

**Páginabranca:** ele meio que sugeriu que você e Anomia estão juntos

**Morehouse:** Endiabrado1 só diz merda, você não vai querer ouvir uma palavra sequer do que ele tem a dizer sobre mim ou Anomia.

**Páginabranca:** Corella me contou que você discutiu com Endiabrado1

**Morehouse:** é. Ele às vezes é um babaca imaturo.

**Morehouse:** espere aí, Anomia chegou

>

>

>

>

>

**<Um canal privado foi aberto>**

**<28 de maio de 2014 23.05>**

**<Anomia convidou Morehouse>**

**Anomia:** oi

**<Morehouse entrou no canal>**

>

**Morehouse:** Passei o dia inteiro te mandando mensagem

**Anomia:** Tenho andado ocupado. Preciso que você faça a moderação amanhã de manhã. Não vou poder fazer isso.

**Páginabranca:** o que ele está dizendo?

**Morehouse:** quer que eu fique de moderador amanhã

>

>

>

>

>

>

**Páginabranca:** Eu estava preocupada que ele soubesse que mandei fotos para você

>

**Morehouse:** você ainda está aí?

**Páginabranca:** sim

>

>

>

**Morehouse:** bom, não vai demorar

>

**Páginabranca:** <3

>

>

**Morehouse:** feito

>

>

>

**Morehouse:** Nem eu. Tenho um trabalho para entregar

>

**Anomia:** por que está aqui, então? Ou "um trabalho para entregar" é seu apelido para Páginabranca?

**Morehouse:** ha ha

**Anomia:** vocês dois parecem estar se dando muito bem. Espero que nenhuma foto tenha sido trocada. Regra 14, não se esqueça.

**Morehouse:** Você viu as notícias?

>

>

**Anomia:** o que, o "suicídio"? Vi, sim

**Morehouse:** você tem mesmo de pegar leve com Ledwell. Estou falando sério

**Anomia:** Vá dizer ao resto dos fãs para pegar leve. Você acha que eu sou o único cansado da porra da hipocrisia e duplicidade dela?

**Morehouse:** você é o único que tem cinquenta mil seguidores no Twitter que você fica incentivando a fazer bullying com ela.

**Anomia:** Se ela tentasse mesmo se matar, não seria por causa do Twitter. Provavelmente um golpe publicitário

>

**Páginabranca:** ele ouviu você?

**Morehouse:** é sempre difícil saber com Anomia. Algo pode ter sido absorvido.

**Morehouse:** mas ele não gosta que conversemos, você e eu.

>

>

>

>

**Páginabranca:** é, em relação a isso, quando você vai me mandar uma foto sua?

**Morehouse:** não posso

**Morehouse:** a câmera do meu telefone está quebrada

**Páginabranca:** vá se foder, Morehouse

**Morehouse:** rsrs. Está bem, eu não gosto de ser fotografado

**Páginabranca:** Eu não teria enviado a você uma foto se achasse que você não ia retribuir

**Morehouse:** você é linda

>

**Páginabranca:** obrigada

**Morehouse:** Eu não sou

**Páginabranca.** e daí? Eu só quero uma foto sua

>

>

**Anomia:** acho que vou ter que pedir a Corella para moderar no meu lugar amanhã, se você não pode.

>

>

**Morehouse:** por que você não pode moderar?

**Anomia:** um compromisso hospitalar

**Morehouse:** que merda, vc está bem?

>

>

**Anomia:** não é para mim. Sou só o motorista

>

>

**Anomia:** porque Deus não permite que o babaca use transporte público

>

>

>

**Anomia:** bom, vou deixar você com seu "trabalho"

**<Morehouse saiu do canal>**

**<Anomia saiu do canal>**

**<Canal privado foi fechado>**

**Páginabranca:** Eu adoro conversar com você. Só quero saber como você é!

**Morehouse:** imagine um nerd típico

**Páginabranca:** Eu gosto de nerds. Mande uma foto!

**Morehouse:** então, como é a vida na escola de arte?

**Páginabranca:** uau, que mudança de assunto sutil

(...)

## 7 de janeiro de 2015
## De *The Buzz*, um site de notícias e entretenimento

Atenção fãs do *Coração de nanquim*!

Segundo fontes, os Estúdios Maverick estão seriamente interessados em transformar seu favorito em um longa-metragem. Conversas entre a Maverick, Josh e Edie Ledwell estariam em "estágios avançados", com um acordo esperado a qualquer momento. O que vocês acham do salto da tela pequena para a grande? Contem pra gente nos comentários!

Os comentários são moderados. *The Buzz* se reserva o direito de remover comentários que contrariem as regras.

**Carla Mappin** *O coração de nanquim* acabou. Virou uma máquina de fazer dinheiro. 👍 402 👎 52

**Sharon Leeman** Mal posso esperar, acho que vai ser um filme incrível! 👍 49 👎 131

**Anomia** Todo seu papo de não criar produtos, a Edinheiro está tirando tudo o que pode disso 👍 984 👎 12

↳ **Brian Daniels** Por que ela não pode desfrutar das recompensas financeiras? 👍 28 👎 49

↳ **Anomia** Porque ela está ferrando com os fãs que a puseram onde ela está. 👍 889 👎 20

↳ **Brian Daniels** Então não veja o filme. 👍 19 👎 34

↳ **Anomia** A Maverick precisa mais de nós do que precisa de Ledwell. Se eles a demitirem, os fãs podiam dar uma chance ao filme. 👍 996 👎 61

# 7 de janeiro de 2015
# Chats dentro do jogo entre seis dos oito moderadores de *Drek's Game*

**<Um novo canal privado foi aberto>**

**<7 de janeiro de 2015 16.01>**

**<LordDrek convidou Vilepechora, Páginabranca, Corella, Endiabrado1, Verme28>**

**LordDrek:** ISSO É URGENTE

**<Páginabranca entrou no canal>**

**Páginabranca:** é sobre o filme?

**LordDrek:** muito maior do que isso

**<Corella entrou no canal>**

**Corella:** ah, meu Deus, vocês viram as notícias?

**Páginabranca:** sobre o filme?

**Corella:** não, aqueles atiradores que balearam os cartunistas em Paris

**<Verme28 entrou no canal>**

**<Vilepechora entrou no canal>**

**Páginabranca:** Charlie qualquer coisa, sim.

**LordDrek:** Charlie Hebdo

**LordDrek**: é isso o que devíamos fazer com Ledwell. Entrar lá e atirar nela e em todos os babacas que ela botou para trabalhar no filme e começar de novo.

**Vilepechora**: rsrs

**Verme28**: Drek , não brinque com essas coisas

**Páginabranca**: era por isso que você queria reunir todos nós? para planejar um tiroteio?

**LordDrek**: Você não está totalmente errada

**Páginabranca**: pq vc não convidou Anomia e Morehouse?

**LordDrek**: Anomia, você vai ver em um segundo. Morehouse porque não confio que ele não vá contar direto para Anomia.

**Páginabranca**: Contar o que a Anomia?

**LordDrek**: Você vai ver.

**Verme28**: você está me deixando nervosa

**LordDrek**: espere até ouvir o que eu tenho a dizer

**LordDrek**: aí você vai ficar nervosa de verdade

**<Endiabrado1 entrou no canal>**

**Endiabrado1**: desculpem, precisei me trocar

**Vilepechora**: você sabe que não podemos ver você, certo?

**Endiabrado1**: ha ha

**Endiabrado1**: trocar o uniforme esportivo

**Vilepechora**: que esporte?

**Endiabrado1**: futebol

**LordDrek**: está bem, se preparem

**LordDrek**: Vilepechora e eu ficamos desconfiados em relação a Anomia

**LordDrek**: então nós localizamos o endereço de IP

**Páginabranca**: que merda é essa?

**Vilepechora**: Há outras coisas que descobrimos ou fizemos uma conexão

**Vilepechora**: mas o endereço de IP confirma quem ela realmente é

**Endiabrado1**: Eu SABIA que ela era uma garota

**LordDrek**: bom, você estava certo

**LordDrek**: mas não qualquer garota

**Corella**: o que você quer dizer?

**LordDrek**: está bem, lá vai

**LordDrek**: Anomia = Edie Ledwell

>

**Endiabrado1**: não fode

**Verme28**: ??????????????

**Páginabranca**: isso não faz sentido

**Vilepechora**: faz

**Vilepechora**: nós fomos enganados

**LordDrek**: enganados como idiotas

**Corella**: por que ela faria isso?

**LordDrek**: porque ela está jogando um jogo maligno

**Endiabrado1**: desculpe, mas isso não pode ser verdade de jeito nenhum

**LordDrek:** é sim

**LordDrek:** ela vai "fazer um acordo" com Anomia para que o jogo se torne oficial e começar a cobrar

**Vilepechora:** só que não há nenhuma Anomia. É o jogo de Ledwell, sempre foi

**Endiabrado1:** não acredito nisso

**Páginabranca:** nem eu

**Páginabranca:** Morehouse nunca ia concordar com isso

**LordDrek:** você já conheceu Morehouse pessoalmente?

**Páginabranca:** não

**Vilepechora:** nem o viu se masturbar pra você na sua webcam?

**Páginabranca:** vá se foder, Vilepechora

**Páginabranca:** Só não acredito que Morehouse concordaria com Ledwell enganar a todos nós desse jeito

**Endiabrado1:** O que ela ganharia fingindo ser Anomia e trollando a si mesma?

**LordDrek:** fácil: ela "conheceria" Anomia e decidiria que, no fim das contas, ele é um cara legal — ele tem preocupações válidas com o excesso de comercialização e todas essas coisas

**LordDrek:** "vamos monetizar o jogo. Anomia pode ficar com os lucros. Ele merece"

**LordDrek:** ela provavelmente vai arranjar um garoto aleijado para interpretar Anomia para criar uma comoção extra

**LordDrek**: Aí o Anomia aleijado diz aos fãs que agora que ele a conheceu, ele percebe que entendeu tudo errado, ela é boa gente. Blay é afastado/sofre bullying dos fãs que querem o jogo

**Vilepechora**: os fãs passam a adorar Ledwell, ela consegue toda a atenção da imprensa e o dinheiro

**LordDrek**: e os fãs vão entregar sua grana achando que Anomia vai ficar com o dinheiro

**LordDrek**: só um problema: Ledwell vai precisar de um bode expiatório para levar a culpa por "hackear" Anomia, ou seja lá qual vai ser a desculpa pelas críticas que ele fez a ela

**LordDrek**: E ela tem dinheiro e habilidades para incriminar um de nós

**Verme28**: Eu não entendo . Ela odeia Anomia .

**Vilepechora**: foi tudo fingimento, idiota. Seu jeito de se fazer de vítima para a imprensa e os fãs

**LordDrek**: se vocês querem provas, vou enviar agora

**<LordDrek quer enviar um arquivo>**

**<Clique alt+y para aceitar o arquivo>**

>

>

>

>

**Verme28**: merda , é muita coisa

**Corella**: meu Deus, há quanto tempo vcs estão trabalhando nisso?

**LordDrek**: meses

>

>

**Corella**: uau

**Corella**: lembram de quando o jogo saiu do ar naquela vez em que Ledwell estava no hospital???? Eu nunca fiz essa conexão!

**Páginabranca**: tem certeza de que as datas batem?

**Corella**: meu Deus, sempre soube que ela era mentirosa, mas isso é loucura

**Endiabrado1**: como vocês conseguiram os e-mails dela para o agente???

**LordDrek**: de uma fonte interna no escritório de seu agente que acha que ela é uma vaca completa

**Corella**: MEU DEUS, SIM - vocês se lembram de quando ela disse que só falaria com Anomia se eles se encontrassem pessoalmente?

**Vilepechora**: é, ela estava preparando o terreno

**Corella**: Achei que foi muito esquisito na época! Por que ela ia mesmo pensar em se encontrar com ele se ele a odiava tanto?

**Vilepechora**: exatamente

**LordDrek**: e leiam os posts apagados no Twitter. Ela escorregou mais de uma vez tuitando por acidente mensagens de Anomia de sua própria conta

**Corella**: Estou passando mal de verdade

**Vilepechora**: e não se esqueçam, nós estávamos falando mal de Ledwell na frente dela esse tempo todo

**Verme28**: então esse é o fim do jogo ? Não podemos jogar mais ?

**Páginabranca**: não é não, não seja estúpida

**Páginabranca**: o jogo é nosso, não dela

**Páginabranca**: o jogo é maior que Blay/Ledwell

**Verme28**: pare de usar seus nomes completos , não temos permissão ! Regra 14 !

**LordDrek**: se querem minha opinião, B*** precisa saber até onde vai a traição dela

**LordDrek**: ela está querendo ferrar com ele tanto quanto como nós

**Vilepechora**: então como contamos a ele?

**Corella**: eu podia ir falar com ele, se vcs quiserem

**Verme28**: você não sabe onde ele mora

**Corella**: eu sei, na verdade. Ele vai me ver. Tenho certeza que vai

**Páginabranca**: você conhece J*** B***? sério?

**Corella**: é. Eu esqueci, vocês provavelmente entraram depois que eu contei aos outros. Eu trabalhei como assistente pessoal de L****** e de B***.

**Páginabranca**: caceta????

**Corella**: Drek, nós podíamos ir falar com J*** juntos.

**LordDrek**: não posso, querida, foi mal, estou ocupado com você sabe o quê

**Verme28**: o quê ?

**LordDrek**: deixa pra lá

**Verme28**: eu sou a única que não quebra a regra 14 ?

**Corella**: está bem, então eu vou sozinha e mostro a ele esse dossiê

**LordDrek**: está falando sério?

**Corella**: é claro, o que ela está fazendo é desprezível

**Endiabrado1**: Corella, você a conhece — você realmente acha que ela podia fingir ser Anomia?

**Corella**: honestamente? Acho. Trabalhar para ela não foi uma experiência divertida. Ela é muito dura e quer tudo o que pode conseguir

**LordDrek**: tem certeza de que não tem nenhum problema você ir sozinha?

**Corella**: tenho, claro

**LordDrek**: eu queria poder ir

**Vilepechora**: isso é incrível de sua parte, Corella

**Corella**: tudo pelos fãs

**Vilepechora**: Ok, então, lembrem-se: nenhuma palavra no canal de moderadores ou em frente a Anomia ou Morehouse

**Vilepechora**: precisamos ser extremamente cuidadosos

**Vilepechora**: e não ajam de maneira diferente

**<Um novo canal privado foi aberto>**

**<7 de janeiro de 2015 16.25>**

**<LordDrek convidou Corella>**

**<Corella entrou no canal>**

**Corella**: E aí, como estão indo os ensaios?

**Vilepechora:** nenhuma crítica, nenhuma sugestão, nada

**Vilepechora:** porque ela vai estar procurando um bode expiatório

**Verme28:** merda , preciso ir , estou atrasada para o trabalho

**<Verme28 saiu do canal>**

**Páginabranca:** Eu devia estar moderando. Até logo.

**<Páginabranca saiu do canal>**

**Endiabrado1:** gente, eu ainda não tenho certeza disso

**Vilepechora:** leia o arquivo inteiro e você vai mudar de ideia.

**<Endiabrado1 saiu do canal>**

>

>

>

>

>

**<Corella saiu do canal>**

**LordDrek:** todos eles saíram?

**Vilepechora:** kkkkk

**Vilepechora:** Caralho, eles são estúpidos

**Vilepechora:** não tenho certeza se Endiabrado1 acreditou em tudo

**LordDrek:** quem se importa com o que aquela bicha pensa

**LordDrek:** tudo o que precisamos é que Blay acredite

**Vilepechora:** verdade

**LordDrek:** Muito trabalho. Mas Chekov é isso aí. Escute, querida, você me faz um favor?

**LordDrek:** Não conte a Josh onde você conseguiu o arquivo.

**LordDrek:** se ele achar que foram dois moderadores de Drek's Game que o montaram, ele pode não confiar

**Corella:** está bem, mas onde eu digo que consegui?

**LordDrek:** diga que fontes e fãs preocupados enviaram o material para você. Isso é digno de crédito, você é uma líder entre os fãs

**Corella:** está bem, faz sentido. Vou tentar encontrar com Josh esse sábado

**LordDrek:** você é uma heroína. Nos mantenha informados.

**Corella:** vou fazer isso bjos

**Corella:** ok, preciso voltar ao trabalho, nos falamos em breve bjos

>

>

**LordDrek:** Obrigado, minha linda bjos

**<Corella saiu do canal>**

**<LordDrek saiu do canal>**

**<Canal privado foi fechado>**

**LordDrek:** Eu acabei de chamar aquela porca gorda da Corella de "minha linda"

**Vilepechora:** kkkkkk seu corno

**LordDrek:** mas ela concordou em não dizer onde conseguiu o material

**Vilepechora:** incrível

**Vilepechora:** você acha que Páginabranca vai contar a Morehouse?

**LordDrek:** não se ela tiver algum bom senso

**LordDrek:** o fogo está aceso, cara

**Vilepechora:** vou rir muito se isso funcionar...

# 6

*Tu vais ter fama! — Oh, escárnio! Dá aos juncos*
*proteção da tempestade — dá à trepadeira que cai*
*algo redondo no qual seus ramos possam se entrelaçar.*
*Dá à flor ressequida uma gota de chuva, e a recompensa*
*das doces palavras de amor para uma mulher! Fama inútil!*

Felicia Hemans
*Properzia Rossi*

A última tarde de sexta-feira de janeiro encontrou Robin sentada sozinha à mesa dos sócios no pequeno escritório da agência na Denmark Street, matando tempo antes de sair para ver um apartamento em Acton, revisando o arquivo do Aliciador. Havia muito barulho na rua lá fora, uma grande obra continuava causando tumulto perto de Charing Cross Road, e todas as viagens de e para o escritório significavam andar sobre tábuas, passar por britadeiras e os assovios dos operários. Em consequência da confusão ali fora, a primeira indicação que Robin teve de que um possível cliente acabava de entrar não foi a porta externa se abrindo, mas o telefone tocando.

Ao atender, ela ouviu o barítono de Pat.

— Mensagem do sr. Strike. Você estaria livre para visitar Gateshead este sábado?

Isso era um código. Desde a solução no ano anterior de um caso antigo, que valeu à agência cobertura elogiosa da imprensa, dois possíveis clientes de excentricidade pronunciada procuraram o escritório. O primeiro, uma mulher com nítidos problemas mentais, implorara a Barclay, o único detetive presente na hora, para ajudá-la a provar que o governo a estava observando pela entrada de ventilação de seu apartamento em Gateshead. O segundo, um homem muito tatuado que parecia levemente maníaco, ameaçara Pat quando ela lhe disse que não havia detetives disponíveis para anotar os detalhes sobre seu vizinho, que ele estava convencido ser parte de uma célula do Estado Islâmico. Felizmente, Strike entrara no momento em que o homem pegou o grampeador de Pat com o aparente propósito de atirá-lo nela. Desde então, Strike insistira que Pat mantivesse a porta trancada quando estivesse sozinha no escritório, e todos concordaram com um código que significava, basicamente, "Tenho um maluco aqui".

— Ameaçador? — perguntou Robin em voz baixa.

— Ah, não — disse Pat com calma.

— Problemas mentais?

— Talvez um pouco.

— Homem?

— Não.

— Você pediu que ela fosse embora?

— Pedi.

— Ela quer falar com Strike?

— Não necessariamente.

— Está bem, Pat, eu vou falar com ela. Já estou saindo.

Robin desligou o telefone, pôs o arquivo do Aliciador de volta na gaveta e foi para o escritório externo.

Uma mulher jovem com cabelo castanho despenteado na altura do ombro estava sentada no sofá em frente à mesa de Pat. Robin notou imediatamente várias coisas estranhas na aparência da mulher. Ela passava uma impressão geral de desleixo, até sujeira: usava botas de cano curto que precisavam de saltos novos, delineador descuidado que parecia ter sido aplicado no dia anterior e uma camisa tão amarrotada que parecia ter sido usada para dormir. Entretanto, a menos que fosse falsa, a bolsa Yves Saint Laurent que estava ao seu lado no sofá teria custado mais de mil libras, e seu casaco de lã, comprido e preto, parecia novo e de boa qualidade. Quando ela viu Robin, a mulher perdeu o fôlego e arquejou e, antes que a detetive pudesse falar qualquer coisa, disse:

— Por favor, não me mande embora. Eu preciso muito, *muito* falar com você.

Robin hesitou, então disse:

— Está bem. Entre. Pat, você pode dizer a Strike que está tudo bem com a ida a Gateshead?

— Hum — disse Pat. — Eu, pessoalmente, teria recusado.

Robin se afastou para deixar a mulher jovem entrar no escritório interno, então disse para Pat sem emitir som:

— Vinte minutos.

Quando Robin fechou a porta do escritório interno, ela percebeu que a parte de trás do cabelo da mulher estava um pouco emaranhada, como se não fosse escovado houvesse dias, mas a etiqueta que aparecia nas costas de seu casaco declarava que ele tinha vindo de Alexander McQueen.

— Aquilo foi algum tipo de código? — disse ela, voltando-se para Robin. — A coisa sobre Gateshead?

— Não, é claro que não — mentiu Robin com um sorriso reconfortante. — Sente-se.

Robin se sentou atrás da mesa, e a mulher, que parecia ter aproximadamente a mesma idade que ela, ocupou a cadeira a sua frente. Apesar do cabelo despenteado, da maquiagem mal aplicada e da expressão cansada, ela era atraente de um jeito diferente. Seu rosto quadrado era pálido; sua boca, generosa, e os olhos, de um tom atraente de âmbar. A julgar pelo sotaque, era nascida em Londres. Robin percebeu uma tatuagem pequena e borrada em um dos nós de seus dedos, um coração negro que parecia ter sido desenhado por ela mesma. As unhas estavam roídas até o talo, e o dedo indicador e o médio da mão direita estavam manchados de amarelo. No aspecto geral, a estranha parecia alguém em má situação que acabara de fugir da casa de uma mulher rica, roubando seu casaco e sua bolsa no caminho.

— Acho que eu não posso fumar, certo? — perguntou ela.

— Infelizmente, não. Cigarros são proibidos neste...

— Tudo bem — concordou a mulher. — Eu tenho chiclete.

Ela remexeu em sua bolsa, primeiro pegando uma pasta de cartolina marrom cheia de papéis. Enquanto tentava pegar um chiclete da embalagem equilibrando a bolsa nos joelhos e segurando a pasta, os papéis em seu interior caíram e se espalharam pelo chão. Robin viu que eram uma mistura de prints do Twitter e anotações manuscritas.

— Merda, desculpe — disse a mulher sem fôlego, pegando os papéis caídos e devolvendo-os à pasta. Depois de guardá-los novamente na bolsa e de pôr um chiclete na boca, ela se sentou ereta outra vez, sua aparência agora ainda mais desgrenhada, com o casaco em um monte desleixado ao seu redor e a bolsa agarrada defensivamente no colo como se fosse um animal de estimação que pudesse fugir. — Você é Robin Ellacott, certo?

— Sou — afirmou Robin.

— Eu esperava falar com você. Li sobre você no jornal — disse a mulher. Robin ficou surpresa. Os clientes em geral queriam Strike. — Meu nome é

Edie Ledwell. Aquela mulher lá fora disse que vocês não têm mais espaço para novos clientes...

— Infelizmente, isso é...

— Eu sabia que vocês deviam estar sendo muito procurados, mas posso pagar — disse ela, e sua voz carregava uma estranha insinuação de surpresa. — Eu posso mesmo pagar. Tenho dinheiro e estou, para ser perfeitamente honesta, desesperada.

— Nós *estamos* com a agenda lotada, infelizmente — começou a dizer Robin. — Temos uma lista de espera de...

— Por favor, não posso apenas lhe dizer do que se trata? Posso fazer apenas isso? Por favor? E então, talvez, mesmo que no fim das contas vocês não possam... de fato, não possam *fazer* isso, você pode me dar algum conselho sobre como proceder, ou me indicar alguém que possa ajudar? Por favor?

— Está bem — disse Robin, cuja curiosidade tinha sido despertada.

— Está bem, então... Você já ouviu falar do *Coração de nanquim*?

— Hã... já — disse Robin, surpresa. Sua prima Katie tinha mencionado o desenho animado uma noite no jantar no Zermatt. Katie havia assistido a *O coração de nanquim* enquanto estava de licença-maternidade e ficou fascinada por ele, embora parecesse não saber ao certo se era engraçado ou simplesmente estranho. — Está na Netflix, não é? Eu, na verdade, nunca assisti.

— É, enfim, na verdade, isso não importa — disse Edie. — A questão é que eu o criei com meu ex-namorado e é um sucesso, ou algo assim... — Edie parecia estranhamente tensa ao dizer a palavra. — E talvez haja um acordo para um filme, mas isso só é relevante porque... Bom, isso não é relevante para o que eu preciso que seja investigado, mas eu só preciso que você saiba que *posso* pagar.

Antes que Robin pudesse dizer qualquer coisa, mais palavras jorraram.

— Então dois fãs de nosso desenho, isso há alguns anos, e imagino que se possa chamá-los de fãs, ou pelo menos eram, no princípio... esses dois fãs criaram um jogo online com base em nossos personagens.

"Ninguém sabe quem são as duas pessoas que fizeram o jogo. Eles chamam a si mesmos de Anomia e Morehouse. Anomia ganha a maior parte do crédito, e ele tem muitos seguidores online. Algumas pessoas dizem que Anomia e Morehouse são a mesma pessoa, mas não sei se isso é verdade.

"Enfim Anomia..." Ela respirou fundo. "Ele, tenho quase certeza de que é homem, tomou como sua missão..."

De repente, ela riu, uma risada tão sem humor que podia ter sido um grito de dor.

—Tornar minha vida tão insuportável quanto possível. É tipo... diariamente... ele nunca desiste, isso nunca para.

"Começou quando Josh e eu demos uma entrevista e nos perguntaram se tínhamos visto o jogo de Anomia e se havíamos gostado dele. E, isso é difícil de explicar, tem um personagem no desenho chamado Drek, certo? Eu, na verdade, gostaria *muito* que não houvesse um personagem chamado Drek no desenho, mas agora é tarde demais para isso. Enfim, em nossa animação, Drek faz os outros personagens jogarem um jogo, e ele está sempre inventando regras novas, o que sempre acaba mal para todas as outras pessoas, exceto Drek. Seu jogo, *na verdade,* não é um jogo, não há nenhuma lógica nele, é só ele perturbando os outros personagens.

"Então nos perguntaram na entrevista se tínhamos visto o jogo de Anomia e Morehouse, e eu disse que tinha, mas que o jogo em nosso desenho, na realidade, não é um jogo. É mais uma metáfora. Desculpe, isso pode parecer estúpido, mas foi onde começou, sabe? Quando eu disse que o jogo de Anomia, na verdade, não era o mesmo que no desenho.

"Enfim, Anomia ficou furioso quando a entrevista foi publicada online. Ele começou a me atacar sem parar. Disse que tinham tirado todas as regras de seu jogo diretamente das regras de Drek, então que merda eu estava fazendo ao dizer que não era o mesmo jogo? E um monte de fãs concordaram com ele, dizendo que eu estava lançando dúvidas sobre o jogo porque ele era gratuito, e que eu queria acabar com ele para poder fazer um jogo oficial de Drek e lucrar com isso.

"Eu achei que isso fosse passar, mas só ficou cada vez pior. Você não imagina... a situação foi de mal a pior... Anomia publicou online uma foto do meu apartamento. Convenceu as pessoas de que eu tinha trabalhado como prostituta quando estava sem dinheiro. Ele me enviou fotos da minha mãe morta, dizendo que eu tinha contado mentiras sobre sua morte. E os fãs acreditam em tudo isso, e eles me atacam por coisas que eu nunca fiz, nunca disse, coisas em que eu não acredito.

"Mas ele sabe coisas sobre mim que não deveria.

"Ano passado", disse Edie, e Robin pôde ver seus dedos tremendo em torno das alças da bolsa cara, "eu tentei me matar."

— Eu sinto... — começou a dizer Robin, mas Edie fez um gesto de impaciência. Ela evidentemente não queria compaixão.

— Praticamente ninguém sabia o que eu tinha feito, mas Anomia já estava ciente antes de haver qualquer cobertura na imprensa. Ele sabia até em que hospital eu estava. Ele tuitou sobre isso, dizendo que era tudo armação, feita para que os fãs tivessem pena de mim.

"Enfim, no último domingo", disse Edie, com a voz agora trêmula, "Josh, o cara com quem eu criei *O coração de nanquim*, como eu disse, nós éramos... nós estávamos juntos, mas nos separamos, só que ainda fazemos o desenho animado juntos. Josh me ligou e disse que estava circulando um boato de que *eu sou* Anomia, que estou atacando a mim mesma online e inventando mentiras sobre mim mesma, tudo por atenção e aprovação. Eu perguntei: 'Quem está dizendo isso?', mas ele não me contou, e só respondeu: 'Foi isso o que eu ouvi.' E falou que queria que eu lhe dissesse diretamente que não era verdade.

"Eu disse: '*Como você pode pensar, por um segundo, que essa porra seja verdade*?'"

A voz de Edie tinha se transformado em um grito.

— Desliguei na cara dele, mas ele tornou a ligar, e nós discutimos outra vez, e faz quase umas duas semanas e ele ainda acredita nisso, e não consigo convencê-lo...

Houve uma batida à porta.

— Oi? — respondeu Robin

— Alguém quer café? — disse Pat, entreabrindo a porta e olhando de Robin para Edie. Robin sabia que Pat queria checar se estava tudo bem, depois de ouvir a voz alta de Edie.

— Não, obrigada, Pat — disse Robin. — Edie?

— Eu... não, obrigada — respondeu Edie, e Pat tornou a fechar a porta. — Então, anteontem — recomeçou Edie —, Josh e eu falamos ao telefone outra vez, e dessa vez ele disse que tinha um dossiê com "provas"... — Edie fez aspas com os dedos — ... de que eu sou realmente Anomia.

— Isso é o... — disse Robin, apontando para a bolsa no colo de Edie que continha a pasta de cartolina.

— Não, isso são apenas algumas coisas que Anomia tuitou, eu não acho que essa merda de dossiê de Josh sequer exista. Eu perguntei a ele: "De onde veio isso?", e ele não me contou. Ele estava chapado — disse Edie. — Ele fuma muita maconha. Eu desliguei outra vez.

"Passei todo o dia de ontem, tipo, andando de um lado para outro e... Que merda de prova ele pode ter que comprove que eu sou Anomia? Isso é simplesmente *ridículo*!"

Sua voz se elevou outra vez e vacilou. Lágrimas, agora, escorriam de seus olhos âmbar. Ao limpá-las, Edie espalhou o delineador em faixas cinzentas sobre as bochechas e têmporas.

— Meu namorado estava no trabalho e eu estava... eu estava me sentindo muito desesperada, então pensei que só tem um jeito de acabar com isso. Eu preciso provar quem é Anomia. Porque eu acho que *sei*.

"O nome dele é Seb Montgomery. Ele estudou na escola de artes com Josh. Josh foi expulso da escola, mas ele e Seb permaneceram amigos. Seb nos ajudou a animar os dois primeiros episódios do *Coração de nanquim*. Ele é um bom animador, mas não precisamos mais dele quando seguimos em frente, e sei que ele ficou ressentido quando conseguimos muitos seguidores, e me culpou. É verdade que nunca gostei muito dele, mas não pressionei Josh a descartá-lo, nós simplesmente não precisávamos mais dele.

"Seb e Josh ainda são amigos, e Josh conta *qualquer coisa* para qualquer um, ele não tem nenhum tipo de filtro, especialmente quando está puto ou chapado, coisa que geralmente está, e é assim que Seb saberia as coisas pessoais que Anomia sabe sobre mim, mas o que *prova* que é Seb", disse Edie, com os nós dos dedos agora brancos em torno da alça da bolsa, "é que Anomia sabe uma coisa que eu só contei a Seb. Sabe, tem essa *outra* personagem no desenho..."

Embora Robin estivesse sentindo uma empatia verdadeira por aquela visitante sem convite, ela olhou discretamente para seu relógio. Os minutos estavam passando, e Robin tinha que ver um apartamento em Acton.

— ... chamada Páginabranca, ela é um fantasma e causou muito problema também, mas isso não importa, o relevante é que contei a Seb no pub uma noite que baseei a personagem de Páginabranca em minha ex-colega de apartamento. E, um mês atrás, Anomia tuitou isso, dando o nome da minha colega de apartamento.

"Eu liguei para Seb e disse a ele: 'Para quem você falou sobre Páginabranca e Shereece?' E ele fingiu que nem se lembrava de eu ter contado a ele.

"Ele está mentindo. Eu *sei* que Seb é Anomia, eu *sei* que é e preciso provar. Eu preciso, não consigo continuar assim. Seis meses atrás", prosseguiu Edie quando Robin abriu a boca para interromper outra vez, "eu mesma entrei no jogo para vê-lo por dentro. É bonito; quem quer que o tenha animado é sem dúvida talentoso, mas não é tão bom quanto um jogo de verdade, na verdade é mais uma sala de bate-papo. Muitos fãs entram nele para falar mal de mim, pelo que pude ver. Tentei perguntar aos outros jogadores quem era Anomia e se eles sabiam alguma coisa sobre ele. Alguém deve ter dito a ele que eu estava fazendo muitas perguntas, porque fui bloqueada.

"Praticamente não dormi na noite passada e, quando acordei esta manhã, tudo que consegui pensar foi: preciso fazer alguma coisa em relação a isso, porque não posso continuar assim. Eu preciso de um investigador particular, e por isso..."

— Edie — disse Robin, finalmente interrompendo-a. — Eu entendo totalmente por que você quer descobrir quem é Anomia, e eu simpatizo com você, mas...

— Por favor — implorou Edie, que pareceu se encolher no interior de seu casaco volumoso diante do tom de Robin. — Por favor, me ajude, a essa altura eu pago qualquer coisa.

— Não fazemos o tipo de trabalho que pode ser necessário aqui — concluiu Robin, com sinceridade. — Acho que você precisa de alguém especializado em investigar crimes cibernéticos, o que nós, na verdade, nunca fizemos. E não temos...

— Você não pode imaginar como é se perguntar quem é aquela outra pessoa, se perguntar quem odeia você tanto assim. O jeito que ele fala... ele gosta de Josh, mas me *odeia*. Acho que ele se vê como o verdadeiro... eu não sei, acho que ele acredita que devia estar no controle total do *Coração de nanquim*, para decidir as storylines e estabelecer condições para a empresa cinematográfica e escalar os dubladores, é isso que ele acha, como se devesse estar no comando, e eu fosse apenas um *parasita* inconveniente que se grudou acidentalmente à coisa que ele ama.

— Escute — disse Robin com delicadeza. — Vou lhe dar os nomes de duas outras agências que podem ser capazes de ajudá-la, pois não acho que somos a escolha certa para você.

Robin escreveu os nomes para Edie e lhe entregou a anotação.

— Obrigada — disse Edie em voz baixa, o papel tremendo enquanto olhava para os nomes das agências que Robin dera a ela. — Eu gostaria... Eu meio que queria que fosse você, mas suponho que, se você não pode...

Ela enfiou o papel na bolsa, e Robin resistiu à vontade de dizer a ela que não o perdesse, o que parecia muito provável. Ao perceber Robin olhando para a bolsa, Edie a ergueu de leve do colo.

— Eu só a tenho há um mês — disse ela, e virando-a mostrou a Robin várias manchas pretas sobre o couro vermelho. — Minha caneta estourou. Sou uma merda para conservar as coisas em bom estado. Eu a comprei porque disse a mim mesma que eu merecia porque somos um sucesso... Ha, ha, ha — acrescentou ela com amargura. — Um enorme sucesso.

Ela se levantou, agarrada à bolsa, e Robin também ficou de pé. A luz forte do escritório enfatizava a palidez de Edie, e quando Robin seguiu em sua direção para abrir a porta, ela percebeu que o que achara ser maquiagem no pescoço de Edie era, na verdade, um hematoma.

— O que aconteceu com seu pescoço?

— O quê? — disse Edie.

— Seu pescoço — disse Robin, apontando. — Tem um hematoma.

— Ah.

Edie ergueu a mão até onde Robin percebera o hematoma.

— Não é nada. Eu sou desajeitada. Como você pode ter percebido.

Pat olhou para elas quando Robin e Edie entraram no escritório externo.

— Tem um banheiro que eu possa usar? — perguntou Edie, com a voz constrangida.

— No patamar da escada, ao lado da porta de entrada — orientou Robin.

— Certo. Bom... Tchau, então.

A porta de vidro se abriu e se fechou, e Edie Ledwell desapareceu.

# 7

*Ela ainda foge, e cães ainda mais ferozes*
*e famintos correm em seu encalço,*
*Ela ainda foge, e ainda mais rápido*
*a seguem os caçadores...*

Amy Levy
*Run to Death*

— O que ela queria? — perguntou Pat em sua voz grave e rouca.

— Queria que investigássemos alguém que a está perseguindo na internet — disse Robin.

Embora fosse verdade que eles não tinham espaço para mais uma cliente e que a agência não era especializada em crimes cibernéticos, Robin desejou que pudesse ter assumido o caso de Edie Ledwell. Quanto mais bem-sucedida ficava a agência, maior a proporção de indivíduos desagradáveis que gravitavam em sua direção. Claro, as pessoas que buscavam provar infidelidade ou traição estavam, por definição, sob certa quantidade de pressão, mas alguns de seus clientes recentes, principalmente o bilionário da South Audley Street, tinham a clara tendência de tratar Robin como criada, e o ingênuo "Eu queria que fosse você" tinha tocado Robin. Através da porta de vidro veio o som da descarga barulhenta do banheiro no patamar da escada, e Robin viu a sombra escura do casaco preto de Edie passar pela porta, então ouviu o clangor de seus passos descendo a escada de metal.

—Você a dispensou? — disse Pat com voz rouca, dando um trago demorado em seu cigarro eletrônico.

— Tive que dispensar — respondeu Robin, dirigindo-se para a área da cozinha. Tinha tempo para uma xícara de chá antes de ir para Acton.

— Bom — disse Pat bruscamente, voltando-se para sua digitação. — Eu não gostei dela.

— Por que não? — quis saber Robin, voltando-se para olhar a gerente do escritório.

— Muito melodramática, na minha opinião. Seu cabelo também precisava de uma boa escovada.

Acostumada aos julgamentos rápidos e descompromissados de Pat, que tinham, em grande parte, origem na aparência das pessoas e, às vezes, em sua semelhança superficial com pessoas que ela já conhecia, Robin não se deu ao trabalho de contradizê-la.

— Quer um chá? — perguntou ela quando a chaleira ferveu.

— Quero, obrigada — disse Pat, agitando o cigarro eletrônico enquanto continuava a digitar.

Robin preparou a bebida das duas e, em seguida, voltou para o escritório interno, fechou a porta e tornou a sentar na mesa dos sócios. Depois de olhar distraidamente para o arquivo do Aliciador por alguns segundos, Robin o afastou para o lado, ligou o computador e digitou "O coração de nanquim animação" no Google.

"*Animação independente gera culto de seguidores…*"; "*sucesso enorme…*"; "*Do YouTube a Hollywood:* O coração de nanquim *vai alcançar o sucesso na tela grande?*"

Robin abriu o YouTube, encontrou o primeiro episódio do desenho animado e apertou o play.

Um piano tilintante e assustador tocou sobre uma névoa que rodopiava animada e que lentamente se abriu para revelar lápides ao luar. A tomada passou por anjos de pedra cobertos de hera até revelar uma figura feminina translúcida, sozinha, branca perolada em meio aos túmulos.

— *Triste, tão triste* — disse o fantasma, e, embora seu rosto tivesse traços simples, era estranho o quanto seu pequeno sorriso era sinistro.

Ela se virou e saiu flutuando entre as sepulturas, se dissolvendo na escuridão. Em primeiro plano, algo brilhante e negro irrompeu do chão com um som desagradável de esguicho. Ele se virou para olhar para o espectador, e Robin viu que era um coração humano com um rosto sorridente e inocente completamente incompatível com sua aparência grotesca. Robin registrou vagamente o som da porta de vidro da entrada se abrir outra vez, enquanto o coração acenava com uma artéria cortada e dizia com o timbre animado de um apresentador de TV infantil:

— *Olá! Eu sou Cori. Moro no cemitério de Highgate com meus amigos. Vocês podem estar se perguntando por que eu não me decompus...*

Houve uma batida à porta, e Midge entrou sem esperar resposta.

— *... bom, isso é porque eu sou mau!*

— Ah, desculpe — disse Midge. — Achei que fosse sua tarde de folga. Eu preciso do...

Ela se calou, parecendo desconcertada, e foi até as costas de Robin para olhar a tela, onde Cori agora circulava entre sepulturas, apresentando vários personagens que saíam rastejando do chão para se juntar a ele.

— Você deve estar brincando — disse Midge, parecendo horrorizada. — Você também?

Robin silenciou o volume do desenho animado.

— O que você quer dizer com "eu também"?

— Minha ex era totalmente *obcecada* por essa porra de desenho. É uma *merda.* Como algo que você inventaria quando estivesse viajando.

— Eu nunca tinha visto até hoje — disse Robin. — A cocriadora esteve aqui há pouco, querendo que fizéssemos um serviço para ela.

— Quem... aquela tal de Ledwell?

— É — disse Robin, surpresa por Midge ter o nome na ponta da língua.

Lendo corretamente a expressão de Robin, Midge disse:

— Beth a odiava.

— Sério? Por quê?

— Não tenho ideia — disse Midge. — Seus fãs são tóxicos. *Jogue o jogo, cara!* — acrescentou ela com voz esganiçada.

— O quê? — disse Robin, meio que rindo.

— É um dos bordões. No desenho animado. Beth sempre dizia isso quando eu não queria fazer alguma coisa. *Jogue o jogo, cara!* Totalmente ridículo. Ela também costumava jogar a merda do jogo. Online.

— O que foi feito por Anomia? — perguntou Robin, interessada.

— Não tenho ideia quem fez. Babaquice infantil — disse Midge, pegando o arquivo do Aliciador sobre a mesa. — Se importa se eu pegar isso? Tenho que acrescentar algumas anotações.

— Vá em frente.

Quando Midge deixou a sala, o celular de Robin tocou: era Strike. Ela apertou a pausa no desenho animado emudecido.

— Oi.

— Oi — disse Strike, que parecia estar em algum lugar movimentado: ela podia ouvir trânsito. — Desculpe, sei que é sua tarde de folga...

— Sem problema — disse Robin. — Ainda estou no escritório. Tenho que ver um apartamento em Acton às seis; não fazia muito sentido ir antes para casa.

— Ah, está bem — disse Strike. — Eu queria saber o que você achava de trocar de trabalho amanhã? Seria mais conveniente para mim fazer Sloane Square em vez de Camden.

— Tudo bem — respondeu Robin. Na tela do computador a sua frente, o coração negro estava congelado, apontando para a porta escura de um mausoléu.

— Obrigado, eu agradeço — disse Strike. — Está tudo bem? — acrescentou ele, que tinha captado um tom estranho na voz de Robin.

— Tudo bem, é só que... tivemos alguém de Gateshead há pouco. Bom, Pat achou que ela fosse de Gateshead. Na verdade, não era. Você já ouviu falar no *Coração de nanquim*?

— Não, o que é isso, um pub?

— Um desenho animado — disse Robin, tornando a apertar o play. A animação ainda estava silenciosa. Cori recuava temeroso para longe de uma figura que emergia lentamente da porta do túmulo. Ela era grande, corcunda e usava uma capa preta, com um rosto exageradamente em forma de bico. — A cocriadora queria que investigássemos um fã que a está importunando na internet.

— Hum — respondeu Strike. — O que você disse?

— Que estávamos ocupados demais, mas disse a ela que a Patterson Inc. e McCabes ambos investigam crimes cibernéticos.

— Hum, eu não gosto de dar trabalho para Patterson.

— Eu queria ajudá-la — disse Robin levemente na defensiva. — Ela estava abalada.

— É justo — disse Strike. — Bom, obrigado pela troca. Eu lhe devo uma.

Depois que Strike desligou, Robin religou o som do desenho animado. Ela assistiu por mais um minuto, aproximadamente, mas não conseguiu entender direito. Talvez tivesse perdido pontos chave da trama enquanto estava mudo, mas no geral tinha que concordar com Midge: além de belamente animado, ele tinha o ar da fantasia macabra de um maconheiro.

Ela estava prestes a desligar o PC quando Pat bateu à porta e tornou a entrar na sala.

— Isso estava no banheiro — disse ela, brandindo a pasta de cartolina. — Aquela garota desgrenhada deve ter esquecido. Estava em cima da caixa de água.

— Ah — disse Robin, pegando-a. — Certo... bom, ela talvez volte atrás disso. Se não, devíamos encontrar um endereço para enviá-la para ela. Você poderia dar uma olhada para ver se ela tem um agente ou algo assim, por favor, Pat? O nome dela é Edie Ledwell.

Pat deu uma fungada que indicava claramente que gostava ainda menos de Edie Ledwell por ter esquecido sua pasta e saiu da sala.

Robin esperou que a porta se fechasse antes de abrir a pasta. Edie tinha imprimido um grande número de publicações de Anomia no Twitter, nas quais ela havia feito anotações com uma letra floreada muito distinta.

Anomia tinha mais de cinquenta mil seguidores no Twitter. Robin começou a folhear as publicações, que, depois de terem caído no chão, não estavam em ordem cronológica.

---

**Anomia** @AnomiaGamemaster

Aqueles que compram as histórias tristes de pobreza da Comilona devem saber que seu tio rico deu dinheiro a ela duas vezes no início dos anos 2000. #EdieMentira

16h21 22 set 2011

Edie escrevera embaixo do post: *Anomia ou me chama de "Edinheiro Comilona" porque sou uma ex-bulímica e porque obviamente eu me importo apenas com dinheiro, ou "Edie Mentira" porque supostamente minto o tempo inteiro sobre meu passado e minha inspiração. É verdade que meu tio me deu algum dinheiro. Foram 200 libras uma vez e 500 na outra. Eu não tinha onde morar na segunda vez. Ele me deu o dinheiro e disse que não podia fazer mais nada por mim. Josh sabe disso e pode muito bem ter contado para Seb.*

Robin passou para a página seguinte.

**Anomia** @AnomiaGamemaster
A Comilona faz piadas em particular sobre se inspirar na colega de apartamento negra chamada Shereece Summers para criar Páginabranca. Continue a abusar de seu poder, Edinheiro.

3h45 24 janeiro 2015

*Eu contei a Seb que tinha me inspirado parcialmente em Shereece quando criamos a personagem Páginabranca, o fantasma, mas nunca contei a mais ninguém que ela era parte da inspiração.*

Robin olhou o post seguinte.

**Anomia** @AnomiaGamemaster
Notícia interessante, fãs do jogo. #EdinheiroComilona pode desprezar NOSSO jogo, mas na verdade ela é uma especialista em outra coisa #NoJogo

> **Max R** @mreger#5
> Não tenho orgulho disso, mas em 2002 paguei a @EdLedDesenha por um boquete

16h21 13 abril 2012

*Isso*, escrevera Edie, *é uma de suas jogadas favoritas. Ele consegue que outros haters de quem é amigo façam o trabalho sujo para ele, fazendo afirmações que ele pode retuitar, de forma que não se pode dizer que foi ele quem inventou a mentira.*

Robin virou outra página.

**Anomia** @AnomiaGamemaster
Soube que Edie Ledwell "tentou se suicidar". Nenhum comentário do agente. Alguém tem mais informação?

22h59 24 maio 2014

**Anomia** @AnomiaGamemaster
Uma fonte me diz que ela está no hospital de Kensington. Suposta overdose.

23h26 24 maio 2014

Embaixo disso, Edie escrevera: *Anomia soube que isso tinha acontecido após poucas horas. Achei que Josh fosse a única pessoa que soubesse.*

**Anomia** @AnomiaGamemaster
Hummmmmmm.....

> **JohnnyB** @jbaldw1n1>>
> Em resposta a @AnomiaGamemaster
> Bom, isso é estranho, porque minha irmã trabalha nesse hospital e a viu chegar andando sem ajuda e rindo

0h16 24 maio 2014

*Mentira, eu não cheguei andando ao hospital. Não me lembro de nada sobre chegar até lá, estava inconsciente. Esse tal de Johnny é outro de seus pequenos elfos colaboradores, alimentando-o com mentiras.*

**Anomia** @AnomiaGamemaster
?

> **Sally Anne Jones** @SAJ345_>
> Em resposta a @AnomiaGamemaster
> Não quero fazer piada, mas esse hospital faz muitos procedimentos cosméticos. Parece que teria havido um comunicado se ela tivesse tido uma overdose, não?

13h09 24 maio 2014

*Essa Sally Anne é uma conta fake, criada na mesma noite e que nunca tuitou outra vez. Desde então eles estão dizendo que fiz plástica no nariz.*

Abaixo, havia algumas respostas à notícia da tentativa de suicídio de Ledwell.

**Max R** @mreger#5
Em resposta a @AnomiaGamemaster
Eu digo que é mentira. Ela foi é fazer a droga de uma plástica no nariz enorme #Narigão

**Discípulo de Lepine** @D1scipulodeLepine
Em resposta a @AnomiaGamemaster
Alguém mora perto do hospital? Deve ser fácil fotografá-la saindo #Narigão

**Algernon Gizzard Esq** @Gizzard_Al
Em resposta a @AnomiaGamemaster
Morte por cirurgia plástica malfeita no nariz seria hilário 😂😂😂

---

**Drek É Meu Animal Espiritual** @JogueDreksgame
Em resposta a @Gizzard_Al @D1scipulodeLepine @AnomiaGamemaster
😂😂😂😂😂😂😂😂

---

**Zozo** @tinteiro28
Em resposta a @AnomiaGamemaster
Pare de rir disso . E se for real ?

---

**Laura May** @May_Flower*
Em resposta a @AnomiaGamemaster
Se ela realmente tentou se matar, o que você está fazendo não é legal

---

**Andi Reddy** @ydderidna
Em resposta a @May_Flower* @AnomiaGamemaster
Haveria um comunicado se ela tivesse realmente feito isso #trollandoporempatia

Robin verificou seu relógio: era hora de sair se quisesse ver o apartamento em Acton. Ela fechou a pasta e a levou consigo ao sair com a caneca vazia. Midge estava sentada no sofá, atarefada escrevendo suas anotações no arquivo do Aliciador.

— Tem algum plano para esta noite? — perguntou Pat enquanto Robin pegava o casaco no gancho perto da porta.

— Ver aquele apartamento em Acton — respondeu Robin. — Peço a Deus que seja melhor do que o último lugar que vi. Havia mofo por todo o teto do banheiro, e a pia estava se soltando da parede. O corretor imobiliário me disse que "precisava de reformas".

— A merda dos imóveis de Londres — resmungou Midge sem erguer os olhos. — Estou morando numa maldita caixa de ovos.

Robin se despediu das duas outras mulheres e saiu. Estava frio na Denmark Street. Enquanto caminhava em direção à estação do metrô, ela se viu examinando os pedestres à procura de Edie Ledwell, que, àquela altura, podia ter percebido que tinha perdido sua pasta, mas não havia sinal dela.

Era quase a hora do rush. Algo que não podia identificar estava incomodando Robin. Ela chegou ao alto da escada rolante antes de perceber que nada tinha a ver com Edie Ledwell ou seu desenho animado.

Strike não estava escalado para trabalhar à noite, então onde exatamente estava passando a noite para ser mais conveniente para ele ficar com o apartamento de Dedos na Sloane Square na manhã seguinte em vez da escola de Pernas em Camden?

# 8

*Ela era uma garota despreocupada e destemida...*
*Em sua essência de bom coração,*
*mas um tanto negligente com sua língua*
*e propensa a causar dor.*

Christina Rossetti
*Jessie Cameron*

A entrada do Nightjar, o bar escondido ao qual Strike estava se dirigindo, não era fácil de encontrar. Inicialmente ele passou direto pela discreta porta de madeira na City Road e teve que voltar. Depois de tocar a companhia e dizer seu nome, ele foi admitido e desceu a escada para um porão mal iluminado de madeira escura e tijolos aparentes.

Este seria o sexto encontro de Strike com Madeline Courson-Miles. Cada uma de suas noites anteriores tinha começado em um bar ou restaurante diferente escolhido por Madeline, e terminara na casa dela, um estábulo adaptado em Pimlico, que ela dividia com um filho, Henry, que ela dera à luz aos dezenove anos. O pai de Henry, com quem Madeline não tinha se casado, tinha a mesma idade quando Madeline engravidou. Ele acabou se tornando um designer de interiores de sucesso, e Strike ficou impressionado com o quanto o relacionamento deles parecia amigável.

Desde que se separou do pai de Henry, Madeline tinha se casado e se divorciado de um ator que a deixou pela protagonista de seu primeiro filme. Strike era, sem dúvida, uma proposta bem diferente dos homens com tendências artísticas com quem Madeline saíra anteriormente, mas, para a felicidade do detetive, ela parecia estar gostando do contraste. Em relação a Henry, de dezesseis anos, ele era monossilábico e usava o mínimo possível de educação com Strike sempre que eles entravam em contato na casa de Madeline. Strike não levou isso para o lado pessoal. Podia se lembrar dos próprios sentimentos em relação aos homens que sua mãe tinha levado para casa.

O detetive estava perfeitamente feliz em deixar que sua namorada escolhesse o lugar onde iam se encontrar, porque o trabalho havia dominado sua vida por tanto tempo que ele tinha pouco conhecimento dos melhores pontos noturnos de Londres. Algumas de suas ex, entre elas sua antiga noiva, Charlotte, ficavam sempre insatisfeitas com o tipo de lugar que ele podia bancar levá-las, mas atualmente ele tinha dinheiro o bastante para não ter que se preocupar com contas de restaurantes. Se ele tinha algum probleminha, era que Madeline às vezes parecia esquecer que um homem de seu tamanho precisava de mais que petiscos de bar no fim de um longo dia de trabalho, e ele tomara a precaução de comer um Big Mac com um saco grande de batatas fritas antes de ir para o Nightjar, que ela garantiu que oferecia boa bebida e música ao vivo.

Ele foi conduzido a uma mesa para dois e se sentou para esperar. Madeline costumava chegar pelo menos meia hora atrasada. Administrava um negócio muito bem-sucedido, a loja principal de uma rede na Bond Street, de onde vendia e emprestava joias para clientes influentes, entre eles atrizes de renome e membros da família real. Strike estava acostumado que Madeline chegasse agitada, falando freneticamente sobre o último problema de trabalho até que, abastecida com alguns goles de álcool, ela conseguia relaxar. Ela havia alcançado o sucesso por conta própria, e ele gostava de seu compromisso com o que fazia, sua paixão pelo seu negócio e suas observações incisivas sobre pessoas que a subestimavam pelo seu sotaque e sua origem. Por acaso, também era bonita e ávida por fazer sexo com ele, e, depois de seu longo período de celibato involuntário e aquele momento com Robin em frente ao Ritz, esses bálsamos para o ego eram excepcionalmente bem-vindos. Embora não tivesse dito a nenhum de seus amigos que estava saindo com Madeline, Strike estava tentando, como dizia para si mesmo, "dar uma chance às coisas".

— Vou esperar, obrigado — disse ele à garçonete que chegara para anotar seu pedido, e passou os vinte minutos seguintes examinando um cardápio de drinques que era notável tanto pelo tamanho quanto pelas misturas extravagantes em oferta. Na mesa ao lado, um casal tinha acabado de receber dois coquetéis que pareciam ter algodão doce equilibrado na borda dos copos. Strike ficaria muito mais feliz com um *pint* de Doom Bar.

— Querido, me desculpe por estar atrasada outra vez — disse, finalmente, a voz arquejante de Madeline.

Ela estava usando um minivestido de camurça e botas, e sua aparência, como em todas as outras vezes que saíram juntos, era maravilhosa. Sentando-se na cadeira ao lado dele, ela passou o braço pelo seu pescoço, puxou-o para um beijo na boca, então prosseguiu:

— Tive que me encontrar com advogados... *Meu Deus*, eu preciso de uma bebida. Eles viram as fotos e concordaram que aquelas vadias da Eldorado roubaram meu design. *Uma hora e meia* com o relógio ligado me explicando como é difícil provar isso, como se eu já não soubesse disso, mas imagino que me dizer a mesma coisa dez vezes mantém o relógio correndo, eles cobram por hora, então obviamente... Eu ainda não olhei, você vai ter que voltar depois — disse ela rispidamente à garçonete que havia reaparecido. A garota foi embora, e Madeline pegou o cardápio de coquetéis das mãos de Strike. — O que você está bebendo? Preciso de alguma coisa forte... O que acha deste lugar? É legal, não é? O que eu vou beber? Vodca, é, vou querer um Orca Punch. Aonde foi aquela garota?

— Você acabou de mandá-la embora — disse Strike.

— Merda, eu fui rude? Fui? Eu tive uma tarde horrível. Nós temos um novo segurança e ele é seriamente exagerado, quase parou Lucinda Richardson chegando à loja esta tarde. Acho que vou ter que dar a ele uma cola de quem *são* nossos clientes... Ah, aí está ela — disse Madeline, agora exibindo um sorriso para a garçonete, que voltou parecendo um pouco cautelosa. — Eu gostaria de um Orca Punch.

— E um Toronto, por favor — disse Strike, e a garçonete sorriu para ele e se foi.

— Como foi seu dia? — perguntou Madeline a Strike, mas, antes que ele pudesse responder, ela pôs a mão na coxa dele embaixo da mesa. — Querido, tenho de lhe perguntar uma coisa e estou um pouco preocupada. Acho melhor perguntar agora e tirar isso do caminho.

— Eu estava esperando por isso — disse Strike, sério. — Não. Eu não vou posar para você.

Madeline deu uma risada.

— Merda, você seria fantástico. Que anúncio maravilhoso isso daria: eu podia botar uma tiara em você. Não, mas é engraçado você dizer isso porque... Olhe, isso já estava rolando, mas estou preocupada com sua reação... É Charlotte Campbell.

— O que tem ela? — disse Strike, tentando manter um tom casual.

Como Madeline estava jantando com o meio-irmão de Charlotte na noite em que ele a conheceu, Strike não se surpreendeu ao descobrir que ela sabia muita coisa sobre o seu longo relacionamento com Charlotte. Entretanto, ele tinha feito questão de definir exatamente qual era o nível de amizade entre

Madeline e sua ex-noiva antes de avançar para um segundo encontro, e ficou satisfeito ao saber que a relação dela com Charlotte era superficial, restringida a emprestar joias e a se esbarrarem no tipo de almoços e coquetéis frequentados rotineiramente pelas clientes de Madeline.

— Ela concordou em ser uma de minhas modelos para minha nova coleção, no ano passado — disse Madeline, examinando atentamente Strike à procura de alguma reação. — Eu me senti estranha em dizer isso a você... Há quatro delas, eu tenho Alice de Bock, Siobhan Vickery e Constance Cartwright...

Nenhum desses nomes significava nada para Strike, e Madeline pareceu perceber isso por sua expressão de indiferença.

— Bom, elas são todas um pouco... Alice é aquela modelo que foi presa por furtar uma loja, e Siobhan é a garota que teve um caso com Evan Duffield enquanto ele ainda estava casado. A coleção se chama "Notorious", e eu queria usar mulheres que fossem, *você* sabe, mulheres conhecidas das colunas de fofocas, digamos assim. Eu *ia* usar Gigi Cazenove — disse Madeline, com expressão repentinamente sombria. — Aquela pobre garota que...

— Se enforcou na noite de Ano-Novo, sei — disse Strike.

Ele tinha lido a história. A cantora pop de vinte e três anos não tinha produzido o tipo de música que Strike ouvia voluntariamente, e fotos na imprensa de seu rosto estreito e de olhos grandes o lembraram uma corça assustada. Nos seis meses anteriores a sua morte, ela havia sido porta-voz de uma organização ambiental de caridade.

— Exatamente. Ela enfrentou uma tempestade de merda nas mídias sociais que, como descobriram depois, não tinha base em *nada*, e pensei que seria um *foda-se* glorioso para todas as pessoas que a perseguiram, mas... Bom, enfim, Charlotte concordou em posar e devemos fazer as fotos na semana que vem. Mas, se você não quiser que eu faça isso, imagino que possamos dispensá-la.

— Não seja tola — retrucou Strike. — É a sua empresa, literalmente. Eu não ligo. Não tem nada a ver comigo.

Ele não ficou feliz com a notícia, mas não foi uma surpresa. Charlotte fizera trabalhos eventuais de modelo ao longo dos anos em que a conhecia, junto com os textos que escrevia para a *Vogue* e a *Tatler*: os caprichos de uma bela garota famosa sem nenhuma necessidade em particular de trabalhar.

— Você está mesmo falando sério? Porque ela ficaria ótima, e as quatro juntas iam com certeza chamar a atenção. Vou botar Charlotte na *porra* de uma coleira cravejada de esmeraldas brutas.

— Uma coleira? — perguntou Strike, pensando em cachorros.

— É basicamente uma gargantilha pesada — disse Madeline, rindo dele outra vez e se aproximando para mais um beijo. — Meu Deus, eu adoro que você não dê a mínima para joias. É uma mudança e tanto.

— A maioria dos homens tem interesse em joias?

— Você ficaria surpreso... Bem, não sei se eles se interessam por joias de verdade, mas estão frequentemente interessados no design, ou no valor das pedras, ou eles têm *opiniões*. Estou cansada de homens me dando opinião, ou talvez já esteja apenas farta de advogados. Onde está aquela maldita garota? Estou *louca* por uma bebida...

Como Strike previra, depois de beber meio Orca Punch, Madeline começou a relaxar. Um quarteto de jazz subiu no palco pequeno, e a mão dela descansava em sua coxa enquanto eles gritavam comentários nos ouvidos um do outro.

— Você me contou como foi seu dia? — perguntou a ele Madeline, quando seu segundo drinque chegou.

— Não — disse Strike. — Mas correu tudo bem.

Para uma leve frustração de Madeline, ele nunca lhe contava detalhes de casos. Uma piadinha começara a se formar entre eles de que ele estaria investigando o prefeito de Londres, e Strike podia ter pensado em algum divertido crime fictício que flagrara Boris Johnson cometendo, mas não conseguiria reunir a capacidade pulmonar para fazê-la entender, considerando o quanto o saxofonista estava tocando alto. Entretanto, quando finalmente ocorreu uma pausa na música e os aplausos terminaram, Strike disse:

— Você já ouviu falar no *Coração de nanquim*?

— O quê? Ah, espere aí, é aquele desenho animado estranho?

— É. Você conhece?

— Na verdade, não, mas Henry curtiu durante uma época — disse ela. — Tem um personagem chamado Dred ou Dreg ou algo assim, não tem?

— Não sei — disse Strike. — Ouvi falar nele hoje pela primeira vez.

— É, Henry gostava de Dreg. Mas eles não demitiram o cara que faz a voz dele ou algo assim? Eu me lembro de Henry e seus amigos conversando sobre isso. Henry perdeu o interesse depois disso. Isso tudo escapa um pouco de minha compreensão, toda essa coisa de YouTube. Não é aí que você faz vendas de joias.

— Onde é melhor para joias?

— Instagram — falou prontamente Madeline. — Você não viu minha página no Instagram? Mas que droga, e você ainda se chama de namorado...

Ela sacou o iPhone da bolsa e o ergueu para mostrar a ele, seus pés calçados com botas tamborilando impacientemente devido à lentidão do wi-fi.

— Aqui — disse ela, mostrando a ele.

Ele foi descendo lentamente pelas fotos de várias mulheres bonitas usando as joias dela intercaladas com fotos artísticas de Londres e diversas selfies dela usando seus próprios brincos e colares.

— Devíamos fazer uma selfie agora, e eu podia publicá-la — disse ela pegando o telefone de volta e ligando a câmera da frente. — Esse é um fundo legal.

— Detetives particulares não aparecem no Instagram — disse Strike, instintivamente erguendo a mão grande e peluda para bloquear as lentes.

— Não — disse ela com uma expressão de surpresa —, imagino que não. É uma pena. Nós dois estamos muito sensuais esta noite.

Ela guardou o telefone novamente na bolsa.

— Você pode publicar uma foto minha quando eu estiver com aquela tiara — disse Strike, e ela riu.

— Quer mais uma bebida, ou... — Ela se inclinou para mais perto, o hálito cálido no ouvido dele — ... vamos para casa?

— Casa — disse Strike, esvaziando o copo. — Preciso estar na Sloane Square amanhã cedo.

— É? O que Boris está fazendo na Sloane Square?

— Roubando calotas, assaltando velhinhas... o de sempre — disse Strike. — Mas ele é um filho da mãe esperto e ainda não consegui pegá-lo em flagrante.

Madeline riu, e Strike ergueu a mão para pedir a conta.

# 9

*Em honra da rainha pálida!*
*Um riso baixo, ferido e murcho*
*Um murmúrio como feito pelos mortos em suas tumbas...*

Jean Ingelow
*The Sleep of Sigismund*

## Chats dentro do jogo entre sete dos oito moderadores de *Drek's Game*

**<Canal de moderadores>**

**<12 de fevereiro de 2015 09.22>**

>

>

>

**Anomia:** Isso está tranquilo hoje

>

>

**Vilepechora:** É, os números caíram nas últimas duas semanas.

>

>

>

>

**<Um novo canal privado foi aberto>**

**<12 de fevereiro de 2015 09.24>**

**<Corella convidou LordDrek, Vilepechora, Endiabrado1, Verme28 e Páginabranca>**

>

**Corella:** pessoal?

>

>

>

>

>

**Anomia**: E o influxo repentino de moderadores?

>

**Vilepechora**: não sei

>

>

**Anomia**: Acho que vou excluir aquele filho da mãe do Cori292 se ele continuar com isso

**Vilepechora**: o que ele está fazendo?

**Anomia**: desrespeitando a regra 14, tentando descobrir a idade e a localização das garotas. Babaca.

>

>

>

>

**Anomia**: ah, já aguentei o suficiente. Vou excluí-lo.

**Vilepechora**: não ajuda nossos números você ficar excluindo pessoas.

>

>

**<Vilepechora entrou no canal>**

**<LordDrek entrou no canal>**

**<Verme28 entrou no canal>**

**Verme28**: você teve notícias de Josh ?

**Corella**: Vamos esperar os outros.

>

**<Páginabranca entrou no canal>**

**<Endiabrado1 entrou no canal>**

>

**Endiabrado1**: o que aconteceu?

**Corella**: Josh acabou de me mandar uma mensagem. Ele e Ledwell vão se encontrar cara a cara esta tarde. Ela ainda está negando, então ele vai levar o dossiê para mostrar a ela.

**Endiabrado1**: uou

**Verme28**: AH MEU DEUS

**Vilepechora**: EXCELENTE!

**LordDrek**: ela não vai conseguir mentir para escapar dessa

**Páginabranca**: onde eles vão se encontrar?

**Corella**: não posso contar isso, desculpe

>

>

>

>

>

>

>

>

>

>

>

>

**Anomia**: Preciso ir a um lugar mais tarde. Você pode me cobrir?

>

**Vilepechora**: foi mal, cara, mas tenho uma reunião de trabalho

**Vilepechora**: peça a Morehouse para fazer isso

**Anomia**: ele está fazendo outra coisa, não pode

>

>

>

>

>

>

>

**Páginabranca**: porque você não sabe ou?

**Corella**: porque Josh confia que eu não vá contar.

**Verme28**: vai ter um avodgado lá?

**Vilepechora**: que porra é um avodgado?

**LordDrek**: rsrs

**Endiabrado1**: vão se foder, ela é disléxica

**Corella**: não, Verme, vão ser só os dois

**Vilepechora**: Ela está com um ânimo de merda no canal de moderadores porque ultimamente os números caíram. Esperem até Blay mostrar a ela nosso dossiê, hahaha

**Páginabranca**: por que você não pode nos contar onde eles vão se encontrar?

**Corella**: Acabei de dizer, Josh confia que eu não vá contar para ninguém.

**Corella**: obviamente ele não quer ser interrompido por caçadores de autógrafos.

**Páginabranca**: eu não vou tentar conseguir um autógrafo, porra, estou a quilômetros de distância de Londres. Só fiquei curiosa

>

>

>

**Anomia:** Tenho coisas para fazer

**Anomia:** volto daqui a pouco

>

>

>

>

**<Anomia saiu do canal>**

>

>

>

>

>

>

>

>

>

>

>

>

>

>

>

>

>

**Páginabranca:** Embora na verdade seja bem óbvio onde eles vão se encontrar

**Corella:** Páginabranca, sério, se fãs apareceram lá, Josh nunca mais vai confiar em mim

**Páginabranca:** Eu acabei de dizer a você que não poderia aparecer nem se quisesse. Estou a quilômetros de distância.

**Corella:** Josh confia em mim, está bem?

**Páginabranca:** Caralho, Corella, nós já entendemos. Josh Blay tem seu telefone. Pare de se achar.

**Páginabranca:** Preciso ir

**<Páginabranca saiu do canal>**

**Corella:** Mas qual o problema dela?

**Endiabrado1:** Ela está acostumada a ser a favorita de Anomia e Morehouse. Ela não gosta que você esteja recebendo atenção

**LordDrek:** Eu sabia que Morehouse tinha uma quedinha por ela, mas Anomia também?

**Endiabrado1:** não sei ao certo, mas ele deixa que ela fale coisas que não permite a nenhum de nós, vocês não perceberam?

>

>

>

>

>

>

>

>

>

>

>

>

>

**<Verme28 entrou no canal>**

**Vilepechora**: oi

>

>

>

>

**Vilepechora**: imagino que logo pode não importar mais se nós matamos trabalho kkk

**Vilepechora**: adivinhem quem acabou de sair do canal de moderadores porque tem que ir a algum lugar mais tarde?

**Corella**: Bem, aí está. Como se nós precisássemos de mais provas.

**LordDrek**: Ela vai tentar parecer menos escrota antes de se encontrar com ele.

**Corella**: kkk

**LordDrek**: só você podia ter feito isso, Corella

**Corella**: *corando*

**LordDrek**: Blay devia ir armado. Estou começando a achar que ela é psicótica

>

**Vilepechora**: será que um de vocês pode me ajudar no canal de moderadores?

**Verme28**: Eu ajudo

>

**Corella**: quando isso vazar, os fãs vão explodir

**LordDrek**: é. JB vai contar a você o que aconteceu?

**Corella**: ele disse que ia.

**LordDrek**: merda, isso parece noite de Natal

# 10

*O chão é vazio no caminho da alegria...*

Felicia Hemans
*The Festal Hour*

A reunião seguinte com toda a equipe da agência aconteceu no escritório na segunda sexta-feira de fevereiro. Era um dia escuro e chuvoso em Londres. A chuva pesada se chocava com as vidraças, e a luz artificial do escritório fazia com que todo mundo menos Dev parecesse doente e pálido.

— Certo — disse Strike, depois de lidar com algumas pontas soltas e detalhes administrativos —, vamos para o Aliciador. Como vocês sabem, achávamos que ele fosse esperto demais para circular perto da escola de Pernas. Mas isso mudou ontem na hora do almoço. Midge?

— É — disse ela, passando a lata de biscoitos de Barclay para Strike sem pegar nenhum. — Ele apareceu em seu BMW ao meio-dia e meia, de janela abaixada, examinando todas as garotas que estavam saindo para o almoço. Eu tirei fotos, Pat as imprimiu.

Pat pôs o cigarro eletrônico entre os dentes, abriu a pasta no colo e passou a pilha de fotos ao redor.

— E como podem ver, ele escreveu mensagens de texto para ela, em vez de abordá-la diante de seus colegas. Assim que seus amigos sumiram de vista, ela fez a volta e entrou no carro com ele. Fiquei preocupada que eles fossem para algum lugar, mas ele apenas virou a esquina para que ficassem fora da vista dos portões da escola.

As fotos chegaram a Robin. Ela as examinou uma por uma. Na última, que tinha sido tirada através do para-brisa do BMW, Aliciador, um homem bonito de aproximadamente quarenta anos, com cabelo louro-acinzentado e um sorriso enviesado atraente, estava beijando as costas da mão da garota enquanto ela estava sentada no banco do carona ao seu lado.

— O beija-mão aconteceu pouco antes de tocar o sinal da escola — disse Midge. — Ela checou o telefone logo em seguida, percebeu que devia voltar para a aula e partiu. Ele foi embora. Não retornou, e ela pegou o ônibus para voltar para casa como habitual.

— Mas outras coisas aconteceram desde então — disse Strike. — Quando Midge me mostrou essas fotos, eu as enviei imediatamente para a mãe, que me telefonou esta manhã. Ela confrontou Pernas, fingiu ter sido outra mãe quem a flagrara entrando no carro do Aliciador. Pernas disse que ele apenas passou em frente a escola e acenou para ela. A mãe exigiu ver seu celular. Pernas negou. Isso descambou para um confronto físico.

— Ah, não — gemeu Robin.

— Pernas conseguiu manter o celular longe das garras da mãe, que, por ser quem paga a conta, conseguiu bloqueá-lo e limpá-lo remotamente.

— Boa — disseram Barclay e Midge em uníssono, mas Dev sacudiu a cabeça.

— Ele vai explorar isso. Vai lhe comprar um telefone novo. A pior coisa que essa mulher pode fazer agora é ser considerada a vilã.

— Concordo — disse Strike. — A cliente já está em pânico em relação ao que vai acontecer quando ela viajar para o exterior outra vez. Pernas vai ficar com a amiga de escola cuja família a levou ao Annabel's para o Ano-Novo e, os tendo visto de perto, eles não parecem disciplinadores rígidos.

"Enfim, mãe e filha estão agora indo para Hereford para o aniversário de noventa anos da avó."

— A atmosfera nesse carro deve estar fantástica — comentou Dev.

— A questão é — disse Strike — que o caso do Aliciador continua, embora meu instinto me diga que não vamos conseguir entregar à cliente o que ela quer. A filha dela é maior de idade. O que Aliciador está fazendo pode ser moralmente repreensível, mas não é ilegal. Vejam bem, se ele continuar a circular perto dos portões da escola, nós podemos ter algo com o que trabalhar.

— Ele é astuto demais para fazer isso com regularidade — disse Dev.

— Um taco de beisebol nos bagos pode resolver seu problema — sugeriu Barclay.

— O que precisamos é provar à *garota* que ele é um escroto — sugeriu Robin. — Isso acabaria com tudo. O problema é que ela atualmente acha ele maravilhoso.

— Acha mesmo? — refletiu Midge. — Ou ela está curtindo roubar o namorado da mãe?

— Talvez os dois — arriscou Robin.

— Concordo — disse Strike. — Psicologicamente, fazer com que a garota perca o interesse por ele é o único jeito seguro de acabar com isso, mas botar vigilância em tempo integral sobre o próprio Aliciador vai dobrar a conta, e não acho que a cliente vai concordar com isso. Ela está assumindo o ponto de vista de que pode acabar com tudo ameaçando os dois e gritando.

— Ela parece muito mais inteligente na TV — disse Dev com a boca cheia de biscoito.

— Ninguém é inteligente com a própria família — comentou Barclay. — Eu não estaria casado se minha sogra não ficasse dizendo a minha mulher que eu era um soldado raso inútil atrás de sexo.

— Você não acabou de pintar a cozinha da sua sogra?

— Pintei, sim. Ela quase me agradeceu também — disse Barclay. — Momento mágico.

Robin e Dev riram de sua expressão séria.

— Sabem, temos um fim de semana leve — falou Strike pensativamente, esfregando o queixo que já estava parecendo sujo com a barba por fazer, embora ele tivesse se barbeado naquela manhã. — Pode ser uma boa ideia dar uma olhada no que o Aliciador faz quando a garota não está por perto. Quem quer fazer hora extra?

— Eu faço — disse Dev antes que qualquer outra pessoa conseguisse falar. — O dinheiro vem a calhar. Acabei de saber que minha mulher está grávida outra vez — esclareceu ele, e houve uma rodada de parabéns.

— Está bem, ótimo — disse Strike. — Você tem o endereço dele. Qualquer coisa que conseguir que possa fazê-lo parecer menos um cavaleiro em armadura branca para uma estudante...

“Então, vamos para Dedos. Estamos esperando que ele volte das Maldivas amanhã na hora do almoço, então vai ser o mesmo esquema de sempre desde sua chegada no aeroporto de Heathrow às 12h40. E tenho uma reunião com aquele cara de cabelo maluco e problemas com uma patente pendente na segunda-feira. Conto a vocês o que rolar.

“Algum de vocês tem alguma questão com o resto da escala deste mês? Pat está preparando a de março, então falem sobre datas com ela se vocês tiverem...”

— Eu queria saber se alguém podia trocar esse domingo comigo — disse Robin. — Eu devia seguir Dedos. Eu não pediria, mas vai haver uma visitação a um apartamento que eu quero muito ver. Eles só o estão mostrando aos domingos.

— Sem problema — disse Strike. — Eu cubro seu turno, se você não se importar em cobrir o meu na segunda-feira.

A troca foi combinada e a discussão se reduziu a conversa fiada, então Robin digitou um e-mail rápido em seu telefone para o corretor de imóveis.

Uma notificação da BBC News passou pela tela de seu celular enquanto ela digitava. Algo sobre umas vítimas de facadas sendo identificadas; ela a removeu. Havia tantos crimes com facas em Londres que era difícil acompanhar; a cicatriz de vinte e cinco centímetros no antebraço de Robin, ainda em relevo, levemente rosa e brilhante, era a relíquia de um desses ataques.

O resto da equipe estava limpando cadeiras ou colocando-as em sua posição habitual. A chuva continuava a bater nas janelas do escritório. Quando Robin apertou enviar no seu e-mail, uma segunda notificação da BBC deslizou pela sua tela. *Ledwell e Blay encontrados no cemitério de Highgate.*

Robin ficou olhando para a tela por alguns segundos, então tocou a notificação com um dedo. Alguém se despediu dela, mas ela não respondeu, porque estava esperando que a história completa das facadas no cemitério de Highgate carregasse. A porta de vidro do escritório se abriu e fechou. Midge e Barclay tinham saído conversando um com o outro, seus passos se calando ao descerem a escada de metal.

## Vítimas de facadas em Highgate eram criadores de animação cult

As vítimas de um esfaqueamento duplo na noite de ontem no cemitério de Highgate foram identificadas pela Scotland Yard como Edie Ledwell, 30, e Josh Blay, 25, criadores da animação de sucesso da Netflix *O coração de nanquim*, que é ambientada no mesmo cemitério de Londres.

O corpo de Ledwell foi encontrado por um funcionário do cemitério. Blay sobreviveu ao ataque e foi levado para o Hospital Whittington, onde permanece em estado grave.

A polícia pediu aos membros do público que tenham notado alguém se comportando de maneira estranha nas vizinhanças do cemitério entre 16h e 18h do dia 12 de fevereiro que liguem para uma linha exclusiva (número abaixo). Nenhuma descrição do agressor foi divulgada.

Ledwell e Blay criaram o surpreendente sucesso depois de se conhecerem no Coletivo Artístico North Grove...

Pela pulsação alta de seu sangue nos ouvidos, Robin registrou que alguém estava conversando com ela. Ela ergueu os olhos.

— Qual o problema? — falou Strike bruscamente, porque a cor tinha se esvaído do rosto de Robin.

— Aquela garota, quer dizer, aquela mulher que queria que investigássemos um troll da internet? Ela foi assassinada.

# II

*Mas se a peça*
*Se revelar penetrantemente franca,*
*Se a alegria fitar*
*O olhar rígido da morte,*
*Não teria a diversão*
*Parecido muito cara?*
*Não teria o gracejo*
*Rastejado longe demais?*

Emily Dickinson
*LV*

## Chats dentro do jogo entre todos os oito moderadores de *Drek's Game*

**<Canal de moderadores>**

**< 13 de fevereiro de 2015 17.34>**

**Verme28**: Corella ?

**Verme28**: Posso ver que você está aqui

**Verme28**: oi ?

**Verme28**: alguém fale

**Verme28**: por fvaor

**>**

**<Morehouse entrou no canal>**

**<Um novo canal privado foi aberto>**

**<13 de fevereiro de 2015 17.35>**

**Verme28**: Morhuse, graças a Deus você soube?

>

>

**Morehouse**: soube

**Verme28**: Não consigo

**Verme28**: Não pode ser verdade , pode ?

**Verme28**: meu Deus , não consigo parar de chorar

**Verme28**: não pode ser verdade

**Morehouse**: Acho que deve ser, Verme

**Morehouse**: Eles não iam dar os nomes se não tivessem certeza.

**Verme28**: ah , meu Deus

**<Endiabrado1 entrou no canal>**

**Endiabrado1**: vocês souberam

**Verme28**: soubemos

>

**Endiabrado1**: alguém sabe alguma coisa?

**Morehouse**: não

**Endiabrado1**: Eu tô tremendo pra caralho

**Verme28**: Não consigo parar de chorar

**Endiabrado1**: vocês acham que foi Blay?

**Verme28**: o quê/ ? ?

**<Morehouse convidou Páginabranca>**

**Morehouse**: Páginabranca?

>

>

>

>

>

>

>

>

>

>

>

>

**<Páginabranca entrou no canal>**

**Páginabranca**: Oi, Mouse, desculpe. Estou no ônibus. Chego em casa em 20.

**Morehouse**: Você está sentada?

**Páginabranca**: Estou, estou no ônibus!

**Morehouse**: Você não viu a notícia?

**Páginabranca**: Que notícia?

**Morehouse**: Ledwell foi assassinada

>

**<Um novo canal privado foi aberto>**

**<13 de fevereiro de 2015 17.36>**

**<Vilepechora convidou LordDrek>**

**Vilepechora**: vc está aí, C?

**<LordDrek entrou no canal>**

**LordDrek**: caraaaaaaalhooo

**Vilepechora**: hahahahaha

>

**LordDrek**: CARAAAAALHOOO

**Vilepechora**: você pode acreditar nessa merda

>

**LordDrek**: Feche este canal e vamos entrar no canal de moderadores. Vamos ver como eles estão reagindo

**<Vilepechora saiu do canal>**

**Endiabrado1**: vocês acham que ele a esfaqueou e depois esfaqueou a si mesmo?

**Verme28**: por que você etsá dizendo isso ?

**Endiabrado1**: olhe o Twitter, é o que estão dizendo que aconteceu.

**<Vilepechora entrou no canal>**

**<LordDrek entrou no canal>**

**LordDrek**: vocês todos souberam?

**Verme28**: soubemos

**Endiabrado1**: é

**LordDrek**: merda

**LordDrek**: isso é uma porra de uma tragédia

**Vilepechora**: Eu sei em quem apostaria meu dinheiro.

**Endiabrado1**: ?

>

>

**LordDrek: K** N******

**Vilepechora**: exatamente. Vadia maluca.

**LordDrek**: é, sempre achei que ela fosse acabar que nem aquela tal de Jodi Arias.

**<Anomia entrou no canal>**

>

>

>

**Páginabranca**: o quê?

**Morehouse**: Esfaqueada ontem no cemitério de H. Blay também. Ele está em estado grave no hospital.

>

>

>

>

**Páginabranca**: Morehouse, se isso é uma piada, não é engraçada

**Morehouse**: você acha que eu brincaria com uma coisa dessas?

>

>

>

>

>

>

>

>

**Morehouse**: você ainda está aí?

>

>

>

**Páginabranca**: estou

**<LordDrek saiu do canal>**

**<Canal privado encerrado>**

**<Um novo canal privado foi aberto>**

**<13 de fevereiro de 2015 17.47>**

**<Corella convidou LordDrek e Vilepechora>**

**Corella**: Drek, fale comigo

>

>

>

**Corella**: Vile, você está aí?

**<LordDrek entrou no canal>**

**<Vilepechora entrou no canal>**

**LordDrek**: como vc está, querida?

**Corella**: você sabe o que aconteceu?

**LordDrek**: sei

**Vilepechora**: uma merda terrível

>

>

**Corella**: Eu estou com muito medo

**LordDrek**: ?

**Anomia**: merda

>

>

**Anomia**: vocês todos viram?

**Verme28**: vimos

**<Corella entrou no canal>**

>

**Anomia**: merda

**Anomia**: os cérebros de vocês derreteram, por acaso?

**Endiabrado1**: não, só estamos chocados

**Verme28**: Não consigo parar de chorar

>

**Verme28**: as pessoas no Twitter estão dizendo que é culpa dos fãs

**Endiabrado1**: como assim?

**Verme28**: eles acham que poed ter sido um fã

>

>

>

**Endiabrado1**: pode ter sido aleatório

**Endiabrado1**: como um assalto ou algo assim

**Endiabrado1**: ou alguém com problemas mentais

>

**Páginabranca**: acabei de dar um Google

>

>

**Páginabranca**: Acho que vou vomitar

**Morehouse**: Pois é

**Morehouse**; o que eles estavam fazendo juntos no cemitério?

**Morehouse**: Me disseram que eles não estavam nem se falando

>

>

**Páginabranca**: quem contou isso a você?

**Morehouse**: Anomia

>

>

**Páginabranca**: Mouse, eu preciso dizer uma coisa

**Morehouse**: o quê?

**Páginabranca**: LordDrek e Vilepechora achavam que Ledwell era Anomia

**Morehouse**: que merda é essa?

**Páginabranca**: eles montaram todo um dossiê de provas

**Morehouse**: quando foi isso?

**Corella**: Estão dizendo no Twitter que foi Blay

**Vilepechora**: se foi ele, ele exagerou

**LordDrek**: as notícias dizem que ele está em estado grave

**Corella**: Mas eu o convenci a se encontrar com ela

**LordDrek**: e daí?

**Corella**: Eu sabia que eles iam se encontrar no cemitério

**Corella**: ele me contou em mensagem de texto

**Corella**: isso vai estar no telefone dele

**LordDrek**: então? você tem um álibi?

**Corella**: pq você está dizendo isso? pq eu iria querer que eles morressem, pelo amor de Deus?

**LordDrek**: Eu nunca disse que você queria, estava tentando tranquilizá-la

**Corella**: Estava na casa da minha irmã

**LordDrek**: bom, então você não tem nada com que se preocupar

**Corella**: não

**Corella**: Eu sei

**Verme28**: que coisa absurda de se dizer

**Verme28**: vocês acham que eu podia matar alguém ?

**Endiabrado1**: Verme, não estou falando em estar deprimido ou algo assim

**<Verme28 saiu do canal>**

**Endiabrado1**: merda

>

>

>

**Anomia**: KKKK

>

>

>

>

**Anomia**: estamos com números muito altos agora

**Endiabrado1**: você está falando sério?

**Endiabrado1**: você está preocupado com números hoje?

>

**Anomia**: Estou apontando um fato, só isso

**<Endiabrado1 saiu do canal>**

>

>

>

**Páginabranca**: há algumas semanas

**Páginabranca**: Nunca acreditei, mas alguns dos outros acreditaram

**Páginabranca**: e Corella se ofereceu para levar o dossiê para Blay

**Páginabranca**: e Blay acreditou, e por isso se encontrou com Ledwell, para dizer a ela que ele sabia que ela era Anomia

>

**Morehouse**: por que você não me contou?

**Páginabranca**: eles me disseram para não fazer isso porque você estava envolvido

**Morehouse**: você acabou de dizer que não acreditou

**Páginabranca**: Eu não sabia o que pensar

**Páginabranca**: Eu queria ter contado a você, mas o dossiê era muito convincente, assim como Drek e Vile

>

>

**Páginabranca**: Desculpe, mas não sei quem você é, sei?

**Páginabranca**: você até se recusa a me mandar uma foto

>

**Corella**: Anomia está no canal de moderadores

**LordDrek**: é, estou vendo

**Vilepechora**: merda

**LordDrek**: nós realmente achamos que ele fosse Ledwell

**LordDrek**: juro que achávamos

**Corella**: acham que devo contar à polícia por que eles se encontraram?

**LordDrek**: isso é com você

**Vilepechora**: provavelmente é melhor contar antes que eles encontrem você

**LordDrek**: é, se tem mensagens suas no celular dele e ele disse a você que eles iam se encontrar no cemitério, os policiais vão querer ver você

**Corella**: é

**Corella**: É melhor eu ir pensar no que vou fazer

**LordDrek**: entendido

**LordDrek**: se cuida bjs

**Corella**: bjs

**Anomia:** Corella, por que você não está falando?

>

>

>

>

>

>

**Corella:** desculpe, Anomia, só estou tentando processar isso

**Corella:** estou arrasada

**Corella:** Não posso estar aqui, agora, desculpe

**<Corella saiu do canal>**

**LordDrek:** merda, essa é uma notícia horrível

**Vilepechora:** é mesmo

>

**LordDrek:** neste momento, estamos com números altíssimos

**Anomia:** Eu sei

**Vilepechora:** faz sentido

**Vilepechora:** as pessoas querem se conectar

>

>

>

>

**Anomia:** Cori292 voltou. Achei que ele estivesse

>

>

**Páginabranca:** Morehouse, fale comigo

**Morehouse:** Eu podia ter dito a você que ele não era Ledwell

**Páginabranca:** você me disse que nunca o encontrou pessoalmente

**Morehouse:** Eu não preciso me encontrar com ele pessoalmente. Sei exatamente quem ele é. Sempre soube, conversamos no Facetime

**Páginabranca:** Estou me borrando aqui

**Morehouse:** pq?

**Páginabranca:** Adivinhei onde Blay & Ledwell iam se encontrar. Disse aos outros que era óbvio.

**Morehouse:** e daí?

>

>

**Páginabranca:** daí que Corella achou que eu ia aparecer para pedir um autógrafo ou coisa assim

**Páginabranca:** Morehouse, sei que você está com raiva, mas fale comigo

**Morehouse:** você está com medo de te

**<Corella saiu do canal>**

**Vilepechora:** kkkkk

**LordDrek:** que idiota do caralho

**LordDrek:** canal de moderadores, vamos jogar mais merda em cima deles

>

>

>

>

>

>

>

>

>

>

>

>

>

>

>

>

>

>

>

>

>

bloqueado para sempre, aquele otário

**LordDrek**: vou expulsar ele

**Vilepechora**: qual sua teoria, Páginabranca?

**Vilepechora**: você e Morehouse estão consolando um ao outro em outro canal?

>

>

>

>

>

>

>

**LordDrek**: merda, os números que estamos conseguindo
estão enormes

**Vilepechora**: vamos ter nossa maior noite
de todas se continuar assim

>

>

>

>

>

>

>

>

>

considerarem uma suspeita?

>

>

**Páginabranca**: Eu gostaria de não ter dito saber onde eles iam se encontrar

**Páginabranca**: Só achei que fosse óbvio

**Morehouse**: mas você vive a uns 600 quilômetros do cemitério de Highgate

>

**Páginabranca**: como você sabe onde eu moro?

**Morehouse**: Não sei, foi só uma figura de linguagem

>

>

**Páginabranca**: 600 quilômetros não é uma figura de linguagem

**Morehouse**: Quis dizer que você não parece conhecer Londres

**Morehouse**: então presumi que você não morasse lá

**Páginabranca**: então você escolheu
600 quilômetros aleatoriamente

**Páginabranca**: nós nunca conversamos sobre Londres

>

>

>

>

>

>

>

>

>

>

**LordDrek**: Aposto 500 libras com você que Páginabranca está contando sobre nosso dossiê para Morehouse

>

**Vilepechora**: hahaha

>

>

>

>

>

>

>

>

>

>

>

>

>

**Morehouse:** Anomia, devíamos fechar o jogo por alguns dias

**Morehouse:** por respeito

>

>

>

>

**Anomia:** porra nenhuma

**Anomia:** essa é exatamente a hora de garantir que todos saibam que os fãs querem o Drek's Game.

**Anomia:** uma demonstração de força

**Morehouse:** qual é o seu problema?

**Morehouse:** Ledwell morreu e Blay ainda pode morrer

**Morehouse:** vamos parecer uns merdas, ignorando o que aconteceu e deixando o jogo aberto

>

**Anomia:** se ela tivesse se envolvido com o jogo ou o aprovado, eu fecharia por alguns dias

**Anomia:** mas ela o odiava, então ficamos abertos

**LordDrek:** é, os fãs estão se consolando por aqui, Morehouse

**Vilepechora:** é, eles estão entrando aqui para chorar

>

>

>

>

**Morehouse:** você me disse que nunca foi ao cemitério de Highgate

**Páginabranca:** Não fui, mas aposto que muitos londrinos também não

>

>

>

>

>

**Páginabranca:** você sabe quem eu sou

>

>

>

>

**Morehouse:** não sei. Como poderia saber?

>

>

>

>

>

**Páginabranca:** Eu enviei fotos para você

>

>

>

>

>

>

**LordDrek:** vá ver o que está acontecendo no Circle of Lebanon

**Vilepechora:** pq?

**LordDrek:** só dê uma olhada, é hilariante

>

>

>

>

**Vilepechora:** hahahaha

**LordDrek:** excelente, não é?

>

>

>

>

>

>

**Vilepechora:** hahaha, Morehouse percebeu

>

>

>

>

>

**Morehouse:** estão nada

**Morehouse:** deem uma olhada no Circle of Lebanon

**LordDrek:** pq? o que está acontecendo?

**Morehouse:** Estão dando a porra de uma festa

**Morehouse:** estão celebrando a morte dela

**Vilepechora:** acho que não, cara

**Morehouse:** estão

**Morehouse:** e vocês 3 também não parecem tristes em relação a isso

**<Morehouse saiu do canal>**

**Anomia:** então vá se foder, seu merda

**Vilepechora:** kkk

**LordDrek:** kkk

>

>

**Anomia:** então qual de vocês esfaqueou Blay e qual esfaqueou Ledwell?

>

**Vilepechora:** kkk achávamos que você tinha esfaqueado os dois, cara

**Anomia:** eu esfaqueei

**Anomia:** só testando

;)

>

>

>

**Morehouse:** Eu sei, mas isso não significa que eu saiba quem vc é

>

>

>

**Páginabranca:** então você pode me stalkear, mas eu não posso nem saber como você é?

>

>

>

>

**Morehouse:** Eu não stalkeei vc

**Páginabranca:** Não acredito em você

**<Páginabranca saiu do canal>**

**<Morehouse saiu do canal>**

**<Canal privado foi encerrado>**

>

>

>

>

>

>

>

>

>

**LordDrek:** espere, será que Morehouse <?

**Vilepechora:** parece

**LordDrek:** vale a pena saber

**Vilepechora:** quer ir se juntar à festa?

**LordDrek:** não

>

>

**LordDrek:** nós devíamos ir falar com os garotos

**Vilepechora:** NÓS ABATEMOS UM ALVO, RAPÁ!!!

# 12

*Eu, que devia saber,*
*Previ a injúria!*

Elizabeth Barrett Browning
*Aurora Leigh*

A reunião da equipe tinha terminado havia mais de uma hora. A chuva continuava a cair sobre a Denmark Street. O céu além das janelas do escritório estava escuro e tempestuoso, e os reflexos de Strike e Robin, as únicas duas pessoas que permaneciam ali, pareciam fantasmagóricos no vidro.

Pat tinha ficado além do seu horário habitual de ir para casa, não porque quisesse muito conhecer o policial da Divisão de Investigação Criminal que dissera a Robin que ia se encontrar com ela em breve, mas porque parecia acreditar que Strike estava sendo insuficientemente solícito com sua sócia.

— Ela ainda parece pálida — comentou Pat com Strike quando ele saiu do escritório interno, onde Robin o escutara cancelando planos de jantar com alguém desconhecido. — Ela devia tomar um conhaque. Vou sair e comprar.

— Não quero me encontrar com a polícia cheirando a bebida, Pat — disse Robin antes que Strike pudesse responder. — Só estou parecendo horrível por causa da luz daqui. Eu estou bem. Vá para casa e tenha um bom fim de semana!

Então Pat pegou seu guarda-chuva e sua bolsa do gancho ao lado da porta de vidro e, com um último olhar cético para Robin, foi embora.

— Qual o problema com a luz aqui? — perguntou Strike depois que a porta se fechou.

— Ela faz todo mundo parecer anêmico — respondeu Robin. — E você também não precisava cancelar seus planos para o jantar. Estou bem para falar sozinha com a polícia.

— Eu prefiro ficar — disse Strike. — Quer outro chá?

— Seria ótimo — respondeu Robin. — Obrigada.

Ela estava feliz por ele não ter ido embora. Estava mais abalada do que queria admitir. Precisando de atividade, dobrou a cadeira de plástico em que se sentara para a reunião da equipe, guardou-a e, em seguida, foi se sentar na cadeira giratória atrás da mesa de Pat, que era muito mais confortável.

— Eu botei açúcar — disse Strike a Robin, colocando a caneca a sua frente.

— Eu estou *bem*, pelo amor de Deus — disse Robin, agora levemente desesperada. — Se eu desmaiasse toda vez que alguém fosse esfaqueado em Londres, ia passar metade de minha vida inconsciente.

Strike se sentou no sofá de couro falso com sua própria caneca de chá e disse:

— Ledwell ter sido morta não tem nada a ver com você não ter aceitado o caso. Você sabe disso, não sabe?

— Sei — disse Robin, preferindo beber chá a olhar em seus olhos. — É óbvio que eu sei.

— Não podíamos ter passado o caso à frente dos clientes em lista de espera.

— Eu sei.

— E mesmo que aquele troll que ela estava querendo desmascarar tenha sido quem a esfaqueou — continuou Strike —, o que, preciso dizer, é extremamente improvável, mas enfim, mesmo que o troll *tenha sido* o assassino, nós nunca teríamos descoberto quem era ele nesse curto espaço de tempo.

— Eu sei — repetiu Robin —, mas... mas Edie Ledwell talvez tivesse se sentido um pouco mais feliz durante suas últimas semanas de vida achando que estava fazendo alguma coisa em relação a... ah, *merda* — disse ela com raiva, afastando os olhos de Strike para poder enxugá-los na manga.

Uma imagem vívida de Ledwell se forçara para dentro de sua cabeça, o delineador borrado e a mão tatuada com as unhas roídas segurando firme no colo a bolsa cara manchada de tinta. A chuva tamborilava nas janelas. Robin queria muito que a Divisão de Investigação Criminal se apressasse. Queria saber exatamente o que tinha acontecido.

A campainha tocou. Robin deu um pulo, mas Strike já tinha se levantado do sofá. Quando ele apertou o botão do intercomunicador, uma voz sem corpo disse:

— Ryan Murphy, da Divisão de Investigação Criminal. Estou aqui para falar com Robin Ellacott.

— Ótimo. Suba — disse Strike, apertando o botão para abrir a porta da rua.

Strike saiu até o patamar da escada e baixou o olhar para a escadaria de metal. Duas pessoas estavam subindo a escada na direção de seu escritório. Uma era um homem alto, a outra, uma mulher pequena de cabelo negro-azeviche. Os dois estavam à paisana.

— Ryan Murphy — apresentou-se o policial branco, um homem de aparência agradável com cabelo castanho-claro ondulado.

— Cormoran Strike — disse o detetive, apertando sua mão.

— Essa é Angela Darwish.

A mulher de cabelos pretos meneou a cabeça em silêncio para Strike enquanto se dirigiam ao escritório, onde Robin agora estava atrás da mesa de Pat, pronta para apertar mãos. Feito isso, Strike pegou as cadeiras plásticas dobráveis no armário outra vez. Depois que todos estavam sentados, e chá e café tinham sido recusados, Ryan Murphy pediu que Robin lhe contasse exatamente o que havia transpirado entre ela e Ledwell quando a animadora tinha ido à agência.

Strike ouviu o relato de Robin em silêncio enquanto bebia seu chá. Ele sentiu certo orgulho de seus poderes de observação e da forma metódica com que ela descreveu o breve encontro para o policial. Murphy tomou notas e acrescentou perguntas eventuais. Darwish, que Strike calculou ter mais de quarenta anos, estava observando Robin com o rosto levemente franzido.

— Como escrevemos "Anomia"? — perguntou Murphy na primeira vez em que Robin disse o nome. Ela o soletrou para ele. — Isso é um jogo de palavras com "anônimo" ou...?

Strike, que não tinha escutado o nome do perseguidor de Ledwell na internet até esse momento, abriu a boca para falar, mas Darwish foi mais rápida que ele.

— Anomia — respondeu ela em uma voz aguda e clara — significa a falta de padrões éticos ou sociais habituais.

— É mesmo? — disse Murphy. — Essa é nova para mim. Continue — acrescentou ele para Robin —, você estava dizendo que ela carregava uma pasta. O que havia dentro?

— Cópias impressas de publicações de Anomia no Twitter, com suas próprias anotações. Eu não examinei todo o material — disse Robin. — Na verdade, ela as esqueceu por engano.

— Você não teria ainda...?

— Não — disse Robin. — Pedi à gerente do escritório para devolvê-la por intermédio do agente de Ledwell. Posso verificar com Pat se ela fez isso.

— Eu faço isso — ofereceu-se Strike, se levantando e indo outra vez para o escritório interno, para não interromper a entrevista. A porta divisória se fechou às suas costas.

— Então, esse Anomia — disse Murphy — sabia muitas coisas pessoais sobre ela?

— Sabia — respondeu Robin. — Eu folheei o arquivo antes de entregá-lo a Pat para devolvê-lo. Ele sabia que ela tinha ganhado dinheiro de um parente e que tinha tentado cometer suicídio, e onde ela foi hospitalizada depois.

Quando Robin falou a palavra "suicídio", ela percebeu o olhar de Darwish se dirigir brevemente para Murphy e se afastar outra vez. O olhar do homem permaneceu fixo em Robin, que continuou:

— Anomia também conhecia a identidade de uma garota que foi inspiração para um dos personagens do desenho animado. Foi isso o que fez Edie achar que sabia quem Anomia realmente era.

— E quem ela achava que era? — perguntou Murphy.

— Um homem chamado Seb Montgomery.

Ao dizer o nome, Robin achou ter visto um sutil abaixar de ombros e uma careta quase imperceptível no rosto dos detetives. Ela teve a sensação estranha de ter decepcionado Murphy e Darwish.

— Ela contou a você algum detalhe sobre Montgomery? — perguntou Murphy.

— Contou, ele é um animador e artista que ajudou ela e a Blay quando eles começaram a criar *Coração de nanquim* — respondeu Robin. — Acho que ela disse que Montgomery estava na mesma escola de artes que Blay. Depois de fazerem alguns episódios, eles não precisaram mais dele, e ela disse que ele ficou ressentido por ter sido dispensado quando o desenho ganhou muitos seguidores.

A porta se abriu, e Strike reapareceu.

— Você estava certa — disse ele a Robin, enquanto a chuva continuava a castigar as janelas. — Pat enviou a pasta para o agente de Ledwell. O nome dele é Allan Yeoman. Ele tem uma agência para pessoas criativas no West End: AYCA.

— Ótimo, obrigado — disse Murphy, fazendo mais uma anotação quando Strike se jogou novamente no sofá com um grunhido.

— Então, Ledwell mencionou mais alguém que pudesse ser Anomia? — perguntou Murphy.

— Não — disse Robin —, só Montgomery.

— Qual era o estado mental dela durante a reunião, em sua opinião?

— Profundamente agitada — afirmou Robin. — Ela parecia não estar realmente cuidando de si mesma. Unhas roídas, roupas amarrotadas... suas botas precisavam de um salto novo.

—Você percebeu que suas botas precisavam de um salto novo? — perguntou Murphy.

Seu lábio superior era mais grosso que o inferior, o que dava uma espécie de doçura a um rosto que, fora isso, era todo ângulos. Ele tinha olhos cor de avelã, embora não fossem nem de longe tão marcantes quanto os cor de âmbar de Edie Ledwell.

— Percebi. Ela era toda contrastes estranhos. Bolsa e casaco muito caros, mas, fora isso, um pouco caótica. Também tinha um hematoma em forma de dedos no pescoço.

— Um hematoma no pescoço?

— Isso. No início, achei que fosse sujeira, mas então cheguei mais perto e vi o que realmente era. Perguntei o que tinha acontecido com ela, que disse ter batido em alguma coisa e que era desastrada. Mas era um hematoma de dedos, eu pude ver a marca do polegar. Ela mencionou um namorado, mas não disse seu nome. Tive a impressão de que eles estavam morando juntos.

— Estavam sim — disse Murphy. — Ele é professor. Ela deu a você algum motivo para supor que ela estava tentando escapar do relacionamento? Alguma menção a violência doméstica?

— Não — respondeu Robin. — Ela parecia totalmente focada no que Anomia estava fazendo com ela e no fato de que Blay achava que ela estava por trás de tudo, embora não me surpreenderia se houvesse outros problemas pessoais. Ela parecia... digamos assim: se eu tivesse visto nas notícias que ela havia se matado, não teria me impressionado tanto quanto isso. Isso com certeza foi feito por outra pessoa, não foi?

— Foi — disse Murphy.

— Os ferimentos de Blay também? — perguntou Strike.

— Foram, mas... tenho certeza de que você entende...

— É claro — disse Strike, erguendo uma mão apaziguadora. Tinha valido a pena tentar.

— Essa acusação de Blay, de que ela era Anomia — disse Murphy. — Sabe o que o levou a acreditar nisso?

— Pelo que eu me lembro — respondeu Robin, olhando para baixo em um esforço para recordar as palavras de Ledwell —, ele disse que era alguma coisa que ele tinha ouvido, mas se recusou a contar a ela onde escutara. Os dois conversaram por alguns minutos ao telefone, com ele repetindo a acusação e ela negando. Mas então, durante a última ligação, ele disse a ela que tinha um dossiê de provas de que ela era Anomia.

— Um dossiê, de fato? — perguntou Murphy. — Um arquivo físico?

— Não tenho certeza, mas ela parecia achar que sim — respondeu Robin. — Ela disse que tinha perguntado o que ele continha, mas ele não lhe contou.

— Está bem, isso é algo que certamente precisa ser examinado — disse Murphy olhando para Darwish, que assentiu. — Esse dossiê e Anomia. Vamos falar com esse Seb Montgomery também. Imagino que você não tenha ideia de onde ele trabalha, certo? — perguntou ele a Robin.

— Não — disse Robin —, desculpe. Como não podíamos aceitar o caso, não perguntei detalhes sobre ele.

— Sem problema. Não deve ser muito difícil localizá-lo se ele os ajudou a animar o desenho.

Darwish, que não falava desde que explicou a definição de anomia, nesse momento limpou a garganta.

— Só mais umas coisinhas — disse ela para Robin, pela primeira vez, clicando para liberar a ponta da caneta e abrindo um caderno. — Ledwell disse alguma coisa sobre esse Anomia atacá-la por suas crenças políticas?

— Não — respondeu Robin. — Ela não mencionou política. Os ataques eram todos pessoais, dizendo que ela havia trabalhado como prostituta, publicando uma foto de seu apartamento. Ele também revelou informações genuinamente pessoais que tinha sobre ela.

Darwish fez uma anotação rápida, então ergueu os olhos e disse:

— E você tem certeza de que ela não mencionou mais ninguém como um possível perseguidor?

— Tenho certeza — disse Robin.

— Ela, por acaso, mencionou o ator que costumava dublar seu personagem Drek?

— Não — respondeu Robin, de sobrancelhas franzidas. — Mas ela disse algo sobre esse personagem, que ela desejava muito que eles não o tivessem criado. Não disse por quê, mas talvez seja porque, no desenho, é Drek que faz os outros personagens jogarem o jogo. Talvez ela estivesse tentando dizer que, se não houvesse nenhum Drek, Anomia nunca teria criado o jogo.

— Você assistiu a esse desenho, não assistiu? — perguntou Murphy a Robin.

— Só um trechinho — disse Robin. — Ele é...

— Maluco?

Robin forçou um sorriso e respondeu:

— Um pouco, é.

Darwish, que tinha feito mais uma anotação rápida, lançou um olhar para Murphy que dizia claramente: "*Já tenho tudo de que preciso.*"

— Bom, certo, você foi de grande ajuda, srta. Ellacott — disse Murphy, enquanto ele e Darwish se levantavam. — Vou lhe dar meu número direto caso você se lembre de mais alguma coisa.

Ele entregou seu cartão a ela. Sua mão era grande, e estava quente e seca quando ele apertou a dela. Ele era tão alto quanto Strike, embora um tanto mais magro.

Strike conduziu os visitantes até a saída. Robin estava guardando o cartão de Murphy na bolsa quando seu sócio reapareceu.

— Você está bem? — perguntou ele, fechando a porta de vidro e abafando o som dos passos que se afastavam.

— Estou — disse Robin no que pareceu a enésima vez.

Ela levou o restante de seu chá doce até a pia e lavou a caneca.

— Tem alguma coisa errada — disse Strike, quando o som da porta da rua se fechando ecoou pela escadaria.

Robin se virou para olhá-lo. Strike tinha acabado de pegar o sobretudo ao lado da porta. A chuva ainda estava batendo nas janelas.

— O que você quer dizer? — perguntou Robin.

— Aquela pergunta sobre política.

— Bom... acho que as pessoas discutem política o tempo inteiro no Twitter.

— É — disse Strike, que estava segurando o celular na mão direita. — Mas, enquanto Murphy estava perguntando a você sua opinião sobre o desenho animado, pesquisei sobre o ator que dublou o Drek.

— E?

— Ele foi demitido pelo que muitos acharam ser sua posição política de extrema direita. Ele dizia estar sendo satírico, mas Ledwell e Blay não concordaram com isso e o demitiram.

— Ah — disse Robin.

Strike coçou o queixo, com os olhos na porta de vidro.

— Não sei se você percebeu, mas eles nunca nos disseram o que Angela Darwish faz. Ela não deixou um cartão.

— Presumi que ela também fosse detetive-inspetora chefe.

— Talvez.

— O que mais poderia ser?

— Eu me perguntei — disse Strike lentamente — se ela trabalhava com contraterrorismo... talvez para o MI5.

Robin olhou fixamente para Strike até perceber que água morna da caneca que ela segurava estava pingando em seus pés. Ela a botou no secador de louça.

— *MI5?*

— Só um pensamento.

— Que tipo de terrorista teria como alvo uma dupla de animação...?

Ela se deteve quando Strike ergueu as sobrancelhas para ela. O eco suave das balas disparadas no interior da sede da editora parisiense pareceu encher o espaço entre eles.

— Mas *Charlie Hebdo*... aquilo foi totalmente diferente. *O coração de nanquim* não é uma animação política, não havia nada sobre religião...

— Não — disse Strike. — Talvez você tenha razão. Está pronta para ir? Vou descer com você. Tenho que comprar comida para viagem.

Se Robin não estivesse pensando em por que o esfaqueamento de dois animadores poderia interessar ao MI5, ela poderia ter perguntado a si mesma por que Strike estava levando uma pequena mochila para Chinatown para buscar comida, mas estava tão preocupada que a mentira dele não foi questionada.

# 13

*Mas quando teus amigos estão aflitos,*
*Tu deves rir e gargalhar mesmo assim...*

Joanna Baillie
*A Mother to her Waking Infant*

Madeline e seu filho, Henry, viviam em um estábulo transformado em casa na Eccleston Square, Pimlico. O pai dele morava a algumas quadras de distância com a mulher e seus três filhos. Ele e Madeline tinham escolhido deliberadamente se mudar para a mesma área, de modo que o filho pudesse circular livremente entre as duas casas. Henry parecia estar em bons termos tanto com a madrasta quanto com seus meios-irmãos. Para Strike, que tinha sido criado em condições de insegurança e caos, tudo parecia muito adulto e civilizado.

Ele percorreu a curta distância desde a Victoria Station com a gola levantada para se proteger da chuva contínua, fumando enquanto ainda tinha chance, porque Madeline não fumava e preferia que sua casa permanecesse livre de cigarros. A recalibragem sutil, durante o trajeto entre o trabalho e um encontro com Madeline, de que sempre precisava para cumprir seu papel, estava se revelando mais difícil do que o habitual nessa noite. Uma razão para ele não ter objeções aos atrasos persistentes de Madeline era porque isso lhe dava tempo extra para reunir a energia necessária para o primeiro contato com seu comportamento sempre agitado. Esta noite, porém, seus pensamentos permaneciam com Robin e os quadros vívidos e estranhos que ela pintara para a polícia da animadora agora morta, com o hematoma no pescoço e botas velhas. Se ele fosse honesto consigo mesmo, preferiria ainda estar no escritório com Robin, especulando sobre as facadas e comendo comida chinesa embalada para viagem, a seguir na direção da casa de Madeline.

Melhor, então, não ser honesto consigo mesmo.

O dia seguinte era Dia dos Namorados. Strike encomendara um buquê de orquídeas para ser enviado para ela de manhã e estava levando um cartão na mochila. Essas eram as coisas que você fazia para a mulher com quem estivesse dormindo se ainda quisesse continuar a dormir com ela, e Strike gostaria de continuar dormindo com Madeline, tanto por razões óbvias quanto por outras que ele evitava confrontar.

Os passos rápidos de pés adolescentes na escada seguiram o toque de campainha de Strike, e Henry abriu a porta. Ele era um garoto bonito, com o cabelo dourado-avermelhado de Madeline, que ele usava o mais comprido e despenteado que a escola Westminster permitia. Strike se lembrou de quando tinha a mesma idade de Henry: a indignidade de espinhas raivosas florescendo no rosto imberbe, a dificuldade em encontrar calças com as pernas compridas o bastante, mas pequenas o suficiente na cintura (um problema que, para Strike, tinha desaparecido havia muito tempo), a mistura de sentir-se descoordenado e desajeitado com seus inúmeros desejos desesperados e não realizados, que o adolescente Strike tinha parcialmente sublimado no ringue de boxe.

— Boa noite — cumprimentou Strike.

— Oi — disse Henry sem sorrir, e fez a volta rapidamente para tornar a subir a escada. Strike supôs que tivessem mandado o garoto atender a porta, em vez de ter feito isso por vontade própria.

O detetive entrou, limpou os pés, tirou o sobretudo e o pendurou ao lado da porta da frente, então subiu em um ritmo muito mais lento do que o de Henry, usando fartamente o corrimão. Chegou à sala de visitas aberta e encontrou Madeline sentada no sofá, de lápis na mão, a cabeça curvada sobre uma variedade de pedras preciosas que estavam sobre uma grande folha de papel branco aberta sobre a mesa de centro. Ao lado do papel havia uma garrafa de vinho pela metade, o copo ao seu lado cheio.

— Desculpe, querido, você se importa se eu terminar isso? — disse Madeline com ansiedade.

— Claro que não — respondeu Strike, botando a mochila em uma poltrona de couro.

— Mil desculpas — disse ela, franzindo o cenho para o design no qual estava trabalhando. — Acabei de ter uma ideia e quero ver aonde vou chegar com isso antes que eu a perca. Henry vai pegar uma bebida para você. Hen, pegue uma bebida para Cormoran. *Hen!* — gritou ela, porque Henry tinha acabado de botar fones de ouvido e estava novamente sentado a uma mesa no canto sobre a qual havia um grande computador.

— O quê?

— Pegue... uma... bebida... para... Cormoran!

Henry se conteve para não jogar os fones de ouvido de lado. Strike teria se oferecido para ele mesmo pegar a bebida, mas achou que isso o teria deixado um pouco em casa demais aos olhos do adolescente.

— O que você quer? — grunhiu Henry para o detetive ao passar por ele.

— Uma cerveja seria ótimo.

Henry saiu andando em direção à cozinha, sua franja caindo sobre os olhos. Querendo dar a Madeline tempo e espaço, Strike foi atrás do jovem.

A casa era quase toda branca: paredes brancas, tetos brancos, um tapete branco no quarto de Madeline, tábuas nuas nos outros lugares, os outros móveis quase todos de um cinza-prateado. Madeline dissera a Strike achar relaxante, depois de horas olhando para pedras vibrantes na oficina, ou comandando sua loja de decoração eclética na Bond Street, passar as noites em um espaço sereno e monocromático. Sua casa no campo, ela dissera a ele, era muito mais movimentada e mais colorida em estilo: eles deviam ir até lá um fim de semana desses, e Strike, disposto a dar uma chance a um relacionamento verdadeiro, havia concordado.

Henry já tinha aberto a enorme geladeira-freezer Smeg quando Strike chegou à cozinha minimalista.

— Tem Heineken ou Peroni.

— Heineken, por favor — disse Strike. — Posso lhe perguntar uma coisa, Henry?

— O quê? — disse Henry com um tom desconfiado. Ele era trinta centímetros mais baixo que Strike, e parecia ressentido por ter olhar o detetive de baixo para cima.

— Sua mãe me contou que você costumava assistir ao *Coração de nanquim*.

— É — disse Henry, ainda parecendo desconfiado ao abrir as gavetas à procura de um abridor de garrafas.

— Eu nunca vi. É sobre o quê?

— Sei lá — disse Henry, com certo desdém irritado. — O que acontece em um cemitério depois que anoitece.

Ele abriu e fechou outra gaveta, e então, para leve surpresa de Strike, deu mais informação de forma voluntária.

— Ficou ruim. Costumava ser mais engraçado. Eles se venderam.

— Quem se vendeu?

— As pessoas que o faziam.

— Os dois que foram esfaqueados ontem?

— O quê? — disse Henry, olhando outra vez para Strike.

— As duas pessoas que o criaram foram esfaqueadas no cemitério de Highgate ontem à tarde. A polícia acabou de divulgar seus nomes.

— Ledwell e Blay? — perguntou Henry. — Esfaqueados no cemitério de Highgate?

— É — disse Strike. — Ela está morta; ele, em estado grave.

— Merda — disse Henry, depois se conteve e prosseguiu: — Quero dizer...

— Não — replicou Strike. — Merda é apropriado.

Algo próximo a um sorriso tremeluziu brevemente no rosto de Henry. Ele tinha encontrado um abridor. Depois de tirar a tampa, disse:

— Quer um copo?

— Posso beber direto da garrafa — disse Strike, e Henry a entregou a ele.

— Você está investigando? — perguntou Henry, olhando de esguelha para Strike.

— As facadas? Não.

— Quem eles acham que fez isso?

— Acho que eles ainda não sabem. — Strike tomou um gole de cerveja. — Tem um personagem chamado Drek no desenho, não tem?

— Tem — disse Henry. — Foi aí que as coisas começaram a piorar. Ele era a principal razão para eu assistir. Era muito engraçado... Ela está morta pra valer? Ledwell?

Strike resistiu à vontade de responder: "Não pra valer, só de brincadeira."

— Está, sim.

— Uau — disse Henry.

Ele parecia mais intrigado que triste. Strike se lembrou de ter dezesseis anos: a morte, a menos que fosse de uma pessoa muito próxima ou muito querida, era uma abstração distante e quase incompreensível.

— Soube que o ator que fazia Drek foi demitido.

— É — disse Henry. — Foi depois que demitiram Wally que ficou tudo uma merda. Ficou politicamente correto demais.

— Qual o nome completo de Wally?

— Wally Cardew — respondeu Henry, agora com desconfiança renovada. — Por quê?

— Você sabe se ele conseguiu arrumar outro emprego?

— Conseguiu. Ele agora é um YouTuber.

— Ah — disse Strike. — E o que isso significa?

— O que você...

— O que ele faz no YouTube?

— Faz vídeos de jogos e outras coisas — disse Henry, seu tom de voz comparável ao de um adulto explicando para uma criança o que faz o primeiro-ministro.

— Certo.

— Ele vai estar online hoje — disse Henry, olhando para o relógio no fogão. — Às 23h.

Strike verificou seu relógio.

— Você precisa se inscrever no YouTube para assistir?

— Não — disse Henry, se encolhendo ainda mais embaraçado diante de sua ignorância.

— Bom, obrigado pela cerveja. E pela informação.

— Tudo bem — murmurou Henry, saindo da cozinha.

Strike permaneceu onde estava, apoiado de lado, de frente para a geladeira. Depois de beber um pouco mais de cerveja, sacou o celular do bolso, abriu o YouTube e procurou Wally Cardew.

Foi então que ele entendeu o desprezo de Henry por sua ignorância: o ex-dublador de Drek tinha mais de cem mil inscritos em seu canal no YouTube. Bebendo Heineken, Strike foi descendo pelos vídeos arquivados. As fotos que acompanhavam os títulos mostravam Cardew fazendo uma cara engraçada: segurando a cabeça em desespero, de boca aberta em uma gargalhada histérica ou gritando triunfante enquanto dava um soco no ar.

Cardew tinha grande semelhança física com um jovem soldado que Strike investigara enquanto estava na Agência de Investigações Especiais, um certo Dean Shaw, que tinha exatamente a mesma combinação de cabelo claro, pele rosada e branca e olhos azuis pequenos. Shaw foi submetido à corte marcial pelo que ele insistia ser uma brincadeira que dera errado, durante a qual um disparo acidental matara um recruta de dezesseis anos. Refletindo pesarosamente que tinha chegado a uma idade em que quase todo mundo que ele conhecia lhe lembrava outras pessoas conhecidas, Strike continuou a descer pela lista dos vídeos de Cardew.

O corte de cabelo do YouTuber variava de acordo com o ano em que o vídeo tinha sido gravado. Três anos antes, ele usava seu cabelo louro platinado na altura dos ombros, mas agora estava muito mais curto. A maioria de seus vídeos tinha o título de *Wally apresenta o show de MJ*. Strike supôs que MJ fosse o jovem barbado, de pele marrom, aparência alegre e rosto gorducho que aparecia ao lado de Wally em algumas fotos, o companheiro de aventuras do astro do canal.

Strike parou de rolar a tela em um vídeo datado de 2012 intitulado *Peido de nanquim*, que tinha sido visto noventa mil vezes. Ele apertou o play. Wally, de cabelo comprido, e MJ, de cabelo curto, apareciam sentados lado a lado a uma mesa, cada um em uma cadeira grande estofada em couro. A parede atrás deles estava coberta de pôsteres de videogames.

— Então, oi todo mundo — disse Wally, cujo sotaque era pura classe operária de Londres, não muito diferente do de Madeline. Ele segurava o que parecia ser um papel timbrado. — Só queria atualizar todos vocês sobre o que meus antigos amigos me enviaram. Acho que se chama uma carta de "cessar e desistir".

— É — disse MJ, assentindo.

— O MJ aqui está tentando fingir que entende de leis — disse Wally para a câmera, e MJ riu.

— Meu tio é advogado, cara!

— É? O meu é ginecologista, mas eu não saio por aí enfiando os dedos em mulheres aleatórias.

— Seu tio é mesmo ginecologista? Sério? — disse MJ, rindo.

— Não, idiota, estou brincando... Então é, eu basicamente não tenho mais autorização pra usar a voz de Drek nem seus bordões ou...

Ele consultou a carta e leu em voz alta:

— "... qualquer propriedade intelectual de Edie Ledwell e Joshua Blay, doravante chamados de *criadores*". Então... é. É isso.

— Uma babaquice do caralho — disse MJ, sacudindo a cabeça.

— Ei — disse Wally, como se atingido por um pensamento repentino. — Será que seu tio me representaria sem cobrar nada?

MJ pareceu surpreso. Wally riu.

— Estou brincando, cara, mas... — ele tornou a olhar para a câmera — ... é, estou achando que o Drek acabou para mim, rapá.

— Cuidado! — exclamou MJ.

— Isso é uma...

— É mesmo — disse MJ. — É uma merda.

— Eu basicamente criei a voz, o personagem e tudo, mas você, aparentemente, não pode mais fazer a porra de umas piadas, não pode ser satírico, não pode zoar...

A câmera deu um zoom de repente, de modo que o rosto de Wally apareceu em grande close.

— OU PODE? — trovejou Wally, sua voz manipulada artificialmente de modo a criar um eco.

Quando a câmera tornou a se abrir, os dois homens estavam no meio de um espaço todo branco. MJ agora estava refastelado em sua cadeira, fingindo estar meio adormecido, usando uma peruca comprida e castanho-escura, uma camisa jeans e calça jeans rasgada, e fumando o que parecia ser um baseado gigante. Wally usava uma peruca castanho-clara despenteada, batom e delineador mal aplicados, uma camiseta que dizia *Peido de nanquim* e uma camisa floral comprida.

Falando com um sotaque esganiçado de Essex, ele disse:

— Então, é... a gente estava deitado no cemitério... Você aproveitou para passar a mão em mim, não foi, Josh?

— É — disse MJ, parecendo sonolento.

— E a gente estava fumando, não estava?

— É.

— Então a ideia jorrou do meu cérebro. E foi assim que a gente criou *Peido de nanquim*. Porque quando você peida, certo, é como se fosse uma parte de seu eu interior querendo se libertar, então é uma metáfora e é, tipo, bonito e profundo, não é?

Wally levantou parte da bunda da cadeira e produziu um peido alto e aparentemente genuíno. MJ riu antes de dizer na mesma voz chapada de antes:

— Metáfora, é...

— Tirei a ideia do peido da minha falecida mãe... ela tinha um grande problema de gases.

MJ se contraiu, mal conseguindo conter o riso.

— E a gente não está interessado em dinheiro, não é, Josh?

— Não...

— Nós somos dois espíritos livres, não é? A gente quer que todo mundo desfrute do meu brilho de graça.

— De graça... é...

— E é por isso que a gente não paga ninguém, não é, Josh?

Em silêncio, MJ ofereceu a Wally um tapa em seu baseado.

— Não, Josh, querido. Preciso estar com a cabeça limpa para as negociações com a Netflix. Opa! Eu disse isso em voz alta? Disse? Merda. Bom, de qualquer jeito, obrigada a todos. Espero que vocês continuem assistindo a *Peido de nanquim*.

Wally produziu um segundo peido.

— Aaah, bem melhor agora. Certo, vamos lá, querido — disse ele, se levantando e segurando MJ pela camisa. — Você tem que desenhar Cori.

— Preciso de uma bebida de verdade, Ed — gemeu MJ. — Estou chapado.

— Você vem comigo, seu canalha preguiçoso, a gente tem que ganhar dinheiro. Quero dizer, arte. A gente tem que fazer arte...

— O que *diabos* você está vendo?

Strike pausou o vídeo e olhou ao redor. Madeline estava parada na porta da cozinha.

— YouTubers — disse Strike.

Sorrindo, Madeline andou descalça em sua direção em seu suéter de caxemira cinza-claro com jeans, passou os braços em torno de seu pescoço e o beijou na boca. Madeline tinha gosto de Merlot.

— Desculpe por aquilo, eu tinha que botar aquele design no papel enquanto ele ainda estava na minha cabeça. Às vezes você tem uma ideia e simplesmente tem que ir em frente com ela.

— Sem problema. Aqueles eram rubis muito bonitos, ou seja lá o que forem...

— São de vidro. Eu não guardo nenhuma pedra preciosa em casa, é um pesadelo para o seguro. Às vezes uso pedras falsas para me ajudar a encontrar ideias. Eu preciso de outra bebida — acrescentou ela, largando-o para estender a mão na direção da adega na parede e tirar uma garrafa. — Meu dia hoje foi um *inferno*. Esqueci que tinha que dar uma entrevista para uma blogueira de joias mal saída da adolescência. Não quero generalizar, mas alguns deles são uns merdinhas. Ela não parava de perguntar se tudo tem origem ética... onde está a merda do saca-rolha?... e como eu não pude dizer que vou *pessoalmente* à porra da Colômbia e escavo todas as esmeraldas da terra e dou metade para os órfãos ou seja lá o que for... Quero dizer, eu faço todo o esforço para comprar com ética, mas você devia tê-la ouvido no... no...

Madeline estava se esforçando para abrir a garrafa. Strike tornou a guardar o celular no bolso e estendeu as mãos.

— Obrigada, eu quebrei uma unha abrindo o último. E, então, lá estava ela falando de diamantes de sangue, e eu...

Carregando a garrafa de vinho recém-aberta e sua própria cerveja, ele seguiu Madeline de volta pela sala aberta, de onde Henry tinha desaparecido, e ela tornou a se jogar no sofá, falando o tempo inteiro sobre o garimpo ilegal de ouro na América Latina e os vários esforços empreendidos por ela e seus colegas joalheiros para garantir que suas matérias-primas não fossem produzidas sob condições de exploração ou criminosas. Strike encheu seu copo e também se sentou; ele teve a impressão de que Madeline ainda estava se justificando para um interlocutor invisível. Seu estômago roncou. Ele tinha esperança de que, se não houvesse uma refeição preparada em casa, Madeline pelo menos sugerisse um lugar que entregasse.

— Mãe — chamou Henry do alto da escada. — Vou para a casa do meu pai.

— Quando você vai...

Mas Henry já descera a escada depressa. Eles ouviram a porta bater.

— Ele foi rude com você? — perguntou Madeline, franzindo o cenho. — Está de mau humor porque seu laptop está com problemas. Por isso está usando meu computador.

— Não, na verdade, foi bem comunicativo — respondeu Strike.

— É mesmo? Isso é uma mudança. Na verdade, você tem jeito com ele. Jim o estragou totalmente.

Strike já tinha ouvido sobre as muitas maneiras como o ex-marido dela, o ator que deixara Madeline pela protagonista, tinha traído a confiança de Henry, mas ele manteve a expressão de interesse enquanto ela listava mais alguns exemplos. Seu estômago roncou novamente. Quando Madeline fez uma pausa para virar meio copo de vinho, ele disse, na esperança de empurrar seus pensamentos na direção de comida.

— Desculpe, eu não pude fazer o jantar...

— Ah, sem problema. Eu nem posso reclamar por você ter problemas no trabalho. Eu mesmo tenho o suficiente. Enfim...

Ela se aproximou mais dele no sofá e passou os braços novamente em torno de seu pescoço.

— ... você pode compensar agora.

Uma hora depois, Strike estava deitado nu na escuridão do quarto todo branco de Madeline, totalmente satisfeito em um sentido, mas não o suficiente para se esquecer da fome corrosiva. Ele supunha que alguém não ficasse tão magro quanto Madeline sem comer pouco, mas fazer dieta de fome, na verdade, não era seu estilo, mesmo que ele pudesse perder um pouco de peso. A cabeça de Madeline estava em seu ombro, o cabelo dela fazendo cócegas em seu rosto, uma das mãos espalmada sobre seu peito peludo.

— Meu Deus, isso foi b-bom. — Ela bocejou. — Desculpe, estou muito cansada. Tive que acordar às cinco para uma ligação para L... para Los Angeles...

Ele beijou o alto de sua cabeça, então disse:

— Você se importa se eu preparar alguma coisa para comer?

— Não, querido, sirva-se — murmurou ela. Tirando a cabeça do seu ombro, ela rolou para longe dele até o outro lado da cama, e, enquanto Strike vestia a calça e a camisa no escuro, temendo um encontro com Henry, ele pensou ter escutado um ronco suave.

O andar superior da casa estava silencioso. Strike foi descalço até a cozinha, sua prótese fazendo um som surdo nas tábuas do piso a cada dois passos. A geladeira, como ele temia, continha pouca coisa que quisesse comer. Ele remexeu sem entusiasmo em potes de salada de quinoa, iogurte sem gordura e pacotes de abacate, pensando, com avidez, em bacon com ovos ou um saco grande de batatas fritas. Finalmente, encontrou um pedaço de pecorino, preparou para si mesmo um sanduíche com duas fatias grossas de pão e abriu outra garrafa de Heineken.

O relógio no fogão disse a ele que eram 22h. Parecia muito mais tarde. Ele foi até a janela e olhou para a rua chuvosa: os paralelepípedos pareciam reluzentes como azeviche sob a luz projetada pelos postes. Depois de um tempo, Strike encontrou um prato, levou seu sanduíche e sua cerveja de volta pela área de estar e se sentou ao computador.

Ele sabia a senha, pois Madeline lhe dera na última vez em que estivera ali, quando a bateria de seu telefone estava descarregada e ele queria ver os detalhes do voo que Dedos pegaria de volta para Londres. Ele ligou o computador, digitou a senha *spessartite19*, passou quase uma hora lendo as notícias e enviando e-mails e então, às 23h, abriu o canal de Wally Cardew no YouTube bem a tempo de ver seu streaming ao vivo.

Os pôsteres de videogames no fundo tinham mudado, assim como Wally e MJ. Cardew agora usava o cabelo louro platinado cortado rente nos lados e mais comprido no alto. O rosto de MJ estava mais magro do que em 2012; seu cabelo, mais arrumado. Os dois homens estavam com aparência sombria e, no caso de MJ, um pouco ansiosa.

— Olá, caras — disse Wally. — Bem-vindos ao *Wally apresenta o show de MJ*, e, antes que a gente comece, eu, a gente...

Ele olhou para MJ, que assentiu.

— A gente quer dizer primeiro, OK, uma coisa realmente horrível aconteceu, hã... ontem, mas a gente só soube hoje...

— As pessoas têm, tipo, ligado pra gente pelas últimas cinco horas — interveio MJ —, dizendo: "Vocês sabiam, vocês sabiam?"

— É — disse Wally, assentindo. — E a resposta é não, a gente não sabia, a gente nunca soube de nada até ver a notícia. Enfim, é, a gente está falando sobre o que aconteceu com Josh Blay e Edie Ledwell, caso vocês não saibam, e isso é... é muito confuso, e a gente não sabe mais do que vocês, mas é seriamente confuso. E eu quero, tipo, estender minhas condolências às famílias e estou, não sei, cruzando todos os dedos por Josh, e a gente está... eu não sei, você reza, MJ?

— Rezo — falou MJ em voz baixa. — Eu rezo.

— Eu — disse Wally, estendendo as mãos — não sei em que merda eu acredito, mas a gente está pensando nas famílias e espera que Josh saia dessa, sabe?

— É, a gente espera — disse MJ, assentindo. — A gente espera.

Wally suspirou, deu um tapa na coxa e disse:

— Está bem, então a gente tem um programa especial pra vocês esta noite, e não se esqueçam, caras, este mês a gente vai doar 25% de todos os produtos comprados para o Hospital Great Ormond Street, porque, como alguns de vocês sabem, o primo de MJ...

— Meu priminho, é, ele está sendo tratado de leucemia lá — disse MJ.

— Então — disse Wally. —Vamos começar com os velhos comentários...

Um feed rolante de comentários dos espectadores agora surgia no canto superior direito da tela, o texto amarelo-néon subindo tão rápido que era difícil acompanhar. Os olhos de MJ se moviam da câmera para uma tela lateral, verificando os comentários que os espectadores podiam ver.

| | |
|---|---|
| Drekfan10: | Amo vocês, Wally e MJ!!!!!!!! |
| KeiraS: | Faz a voz de Drek, Wal |
| Derky96: | belo tributo |

| | |
|---|---|
| Krayfish: | vocês são de primeira |
| BDJoker: | Eu conhecia ledwlle e blay |
| Hyggard: | não finjam que estão tristes kkk |
| Sh0zelle: | Wally, diga alô para Shona e Deb! |
| RedPill*7: | progressista bom é progressista morto |
| Chigginz: | comprei três camisetas me deem parabéns |

— Então — disse Wally —, vamos continuar com o programa. Primeiro... eu preciso de algumas coisas aqui debaixo...

Ele levou a mão para embaixo da mesa.

— Segura isso pra mim, MJ.

Wally tinha pegado uma faca grande que parecia estar coberta de sangue. MJ emitiu uma mistura de gritinho com arquejo, então cobriu o rosto com as mãos, tentando conter o riso nervoso.

— Merda! — disse MJ para a câmera, por entre os dedos. — Merda, eu não sabia que ele ia fazer isso. Juro que não.

Inexpressivo, Wally disse:

— Qual o problema? Ah, *isso*? — Ele lambeu a lâmina. — Molho de tomate, cara, eu estava cortando uma pizza.

— Merda, Wal — disse MJ, baixando as mãos e rindo.

— Está bem — replicou Wally dando de ombros —, se você não quiser segurar...

Ele jogou a faca para trás e pegou uma pilha de papéis embaixo da mesa.

— Não, porque esse é o tema do programa de hoje, não é? Meu Twitter anda muito agitado desde que foi divulgada a notícia sobre Ledwell e Blay, muito agitado. Publiquei meus pêsames ou sei lá o quê, e, basicamente, tenho visto muita gente me dizendo que eu matei Edie Ledwell, então sugiro que a gente veja alguns tweets. Vamos ver o que a gente tem... Essa é boa.

Wally pegou a folha de papel do alto da pilha e começou a ler. A publicação surgiu na tela atrás dele, ao lado dos comentários.

---

**A Mosca de Caixão** @carla_mappin5
Em resposta a @O_Wally_Cardew

Como vc ousa dizer que está triste, seu hipócrita de merda. Você demonizou Ledwell e Blay desde que foi justamente demitido. Ódio mata.

15h15 13 de fevereiro de 2015

— "Ódio mata" — repetiu Wally, olhando sério para a câmera.

— Uau — disse MJ, sacudindo a cabeça. — Você se sentiu repreendido, cara?

— Vou ser honesto, parceiro, isso me fez repensar, tipo, todo meu sistema ético — respondeu Wally. — Quero dizer, eu me torno cúmplice de assassinato porque fiz piada com *O coração de nanquim*... Então — disse ele para a câmera —, eu dei uma olhada em como Carla Mappin quer que a gente se comporte online, assim eu posso, vocês sabem, aprender com pessoas melhores.

— Usar ela como exemplo — disse MJ, assentindo.

— Exatamente — concordou Wally. — Então, essa é uma de Carla do fim do ano passado...

Uma nova publicação no Twitter apareceu atrás de Wally enquanto ele a lia em voz alta.

---

**A Mosca de Caixão** @carla_mappin5
Em resposta a @AnomiaGamemaster

Honestamente a cadela pode morrer sufocada, toda aquela babaquice de fazer por amor e não dinheiro #paremdealimentaraComilona #euestoucomJosh

21h02 2 de novembro de 2014

— "A cadela pode morrer sufocada", senhoras e senhores — repetiu Wally

— De que cadela ela está falando? — perguntou MJ.

Strike percebeu que eles haviam ensaiado essa parte. Só a faca tinha sido surpresa.

— É, tipo, uma cadela que ela está tentando resgatar, que ganhou um osso grande demais, ou...?

Wally deu uma risada breve.

— Não, MJ. Acredite se quiser, Carla estava falando sobre Edie Ledwell. "A cadela pode morrer sufocada" — repetiu ele, olhando para as lentes da câmera com seus olhos azuis pequenos.

— Wal — disse MJ, cujo olhar estava temporariamente fixo em algo fora da câmera. — A gente tem que fazer alguns agradecimentos. Temos mudado alguns produtos. Chigginz, você comprou três camisetas, boa, parceiro. BDJoker... Acho que esses não são nomes verdadeiros.

— Obrigado, BD — agradeceu Wally. — Aproveite seu boné de beisebol de Wally e MJ.

— E Sooze e Lily, dois suéteres... obrigado, moças!

— Está bem, de volta ao velho Twitter — disse Wally, retornando a sua pilha de papéis. — Vamos ver o que mais a gente tem aqui... É, esta é boa.

Os comentários continuaram a passar quase mais rápido do que Strike podia lê-los.

| | |
|---|---|
| Motherofdrags: | progressistas quando eu falei lixo falei de um jeito bom kkk |
| LostInSpunk: | progressistas são hipócritas de merda kkkkkk |
| @Heimd&ll88: | eu amo esta porra |
| hotrod209: | estou adorando ver vcs colocando os progressistas em seu lugar |
| RubyLoob: | Ledwell era a epítome da supremacia branca |
| Arniep: | chupa meu pau |
| LilaP: | Amo você, Wally bjs bjs bjs bjs |
| ArkeASombra: | tudo bem comemorar quando pessoas do mal morrem |
| TheFiend: | o que vocês não fazem por visualizações seus merdas |
| TommyEngland14: | Wally, confira irmandadesuperiordethule.com |

— Está bem — disse Wally, folheando os papéis. — E agora a gente tem, e esse é meu favorito, eu adoro esse. Andi Reddy, nome verdadeiro, olhem, aí está...

---

**Andi Reddy** @ydderidna
Em resposta a @O_Wally_Cardew

Vc pode não ter segurado a faca, mas atiçou as chamas, e se algum troll de extrema direita fez isso, vc deve ser processado.

18h52 13 de fevereiro de 2015

— Andi certamente parece conhecer a lei, hein? — comentou Wally.

— Provavelmente uma juíza — disse MJ. — Mas foi bom ela dizer que você não segurou a faca.

— Vamos ver o que Andi acha sobre não atiçar as chamas do ódio?

— Vai em frente — concordou MJ, começando a rir outra vez.

A segunda publicação de Andi no Twitter apareceu acima de suas cabeças. Mais uma vez, Wally a leu em voz alta.

---

**Andi Reddy** @ydderidna
Em resposta a @AnomiaGamemaster

Alguém pode dizer àquela vadia vil e mercenária para só morrer de uma vez
#paremdealimentaraComilona #euestoucomJosh

11h45 29 de julho de 2014

Tanto Wally quanto MJ caíram na gargalhada.

— Mas fica melhor — disse Wally, entre risadas. — Esperem, tem mais um. Esse mostra a verdadeira natureza de alguém que não atiça as chamas.

Uma nova publicação apareceu.

---

**Andi Reddy** @O_Wally_Cardew

A única coisa que me consolaria nesse caos que meu desenho favorito se tornou é se colocassem a #Comilona dentro de um grande Drek de plástico e pusessem fogo nele

22h34 16 de setembro de 2014

Enquanto Wally e MJ tinham um novo acesso de risos, Strike ouviu um movimento atrás dele e silenciou instantaneamente o stream. Henry tinha voltado. Ele pareceu desconcertado ao perceber a que Strike estava assistindo.

— Você me deixou interessado — comentou Strike.

— Ah — disse Henry.

Eles olharam um para o outro, seus rostos na semiescuridão, a única luz vinda da tela do computador.

— Vou para a cama — murmurou Henry, e voltou para o andar de baixo.

Strike religou o som do computador e voltou para o programa. Wally e MJ ainda estavam se dobrando de rir da última publicação que Wally lera. Os comentários continuavam subindo rápido.

| | |
|---|---|
| algizzard: | Wal confira irmandadesuperiordethule.com |
| GillyCoraçãodeNanquim: | Wally, diga olá para sua avó por mim! |

| | |
|---|---|
| ArkeASombra: | Ledwell era uma ladra e uma mentirosa |
| machadosaxão14: | todos os progressistas chorando quando ontem a estavam xingando |
| dmitriplayssax | Wally, mande um oi para mim, Dmitri |
| PokerFac£: | Wally, você está comendo kea niven? |
| DiscípulodeLepine: | Eu matei Ledwell |
| TattyB: | é, na verdade, não estou triste porque uma racista preconceituosa com deficientes morreu |
| MGTOWise: | mostrando as evidências, cara, isso é classe!!! |
| SophieBeee: | Comprei uma camiseta mandem um oi para Soph Brown |
| BwahBoy88: | Wally, se livre desse árabe |
| aoifeoconnor: | as pessoas estavam com raiva por causa da Netflix, só isso |
| Sammmitchell: | as pessoas dizem coisas no calor do momento |
| UltimaBro88: | Todos os merdinhas progressistas tentando cobrir seus rastros kkkkkkkkkkkk |

# 14

*Ela está no fundo da sepultura!*
*Não me fale de alegria,*
*Pois eu não pude salvá-la.*

Christina Rossetti
*Despair*

O apartamento de um quarto em Walthamstow a que Robin tinha ido no domingo à tarde foi o primeiro que ela viu no qual conseguiu se imaginar vivendo feliz. Ele ficava no segundo andar de um prédio recém-reformado: limpo e claro, tinha espaço para um sofá-cama na sala de estar, caso um amigo passasse uma noite lá, e era perto da estação de metrô de Blackhorse Road.

— Eu entro em contato — disse ela ao corretor imobiliário. — Tem muitos interessados?

— Bastante — respondeu o jovem de gravata larga e vistosa, cujo humor implacável Robin teria dispensado. Ele lhe perguntara duas vezes se ela ia morar sozinha. Robin se perguntou o que ele teria dito se lhe pedisse chorosa que morasse com ela, de modo que ela não tivesse que suportar mais a agonia da solteirice.

Depois de se despedir do corretor imobiliário, ela andou até a estação do metrô cronometrando o trajeto enquanto o percorria. Ela ia demorar mais no transporte do que em seu apartamento atual, mas não tanto quanto alguns imóveis que tinha visto. Levando tudo em conta, ela realmente achou que o apartamento serviria. Voltando para casa, ela se perguntou contra quem estaria concorrendo: tinha um depósito decente, que conseguira arrancar com dificuldade da conta conjunta do casal como parte de seu acordo de divórcio, e estava ganhando um salário muito melhor do que o inicial, mas em Londres era impossível ter certeza.

O estado de ânimo de Robin estivera ruim durante todo o fim de semana frio e chuvoso, e, quando ela saiu da estação de Earl's Court na chuva, a empolgação que experimentara se imaginando morando naquele apartamentinho limpo e claro começou a diminuir.

Max estava passando o fim de semana no campo, junto com Wolfgang, o dachshund. Quando chegou em casa, Robin tirou o casaco e as luvas, pegou o laptop no quarto e subiu a escada para a sala, onde seus olhos se depararam com o indesejado cartão de Dia dos Namorados que recebera na véspera de Hugh "Jegue" Jacks, que ela deixou na bancada da cozinha. A frente exibia um são-bernardo com um barril em forma de coração na coleira e as palavras "Você me faz babar". No interior do cartão, Hugh escreveu "Se você se sentir sozinha" e seu número de telefone. Robin supôs que o são-bernardo tivesse a intenção de evocar lembranças felizes da Suíça, mas, como Hugh tinha sido a pior parte das pequenas férias, a única emoção que sentiu foi irritação por Katie ter dado seu endereço a Hugh. Ainda lutando contra um sentimento de depressão, ela jogou o cartão no lixo antes de preparar o café e, em seguida, sentou para examinar sites de notícias à procura de qualquer informação sobre as facadas no cemitério de Highgate.

Josh Blay ainda estava vivo, embora permanecesse em estado grave, e a polícia liberara um novo detalhe: os dois animadores tinham sido atingidos por armas taser antes de serem esfaqueados. O público ainda estava sendo incentivado a telefonar para o número de informações caso tivesse visto qualquer pessoa agindo de forma suspeita no cemitério entre 16 e 18h no dia 12 de fevereiro.

A posse e o uso de tasers por civis era ilegal, por isso Robin se perguntou onde e como o assassino tinha posto as mãos em um. Teria sido contrabandeado do continente? Roubado? Com certeza seu uso sugeria que aquele tinha sido um crime premeditado, não um assassinato cometido por impulso. Ela desejou que Strike estivesse ali, para falar sobre tudo aquilo.

Um novo alerta de notícia da BBC se abriu em seu laptop. Houvera dois tiroteios por terroristas em Copenhagen: o primeiro em uma exposição chamada *Arte, blasfêmia e liberdade de expressão*, o segundo em uma sinagoga. O caroço de pura infelicidade no peito de Robin parecia ter ficado maior. Seres humanos mortos por escrever palavras, por fazer desenhos. Edie Ledwell não podia, sem dúvida, ser um deles? O que havia naquele desenho animado peculiar que pudesse ofender e enfurecer a ponto de seus criadores serem considerados merecedores de assassinato?

Artigos sobre *O coração de nanquim* tinham proliferado nas últimas vinte e quatro horas. Robin deu uma lida em recapitulações de sua jornada inesperada para o sucesso, análise de sua importância cultural, avaliações de seus pontos interessantes e falhas, e especulações sobre seu provável futuro. Quase todas essas matérias começavam observando a estranha ironia de Ledwell ter morrido no cemitério onde ela e Blay ambientaram sua animação: "uma simetria grotesca", "uma coincidência quase inacreditável", "um fim horrível com toda a estranheza gótica de sua criação".

Milhares de palavras também tinham sido gastas com os fãs da animação, que chamavam a si mesmos de Tinteiros e eram famosos por suas guerras destrutivas. As discussões continuavam a florescer no rastro dos ataques aos criadores; se odiando por clicar no link, Robin leu um texto curto intitulado "A teoria do assassinato de *O coração de nanquim* que está provocando ultraje" e descobriu que havia especulação nas redes sociais de que Josh Blay tinha esfaqueado Edie Ledwell e depois tentara se matar, uma acusação que vinha sendo veementemente negada e contestada pelos fãs de Blay, que, percebeu Robin, pareciam muito mais numerosos do que os de Ledwell.

Robin foi para o YouTube, na intenção de assistir a um episódio inteiro de *O coração de nanquim*. Entretanto, sua atenção foi imediatamente atraída por um vídeo chamado "A primeira entrevista de Josh Blay e Edie Ledwell". Datado de junho de 2010, estava no momento obtendo muitos acessos.

Robin clicou no vídeo e apertou o play.

Edie Ledwell e Josh Blay apareciam sentados lado a lado em uma cama de solteiro, encostados numa parede onde estavam presos inúmeros desenhos, recortes de revistas e reproduções de pinturas em tamanho de cartão postal. O cabelo de Edie estava mais comprido do que quando Robin a conheceu, brilhante e bem penteado. Ela usava jeans e o que parecia ser uma camisa masculina azul com as mangas arregaçadas.

Josh, que estava usando uma camisa parecida com a de Edie, era extraordinariamente bonito. Com seu cabelo escuro comprido, queixo muito quadrado, maçãs do rosto altas e olhos azuis grandes, ele podia ser um astro do rock. Robin sabia por reportagens que ele era cinco anos mais novo que Edie, então, em 2010, tinha vinte anos.

— É, tudo certo? — disse Josh com um sotaque cockney. Ele fez um aceno tímido com a mão, então ele e Edie olharam um para o outro e riram. A pessoa segurando a câmera também riu. — Hã... — acrescentou Josh, tornando a olhar para a câmera. — É, a gente teve muito retorno positivo em relação aos dois primeiros episódios de *O coração de nanquim*, e a gente, hã, achou que devia expressar como gosta disso. E nossa amiga Katya disse que seria bom se a gente respondesse a algumas das, hum, perguntas que vocês têm postado nos comentários das animações, então é, é isso o que a gente vai fazer.

Ele disse isso timidamente, como se estivesse preocupado que as pessoas pensassem que o vídeo fosse uma ideia ególatra dos criadores.

— Por exemplo — continuou Josh —, muita gente nos pergunta: "Vocês estão chapados?"

Ele riu, assim como a pessoa segurando a câmera.

— A resposta é curta — disse Edie.

— Nós estávamos, sim — revelou Josh. — Para ser honesto, estávamos com certeza. Tim também está, agora mesmo.

Seus olhos se moveram para cima em direção à pessoa segurando a câmera. O Tim invisível disse com o sotaque de um morador dos Home Counties:

— Eu não estou, isso é uma mentira horrível.

Josh, então, olhou de lado para Edie, e eles sorriram um para o outro, os sorrisos inconfundíveis de duas pessoas que estavam completamente apaixonadas.

— Então, hã, a gente se apresenta ou o quê?

— Bom, não tem mais ninguém aqui para fazer isso — disse Edie. — A menos que Tim queira fazer isso... Na verdade, nós vamos apresentar Tim.

A câmera se moveu para o alto: uma imagem vertiginosa do teto foi sucedida pelo close borrado de um jovem de cabelo ruivo.

— Oi — disse ele.

A câmera voltou para Edie e Josh.

— Esse foi o Tim — disse Edie. — Ele faz a voz do Verme. Então, eu sou Edie...

— É. E eu sou Josh, e a gente, hã, teve a ideia para *O coração de nanquim* quando estava uma tarde no cemitério de Highgate.

— Fumando — disse a voz de Tim.

— Se sentindo criativo — completou Josh com falsa dignidade.

— E estávamos conversando — disse Edie.

— Um monte de merda...

— Talvez no seu caso — disse Edie

— Não, eu estava sendo criterioso e profundo — discordou Josh, e então, apontando para Edie, a seu lado, enquanto se encostava nela, disse para a câmera: — Não, na verdade é ela, é tudo culpa dela que isso aconteceu. A gente estava conversando sobre, você sabe, as pessoas que estão enterradas ali...

— É — disse Edie —, na verdade pensando sobre o fato de que estávamos deitados a poucos metros de cadáveres de verdade.

— A gente estava surtando.

— Você estava surtando, eu não estava...

— Porque você é esquisita.

Edie riu.

— É sim, Edie. Não estou dizendo que você é uma assassina em série ou seja lá o que for, é só que você é... assustadora... Não, então ela começou a imaginar o que acontecia à noite e todas aquelas merdas de ideias surreais...

— Katya disse a você para não falar palavrão aqui.

— É um pouco tarde para essa merda.

Edie riu.

— Então, é, todas essas ideias começaram a sair da cabeça de Edie e a gente estava ali deitado, tipo, inventando essa coisa toda...

— Então fomos enxotados do cemitério, porque era hora de fechar — disse Edie. — Por isso fomos para casa, é bom acrescentar aqui que moramos em um coletivo artístico em uma grande casa velha...

— Por que é bom acrescentar isso?

— Não sei... Para explicar nosso processo?

— A gente não tem processo, minha cara, o que fazemos não é um processo.

Edie riu outra vez.

— Está bem, tanto faz, nós voltamos para casa e Josh desenhou... quem você desenhou primeiro?

— Cori, e você desenhou Drek. A gente é estudante de arte — disse ele para a câmera

— Eu não sou. Você é. Você era de verdade.

— Eu fui expulso da St Martin's — informou Josh ao público. — Por ser um estudante relapso.

— É — disse Edie —, então desenhamos os personagens por diversão, algumas ideias que tivéramos quando estávamos... hã...

— Chapados — disse Tim de fora da tela.

— ... no cemitério — acrescentou Edie, sorrindo. — E é, então isso meio que...

— Cresceu... — disse Josh.

— Eu ia dizer se desenvolveu...

— ... a partir daí. E nosso amigo Seb ajudou a gente a animar o primeiro — continuou Josh. — Seb é gente boa. Ele ainda está na St Martin's. E a gente arranjou uns amigos para dublar os personagens e então a gente tinha o primeiro episódio, e Edie teve mais ideias, então, é, fizemos outro.

— E — disse Edie — nós não esperávamos, mas ficamos muito surpresos com o quanto as pessoas gostaram, e por isso queremos dizer o quanto apreciamos seus comentários. Então, hum, agora vamos responder às perguntas feitas com maior frequência.

Josh estendeu a mão para fora do quadro e pegou um pedaço de papel pautado que claramente tinha sido arrancado de um caderno, olhou para ele e então para a câmera.

— Certo, então aqui vai uma pergunta feita muitas vezes: "De onde vocês tiraram a ideia para Cori?" — Ele olhou de lado para Edie. — Você precisa responder a isso, porque eu não tenho ideia do que se passa em sua cabeça.

— Está bem então, na verdade, eu não sei como pensei em Cori, exceto, acho que, quando criança, minha mãe me contou um conto de fadas sobre um coração de pedra... Isso é real ou eu só imaginei? Então eu.... eu não sei. Tenho essa lembrança de ouvir a história de alguém trocando seu coração por uma pedra e fiquei com a imagem mental de um coração saindo de um peito, então, quando estávamos no cemitério, tive essa ideia de alguém mau, cujo coração sobreviveu e está tentando melhorar depois de sua morte. Como se o dono o tivesse coberto de tinta negra por todas as coisas ruins que ele fez, então o coração meio que sobreviveu quando o resto do corpo apodreceu porque...

— Ele está conservado no mal — disse Josh com satisfação.

— Mais ou menos, mas não exatamente, porque Cori não é, tipo, o personagem mais simpático na coisa toda?

— É, acho que ele é — falou Josh lentamente. — Ele é inocente, mas na verdade não é, certo? Porque ele ficou negro por todo o mal que fez.

— Mas ele não fez isso — disse Edie. Os dois, agora, estavam absortos um no outro, a câmera temporariamente esquecida. — Cori recebe a culpa por isso, fica estigmatizado, mas ele era uma vítima do... cérebro, da vontade ou seja lá do que for. Está tentando agir melhor, mas é grotesco, então ninguém acredita que ele é bom.

Ela se virou para olhar para a câmera novamente.

— Alguma coisa disso fez sentido? Não. Próxima pergunta.

— "É intencional que Páginabranca seja uma vaca?" — leu Josh de sua folha de papel. Ele olhou para a câmera. — Sim.

— Não! — disse Edie, meio indignada, meio divertida.

— Mas ela é. Ela não dá nem uma chance a Cori.

— Ela é só um pouco... hum... nós não analisamos nada disso.

— Isso — disse Josh — vai ficar bem claro para qualquer um que tenha visto o desenho.

Todos riram, inclusive Tim. Um telefone emitiu um bipe.

— Merda, é o meu — disse Josh. — Esqueci de desligar...

— Nós somos muito profissionais — retrucou Edie para o público.

— É de Katya — disse Josh, lendo uma mensagem em seu telefone. — "Vocês fizeram um vídeo para responder às perguntas dos fãs, acho que isso seria..." "Fazendo..." — ele dizia em voz alta à medida que digitava — "... isso... agora... mesmo." Eeeee coloquei no silencioso.

Ele jogou o telefone na cama.

— Sobre o que a gente estava falando?

— Páginabranca. Ela quer estar viva outra vez. Odeia ser um fantasma.

— Mas ela *é* meio que uma vaca.

— Bem, ela está em meio a todas aquelas...

— Aberrações, é.

— ... partes ambulantes de corpos — disse Edie, e Josh riu. — Ninguém ia *querer* ficar preso ali para sempre.

— Está bem — disse Josh, pegando novamente sua folha de papel. — Próxima pergunta. Drek. "O que é Drek?"

Eles olharam um para o outro e riram outra vez.

— A gente não sabe — respondeu Josh.

— Nós realmente não sabemos o que Drek é.

— Você o desenhou — disse Josh.

— Sua cabeça, é... Eu vi essa máscara séculos atrás e era uma daquelas...

Edie gesticulou imitando um bico grande.

— ... máscaras de médicos da peste? Com um nariz grande em forma de bico e olhos pequenos, e achei que ela era mesmo assustadora. Então.... ele é um pouco sinistro, Drek, sim.

— Mas o que ele *é*?

— Eu realmente não sei — respondeu Edie, começando a rir. — O que *você* acha que ele é?

— Não tenho ideia. Talvez isso seja o episódio três. "Que merda é Drek?" Próxima pergunta: "O que são intogildos e fidapuas?"

Com isso, tanto Josh quanto Edie se dobraram de rir, esbarrando um no outro e ficando sem ar. Os dois tinham lágrimas nos olhos quando se recompuseram.

— A gente não pode responder a isso — disse Josh em falsete.

— Não podemos traduzir a resposta em palavras — explicou Edie, sem fôlego.

— Vocês vão reconhecer um intogildo quando encontrarem um — disse Josh, contendo o riso. — E um fidapua.

Os dois ficaram histéricos outra vez. O invisível Tim também estava rindo; a câmera balançava. Finalmente, Josh disse:

— Vamos falar sério agora... então, essa é uma pergunta séria. — Ele brandiu a folha de papel. — "Vocês conhecem o trabalho de Jan Pieńkowski ? Porque sua animação me lembra as ilustrações dele." É, a gente adora as coisas dele. Ele é uma influência. Minha mãe me deu um livro dele que foi publicado nos anos 1970.

Edie agora havia se inclinado para fora do quadro e voltou a ele segurando um livro de contos de fadas ilustrados.

— É esse. Eu nunca tinha ouvido falar em Jan antes até Josh me mostrar, e agora sou sua maior fã.

Ela abriu o livro, mostrando as ilustrações para os espectadores.

— Estão vendo? Ele fez essas silhuetas incríveis sobre papel marmorizado. E elas são maravilhosas.

— Está bem — disse Josh novamente. — Vamos em frente. Tem outra pergunta aqui.

Ele estava contendo o riso outra vez.

— "Vocês acham que vai haver um filme do..."

Ele e Edie mais uma vez se dissolveram em uma gargalhada

— ... do ... do *Coração de nanquim*? É... não, com toda honestidade, isso nunca vai acontecer. Meu Deus, vocês podem imaginar? Um filme de...

— É, não — disse Edie, esfregando os olhos. — De jeito nenhum, não consigo...

— Intogildos e fidapuas não iam querer ver esse filme — comentou Josh.

— Então, essas foram todas as perguntas? — perguntou Edie.

— Tem mais uma. "Vocês são namorados?"

Ainda sem fôlego de tanto rir, eles olharam um para o outro com suas camisas quase iguais, braços se tocando, os dois encostados na parede coberta de imagens.

— Hum... — disse Edie.

— A gente está confortável de falar sobre isso aqui? — perguntou a ela Josh.

— É, faz sentido. E se os paparazzi aparecessem?

— É uma preocupação — disse Josh. Ele se virou para olhar para a câmera. — Nós pedimos privacidade neste momento difícil.

— Isso é o que você diz quando se separa — corrigiu Edie. — Não quando diz que estão juntos.

— Ah, desculpe — disse Josh. — Eu não li o Guia das Celebridades, só a última página.

— E como ele acaba?

— Bom, sem spoilers, mas acaba mal.

— Bebida e drogas?

— Não, isso é agora.

Edie e Tim riram. Edie se voltou para a câmera.

— Se alguma criança estiver assistindo, nós estamos brincando.

Atrás dela, Josh articulou com os lábios, sem emitir som:

— Não estamos.

O vídeo terminou.

Robin ficou olhando para a imagem congelada por alguns segundos — Josh Blay e seu sorriso largo e bonito. Edie, radiante enquanto se encostava nele, os olhos âmbar brilhantes — então, apesar de tentar evitar, ela levou as mãos ao rosto e chorou.

# PARTE DOIS

*As artérias sofrem enormes ramificações em seu caminho pelo corpo e nos menores vasos, chamados arteríolas, que, por sua vez, se abrem em uma rede de vasos microscópicos chamados capilares.*

Henry Gray

*Henry Gray's Anatomy of the Human Body*

# 15

*Quem falou no mal, quando pés jovens estavam*
*voando em anéis feéricos em torno do salão ecoante?*

Felicia Hemans
*Pauline*

Um mês inteiro tinha se passado desde que Edie Ledwell fora encontrada morta no cemitério de Highgate, mas os jornais não noticiaram pistas novas. Robin, que verificava com regularidade se havia atualizações, sabia que Josh Blay ainda estava internado; sua condição não era mais grave, mas permanecia séria. Fora isso, havia escassez de informação.

— Talvez Blay não tenha visto o agressor — questionou Robin em voz alta para Strike, certa noite na Sloane Square, quando ele chegara para rendê-la na vigilância de Dedos. Seu alvo, que morava no terceiro andar de um prédio grande com uma loja de departamentos no térreo, ainda não tinha ido a nenhum lugar perto da South Audley Street nem demonstrado qualquer sinal de tentar se desfazer do porta-joias ou da escultura que tinham desaparecido da casa do padrasto. Para Robin, era difícil acreditar que um jovem que podia se dar ao luxo de viver no coração de Belgravia teria sentido necessidade de roubar do padrasto, mas alguns anos acompanhando a vida dos super-ricos haviam ensinado a ela que essas coisas eram todas relativas. Talvez, para Dedos, isso fosse o equivalente de pagar uma nota de dez da carteira do pai.

— Se Blay levou primeiro o disparo de taser, depois foi atacado por trás, duvido que tenha visto muita coisa — disse Strike. — Nosso amigo saiu hoje? — acrescentou, olhando para as janelas com sacada por trás das quais vivia Dedos.

— Não — disse Robin. — Mas ontem ele teve uma noite pesada. Barclay disse que ele só chegou em casa às quatro.

— Alguma notícia sobre seu apartamento? — perguntou Strike, acendendo um cigarro.

— Ainda estou tentando decidir o quanto ele vale para mim — disse Robin, cuja primeira proposta tinha sido recusada. — Fui ver um lugar em Tower Hamlets ontem à noite. Era o tipo de lugar em que o dr. Crippen teria se sentido em casa.

Seus pés estavam dormentes de frio, por isso ela logo depois deu boa noite a Strike, que sentia o ar frio incomodar seus dedos enquanto fumava. Resignado a permanecer na Sloane Square até as duas da manhã, pelo menos, quando geralmente era seguro supor que o jovem estivesse dormindo, os pensamentos de Strike permaneceram brevemente em Robin, depois viajaram para dois dilemas pessoais preocupantes.

O primeiro estava relacionado a Madeline, que tinha ligado na noite anterior para convidá-lo a acompanhá-la ao lançamento do livro de um conhecido romancista amigo. Strike poderia ter fingido que havia de trabalhar nessa noite, mas, em vez disso, escolhera ser honesto e dizer que nunca teria vontade de ir a lugar nenhum que pudesse resultar em sua foto aparecer no jornal.

Embora uma discussão não tivesse acontecido, ele pôde dizer pelo tom de voz de Madeline que sua recusa havia caído mal, e a conversa posterior levara Strike a estabelecer o que considerava como regras de relacionamento em termos bem francos e pouco agradáveis. Ele não podia, disse a ela, trabalhar como detetive particular e também aparecer nas páginas sociais da *Tatler*, bebendo champanhe com os literatos de Londres.

— Você já esteve na revista *Tatler* — disse Madeline. — Sua agência foi listada em seus "vinte e cinco telefones que você nunca sabe quando vai precisar".

Strike não soubera disso, embora presumisse que o fato pudesse estar relacionado a um leve aumento recente nas ligações para a agência relacionadas a seguir cônjuges ricos.

— Não posso me dar ao luxo de ser reconhecível — disse Strike.

— Mas sua foto já *saiu* nos jornais.

— Sempre barbado e nunca por escolha.

— Por que você não pode ir ao lançamento e dizer a eles que não quer ser fotografado?

— Prefiro me assegurar disso não aparecendo no tipo de evento em que as pessoas vão para serem vistas.

— Então o que você estava fazendo no Annabel's?

— Trabalhando — disse Strike, que até então não tinha admitido ter mentido na noite em que se conheceram.

— Estava? — questionou Madeline, distraída. — Ah, meu Deus, quem você estava investigando?

— Isso é confidencial. Olhe, não posso acompanhá-la aos eventos em que há imprensa. Isso vai acabar com meu negócio. Desculpe, mas é isso.

— Está tudo bem — disse ela, mas havia um tom em sua voz que dizia que, na verdade, não estava tudo bem.

O telefonema deixara Strike com uma sensação desagradável de déjà vu. Seu relacionamento com Charlotte parecia ter sido uma longa batalha sobre o tipo de vida que queriam levar juntos. No fim, não houve reconciliação entre a preferência de Strike por uma vocação que significava muitas horas de trabalho e, pelo menos no princípio, muito pouco dinheiro, e o desejo de Charlotte de continuar a desfrutar do meio em que, no fim das contas, ela tinha nascido: um ambiente de facilidade, celebridade e fama.

Com a possível exceção de seus amigos Nick e Ilsa, Strike nunca testemunhara um relacionamento que não envolvesse compromissos aos quais ele, pessoalmente, teria resistido. Isso, supunha ele, era o egoísmo do qual Charlotte constantemente o acusara. Ônibus noturnos passavam barulhentos, e a fumaça do cigarro de Strike pairava pesada no ar frio enquanto ele levava a mente de volta à ocasião no Nightjar em que Madeline tentara apontar sua câmera para os dois, e ele se perguntou pela primeira vez se, da parte dela, parte de seu atrativo fosse a possibilidade de virar notícia. Era um pensamento desagradável. Não havia nada a ganhar com essa linha insatisfatória de especulação, e ele voltou seus pensamentos para o segundo de seus dilemas pessoais.

Sua meia-irmã Prudence, terapeuta junguiana e também filha ilegítima de Jonny Rokeby, entrara em contato outra vez por e-mail, perguntando se ele estava livre para um drinque ou jantar em três datas específicas. Ele ainda não a havia respondido, principalmente porque não tinha decidido se realmente queria conhecê-la.

Teria sido mais fácil se ele estivesse totalmente decidido contra a possibilidade de um encontro, mas, desde que Prudence entrara em contato com ele diretamente, mais de um ano antes, ele sentira uma atração estranha na direção dela. Seria isso o sangue compartilhado, ou o fato de os dois estarem unidos na condição de filhos acidentais, ilegítimos, duas consequências indesejadas da promiscuidade quase lendária de Rokeby? Ou isso tinha alguma coisa a ver com fazer quarenta anos? Será que ele estava, em uma parte desconhecida de si mesmo, querendo acertar contas com um passado que era tão doloroso quanto complicado?

Mas ele tinha espaço para outro relacionamento, para novas exigências de seu tempo e afeto? Strike estava começando a sentir uma certa pressão diante da quantidade de compartimentalização que sua vida parecia apresentar. Ele era um especialista em separar as diferentes partes de sua vida; na verdade, toda mulher com quem tivera um relacionamento havia reclamado da facilidade com que fazia isso. Ele não contava a Madeline praticamente nada sobre seu dia a dia. Estava escondendo de Robin o fato de estar saindo com Madeline, por motivos que decidiu não admitir para si mesmo. Também estava evitando qualquer menção a Prudence com sua meia-irmã Lucy. A ideia de tentar forjar um relacionamento com Prudence sem que Lucy ficasse sabendo — porque ele tinha certeza de que ela não ia gostar, que ia sentir que, de algum modo, estava sendo substituída — podia simplesmente acrescentar um nível insustentável de duplicidade a uma vida já repleta dos segredos de outras pessoas, com simulações e subterfúgios profissionais.

Strike ficou na praça fria até as duas da manhã, hora em que todas as luzes no apartamento de Dedos já tinham se apagado, e, depois de esperar mais meia hora para ter certeza absoluta de que Dedos não estava prestes a surgir, voltou para seu sótão e foi para a cama, carregado por uma leve sensação de perseguição.

Ele tinha planejado passar a manhã seguinte atualizando sua papelada, mas às 11h o padrasto de Dedos ligou de Nova York, mal-humorado. Sua empregada em Londres tinha encontrado uma das câmeras ocultas que a agência havia instalado.

— Você precisa substituí-la, e ponha em algum lugar que ela não encontre dessa vez — disse rispidamente o bilionário pelo telefone.

Strike concordou em cuidar do trabalho pessoalmente, desligou, então telefonou para Barclay para verificar onde estava Dedos naquele momento.

— Ele acabou de entrar na James Purdey and Sons.

— A loja de armas? — disse Strike, que tinha voltado para o escritório externo para pegar seu sobretudo. — Isso é perto da South Audley Street, não é?

— Uns dois quarteirões de distância — respondeu Barclay. — Ele está com um amigo, aquele esnobe seboso e barbado.

— Bom, fique de olho nele. E, se parecer que ele está indo para casa, me avise — disse Strike. — Acabei de concordar em substituir a câmera imediatamente.

— E se eles pegarem você armados com uma escopeta?

— Eu vou ser avisado antes, não vou? A menos que você esteja planejando tirar o resto da tarde de folga. Mas passar de uns pequenos furtos para assassinato é um grande passo — disse Strike.

— Não tem nada pequeno em seus furtos — disse Barclay. — Você não disse que aquela tal caixa que ele roubou vale duzentos e cinquenta mil?

— Isso é um trocado para essa gente — disse Strike. — Só me mantenha informado de seus movimentos.

O dia estava nublado e frio. Quando Strike chegou a Mayfair, Barclay lhe enviara uma mensagem dizendo que Dedos e o amigo tinham deixado a loja de armas e estavam seguindo na direção oposta à South Audley Street. Sem cigarros e aliviado da preocupação de estar prestes a dar de cara com Dedos, Strike foi a uma loja de jornais e revistas. Pensando no melhor lugar para instalar a nova câmera de segurança para que a empregada não a encontrasse, o detetive não registrou imediatamente que estava olhando para as palavras "Facadas em animadores" em uma manchete secundária na primeira página do *The Times* sobre o balcão.

— Um maço de B&H, uma caixa de fósforos e isso, por favor — disse Strike, segurando um exemplar do jornal que ele guardou embaixo do braço antes de ir embora.

Seu cliente havia fornecido à agência um jogo de chaves de sua casa. Strike olhou de um lado para outro da rua antes de entrar, então desligou o alarme de segurança e penetrou no espaço de mármore e dourados, onde havia arte no valor de centenas de milhares de libras pendurada nas paredes e esculturas igualmente valiosas sobre suportes belamente iluminados.

A câmera de segurança descoberta pela empregada tinha sido escondida em um livro falso nas prateleiras da sala de estar. Depois de avaliar suas opções por alguns minutos, Strike pôs a câmera em cima de um armário alto do outro lado da sala. Como estava colocada dentro de uma caixa de plástico preta, ele esperava que a empregada a ignorasse, julgando ter algo a ver com a internet ou o sistema de alarme existente.

Depois de botar a caixa no lugar, Strike perguntou a si mesmo, não pela primeira vez, se a empregada seria tão inocente quanto parecia. Seu cliente estava convencido de que ela não podia ser a ladra, já que suas referências eram impecáveis, seu salário generoso, e o risco envolvido em roubar objetos de tamanho valor e características notáveis era, sem dúvida, alto demais para uma mulher que estava mandando dinheiro para casa, nas Filipinas, todo mês.

Durante as semanas em que estivera, sem saber, sob vigilância, a empregada fora captada em vídeo sem fazer nada mais suspeito do que tirar um intervalo para assistir a *The Jeremy Kyle Show* na enorme TV de tela plana. Por outro lado, Strike achou incrivelmente profissional remover os livros para limpá-los um a um — que era como ela dizia ter encontrado a câmera de segurança —, considerando que seus patrões provavelmente estariam ausentes por, pelo menos, mais seis semanas.

Com a nova câmera escondida, Strike religou o alarme, deixou a casa e caminhou pela rua até o Richoux, um salão de chá eduardiano que tinha mesas na calçada onde poderia fumar. Depois de pedir um espresso duplo, abriu o *Times* e leu a reportagem que enchia a maior parte da primeira página.

GRUPO DE EXTREMA DIREITA MIRA PARLAMENTARES E CELEBRIDADES

Um grupo de extrema direita que assumiu a responsabilidade por diversas fatalidades foi descoberto em uma operação conjunta do Comando de Antiterrorismo da Scotland Yard com o serviço secreto, revelou o *Times*. Acredita-se que o grupo enviou artefatos explosivos para parlamentares mulheres e também assumiu a responsabilidade pelas mortes da estrela mirim e ativista pelos direitos dos animais Maya Satterthwaite (21), da cantora e porta voz das mudanças climáticas Gigi Cazenove (23) e da animadora Edie Ledwell (30).

Segundo uma fonte próxima da investigação, o grupo de extrema direita, autointitulado de "O Corte", se inspirou em paramilitares e organizações religiosas terroristas. Comunicando-se com seus membros pela dark web, ele é organizado em "células" que ficam responsáveis por trabalhos e alvos específicos. O Corte até agora planejou e executou diversos atos letais ou potencialmente letais de violência contra mulheres parlamentares de esquerda.

"Essa é uma operação sofisticada, que não apenas planejou e executou ataques diretos a políticas eleitas, mas está capitalizando redes sociais para recrutar membros, espalhar desinformação e aumentar a hostilidade em relação aos alvos", disse uma fonte.

O *Times* entende que o grupo terrorista tem tanto uma lista de "ação direta" quanto de "ação indireta". A lista de ação direta, acredita-se, inclui parlamentares mulheres de esquerda como Amy Wittstock e Judith Marantz, para cujos gabinetes foram enviados artefatos explosivos nos últimos meses. As bombas caseiras foram desativadas por agentes especializados, sem causar ferimentos. Aquelas que se sabe estarem na lista de ação direta do Corte foram alertadas do fato e receberam aumento na segurança, tanto em suas casas quanto em seus gabinetes.

O grupo terrorista afirma que seu programa de ação indireta foi responsável por três mortes, uma tentativa de suicídio e um caso de ferimentos graves. As mortes incluem Maya Satterthwaite, que teve uma overdose fatal em abril de 2012, Gigi Cazenove, que foi encontrada enforcada na noite de Ano-Novo de 2014, e Edie Ledwell, que morreu esfaqueada no cemitério de Highgate. O cocriador da animação *O coração de nanquim*, Joshua Blay, também foi atacado e permanece no hospital. A autora de quadrinhos Fayola Johnson sobreviveu a uma tentativa de suicídio...

O celular de Strike tocou. Ele o pegou no bolso. Era Madeline.

— Oi — disse ela, parecendo extremamente tensa. — Você pode falar?

— Posso, estou num intervalo — respondeu Strike. — O que foi?

— Você viu o *Times*? Gigi Cazenove... Eu...

— É — disse Strike. — Acabei de ler. É...

— *Uma porra de um grupo de trolls de extrema direita fez com que ela se matasse* — disse Madeline, que estava claramente à beira das lágrimas. — Eu só... Quero dizer, eu não consigo entender, ela tinha vinte e três anos, que *merda* de ameaça ela podia ser para um bando de fascistas?

— Não acho que você vá encontrar nenhuma resposta razoável para isso — disse Strike. — Mas é horrível, concordo.

— Não estou fingindo que ela era minha melhor amiga — disse Madeline —, mas era uma garota muito doce. Ela sempre aparecia na loja para conversar e... desculpe... não posso... Quero dizer, seu crime foi *falar sobre a porra das mudanças climáticas...*

— É — disse Strike. — Eu sei. É...

— Merda, eu preciso ir. Tenho mais uma maldita reunião com advogados. Nos falamos mais tarde?

— Certo. Eu ligo para você.

Madeline desligou. Strike botou o telefone novamente no bolso, pegou o jornal outra vez e continuou a ler.

A autora de quadrinhos Fayola Johnson também foi alvo do grupo, mas sobreviveu a uma tentativa de suicídio em outubro de 2013.

Antes de suas mortes, todas as três mulheres foram vítimas de campanhas de "trollagem" nas mídias sociais que pareciam ter sido planejadas e coordenadas pelo Corte, com o objetivo de afastar seus alvos da vida pública, ou fazer com que eles tirassem as próprias vidas.

"O que vemos aqui são campanhas sofisticadas de desinformação e assédio, que têm como objetivo, em parte, voltar os progressistas contra outros progressistas", relatou a fonte do *Times*. "Enquanto vimos anteriormente casos de 'trollagem' de liberais originados em espaços como o 4chan, o grupo terrorista está usando as mídias sociais de forma mais organizada e sofisticada para incitar assédio e campanhas de intimidação."

A cantora Gigi Cazenove foi submetida a abusos contínuos nas mídias sociais depois que e-mails nos quais ela supostamente usara linguagem racista para descrever uma antiga vocalista de apoio foram vazados online. Descobriu-se posteriormente que os e-mails eram falsos. Maya Satterthwaite foi acusada de "errar o gênero" de uma famosa mulher trans em mensagens privadas de texto, que também foram vazadas online, enquanto Edie Ledwell foi submetida a uma campanha prolongada por inúmeras supostas transgressões, em especial contra pessoas com deficiência, e sobreviveu a uma tentativa de suicídio em 2014 antes de ser fatalmente esfaqueada em fevereiro.

**Símbolos de ódio**

O nome do grupo foi retirado de um termo usado em criptomoedas, onde um "corte" se refere à redução deliberada da quantia de bitcoins que podem ser "mineradas".

"O objetivo declarado do Corte é reduzir o número dos chamados 'guerreiros da justiça social' na vida pública e diminuir o valor de defender visões progressistas", disse a fonte do *Times*.

> O termo "guerreiros da justiça social" é usado pejorativamente por direitistas para descrever aqueles que defendem e disseminam pautas socialmente progressistas, embora seja usado como uma medalha de honra por muitos membros da esquerda.
>
> Embora o nome do Corte...

O telefone de Strike tocou pela segunda vez. Ao tirá-lo do bolso, ele viu o número de Lucy. Ele hesitou antes de atender, mas decidiu que era melhor tirar logo a conversa do caminho enquanto estava livre para falar, em vez de adiá-la e pagar uma taxa extra de ressentimento.

— Stick?

— Oi, Luce, tudo bem?

— Acabei de falar com Ted. Ele pareceu muito deprimido...

Ted era o tio recém-enviuvado de Strike, um homem que ele sempre considerara seu pai substituto.

— Então eu o convidei para ficar conosco no fim de semana de 17 de abril — disse Lucy. — Você podia vir e se juntar a nós?

— Hã, eu não estou com minha agenda de trabalho à minha frente — replicou Strike com sinceridade. — Mas vou...

— Stick, estou avisando com bastante antecedência, é daqui a um mês!

— Mas vou tentar — terminou Strike.

— Está bem. Vou lhe mandar uma mensagem de texto lembrando — disse Lucy. — Ele quer muito ver você, Corm. Você não vem à Cornualha desde o Natal...

Cinco minutos de culpabilização intensiva depois, Lucy desligou. Strike, de cara fechada, pôs o celular novamente no bolso, agitou o jornal para desamassá-lo, então continuou a ler.

> Embora o nome do Corte tenha origem no mundo das criptomoedas, ele também usa linguagem e iconografia familiares da extrema direita. Seus membros usam pseudônimos tirados de runas nórdicas, seguidos pelo número 88. Segundo a Liga Antidifamação, o número 88 é um símbolo de ódio representando a oitava letra do alfabeto repetida duas vezes, o que significa "Heil Hitler".

### Ameaça crescente

Segundo o MI5, a ameaça terrorista que mais cresce no Reino Unido vem da extrema direita.

"Historicamente, a ameaça do neonazismo e da extrema direita vinha de 'haters' individuais, o que os tornava difíceis de localizar. Grupos de extrema direita costumavam ter vida curta."

O Corte, ao contrário, parece ser extremamente bem-organizado e disciplinado. Eles oferecem uma ideologia unificadora com elementos tanto de política quanto de religião. Movimentos que oferecem uma filosofia ou sistema de crenças coerente tendem a ser mais coesos e bem-sucedidos em inspirar lealdade e no recrutamento. *Continua na página 4.*

Strike estava abrindo a página quatro quando seu celular tocou pela terceira vez.

— *Merda.*

Ele tirou o telefone do bolso novamente. A ligação tinha sido transferida pelo escritório.

— Cormoran Strike.

— Ah, sim — disse uma voz desconhecida. — Olá. Meu nome é Allan Yeoman. Eu sou o agente de Edie Ledwell, ou melhor... — Ele limpou a garganta. — Eu era.

# 16

*Nós devemos nos erguer e ir:*
*O mundo é frio lá fora*
*E escuro e restrito*
*Com mistério e inimizade e dúvida,*
*Mas nós devemos ir...*

Charlotte Mew
*The Call*

No momento exato em que Strike atendeu o telefonema de Allan Yeoman, Robin estava a treze quilômetros de distância fingindo interesse em um vitral que mostrava um Adão nu dando nome aos animais. Ele estava sentado e inclinado para a frente sobre uma touceira de capim, apontando para um tigre, enquanto um anjo barbado ao seu lado anotava os nomes escolhidos em um livro. Dois pássaros tropicais pareciam estar saindo do alto da auréola do anjo. A expressão de Adão era vazia, até estúpida.

Aliciador e Pernas estavam parados de costas para Robin do outro lado da sala, discutindo o simbolismo do pelicano em um projeto de Edward Burne--Jones. Exatamente como a mãe de Pernas temia, sua viagem para o Iraque, para onde tinha sido enviada para fazer uma reportagem sobre a destruição do antigo sítio arqueológico de Nimrud pelo Estado Islâmico, tinha coincidido com sua filha tirando um dia de folga na escola, supostamente por motivo de doença. Dez minutos depois de os pais de sua amiga de escola saírem para o trabalho, Aliciador chegara para levar Pernas para um dia de passeio. Robin os seguira no BMW de Strike, que ela pegara emprestado porque tinha usado anteriormente seu velho Land Rover para seguir a estudante. Considerando que ela estava preocupada que o casal fosse para um hotel, Robin ficou agradavelmente surpresa quando seus alvos pararam no estacionamento da William Morris Gallery.

Robin sentiu que havia aprendido muito sobre o relacionamento de Pernas e Aliciador enquanto andava de sala em sala no rastro deles, ouvindo suas conversas. Aparentemente, Pernas tinha mostrado interesse pelo movimento Arts and Crafts, e agora tentava fazer jus ao que Robin desconfiava ter sido uma observação casual a esse respeito, enquanto Aliciador tratava seus comentários e opiniões com uma seriedade lisonjeira. Os beijos nas mãos testemunhados por Midge não tinham se repetido, embora Aliciador tivesse posto a mão delicadamente nas costas de Pernas entre duas das salas da galeria e também pegado algo invisível de seu cabelo louro comprido. A própria Pernas estava apaixonada em um nível que parecia achar impossível esconder, e Robin podia apenas imaginar o quanto o homem de quarenta anos achava gratificante as risadas arquejantes da adolescente diante de seus ditos espirituosos, seu olhar apaixonado enquanto ele falava sobre os Pré-Rafaelitas e seus rubores frequentes quando ele elogiava suas ideias ou conhecimento, que, para uma cínica Robin, parecia ter vindo todo de uma pesquisa rápida na Wikipédia.

Depois de explicar o simbolismo cristão do pelicano, que alimentava os filhotes com o próprio sangue, Aliciador se perguntou em voz alta se Pernas estava pronta para um café, e depois de ficar mais alguns minutos em aparente admiração de Adão, Robin os seguiu até o café, um espaço de vidro e tijolos expostos que dava para os jardins da galeria.

Ela havia acabado de comprar um cappuccino quando seu telefone tocou.

— Oi — disse ela em voz baixa para Strike. — Me dê um momento. Preciso encontrar um lugar para sentar.

Depois de pagar pelo café, ela se sentou de maneira que pudesse ver claramente Aliciador e Pernas e, em seguida, tornou a levar o telefone ao ouvido.

— Oi, estou aqui. O que há?

— Muita coisa — disse Strike. — Você pode falar?

— Devo poder por, pelo menos, uns quinze minutos — disse Robin, observando Pernas rir e jogar o cabelo para trás sobre os ombros, seu café até então intocado.

— Imagino que você não tenha visto o *Times* de hoje.

— Não, por quê?

Strike deu a Robin um resumo da reportagem de primeira página sobre O Corte.

— Então você estava certo — disse Robin. — *Foi* um ataque terrorista.

— Não tenho tanta certeza.

— Mas...

— Ledwell estava na lista de ação indireta desse grupo, O Corte. Eles estavam tentando assediá-la a ponto de levá-la a se matar. Eles não planejavam assassiná-la, e não parecem ter esfaqueado ninguém até agora. Segundo o *Times*, seu modus operandi favorito são bombas caseiras.

— Bom — disse Robin, olhando além dos gramados amplos da galeria —, talvez eles tenham visto uma oportunidade e decidiram matá-la em vez de esperar que ela mesma fizesse isso.

— Mas por que esfaquear Blay? Não há nenhuma menção a ele em nenhuma das listas. Eles parecem ter problemas com mulheres de esquerda.

— Esfaquear Blay pode não ter sido planejado. Ele pode ter entrado no caminho do agressor. Talvez tentado defendê-la.

— Eu ainda acho que teria feito mais sentido matá-la quando ela estivesse sozinha, se eles estivessem decididos a fazer isso. Dois alvos aumentam a chance de um deles escapar ou soar o alarme. Claro — acrescentou Strike —, nós não sabemos quantos agressores havia. Nada que indique que era apenas um.

— Eles podiam não saber que Blay ia estar lá até chegarem. Por falar nisso, como o agressor sabia que Ledwell ia estar no cemitério naquela tarde?

— Excelente pergunta — disse Strike. — Bom, há uma chance de que sejamos capazes de descobrir, se você estiver disposta. Acabei de sair do telefone com o agente de Ledwell, Allan Yeoman.

— Sério? — disse Robin, que experimentou uma familiar onda de empolgação que era a recompensa do seu trabalho, e que, em geral, resultava de uma descoberta inesperada, o descortinar repentino de uma nova vista.

— É, ele quer saber se estaríamos preparados para uma reunião, e não apenas com ele. Também estaria presente esse cara chamado Richard Elgar, que é o chefe da Maverick Films no Reino Unido, além da tia e do tio de Edie. Ele está sugerindo que todos almocemos no Arts Club na Dover Street na semana que vem. Ele quer saber se estaríamos dispostos a descobrir quem é Anomia.

— Mas ainda estamos cheios de casos — comentou Robin.

— Não tanto quanto estávamos. Dev acabou de ligar: ele cuidou do cara do registro de patentes. Descobriu a responsável pelo vazamento em seu escritório, tirou fotos dela com o diretor de uma empresa rival.

— Trabalho rápido — disse Robin, impressionada, antes de voltar à questão principal. — Mas por que o agente de Edie Ledwell quer descobrir agora quem é Anomia?

— Yeoman disse que preferia nos contar pessoalmente, mas, pelo que entendi, Anomia ainda está sendo um problema.

— Você disse a Allan Yeoman que não investigamos crimes cibernéticos?

— Disse, sim, mas ele não parece achar que isso é um problema. Imagino que vamos descobrir por que, se concordarmos com o almoço. Enfim, estou supondo que você prefira investigar Anomia do que ter que lidar com qualquer esposa-troféu que esteja tentando conseguir um acordo melhor de divórcio esta semana.

— Com certeza — afirmou Robin.

— É, eu também. OK, vou retornar a ligação de Yeoman e dizer a ele que podemos ir ao almoço na próxima terça-feira. Boa caça ao pervertido.

Ele desligou, e Robin, embora empolgada com a perspectiva de um caso novo, voltou sua atenção para Aliciador e Pernas, que agora estavam com os narizes próximos, sussurrando um com o outro.

# 17

*É uma coisa estúpida de se dizer*
*Não tendo passado um dia com você?*
*Não importa, nunca irei tocar seu cabelo*
*Nem ouvir o pequeno tiquetaquear por trás de seu seio...*

Charlotte Mew
*On the Road to the Sea*

## Chat dentro do jogo entre os moderadores de *Drek's Game*, Páginabranca e Morehouse

<Um novo canal privado foi aberto>

<13 de março de 2015 14.31>

<Páginabranca convidou Morehouse>

<Morehouse entrou no canal>

**Páginabranca:** Estava há séculos esperando você aparecer aqui! Onde você estava?

**Morehouse:** Conversando com Anomia

**Páginabranca:** Você viu a notícia?

**Morehouse:** A coisa do Corte? vi

>

>

**Páginabranca:** e?

**Morehouse:** e o quê?

>

>

>

**Páginabranca:** Você está com raiva de mim ou algo assim?

**Morehouse:** Por que eu estaria com raiva?

>

>

>

>

>

**Páginabranca:** Morehouse, converse comigo

**Morehouse:** Você ainda tem aquela "prova" que LordDrek e Vilepechora deram a você, de que Anomia era Ledwell?

**Páginabranca:** Tenho, por quê?

**Morehouse:** O que você acha?

>

>

**Páginabranca:** Você acha que LordDrek e Vilepechora são do Corte?

**Morehouse:** veja o modus operandi do Corte no Times. É exatamente o que LordDrek e Vilepechora fizeram com vocês

**Morehouse:** criaram uma narrativa falsa projetada para voltar vocês contra Ledwell

**Páginabranca:** eles não

começaram com os boatos de que ela era Anomia

**Páginabranca:** inúmeros fãs achavam que ela podia ser

**Morehouse:** como quem?

**Páginabranca:** Não sei seus nomes na ponta da língua, mas estava tudo no dossiê

**Morehouse:** contas fake

**Morehouse:** tudo criado para manter as pessoas com raiva e a atormentando

**Páginabranca:** Eu nunca a atormentei

**Morehouse:** Nunca disse que você fez isso

**Páginabranca:** Corella acha que foi um ataque aleatório

**Morehouse:** é, aposto que acha

**Páginabranca:** O que você quis dizer com isso?

**Morehouse:** isso livra a cara dela. Ela falou com a polícia?

**Páginabranca:** Acho que falou, sim

**Morehouse:** ela contou a eles onde conseguiu o dossiê?

**Páginabranca:** Não sei

**Morehouse:** bom, acho que um de vocês devia levar o dossiê para a polícia se Corella não fez isso

>

>

>

>

**Páginabranca**: Morehouse, teve um cara um ano acima de mim que retuitou um homem americano de extrema direita, e eles o expulsaram da faculdade

**Páginabranca**: Nunca achei que Ledwell fosse Anomia. Nunca pedi aquele dossiê, nunca desejei nenhum mal a ela, mas isso tudo não vai importar para a imprensa

**Páginabranca**: eles vão cair em cima de nós se acharem que estamos envolvidos com a extrema direita e um assassinato

**Páginabranca**: e o que você pensa que C******** ia achar disso?

**Morehouse**: você está falando igual a Anomia

**Páginabranca**: o que isso quer dizer?

**Morehouse**: vamos simplesmente ignorar o fato de que neonazistas se infiltraram entre nós, é isso mesmo?

**Páginabranca**: não, se ficar provado que é isso o que LordDrek e Vilepechora são, então Anomia obviamente deve bloqueá-los

**Páginabranca**: mas me explique como aquele dossiê tem alguma coisa a ver com Ledwell e Blay serem esfaqueados?

**Morehouse**: eles foram se encontrar por causa dele, por isso eles foram ao cemitério

**Morehouse**: LordDrek e Vilepechora criaram a situação que resultou em dois esfaqueamentos

**Morehouse:** O Corte a queria morta, e ela está morta

**Páginabranca:** e se eles realmente acreditassem que ela era Anomia?

**Morehouse:** Acho que eles nunca acreditaram, e você mesma disse que não acreditou

**Morehouse:** e se VOCÊ adivinhou onde eles iam se encontrar, qualquer um pode ter feito isso

**Páginabranca:** obrigada. Eu sou tão estúpida assim?

**Morehouse:** pelo amor de Deus, eu não quis dizer isso, você está parecendo Verme28

**Morehouse:** Estou dizendo que as pessoas podem ter adivinhado e ficado à espera, aproveitando a oportunidade para esfaqueá-los. Ou Corella pode ter contado a LordDrek e Vile onde eles iam se encontrar em um canal privado.

>

>

>

**Páginabranca:** Minha mãe está doente. Não vou submetê-la a um monte de merda da imprensa ou da polícia. Eu não fiz nada de errado

**Morehouse:** Você não me contou que sua mãe estava doente

**Páginabranca:** não achei que você fosse se importar

**Morehouse:** claro que me importo. Por que você está dizendo isso?

>

>

>

**Morehouse:** Páginabranca?

**Páginabranca:** U8N xetubg

>

**Páginabranca:** merda

**Páginabranca:** Estou chorando, não consigo ver3 direito

**Morehouse:** o que sua mãe tem?

**Páginabranca:** Não quero falar sobre isso

**Páginabranca:** se você fala, isso se torna real

**Morehouse:** me conte

**Páginabranca:** por quê?

**Morehouse:** você sabe por quê

**Morehouse:** porque eu me importo com você

**Páginabranca:** se importa nada, você tem brincado comigo esse tempo todo

**Páginabranca:** conseguiu que eu mandasse nudes e nunca enviou uma foto sua

**Páginabranca:** bancando o sr. sensível

**Páginabranca:** quantas outras garotas você está enrolando?

**Morehouse:** do que você está falando? Ninguém

**Morehouse:** Eu nunca pedi aquelas fotos a você

**Páginabranca:** então eu sou uma vadia, é isso?

**Morehouse:** pelo amor de Deus, eu disse isso?

**Páginabranca:** agora estou chorando no meio da porra da biblioteca

**Morehouse:** não faça isso

**Morehouse:** Eu nunca quis magoar você

**Morehouse:** me conte o que aconteceu com sua mãe.

>

**Páginabranca:** ela encontrou um caroço

**Páginabranca:** os resultados da biópsia chegaram ontem à tarde

**Páginabranca:** é maligno

**Morehouse:** ah, merda

**Morehouse:** Eu sinto muito

**Páginabranca:** Eu não vou aguentar isso muito mais

**Páginabranca:** você não acha que eu sou boa o bastante para você

**Morehouse:** ???????

**Páginabranca:** você sabe quem eu sou, sei que você sabe. Aquele comentário dos 600 quilômetros

**Páginabranca:** se você tivesse gostado do que viu, teria tentado me encontrar

**Morehouse:** não é tão simples

**Páginabranca:** Eu tenho todos esses sentimentos por você, e você nitidamente não sente a mesma coisa

**Morehouse:** isso não é verdade

**Páginabranca:** eu não consigo lidar com tudo isso, eu não aguento mais, não agora que minha mãe está doente também

**Páginabranca:** Vou tirar o Jogo de Drek do meu telefone

**Morehouse:** não faça isso

**Morehouse:** por favor, não faça

**Páginabranca:** por que não?

>

**Morehouse:** olhe, é loucura ter sentimentos tão fortes por alguém que nunca vi, mas eu tenho

**Morehouse:** Penso em você o tempo inteiro

>

**Páginabranca:** você pode achar difícil de acreditar, mas tem outras pessoas interessadas, sabia?

**Morehouse:** Não acho isso nada difícil de acreditar

**Páginabranca:** então prove que você se importa, envie uma foto sua

>

>

>

**Morehouse:** não posso

>

**<Páginabranca saiu do canal>**

# 18

*Nós de negrume, todos corrompidos,*
*Cheios de lisonja e injúria,*
*Ah, que prejuízo tu causaste,*
*Do que era pensamento etéreo,*
*Que princípios e que finais,*
*Fazendo e dividindo amigos!*

Mary Elizabeth Coleridge
*The Contents of an Ink Bottle*

Strike e Robin dividiram um táxi do escritório até o Arts Club na terça-feira seguinte. Ela percebeu, mas não mencionou, que ele estava vestindo o mesmo terno italiano que tinha usado para ir ao Ritz em seu aniversário. Robin escolhera um terninho preto discreto. Ao seguirem na direção de Mayfair, Strike desligou o intercomunicador para passageiros e disse a Robin:

— Tenho pensado sobre isso, e não podemos contar a eles quem Edie achava que era Anomia. Não é uma acusação justa para ser mencionada, caso ela estivesse errada.

— Não, eu sei — concordou Robin. — No entanto, vai ser interessante saber se eles concordam com ela.

— Pesquisei Montgomery ontem na internet — disse Strike, que, ao contrário dela, tirara a segunda-feira de folga. — Eu o achei no LinkedIn e no Instagram. Ele está trabalhando a dez minutos a pé de nosso escritório, em uma empresa de efeitos digitais em Fitzrovia. Mora em Ladbroke Grove com a namorada. Sua página no Instagram está cheia de fotos deles com seus amigos hipsters.

Robin olhou de lado para Strike.

— Você não acha que é ele — disse ela, mais uma afirmação que uma pergunta.

— Bom, se é, ele deve ter um chefe muito tolerante que não se importa que ele passe o dia inteiro postando no Twitter. Dei uma olhada rápida na conta de Anomia ontem à noite. Ele está no Twitter o tempo todo... Talvez eu esteja apenas me baseando em um estereótipo. Quando você pensa em trolls da internet, você tende a assumir que eles não têm muita vida. A de Montgomery parece bastante boa, pelo que posso ver.

Considerando que ele ficava apenas a dez minutos da casa do bilionário na South Audley Street, Robin esperava que o Arts Club fosse elegante, mesmo assim o nível de suntuosidade foi uma surpresa. Dos garçons de smoking branco ao piso de mármore, do bar de ostras aos extravagantes lustres modernos, o lugar oferecia ao Ritz uma forte concorrência. A mal-ajambrada e suja de tinta Edie Ledwell teria ficado totalmente deslocada ali; na verdade, a clientela parecia consistir exclusivamente de homens de terno, de meia-idade e aparência próspera. A roupa de Robin era quase igual à usada pela mulher que os recebeu na porta e os levou até o andar de cima para o salão de jantar privativo, onde, ela disse a eles, o restante do grupo já estava reunido.

A sala pequena tinha características de um antro de ópio, com suas paredes vermelho-escuras, biombos entalhados de aspecto vagamente chinês e luz suave. As quatro pessoas esperando por eles ainda não estavam sentadas. Todos se viraram e ficaram em silêncio quando Strike e Robin entraram.

— Ah — disse o homem sorridente, de óculos e rosto rosado perto da porta. Ele parecia mais novo que seu cabelo branco desmazelado sugeria, e seu terno ligeiramente largo parecia ser usado mais por motivos de conforto que de estilo. — Sr. Strike e srta. Ellacott, não? É um prazer. Eu sou Allan Yeoman.

Ele apertou as mãos dos dois em sucessão, então os apresentou ao homem garboso de quarenta e tantos anos ao seu lado, cuja gravata era da mesma cor prateada das cortinas do quarto de Madeline. Seu cabelo preto era tão bem penteado quanto o de Yeoman era desgrenhado, e seu terno bem cortado tinha certamente sido escolhido por motivos de estilo.

— Este é Richard Elgar, executivo chefe da Maverick Films no Reino Unido.

— Oi — disse Elgar, e seu sotaque revelou que ele era americano. Um brilho de abotoaduras de prata e ônix se revelou quando eles apertaram as mãos. — É um prazer conhecê-lo. Você, na verdade, ajudou uma amiga minha com uma questão pessoal alguns anos atrás.

Ele mencionou o nome de uma cliente que tinha se divorciado de um multimilionário mulherengo.

— E esse é Grant Ledwell — disse Yeoman, indicando um homem com sobrancelhas grossas e prógnato, o que dava a ele mais que uma leve semelhança com um buldogue. O cabelo farto era cortado curto; seu terno azul, transpassado, e o colarinho da camisa parecia apertado. — O tio de Edie, como você sabe.

O queixo forte e as sobrancelhas grossas de Grant não eram totalmente responsáveis pelo ar levemente belicoso que ele exalava.

— Sinto muito por sua perda — disse Strike quando eles apertaram as mãos, e Grant emitiu um ruído ambíguo e gutural na garganta.

— E sua mulher, Heather — concluiu Yeoman.

Heather, que estava grávida, parecia pelo menos dez anos mais nova que o marido. Embora não fosse especialmente bonita, ela dava uma impressão geral de fecundidade resplandecente, com a pele cor de creme e longos cabelos castanhos e brilhantes. Seu vestido envelope roxo era justo e decotado, revelava pelo menos metade dos seios inchados. Robin percebeu a determinação com que Strike manteve os olhos firmemente nos olhos de Heather ao apertar sua mão.

— Já li tudo sobre você — disse Heather, sorrindo para Strike. — Uau.

— Vamos nos sentar? — sugeriu Yeoman.

Os seis ocuparam seus assentos em torno da mesa circular, e Robin se perguntou se mais alguém teria inevitavelmente associado aquela cena a uma sessão espírita, com a luz concentrada sobre a mesa, mas os cantos da sala nas sombras. Quando Heather aproximou a cadeira da mesa, uma das luzes brilhantes acima iluminou seus seios de modo que eles ficaram parecendo duas luas gêmeas; o garçom, que tinha chegado para entregar os cardápios, olhou fixamente por alguns segundos, como se estivesse hipnotizado.

Elgar estabeleceu uma conversa fiada sobre o Arts Club, do qual era membro, até que a porta se fechou atrás do garçom, deixando o grupo sozinho.

— Então — disse Yeoman, voltando-se para Strike e Robin. — É bom que vocês tenham se reunido conosco.

— Estamos felizes por estar aqui — disse Strike.

— Sei que Edie também estaria satisfeita que estivéssemos nos encontrando — continuou Yeoman de modo sombrio. — Como vocês podem imaginar, isso foi um choque terrível para todos nós, e para Grant e Heather, é claro, uma tragédia pessoal.

— Como está indo a investigação da polícia? — perguntou Strike a Grant.

— Há uma semana não recebemos uma atualização — disse o tio de Edie, cuja voz tendia naturalmente para um rosnado. — Mas eles parecem bastante convencidos de que foi alguém desse grupo de extrema direita, o Corte, ou seja lá como se chamam.

— Eles já conseguiram uma descrição do agressor? — perguntou Strike.

— Não — respondeu Grant. — Blay diz que foi atingido pelas costas por um taser. Diz que caiu de cara, foi esfaqueado no chão e tudo o que viu foi um agasalho esportivo preto correndo.

— Existe alguma dúvida sobre a história dele? — perguntou Strike, porque a voz de Grant tinha um toque de ceticismo.

— Bom, as pessoas na internet estão dizendo que *ele* esfaqueou Edie — disse Heather antes que Grant pudesse responder. — Não estão, Grub? E, vamos ser honestos, isso teve um resultado muito bom para Blay, na verdade, não teve? Ele foi deixado no controle de tudo, não foi?

— Não, não foi — falou Grant rapidamente. — *Nós* vamos garantir que não.

Houve uma pausa levemente desconfortável.

— Os jornais dizem que ele foi esfaqueado no pescoço — disse Strike.

— Isso mesmo — disse Yeoman antes que Grant pudesse responder. — Pelo que soube, o que o salvou foi a gola alta de sua jaqueta de couro. Se a faca tivesse entrado um pouco mais fundo... Acho que foi questão de milímetros. Mesmo assim, ele ficou com uma lesão séria da medula espinhal e está parcialmente paralítico.

— Ele e Edie haviam discutido... — começou a dizer Grant, mas dois garçons agora haviam entrado na sala com garrafas d'água e uma seleção de pãezinhos, e ele ficou em silêncio. Ninguém tinha pedido álcool. Quando o homem servindo água perguntou se eles já tinham decidido o que iam comer, Heather deu um risinho.

— Ah, eu não escolhi! — disse ela, abrindo o cardápio e o estudando.

Depois que pediu, ela se voltou para Robin e disse, esfregando a barriga:

— Posso dizer que é um menino. Eu não tive tanta fome com nenhuma de nossas meninas!

— Para quando é? — perguntou Robin com educação.

— Não antes de junho. Você tem filhos?

— Não — respondeu Robin com um sorriso.

— Para ser honesta, este não foi planejado — disse Heather em um sussurro teatral. — Mas basta ele *olhar* para mim que eu engravido. Mas talvez eu seja capaz de pagar para receber uma ajuda, se...

Ela deixou a frase inacabada. Enquanto bebia água, Robin se perguntava quanto Grant e Heather iam ganhar com sua herança inesperada.

Depois que os pedidos foram anotados, os garçons saíram outra vez. Quando a porta se fechou, Yeoman disse:

— Então, como expliquei ao telefone, esperamos que vocês concordem em fazer uma investigação para nós. Nós... — ele apontou para si mesmo e para Elgar — ... seríamos seus clientes e arcaríamos com os custos, mas achamos certo que Grant estivesse aqui também, como parente mais próximo de Edie. Richard, você gostaria de...

— Obrigado, Allan — disse o americano. — Para situar vocês — acrescentou ele juntando as pontas dos dedos com unhas bem-feitas —, quando Edie morreu, ela e Josh estavam prestes a fechar um contrato para um filme conosco. Josh já tinha assinado, e Edie faria isso no escritório de Allan na manhã seguinte ao ataque.

"Alguns dias atrás, Josh me mandou uma mensagem, por intermédio de seu agente, dizendo que não queria seguir em frente com o filme a menos que encontrássemos um jeito de calar Anomia."

— Você, então, não é agente de Josh? — perguntou Strike a Yeoman. — Só de Edie?

— Correto — disse Yeoman. — Josh é representado por uma mulher chamada Katya Upcott. Nós, hã, voltaremos a falar dela.

— Agora, obviamente, Josh já havia assinado o contrato, então ele não tem argumento legal para suspender o filme — disse Elgar. — Mas, naturalmente, ninguém quer ir contra seus desejos, considerando o que acabou de acontecer.

— Devemos dizer que é do maior interesse de Josh que o filme seja feito — acrescentou Yeoman. — Se sua paralisia não se resolver, é improvável que consiga animar novamente. Ele não vem de família rica. Queremos deixá-lo tranquilo em relação a Anomia para que possa se concentrar em sua recuperação. Ele está se sentindo muito culpado por ter acusado Edie de ser Anomia. Katya diz que ele está se torturando...

— Bom, *imagine* acusá-la disso — interrompeu Heather, indignada. — Como se *alguém* fosse fazer isso consigo mesma, botar coisas pessoais sobre si mesma na rede! Nós agora estamos experimentando um pouco do que ela passou, não estamos, Grub? — disse ela, olhando de lado para o marido. — Assim que Edie morreu, esse Anomia começou a produzir coisas particulares sobre mim e Grant no Twitter!

— É mesmo? — disse Strike, pegando um caderno. — Vocês se importam se eu tomar notas?

— Não, é claro que não — respondeu Heather, que parecia um tanto empolgada com a perspectiva. — Ele errou em *algumas* coisas; disse que Grant esteve na Arábia Saudita, não em Omã, e que eu era secretária de Grant, o que não é verdade, eu era assistente pessoal de outro cara, e ele diz que eu e Grub tivemos um caso enquanto ele estava casado, mas seu primeiro casamento estava...

— Na prática, acabado — disse Grant, mais alto do que o necessário.

— Ele está em cima de nós *sem parar* há um mês, porque Grant vai ter uma palavra agora sobre o que acontece com o desenho animado! — prosseguiu Heather. — Tenho mantido registros desses autoproclamados fãs entrando em nossa página do Facebook e escrevendo coisas terríveis. Posso lhes dar os nomes, se quiseram.

— Obrigado, isso seria muito útil — disse Strike, não particularmente sincero. — É interessante que Anomia saiba detalhes particulares sobre vocês assim como sobre Edie. Será que ele pode ter conseguido isso na internet, de sua página no Facebook, por exemplo? Ou ele sabe coisas que não estão em domínio público?

Grant e Heather olharam um para o outro.

— Imagino que *parte* disso esteja na nossa página no Facebook — disse Heather, como se o pensamento tivesse acabado de lhe ocorrer. — Mas ele sabia que Laura tem lúpus. Não sei como pode ter descoberto isso, você sabe, Grub?

— Laura é minha ex-mulher — explicou Grant. — Não, não sei como ele descobriu isso. Eu estava em Omã quando a mãe de Edie, minha irmã mais nova, morreu — prosseguiu ele, e Strike desconfiou que eles estivessem prestes a ouvir um discurso ensaiado. — Eu estava solteiro na época e trabalhando o tempo todo, e não tinha como cuidar de uma criança pequena. Quando conheci minha primeira mulher, Edie estava estabelecida com uma boa família adotiva. Teria feito mais mal do que bem desorganizar sua vida e sua educação para levá-la ao exterior. Depois, quando nos mudamos de volta para Londres, Laura ficou doente. Tudo o que ela conseguia aguentar era cuidar de Rachel, nossa filha. Quero dizer, eu visitava Edie para checar se tudo estava bem. — Ele fez um movimento brusco do queixo para cima. — Mas, levando em conta minha situação pessoal, simplesmente não era factível levá-la para morar conosco.

— E depois ela começou a usar drogas e todo tipo de coisas — disse Heather. — Não foi, Grub? Nós não íamos querer isso perto das crianças.

Elgar, que mantivera uma expressão de leve interesse enquanto a conversa era desviada para um caminho lateral, então voltou ao que, para ele, era nitidamente o principal propósito da reunião.

— Como Allan diz, todos queremos fazer a coisa certa por Josh, mas também temos logicamente um interesse de natureza profissional para acabar com Anomia. Ele é muito contrário a nosso filme e está jogando os fãs contra ele. Tem um histórico bem estabelecido de criar animosidade em direção a qualquer mudança na franquia que não aprove.

Yeoman, cuja boca estava cheia de pão, assentiu e disse com a boca semicerrada:

— Quando a animação foi para a Netflix, Anomia orquestrou campanhas de ódio contra os dubladores e animadores. Algumas pessoas se demitiram por causa do assédio. Anomia estava incitando as pessoas contra eles na internet. Em termos gerais de marca, *O coração de nanquim* está começando a ficar tão conhecido pela agressividade dos fãs quanto pelo desenho animado em si. Ninguém quer que essa propriedade se transforme em apelido pejorativo para toxidade nas redes, mas infelizmente essa é a direção para a qual as coisas estão indo, a menos que algo mude.

— O que é uma pena — disse Elgar. — Por que temos grandes expectativas para a adaptação cinematográfica. Estamos pensando em uma mistura de live action e computação gráfica. Uma história de amor gótica misturada com uma comédia sombria, cheia de personagens engraçados, atraentes e interessantes.

Robin achou que a última frase parecia ter saído diretamente de um release para a imprensa.

— Supostamente — disse ela —, a Maverick vai ter os direitos de produzir jogos digitais, se o acordo para o filme for concluído, não?

— Acertou na mosca, srta. Ellacott — disse Elgar com um sorriso estranho. — O jogo de Anomia vai ter muita concorrência quando conseguirmos os direitos para criar jogos. Achamos que essa é a principal razão para ele estar determinado a impedir que a animação vire filme.

— De onde Blay tirou a ideia de que Edie era Anomia, algum de vocês sabe? — perguntou Strike.

Yeoman deu um suspiro.

— Alguém levou para ele um dossiê com supostas provas. Ainda não consegui falar com Josh, por isso é tudo o que sei, mas... bom, ele é um consumidor bem pesado de cannabis e álcool. As relações entre ele e Edie estavam muito ruins no final; havia muita amargura, paranoia e raiva. Não acho que ele teria precisado de muito convencimento de que Edie estava fazendo algo ruim.

— Sua agência recusou Edie porque não faz muitas investigações de crimes cibernéticos, é isso mesmo? — perguntou Elgar a Robin.

— E porque nossa lista de clientes, na época, estava cheia — explicou Robin.

— Bom, vocês devem saber que as partes interessadas representadas nesta mesa fizeram esse tipo de investigação até esgotar todas as possibilidades — disse Elgar.

— É mesmo? — perguntou Strike.

— É. Todos estávamos agindo de forma independente — disse Yeoman. — E só depois da morte de Edie nós reunimos informações. Grant...

— É, um bom amigo meu ficou de olho nesse Anomia nas últimas semanas — disse Grant, com outro movimento agressivo do queixo para cima. — Len tem uma empresa de segurança cibernética. Eu o conheci em Omã. Len disse que a segurança em torno desse jogo de Anomia é de alto nível. Ele não conseguiu descobrir nada sobre quem está por trás dele.

— Só para esclarecer um detalhe — interveio Robin —, duas pessoas têm o crédito da criação desse jogo, não é? Não só Anomia.

— Isso mesmo — confirmou Yeoman. — O outro chama a si mesmo de Morehouse e...

— Eles são a mesma pessoa — disse Heather com absoluta confiança. — Tenho pesquisado isso tudo na internet. Eles são a mesma pessoa.

— Bom, talvez... não sei — replicou Yeoman com tato. — Morehouse, se for uma pessoa real, mantém um perfil muito discreto. Ele nem usa muito o Twitter e nunca assediou Edie, até onde sei. É Anomia quem se tornou uma liderança entre os fãs e quem recebe grande parte do crédito pelo jogo.

— E vocês dois também tentaram investigar Anomia na internet? — quis saber Strike, olhando de Yeoman para Elgar.

— Tentamos — disse Elgar. — Conforme nos aproximávamos de um acordo, a negatividade vinda dos fãs começou a nos preocupar. Anomia estava publicando uma mistura especialmente perniciosa de fato e ficção.

— Ele sabia coisas que não devia saber? — perguntou Robin.

— Sabia, sim — disse Elgar. — Apenas detalhes estranhos, nada importante, mas o suficiente para eu me perguntar se não estaria abrigando Anomia em nossos estúdios. Procurei uma empresa de investigação cibernética que tínhamos usado anteriormente para examinar um vazamento em nossos estúdios. Eles não tiveram mais sucesso que o contato de Grant. Anomia e Morehouse fizeram um trabalho excelente para proteger a si mesmos e o jogo. Na verdade, meu pessoal acha que eles podem não ser amadores, ou o que quer que finjam ser online. Mas ficamos satisfeitos ao saber que Anomia não estava tuitando de dentro da empresa, o que já era alguma coisa.

— Anomia e Morehouse dizem ser uma dupla comum de fãs, não é? — perguntou Robin.

— Isso mesmo. Eles supostamente são jovens, embora nunca tenham dito a idade explicitamente, até onde sei — disse Yeoman. — Todo mundo também fala deles como homens, embora também não tenhamos ideia se isso é verdade.

— Você também tentou descobrir quem era Anomia, Allan? — perguntou Strike ao agente.

— Tentei — disse Yeoman, assentindo. — Eu não contei a Edie nem queria lhe dar esperanças. Eu a estava aconselhando a ignorar Anomia. Ela falou algumas vezes com ele no Twitter e isso não ajudou. Na verdade, piorou tudo. Mas uma coisa é aconselhar uma cliente a ignorar as mídias sociais, outra é convencê-la disso.

"Então, sim, há seis meses pedi alguém em minha agência para fazer o que pudesse. Benjamin cuida de toda a nossa segurança digital, ele é um garoto muito habilidoso. Ele viu como o jogo estava sendo hospedado, e até mesmo... e que isso fique entre nós... tentou invadir a segurança para hackear a conta do administrador e entrar no canal de moderadores mas não chegou a lugar nenhum. Como Grant diz, quem fez o jogo é muito inteligente."

A porta tornou a se abrir, e os garçons voltaram com a comida. Strike, Yeoman e Grant haviam pedido bifes de carne Wagyu; Elgar e Robin, saladas; enquanto Heather escolhera risoto.

— Isso *está* uma delícia — falou Heather alegremente, e Robin, que estava contendo a sensação de aversão, parou silenciosamente de resistir. Eles estavam ali, naquele clube de decoração moderna, comendo aquela comida deliciosa, devido à morte brutal da sobrinha por casamento de Heather. Mesmo que ela mal a tivesse conhecido, como parecia ser o caso, sua apreciação sincera do almoço elegante e os olhares persistentes para Strike pareciam, ao mesmo tempo, inapropriados e de mau gosto para Robin.

Quando a porta se fechou atrás dos garçons, Robin perguntou:

— Alguém tentou entrar em contato com Anomia? Para tentar dialogar com ele? Ou marcar um encontro pessoalmente?

— Sim, a própria Edie — disse Yeoman, agora vigorosamente cortando seu bife. — Ela tentou chamar Anomia pelo Twitter para se encontrar pessoalmente com ela. Ele nunca respondeu.

— Vocês não podiam ter feito alguma coisa com base na lei de direitos autorais? — perguntou Strike. — Qual é a posição legal, se esse jogo está usando todos os personagens de Ledwell e Blay?

— É uma área cinzenta — disse Yeoman, agora com a boca cheia de bife. — Você pode dizer que houve violação, mas como os fãs gostavam e ninguém estava ganhando dinheiro nenhum, achamos mais inteligente não pegar pesado. Se Anomia tivesse começado a monetizá-lo, aí sim, teríamos uma violação de direitos autorais. Nós pensamos que os fãs iam acabar se cansando dele, diminuindo, assim, a influência de Anomia, mas isso não aconteceu.

— Normalmente — disse Elgar —, nós tentaríamos trazê-lo para nosso lado como influenciador, vocês sabem, um superfã com seguidores dentro da comunidade. Ingressos para estreias, encontros pessoais com os roteiristas e atores, esse tipo de coisa. Mas nesse caso isso não seria possível, mesmo que quiséssemos ser generosos. Anomia parece valorizar seu anonimato, o que me sugere que seria prejudicial para ele ser desmascarado.

— Essa é obviamente uma pergunta desconfortável — disse Strike, voltando-se para Grant. — Mas levando em conta que Anomia parece ter tanta informação interna, deve ter passado pelas suas cabeças que pudesse ser um membro da família, Grant.

— Com certeza não é ninguém da família — disse imediatamente o tio de Edie.

— Ninguém na família realmente a conhecia — retrucou Heather. — Você mal a conhecia, não é, Grub?

— Eu estava no exterior — repetiu Grant, olhando para Strike —, e minha ex-mulher estava doente. Meus pais estão mortos, assim como os de Edie. Os únicos outros parentes são minhas filhas, e nenhuma delas jamais a conheceu. Com *certeza* não é ninguém da nossa família.

— Fiz perguntas discretas na agência — disse Yeoman —, porque naturalmente me ocorreu que eu podia estar abrigando Anomia, mas, até onde descobri, ninguém lá tomara sequer um café com Edie fora do trabalho. E, embora alguém pudesse saber sobre os desenvolvimentos no desenho animado, eles simplesmente não podiam saber todos aqueles detalhes sobre o passado de Edie. No meu ponto de vista, Anomia tem de ser alguém que, em algum momento, esteve no círculo imediato de Edie ou, mais provavelmente, no de Josh.

— Por que você diz que é mais provável ser alguém do círculo de Josh? — perguntou Robin.

Yeoman pousou sua faca e seu garfo, engoliu um bocado de comida e disse:

— Bom, para começo de conversa, Anomia nunca atacou Josh. Ele sempre foi fissurado por Edie, abusou dela e a assediou. Essa foi uma das coisas que separou Josh e Edie: Josh estava sendo muito bem-tratado pelos fãs, e a culpa por tudo do que eles não gostavam caía sobre Edie. Mas como eu disse, Josh tem um histórico de beber muito mais do que deveria e fumar muita maconha. Temo que ele também seja um péssimo juiz de caráter. Tivemos alguns problemas com alguns membros do elenco inicial, que eram na maior parte seus amigos, o que, hum, nos leva de volta a Katya Upcott.

Yeoman olhou para Elgar, que fez um pequeno movimento com o garfo, indicando que Yeoman devia continuar, então o agente disse:

— Não convidei Katya para este almoço porque ela é superprotetora em relação a Josh, o que, é claro, é um sentimento totalmente honrado, em especial levando-se em conta sua condição atual. Mas podemos falar mais livremente sem ela aqui.

— Katya tem sua própria agência? — perguntou Strike.

— Hã... não. Ela é uma mulher muito simpática que tem uma empresa de artigos para artesanato na própria casa. Katya conheceu Josh e Edie há alguns anos, no coletivo artístico onde estavam morando. Katya estava fazendo aulas noturnas lá. Tinha trabalhado com relações públicas antes de abrir o próprio negócio, então ela deu conselhos a Josh e Edie sobre como se portar quando *O coração de nanquim* começasse a atrair fãs.

"Depois de um tempo, ela começou a agir como se fosse realmente sua agente. Em 2012, Edie resolveu encontrar um agente profissional, e nós assinamos. Josh continuou com Katya. Não é raro, sabem, que pessoas que façam sucesso da noite pro dia insistam em trabalhar com pessoas familiares. É uma questão de lealdade, claro, mas também de medo. Pode ser difícil saber em quem confiar quando você de repente se transforma num bem cobiçado. Katya é uma mulher perfeitamente simpática bem-intencionada", enfatizou ele. "Ela sabe que estou contratando detetives particulares para tentar encontrar Anomia, e disse que vai dar toda a ajuda que puder. Ela vai saber muito mais do que eu sobre os amigos de Josh e seus contatos próximos, mas vocês vão precisar pisar em ovos, porque ela é profundamente resistente à ideia de que Josh, por ingenuidade, descuido ou falta de bom senso possa ser parcialmente responsável pela confusão de Anomia."

— Como é a família de Josh? — perguntou Robin.

— Ele foi criado por um pai solteiro, tem dois irmãos, e minha impressão, pelas coisas que Edie me contou, e não por conhecimento pessoal, é que seu pai nunca soube realmente como lidar com o filho, e ultimamente parece ter deixado os deveres parentais para Katya, que tem idade suficiente para ser mãe de Josh.

— Se você pudesse nos dar os detalhes de contato de Katya, isso seria ótimo — disse Strike, e Yeoman assentiu ao tornar a pegar a faca e o garfo.

— Edie estava em um novo relacionamento quando morreu, não estava? — perguntou Robin.

— Ele! — disse Heather com uma leve expressão de escárnio.

— É. O nome dele é Phillip Ormond — disse Yeoman. — É professor de geografia, acho. Trabalha em uma escola local em Highgate. Conheceu Josh e Edie porque fazia aulas noturnas de arte, as mesmas que Katya. Depois que Josh e Edie se separaram, Phillip ofereceu um ombro amigo para ela chorar.

— Ele *diz* que eles estavam noivos quando ela morreu — disse Heather.

— Você acha que eles não estavam? — perguntou Strike.

— Bom, mais *ninguém* achava que eles estavam. Ela não tinha um anel — disse Heather, cujo próprio dedo médio exibia um grande diamante solitário acima de sua grossa aliança de casamento.

— Ela também não *me* contou que estava planejando se casar — disse Yeoman.

— Também não disse nada a sua irmã de criação — disse Heather. — Eu perguntei no funeral.

— Qual o nome da irmã de criação? — quis saber Strike.

— Catriona Douglas — disse Grant. — Edie permaneceu em contato com ela depois de deixar a família.

Strike anotou o nome.

— Ormond já viu que essa é sua grande chance, se querem saber minha opinião — disse Heather. — Ele tem esperança de ficar com alguma parte do espólio. Houve toda uma coisa ridícula de cartas no caixão. Primeiro foi Blay, e você pensaria que depois de tê-la acusado de ser Anomia... bom, enfim, ele ditou o que queria dizer para Katya, que nos trouxe a carta e blá-blá-blá, e então — Heather revirou os olhos —, quando Phillip soube que Blay havia escrito uma carta, *ele* tinha que escrever uma carta também. Eu disse para Grub que um caixão não é uma maldita caixa de correio!

Se Heather esperava que rissem disso, ela ficou desapontada.

— É, sem dúvida houve um pouco de competição entre eles para ser o principal enlutado — disse Grant. — Não posso dizer que gostei muito de Ormond, mas ele tinha mais direito a isso que Blay. Estava morando com Edie na época e não estava fazendo acusações loucas contra ela.

— Seria bom falar com Ormond — disse Strike. — E com essa irmã de criação, Catriona. Vocês têm os contatos?

— Eu tenho o de Ormond — respondeu Grant, pegando seu telefone. Ele olhou para o celular, franziu o cenho e murmurou para sua mulher: — Ligação perdida de Rachel.

— A filha dele com a ex — disse ela a Robin em outro sussurro teatral. — Ela é um pouco difícil.

— Ela deve estar ligando por causa do jogo — disse Grant, entregando o celular para Strike. — Telefono para ela depois.

— Você disse que teve problemas com os membros do elenco que eram amigos de Josh — disse Strike para Yeoman. — Está falando de Wally Cardew?

— Você já sabe sobre Wally, não é? — disse Yeoman. — É, ele foi uma de nossas primeiras dores de cabeça. Ele e Josh estudaram juntos na escola de arte. Wally não tinha nenhuma experiência como ator, mas costumava fazer uma voz engraçada quando eles eram adolescentes, bem estridente e sinistra, imitando um professor que eles tinham. Quando Edie e Josh animaram o primeiro episódio, eles pediram a Wally para dublar o personagem Drek. Ele fez seu falsete, e os fãs adoraram.

"Mas Wally começou a se achar muito importante. Passou a criar seus próprios vídeos no YouTube, usando a voz, expressões habituais e bordões do personagem, e fazendo algumas piadas extremamente questionáveis. Parte dos fãs amou. Outros, não. Então Wally e seu amigo MJ fizeram o infame vídeo dos 'biscoitos'."

— Biscoitos? — repetiu Strike

— Um trabalho supostamente satírico zombando do Holocausto — disse Yeoman sem sorrir. — Houve muita gente contra. Josh achou que isso ia passar, mas Edie ficou furiosa. Josh concordou com a demissão, mesmo a contragosto, e Wally encarou isso muito mal. Desde então, ele fez uma carreira no YouTube.

Nós nos perguntamos se ele podia ser Anomia — acrescentou Yeoman, antecipando corretamente a pergunta seguinte de Strike. — Ele é astuto, mas não acho que teria o tipo de cérebro necessário para criar esse jogo, e preciso dizer que seu ego é grande demais para ele continuar anônimo.

— Algum outro amigo de Josh com quem deveríamos falar? — perguntou Strike.

— Bem, sim, havia também Sebastian Montgomery, um animador que os ajudou nos dois primeiros episódios. Ele estudou na escola de arte com Josh e passou a fazer comentários um pouco desagradáveis sobre *O coração de nanquim* nas mídias sociais depois que foi dispensado, mas não tenho certeza se conhecia Edie tão bem, então não consigo imaginar que ele tivesse todos esses detalhes pessoais sobre ela que Anomia usou.

— A menos — disse Strike — que ele os tenha descoberto por intermédio de Josh.

— Bom, acho que sim — admitiu Yeoman.

— Mais alguém?

— Vamos pensar... Havia um jovem chamado Timothy Ashcroft, embora, agora que pensei nisso, ele fosse originariamente amigo de Edie, não de Josh. Ele dublou o Verme, e acho que tinha ambições de ser ator, então não deve ter gostado de ter sido dispensado, mas ele e Edie permaneceram amigos, até onde sei. Não tenho nenhum detalhe do contato de Tim, infelizmente.

— Por que eles o dispensaram? — perguntou Robin.

— Sendo honesto — disse Yeoman —, ele não era muito bom. Eu vi os primeiros episódios. O Verme é um bom personagem cômico, mas Tim não estava lhe fazendo justiça. Quando eles assinaram com a TV, uma condição era que a Netflix participaria da escolha de elenco. Honestamente, acho que foi um alívio para Edie outras pessoas tomarem essas decisões. O próprio Josh dublara Cori no começo, e Catriona, irmã de criação de Edie, foi a primeira Páginabranca, mas, pelo que me contou no velório de Edie, ela não via a hora de acabar com aquilo. Nunca gostou de fazer a voz, e ficou feliz quando uma atriz de verdade assumiu.

"Mas eu não estava envolvido na época, então pode haver outros que foram deixados pelo caminho dos quais eu não tenho conhecimento. Como eu digo, é com Katya que você deve falar sobre os velhos tempos. Ela estava presente desde o começo... Não, espere", disse Yeoman. "Havia outra amiga que Edie mencionou. Ela morava no coletivo artístico. *Como* era o nome dela? Algo como Miriam."

— No caso, esse é o Coletivo Artístico North Grove, certo? — perguntou Strike com a caneta a postos.

— Exatamente — confirmou Yeoman. — Ele é administrado por um holandês que parece bem excêntrico. Tanto Edie quanto Blay alugaram quartos lá por algum tempo, foi assim que se conheceram, e sei que Josh permaneceu amigo do holandês e costumava circular pelo coletivo mesmo depois que a animação se tornou um sucesso. North Grove fica bem ao lado do cemitério de Highgate, e foi assim que Edie e Josh acabaram em meio aos túmulos um dia e tiveram a ideia para o desenho animado.

— Bem — disse Strike, pegando a pasta que levara com ele —, antes de avançarmos mais, vocês deveriam dar uma olhada em nosso contrato padrão e nossos preços. Eu tenho contratos aqui, se quiserem examiná-los.

Ele passou os contratos sobre a mesa e houve um momento de calmaria enquanto Elgar e Yeoman examinavam os termos e condições, e o único som era das facas e garfos de Strike, de Robin e dos Ledwell, e o barulho de Grant mastigando, que era absurdamente alto. Finalmente o agente e o executivo do cinema pegaram canetas e assinaram os contratos, com uma terceira cópia para a agência.

— Obrigado — disse Strike, depois que tudo estava assinado e ele tinha pegado sua cópia de volta.

— E eu — disse Yeoman, levando por sua vez a mão abaixo de sua cadeira — devo dar isso a você.

Era a pasta de cartolina que Edie levara à agência e deixara na caixa do vaso sanitário.

— Vamos começar imediatamente — disse Strike. — Se vocês puderem me dar seus contatos, vou atualizá-los toda semana, mas, obviamente, se tivermos perguntas ou alguma informação importante, entro em contato antes disso.

Tanto Elgar quanto Yeoman passaram cartões de visita sobre a mesa.

— Como uma questão de interesse — disse Strike, após guardar seus cartões na carteira —, quando vocês souberem quem é Anomia, o que pretendem fazer em relação a isso?

Houve outra pausa, e um silêncio mais profundo do que antes, porque Grant não estava mastigando. Richard Elgar então falou.

— Literalmente ninguém — disse o americano — está imune ao escrutínio público. Tenho certeza de que, se você for capaz de descobrir quem é Anomia, vamos conseguir descobrir alguma prova de hipocrisia, falta de sensibilidade racial, assédio sexual... Aqueles que vivem inflamando as multidões devem estar preparados para morrer pelas multidões. Quando soubermos com quem estamos lidando, não acho que vai ser muito difícil transformar Anomia de caçador em caça.

# 19

*Sim, eu estava cansada, mas não do coração;*
*Não, ele bate cheio de doce contentamento,*
*Por enquanto tenho minha parte natural*
*De ação com aventura misturada;*
*Jogada no vasto mundo contigo,*
*E toda minha energia antes desperdiçada*
*Voltada para propósitos mais relevantes.*

Charlotte Brontë
*The Wood*

— Que tal uma cerveja enquanto conversamos sobre o que ouvimos? — perguntou Strike meia hora depois, assim que ele e Robin estavam de volta à calçada fria, e Strike estava chamando um táxi.

— Com certeza — respondeu Robin.

— Para o pub Tottenham, na Charing Cross Road — disse Strike ao motorista, e ele abriu a porta para Robin entrar primeiro no táxi.

Seu tom de voz entusiasmado quando ela concordou com o pub lhe agradou. Ele estava começando a entender lentamente que Robin não estava evitando ficar sozinha com ele, como ela, sem dúvida, teria feito se tivesse realmente sentido repulsa pelo que aconteceu em frente ao Ritz. Ele esperara que ela se tornasse mais reservada, como ele mesmo tinha feito, entretanto ela parecia estar tentando retomar a relação amistosa que eles tinham antes que ele fizesse aquele gesto tolo.

— Alguma notícia sobre o apartamento? — perguntou ele quando seu táxi voltava na direção do West End.

— Fiz uma oferta maior ontem — respondeu Robin. — Estou esperando resposta. Seria ótimo consegui-lo. Estou cansada de ver lugares horríveis e de me sentir uma intrusa no apartamento de Max.

A rua em frente ao Tottenham, o pub favorito de Strike nas vizinhanças de seu escritório, permanecia um canteiro de obras, e eles tiveram de andar sobre tábuas que cobriam um buraco cheio de entulho para chegar à porta.

Quando entraram, encontraram seu refúgio familiar, apesar do barulho lá fora, com seus espelhos lapidados e painéis decorativos pintados por um designer teatral há muito tempo morto.

Depois de pedir um café, Robin se sentou em uma das banquetas de couro vermelho e pegou seu telefone para procurar o Coletivo Artístico North Grove. Quando Strike se juntou a ela segurando um copo de cerveja, ele disse:

— Nós devemos contar à polícia que nos pediram para encontrar Anomia, como cortesia. Vou ligar para o detetive-inspetor chefe Murphy.

— Ótimo — disse Robin. Então, passando o telefone para Strike. — Veja. Foi aí que tudo começou.

Strike olhou para uma foto de uma casa rosa grande e suja embaixo da qual estava escrito:

> COLETIVO ARTÍSTICO NORTH GROVE
> Oferecemos aulas de desenho, cerâmica, gravura e fotografia.
> Iniciantes são bem-vindos! Também alugamos espaço de estúdio para artistas.

— Se Josh ainda estava frequentando o coletivo até ser esfaqueado, devemos dar uma olhada — sugeriu Robin. — Pode ser um possível lugar frequentado por Anomia.

— Concordo — disse Strike, rolando a página do site para examinar fotos de aulas de arte, algumas incluindo adultos de aparência séria atrás de tornos de cerâmica, outras mostrando crianças em aventais de PVC fazendo gravuras, com muitos exemplos de pinturas a óleo, fotografias e desenhos a lápis dos estudantes. Ao devolver o telefone, ele perguntou: — Gostaria de tentar fazer um perfil do suspeito?

— Vá em frente — disse Robin, pegando seu caderno.

— Bom, se Anomia é realmente como representa a si mesmo, um fã obcecado pelo jogo, com certeza é jovem.

— Concordo — disse Robin. — Não consigo imaginar alguém com mais de trinta anos ficando tão obcecado por um desenho animado no YouTube.

— Mas se *não* se trata apenas de um fã raivoso, e, na verdade, de alguém com um enorme problema pessoal com Edie que viu uma oportunidade de atingi-la...

— Bom, é, alguém assim pode ter qualquer idade, eu acho — disse Robin.

— E estamos procurando alguém com experiência em programação e códigos — disse Strike, pegando o caderno e começando a escrever.

— A menos que... — ponderou Robin, e Strike ergueu os olhos. — Bom, Edie me falou que o jogo é uma sala de chat muito bem-animada. Se duas pessoas fizeram o jogo, talvez uma seja artista ou designer e a outra a programadora?

— Precisamos entrar nesse jogo — disse Strike, largando a caneta e pegando o telefone. — Esse é o primeiro passo: dar uma boa olhada por dentro e ver o que conseguimos pegar.

Enquanto Strike procurava o jogo na internet, Robin bebeu seu café e saboreou uma sensação de contentamento enquanto seus olhos percorriam os painéis familiares. O leve constrangimento que pairara sobre suas interações com Strike desde aquela noite no Ritz parecia ter desaparecido completamente diante desse novo caso. Enquanto Strike olhava de cara fechada para seu telefone, digitando termos de busca com seus dedos grossos, Robin permitiu que seus olhos repousassem sobre ele e sentissem o carinho perfeito que tinha perturbado sua paz mental com tanta frequência.

— Merda — disse Strike, após cinco intensos minutos de silêncio.

— O que foi? — perguntou Robin.

— Não consigo entrar. Acabei de tentar três vezes.

Ele mostrou a tela do telefone para Robin. Uma pequena animação de Cori, o coração negro como azeviche com suas artérias e veias penduradas, olhava da tela para ela, sorridente e dando de ombros. Abaixo de Cori havia as palavras: *Oops! Alguma coisa deu errado. Tente outra vez mais tarde, cara!*

— Eu vou tentar — disse Robin.

Ela começou a trabalhar em seu próprio celular, mas, depois de digitar o endereço de e-mail que havia criado para essas situações, que não tinha conexão nem com seu nome verdadeiro nem com a agência, e de escolher uma senha, ela também se viu olhando para a pequena animação de Cori dando de ombros, e foi instruída a tentar de novo mais tarde.

— Talvez estejam tendo problemas técnicos — sugeriu ela.

— Vamos torcer para que estejam, porque um jeito garantido de descartar suspeitos vai ser observando-os cuidar de suas vidas diárias longe de um celular ou laptop enquanto Anomia estiver tuitando ou ativo no jogo.

“Está bem”, disse Strike, voltando a seu caderno. “Nosso perfil do suspeito até agora diz: provavelmente menos de trinta anos”. Ele olhou para Robin, que assentiu. “Adepto de programação ou arte ou as duas. Homem ou mulher, o que você acha?”

— Pode ser qualquer um — disse Robin. — Embora todo mundo pareça supor que Anomia seja homem.

— Acho que devemos fazer um mergulho profundo na conta de Anomia no Twitter e ver o que eles podem ter deixado passar... Na verdade — disse Strike —, explique o Twitter para mim.

— O que você quer dizer com isso? — disse Robin com uma risada.

— Bom, eu conheço, mas nunca usei. E você?

— Eu tinha uma conta no Twitter, mas nunca fiz muita coisa com ela.

— Então como funciona, exatamente?

— Bom, você escreve mensagens curtas e pode se comunicar com qualquer pessoa no Twitter, a menos que tenham bloqueado você.

— E todo mundo no Twitter pode ver as publicações dos outros, não pode?

— Pode, a menos que você tenha botado sua conta no privado. Aí só seus seguidores podem ler o que você escreveu. E se duas pessoas estão seguindo uma a outra, elas podem enviar mensagens diretas que mais ninguém consegue ver.

— Certo — disse Strike. — E qual é o objetivo?

— Não sei — disse Robin, rindo novamente. — Pode ser divertido. Há muitas piadas e outras coisas. Você pode se comunicar diretamente com pessoas famosas. Ter alguma conversa divertida.

— As pessoas costumavam ir a pubs para fazer isso. Tudo bem, tirando a parte de falar com pessoas famosas... É, provavelmente é melhor que você veja o que Anomia escreveu por lá, já que você entende de Twitter.

— E o que acha de eu me inscrever para uma aula noturna no North Grove? Se eu não conseguir descobrir nada de útil, posso sair, e você entra em cena como você mesmo para interrogá-los.

— Bem pensado — concordou Strike. — E é melhor você do que eu, já que você sabe realmente desenhar.

Robin fez uma anotação para si mesma.

— E tem também a questão do motivo — disse Strike, batendo com a ponta da caneta no caderno.

— Eu achei... — começou a dizer Robin, sorrindo, mas Strike, antecipando corretamente o resto da frase, completou:

— Esse não é um caso normal. Os meios ainda vão ser a chave, mas o "porquê" é mais relevante aqui do que o normal, pois tem uma inconsistência, não tem? O jogo não pode ter sido criado para levar Ledwell ao suicídio, porque, bem, por que ele faria isso? O jogo certamente foi feito por amor ao desenho animado.

— Especialmente porque eles não o estavam monetizando.

— Certo, mas então Anomia mudou e se tornou extremamente abusivo no Twitter.

— Edie achava que era porque ela tinha criticado o jogo em uma entrevista.

— Você não acha que esse é um motivo muito frágil para quase quatro anos de perseguição?

— Se uma personalidade transtornada encontra algo que fale diretamente com ela em um nível que nunca experimentou antes, qualquer crítica do criador ou mudança no trabalho pode parecer um ataque pessoal — disse Robin.

— É — disse Strike, assentindo. — Você tem um ponto.

— Sabe, eu vi um vídeo de Edie e Josh discutindo o desenho animado — disse Robin. — Eles estavam respondendo perguntas dos fãs e discutindo Cori, que é o herói. Aquele coração negro que você acabou de ver. Eles discordavam se ele era mau ou não, se ele foi *tornado* mau e é uma vítima, ou se era responsável pelo mal que foi feito por seu dono enquanto estava vivo. No primeiro episódio do desenho animado, Cori se apresenta como mau, bem alegremente. Será que alguém que sente não se encaixar na sociedade pode ver algo de si mesmo em Cori? E por isso ficou tão obcecado pelo desenho animado?

— Acha que devemos acrescentar "mau e sabe disso" ao perfil?

— Você está brincando — disse Robin —, mas talvez devêssemos fazer isso... Sabe, eu não paro de me perguntar por que ele se chamou de "Anomia". Não era de esperar que um superfã escolhesse o nome de um dos personagens? Chamar a si mesmo de Anomia é quase... quase declarar abertamente quem você realmente é, não acha? "Falta de valores morais ou societários." Ele está sendo estranhamente aberto em relação a isso... a menos que seja apenas um adolescente descontente — acrescentou ela, duvidando de si mesma. — É o tipo de nome que um adolescente escolheria, eu acho. Alguém que está sentindo raiva do mundo.

— Você está defendendo bem o fato de que estamos caçando um fã enlouquecido, não um amigo pessoal.

— Mas não pode ser um fã comum, pode? Ele conhece muitas coisas pessoais sobre ela, tem acesso a informações internas, o que sugere um amigo... embora eu ache que Anomia não estava em contato *direto* com Josh ou Edie — disse Robin. — Pode ser alguém com certo grau de distanciamento. Nós devíamos checar parceiros ou colegas de apartamento de qualquer um próximo a Edie e Josh. Mas não pode haver muitos intermediários. Anomia sabia das coisas com muita rapidez. Com certeza não pode ser um amigo de um amigo de um amigo.

— Eu também diria que não — concordou Strike.

Os dois ficaram sentados até Strike quebrar o silêncio.

— Tem um nível marcante de narcisismo aqui também. Anomia acha que devia estar no controle do desenho animado. — Ele tornou a pegar o telefone. — O que nos traz de volta a Wally Cardew. Eu diria que ele é exatamente o tipo de babaca egocêntrico que não gostaria que seu jogo fosse criticado, mesmo que delicadamente.

— Como você sabe tanto sobre Wally Cardew?

— Vi um de seus vídeos no YouTube — disse Strike, agora acessando-o em seu celular. — Algumas horas depois que foi divulgado que Ledwell e Blay eram as vítimas dos esfaqueamentos, Wally e seu assistente, MJ, fizeram um streaming ao vivo no qual Cardew pegou uma faca ensanguentada debaixo da mesa, como piada. Na verdade, era molho de tomate.

— Espirituoso — falou Robin friamente.

— Biscoitos — disse Strike, que tinha encontrado o que estava procurando. — É o vídeo que fez com que ele fosse demitido. Esse eu ainda não vi.

Strike olhou ao redor para se assegurar de que não havia ninguém ao alcance da voz, então virou o telefone de lado e o apoiou no copo de cerveja, para que Robin também pudesse assistir, e apertou o play.

Wally e MJ estavam de pé lado a lado diante de uma mesa com ingredientes de confeitaria e uma grande tigela. O louro Wally estava com o cabelo comprido, e MJ, com rosto gorducho e um pouco mais mal-arrumado do que no vídeo ao qual Strike tinha assistido no dia seguinte às facadas. Os dois usavam aventais e chapéus de chef.

— *Bem-vindos, caras!* — disse Wally em uma voz aguda. — *Hoje temos alguns intogildos e fidapuas que estão dizendo que estamos fazendo piadas racistas ruins e que somos fidapuas fascistas!* — Ele voltou a sua voz normal. — Então hoje vamos só fazer biscoitos, para manter as coisas tranquilas. — Ele mostrou um saco de farinha a MJ. — Isso é kosher?

— É halal — disse MJ.

— É a mesma coisa, certo?

— Não, cara — disse MJ, rindo um pouco. — É...

— *Não seja intogildo, rapá* — disse Wally em seu falsete. — *Jogue o jogo, rapá!*

MJ riu quando Wally virou o saco de farinha de forma enérgica na tigela, derramando muito e fazendo uma nuvem se erguer no ar.

— E nós botamos uma boa manteiga kosher — disse Wally, segurando uma embalagem com a estrela de Davi desenhada sobre ela com um marcador e a jogando sem abrir na tigela, antes de pegar uma caixa de leite. — E nós botamos... Isto é kosher? *As vacas são kosher, cara?*

— Vacas são... não é no hinduísmo que as vacas são sagradas? — perguntou MJ.

— Quem acha que a porra das vacas são sagradas? *Essa gente é fidapua, eles são todos uns fidapuas* — disse Wally, derramando leite na tigela e se assegurando de derramar um pouco em MJ, que se afastou rindo. — E os ovos também são kosher, veja... legal — acrescentou Wally, mostrando-os para a câmera. Como fez com a manteiga, ele desenhara estrelas de Davi neles. Então jogou os ovos na tigela, com força, com a nítida intenção de fazer com que MJ ficasse coberto pela mistura o máximo possível. — *Você agora é um belo garoto branco* — falou Wally em sua voz de Drek, enquanto MJ, meio rindo e meio tossindo, limpava a farinha do rosto. — *E a gente mistura e mistura.* — Wally pegou uma colher e jogou mais da massa empapada em MJ. — *E cantamos: "Ebony and ivory live together in perfect harmony..."*

— Merda, cara, pare com isso! — protestou MJ, ainda rindo, mas agora tentando se proteger da mistura que Wally jogava nele.

— *E agora a gente tem uma bela mistura, caras* — disse Wally.

O vídeo cortou para uma tomada de Wally e MJ com uma bola de massa de biscoito crua na mesa a sua frente. MJ estava completamente coberto de farinha; Wally, inteiramente limpo.

— *E agora a gente bate nesse fidapua* — disse Wally, pegando um rolo e batendo na bola de massa com uma das suas extremidades. — *E agora a gente corta o fidapua em pedaços intogildos.*

Ele pegou um cortador de biscoitos em forma de boneco de bolo de gengibre e o pressionou na massa.

O vídeo cortou outra vez, para várias fileiras de bonecos de gengibre perfeitos, cada um com uma estrela de Davi e alguns com quipás e peiot.

— Ah, não — disse Robin, que podia ver exatamente para onde aquilo estava indo. A expressão de Strike estava impassível.

— *E agora a gente bota os intogildos no forno e aumenta a temperatura cada vez mais* — disse Wally em seu falsete.

O vídeo cortou para Wally botando uma bandeja em um forno, depois para uma mão desenhada aumentando um botão para "quente pra caralho", e finalmente de volta para Wally e MJ parados em frente a sua mesa, os dois de braços cruzados. Em sua voz normal, Wally se voltou para MJ e perguntou:

— Viu o jogo no sábado?

— Vi, belo gol de Drogba — disse MJ, igualmente sério.

— Viu o que Fuller...?

— É — disse MJ. — Pisar na porra dos ovos de um cara não é legal.

Houve uma pausa, e os dois jovens tamborilaram os dedos nos braços.

— Acha que os biscoitos estão prontos? — perguntou Wally a MJ.

— É, talvez — disse MJ.

Wally conferiu seu relógio.

— Podemos dar a eles mais um tempinho.

O vídeo cortou para uma tela preta com as palavras "Uma hora depois" escritas sobre ela, em seguida voltou para Wally e MJ, que agora estavam parados diante de um forno de onde saía fumaça preta. Eles continuavam a conversar, aparentemente indiferentes.

— ... levei minha avó hoje pra passear — dizia Wally.

— Isso é legal, cara, é uma coisa legal de se fazer.

Houve outro breve silêncio, então Wally disse:

— Agora devem estar prontos.

Ele abriu a porta do forno, tossindo.

O vídeo cortou para um close de biscoitos queimados a ponto de estarem irreconhecíveis, depois para uma tomada aberta de Wally e MJ segurando seus chapéus de chef em respeito silencioso, velas queimando em um menorah atrás deles. Strike apertou o pause e olhou para Robin.

— Não está se divertindo?

— Em que planeta *isso* é sátira?

— Nós somos obviamente estúpidos demais para entender a sutil ironia. Incidentalmente, percebi, quando assisti à live que ele fez na noite após as facadas, que alguns fãs de Wally tinham o número 88 depois de seus nomes. Juntando isso a piadas sobre o Holocausto, seguidores de extrema direita e uma conexão com *O coração de nanquim*...

— Fica claro por que o MI5 pode ter perguntas — disse Robin.

— Fica, sim. Por outro lado, Cardew pode não saber que atraiu fãs neonazistas. Há uma chance — disse Strike, pegando novamente seu copo — de que ele ache que, como seu melhor amigo não é branco, ele não pode ser racista.

— Sabe, se Wally é Anomia, e foi recrutado pelo Corte depois de fazer o jogo...

— A mudança de fã para perseguidor se explica, é — disse Strike. — Quando você examinar a conta de Anomia no Twitter, preste atenção a qualquer indicação de sua preferência política. Imagino que o MI5 deve ter checado, mas duvido que eles dividam suas conclusões conosco.

Robin tomou mais uma nota.

— Mas se não é um membro do Corte — disse Strike —, resta a pergunta de por que esses dois criadores têm tanto interesse em manter o anonimato. Era de esperar que eles ficassem orgulhosos do jogo, se são realmente dois garotos se divertindo. Richard Elgar disse lá atrás que acha que desmascarar Anomia seria prejudicial a eles, e eu concordo com isso, mas *por que* isso ia feri-los? Por que eles não querem crédito?

— Anomia está recebendo *certo* crédito entre o público — disse Robin. — Cinquenta mil seguidores no Twitter e muito interesse em sua verdadeira identidade. Isso deve alimentar seu ego.

— Verdade, mas você ouviu o que Elgar disse: se ele tivesse se revelado ainda nos primeiros dias, isso podia ter rendido uma verdadeira influência na franquia, então por que não aconteceu? E tem também a falta de monetização.

— Bom, nós sabemos a razão disso, não é? — perguntou Robin. — Seria uma violação de direitos autorais, ganhar dinheiro com os personagens de outra pessoa.

— Verdade, mas estou olhando para isso de um ângulo diferente. Anomia e Morehouse passaram anos trabalhando no jogo sem nada a ganhar. Isso sugere pessoas com muito tempo nas mãos e nenhuma grande necessidade de dinheiro. Eles estão sendo apoiados por alguma outra pessoa? Pais? Contribuintes?

— Há *alguns* empregos com muito tempo livre — observou Robin. — Eles podiam estar trabalhando por conta própria ou em meio expediente. Podem estar ganhando um bom dinheiro, e isso ser apenas seu hobby.

— Mas se Anomia trabalha, deve ser um emprego onde o acesso à internet é livre ou ele pode usar seu telefone sempre que quiser... O que faz do namorado de Edie, esse... — Strike revisou suas notas para encontrar o nome — ... esse professor, Phillip Ormond, uma possibilidade improvável.

— Mas ele, sem dúvida, nunca foi uma possibilidade — disse Robin. — Por que seu namorado ia querer persegui-la online? Enfim, eles não estavam juntos quando Anomia começou o jogo. Ela ainda estava namorando Josh.

— Não é incomum que pessoas joguem online com as pessoas mais próximas e mais queridas, ou mesmo que alguém namore uma pessoa sem perceber que já a conhecia online — disse Strike. — Mas eu concordo, Ormond é improvável. Por outro lado, ele deve poder nos contar de quem

Edie era próxima ou em quem ela pode ter confiado, além das pessoas que já sabemos.

"Então", disse Strike, pegando novamente a caneta, "vou entrar em contato com Ormond, com Katya Upcott e com aquela irmã de criação, Catriona. No curto prazo", continuou ele, "vamos armar vigilância em Seb Montgomery e Wally Car..."

O telefone de Robin tocou.

— Ah, meu Deus, é o corretor imobiliário — disse Robin, parecendo repentinamente em pânico, e atendeu: — Alô, Andy?

Strike viu a expressão de Robin mudar de tensão para alegria.

— Sério? Ah, isso é fantástico! Obrigada!... Sim!... Sim, com certeza!... Quando? Não, tudo bem para mim... Está bem... Eu vou... Muito obrigada!

— Más notícias? — perguntou Strike quando Robin desligou, radiante.

— Eu consegui o apartamento! Ah, uau... sabe de uma coisa? Eu *vou* querer uma bebida. Não vou trabalhar esta noite.

— Eu vou pegar — disse Strike, mas Robin já estava de pé. Ao sair de trás da mesa, ela se abaixou e abraçou Strike impulsivamente, seu cabelo caindo sobre o rosto dele, e ele inalou o perfume que comprara para ela em seu aniversário de trinta anos.

— Desculpe, eu estou muito feliz. Isso vai fazer uma grande diferença na minha vida!

— Não precisa se desculpar — disse Strike, dando tapinhas em seu braço enquanto ela o soltava. Robin foi até o bar, e Strike, ao perceber que estava com um sorriso bobo, o conteve conscientemente. Ele ainda podia sentir a forma quente do corpo de Robin, apertado brevemente contra ele.

# 20

*Eu me forjei em um enorme calor*
*Um escudo contra inimigos e amantes,*
*E ninguém conhece o coração que pulsa*
*Por baixo do escudo que o cobre.*

Mary Elizabeth Coleridge
*The Shield*

## Chat dentro do jogo entre cinco dos oito moderadores de *Drek's Game*

**<Canal de moderadores>**

**<19 de março de 2015 18.25>**

**<Presentes: Anomia, Corella>**

**Anomia:** ainda estamos conseguindo uma tonelada de pessoas novas tentando entrar no jogo.

**Corella:** sério?

**<Verme28 entrou no canal>**

**Verme28:** Eu tive um dia horrível

**<Vilepechora entrou no canal>**

**Vilepechora:** kkk tem algum de vocês no Twitter agora?

**Corella:** não, por quê?

**Vilepechora:** #DesenterremLedwell está nos trending topics

**Anomia:** é, eu vi. Não é engraçado

**Vilepechora:** Achei que você fosse achar hilário

**Anomia:** Não quero que ela seja desenterrada

**Vilepechora:** você não está criando uma consciência, está, cara?

**Anomia:** Só quero que ela fique onde está e apodreça

**Anomia:** é no tio Grant que precisamos nos concentrar agora

**<Endiabrado1 entrou no canal>**

**Endiabrado1:** algum de vocês está no Twitter no momento?

**Vilepechora:** estávamos agora falando sobre isso. É hilariante, mas Anomia não concorda

**Endiabrado1:** não é hilariante,
é horrível. E se a família
dela viu?

**Anomia:** ela estava sempre nos dizendo que não tinha família.

**Corella:** Eu concordo com Endiabrado1, é horrível

>

>

**Anomia:** Não vou aceitar nenhuma inscrição nova até os números caírem. Deixem os porcos se cansarem.

**Endiabrado1:** do que você está falando?

**Anomia:** Estamos recebendo cerca de cem inscrições por dia. A polícia, provavelmente. Então eu não estou aceitando ninguém novo

**Vilepechora:** bom para você, parceiro

**Endiabrado1:** se é a polícia, eles podem nos hackear

**Vilepechora:** não

**Vilepechora:** Morehouse supostamente nos deixou inexpugnáveis

**Endiabrado1:** onde está ele, aliás? Achei que ele estivesse moderando esta noite

**Vilepechora:** provavelmente está engravidando Páginabranca em algum lugar

**Verme28:** Corella trocou de turno com ele porque ele está fazendo alguma coisa

**Vilepechora:** mais provavelmente em cima de alguma coisa.

**Vilepechora:** não o culpo. Ela é maravilhosa.

**Endiabrado1:** Como você sabe?

**Vilepechora:** Isso é confidencial

**Endiabrado1:** Eu tenho que ir

**<Um novo canal privado foi aberto>**

**<19 de março de 2015 18.30>**

**<Corella convidou Anomia>**

**Corella:** você não acha seriamente que a polícia está tentando entrar aqui?

**<Anomia entrou no canal>**

**Anomia:** faz sentido

**Corella:** por quê?

**Anomia:** provavelmente querem
saber se um de nós matou Ledwell

**Anomia:** com medo?

**Corella:** por que eu devia estar com medo?

**Anomia:** o dossiê que você entregou a Blay "provando" que eu sou Ledwell?

>

**Corella:** quem contou a você?

**Anomia:** Páginabranca contou a Morehouse, e ele me contou.

**Anomia:** não é um problema.
Já me entendi com LordDrek e Vile. Um erro honesto.

**<Endiabrado1 saiu do canal>**

**Vilepechora:** kkk que bichinha

**Verme28:** não diga isso

**Vilepechora:** posso perguntar uma coisa a você, Verme?

**Verme28:** o quê ?

**Vilepechora:** por que você põe um espaço antes de qualquer sinal de pontuação?

**Verme28:** o quê ?

**Vilepechora:** tipo, onde você estudou?

**<Verme28 saiu do canal>**

**Vilepechora:** rsrs

**Corella:** ah, Vile, você tinha que fazer isso?

**Anomia:** hahahaha

**Corella:** Achei que você fosse ficar lívido.

**Anomia:** não, é até engraçado.

**Anomia:** não se esqueça do lado bom da coisa

**Corella:** o quê?

**Anomia:** A Comilona está morta

**Corella:** meu Deus, Anomia, não brinque com isso

**Anomia:** Entretanto, acho que vocês deviam aumentar minha percentagem nos royalties como um pedido de desculpa

**Anomia:** porque, vamos ser sinceros, sem mim vocês estão fodidos

**Corella:** Eu teria de falar com P

**Anomia:** faça isso

**<Corella saiu do canal>**

# 21

*De camas sem sono erguem-se espíritos inquietos,*
*E trocistas astutos vestem sua aparência emprestada…*
*E conspiradores inofensivos ardilosamente caem na estrada…*

Joanna Baillie
*An Address to the Night — A Joyful Mind*

— Aposto dez libras com você que eles decidiram não aceitar mais jogadores no *Drek's Game* porque acham que estão sendo vigiados pela polícia — disse Strike a Robin quando seus caminhos se cruzaram no escritório uma quinta-feira na hora do almoço, três semanas depois de aceitarem o caso de Anomia.

— É. Eu não vou topar essa aposta — retrucou Robin, que estava terminando um sanduíche na mesa dos sócios, com a conta de Anomia no Twitter na tela a sua frente.

Apesar de inúmeras tentativas tanto de Strike quanto de Robin para entrar no jogo, eles continuavam a ver o Cori animado dando de ombros e dizendo a eles para "tentar outra vez, cara". Atualmente, sua única esperança de descartar Seb Montgomery ou Wally Cardew era Anomia publicar no Twitter em um momento em que um dos alvos estivesse sob observação e sem usar qualquer dispositivo digital. Isso era, para dizer o mínimo, uma situação insatisfatória.

— Aonde você está indo? — perguntou Robin a Strike, que tinha acabado de deixar seus recibos com Pat e ainda estava de casaco.

— Vou render Dev em quinze minutos — disse Strike, checando seu relógio. — Vou seguir Montgomery até outro bar hipster esta noite, espero. Por falar nisso, ontem à noite vi alguns episódios do desenho animado. Achei que devia fazer isso, para entender que droga estamos investigando.

— O que achou?

— Eu acho que é insano — replicou Strike. — O que é, afinal, aquele personagem Drek?

— Acho que nem Josh nem Edie sabiam — replicou Robin.

— Alguma novidade? — perguntou Strike, apontando para o feed de Anomia no Twitter.

— Algumas coisas interessantes — disse Robin. — Mas até agora nada importante.

— Precisamos fazer uma atualização em breve — comentou Strike. — Por falar nisso, Phillip Ormond pode se encontrar conosco na próxima quinta-feira. Ele estava na Irlanda. Férias escolares.

— Ótimo. Você teve notícias de Katya Upcott?

— Não — disse Strike. — Falei com o marido dela, que me disse que ela estava visitando Blay no hospital e parecia bem puto por causa disso. Ela não retornou a ligação. Posso tentar de novo esta tarde. Enfim... divirta-se com o Twitter.

O dia de abril estava ensolarado, e a curta caminhada até a Newman Street deu a Strike tempo para fumar um cigarro. Ao ver o detetive se aproximando, Shah desceu pela rua sem falar com ele, o que disse a Strike que seu alvo ainda estava no interior do prédio com um design gráfico colorido em cores primárias na porta dupla de vidro.

Strike se perguntava se devia se sentar na cafeteria convenientemente localizada em frente ao escritório e pedir um café, quando as portas de vidro se abriram e Seb Montgomery apareceu.

Ele se parecia exatamente com cem outros homens jovens caminhando pelas ruas de Fitzrovia naquela hora do almoço: estatura mediana, magro, barba bem cuidada, cabelo escuro cortado comprido no alto e aparado nas laterais, igual ao de Wally Cardew, e uma roupa inteiramente preta composta de camiseta, jaqueta acolchoada de nylon, jeans e tênis. Seb também levava uma bolsa a tiracolo pendurada no ombro e um celular na mão, no qual estava digitando no momento. Strike automaticamente conferiu o feed de Anomia, que estava inativo.

Strike pensou ter percebido um ar confiante em Montgomery, como se seu dia de trabalho estivesse terminado, embora mal fossem 14h. Essa suspeita foi confirmada quando, em vez de entrar em um dos restaurantes ou lanchonetes em seu caminho, Montgomery entrou na estação de metrô de Goodge Street, com Strike seguindo a distância.

O detetive percebeu logo que Montgomery não estava indo para casa, porque embarcou na linha norte. Strike entrou no mesmo vagão e optou por se posicionar no canto, observando o reflexo de Montgomery na janela escura.

O jovem estava sentado com os joelhos bem afastados, bloqueando os assentos dos dois lados, aparentemente jogando algum jogo no celular e, de vez em quando, olhando para cima. Quando se aproximaram da estação de Highgate, Montgomery guardou o telefone no bolso, pendurou a bolsa novamente no ombro e seguiu na direção das portas.

Strike permitiu que um grupo de quatro jovens mulheres passasse a sua frente, para não ficar perto demais de seu alvo. Ao chegar ao nível da rua, seu telefone vibrou no bolso. Barclay tinha enviado uma mensagem de texto:

**Cardew seguindo para o norte. Possivelmente Highgate**

Montgomery tinha saído da estação, mas andou apenas uns passos até um homem alto e prematuramente calvo parado logo em frente a ela. O jeans, a camisa e o paletó do desconhecido tinham aparência comum, tão adequados para um homem de cinquenta quanto para uma pessoa com vinte e tantos anos que Strike achou ser sua idade. Montgomery e o estranho apertaram as mãos, os dois parecendo ligeiramente desconfortáveis, embora evidentemente se conhecessem, porque Strike captou frases rotineiras, do tipo "como estão as coisas?" e "faz tempo que não nos vemos". O detetive permaneceu dentro da estação, porque estava claro para ele que Montgomery e o jovem desconhecido estavam esperando que mais alguém se juntasse a eles, e não foi necessária muita perspicácia para adivinhar quem era a terceira pessoa.

**Já na estação,** escreveu ele para Barclay. **SM está aqui, esperando por WC. Sugiro que nos cumprimentemos e os sigamos em dupla.**

Vinte minutos depois, quando Montgomery e seu companheiro desconhecido pareceram ter esgotado tudo o que tinham a dizer um para o outro, Wally Cardew apareceu na roleta, usando jeans e uma camiseta que dizia: "Foda-se ficar calmo, morra em batalha e vá para o Valhalla." Ao ver Montgomery e o segundo homem, ele disse em voz alta, em seu falsete de Drek:

— *Vocês são dois fidapuas!*

E os outros dois riram, embora Strike achasse ter visto uma sombra de apreensão na expressão do homem mais alto. Montgomery fez um complicado aperto de mão, típico do hip-hop, com Wally, e o fracasso do segundo homem em fazer o mesmo gesto gerou risos que quebraram o gelo. O trio subiu a rua junto, e Barclay emergiu do lugar onde estava escondido fora de vista.

— Sherlock Paugrande, eu presumo? — murmurou Barclay para Strike.

— E você deve ser Tartan Trinta Centímetros — retrucou Strike. — Vamos?

Eles seguiram atrás de seus alvos, que já estavam a duzentos metros de distância, caminhando em uma direção aparentemente já definida.

— O que Cardew estava fazendo? — perguntou Strike.

— Não tenho ideia. Ficou em casa o dia inteiro — disse Barclay. — Talvez estejam indo visitar a cena do crime. Para onde fica o cemitério, daqui?

— Não é longe — disse Strike, checando seu telefone. — E estamos seguindo na direção certa.

— Quem é o careca?

— Não tenho ideia — respondeu Strike.

Enquanto seguiam os três homens mais jovens, Strike abriu a conta de Anomia no Twitter outra vez. Não havia atividade nova: a última vez que Anomia tinha tuitado havia sido pouco antes das 11h daquela manhã, quando fez um comentário sobre o terrorista que tinha explodido uma bomba na maratona de Boston.

---

**Anomia** @AnomiaGamemaster

Haha a mãe de Dzhokhar Tsarnaev diz que ele é o "melhor dos melhores"

É, você deve estar muito orgulhosa, sua vadia idiota.

10.58 9 de abril de 2015

Os três homens que estavam sendo seguidos por Strike e Barclay pegaram uma rua ladeada por casas georgianas, até eventualmente a abandonarem e entrarem no pátio dianteiro de um pub grande e de janelas em arco chamado Red Lion and Sun, onde havia mesas e bancos de madeira em meio a vasos com arbustos. Depois de uma breve indecisão, eles resolveram se sentar na parte externa do bar. O homem alto e calvo desapareceu no interior do pub para comprar a primeira rodada. Strike pegou uma mesa a curta distância de seus alvos, enquanto Barclay entrava para pegar as bebidas. Os dois únicos outros clientes no bar eram um casal de idosos que estava sentado em silêncio, lendo os jornais enquanto seu Cavalier King Charles spaniel cochilava aos seus pés.

— Está quase completamente careca, não está, o coitado? — Strike ouviu Cardew dizer, sua voz alta o bastante para chegar a Strike. — Ele ainda tinha o suficiente para disfarçar a careca da última vez que o vi.

Montgomery riu.

— Você ainda está naquele... o que é aquilo, um lugar de animação, ou...

— Efeitos digitais — disse Montgomery, cujo sotaque era de classe média. — Sim.

— Tem trepado bem ultimamente?

O casal de idosos, dono do Cavalier King Charles spaniel, olhou na direção de Cardew ao ouvir aquilo, então rapidamente tornou a encarar os jornais. Strike achou que foram sábios por fazer isso.

Montgomery riu outra vez, embora levemente mais contido.

— É, eu... eu estou namorando. Na verdade, estamos morando juntos.

— Por que você está fazendo uma merda dessas? — questionou Wally, fingindo ultraje. — Nós temos a mesma idade.

— Não sei — disse Montgomery. — Nós nos damos muito... Ah, aí está Nils.

Strike olhou por cima do telefone no qual ele fingia estar absorto. Um gigante de pele amarelada com cabelo louro comprido e um cavanhaque amarfanhado estava atravessando a rua, seguindo na direção do pub. O recém-chegado parecia estar na casa dos quarenta, usava uma camisa rosa-escura solta, bermuda cargo cáqui e sandálias Birkenstock sujas, e tinha pelo menos um metro e noventa e cinco. Ao seu lado, caminhava um menino que era inconfundivelmente seu filho: os dois tinham bocas grandes, curvadas para cima, e olhos baixos e encobertos por pele que davam a eles uma aparência peculiar semelhante a máscaras. Embora já tão alto quanto Seb Montgomery, o andar infantil, semelhante a um pombo, do garoto fez Strike suspeitar que ele fosse bem mais novo do que sugeria seu tamanho, talvez onze ou doze anos.

— *Merda* — disse Wally. — Ele trouxe a porra do Bram com ele. E onde está Pez?

— Nils! — exclamou Montgomery quando o homem alto chegou à mesa.

— É bom ver você, Seb — disse Nils, sorrindo enquanto apertava a mão de Montgomery. Ele tinha um leve sotaque, e Strike, lembrando que o dono do Coletivo Artístico North Grove era holandês, achou que estivesse olhando para ele. — E você, Wally. Ei, Tim! — continuou ele quando o homem alto e careca surgiu do interior do pub carregando três pints de cerveja.

— Nils, oi — disse Tim, botando os copos na mesa e apertando mãos. — Oi, Bram.

O garoto ignorou Tim.

— Wally? — disse ele em uma voz aguda, parecendo empolgado. — Wally?

— O quê? — perguntou Wally.

— *Jogue o jogo, rapá!*

— É — disse Wally com um riso forçado. — Muito bom.

— Eu vejo você no YouTube!

— É? — perguntou Wally sem entusiasmo. Ele se voltou para Nils. — Pez não vem?

— Não, ele tinha alguma coisa para fazer — disse Nils. — Ou alguém para comer — acrescentou ele.

Wally e Seb riram, mas Tim permaneceu com expressão indefinida.

Barclay voltou com cerveja sem álcool para ele e para Strike. Os dois detetives agora entabularam uma conversa fiada e intermitente, falando em murmúrios enquanto continuavam a ouvir a conversa muito mais alta do grupo que estavam observando. O celular de Seb estava sobre a mesa ao lado de sua cerveja, enquanto os outros telefones estavam fora de vista. Strike estava de olho no feed do Twitter de Anomia, que continuava inativo. Quando Nils foi buscar uma bebida para ele, Bram ficou para trás, guinchando constantemente os bordões de Drek, alheio à irritação cada vez mais óbvia de Wally.

— *Drek está solitário e quebrado! Vocês são todos uns intogildos! Jogue o jogo, cara!*

— Ele adora o Drek — disse Nils desnecessariamente ao chegar de volta à mesa, entregando uma Coca para Bram antes de dobrar as pernas gigantes embaixo da mesa. — *Então*... acho que devíamos brindar, não? À Edie e à recuperação de Josh.

Nenhum dos três homens parecia estar esperando um brinde. Na verdade, o calvo Tim corou, como se alguém tivesse dito alguma coisa extremamente ofensiva. Entretanto, os três beberam, antes de Montgomery dizer:

— Como vai Josh, você sabe, Nils?

— É, eu falei com Katya ontem à noite. Ela mandou lembranças. Estava chorando. Ele está com todo o lado esquerdo paralisado. — Nils demonstrou isso em seu próprio corpo. — E não tem sensações no direito. A medula espinhal não foi cortada, mas está seriamente danificada. Isso tem um nome, essa condição. Uma síndrome.

— Merda — disse Montgomery.

— É terrível — reforçou Tim.

— Mas há uma chance de melhora — continuou Nils. — Katya diz que há uma chance.

O filho de Nils, que permanecera sentado apenas tempo suficiente para virar sua Coca, se levantou outra vez, olhando ao redor à procura de algo para fazer. Ele viu um pombo comendo alguns farelos de batata frita em uma mesa livre e correu em sua direção, girando os braços. Depois que o pássaro voou, Bram avistou o Cavalier King Charles spaniel dormindo embaixo da mesa e foi ousadamente na direção dos donos.

— Posso fazer carinho no seu cachorro? — perguntou ele em voz alta.

— Infelizmente, ele está dormindo — disse a dona idosa, mas Bram a ignorou.

Ele se ajoelhou e começou a acariciar o cachorro, que acordou assustado, rosnou e tentou morder. Seguiu-se uma pequena comoção, na qual o casal idoso, sem dúvida com medo de que seu cachorro fosse culpado por arrancar um pedaço do garoto, tentou contê-lo, enquanto tentavam convencer Bram a deixá-lo em paz, um feito que se revelou impossível para eles. Nils estava sentado saboreando sua cerveja, aparentemente tão alheio à comoção às suas costas quanto Bram ficara em relação à insatisfação de Wally com sua contínua imitação de Drek. Os quatro homens ainda estavam conversando, mas Strike e Barclay não conseguiam ouvir o que diziam, porque o casal idoso, que tinha resolvido ir embora, estava fazendo muito barulho em relação ao ocorrido. O cachorro, que agora latia, estava firmemente seguro nos braços do marido. Bram, que era da altura do senhor, continuava tentando acariciar o animal enquanto o homem não parava de girar de um lado para outro, e o tempo inteiro a senhora de idade não parava de repetir:

— Não, querido, por favor, não. *Por favor*, não, querido.

Depois que os donos do cachorro finalmente foram embora, o sorridente Bram voltou para a mesa e disse para Wally, que o ignorou:

— *Os intogildos foram embora.*

Seb falava em voz baixa; a atenção dos três outros homens se concentrava nele, e Strike só conseguia imaginar o que estava sendo dito.

— ... no trabalho — disse ele. — Então liguei de volta para eles, obviamente, e disse que ficaria feliz em ajudar e tudo mais, vocês sabem, mas preferia não fazer isso no escritório. Então, sim, eles disseram que não havia problema, e passaram no apartamento no sábado de manhã.

— Por quanto tempo eles falaram com você?

— Cerca de uma hora.

— Posso comer alguma coisa? Nils?... Nils?... Nils, posso comer alguma...?

Se Seb não tivesse parado de falar com a interrupção de Bram, Strike teve a sensação de que seu pai o teria ignorado indefinidamente. Nils puxou uma nota amassada do bolso e a entregou ao filho, que correu depressa para o interior do pub.

— Então, sim — recomeçou Seb. — Basicamente eles me disseram que Edie, e isso é muito louco, mas... Eles disseram que Edie achava que eu era Anomia.

— Achava que você era *Anomia*? — questionou Nils, parecendo surpreso.

— É, aquele fã que fez o jogo online — disse Seb. — O jogo multiplayer. Você se lembra. Josh e Edie o odiavam.

— Eu não sabia que ele se chamava de Anomia — disse Nils. — Isso é estranho.

— Para quem ela disse *isso*, que você era Anomia? — perguntou Tim.

— Eles não disseram. Então, depois de me fazerem um monte de perguntas sobre minhas contas de mídias sociais...

— Ela não foi esfaqueada na porra das mídias sociais — disse Wally. — Não sei por que eles estão tão concentrados nisso.

— É aquele grupo neonazista, não é? — disse Seb. — Eles provavelmente acham que Anomia é um deles.

— Então — disse Tim, que parecia nervoso —, eles levaram seu celular, ou seu HD, ou...?

— Não, graças a Deus — respondeu Seb. — Não que... vocês sabem o que eu quero dizer. Ninguém quer a polícia mexendo em seu HD, não é?

Todos os três homens sacudiram a cabeça, e Tim riu.

— Não, eles fizeram um monte de perguntas. Mostrei a eles minha conta no Twitter e loguei na frente deles para provar que era eu. Mostrei a eles minha página no Instagram, e disse a eles que isso é tudo o que faço nas mídias sociais.

— Eles não perguntaram onde você estava quando eles foram... — começou a dizer Wally.

— Perguntaram sim — disse Seb.

— Meu Deus, eles fizeram isso? — perguntou Tim.

Bram então reapareceu, acompanhado por um barman carregando um saco de batatas fritas.

— Nils — disse o homem. — Já disse a você que não podemos vender para menores no pub.

— Ele só quer batatas fritas — argumentou Nils.

— Um adulto precisa comprar para ele — disse o barman, botando as batatas e o troco sobre a mesa e saindo, seu desespero mostrando que aquela conversa já tinha acontecido antes. Bram tornou a se sentar no banco, abriu as batatas fritas e comeu por algum tempo em silêncio.

— Então você deu a eles, tipo, seu álibi?

— *Álibi* — repetiu Seb, com leve expressão de escárnio, como se pudesse neutralizar a palavra rindo dela. — É, eu disse a eles que tinha ido me encontrar com alguns amigos, mas errei de pub.

— Hum, suspeito, cara — disse Wally, e Bram riu alto.

— Percebi que era o lugar errado e acabei os encontrando. Não foi nada de mais.

— Eles verificaram com seus amigos? — perguntou Wally.

—Verificaram.

— Mas que droga — disse Tim. — Eles estão sendo meticulosos.

— É a *polícia*? — perguntou Bram a plenos pulmões. Todo mundo o ignorou.

— O que eles disseram a você, Wal? — perguntou Seb.

— Não sei, o mesmo tipo de merda. Mas fiquei com eles por mais de uma hora.

— Eles perguntaram se você é Anomia?

— Não, mas perguntaram se eu sabia quem era Anomia, então continuaram a falar sobre a Irmandade dos Últimos alguma coisa.

— Achei que o grupo se chamasse O Corte — disse Seb.

— Eles não mencionaram O Corte, simplesmente continuaram a falar sobre essa porra de irmandade — falou Wally. — Eu disse: "Eu não estou em nenhuma irmandade, por acaso eu pareço um monge?" E eles me perguntaram sobre ser demitido como dublador de Drek e tudo isso, e o que eu pensava das opiniões políticas de Edie.

— O que você disse? — perguntou Tim.

— Disse que achava suas opiniões políticas uma merda. Eles já sabiam disso — respondeu Wally, cuja voz agora tinha um leve tom de agressividade. — Eles tinham visto meus vídeos. Eu disse que eles deveriam ir interrogar alguns guerreirinhos da justiça social. Eles a queriam morta, eu não. Vão encontrar o filho da puta...

Ele se deteve tarde demais, mas Bram apenas riu.

— Ele já ouviu isso tudo antes — retrucou Nils distraidamente.

— *Você é mal-educado, fidapua* — disse Bram a Wally em seu falsete de Drek.

— É, bem — continuou Wally. — Eu disse para eles irem procurar quem quer que escreva aquela merda do Caneta da Justiça. Vocês já viram isso? — perguntou ele aos outros, e todos sacudiram a cabeça. — *Você ia* gostar do Caneta da Justiça — disse Wally a Tim, com um traço de malícia. — O Verme, aparentemente, é transfóbico.

O sorriso de Tim pareceu forçado.

— É?

— É. Hermafrodita, sabe? Então ele está zombando de crianças não binárias. Obviamente.

— E perguntaram a você onde estava naquela tarde? — quis saber Seb.

— Perguntaram, e eu disse que estava em casa com a minha avó e minha irmã, e eles falaram com elas e confirmaram, e isso foi tudo.

— Eles quiseram saber qual a última vez em que você viu Edie?

— Quiseram — disse Wally. — Eu disse a eles que não a via desde que fui dispensado, mas que, às vezes, ainda vejo Josh.

— Você vê? — perguntou Tim, que pareceu surpreso.

— Vejo. Bom, éramos amigos antes da merda daquele desenho animado, não éramos? Enfim, Josh não queria que eu me afastasse, entendem? Isso foi tudo ela. E eles perguntaram quando tinha sido a última vez que vi Josh, e eu disse a eles que tinha sido no Ano-Novo. Nós estávamos na mesma festa.

— É mesmo? — indagou Tim.

— É, ele estava muito bêbado — disse Wally, com uma risada desagradável. — Falando sobre contratos cinematográficos e umas merdas assim.

— Katya estava falando sobre o filme ontem à noite — disse Nils.

— Ele não pode acontecer agora, pode? — perguntou Seb. — Se Josh está...

— Não, eu acho que ainda vai acontecer — disse Nils.

Tim então pegou o celular, olhou para ele, pareceu não gostar particularmente do que viu e tornou a guardá-lo no bolso. Simultaneamente, Seb pegou o telefone e digitou alguma coisa nele antes de botá-lo na mesa outra vez. Strike olhou para o feed de Anomia no Twitter. Ainda não havia publicações novas. Os dois detetives continuaram a conversar intermitentemente, embora os quatro homens e o garoto não parecessem interessados neles, nem particularmente preocupados que alguém ouvisse sua conversa.

— O que eles perguntaram a *você*, Nils? — quis saber Tim. — Por que quiseram ver você?

— Bom, eles souberam que Josh ficou no North Grove por um mês antes do ataque.

— Ficou? — questionou Wally, tão surpreso quanto os outros dois homens.

— Ficou. Ele alagou seu apartamento novo e o de baixo. Muitos danos estruturais.

— Aquele idiota — disse Seb, mas não de forma antipática.

— Então dissemos que ele podia ficar um tempinho em seu quarto antigo. A polícia queria saber tudo sobre as visitas de Yasmin e...

— Quem? — perguntou Seb.

— Ah, isso talvez tenha sido depois de você — disse Nils. — Ela os ajudou por algum tempo, em meio expediente. Lidando com a correspondência dos fãs, marcação de entrevistas, e assim por diante.

— Eu me lembro dela — disse Wally. — Uma gordinha, não? Edie demitiu ela também.

— É. Enfim, Yasmin foi ao apartamento novo de Josh, e ele não estava lá, então ela descobriu que ele estava com a gente, e eles tiveram uma conversa, e depois disso ficou na cabeça de Josh que Edie era...

Nesse momento, o entediado Bram se levantou outra vez e começou a dizer frases de Drek a plenos pulmões. Seus olhos se dirigiram a Strike e a Barclay enquanto ele olhava ao redor à procura de qualquer tipo de distração.

— *Drek está solitário e arrasado. Drek está solitário e arrasado. Drek está solitário e arrasado.*

Os gritos insistentes abafaram tudo o que Nils estava dizendo aos três homens mais jovens. Demorou alguns minutos, embora tenha parecido muito mais, até Nils interromper o que estava dizendo, pegar o celular do bolso da bermuda cargo e o entregar sem dizer palavra a Bram, que o pegou, tornou a se sentar e ficou em silêncio quando começou a jogar um jogo.

— Então — recomeçou Nils. — Katya disse que Josh levou o dossiê com ele.

— Eles não o encontraram no cemitério? — perguntou Seb.

— Não — respondeu Nils. — Eles acham que o agressor o levou. *E* o telefone de Josh.

— Merda — disse Seb.

— E a polícia falou com Pez? — perguntou Wally.

Nils sacudiu a cabeça.

Tim então tirou o celular do paletó outra vez e digitou algo nele. Strike verificou o feed de Anomia no Twitter. Ainda estava inativo.

— Vou ter que ir embora — disse Tim.

— Mas a gente nem chegou a você — protestou Wally.

— Eu disse a vocês que eles não entraram em contato — disse Tim, ficando de pé. — Só achei que, se eles falaram com vocês, devem estar questionando todo mundo envolvido com *O coração de nanquim*, mas parece que eles tinham outras razões para falar com vocês três.

A ideia pareceu ter tranquilizado Tim.

— De qualquer jeito, foi bom ver vocês — disse Tim. Então, ao avistar um táxi, ele acrescentou: — Na verdade, acho que vou pegar esse. — E, com um aceno da mão, saiu correndo do bar para chamá-lo.

Wally, Seb e Nils observaram Tim ir embora. Bram não tirou os olhos de seu jogo. Depois que o táxi partiu, Wally disse:

— Sempre achei que ele fosse meio babaca.

Seb riu. Wally então consultou o próprio telefone e disse:

— É, eu preciso ir também. Mande lembranças para Mariam, Nils. Diga a ela que pelo menos não botei fogo em nada.

Isso pareceu fazer sentido para Nils, que sorriu e apertou a mão de Wally.

— Seb, você vai voltar para o metrô?

— Não, talvez eu pegue um táxi também.

— Tudo bem. Bom, até logo.

Wally saiu a passos rápidos na direção da estação do metrô. Barclay deixou que ele sumisse de vista antes de estender a mão para Strike, que a apertou.

— Foi um prazer encontrar você — disse Barclay em voz baixa. — Mas você não se parece nada com sua foto.

— Para ser justo, era uma foto do meu rabo — retrucou Strike, e o escocês sorridente foi embora, deixando Strike sozinho à mesa.

Seb estava digitando no celular outra vez. Strike verificou o dele: Anomia ainda não tinha tuitado.

— É, acho que vou embora também — disse Seb, bebendo o resto de sua cerveja e agora parecendo ansioso para sair. — Foi bom ver você, Nils.

— Nós vamos andando com você — replicou Nils, uma sugestão que o homem jovem não pareceu receber particularmente bem.

Strike deixou que abrissem alguma distância, então se levantou e os seguiu, pretendendo vigiar Seb apenas até ele entrar no táxi.

Seb chamou um táxi na pequena rotunda a uma curta distância do pub, deixando Nils e Bram seguirem pela Hampstead Lane, o garoto ainda jogando no telefone do pai e esbarrando com regularidade em postes, paredes e pessoas. Strike, então, parou na calçada e acendeu um cigarro. Ainda era meio da tarde; ele tinha muito tempo a matar antes do encontro com Madeline mais tarde, talvez o suficiente para voltar para o apartamento, tomar um banho e trocar de roupa, um luxo que frequentemente não tinha. Na simples intenção de terminar seu cigarro antes de ele mesmo chamar um táxi, Strike permaneceu parado, fumando, até seus olhos caírem sobre uma mulher jovem vestida toda de preto que estava correndo pela calçada do outro lado da rua, com o telefone apertado contra o ouvido, examinando o ambiente com o que parecia ser desespero.

# 22

*... uma criança miúda,*
*Seus olhos fundos aguçados por uma preocupação precoce...*

Christina Rossetti
*Behold, I Stand At the Door and Knock*

A aflição da garota era tão evidente que chamou a atenção de Strike. Ela era pequena, talvez um metro e meio, e excessivamente magra, com clavículas protuberantes que eram visíveis mesmo do outro lado da rua. Seu cabelo, que quase chegava à cintura, era pintado de um preto-azulado, e os olhos estavam delineados com muito kohl negro, de modo que se destacavam fortemente sobre a pele pálida. Embora seu peito parecesse virtualmente liso, e apesar de seu tamanho, Strike supôs que ela tivesse pelo menos dezoito anos, porque exibia uma meia manga de tatuagens pretas no braço esquerdo. Seu colete fino, a saia comprida e as botas sem salto na altura do tornozelo pareciam ser peças velhas e baratas.

Evidentemente, a pessoa para quem ela tentava ligar não estava atendendo. A cada minuto ela apertava o dedo no telefone e o levava ao ouvido outra vez, sem parar de olhar loucamente de um lado para outro da rua. Finalmente, ela começou a andar apressada na direção de onde acabara de vir Strike.

Strike fez meia-volta e seguiu a garota, ainda fumando enquanto a observava correr pela calçada oposta. Quando ele tinha quase chegado ao Red Lion and Sun, ela atravessou correndo a rua, com o celular ainda grudado ao ouvido. Strike reduziu a velocidade, observando-a examinar as mesas, que agora estavam ocupadas por alguns bebedores a mais, antes de entrar correndo no pub. Ao atravessar às pressas o caminho de Strike, ele a viu de perto. Seus dentes pareciam grandes demais para o rosto magro, e, com uma pequena descarga de surpresa, ele reconheceu uma das tatuagens em seu antebraço: Cori, o herói negro-azeviche de *O coração de nanquim*.

Agora definitivamente intrigado, Strike ficou esperando na calçada, porque tinha a sensação de que quem quer que a garota estivesse tentando encontrar não estava no pub. Como previsto, ela ressurgiu em menos de um minuto, com o telefone ainda no ouvido, embora sem falar. Depois de permanecer irresoluta na calçada por alguns segundos enquanto Strike fingia examinar alguma coisa no próprio telefone, ela saiu andando do pub mais devagar, dando a impressão de ser uma pessoa cujo destino não é mais importante, embora continuasse tentando falar com alguém ao telefone, segurando-o contra o ouvido até, Strike supôs, cair na caixa de mensagens. Então, baixou o aparelho sem falar, apertando (Strike supôs) a rediscagem, e ergueu-o para ouvir mais uma vez.

Strike continuou a segui-la à distância de vinte metros. Uma grande quantidade de pulseiras de prata tilintava em seus pulsos. Suas omoplatas eram tão salientes quanto as clavículas. Ela era tão magra que Strike podia ter envolvido todo o seu braço com uma das mãos. Ele se perguntou se ela era anoréxica.

Enquanto Strike seguia sua presa até a Highgate High Street, seu próprio celular começou a vibrar no bolso e ele o pegou.

— Strike.

— Ah, sim, alô — disse uma voz trêmula de classe média. — Aqui é Katya Upcott.

— Ah, obrigado por retornar, sra. Upcott — replicou Strike, continuando a seguir a garota vestida de preto. Ela era tão pequena que Strike, com um metro e noventa, imaginou que pareceria levemente assustador andando atrás dela, de modo que se manteve bem para trás.

— É, eu peço *mil* desculpas. Inigo anotou seu número em um bloco de notas, mas errou um dos dígitos, e a ligação sempre caía em uma pobre mulher que estava ficando realmente irritada comigo, então liguei para sua agência agora mesmo e um homem muito simpático chamado Pat me deu o número certo.

Com um leve sorriso, Strike disse:

— Foi muito bom a senhora ter se dado ao trabalho. Imagino que saiba por que estou ligando.

— Anomia, sim — disse ela. — Estou muito satisfeita que Allan e Richard tenham ligado para você. Espero muito que possa descobrir quem ele é. Josh... — sua voz ficou um pouco mais alta ao dizer o nome — ... está muito aflito. Sei que eles contaram isso a você, foi tudo um terrível equívoco — acrescentou ela, e ele achou que ela soava como se estivesse à beira das lágrimas. — Nós dois estamos muito felizes por ser você. Li para Josh um artigo sobre você.

— Bom, certamente vamos fazer o nosso melhor — retrucou Strike. — Como está Josh?

— Ele está... — Sua voz ficou embargada. — Desculpe... isso tem sido muito terrível. Ele está sendo muito... muito corajoso. Está paralítico. Eles chamam isso de síndrome de Brown-Séquard: ele não mexe nada de um lado e está insensível do outro. Dizem que esse tipo de paralisia *pode* melhorar, e estou tentando... todo mundo está tentando ser positivo. Ele quer se encontrar com você. Conseguiu me dizer isso, esta tarde, mas os médicos preferem que ele ainda não seja incomodado, porque precisa se esforçar muito para falar, e o assunto de Edie o deixa muito agitado e... agoniado.

Ela arquejou levemente. Strike ouviu o choro abafado e achou que ela estava botando a mão sobre o telefone.

À sua frente, a jovem de preto tinha virado à direita e entrado em um parque. Strike foi atrás.

— D-desculpe — soluçou Katya Upcott em seu ouvido.

— Por favor, não se desculpe — disse Strike. — É uma situação terrível.

— É *sim* — respondeu ela, como se ele tivesse dito algo profundo e inteligente, que mais ninguém ao seu redor tinha identificado. — É *sim*, de verdade. Ele... ele se sente muito *mal* em relação à Edie, e por tê-la acusado de ser Anomia. Eu... Ele me ditou uma carta para botar em seu... em seu... em seu caixão. Dizendo como ele estava a-a-arrependido e o que ela significara para ele... Ele tem *vinte e cinco* anos.

Katya soluçou sem explicação, mas Strike sabia o que ela queria dizer. O homem que teve seu corpo cortado ao meio na explosão que levara metade da perna direita de Strike era da mesma idade de Josh Blay.

— Desculpe, desculpe — repetiu Katya, nitidamente se esforçando para se controlar. — Eu o visito todo dia. Na verdade, ele não tem mais ninguém. Seu pai é um grande alcoólatra, e seus amigos, bem, pessoas dessa idade estão todas assustadas com o que aconteceu, eu acho. Enfim, os médicos querem que ele sossegue por enquanto.

— Bom, eu certamente não quero aborrecê-lo até que os médicos digam que ele está preparado — disse Strike. — Mas gostaria muito de falar com a senhora, considerando que conheceu Josh e Edie desde o começo de *O coração de nanquim*. Eu gostaria de saber quem era íntimo deles, porque, como a senhora sabe, Anomia parece saber muitas informações pessoais sobre Edie.

A garota que ele estava seguindo continuou a caminhar pela trilha pavimentada através do meio do parque, com o telefone apertado contra o ouvido.

— Claro, está bem, qualquer coisa que eu puder fazer para ajudar — disse Katya. — Edie circulou muito antes de se mudar para o North Grove. Tinha vários ex-colegas de apartamento e pessoas com quem havia trabalhado. Vou ajudar de todas as formas que puder. Prometi a Josh que vou fazer isso.

— O que a senhora acha de marcarmos para a semana que vem? — perguntou Strike.

— Sim, a semana que vem está bem, mas espero que Allan tenha dito a você que trabalho de casa — disse Katya. — Seria conveniente para você que nos encontrássemos em um café em vez de em minha casa? Porque meu marido está doente, sabe, e eu prefiro não o incomodar.

— Nenhum problema. Que lugar é melhor para a senhora?

— Bom, nós estamos em Hampstead, isso seria longe demais?

— De jeito nenhum — disse Strike. — Vou estar na sua área na quinta-feira para falar com Phillip Ormond. A senhora conhece...?

— É, eu sei quem é Phillip.

— Vou me encontrar com ele às 18h, em um pub perto da escola onde ele leciona. Talvez eu pudesse conversar com a senhora à tarde, antes de ver Phillip?

— Quinta-feira, quinta-feira — disse ela, e ele ouviu as páginas sendo viradas e supôs que Katya fosse aquele animal cada vez mais raro, uma pessoa que mantinha uma agenda física. — Certo, quinta-feira está bem. Normalmente, eu visito Josh à tarde, mas sei que ele ia preferir que eu priorizasse falar com você.

Eles combinaram um horário em um café em Hampstead, então Katya tornou a agradecer a ele por ter assumido o caso, agora em uma voz levemente rouca, e desligou.

A garota à frente de Strike continuava andando e tentando ligar para alguém em seu telefone. Strike abriu o feed de Anomia no Twitter. Não havia publicações novas.

A extremidade de sua perna amputada estava começando a ficar esfolada, apesar da proteção de gel entre o coto e a prótese. Ele fizera muitas caminhadas inesperadas naquela tarde. Strike mantinha os olhos focados no braço esquerdo da garota e naquelas tatuagens intrincadas. Elas deviam ter custado uma boa grana, pensou ele, mas se tinha centenas de libras para gastar em tatuagens, por que suas roupas eram tão velhas e baratas?

De repente, a garota parou de andar. Ela finalmente estava falando ao telefone, seu comportamento extremamente agitado ao sair do centro da trilha e se sentar em um banco vazio, de cabeça baixa, uma das mãos cobrindo os olhos. Strike subiu pela grama, um lugar que era sempre difícil de andar com sua prótese, e fingiu estar absorto no próprio celular. Fingindo andar a esmo, ele se aproximou do lugar onde ela estava sentada até ser capaz de ouvir o que ela dizia.

— ... mas por que você não podia ter me *contado*, só *me contado*? — dizia ela com forte sotaque de Yorkshire, o que foi uma surpresa. — Como acha que eu me *senti* quando ela disse que você ia se encontrar com Nils?

Seguiu-se um longo silêncio, durante o qual a pessoa do outro lado da linha claramente estava falando.

— Mas *por quê*? — disse a garota de Yorkshire. Sua voz se embargou, mas, ao contrário de Katya, ela não tentou esconder da pessoa do outro da linha que estava chorando. — *Por quê?*

Houve outro longo silêncio, enquanto os ombros magros da garota tremiam e ela emitia sons gorgolejantes e arquejantes. Um homem com o capuz erguido de um agasalho com zíper passou por eles. Seus olhos correram pela garota chorosa sem compaixão.

— É, mas por que eu não podia estar lá também, então?... Mas eles não precisavam saber... Por que precisariam?

Mais uma pausa, então ela explodiu:

— *Mas você quer que eu diga que você estava comigo quando é conveniente para você, não é?*

Pulando do banco, ela começou a andar novamente, mais depressa do que antes. Strike a seguiu, perdendo terreno porque ele tinha que sair da grama e voltar para a trilha pavimentada. Ela estava vociferando, agora, gesticulando com o braço esquerdo tatuado, e ele sabia que ela ainda devia estar chorando por causa dos olhares curiosos que atraía das pessoas que andavam na direção contrária.

Ela agora se aproximava da saída do parque, e Strike percebeu pela primeira vez o quanto eles estavam perto do cemitério de Highgate. O cemitério era contíguo, e ele podia captar vislumbres de túmulos através das árvores a sua esquerda. Seu alvo saiu do parque e entrou à esquerda em uma alameda, e, à medida que ganhava terreno, podia ouvir fragmentos do que ela estava dizendo, tão aflita que parecia não se importar com quem a ouvia.

— Eu não quis dizer isso... Nunca ameacei... Mas por quê?... Isso são só desculpas... Trabalhando esta noite... Não, mas por quê?

A pessoa com quem ela falava tinha, sem dúvida, desligado. Ela parou em frente à imponente guarita neogótica que formava a entrada do cemitério, e Strike também diminuiu o passo, mais uma vez fingindo interesse em seu celular. Limpando infantilmente os olhos com o antebraço direito, a garota permanecia indecisa, olhando para a entrada do cemitério à direita, e ao tornar a vê-la de perfil, Strike pensou que seu rosto magro com dentes grandes e olhos negros pareciam uma representação clássica da morte. O cabelo comprido e pintado, o braço tatuado e as roupas pretas baratas, tudo parecia fazê-la se adequar à cena: ela era moderna, mas era gótica-vitoriana também, uma criança enlutada em sua saia preta comprida, olhando na direção dos túmulos. Fingindo estar digitando, Strike fez várias fotos dela parada, contemplando o cemitério, antes de sair andando novamente.

Ele a seguiu por mais vinte e cinco minutos até ela chegar à Junction Road, uma rua comprida e movimentada cheia de trânsito. Ela seguia andando, passando por lojas e escritórios, até finalmente virar na Brookside Lane e desaparecer por uma porta lateral que Strike percebeu levar até os aposentos superiores de uma loja de esquina de formato irregular. As janelas pareciam sujas. Um anúncio de aluguel destacava-se entre duas delas.

Strike fez fotos do lugar com o telefone, então deu meia-volta e procurou um táxi. A extremidade de seu coto estava muito machucada, então ele achou que devia priorizar comer um hambúrguer em vez de ir para casa tomar banho e trocar de roupa, no caso muito provável de que o bar escolhido por Madeline não oferecesse mais do que castanhas salgadas.

Ele levou dez minutos para encontrar uma lanchonete. Sentado com um gemido de alívio por tirar o peso da prótese, ele deu uma grande mordida em um cheeseburguer, então tentou pela enésima vez entrar no *Drek's Game*. Como tinha acontecido em todas as vezes anteriores, o coraçãozinho negro animado apareceu, sorrindo e dando de ombros, dizendo a ele para tentar novamente.

Strike deu outra mordida no cheeseburguer, então entrou no Twitter para ver se Anomia tinha dito mais alguma coisa.

A publicação apareceu enquanto Strike estava comendo suas batatas fritas.

---

**Anomia** @AnomiaGamemaster

Se Deus queria que fôssemos solidários, por que fez com que pessoas chorando ficassem tão feias?

17h14 9 de abril de 2015

# 23

*E não existe falso ou verdadeiro;*
*Mas em um baile de máscaras horrendo*
*Todas as coisas dançam…*

Amy Levy
*Magdalen*

## Chat dentro do jogo entre seis dos oito moderadores de *Drek's Game*

**<Canal de moderadores>**

**<9 de abril de 2015 19.32>**

**<Presentes: Corella,
Endiabrado1, Verme28>**

**Corella:** LordDrek esteve aqui?

**Endiabrado1:** não vi, pq?

**Corella:** só curiosidade

**Endiabrado1:** Anomia ainda
não está deixando
ninguém entrar?

Corella: Não

**<Morehouse entrou no canal>**

Morehouse: Nada de Anomia?

**Corella:** Ele estava aqui
há meia hora depois
desapareceu

**Morehouse:** é, ele estava atendendo um telefonema meu.

**Endiabrado1:** hum, isso deve ser como ter o número de telefone de Deus

**Verme28:** kkkk

**Morehouse:** LordDrek e Vilepechora entraram?

**Corella:** Não vi nenhum deles aqui hoje. Por quê?

**Morehouse:** porque estou cansado de esperar que Anomia os expulse

**Corella:** Morehouse, eles não são do Corte, sempre digo isso a vocês.

**Verme28:** eles poedm ser

**Corella:** não seja estúpida!

**<Verme28 saiu do canal>**

**Endiabrado1:** Corella, pare de chamá-la de estúpida!

**Endiabrado1:** ela na verdade é muito insegura em relação a sua ortografia e tudo mais

**<Páginabranca entrou no canal>**

**Endiabrado1:** já estava na hora

**Endiabrado1:** Eu não podia sair até que você chegasse aqui. Ordens de Anomia

**Endiabrado1:** só porque você é a favorita de Morehouse não significa que pode entrar e sair daqui quando tiver vontade.

**<Endiabrado1 saiu do canal>**

**Páginabranca:** que porra foi essa?

**<Um canal privado foi aberto>**

**<Anomia convidou Morehouse>**

**<9 de abril de 2015 19.35>**

**<Morehouse entrou no canal>**

**Anomia:** Eu disse a você na última vez para nunca mais ligar para minha casa novamente.

**Morehouse:** Você não fala sobre isso comigo aqui, por isso eu liguei.

**Morehouse:** E se continuar sem discutir isso aqui, vou ligar de novo.

**Anomia:** você não pode me ligar na linha fixa. Não pode fazer isso.

**Morehouse:** Eu liguei de um telefone público. Você está paranoico, porra!

>

**Corella:** não ligue para ele, ele está com ciúme

**Páginabranca:** por quê?

**Corella:** porque você e Morehouse ficaram próximos. Ele não gosta disso. Tenho quase certeza de que ele é gay.

>

**Páginabranca:** ah, eu não sabia

**Corella:** e Verme28 acabou de sair também. Qualquer coisa magoa ela.

>

**Páginabranca:** todos temos nossas inseguranças.

**Corella:** Eu sei, mas ela é ridícula. Ela precisa voltar. Eu tenho que sair às nove

**Corella:** na verdade, talvez você possa botar algum juízo na cabeça de Morehouse

**Páginabranca:** em relação ao quê?

**Corella:** LordDrek e Vilepechora

**Corella:** ele acha que eles são terroristas nazistas

**Páginabranca:** você tem certeza de que eles não são?

**Corella:** Eu só sei que eles não podem ser, está bem?

>

>

**Páginabranca:** como?

**Corella:** por conversas que tive com eles

**Anomia:** é, de um telefone particular em C**********

**Morehouse:** Podemos parar com essa babaquice infantil de ******?

>

**Anomia:** O que você quer de mim? Eu disse que ia investigar LordDrek e Vilepechora. Ainda estou fazendo isso.

**Morehouse:** já faz semanas.

>

**Anomia:** e está levando semanas, e até aqui, eles estão limpos. Se eu encontrar algo, eu os expulso.

**Morehouse:** o que você espera encontrar, a porra de um capuz da KKK?

**Anomia:** olhe, eu não posso expulsá-los sem provas.

**Morehouse:** fodam-se as provas. Você sabe que eu sempre achei haver algo estranho com Vilepechora.

>

**Anomia:** Eles não a mataram, está bem?

**Morehouse:** e como você pode ter tanta certeza?

>

**Anomia:** Eu simplesmente tenho. Sei que eles não estavam nem perto de Highgate naquela noite.

**Morehouse:** que merda, não vá me dizer que você os conhece na vida real?

**Anomia:** não, isso seria violar a regra 14

**Páginabranca:** espere, você sabe quem eles são?

**Corella:** não, claro que não

**<Verme28 entrou no chat>**

**Páginabranca:** oi, Verme bj

**Verme28:** oi Páginabranca

**Corella:** Verme, eu não quis aborrecer você naquela hora

**Verme28:** está bem , mas estou cansada de pessoas me chamando de estúpida ou retardada

**Corella:** Quando chamei você de retardada?

**Verme28:** não você, Vilepchero

**Verme28:** Não sei soletrar

**Verme28:** e ele também sempre reclama de minha pontuação

**Corella:** ele não está falando sério

**Corella:** é só uma piada

**Páginabranca:** não muito engraçada

**Verme28:** não , não é

**Corella:** está bem, eu preciso ir.

**Corella:** vejo vocês amanhã

**<Corella saiu do canal>**

>

**Páginabranca:** você está bem, Verme?

**Verme28:** estou

**Verme28:** obrigada por perguntar

>

>

**Morehouse:** pelo amor de Deus, esqueça a regra 14, estamos falando de assassinato

>

>

**Morehouse:** o que eles fizeram, convencer os outros de que você era Ledwell, é exatamente o modus operandi do Corte

**Anomia:** olhe, se eu descobrir que eles são do Corte, eles estão fora.

**Morehouse:** isso é uma promessa?

**Anomia:** O que você quer que eu faça, entrelace nossos mindinhos?

**Anomia:** Eu já disse que vou investigar

>

**Anomia:** mas eles são bons moderadores, mesmo que sejam nazistas

**Morehouse:** isso devia ter sido engraçado?

>

**Anomia:** mais ou menos, é

**Morehouse:** Sinto que você tem uma razão para mantê-los que não está me contando

**Anomia:** como o quê?

**Morehouse:** Talvez vocês sejam todos do Corte juntos?

>

**Anomia:** vá se foder. Não estou brindando a Odin com um chifre ou alguma merda desse tipo

**Morehouse:** quem brinda a Odin com um chifre?

>

>

**Páginabranca**: se serve de consolo, você não é a única com problemas com outros moderadores. Endiabrado1 me odeia.

>

**Verme28**: ele não te odeia, não de verdade

**Verme28**: ele e Morehouse eram bons amigos, mas dicustiram

**Páginabranca**: quando foi isso?

**Verme28**: pouco antes de você virar moderadora

**Verme28**: Eu não sei o motivo

>

>

**Páginabranca**: Não consigo imaginar Morehouse discutindo com ninguém

**Verme28**: ele sabe ser frime quando precisa

**Verme28**: ele está com muita raiva por Lorddrek e Vile ainda estarem aqui

**Páginabranca**: é, eu sei

**Anomia**: não estamos fofocando pelas costas do líder, estamos?

**Páginabranca**: Não fofocando, conversando

>

>

>

**Morehouse**: Posso falar com você, Páginabranca?

**Anomia**: O Corte, provavelmente. Runas nórdicas e toda essa merda.

>

**Morehouse**: você está bem-informado

>

**Anomia**: pelo amor de Deus, eu li no Times como todo mundo

**Anomia**: de qualquer jeito, você não está em posição de me fazer um sermão sobre moral

**Morehouse**: o que você quer dizer com isso?

**Anomia**: batendo punheta até cansar para os nudes de Páginabranca

**Anomia**: nós concordamos quando começamos que não haveria nada disso

**Morehouse**: como você sabe que ela me mandou fotos?

**Morehouse**: está espionando canais privados?

**Anomia**: não

**Anomia**: ela me mandou por engano uma destinada a você

>

>

>

**Morehouse**: não acredito em você

>

**Anomia**: pergunte a ela

**Morehouse**: Vou mesmo

**<Anomia saiu do canal>**

>

**Páginabranca:** é claro

**Anomia:** kkk

**Verme28:** o que está acontecendo ?

**Anomia:** briga de casal

**<Corella entrou no canal>**

**Anomia:** Estava me perguntando onde você estava

**Corella:** Desculpe, sou uma idiota. Vi as horas errado, achei que era muito mais tarde do que é. Tenho mais uma hora até sair.

>

>

>

**Anomia:** Achei que Verme era a única moderadora com necessidades especiais aqui.

**<Verme28 saiu do canal>**

**Corella:** meu Deus, Anomia, ela acabou de voltar depois que eu a aborreci sem querer!

**Anomia:** bom, é melhor ela não ficar fora. Ela devia estar moderando

**Anomia:** Volto em dez minutos para conferir, e se ela não estiver, vai ter confusão

**<Anomia saiu do canal>**

>

>

**Corella:** Páginabranca?

>

>

>

**<Morehouse saiu do canal>**

**<O canal privado foi fechado>**

**<Um novo canal privado foi aberto>**

**<9 de abril de 2015 20.04>**

**<Morehouse convidou Páginabranca>**

**Morehouse:** Preciso perguntar uma coisa a você

**<Páginabranca entrou no canal>**

**Páginabranca:** você está me assustando. Qual o problema?

**Morehouse:** Anomia diz que você mandou por engano para ele uma foto que era para mim

>

**Páginabranca:** ah, meu Deus

**Morehouse:** quer dizer que você mandou?

>

>

>

>

**Páginabranca:** mandei

**Páginabranca:** Não contei a você porque achei que você ia ficar com raiva

**Morehouse:** merda

**Páginabranca:** Morehouse, desculpe, mas ela não era ruim, não era pesada nem nada

**Corella:** Não consigo moderar tudo sozinha, temos um congestionamento no Wombwell outra vez

>

>

>

**Páginabranca:** Estou aí em um minuto

>

>

>

**Corella:** Páginabranca, preciso de sua ajuda!

**Páginabranca:** Eu disse que vou estar aí em um minuto!

>

>

>

>

**Páginabranca:** onde está Verme?

**Corella:** saiu outra vez

**Corella:** Anomia a aborreceu

>

>

>

>

>

>

>

>

**Páginabranca:** Eu tive que dizer que não era para ele

**Páginabranca:** Sei que devia ter sido mais cuidadosa

**Páginabranca:** Peço mil desculpas

**Morehouse:** está tudo bem

>

>

**Páginabranca:** não, não está, agora ele sabe que violamos a regra 14

**Páginabranca:** você acha que ele vai me bloquear?

**Morehouse:** ele não pode bloqueá-la unilateralmente, eu sou cocriador, lembra?

**Morehouse:** Só não queria que Anomia soubesse de nosso negócio porque ele fode com a cabeça das pessoas. Ele não gosta que ninguém tenha um relacionamento que não o inclua. Ou você é uma puxa-saco como Corella ou acaba expulso. Eu só durei esse tempo todo porque ele precisa de mim

>

**Páginabranca:** Sinto muito, Morehouse

**Morehouse:** não, está tudo bem

**Morehouse:** qual foto foi?

>

**Páginabranca:** a da camisa rosa

**Morehouse:** pelo amor de Deus, achei que você tinha dito que não era pesada?!

**Páginabranca:** não dá pra ver mamilos

>

>

**Páginabranca:** está bem, onde você precisa de mim?

**Corella:** congestionamento no Wombwell

**Páginabranca:** Estou vendo

>

**<Verme28 entrou no canal>**

**Corella:** graças a Deus. Anomia vai voltar logo para ver se você está aqui, Verme

**Verme28:** Estou cansada de todo mundo me provocando

**Corella:** Ninguém está provocando você, agora venha e ajude com o Wombwell ou vai dar merda para todo mundo

**Morehouse:** calma, eu também posso ajudar

**<Anomia entrou no canal>**

**Anomia:** é bom que todo mundo esteja presente e trabalhando

**Anomia:** do contrário a merda ia bater no ventilador

**Morehouse:** nós sempre apreciamos seus discursos motivacionais

**Anomia:** oderint dum mentuant

>

>

>

**Anomia:** Corella, bloqueie o babaca do Tinteiro581

**Corella:** por quê?

>

>

>

>

>

**Morehouse:** rsrs essa é a definição?

**Páginabranca:** é

**Páginabranca:** bom, e pentelhos

>

**Morehouse:** rsrs

**Páginabranca:** querido, é melhor eu ir e moderar, ou Anomia vai cair em cima de mim.

**Morehouse:** tudo bem bjs

**Páginabranca:** *mandando um beijo*

**<Morehouse saiu do canal>**

**<Páginabranca saiu do canal>**

**<O canal privado foi fechado>**

**<Um novo canal privado foi aberto>**

**<9 de abril de 2015 20.08>**

**<Anomia convidou Morehouse>**

**Anomia:** e então?

**<Morehouse entrou no canal>**

**Morehouse:** então o quê?

**Anomia**: ele não para de perguntar às pessoas o que elas sabem sobre mim

**Corella**: ah, está bem

>

>

>

>

**Corella**: pronto, ele se foi

>

**Anomia**: bom

**Corella**: Anomia, já tem alguma novidade sobre a Maverick e o filme?

**Anomia**: por que você acha que eu sei?

**Corella**: porque você sempre sabe de tudo primeiro.

**Anomia**: haha, é verdade.

**Corella**: então, ainda estão pensando em fazê-lo ou o quê?

>

**Anomia**: Vou revelar o que sei no Twitter no momento certo

**Anomia**: então infelizmente vocês não vão conseguir dar a notícia antes de mim

**Corella**: não é por isso que estou perguntando!

>

>

>

>

>

>

>

**Anomia**: você checou com Páginabranca se eu estava mentindo sobre a foto?

**Morehouse**: chequei

>

**Morehouse**: beleza, você não estava mentindo

>

**Anomia**: belos peitos, tenho que concordar com isso

**Morehouse**: vá se foder

>

>

>

>

**Anomia**: tem certeza que é mesmo ela na foto?

**Morehouse**: tenho

>

>

>

>

**Anomia**: como? Está conversando com ela por vídeo também?

**Morehouse**: não é da sua conta

**Anomia**: isso é um "não", então

**Morehouse**: por que você está interessado?

**Anomia**: me perdoe se eu não confio inteiramente em você devido aos acontecimentos recentes, Corella.

**Anomia**: Não costumo botar fé nas pessoas que escondem coisas de mim.

**Anomia**: e antes que alguém diga que eu escondo minha própria identidade, isso é uma questão diferente. Splendide mendax é meu lema.

**Verme28**: o que isso significa ?

**Anomia**: "mentiroso por uma boa causa"

**Anomia**: é engraçado que isso se aplique também a meu cocriador

**<Morehouse saiu do canal>**

>

>

>

>

>

>

>

>

>

>

>

>

**Anomia**: Não estou, cara. Só cuidando de você. Você confia nela?

**Morehouse**: por que não?

**Anomia**: é só o jogo, não é?

**Anomia**: ninguém é quem diz ser, no jogo

**Morehouse**: fale por você

**Anomia**: Estou falando por nós dois

**Anomia**: ou ela viu fotos suas também?

>

**Morehouse**: vá se foder

**<Morehouse saiu do canal>**

>

>

**<Anomia saiu do canal>**

**<O canal privado foi fechado>**

# 24

*Uma inveja silenciosa é acalentada por dentro,*
*Um descontentamento egoísta e azedo*
*Nascido do orgulho, o pecado do diabo.*

Christina Rossetti
*The Lowest Room*

Robin passou a manhã seguinte vigiando o apartamento de Dedos na Sloane Square, grata pelo dia ensolarado e agradável, porque ela estava usando o vestido azul que vestira pela última vez no Ritz. Essa noite ela ia sair para jantar em um restaurante caro a dez minutos do escritório da Denmark Street, com a advogada Ilsa Herbert.

Ilsa, que tinha estudado no primário com Strike, havia se casado com um dos colegas de escola de Londres do detetive, Nick. Robin também tinha se tornado próxima deles, porque ficara em seu quarto extra por um mês inteiro depois de deixar o ex-marido. Ela não via Ilsa havia um bom tempo, e o jantar devia ser uma comemoração conjunta por Robin ter conseguido seu apartamento, do qual ela esperava em breve trocar contratos (ela queria ter feito isso antes da comemoração, e uma parte supersticiosa dela rezava para que o jantar não acabasse trazendo má sorte), e por Ilsa ter ganhado um caso complicado que esperava perder. Ilsa tinha escolhido o restaurante dessa noite, Bob Bob Ricard, porque nunca fora lá e sempre quisera ir: um restaurante russo-britânico, com botões em cada mesa para pedir champanhe, que supostamente era servido ali mais do que em qualquer outro restaurante na Inglaterra.

Dedos finalmente saiu do apartamento em torno do meio-dia, vestido dos pés à cabeça de Armani, e percorreu a pé a curta distância até o The Botanist, um restaurante que frequentava da mesma forma que Robin e Strike às vezes almoçavam na loja local de kebab. Felizmente, o vestido azul não parecia inadequado, levando-se em conta o padrão de vestuário das mulheres jovens que entravam e saíam do restaurante. Robin permaneceu do lado de fora até que, às 14h, Midge apareceu para rendê-la, pontual como sempre e usando óculos Ray-Ban, jeans e uma jaqueta de couro.

— Ele ainda está almoçando — disse Robin.

— Que merdinha preguiçoso — comentou Midge, e elas se despediram, então Robin se dirigiu ao escritório, onde pretendia continuar a examinar o feed do Twitter de Anomia à procura de alguma informação pessoal.

Quando Robin subiu a escadaria de metal familiar que circundava um elevador de gaiola que estava com defeito durante todo o tempo em que ela trabalhava para a agência, ela encontrou apenas Pat no escritório.

— Ele acabou de ligar — informou Pat a Robin enquanto digitava, com o cigarro eletrônico alojado entre os dentes, como de hábito. Robin entendeu que Pat estava se referindo a Strike, cujo nome raramente usava. Com o tempo, esse hábito passara a parecer quase afetuoso.

— O que ele queria? — perguntou Robin enquanto pendurava a capa de chuva.

— Disse que acabou de enviar um e-mail e algumas fotos para você, e se você tiver tempo, ele gostaria de discutir sobre isso quando voltar para cá, às 16h30. E você tem uma mensagem de Hugh Jacks.

— O quê? — disse Robin, virando-se para olhar para Pat.

— É, ele pediu para ser transferido para você — disse Pat. — Eu não sabia quem ele era, por isso disse que você estava ocupada. Ele pediu que você retornasse a ligação.

— Ok. Bom, eu estou sempre ocupada se Hugh Jacks telefonar para o escritório.

Pat pareceu intrigada.

— Alguns amigos armaram para que eu ficasse com ele — explicou Robin, indo até a chaleira. — Mas não estou interessada, o que eu imaginava que ele, a essa altura, já tivesse percebido.

— Quanto mais fedida a bosta, mais difícil de limpá-la do sapato — disse Pat, lacônica.

Depois de fazer café para ela e Pat, Robin foi para o escritório para ler o e-mail de Strike.

Algumas informações sobre nossa vigilância de ontem

Montgomery, Cardew e Tim Ashcroft se encontraram em um pub em Highgate para discutir as facadas. Juntou-se a eles um homem chamado Nils, e esperavam alguém chamado Pez, que não apareceu.

Identifiquei Nils online. Ele é Nils de Jong, holandês proprietário do Coletivo Artístico North Grove. Tim Ashcroft costumava manter uma cabeleira ruiva, mas agora está quase totalmente careca. Ele é o amigo de Edie que dublou o Verme no desenho animado, e é atualmente membro de uma companhia teatral que vai às escolas para fazer apresentações e oficinas. O grupo se chama Roving School Players.

Não tenho ideia de quem seja Pez, ainda estou investigando.

Também presente estava o filho enorme e irritante de Nils, Bram.

Pontos de interesse:

- De Jong, Cardew e Montgomery foram interrogados pela polícia. Cardew e Montgomery tinham álibis para a hora da morte: Montgomery disse estar no pub com amigos, e Cardew estava em casa com a irmã e a avó.
- Segundo registros na internet, Ashcroft, que não foi interrogado pela polícia, é solteiro e mora com os pais em Colchester quando não está em turnê com a companhia. Nenhum indício de habilidades com computador ou design.
- A polícia perguntou a Cardew se pertencia a algum tipo de "irmandade". Isso foi questionado por Montgomery, que disse achar que o grupo se chamava O Corte. Acho que ouvi alguma coisa sobre uma irmandade recentemente, mas não consigo me lembrar onde — você descobriu alguma coisa online conectada a Cardew ou ao desenho animado?
- Blay voltou a morar no North Grove por um mês antes de ser esfaqueado, porque seu apartamento (localização desconhecida) alagou.
- Blay foi visitado durante o mês no North Grove por uma mulher chamada Yasmin (não mencionaram nenhum sobrenome), que costumava trabalhar com Blay e Ledwell, cuidando das correspondências com os fãs. Segundo Cardew, ela é gorda, e Ledwell a dispensou.
- Yasmin parece ter dado a Blay a ideia de que Ledwell era Anomia, e parece provável que ela seja a fonte do dossiê de "provas".
- Blay foi para o cemitério levando o dossiê, que não foi encontrado. Supõe-se que o assassino o tenha levado.
- O assassino também levou o celular de Blay (não foi mencionado o que aconteceu com o de Ledwell).

- Cardew mencionou um blog chamado Caneta da Justiça, que parece ter sido crítico de Ledwell e do *Coração de nanquim*. Pode valer a pena verificar, caso seja um projeto paralelo de Anomia.
- Logo depois que Montgomery, Cardew, Ashcroft e De Jong deixaram o pub, uma garota com o braço coberto de tatuagens do *Coração de nanquim* apareceu, claramente procurando um deles. Ela ligou para uma pessoa desconhecida e perguntou por que não tinham dito a ela que iam se encontrar com Nils e por que fazia um mês que ela não os via. Ela é de Yorkshire. A foto dela está em anexo, assim como uma do lugar onde mora. Nós devíamos identificá-la e também descobrir com quem ela mora, se é que mora com alguém.

Nós podemos dissecar essas pistas juntos, quando nos encontrarmos. Eu só queria atualizar você sobre o que aconteceu ontem.

Também marquei de me encontrar com Katya Upcott e Phillip Ormond na quinta-feira. Devíamos fazer isso juntos. — S

Robin abriu o primeiro anexo e viu uma foto da garota magra vestida de preto olhando na direção da entrada do cemitério. Ampliando as tatuagens no antebraço da garota, ela viu não apenas Cori, mas Drek, Páginabranca, o fantasma, e um verme de aparência triste. Ela desconfiou que todas as tatuagens, mesmo aquelas que não reconheceu, como a do pássaro pega e os dois esqueletos sorridentes em chapéus vitorianos, tivessem saído do desenho animado, e, como Strike, ela se perguntou quanto custara à garota ter todos aqueles personagens gravados permanentemente na pele.

Ela abriu a segunda fotografia. Nem mesmo os piores apartamentos que Robin visitara tinham um exterior tão miserável quanto o prédio em forma de cunha na Junction Road, com suas janelas quebradas e emboço sujo.

Voltando para o e-mail de Strike, Robin percebeu que já estava em posição de dar a ele informação sobre uma das coisas que ele estava perguntando. Enquanto examinava três anos de publicações de Anomia e suas interações no Twitter, ela já descobrira o blog Caneta da Justiça. Então, abriu o documento que planejara compartilhar com Strike mais tarde e o enviou para a impressora na mesa de Pat.

Em seguida, Robin conferiu a nova conta no Twitter criada para si mesma, @tinteirodenanquim:). Ela seguia Anomia e Morehouse e adicionara tantas contas de fãs do *Coração de nanquim* quanto encontrou, para que pudesse se manter informada dos rumores e desenvolvimentos. Em vez de sua própria foto, usou uma foto de arquivo de uma morena bonita. Ela já tinha recebido três mensagens diretas.

@jbaldw1n1>>
Se essa é sua foto verdadeira, você provavelmente está cansada de tantos homens em suas mensagens diretas, por isso eu vou embora agora.

@Drekrapah9
Bate uma pra mim

@mreger#5
Não vim dar em cima de você com uma frase de efeito repulsiva, só queria dizer que aquele Julius passou dos limites, e nós o denunciamos.

Interessada na terceira dessas mensagens, Robin foi ver o que a havia provocado.

Dois dias antes, Robin publicara que esperava que o filme do *O coração de nanquim* se mantivesse fiel à série original, uma opinião que, ela achara, não seria controversa. Entretanto, o tom das respostas tinha sido acalorado. Fãs já tinham se enfileirado para dizer a ela que apenas produzir o filme, independentemente de sua qualidade, ia destruir tudo aquilo que eles amavam no *Coração de nanquim*. Entretanto, ninguém se opôs tão fortemente à frase inocente de Robin quanto @eu_sou_evola.

---

**Julius** @eu_sou_evola
Em resposta a @tinteirodenanquim:)
Vadia burra

---

**Julius** @eu_sou_evola
Em resposta a @tinteirodenanquim:)
Se vc fosse estuprada toda vez que dissesse algo idiota estaria permanentemente cheia de pica

Robin ficou olhando para essas mensagens por um ou dois segundos, então foi verificar a conta de @eu_sou_evola. O avatar da conta mostrava um adolescente que ela desconfiava ter no máximo dezesseis anos. Sua maior preocupação pareciam ser filmes de super-heróis, *O coração de nanquim* e enviar a mulheres mensagens do tipo que Robin acabara de receber. Depois de decidir que nada de bom poderia resultar da interação com ele, ela voltou para a conta de Anomia, então abriu a pasta de prints de publicações no Twitter que Allan Yeoman lhe devolvera e que ela agora pusera em ordem cronológica para poder compará-las com o feed de Anomia no Twitter.

A última publicação do Twitter que examinara era de 2012. Quando Jimmy Savile, o falecido DJ e cavaleiro do reino, tinha sido exposto em outubro daquele ano como o pedófilo conhecido mais prolífico da Grã-Bretanha, Edie Ledwell tuitara: "Como todas essas pessoas que disseram ter sido abusadas por Savile, foram ignoradas? Por que ninguém escutou?"

Anomia tinha retuitado o comentário de Edie junto com o seu: "Vai começar a dizer que foi ele que te comeu? #trollandoporcompaixão."

Abaixo da versão impressa dessa publicação, Edie escrevera: *Isso implica conhecimento do fato de que fui abusada sexualmente em uma das famílias provisórias com as quais vivi. Eu nunca discuti isso publicamente.*

Robin então retomou o exame lento e em retrospectiva da linha do tempo de Anomia no Twitter.

Algumas das publicações de Anomia eram anódinas: em julho de 2012, ele compartilhara o fato de que tinha gostado de *Batman: O cavaleiro das trevas ressurge*. Em junho de 2012, informara a seus seguidores que havia um gato em cima da cerca do jardim observando-o por uma janela. "É exatamente por isso que eu tenho uma catapulta."

Piada, se perguntou Robin, ou genuíno? O gato realmente estivera ali, ou mesmo, por falar nisso, a cerca do jardim? Será que devia acrescentar "ódio/fobia de gatos" ao perfil que Strike e ela estavam tentando montar?

Ela continuou a inspeção.

"Pessoas dizendo que eu devia ser pago por meus serviços aos fãs. Vou aceitar sorvetes Magnum Infinity. Eles são muito bons."

Não era uma característica marcante, pensou Robin, continuando a inspeção. Quem não gostava de sorvete?

Mas então, em 8 de junho de 2012, Anomia fizera uma revelação muito mais interessante.

**Anomia** @AnomiaGamemaster
A Comilona demitiu Katya Upcott, amiga que ajudou a levar #Coraçãodenanquim ao sucesso. Agora com a @<AY©A>. @realJoshBlay fica c/ Upcott.

23h53 8 de junho de 2012

Essa publicação tinha sido impressa por Edie, que escrevera embaixo dela: *Anomia soube disso algumas horas depois que eu disse a Katya que queria pagar um agente de verdade. Não é como se eu tivesse demitido Katya porque não queria pagar. Nós nunca tivemos nenhum tipo de contrato, e ela sempre disse que não queria pagamento. Achei que ela estava nos dando maus conselhos e eu queria pagar por uma representação apropriada, porque a coisa toda estava ficando cada vez maior, e eu sentia que tudo estava fora de controle. Josh disse que não gostou de eu ter deixado Katya. Disse que eu era desleal.*

Os fãs também não gostaram muito da revelação de Anomia, como provavam as respostas.

---

**Andi Reddy** @ydderidna
Em resposta a @AnomiaGamemaster
Ah, meu Deus, quando ela podia realmente pagar a amiga por todo o trabalho que ela fez, ela a dispensa?

---

**Caitlin Adams** @CaitAdumsss
Em resposta a @AnomiaGamemaster
Isso é um novo fundo do poço, mesmo para a #Comilona. Essas pessoas a ajudaram e ela as está dispensando.

---

**Arlene** @rainhaarleene
Em resposta a @AnomiaGamemaster
Bom que o @realJoshBlay continue com Katya. Isso faz com que eu o ame ainda mais. E a essa altura, honestamente, foda-se a #Comilona.

---

**Kea Niven** @realPaginabranca
Em resposta a @AnomiaGamemaster
Ela é violentamente racista e capacitista. Se você só está ficando chocado com ela agora, não sei debaixo de qual pedra você estava.

Robin continuou descendo a tela. Apenas dois dias antes da notícia de que Edie tinha se juntado à agência de Allan Yeoman, Anomia dera outra notícia importante.

---

**Anomia** @AnomiaGamemaster

Soube que a Netflix está atrás de #Coraçãodenanquim

#EdinheiroComilona está preparada para fechar o Drek's Game, demitir mais dubladores originais... 1/2

22h06 6 de junho de 2012

---

**Anomia** @AnomiaGamemaster
Em resposta a @AnomiaGamemaster

... dispensar Blay etc, para ganhar dinheiro.

Diga a @EdLedDesenha e @realJoshBlay como você se sente a respeito disso: o que deve ser inegociável? 2/2

22h07 6 de junho de 2012

Isso também Edie imprimira e comentara. *O possível acordo não era de domínio público, e nós não devíamos estar falando sobre ele. Eu não estava planejando fazer nenhuma dessas tolices. Eu não tinha o poder de demitir Josh, nós éramos sócios.*

Robin leu a previsível explosão de fúria que as publicações de Anomia tinham provocado.

---

**MrsCori** @carlywhistler_*
Em resposta a @AnomiaGamemaster
Não, isso não é verdade, é? Como você sabe disso?

---

**Anomia** @AnomiaGamemaster
Em resposta a @carlywhistler_*
O Gamemaster sabe de tudo

---

**Timothy J Ashcroft** @VirandoOVerme
Em resposta a @AnomiaGamemaster
Não acho que @EdLedDesenha pretenda fazer nada disso, sério

---

**Anomia** @AnomiaGamemaster
Em resposta a @VirandoOVerme
Você acha errado. Eu soube que você está no topo da lista de dispensas

Robin parou para tomar nota do fato de que Anomia dissera saber antecipadamente que Tim Ashcroft provavelmente seria demitido de seu papel de Verme, então continuou a ler.

---

**CorisGirl** @Corisempre7
Em resposta a @AnomiaGamemaster
Se ela limar Josh e fechar o jogo, vai perder todos os fãs, e que ela morra em um incêndio, então #EuestoucomJosh

---

**DrekBwah** @infernoefuria$
Em resposta a @AnomiaGamemaster
#ParemdealimentaraComilona

---

**Discípulo de Lepine** @D1scipulodeLepine
Em resposta a @infernoefuria$ e @AnomiaGamemaster
Puta ideia excelente, vamos botar #ParemdealimentaraComilona nos trending topics

---

**Zozo** @tinteiro28
Em resposta a @AnomiaGamemaster
Ela não pode fechar o jogo, ele é nosso!!!!! #NãoàNetflix
@EdLedDesenha, por favor, escute seus fãs!!!!!

---

**Kea Niven** @realPaginabranca
Em resposta a @AnomiaGamemaster
Uau, isso é ótimo, todas as minhas ideias vão para a Netflix para faturar um monte de dinheiro para Edie Ledwell

---

**Loren** @l°rygill
Em resposta a @realPaginabranca e @AnomiaGamemaster
Kea, se você fizesse uma campanha de crowdfunding, muitos de nós iam ajudar você a processá-la #ParemdealimentaraComilona #NãoàNetflix

Robin releu as últimas duas publicações. Intrigada pela sugestão de que a pessoa chamada Kea Niven tinha argumentos para processar Edie Ledwell, ela foi para a conta de Kea no Twitter.

O banner no alto da página mostrava uma fotografia de um arco-íris duplo. A biografia de Kea dizia: *Dor crônica — síndrome da fadiga crônica — tratamentos médicos otimizados — fibromialgia — ela/eles. Sim, fui batizada com o nome de um papagaio. Qual o problema?*

Mesmo levando em conta os filtros usados na foto da dona da conta, Robin percebeu que Kea Niven era uma garota muito bonita. Seu cabelo escuro comprido caía sobre os ombros, e seus olhos castanhos enormes olhavam para o alto e para o lado da câmera, com um leve biquinho em seus lábios vermelhos.

Uma publicação de 2011 estava fixada no topo de sua página no Twitter. Ela dizia:

"*Que se foda. Essa é a verdade. Acredite em mim ou não acredite, não estou nem aí.*"

Robin clicou no link do YouTube abaixo dessas palavras.

O vídeo começava com Kea Niven sentada em uma cama de solteiro. Ela era mesmo incrivelmente bonita. Com um rosto em forma de coração, boca bem desenhada e olhos grandes de um castanho líquido, ela usava jeans cortados e uma camiseta preta com um design amarelo, rosa e azul sobre ela, que Robin reconheceu como uma capa de álbum dos Strokes.

A configuração lembrou Robin do primeiro vídeo que Josh e Edie tinham feito, no qual os dois também estavam sentados em uma cama de solteiro olhando para a câmera. A parede atrás de Kea estava coberta de desenhos, mas não parecia haver ninguém operando a câmera, que estava fixa. Sobre o ombro de Kea havia um periquito, cujo corpo era azul-escuro e cujos olhos negros bordejados de branco piscavam para a câmera.

Kea começou a falar com exatamente o mesmo tipo de sorriso e aceno tímidos com os quais Josh abrira o vídeo ao qual Robin já havia assistido.

— Então... hã... oi. Meu nome é Kea Niven e sou aluna do segundo ano na St Martin's. Essa é minha carteira de estudante...

Ela puxou uma carteira do bolso de trás e a segurou diante das lentes.

— ... essa sou eu, ignorem o cabelo, ele não tinha acordado bem aquele dia. E atrás de mim estão alguns de meus trabalhos, só para provar que eu sou, tipo, sei lá, não apenas uma pessoa aleatória fingindo que pode pintar.

"E essa é Yoko, não é, hein?", disse Kea em uma voz aguda para o periquito em seu ombro. "Nós temos John e Yoko. Essa é a Yoko.

"Entããão, por que estou fazendo um vlog? *Bom...*" Kea sacudiu as mãos e deu uma risadinha alta. "Certo, primeiro devo dizer que estou supernervosa por estar fazendo isso e me perguntei muito se isso é inteligente ou não, mas não estou interessada em dinheiro ou... A questão aqui não é dinheiro, é justiça e, tipo, pelo menos ser reconhecida.

"Entããão... *O coração de nanquim*, se você assistiu, ele foi feito pelo meu ex-namorado Josh Blay e uma mulher chamada Edie Ledwell. Bem, Josh e eu estávamos namorando na St Martin's, e, obviamente, quando você está namorando, você conta para a outra pessoa... tipo, todas as suas histórias e mais...

"Entããão, eu contei a Josh sobre Margaret Read, que basicamente foi acusada de feitiçaria em, tipo, 1590 no lugar onde eu cresci, que é King's Lynn, e quando eles a estavam queimando na estaca... e essa parte é, tipo, muito sangrenta, então fica aqui o alerta de gatilho, se for o caso... seu coração, tipo, *explodiu* de dentro dela e atingiu a parede, e há uma marca onde o coração bateu. Na verdade, eu tenho uma foto dela em meu celular, esperem um momen..."

Ela pegou o celular e desceu a tela, procurando a foto. Robin desconfiou que nada daquilo era espontâneo como Kea evidentemente queria que parecesse.

— É, estão vendo? — disse Kea, segurando a foto de um coração gravado no interior de um losango no lintel de tijolos de uma janela. — Foi aí que o coração de Margaret Read acertou a parede.

"Enfim, eu contei essa história toda para Josh, e eu tinha, tipo, uma *coisa* por um coração explodindo do peito de alguém. Entããão... é, tipo um ano depois, vejo Edie Ledwell falando sobre a ideia 'dela' para Cori, e eu fiquei, tipo, uau, isso parece mesmo *muito* familiar.

"E você não chega automaticamente à conclusão de que foi, tipo, roubada ou algo assim", disse Kea lamentosamente para a câmera. "Mas, sim, eu fui e vi o desenho animado e fiquei, tipo... uau. Ok. Isso foi *literalmente* o que eu disse do coração. Então, hum, isso foi confuso, porque *ele* não estava dizendo que tinha tido a ideia, sabem... *ela* estava. E eu fiquei pensando, certo, está bem, ele deve ter contado a ela, e ela agora está dizendo que foi tudo ideia *dela*. Entããão... é, depois eu assisti à coisa toda e não vou mentir, foi, na verdade, tipo... meio perturbador?

"Porque tem aquela ave, a Pesga, que pode falar? Que é algo que contei a Josh quando estávamos namorando, que pegas podem aprender a falar, o que ele não sabia, e mais uma vez, a tal Edie Ledwell dizia que foi, tipo, ideia dela...

"E então, ok, o fantasma ou seja lá o que for, a, hum, heroína no desenho animado, então isso é loucura para mim, mas várias pessoas já disseram 'Ela se parece com você', e eu fico, tipo, hum, Josh vivia falando sobre como eu sou branca, quero dizer, tipo, de pele pálida, e quando vi o fantasma no desenho animado, fiquei, tipo, ah, está bem, alguém acha que ser muito pálida é uma coisa assustadora ou algo assim? Tipo, ele tinha fotos minhas, obviamente, então ele fez o fantasma, tipo, para me irritar, ou...? Então isso foi meio assustador.

"Mas então, e isso foi, tipo, o argumento decisivo ou seja lá o que for... estão vendo esta imagem?"

Virando-se e se ajoelhando na cama, com o periquito ainda pousado no ombro, Kea apontou para um desenho a lápis na parede acima dela. Ele mostrava um monstro de corpo humano e cabeça de pássaro, que estava projetando uma sombra comprida.

— Então, fiz esse desenho quando estava no fim do ensino médio, ok? Então... isso foi literalmente um pesadelo que eu tive, então é, tipo, superpessoal. Ai, Yoko...

O periquito tinha voado de seu ombro para fora de quadro, levando com ele um fio de cabelo de Kea ao partir.

— Entããão... é — disse Kea, voltando a se sentar na cama. — Eu mostrei esse desenho a Josh quando estávamos namorando. É só um esboço, mas é, tipo, a sombra ali... é. Então, hum, se você viu o desenho animado, a figura de Drek é, tipo, quero dizer, é literalmente aquela sombra, com a mesma falta de pescoço, o bico, o bico grande e pontudo, quero dizer... ah, eu não expliquei isso: eu cresci cercada de aves, minha mãe cria papagaios. Então eu tive um sonho sobre esse monstro com cabeça de pássaro, e quando eu vi a figura de Drek, fiquei só, tipo, hum... está bem, *isso* parece superfamiliar, quero dizer, não estou imaginando isso, estou?

"Então eu fico, tipo, está bem, isso são quatro coincidências ou...?

"Entããão, eu acho que algumas pessoas vão dizer apenas 'ah, ela é a ex-namorada ressentida' ou algo assim, mas o que está perturbando a minha cabeça é que não é Josh dizendo 'É, eu me inspirei em uma amiga ou em uma ex', ou algo assim, é, tipo, *ela* dizendo que pensou em tudo isso independentemente, e eu fico... tipo, se fosse *uma* das coisas, é, talvez, acho que coincidências acontecem, sei lá, mas é, tipo, para mim, muito louco que ela esteja ali sentada dizendo 'é, não consigo lembrar de onde eu tive a ideia para o coração, ela simplesmente surgiu', ou sei lá o que, tipo, como você pode não lembrar de uma coisa dessas? Porque é uma ideia bem *maluca* para a maioria das pessoas. Então, enfim, é, isso é basicamente tudo o que eu quero dizer, e só quis botar isso para fora porque, como eu digo, isso é para meu respeito próprio ou sei lá o que. Eu só queria dizer minha versão, sei lá. Entããão... é."

Kea deu uma risadinha baixa, então se inclinou para a frente e desligou a câmera.

Abaixo do vídeo havia comentários:

**Cori Harterson** 3 semanas atrás

Ouvi dizer que Ledwell roubou muita gente, e parece que você foi a primeira

**Nikki** 4 semanas atrás

A coisa do coração parece que eles pegaram de você. Eu concordo. Amo seu passarinho!

**Crash Test Dummy** 1 ano atrás

"A inspiração deles para o fantasma é eu ser uma garota branca" kkkkkk

Robin permaneceu sentada bem imóvel por um minuto, pensando no que tinha acabado de ver, então pegou o telefone e ligou para Allan Yeoman. Ela foi deixada em espera por um breve período, durante o qual tocava uma versão instrumental de "My Heart Will Go On", então ouviu a voz do agente.

— Sim, alô, Robin?

— Olá, Allan. Tenho uma pergunta rápida e queria saber se você pode ajudar. Você por acaso sabe alguma coisa sobre uma garota chamada Kea Niven?

— Kea Niven... — repetiu Yeoman devagar. — Hum, o nome me parece familiar... desculpe, pode refrescar minha memória?

— Uma ex-namorada de Josh Blay que...

— Ah, *Kea Niven*, é claro, é claro! — disse Yeoman. — A que disse ter tido todas as ideias para *O coração de nanquim* e que Edie as roubou?

— Essa mesmo — confirmou Robin.

— Eu devia ter lhe contado sobre ela no almoço — disse Yeoman. — Ela não pode ser Anomia.

— O que faz você dizer isso?

— Ah, Edie a descartou totalmente. Acho que porque Anomia estava presente no jogo em uma hora que Edie sabia que Kea não podia estar. Você sabia que em certo momento Edie conseguiu entrar no jogo?

— Sabia, sim. Ela disse que foi bloqueada por fazer perguntas demais sobre Anomia.

— Exatamente.

— Então essa garota, Kea?

— Josh a largou por Edie. Sei que Anomia embarcou na onda de Kea por um tempo...

— Embarcou? Eu ainda não descobri isso.

— É, ele amplificou seus argumentos de plágio alguns anos atrás, mas, se estou me lembrando bem, ficou entediado e seguiu adiante. Encontrou maneiras melhores de criticar Edie.

— Você acha que Kea realmente acredita que Edie e Josh roubaram suas ideias?

— É possível. — Yeoman deu um suspiro. — Sabe, esse tipo de coisa é incrivelmente comum quando há um sucesso. Em geral, é a expressão de um desejo ou uma verdadeira falha em entender que ideias semelhantes surgem para várias pessoas diferentes. É incrível a frequência com que dois filmes são lançados ao mesmo tempo com o mesmo assunto. Ninguém roubou nada. Apenas está ali, no éter. Cyril Scott teria dito que eram os devas sussurrando nos ouvidos de pessoas que são receptivas.

Depois de agradecer a Yeoman e desligar, Robin voltou para a página de Kea Niven no Twitter e começou a descer a tela, procurando a interação entre ela e Anomia. Ela finalmente a encontrou, em 2011, datada de alguns dias após a publicação do vídeo por Kea.

---

**Anomia** @AnomiaGamemaster

Ora, ora, ora. Isso pode explicar por que Comilona é tão vaga sobre como criou Cori

> **Kea Niven** @realPaginabranca
>
> A história do coração de Margaret Read que eu contei a @realJoshBlay e sua semelhança estranha com *certo* personagem de desenho animado https://www.youtube.com/watch?v=8qxGhc4oaBQ

23.16 11 out 2011

Algumas respostas abaixo, Robin encontrou um diálogo direto entre os dois.

---

**Kea Niven** @realPaginabranca
Em resposta a @AnomiaGamemaster
Obrigada por compartilhar 😀

---

**Anomia** @AnomiaGamemaster
Em resposta a @realPaginabranca
Sem problema. Ah, adorei seu cabelo

---

**Kea Niven** @realPaginabranca
Em resposta a @AnomiaGamemaster
Rsrsrs obrigada ♥

Ainda mais intrigada, Robin subiu a tela. Esse era o primeiro sinal de qualquer coisa lembrando um flerte no feed de Anomia. Na verdade, durante seu exame cuidadoso das publicações passadas de Anomia no Twitter, ela havia começado a pensar nele como uma entidade estranhamente assexuada, nos dois sentidos da palavra. Não havia sugestão de interesse romântico ou desejo sexual: a única necessidade corporal mencionada era a fome.

Alguns dias depois das primeiras interações de Anomia e Kea, Anomia direcionou seus seguidores novamente para o vídeo de Kea, e Kea demonstrou sua satisfação.

---

**Kea Niven** @realPaginabranca
Em resposta a @AnomiaGamemaster
Muito obrigado por compartilhar e defender a verdade ♥

---

**Anomia** @AnomiaGamemaster
Em resposta a @realPaginabranca
Falei com você no privado

"Privado", como Robin sabia, significava que Anomia tinha enviado para Kea uma mensagem direta. Não havia mais interações públicas entre os dois que Robin pudesse encontrar.

Voltando para publicações mais recentes de Kea no Twitter, Robin viu que nos cinco dias depois que a notícia das facadas foi divulgada, Kea não publicara nada, mas no sexto dia ela publicou um link para um site de microblogs, Tumblr, em que Robin clicou.

> Após um declínio catastrófico em minha saúde, fui forçada a deixar Londres e voltar a morar com minha mãe. Atualmente estou de cama. Como vivo com inúmeras incapacidades, essa não é uma situação incomum, mas é provavelmente a recaída mais severa que tive em vários anos. Honestamente, a essa altura, a morte seria um alívio.

Cento e quinze notas tinham sido publicadas abaixo dessa mensagem curta. Elas começavam de forma bem simpática.

> pensando em você, Kea bjs

> sinto muito por saber disso, K. Lembre-se: amor-próprio não é egoísmo

Mas aos poucos, e sem muita surpresa para Robin, outro tema começou a surgir.

> sinto muito que esteja doente, mas você não tem nada a dizer sobre seu ex que está literalmente lutando pela vida?

> nenhum comentário sobre o assassinato de Edie Ledwell?

> é, se eu fosse você provavelmente iria para a cama e ficaria lá

> mas que merda, nenhuma palavra — NENHUMA PALAVRA — sobre Ledwell e Blay?

> sua vaca, você não parou de falar sobre Ledwell e Blay por quatro anos, e agora não tem nada a dizer?

> "a morte seria um alívio", uau, então você está dizendo que temos que ter mais pena de você que de Ledwell?

O telefone fixo na mesa à frente de Robin tocou. Com os olhos ainda na página de Kea no Tumblr, Robin atendeu.

— Alô?

— Mensagem do sr. Strike — disse a voz grave de Pat em seu ouvido. — Ele acha que você pode precisar ir a Gateshead na segunda-feira.

— Você está brincando — respondeu Robin em voz baixa, fechando o Tumblr com a mão esquerda enquanto falava. — Outro?

— Bom, ele não foi claro — disse Pat —, mas é, acho que ele disse Gateshead.

— Homem?

— Não, o contrário.

— Está bem — disse Robin. — Estou saindo agora.

— Obrigada. Vou avisá-lo — replicou Pat e desligou.

Robin se levantou, andou até a porta que dava para o escritório externo e a abriu.

Ali no sofá de couro falso, bela e serena, estava sentada Charlotte Campbell.

# 25

*... na verdade, agora você viu*
*Em algum lugar tamanha beleza, tamanha estatura, tamanha conduta?*
*Ela pode ser rainha dos demônios, mas é em todos os sentidos uma rainha.*

Christina Rossetti
*Look On This Picture and On This*

Strike, que no momento caminhava pela Charing Cross Road na direção do escritório, estava cansado, dolorido e amargamente arrependido do curry balti que comera tarde da noite anterior com Madeline. Ele gostava muito de comida bastante apimentada, por isso não entendia por que seu estômago tinha passado a maior parte do dia embrulhado, a menos que tivesse alguma coisa a ver com a combinação de madras com o coquetel ácido que Madeline insistiu que eles tomassem antes, porque era uma especialidade da casa. Seguiu-se uma noite de muito pouco sono porque ele se sentira desconfortavelmente cheio de gases. Então, em vez de manter uma vigilância confortável do escritório de Aliciador de um café (tendo sua cliente agora concordado com a ideia de tentar descobrir algo sobre Aliciador que faria sua filha se afastar dele em desgosto), ele tinha sido forçado a seguir o homem a pé quando ele, primeiro, foi fazer compras na Bond Street, depois almoçou em um restaurante lotado e finalmente decidiu caminhar até o Museu Britânico para o que Strike supôs ser um encontro de negócios, porque ele foi saudado na porta por duas pessoas usando crachás com seus nomes.

— Não sei aonde ele foi — disse Strike a Barclay, irritado no grande pátio interno do museu, o espaço todo branco de oito mil metros quadrados com um teto de vidro espetacular que projetava uma malha de sombras triangulares sobre as paredes e o chão. — Ele entrou naquele elevador, mas eu não cheguei a tempo.

Ele não queria admitir que o tendão de sua perna amputada, que já havia rompido uma vez, estava causando problemas de novo. Ele perdera o elevador porque estava começando a mancar e não conseguira andar rápido o bastante para ultrapassar uma grande multidão de turistas.

— Ah, não se preocupe, irmão — disse o escocês de Glasgow. — Cedo ou tarde ele vai ter que descer. Enfim, eu não acho que ele esteja usando drogas ou visitando umas prostitutas aí dentro.

Então Strike foi embora, pegando masoquistamente o metrô em vez de um táxi, e, enquanto mancava pela Denmark Street, sentiu apenas alívio com a perspectiva de se sentar por uma hora mais ou menos com uma caneca de chá forte, bem perto de seu próprio banheiro onde podia peidar tão alto quanto quisesse.

Pelo que devia ser a milésima vez, subindo a escada, ele se perguntou por que nunca contatara o senhorio para que ele consertasse o elevador. Finalmente, ao chegar ao segundo andar com a ajuda do corrimão, empurrou e abriu a porta de vidro para encontrar três mulheres olhando para ele: Pat, Robin e Charlotte.

Por um momento, ele apenas olhou fixamente para Charlotte, que estava sentada no sofá de couro falso com as pernas compridas cruzadas, o cabelo escuro puxado para trás em um coque bagunçado, a pele impecável sem maquiagem. Ela estava usando um vestido creme de caxemira, um casaco comprido de camurça marrom e botas, e, embora muito magra, parecia tão linda quanto ele já a vira.

— Olá, Corm — disse ela com um sorriso.

Ele não retribuiu o sorriso, mas voltou um olhar quase acusador para Robin, que ficou irritada. *Ela* não tinha convidado Charlotte ao escritório e não era culpa *dela* se Charlotte, ao saber que Strike não estava, simplesmente anunciara que ia esperar.

— Não é culpa de Robin — disse Charlotte, como se tivesse lido as mentes dos dois. — Acabei de chegar da rua. Podemos conversar?

Em silêncio, Strike foi mancando até a porta que separava o escritório interno do externo, abriu-a e apontou, sem nenhuma delicadeza, para que Charlotte entrasse. Ela se levantou sem pressa, pegou a bolsa, sorriu para Robin e Pat, disse "obrigada", embora nenhuma delas tivesse feito nada pelo que ela tivesse qualquer razão para agradecer, e passou por Strike, deixando um leve traço de Shalimar em seu rastro.

Depois que Strike fechou a porta para sua sócia e a gerente do escritório, Charlotte disse:

—Vocês têm um código para mulheres que vêm aqui para se jogar em cima do famoso detetive? É isso o que Gateshead significa?

— O que você quer? — perguntou Strike.

—Você não vai me convidar a sentar? Ou prefere que os clientes fiquem de pé em sua presença?

— Faça o que quiser, mas seja rápida. Eu tenho coisas a fazer.

— Tenho certeza que sim. Como estão, afinal, as coisas com Mads? — perguntou ela enquanto se sentava e cruzava as pernas compridas.

— O que você quer? — repetiu Strike.

Ele resolveu não se sentar, embora seu tendão ainda estivesse latejando, e ficou em pé com os braços cruzados, olhando de cima para ela.

— Eu preciso de um detetive — respondeu Charlotte. — Não se preocupe. Não estou querendo nada de graça. Eu vou pagar.

—Você não vai — disse Strike —, porque nossa lista de clientes está cheia. Vai ter que encontrar outra pessoa. Eu recomendo McCabes.

— Achei que você talvez me mandasse para outro lugar — disse Charlotte, agora sem sorrir —, mas se eu levar esse problema em especial para McCabes, eles poderiam simplesmente vazar a informação para tirar você do negócio. Imagino que você seja um incômodo para as outras agências de detetives atualmente. Primeiro lugar na lista de todo mundo, eu espero.

Quando Strike não respondeu, Charlotte olhou em torno do escritório com seus olhos verdes sarapintados e disse:

— É maior do que eu me lembrava... Eu gosto de Mads, por falar nisso — acrescentou ela, olhando para o rosto duro de Strike. —Você sabe que eu posei para ela na semana passada? Foi bem divertido. A coleção se chama "Notorious" e...

— É, eu sei tudo sobre a coleção.

— Aposto que foi preciso muito convencimento para você deixá-la trabalhar comigo.

— Não foi necessário nenhum convencimento. Isso não teve nada a ver comigo.

— Mads me contou que você autorizou — disse Charlotte, de sobrancelhas erguidas.

Xingando Madeline por dentro, Strike disse:

— Se é assim que você chamaria eu dizer "faça o que quiser. Isso não tem nada a ver comigo".

— Ah, vamos parar com os jogos, Bluey — disse Charlotte seriamente.

— Não me chame assim.

— Eu *sei* que você sabe por que estou aqui. Valentine contou a você no Ano-Novo.

Quando Strike não respondeu, ela disse:

— Preciso admitir que fiquei bem surpresa por você querer ficar com uma garota que estava com Valentine.

— Você acha que eu me aproximei de Madeline apenas para me vingar de você, não é? — disse Strike. — A droga do seu ego... O único ponto negativo dela que pude detectar foi ela conhecer a porra de seu meio-irmão.

— Se você diz, querido — comentou Charlotte.

Ele ouviu a emoção do prazer em sua voz. Ela sempre gostara de discutir. *Pelo menos quando estou lutando, eu sei que estou viva.*

— Tudo bem — disse ela com leveza. — Se você quer que eu diga com todas as letras, Jago encontrou o nude que enviei para você em meu telefone velho.

— Encontrou?

— Não finja, Bluey, você sabe que ele encontrou, Valentine contou a você. Imagino que não ache que *Valentine* seja, do que você me chamou durante aquela última discussão? Um mentiroso patológico narcisista?

— Acho que você *garantiu* que Jago encontrasse esse nude, que você sabe muito bem que eu não pedi nem queria.

— Hum — grunhiu Charlotte, de sobrancelhas erguidas (e, na verdade, quantos homens heterossexuais podiam dizer honestamente que não iam querer um nude dela?). — Bom, Jago não acredita nisso. Ele também sabe que você ligou para a Symonds House enquanto eu estava lá, e, *por acaso*, eu nunca pedi que você fizesse isso.

— Você me mandou aquelas porras de mensagens suicidas de lá.

— Bom, você podia ter me ignorado, querido, já estava acostumado — disse Charlotte. — Enfim, Jago sabe que foi você que ligou para eles, ele não é burro e não acredita que você estava apenas sendo um bom escoteiro, ele acha que você tinha algum interesse pessoal em salvar minha vida.

— Uma impressão que, tenho certeza, você corrigiu imediatamente.

— Quando Jago quer acreditar em uma coisa, nem dinamite o faz mudar de opinião — retrucou Charlotte.

Strike deu meio passo na direção dela. Sua perna latejou pior do que nunca.

— Se eu for citado na droga do seu divórcio, meu negócio está ferrado. Isso vai significar paparazzi me seguindo, meu rosto em todos os jornais...

— Exatamente — disse Charlotte, olhando com firmeza para seu rosto. — E é por isso que achei que você podia querer me ajudar a descobrir alguma coisa sobre Jago antes que ele ferre com nós dois. Ele está tentando tirar os gêmeos de mim. Quer a guarda, e está determinado a me levar a julgamento para que declarem que eu sou uma mãe desqualificada. Ele tem um psiquiatra na palma da mão pronto para dizer que sou louca e instável, e, para piorar, espera comprovar que sou usuária de drogas e promíscua. Arruinar *você* vai ser só uma diversão extra.

— Você me contou que, quando estava grávida deles, não podia esperar para se livrar de seus filhos.

Ele achou que Charlotte se abalara ao ouvir isso, mas então, com uma boa imitação de sua calma anterior:

— Eles são tão meus quanto dele. Não sou só a porra de uma incubadora, seja lá o que pense a mãe de Jago. Sou a mãe do futuro visconde Ross. James é o herdeiro do título, e ele é a droga do meu filho, e eles não vão ficar com ele, não vão ficar com nenhum deles.

"Amelia vai testemunhar que ele me batia", prosseguiu Charlotte. Amelia era irmã de Charlotte, uma mulher mais simples, mas muito menos volátil, que nunca gostara muito de Strike. "Ela me viu com um olho roxo antes que eu fosse para a Symonds House."

— Se você esperava que isso despertasse meus instintos cavalheirescos — disse Strike —, devo lembrá-la de que você sabia muito bem quem ele era antes de se casar com ele. Eu me recordo de que você me disse que ele tinha batido na ex quando você foi se encontrar comigo na Alemanha. Você soube disso pela rede de informação das garotas e deu boas risadas por ter tido a sorte de escapar.

— Então eu mereço apanhar, não é? — disse Charlotte levantando a voz.

— Não fique de joguinhos comigo — rosnou Strike. — Você sabe muito bem que se eu acreditasse que *qualquer* mulher merecesse apanhar, nós não estaríamos tendo esta conversa, porque você estaria morta.

— Que charmoso — disse Charlotte.

— Você só concordou em se casar com Jago porque achou que eu ia aparecer em seu casamento e impedi-la de fazer aquilo, que eu ia sair em seu resgate mais uma vez. Você mesma me disse: "Eu não achei que você fosse me deixar fazer isso."

— E daí? — questionou Charlotte com impaciência. — Aonde isso nos leva? Você vai me ajudar a descobrir alguma coisa sobre Jago ou não?

— Não — disse Strike.

Houve um longo silêncio. Por um minuto inteiro, Charlotte ficou olhando para ele, e ele a achou repulsivamente familiar, fatalmente desejável e absolutamente enfurecedora.

— Está bem, querido — disse ela com a voz entrecortada, curvando-se para pegar a bolsa e se levantando outra vez. — Não se esqueça desta conversa quando você tentar me responsabilizar pelo que acontecer depois. Eu pedi sua ajuda para acabar com isso. Você recusou.

Ela alisou o vestido de caxemira. Ele se perguntou quanto tempo ela teria demorado para decidir o que vestir para se encontrar com ele. Seu estilo contido, frequentemente elogiado por revistas de moda, era, ele sabia, o resultado de deliberação cuidadosa. Então, em um movimento familiar, ela esperou que ele abrisse a porta para ela; com que frequência ela, que dizia lamentar o meio em que nascera, de repente decidia que seu namorado, que passara grande parte do princípio de sua vida na miséria, deveria exibir as boas maneiras do velho mundo.

Strike abriu a porta. Quando ela passou, ele sentiu cheiro de Shalimar, e odiou o fato de ter reconhecido isso.

Robin, que estava lendo o documento que tinha imprimido mais cedo, ergueu os olhos. Seu vestido azul, do qual ela gostava, parecia um pano de prato ao lado das roupas de Charlotte: cada item que Charlotte usava precisava de um serviço de limpeza especializada.

— Rápido e agradável — disse Charlotte, sorrindo para Robin. — É bom finalmente conhecê-la direito. Acho que já nos falamos algumas vezes por telefone.

— Já — confirmou Robin, consciente do olhar furioso de Strike ao fundo, mas conseguiu dar um sorriso educado.

— Engraçado — disse Charlotte, avaliando Robin com a cabeça virada para um lado —, você parece um pouco com Madeline.

— Com quem, desculpe? — perguntou Robin.

— A namorada de Corm — respondeu Charlotte, olhando para trás para Strike com um sorriso angelical. — Você não a conheceu? Madeline Courson-Miles. Ela é absolutamente encantadora. Designer de joias. Acabei de posar para sua nova campanha. Bom, até logo, Corm. Se cuide.

O choque deslizou do cérebro de Robin, congelando suas entranhas. Ela desviou os olhos de Strike, fingindo verificar a impressora, embora soubesse muito bem que tudo o que queria imprimir já estava em sua mão. A porta se fechou atrás de Charlotte.

— Essa aí se acha muito — disse Pat com uma fungada, voltando a sua digitação.

— Mas ela não é instável mentalmente, Pat — replicou Robin, tentando parecer natural, até descontraída. Ela pôde ouvir Strike voltando para o escritório interno. — Não é uma Gateshead.

— Ela é — afirmou a gerente do escritório no grasnido baixo que passava por um sussurro. — Eu li os jornais.

— Vamos botar em dia o que sabemos sobre Anomia, então? — chamou Strike da mesa dos sócios, onde finalmente tinha se sentado.

— Vai ter que ser rápido — disse Robin, tentando parecer puramente profissional. — Vou me encontrar com Ilsa para um drinque e jantar mais tarde.

Havia tempo mais que suficiente para chegar ao Bob Bob Ricard, mas Robin de repente foi dominada por um desejo de sair das proximidades de Strike o mais rápido possível. A sensação grudenta e fria em seu interior persistia, junto com pequenos abalos posteriores que ela temia pressagiarem um estado no qual ela não ia conseguir fingir indiferença à notícia que acabara de ouvir.

— Eu imprimi isso para você — disse ela, entrando no escritório. — Você queria alguma informação sobre o blog Caneta da Justiça. Isso é tudo o que consegui até agora.

O queixo de Strike estava rígido e ele parecia lívido. Robin encorajou-se com o fato de que ele não estava fingindo não ter sido afetado pela visita de Charlotte.

— Você não me contou que estava saindo com alguém — disse ela, e ouviu o tom artificialmente despreocupado em sua própria voz. Mas eles não eram supostamente amigos? *Melhores* amigos?

Strike lançou a Robin um olhar passageiro, então voltou a atenção para o documento que ela havia acabado de lhe entregar.

— Hã... é, estou. Então, isto é... é, o tal do Caneta da Justiça?

— É — disse Robin. — Ah, também descobri uma garota na internet que diz que Edie Ledwell roubou todas as suas ideias para *O coração de nanquim*.

— É mesmo?

— É — respondeu Robin, ainda parada em frente a ele no vestido azul que Strike reconheceu do Ritz. — O nome dela é Kea Niven. Liguei para Allan Yeoman para perguntar sobre ela, mas ele diz que ela não pode ser Anomia, porque já havia sido descartada por Edie.

— Como ela a descartou? — perguntou Strike, ainda preferindo dar uma olhada nas anotações sobre o Caneta da Justiça a olhar para Robin.

— Ele disse que Anomia estava ativo no jogo em uma determinada hora em que Kea estava longe de um computador ou telefone. Enfim — disse Robin, cuja vontade de se afastar de Strike estava ficando avassaladora —, como disse, vou me encontrar com Ilsa para um drinque de fim de tarde. Você não se importa se eu sair agora, se importa?

— De jeito nenhum — garantiu Strike, que estava tão ansioso para ficar sozinho com seus pensamentos quanto Robin estava para ir embora.

— Vejo você na quinta-feira, então — disse Robin, porque a escala de serviço não exigia que eles se encontrassem até lá, e ela levou seu choque de volta ao escritório externo, onde pegou o casaco e a bolsa, despediu-se de Pat com um sorriso e saiu.

Strike permaneceu onde ela o deixara, o coração batendo forte como se tivesse acabado de sair de um ringue de boxe, e tentou se forçar a ler o documento que Robin acabara de entregar a ele.

## Anotação sobre o blog Caneta da Justiça

O blog anônimo Caneta da Justiça começou em janeiro de 2012. Quem quer que esteja por trás dele está no Twitter como @canetajustaescreve. Sua localização é oculta. O foco do blog...

Mas ele não conseguia se concentrar. Jogando os papéis sobre a mesa, ele liberou toda a força de sua fúria com Charlotte, que era piorada pela raiva que sentia de si mesmo. Ele ignorara um perigo que assomava. *Sabia* que Jago tinha encontrado aquele maldito nude, e não tinha feito nada em relação a isso porque havia achado conveniente acreditar que Valentine tinha usado cocaína demais e estava espalhando boatos. Strike sentiu que havia sido catastroficamente complacente, tanto em relação a uma séria ameaça a seu negócio quanto — hora de encarar os fatos de frente — a sua crença de que Robin nunca precisaria saber de Madeline.

Charlotte tinha uma habilidade inacreditável de ler o estado emocional de outras pessoas, uma habilidade afiada pela necessidade de navegar por uma família cheia de vícios e doenças mentais. Sua habilidade sobrenatural para intuir esperanças e inseguranças que os outros achavam estar bem escondidas tornou-a igualmente adepta de seduzir as pessoas e machucá-las. Algumas podiam supor que ela agia apenas por pura vontade de destruir, que era uma de suas qualidades mais enervantes, mas Strike sabia que não era bem assim. A última mensagem de texto que recebera de Charlotte, seis meses antes, dizia: *Não acho que tive tanta inveja em minha vida quanto sinto dessa garota Robin.* Ele apostaria tudo em sua conta bancária que Charlotte sentiu que ele estava tentando deslocar a atração que sentia por Robin para Madeline, porque ela podia ler Strike tão bem quanto ele podia lê-la.

— Eu estou saindo — disse Pat do escritório externo.

— Tenha um bom fim de semana — retribuiu Strike automaticamente.

Ele a ouviu ir embora e, imediatamente, pegou um cigarro e o cinzeiro que guardava na gaveta de sua mesa. Com uma tragada profunda em um Benson & Hedges recém-acendido, perguntou a si mesmo como ia resolver o problema de Jago Ross e aquele maldito nude, mas seus pensamentos desenfreados voltaram na direção de Robin, e ele se viu fazendo exatamente aquilo que passara os últimos meses evitando fazer: reviver aquele momento tolo e perigoso em frente ao Ritz e, pela primeira vez, encarando certas verdades desagradáveis.

Strike não queria que Robin soubesse de Madeline porque uma parte pequena dele continuava a torcer para que ele estivesse errado em relação àquele não silencioso que Robin lhe dera. Havia trauma em seu passado que podia ter feito com que ela se encolhesse automaticamente de um avanço inesperado. E se o "não" que ele tinha visto tivesse sido um mero reflexo, condicionado ou temporário? Recentemente, ele começara a achar que ela estava tentando mostrar a ele que não estava preocupada que seu gesto desajeitado e bêbado se repetisse. Em sua experiência, mulheres encontravam maneiras de fazer com que um homem soubesse que novos avanços não seriam bem recebidos. Ela não tinha ficado mais fria, não tinha evitado reuniões apenas entre os dois, não havia mencionado um novo namorado para sinalizar sua indisponibilidade; tinha ficado empolgada com a ideia de tomar drinques com ele e o abraçou espontaneamente no pub. Nada disso era resultado de um sentimento de repulsa ou de vontade de afastá-lo.

Mas se aquela não tinha sido sua única chance, o que viria a seguir? Não havia uma resposta fácil. Permaneciam as mesmas velhas objeções a sua tentativa de levar o relacionamento além dos limites da amizade: eles eram sócios, passavam tempo demais juntos, e se — quando — um relacionamento com Robin desse errado, isso arrastaria tudo com ele, todo o edifício que tinham construído juntos, que era a única coisa estável na vida de Strike.

Mas ele estava tendo muita dificuldade para conter o sentimento por Robin ao qual nunca tinha dado nome. A verdade era que ele queria que ela permanecesse solteira, enquanto ele desemaranhava o que sentia e o que queria. Agora, graças a Charlotte, Robin podia se considerar livre para encontrar outro Matthew, que ia lhe oferecer um anel — ela era o tipo de mulher com quem os homens queriam se casar. Strike não tinha dúvida disso — e então tudo ia desmoronar com a mesma certeza de que se eles caíssem na cama e se arrependessem disso, porque ela ia acabar deixando a agência, se não imediatamente, após algum tempo. Ele era prova viva de como era difícil fazer aquele trabalho e ter um relacionamento permanente.

Mas, é claro, sua própria habilidade em fazer o trabalho podia em pouco tempo ser tirada dele. Um divórcio e uma batalha pela guarda dos filhos entre Charlotte e Jago, com seu castelo ancestral na Escócia e a família fraturada, fotogênica e propensa a escândalos de Charlotte, ia encher infinitas colunas de notícias impressas, e, a menos que ele fizesse algo para impedir, o nome e a foto de Strike também apareceriam em todas essas páginas, de modo que sua única chance de continuar a realizar o trabalho pelo qual ele se sacrificara seriam extensas cirurgias no rosto. Sem isso, ele ficaria reduzido ao papel de um gerente algemado a sua mesa, assistindo a Robin e aos subcontratados fazerem todo o verdadeiro trabalho de investigação, enquanto ele ficava um pouco mais gordo a cada ano, convencendo clientes no escritório e se assegurando de que as contas estivessem em ordem.

Strike apagou o cigarro parcialmente fumado, pegou o celular e ligou para Dev Shah, que atendeu no segundo toque.

— E aí?

— Onde você está agora?

— Na Newman Street, esperando que Montgomery saia do trabalho — disse Dev. — Sua namorada está aqui com dois amigos. Parece que eles vão beber em algum lugar por aqui.

— Ótimo — disse Strike. — Quero ter uma conversa discreta com você. Avise-me quando eles chegarem a seu destino, e eu me encontro com você.

— Ok, vou fazer isso — respondeu Shah, e Strike desligou.

# 26

*E andei como se estivesse afastado*
*de mim mesmo, quando pude me erguer,*
*E tive pena de meu próprio coração,*
*Como se eu o segurasse na mão...*

Elizabeth Barrett Browning
*Bertha in the Lane*

Os pés de Robin estavam se comportando bem normalmente enquanto ela caminhava pelo Soho, como se estivessem transportando um ser humano normal que pertencesse ao mundo físico e não estivesse dominado por uma entorpecente sensação de desconexão.

Robin reconheceu essa sensação. Ela a sentira uma vez antes, depois de encontrar o brinco de diamante da amante de seu marido em seu quarto. Enquanto esperava que Matthew voltasse para casa, tinha experimentado exatamente essa sensação estranha de estar fora do corpo, durante a qual ela olhara o aposento onde estava sentada como se estivesse a anos de distância dela, sabendo que nunca mais estaria ali outra vez e que um dia ia olhar para trás, para aquele breve fragmento de tempo, como um ponto de virada em sua vida.

*Eu estou apaixonada por ele.*

Ela havia se enganado por tempo demais. Isso não era amizade ou mero carinho: você não tinha a sensação de que suas entranhas tivessem sido cauterizadas com gelo seco quando descobria que seu amigo estava dormindo com alguém novo. Mas que forma brutal de ser forçada a encarar a verdade. Teria sido muito mais fácil se ela tivesse feito essa descoberta de forma delicada no brilho dourado do Ritz, enquanto consumia coquetéis que podiam tê-la anestesiado contra o choque, ou enquanto contemplava o pico em forma de presa do Matterhorn, onde ela teria tido tempo e espaço para lidar com uma verdade que preferia não encarar.

Quando o novo relacionamento de Strike tinha começado? Quanto tempo depois daquele momento na calçada em frente ao Ritz? Porque ela não acreditava que ele estivesse namorando na época; por mais raiva que sentisse dele no momento, ele com certeza não a tinha abraçado e se movimentado para beijá-la quando havia uma namorada nos bastidores, esperando vê-lo mais tarde.

Seu celular tocou na bolsa. Ela não queria que fosse Strike; não achava que conseguiria conversar com ele no momento. Para seu alívio, era um número desconhecido.

— Robin Ellacott.

— Oi — disse uma voz masculina. — Aqui é Ryan Murphy.

— Ryan... — repetiu Robin, incapaz de identificar quem era.

— Detetive-inspetor chefe Murphy. Eu fui a seu escritório para falar sobre Edie Led...

— Ah — disse Robin —, sim, é claro. Desculpe.

— É um momento conveniente?

— Sim – respondeu Robin, tentando se concentrar.

— Eu queria conferir alguns detalhes com você, se não se importar.

— Não, continue — disse Robin enquanto seus pés ainda a levavam adiante na direção do restaurante onde Ilsa ainda demoraria mais uma hora e meia a chegar.

— Eu queria saber se, quando procurou você, Edie Ledwell mencionou uma mulher chamada Yasmin Weatherhead.

— Não, não mencionou — afirmou Robin, e, como se tivesse voltado em sua cabeça para o interior de um escritório, ela se ouviu dizer perfeitamente calma: — É a assistente que costumava ajudar Josh e Edie com as correspondências dos fãs?

— Essa mesmo — confirmou Murphy.

— Foi ela quem levou para Josh o dossiê com supostas "provas" de que Edie era Anomia?

— Você já sabe, então? — disse Murphy, que pareceu ligeiramente impressionado. — É, ela mesmo.

— Nós soubemos que o dossiê não estava no cemitério quando Josh e Edie foram encontrados.

— Você tem algum policial no bolso que está vazando informações para você?

— Não — disse Robin. — Isso é resultado de um pouco de vigilância.

— Ah, está bem. Certo, nós não o encontramos no cemitério. Desculpe, estamos muito preocupados com vazamentos no momento. Imagino que você tenha lido a reportagem no *Times*, não?

— Sobre o Corte? Li.

— Não ajuda ter isso impresso na primeira página. Não era nossa intenção que eles soubessem que os estamos vigiando.

— Tenho certeza de que não — disse Robin. — Como está indo a investigação?

Ela perguntou principalmente porque queria parar de pensar em Strike por um breve momento.

Murphy emitiu um ruído que estava a meio caminho entre um suspiro e um grunhido.

— Bom, podemos ter sido abrangentes demais ao perguntar ao público se eles tinham notado qualquer atividade incomum dentro ou em torno do cemitério de Highgate. Tivemos notícia de duas bicicletas furtadas nos arredores do cemitério e um alsaciano fora de controle em Hampstead Heath, mas nenhuma menção a uma pessoa suspeita deixando a cena do crime correndo, nem alguém disfarçado ou se comportando de forma estranha no interior do cemitério na hora em que eles foram esfaqueados. Atualmente estamos examinando os registros telefônicos de Ledwell e Blay.

— O assassino levou o celular de Blay, não levou?

— Você tem *certeza* de que não está obtendo informações de meu departamento?

— Isso veio da mesma vigilância.

— Os dois telefones desapareceram. Você sabe o que aconteceu com o de Ledwell?

— Não — disse Robin, e, apesar do choque e infelicidade contidos, seu interesse se acelerou.

— Isso ainda pode sair na imprensa, porque a polícia foi vista dragando os lagos, mas não saia dizendo isso por aí, por favor. Segundo o sinal de satélite, o telefone de Ledwell foi deslocado do cemitério até Hampstead Heath depois que ela foi morta. Até onde sabemos, ele foi desligado no lago número um de Highgate. Nós dragamos o lago e o do lado, mas o telefone não estava em nenhum dos dois.

— O assassino levou o celular do cemitério para Hampstead Heath?

— É o que parece.

— E o de Blay?

— Foi desligado por volta da hora que achamos que ele foi esfaqueado. Possivelmente, o assassino não percebeu que não tinha desligado o celular de Ledwell até chegar ao Heath. Enfim...

— Sim, é claro — disse Robin, presumindo que Murphy precisava desligar.

— Não... hã... na verdade... hum... ha — atrapalhou-se Murphy. — Eu queria, hã, perguntar se você estaria livre para um drinque nesse fim de semana.

— Ah — disse Robin. — Bem, eu teria que checar a escala de serviço. Você ia querer que Strike também estivesse presente?

— Eu ia... o que, desculpe?

— Você quer conversar com nós dois, ou...?

— Eu... não. Na verdade, eu estava perguntando se você... se você estaria livre para um drinque no... sentido de um encontro.

— *Ah* — disse Robin, tomada por uma nova onda de mortificação. — Desculpe, eu pensei... Estou trabalhando o fim de semana inteiro.

— Ah — replicou Ryan Murphy, que parecia quase tão desconfortável quanto Robin se sentia. — Bom... sem problema. Hã... aproveite sua... é, boa caçada. Até logo.

— Até logo — respondeu Robin, com a voz um pouco mais aguda que o normal, então encerrou a ligação.

Ela podia sentir o rosto queimando. Continuou caminhando adiante, agora um pouco mais rápido. Seus únicos objetivos eram botar mais distância entre ela e Cormoran Strike, e depois encontrar um canto escuro onde pudesse saborear toda a conscientização de que ela era a mulher romanticamente mais inepta de Londres.

# 27

*Ele procura guerra, seu coração em prontidão,*
*seus pensamentos são amargos, ele não vai se curvar.*

Jean Ingelow
*At One Again*

Apenas meia hora depois de terem se falado pela última vez, Shah ligou para Strike para dizer que Montgomery e seus amigos estavam no Opium, um restaurante de comida chinesa em Chinatown, a uma curta caminhada do escritório. Os sintomas gástricos de Strike tinham sido aliviados por uma visita ao banheiro, mas seu coto ainda estava reclamando de carregar seu peso. Ignorando a dor, ele tornou a vestir o casaco, trancou o escritório e saiu para se encontrar com Shah, mais uma vez fazendo caminho com dificuldade através dos canais ainda abertos nas ruas.

O grupo de Montgomery estava no terceiro andar (*porque é claro que eles estão, cacete,* pensou Strike com o tendão gritando em protesto por todo o caminho escada acima), sentado em banquetas de pés de aço em torno de uma mesa de madeira onde um bartender preparava coquetéis diante deles. Todos os jovens meticulosamente arrumados no grupo pareciam para Strike versões de Montgomery, enquanto as mulheres estavam com maquiagem pesada, os cabelos pintados de cores não encontradas na natureza: cinza arroxeado, vermelhão, azul. Todos no grupo estavam com o celular na mão, tirando fotos dos coquetéis, das prateleiras de garrafas atrás do bartender e do retrato de Mao pintado em um armário. Os tijolos expostos e as tábuas do piso lembravam Strike dos bares em que ia com Madeline, todos começando a se transformar em um borrão em sua memória.

Shah estava sentado a uma curta distância do grupo em um salão ao lado, com Montgomery em sua linha de visão.

— Anomia acabou de tuitar — informou ele a Strike quando este se sentou a sua frente. — E Montgomery estava digitando em seu telefone na hora.

— Está bem, fique de olho nele enquanto estou falando — disse Strike. — Preciso que você faça outro trabalho.

Enquanto ele resumia o problema de Jago Ross, Shah olhava, aparentemente distraído, para o grupo barulhento à mesa do bartender. Quando Strike terminou de falar, Shah olhou diretamente para ele pela primeira vez.

— Então... você quer que eu consiga alguma coisa sobre o marido de sua ex?

Shah exibia uma expressão estranha no rosto que Strike nunca tinha visto nele antes: vazia, fechada.

— Quero — respondeu Strike. — Vou estar completamente fodido se ele me citar no divórcio. Preciso de poder de barganha.

Shah tornou a olhar para a mesa de Montgomery, então perguntou:

— Por que eu estou pegando esse trabalho?

— Bom, eu não posso fazer, posso? Ele me conhece. É um babaca, mas não é idiota. Também não quero o risco de ele reconhecer Robin. Ela estava no jornal no ano passado, assim como Barclay. Quero rostos limpos e novos no trabalho, pessoas que ele não possa associar a mim. Vão ter que ser você e Midge.

Shah deu um gole em sua bebida, tornou a olhar para Montgomery, mas não disse nada.

— Tem algum problema? — perguntou Strike, irritado.

— Esse é um trabalho oficial, não é? — questionou Shah. — Ou estamos falando de pagamento em dinheiro vivo e nenhum registro?

— Por que você está perguntando?

— Estou perguntando — disse Shah, observando o grupo em vez de olhar para Strike — porque Patterson costumava usar sua agência para ferrar pessoas com as quais ele tinha diferenças pessoais. Tudo pago em dinheiro, fora dos registros, mas às vezes ele "se esquecia" de pagar. Em geral, eu era o escolhido para fazer esse tipo de coisa.

— Isso não é uma diferença pessoal — retrucou Strike. — Estou totalmente livre da mulher dele. Ele está fazendo isso para tentar foder com meu negócio. Se ele não estivesse tentando me tornar parte dessa confusão, eu não daria a mínima. Vai ser tudo oficial, e vou pagar como qualquer outro cliente.

Strike ainda não tinha pensado em como ia contar a Robin o que estava fazendo, mas agora, supôs, havia pouca escolha.

— Sei muito bem que não temos capacidade para mais um cliente agora — acrescentou Strike. — Eu não estaria fazendo isso se tivesse escolha.

— Está bem, desculpe. Eu só queria esclarecer o que está acontecendo — disse Shah. — Você tem os detalhes do cara?

— Vou enviar um e-mail para você quando voltar ao escritório. Ele está no segundo casamento. Vou tentar conseguir detalhes de sua primeira mulher também, e vou colocar Midge em cópia.

— Está certo — concordou Shah. — Vou começar assim que você enviar isso.

Strike agradeceu seu subcontratado e foi embora do bar, mancando cada vez mais a cada passo.

# 28

*Para longe, para longe do amor,*
*Com esperança e credulidade;*
*Pois o que deve acontecer,*
*Além de tristeza, tristeza?*

Anne Evans
*Outcry*

Eram quase 19h, então Robin, que tinha ficado sentada em um canto de um café no Soho, se alternando entre sentimentos de humilhação e infelicidade, dirigiu-se finalmente para o Bob Bob Ricard, aproximando-se da entrada ao mesmo tempo que Ilsa, de óculos e cabelo claro, desceu de um táxi à sua frente.

Elas se abraçaram. Ilsa parecia cansada, mas satisfeita ao ver Robin, que ansiava tanto por um drinque quanto pela oportunidade de desabafar. A pergunta era o quanto queria contar a Ilsa, cujas tentativas de juntar Robin e Strike tinham anteriormente causado certo embaraço para Robin.

Elas desceram a escada até um salão no porão que combinava a opulência vitoriana com a atmosfera de uma casa noturna, com iluminação teatral, ornamentos vermelhos e dourados, piso decorado como um tabuleiro de gamão, banquetas de couro e — ela viu assim que chegaram a seu reservado — um botão "Aperte para pedir champanhe" na parede ao lado delas.

— Você está bem? — perguntou Ilsa, parecendo preocupada.

— Acho que vou precisar de um drinque antes de contar a você — disse Robin.

— Bom, então aperte o botão... é para isso que estamos aqui, não é?

— Conte-me sobre seu caso — disse Robin.

— Não posso *acreditar* que conseguimos livrá-la.

No curto espaço de tempo que levou para um garçom de colete rosa trazer champanhe para elas, Ilsa contou a Robin sobre a adolescente que tinha ido a julgamento por ajudar a planejar um ataque terrorista.

— ... então os outros quatro foram considerados culpados — concluiu Ilsa quando o garçom pôs à frente delas duas taças de champanhe. — E deveriam ter sido mesmo, mas então eu pensei: *Ela já era*. Eu podia ouvir sua mãe chorando às nossas costas. Mas, graças a *Deus*, o juiz acreditou no psicólogo. Quinze anos, profundamente autista e convencida de que havia encontrado amigos de verdade na internet... claro que ela caiu na conversa deles. E era nela que os canalhas iam prender os malditos explosivos. Canalhas. Certo, agora me conte, como andam as coisas?

— Vamos começar pelo começo: parabéns por vencer — disse Robin brindando com Ilsa e, então, bebendo um pouco de champanhe. — Bom, um cara do departamento de investigação criminal acabou de me chamar para um encontro, e perguntei se podia levar Strike junto.

— Você *o quê*?

Ao fim da explicação de Robin, Ilsa estava rindo tanto que as pessoas se viravam para olhar para ela.

— Não faça isso — reclamou Robin, embora sua sensação de humilhação estivesse se dissipando diante dos risos de Ilsa. — Sou uma *idiota*?

— Você não é idiota: o cara estava ligando para falar de um caso, o que você devia pensar? Vamos lá, Robin, é engraçado.

— Bom, isso não é tudo... Charlotte Campbell apareceu no escritório esta tarde.

— O quê? — perguntou Ilsa, agora sem rir.

— Não sei o que ela queria. Bom, eu sei... Ver Strike — disse Robin. — Ele a levou para o escritório interno, eles ficaram lá dentro por cerca de cinco minutos, então saíram, e ela disse... disse que eu me pareço com a nova namorada de Strike, Madeline. Eu não sabia que ele estava saindo com alguém. Ele não me contou. É uma designer de joias, aparentemente.

— Ele está *namorando*? — quis saber Ilsa, soando exatamente tão ultrajada quanto Robin esperava, e houve ao mesmo tempo dor e prazer ao ver seu próprio choque ecoar na voz de Ilsa. — Quando *isso* começou? Ele nunca nos contou que estava saindo com alguém.

— Bom — disse Robin, dando de ombros —, ele está. Ele confirmou isso depois que Charlotte foi embora.

— Está bem, antes de falarmos sobre essa tal de *Madeline* — disse Ilsa, como se o próprio nome fosse suspeito —, deixe-me contar a você *exatamente* o que Charlotte estava fazendo lá.

Ilsa respirou fundo, então disse:

— Robin, ela talvez sinta que há alguma coisa entre você e Strike e quer ferrar com isso.

As palavras de Ilsa ou o champanhe tinham aliviado levemente a infelicidade de Robin, mas, mesmo assim, ela disse:

— Charlotte nunca tinha visto nós dois perto um do outro até hoje, e foi no máximo por três minutos.

— Isso é irrelevante — falou Ilsa sem rodeios. —Você e Corm estão juntos na agência há quanto tempo agora, cinco anos? *Ele fez de você sua sócia*, pelo amor de Deus. Nick e eu *nunca* achamos que ele fosse fazer isso. Ele se uniu com você legalmente e de forma *voluntária,* e, para Corm, acredite em mim, isso é muita coisa. Nunca conheci uma pessoa com tanta fobia... É melhor pedirmos — disse Ilsa, captando o olhar de um dos garçons —, ou vão continuar nos interrompendo.

Depois de escolhida a comida, o garçom se afastou do alcance de suas vozes, e Ilsa disse:

— O que eu estava... Ah, é, eu nunca conheci ninguém com tanta fobia de compromisso quanto Corm.

— Ele pediu Charlotte em casamento.

— Ah, *por favor* — disse Ilsa, revirando os olhos. — Isso foi o ponto mais baixo da vida de Corm, e ele teve uma boa dose de pontos baixos. Tinha acabado de perder a perna, sua carreira militar estava acabada, e ela decidiu bancar o anjo cuidador porque havia certo drama nisso. Claro que ele caiu no jogo dela, qualquer um teria caído. Robin, ele divide a parte mais importante de sua vida com você. Cinco anos são o mais longo relacionamento contínuo de qualquer tipo que Corm já teve com *qualquer* mulher. Charlotte sabe disso e *odeia* esse fato. Confie em mim. Eu a conheço — falou Ilsa de modo sombrio.

Ela pegou sua taça cheia de champanhe e a apoiou novamente na mesa sem beber.

— Charlotte nunca quis que ele abrisse a agência. Ela pode ter fingido querer por cerca de cinco minutos depois que eles ficaram noivos, mas, assim que percebeu que isso significava que ele ia trabalhar longas horas sem ganhar dinheiro, ela fez o que pôde para ferrar com tudo. Mas veja bem, ele é um enorme sucesso, e diz que não poderia ter feito isso sem você. Confie em mim, se Charlotte soubesse que a agência ia funcionar, que Corm seria famoso e muito bem-sucedido, ela teria se prendido a ele e nunca o deixado ir. Não — disse Ilsa. — Charlotte sabe *exatamente* o quanto você deve ser importante para Corm, e sabia *exatamente* o que estava fazendo ao mencionar essa mulher nova na sua frente.

Robin tinha terminado seu champanhe. Antes que pudesse fazer isso, Ilsa estendeu a mão e apertou o botão para ela. Robin riu, então falou:

— Tem mais uma coisa. Mas não dê muita importância.

— Vá em frente — disse Ilsa, parecendo atenta.

— Você sabia que Strike me levou para tomarmos um drinque no Ritz no meu aniversário?

— Sabia — respondeu Ilsa, se inclinando em sua direção.

— Não é tão empolgante. Nós não... você sabe... não acabamos juntos na cama.

Ilsa parecia ainda mais atenta, agora.

— Bom — disse Robin —, nós dois ficamos um pouco bêbados. Os coquetéis que estávamos bebendo eram pesados e não tínhamos comido muito... Enfim, ele estava com o braço ao meu redor, porque eu quase caí, então houve aquele momento em frente ao Ritz enquanto estávamos esperando um táxi, e eu acho... Não sei, mas tenho quase certeza de que ele ia me beijar.

O arquejo de surpresa de Ilsa foi tão alto que um garçom que passava olhou para ela.

— Não faça isso — gemeu Robin. — Honestamente, Ilsa, não faça. Foi... Ah, meu Deus, eu estou sempre me lembrando da expressão em seu rosto. Ele se inclinou em minha direção e eu entrei em pânico, e acho que ele... Fiquei com a impressão de que ele... — Robin sacudiu a cabeça. — Ele provavelmente pensou que eu estava enojada com a ideia, ou algo assim. Ele pareceu um pouco...

Robin fechou os olhos brevemente, lembrando-se da expressão de Strike.

— ... mortificado. Ele se afastou, e então nós... nós voltamos ao normal. Bom, mais ou menos. Depois disso, ele ficou um pouco mais distante que o habitual.

— Por que você entrou em pânico? — perguntou Ilsa com expressão intensa.

O garçom chegou para tornar a encher a taça de Robin. Ela bebeu quase a metade antes de dizer:

— Não sei, porque tenho trinta anos e só estive literalmente com um homem até hoje? — Ela gemeu outra vez, quando foi tomada pela lembrança do telefonema de Ryan Murphy. — Porque sou tão idiota que nem percebo que estão me chamando para sair?

Mas sua inexperiência não era toda a razão, e Robin sabia disso.

— Mas *principalmente*... porque eu sabia que Strike ia se arrepender se nos beijássemos. Eu *sabia* que ele ia se arrepender assim que ficasse sóbrio e... eu não ia aguentar ele me dizendo que tinha sido um grande erro. Você sabe como ele é em relação a sua privacidade e seu espaço, e passamos a maior parte de nossas vidas desse jeito. Não queria ouvi-lo dizer que não tinha sido sua intenção.

Ilsa se encostou no assento, as sobrancelhas levemente franzidas. Mais uma vez ela pegou seu champanhe e, mais uma vez, mudou de ideia.

— É, você tem razão. Ele *teria* se arrependido. Corm é assim, não é? — disse a advogada. — Ele teria dito a você que tinha cometido um erro por estar bêbado e, provavelmente, ia encontrar maneiras de se afastar de você, para que ele pudesse preservar suas ideias erradas sobre relacionamentos... Aposto com você que ele começou a namorar essa mulher maldita...

— Você não sabe se ela é uma mulher maldita — retrucou Robin sensatamente. — Ela pode ser adorável. Sua última namorada foi Lorelei. Não havia nada de errado com ela.

— Claro que não havia, foi por isso que ele a largou — disse Ilsa com desdém. — Como ele vai manter a visão que sustentou por toda a vida de que um relacionamento estável significa algum tipo de prisão se ele sair com mulheres que não ferrem com ele no final? Não. Aposto um mês de salário com você que ele está com essa mulher nova porque vocês dois quase se beijaram, e isso o deixou morrendo de medo.

Ilsa ficou pensando por alguns segundos, então um sorriso largo se abriu em seu rosto.

— Por que você está sorrindo?

— Desculpe, não consigo evitar — respondeu Ilsa. — Só estou pensando em como isso deve ter sido bom para ele, pensar que você sentiu repulsa pela ideia de beijá-lo.

— Ilsa!

— Ah, Robin, vamos lá, você viu o efeito que ele tem sobre as mulheres. Elas acham que ele é esse homem grande e mal barbeado cheio de atitude, e, meia hora depois, elas concluem que ele é a coisa mais sexy do mundo que anda sobre duas pernas. Eu sou imune — disse Ilsa, dando de ombros outra vez. — Não é minha onda essa babaquice de "como vou consertar esse homem que claramente não quer ser consertado". Mas muitas mulheres amam isso, daí sua taxa de sucesso muito alta.

— Eu nunca o achei remotamente sexy — afirmou Robin, mas então o espírito da verdade liberado pelo champanhe a forçou a acrescentar: — Por um longo tempo.

— Não — disse Ilsa —, acho que nisso ele estava a sua frente. *Não* me diga que eu não sei do que estou falando, Robin, eu vi o jeito como ele estava olhando para você em seu jantar de aniversário. Por que acha que ele não contou a você que estava saindo com essa tal de Madeline?

— Não sei.

— Eu sei — disse Ilsa. — É porque ele não quer que você se sinta livre para transar com policiais da divisão de investigação criminal. Ele quer fazer sexo enquanto você fica disponível, e ele decide se pode se dar ao luxo das consequências de outro mergulho.

"Conheço Corm desde que nós dois tínhamos cinco anos e o maldito Dave Polworth puxava meu cabelo no playground. Você não conheceu a tia Joan. Eu a amava, todo mundo amava, mas ela era o completo oposto da mãe dele. Joan era rígida, preocupada apenas com respeitar as boas maneiras, comportar-se com formalidade e não envergonhar a família. Então Leda costumava aparecer e levá-lo, e deixava que ele fizesse tudo o que queria enquanto ela ficava chapada em Londres. Ele passou a vida quicando entre dois extremos: homem da casa com responsabilidades demais quando estava com Leda, mas um garotinho que tinha que se comportar bem quando estava com Joan. Não é surpresa que tenha ideias muito estranhas sobre relacionamentos.

"Mas você", continuou Ilsa, olhando de forma astuta para Robin através de seus óculos, "você é algo inteiramente novo para Corm. Você não precisa de conserto. Você se conserta. Também gosta dele exatamente do jeito que ele é."

— Eu não teria muita certeza disso — disse Robin. — Não esta noite.

— Você quer que ele largue o emprego? Acha que ele devia sossegar, ter filhos, começar a dirigir um Range Rover e entrar para a associação de pais e mestres?

— Não — respondeu Robin —, porque a agência não seria o que é sem ele.

— A agência — repetiu Ilsa, sacudindo a cabeça, pasma. — Honestamente, você é igualzinha a ele.

— O que quer dizer com isso?

— O trabalho vem primeiro. Escute a si mesma: "A agência não seria o que é sem ele." Meu Deus, ele tem sorte por ter você. Não acho que conheceu *nenhuma* outra mulher que quisesse que ele fosse livre para fazer o que faz melhor.

— E todas aquelas mulheres que descobrem o quanto ele é sexy depois de uma hora em sua companhia?

— Depois que elas passam de uma hora, ou uma semana, ele começa a irritá-las — disse Ilsa. — Ele *me* irritaria. O estranho é que eu não acho que ele faria o mesmo com você, se algum dia chegarem a esse ponto... O que mais você sabe sobre essa mulher com quem ele está saindo?

— Só que o nome dela é Madeline Courson-Miles e que é designer de joias. Ela deve fazer sucesso. Charlotte posou para a coleção nova dela.

Ilsa pegou o telefone dentro da bolsa e fez uma busca pelo nome. Robin, que não tinha certeza se queria ver os resultados, esvaziou a segunda taça.

— Encontrei — disse Ilsa olhando para o celular. — Ah, pelo amor de Deus... *olhe para ela*!

Ela estendeu o telefone para o outro lado da mesa. Robin olhou para Madeline, bonita, radiante e de cabelo despenteado, que estava parada entre duas supermodelos, todas as três segurando taças de champanhe.

— Você não consegue ver? — perguntou Ilsa com impaciência.

— Ver o quê?

— Robin, ela é *igual a você*!

Robin começou a rir.

— Ilsa...

— Ela é! — exclamou Ilsa, puxando o telefone da mão de Robin para examinar outra vez a foto de Madeline. — A mesma cor de cabelo, o mesmo...

— Quando você me viu usar calça de couro com uma blusa de lamê prateado aberta até o umbigo?

— Bom, admito que você não poderia usar a blusa — disse Ilsa. — Seus peitos são grandes demais. Então o placar está Ellacott dois, Courson-Miles zero, para começar.

Robin riu mais forte.

— Ilsa, você pode, por favor, beber seu champanhe? Não quero ser a única pessoa apertando o botão.

Ilsa hesitou, depois disse em voz baixa:

— Não posso. Estou grávida.

— *O quê?*

Robin sabia que Ilsa e Nick estavam tentando ter um bebê havia anos e que sua última sessão de fertilização in vitro não tinha dado certo.

— Ilsa, isso é maravilhoso! Achei que você havia dito que não ia mais tentar outra...

— Aconteceu naturalmente — disse Ilsa, agora parecendo tensa. — Mas não vai durar. Nunca dura. Três rodadas de fertilização in vitro, três abortos espontâneos. Vai dar errado, sempre dá.

— Com quanto tempo você está?

— Quase doze semanas.

— O que Nick...?

— Ele não sabe — respondeu Ilsa. — Você é a única pessoa para quem contei.

— *O quê?*

— Não aguento ter que passar por tudo aquilo outra vez — explicou Ilsa. — A esperança, depois a maneira como isso termina... Não há necessidade de Nick sofrer.

— Mas se você está com quase doze semanas...

— Não — disse Ilsa com firmeza. — Não posso... Robin, tenho quarenta anos. Mesmo que ele vingue, pode haver alguma coisa errada com ele.

— Então você não fez ultrassom nem nada?

— Não vou ficar olhando para uma bolha minúscula se remexendo e que nunca vai vingar, qual o sentido? Já fiz isso antes e meio que me matou... De novo, não.

— Com quantas semanas você estava quando perdeu os outros?

— Oito semanas o primeiro, dez os outros dois. Não olhe para mim assim. Só porque este se agarrou por mais quinze dias...

— E se você ainda estiver grávida daqui a duas semanas? Um mês?

— Bom, aí... aí acho que vou ter que contar para Nick — respondeu Ilsa. Então, de repente parecendo em pânico, disse: — Não conte...

— Claro que não vou contar para Strike, o que você acha que eu sou?

— Beba por mim — disse Ilsa, empurrando a taça cheia para o outro lado da mesa.

Suas entradas chegaram. Quando Robin comeu a primeira mordida de patê, Ilsa disse:

— Como é esse cara da divisão de investigação criminal que acabou de chamar você para sair?

— Ele é alto e acho que bem bonito, mas estávamos conversando sobre um assassinato, então, você sabe... era isso que estava em minha cabeça.

— Telefone para ele. Diga que gostaria do drinque.

— Não — respondeu Robin com firmeza. — Ele provavelmente acha que tenho necessidades especiais depois da conversa que acabamos de ter.

— Quando você vai superar essa coisa de "eu só tive um homem" se não começar a sair de fato com outras pessoas? É só um drinque. Não está arriscando muito com um drinque. Você nunca sabe o que pode sair disso.

Robin olhou para a amiga, com os olhos estreitos.

— E tenho certeza que deixar Strike com ciúme é a última coisa em sua cabeça.

— Bom — disse Ilsa com uma piscadela —, eu não diria que seja a *última*.

# 29

*Fui presa de uma bruxa,*
*Meu inimigo está sob a luz do sol,*
*Tu sentes Medo? O dia*
*Vai chegar a um fim; tu não podes te dirigires*
*A mim por onde vou passar...*

Jean Ingelow
*At One Again*

Por volta das 22h, Strike, que tinha acabado de comer um yakisoba ao qual sempre recorria quando não conseguia pensar em mais nada para cozinhar, estava deitado na cama em seu quarto no sótão, ainda totalmente vestido, o cinto aberto e o botão da calça desabotoado, um cigarro recém-aceso na boca, uma dose tripla de seu single malt favorito sobre a mesinha de cabeceira, e as anotações impressas por Robin sobre o blog Caneta da Justiça ao seu lado na cama.

A intrusão de Charlotte em seu escritório tinha ocupado seus pensamentos por horas, mas uma dose de equilíbrio estava voltando: primeiro, porque botara alguma ação em movimento que, se tudo desse certo, ia conter a determinação de Jago Ross de destruir Strike junto com a esposa, de quem estava separado; segundo, porque aquele era seu segundo uísque triplo; e por último, porque o hábito da disciplina mental que lhe garantira firmeza ao longo de sua carreira tinha se restabelecido. O trabalho sempre tinha sido seu melhor refúgio, e se suas próprias emoções ainda não estivessem todas dominadas, ele podia ao menos tentar impor ordem no difícil problema de Anomia. Então ele pegou o telefone e tentou mais uma vez se inscrever no *Drek's Game*, mas, como tinha acontecido todas as outras vezes, Cori apareceu, deu de ombros e disse a ele para tentar de novo mais tarde.

Strike pousou o celular sobre a cama, tomou um gole de scotch e, em seguida, pegou as cópias impressas das anotações sobre o blog Caneta da Justiça e começou a ler.

## Nota sobre o blog Caneta da Justiça

O blog anônimo Caneta da Justiça começou em janeiro de 2012. Quem quer que esteja por trás tem uma conta no Twitter, @canetajustaescreve. Sua localização é desconhecida. O foco do blog é criticar a cultura pop. Entretanto, o Caneta da Justiça escreve três publicações sobre *O coração de nanquim* para cada uma sobre outros shows/filmes. Anomia compartilhou apenas uma vez uma postagem do Caneta da Justiça (ver em anexo).

Anomia e o Caneta da Justiça interagiram de vez em quando um com o outro. Se a mesma pessoa está por trás da conta de Anomia e do blog Caneta da Justiça, ela está tomando o cuidado de manter dois personagens diferentes na rede. De modo geral, Anomia parece compartilhar qualquer coisa que lance uma luz desfavorável sobre Edie Ledwell, enquanto o Caneta da Justiça critica principalmente supostas falhas no desenho animado e em outros programas a partir de um ponto de vista sociopolítico.

Depois que Edie tentou se matar em maio de 2014, Anomia e o Caneta da Justiça foram acusados de a terem perseguido. Anomia disse que a tentativa de suicídio foi forjada. O Caneta da Justiça ficou em silêncio por seis semanas, em seguida voltou com um post intitulado "Por que a cultura do cancelamento é uma ferramenta poderosa para a mudança social", que concluía:

> Fui acusado de tentar "envergonhar" e de "fazer bullying" para que as pessoas entrassem em conformidade com meus pontos de vista. Bem, eu não peço desculpas por isso. Se a sociedade vai mudar para melhor, se for inclusiva para todas as raças, todos os gêneros, todas as pessoas com deficiência, assustar os intolerantes não é um lugar ruim para se começar. A chamada "cultura do cancelamento", na verdade, nada mais é do que responsabilizar pessoas pelos pontos de vista que elas estão colocando intencionalmente na esfera pública.
>
> Eu quero Ledwell morta? Claro que não.

Edie Ledwell deixa o mundo um lugar mais inseguro para grupos marginalizados com cada estereótipo impensado que ela põe na tela? Deixa, sim.

Estou feliz que ela esteja se sentindo melhor. Agora quero vê-la ser melhor.

Embora Morehouse (cocriador do jogo com Anomia) tenha negado, há um boato persistente entre os fãs de *Coração de nanquim* de que ele escreve o blog Caneta da Justiça. A teoria surgiu pela primeira vez em janeiro de 2013 (ver as publicações no Twitter em anexo).

Strike deu uma olhada na página e viu uma coluna de publicações do Twitter impressas.

---

**Penny Pavão** @rachledbadly
@theMorehou©e Eu sei que você escreveu isso
www.canetadajustica/porquea...

---

**Morehouse** @theMorehou©e
Em resposta a @rachledbadly
Não

---

**Penny Pavão** @rachledbadly
Em resposta a @theMorehou©e
Heisenberg

---

**Morehouse** @theMorehou©e
Em resposta a @rachledbadly
Você está tão errada em achar que sou o Caneta da Justiça quanto está em relação ao princípio da incerteza

---

**Penny Pavão** @rachledbadly
Em resposta a @theMorehou©e
rsrs

---

**Pesga** @pesga25
Em resposta a @suze_mcmillan @rachledbadly @theMorehou©e
Esperem, o quê? Morehouse = Caneta da Justiça?????

---

**Carol S** @CJS_tinteiro
Em resposta a @pesga25 @suze_mcmillan @rachledbadly @theMorehou©e
Esse blog está certo, O coração de nanquim é capacitista mesmo

---

**Dan Spinkman** @SpinkyDan
Em resposta a @CJS_tinteiro @pesga25
@suze_mcmillan @rachledbadly @theMorehou©e
É um desenho animado sobre cadáveres. Seria meio estranho que eles estivessem com a saúde perfeita

---

**Kea Niven** @realPaginabranca
Em resposta a @SpinkyDan @CJS_tinteiro
@pesga25 @suze_mcmillan @rachledbadly
@theMorehou©e
Por favor, me expliquem por que pessoas com deficiência deveriam ter que tolerar esse tipo de "humor" de merda #spoonie #capacitismo #Coraçãodenanquim

---

**Discípulo de Lepine** @D1scipulodeLepine
Em resposta a @realPaginabranca @SpinkyDan
@CJS_tinteiro @pesga25 @suze_mcmillan
@rachledbadly @theMorehou© e
Ser feio demais para trepar ≠ ter deficiência

Strike teve a sensação de que tinha acabado de ler um nome que devia significar alguma coisa para ele, mas, possivelmente por ter consumido um terço de uma garrafa de uísque, não conseguiu identificá-lo. Ele virou a página seguinte, no alto da qual Robin tinha escrito: *Este é o artigo do Caneta da Justiça que Anomia retuitou.*

**Por que *O coração de nanquim* é seriamente capacitista e por que isso devia preocupar você**

***Alerta de conteúdo: este artigo vai usar termos e palavras relacionados a deficiências físicas e mentais que você pode considerar ofensivos, depreciativos ou danosos. Enquanto eu os estou usando com propósitos educativos, aconselharia veementemente que você resguarde sua saúde mental e adie a leitura se atualmente estiver em um lugar de dor ou vulnerabilidade, ou se sentindo inseguro em seu ambiente atual. As questões abordadas por este texto vão ser necessariamente um gatilho para muitas pessoas com deficiência.***

Strike parou para coçar a perna no lugar onde o coto se encontrava com a prótese, um exercício inútil, pois a coceira era originada nas terminações nervosas que se recusavam a acreditar que a parte inferior da perna estava ausente.

O capacitismo natural está por toda parte. Quando foi a última vez que você passou um dia inteiro sem ouvir ou ler alguém usando as palavras *idiota, cretino, retardado, imbecil, lento, louco, manco, tolo, iludido, demente, maluco, doido, deformado, aleijado, transtornado, histérico, sociopata ou viciado?*

A representação de pessoas com deficiência na cultura popular é extremamente pobre, tanto em termos de quantidade quanto de qualidade. Nas raras ocasiões em que vemos uma pessoa com deficiência na tela, elas geralmente são interpretadas por um ator sem deficiência. Além disso, personagens com deficiência em geral são definidos por seu problema físico ou mental de formas superficiais e estereotipadas.

Considerando que um dos autores afirma ter tido problemas de saúde mental, era de esperar que *Coração de nanquim* resistisse a essa tendência. Infelizmente, ele é sem dúvida um dos maiores ofensores atualmente em nossas telas.

Quase todos os personagens têm deficiências "cômicas" de algum tipo. Das palpitações regulares de Cori até ossos caindo aleatoriamente dos esqueletos dos Wirdy-Grobs, somos convidados a rir da estranheza de seus corpos imperfeitos. Mentes doentes também não são poupadas. A depressão e a anorexia de Páginabranca e os episódios discutivelmente maníaco-depressivos de Drek são ridicularizados da mesma forma. O Verme e a Pesga, nitidamente os dois únicos personagens da classe trabalhadora, são responsabilizados por "causarem" suas próprias doenças: o Verme por comer demais e a Pesga por roubar objetos pesados demais para carregar. Isso, é claro, reforça o estereótipo de que os (criminosos) pobres têm apenas a si mesmos para culpar por suas condições de obesidade e dor crônica.

A linguagem usada por todo o desenho animado é consistentemente problemática. Praticamente não se passa um episódio sem que um personagem chame o outro de "maluco doente" ou "repulsivo", ou seja, "mentalmente instável" e "feio". A crueldade natural é endêmica. Drek capitaliza a falta de pernas de Cori e o chuta como se fosse uma bola de

**futebol, Pesga escarnece de Páginabranca por não se compor e tomar uma atitude para melhorar sua vida infeliz; todos os outros personagens riem da ilusão dos Wyrdy-Grob de que permanecem saudáveis e belos, apesar de estarem literalmente reduzidos a uma pilha de ossos.**

**Não seria ir longe demais dizer que, como os visitantes saudáveis podiam visitar o hospício de Bedlam no século XVIII para zombar e abusar dos pacientes, somos convidados a escarnecer dos internos infelizes de *Coração de nanquim.***

Strike pegou o uísque ao seu lado, bebeu mais um pouco, então virou a página com o copo equilibrado no peito.

No alto da página nova, Robin escrevera: *Discussão entre Anomia e Edie depois que Anomia retuitou o post sobre deficiências. Observe que Kea Niven entra e participa.*

Com esforço, Strike então conseguiu se lembrar do que Robin lhe dissera mais cedo sobre a garota que acreditava que Edie Ledwell tinha roubado suas ideias para *O coração de nanquim*.

---

**Anomia** @AnomiaGamemaster

Uma análise decente do estranho fascínio de Edinheiro Comilona por deficiências e feiura:

www.canetadajustica/PorqueCoraçãodenanquim...

---

**Anomia** @AnomiaGamemaster
Em resposta a @AnomiaGamemaster
Fato divertido extra: o irmão de criação da Comilona tem deficiência. Aparentemente, o andar de Lorde Wyrdy-Grob foi baseado no dele

---

**Edie Ledwell** @EdLedDesenha
Em resposta a @AnomiaGamemaster
Isso é uma grande mentira

---

**Anomia** @AnomiaGamemaster
Em resposta a @EdLedDesenha
Onde você teve a ideia para seu andar?

---

**Edie Ledwell** @EdLedDesenha
Em resposta a @AnomiaGamemaster
Eu não animo Lorde Wyrdy-Grob, Josh anima

---

**Anomia** @AnomiaGamemaster
Em resposta a @EdLedDesenha
Claro que anima. Sério, você já pensou em não mentir?

---

**Edie Ledwell** @EdLedDesenha
Em resposta a @AnomiaGamemaster
Não é mentira e você devia deixar meus amigos e minha família em paz, caralho

---

**Anomia** @AnomiaGamemaster
Em resposta a @EdLedDesenha
Diz a mulher que afirma não ter família e a quem não resta praticamente nenhum amigo, porque ela sacaneou todos eles

---

**Edie Ledwell** @EdLedDesenha
Em resposta a @AnomiaGamemaster
Você só fala merda

---

**Anomia** @AnomiaGamemaster
Em resposta a @EdLedDesenha
Sério, continue a ofender fãs na internet. Faz muito bem pra sua imagem

---

**Kea Niven** @realPaginabranca
Em resposta a @AnomiaGamemaster
@EdLedDesenha
Ela não dá a mínima para os fãs, tudo em que pensa é $$$ e sua própria pauta repugnante #capacitismo

---

**Kea Niven** @realPaginabranca
Em resposta a @realPaginabranca
@AnomiaGamemaster @EdLedDesenha
Seu desenho animado repugnante promove a ideia de que pessoas com deficiência são os “outros”/risíveis/estranhos #spoonie #capacitismo

---

**Yasmin Weatherhead** @YazzyWeathers
Em resposta a @realPaginabranca @AnomiaGamemaster
@EdLedDesenha
E ela ainda não se reuniu com nenhum grupo de pessoas com deficiência para discutir as preocupações válidas dos fãs #capacitismo

---

**Discípulo de Lepine** @D1scipulodeLepine
Em resposta a @YazzyWeathers @realPaginabranca
@EdLedDesenha @canetajustaescreve
@AnomiaGamemaster
Qual a sua deficiência? Ser uma baleia terrestre?

As anotações de Robin sobre o Caneta da Justiça terminavam aí. Strike largou as páginas, terminou seu uísque, apagou o cigarro, então pegou o telefone outra vez para examinar a página de Kea Niven no Twitter.

Depois de notar o quanto Kea era bonita, ele apertou sem querer com o polegar o link para sua página no Tumblr.

Strike, que nunca tinha ouvido falar no Tumblr, se viu momentaneamente confuso em relação ao que estava vendo. A página de Kea estava coberta de imagens e pequenos textos, alguns republicados de outras páginas, outros escritos e desenhados por ela mesma. No alto, havia uma foto de várias colheres de prata e a legenda:

**Artista com deficiência — amante de moda, música e pássaros — minha vida agora se resume principalmente a estar doente. Fibrose cística – fibromialgia — síndrome de taquicardia postural — alodinia — Eu preciso de mais colheres...**

Strike não tinha ideia do que significava a necessidade de colheres mencionada e supôs que fosse uma ideia caprichosa, possivelmente de algum filme ou livro que não conhecia. Ele leu a publicação de Kea sobre ser forçada a morar com a mãe, então começou a ler exemplos de sua arte, que tinha forte influência de anime. Havia várias declarações republicadas sobre doença crônica ("O comprimido mais difícil de engolir é que algumas coisas não são resolvidas pelo poder da mente sobre o corpo", "se desprender de quem você deveria ser não é fácil") e uma multidão de citações, geralmente escritas sobre fundos pastel:

Apunhale o corpo e ele se cura, mas machuque o coração e a ferida dura uma vida — **Mineko Iwasaki**

Quando você dá todo o seu coração para alguém que não o deseja, você não pode pegá-lo de volta. Ele está perdido para sempre — **Sylvia Plath**

Todas as mudanças passam por mim como um sonho,
Eu não canto nem rezo,
E tu és como a árvore venenosa
Que roubou minha vida — **Elizabeth Siddal**

Strike continuou lendo até encontrar textos curtos escritos pela própria Kea.

**Minha mãe, uma mulher que cria papagaios e é alérgica a penas, está reclamando de minhas escolhas ruins. Beleza, Karen.**

Um pouco abaixo disso havia:

**Tudo bem não "trabalhar" nem "conquistar". Sentir-se culpada por não ser capaz de fazer nenhum dos dois é resultado do capitalismo internalizado.**

**Tudo bem solicitar acomodações. Sua avaliação das necessidades de seu próprio corpo não devia depender do quanto as outras pessoas acreditam que você está "doente".**

**Tudo bem usar um dispositivo de mobilidade se isso torna sua vida mais fácil, mesmo que não tenha sido receitado nem recomendado por um médico.**

O olhar de Strike se moveu inconscientemente para a gaveta onde guardava a bengala desmontável que Robin comprara para ele quando sua perna amputada estava lhe criando tantos problemas que ele mal conseguia andar. Ele não gostava de usá-la, primeiro porque a bengala adicionava mais uma característica reconhecível a uma aparência que já era marcante e correndo o risco de se tornar reconhecível demais, e segundo porque isso atraía perguntas e empatia que ele geralmente achava indesejadas.

Strike fechou a página de Kea no Tumblr, que achou sentimentaloide de uma maneira nada atraente, e ficou deitado imóvel na cama por mais um minuto, olhando para o teto, antes de levantar-se e ir mancando na direção do banheiro. Enquanto fazia xixi, lembrou que Charlotte também tinha lhe dado uma bengala no passado: antiga, feita de madeira malaca, com uma empunhadura de prata. Ela dissera que havia pertencido a seu bisavô, mas quem podia saber se isso era verdade; ela podia, com a mesma facilidade, tê-la comprado em uma loja de antiguidades. De qualquer modo, a bengala tinha sido inútil; era curta demais para Strike, e, quando eles se separaram pela última vez, Charlotte ficou com ela.

Olhando para a parede do banheiro, esperando que sua bexiga esvaziasse, Strike sentiu que podia estar prestes a cunhar um aforisma sobre o que parecia atraente em tempos turbulentos versus aquilo de que um homem realmente precisava, sobre o que realmente tinha valor em oposição ao que custava caro, mas seu cérebro cansado, agora moroso pelo uísque, se recusou a criar frases nítidas. Portanto, ele se voltou, em vez disso, para questões mais práticas, como retirar a perna falsa, passar pomada na extremidade do coto e cair na cama.

# 30

*Mas se posso enganar meu coração com o velho conforto,*
*que o amor pode ser esquecido,*
*não seria melhor assim?*

Adah Isaacs Menken
*Myself*

O champanhe e a conversa com Ilsa tinham deixado Robin temporariamente em um bom estado de espírito, mas ela o viu se esvair mais uma vez agora que estava indo para casa em um táxi. Resquícios da revelação de que Strike estava em um relacionamento continuavam a atingi-la no plexo solar. Ilsa quisera lhe dar esperança: esperança de que Strike mudasse milagrosamente e quisesse um relacionamento com a mulher que chamava de sua melhor amiga, mas isso poria em risco a agência e o faria trocar sua vida espartana e autossuficiente, em seu apartamento no sótão do qual nunca demonstrara o menor sinal de desejar se mudar, por uma existência menos solitária. Ilsa podia conhecer Strike havia muito tempo, mas Robin desconfiava que conhecia melhor o homem que ele era agora. Se Ilsa estava ou não certa em relação às razões dele para esconder o relacionamento com Madeline, isso vinha de um hábito de compartimentação autoprotetora que Robin duvidava que Strike jamais ficaria propenso a abandonar.

Olhando pela janela do táxi e observando as lojas escuras que passavam, algumas delas ainda com os letreiros e néon acesos acima de suas vitrines enegrecidas, ela disse a si mesma: *Você precisa deixar de amar. É simples assim.*

Mas ela não tinha ideia de como exatamente devia fazer isso. Não precisara se esforçar com seu ex-marido: o amor havia se erodido lentamente por uma incompatibilidade escondida pelas circunstâncias, até que ela finalmente percebeu que tinha acabado, e a traição a libertou.

Como se ela tivesse desejado que acontecesse, começou a tocar no rádio do carro "Wherever You Will Go", do The Calling. Essa havia sido a música dela e de Matthew, a primeira dança em seu casamento, e, embora ela tivesse tentado encontrar humor na coincidência, lágrimas arderam em seus olhos. A música ainda estava tocando quando ela fugiu da primeira dança para ir atrás de Strike, que deixara a recepção, dessa forma determinando o tom (ao menos, era o que parecia a Robin em retrospecto) de seu casamento curto e malfadado.

*Run away with my heart,*
*Run away with my hope,*
*Run away with my love...*

— Ridículo — sussurrou Robin para si mesma, enxugando as lágrimas, então fez exatamente o que seu sócio tinha feito uma hora antes e se voltou para o trabalho como um refúgio melhor do que a bebida.

Abrindo o Twitter, ela viu que tinha mais duas mensagens diretas de seu esperançoso flerte, @jbaldw1n1>>.

@jbaldw1n1>>
Porra, não vai nem responder?

@jbaldw1n1>>
Então vá se foder, sua vadia esnobe

Fechando suas mensagens diretas, Robin verificou o feed de Anomia no Twitter e viu que houvera uma nova publicação enquanto ela estava no restaurante.

---

**Anomia** @AnomiaGamemaster

Isso é o quanto o "protetor da chama" se preocupa com Coração de nanquim e seus fãs

**Grant Ledwell** @gledwell101
Uma mensagem breve para agradecer aos fãs por suas condolências.

A família de Edie Ledwell está comprometida em desenvolver e proteger #Ocoraçãonegro como Edie teria desejado.

23.15 10 de abril de 2015

Robin agora tinha passado tempo suficiente imersa no mundo dos fãs do *Coração de nanquim* para conseguir prever o alvoroço que a republicação por Anomia das palavras de Grant ia causar.

**DrekÉMeuAnimalEspiritual** @jogueoDreksgame
Em resposta a @AnomiaGamemaster @gledwell101
O babaca não consegue nem acertar o título
😂😂😂😂😂😂

**Belle** @Hell5!Bell5!
Em resposta a @AnomiaGamemaster @gledwell101
Tente acertar o título, retardado

**Discípulo de Lepine** @D1scípulodeLepine
Em resposta a @AnomiaGamemaster @gledwell101
Ei, Grunt, sua mulher é igual ao que resta no balde depois de uma lipoaspiração

**Black Hart** @sammitchywoo
Em resposta a @AnomiaGamemaster @gledwell101
Nós escutamos Josh, não você. Ele pelo menos sabe o título
#nãoparaaMaverick #EuestoucomJosh

**Zozo** @tinteiro28
Em resposta a @AnomiaGamemaster @gledwell101
Ah, meu Deus, Josh está publicando outra vez .
Josh está pedindo às pessoas que não,
ataquem os Ledwell

**Josh Blay** @realJoshBlay
Em resposta a @AnomiaGamemaster
Por favor, deixe os Ledwell em paz. Por favor, pare o que você está fazendo.

**Discípulo de Lepine** @D1scípulodeLepine
Em resposta a @tinteiro28 @realJoshBlay
@AnomiaGamemaster @gledwell101
Esse aí não é ele. Ele agora é um vegetal. Deve ser algum RP da Maverick

As luzes da rua projetavam faixas deslizantes laranja sobre o banco do táxi e a tela do telefone de Robin. Sentindo uma repulsa repentina em relação ao Twitter, Robin fechou o aplicativo e, em vez disso, tentou entrar novamente no *Drek's Game*, mas não conseguiu. Enquanto observava Cori sorrindo e dando de ombros, Robin concluiu que Strike estava certo. Anomia não queria ninguém novo no jogo naquele momento.

E então, bem de repente, a solução para o problema se abateu sobre ela como se tivesse sido sussurrada em seu ouvido por um dos devas mencionados por Allan Yeoman. Eles iam entrar se passando por alguém que *não fosse* novo. Com a depressão dissipando-se pelo fluxo repentino de adrenalina, Robin tentou se lembrar da escala de serviço da noite. Barclay estava vigiando Cardew, Shah estava seguindo Montgomery, então Midge certamente estava com Dedos. Ela digitou o número de Midge, que atendeu ao segundo toque.

— Tudo bem?

— Ah, que bom, você está acordada.

— É, ainda estou em Belgravia com um bando de cuzões.

— Midge, preciso de um favor. A agência vai reembolsar você, se for necessário dinheiro para fazer isso.

— Continue.

— Strike e eu ainda não conseguimos entrar no jogo de Anomia. Parece que eles não estão admitindo ninguém novo. Então eu estava me perguntando...

— Robin — cortou Midge —, é melhor você não estar pensando no que acho que você está pensando.

— Tenho certeza de que estou.

À frente do táxi, um carro de polícia havia estacionado ao lado do que parecia o resultado de uma briga. Um grupo agitado de pessoas estava parado diante de um bar, e um homem no chão protegia a cabeça. Havia vidro estilhaçado por toda a sua volta sobre a calçada.

Midge grunhiu no ouvido de Robin.

— Pelo amor de Deus, Robin.

— Beth ainda estava jogando o jogo quando vocês se separaram?

— Não tanto. Acho que estava ficando entediada com ele.

— Bom — disse Robin —, isso é o ideal sob nosso ponto de vista.

— Pode ser sob a porra de *seu* ponto de vista, mas eu esperava nunca mais tornar a falar com ela.

— Há alguma coisa que poderíamos dar a ela em troca de suas informações de login?

Outra pausa longa se seguiu.

— *Você* não poderia — disse Midge por fim. — Mas suponho que eu, sim.

— Eu não ia querer que você fizesse nada que a deixasse desconfortável — disse Robin, cruzando os dedos da mão livre.

— Isso não vai me deixar desconfortável, só vai me emputecer dar a ela o que ela quer.

— O que seria isso?

— Eu fiquei com um espelho antigo quando nos separamos. Ela é louca por aquilo.

— Nós podemos comprar um novo para você — sugeriu Robin.

— Eu não quero um novo, eu o odeio. Só fiquei com ele porque ela o queria demais e eu tinha pagado por ele — disse Midge. Ela deu um suspiro alto. — Tudo bem. Vou ver o que posso fazer.

— Midge, não sei como agradecer — retrucou Robin, agora radiante.

Depois que Midge desligou, e apesar do fato de tê-lo fechado alguns minutos antes, Robin tornou a abrir o Twitter.

As respostas ao retweet de Anomia do infeliz erro de Grant ainda estavam chegando.

---

**Sophie a Marmota** @CoracaoNegroSouEu
Em resposta a @AnomiaGamemaster @gledwell101
Se esse babaca idiota estiver no controle,
#Coraçãodenanquimacabou

---

**Irmão da Suprema Thule** @Supremoirmao88
Em resposta a @AnomiaGamemaster @gledwell101
#TragamWallydeVoltaComoDrek

---

**Algernon Gizzard Esq** @Gizzard_Al
Em resposta a @AnomiaGamemaster @gledwell101
Ei, Anomia, você devia matar Grunt em seguida

# 31

*O rato é o inquilino mais conciso,*
*ele não paga aluguel…*
*repudia a obrigação,*
*com a intenção de tramar.*

Emily Dickinson
*The Rat*

## Chats dentro do jogo entre todos os oito moderadores de *Drek's Game*

<Canal de moderadores>

<10 de abril de 2015 23.29>

<Anomia, Vilepechora, Páginabranca, Endiabrado1, Corella, Verme28>

**Anomia**: certo, está todo mundo aqui?

**Verme28**: Morehouse não está

**Corella**: LordDrek também não está

**Anomia**: está bem, vamos esperar porque quero que todos vocês escutem isso

**Anomia**: vocês todos viram o que Grunt acabou de fazer no Twitter?

<Um novo canal privado foi aberto>

<10 de abril de 2015 23.29>

<Morehouse convidou Anomia>

>

>

>

>

>

>

>

>

>

>

>

<Um novo canal privado foi aberto>

<10 de abril de 2015 23.29>

<LordDrek convidou Vilepechora>

**LordDrek**: qual é a porra do seu problema?

**LordDrek**: você está bêbado?

>

>

<Vilepechora entrou no canal>

**Vilepechora**: tudo bem?

**LordDrek**: você está bêbado?

>

**Vilepechora**: errando o título? Vimos

**Verme28**: Josh , porém , n quer que ataquemos ele

**Vilepechora**: Josh conseguiu poderes mágicos no hospital?

**Verme28**: ?

>

**Vilepechora**: "varinha", ou como você diria, "varinha"

**Endiabrado1**: vá se foder e deixe Verme em paz, Vilepechora

**Corella**: Josh deve estar muito melhor se está tuitando

**Endiabrado1**: ele pode ter pedido a uma enfermeira para fazer isso por ele

**Endiabrado1**: depressa, Anomia, não faça suspense, isso aqui não é a droga do X Factor

**Verme28**: rsrs

>

>

>

**Corella**: é terrível Grant Ledwell ter tanto poder sobre CN quando ele não consegue nem acertar o título

>

**<Anomia entrou no canal>**

**Anomia**: tem uma reunião no canal de moderação, venha se juntar a nós

**Morehouse**: por que você não expulsou Vilepechora e LordDrek como disse que ia fazer?

**Anomia**: Eu disse que ia investigá-los

**Anomia**: Eu fiz isso, e eles não são do Corte

**Morehouse**: como você os investigou?

**Anomia**: perguntei a eles

**Morehouse**: pelo amor de Deus, o que você estava esperando, uma confissão?

**Morehouse**: Eu dei uma olhada nos logins. Nenhum deles estava aqui quando o assassinato aconteceu.

**Anomia**: Nem você, e não vejo ninguém acusando você de ter matado Ledwell

**Morehouse**: o que eles falaram sobre aquele dossiê?

**Anomia**: eles achavam que era tudo verdade

>

>

>

**Vilepechora**: rsrs estou

**LordDrek**: o que você está fazendo, dizendo aquilo no Twitter?

>

**Vilepechora**: aquilo o quê?

**LordDrek**: sobre Anomia matar Grant Ledwell em seguida

**LordDrek**: pelo amor de Deus, nós não devemos anunciar nossa presença nessa porra de jogo

**LordDrek**: e não é preciso ser a porra de um gênio para ver por trás de "Al Gizzard"

**Vilepechora**: você está muito paranoico

**LordDrek**: Não estou paranoico, porra. Eu só estava conversando com Eihwaz. Ele foi interrogado pela polícia esta tarde.

**Vilepechora**: merda. Por quê?

**LordDrek**: ou fomos infiltrados ou hackeados de novo, porque pelo que perguntaram, eles claramente acreditam que ele faz bombas

**Corella:** só Deus sabe como vai ser o filme sob o controle dele

**Endiabrado1:** ele não vai estar totalmente no controle, ainda tem Josh

**Verme28:** a Maverick devia se sentar com os fãs e ouvir o que achamos que deve acontecer com o filme

**Corella:** é

>

**Páginabranca:** mas isso nunca vai acontecer

>

**<LordDrek entrou no canal>**

**LordDrek:** desculpem pelo atraso, acabei de chegar em casa do trabalho

**Corella:** oi, LordDrek bjs

**LordDrek:** oi, Corella

>

**Anomia:** certo, estão todos aqui?

**Anomia:** está bem, o pequeno vacilo de Grunt Ledwell prova que não faz mais sentido bancar o bonzinho

**Endiabrado1:** quer dizer que você tem bancado o bonzinho, então?!

**Morehouse:** bobagem, eles estavam tentando voltar os fãs contra ela e fazer com que a assediassem

**Anomia:** Eles só estavam dizendo o que a maioria dos fãs pensa. Ela era uma vaca mercenária. Você está obcecado com a porra do Corte.

**Morehouse:** pelo amor de Deus, você também devia estar

>

>

**Anomia:** Só venha para o canal de moderação. Vou contar a eles meu plano para a Comic Con

**Morehouse:** foda-se seu plano, eu ainda não terminei de falar sobre isso

**<Anomia saiu do canal>**

**<Morehouse saiu do canal>**

**<O canal privado foi fechado>**

**Vilepechora:** o babaca provavelmente andou falando sobre explosivos ou coisas assim em um pub

**LordDrek:** o que quer que ele tenha feito, não preciso que você faça uma conexão do seu nome no Corte com este jogo em público

>

>

**Vilepechora:** está bem, apaguei a publicação

**LordDrek:** apague a conta toda, idiota!

**<Vilepechora saiu do canal>**

**<LordDrek saiu do canal>**

**Anomia:** é hora de começar a aterrorizar Grunt Ledwell e aqueles merdas da Maverick

**Endiabrado1:** como?

**Anomia:** queremos que o maior número possível de pessoas apareça na Comic Con usando camisetas do Drek's Game

**Anomia:** mostrar a eles que o jogo é o epicentro dos fãs

**Anomia:** qualquer tentativa de nos fechar vai significar uma resposta contra eles e seu filme de merda

**<Morehouse entrou no canal>**

**Verme28:** mas como manter a regra 14 se nós estivermos todos lá ?

**Anomia:** nada de nomes, detalhes pessoais e todos de máscara

**LordDrek:** sexy. Como uma orgia de praticantes de swing

**Corella:** rsrs

**Morehouse:** eu quero falar sobre o Corte

**Anomia:** Morehouse, pelo amor de Deus, dê um tempo com isso

**Morehouse**: acho que temos dois membros do Corte aqui e eu quero que eles caiam fora do jogo e não voltem

>

**LordDrek**: Acho que você está falando de mim e Vilepechora?

**Morehouse**: correto

**LordDrek**: nós falamos sobre isso com Anomia e ele aceitou que cometemos um erro inocente

**Morehouse**: é mesmo? uau

**Vilepechora**: sim

**Vilepechora**: nós nem sabíamos o que é o Corte até Anomia nos explicar

**Vilepechora**: ele entende de toda essa coisa de dark net

**Vilepechora**: achamos que ele usou bitcoins para comprar o taser e o facão

**Verme28**: como vocês podem brincar com uma coisa dessas ?

**Endiabrado1**: vá se foder, Vilepechora!

**Endiabrado1**: um ser humano foi morto e você fica fazendo essas porras de piadas

**<Um novo canal privado foi aberto>**

**<10 de abril de 2015 23.37**

**<Corella convidou Morehouse>**

**Corella**: Morehouse, não faça isso, por favor.

**Corella**: não há como LordDrek ser do Corte!

**Corella**: por favor, não conte a Anomia que sei disso, porque desobedeci à regra 14, mas LordDrek é negro!

**Corella**: então como ele pode ser um supremacista branco?!

>

>

>

**Corella**: Morehouse?

>

>

>

>

**<Corella saiu do canal>**

**<O canal privado foi fechado>**

**<Um novo canal privado foi aberto>**

**<10 de abril de 2015 23.41>**

**<LordDrek convidou Vilepechora>**

**<Vilepechora entrou no canal>**

**LordDrek**: CALE ESSA PORRA DESSA BOCA AGORA

**Endiabrado1**: Morehouse está totalmente certo. Se isso tivesse sido um erro inocente, vocês estariam escondidos embaixo de uma pedra depois do que aconteceu com Ledwell e Blay, mas estão aqui rindo disso. Eu não acho que foi um erro

**<Endiabrado1 saiu do canal>**

**Anomia**: você armou isso com Endiabrado1, hein Morehouse?

**Anomia**: abrindo conversinhas no privado outra vez, como nos velhos tempos?

**Morehouse**: Você pode ficar com LordDrek e Vile ou pode ficar comigo, Anomia

**<Morehouse saiu do canal>**

>

>

>

>

>

**LordDrek**: olhem, se nossa presença está estragando o jogo para todo mundo, nós saímos

**<Um novo canal privado foi aberto>**

**<10 de abril de 2015 23.46>**

**<Páginabranca convidou Morehouse>**

**Páginabranca**: você é meu herói

**<Morehouse entrou no canal>**

**Páginabranca**: foi exatamente o que o resto de nós estava com medo demais para dizer.

**LordDrek**: Eu não estou brincando

**LordDrek**: diga a verdade: você tem conversado com Anomia sobre bitcoins?

>

>

**Vilepechora**: tenho, um pouco

**LordDrek**: seu burro idiota

**LordDrek**: o que eu disse a você quando começamos este trabalho? somos apenas dois nerds obcecados com a merda de um desenho animado

**LordDrek**: sobre o que mais você está dando instruções a ele?

**Vilepechora**: nada

**LordDrek**: bem, não precisamos que a porra de Morehouse procure a polícia por nossa causa

**LordDrek**: cale a porra da boca e faça o que eu digo

>

>

>

>

>

>

**Corella:** não seja bobo, Morehouse está sendo ridículo!

**LordDrek:** mas ele é um dos criadores

**LordDrek:** nós somos apenas dois merdas que acharam que o Drek's Game era legal

**Vilepechora:** é

**Corella:** Anomia, diga a eles que sabemos que não é verdade!

**LordDrek:** se não pudermos entrar aqui amanhã, é justo, saberemos que perdemos no voto.

**<LordDrek saiu do canal>**

**<Vilepechora saiu do canal>**

**Corella:** Isso é loucura

**Corella:** Anomia, você sabe que eles só cometeram um erro!

**Corella:** você vai deixar que Morehouse chantageie você?

>

**Anomia:** claro que não

**Corella:** se pudéssemos votar, Morehouse seria o único a votar contra eles

**Corella:** você não faria isso, faria, Verme?

**Morehouse:** São eles ou eu, e Anomia precisa de mim um pouco mais do que precisa deles.

**Morehouse:** Ele não podia ter feito isso sem mim. Sua programação é uma merda.

**Morehouse:** Estou com raiva suficiente agora para contar a vocês quem ele é.

**Páginabranca:** não

**Páginabranca:** você ia se odiar depois

**Páginabranca:** ele ainda é seu amigo

**Morehouse:** é mesmo?

**Páginabranca:** você me disse que vocês eram realmente próximos

**Morehouse:** não recentemente

>

**Morehouse:** às vezes eu acho que foi ele que fez isso

**Páginabranca:** isso o quê?

**Morehouse:** O que você acha?

>

**Páginabranca:** pare com isso

**Páginabranca:** isso é loucura

>

>

>

>

>

>

>

>

>

>

>

>

>

**LordDrek:** se eu descobrir que você está se exibindo aqui, dizendo a Anomia como comprar coisas sem deixar rastros

**Vilepechora:** Não estou

**LordDrek:** é melhor que você não tenha feito isso

**Vilepechora:** Eu não fiz

>

**LordDrek:** Vejo você amanhã na casa da mamãe e do papai

**LordDrek:** vamos conversar mais lá

>

**Verme28**: não sei

**Corella**: Verme, nós não podemos expulsá-los!

**Anomia**: o que você quer dizer com "nós", Corella?

**Corella**: Quis dizer todos os moderadores.

**Anomia**: Não me lembro de você criar este jogo

**Corella**: Eu sei, não estava sugerindo isso, desculpe, Anomia

>

**Verme28**: mas o que Lorddrek e Vielpechora fizeram foi estranho

**Verme28**: aquele arquivo de coisas que eles nos mostraram e nada era verdade

**Corella**: foi um erro

**Verme28**: mas onde eles conseguiram aqueles e-mails?

**Corella**: só porque Ledwell não era Anomia não significa que os e-mails não eram reais

**Verme28**: Sei que vc gosta de Lorddrek, mas e se eles inventaram aquela coisa ?

>

**Páginabranca**: por que ele faria isso?

**Morehouse**: tudo o que interessa a ele, literalmente, é o Drek's Game

**Morehouse**: estar no comando do jogo e ser um líder dos fãs no Twitter

>

>

**Páginabranca**: isso não é um motivo

**Morehouse**: não para uma pessoa normal

>

>

**Morehouse**: está bem, esqueça que eu disse isso

**Morehouse**: Só estou me sentindo muito estranho em relação a ele ultimamente

**Morehouse**: como está sua mãe?

**Páginabranca**: ok

**Páginabranca**: ela fez três sessões de quimioterapia

**Páginabranca**: o cabelo dela agora está começando a cair

**Páginabranca**: mas desde que funcione

>

**<LordDrek saiu do canal>**

**<Vilepechora saiu do canal>**

**<O canal privado foi fechado>**

**Corella**: ah, não fode, Verme

**<Verme28 saiu do canal>**

**Corella**: ah, pelo amor de Deus

>

>

>

>

>

**Corella**: Anomia?

**Anomia**: o quê?

**Corella**: o que você vai fazer em relação a LordDrek e Vile?

>

>

>

>

>

>

**Anomia**: isso cabe a mim saber. Mas Verme está certa, você parece gostar muito de LordDrek

**Corella**: Não!

**Corella**: Quero dizer, gosto dele do mesmo jeito que do resto de vocês

>

>

**Morehouse**: É. Estou na torcida

**Páginabranca**: bjs

>

**Páginabranca**: escute, sei que isso vai parecer insegurança

**Páginabranca**: mas você está tendo conversas no privado com Endiabrado1 sem que eu saiba?

**Morehouse**: não, claro que não. Por que você está perguntando?

>

**Páginabranca**: Pelo que Anomia disse no canal de moderadores. A coisa das "conversinhas no privado".

**Páginabranca**: Tipo se você for bi, não faria diferença para mim

**Morehouse**: Eu não sou bi, sou hétero e não falo com Endiabrado1 em um canal privado há mais de um ano

>

**Páginabranca**: está bem! É só que, pelas coisas que as pessoas disseram aqui, parece que Endiabrado1 gostava de você

**Morehouse**: Ele com certeza não gostava, não assim.

**Anomia:** então você não está desobedecendo à regra 14?

>

**Corella:** não, claro que não!

>

**Anomia:** Verme28 devia estar moderando esta noite

**Corella:** eu sei

>

>

**Anomia:** como você fez questão de mandá-la embora, você pode fazer o turno da noite no lugar dela

**Corella:** Anomia, não posso, tenho que acordar cedo!

>

>

>

**Anomia:** considere isso um lembrete de que você não dá ordens aqui. Eu dou.

**Corella:** por favor, Anomia, tenho que estar de pé às 6h!

>

**Anomia:** é uma pena

**<Anomia saiu do canal>**

**<Morehouse saiu do canal>**

>

>

**Páginabranca:** Quero perguntar outra coisa a você, mas estou com medo que você surte

**Morehouse:** pergunte

>

>

>

**Páginabranca:** você tem deficiência?

>

>

>

**Morehouse:** por que você está perguntando isso?

>

**Páginabranca:** Mouse, não importaria nada para mim que você tivesse

**Morehouse:** o que fez você pensar que eu tinha?

>

**Páginabranca:** bom, foi só uma coisa que Endiabrado1 disse uma vez

**<Morehouse saiu do canal>**

# 32

*E todas as nossas observações estão ligadas*
*Às Artes e às Letras,*
*À Vida e ao Homem. Orgulhosamente sentamos, nós dois,*
*No trono elevado de nossa Objetividade;*
*Poucos amigos, nenhum amante (cada um assevera),*
*Mas filósofos sem sexo e seguros.*

Amy Levy
*Philosophy*

Nos cinco dias que se passaram até que Strike e Robin se vissem outra vez, eles se comunicaram apenas por meio de mensagens de texto e e-mails. Foi pelos últimos que Strike contou a Robin que a agência tinha aceitado outro serviço: descobrir algo que desacreditasse Jago Ross e pudesse ser usado contra ele, de modo a impedir que Strike fosse arrastado para o caso do divórcio dos Ross. Como Strike não contou a Robin por que Jago podia suspeitar que ele e Charlotte estivessem tendo um caso, Robin recebeu combustível fresco para especulação dolorosa, e, apesar de sua recente admissão para si mesma de que talvez estivesse apaixonada pelo sócio, ela nunca tinha sentido mais empatia pelas mulheres que, nas palavras de Ilsa, ele tinha irritado. Normalmente, ela teria telefonado para ele para discutir os novos detalhes do caso que Ryan Murphy contara a ela por telefone — o comportamento estranho do telefone de Edie Ledwell, que tinha ido do cemitério de Highgate para as proximidades de um lago em Hampstead Heath depois da morte de sua dona —, mas optou, em vez disso, por transmitir a informação em um e-mail de resposta.

Enquanto isso, Strike estava na posição familiar de sentir que sua vida tinha se tornado uma longa processão de exigências emocionais que ele não estava conseguindo satisfazer e exigências físicas que mal era capaz de atender. Seu tendão continuava sendo um problema, e, apesar de duas aplicações diárias de pomada, a extremidade de sua perna amputada permanecia inflamada. Considerando que era culpa sua ter acrescentado um serviço extra à carga de trabalho da agência, ele estava tentando cobrir o maior número de horas possível, para liberar Dev e Midge para a investigação de Ross. Isso não significava apenas que ele não podia remover a prótese e descansar com uma bolsa de gelo apertada contra a extremidade de seu coto, como ele sabia que seu especialista teria aconselhado, mas ele também havia sido forçado a recusar convites de Madeline, que tinha ingressos para *La fille mal gardée* na Royal Opera House, e de Lucy, que esperava que ele passasse o fim de semana em sua casa em Bromley com o recém-enlutado tio Ted. Nenhuma das mulheres escondeu a decepção e a insatisfação quando ele disse que tinha de trabalhar, e Strike, que gostava muito menos de balé do que de seu tio, conseguira pelo menos arranjar tempo para tomar um café com Ted antes que ele voltasse para a Cornualha.

Passeios com seu sobrinho favorito também tiveram de ser arquivados em nome do presente. A proximidade crescente de Strike com Jack era uma surpresa tanto para ele quanto para sua irmã. Ele tivera pouco contato voluntário com os três filhos de Lucy até Jack ser hospitalizado, quando Strike teve de fazer o papel dos pais, que estavam impossibilitados de deixar a Itália. Desse acontecimento traumático e aleatório crescera uma conexão totalmente imprevista que se fortificara ao longo dos anos seguintes. Strike realmente sentia falta de seus passeios com Jack, que geralmente envolviam ir ver coisas de interesse mútuo, em geral, militares. Como Jack agora tinha seu próprio telefone celular, eles de vez em quando enviavam mensagens um para o outro com piadas ou informações que achavam que o outro ia gostar. Jack contara recentemente ao tio que, em seu trabalho sobre a I Guerra Mundial, abordaria a Batalha de Neuve Chapelle de 1915 (confronto em que a Polícia Militar Real, na qual Strike servira e Jack aspirava ingressar, teve papel decisivo). Como tinha sido Strike quem contara a Jack tudo sobre esta batalha, ele teve uma sensação incomum de orgulho pelo sobrinho e, por alguns minutos, se perguntou se esse tipo de sentimento era responsável pelo desejo de as pessoas procriarem, uma necessidade que Strike, pessoalmente, nunca sentira.

Somando-se ao sentimento geral de tensão, Strike percebeu na noite de quarta-feira que duas das três datas que sua meia-irmã Prudence propusera para um possível encontro já haviam passado. Ele escreveu um e-mail apressado se desculpando por não lhe ter respondido antes, disse a ela sinceramente que estava excepcionalmente ocupado, e acrescentou, quase sem pensar, que ia tentar comparecer na terceira das datas sugeridas.

Quando Robin apanhou Strike no escritório ao meio-dia da quinta-feira, ela viu pelo espelho retrovisor de seu Land Rover velho que ele estava mancando. Como Strike nunca reagia bem a perguntas sobre sua perna, e como ela, de qualquer jeito, estava sentindo uma grande dose de ressentimento em relação a ele no momento, ela não fez nenhum comentário.

— Acabei de receber um telefonema de Katya — disse Strike, tentando conter a expressão de dor ao entrar no Land Rover. — O lugar do encontro mudou. Ela quer que seja na casa dela, não no café, porque sua filha não está passando bem e não foi à escola. Lisburne Road em Hampstead, posso indicar o caminho.

— Está bem — replicou Robin, partindo tranquilamente. — Aquela coisa que está no painel é para você ler. Acho que descobri sobre a irmandade a respeito da qual a polícia perguntou a Wally Cardew, e também descobri uma coisa em relação ao telefone de Edie que pode ser relevante.

Strike pegou a pasta de plástico e retirou as folhas de papel de seu interior. A primeira era o print de uma página da internet.

**Irmandade da Suprema Thule**
**(IST)**

"Que um homem nunca dê um passo em sua estrada sem suas armas
de guerra; pois ele não sabe quando vai surgir
a necessidade de uma lança no caminho."

*O Hávamál*

**A irmandade da Suprema Thule** está comprometida com a defesa de valores civilizados comuns às nações do Norte da Europa: justiça, pureza racial, valores iluminados e soberania nacional. Nós seguimos os ideais vikings de força, solidariedade e irmandade. Vivemos de acordo com as leis e máximas estabelecidas no Hávamál. Acreditamos que o feminismo e a legalização da homossexualidade solaparam de forma desastrosa tanto a família tradicional quanto a sociedade em geral. Acreditamos que o multiculturalismo fracassou. Apoiamos a repatriação humana de judeus e outros grupos étnicos não nativos de todas as nações do Norte.

## Suprema Thule

A Suprema Thule foi o nome dado em tempos antigos para uma massa de terra no extremo norte, uma terra nos limites mais distantes do mundo conhecido. A Suprema Thule era a capital da Hiperbórea — a terra além do vento norte. Descobertas arqueológicas recentes confirmam que os hominídeos que primeiro povoaram a região boreal se originaram no norte distante. O local de origem das raças nórdicas não é a África, mas a Suprema Thule.

## Fé

A Irmandade da Suprema Thule pratica a fé antiga do odinismo. O odinismo é uma religião antiga das raças nórdicas, absolutamente livre de corrupção pela influência judaica.

## Publicações

A IST produz com regularidade textos sobre questões-chave do dia. O fundador da irmandade, Heimdall, publicou dois livros: *O Hávamál para o homem moderno* e *Recuperando a masculinidade.*

## A irmandade

A IST aceita apenas membros homens. Novos irmãos devem ser recomendados por dois membros existentes. Para mais detalhes, contatar heimdall@#I_S_T.com.

## Encontros

A IST se reúne com regularidade para encontros políticos e retiros odinistas.

Siga a ITS no Twitter em @#i_s_t e no Reddit r/irmandadedasupremathule

— Eu encontrei isso ontem — disse Robin, com os olhos na rua à frente — através das publicações no Twitter da próxima página. Elas datam de três anos atrás. Seus membros não escondem o fato de serem da irmandade. Vários deles têm IST ou ST no nome de usuário.

Como mostravam as publicações no Twitter, Wally Cardew foi notado pela Irmandade da Suprema Thule graças ao vídeo dos "Biscoitos", que causou sua dispensa do *Coração de nanquim*.

---

**Irmandade da Suprema Thule** @#I_S_T

Literalmente a coisa mais engraçada que vocês vão ver este ano.
www.youtube/DrekFazBiscoitos

21.06 12 de março de 2012

---

**Arlene** @rainhaarleene
Em resposta a @#I_S_T
Se você acha engraçado zombar do Holocausto, você é nojento

---

**SQ** @#I_S_T_Quince
Em resposta a @rainhaarleene @#I_S_T
Eles estão zombando dos viciados em ultraje que querem policiar cada porra de piada, sua imbecil

---

**Wally Cardew** @O_Wally_Cardew
Em resposta a @#I_S_T_Quince @rainhaarleene @#I_S_T
Exatamente. Estamos sacaneando os guerreiros da justiça social que veem nazismo em todo lugar.

Strike virou a página.

---

**Anomia**@AnomiaGamemaster

A Comilona está prestes a demitir @O_Wally_Cardew como a voz de Drek. Ouvi dizer que @realJoshBlay não quer dispensá-lo
Assine o abaixo assinado para #ManterWallyDrek
https://www.change.org/ManterWallyDrek

19.27 15 de março de 2012

---

**Zozo** @tinteiro28
Em resposta a @AnomiaGamemaster
Nããããããooooooo #ManterWallyDrek

---

**Terence Ryder** @Supremo_Irmao_14
Em resposta a @AnomiaGamemaster
É melhor que isso não seja verdade #ManterWallyDrek

---

**Caneta da Justiça** @canetajustaescreve
Em resposta a @AnomiaGamemaster
Discordo de muita coisa que Ledwell fez, mas para ser justo, acho que @O_Wally_Cardew a deixou sem muita escolha.

---

**Algernon Gizzard Esq** @Gizzard_Al
Em resposta a @canetajustaescreve
@AnomiaGamemaster
Vá se foder, seu corno. Wally é literalmente a única coisa boa naquele desenho animado de merda

---

**Caneta da Justiça** @canetajustaescreve
Em resposta a @Gizzard_Al
@AnomiaGamemaster
Claro, se por "boa" você quer dizer "literalmente um nazista"

---

**Wally Cardew** @O_Wally_Cardew
Em resposta a @AnomiaGamemaster
É a primeira vez que escuto que estou sendo dispensado.

---

**Anomia** @AnomiaGamemaster
Em resposta a @O_Wally_Cardew
Desculpe ter sido eu a dar a notícia a você. Você está ficando famoso demais para #EdinheiroComilona. Não pode haver ninguém brilhando mais que Edinheiro.

---

**Rei da Suprema** Thule @Heimd&Il88
Em resposta a @O_Wally_Cardew
@AnomiaGamemaster
É o que você recebe por trabalhar com guerreiros da justiça social, parceiro. Dê uma olhada em www.irmandadedasupremathule.com

— Então Anomia sabia que Cardew ia ser dispensado antes dele? — indagou Strike. — E depois o líder da irmandade tentou recrutá-lo?

— Ele tentou duas vezes — disse Robin. — Veja o resto das publicações no Twitter.

**Irmandade da Suprema Thule** @#I_S_T
@O_Wally_Cardew
Veja nossa resposta a sua dispensa.
www.irmandadedasuprematule.com/Adispensade...
20.03 18 de março de 2012

**Wally Cardew** @O_Wally_Cardew
Em resposta a @#I_S_T
É, isso praticamente resume tudo, obrigado pelo apoio

**Irmandade da Suprema Thule** @#I_S_T
Em resposta a @O_Wally_Cardew
Somos grandes fãs seus. Seria ótimo se nos encontrássemos.
Entre em contato comigo por aqui ou em @Heimd&II88.

— Bom trabalho em encontrar isso — disse Strike. — Essa foi a última vez que a irmandade e Wally interagiram no Twitter, três anos atrás?

— Acho que foi. Não consegui ver mais nada.

— Talvez eles tenham levado o relacionamento para fora da rede depois disso. Você leu o que a irmandade tinha a dizer sobre a dispensa? — acrescentou ele, verificando se o artigo estava anexado.

— Li — respondeu Robin —, mas não havia nada novo aí. Em resumo, Wally foi dispensado por discriminação por ser um homem branco heterossexual, as feminazis estão dominando o mundo e você não pode nem fazer uma piada simples com judeus sem que a polícia do pensamento vá atrás de você.

O carro entrou pela Tottenham Court Road.

— Se importa se eu fumar? — perguntou Strike, em respeito ao comportamento notadamente frio de Robin; ele normalmente não teria perguntado, considerando que ela mantinha uma lata no porta-luvas para ele usar como cinzeiro.

— Não — disse ela. — Você acha que há alguma chance de que a Irmandade da Suprema Thule e O Corte...?

— Sejam o rosto público e secreto da mesma organização?

— Exatamente.

— Imagino que há uma chance muito boa — disse Strike, soprando a fumaça cuidadosamente pela janela. — A irmandade é a ferramenta de recrutamento, e os membros mais engajados são selecionados para a ala militante.

Strike então pegou a última folha que Robin tinha imprimido, que era um trecho curto de uma entrevista de Edie Ledwell na internet, datada de 2011, para um site chamado *Mulheres que criam*.

**MQC:** Como é um dia típico para você?

**Edie:** Na verdade, não há um dia típico. Tirar Josh da cama é a primeira grande tarefa. Mas, na verdade, trabalhamos até 3 ou 4h da manhã, então acho que ele tem direito de dormir até tarde.

**MQC:** E como é a divisão do trabalho?

**Edie:** Bom, normalmente eu crio a história de cada episódio, embora Josh esteja sempre dando ideias que eu frequentemente uso ou desenvolvo, não importa. Nós dois animamos: ele faz Cori, Pesga, Lorde e Lady Wyrdy-Grob, e eu faço Drek, o Verme e Páginabranca.

**MQC:** Seu processo evoluiu ou permaneceu o mesmo?

**Edie:** Nós ficamos um pouco mais organizados. Eu comecei a botar ideias e lembretes em meu celular em vez de deixá-las em pedaços de papel que imediatamente perco ou jogo fora por engano.

— Ela guardava ideias no telefone — disse Strike. — Interessante... eu estava me perguntando por que os telefones foram levados. A resposta óbvia era tentar impedir que a polícia visse para quem eles tinham ligado antes de serem mortos no cemitério, mas isso significaria que o assassino não havia percebido que a polícia podia obter essa informação mesmo assim. Se o motivo foi se apossar de suas ideias, isso se encaixa melhor com minha outra teoria.

— Que é?

— Que os telefones foram levados como troféus — respondeu Strike. — Mark Chapman se assegurou de que seu álbum fosse autografado antes de matar Lennon.

Uma comichão desagradável percorreu a coluna de Robin.

Eles continuaram em frente, atravessando Camden enquanto Strike fumava para fora da janela.

Ele estava se perguntando exatamente por que Robin estava se comportando de maneira tão indiferente. Normalmente, quando uma mulher o tratava com silêncio, ele tinha uma boa ideia do que havia feito de errado. Ele com certeza notara uma mudança no tom de voz dela depois que Charlotte habilidosamente deu a notícia de que ele estava namorando Madeline, mas estava tão consumido por sua própria fúria, desconforto e preocupação após sua visita que não tivera muito espaço em sua cabeça para analisar como Robin estaria se sentindo sobre tudo aquilo. Será que sua frieza contínua devia-se apenas ao fato de que ele deixara de mencionar o relacionamento para sua suposta melhor amiga e, portanto, ela estava com o orgulho ferido de ser a última a saber? Ou ela estava com raiva por ele ter acrescido mais um caso à sobrecarregada carga de trabalho, um caso, além de tudo, que ela podia interpretar (mesmo que injustamente) que existia por culpa de Strike? Ou — e ele sabia muito bem que essa pergunta que fazia a si mesmo podia ser fruto da mesma vaidade que o levara a presumir que ela receberia bem sua investida em frente ao Ritz — ela estava com ciúme?

Apenas para quebrar o silêncio, ele disse:

— Ainda não consegui entrar naquele maldito jogo.

— Nem eu — replicou Robin.

Ela não contara a Strike sua ideia de usar as informações de login da ex-namorada de Midge, em parte porque ela não lhe dera retorno e Robin não queria prometer o que podia não entregar, mas também (se fosse honesta) que não via por que Strike devia ser a única pessoa que mantinha segredos.

— Ah, e li suas anotações sobre o Caneta da Justiça — disse Strike, batendo a cinza para fora da janela. — Nós com certeza devemos perguntar à Katya Upcott o que ela sabe sobre o Caneta e Kea Niven... Siga em frente por aqui — acrescentou ele quando entraram na Parkhill Road —, depois vire à esquerda em aproximadamente um quilômetro.

O resto da viagem transcorreu em silêncio.

# 33

*Em níveis lentos abateu-se devagar sobre ela…*
*Naquele Éden de prazer, e, como a criança tola,*
*Que ela também estava deslocada*
*Ela causava mais danos onde mais queria dar amor.*
*Um pensamento suficiente para deixar uma mulher louca.*

Elizabeth Barrett Browning
*Aurora Leigh*

A Lisburne Road era uma rua residencial tranquila de casas geminadas de tijolos vermelhos: residências familiares sólidas e palacianas. Como a maioria das vagas de estacionamento estava ocupada, Strike e Robin tiveram que estacionar a alguma distância da casa de Katya Upcott, e Strike sofreu em silêncio a dor aguda de seu tendão e da extremidade irritada de seu coto enquanto eles caminhavam pela rua, que tinha sido construída em uma pequena ladeira.

Ao se aproximarem da porta da frente, o som de um violoncelo chegou até eles através da janela do primeiro andar. O solo era tão bom que Robin supôs ser uma gravação, mas quando Strike apertou a campainha, uma nota longa e estendida foi interrompida, e eles ouviram uma voz de homem gritar:

— Eu atendo.

A porta foi aberta por um jovem magro com um moletom largo. As características mais notáveis de seu rosto eram dois calombos semelhantes a couve-flor de aspecto doloroso sobre as bochechas e o inchaço em um dos olhos.

— Oi — balbuciou ele. — Entrem.

As paredes da casa eram pintadas de creme e cobertas de pinturas. Um elevador havia sido instalado na escada, e, naquele momento, ele estava parado no andar de cima. Havia três grandes caixas de papelão ao lado da escada. Uma tinha sido aberta e revelava uma seleção de quadrados de pano.

— Ah, obrigada, Gus querido — disse uma voz de mulher agitada, e uma mulher, que eles supuseram ser Katya Upcott, desceu apressada a escada. Como seu filho, ela era magra, mas enquanto o cabelo de Gus era farto e escuro, o de Katya era castanho-claro e ralo. Ela estava usando um suéter amarelo-mostarda que parecia feito à mão, uma saia de tuíde e chinelos confortáveis de pele de carneiro. Óculos de leitura estavam pendurados em torno de seu pescoço por uma corrente. Quando Gus voltou para o que Strike e Robin supuseram ser a sala de visitas e trancou a porta, Katya disse:

— Aquele é, na verdade, o quarto de Gus. Nós reformamos a casa para tornar as coisas mais fáceis para Inigo, de modo que ele possa ficar em um único andar na maioria do tempo. Ele tem encefalomielite miálgica. Inigo, quero dizer. Então pusemos Gus no primeiro andar e transferimos a sala de estar lá para cima, derrubando paredes, e Inigo ganhou um escritório e banheiro anexos a ela, e um banheiro onde pode entrar com sua cadeira de rodas. Ah... — Ela deu uma risadinha arquejante e estendeu a mão magra. — Eu sou Katya, obviamente, e você deve ser, hum, Cormoran, e você é...?

— Robin — respondeu ela, que estava acostumada que seu nome não ocorresse imediatamente aos clientes como acontecia com o de Strike.

Enquanto subiam a escada atrás de Katya, o som do violoncelo começou outra vez através da porta do quarto de Gus.

— Ele é maravilhoso — comentou Robin.

— É, não é? — concordou Katya, parecendo felicíssima com o elogio de Robin. — Ele *devia* estar fazendo o último ano no Royal College of Music, mas tivemos que tirá-lo enquanto tentamos resolver sua urticária. Vocês viram? — sussurrou ela, fazendo um movimento circular com o indicador na direção do próprio rosto. — Nós achamos que ela estava sob controle, então voltou com toda força, e ele tem angioedema, até sua garganta inchou. Ele tem andado *muito* doente, o coitado, e ficou internado por um tempo. Mas conseguimos para ele uma especialista nova muito boa na Harley Street que esperamos que resolva o problema. Ele só quer voltar para a faculdade. Ninguém na idade dele quer ficar preso em casa com os pais, quer?

A entrada da sala de estar tinha um botão na altura da cintura ao lado de uma porta de correr. Quando Katya apertou o botão, a porta se abriu lentamente. Robin ficou imaginando quanto teria custado a reforma da casa para alcançar aquele padrão e supôs que a empresa de produtos artesanais de Katya estivesse indo muito bem. Depois que entraram na sala de estar e que a porta se fechou às suas costas, o som do violoncelo desapareceu totalmente.

— Fizemos a porta e o piso à prova de som — explicou Katya —, para que os ensaios de Gus não atrapalhem Inigo quando ele está dormindo. Agora, vocês gostariam de chá? Café?

Antes que qualquer um dos dois pudesse responder, uma segunda porta elétrica na extremidade da sala deslizou e se abriu, e um homem de cadeira de rodas emergiu lentamente acompanhado por "The Show Must Go On", do Queen, que estava tocando no aposento atrás dele. De rosto gordo e pele amarelada, ele tinha o cabelo grisalho despenteado e lábios grossos que lhe davam um ar petulante, e usava óculos de leitura empoleirados na ponta do nariz. Havia flocos de caspa nos ombros de seu suéter marrom fino, e as pernas exibiam sinal de atrofia muscular. Sem falar com Strike ou Robin, ele se dirigiu à mulher com uma voz lenta e baixa que dava a impressão de um homem que falava apenas com esforço imenso.

— Bom, está um caos total. O lucro mensal mal passou de um centavo este mês.

Então, como se sua visão estivesse com atraso, ele fez o que Strike considerou uma performance um pouco artificial de um homem que só então percebeu haver dois estranhos na sala.

— Ah, boa tarde. Me desculpem. Estou tentando entender as contas de minha mulher.

— Querido, você não precisa fazer isso — começou a falar Katya com aflição evidente. — Eu vejo isso depois.

— *Acta non verba* — disse Inigo, e olhando para Strike, acrescentou: — E você é?

— Cormoran Strike — respondeu o detetive, estendendo a mão.

— Eu não aperto mãos, infelizmente — disse Inigo sem sorrir, mantendo as mãos sobre os joelhos. — Preciso tomar um cuidado excepcional com os germes.

— Ah — disse Strike. — Bem, essa é Robin Ellacott.

Robin sorriu. Inigo piscou lentamente na direção dela, com uma expressão inescrutável no rosto, e ela sentiu como se tivesse cometido uma gafe social.

— É, então... vocês *gostariam* de chá ou café? — perguntou nervosamente Katya a Strike e a Robin. Os dois aceitaram sua oferta de café. — Querido? — perguntou a Inigo.

— Um daqueles chás sem cafeína — respondeu ele. — Mas não aquela coisa de morango — gritou ele para ela depois que a porta se fechou.

Depois de outra breve pausa, Inigo disse:

— Sentem-se.

Então, na cadeira, ele foi até a extremidade de uma mesa de centro que ficava entre sofás iguais, ambos os quais eram do mesmo amarelo-mostarda do suéter de sua mulher. Havia uma pintura abstrata em tons de marrom pendurada acima da lareira e uma escultura modernista do torso de uma mulher sobre uma mesa lateral. Fora isso, a sala tinha poucos móveis e era desprovida de objetos decorativos, e o piso encerado era uma superfície ideal para a cadeira de rodas. Strike e Robin se sentaram frente a frente em dois sofás diferentes.

No aposento ao lado, que tinha um sofá-cama e uma mesa, Freddie Mercury continuava a cantar.

*Outside the dawn is breaking*
*But inside in the dark I'm aching to be free*

Pareceu a Strike que a entrada de Inigo na sala tinha sido extremamente planejada, assim como, talvez, até a grandiosidade e a melancolia da canção que ainda estava tocando. De expor os negócios da mulher na frente de estranhos e sua simulação implausível de não saber, ou ter esquecido, que Katya tinha um encontro com dois detetives, ao jeito rude com que ofereceu sua justificativa para não querer apertar suas mãos, Strike achou que ele sentia uma necessidade de poder frustrada, até amargurada.

— O senhor é contador, sr. Upcott? — perguntou ele.

— Por que você acha que sou contador? — perguntou Inigo, que pareceu ofendido pela sugestão que, na verdade, Strike tinha dado apenas para fazê-lo falar mais, sem acreditar nela.

— O senhor disse que estava examinando as contas de sua mulher...

— Qualquer tolo pode ler uma planilha. Exceto Katya, aparentemente — disse Inigo. — Ela tem um negócio de artesanato. Achou que pudesse ter sucesso com ele... Sempre uma otimista.

Depois de uma breve pausa, ele prosseguiu:

— Eu fui editor de música independente.

— É mesmo? Que tipo de...

— Principalmente eclesiástica. Tínhamos um vasto...

A porta acionada eletricamente que dava no patamar da escada se abriu, e uma garota de aproximadamente doze anos entrou. Tinha cabelo castanho-

-escuro comprido e usava óculos de lentes grossas e um macacão de lã com estampas similares a um pudim de Natal, com um ramo de azevinho no capuz. A presença de estranhos ou a ausência da mãe pareceram desconcertá-la, e ela se virou para ir embora sem falar, mas foi chamada de volta pelo pai.

— O que eu disse a você, Flavia? — perguntou ele.

— Para não chegar...

— Para não chegar *nem perto de mim* — disse Inigo. — Se você está doente o suficiente para não ir para a escola, devia estar na cama. Agora *saia*.

Flavia apertou o botão que abria a porta elétrica e foi embora.

— Preciso ser extremamente cuidadoso com os vírus — explicou Inigo a Strike e a Robin.

Seguiu-se mais uma pausa, até que Inigo disse:

— Bem, isso tudo é uma bela de uma maldita confusão, não é?

— O quê? — perguntou Strike.

— Aqueles esfaqueamentos e aquilo em que vocês estão envolvidos.

— Com certeza é — disse o detetive.

— Katya vai ao hospital quase todo dia... Ela não vai conseguir apertar o botão se estiver carregando uma bandeja — acrescentou ele olhando na direção da porta, mas, enquanto falava, ela tornou a se abrir. Gus acompanhara a mãe até o andar de cima para apertar o botão para ela. Robin viu Gus tentar se esconder de vista outra vez, mas Inigo o chamou de volta à sala. — Tem ensaiado?

— Tenho — respondeu Gus, um pouco na defensiva, e mostrou ao pai as pontas calejadas dos dedos da mão esquerda, com sulcos profundos feitos pelas cordas.

— Vocês o ouviram quando chegaram à porta? — perguntou Inigo a Robin, que não sabia ao certo se ele estava atrás de elogios de outras pessoas ou achava que o filho pudesse estar mentindo.

— Nós ouvimos, sim — disse ela. — Estava muito bonito.

Parecendo envergonhado, Gus se dirigiu outra vez para a porta.

— Teve notícias de Darcy, querido? — perguntou-lhe a mãe.

— Não — respondeu Gus, e, antes que alguém pudesse lhe perguntar qualquer outra coisa, ele foi embora da sala. A porta elétrica se fechou. Katya sussurrou:

— Achamos que ele terminou com a namorada.

— Não há necessidade de sussurrar. Temos isolamento acústico — disse Inigo, que acrescentou, com veemência repentina: — E ela é um maldito desperdício de tempo se não consegue ficar ao lado de um homem quando ele está doente, não é? Então por que você continua a perturbá-lo sobre ela? Ele se livrou de uma boa.

O silêncio curto que se seguiu estava animado por Freddie Mercury, agora cantando uma música diferente.

*I'm going slightly mad,*
*I'm going slightly mad...*

— Desligue isso, está bem? — gritou ele com Katya, que saiu correndo para obedecer.

— Inigo também é músico — disse ela, com timidez quando voltou e começou a distribuir xícaras.

— *Era* — corrigiu-a Inigo. — Até *esta* maldita coisa aparecer.

Ele gesticulou na direção de sua cadeira.

— O que você tocava? — perguntou Strike.

— Guitarra e teclados... banda... compositor também.

— Que tipo de música?

— Rock — disse Inigo com uma leve centelha de animação —, quando estávamos tocando nossas próprias músicas. Alguns covers. Nada de seu pai — disparou ele para Strike, que registrou com um prazer silencioso Inigo de repente mudar do fingimento de que não sabia da visita dos detetives para demonstrar conhecimento de quem era seu pai. — Eu podia ter seguido o caminho clássico, como Gus, eu tinha a habilidade, mas a verdade é que nunca fiz a coisa esperada. Para desespero de meus pais. Vocês estão olhando para o filho de um bispo... Ninguém gostava muito de rock em casa...

Voltando-se para a esposa, ele acrescentou:

— Por falar nisso, Flavia esteve aqui. Se ela está com febre, não deve nem chegar perto de mim.

— Eu sei, me desculpe, querido — disse Katya, que ainda estava de pé. — Ela simplesmente subiu até aqui, você sabe.

— Nossa filha problemática — informou Inigo, olhando para Robin, que não conseguiu pensar em uma resposta apropriada a isso. — Nós a tivemos tarde. Foi o momento errado. Eu tinha acabado de ter esta maldita coisa.

Mais uma vez ele apontou para a cadeira de rodas.

— Ah, ela não é tão ruim — falou Katya com voz fraca, e, provavelmente para evitar mais discussões sobre Flavia, disse para Strike: — Você disse ao telefone que queria saber tudo sobre os amigos de Josh e de Edie, por isso pensei...

Ela foi até uma pequena escrivaninha no canto da sala, pegou uma folha de papel de cima dela e voltou até Strike, estendendo-a.

— ... Isso pode ajudar. Fiz uma lista de todo mundo que consigo me lembrar que era próximo de Edie e Josh quando surgiu o jogo de Anomia.

— Isso — disse Strike, pegando a folha manuscrita — é extremamente útil. Muito obrigado.

— Eu tive que procurar alguns dos sobrenomes — disse Katya, agora sentada na beira do sofá ao lado de Robin. — Mas, por sorte, eles estavam nos créditos dos primeiros episódios, então pude entrar na internet e checar. Sei que vocês vão precisar descartar o máximo de pessoas possível. Estou *bem* certa — acrescentou ela enfaticamente — de que nenhum dos amigos de Josh pode ser Anomia. Eles eram todos pessoas adoráveis, mas entendo que vocês precisem eliminar suspeitos.

O sol que entrava pela grande janela da sacada mostrava cada ruga no rosto exausto de Katya. No passado, ela devia ter sido uma mulher bonita, pensou Robin, e talvez pudesse voltar a ser, com sono suficiente. Seus olhos castanhos cálidos e a boca de lábios fartos eram atraentes, mas a pele era seca e um pouco descamada, e as profundas rugas na testa e em torno da boca sugeriam um estado de ansiedade perene.

— Como está Josh? — perguntou Robin a Katya.

— Ah, obrigado por... não há mudança, mas os médicos dizem que não esperavam nenhuma tão... tão cedo.

Sua voz ficou aguda e se transformou quase em um guincho. Ela buscou algo dentro da manga, pegou um maço de lenços de papel e o levou aos olhos.

Robin percebeu o quanto as mãos de Inigo estavam tremendo enquanto ele tentava levar a xícara até os lábios. Ele parecia em risco iminente de derramar chá fervente sobre si mesmo.

— Você quer que eu... ? — ofereceu ela.

— Ah, obrigado — disse Inigo rigidamente, permitindo que ela pegasse a xícara e a pusesse sobre a mesinha. — É muita gentileza.

Strike estava examinando as anotações que Katya tinha dado a ele. Ela não apenas fizera uma lista de nomes em letras de forma pequenas e nítidas, mas acrescentara o papel de cada pessoa no *Coração de nanquim* e seu exato relacionamento com Josh ou Edie, e adicionara os contatos conhecidos de cada indivíduo, como "colegas de apartamento, não sei seus nomes" e "namorada chamada (eu acho) Isobel". Quando ela os conhecia, também acrescentara endereços ou localidades.

— Nós devíamos recrutá-la para a agência, sra. Upcott — disse Strike. — Isso era exatamente o que queríamos.

— Ah, fico muito satisfeita... e, por favor, me chamem de Katya — replicou ela corando, e Robin achou um pouco patético ver o prazer da mulher ao ser elogiada. – Eu quero mesmo ajudar de toda forma possível. Josh está absolutamente determinado a descobrir quem é Anomia. Acho que ele sente, além de qualquer outra coisa, que pode... — sua voz se ergueu mais uma vez em um guincho — ... que ele pode oferecer alguma reparação à Edie — terminou ela apressada, antes de pressionar o maço de lenços de papel sobre os olhos outra vez.

Strike dobrou a lista que Katya tinha dado a ele, guardou-a em um bolso interno e disse:

— Bom, isso é extremamente útil. Obrigado. Nós temos algumas perguntas, se não se importar. Tudo bem se tomarmos notas?

— Tudo, é claro — respondeu Katya em uma voz abafada.

— Talvez devêssemos começar com o que Josh pensa de Anomia — disse Strike, abrindo o caderno. — Ele já teve alguma ideia sobre quem estava por trás do jogo, antes de ser levado a acreditar que era Edie?

— Minha nossa — disse Katya, parecendo aflita. — Eu temia que você fosse me perguntar isso.

Strike aguardou, com a caneta posicionada.

— Você se importa de me devolver meu chá? — pediu Inigo em voz baixa para Robin.

Ela devolveu a xícara a ele e, um pouco apreensiva, o observou levá-la novamente à boca de forma trêmula.

— Bom... é, Josh me contou uma vez quem ele achava que era Anomia, mas na hora ele estava falando de forma meio louca — disse Katya.

— Foi em uma das noites em que ele apareceu aqui bêbado? — perguntou Inigo do alto da borda da xícara trêmula.

— Inny, isso só aconteceu duas vezes — comentou Katya com um sorriso fraco, e voltando para Strike, disse: — Você precisa *mesmo* que eu diga?

— Seria útil.

— Então está bem... e isso é tão tolo... mas Josh achava que era um garoto de doze anos.

— Um garoto de doze anos específico?

— Hum... é — disse Katya. — O nome... O nome dele é Bram de Jong. Ele é filho de Nils, o proprietário do coletivo artístico.

Pelo canto do olho, Robin viu Inigo balançar de leve a cabeça de forma desanimada, como se a direção que a conversa estivesse tomando fosse esperada, mas ainda assim lamentável. Katya continuou rapidamente:

— Mas Josh com certeza não acha mais que é Bram porque...

Sua voz ficou ainda mais aguda enquanto ela lutava novamente com as lágrimas.

— ... porque, sabem, Josh acha que foi Anomia quem os esfaqueou — disse ela. — Essa foi a primeira coisa que ele... que ele me disse quando eu o vi depois... do que aconteceu. "Foi Anomia."

— Ele contou isso à polícia? — perguntou Strike.

— Ah, contou. No início, eles não conseguiam entender o que ele estava articulando, mas eu percebi o que estava dizendo. Eles perguntaram a ele *por que* ele achava que tinha sido Anomia, e ele disse que a pessoa com a faca sussurrou algo para ele depois de esfaqueá-lo.

Pela segunda vez naquela tarde, um formigamento desceu pela nuca de Robin.

— O que sussurraram? — perguntou Strike.

— "Vou cuidar das coisas a partir daqui, não se preocupe" — citou Katya. — Então roubaram a pasta que Josh levou com ele para o cemitério e seu telefone.

— "Vou cuidar das coisas a partir daqui, não se preocupe" — repetiu ele. — Era uma voz de homem ou de mulher?

— Ele acha que era de homem, mas tem certeza de que não era Bram. Bem, *claro* que não poderia ser Bram. Ele só tem doze anos.

— Essa pasta que o agressor levou, imagino que seja a que supostamente contém...?

— Provas de que Edie era Anomia, é — falou Katya em voz baixa.

— *Supostas* provas — corrigiu Inigo.

— Foi Yasmin Weatherhead quem entregou o dossiê a Josh, certo? — perguntou Strike, ignorando Inigo.

— Ah, vocês já sabem disso? — perguntou Katya. — É, foi ela.

— Nós não sabemos muito sobre ela — disse Strike —, exceto que ajudou Josh e Edie com as correspondências dos fãs por algum tempo.

— Com as correspondências dos fãs e as mídias sociais — explicou Katya. — Fui eu... bem, fui eu, na verdade, quem recomendou Yasmin para eles. Ela era, quero dizer, eu *achei* que fosse, quando a conheci no North Grove, só uma jovem fã simpática e sincera. Ela é, hã... uma garota bem gorda e parecia muito doce e agradecida por ter a oportunidade de trabalhar com duas pessoas que admirava muito. Ela não parecia ter muito mais em sua vida, por isso eu... como eu digo, incentivei Josh a aceitar a ajuda dela. Eles precisavam mesmo de assistência, e achei que Yasmin poderia ser ideal. Seu trabalho fixo era cuidar das mídias sociais e das relações públicas de uma pequena empresa de cosméticos, então ela entendia como gerir uma marca e coisas assim...

"Mas isso acabou mal. Ela parecia muito simpática e sincera, mas infelizmente não era nada disso."

— Por que você diz isso? — perguntou Strike.

— Bom, Josh e Edie descobriram que ela estava jogando o *Drek's Game* — disse Katya. — O jogo de Anomia, vocês sabem. Na verdade, acho que ela se tornou uma... uma moderadora, não é? No jogo. E Edie ficou muito aborrecida com isso, porque Anomia estava pegando pesado com Edie na internet, e quando ela descobriu que Yasmin estava conversando com Anomia, Edie desconfiou que algumas das informações que Anomia sabia sobre ela podiam estar vindo de Yasmin. Então ela contou a Josh que queria se livrar de Yasmin e... e foi isso.

"Enfim, Yasmin apareceu novamente no North Grove. Josh estava ficando lá outra vez, porque tinha inundado acidentalmente seu apartamento, e ela mostrou a Josh esse dossiê de provas que supostamente comprovavam que Edie era Anomia. Ele trouxe o dossiê consigo aqui, na noite anterior ao que aconteceu. Antes que eles fossem esfaqueados."

— Ele esteve aqui na noite anterior, é isso? — disse Strike, erguendo os olhos de seu caderno.

— Esteve — disse Inigo antes que sua mulher pudesse responder. — Katya tinha dado a entender ao sr. Blay que ele podia aparecer aqui a qualquer hora do dia ou da noite, e ele tirava todo o proveito dessa oferta.

Houve um silêncio breve e incômodo, durante o qual Robin sentiu muita falta de Freddie Mercury.

— Josh ateou fogo a um cesto de papel por acidente, em seu quarto no North Grove — explicou Katya. — E as cortinas também pegaram fogo. Acho que ele adormeceu e deixou um cigarro cair. Enfim, Mariam ficou furiosa e o expulsou de lá. Eram 22h. Então ele saiu e ficou perambulando por um tempo e finalmente apareceu aqui, porque na verdade não tinha nenhum outro lugar onde dormir.

Inigo abriu a boca para falar, e Katya disse apressadamente:

— Ele *não podia* voltar para a casa do pai, Inny. Eles não estavam falando um com o outro.

— E todos os hotéis estavam fechados, é claro — disse Inigo.

— Então ele passou a noite aqui? — perguntou Strike.

— Passou, no quarto extra no andar de cima — disse Katya com tristeza.

— E ele mostrou a você o dossiê que Yasmin tinha dado a ele?

— Mostrou, na manhã seguinte — disse Katya. Seus nós dos dedos estavam brancos porque ela apertava muito os lenços de papel. — Eu não li tudo, apenas alguns trechos.

— Você consegue se lembrar do que diziam os trechos que leu?

— Bom, havia algumas publicações impressas de Edie e Anomia no Twitter nas quais eles diziam coisas semelhantes, como, por exemplo, que os dois tinham gostado do mesmo filme e nenhum deles estava empolgado com o jubileu da rainha. E havia e-mails entre Edie e seu agente, Allan Yeoman. Em... em um deles Edie dizia que, na verdade, Anomia era uma coisa muito boa, e ela não queria que ele fosse fechado, porque os fãs estavam começando a sentir pena dela, o que daria a ela e a Yeoman uma vantagem ao negociar com Josh e comigo. O e-mail era bem grosseiro em relação a mim, na verdade, dizendo que todos os conselhos que eu tinha dado a eles estavam errados e... eram ruins. Ela também disse que achava o *Drek's Game* muito bom e que podia haver uma maneira de monetizá-lo, e contou a Allan que achava que Anomia devia ficar com a maior parte dos lucros, pois ele tinha feito todo o trabalho, o que parecia uma coisa bem estranha para ela dizer quando Anomia a estava perseguindo na internet por todos esses anos.

— Você acreditou que os e-mails eram verdadeiros? — perguntou Strike, que achava já saber a resposta.

— Bom, eu... eu não soube o que pensar. Eles *pareciam* verdadeiros, mas... como eu digo, eu não via Edie havia mais de três anos àquela altura, então... bom, eu não sabia *o que* pensar — repetiu ela. — Ela tinha me deixado... não que tivéssemos um acordo formal, mas ela parou de falar comigo e contratou Allan Yeoman no meu lugar, então suponho que... bom, eles *pareciam* convincentes. Mas então, quando saiu aquela reportagem no *Times* sobre Edie Ledwell na lista de alvos daquele grupo de extrema direita, percebi que eles deviam ser falsificações inteligentes. Alguém deve ter enganado Yasmin. *Não posso* acreditar que Yasmin tivesse deliberadamente... Não consigo imaginar que ela seja parte de nenhum grupo terrorista. Tenho *certeza* de que não está metida com nada assim.

— Quando Josh e Edie marcaram o encontro, você sabe? — perguntou Robin.

— Na véspera dos ataques. Dia 11. Edie telefonou para Josh no North Grove.

— *Ela* ligou para *ele?* — perguntou Strike.

— Ligou — afirmou Katya. — Ele me contou que estava querendo conversar com ela sobre isso havia duas semanas, e ela sempre desligava, mas então telefonou para ele e disse: "Está bem, vamos resolver isso, e você pode trazer as tais provas também."

— Josh recebeu esse telefonema no North Grove, não foi?

— Isso mesmo — disse Katya.

— Eles marcaram a hora e o lugar nesse mesmo telefonema?

— Marcaram — disse Katya.

— De quem foi a ideia de se encontrar no cemitério?

— De Edie. Josh me contou que ela disse alguma coisa como "Quero que você me olhe de frente, no lugar onde tudo aconteceu, e me diga que honestamente acredita que eu podia estar planejando ferrar com você mais de cinco anos atrás".

— Ou seja, quando o jogo surgiu na internet? — perguntou Robin.

— Exatamente — disse Katya.

— Eles marcaram em um ponto específico do cemitério?

— Marcaram — disse Katya novamente com voz trêmula. — No lugar onde originalmente tiveram todas as ideias, um lugar escondido entre os túmulos. É em uma parte do cemitério onde você supostamente só entra em visitas guiadas, mas eles conheciam um lugar por onde conseguiam acessar. Muito impróprio — acrescentou ela, hesitante.

— Você sabe de onde Edie ligou para Josh? — perguntou Robin.

— Não, não sei, mas na época ela estava morando em Finchley, com o namorado novo, Phillip Ormond. — Ela olhou para Strike. — Você disse que vocês vão se encontrar com ele...

— Vamos, depois daqui.

— Josh e Edie estavam juntos quando o ataque aconteceu — perguntou Robin —, ou...?

— Não, não juntos — disse Katya. — Josh estava... estava atrasado. A polícia acha que Edie foi morta antes de Josh ser atacado. Acharam seu corpo no lugar onde eles tinham marcado de se encontrar. Eles acreditam que o assassino então foi atrás de Josh, fez a volta por trás dele quando se aproximou do local e o atingiu com o taser.

"Eles encontraram Josh primeiro. Alguém circula tocando um sino toda tarde, às 18h, para garantir que todo mundo tenha saído do cemitério antes que eles tranquem os portões. O homem encontrou Josh caído ao lado da trilha. Ele achou que Josh estivesse morto, então percebeu que ele estava tentando falar. E o homem notou que Josh estava dizendo que outra pessoa podia ter sido atacada, então ele soou o alarme e as pessoas foram checar. Levou um tempo para eles... para eles a encontrarem, porque ela estava em um lugar que ficava fora do caminho. Ela tinha sido... aconteceu do mesmo jeito que com Josh. Atingida pelas costas por um taser e esfaqueada com o mesmo tipo de faca. Dizem que era grande, como um facão. Eles acham que ela deve ter morrido instantaneamente. Ela foi esfaqueada nas costas, através do cora..."

De repente, tremendo com soluços mal contidos, Katya tentou estancar as lágrimas e o nariz escorrendo com o maço agora quase inútil de lenços de papel.

— Eu... me desculpem... preciso de mais...

Ela se levantou e foi cambaleante até a porta. Foi necessário bater duas vezes no botão para fazer com que se abrisse. Eles ouviram um compasso do violoncelo de Gus antes que o som fosse interrompido outra vez.

— Sei o que vocês estão pensando — disse Inigo de forma soturna, e tanto Strike quanto Robin se viraram para ele. As mãos de Inigo estavam tremendo tanto que o chá de frutas se derramou, como Robin temia, em seu jeans. — Uma mulher de meia-idade se misturando com um bando de garotos, achando que os está ajudando. Se sentindo importante. Dando conselhos gratuitamente. Um estímulo ao ego... e aqui estamos nós.

Como se a consequência inevitável e previsível de ajudar uma dupla de animadores a lidar com a fama recém-conquistada fosse eles serem esfaqueados em um cemitério. A porta se abriu outra vez, e Katya reapareceu, com o rosto marcado e um novo suprimento de lenços de papel na mão.

Quando ela tornou a se sentar, Strike perguntou:

— Nós podemos voltar a Bram? O que deu a Josh a ideia de que ele fosse Anomia, você sabe?

— Sei — disse Katya, agora com voz rouca. — Quando Edie e Josh estavam morando no North Grove, eles descobriram que Bram tinha feito um buraco na parede e os estava observando através dele.

— Ele fez um buraco na parede? — repetiu Robin.

— Bram é um pouco... Ele é um garoto estranho — explicou Katya. — Muito grande para sua idade, e acho que ele pode ter TDAH ou algo assim. Há ferramentas na oficina de escultura e ele simplesmente as pega, e seus pais não parecem se importar. Ele andava muito com Josh e Edie quando eles moravam lá, e, bem, ninguém gosta de criticar a paternidade de ninguém. Gosto muito de Nils e de Mariam, mas eles deixam Bram correr solto, e sei que Nils o deixa usar redes sociais nas quais ele não devia estar, porque é novo demais, mas Nils, hã, bem, ele é holandês — disse Katya como se isso explicasse tudo — e não acredita em restrições de idade e tal, e ele me disse que Bram ia acabar encontrando um jeito de entrar no Twitter, então era melhor que fizesse isso com a permissão dos pais.

— Josh não podia acreditar que Bram tinha criado o jogo — disse Strike. — Bram devia ter, o que, sete ou oito anos quando Anomia o iniciou?

— Não, ele não achava que Bram tinha criado o jogo, exatamente — respondeu Katya. — A teoria de Josh...

— Vocês têm que entender — disse Inigo, falando ao mesmo tempo que sua mulher, e, embora ele não tivesse levantado a voz, ela cedeu passagem a ele — que o sr. Blay fuma uma boa quantidade de maconha, o que é responsável...

— Inigo, isso não é...

— ... não apenas pelo número quase bíblico de inundações e incêndios que ele deixa em seu rastro...

— Foi só uma ideia que ele teve, porque...

— ... mas por um grau de irracionalidade...

— Mas *era* como se Anomia estivesse literalmente ouvindo as conversas de Josh e Edie, ele sabia das coisas rápido demais!

— Mas, como o sr. Strike já observou, não que seja preciso grande *inteligência* para fazer isso — disse Inigo —, um garoto de oito anos mal poderia ter...

— Bom, eu estava tentando explicar essa parte! — falou Katya, incitada a uma fraca demonstração de coragem, e ela se voltou para Strike mais uma vez. — Josh achava que Bram pudesse estar trabalhando com um fã mais velho que havia conhecido na internet, que tinha criado o jogo, porque há outra pessoa envolvida, alguém que se nomeia Morehouse. Então a ideia de Josh era que Bram estava ouvindo as discussões criativas entre Josh e Edie e enviando todas as suas ideias para Morehouse, e que Morehouse criou o jogo, enquanto Bram operava a conta de Twitter, botando todas as informações particulares de Edie e Josh na internet.

— Josh chegou a falar com Bram, ou com os pais de Bram, sobre suas suspeitas? — perguntou Strike.

— Ah, não — disse Katya. — Josh gosta muito de Nils e Mariam, ele não ia querer perturbá-los. Sei que Edie ficou tão furiosa com o buraco que queria contar a Mariam, mas Josh a convenceu a não fazer isso. Josh tapou o buraco e disse que Bram não ousaria fazer outro, e não acho mesmo que tenha feito. Mas, depois disso, Edie se recusou a ficar no North Grove.

— Foi aí que eles se separaram? — perguntou Robin.

— Não, eles ainda estavam juntos — disse Katya —, mas as coisas não estavam muito bem entre eles. Edie não gostou de Josh não querer se mudar de lá com ela, mas, sabem, o North Grove parecia um lugar seguro para ele. Ele estava cercado de amigos. Eu ainda ia lá para minhas aulas de arte. Josh acabou se mudando, mas isso foi depois que ele e Edie se separaram. Ele comprou para si mesmo um bom apartamento na Millfield Lane, perto do Heath.

— Katya o encontrou para ele — disse Inigo, que estava tentando colocar a xícara de chá de frutas sobre a mesinha, com a mão tremendo muito; havia grandes áreas molhadas em seu jeans agora. Robin o ajudou a movê-la os últimos centímetros. — Obrigado. É, Katya levou Blay para ver o novo apartamento. Agradável e perto de nós.

"Preciso ir ao banheiro", acrescentou ele, e se dirigiu lentamente até a porta, apertou o botão ao seu lado, andou para trás com habilidade enquanto ela se abria e saiu da sala. Outro breve trecho do violoncelo de Gus chegou a eles, antes que a porta tornasse a se fechar.

— Inigo acha que eu me envolvi demais — falou Katya em voz baixa. — Ele não entende, nós estávamos todos ajudando *uns aos outros*. Eu estava passando por um período ruim de depressão quando conheci Edie e Josh no North Grove. As coisas... as coisas nem sempre são fáceis, com Inigo doente e o coitado do Gus passando por um pesadelo com sua pele, e Flavia estava com alguns problemas na escola, e eu atualmente sou a única que coloca dinheiro em casa, quero dizer, nós temos algum capital, mas ninguém quer mexer nisso, não quando a condição de Inigo é tão incerta, mas ele teve que abrir mão do trabalho, e administrar meu negócio de casa pode ser bem estressante, então acabei indo a um terapeuta que me disse que eu devia fazer alguma coisa por *mim mesma* — disse Katya, com ênfase desesperada. — Sempre quis desenhar, por isso fui para o North Grove, e foi lá que conheci Josh, Edie e todos os outros. Tudo era... simplesmente bem divertido. Todos os seus amigos fazendo as vozes... Tim é um homem adorável e... era divertido, então foi isso, e, sim, imagino que tenha me sentido... — ela empacou momentaneamente com a palavra — maternal em relação a Josh, em relação aos dois — acrescentou.

Robin, se lembrando do vídeo do YouTube do extraordinariamente bonito Josh Blay, com seu cabelo castanho-escuro comprido, queixo quadrado, maçãs do rosto altas e grandes olhos azuis, viu Katya ficar rosada outra vez e se sentiu desconfortável, como se tivesse acabado de captar um vislumbre da mulher mais velha de roupa íntima.

— Josh é um tanto vulnerável — disse Katya rapidamente —, e estava com dificuldade para se ajustar a todas as decisões decorrentes do sucesso, então tentei ajudar da melhor maneira possível. Eu trabalhava com relações públicas quando conheci Inigo, eu tenho experiência... Enfim, fico *feliz* que Josh tenha sentido que podia passar aqui a qualquer hora para conversar. Isso era parte de... ele precisava ser capaz de conversar com alguém em quem confiava. Ele não tem apego às coisas mundanas e, de certa maneira, é bastante ingênuo, sempre pensando o melhor de todo mundo, e as pessoas exploram isso, tiram proveito. Quando o desenho animado começou a conseguir muitos fãs, havia empresários e agentes fazendo *fila* para ficarem com sua comissão de dez ou vinte por cento, ou seja lá quanto essas pessoas cobram, mas se eles levariam em conta os melhores interesses de Josh era outra questão. E ele não tem família, não uma família *adequada*, a mãe está morta e o pai é alcoólatra...

Katya se calou quando a porta tornou a se abrir; o som do violoncelo subiu até o andar de cima e foi interrompido outra vez quando Inigo foi até a mesa de centro.

— Há outra questão com a qual esperamos que você possa nos ajudar — disse Strike. — Nós encontramos um blog chamado Caneta da Justiça que tem feito muitas críticas a Edie e J...

— Ah, eu acho que sei de quem é *isso* — disse Katya, e a mudança em suas maneiras foi tão repentina que foi surpreendente. Ela agora falava com avidez. — Estou certa de que ele é escrito por...

— Katya — falou Inigo, com os olhos agora estreitos —, antes que você cause ainda *mais* danos sob o pretexto de ser útil, aconselho que pense com atenção no que está dizendo.

Katya pareceu magoada.

— Minha mulher — disse Inigo, olhando para Strike, e enquanto ele nitidamente demonstrava raiva, também estava conseguindo, pensou Strike, obter um prazer catártico em liberar sua fúria — está um tanto obcecada pelo blog do Caneta da Justiça.

— Eu...

— Se você passasse tanto tempo administrando seu negócio quanto passa obcecada por esse site maldito, não teríamos que gastar metade de nossos investimentos para pagar pelo tratamento de Gus — disse Inigo, cujas mãos voltaram a tremer. — Eu teria imaginado que, depois de tudo o que aconteceu, você estaria pronta a aprender com seu erro.

— O que você quer...

— Incitar Blay a confrontar Edie sobre todas aquelas coisas horríveis que ela supostamente tinha escrito sobre você em seus e-mails — disse Inigo com rispidez. — Estimulá-lo a pensar que a única mulher no mundo em que ele podia confiar era *você*. E agora vai difamar alguma garota por ciúme...

— Ciúme, o q-que você quer dizer com ciúme? — gaguejou Katya. — Não seja tão... tão ridículo, não há dúvida de que...

— Você não tem nada como prova...

— Eles querem informação...

— Um palpite louco motivado por ressentimento não é informação...

— É *exatamente* o tom dela! Eu assisti a todos os seus vídeos!

— Isso é parte essencial de ser agente de Josh, ou empresária, ou coach de estilo de vida, ou seja lá o título que você está usando esta semana, estou certo disso — disse Inigo.

— Eu posso estar completamente errada — falou Robin, e seu tom de voz baixo e sensato fez com que o casal Upcott olhasse para ela —, mas você por acaso não está pensando que Kea Niven está por trás do Caneta da Justiça, está?

— Pronto, está vendo! — disse Katya para o marido em um triunfo trêmulo. — Eu *não* sou a única! Eles já sabem sobre Kea!

Katya se voltou avidamente para Robin.

— Essa garota está perseguindo Josh virtualmente desde que eles se separaram! Dizendo que ele roubou todas as suas ideias. Uma bobagem completa.

Ela diz que está doente, e acho que Josh sente pena dela, então foi por isso que ele não quis tomar nenhuma medida legal contra ela.

— Se ele sente pena — disse Inigo sordidamente —, não é de Kea Niven.

O rosto de Katya ruborizou-se. Sua respiração ficou entrecortada. Robin, que tinha certeza de que os Upcott nunca tinham discutido abertamente essas coisas antes, sentiu uma pena desesperada dela.

— Pelo que *eu* soube — continuou Inigo —, Blay tratou essa jovem Kea extremamente mal. Me parece, e, é claro, eu não tenho o conhecimento de *todas* as conversas que minha mulher teve com Josh, ah, não mesmo, mas me parece que o sr. Blay é um jovem que montou uma carreira razoável usando pessoas para seus próprios objetivos, depois deixando-as de lado. E as pessoas sentem que foram *usadas* e jogadas fora como se fossem *lixo*...

A porta elétrica se abriu outra vez, e Flavia entrou na sala ainda com seu macacão de pudim de Natal com um telefone na mão.

— Mãe, tia Caroline diz que eu posso ir ver os cachorrinhos se eu...

— Para TRÁS! — rosnou Inigo com ferocidade repentina, como se Flavia fosse um animal selvagem. — Você está CONTAGIOSA!

Flavia parou imediatamente.

— Se você quer que eu fique de cama pelas próximas seis semanas, continue permitindo que ela entre na *porra* desta sala, vá em frente! — gritou Inigo com Katya. — Mas talvez essa seja justamente a intenção? Muito bem, eu vou sair das proximidades, vou sim, já que mais ninguém parece interessado no meu bem-estar.

Ele deu a volta com a cadeira de rodas e seguiu rapidamente para o quarto lateral. A porta, que também parecia ser operada por eletricidade, deslizou e se fechou. A explosão de Inigo ainda parecia ecoar pela sala.

— Por favor, posso ir ver os cachorrinhos, mãe? — disse Flavia com uma voz diminuta.

Chorando e com o rosto ainda vermelho, Katya disse:

— Você não está bem, Flavia.

— Tia Caroline diz que não se importa, que ela já teve essa gripe.

— Bom... então vista umas roupas decentes — disse Katya.

Flavia saiu pela porta elétrica. Dessa vez, não se ouviu nenhum violoncelo, e a razão ficou evidente quando, pouco antes de a porta se fechar atrás de Flavia, Gus entrou na sala em seu lugar, carregando na mão um celular.

— A dra. Hookham disse que teve um cancelamento e que pode me ver amanhã à tarde.

— Está bem — disse sua mãe incomodada e chorosa.

— Eu posso ir de carro até lá se você for ao hosp....

—Você não pode dirigir — disse Katya com a voz agora estridente. — Não quando não consegue enxergar de um olho! Você vai de transporte público!

Com expressão zangada, Gus tornou a sair.

— Mil desculpas — pediu Katya com a voz guinchada outra vez. — Como podem ver, tem muita coisa acontecendo.

—Você foi extremamente útil — disse Strike, guardando o caderno no bolso e ficando de pé. Katya e Robin também se levantaram, Katya com a respiração acelerada e sem conseguir olhar ninguém nos olhos.

Eles desceram a escada em silêncio.

— Muito obrigada por nos receber — disse Robin, apertando a mão de Katya.

— Não foi nenhum problema — disse Katya com a voz apertada.

O violoncelo recomeçou no quarto de Gus. Ele agora estava tocando uma peça rápida, em staccato, que parecia expressar os estados de ânimo dissonantes dos vários ocupantes da casa.

# 34

*A morte estabelece algo significativo*
*pelo qual o olho passara apressado...*

Joanna Baillie
*London*

— Que Deus salve todos nós — falou Strike em voz baixa enquanto se aproximavam do portão — de pessoas bem-intencionadas que querem ajudar e não querem nenhum pagamento.

Antes que Robin pudesse responder, Flavia surgiu de trás da cerca viva. Pulava no lugar, calçando um tênis que ela parecia estar ajustando até ficar satisfeita. Apesar das instruções da mãe, ainda estava com o macacão de pudim de Natal.

— Vocês vieram naquilo? — perguntou ela a eles, empurrando os óculos para cima, no nariz, e apontando para o Land Rover distante, que se destacava em sua decrepitude entre os sedãs de família geralmente caros que o cercavam.

— Viemos — confirmou Robin.

— Eu achei que tinham vindo — disse Flavia, acompanhando o ritmo de seus passos enquanto os seguia rua abaixo —, porque eu nunca o havia notado antes por aqui.

— Bom poder de observação — elogiou Strike, que estava acendendo um cigarro.

Flavia olhou para Robin.

— *Você* também é detetive?

— Sou — disse Robin sorrindo para ela.

— Eu gostaria de ser detetive — disse Flavia com um pequeno salto. — Acho que eu podia ser muito boa, se fosse treinada... Mamãe não gosta *mesmo* de Kea Niven — acrescentou. — Ela está sempre falando sobre ela.

Quando nem ela nem Strike disseram nada, ela acrescentou:

— Meu pai tem encefalomielite miálgica. É por isso que ele está de cadeira de rodas.

— Sua mãe nos contou — disse Robin.

— Ele acha que *O coração de nanquim* é estúpido — comentou Flavia.

— Você já assistiu? — perguntou Robin, diplomaticamente não fazendo comentários sobre a opinião de Inigo.

— Já. Eu gosto *muito* — disse Flavia com propriedade. — O Verme é o mais engraçado. Eu só estou caminhando com vocês — acrescentou ela, como se temesse que a achassem invasiva — porque minha tia Caroline mora logo ao lado de seu carro. Ela não é minha tia de verdade, ela só cuida de mim, às vezes... Sua cachorra teve filhotes, eles são muito, *muito* fofos. Se você se senta com eles, eles começam a rastejar por cima e a lamber você. Algum de vocês tem cachorro?

— Bom, ele não é meu, mas eu moro com um dachshund chamado Wolfgang — disse Robin.

— Mora? Eu ia *amar* um cachorro — disse Flavia, desejosa. — Eu quero muito um dos filhotes de tia Caroline, mas meu pai diz que não podemos, porque cães são anti-higiênicos, seria muito trabalho para minha mãe, e Gus tem medo de cachorros pois foi mordido por um quando tinha quatro anos. Eu disse que *eu* cuidaria do cachorro para que minha mãe não tivesse que fazer isso, e Gus podia ser hipnotizado. Vi um programa sobre pessoas sendo hipnotizadas, e havia uma mulher com medo de aranhas, e, no fim, ela conseguiu segurar uma tarântula... Mas mesmo assim meu pai disse não — concluiu Flavia com tristeza.

Depois de alguns passos de silêncio, ela perguntou:

— Vocês vão ao North Grove fazer perguntas para eles também?

— Talvez — disse Robin.

— Eu estive lá algumas vezes com mamãe. As pessoas lá são *estranhas*. Tem um homem que anda sem camisa. O tempo todo. E tem um garoto que mora lá chamado Bram, ou algo assim, que me contou que quebrou o braço de outro garoto na escola.

— Por acidente? — perguntou Robin.

— Ele disse que foi, mas estava rindo — falou Flavia com tristeza. — Eu não gosto muito dele. Ele me mostrou umas coisas que faz para pregar peças nas pessoas.

— Que tipo de coisa? — perguntou Strike.

— Bom, tipo... ele tem um aplicativo que faz ruídos de fundo quando você está no telefone para que as pessoas pensem que você está em um trem ou algo assim, e ele me contou que se escondeu uma vez e ligou para o pai usando o barulho que soava como se você estivesse em um aeroporto, e disse a ele que estava em Heathrow e ia embarcar em um avião porque sua madrasta tinha dado uma bronca nele, *e o pai acreditou* — enfatizou Flavia solenemente —, foi até Heathrow e fez com que eles chamassem Bram pelo alto falante, e o tempo inteiro ele estava em North Grove, escondido embaixo da cama.

— O pai dele deve ter ficado com muita raiva quando descobriu — disse Robin.

— Não sei se ficou ou não — retrucou Flavia. — Acho que ele ficou apenas feliz por Bram estar bem. Mas se *eu* fizesse isso, meu pai me *mataria*... Você conheceu Tim? Ele é careca.

— Ainda não — disse Robin.

— Ele é legal — retrucou Flavia. — Uma vez, quando eu estava no North Grove e ele estava esperando para fazer a voz do Verme, ele me mostrou como desenhar animais a partir de formas geométricas. Era bem inteligente. Vocês vão voltar a nossa casa novamente?

— Acho que não vamos precisar — disse Strike. — Sua mãe foi de grande ajuda.

— Ah — disse Flavia, que pareceu decepcionada.

Eles chegam ao carro.

— Eu estava no funeral de Edie — disse ela, parando como eles. — Vocês já viram o namorado dela? Ele se chama Phillip. Ele às vezes aparece no North Grove.

— Nós vamos nos encontrar com ele em... — Strike olhou seu relógio — pouco mais de uma hora.

Flavia pareceu estar prestes a dizer mais alguma coisa, então mudou de ideia.

— Talvez vocês tenham que voltar — disse ela para Robin.

— Talvez — replicou Robin com um sorriso.

— Está bem, certo, tchau — despediu-se Flavia, e saiu andando pela rua.

Strike e Robin entraram no Land Rover. Enquanto Robin prendia o cinto de segurança, ela observou Flavia pelo para-brisa. A garota tocou a campainha na casa da vizinha e foi admitida, não antes de olhar para trás e acenar.

— Na verdade, não consigo ver o que faz dela uma garota problemática. Você consegue? — perguntou ela a Strike.

— Não — disse ele, batendo a porta do carro. — Com pouco tempo de observação, eu diria que ela é a extremidade menos fodida do espectro dos Upcott.

Robin ligou o carro e seguiu pela Lisburne Road enquanto Strike consultava o celular.

— O que você acha — sugeriu ele — de ir dar uma olhada no lago número um de Highgate antes de nos encontrarmos com Phillip Ormond? De lá são apenas quatro minutos de carro até o The Flask.

— Está bem — disse Robin.

Strike espirou e perguntou:

— Bom, nossa visita aos Upcott nos deu muita coisa para pensar, não acha?

— Sim — concordou Robin.

— O que você acha de um prodígio musical ser Anomia? — perguntou Strike quando eles viraram a esquina no fim da rua.

— Você está falando sério?

— Ele corresponde a vários pontos de nosso perfil. Não trabalha. Sustentado pela família. Muito tempo nas mãos.

— Você não fica tão bom assim no violoncelo se passa o dia inteiro sentado ao computador.

— Verdade, mas ele não é vigiado por um supervisor das 9 às 17h, é? Tenho a sensação de que aquela é uma família na qual os membros individuais são mais felizes permanecendo bem distantes uns dos outros. Você já viu aquele filme estranho, *Matadores de velhinha*?

— Não. Por quê?

— Uma quadrilha de assaltantes aluga um quarto na casa de uma senhora idosa, fingindo ser um quinteto musical. Eles tocam discos clássicos enquanto planejam seu golpe e só pegam os instrumentos quando ela bate na porta para oferecer chá.

— Gus não entrou no Royal College of Music tocando discos para eles.

— Não estou sugerindo que ele *nunca* toca. Estou dizendo que pode haver momentos em que não toca. E ele teve acesso em potencial a muita informação pessoal sobre Josh e Edie por intermédio da mãe.

— Se eu fosse Gus Upcott — disse Robin —, eu ficaria no primeiro andar o máximo possível. E como há isolamento acústico no andar de cima...

— Ele pode ter grampeado o segundo andar.

— Fala sério...

— Se ele é Anomia, teria grampeado a droga do andar de cima — disse Strike. — Um caso sério de urticária e um violoncelo não são razões suficientes para não darmos uma boa olhada nele.

— Está bem — disse Robin. — Embora eu não tenha certeza de como montar uma vigilância sobre ele se fica entocado o tempo inteiro no quarto.

— É, bem, esse é o problema com este caso, não é? — disse Strike. — Continue seguindo à esquerda — acrescentou ele enquanto verificava o mapa em seu telefone. — Nós temos que dar a volta no perímetro do Heath até o outro lado.

"Precisamos entrar na droga desse jogo", prosseguiu Strike. "Vai levar anos para reduzir a lista de suspeitos se tudo o que temos é o feed de Anomia no Twitter... Dito isso", Strike foi atingido por um pensamento, "Gus Upcott vai à médica na Harley Street amanhã à tarde. Se tivermos sorte e Anomia tuitar enquanto Gus está sem sinal no metrô, podemos excluí-lo. Posso ver se Barclay pode fazer esse servicinho", acrescentou ele, agora digitando uma mensagem para a gerente do escritório. Depois de fazer isso, ele perguntou: "Como está indo sua inscrição para entrar no North Grove?"

— Estou dentro — disse Robin. — Mas o curso só começa em duas semanas.

— Bom trabalho... Por acaso você teve alguma sorte com aquela garota com as tatuagens que mora perto da Junction Road?

— Ela não está em nenhum registro que eu consegui encontrar — respondeu Robin. — Talvez tenha apenas acabado de se mudar para lá.

— Então vou ter que botar vigilância sobre ela também, para descobrir quem ela é — disse Strike. — Meu Deus, nós podíamos botar toda a agência nesse caso e ainda ia ser pouco.

Robin, que não tinha se esquecido de que ele havia acabado de acrescentar outro caso a sua carga de trabalho, um que ela considerava inteiramente de sua criação, não disse nada. Depois de uma pausa breve, Strike disse:

— Então Blay acha que Anomia os esfaqueou. "Eu vou cuidar das coisas a partir daqui. Não se preocupe." É difícil ver o que isso significa, a menos que seja o desenho animado.

— Você acha que a Maverick ainda teria feito o filme se tanto Josh quanto Edie tivessem morrido? — perguntou Robin. Por mais irritada que estivesse com Strike pessoalmente, o interesse na discussão superava temporariamente sua irritação.

— Eu acho que seria de muito mau gosto seguir em frente — disse Strike.

— Então, em certos sentidos, Anomia *ficaria* no controle dos fãs. Tudo o que restaria seriam episódios antigos e o *Drek's Game*.

— A polícia vai focar em quem sabia que Josh e Edie iam se encontrar no cemitério naquela tarde, e agora sabemos que os Upcott sabiam, para começar.

— Katya sabia — contradisse-o Robin. — Mas não temos como ter certeza em relação a nenhum dos outros. Era uma manhã de quinta-feira: Flavia devia estar na escola, e, como você mesmo acabou de dizer, a família parece mais feliz quando estão isolados uns dos outros.

— Ainda assim, Katya pode ter contado a eles. Ou eles podem tê-la ouvido.

— Inigo não pode ter esfaqueado ninguém. Ele não está *mesmo* bem — disse Robin quando Hampstead Heath surgiu por trás das grades de proteção do lado esquerdo da estrada. — Você viu o quanto as mãos estavam tremendo.

— Tenho certeza de que parte daquilo era raiva — falou Strike sem empatia. — Mas é, ele não parece forte. Suas pernas estão inúteis, embora, é claro, não saibamos se o assassino foi até o cemitério a pé. E usar taser em alguém antes de esfaqueá-lo significa que você não vai ter que subjugar a vítima fisicamente para que o trabalho seja feito.

— Phillip Ormond com certeza sabia que eles iam se encontrar — disse Robin —, considerando que estava morando com Edie.

— É, supondo que ela tenha feito a ligação onde ele podia ouvi-la, ou que ela se sentisse à vontade de contar a ele que ia se encontrar com o ex-namorado em um lugar que supostamente tinha um significado romântico para eles — rebateu Strike. — Por outro lado, Edie pode *não* ter feito a ligação de casa, e pode *não* ter contado a Ormond, o que deixa a pergunta de onde ela fez a ligação, e quem mais podia estar escutando-a.

— E do outro lado da linha, temos Josh no North Grove...

— Bom, você logo vai estar no coletivo artístico. Talvez consiga descobrir quem estava por perto na época.

— Também há um período do que parecem ser ao menos umas duas horas — disse Robin — em que Josh saiu perambulando pela noite depois de ser expulso do North Grove.

— É — confirmou Strike. — Bem, tenho certeza que a polícia traçou seus movimentos nesse período. Talvez você possa usar seu charme com Murphy e ver se...

— *Você* pode usar seu charme com ele, se quer mesmo que alguém faça isso — retrucou rispidamente Robin.

Strike olhou para ela, surpreso com seu tom de voz.

— Eu não estava sugerindo... Só estou dizendo que ele pode não se importar em uma ajuda recíproca. Você ajudou a polícia, contando a eles tudo sobre a visita de Edie à agência, não foi?

Robin não disse nada. A simples menção a Murphy trouxera de volta lembranças as quais ela gostaria de esquecer.

— Estamos perto — disse Strike, apontando adiante, ainda confuso com a fonte da irritação incomum de Robin. — Nós provavelmente devíamos estacionar onde quer que você consiga uma vaga.

— Você percebe onde nós estamos? — perguntou Robin, reduzindo a velocidade.

— Onde?

— Millfield Lane, onde fica o apartamento de Josh.

— Agora, isso — disse Strike, olhando ao redor para as casas que ladeavam a rua estreita — é uma coincidência estranha, não é?

Eles desceram do Land Rover, atravessaram a rua e entraram no Heath, entre duas grandes porções de água que eram enormes o bastante para serem chamadas de lagos. O coto de Strike, que estava dolorido o bastante enquanto caminhavam pelo pavimento, reclamou mais do que nunca quando eles chegaram à trilha irregular.

— É esse — disse Strike, indicando o lago a sua esquerda, que estava bordejado de árvores. Vários tipos de aves aquáticas boiavam serenamente nas águas cor cáqui, ou se aglomeravam perto das margens na esperança de que alguma pessoa que passasse tivesse pão. — Então — perguntou Strike quando eles pararam junto de uma grade baixa —, o que fez o assassino vir até aqui?

— Bom, com certeza não foi para jogar o celular de Edie no lago, porque a polícia dragou o fundo e não o encontrou — disse Robin, lançando um olhar ao redor. — Mas o lago pode não ter sido seu objetivo. Este pode ser o lugar onde o assassino percebeu que um dos telefones ainda estava ligado.

— Verdade. Nesse caso, o assassino estaria se dirigindo para onde?

Sem dizer nada, tanto Strike quanto Robin se viraram para olhar para a Millfield Lane.

— Será que podia estar indo para o apartamento de Blay, agora que achava que ele estava morto e não poderia incomodá-lo?

— Isso é certamente uma possibilidade — disse Strike. — E isso sugere que o assassino sabia que poderia ter acesso ao apartamento. Pena que não saibamos se alguma coisa nele está faltando. Veja bem — acrescentou o detetive, consultando o mapa em seu telefone. — É difícil ver por que, se o apartamento de Josh era seu objetivo, ele precisava vir até o Heath. Há um caminho fácil e direto pelas ruas do cemitério de Highgate até a Millfield Lane.

"Se", continuou Strike lentamente, pensando no que ia dizer, "o assassino é Gus Upcott, e por favor, acompanhe por um instante o meu raciocínio, atravessar o Heath para ir e voltar do cemitério teria sido o caminho mais rápido e evitaria câmeras. Entretanto", ponderou Strike, coçando o queixo enquanto olhava fixamente para o mapa, "ele não devia ter se aproximado do lago. Fica fora de seu caminho, supondo que voltou direto para casa depois de esfaqueá-los."

— O assassino podia ter um compromisso em algum outro lugar por aqui? — perguntou Robin. — Há muitas árvores. Bons lugares para se esconder. Ou ele foi até as árvores para tirar algum disfarce?

— Essas são duas possibilidades — respondeu Strike, assentindo —, embora houvesse grupos de árvores mais perto do lugar lógico para Gus ter entrado no Heath. Claro, tudo isso pressupõe que o assassino *quis* vir até aqui. A alternativa é que tenha tido que fazer um desvio por alguma razão.

— Para evitar pessoas?

— Pessoas... ou talvez apenas uma pessoa, que o teria reconhecido — disse Strike, que tinha acabado de pegar do bolso a lista de nomes que Katya lhe dera. — É, veja isso... várias pessoas ligadas ao *Coração de nanquim* cresceram nessa área ou moram por aqui. Wally Cardew, Ian Baker e Lucy Drew, que interpretaram Lorde e Lady... — ele cerrou os olhos enquanto lia o papel — "Wyrdy-Grob", eram todos de Gospel Oak. Colegas de escola de Josh Blay. E Preston Pierce estava morando no North Grove ao mesmo tempo que Edie e Josh — acrescentou Strike, lendo as anotações de Katya. — "De Liverpool, ele dublou Pesga por dois episódios."

— Pez — disse Robin de repente.

— O quê?

— Preston. Pez. A pessoa que devia ter se encontrado com Nils, Wally, Seb e Tim no Red Lion and Sun. Isso estava em suas anotações.

— Muito bom você se lembrar disso — disse Strike. — É, aposto que é ele.

— Onde fica o North Grove a partir daqui? — perguntou Robin olhando ao redor.

Strike consultou o mapa.

— Por ali — respondeu Strike, apontando além do lago na direção da rua. — Não há nenhuma razão concebível para vir até o Heath se você estava voltando para o North Grove. Seria uma caminhada curta do cemitério se o assassino fosse alguém do coletivo artístico.

Strike dobrou o papel de Katya, guardou-o dentro do caderno e contemplou por alguns momentos um cisne que passava antes de dizer:

— Esses ataques foram planejados. A hora e o local podem não ter sido predeterminados, mas você não pode comprar tasers neste país, e as pessoas, em geral, não têm facões à mão. Tudo isso parece alguém apenas à espera de uma oportunidade decente. Ele estava com tudo pronto para agir.

O telefone de Robin tocou. Era Midge. Robin atendeu, com o coração subitamente acelerado.

— Oi — disse ela.

— Você me deve muito por isso, Ellacott.

— Ah, uau — replicou Robin, e Strike se perguntou por que, de repente, ela parecia alegre.

— Tem uma caneta?

— Tenho — disse Robin, levando a mão ao bolso e pegando seu caderno. Ela se agachou, tirou a tampa da caneta com os dentes e se preparou para escrever no caderno aberto sobre o joelho.

— Está bem, aí vamos nós — falou Midge pesadamente. — O nome de usuário dela é PatinhasdaBuffy, uma palavra só com P e B maiúsculos. *Não* ria. Buffy era como se chamava a nossa gata.

Robin soletrou o nome em voz alta para Midge enquanto o escrevia.

— Exatamente — disse Midge. — E a senha é QueriaEstarComEllen. Todas as palavras começando por maiúsculas. Quer saber de uma coisa, vou enviar para você em mensagem de texto.

— Midge, vou ser grata eternamente a você por isso.

— Queria eu estar com a droga da Ellen — falou Midge com amargura. — Essa era sua ex antes de mim.

— De bom gosto — disse Robin. — Você precisou dar a ela o espelho?

— Precisei. Mas não se preocupe com isso — retrucou Midge. — Quando ela receber a entrega, vai descobrir uma grande rachadura nele.

Robin riu, agradeceu Midge outra vez e ficou de pé.

— Nós podemos entrar no jogo.

— O quê?

Robin explicou.

— Ellacott, você é um gênio — disse Strike. — Você pode entrar no jogo enquanto eu estiver entrevistando Ormond. Se Anomia aparecer enquanto Ormond falar comigo, teremos um suspeito a menos.

# 35

*Por aquele portão entrei sozinho*
*Uma bela cidade de pedra branca...*
*Mas não ouvi nenhum som humano;*
*Tudo ao redor estava imóvel e silencioso*
*Como uma cidade dos mortos.*

Christina Rossetti
*The Dead City*

The Flask, que ficava perto de Hampstead Heath, era um pub muito antigo, que tinha três salões separados e dois bares diferentes; ele, na verdade, era feito sob medida para duas pessoas que desejavam coordenar suas atividades enquanto se mantinham fora de vista uma da outra.

— Ótimo, eles têm um bom wi-fi — disse Robin, verificando seu celular enquanto ela e Strike estavam juntos de pé ao lado do balcão, quinze minutos antes da hora em que Phillip Ormond devia chegar. — Vou deixar o celular no feed de Anomia no Twitter e usar meu iPad para acessar o jogo... Eu o tenho carregado comigo desde que pedi a Midge os detalhes de login de Beth — explicou ela a Strike, pegando o iPad da pequena mochila de náilon que sempre levava consigo quando fazia vigilância. — Caso fosse necessário.

— Os escoteiros perderam uma boa oportunidade ao não recrutar você — falou Strike. — O que você quer?

— Suco de tomate e um saco de batatas chips, por favor, estou faminta — disse Robin. — Então vou sair do caminho de forma que Ormond não me veja.

Depois de pegar a bebida e as batatas, Robin deixou Strike e foi para o salão adjacente ao bar principal, onde se sentou a uma mesa pequena no canto ao lado de uma lareira. Depois de comer um terço das batatas rapidamente, ela posicionou o iPad a sua frente, pegou o caderno e a caneta, conferiu o feed de Anomia no Twitter, que não mostrava nenhuma nova atividade, então abriu o *Drek's Game*.

Um grupo de quatro americanos de meia-idade entrou no pequeno salão. Uma das mulheres lia um guia em voz alta.

— "... *assombrado*" — disse uma voz com sotaque sulista, e a palavra pareceu ter duas vezes mais vogais que Robin teria usado nela — "pelo fantasma de uma *atendente de bar espanhola* que *se enforcou* na adega pelo amor não correspondido do dono do pub."

Uma boa quantidade de comentários interessados em voz alta se seguiu, e houve um grande arrastar de cadeiras quando os quatro ocuparam a mesa ao lado de Robin.

Sentindo-se tensa, Robin digitou o nome de usuário PatinhasdaBuffy no painel de login de *Drek's Game*, seguido pela senha QueriaEstarComEllen, depois de confirmar o uso de maiúsculas na mensagem de texto de Midge.

*Por favor, funcione. Por favor, funcione. Por favor, funcione.*

— "The Flask" — continuou a americana com o guia — "foi o lugar de uma das *primeiras* autópsias realizadas na Inglaterra...", minha nossa...

Robin nunca tinha observado um gif de login girar com tanta ansiedade.

— "... em um *corpo* roubado por ladrões de tumbas do *cemitério de Highgate...*"

A tela do iPad de Robin ficou preta. Letras brancas surgiram à vista como espectros.

**Bem-vindo ao Drek's Game**

As letras desapareceram. Robin estava olhando para um cemitério de Highgate belamente animado, no qual fiapos de névoa redemoinhavam em torno de anjos de pedra cobertos por hera. A paleta de cores era monocromática, como a animação original. Figuras brancas flutuavam pela tela. Algumas pareciam Páginabranca, o fantasma, outras eram esqueléticas, e algumas outras eram corações saltitantes, como o herói, Cori. Evidentemente, você podia escolher sua aparência no jogo entre um número limitado de opções. Robin não tinha ideia de como aparecia para os outros jogadores, cada um dos quais tinha seu número de usuário escrito em letras pequenas acima dele. Enquanto isso, uma barra lateral mostrava todo mundo que estava entrando e saindo do jogo.

**<tinteiro66 saiu do jogo>**

**<Moderadora Páginabranca entrou no jogo>**

**<staceydenanquim entrou no jogo>**

Depois de algumas tentativas e erros, Robin localizou um painel de controle que permitia que ela se movimentasse. Lentamente, ela subiu uma trilha enevoada, passando por urnas envoltas em mato. De repente, um morcego voou baixo sobre sua personagem e se transformou em vampiro, bloqueando o caminho. O vampiro, que parecia fraco e magro, ficou ali de pé, arfando, com a mão no peito, antes de "falar" com ela, o diálogo aparecendo sobre seu peito.

`Se importa se eu sugar uma artéria?`

Robin se apressou para encontrar o lugar onde era possível digitar o diálogo e, depois de procurar por alguns segundos, encontrou um teclado em pop-up. Sem ter ideia de qual era a resposta correta, ou mesmo se havia uma resposta correta, ela digitou:

`Eu preferia que não`

O vampiro pareceu suspirar.

`Mas estou anêmico`

Divertindo-se um pouco, Robin digitou:

`Sinto muito`

O vampiro respondeu:

`Um dia você vai ser uma morta-viva. Aí sim você vai sentir muito`

Ele se transformou novamente em morcego e saiu voando.

Robin continuou subindo a trilha. Alguns dos túmulos tinham características interativas, abrindo-se para revelar crânios e ossos ou, em um caso, uma aranha gigante, que indicou que ia sair em perseguição e fez com que Robin afastasse rapidamente sua personagem. Então uma das Páginabrancas flutuantes cruzou o caminho à frente, parou e "falou" com ela.

**Staceydenanquim:** Ei, PatinhasdaBuffy, há quanto tempo!

**PatinhasdaBuffy:** Oi, Staceydenanquim

**Staceydenanquim:** Como estão as coisas?

**PatinhasdaBuffy:** Bem, obrigada, e com você?

**Staceydenanquim:** Que grande merda isso que aconteceu com J*** e E***

**PatinhasdaBuffy:** Eu sei, terrível

Robin se perguntou o motivo dos asteriscos. Os jogadores não deviam escrever os nomes de Josh e Edie dentro do jogo? O ego de Anomia era tão grande que o nome dos criadores não podia ser mencionado?

Antes que conseguisse pensar mais nisso, duas caixas de diálogo se abriram simultaneamente a sua frente.

**<Um novo canal privado foi aberto>**

**<16 de abril de 2015 17.57>**

**<Moderadora Verme28 convidou PatinhasdaBuffy>**

**Verme28:** ah , meu deus , achei que você tinha sumido pra sempre!!!

>

>

>

**<Um novo canal privado foi aberto>**

**<16 de abril de 2015 17.57>**

**<Moderador Vilepechora convidou PatinhasdaBuffy>**

**Vilepechora:** achei que você tinha ido embora de vez

**Vilepechora:** você ainda é sapatão?

>

>

*Merda.*

Robin pegou o telefone e digitou uma mensagem de texto apressada para Midge.

Conte-me literalmente qualquer coisa sobre Beth. Estou dentro do jogo. Algumas dessas pessoas a conhecem

Ao lado de Robin, a americana com o guia, cujos óculos de plástico roxos estavam sobre a ponta de seu nariz, continuou a ler em voz alta:

— "Sabe-se que *Byron, Keats e Shelley* beberam no The Flask, assim como o *famoso ladrão de estradas Dick Turpin*"!

Decidindo que seria suspeito demais não responder aos dois moderadores, Robin começou a digitar outra vez.

**Verme28**: achie que tinha afastado vc com todos os meus problemas !

**PatinhasdaBuffy**: não, eu senti falta deste lugar!

>

>

**PatinhasdaBuffy**: não seja boba, claro que não

**PatinhasdaBuffy**: como está vc?

**Verme28**: adivinhe só , estou em L******!

>

**PatinhasdaBuffy**: Fala sério!

**Verme28**: é

**Verme28**: Vim passar um tempo com meu namorado

**PatinhasdaBuffy**: ah, isso é ótimo!

**PatinhasdaBuffy**: é... na verdade, é impossível desaprender

**Vilepechora**: rsrs

**Vilepechora**: talvez você só não tenha arranjado um bom pau

**PatinhasdaBuffy**: ou talvez paus não me interessem

>

>

**Vilepechora**: se você só transa com cornos vc não vai saber

**PatinhasdaBuffy**: teoria interessante

>

>

>

>

O celular de Robin vibrou. Midge tinha respondido a sua mensagem de texto:

Obcecada por si mesma, vaca infiel. Gosta de gatos.
Escrevendo romance (três parágrafos), aspirante a artista (colagens de merda), adora Rachel Maddow, não sabe cozinhar nada exceto macarrão com uma lata de atum jogada em cima, coleciona decoração de natal e ex-namoradas com raiva

Sorrindo, Robin escreveu em resposta:

E espelhos quebrados. Obrigada. Bj

Ela voltou para o iPad.

**PatinhasdaBuffy**: voltei

**Verme28**: mas as coisas não estão bem

**PatinhasdaBuffy**: o que vc quer dizer com isso?

**Verme28**: adivinhe quantas vezes eu o vi desde que cheguei aqui

**PatinhasdaBuffy**: diga

**Verme28**: uma

**PatinhasdaBuffy**: ah não, isso é uma merda

**Verme28**: mas ele é superocupado

**Verme28**: o q aconteceu com vc e sua namorada?

>

**PatinhasdaBuffy**: Anomia não está aqui esta noite?

**Vilepechora**: não

**Vilepechora**: voltou para ver se ele matou L******?

**Vilepechora**: hahaha pelo menos você é honesta

>

>

>

**Vilepechora**: bom, ele matou

Robin tentou tirar um print dessas conversas, mas o jogo não permitia que fizesse isso. Ela pegou a caneta, anotou os nomes de usuário "Verme28" e "Vilepechora" no alto da página e escreveu algumas palavras embaixo de cada um antes de voltar para o iPad.

**PatinhasdaBuffy**: nós terminamos

**Verme28**: finalmente!

**PatinhasdaBuffy**: sim, era hora

**Verme28**: eu estava proecupada com vc , ela parecia muito controladora

>

>

>

**Vilepechora**: estou muito puto agora

**PatinhasdaBuffy**: não estamos todos?

>

**PatinhasdaBuffy**: é. então me conte mais de vc

**Verme28**: Estou meio que trabalhando

**Verme28**: merda , gostaria de poder contar onde

**PatinhasdaBuffy**: conte!

**Verme28**: rsrs

**Verme28**: tenho medo de Anomia

**Verme28**: se eu contar a você , vamos infringir a conseqência 14

>

**PatinhasdaBuffy**: uma dica, então

**Verme28**: rsrs melhor não

**Verme28**: mas adivinhe uma coisa

**Verme28**: Eu conheci B***!!!

**Vilepechora**: o que vc está vestindo?

**PatinhasdaBuffy**: armadura completa

>

>

**Vilepechora**: estou muito entediado com este lugar

**PatinhasdaBuffy**: então por que ainda está aqui?

**Vilepechora**: reunindo informação

**Vilepechora**: então, você usa um consolo com cinta?

>

>

>

>

Robin pegou a caneta outra vez e escreveu rapidamente embaixo de "Verme28": *possivelmente conheceu Blay, "meio que" trabalhando*; embaixo de "Vilepechora" *: aqui para "reunir informação"* e na página ainda branca à frente, *infringir a Consequência 14, o que é isso?*. Ela voltou a digitar.

**PatinhasdaBuffy**: não creio!!!

**Verme28**: é verdade

**Verme28**: Eu simplesmente entrei no quarto e ele etsava lá

**Verme28**: Eu quase desmaiei !!

**PatinhasdaBuffy**: vc falou com ele?

**Verme28**: não , eu estava tremendo !!!

**PatinhasdaBuffy**: rsrs

**Vilepechora**: você está sentada em um consolo neste momento?

**PatinhasdaBuffy**: seu senso de humor está mais sofisticado do que nunca

**Vilepechora**: você tem sorte de eu não a expulsar

>

**PatinhasdaBuffy**: por que motivo?

**Vilepechora**: por ser a porra de uma pervertida

A americana que lia o guia agora estava lendo o cardápio em voz alta para seus acompanhantes, embora cada um tivesse o seu:

— *Bife com torta de rins... batatas* cozidas...

O telefone de Robin vibrou. Ela olhou para baixo. Strike tinha enviado uma mensagem de texto:

Ormond chegou.

# 36

*E sobre seu escudo ele levava um coração sangrento...*

Mary Tighe
*Psyche*

Strike, que estava sentado a uma mesa para dois de frente para a porta do pub, identificou corretamente Phillip Ormond assim que ele entrou, embora o homem não correspondesse de jeito nenhum à imagem mental de Strike de um professor de geografia ou de uma pessoa propensa a se inscrever em cursos de artes. Strike podia até ter desconfiado de um passado militar, considerando a maneira de andar e o cuidado meticuloso com a aparência.

Vários centímetros menor do que o homem com quem tinha ido se encontrar, Ormond parecia frequentar regularmente uma academia. Ele tinha olhos azuis afastados, cabelo castanho-claro, curto e bem aparado, e o queixo pontudo com a barba cuidadosamente por fazer. Sem a valise preta que estava carregando, seu terno escuro e a gravata simples azul-marinho se assemelhavam a um traje selecionado para um funeral. Ele parou do lado de dentro da porta para olhar ao redor, aprumando os ombros ao fazer isso.

Ao captar os olhos do detetive, Ormond se aproximou da mesa de Strike.

— Cormoran Strike?

— Sou eu — respondeu ele, ficando de pé para apertar sua mão, seu coto protestando com raiva por ter de sustentar seu peso tão pouco tempo depois de se sentar.

— Phillip.

Ormond então se revelou pertencer àquela categoria de homens que parecem pensar que vão ser suspeitos de impotência a menos que seu aperto de mão provoque dor física no receptor.

— Vou pegar uma bebida — disse Ormond antes de se dirigir ao bar. Ele voltou à mesa carregando um copo pequeno de cerveja e se sentou diante de Strike, emanando uma aura de leve desconfiança.

— Bem, como contei a você por telefone... — começou Strike.

— Você está tentando descobrir quem é Anomia. Sim.

— Você se importa se eu tomar notas?

— Fique à vontade — disse Ormond, embora não parecesse estar particularmente feliz com isso.

— O que aconteceu aí? — perguntou Strike, percebendo que dois dedos da mão esquerda de Ormond estavam enfaixados.

— Derramei ácido hidrofluórico — disse Ormond, e quando Strike se manteve inexpressivo, ele explicou: — Eu estava fazendo um pouco de gravura em aço no North Grove. Não vou tentar isso outra vez. A queimadura infeccionou. Já tomei dois tipos de antibiótico até agora.

— Parece feio.

— Longe de ser a pior coisa que aconteceu comigo ultimamente — disse Ormond com um traço de agressividade.

— Não, é claro que não — disse Strike. — Eu sinto muito por sua perda.

— Obrigado — disse Ormond, relaxando muito pouco. — Tem sido... um período ruim.

— Tenho certeza — afirmou Strike. — Você se importa de responder a algumas perguntas sobre o North Grove?

— Vá em frente.

— Quando começou a ter aulas lá?

— 2011 — respondeu Ormond.

— Você produz muita arte, ou...

— Na verdade, não. Na verdade, sou mais de escrever.

— É mesmo? — disse Strike. — Publicado?

— Ainda não. Tenho apenas mexido com algumas ideias. Isso era uma coisa que Edie e eu tínhamos em comum, sabe: histórias.

Strike, que tinha certa dificuldade de imaginar Phillip Ormond escrevendo histórias, assentiu. Por mais que o professor fosse razoavelmente bonito, Strike ficou um pouco intrigado pela escolha de namorado de Edie, mas talvez o atrativo de Ormond estivesse em ser a antítese absoluta de seu ex irresponsável, maconheiro e incendiário de cortinas.

— Não, eu fui para o North Grove porque tinha acabado de me separar de minha mulher — disse Ormond sem ser solicitado. — Tentando encher minhas noites um pouco. Eu me inscrevi para aulas noturnas... achei que podia tentar o jeito antiquado de conhecer uma garota, entende? — falou ele com um sorriso desanimado e envergonhado. — Conheci minha mulher em um site de namoro. E as que você conhece na academia geralmente não têm o suficiente na cabeça para mim — acrescentou ele, tocando na têmpora.

— Então quando você conheceu Edie?

— Ela ainda estava namorando Blay, é. Eu fiquei interessado em seu desenho animado ao ouvir pessoas no North Grove falando sobre ele, e acabei convidando ela e Blay para irem à minha escola e falarem sobre animação e imagens criadas por computador para meus alunos do sétimo ano. Os garotos gostaram — disse Ormond, mas em um tom que não sugeria que isso lhe desse qualquer gratificação em especial.

— Você dá aulas de geografia, certo?

— Computação — disse Ormond, franzindo o cenho. — Quem lhe disse que eu leciono geografia?

— Acho que foi o agente de Edie — disse Strike, fazendo uma anotação. — Um mal-entendido em algum lugar. Quando você soube de Anomia pela primeira vez?

— Vi que ele tinha publicado uma foto do apartamento de Edie no Twitter. Mandei uma mensagem de texto para ela para saber se estava bem. Eu ainda tinha seu número de telefone de quando ela tinha ido à escola para conversar com as crianças. Nós trocamos mensagens por algum tempo e acabamos saindo para tomar um drinque. A essa altura, ela e Blay haviam se separado. Descobrimos que tínhamos muita coisa em comum. Escrever — mencionou ele novamente. — Histórias. Nós rimos um pouco do North Grove. Lá tem verdadeiros personagens. Um garoto que é um verdadeiro candidato a meliante.

— Esse seria Bram de Jong? — perguntou Strike, percebendo que Ormond tinha acabado de usar um pouco de gíria policial.

— É ele, sim — disse Ormond, assentindo. — Eu estava saindo do North Grove uma noite e levei a porra de uma pedrada na parte de trás da cabeça. Ele estava jogando pedras de cima do telhado em qualquer um que conseguisse acertar. Se eu pudesse ter posto as mãos nele... ele abriu um corte — acrescentou Ormond, apontando para a parte de trás da cabeça. — Ainda tenho uma cicatriz aqui. Edie me contou algumas coisas que ele fez enquanto ela estava morando lá. Uma vez ela encontrou um pássaro morto em sua cama. Os pais são simplesmente... eles não têm controle — afirmou Ormond, e Strike viu suas narinas se dilatarem quando ele disse isso. — Nenhum.

— Vocês discutiram Anomia quando saíram para um drinque?

— Discutimos, sim, ela me contou tudo sobre ele. Ela achava que era alguém que conhecia, porque ele sabia muito sobre ela. Edie meio que falou sobre as pessoas de quem suspeitava comigo. Eu achei que parecia ser aquela garota, qual o nome dela? A ex de Blay.

— Kea Niven?

— Isso, mas Edie disse que a havia descartado.

— Como ela fez isso?

— Edie me contou que estava no estúdio de animação uma tarde, olhou pela janela e a viu circulando pela rua. Torcendo para se encontrar com Blay, sabe? Edie estava com o jogo de Anomia rodando em seu laptop e o checou. Anomia estava lá, se movimentando e falando, mas Niven não estava usando um celular, um iPad nem nada.

— Isso é muito útil, obrigado — disse Strike, fazendo uma anotação antes de tornar a erguer os olhos. — Kea estava rondando o estúdio de animação?

— Estava. Edie me contou que ela apareceu algumas vezes quando Edie estava com Blay, olhando fixamente para eles em bares e pubs. Eu também tive uma ex como essa. Psicopata.

— Quando exatamente Edie descartou Kea, você se lembra?

— Antes que eu e Edie saíssemos para nosso primeiro drinque, então deve ter sido em meados de 2013.

Ormond tomou outro gole de cerveja, então disse:

— Eu ainda achava que era preciso dar um basta em Niven, com todas aquelas alegações mentirosas de plágio, mas Edie achava que isso ia tornar as coisas piores, ou, mais provável, seu agente lhe disse que isso ia piorar as coisas — acrescentou o professor de computação com leve escárnio. — O conselho de Yeoman sempre parecia ser "não faça nada". Não é meu estilo.

— Você nunca falou com Kea pessoalmente?

— Não... para a sorte dela — disse Ormond, dilatando as narinas outra vez. — Ela era igual a Anomia, atacando Edie e passando pano para Blay. Aos olhos dos fãs, ele nunca fez nada de errado, o que mostra quão pouco eles sabem.

— O que você quer dizer com isso?

— Bom, Edie estava fazendo 90% do trabalho, e Blay passava a maior parte do dia chapado. Ela estava puta por carregá-lo, no fim. E posso lhe dizer uma coisa: ela ia ficar muito revoltada se soubesse que ele queria botar a porra de uma carta em seu caixão, depois do que a fez passar naquelas duas últimas semanas.

— Edie excluiu mais alguém, que você saiba?

Ormond fez que não.

— Sabemos que ela desconfiava de Seb Montgomery perto do fim, mas havia alguma outra pessoa?

— Ah, então você sabe de Montgomery? — disse Ormond, parecendo levemente desconfiado mais uma vez. — Bom... é, ele era o suspeito número um. — Strike percebeu o segundo uso de gíria policial. — Mas, antes disso, ela se perguntou se podia ser Wally Cardew, porque ele fez algumas críticas a ela na internet depois que ela o dispensou, mas ela admitia que Cardew não ficaria anônimo. Ele fala demais, sabe? Além disso, ela não achava que Cardew seria capaz de programar ou animar no nível do jogo.

— E Tim Ashcroft, que dublava o Verme?

— Ele? Um verdadeiro usuário — disse Ormond com desprezo. — Ele achava que se puxasse o saco de Edie o bastante, ela ia encontrar um papel para ele no filme. Eu disse a ela: "É melhor parar de andar com ele." Não *disse* a ela — corrigiu-se Ormond. — Não dessa maneira. Eu só não gostava de ver alguém tirando proveito dela. Isso de ela sair para tomar um café com ele estava fazendo com que ele pensasse que ainda tinha chance de ganhar um papel.

— Mas ela nunca achou que Ashcroft fosse Anomia?

— Não. Um cara alto e magrelo, parecia uma vareta. Do tipo esquerda festiva. Você sabe.

— Então, até onde você sabe, Montgomery era o único suspeito digno de crédito para ela?

— Ela decidiu que era ele depois que Anomia disse no Twitter que Edie se inspirara em uma colega de apartamento para criar uma personagem, o que era um absurdo completo.

— Ela não se inspirou nessa garota para Páginabranca?

Ormond tomou um gole de cerveja e respondeu:

— Ela pode ter pegado um pouco do comportamento da garota para Páginabranca, mas isso não faz delas a mesma pessoa, droga. Toda essa merda de achar que todo personagem de ficção tem, você sabe, um equivalente em carne e osso. A inspiração pode vir de qualquer lugar — disse Ormond, com um leve rubor surgindo em seu rosto enquanto falava. — Você não pode dizer que esse ou aquele personagem *é* uma pessoa viva. É uma impressão. Uma... foto tirada pelas lentes do criador. — Ele tomou outro gole de cerveja. — Pelo menos, é o que eu acho — concluiu ele, depois de pôr o copo na mesa. — Em meus textos.

Strike não tinha como saber se esses eram os próprios pensamentos originais do professor sobre o tema da inspiração e do desenvolvimento de personagens, mas não conseguiu evitar desconfiar que Ormond estivesse repetindo fielmente as palavras de outra pessoa.

— Edie falava muito com você sobre o trabalho?

— O tempo inteiro — disse Ormond, de repente mais animado do que estivera durante toda a conversa. — Ela basicamente dividia todo seu processo criativo comigo. É, nós tínhamos muitas discussões profundas sobre personagens e eu dava ideias, sabe?

—Vocês estavam colaborando, então? — perguntou Strike, tomando cuidado para parecer impressionado.

— É, acho que você pode dizer isso. — Ele fixou um olhar sem piscar em Strike. — Na verdade, Edie disse que queria que eu recebesse crédito no roteiro, quando o filme saísse. Ela disse que eu lhe dei algumas ideias muito boas.

— É interessante — disse Strike — que ela estivesse querendo trazer novos colaboradores, além dela mesma e de Blay.

— Não colaboradores, no plural. Não havia ninguém além de mim — afirmou Ormond com firmeza.

— A Maverick deve estar satisfeita em saber que você pode contar a eles como Edie via o filme tomando forma.

Houve uma breve pausa antes de Ormond dizer:

— Era de pensar que estaria, mas ninguém se dignou a responder meu e-mail.

— Parece falta de visão. Você, supostamente, tem tudo escrito?

— Nós não escrevemos. Apenas conversamos sobre isso. Está tudo aqui — falou Ormond, tocando sua têmpora outra vez. — E como eu sou o único que sabe, era de imaginar que eles...

Ele deu de ombros, irritado.

— Frustrante — disse Strike.

— É. E agora aquele maldito tio dela, que deu algumas centenas de libras para se livrar dela quando Edie estava literalmente dormindo na rua, está de prontidão. É estranho quem acaba se beneficiando. Mas ela não fez testamento, então é isso — disse Ormond, com um toque claro de amargura na voz.

— Esse próximo detalhe é sensível — falou Strike. — Edie tentou se matar em 2014. Anomia soube o que aconteceu e até em que hospital ela estava em muito pouco tempo.

— É, eu me lembro — disse Ormond de forma sombria.

— Estou interessado em saber quem podia saber disso.

— Também não sei, eu fui um dos últimos a saber — disse Ormond.

— É mesmo?

— É. Ela tentou me ligar, é óbvio — acrescentou rapidamente o professor, e Strike se perguntou se isso era verdade —, mas eu não ouvi o telefone tocar com o barulho do pub. Eu tinha saído com um pessoal do trabalho. Então ela ligou para Blay. Ele percebeu o que ela tinha feito e ligou para a polícia. Eles tiveram que arrombar a porta.

A lembrança da voz grogue de Charlotte, falando em um celular do jardim da Symonds House, emergiu e foi imediatamente reprimida.

— Ela teve uma overdose depois de beber sozinha em seu apartamento a noite inteira, vendo pessoas no Twitter incentivando-a a se matar — disse Ormond. — Isso foi antes de morarmos juntos. Eu me culpei, é óbvio, quando descobri o que Edie tinha feito. Na verdade, ela não estava preparada para morar sozinha, não àquela altura. Foi depois da overdose que ela foi morar comigo, e isso foi uma grande mudança, sabia? Ela ficou muito mais feliz. Muito.

— Você mora por perto?

— Não, eu estou em Finchley. Ballards Lane.

— Você sabe se Blay estava sozinho quando percebeu que ela tinha tomado uma overdose? — perguntou Strike.

— Não tenho ideia — disse Ormond —, mas ele não teve pressa nenhuma para *me* contar. Quando ele começou a falar, achei que era um monte de bobagens.

— Preciso perguntar — interrompeu Strike — Você é ex-policial?

Ormond pareceu momentaneamente surpreso, mas então, pela primeira vez, sorriu.

— Ainda é muito óbvio, não é? É. Eu era da polícia metropolitana. Saí porque minha ex-mulher queria que eu saísse. Estudei, então, para ser professor, mas o casamento acabou mesmo assim.

— Desculpe, continue. Você achou que Blay estava falando um monte de bobagens...

— É. Ele parecia chapado. Veja bem, ele quase sempre estava; provavelmente tinha fumado um baseado para se preparar para falar comigo. É, então eu levei aproximadamente um minuto para começar a entender o que ele estava me contando.

— Você estava com mais alguém quando recebeu essa ligação?

— Por acaso, estava. Um vizinho meu idoso. Ele tem mais de noventa. Eu o ajudo fazendo umas compras de vez em quando — disse Ormond, envergonhadamente modesto. — Dou a ele uma carona para o médico quando ele precisa. Um velhinho legal.

— Mas não um bom candidato a Anomia — disse Strike, fazendo uma anotação.

— Claro que não — respondeu Ormond. — Não. O único jeito para Anomia saber tão rápido o que Edie tinha feito é porque Blay abriu sua boca grande. Ele teve horas para contar para todos os seus amigos antes de lhe ocorrer que devia contar para *mim*, você sabe, seu maldito namorado.

Strike fez mais uma anotação, então tornou a olhar para Ormond.

— Edie alguma vez achou que Anomia fosse uma ameaça física para ela? Ela chegou a se preocupar que ele cometesse violência contra ela?

— Não, acho que não — disse Ormond.

— Nem mesmo depois que Anomia botou seu endereço na internet?

— Isso não foi Anomia.

— Eu achei...

— Ele pôs uma foto do apartamento na rede, sim, mas um outro cara disse às pessoas para enviarem mensagens diretas para ele se quisessem o endereço completo.

— Quem foi a pessoa que ofereceu o endereço, você sabe?

— Não tenho ideia. Havia muita gente atacando-a.

— Você acha que Anomia pode tê-la matado? — perguntou Strike, observando atentamente a reação de Ormond.

— Não sei — respondeu o professor. A pergunta pareceu tê-lo abalado. — Como poderia saber? Não tenho motivo para dizer que foi ele. Bom, eu não tenho razão para pensar que foi ninguém.

Strike tomou cuidado para anotar as palavras exatas de Ormond antes de dizer:

— O dossiê que Blay dizia ter, supostamente provando que a própria Edie era Anomia...

— Que monte de mentiras — falou Ormond rispidamente. — Edie perseguir a si mesma ao ponto de suicídio por três, quatro anos, seja lá quantos foram? Não fode.

— Suponho que Yasmin Weatherhead foi antes de seu tempo, não? — perguntou Strike.

— Foi — disse Ormond. — Por quê?

— Ela levou o dossiê com as supostas provas para Blay.

— Ah, certo, é. Não, eles a demitiram antes que eu e Edie estivéssemos juntos.

Ormond tomou outro gole de cerveja.

— Foi um pouco duro, na verdade, pensei, demitir a garota só porque ela jogava o jogo. Não que... mas Edie provavelmente estava ficando paranoica, imaginando que todo mundo a sua volta estava fornecendo informação para Anomia.

Strike, que não teria esperado essa leniência em relação a Yasmin, considerando as opiniões brutalmente honestas de Ormond sobre todas as outras pessoas próximas a Edie, disse:

—Você não acha que foi uma coisa estranha para uma assistente fazer, entrar no jogo de Anomia? Ou continuar a jogá-lo, considerando que Anomia estava criando tantos problemas para Edie?

— Bom, imagino que sob esse ponto de vista... É, imagino que foi — disse Ormond, como se o assunto fosse de pouco interesse para ele.

— Soube que você e Edie ficaram noivos antes de sua morte.

— Ah, você sabia disso? — Ormond pareceu satisfeito ao ouvir isso. — É, eu a pedi em casamento dois dias antes... antes do que aconteceu. Nós íamos comprar um anel naquele fim de semana.

— Muito triste — disse Strike, permitindo um momento de pausa antes de perguntar: —Voltando ao dossiê: Blay ligou para Edie e a acusou de ser Anomia, certo?

— Isso mesmo — disse Ormond, com a expressão endurecendo.

— Edie discutiu isso com você?

— É claro.

— Qual foi seu conselho? Encontrar Blay e resolver aquilo ou...?

— Eu disse a ela — falou Ormond veementemente — para mandá-lo se foder. Ele continuou ligando e ela continuou desligando. Ela estava certa. Se ele estivesse fumando tanta maconha para acreditar em algo assim, ele que se fodesse.

— Mas aí — disse Strike — Edie mudou de ideia e decidiu se encontrar com ele cara a cara.

— É. Para dizer a ele pessoalmente o que ela pensava dele.

— Quem ligou para quem? — perguntou Strike.

— Ele ligou para ela — disse Ormond —, como eu disse. Ele não parava de fazer isso.

— Certo — disse Strike.

— E finalmente ela decidiu: "Está bem, vamos resolver isso."

— Edie contou isso a você, então?

— Obviamente que sim — disse Ormond com impaciência.

— Então você sabia que eles iam se encontrar naquela tarde?

— Sabia.

— Você sabia *onde* eles iam se encontrar?

— Não — disse Ormond. — Imaginei que fosse em um café ou alguma coisa assim.

— E quando Edie não voltou para casa...

— Bom, obviamente, eu fiquei preocupado. Eu estava cuidando de alunos que ficaram de castigo depois da aula naquela tarde. Então eu fui perceber que estava vendo a maldita Sophie Webster escrever no momento em que a coisa, você sabe, no momento em que aconteceu. Cheguei em casa esperando que Edie estivesse lá. Ela não estava. Eu esperei. Às 23h, estava ficando preocupado. Liguei para a polícia por volta de quinze para meia-noite.

— Você tentou ligar para Edie durante esse tempo?

— Tentei algumas vezes, mas ela não atendeu. A polícia me deixou em espera e... bem, obviamente, foi aí que eu soube que alguma coisa estava acontecendo. Eu era policial, sei como essas coisas funcionam. Eles me pediram para descrever Edie, o que eu fiz. Então, eles disseram que iam mandar pessoas para falar comigo.

"Eles foram até o apartamento e me disseram que um corpo correspondente à descrição de minha noiva havia sido encontrado no cemitério de Highgate... Eu tinha que ir lá para identificá-la."

— Sinto muito — disse Strike. — Deve ter sido horrível.

— Foi — afirmou Ormond, com o tom de agressividade novamente em sua voz. — Foi mesmo.

Strike olhou para suas anotações. Em relação a Anomia, ele tinha descoberto muito pouco. Ele se sentia, entretanto, incomensuravelmente mais bem informado sobre Phillip Ormond.

— Bom... a menos que você tenha mais ideias ou informação sobre quem poderia ser Anomia...

— Bom, se você quer minha opinião — disse Ormond, que pareceu relaxar um pouco agora que o fim da conversa estava à vista —, ele é seriamente perturbado. Quem quer que seja, mesmo que seja algum garoto por trás... — ele gesticulou vagamente na direção de seu rosto, indicando uma máscara — ... de um teclado, tem alguma coisa muito errada com ele. Quatro anos inteiros atacando alguém online? Qual foi o crime de Edie? Criar uma coisa que eles deviam amar? Não, acho que Anomia é o tipo de pessoa que faria qualquer coisa para salvar o próprio pescoço, que ficaria feliz em acusar qualquer outra pessoa ou lançar suspeitas sobre qualquer um se isso fosse limpar sua barra.

— O que faz você dizer isso? — perguntou Strike.

— Só o meu instinto — disse Ormond antes de terminar de beber sua lager.

— Bom, acho que isso é tudo — disse Strike sem sinceridade. — Ah, sim, acabei de pensar nisso, você sugeriu nossa agência para Edie ou foi ideia dela?

— Eu o quê? — indagou Ormond, franzindo o cenho.

— Edie foi ver minha sócia em nossa agência — disse Strike.

Foi fácil ver as pupilas de Ormond se dilatando, mesmo sob a luz não muito clara do pub, devido à palidez de suas íris azuis. Evidentemente, nem a polícia nem Allan Yeoman haviam contado ao suposto noivo de Edie sobre sua visita à agência de detetives, e essas omissões revelaram a Strike algo importante sobre a atitude da polícia e do agente em relação a Ormond.

O professor deve ter percebido que sua pausa tinha se estendido demais para uma mentira.

— Hã... não. Eu não tinha ideia. Quando foi isso?

— Dez dias antes dos ataques.

— Por que ela faria isso? — perguntou Ormond.

— Para nos pedir ajuda para descobrir quem era Anomia.

— Ah — disse Ormond. — Certo. É... na verdade, eu não sabia que ela tinha procurado *você*. Ela disse que estava pensando, é, e eu achei que era uma ideia razoável.

— Mas ela não contou a você que tinha feito isso?

— Na verdade — disse Ormond, depois de outra hesitação —, ela pode ter feito isso e eu não ter registrado. Ela estava muito estressada, e eu andava ocupado no trabalho, posso não a ter escutado adequadamente, ou estava com a mente em outro lugar ou alguma coisa assim. Eu andava muito ocupado no trabalho — repetiu ele. — Tinha uma entrevista chegando, para chefe de departamento.

— Você conseguiu?

— Não — disse Ormond, quase perdendo o controle.

— Bem, quando ela foi até a agência, minha sócia percebeu alguns hematomas no...

— Ah, então foi sua sócia, não foi? Que contou aos policiais que eu a havia estrangulado?

Ormond pareceu se arrepender de sua demonstração de irritação assim que ela escapou dele. Olhou para Strike com aqueles olhos azul-pálidos e afastados, sem saber o que fazer, Strike pensou, para consertar essa última impressão prejudicial.

— Ninguém disse nada sobre estrangular — disse Strike. — Minha sócia simplesmente relatou o hematoma. Bem, muito obrigado por se encontrar comigo, Phillip. Você foi extremamente útil.

Depois de um silêncio breve e carregado, Ormond se levantou devagar.

— Sem problema — disse ele em uma voz entrecortada. — Boa sorte com a investigação.

Strike estendeu a mão, dessa vez pronto para competir pelo aperto mais forte.

Ormond foi embora, e Strike soube que os dedos da mão direita dele estariam latejando, um pensamento que lhe deu uma pequena satisfação. Depois que o professor desapareceu de vista, Strike pegou o celular e digitou uma mensagem curta para um amigo na Polícia Metropolitana.

# 37

*... o trabalho estava feito; o novo rei*
*Tinha se erguido e posto os pés sobre seu reino,*
*Que o reconheceu.*

Jean Ingelow
*A Story of Doom*

Robin ainda olhava para seu iPad quando Strike a encontrou à mesa no canto fora de vista do bar principal. Ele estava levando um pint de cerveja London Pride para si mesmo e um segundo suco de tomate para Robin, embora tivesse percebido que ela mal tocara no primeiro. A um lado do iPad de Robin estava seu celular, que estava virado para cima exibindo o feed de Anomia no Twitter, e, do outro lado, seu caderno aberto. Strike, que estava bem acostumado a ler coisas de cabeça para baixo, viu que Robin fizera três colunas encimadas pelos nomes Verme28, Vilepechora e Páginabranca, e que ela havia tomado notas em todas as três. A coluna de Verme28 parecia a mais cheia.

— Anomia está no jogo? — perguntou Strike ao se sentar.

— Não — disse Robin, erguendo os olhos e imediatamente voltando a olhar para a tela. — Ele não esteve aqui durante todo o tempo em que você esteve com Ormond. Desculpe, vou ter que continuar digitando. Tem um moderador aqui chamado Verme28, que era amigo virtual de Beth. É um homem gay ou uma garota, porque está em um relacionamento com um homem não identificado do qual eu supostamente tenho conhecimento. Ele fazia muitas confidências à Beth. Achava que a havia afastado do jogo por lhe contar todos os seus problemas.

— Vinte e oito — comentou Strike. — É outro símbolo de ódio.

— Sério?

— A segunda letra do alfabeto, a oitava letra: BH significa "blood and honour", sangue e honra. Sangue e Honra é um grupo neonazista de skinheads.

— Não consigo ver Verme28 como um skinhead neonazista — disse Robin enquanto digitava. — Se eu tivesse que apostar em um ou em outro, diria que é uma garota e bem nova. Possivelmente disléxica. Sua ortografia é ruim e sua pontuação é confusa... se você está procurando um possível membro do Corte, porém, Vilepechora parece um bom candidato. Espere... Ah, graças a Deus. Verme28 precisa ir ao banheiro.

Robin virou seu iPad para que Strike pudesse vê-lo. Ele chegou sua cadeira para perto, e Robin sentiu o joelho dele bater no dela.

— Os jogadores conversam no jogo aberto — disse ela enquanto Strike bebia sua cerveja e via as figuras animadas circulando entre os túmulos. Como Robin, ele ficou impressionado com a beleza perturbadora da animação com sua névoa em movimento e as tumbas altas. — Mas os moderadores são capazes de abrir canais privados para conversar com qualquer um que queiram, e mais ninguém pode ver o que estão dizendo. Tanto Verme28 quanto Vilepechora abriram canais privados comigo logo depois que entrei no jogo.

— O que faz você pensar que Vilepechora pode ser do Corte?

— Extremamente homofóbico — disse Robin. — Ele me disse que sou uma pervertida.

— Simpático — disse Strike.

— Tenho quase certeza que é homem. Também está bêbado. Ele me disse isso três vezes. Afirma que está entediado com o jogo, e quando perguntei por que ainda estava ali, ele disse: "reunindo informação".

— Informação? — repetiu Strike. — Muito interessante mesmo.

— E ele me disse que Anomia matou Ledwell.

Ela ergueu os olhos para ver a reação de Strike.

— Ele disse isso?

— Como se estivesse brincando — disse Robin, tornando a olhar para o jogo. — A única outra moderadora com quem conversei foi Páginabranca. Ela me perguntou se eu precisava de ajuda para navegar pelo jogo e me deu algumas dicas de como entrar em uma área expandida que foi criada depois que Beth esteve ali pela última vez. Ela não abriu um canal privado, apenas ofereceu ajuda no jogo aberto. Na verdade, não sei se ela é mulher, obviamente. Estou supondo isso por causa do nome de usuário. Não houve nenhuma conversa pessoal.

Strike estava olhando para a barra lateral de entrada e saída de jogadores.

<DrekIndediado saiu do jogo>
<Tinta101 entrou no jogo>
<Pesga7 entrou no jogo>

— Se eu sair — disse Robin, voltando novamente o iPad para si mesma —, você pode me contar sobre Ormond.

— Permaneça logada, para que possamos ficar de olho em Anomia. Eu gostaria de ver como ele se comporta aqui. Você pode dizer a essa tal de Verme que você precisa ir e fazer alguma coisa fora da internet por um tempo?

— Preciso... tirar... as... roupas... da... máquina... de... lavar — disse Robin, digitando. — Volto... daqui... a... pouco.

Ela se encostou na cadeira com uma expressão de alívio, bebeu um pouco de suco de tomate e reajustou o ângulo do iPad para que os dois pudessem continuar assistindo.

— Como foi com Ormond?

— Ormond — disse Strike — foi bem interessante. Não o que eu estava esperando. Ele é professor de computação e ex-policial.

— É mesmo? — perguntou Robin.

— É, e se eu tivesse que apostar, diria que eles não estavam em um relacionamento antes de ela tentar se matar. Acho que ele tirou proveito de sua vulnerabilidade para convidá-la a ficar em sua casa, e ela achou difícil ir embora. Perguntei sobre os hematomas em forma de dedos em seu pescoço. Ele não gostou muito disso.

— Você me impressiona — disse Robin.

— Também estou cético em relação ao suposto noivado. Acho que Heather Ledwell estava certa: ele está com raiva por não receber um centavo de seu espólio nem qualquer benefício financeiro do desenho animado se um filme for feito. Ele mencionou ela não ter feito um testamento. Mas não perdeu a esperança de se beneficiar; passou metade da entrevista se posicionando como escritor. Diz que estava colaborando com ela em storylines futuras e que ela queria que ele tivesse um crédito de roteirista se o filme acontecesse. Perguntei se isso tudo havia sido posto no papel ou não, as ideias estão todas na cabeça dele. Ormond enviou um e-mail para a Maverick oferecendo seus serviços, mas eles não deram retorno.

— Que inferno — disse Robin em voz baixa.

— Houve alguns outros pontos interessantes. Pra começar, ele diz que Edie contou a ele que ia se encontrar com Josh na tarde em que foi morta, mas que não sabia exatamente onde eles haviam planejado se encontrar. A parte suspeita é que ele disse que Blay ligou para *ela* para sugerir o encontro. Ou Ormond ou Katya está mentindo, e aposto em Ormond. Minha opinião é que ele não tinha ideia que ela ia se encontrar com Blay, o que levanta a pergunta: por que mentir? Se ele estivesse preocupado em ser considerado suspeito pelas facadas, faria mais sentido contar a verdade e dizer que não tinha ideia de que eles fossem se encontrar. É uma meia mentira estranha, dizer que sabia que eles iam se encontrar, mas não onde. Claro, isso pode ser o ego: ele não quer parecer um homem cuja namorada vai se encontrar com o ex às escondidas. Ele me parece ser o tipo.

"Além disso, e isso é certamente estranho", disse Strike, abrindo seu caderno, "ele me contou que acha que Anomia é 'o tipo de pessoa que faria qualquer coisa para salvar o próprio pescoço', especificamente que ele ia tentar culpar ou lançar suspeitas sobre outra pessoa. Perguntei por que estava dizendo isso, e ele me disse que era apenas 'instinto', mas achei muito sugestivo. Parece que ele acha que Anomia talvez tenha alguma informação sobre *ele*."

— Mas isso, com certeza, significa que ele sabe quem é.

— É o que parece, mas ele não teve pressa para me contar quem acha que pode ser. Pelo contrário, ele descartou todo mundo que mencionei. Quase como se fossse um detalhe, ele disse que Edie tinha descartado Kea. Ela a viu na rua sem um dispositivo digital enquanto Anomia estava no jogo.

— Ah — disse Robin. — É útil saber isso.

— É... Uma última coisa estranha que Ormond mencionou. Perguntei se ele achava que Anomia podia ter matado Edie, e ele disse: "Não tenho motivo para dizer que foi ele."

— "Não tenho motivo para dizer que foi ele" — repetiu Robin. — Que escolha estranha de palavras.

— Exatamente o que pensei — disse Strike. — Por que não dizer apenas não?

O telefone em seu bolso tocou. Ele o pegou. A identidade do autor da chamada estava oculta. A desconfiança de que fosse Charlotte fez com que ele hesitasse, mas depois de alguns segundos, ele atendeu:

— Strike.

Ele pôde ouvir a respiração. A linha estava estalando. Então uma voz muito profunda e sonora disse:

— Se você quer a verdade, desenterre Edie Ledwell.

A linha ficou muda.

Robin podia dizer pela expressão de Strike que algo fora do comum tinha acabado de acontecer. Seu pensamento imediato foi *Charlotte*. Então ela se perguntou se podia ser Madeline que fizera seu rosto ficar pálido.

Strike baixou o celular e olhou para ele como se a identificação da pessoa que ligou pudesse de algum modo se materializar.

— Acabaram de me dizer — disse ele, tornando a olhar para Robin — para "desenterrar Edie Ledwell" se eu quiser saber a verdade.

— *O quê?*

— "Se você quer a verdade, desenterre Edie Ledwell" — repetiu Strike.

Eles olharam fixamente um para o outro.

— Como era a voz?

— Como a do Darth Vader. Podia ser um dispositivo para alterar a voz ou alguém com um verdadeiro tom de tenor baixo. A ligação não estava boa.

— Há algumas semanas — disse Robin — surgiu uma hashtag nos trending topics do Twitter. "Desenterrem Ledwell."

— Alguma razão em particular ou apenas um pouco de diversão mordaz? — perguntou Strike, botando o telefone outra vez em seu bolso.

— Um troll disse que ela provavelmente forjou o próprio assassinato para obter simpatia e que deviam desenterrar o corpo para ter certeza.

— Bom, se é um troll ligando para mim, ele sabe que estamos no caso. Peço a Deus que nenhum de nós tenha sido identificado enquanto mantínhamos suspeitos sob vigilância.

— Veja — disse Robin com uma expressão de espanto, apontando para o iPad. — Ele está aqui.

Uma figura única tinha aparecido na tela. Ela não se parecia em nada com nenhuma das outras figuras — as imitações flutuantes da bela Páginabranca, os corações Cori balançando ou os esqueletos errantes. Essa era uma capa vazia, que tremulava como se estivesse ao vento. Não havia rosto: o ser no interior da capa era invisível. Embora com animação simples, era estranho o quanto ele era assustador. A legenda Moderador Anomia estava suspensa acima de sua cabeça. A figura começou a "falar", as letras aparecendo sobre seu rosto inexistente.

**Anomia:** Boa noite crianças

E os avatares dos outros jogadores se aglomeraram ao seu redor, com letras aparecendo em seus rostos enquanto eles o cumprimentavam.

**Tinta101:** Anomia chegou!!!!!

**Mr_Drek_D:** Como você está, cara?

**CoraçãoFerido9:** Anomia, por favor, aceite de volta Cori192, ele não fez por mal

**Moderadora Páginabranca:** boa noite

**Tinteiroparasempre:** Anomia, meu cara!

**Moderador Vilepechora:** Todos saúdem o imperador rei

**Pesga7:** Anomia, adoro ver você arrasar com Grunt no Twitter!

**WyrdyOne:** Nós vamos para a Comic Con, Anomia?

Anomia não respondeu a nenhum deles, mas flutuou na direção de Strike e Robin, e ela, embora soubesse que era absolutamente irracional, afinal estavam sentados em um pub, e sua figura não passava de pixels em uma tela, sentiu um tremor de verdadeiro medo. Anomia se aproximou tanto de PatinhasdaBuffy que o capuz vazio de sua capa encheu quase toda a tela.

**Moderador Anomia:** Você voltou

Robin estendeu a mão apressadamente para digitar, deixando a tela em posição para que Strike pudesse ver o que estava acontecendo.

**PatinhasdaBuffy:** é, senti falta deste lugar

**Moderador Anomia:** animal favorito?

— Cachorro — respondeu Strike.
— Não — retrucou Robin, digitando. — Eu verifiquei.

**PatinhasdaBuffy:** gatos é óbvio

— Meu Deus, eu espero que seja suficiente — disse Robin. — Eu não consegui muito mais que isso.

**Moderador Anomia:** posição sexual favorita?

Robin olhou fixamente para essa pergunta, consciente de que Strike dessa vez não tinha nada a oferecer. Depois de alguns segundos, ela começou a digitar com a sensação de estar arriscando tudo em uma jogada:

**PatinhasdaBuffy:** acho que me lembro de mandar você se foder quando perguntou da última vez

Ela e Strike observavam a tela. Robin tinha a sensação de que ele também estava prendendo a respiração.

**Moderador Anomia:** rsrs

**Moderador Anomia:** é, mandou mesmo

— Bom trabalho — disse Strike.

**Moderador Anomia:** agora me pergunte aquilo que você voltou aqui para descobrir

Robin hesitou.

**PatinhasdaBuffy:** o que vc quer dizer com isso?

**Moderador Anomia:** se eu matei E*** L******?

As mãos de Robin pararam inseguras acima do painel do teclado, mas antes que ela pudesse responder, Anomia tinha falado outra vez.

**Moderador Anomia:** Eu matei. Não precisa agradecer.

Anomia fez a volta e se afastou flutuando, e à medida que a capa vazia seguia em meio aos personagens de *O coração de nanquim*, eles diziam claramente o que estavam pensando.

**Moderador Vilepechora:** Eu disse a ela que vc matou! kkk

**PapaDrek:** hahahahahahaha

**Tinteiroparasempre:** uma porra de uma lenda rsrs

**Mr_Drek_D:** morrendo de rir aqui

**CoraçãoFerido9:** meu deus, não brinquem

**Ghosty:** rsrs

**WyrdyOne:** nós nos curvamos para nosso rei

**MeuCoraçãoEhNegro:** rsrsrsrsrs

**Tinta101:** é, rei

**Páginabraba97:** você se livrou daquele lixo

**Pesga7:** hahaha vc é o cara

**Coraçãosafado**: Anomia resolveu
a parada rsrs

**Coraçãonegro_4**: VC É NOSSO
DEUS

Strike e Robin assistiam em silêncio enquanto a figura flutuante de Anomia encolhia e finalmente desaparecia nas névoas do jogo, indo para outra parte do cemitério animado.

— Bom, aí está — disse Strike, pegando seu copo. — Nós temos uma confissão. Agora só precisamos descobrir quem confessou.

# PARTE TRÊS

*Se o epicárdio e a gordura subjacente forem removidos de um coração que foi submetido a fervura prolongada...*
*As fibras superficiais dos ventrículos vão ser expostas.*

Henry Gray
*Henry Gray's Anatomy of the Human Body*

# 38

*Examinei você com um olhar escrutinador,*
*Decidida a explorar seus caminhos secretos:*
*Mas, por mais que eu os examine,*
*Seus caminhos ainda são secretos.*

Christina Rossetti
*The Queen of Hearts*

O honorável James "Jago" Murdo Alastair Fleming Ross, herdeiro do Viscondado de Croy, banqueiro mercantil, duas vezes casado, pai de cinco e marido separado de Charlotte Campbell, estava sob vigilância havia quase quinze dias. Strike sabia que era enormemente otimista esperar algum material comprometedor sobre o homem depois de um período tão curto, mas mesmo assim os resultados até então tinham sido desanimadores. Ross era protegido por uma grossa membrana de riqueza. Um motorista o levava e buscava no trabalho todo dia e quando ele comia fora em clubes privados exclusivos. Ross era tão escrupuloso em nunca deixar o local com qualquer outra pessoa que Strike, olhando para o número escasso de fotografias que Midge e Dev tinham conseguido tirar ao longo das duas semanas anteriores – o rosto de raposa facilmente distinguível e o cabelo louro quase branco tornavam fácil identificá-lo em todas as fotos —, tinha de suspeitar que Ross supusera corretamente que sua mulher estava mandando vigiá-lo.

As buscas de rotina sobre seu passado revelaram que a primeira mulher de Ross tinha tornado a se casar e estava morando em Oxfordshire. Seu irmão mais novo trabalhava como secretário particular de um membro importante da família real. A filha mais velha do primeiro casamento de Ross era aluna interna da Benenden School; as duas meninas mais novas ainda frequentavam a escola primária de Oxfordshire. Charlotte estava morando com seus gêmeos e duas babás que se alternavam na casa de sua família em Belgravia, enquanto Ross passava as noites de semana em um apartamento palaciano em Kensington, que após uma investigação revelou-se pertencer a seus pais havia trinta anos, e os fins de semana em uma grande casa de campo em Kent, para onde uma das babás levava os filhos dele e de Charlotte.

Os dias de trabalho de Ross eram passados em um arranha-céu na Fenchurch Street, para onde seu banco tinha recentemente se mudado. Embora Strike em geral não tivesse fortes preferências arquitetônicas, ele achou totalmente apropriado que Jago trabalhasse em um prédio de feiura notável e arrogante, com uma face côncava que formava um refletor solar tão potente que já havia derretido parte de um carro estacionado em sua proximidade. Em teoria, o público tinha acesso liberado aos três andares mais altos do Walkie Talkie, cuja cobertura possuía um jardim, um fato que convencera os planejadores a conceder permissão para o prédio enorme, que ficava no limite de uma área de conservação. Na prática, o público tinha permissão para ir ao topo do prédio em intervalos de noventa minutos, como Dev Shah tinha descoberto quando o instruíram a sair antes que Jago aparecesse no restaurante em que normalmente almoçava. As únicas exceções notáveis na rotina de Jago tinham sido duas visitas a uma advogada especializada em divórcios extremamente cara, fria e determinada. Strike se perguntou se o velho telefone de Charlotte, no qual Jago encontrara aquela foto comprometedora, já tinha sido mostrado à mulher astuta e voraz ali dentro, veterana de muitas separações famosas.

Strike não tinha discutido com ninguém sua preocupação cada vez mais insistente com ser implicado no divórcio dos Ross, muito menos Madeline, porque o lançamento de sua nova coleção era iminente, e ela estava ainda mais estressada que o normal. Por hora, só se encontravam regularmente para fazer sexo na casa dela, uma mudança que Strike apreciou em silêncio, embora ali também ele fosse perseguido por outros estresses.

— Então... quando você e Robin terminaram, afinal? — perguntou Madeline uma noite, enquanto eles estavam deitados juntos no escuro. Strike, que, embora ávido, resistia à vontade de um cigarro pós-coital, estava pensando na atualização no caso de Anomia que ele e Robin iam fazer no dia seguinte, e levou alguns segundos para processar o que tinha sido perguntado a ele.

— Quando o quê?

— Você e Robin — repetiu Madeline. Ela havia bebido quase uma garrafa de vinho antes que eles se retirassem para o quarto. — Quando exatamente vocês terminaram?

— Do que você está falando?

— Você e Robin — repetiu Madeline mais alto. Ela estava deitada com a cabeça em seu ombro; ele ainda estava usando a prótese, que ia precisar ser retirada logo; podia sentir a extremidade cada vez mais esfolada de seu coto dolorido.

— Você quer dizer quando eu a demiti? — perguntou Strike, que estava certo de que nunca havia contado a Madeline sobre esse episódio.

— Você a demitiu? — disse Madeline, agora saindo de seu ombro para o olhar no escuro, apoiada sobre o cotovelo.

— É, há alguns anos — respondeu Strike.

— Por quê?

— Ela fez uma coisa que eu disse a ela para não fazer.

— Vocês estavam juntos na época?

— Não — disse Strike. — Nós nunca ficamos juntos. Quem...? Espere um minuto.

Tateou com as mãos ao seu lado e acendeu o abajur do quarto, querendo ver o rosto de Madeline. Ela parecia ao mesmo tempo desejável e muito tensa.

— Isso não seria algo que Charlotte contou a você, seria? — perguntou ele, olhando de soslaio para ela.

— Bom... é.

— Pelo amor de Deus.

Strike passou uma das mãos com rudeza sobre o rosto, como se o estivesse lavando. Se fosse Charlotte ao seu lado em vez de Madeline, ele podia ficar tentado a arremessar alguma coisa — não nela, mas possivelmente algo quebrável, em uma parede.

— Nunca houve nada entre mim e Robin. Nós nunca nos envolvemos.

— Ah.

— Charlotte está querendo causar problemas — disse ele, olhando novamente para Madeline. — É isso o que ela faz. Vai ser melhor para você se presumir que tudo o que sai de sua boca sobre mim é uma besteira completa.

— Então você e Robin nunca...?

— Não — respondeu Strike veementemente. — Nunca.

— Está bem — disse Madeline. Em seguida, completou: — Charlotte disse que eu me pareço muito com Robin.

— Não parece — mentiu Strike.

Madeline continuou a olhar fixamente para ele.

— Você está com raiva?

— Não, não estou. Bom, não de você.

— Quero dizer, isso não ia importar — garantiu ela. — Se acabou, acabou.

— Nunca começou — disse Strike encarando-a.

— Está bem — disse Madeline outra vez. — Desculpe.

— Sem problema — mentiu ele outra vez, esticando um braço para convidá-la a botar a cabeça novamente em seu ombro, em seguida apagando a luz.

Ele ficou deitado furioso no escuro até Madeline pegar no sono com a cabeça na curva de seu ombro, e, em vez de incomodá-la e correr o risco de outra conversa sobre Robin ou Charlotte, ele dormiu essa noite ainda usando a prótese, o que resultou em erupções na pele provocadas pelo suor na extremidade de seu coto.

A atualização marcada entre Strike e Robin foi atrasada porque Strike passou mais tempo do que esperava vigiando Aliciador, que teve um almoço muito demorado no Charlotte Street Hotel. Passava das 17h quando Aliciador finalmente se levantou da mesa, e Strike, que a essa altura estava tirando fotos discretamente na rua, o observou sair de vista, em seguida ligou para Robin.

— Oi — disse ela, parecendo tão cansada quanto ele se sentia. — O almoço demorou esse tempo todo?

— Demorou, desculpe. Você precisou ir para casa?

— Não — disse ela. — Você ainda está com disposição para nossa reunião sobre Anomia?

— Estou, com certeza — afirmou Strike, que tinha comido muito pouco enquanto circulava entre o bar, o saguão e a rua, vigiando o grupo de Aliciador. — Escute, você se importa se fizermos isso comendo alguma coisa? Talvez em Chinatown?

— Isso seria ótimo — disse Robin. — Estou faminta. Vou encontrar um lugar e mando uma mensagem para você.

Vinte minutos mais tarde, Strike entrou no andar superior do restaurante Gerrard's Corner e encontrou Robin sentada a uma mesa junto da janela, com o iPad apoiado sobre a mesa ao seu lado e o celular próximo dele, com um caderno aberto. Entre os poucos clientes, ele e Robin eram os únicos caucasianos.

— Oi — disse ela, erguendo os olhos quando Strike se sentou, em seguida tornando a olhar para o jogo. — Anomia está aqui, por isso preciso continuar jogando. Ele começa a importunar as pessoas se elas permanecem inativas por tempo demais. Estou rezando para que Montgomery saia do escritório sem o celular enquanto Anomia ainda está ativo, para podermos excluir *alguém*.

— Isso — disse Strike, esticando cuidadosamente sua perna dolorida — seria de grande ajuda.

Seu celular vibrou em seu bolso. Ele esperava muito que não fosse Madeline, mas para seu alívio viu uma mensagem de sua meia-irmã Prudence, com quem concordara se encontrar na noite seguinte.

Cormoran, desculpe: não vou poder amanhã à noite. Ligeira crise familiar. Algum problema se adiarmos? Pru

Strike ficou tão aliviado por ela, e não ele, estar cancelando o jantar, que experimentou uma onda de afeição por aquela mulher que não conhecia.

Sem problema. Entendo perfeitamente. Espero que esteja tudo bem.

Robin, que por acaso olhou para Strike outra vez enquanto digitava, viu seu leve sorriso e a expressão cálida, e supôs que ele estava trocando mensagens com Madeline. Baixando os olhos para o iPad outra vez, ela tentou conter uma sensação crescente de antagonismo.

— Você pediu? — perguntou Strike.

— Não, mas gostaria de alguma coisa com macarrão para que eu possa comer com uma só mão. E vou precisar de um garfo.

Strike ergueu a mão, pediu macarrão Cingapura para os dois, então disse:

— Quer ouvir uma coisa interessante antes de começarmos com Anomia?

— Vá em frente — disse Robin com os olhos ainda no jogo.

— Pedi a Eric Wardle que me fizesse um favor. Descobrir por que Phillip Ormond deixou a polícia. Tive um palpite de que talvez a saída não tivesse sido voluntária.

— E? — disse Robin, erguendo os olhos.

— Se ele não saiu, com quase toda a certeza foi demitido. "Ele achava que era o Dirty Harry", foram exatamente as palavras de Wardle. Gostava de pegar pesado com suspeitos. Além disso, sua mulher o deixou antes que ele saísse da polícia, o que não bate com a linha do tempo que ele me deu. Enfim...

Strike pegou seu caderno.

— Quer que eu comece com Anomia enquanto você está jogando?

— Por favor — disse Robin, que no momento conduzia PatinhasdaBuffy entre sepulturas.

— Tenho investigado todas as pessoas que conhecemos que eram próximas de Edie e Josh quando o jogo surgiu. A boa notícia é que podemos excluir a maioria delas.

— Graças a Deus — disse Robin veementemente.

— Eu comecei com os irmãos de Josh. O irmão trabalha para a Kwik Fit, a oficina mecânica, e a irmã é recepcionista de um oculista. Excluí também a maioria dos membros do elenco. Todos têm trabalho fixo de 9 às 17h e não há como qualquer um deles tuitar e moderar o jogo todas aquelas horas sem ser despedido.

"Falei com a irmã de criação com quem Edie mantinha contato. Ela é gerente de eventos em um hotel e seria demitida por ficar na internet tanto quanto Anomia fica durante o horário de trabalho. O mesmo se aplica ao irmão de criação de Edie.

"Entretanto, acho que devíamos falar com Tim Ashcroft. Ele e Edie eram amigos antes do *Coração de nanquim,* e, no mínimo, ele pode saber de pessoas próximas a Edie que até agora deixamos passar."

— Você não vê o próprio Ashcroft como Anomia? — perguntou Robin.

— Ser dispensado é uma boa base para ressentimento — admitiu Strike —, mas não descobri nenhum indício de que ele saiba desenhar ou programar.

— Ele ensinou Flavia a desenhar animais a partir de formas geométricas — lembrou Robin a Strike.

— Merda, ele fez isso, bem lembrado. A irmã de criação, porém, não tem os contatos dele, e não estou certo de que é inteligente abordar Ashcroft diretamente. Ele ainda está em contato com Wally, Montgomery e Nils de Jong, e eu não gostaria de alertar todos os nossos potenciais Anomia de que estamos no caso. A única coisa em que posso pensar é atrair Ashcroft a algum tipo de situação na qual possa entrevistá-lo sem que ele saiba que está falando com um detetive.

— Como fingir ser um jornalista ou algo assim?

— Não pode ser um jornalista de nenhum veículo importante, isso é muito fácil de verificar... enfim, ele não é conhecido o bastante para que eles se interessem — disse Strike. — Mas me perguntei se podíamos montar algo no front educativo, considerando que seu grupo teatral vai a escolas. O que acha de pedir a Spanner para montar um site sobre teatro na educação, ou algo assim?

Spanner era um especialista em TI a quem a agência costumava recorrer em todas as exigências tecnológicas.

— Então — disse Strike —, se ele procurar por você...

— Você quer que eu o entreviste?

— Acho que sim. Não acho que ele me notou em frente ao Red Lion and Sun, mas é melhor nos garantirmos.

— Está bem — disse Robin. — Vamos botar Spanner no trabalho.

— O que significa que vou ter que me passar por você, pela Buffyqualquercoisa, no *Drek's Game* enquanto você estiver com Ashcroft. Você acha que consegue preparar uma cola para mim?

— Vou fazer isso — disse Robin, fazendo uma pausa em suas atividades no jogo para acrescentar esse item a sua lista de "coisas a fazer".

— De qualquer jeito — prosseguiu Strike, virando a página em seu caderno —, tem esse outro cara na lista de elenco de Katya que está me interessando: Preston Pierce.

— O que dublava a Pes... Anomia saiu do jogo — disse Robin de repente. Ela pegou o telefone e ligou para Barclay.

— Você está vendo Montgomery agora?

Strike percebeu, pela expressão frustrada de Robin, que a resposta era não.

— Droga. — Ela deu um suspiro depois de agradecer a Barclay e tornou a desligar. — Desculpe. Continue a falar sobre Preston Pierce.

— Vinte e sete anos, natural de Liverpool, artista digital — disse Strike. — Ele parece usar o North Grove como base permanente, embora volte muito para casa, a julgar por sua conta no Instagram. Ele com certeza tem o conjunto de habilidades que estamos procurando, não trabalha das 9 às 17h, mas em diferentes projetos como freelancer, e também carrega um pouco de ressentimento. Encontrei uma interação entre Preston e o Caneta da Justiça no Twitter sobre o Verme e Pesga serem caricaturas das classes trabalhadoras.

— Acho que li alguma coisa sobre isso — disse Robin, franzindo a testa enquanto tentava se lembrar. O Caneta da Justiça era tão prolífico que ela não tivera tempo para ler todas as publicações no blog. — O Caneta não criou problema com Pesga ser de Liverpool? Porque Pesga é uma ladra, e acharam que isso era um estereótipo?

— Isso mesmo — disse Strike. — Preston Pierce concordou com o Caneta que Pesga era um insulto a sua cidade natal e disse que se soubesse em que o personagem ia se transformar, nunca o teria dublado.

— Desculpe — disse Robin, contendo um bocejo. — Foi um dia longo. Eu podia virar uma cerveja.

— Tome uma.

— Estamos trabalhando — disse Robin —, e tenho que ficar na droga do jogo. Midge está com Cardew.

— Onde ele está?

— Em casa com a avó. Esse é todo o problema, não é? Não podemos ver o que nenhum deles está fazendo quando estão por trás de portas fechadas.

— Pense positivamente — disse Strike, se animando. — Estamos perto de fazer alguma descoberta.

— Bom, eu vou para o North Grove para minha primeira aula de arte amanhã à noite. Nunca se sabe... Preston Pierce está atualmente na residência?

— Está, sim — respondeu Strike, que agora estava abrindo o Instagram em seu telefone. — Aqui está. Esse é ele.

Robin pegou o telefone de Strike e examinou a foto de um jovem sem camisa, ao mesmo tempo magro e musculoso, com cabelo preto encaracolado e um tanto comprido e grandes olhos tristes. Havia uma linha fina de texto tatuada em torno da base de seu pescoço.

— Supostamente era dele que Flavia estava falando: o homem que nunca usa camisa — disse Robin, devolvendo o telefone.

— Enquanto isso — falou Strike, guardando o telefone no bolso e voltando a seu caderno —, ainda não tenho ideia da identidade daquela garota tatuada que mora na Junction Road, mas espero que você consiga alguma informação sobre ela no North Grove também. Se ela conhece Nils, pode estar fazendo aulas de arte no... Está acontecendo alguma coisa em seu jogo?

Robin olhou para o iPad, onde um canal privado tinha sido aberto e gemeu.

— É Verme28 querendo conversar — disse ela. — Ontem passei duas horas inteiras tentando animá-la... É com certeza uma garota — acrescentou. — Ela me contou que sua menstruação tinha começado e estava se sentindo péssima.

— Ah — disse Strike. — Bom, isso parece conclusivo.

— Acho que a encontrei no Twitter também — informou Robin. — Lá ela é chamada de Zozo, também conhecida como @tinteiro28. Zozo comete exatamente os mesmos erros gramaticais de Verme28. A localização da conta é em Londres, mas não tive tempo de ver todas as suas publicações do Twitter. Vou dizer a ela que não posso falar por um tempo... desculpe... no... telefone... com... minha... mãe... — ela pronunciou as palavras enquanto as digitava.

— A única outra coisa que tenho é sobre Yasmin Weatherhead — disse Strike.

— Eu também tenho algo sobre ela — respondeu Robin. — Você primeiro.

— Ela ainda está trabalhando para a empresa de cosméticos em Croydon — disse Strike — e cuidando de suas contas em mídias sociais. Mora com os pais, também em Croydon. Tem publicado no Twitter com seu próprio nome com muito menos regularidade desde que Edie e Josh foram atacados, e isso é tudo o que tenho até agora.

— Aí vem nosso macarrão — disse Robin.

Um garçom pôs os pratos à frente deles. Strike pediu duas cervejas.

— Não posso — protestou Robin. — Sério. Vou pegar no sono e perder Anomia confessando o assassinato.

— Ele já fez isso — lembrou Strike. — Eu bebo se você não quiser.

Ele encheu seus palitos com o máximo de macarrão que eles podiam razoavelmente segurar e disse:

— Certo, conte o que você tem.

Robin pegou uma garfada de macarrão, mastigou, engoliu, então abriu o próprio caderno.

— Está bem, como você mencionou Yasmin — disse ela, folheando várias páginas densamente escritas até encontrá-la —, ela ainda é moderadora no jogo, sob o apelido de Corella.

— Tem certeza que é ela?

— Noventa e nove por cento de certeza — disse Robin. — Tudo bate. Verme28 me contou mais do que pensa ter contado. Ela mencionou que Corella conhecia Edie e Josh e também me contou, sob absoluta confidência, que Corella teve que falar com a polícia depois do assassinato. Perguntei a ela por quê, e ela disse não saber, mas deu para notar que ela está com medo de falar demais.

— Você falou diretamente com Yasmin?

— Só no jogo aberto, sobre tarefas. Ela e Bethany parecem nunca ter tido uma relação amistosa.

Robin comeu outro bocado grande de macarrão e acenou com o garfo até conseguir falar outra vez:

— Tem uma regra no jogo que você nunca deve usar nomes verdadeiros de pessoas ou lugares. Os jogadores driblam isso digitando a primeira inicial e botando asteriscos no lugar de todas as outras letras.

— Estranho — disse Strike, franzindo o cenho.

— *É* estranho mesmo — concordou Robin. — O segredo absoluto sobre as identidades pessoais se aplica a todo mundo. É chamado de regra 14.

— Catorze — disse Strike — é outro símbolo de ódio.

— Tem *algum* número que não seja um símbolo de ódio?

— Tem, a maioria deles — respondeu Strike com um sorriso. — Mas catorze se refere às catorze palavras.

— Que catorze palavras?

— Não sei de memória, mas é um slogan da extrema direita sobre garantir o futuro para crianças brancas. Continue a falar sobre essa política de sigilo.

— Está bem, então, todo mundo tem medo de provocar a expulsão instantânea do jogo, o que supostamente acontece se você usa um nome próprio ou dá informação pessoal demais. Supostamente, Anomia criou um mecanismo que dispara instantaneamente a Consequência 14 se qualquer um fizer essas coisas.

— Supostamente?

— Bom, eu não acredito que o mecanismo exista — disse Robin. — Acho que é uma mentira aceita pelas pessoas e na qual apenas jogadores crédulos realmente acreditam.

— Como Verme28?

— É, embora eu teria imaginado que ela perceberia que, se a Consequência 14 fosse real, ela não poderia ter me contado tanto quanto contou. Ela fala sem parar sobre estar deprimida, porque o homem que fez com que ela se mudasse para o sul para ficar perto dele mal a chamou para estar de fato perto dele desde que ela se mudou para Londres.

— Que supostamente ela escreve com um L e seis asteriscos?

— Isso mesmo. Ela também disse que não gosta muito de seu emprego. O trabalho envolve crianças, mas não tenho mais detalhes.

"Enfim, ela diz que nem os moderadores sabem as identidades verdadeiras uns dos outros, ou pelo menos não deveriam saber. Verme28 acha que Corella sabe a identidade verdadeira de um moderador que chama a si mesmo de LordDrek. A única interação que tive com ele foi bem insultuosa."

— De que forma?

— Ele abriu um canal privado e imediatamente me atacou por minhas práticas pervertidas.

— Isso não aconteceu com outro...?

— Aconteceu, sim. Vilepechora, na primeira vez em que entrei no jogo. Percebi que Verme28 muitas vezes menciona LordDrek e Vilepechora juntos, como se eles fossem... não sei, uma dupla ou algo assim.

"Enfim, Verme28 disse algo estranho sobre Corella e LordDrek ontem à noite, quando tenho quase certeza de que ela estava chapada. Comentou que tinha conseguido comprar fumo, e, depois de um tempo, sua ortografia e sua gramática ficaram ainda piores que o normal. Você não pode tirar prints diretamente do jogo, mas eu tirei uma foto de meu iPad."

Robin encontrou a foto em seu telefone e o entregou a Strike.

**Verme28**: Corlela gos ta muito de lordrek percebo isso

**PatinhasdaBuffy**: você acha que eles se conheceram fora daqui?

**Verme28**: n sei

**Verme28**: mais ela está protegendo ele

**PatinhasdaBuffy**: o que você quer dizer com "protegendo"?

>

**Verme28**: polícia

**PatinhasdaBuffy**: ?

>

>

>

**Verme28**: eu n divia ter dito isso

— Muito, muito interessante — comentou Strike.

— Tem mais — disse Robin em voz baixa, com a boca cheia de macarrão. — Vá para a direita.

Strike fez isso e viu uma segunda foto da conversa privada de Robin e Verme28.

**PatinhasdaBuffy**: Eu não vou contar a ninguém!

**Verme28**: n, esqueça o que eu , disse p favor

**Verme28**: foi só um erro

**Verme28**: o que eles fizeram

**PatinhasdaBuffy**: Corella e LordDrek?

**Verme28**: não

```
Verme28: LordFrek e Vile

>

>

Verme28: p favor esqueca
```

— Não consegui tirar mais nada dela — disse Robin. — Eu não queria insistir, mas, com sorte, ela vai ficar chapada outra vez e eu posso tentar novamente.

Suas cervejas chegaram. Apesar de sua resolução anterior, Robin serviu a dela em um copo e bebeu um pouco. Estava deliciosa, e o efeito levemente calmante que teve sobre seu cérebro com excesso de trabalho foi muito bem-vindo.

— Então esses dois caras... eles *são* homens?

— Acho que são. Verme28 sempre fala com eles como se fossem.

— Então, esses dois homens, que acham que o lesbianismo é uma perversão e parecem estar em parceria um com o outro, fizeram alguma coisa pela qual a polícia pode estar interessada — disse Strike, devolvendo o celular a Robin. — E Corella os está protegendo. Ou pelo menos, protegendo um deles.

— Exatamente — disse Robin. — Lembra da página da Irmandade da Suprema Thule? "Acreditamos que o feminismo e a legalização da homossexualidade solaparam a civilização ocidental" ou algo assim?

— Você sabe se é possível transferir documentos pelos canais privados?

— Não tenho ideia, não tentei.

— Bom, se você conseguir — disse Strike —, esse pode ter sido o jeito pelo qual o dossiê cheio de e-mails falsos chegou à Yasmin Weatherhead, não pode? E seria a maneira perfeita de fazer isso. Todo mundo no jogo é compulsoriamente anônimo, e a Irmandade-barra-Corte teria uma fonte de haters de Ledwell já pronta para uso, todos ávidos para acreditar em qualquer merda com a qual fossem alimentados... Acho que é necessário um pouco de vigilância em Yasmin, sabe. Descobrir com quem ela está se encontrando no mundo real.

Ele comeu em silêncio por um minuto, pensando.

— Até onde você sabe — disse ele —, seria possível uma pessoa operar mais de uma conta de moderador? Anomia também poderia ser LordDrek ou Vilepechora? Ou os dois?

— Bom, a comunicação nos canais privados acontece em tempo real, então eu algumas vezes tive dois moderadores falando comigo simultaneamente, e obviamente uma única pessoa não podia estar digitando duas mensagens ao mesmo tempo. Mas sim. Acho que uma única pessoa *poderia* ter duas contas diferentes de moderador, desde que os dois moderadores diferentes não tivessem que digitar ao mesmo tempo.

"A parte do jogo em que eu *realmente* queria entrar é o canal de moderadores. Se Anomia deixa algo escapar, esse é o lugar onde faria isso, tenho certeza."

— Quantos moderadores são?

— Oito — disse Robin, virando as páginas de seu caderno para encontrar as anotações que fizera sobre cada um. — Anomia, obviamente, Verme28, LordDrek, Vilepechora, Corella, Endiabrado1...

— Quem é Endiabrado1?

— Pelo que Verme28 me disse, ele é homem e jovem. Ela acha que ele é gay. Durante uma de nossas primeiras conversas, ela disse: "Você sabe como Morehouse e Endiabrado1 eram muito amigos, bem, eles tiveram uma discussão séria." Mas ela não sabia por quê. Não consegui conversar com Endiabrado1 de jeito nenhum, nem no jogo aberto.

— Alguma pista sobre Morehouse?

— Nada concreto, mas seu principal interesse além do jogo parece ser ciência. Seu avatar no Twi...

— Seu o quê?

— Você sabe, a foto da conta. Ela mostra um cometa, e eu o vi conversar com uma garota que ele parece conhecer sobre descobertas no espaço. A garota ainda está na escola, tendo em vista que ela menciona seu dever de casa e as discussões com sua mãe.

— Alguma localização para a garota? Se ela e Morehouse estão na mesma escola...

— Não, eu olhei, mas ela lista sua localização como "fora da minha cabeça". Eu não tive contato direto com Morehouse, o que é frustrante, pois todo mundo parece concordar que ele é o único que sabe quem realmente é Anomia. Mas Verme28 sugeriu que ele está em algum tipo de relacionamento com Páginabranca.

— Um relacionamento no mundo real?

— Não tenho ideia.

— E o que sabemos sobre Páginabranca?

— Ela é a moderadora mais recente, e Verme28 fez um comentário casual sobre todos os moderadores homens estarem interessados por ela.

— Como eles podem estar interessados por ela? Eles não sabem sua identidade verdadeira, sabem?

— Eu também não entendi isso, mas foi o que Verme28 disse. Fora isso, não consegui descobrir nada sobre ela.

"Mas organizei absolutamente tudo o que tenho sobre Anomia", acrescentou Robin. "Coloquei seu feed completo do Twitter, desde o início, e acrescentei cada coisinha que Verme28 deixou escapar. Está tudo no documento impresso que deixei no arquivo no escritório, mas eu tenho aqui também, se você quiser os destaques."

— Vá em frente — retrucou Strike, que ainda estava enchendo sua boca de macarrão.

— Está bem — disse Robin, folheando para trás até as páginas mais densamente escritas em seu caderno. — O Twitter primeiro.

"A conta de Anomia apareceu pela primeira vez em 10 de julho de 2011. Sua primeira publicação dizia às pessoas para olharem o novo jogo para múltiplos jogadores que ele e Morehouse tinham criado. A conta de Morehouse apareceu no mesmo dia, mas ele faz uma publicação para cada cem de Anomia, e nunca atacou Edie nem Josh, e quase nunca interage com os fãs. Ele principalmente diz coisas como 'confiram a nova expansão do jogo'. Puramente informativo.

"As publicações de Anomia, inicialmente, eram todas sobre o jogo, mas ele gostava muito de ver os fãs o elogiando. As pessoas estavam todas curiosas para descobrir quem ele e Morehouse eram, e Anomia parece ter obtido um verdadeiro prazer dessa admiração e fez comentários na linha de 'vocês não iam querer saber'. Originalmente, os fãs achavam que Anomia era o próprio Josh Blay, mas esse boato morreu de vez em 14 de setembro de 2011, quando a entrevista de Edie e Josh foi publicada na internet, dizendo que eles tinham visto o jogo e que, na verdade, não condizia com o que eles queriam quando criaram o *Drek's Game*. No mesmo dia, Anomia escreveu no Twitter: 'Então Ledwell não gosta de nosso jogo porque *o jogo, na verdade, é mais uma metáfora*. Nós o baseamos literalmente em suas próprias regras, sua vaca pretensiosa.'

"Desse ponto em diante", prosseguiu Robin, "Anomia a atacou constantemente até ela morrer. Em outubro daquele ano, ele escreveu: 'Como digo isso educadamente? Uma bulímica não devia ser... magra?' E cunhou a hashtag EdinheiroComilona, que nunca realmente desapareceu."

— Ela era bulímica?

— Ela tinha sido, segundo a nota em seu arquivo. Essa foi a primeira vez que Anomia usou uma informação pessoal contra ela.

— Qual a posição política de Anomia? Alguma pista?

— Bom — disse Robin —, ele nunca disse nada *abertamente* político. Só estava interessado em críticas progressistas do desenho animado quando podiam ser usadas para atacar Ledwell diretamente por hipocrisia ou crueldade com as pessoas ao seu redor. Mas um forte núcleo de contas de direita surge constantemente em torno de Anomia. Todas reclamam que o desenho animado ficou politicamente correto demais. Tem alguém que chama a si mesmo de Discípulo de Lepine, que é um grande fã de Anomia e o defende se progressistas discordam dele por fazer coisas como revelar que Edie era bulímica.

— Discípulo de Lepine — repetiu Strike. — É, acho que eu o vi. Quer outra cerveja?

Ele já tinha terminado a sua.

— Não posso — disse Robin. — Vou acabar dormindo... também há esquerdistas em torno de Anomia, mas eles estão mais focados em criticar Ledwell por ser racista e capacitista e... bom, basicamente todo "ista" e "fóbico" em que você possa pensar.

"Mas Anomia, na verdade, nunca foi atraído por coisas políticas, exceto quando elas podiam ser usadas para fazer ataques pessoais contra Ledwell. Se eu tivesse que apostar, diria que justiça social não é sua onda. A julgar exclusivamente pelo conteúdo do que escreve no Twitter, seu objetivo principal é manter o próprio status entre os fãs e maximizar sua influência no trabalho. Dá principalmente a sensação de... bom, se tivesse que dar nome a isso, seria fome de poder.

"Sei que você acha que as pessoas geralmente escorregam e entregam suas verdadeiras identidades online", continuou Robin. "Mas Anomia é muito cuidadoso. Tenho a impressão de que é muito preocupado em não fornecer qualquer informação pessoal que possa identificá-lo. Ele às vezes oferece informações insignificantes, como gostar de sorvete Magnum e de *Batman: O cavaleiro das trevas ressurge*. Eu anotei tudo, mas é quase nada. Aposto que você poderia encontrar alguns milhões de pessoas em Londres esta noite que gostam e não gostam das mesmas coisas que Anomia.

"Mas há três publicações que eu achei que *poderiam* dizer algo mais profundo sobre ele.

"Publicação número um: Anomia disse que queria usar uma catapulta em um gato na cerca de seu jardim. Isso pode ser sua ideia de humor, mas bate com o tom geral de crueldade casual. Você viu Anomia se gabar de matar Edie na noite em que entrei no jogo. Há um tom genérico de bravata e insensibilidade que, preciso dizer, parece muito com Wally Cardew. Aquele trecho de vídeo em que ele pega a faca ensanguentada debaixo da mesa? Eu assisti. Aquela parecia uma piada de Anomia, especialmente o Anomia como aparece no jogo.

"A segunda publicação que achei *um pouco* estranha foi enviada um ano atrás. Muitos produtos do *Coração de naquim* estavam sendo lançados, e Anomia começou a atacar Edie por fazer algo do qual ela no passado rira e produzir camisetas e chaveiros do *Coração de naquim*. Anomia publicou: 'E enquanto caixas registradoras tilintam pela terra, é de se perguntar como @SebMonty91 se sente por ser o Pete Best do *Coração de naquim*.'"

— Qual é o problema com isso?

— Bem, eu tive que pesquisar quem era Pete Best.

— Você está brincando.

— Não — respondeu Robin, divertindo-se com a expressão de leve ultraje de Strike. — Os Beatles acabaram catorze anos antes de eu nascer, sabia?

— Sei, mas... são os Beatles — disse Strike.

— Só estou dizendo que há exemplos muito mais recentes de pessoas que saíram de bandas antes de ficarem grandes. Nomes que eu teria imaginado que pessoas com menos de trinta poderiam pensar antes de chegarem a Pete Best. LaTavia Roberson...

— Quem?

— Um dos membros originais do Destiny's Child. O que estou me perguntando é por que a referência que Anomia escolheu foi Pete Best? Pareceu estranho, se Anomia está no fim da adolescência ou no início da casa dos vinte anos... Você não está convencido — acrescentou ela, observando a expressão de Strike.

— Não — disse ele lentamente —, você tem razão... mas eu teria passado direto por isso. Eu não teria registrado de jeito nenhum.

— Está bem, certo, a terceira publicação sobre a qual me perguntei foi o post no blog Caneta da Justiça que Anomia compartilhou sobre deficiência. Eu perguntei a mim mesma: "Por que compartilhar essa?" Porque o Caneta da Justiça é bem prolífico, e Anomia não retuitou nenhum dos outros artigos. Será que ele tem deficiência ou alguma doença? Ou é próximo de alguém doente?

"O que bate com algo que Verme28 me contou. Eu comentei que Anomia podia ser um valentão, e ela disse: 'Ele não é de todo mau. Acho que ele trabalha como cuidador. Ele às vezes fala sobre levar alguém ao hospital.'"

— Anomia, um cuidador? — indagou Strike.

— Eu sei — disse Robin. Eu não ia gostar muito de ser paciente de Anomia. Tentei ir mais fundo, mas acho que ela não sabe mais nada.

"De qualquer forma", prosseguiu ela, "eu percebi outra coisa. Ou falta de uma coisa. Tem algo estranho em relação a Anomia e sexo."

Strike continuava a mastigar seu macarrão, com expressão impassível.

— Examinei quatro anos de publicações no Twitter — disse Robin. — Há apenas uma ocasião em que Anomia parece flertar levemente. Foi com Kea Niven. Ele disse a ela que adorou seus cabelos. E, em uma ocasião posterior, disse que tinha enviado uma mensagem direta para ela.

"Quatro anos", repetiu Robin. "Quatro anos recebendo muita adulação e com garotas implorando para que ele revelasse quem realmente é. E Anomia nunca capitalizou isso, nunca paquerou, nunca tentou atraí-las nem ofereceu informação em troca de nudes... Se você fosse uma mulher na internet", disse Robin levemente impaciente, porque Strike estava apenas olhando para ela, "saberia exatamente o que estou dizendo."

— Não — retrucou Strike. — Eu entendo. Mas...

— A coisa é que, dentro do jogo, Anomia é diferente, meio impetuoso. Você viu a pergunta sobre minha posição sexual favorita, quero dizer, a posição favorita de PatinhasdaBuffy. Dentro do jogo, é como se Anomia estivesse fazendo o papel que se espera dele. Todo mundo acha que ele é homem, mas de algum modo isso não me parece verdade. Então... eu tenho uma teoria.

— Graças a Deus — disse Strike. — Porque até aqui, eu não tenho nada. Continue.

— Bom, acho que temos que dar uma olhada mais atenta em Kea Niven. Sei que Edie a descartou — continuou ela, antes que Strike pudesse dizer qualquer coisa. — Mas estamos confiando demais se não a investigarmos. Estamos aceitando a palavra de Allan Yeoman e de Phillip Ormond de que Edie viu Kea sem um dispositivo eletrônico enquanto Anomia estava no jogo. Nós não sabemos se a visão de Edie na rua era boa ou se os homens ouviram ou se lembram mal... Allan foi bastante vago ao telefone. O que foi? — acrescentou ela, um pouco na defensiva, porque Strike não conseguira conter um sorriso.

— Nada — disse ele, mas vendo que ela não ia aceitar isso, continuou: — Só... — Ele fez um movimento giratório com seus palitos da mesma forma que Robin acenara com o garfo antes, então engoliu. — Só estou pensando que você é boa nessa merda de ser detetive.

Desarmada, Robin riu.

— Bom, enfim, Kea é artista, ela tem um ressentimento pessoal enorme, está doente, o que bate com a retuitada do blog Caneta da Justiça sobre deficiências, e se ela é Anomia, isso explicaria a contradição da qual estamos falando: fazer o jogo como um tributo ao mesmo tempo que odeia um dos criadores. O *Drek's Game* pode ter sido planejado inicialmente como um jeito de mostrar a Josh Blay que qualquer coisa que Edie fizesse Kea podia fazer melhor. Mas aí Edie criticou o jogo, o que deu a Kea uma desculpa para continuar com o ataque, levando os fãs com ela. Além disso, se for Kea, seu anonimato também se explica. Ela não ia querer que Josh soubesse que ela estava por trás de tudo, ia? Pelo que parece, ela é completamente obcecada por ele.

— Então você acha que aquela pequena interação entre Anomia e Kea...?

— Bom, pode ter sido um belo de um teatro, não pode? — questionou Robin. — Kea obtém uma audiência maior para suas alegações de que Edie roubou suas ideias. Elogia a si mesma como Anomia, atraindo pessoas para ver seu vídeo, estabelece que são duas pessoas diferentes... *e* — acrescentou Robin — Kea por acaso tem dois periquitos que se chamam John e Yoko.

— Muito bem pensado, Ellacott — disse Strike, que tinha finalmente terminado seu macarrão e agora estava encostado em sua cadeira, olhando para ela com admiração sincera.

— Ainda resta, porém, uma grande pergunta — disse Robin, tentando não demonstrar que estava satisfeita com sua reação —, que é como Kea sabia todas aquelas coisas particulares sobre Edie, mas eu também tive um pensamento em relação a isso.

— Continue.

— Acho que há uma chance de que Josh tenha mantido contato com ela depois que eles se separaram e que tenha escondido isso de Edie e Katya. Allan disse que Josh é charmoso, mas não gosta de confrontos ou conversas desagradáveis. Ele também nos contou que Josh não é um bom juiz de caráter. Talvez Josh tenha achado que podia fazer com que Kea parasse de atacar Edie contando a ela a vida difícil que Edie tinha tido.

— E, dessa forma, dando a ela mais munição?

— Exatamente, mas não podemos botar ninguém vigiando Kea em King's Lynn, podemos? Enfim, supondo que Kea está dizendo a verdade sobre sua saúde, ela atualmente está acamada. Nós íamos apenas observar sua casa.

Strike ficou em silêncio, pensando. Finalmente, ele disse:

— Se você estiver certa, e Josh foi a fonte de toda a sua informação interna, não vejo nenhum mal em fazer uma abordagem direta. Ela nunca foi amiga do elenco. Você não viu nenhum indício de ela estar em contato com nenhum deles, viu?

— Não — disse Robin —, embora eu não tenha examinado absolutamente todas as suas mídias sociais. Não tive tempo.

— Vamos arriscar — decidiu Strike. — Vou ligar para ela amanhã. Se ela concordar com uma entrevista, você pode monitorar o *Drek's Game* enquanto estou falando com ela. Estamos perto de fazer alguma descoberta — repetiu Strike, enquanto erguia a mão para pedir outra cerveja —, e eu gosto muito da sua teoria.

Era em momentos como esse que Robin achava difícil continuar com raiva de Cormoran Strike, por mais desagradável que ele, com frequência, pudesse ser.

# 39

*Não vou ter tráfego com o pensamento pessoal*
*No templo puro da arte.*

Elizabeth Barrett Browning
*Aurora Leigh*

As três perucas e muitos jogos de lentes de contato que Robin tinha no escritório foram postos em serviço no fim da tarde seguinte. Com a ajuda de um espelho de aumento que tinha na gaveta de baixo da mesa dos sócios, Robin começou a disfarçar sua aparência para sua primeira aula noturna no North Grove.

Ela havia se inscrito para as aulas com o nome de Jessica Robins e, desde então, criado uma persona e um passado. Jessica era uma executiva de marketing com ambições artísticas frustradas que tinha acabado de romper com o namorado, o que dera a ela mais tempo livre à noite. Robin escolheu uma peruca morena que chegava ao ombro (Jessica não conseguia fazer nada muito diferente com o cabelo devido ao emprego em marketing), deu a si mesma olhos cor de avelã, então passou batom vermelho e delineador preto inspirado no visual de Kea Niven, porque Jessica gostava de enfatizar o fato de que uma criatura dramática vivia por baixo de seu exterior convencional, uma pessoa que ansiava escapar do confinamento de sua carreira monótona. Junto com seu jeans, Robin vestiu uma camiseta preta retrô estampada com os dizeres BLONDIE É UMA BANDA e uma velha jaqueta de camurça preta, que comprara em um brechó para ocasiões de vigilância como essa. Olhando de forma crítica para seu reflexo no espelho manchado do banheiro no patamar da escada, Robin ficou satisfeita: Jessica Robins era exatamente a mistura de indie chic e funcionária convencional de escritório que ela almejara. Depois de apurar seu sotaque de Londres durante cinco anos morando na capital, Robin decidira dizer que tinha crescido na área residencial de Lismore Circus, como Josh Blay, o que talvez desse a ela um pretexto para falar sobre *O coração de nanquim*, embora planejasse posar como alguém com apenas um conhecimento superficial do desenho animado. Ela levou seu iPad consigo em uma grande bolsa de pano e pretendia deixar o jogo rodando enquanto, com sorte, estivesse observando Preston Pierce.

Pat já tinha ido embora nesse dia. Robin estava quase na porta externa quando a sombra de Strike assomou por trás do vidro gravado. Ele entrou no escritório mancando e com a expressão tensa e cansada com a qual Robin se tornara familiar, que significava que ele estava sentindo muita dor.

— Quem é você? — perguntou ele, sorrindo de leve ao vê-la.

— Jessica Robins, executiva de marketing com aspirações artísticas — respondeu Robin em um perfeito inglês do estuário. — Onde você estava? Dedos?

— É — disse Strike, sentando-se no sofá de couro falso em frente à mesa de Pat sem tirar o casaco e fechando brevemente os olhos com alívio por tirar o peso de seu corpo do coto. — O filho da mãe andou muito esta tarde, e um dos lugares em que ele esteve foi a Sotheby's.

— É mesmo?

— É... mas ele não pode ser tão burro a ponto de tentar leiloar as coisas que roubou, não é?

— Parece improvável.

— Talvez estivesse fazendo compras. Também liguei para Kea Niven, mas falei com a mãe dela — continuou Strike. — Aparentemente, sua filha preciosa está doente demais para falar comigo, ela não teria a menor ideia de quem é esse Anomia, é uma pessoa muito vulnerável em grande sofrimento, que está sendo demonizada por lutar por seus direitos e vá se foder, basicamente.

— Ah, merda — disse Robin.

— Pedi à sra. Niven para não contar a mais ninguém que estamos investigando Anomia, porque isso poderia pôr a investigação em perigo, e ela ficou muito aborrecida por isso também: para quem eu achava que elas iam contar? Kea está mal demais para falar com qualquer um etc., etc...

Strike queria muito chá e analgésicos, mas isso implicaria em se levantar. A ideia de pedir a Robin que os pegasse para ele passou por sua cabeça, mas não disse nada. Agora que tinha olhos cor de avelã, a semelhança com Madeline ficou pronunciada. A ideia de oferecer um chá a Strike também passou pela cabeça de Robin, mas ela precisava mesmo partir imediatamente para se garantir que chegaria ao North Grove na hora, e, afinal de contas, pensou ela, endurecendo pouco o coração, ele podia ligar para a namorada se precisasse de alguém para cuidar dele.

— Bom, eu escrevo para você se conseguir alguma coisa interessante — disse ela e foi embora.

O início da noite estava quente, e a peruca morena apertava e coçava. Robin levou meia hora de viagem de metrô até a estação Highgate e mais quinze minutos para encontrar a casa grande, rosa e suja, que ficava na esquina de uma rua que também se chamava North Grove. O lugar parecia um pouco depredado: algumas de suas janelas grandes estavam fechadas com tijolos, enquanto outras estavam abertas para deixar entrar o ar cálido da noite. Havia um cartaz VOTE NO PARTIDO TRABALHISTA colado em uma das janelas fechadas com tijolos.

Robin aguardou alguns minutos para conferir o *Drek's Game* antes de entrar no prédio. Ele sempre dava problema quando rodava em 4G em vez de wi-fi. Os únicos dois moderadores que estavam ali eram Páginabranca e Corella. Robin guardou o iPad na bolsa com o jogo ainda rodando, então seguiu pelo caminho curto através do jardim e entrou no coletivo artístico.

A aparência do saguão espaçoso era, para dizer o mínimo, inesperada. Uma grande escada de madeira em caracol, que nitidamente não era uma característica original, ficava bem no meio do espaço, seus corrimões como galhos de árvores polidos, sinuosos e emaranhados. Em um canto à direita da entrada havia uma gigantesca costela-de-adão, que tinha crescido até tocar o teto, suas folhas verdes brilhantes formando um dossel parcial acima da cabeça de Robin.

As paredes ao redor estavam todas cobertas de desenhos e pinturas, alguns emoldurados. A pequena quantidade de superfície pintada era cor-de-rosa. À esquerda de Robin havia uma porta de vidro que, aparentemente, dava no que parecia ser uma pequena oficina, suas prateleiras cheias de taças e figuras de cerâmica. Como o saguão estava deserto e não havia sinalização dizendo para onde ir, Robin foi até a oficina, onde uma mulher baixa e atarracada com vasta quantidade de cabelo castanho comprido empilhado no alto da cabeça estava contando os ganhos do dia. Ela usava um colete roxo e tinha uma tatuagem de uma flor roxa de cinco pétalas na parte superior do braço.

— Desenho vivo? — perguntou ela, erguendo os olhos quando Robin entrou.

— É — disse Robin.

— Essa é minha aula. Por aqui — disse a mulher com um sorriso e, levando o cofre trancado com ela, conduziu Robin por trás da escada em caracol até o espaço de um estúdio na parte de trás do prédio, onde cinco outros alunos já tinham assumido seus lugares diante de cavaletes. No meio dessa sala havia uma pequena plataforma coberta por um lençol sujo, na qual estava uma cadeira de madeira desocupada. A janela comprida por trás da plataforma dava para uma área de jardim malcuidado. Embora o sol estivesse se pondo, Robin conseguiu ver um gato escama de tartaruga nas sombras, andando em meio a narcisos anêmicos.

Robin se sentou diante de um cavalete livre. Uma folha de papel branco já tinha sido presa a ele.

— Olá — disse um homem mais velho ao lado dela, que tinha a barba grisalha cheia e usava um suéter Breton. — Eu sou Brendan.

— Jessica — disse Robin, sorrindo enquanto tirava a jaqueta preta de camurça.

— Vamos começar em cinco minutos — anunciou a mulher, segurando o cofre. — Ainda falta um aluno.

Ela saiu da sala com o som chacoalhante de moedas soltas. De algum lugar no prédio, a turma silenciosa ouviu uma voz aguda e infantil cantando uma canção em holandês.

*Het witte ras verliest,*
*Kom op voor onze mensen…*

— Pare com isso! — Eles ouviram a mulher com o cofre dizer. — Não é engraçado.

Seguiu-se uma gargalhada estridente e o som de passos pesados subindo correndo a escada em caracol.

— Na verdade — sussurrou Robin para Brendan do suéter Breton —, acho que preciso ir ao banheiro antes de começar. Você por acaso não...

— Segunda à direita — informou Brendan, apontando. — Eu sou das antigas.

— Ótimo, obrigada — disse Robin, cuja intenção era dar uma procurada rápida em Preston Pierce. Ela levou a bolsa de pano consigo até o banheiro, passando por uma porta aberta que dava para uma sala na qual havia vários computadores. Um homem gigantesco com cabelo louro comprido estava olhando fixamente para uma das telas.

O banheiro era decorado de maneira tão eclética quanto o saguão. Cada centímetro da parede e do verso da porta estava coberto de retratos supostamente feitos por alunos, alguns pintados, alguns desenhados. Olhando ao redor, Robin reconheceu dois rostos. Um desenho do rosto de Edie Ledwell, esboçado com muita perícia, estava olhando para ela do alto da porta, com um meio sorriso no rosto. O desenho tinha sido feito a carvão e a lápis, e estava assinado "JB". O segundo retrato, que tinha sido preso no teto, levou mais tempo para ser identificado por ela, mas finalmente Robin percebeu que ele retratava Gus Upcott, desenhado, supôs Robin, por sua mãe, que era muito mais talentosa do que Robin podia ter imaginado. Ao lado do vaso sanitário havia uma pequena estante de madeira cheia de volumes velhos, entre eles *Cavalgar o tigre*, de Julius Evola, *Suicídio*, de Émile Durkheim, e *Breek het partijkartel!: De noodzaak van referenda*, de Thierry Baudet.

Ela se sentou no vaso sanitário e pegou o iPad, mas, como esperava, a recepção de 4G era tão ruim que o jogo havia congelado. Até onde podia ver, Anomia ainda não estava presente.

Depois de puxar a descarga, Robin abriu a porta e, para sua surpresa, quase trombou com uma garota pequena com cabelo comprido pintado de preto, cujo rosto magro, de aparência mórbida, era inconfundivelmente o da garota que Strike fotografara em frente ao cemitério de Highgate. As tatuagens não estavam visíveis essa noite, porque ela estava usando uma blusa preta de mangas compridas que caberia em uma criança de oito anos.

— Desculpe — disse Robin.

— Sem problema — replicou a garota em seu forte sotaque de Yorkshire. — Você viu uma criança pe...? Ah, merda — disse a garota, afastando-se correndo de Robin, que então viu uma criancinha loura de fralda subindo titubeante a escada em caracol. Os vãos entre os galhos polidos eram facilmente largos o suficiente para que a criança caísse através deles. A garota de preto correu e a pegou, então a balançou nos braços.

— O que eu disse a você sobre subir e descer sozinha por aí?

A garota de preto desceu a escada carregando a criança, que se debatia e gemia, passou por Robin e desapareceu por onde viera.

Robin voltou ao espaço do estúdio e viu que a última aluna tinha chegado: uma garota de aparência ávida com cabelo azul curto e vários piercings. Enquanto Robin estava ausente, um jovem de cabelo crespo em um robe cinza esfarrapado tinha assumido seu lugar na cadeira de madeira sobre a plataforma, com as pernas nuas cruzadas. Ele estava, no momento, olhando pela janela, onde o sol poente estava lentamente transformando o jardim em uma massa de sombra azul. Embora ele estivesse com a parte de trás da cabeça voltada para Robin, ela teve uma suspeita súbita de sua identidade.

A mulher atarracada de cabelo grisalho e colete roxo agora estava de pé diante da turma sem seu cofre. Ela parecia estar esperando que Robin reaparecesse.

— Desculpe — disse apressadamente Robin, tornando a se sentar ao lado de Brendan, que piscou para ela.

— Então está bem — disse a mulher grisalha, sorrindo para cada um dos sete alunos. — Meu nome é Mariam Torosyan e vou dar aulas para vocês. Atualmente sou ilustradora e faço trabalho em vitrais, mas estudei belas-artes e leciono há quase trinta anos.

"Então", continuou ela, juntando as mãos espalmadas e de aspecto forte, "a maioria das pessoas, quando pensa em aulas de desenho vivo, imagina que vai trabalhar com nu, e sempre gostei de atender às expectativas, então esta noite nós vamos, sim, trabalhar com nu."

Houve uma onda de risos nervosos, e o jovem sobre a plataforma virou a cabeça, agora sorrindo. Como Robin desconfiara, era Preston Pierce. Ele tinha a pele pálida com sombras escuras sob os olhos castanhos grandes.

— Este é Preston Pierce, ou Pez, como nós o chamamos — disse Mariam —, que, na verdade, também é um artista, e um muito talentoso. Ele mora aqui no coletivo, mas posa como modelo vivo para nós quando necessário.

— Preciso do dinheiro — explicou ele em seu sotaque Scouse, e a turma riu outra vez.

— Por que não nos apresentamos antes de começar? E talvez vocês possam me dizer o que despertou em vocês a vontade de fazer essa aula, e que experiência anterior têm. Brendan, por que não começa? — sugeriu Mariam. — Brendan é um velho amigo — acrescentou ela carinhosamente. — Ele já fez... quantos cursos até agora, Brendan?

— Este é meu quinto — respondeu Brendan animadamente. — Estou tentando encontrar um em que eu seja bom.

Outra rodada de risos se seguiu, à qual Mariam se juntou.

— Ele está sendo muito duro consigo mesmo — disse ela à turma. — Ele é um bom gravurista e um ceramista bem decente. E você, meu amor? — perguntou ela a Robin.

— Eu sou Jessica — disse Robin, com o ritmo cardíaco levemente acelerado. — Eu, hã, fiz o nível A de artes, mas nada depois disso. Trabalho com marketing e... bom, acho que estou aqui porque há mais coisas na vida além do marketing.

Isso provocou outra risada astuta do resto da turma, que nitidamente se identificava com o sentimento. Os olhos de Preston Pierce permaneceram em Robin, com um sorriso malicioso brincando em seus lábios.

O resto da turma respondeu à pergunta de Mariam, um de cada vez. A mulher corpulenta de suéter magenta "sempre adorou desenhar", o jovem de barba rala tinha uma ideia para uma revista em quadrinhos que queria ilustrar e a garota negra de vestido amarelo curto queria explorar sua criatividade. A mulher mais velha de cabelo fino e alourado também era uma velha habituée do North Grove, e queria fazer aulas de desenho vivo porque Mariam tinha dito que seria bom para seu desenvolvimento artístico.

— E você, meu amor? — perguntou Mariam para a garota de cabelo azul.

— Ah, eu sou fã do *Coração de nanquim* — disse a garota. — Eu só queria, vocês sabem, beber da mesma fonte? Ver se eu consigo pegar um pouco da magia para mim?

Ela olhou animada para o grupo. Se ela esperava um sentimento de conexão imediata com seus colegas de turma, ou com Mariam, ela não conseguiu. Robin achou que o sorriso de Mariam ficou levemente menos cálido enquanto ela tirava os olhos da garota para se dirigir a toda a turma outra vez.

— Bom, nós somos nitidamente uma turma com experiências variadas, o que não é problema. Quero que todos se divirtam com isso. Vocês vão receber retorno construtivo meu, mas esta noite o objetivo é mais mergulhar de cabeça e aprender fazendo. Tudo bem, Preston...

Pierce se levantou da cadeira e tirou o robe cinza velho, por baixo do qual ele estava totalmente nu. Magro e musculoso, ele se posicionou indiferentemente na cadeira de madeira.

— Preciso ficar confortável — disse ele, posicionando os membros. Com os braços em cima das costas da cadeira, ele se sentou de lado para a turma, com o rosto de costas para a garota de cabelo azul e na direção de Brendan e Robin, que ficou temporariamente preocupada em não olhar para o pênis de Preston, que era bem maior que o de seu ex-marido, e de repente pareceu ser o único objeto na sala.

— Dei a vocês tudo de que devem precisar — disse Mariam. — Vocês têm dois bons lápis 2B e uma borracha nova...

— Algum problema — perguntou a mulher mais velha — se eu usar meus próprios HBs, Mariam?

— Você usa o que achar melhor, meu amor — respondeu Mariam, e a senhora remexeu no interior de uma grande bolsa bordada.

Logo todos os alunos começaram a trabalhar, com muita hesitação e um pouco envergonhados, com a exceção do animado e barbudo Brendan, que já estava fazendo marcas curvas em seu papel.

Pelos trinta minutos seguintes, o único som era o arranhar de grafite sobre papel e os murmúrios de estímulo e auxílio eventuais de Mariam. Depois de algum tempo, sob pretexto de pegar sua borracha no chão, Robin conferiu o iPad em sua bolsa. A recepção no estúdio era melhor do que no banheiro: o jogo estava se movimentando outra vez, embora de maneira truncada. Anomia ainda não estava lá, nem (para alívio de Robin) Verme28, mas Páginabranca tinha aberto um canal privado para PatinhasdaBuffy uns vinte minutos antes. Robin leu rapidamente sua mensagem.

<Um novo canal privado foi aberto>

<23 de abril de 2015 20.14>

<Moderadora Páginabranca convidou PatinhasdaBuffy>

Páginabranca: Oi

>

>

**Páginabranca:** vc está aí?

Com um olhar nervoso pela sala, Robin digitou apressadamente uma resposta.

**PatinhasdaBuffy:** desculpe, não tinha visto

>

>

>

>

**Páginabranca:** aí está vc! está empacada no jogo? posso ajudar?

**PatinhasdaBuffy:** não, obrigada

Mariam estava seguindo pela fila na direção de Robin.

**PatinhasdaBuffy:** desculpe já volto

Ela tirou o iPad de vista e se aprumou outra vez.

— Ora, isso não está nada mau — disse Mariam de modo encorajador quando alcançou Robin. — Você com certeza sabe desenhar. Você precisa aprimorar sua *visão*. Quero que olhe, olhe de verdade, para Preston, porque *isso*...

Mariam apontou para o ombro que ela havia desenhado, que Robin percebera desde o início estar no ângulo errado, mas não se dera ao trabalho de corrigir.

— ... não é o que você está vendo. Agora dê uma boa olhada com atenção e tente botar esse ombro onde devia estar.

Robin fez o que ela disse. Olhando fixamente para o ombro de Preston, ela estava consciente de que seus olhos tristes estavam totalmente nela, ou em Brendan, mas ela manteve o olhar determinadamente em sua clavícula.

Depois de mais quinze minutos, Mariam anunciou uma pausa e convidou os alunos para irem com ela até a cozinha para uma xícara de chá ou um copo de vinho. Robin deixou que os outros alunos deixassem a sala sem ela para que pudesse voltar a Páginabranca.

**PatinhasdaBuffy**: de volta, desculpe por isso

>

**Páginabranca**: Acabei de perceber que você não se mexe há séculos e Anomia está furioso ultimamente

**PatinhasdaBuffy**: por quê?

**Páginabranca**: ele não gosta de jogadores entrando aqui sem jogar

**PatinhasdaBuffy**: Recebi um telefonema da minha irmã logo depois que eu entrei

**Páginabranca**: ah está bem

**Páginabranca**: Anomia só quer que a gente verifique que todo mundo está aqui para jogar

**Páginabranca**: não para espionar outros jogadores

*Merda.*

**PatinhasdaBuffy**: por que eu ia querer espionar os outros jogadores?!

**Páginabranca**: achamos que a polícia pode estar investigando fãs por causa do que aconteceu com E*** L******

— Respondendo a seus e-mails de marketing? — peguntou Preston Pierce.

Robin levou um susto. O modelo-artista, que felizmente tornara a vestir o robe, tinha se aproximado enquanto ela estava digitando e agora a contemplava com o mesmo leve sorriso malicioso que tinha usado mais cedo.

— Como adivinhou? — disse Robin com leveza.

— Você parece ter uma montanha deles.

Robin sorriu. Ele era apenas um pouco mais alto do que ela. A frase tatuada na base de seu pescoço estava com as duas extremidades obscurecidas pelas lapelas do robe. Robin só conseguia ler "*difícil ser alguém, mas*".

— Não quer uma bebida? — perguntou Preston.

— Quero sim — disse Robin, tornando a guardar o iPad na bolsa. — Onde é?

— Siga-me — disse Preston, e ele a conduziu para fora da sala, com Robin respondendo as suas perguntas sobre sua carreira em marketing aleatoriamente, enquanto ponderava, preocupada, se seria mais sensato sair do jogo do que permanecer inativa pelo resto da aula.

Nos fundos da casa havia uma enorme cozinha comunitária que era pintada com o mesmo rosa açucarado do saguão. Bem em frente a Robin, havia uma janela de vitral grande e bonita que ela supôs ser trabalho de Mariam. Ela havia sido iluminada de maneira inteligente com uma fonte de luz artificial no exterior do prédio, de modo que, mesmo à luz do fim de tarde, ela projetava faixas e marcas de luz azul-cerúleo, esmeralda e vermelho sobre a mesa de madeira limpa e os muitos potes e panelas pendurados nas paredes. Ao primeiro olhar, Robin achou que a janela podia retratar uma visão do paraíso, mas as muitas pessoas ali retratadas não tinham asas nem auréolas. Elas estavam trabalhando cooperativamente em diferentes tarefas: plantando árvores e colhendo frutas, cuidando de uma fogueira e cozinhando sobre ela, construindo uma casa e decorando sua fachada com guirlandas.

Mariam estava conversando com os colegas de curso de Robin perto de um velho fogão preto. Alguns estavam bebendo chá; outros, pequenos copos de vinho. Robin achou que essa convivência no intervalo podia ser responsável pelo carinho dos alunos pelas aulas no North Grove. O homem louro gigantesco que ela vira mais cedo agora estava sentado à mesa bebendo um copo de vinho muito maior do que os que tinham sido servidos aos alunos e fazendo comentários eventuais em meio à conversa. Apoiada no armário no outro extremo da cozinha, sem falar com ninguém, mas aparentemente encarregada de um monitor de bebê plugado ao seu lado, estava a garota pequena com o cabelo preto, que tinha acabado de pegar o telefone. Não havia sinal da criança de fralda.

Depois de tomar uma decisão em relação ao jogo, Robin sorriu para Preston, que parecia disposto a ficar ao seu lado, e disse:

— Desculpe, vou ter que enviar um e-mail.

— Dedicada — comentou ele, e seguiu para o grupo em torno de Mariam.

Robin pegou o iPad e viu, com um aperto no peito, que Verme28 tinha entrado e, inevitavelmente, aberto um canal privado com PatinhasdaBuffy.

**Verme28**: oi, como foi seu dia?

>

**PatinhasdaBuffy**: nada mau

**PatinhasdaBuffy**: Páginabranca acabou de me dizer que preciso permanecer ativa aqui ou Anomia vai achar que sou uma espiã

**Verme28**: é , anomia disse a todos os moderadores para garatnir que as pessoas são quem dizem ser e não a plícia

**PatinhasdaBuffy**: acho então que é melhor eu sair. estou no telefone com minha irmã. não quero ser bloqueada

**Verme28**: espere , achei que vc fosse filha única

*Merda, merda, merda.*

**PatinhasdaBuffy**: ela é minha irmã postiça. Nós nunca moramos juntas

**Verme28**: ah , está bem

**PatinhasdaBuffy**: preciso ir. nos falamos amanhã?

**Verme28**: é , está bem bjs

Robin fechou o canal privado, saiu do jogo e tornou a guardar o iPad na bolsa. Erguendo os olhos novamente, ela viu a garota de preto dar um suspiro profundo e guardou o próprio celular novamente no bolso. Aparentemente sentindo o escrutínio de Robin, ela se virou e olhou para ela com seus olhos marcados por delineador. Uma ideia repentina e louca ocorreu a Robin, mas ela manteve a expressão impassível enquanto se dirigia até o grupo em torno de Mariam, que estava contando a seus alunos sobre a tatuagem de flor roxa na parte superior gorducha de seu braço, que ela havia feito apenas recentemente.

— ... pelo centésimo aniversário amanhã — estava dizendo ela.

— O genocídio armênio — disse a voz com sotaque típico de Liverpool de Preston Pierce no ouvido de Robin. — Seus bisavós morreram nele. Quer vinho? — acrescentou, oferecendo a ela um dos copos em suas mãos.

— Ótimo, obrigada — disse Robin, sem intenção de beber mais do que um gole.

— Jessica, não é?

— É... Aquela janela é incrível — comentou ela.

— É. Foi Mariam quem fez há uns cinco, seis anos atrás — explicou Preston. — Todo mundo retratado é amigo dela. Por exemplo, eu estou ajudando a colocar o telhado na casa.

— Ah, uau — disse Robin olhando para a figura de cabelo crespo na janela. — Você está aqui há muito tempo, não...?

— Ledwell e Blay estão aí? — perguntou uma voz ávida atrás deles. Os dois se viraram: a garota de cabelo azul e piercings, que se apresentara na aula como Lia, estava olhando fixamente para a janela. Robin achou que ela devia ter no máximo dezoito anos.

— Não — disse Preston.

Robin teve a sensação de que ele estava mentindo.

Lia permaneceu ali, alheia ou indiferente ao tom de Pierce.

— Quem são Ledwell e...? — começou Robin.

— Edie Ledwell e Josh Blay — disse Lia com a aparente satisfação pessoal de possuir uma informação interna especial. — Eles criaram *O coração de nanquim*? O desenho animado?

— Ah — disse Robin. — É, acho que ouvi...

— Eles costumavam morar aqui — disse Lia. — Foi aqui que eles começaram tudo. Você não viu no jornal sobre Edie Ledwell ser...

— Edie era amiga minha e de Mariam — disse Preston Pierce em um rosnado baixo. — Seu assassinato não é a porra de uma fofoca empolgante para nós. Por que você não para de fingir que quer aprender a desenhar e vai fuçar no cemitério? Ainda pode haver um pouco do sangue de Edie na grama. Você podia emoldurá-lo. Vender no eBay.

A garota ficou vermelha e seus olhos se encheram de lágrimas. Ela se afastou das proximidades de Preston. Robin sentiu pena dela.

— Malditos fãs — disse Preston para Robin em voz baixa. — Aquela é outra. — Ele apontou com a cabeça para a garota de cabelo preto. — O jeito como estava chorando depois que Edie morreu, você teria imaginado que eram gêmeas. Ela nunca nem a conheceu.

— Sinto muito que sua amiga tenha sido morta — disse Robin, fingindo estar chocada. — Eu não... na verdade, não sei o que dizer.

— Está tudo bem — respondeu Preston bruscamente. — Não há nada a dizer, há?

Antes que Robin pudesse responder, um garoto louro muito grande entrou na cozinha, vestindo jeans e uma camiseta. Ele tinha os traços do homem louro enorme: os dois rostos se assemelhavam a máscaras de comédia grega, e Robin supôs que fosse Bram de Jong. A plenos pulmões, ele recomeçou a cantar:

*Het witte ras verliest,*
*Kom op voor onze mensen...*

— Ei — disse Preston para Bram. — Nós já falamos com você sobre isso. Pare de cantar isso!

Alguns do grupo em torno de Mariam se viraram para olhar, interessados.

Bram gargalhou alto. Seu pai parecia estar achando um pouco de graça.

— O que significa? — perguntou Robin.

— Vá em frente — disse Preston para o garoto. — Conte a ela.

Bram deu um sorriso largo e insolente para Robin.

— É holandês — respondeu ele em sua voz infantil alta e aguda.

— É, mas o que significa em inglês? — indagou Preston.

— Significa "a raça branca está perdendo. Defendam nosso pov..."

— Não — disse Mariam em voz alta. — Já chega. Isso não é piada, Bram. Não é engraçado. Certo, todo mundo — acrescentou ela — de volta ao trabalho.

Houve um movimento geral para botar canecas e copos na mesa à qual Nils estava sentado. Robin ouviu Mariam dizer com raiva para Nils ao passar por ele:

— Ele vai parar se *você* mandar ele parar.

Mas Nils, que agora estava brincando de lutar com Bram, ou não ouviu Mariam ou escolheu ignorá-la.

Enquanto esperava para deixar o copo de vinho no qual mal tinha tocado, Robin olhou para a janela de vitral outra vez, tentando identificar Edie ou Josh. Ela desconfiava que eles podiam ser as duas pessoas colhendo frutas: ambas tinham cabelo castanho comprido, e a figura feminina estava jogando maçãs para o homem. Então ela percebeu, com um pequeno sobressalto de surpresa, as letras em vidro vermelho-rubi dispostas no alto da imagem, como um versículo bíblico.

*Um estado de anomia é impossível*
*onde quer que órgãos em solidariedade uns com os outros*
*estejam em contato suficiente,*
*e em contato suficientemente longo.*

# 40

*Mas eu, que faço dezessete no ano que vem,*
*Algumas noites, na cama, fiquei gelada ao ouvir*
*Aquela paixão solitária da chuva*
*Que faz você pensar em estar morto,*
*E em algum lugar vivo para repousar sua cabeça*
*Como se você fosse criança outra vez,*
*Chorando por uma coisa, conhecida e próxima*
*De seu coração vazio, para aplacar a fome e o medo*
*Que tamborilam e batem com ele contra a vidraça.*

Charlotte Mew
*The Fête*

A aula de arte terminou com Mariam proferindo um veredito curto sobre o desenho de todo mundo. Preston Pierce, que tinha tornado a vestir o robe cinza, estava sentado fumando um cigarro enrolado por ele mesmo, sorrindo quando cada reprodução de sua figura nua era erguida para que todos vissem. Ele estava especialmente interessado na de Robin, que recebeu elogios qualificados de Mariam. Quando a avaliação de todos os desenhos foi concluída, Mariam desejou uma boa semana para seus alunos, disse a eles que estava ansiosa por tornar a vê-los na aula seguinte, e informou que não haveria aula na semana depois daquela, porque seria o dia da eleição geral, e Mariam seria uma das pessoas trabalhando na zona eleitoral local.

Eram 22h, e as janelas do estúdio tinham se tornado retângulos negros que nada revelavam do jardim além delas. Todo mundo se levantou e vestiu casacos e jaquetas. A garota de cabelo azul e piercings foi a primeira a sair, parecendo tão ávida para ir embora como estivera ansiosa para chegar. Robin tinha certeza de que ela não ia voltar.

A garota pequena com o cabelo comprido estava falando com um casal no saguão quando Robin saiu do estúdio. Robin fingiu estar procurando alguma coisa em sua bolsa como desculpa para permanecer ali e ouvir.

— ... pegou no sono — dizia a garota mais nova —, e dei a ela seu cobertor recém-lavado.

— Ah, até mais, Zo — disse a mulher mais velha, que usava o cabelo em um corte militar e já estava se dirigindo para a escada, de mãos dadas com o parceiro de turbante. — Vejo você na segunda-feira, então.

O casal subiu a escada em caracol com seus corrimões curvos. A garota pequenina vestida de preto apertou a jaqueta fina ao seu redor, em seguida passou por baixo do dossel de folhas de costela-de-adão e saiu do prédio.

Robin começou a segui-la, com a intenção de atrair a garota para uma conversa, quando uma voz com sotaque de Liverpool a chamou de volta.

— Ei, Jessica.

Robin se virou. Preston Pierce tinha deixado a sala do estúdio para ir atrás dela. Ele ainda estava usando seu robe velho.

— Você vai direto para casa?

Por uma fração de segundo, Robin hesitou. Preston Pierce era um legítimo suspeito para Anomia, mas algo na garota vestida de preto estava chamando a sua atenção, e ela pensou que verificar o iPad continuamente enquanto falava com Pierce podia parecer muito estranho.

— Vou — disse Robin, esforçando-se para fazer uma expressão desapontada. — Tenho que acordar às 5h amanhã. Vou a Manchester.

— Meus pêsames — disse ele, sorrindo. — Gostei do desenho que você fez de mim.

— Obrigada — replicou Robin, sorrindo e tentando não pensar em seu pênis.

— Certo, está bem... vejo você na semana que vem — disse ele.

— É — respondeu Robin animadamente. — Mal posso esperar.

Ele pareceu animado com isso, nitidamente tomando seu entusiasmo como encorajamento, como era a intenção dela, e, com uma meia continência, se virou e foi andando com os pés descalços até a cozinha.

Robin pendurou a bolsa de pano no ombro e deixou o prédio, olhando ao redor à procura de sua presa no escuro. Ela viu a garota a distância, passando pela luz de um poste com braços cruzados, caminhando rapidamente.

Robin saiu correndo atrás dela, pensando em suas opções. Depois de tomar uma decisão, pegou a bolsa de mão de dentro da bolsa de pano, começou a correr e, forçando um pouco seu sotaque natural de Yorkshire, gritou:

— Com licença?

A garota se virou assustada e esperou que Robin a alcançasse.

— Essa bolsa é sua?

Robin achou ter visto a ideia de reclamá-la passar pelo rosto da garota, então perguntou rapidamente:

— Qual é seu nome?

Então ela abriu a bolsa para examinar um cartão de crédito.

— Zoe Haigh — disse a garota. — Não, não é minha.

— Merda — disse Robin, olhando ao redor. — Alguém deixou cair. É melhor eu entregar isso. Você sabe onde fica o distrito policial mais próximo?

— Talvez em Kentish Town? — sugeriu a garota, então perguntou com curiosidade: — Você é de Yorkshire?

— Sou — disse Robin. — Masham.

— É? Eu sou de Knaresborough.

— A caverna de Mother Shipton — disse Robin prontamente, acompanhando o passo de Zoe ao seu lado. — Nós fomos visitá-la em um passeio da escola primária. Achei muito assustadora.

Zoe deu uma risadinha. Seu rosto era estranhamente velho e novo: fundo e branco, liso e magro. O delineador pesado não ajudava a aparência similar à de uma caveira.

— É mesmo — disse ela. — Fui levada lá quando era criança. Achei que a bruxa ainda morava ali. Eu fiquei petrificada, ha, ha — acrescentou.

A atração principal da caverna de Mother Shipton era o poço petrificante, que parecia transformar objetos em pedra, por meio de um processo de calcificação. Robin, que tinha entendido a piada involuntária, riu em sua deixa. Zoe pareceu satisfeita de tê-la divertido.

— O que está fazendo em Londres, se você é de Knaresborough? — perguntou Robin.

— Eu me mudei para ficar com meu namorado — disse Zoe.

A ideia que ocorrera a Robin quando estava na cozinha do North Grove de repente pareceu muito menos louca. *Zoe. Zozo @tinteiro28. Verme28.*

— Eu também — disse ela. Por acaso era verdade: Matthew não era seu marido, nem mesmo seu noivo, quando ela se mudou para Londres para ficar com ele. — Mas terminamos.

— Merda — disse Zoe. A informação pareceu deprimi-la.

— Você trabalha no North Grove? — perguntou Robin, guardando discretamente a bolsa de mão na de pano.

— É, meio expediente — disse Zoe.

Elas andaram em silêncio por quase um minuto, então Zoe tornou a falar:

— Mariam quer que eu me mude para lá. O quarto é barato. Mais barato que onde estou agora.

Robin teve de presumir que a prontidão incomum de Zoe de se abrir com uma estranha vinha da solidão. Sem dúvida um ar de infelicidade profunda pairava sobre ela.

— Mariam foi quem deu minha aula, certo?

— É — disse Zoe.

— Ela parece muito simpática.

— Ela é, sim.

— Então, por que não se muda? Parece um lugar legal.

— Meu namorado não quer que eu faça isso.

— Por quê? Ele não gosta das pessoas?

Quando Zoe não respondeu, Robin disse:

— Quem mais mora aqui? É como uma comunidade, não é?

— É. Nils é o proprietário. Ele é aquele homem enorme que estava na cozinha.

Zoe andou mais alguns passos em silêncio, então acrescentou:

— Ele é muito rico.

— É mesmo?

— É. O pai dele era, tipo, um grande homem de negócios ou algo assim. Nils herdou, tipo, sei lá, milhões. É por isso que pode bancar aquela casa grande e tudo mais.

— Não dá para imaginar que ele seja um milionário só de olhar para ele — disse Robin.

— Não — concordou Zoe. — Eu fiquei totalmente surpresa quando descobri. Parece apenas um hippie velho, não é? Ele me disse que sempre quis viver assim. Ser um artista e ter, tipo, um lugar onde um monte de artistas morassem juntos.

Mas o tom de voz de Zoe não tinha muito entusiasmo.

— Ele e Mariam estão juntos?

— Estão, mas Bram, o garoto grande e louro, não é dela, só de Nils.

— É mesmo?

— É. Nils o teve com uma namorada na Holanda, mas ela morreu, então Bram veio morar no North Grove.

— Que triste — disse Robin.

— É — disse Zoe outra vez.

Elas caminharam em silêncio até chegarem a um ponto de ônibus, que Robin presumiu ser o destino da garota, mas ela continuou andando.

— Como você vai para casa? — perguntou Robin.

— Andando — disse Zoe.

O dia tinha sido ensolarado, mas o céu noturno estava sem nuvens, e a temperatura tinha caído muito. Zoe estava andando com os braços envolvendo o corpo, e Robin achou que ela podia estar tremendo.

— Onde você mora? — perguntou Robin.

— Junction Road — respondeu Zoe.

— Isso é na mesma direção que o distrito policial, não é? — disse Robin, torcendo para ser verdade.

— É — disse Zoe.

— Então, você deve ser artista, certo? Para arranjar um emprego no North Grove?

— Mais ou menos — disse Zoe. — Eu quero ser tatuadora.

— Sério? Isso seria muito legal.

— É — disse Zoe. Ela ergueu os olhos para Robin, então arregaçou a manga da jaqueta e, em seguida, a da blusa fina por baixo, para revelar o antebraço densamente tatuado coberto por personagens do *Coração de nanquim*. — Fui eu que fiz.

— Você o quê? — perguntou Robin, verdadeiramente surpresa. — *Você* as fez?

— Fiz — disse Zoe, timidamente orgulhosa.

— Elas são incríveis, mas... *como*?

Quando Zoe riu, Robin captou um vislumbre de uma pessoa jovem por trás do rosto semelhante a uma caveira.

— Você só precisa fazer os moldes, ter tinta e uma máquina de tatuar. Eu comprei uma de segunda mão na internet.

— Mas fazer isso em você mesma...

— Eu usei espelhos e tal. Levou muito tempo. Mais de um ano para fazer tudo.

— Isso é tudo coisa do *Coração de nanquim*, não é?

— É — disse Zoe.

— Eu *amo* esse desenho animado — afirmou Robin, sabendo muito bem que agora tinha se dividido em duas Jessicas diferentes, uma de Londres que conhecia *O coração de nanquim* apenas vagamente e outra de Yorkshire que o adorava, mas não havia tempo para se preocupar com isso agora.

— Ama mesmo? — disse Zoe, erguendo os olhos para Robin outra vez enquanto baixava a manga. Ela pareceu gostar mais de Robin ao ouvir isso.

— É claro. É muito engraçado, não é? — disse Robin. — Eu adoro os personagens e o que eles dizem sobre... sei lá — (o que era verdade: Robin procurou falar de generalidades) —, vida e morte e os jogos que todos jogamos... — (o Jogo de Drek significava algo assim, não era?) — e eu adoro Cori. — Robin concluiu que era seguro amar Cori. Quase todos os fãs em cujas publicações no Twitter ela mergulhava havia semanas amavam Cori.

Zoe tornou a se envolver com os braços e então, de repente, palavras jorraram dela.

— Esse desenho animado salvou minha vida — disse ela, olhando fixamente para a frente. — Eu me sentia muito mal quando tinha treze anos. Estava em um lar provisório, assim como Edie Ledwell. Há tantas coisas iguais entre nós duas. Ela tentou se matar, e eu também, quando tinha catorze anos. Cortei os pulsos... eu tatuei por cima das cicatrizes.

— Meu Deus, sinto mu...

— Eu descobri *O coração de nanquim* no YouTube, e era muito estranho, mas eu não conseguia parar de assistir. Adorei o estilo dos desenhos e todos os personagens. Eles são, tipo, tão ferrados, mas ainda são legais, no fim das contas, não são? Eu me sentia mal e errada quando tinha catorze anos, mas como todas as coisas que Cori diz, tipo, nunca é tarde demais, mesmo que você tenha sido criado para fazer coisas ruins, você não precisa fazer isso para sempre. Eu simplesmente amei assistir a eles, e é muito engraçado.

"Eu ia fazer de novo, cortar os pulsos. Estava com tudo pronto e ia fingir que ia dormir na casa de alguém, mas na verdade ia para a floresta para fazer isso, para que ninguém pudesse me encontrar. Mas o desenho animado foi a primeira coisa que me fez rir em, sei lá, um ano. E eu pensei, se ainda consigo rir... então vi Edie Ledwell na internet dizendo que ia fazer outro, e eu queria vê-lo, então não me matei. Foi isso o que me impediu. Isso é loucura, não é?", perguntou Zoe, olhando fixamente para a escuridão. "Mas é verdade."

— Isso não parece loucura — disse Robin em voz baixa.

— Então eu assisti ao segundo, e ele era muito engaçado e tudo mais. Esse foi o primeiro em que Pesga falou. Você sabe o cara com quem estava conversando lá atrás? Preston? O que estava posando para sua aula?

— Sei — disse Robin.

— Ele fez a voz de Pesga nos episódios dois e três.

— Não creio! — disse Robin.

— É, mas então ele voltou para casa em Liverpool por alguns meses, por isso eles arranjaram alguém para fazer o sotaque da cidade. Ele odeia que as pessoas falem sobre *O coração de nanquim*. Quando ele viu minhas tatuagens, foi um escroto em relação a elas... ele é...

Mas Zoe deixou o pensamento inacabado. Elas andaram em silêncio por algum tempo, com Robin se perguntando se era uma boa ou uma má ideia falar sobre o jogo.

— Edie Ledwell falou comigo uma vez — disse Zoe, quebrando o silêncio. — No Twitter.

Ela falou sobre isso em uma voz baixa e amedrontada, como se fosse uma experiência religiosa.

— Uau, é mesmo? — perguntou Robin.

— É. Foi no dia em que minha mãe morreu.

— Ah, sinto muito — disse Robin.

— Eu não estava morando com ela — falou Zoe em voz baixa. — Ela era... Tinha muitos problemas. Teve que ser internada duas vezes. Usava drogas. Por isso passei a maior parte do tempo em lares provisórios. Minha mãe de criação me disse que ela tinha morrido e me deixou não ir à escola naquele dia. Eu entrei no Twitter e disse que minha mãe tinha morrido naquele dia. E Edie Ledwell falou comigo. Ela...

Robin baixou os olhos: o rosto da garota tinha desmoronado. Ela podia ser uma mulher de noventa anos ou um bebê com aquela expressão de angústia, suas lágrimas sem deixar marcas no delineador pesado, e Robin de repente se lembrou do delineador manchado de Edie Ledwell quando ela chorou no escritório.

— ... ela foi muito legal — continuou Zoe em meio ao choro. — Eu disse a ela que minha mãe de criação tinha acabado de me contar, e ela me disse que também tinha vivido em lares provisórios. E me enviou um abraço, e eu disse a ela que ela era minha heroína, e que eu a amava. Eu disse isso... Eu disse isso a ela...

— Pegue um lenço de papel — ofereceu Robin em voz baixa enquanto pegava alguns em sua bolsa de pano.

— D-desculpe — disse Zoe. — Eu só... eu queria... tipo, as pessoas eram horríveis com ela na internet, e eu estava, eu não, tipo, as pessoas estavam dizendo que havia um monte de coisas erradas no desenho animado e... mas... sei lá, nunca achei que houvesse nada errado com ele, mas quando li o que as pessoas estavam dizendo, isso meio que fez sentido, mas eu queria não ter feito isso... Meu n-namorado diz que não fizemos nada errado, mas...

O celular de Robin tocou. Xingando por dentro quem estava ligando, ela o pegou na bolsa. Era Strike.

— Oi — disse ele. — Como foi no North Grove?

— Eu disse tudo o que tinha que dizer a você no último fim de semana — respondeu Robin friamente. — Estou ocupada, está bem?

— Está bem — respondeu Strike, que parecia achar graça. — Ligue para mim quando não estiver ocupada.

— Não, *você* é — disse Robin e desligou.

— Seu ex? — perguntou Zoe com uma voz muito fraca. Ela estava secando o rosto com o lenço de papel que Robin dera a ela.

— É — disse Robin, guardando o telefone novamente na bolsa. — Continue, o que você estava falando?

— Ah, nada — respondeu Zoe, desalentada.

Elas continuaram andando em silêncio, exceto pela fungada eventual de Zoe. Highgate Hill era uma rua comprida e bem iluminada ao longo da qual ainda havia bastante trânsito em movimento. Um grupo de jovens assoviou para as duas mulheres quando passaram do outro lado da rua.

— Vão se foder — disse Robin em voz baixa, e Zoe deu um sorriso débil.

— Eu conheci Josh Blay — comentou ela, agora com a voz levemente rouca.

— Sério? — perguntou Robin, adequadamente impressionada.

— É. Ele ficou no North Grove por um mês antes que ele e Edie fossem... atacados.

— Você falou com ele? — disse Robin, certa de que já sabia a resposta.

— Não, fiquei com muito medo! Eu entrei na cozinha e ele estava simplesmente ali parado.

*E você estava tremendo.*

— E eu estava, tipo, *tremendo* — disse Zoe com um risinho choroso. — Mariam me apresentou e eu não consegui falar. Nunca reuni a coragem.

Mas estava evidente para Robin que Zoe era uma raridade entre os fãs do *Coração de nanquim:* alguém que gostava mais de Edie Ledwell que de Josh Blay.

— Como ele era? — perguntou Robin a Zoe.

— Chapado — respondeu Zoe com um sorriso triste. — Na maior parte do tempo. Ele não gostava de conhecer pessoas. Ficava muito em seu quarto e não parava de tocar aquela música dos Strokes, "Is This It" repetidas vezes... aí ele ateou fogo no quarto.

— Ele fez o quê? — perguntou Robin, fingindo surpresa outra vez.

— Bom, Mariam pensou ter sido Josh — disse Zoe —, mas *eu* não acho que foi ele.

— Quem, então?

— Eu não devia dizer... quero manter meu emprego.

Robin pensou em pressioná-la, mas depois de estabelecer confiança, tinha medo de perdê-la.

— O que você faz no North Grove, afinal?

— De tudo — disse Zoe. — Quando cheguei a Londres, fui visitá-lo, só para ver... só para ver onde tudo tinha acontecido. Eu fui até a oficina e conversei com Mariam. Ela foi muito simpática em relação a minhas tatuagens, e eu contei a ela que era uma grande fã, e que tinha acabado de deixar o lar provisório, e ela perguntou se eu tinha um emprego, e eu disse que não, e ela me ofereceu um.

"Eu ajudo com essa aula que Mariam dá às quintas-feiras com crianças que têm necessidades especiais. Edie costumava fazer isso quando morava no North Grove", disse Zoe, a voz ficando mais uma vez santificada. "E eu lavo pincéis e cozinho um pouco e trabalho um pouco como babá das crianças. Star, a filha de Freyja, é legal, mas Bram é... bom, ele é maior que eu. Ele não dá a mínima quando eu digo a ele para fazer qualquer coisa."

Elas entraram finalmente na Junction Road.

— Ei — disse Robin, como se o pensamento tivesse apenas acabado de ocorrer a ela —, você nunca jogou aquele jogo, jogou? Aquele feito pelos fãs sobre *O coração de nanquim*? Só estou perguntando porque joguei um pouco — acrescentou Robin. — Alguns anos atrás. Eu estava muito interessada no desenho animado. O jogo era muito bom, considerando que supostamente foi feito por amadores.

— É — respondeu Zoe cautelosamente. — Eu joguei algumas vezes... qual era seu nome de usuário? Talvez tenhamos conversado uma com a outra ali dentro.

— Era... droga, agora não consigo me lembrar — respondeu Robin com um risinho. — Tinteiro ou algo assim.

— Há toneladas de Tinteiros — disse Zoe, e foi exatamente por isso que Robin tinha escolhido o nome.

Elas passaram por uma loja de brinquedos, o reflexo magro de Zoe deslizando sobre fileiras de bonequinhos de plástico.

— Eu moro ali em cima — disse ela, apontando para o prédio estreito de esquina que Robin já tinha visto na foto de Strike.

— É? Você tem algum colega de apartamento?

— Na verdade, não. Há outras pessoas aí dentro, mas eu tenho apenas um quartinho — disse Zoe. — Ele tem uma pia — acrescentou ela, quase na defensiva.

— Imóveis de Londres — comentou Robin, revirando os olhos.

— É — disse Zoe. — Bem, foi bom conversar com você. Foi um prazer conhecer alguém de Yorkshire — acrescentou ela.

— Sim — replicou Robin com calidez. — Espero ver você na semana que vem. Eu vou ao distrito policial entregar essa bolsa.

— Você mora longe daqui?

— Não. Uma caminhada rápida. Até logo.

Zoe sorriu e desapareceu em torno da esquina. Robin continuou andando. Depois de atravessar a rua, olhou para trás e viu Zoe entrar no prédio da esquina por uma porta lateral.

Robin pegou o celular e, ainda andando, retornou a ligação de Strike.

— Boa noite — disse ele. — Como foram as coisas?

— Bastante bem — respondeu Robin, agora olhando ao redor à procura de um táxi. — Conheci Preston Pierce e sua garota toda tatuada.

— Sério?

— É. Ela está trabalhando no North Grove e... espere aí, tem um táxi vindo — disse Robin, fazendo sinal para ele.

Depois de dar o endereço ao motorista e embarcar, Robin levou o celular outra vez ao ouvido enquanto mexia em sua bolsa à procura do caderno e de uma caneta. Ela queria escrever tudo o que acabara de ouvir de Zoe antes de se esquecer de alguma coisa.

— O nome verdadeiro dela é Zoe Haigh — disse Robin. — Mas no jogo ela é a moderadora Verme28.

— Sério?

— Sim — disse Robin, tirando a tampa da caneta com os dentes. — Ela veio para Londres para ficar com o namorado, e claramente as coisas não estão nada bem entre eles. Verme28 me disse no jogo: "Gostaria de poder dizer onde estou trabalhando", Zoe está trabalhando em North Grove. Verme28 me disse que conheceu Josh Blay, mas não conseguiu falar com ele e ficou ali tremendo. Zoe acabou de me dizer exatamente a mesma coisa.

— Puta merda. Eu não disse que faríamos uma descoberta?

— Havia outras coisas — disse Robin, escrevendo no caderno aberto em seu colo. — Alguma coisa sobre seu namorado dizendo a ela que eles "não tinham feito nada de errado". Ela parecia estar se sentindo culpada, embora pudesse ter sido apenas por criticar *O coração de nanquim* online. Ela adorava o desenho animado, mas parece ter sido convencida pelos argumentos de que era capacitista e todo o resto.

— Seu namorado deve ser um dos três que se encontraram com Nils no Red Lion and Sun — disse Strike. — Eu aposto em Wally Cardew.

— Você acha? — perguntou Robin.

— Você pode ver como ela se encaixaria na vida de Montgomery? Ele está morando com a namorada e tem um bom emprego: o que ele ia querer com Zoe?

— Pode ter começado como uma paquera na internet que ela levou muito mais a sério do que ele. Ele pode não ter percebido que ela ia fazer as malas e se mudar para estar perto dele.

— Não consigo ver isso acontecendo com Montgomery. Por que você ia deixar que uma paquera online se transformasse em uma situação que podia pôr sua boa vida em risco? Cardew não tem namorada, pelo que sabemos dele até agora, e é um punheteiro imprudente. Eu posso imaginá-lo dormindo com fãs jovens e ficando chocado quando uma delas decide se mudar para Londres para ficar perto dele.

— E Tim Ashcroft?

— Aquele ali é do tipo que estudou nos melhores colégios... Não sei, podia ser ele, mas eu imaginaria que ele fosse se interessar por alguém um pouco mais...

— Suéter de caxemira? — sugeriu Robin.

— Bom, é.

— Ele é um ator. Pode se sentir atraído por tipos mais boêmios. E não se esqueça do nome de usuário dela no jogo. Ashcroft dublou o Verme.

— Tem isso — disse Strike, embora não parecesse convencido.

— Zoe disse mais uma coisa — continuou Robin, ainda tomando notas em uma página que alternava entre laranja e cinza à medida que o carro passava pela luz dos postes. — Ela não acha que Blay ateou fogo ao próprio quarto, mas não quis me contar quem foi. Disse que queria manter seu emprego.

— Interessante — disse Strike.

— Eu sei... mas também tenho más notícias — disse Robin. — Eu tive que sair do jogo. Anomia ordenou que os moderadores precisam ficar de olho em pessoas que entram no jogo, mas não jogam. Ele acha que a polícia pode estar espionando fãs, o que pode explicar por que ele não está muito presente ali no momento.

— Inconveniente — disse Strike —, mas não irrecuperável. Vamos apenas ter que garantir que você jogue bastante nos próximos dias para diminuir as suspeitas. E Pierce?

Uma imagem mental do pênis grande de Preston Pierce invadiu imediatamente a mente de Robin e foi firmemente reprimida.

— Ele chegou perto de me convidar para um drinque.

— Você trabalha rápido — comentou Strike, que não pareceu ficar especialmente satisfeito com isso.

— Eu o dispensei em favor de andar com Zoe até sua casa. Acho que foi a decisão certa. Eu não podia interrogá-lo e manter um olho no jogo. Enfim, tem semana que vem...

"Tem mais outra coisa", disse Robin, "que parece, bem, pode ser uma coincidência enorme, mas tem uma janela de vitral na cozinha comunitária. Foi Mariam quem a fez, a mulher que deu minha aula. Segundo Pierce, o vitral está ali há cinco ou seis anos.

"Ela tem... acho que deve ser uma citação, não sei... de qualquer forma, tem palavras escritas no alto, sobre anomia. A janela mostra uma espécie de comunidade idealizada, e todas as pessoas representadas nela, aparentemente, estiveram no coletivo ou eram amigas de Mariam. E acima da imagem tem essa citação sobre as condições sob as quais é impossível sentir anomia. Algo sobre órgãos sendo solidários uns com os outros?"

Robin quase podia ouvir Strike pensando durante a pausa que se seguiu. Finalmente, ele disse:

— Bom, coincidências acontecem, mas isso parece coincidência *demais*.

— Você acha que foi de lá que Anomia teve a ideia para o nome?

— Eu acharia que é uma forte possibilidade.

— Todos eles estiveram no North Grove em algum momento. Todo o elenco.

— Você teve uma noite de trabalho e tanto por lá, Robin.

Robin achou ter ouvido uma voz feminina ao fundo, do lado de Strike da ligação. Seria a televisão ou Madeline Courson-Miles?

— É melhor eu ir — disse ela rapidamente. — Conversamos amanhã.

Ela desligou antes que Strike pudesse responder.

# 41

*Mas então vem um homem sem ideias,*
*Com um andar e um olhar e um sorriso malicioso...*

Constance Naden
*Natural Selection*

A condição do coto de Strike estava se deteriorando. Apesar de aplicar pomada duas vezes por dia, a pele por baixo da almofada de gel permanecia irritada e inflamada. Ele tinha medo de que pudesse estar diante de sinais iniciais de síndrome do torniquete, de que a pele ia ulcerar e se romper, mas, mesmo assim, não marcou consulta no médico. Que sentido havia em fazer isso? Ele não podia se dar ao luxo de parar de trabalhar. O acréscimo da vigilância de Jago Ross tinha deixado a escala de serviços atual insustentável. A única solução era subcontratar pessoas que pudessem ser recrutadas para ajudar.

Depois de esgotar todos os seus contatos na polícia e no exército, Strike retornou para toda contratação temporária que ele se recusara a tornar permanente. Finalmente, em seu desespero, ele conseguiu recontratar, em um contrato semanal que podia ser rescindido sem aviso das partes, um ex-boina vermelha chamado Stewart Nutley que, três anos antes, batera com sua motoneta na traseira de um táxi que devia estar seguindo. Strike repreendeu Nutley severamente pelo erro e o dispensou no ato, então foi com o mínimo de entusiasmo que ele ligou para o homem, tentando ser o mais humilde possível. Um homem casado de dentes afastados, cabelo castanho-claro, no início da casa dos trinta anos, a expressão descansada de Nutley tinha uma satisfação consigo mesmo nada atraente. Como ele não conseguira manter um trabalho civil de investigação desde que se afastara de Strike, Nutley estava ansioso para provar seu valor para uma agência que havia ganhado muito prestígio desde que a deixara. Enquanto ninguém na equipe ficou particularmente apaixonado pela nova contratação, todos ficaram gratos por mais um par de pernas e de olhos.

Enquanto isso, a coleção de Madeline estava para ser lançada em uma semana, o que significava que ela não estava livre para ver Strike – o que, como ele reconheceu para si mesmo enquanto expressava desapontamento para ela, era conveniente. Seu estado de alta tensão se traduzia em longos monólogos pelo telefone.

— Eu não devia ter feito a coleção tão grande. Nunca, *nunca mais* farei algo assim. Escute, você vem me encontrar depois que terminar o lançamento? Eu preciso relaxar: esse foi o pior de todos. Quero estar com alguém que não dá a mínima para joias, quero estar com *você* e quero uma bebida e uma trepada.

Strike não tinha objeção contra a maior parte desse programa, mesmo assim uma desconfiança, nascida do convite para o lançamento literário, fez com que ele dissesse:

— *Depois* que acabar, certo? Você não está me convidando para ir. Porque vai haver imprensa, não vai?

— Vai — disse ela. — Mas... está bem, não, não venha, não se você não quiser.

— Ótimo. Bom, eu encontro você depois. A que horas vai acabar?

— Às 21h — disse ela, e em seguida: — *Por favor*, venha se puder. Estou sentindo sua falta e se eu souber que você está vindo para me resgatar de tudo, vou conseguir parecer feliz para as fotos.

— Você devia estar feliz de qualquer jeito — disse ele. — As coisas que você me mostrou pareciam incríveis.

— Ah, Corm, você é tão doce — replicou ela, lacrimejante. — Tudo, no momento, parece um *lixo* para mim, mas sempre me sinto assim pouco antes de um lançamento, ou *acho* que me sinto, mas isso sempre acontece em um borrão, e não tenho certeza.

Então Strike (ainda no espírito de dar uma chance para um relacionamento apropriado) se comprometeu a se encontrar com Madeline depois do lançamento, embora tivesse percebido que o que ela queria era que ele fosse buscá-la, enquanto ele queria se encontrar com ela bem longe do lugar onde ele tinha certeza de que Charlotte estaria. Expressar essa preocupação seria abrir uma porta para outra conversa que ele não queria ter, então o plano foi deixado vago, tanto ele quanto Madeline, talvez, certos de que sua preferência ia prevalecer.

Enquanto isso, algumas ausências bem-vindas aliviaram temporariamente a pressão sobre a agência: Aliciador voou para Marrocos por dez dias, e Dedos voou para Nova York para visitar sua mãe adorada e o padrasto que desconfiava que ele fosse um ladrão.

— Então essa é nossa oportunidade — disse Strike à equipe em uma palestra motivacional por videoconferência (não havia tempo para uma reunião presencial da equipe) — para excluir alguns suspeitos de serem Anomia.

A primeira segunda-feira de maio, que era feriado bancário, viu Strike entrar na área residencial de Lismore Circus logo após o amanhecer para vigiar o apartamentinho de dois andares e três quartos onde Wally Cardew morava com a avó e a irmã. Às 8h houvera apenas dois sinais de vida no apartamento: alguém tinha aberto as cortinas e um gato totalmente branco pulou no batente da janela para olhar para a área residencial com a arrogância peculiar de sua espécie.

Segundo registros habitacionais, o YouTuber e sua irmã moravam nesse mesmo apartamento com a avó havia vinte anos. A irmã de Wally, que trabalhava em uma farmácia local, parecia com o irmão por ter cabelo muito claro e aparência escandinava, embora fosse voluptuosa, enquanto o irmão era baixo e troncudo, com grandes olhos azuis e lábios cheios. Shah e Barclay tinham informado Strike de forma independente, longe dos ouvidos de Robin, Midge e Pat, que eles iam adorar vigiar Chloe Cardew pelo tempo que o caso exigisse, ou mesmo depois que não fosse mais necessário.

Enquanto Strike vigiava o apartamento na Gospel Oak, Robin estava sentada junto da janela de um café em Croydon chamado Saucy Sausage, que ficava exatamente em frente à casa de Yasmin Weatherhead e seus pais. Ela ficou aliviada por estar fora do escritório, onde recentemente passara muitas horas mais jogando o jogo para atenuar as desconfianças de Anomia de que ela pudesse estar ali para espionar os outros jogadores. Isso resultara em mais conversas privadas com Verme28, que contou a ela de maneira casual que tinha conhecido uma mulher legal de onde "eu costumava viver", mas não deixou escapar mais nada sobre a identidade do namorado ou de Anomia. Strike, que simpatizava com o desejo de Robin de fazer alguma coisa além de ficar olhando para o iPad o dia inteiro, concordara que ela podia vigiar Yasmin, que era uma pessoa de interesse secundário em comparação com os suspeitos de serem Anomia.

A rua de Yasmin tinha um ar de respeitabilidade sonolenta. De um lado havia uma fileira de lojas locais, e, do outro, diversas casas contíguas de tamanho médio com pequenos jardins em frente. Robin estava alternando entre vigiar a frente da casa dos pais de Yasmin e manter um olho no jogo e no Twitter, no qual Anomia já estivera ativo nessa manhã.

**Anomia** @AnomiaGamemaster

A Gorda Comilona disse estar à procura de diversas babás para as crianças que ela não para de entulhar, assim que #AGranaDeNanquim entrar.

9.06 4 de maio de 2015

Todo suspeito de ser Anomia sob vigilância estava no interior de suas respectivas casas e fora de vista quando Anomia publicou essas palavras. Kea Niven permanecia sem vigilância devido à falta de pessoal, embora Strike tivesse decidido deixar uma mensagem nova e cuidadosamente preparada na secretária eletrônica dos Niven, que tinha sido planejada para agir sobre o medo de Kea do que Blay ia pensar dela caso se recusasse a ajudar com sua investigação.

Às 10h10, Robin, que já estava na terceira xícara de café para justificar sua presença continuada no Saucy Sausage, e que ainda não captara nem um vislumbre de Yasmin Weatherhead, recebeu uma ligação de Strike.

— Wally e seu amigo MJ acabaram de sair de seu apartamento. Eu o estou seguindo. Qual o status de Anomia no jogo?

— Ausente.

Robin deu um suspiro enquanto conduzia PatinhasdaBuffy e passava pelo vampiro que perambulava por uma das trilhas do jogo.

— Acho que eles estão indo na direção do metrô — disse Strike a Robin, arfando de dor ao acelerar para manter os dois homens à vista. — MJ está com uma câmera de vídeo. Esse seria o momento ideal de Anomia entrar no jogo. Cardew não está ao telefone.

— Estou começando a achar que Anomia sabe exatamente quando seria útil que entrasse no jogo e evita isso de propósito — comentou Robin com amargura.

— Algum sinal de Yasmin?

— Não. Ninguém saiu de casa desde as 9h. Bom, é feriado bancário.

— Espere aí — disse Strike.

Robin esperou.

— Mais alguém os está seguindo — disse Strike em voz baixa.

— Polícia? — perguntou Robin, de forma tão brusca que a garçonete olhou para ela.

— Não — disse Strike. — Acho que não. Ligo para você depois.

Ele desligou.

Era difícil não notar o homem que Strike percebera. Ele tinha pelo menos 1,82 m e seu cabelo era tão curto que sua cabeça estava quase raspada, embora usasse barba e bigode fartos. Ele estava encostado em uma parede, aparentemente enviando mensagens de texto pelo celular, quando Wally e MJ se aproximaram, mas, assim que eles passaram, ele guardou o telefone no bolso e partiu em sua perseguição, com as mãos nos bolsos do jeans. Nas costas de sua jaqueta de couro havia uma caveira de capacete de aço com ossos cruzados. Ele tinha muitas tatuagens visíveis, e enquanto a bandeira do Reino Unido no lado do pescoço e a cruz gótica nas costas da mão esquerda podiam ser falsas, o grande crânio tatuado na parte de trás da sua cabeça, visível através de milímetros de cabelo, sem dúvida não era, o que significava que o homem não podia ser um policial disfarçado.

O homem desconhecido entrou no mesmo vagão de metrô que Wally e MJ, e Strike foi atrás. Os YouTubers estavam muito envolvidos em sua conversa e não pareciam ter notado nenhum dos homens que os seguiam. Strike fez algumas fotos discretas do desconhecido com o celular, percebendo mais uma tatuagem em seu pomo de adão que o detetive, embora não fosse um especialista em alfabeto Futhark, não conseguiu deixar de pensar que parecia uma runa nórdica.

Depois de uma viagem de vinte minutos, eles chegaram ao Embankment, onde Wally e MJ desembarcaram, seguidos primeiro pelo homem tatuado, e depois por Strike.

Os quatro homens, dois deles ainda sem saber que estavam sendo seguidos, seguiram para os Whitehall Gardens, onde Wally pegou um microfone de mão na mochila e MJ ligou a câmera.

O propósito de ir aos Whitehall Gardens em um feriado bancário ficou claro quando Wally e MJ começaram a parar turistas e pedir a eles, até onde Strike podia ver, para serem entrevistados em vídeo. Duas garotas japonesas foram as primeiras, depois uma família que, a julgar pelo uniforme de futebol que o garotinho usava, era brasileira. Strike estava longe demais para ouvir as perguntas de Wally, mas, à medida que cada entrevista avançava, ele viu as expressões dos entrevistados mudarem de educada ou risonha para confusa, espantada ou, no caso do pai brasileiro, raivosa. Strike supôs que o objetivo do vídeo fosse zombar de estrangeiros. O homem tatuado de jaqueta de couro se sentou em um banco a cem metros de distância, observando abertamente a filmagem. Decidindo que não ia se sentar, caso o observador barbado notasse

Strike copiando seu comportamento, o detetive assumiu posição atrás de uma estátua de Henry Bartle Frere, um administrador colonial do século XIX, e pesquisou runas vikings em seu telefone, onde encontrou a marca exata que o homem barbado usava com tanto orgulho no pescoço. Ela se assemelhava a uma letra P angulosa e seu nome era Thurisaz, que, segundo a internet, significava perigo, caos e força bruta.

Strike estava guardando o telefone no bolso quando ele tocou.

— Cormoran Strike.

— Alô? — disse uma voz feminina tão fraca que mal passava de um sussurro.

— Oi — respondeu Strike. — Quem é?

— Hã... Kea Niven.

— Ah, ótimo — disse Strike. Parecia que sua mensagem de voz tentando fazê-la se sentir culpada havia funcionado. — Obrigado por me retornar, Kea. Imagino que você saiba do que isso se trata.

— É... Anomia — murmurou ela. — É. Mas eu... eu não sei de nada.

Ela parecia ter muito menos do que seus vinte e cinco anos. Se não soubesse, ele podia ter achado que tinha treze.

— Algum problema se nos encontrássemos pessoalmente para conversar?

— Eu... eu não estou bem. Eu... não acho que isso vai ser possível.

— Não seria nenhum incômodo para mim ir a sua casa, se isso ajuda — disse Strike.

— Não, eu... eu não acho que conseguiria... mas eu *quero* ajudar — sussurrou ela. — Eu quero mesmo. Então eu... pensei em ligar e... contar a você que... eu não sei de nada.

— Certo — disse Strike. — Bom, provavelmente é justo dizer a você, Kea, que há uma teoria por aí de que *você* é Anomia.

Não havia nenhuma necessidade de dizer que a teoria era de sua sócia.

— Eu... *o quê*?

— Que você é Anomia.

— Quem...? Ah, meu Deus... Josh... *Josh* acha isso?

— Ele quer que eu descubra quem é Anomia — disse Strike, evitando uma resposta direta. — Mas se você estiver muito mal para conversar comigo...

— Eu... ah... ah, Deus.

Uma tempestade de soluços secos se seguiu. Eles podiam ser verdadeiros; podiam não ser, mas não era trabalho de Strike confortá-la. Ele observou pombos voando contra o céu nublado até que finalmente Kea disse:

— Por que... por que eu não posso simplesmente contar a você *agora*? Eu não sei nada... Eu não sou Anomia. Eu nunca... *nunca*...

— Olhe, eu só queria dar a você uma oportunidade de se defender — disse Strike. — Eu também queria lhe mostrar algumas coisas...

— *Que* coisas?

— Fotografias — respondeu Strike, o que não era totalmente inverídico. Os prints que tirara dos posts dela no Twitter não deixavam de ser fotos. — E documentos — acrescentou ele, para adicionar um pouco de intriga extra. Documentos sempre pareciam assustadores.

— Bom, p-por que você não pode simplesmente enviá-los por e-mail?

— Porque são confidenciais — disse Strike.

Houve outra pausa longa.

— Eu... Está bem...

— Você vai me deixar ir até aí e conversar com você?

— É, eu acho... é.

— Que dia está bom para você? — perguntou Strike.

— Não esta semana — disse ela apressadamente —, eu estou muito doente. Hum... talvez na quinta-feira da semana que vem?

Esse era o dia do lançamento de Madeline. A viagem de ida e volta de cinco ou seis horas até King's Lynn antes do evento não era conveniente para Strike, mas como sua prioridade era excluir o maior número possível de suspeitos de serem Anomia, ele disse:

— Ótimo. Bom, eu vou de Londres, então poderia estar com você por volta das 11h, se estiver tudo bem para você.

— Está — sussurrou Kea. — Tudo bem, então.

— E mantenha isso entre nós, por favor — acrescentou Strike

— Para quem... para quem eu contaria?

— Só estou dizendo que falar de nossa investigação vai atrapalhá-la, e, como você pode imaginar, Josh deseja muito que tenhamos sucesso.

Depois de desligar, Strike enviou uma mensagem para Robin para contar a ela que tinha marcado a entrevista e recebeu uma única palavra de resposta: "Ótimo."

Strike tinha acabado de guardar o telefone no bolso quando Nutley, que devia estar com Upcott sob vigilância, ligou.

— O que foi? — perguntou Strike.

— Estou em cima do rapaz, certo?

— O que você quer dizer? — disse Strike, tentando não parecer muito irritado.

— O velhote acabou de sair de casa.

— De cadeira de rodas?

— Não, andando com uma bengala. E está falando no telefone.

— Fique onde está a menos que o filho saia — disse Strike. — E os outros membros da família?

— A mulher saiu com a garota há cerca de meia hora, de carro.

— Está bem, você está em cima de Gus.

— Entendido.

Nutley desligou.

Wally e MJ tinham agora conseguido convencer um grupo de estudantes chineses a falar com eles. O homem tatuado, ou Thurisaz, como Strike o apelidara mentalmente, tinha desaparecido do banco. Strike foi deixado pensando em Inigo Upcott, caminhando com bengala com as pernas estropiadas, agora que sua mulher tinha saído, para fazer uma ligação onde o único membro da família que permanecia em casa não pudesse perturbá-lo.

Ele tornou a ligar para Nutley.

— Siga o velho.

— O quê?

— Siga-o. Você ainda consegue vê-lo?

— Consigo, ele não está andando depressa.

— Bom, vá atrás dele. De preferência, descubra sobre o que ele está falando.

Depois de desligar outra vez, Strike perguntou a si mesmo o que ele estava fazendo e não descobriu nenhuma boa resposta. Ele não gostava de pressentimentos ou intuições, que, em sua opinião, eram geralmente preconceito ou adivinhação às cegas. Ainda assim, ele sabia que se estivesse vigiando a casa dos Upcott, teria ido atrás de Inigo.

Enquanto isso, no Saucy Sausage, Robin, que agora estava na quarta xícara de café, tinha conseguido pela primeira vez fazer contato direto com o moderador chamado Endiabrado1, com quem nunca tinha falado antes em um canal privado, e a quem ela convenceu a fazer isso expressando frustração com uma das tarefas mais difíceis do jogo.

**PatinhasdaBuffy**: Eu tentei tudo. TENTEI ABSOLUTAMENTE TUDO

**Endiabrado1**: rsrs

**Endiabrado1**: você não é a única. Estamos sempre tendo congestionamentos na tumba de Wombwell

**PatinhasdaBuffy**: Me ajude

**Endiabrado1**: você precisa tentar Drekismos.

**PatinhasdaBuffy**: Já tentei todos

**Endiabrado1**: é um obscuro. Experimente pensar no que Drek diria se um leão de pedra não o deixasse passar

**PatinhasdaBuffy**: ?

**PatinhasdaBuffy**: Eu devia estar trabalhando, mas tudo em que consigo pensar é em como passar por um leão de pedra

**Endiabrado1**: Dica: temporada 2, episódio 3

**PatinhasdaBuffy**: está bem, isso vai ajudar, mas se for demitida por assistir ao Coração de nanquim no trabalho a culpa é sua

**Endiabrado1**: rsrsrs por que você está trabalhando? É um feriado bancário

**PatinhasdaBuffy**: é uma pequena empresa, não tem que respeitar as regras de feriado bancário

**PatinhasdaBuffy**: você conseguiu o dia de folga?

**Endiabrado1**: sim mas não

**PatinhasdaBuffy**: ?

**Endiabrado1**: eu tirei o dia de folga, mas nosso querido líder quer que eu fique aqui moderando até as 18h

**Endiabrado1:** castigo por ir assistir à partida de futebol no sábado

Robin escreveu: "Endiabrado1 é torcedor de futebol" em seu caderno. Aleatoriamente, ela sugeriu:

**PatinhasdaBuffy:** M********* U*****?

**Endiabrado1:** ha, não, mas adorei ver o WBA derrotá-los.

**Endiabrado1:** Você torce para o M** U?

Robin não tinha nenhum interesse em futebol, mas, decidindo que o Google seria seu amigo se ela precisasse fingir um interesse, digitou:

**PatinhasdaBuffy:** sim

**Endiabrado1:** rsrs sinto muito então

**PatinhasdaBuffy:** vc?

**Endiabrado1:** para os B******

Robin pegou o telefone e fotografou a conversa.

**PatinhasdaBuffy:** por que Anomia não gosta que você assista à partida?

**Endiabrado1:** Eu esqueci que devia estar moderando, então Corella teve de fazer tudo sozinha o dia inteiro

Lembrada que devia estar vigiando a casa dos Weatherhead, Robin tornou a olhar pela janela do café.

Uma mulher jovem estava andando de forma lenta e pesada pelo caminho do jardim. Tinha cabelo louro-escuro farto e comprido, e usava um cardigã que ia até o joelho e que não conseguia disfarçar o excesso de peso que carregava. Robin não conseguiu ver seu rosto, porque a mulher olhava para baixo, mexendo no celular. Depois de abrir a porta do jardim, a mulher que Robin presumiu ser Yasmin saiu para a calçada e parou, ainda concentrada em seu telefone.

Robin tornou a olhar para a tela de seu iPad. Endiabrado1 ainda estava enviando mensagens para ela.

**Endiabrado1:** Fui ameaçado com a perda do status de moderador e tudo mais

**Endiabrado1:** você conhece o lema dele

— A conta, por favor — pediu Robin à garçonete, remexendo em sua bolsa para pegar dinheiro.

Do outro lado da rua, Yasmin havia erguido o rosto, que era pálido, achatado e redondo, e agora estava observando o tráfego que vinha em sua direção. Enquanto a garçonete pegava a conta, Robin respondeu a Endiabrado1 apressadamente.

**PatinhasdaBuffy:** que lema?

**Endiabrado1:** oderint dum metuant

**Endiabrado1:** você deve ter ouvido ele dizer isso

**Endiabrado1:** ele diz isso a porra do tempo todo

Robin tirou apressadamente uma foto dessa interação também.

**PatinhasdaBuffy:** merda, meu supervisor está aqui

>

`Endiabrado1: está bem, até mais`

`<O canal privado foi fechado>`

Robin enfiou o iPad na bolsa, pagou a conta e saiu do Saucy Sausage com o celular na mão.

Um Ford Fiesta vermelho-escuro estava reduzindo a velocidade, dirigido por um homem branco que Robin não reconheceu. Erguendo o celular, Robin filmou Yasmin sorrindo e acenando para o motorista. O carro parou a sua frente, ela entrou, e eles foram embora. A placa, percebeu Robin, terminava com as letras CBS, que por acaso eram as iniciais de Strike.

# 42

*Bem, ele tinha algum direito*
*De seu lado, provavelmente; homens sempre têm,*
*E eles dão totalmente errado.*

Elizabeth Barrett Browning
*Aurora Leigh*

Depois de uma ausência de trinta minutos, o homem tatuado reapareceu em Whitehall Gardens, agora falando no celular e circulando entre canteiros de flores e bancos. Strike, que estava sentado em um banco, dando uma folga a si mesmo, mais uma vez recuou para trás da estátua de Henry Bartle Frere, com a perna latejando e torcendo para que os YouTubers logo tivessem material suficiente de estrangeiros desconcertados para fazer uma pausa para almoçar.

Como esperado, perto das 13h, Wally e MJ pararam de filmar. Strike, que agora estava usando óculos escuros e fingindo uma conversa ao telefone, observou Wally guardar o microfone, pegar o telefone e começar a digitar no celular. Nesse momento, finalmente o homem alto, tatuado e barbado caminhou deliberadamente na direção de Wally e o cumprimentou.

O detetive estava longe demais para ouvir o que estava sendo dito, mas ele podia ter jurado que viu os lábios de Thurisaz formarem as palavras "grande fã". Thurisaz e Wally apertaram as mãos e, em seguida, conversaram por dez minutos, os dois rindo com mais frequência à medida que a conversa avançava, a expressão de MJ tornando-se progressivamente menos feliz.

Finalmente, Strike viu uma proposta ser feita. Wally pareceu ávido para aceitá-la. Ele se voltou para MJ, que sacudiu a cabeça. Depois de mais alguns minutos de conversa, MJ partiu na direção oposta dos outros dois, carregando sua câmera de vídeo, enquanto Wally e Thurisaz deixaram os jardins e foram na direção da Villiers.

Strike estava seguindo por menos de um minuto, tentando ignorar a dor crescente em sua perna, quando seu celular tocou mais uma vez: era Robin.

— Anomia entrou no jogo há dez minutos, mas está inativo. Presente, mas sem falar, apenas pairando por lá. Ele pode estar falando com alguém em um canal privado, mas esse é o detalhe importante que Barclay acabou de me informar por mensagem de texto: Tim Ashcroft está sentado em um café digitando em um laptop. Ele começou a digitar há cerca de dez minutos.

— Bom, vou empatar com Barclay e contar para você sobre um provável supremacista branco — arquejou Strike, que estava se esforçando para não mancar de forma muito óbvia. — Há cerca de dez minutos, Cardew começou a digitar em seu celular, mas foi interrompido por um cara enorme e tatuado que o seguiu por toda a manhã e que eu apostaria mil libras que é um membro remunerado da Irmandade da Suprema Thule.

— Sério?

— É — arquejou Strike, que estava se esforçando para acompanhar o passo dos dois homens à frente. — Ele tem uma runa tatuada no pomo de adão. Acho que estou testemunhando uma tentativa pessoal de recrutamento. MJ foi dispensado, e Cardew e o homem da runa estão andando em direção a um segundo local. Alguma notícia dos outros?

— Não. Preston Pierce saiu para comprar pão e voltou para casa. Montgomery passou o dia inteiro em seu apartamento. Não tenho notícias de Nutley, então suponho que Gus também esteja em casa.

— Nutley não está mais em cima de Gus.

— Você não o demitiu outra vez? — perguntou Robin ansiosamente.

— Não, ele está seguindo ordens. Eu explico depois.

— Está bem — disse Robin. — Daqui a pouco vou enviar um vídeo para você. Não é urgente.

— Vou olhar assim que estiver parado. Mantenha-me informado sobre Anomia.

Strike desligou.

A dupla que estava seguindo entrou em um beco estreito chamado Craven Passage e se dirigiu para um pub de nome Ship & Shovell, que, na verdade, era um pub em duas metades, que davam de frente uma para a outra de cada lado do beco. Os dois estabelecimentos tinham portas e molduras de janelas vermelhas, e exibiam placas idênticas mostrando um marinheiro gordo e de peruca do século XVII. Wally e Thurisaz entraram no bar da direita.

Aliviado por parar de andar, Strike esperou cinco minutos e fumou um cigarro do lado de fora do pub antes de entrar.

Havia reservados de madeira enfileirados de um lado do pequeno bar, que estava muito cheio. Wally, Thurisaz e um terceiro indivíduo de quem Strike não conseguia ver nada além da manga de um paletó de veludo, devido ao fato de haver três turistas alemães no caminho, estavam em um dos reservados mais perto da porta.

Depois de comprar um pint de cerveja Badger, Strike encontrou um espaço para ficar o mais perto do reservado possível sem estar à vista direta de nenhum de seus alvos. O zumbido alto do pub abafava a maior parte de sua conversa, mas, graças a anos de muita prática, o detetive conseguiu se desconectar de parte do clamor que o cercava e captar uma pequena quantidade do que estava se passando entre os homens nos quais estava interessado.

A voz de Thurisaz era inesperadamente delicada. O homem de paletó de veludo parecia ser de classe média alta e estava no momento elogiando Wally por sua produção no YouTube, demonstrando um conhecimento profundo dos vídeos de Cardew, o que ele deve com certeza ter achado muito lisonjeiro. Em certo ponto, Wally adotou o falsete de Drek:

— *Tu num é um fidapua, cara!*

Seus dois companheiros deram a gargalhada esperada.

Depois de algum tempo, pratos de comida foram servidos na mesa de Wally. O pub estava ficando ainda mais cheio. Strike, que cada vez ouvia menos sua conversa, pegou o telefone e abriu o vídeo que Robin tinha lhe enviado.

Ele observou enquanto a garota pálida e acima do peso de cardigã preto comprido sorria e acenava para o motorista do Ford Fiesta vermelho-escuro, que parou, então tornou a partir com Yasmin no banco do carona. Com um leve franzir de cenho, Strike voltou o vídeo e tornou a assistir, então uma terceira vez. Ele pausou o vídeo no ponto em que o perfil do motorista estava mais evidente, então ampliou a imagem, examinando-a por quase um minuto antes de escrever para Robin:

O motorista do carro em seu vídeo é Phillip Ormond

A resposta dela chegou pouco mais de um minuto depois.

Ah, meu deus

Sabia que havia alguma coisa errada em sua reação quando a mencionei. Vamos precisar ver isso. O que Anomia está fazendo?

No jogo, mas ainda sem se movimentar ou falar. Barclay diz que Ashcroft ainda está digitando. Onde está Cardew?

No pub, flertando com a extrema direita

Endiabrado1 acabou de me dizer que o lema favorito de Anomia é oderint dum metuant

"Que eles odeiem, desde que temam"

Faz sentido. Também tive uma conversa privada mais cedo com Endiabrado1. Que time de futebol seriam os B******?

Os Brancos = Leeds United. Tb conhecido como os P*****

Os o quê?

Vou deixar que você descubra

Com um leve sorriso, Strike guardou o celular novamente no bolso, descansando quase todo o seu peso no pé verdadeiro e tentando ignorar a extremidade dolorida de seu coto e seu tendão latejante.

Um grupo de recém-chegados agora estava se aglomerando perto de Strike, falando no que ele achou que pudesse ser finlandês. Aproveitando a aparente necessidade de sair de seu caminho, ele chegou mais perto do reservado e conseguiu captar frases e trechos do que o homem de paletó de veludo estava falando, que parecia um discurso de vendedor.

— ... quero dizer, onde isso deixa o humor? Bom, você sabe disso melhor do que qualquer... eu como um realista racial. Você leu Jared Taylor? Devia ler, é tudo... cancelamento, marginalização, substituição... escute, você é um mestre... desse conecta com uma base ampla... mudar a cultura... discurso aceitável...

Strike apoiou o peso hesitantemente sobre a perna falsa. Ele precisava fazer xixi. Quando voltasse do banheiro, ia tentar tirar uma foto das companhias de Wally usando um espelho convenientemente posicionado.

O detetive deu um único passo na direção da escada que levava ao porão, mas não avançou mais. Seu pé falso tinha se prendido na alça de uma bolsa no chão, colocada ali por uma das mulheres finlandesas. Tentando em vão se equilibrar, a mão de Strike deslizou da estrutura de madeira do reservado de Wally; ele caiu em cima de um dos homens finlandeses, que deu um grito de surpresa enquanto era derrubado para o lado e caía pesadamente no chão. Milagrosamente, o copo vazio de Strike não se quebrou, mas saiu rolando.

Todo o pub tinha se virado para olhar. Assegurando-se de manter o rosto virado para longe do grupo no reservado, o humilhado Strike dispensou com um aceno a multidão de mãos oferecidas para ajudá-lo a se levantar. Ele podia dizer, pelas perguntas solícitas dos finlandeses, que falavam todos um inglês perfeito, que a barra de metal de sua prótese tinha sido revelada na queda. Furioso, ele conseguiu se levantar e saiu mancando na direção da escada íngreme, na qual o coto agora trêmulo mal conseguia aguentá-lo.

Quando entrou no banheiro, cambaleou até um cubículo, trancou a porta, baixou a tampa da privada e se sentou sobre ela, com a respiração acelerada, os dedos arrumando a perna da calça. O joelho de seu coto, que tinha recebido a maior parte do impacto da queda, já estava inchando. Ele examinou a parte de trás da coxa com os dedos: seu tendão parecia ter arrebentado outra vez. A dor chegava em ondas, com um toque de náusea. Ele se repreendeu por não ter percebido a bolsa. Aquilo não teria acontecido se seu pé verdadeiro tivesse ficado preso nela: foi a total falta de sensações que acabou com ele.

Ele ouviu a porta do banheiro se abrir do lado de fora, rezou para quem quer que fosse não querer fazer cocô, e ouviu com alívio o som de urina atingindo o mictório. Erguendo-se novamente de pé, ele tornou a levantar a tampa do vaso sanitário e também fez xixi, com uma das mãos apoiando-o contra a parede do cubículo.

Não era uma caminhada longa dali até o escritório, mas duvidava que conseguisse fazer isso sem causar mais danos a si mesmo, então teria de ser um táxi. Ele abriu a porta do cubículo.

Olhando para ele, claramente a sua espera, estava o homem barbado e marcado por uma runa que ele seguira desde a casa de Wally. Alto e forte, exalando agressividade, Thurisaz olhava sem piscar nos olhos do detetive, então deu um passo à frente, deixando os dois cara a cara.

Três segundos se passaram, mais do que levara para o veículo no qual estava viajando o sargento Strike, da Polícia Militar Real, explodir, arrancando metade de sua perna; tempo o bastante para Strike deduzir que seu amigo barbado tinha evidentemente o notado em algum ponto, durante todas as suas horas seguindo o mesmo alvo; muito tempo para um ex-boxeador talentoso interpretar a forma como aquilo ia se desenrolar. Outros podiam ter dito "com licença" ou "tem algum problema?", podiam até erguer as mãos em rendição submissa e sugerir que resolvessem as coisas na conversa, mas a amígdala de Strike tinha assumido o controle, enchendo-o de adrenalina, que, temporariamente, eliminava a dor excruciante.

Ele fingiu um golpe com a esquerda contra a cabeça de Thurisaz, que desviou e, em seguida, golpeou Strike, mas tarde demais: Strike o havia atingido com força no plexo solar com a direita. Ele sentiu seu punho se afundar na barriga macia do homem, ouviu a respiração deixar seus pulmões em um assovio agudo, observou-o se dobrar e satisfatoriamente escorregar no que podia ser seu próprio mijo no chão. Sem conseguir respirar, Thurisaz caiu sobre um joelho, e Strike partiu coxeando na direção da porta.

Com o rosto agora distorcido de dor, porque o giro envolvido no soco tinha pressionado a extremidade inflamada de seu coto contra a prótese, Strike subiu a escada, ansioso para chegar à rua antes que Thurisaz recuperasse o fôlego. Wally e o paletó de veludo tinham desaparecido; evidentemente o cão de ataque tinha sido enviado para cuidar do homem que parecia estar vigiando-os enquanto eles se retiravam.

Qualquer que fosse a divindade que oferecia pequenas clemências depois de lambanças, ela estava sorrindo para Cormoran Strike. Um táxi preto chegou pela Craven Street quando o detetive emergiu, com o rosto suado, da Craven Passage, de braço erguido.

— Denmark Street — disse ele, arfando, agarrando a maçaneta da porta e se jogando para dentro.

Quando o táxi se afastou do meio-fio, Strike olhou para trás, pela janela traseira, bem a tempo de ver Thurisaz emergir do beco correndo, olhando loucamente de um lado para outro da rua. Seus lábios nitidamente formaram a palavra "merda". Strike tornou a virar o rosto para a frente. Ele sabia que tinha machucado a perna muito além do ponto em que conseguia andar sobre ela. A perspectiva de subir três lances de escada de metal até seu apartamento no sótão era apavorante: havia boa chance de que tivesse de subir de costas, sentado no chão, como uma criança pequena.

Seu telefone tornou a tocar. Esperando Robin, ele o pegou no bolso para ver o número de Nutley.

— Oi — disse Strike, tentando fazer com que sua voz não revelasse o quanto estava sofrendo. — O que está acontecendo?

— Consegui algumas coisas sobre o coroa de bengala — informou Nutley, que parecia satisfeito consigo mesmo. — O sr. Upcott.

— Pode falar — retrucou Strike, enquanto o suor percorria seu corpo em ondas.

— Ele está pulando a cerca — disse Nutley. — Ele ficou no telefone com ela por quase cinquenta minutos. Nós fomos parar em um café. Fiquei de costas para ele e pude ouvir quase tudo.

— Como você sabe que era uma mulher do outro lado?

— Bom, isso é fácil de dizer, não é? — respondeu Nutley. — O tom de sua voz. "Minha criança querida." "Escute, meu bem." Pareceu que ela estava preocupada que eles tivessem sido descobertos. Ela falava bem mais que ele. Ele a estava tranquilizando. Eu tomei algumas notas — disse Nutley, como se isso fosse algo que só teria ocorrido a um homem de iniciativa extraordinária. — "Você não precisa se preocupar." "Eu vou cuidar disso." "Quanto a mim, tenho tudo sob controle." Parecia que ela estava bem assustada com alguma coisa. Provavelmente seu marido. "Você não tem que se culpar por nada."

— Você acha que ele percebeu você?

— Bom, ele olhou para mim quando estava saindo do café, mas fora isso...

— Saia daí.

— Eu não acho que ele vai...

— Saia daí — repetiu Strike, com mais agressividade. Ele não queria dois membros da agência ficando identificáveis para seus alvos; um erro gigantesco no dia era suficiente. — Você não vai mais poder vigiar os Upcott.

— Se eu não o tivesse seguido até o café, eu não teria ouvido...

— Eu sei disso — disse Strike. Era extremamente tentador redirecionar a raiva que sentia de si mesmo para Nutley, mas ele precisava do idiota. — Daqui para a frente, você pode cobrir um dos outros suspeitos. Bom trabalho por ouvir a ligação — acrescentou ele entre os dentes cerrados.

Mais calmo, Nutley desligou. Strike se encostou no táxi, enquanto a dor em sua perna direita percorria todo o corpo, e ficou tentado a oferecer ao motorista de táxi cinquenta libras para circular com ele por um tempo, só para que pudesse manter o peso fora de seu coto por mais alguns instantes.

# 43

*Então pare por reprovação severa de carregar*
*De pesares frescos o oprimido;*
*Não encha de espinhos a estrada irregular*
*Daquele que arqueja por descanso.*

Mary Tighe
*To*____________

Considerando a carga de trabalho na agência e a iminência do retorno tanto de Aliciador quanto de Dedos ao Reino Unido, Strike não poderia ter encontrado um momento pior para se colocar fora de ação, mas outras ramificações possíveis de seu trabalho desastrado de vigilância sobre Cardew o incomodavam ainda mais do que a carga de trabalho adicional que estava colocando sobre seus colegas. Havia a possibilidade de Thurisaz, suposto membro da Irmandade da Suprema Thule e, talvez, do Corte, ter identificado Strike como detetive particular. Esse medo o levou a ligar para o detetive Ryan Murphy na manhã seguinte e informar a ele o que tinha acontecido.

— Eu tenho fotos do cara com a runa no pescoço e posso enviá-las — concluiu Strike, em uma tentativa de aliviar a impressão de incompetência deixada por uma história que não soara menos embaraçosa ao ser contada. — Como eu disse, estava tentando tirar uma foto do cérebro do grupo, mas caí antes de ter a chance de fazer isso.

— É, eu gostaria dessas fotos, obrigado — disse Murphy. — Diz muito ele não ter procurado a polícia por você tê-lo socado.

— Eu... hã, tenho consciência de que estou informando sobre uma agressão — disse Strike, que avaliara a conveniência de fazer isso antes da ligação.

— Eu não ouvi nada — garantiu Murphy.

— Que bom — disse Strike.

— O que você consegue se lembrar do terceiro cara?

— Eu só vi seu paletó de veludo. Nunca consegui ver bem o seu rosto. Sotaque de classe média alta. Articulado.

Strike tornou a ouvir o som de teclas de computador. Finalmente, Murphy disse:

— Está bem, me dê um segundo.

Strike ouviu passos e supôs que Murphy estivesse levando o celular para fora do alcance da audição de seus colegas, então ouviu o som de uma porta se fechando.

— Está bem — disse Murphy finalmente no ouvido de Strike. — Sua agência tem sido muito útil para nós, por isso vou compartilhar uma coisa. Confio que não vai sair daqui.

— Entendido — concordou Strike.

— O Corte mudou o jeito com que estão se comunicando, ainda na dark web, mas o MI5 gravou uma conversa ontem à noite sobre eles acharem que um policial disfarçado tinha seguido um deles até um pub onde estavam tentando recrutar o que chamam de "face". Nós achávamos que eles tinham perdido o interesse em Cardew... obviamente, não é o caso. O cara que o encarou no banheiro devia apenas segurar você, para dar a Cardew e ao outro homem tempo para escaparem. Ele levou uma bronca por pegar pesado demais.

"Atualmente, eles não sabem quem você é. Acho que você conseguiu se safar, mas eu ainda o aconselharia a tomar cuidado com sua segurança daqui em diante. Qualquer pacote não solicitado, ligue para nós."

Então Strike foi forçado a informar a Pat e aos subcontratados que havia uma pequena possibilidade de que ele tivesse transformado a agência em alvo de um grupo terrorista de extrema direita. Ele não esperava que a notícia elevasse o moral da equipe, e tinha boa desconfiança do que seus funcionários podiam estar falando a respeito dele depois que se retirou para seu sótão, onde aplicou pomadas tópicas na extremidade de seu coto, esfregou gel anti-inflamatório no tendão, continuou a aplicar bolsas de gelo e pediu a Deus para que a coisa toda sarasse em breve.

Apesar de Robin ser sócia da firma, Strike ainda era visto como o chefe pelos subcontratados — era, afinal de contas, seu nome gravado na porta externa de vidro —, e fosse por essa razão ou porque eles tinham receio de externar sua insatisfação com um homem de uma perna só agora preso em um sótão, foi Robin quem absorveu a maior parte de seu ressentimento.

— Olhe, espero que ele esteja bem — disse Dev a Robin em tons entrecortados, ligando de Hampstead, onde os Upcott permaneciam ocultos por trás das paredes de sua casa. — Mas isso não nos ajudou em nada, não é?

— Eu só espero que ele esteja procurando mais alguém para nós — disse Midge, mal-humorada, ao telefone de Lancashire. Tim Ashcroft estava fazendo uma turnê de uma semana por escolas do Norte com os Roving School Players, e Midge estava atrás dele, levando algumas perucas consigo. — Porque não podemos continuar assim.

— Aquele louco filho da puta devia ter nos contado que sua perna estava ruim — resmungou Barclay quando ele e Robin se encontraram junto da chaleira do escritório.

— Ele não caiu de propósito — retrucou Pat de sua mesa atrás deles antes que Robin pudesse responder.

Robin e Barclay se viraram para olhar para a gerente do escritório. Era a primeira vez que os dois a ouviam defender Strike.

— O quê? — perguntou ela, com o cigarro eletrônico preso entre os dentes. — O que *você* ia achar de ficar preso no andar de cima pulando em uma perna só?

— Eu daria a porra de minha perna direita para ter uma folga agora — disse Barclay com azedume, então, abandonando a caneca na qual tinha começado a fazer chá, ele foi embora.

— Sujeito ingrato — resmungou Pat conforme os passos de Barclay se afastavam pela escada. — Ele deu um emprego a Barclay, não foi?

— Todo mundo está estressado, isso é tudo — disse Robin, que também estava exausta. Tentar jogar o *Drek's Game* enquanto mantinha suspeitos sob observação a estava levando ao limite. — A mulher de Sam está aborrecida com o número de horas que ele anda fazendo.

— Por falar nisso, você recebeu outra ligação daquele Hugh Jacks — disse Pat. — Ele parecia achar que eu não tinha dado o outro recado.

— Ah, pelo amor de Deus — retrucou Robin, irritada. — Desculpe. Vou ter que ligar para ele e explicar.

Ela levou seu chá para o escritório interno e fechou a porta, muito aborrecida por Hugh Jacks ter acrescentado mais um item a sua lista de coisas a fazer, que já parecia absurdamente grande. Ela checou o *Drek's Game*, percebeu que a única moderadora presente era Páginabranca, fez algumas tarefas para garantir que PatinhasdaBuffy não fosse repreendida por não se movimentar e, então, voltou para uma conta no Instagram que estava examinando por iniciativa própria: a de Christabel Ross, a filha de catorze anos de Jago Ross com a primeira mulher.

Como Strike, Robin desconfiava que Ross estava tomando todas as precauções contra ser fotografado em alguma situação comprometedora. Ela tivera a ideia de investigar suas filhas mais velhas devido ao monitoramento sem fim de mídias sociais que o caso de Anomia exigia. Ela se sentiu um pouco mal por fazer isso, mas Ross era supostamente uma ameaça ainda maior para a capacidade de a agência funcionar do que o Corte, e ela ignorara as reclamações de sua consciência.

Ela encontrara Christabel no Instagram com facilidade, cruzando referências de fotografias da família Ross que tinham aparecido na imprensa. Uma foto antiga do aniversário de quarenta anos de Jago tinha sido especialmente útil: ela a encontrou no site da Tatler e nela aparecia Jago, uma Charlotte com gravidez avançada, linda como sempre, e as três meninas de seu primeiro casamento, todas as quais tinham herdado seu cabelo louro-claro, rostos estreitos e maçãs do rosto salientes. A mais velha não fizera nenhum esforço para sorrir para a câmera, e Robin, examinando a foto com muita atenção, viu que, a menos que aquilo fosse um efeito da luz, os nós dos dedos de Jago estavam brancos devido à pressão com a qual ele a estava segurando pelos ombros magros.

A página no Instagram de @christy_ross estava cheia de selfies, fotos do baterista Ashton Irwin, por quem ela parecia ter um crush enorme, e fotos de colegas de escola fazendo caras engraçadas. Entretanto, também havia diversos itens republicados de outras contas do Instagram, todos com temas extremamente parecidos.

**O bode expiatório é a criança que ousa**
**discordar do pai narcisista.**

UM PAI AUSENTE É MELHOR
QUE UM PAI TÓXICO.

Algumas pessoas são postas em sua vida para mostrar o que não é o amor.

Antes que pudesse avançar com sua investigação das atividades de Christabel na internet, o celular de Robin tocou.

— Desculpe — disse Strike. Ele se sentia tão culpado no momento que estava desenvolvendo uma tendência a começar todas as interações verbais com essa palavra. — Eu estava me perguntando se você teria tempo para uma rápida conversa entre sócios.

Então Robin levou sua caneca de chá para o andar de cima com o iPad na outra mão e bateu à porta de Strike no sótão usando delicadamente o cotovelo.

Strike abriu a porta de muletas, a perna direita da calça presa com alfinetes. Sua pele tinha uma aparência cinzenta, exagerada pelo fato de que ele não tinha se barbeado.

— Desculpe — repetiu ele.

— Sem problema — disse Robin.

O apartamento de Strike no sótão, que tinha uma cozinha, um quarto e um banheiro muito pequeno com um vaso sanitário e um chuveiro, estava, como sempre, limpo e arrumado. Havia apenas dois objetos de valor decorativo ou sentimental. O primeiro era uma foto de escola de seus três sobrinhos, que sua irmã Lucy mandara para ele. Strike não gostava nada de Luke, o mais velho, e era mais ou menos indiferente ao mais novo, Adam, mas como gostava muito de Jack, de doze anos, ele botara a foto em cima do gaveteiro em seu quarto, ainda na moldura de papelão. O único outro item não funcional em seu apartamento era uma fotocópia do trabalho detalhadamente escrito e ilustrado à mão de três páginas sobre a Batalha de Neuve Chapelle, que agora estava preso com fita nos armários da cozinha. Esse trabalho de casa dera ao sobrinho favorito de Strike uma nota 10 na última tarefa de História, e os parabéns e o entusiasmo de Strike levaram Lucy a lhe enviar a fotocópia colorida.

— Isso é de Jack? — perguntou Robin, parando para olhar. Ela ficara ao lado do leito de Jack no hospital com Strike enquanto o garoto lutava contra a infecção que o pusera em tratamento intensivo, e, consequentemente, tinha um interesse pessoal por ele.

— É — respondeu Strike, entre um sorriso e uma careta ao se sentar em uma das cadeiras junto a sua pequena mesa na cozinha. — Bom, não é?

— É ótimo — disse Robin, sentando-se em frente a ele. O laptop de Strike estava aberto sobre a mesa, e Robin apoiou o iPad atrás dele, com o *Drek's Game* ainda rodando.

— Estou tentando encontrar outra pessoa para subcontratar. Nada está funcionando. Vamos ter que abandonar um caso.

Robin, que estava pensando a mesma coisa, disse rapidamente:

— *Não* Anomia.

Strike hesitou.

— Olhe, eu também quero manter Anomia, embora esse seja o que ocupa a maior parte da mão de obra.

*Foi acrescentar o marido de Charlotte que nos ferrou*, pensou Robin, embora tenha se contido para não dizer isso.

— Está bem, se você não quer largar Anomia, vai ter que ser Aliciador — disse Strike. — De qualquer jeito, a cliente está ficando muito irritada. Falei com ela pelo telefone ontem. Ela quase sugeriu que armássemos alguma coisa para o cara. Ele é um pervertido, nós provamos que ele é um pervertido, mas não estou disposto a plantar drogas nele. De qualquer forma, não quero perder Dedos, o dinheiro é bom demais.

— Está bem — disse Robin. — Isso faz sentido. Você liga para a mãe de Pernas, ou...?

— É, eu faço isso. Alguma notícia de Midge?

— Não muito. Ashcroft digita muito em cafés — disse Robin. — O que coincidiu duas vezes com a presença de Anomia no jogo, então ainda não podemos descartá-lo, infelizmente... Como está indo o site de Spanner, por falar nisso?

Strike virou o laptop de frente para ela.

**Arte e Teatro nas Escolas**

Principal recurso do Reino Unido para usar artes e teatro como ferramenta em múltiplas disciplinas, o ATE fornece materiais de aprendizado e oficinas em todos os níveis, da educação primária à superior.

Spanner tinha feito um trabalho muito convincente. Robin desceu a tela da home do site, que exibia muitas fotos de apresentações teatrais e algumas citações de atores que diziam ter trabalhado com o ATE.

— São todas fotos de arquivo — disse Strike. — E as entrevistas com atores foram recortadas e coladas de outras publicações. Se você clicar em "Quem somos nós"...

Robin fez isso e encontrou uma lista curta de pessoas que supostamente administravam o ATE. Uma fotografia, com o nome Venetia Hall na legenda abaixo, estava faltando.

— Spanner precisa de uma foto sua com peruca — disse Strike.

— Está bem, vou providenciar isso — assentiu Robin, tomando nota.

— E ele também criou um perfil no Twitter para Venetia e comprou cinco mil seguidores para ela.

— Ele fez o quê?

— Comprou para você cinco mil seguidores — repetiu Strike. — Eu também não sabia que isso existia, mas vai acrescentar credibilidade se Ashcroft ficar desconfiado o bastante para verificar Venetia além do site.

— Está bem. E Kea Niven? Você prefere que eu vá a King's Lynn?

— Não, vou estar bem até lá, é daqui a mais de uma semana — disse Strike. — Você entrou na página dela no Tumblr ultimamente?

— Não — disse Robin. — Por quê?

Strike virou o laptop outra vez para si mesmo, digitou algumas palavras e o virou para ficar novamente de frente para Robin, que leu:

Então na semana passada me pediram para fazer uma coisa que vai me causar sérios abalos mentais e impactar negativamente em meu bem-estar físico e mental. Isso está associado a um trauma sério pelo qual passei recentemente e que acredito não ter processado totalmente. Na verdade, acredito que agora estou com sintomas de transtorno de estresse pós-traumático.

Por experiência, sei que me colocar no tipo de provação à qual estou sendo submetida vai ter efeitos catastróficos em minha saúde. E, mesmo assim, concordei em fazer algo que sei que vai me fazer mal.

Já escrevi antes sobre como estou tentando descobrir como existir de um jeito menos sacrificante, tentando encontrar mecanismos saudáveis para garantir meus limites de segurança. A sociedade nos diz que, para sermos uma pessoa "boa", devemos nos concentrar nas necessidades das outras pessoas em vez das nossas. Como todas as pessoas com doenças crônicas, eu me repreendo todo o tempo por não ser capaz de lidar com coisas que pessoas saudáveis consideram totalmente naturais.

Um dos meus (muitos) problemas é que tenho TDAH, que vem com um grande extra chamado disforia sensível à rejeição. Minha distrofia simpático-reflexa é disparada por críticas que pessoas neurotípicas considerariam normais. Então quando me dizem (implicitamente) que sou egoísta/sem coração por não querer fazer uma coisa que vai me prejudicar, sou facilmente convencida, embora saiba que estou sendo manipulada.

É, então eu acho que estar constantemente com dor/pensamentos suicidas não é o bastante. Obrigada à vida! Algum outro spoonie por aí tem conselhos?

#doençacrônica #spoonie #POTS #TDAH #DSR #alodinia #cfs #invisibilidade #deficiência #gatilhos #limites #DSR #capacitismo

Abaixo disso, havia duas notas:

spoonie-sara-j

Kea, por mais difícil que seja, você deve focar em VOCÊ!

jules-evola

Se mate.

— O que é um spoonie? — perguntou Strike quando Robin terminou de ler.

— Eu também tive que pesquisar isso — disse Robin. — É um termo para pessoas com doenças crônicas. Vem de um blog que alguém fez comparando ter energia finita a ter um certo número de colheres.

— Colheres? — repetiu Strike.

Apesar do cansaço, Robin sorriu de sua expressão confusa.

— Acho que a pessoa explicando o quanto eles ficam cansados simplesmente pegou um punhado de colheres para representar unidades de energia. De qualquer forma, Kea não deu para trás, deu? Isso é um bom sinal.

— Ainda não — disse Strike, pegando seus cigarros. Ele acendeu, jogou o fósforo no cinzeiro e acrescentou: — Você teve tempo para ler a anotação que Nutley fez sobre Inigo Upcott?

— Tive — disse Robin. — Obviamente *pode* ser um caso, mas pode também ser alguém para quem ele esteja dando conselhos ou agindo como mentor.

As anotações de Nutley não tinham sido especialmente úteis para reconstruir a conversa da qual ouvira apenas um lado porque eram muito esparsas. Ele tinha lido quase todas as suas observações para Strike pelo telefone.

— "Criança querida" é uma linguagem muito íntima para usar com alguém de quem você é mentor — disse Strike. — Embora eu duvide que a vida sexual de Inigo vá ser chave para solucionar esse caso...

Se Strike não estivesse parecendo tão esgotado e deprimido, Robin podia ter perguntado por que ele tinha, para começo de conversa, enviado Nutley atrás de Inigo. Talvez sua expressão tivesse revelado seus pensamentos, porque Strike continuou:

— Não sei por que mandei Nutley segui-lo. Me pareceu apenas que sair para fazer uma ligação onde tivesse a certeza de não ser ouvido por ninguém era um comportamento interessante.

O celular de Strike tocou. Robin, lendo o nome "Madeline" de cabeça para baixo, ficou imediatamente de pé e disse:

— Vou deixar você atender isso. Eu preciso mesmo fazer algumas coisas.

Strike teria escolhido deixar a ligação cair na caixa postal se Robin não tivesse se levantado. Ele não se animava muito com a ideia de mais um monólogo de quarenta e cinco minutos sobre como o lançamento ia com certeza ser um desastre, mas como não conseguiu pensar em uma razão para manter Robin falando, ele esperou até que a porta se fechasse às costas dela, então atendeu o telefone.

A ligação começou como todas as ligações de Madeline tinham começado nos últimos dias: com preocupação sincera sobre a perna de Strike e remorso e frustração verdadeiros por não poder ajudá-lo, ou, realisticamente, fazer com que ele ficasse em sua casa, devido às exigências atuais sobre ela. Longe de ficar aborrecido, Strike estava secretamente aliviado. Ele dissera a ela repetidas vezes que ficava melhor se deixado em seu apartamento no sótão, que ele montara para funcionar perfeitamente para um homem com apenas uma perna, e onde ele era autossuficiente.

— Você ainda está bem de comida? — perguntou Madeline ansiosamente.

— Pat está comprando para mim — disse Strike, o que era verdade. A gerente do escritório carregara sem reclamar bolsas de comida até o andar de cima para ele.

— Então, quando você acha que vai voltar a suas atividades normais?

— Espero que em alguns dias.

— Então você ainda vai conseguir me encontrar depois do lançamento na semana que vem?

— Se até lá eu estiver novamente sobre duas pernas...

— Você acabou de dizer que acha que vai estar bem em alguns dias.

— É, tenho certeza que vou — disse Strike, fazendo o possível para não soar irritado.

Madeline então embarcou, como esperado, em um novo monólogo sobre as atribulações que estava experimentando em relação a sua nova coleção de joias. Strike ficou sentado em silêncio, fumando e tentando não pensar em Robin.

# 44

*... mímicos exaustos, tirando a máscara,*
*discernem aquele rosto do qual eles mesmos logo se esqueceram,*
*e, sentados no colo da noite protetora,*
*aprendem com ela seus próprios segredos...*

Augusta Webster
*Medea in Athens*

Quinta-feira era o dia da eleição geral. Publicando pela primeira vez desde o assassinato de Edie Ledwell, o Caneta da Justiça informou a seus leitores que, se eles ainda considerassem votar em algum partido que não o Trabalhista, isso significava que eles não tinham nenhuma humanidade básica. Wally Cardew compartilhou um vídeo no qual o líder do Partido Independente do Reino Unido afirmava que imigrantes estavam indo para a Grã-Bretanha para fazer tratamento de HIV a um custo de vinte e cinco mil libras por vez. Com aqueles que invadiam sua linha de tempo com abusos e acusações de racismo e intolerância, Wally era desafiador e sarcástico, tuitando: "Os britânicos estão esperando pela porra de tratamento médico por causa dos fura-filas." Entre aqueles que enviaram seu apoio a Wally estava um usuário do Twitter chamado @jkett_IST, que enviou para Cardew a mensagem "continue contando a VERDADE. Mantenham a Inglaterra BRANCA".

Nessa noite, não havia aula de desenho vivo no North Grove, devido à eleição. A segunda aula noturna de Robin tinha sido muito menos frutífera do que a primeira: Preston Pierce não estava em lugar nenhum à vista, e em vez de um homem nu, tinham pedido à turma para desenhar uma coleção de cabaças secas e garrafas de vidro. Zoe dissera a Jessica que ia ficar no coletivo aquela noite para trabalhar como babá, então não houve uma repetição de sua caminhada noturna para casa e nenhuma oportunidade para mais confidências. Além da conversa com Zoe, Robin tinha falado o mínimo possível, na esperança de que as pessoas se esquecessem do sotaque londrino que ela usara na primeira aula.

Robin planejava passar a manhã do dia da eleição em casa, jogando o *Drek's Game*, depois votar, antes de assumir a vigilância sobre Wally Cardew à tarde e à noite. Entretanto, uma emergência pessoal totalmente imprevista estragou seus planos para o dia. Max, seu colega de apartamento, tinha uma consulta com o dentista e a deixou cuidando de seu velho dachshund, Wolfgang, que não comia nada havia vinte e quatro horas e tinha urinado na cama durante a noite, coisa que não fazia desde que era filhote. Wolfgang também se recusara a sair para andar naquela manhã, apenas tremendo na calçada quando Max o pôs no chão.

Vinte minutos depois que Max tinha saído, a respiração de Wolfgang ficou entrecortada e irregular. Sem conseguir falar com Max, que ela calculou que devia estar agora na cadeira do dentista, a preocupada Robin resolveu levar Wolfgang ao veterinário.

— Eu não sou a dona — disse ela, sentindo o nó na garganta. — Ele está no dentista, por favor, deixe-me ligar para ele.

Duas horas depois, Max e Robin assistiram, com lágrimas escorrendo pelo rosto, enquanto Wolfgang sacrificado. Deixando o desolado Max conversar com o veterinário sobre a cremação do animal, Robin foi até a área da recepção e fingiu estar olhando brinquedos de gato enquanto enxugava os olhos com a manga.

Seu celular tocou. Ainda fungando e com os olhos marejados, Robin o atendeu enquanto olhava fixamente para os brinquedos de gato.

— Oi — disse Ilsa.

— Oi — respondeu Robin tentando se compor. — Tudo bem com você?

— Tudo — disse Ilsa. — Você está bem? Sua voz parece engraçada.

— Eu... Wolfgang acabou de ser sacrificado. O cachorro de Max.

— Ah, sinto muito — disse Ilsa.

— Não, está tudo bem — respondeu Robin, pegando um lenço de papel no bolso. — Como estão as coisas com você?

— Bom, Nick e eu tivemos o dia de folga, então contei a ele sobre o bebê.

— Ah, graças a Deus — murmurou Robin. Ela estava incitando Ilsa a fazer isso em todas as ligações recentes entre elas. Ilsa agora estava com dezesseis semanas de gravidez, e Robin temia que Nick fosse mantido no escuro até Ilsa entrar em trabalho de parto. — Como ele recebeu a notícia?

— Ele ficou meio furioso e meio felicíssimo. Ele me acusou de não contar a ele porque ainda estava tentando castigá-lo por dizer que eu trabalhava demais e devia ter relaxado depois de perder o último. Eu disse que não era *por isso* que não tinha contado a ele: eu só queria poupá-lo de passar por toda a tristeza se desse errado outra vez. Então, em seguida, ele começou a me repreender por trabalhar naquele caso de terrorismo e passar por todo aquele estresse quando eu sabia que estava grávida de novo.

— Que inferno — disse Robin, dividida entre a diversão e a irritação. — Será que ele não consegue ouvir o que diz?

— Então nós tivemos uma grande briga — continuou Ilsa, animada —, mas depois fizemos as pazes e ele chorou um pouco, e agora estamos tomando champanhe no almoço. Ah, e é um menino.

— Por favor, me diga que você contou isso para Nick, Ilsa. Eu não quero deixar isso escapar acidentalmente.

— Sim, eu contei a ele. Na verdade, você pode ver que é um menino na imagem do ultrassom. Foi isso o que o fez chorar, quando mostrei a ele.

— A imagem do pênis de seu filho?

— Você sabe como são os homens em relação aos pênis — disse Ilsa. — Infinitamente orgulhosos.

Apesar da tristeza por causa de Wolfgang, Robin riu.

Entre a morte de Wolfgang, a notícia de Ilsa e a necessidade de vigiar o apartamento de Wally Cardew, Robin se esqueceu totalmente de ir votar. Na hora em que todas as luzes na casa de Cardew tinham se apagado, a seção de votação, naturalmente, estava fechada.

Max e o namorado, Richard, estavam sentados com os braços em torno um do outro no sofá quando Robin chegou em casa, Richard já falando na possibilidade de arranjar um filhote quando se mudasse para lá. Sem querer se intrometer, Robin pegou um sanduíche de queijo e uma maçã e levou os dois para seu quarto no andar de baixo.

Abrindo o laptop, ela viu que a pesquisa de boca de urna já tinha saído: se correta, a eleição, que supostamente seria excepcionalmente apertada, tinha sido vencida de forma convincente pelos Conservadores. Robin ouviu Max e Richard darem gritos de choque no andar de cima e soube que eles deviam ter acabado de ver os mesmos resultados que ela.

Sentindo-se deprimida, ela pegou o iPad para checar o jogo outra vez. Pouco depois da meia-noite, Anomia chegou e recebeu o coro habitual de aclamação dos jogadores. Ele parecia em um estado de ânimo afável e comunicativo, respondendo aos cumprimentos com respostas jocosamente ofensivas.

Aqueles privilegiados o suficiente para serem insultados pareciam tomar o comportamento de Anomia como uma marca de estima e afeição.

Robin anotou a hora em que Anomia havia entrado no jogo, então enviou uma mensagem de texto para Midge, Nutley e Shah, que estavam vigiando Seb Montgomery, Tim Ashcroft e Preston Pierce. Todos os alvos estavam naquele momento em casa e fora de vista.

Robin deu um suspiro e voltou para o laptop. Anomia estava falando no jogo principal.

**Anomia**: alguns de vcs já sabem disso

**Anomia**: mas temos camisetas disponíveis agora em www.mantenhaodreksgame.org

**Anomia**: então comprem as suas

Então um novo canal foi aberto na tela a sua frente.

**<Um novo canal privado foi aberto>**

**<8 de maio de 2015 00.23>**

**<Anomia convidou PatinhasdaBuffy>**

Robin olhou fixamente para a tela, sentindo-se preocupada. Anomia nunca antes pedira a ela para conversar no privado.

**PatinhasdaBuffy**: oi

Talvez fizesse sentido transformar seu nervosismo em virtude:

**PatinhasdaBuffy**: eu fiz alguma coisa errada?

Enquanto esperava pela resposta de Anomia, ela conferiu o jogo principal, no qual Morehouse tinha acabado de entrar. A capa de Anomia estava suspensa em pleno ar, mas não se movimentando. Ela desconfiou que Anomia também estivesse falando com outra pessoa, ou talvez diversas pessoas, em canais privados.

Finalmente, ele apareceu no dela.

**Anomia:** rsrs

**Anomia:** isso tudo é consciência culpada?

**PatinhasdaBuffy:** Eu estou me sentindo culpada

**PatinhasdaBuffy:** Eu não votei!

**Anomia:** que besteira é essa de se sentir culpada com algo assim?

**Anomia:** eu matei uma pessoa na outra semana e não sinto nenhuma culpa

**Anomia:** achei que talvez fosse sentir

**Anomia:** nada

**Anomia:** estou aqui sentado planejando o próximo hahaha

Robin pegou o celular e tirou uma foto desse trecho de diálogo, largou o celular e fez uma pausa, pensando.

**PatinhasdaBuffy:** rsrs quem vai ser o próximo?

**Anomia:** vai estar nos noticiários, você vai ver

**PatinhasdaBuffy:** não sou eu, sou?

>

>

Dessa vez, a pausa durou dois minutos. Agora convencida de que Anomia estava conversando com outras pessoas no privado, Robin ficou sentada em suspense até ele voltar.

> **Anomia:** não a menos que você me irrite muito
>
> **Anomia:** você está em Manchester, certo?
>
> **PatinhasdaBuffy:** estou

Robin percebeu que Anomia não estava se dando ao trabalho de usar asteriscos em nomes próprios e confirmou sua desconfiança de que a Consequência 14 existia apenas nas mentes dos crédulos. Ela estava interessada no fato de que Anomia sabia que Beth era de Manchester. Será que ele tinha desenvolvido o hábito de tentar descobrir a verdadeira identidade dos jogadores?

> **Anomia:** precisamos de uma forte presença na Comic Con no dia 23. Viagem rápida desde Manc
>
> **Anomia:** matar de medo Grunt e a Maverick
>
> **Anomia:** então eu qjero a presença do maior número poxsível de j;gadores

Robin se perguntou se Anomia podia estar bêbado ou chapado. Ela nunca o havia visto digitando de forma tão errática antes. Talvez, pensou ela, ele fosse um apoiador dos Conservadores que estava comemorando a inesperada vitória retumbante. Depois de anotar a data da Comic Con, ela continuou a digitar.

> **PatinhasdaBuffy:** e a regra 14?
>
> **Anomia:** se vc quer voltar a entrar no jogo, vc vai respeitá-la, mascaras e nenhuma troca de ingo pessoal

**Anomia:** info

**PatinhasdaBuffy:** está bem, eu com certeza vou tentar ir

**Anomia:** e use uma camizeta

**PatinhasdaBuffy:** é claro

Ela esperava que Anomia saísse do canal, mas ele não fez isso. O cursor piscante marcava os segundos que se passavam, descendo cada vez mais a tela, deixando uma longa fileira de setas sem haste em seu encalço.

Então, de repente, mais palavras apareceram rapidamente.

**Anomia:** é tô bêbado quem se importa

**Anomia:** bote isso na sia cbeça eu não quero o que você quer

**Anomia:** as chamadas comquistas e toda esa babaquice

**Anomia:** você conhece minha situação

**Anomia:** estou preso na porra de uma jaula

**Anomia:** vou cuidar de LorD e V

**Anomia:** até o fim domês eles estão fora

**Anomia:** eles vão estar fora ok?

>

>

**Anomia:** hahaha

**Anomia:** acabei de perceber que estou plagiando

**Anomia:** Eu nãoquero o que você quer

**Anomia:** eu não sinto o que você sente

`Anomia: cioração em uma jaula`

`Anomia: eu vou vesti-lo`

Robin tirou apressadamente outra foto da tela, usando seu telefone, mas foi por pouco. Dez segundos depois que Anomia digitou "eu vou vesti-lo", o canal privado se fechou, e ela ficou olhando fixamente para a capa de Anomia, esvoaçando, mas fora isso imóvel, no jogo principal.

Ela ficou sentada, olhando para o último trecho de diálogo por vários minutos, seu cérebro trabalhando furiosamente, então conferiu a hora. Faltavam vinte minutos para 1h e, evidentemente, era tarde demais para ligar para Strike. Mesmo assim, ela pegou o telefone e escreveu para ele.

Você provavelmente está dormindo, mas se ainda estiver vendo a cobertura da eleição, eu posso ter alguma informação sobre Anomia

No momento em que enviou a mensagem, ela pensou que Strike podia estar deitado na cama com Madeline. Imaginou seu telefone apitando enquanto ele roncava (Robin sabia que ele roncava; ele tinha dormido no Land Rover em uma viagem longa e roncou por várias horas) e Madeline acordando e passando por cima de Strike para pegá-lo, ficando irritada pela sócia de Strike achar apropriado enviar uma mensagem de texto na madrugada. As posições de Robin e Strike tinham se invertido: antes era ela quem estava deitada na cama com um parceiro que se ressentia de suas frequentes ligações de trabalho, mas agora era Strike que podia estar xingando-a, talvez tendo sido acordado pela exclamação alta de desagrado de Madeline...

O celular de Robin tocou.

— O que você tem? — perguntou Strike, soando estar bem desperto.

— Você não estava dormindo, estava?

— Não, estou aqui deitado vendo o Trabalhismo implodir. As pesquisas erraram essa, não foi?

— Muito — disse Robin. — Como está sua perna?

— Não está mal — respondeu Strike, o que Robin interpretou como "nada bem".

— Está bem, estou prestes a enviar para você algumas fotos de um canal privado de uma conversa que acabei de ter com Anomia.

Ela fez isso. Enquanto esperava pela resposta dele, Robin se deitou na cama, com os olhos no céu escuro fora de sua janela.

— "Eu matei uma pessoa na outra semana e não sinto nenhuma culpa" — leu Strike em voz alta. — "Achei que talvez fosse sentir. Nada. Estou aqui sentado planejando o próximo..."

— Pode ser uma bravata... sua ideia de humor?

— Bom — disse Strike lentamente. — Vamos torcer para que seja.

— Você leu o próximo trecho?

— Li.

— Anomia não tinha a intenção de enviar isso. Estava bêbado e ficou descuidado. Tenho certeza de que estava com mais de um canal privado aberto e me enviou isso por acidente em vez de... Bom, se eu tivesse que dar um palpite, diria que achava estar conversando com Morehouse. Seu tom...

— É — disse Strike. — Parece que Anomia está falando com alguém que considera um igual, não é? Prometendo se livrar de LordD e V, que, suponho, sejam...

— LordDrek e Vilepechora, provavelmente.

— "Eu não quero o que você quer... estou preso na porra de uma jaula" ...

— Strike, para mim, isso está parecendo cada vez mais com Kea. Isso que Anomia citou é a letra de "Heart in a Cage", dos Strokes. Kea estava usando uma camiseta com uma capa de álbum deles em seu vídeo.

— Muito bem observado — disse Strike. — É, e imagino que estar presa em uma jaula seria ter que voltar para a casa da mãe por estar doente. Ela também não tem conquistas: ela diz isso em sua página no Tumblr. Sentir-se culpado por não conquistar realizações é resultado do capitalismo internalizado, aparentemente.

— Sério?

— Ah, é. Você nunca esteve em um país comunista? Todo mundo fica deitado no sofá o dia inteiro enquanto poodles treinados lhes levam bolo.

— Ha, ha. Tem também "esse não sou *mais* eu". Ela estava na escola de arte...

— Isso pode se encaixar também com Gus Upcott, você sabe — disse Strike. — Uma história muito parecida. A saúde ruim fez com que ele saísse do curso de música...

— Mas ele pretende voltar. Ele não parece ter desistido de alcançar realizações, a julgar pela qualidade da música que estava tocando.

— O quanto Preston Pierce pareceu ambicioso quando você o conheceu?

— É difícil dizer — respondeu Robin, mais uma vez tentando não visualizar Pierce nu. — Mas não vejo por que ele descreveria sua situação como estar em uma jaula, embora, claro, nunca se saiba.

— Tim Ashcroft também pode se encaixar — disse Strike. — Ele é um ator que achou que podia surfar na onda do *Coração de nanquim* até alcançar o sucesso. Em vez disso, está se apresentando em ginásios de escolas em Salford.

— Não há nada de errado em se apresentar para estudantes — disse Robin.

— Eu nunca disse que havia, mas *ele* pode achar isso. Isso de "eu não ligo mais para conquistas" é o tipo de coisa que as pessoas dizem quando estão deprimidas por não terem alcançado o que esperavam... Você soube da notícia de Ilsa e Nick?

— Soube — disse Robin. — É fantástico, não é?

— É, estou muito feliz por eles — comentou Strike. — Você sabe que eles vão convidar nós dois para sermos padrinhos?

— Eu... não, não sabia — respondeu Robin, ao mesmo tempo surpresa e emocionada.

— Merda. Aja como se estivesse surpresa quando Ilsa fizer o convite, então... o que exatamente *é* a Comic Con à qual Anomia quer que você vá? — perguntou Strike.

— Exatamente o que parece — disse Robin. — Uma grande conferência para fãs de cinema e quadrinhos. Esse tipo de coisa.

— Anomia vai?

— Não tenho ideia.

— Bem, nós devíamos estar lá, por garantia.

— De máscara? — disse Robin.

— É. Nós não íamos chamar a atenção. Metade das pessoas lá vão estar vestidas de personagens de *Guerra nas estrelas*. Posso imaginar você como Yoda.

— E você daria um Darth Vader adorável — disse Robin.

Com essa observação, eles se despediram e disseram boa noite.

Ao se olhar no espelho da penteadeira, Robin viu que estava sorrindo. Ela reprimiu conscientemente seu estado de ânimo elevado do jeito habitual: lembrando-se da existência de Madeline Courson-Miles e do divórcio de Charlotte Campbell.

# 45

*Fazer o bem parecia tanto ser seu negócio,*
*Que o fazer, ela ficava disposta a pensar,*
*Devia preencher sua capacidade para a alegria.*

Elizabeth Barrett Browning
*Aurora Leigh*

Uma hora depois que o site falso sobre arte e teatro nas escolas ficou online, Venetia Hall entrou em contato com Tim Ashcroft pela sua conta no Twitter, solicitando uma entrevista e fornecendo o número de celular descartável que tinha comprado com esse objetivo. Para sua surpresa, Ashcroft concordou com entusiasmo apenas vinte minutos mais tarde, e após uma breve troca de e-mails, o encontro foi marcado para três dias depois. Isso deu a Robin muito menos tempo do que esperava para estudar a carreira artística de Ashcroft até o presente, criar uma história para a mulher que estava interpretando e completar sua cola para Strike, que ia assumir PatinhasdaBuffy enquanto Robin estivesse com Ashcroft.

— Minha nossa — disse Strike, olhando para o documento grande que ela lhe entregara em seu apartamento no sótão, na noite anterior à entrevista. Seu coto ainda estava para o alto, em cima da cadeira a seu lado, com uma bolsa de gelo sobre o joelho e a extremidade coberta de pomada. — Você acha que vou precisar disso tudo?

— Você vai ter que ser capaz de navegar pelas tarefas — disse Robin. — Se não conseguir realizá-las, eles vão desconfiar imediatamente de um penetra, porque estou lá o tempo todo e posso fazê-las de olhos fechados. O resto é principalmente coisas que Zoe e eu contamos uma à outra sobre nossas vidas, para que você não escorregue se ela conversar com você, mas com sorte não vai precisar disso tudo. Eu não devo ficar mais de duas horas com Ashcroft.

— Onde vocês vão se encontrar?

— Em um bar chamado Qube, em Colchester — disse Robin. — Eu me ofereci para ir até ele, e ele aceitou. Como está sua perna?

— Melhor — respondeu Strike. — Quer um chá ou um café?

— Não posso — disse Robin. — Preciso me preparar para amanhã. Eu mando uma mensagem para você assim que chegar a Colchester.

Esse encontro profissional e a partida apressada deixaram Strike se sentindo diminuído. Ele teria gostado de uma conversa, mesmo que apenas sobre as postagens de Kea Niven nas redes sociais, as quais ele estava estudando no momento, em preparação para sua entrevista.

Strike não percebeu que Robin estava experimentando um ressentimento sério em relação a seu sócio no momento. Ela sabia que ele estava preocupado com a carga de casos e sentindo dor contínua, mas, mesmo assim, teria sido simpático se ele se lembrasse que ela devia estar de mudança. Talvez ele imaginasse que ela, de algum modo, realizara o feito sem tirar nenhuma folga do trabalho, mas ela ainda assim teria apreciado uma pergunta educada.

Na verdade, o vendedor do apartamento novo de Robin implorara, por intermédio de seu advogado, por um adiamento na data de mudança, porque a compra de sua própria casa nova tinha dado errado. Apesar de seu próprio advogado dizer a ela que não precisava concordar, Robin tinha aceitado. Até Strike estar literalmente outra vez de pé, a agência com excesso de trabalho precisava desesperadamente de um sócio totalmente funcional, então ela não podia se dar ao luxo de tirar folga. Mesmo assim, ligar para seus pais, que queriam ir para Londres para ajudar na mudança, e testemunhar a decepção mal escondida de Max e Richard por ela não estar saindo de seu caminho na data prometida não tinham ajudado a elevar seu ânimo ou diminuir seus níveis de estresse.

Robin dirigiu as duas horas para chegar a Colchester na manhã seguinte em seu velho Land Rover. Venetia Hall, um pseudônimo que ela já adotara antes, usava naquele dia uma peruca ondulada louro-clara que Robin sabia que não lhe caía bem, mas que, com óculos de armação quadrada e lentes de contato cinza-claro, alterava dramaticamente sua aparência. Na mão esquerda, ela usava o que pareciam ser uma aliança e um anel de noivado: não os dela, pois ela os deixara para trás quando terminou com o ex-marido, mas falsificações feitas de latão e zircônio. O marido imaginário de Venetia, a cuja criação ela dera a mesma importância que sua própria persona fictícia, tinha sido concebido com a intenção expressa de ajudá-la a obter confidências de Tim.

Depois de estacionar, Robin escreveu para Strike.

Vou estar no bar em 5 min

Ela havia acabado de trancar o Land Rover quando recebeu sua resposta.

Esse jogo é muito maçante

O bar onde Tim quis se encontrar tinha um exterior preto minimalista. Os lugares escolhidos por entrevistados eram frequentemente um guia inicial de personalidade, e Robin teve tempo para se perguntar por que Tim tinha escolhido o que se revelou, ao entrar, um espaço de pouca luz e, na opinião dela, assumidamente sofisticado, antes de ouvir seu pseudônimo ser falado em um agradável tenor de Home Counties.

— Venetia?

Ela se virou, sorrindo, para ver o alto e parcialmente calvo Tim sorrindo para ela, com a mão estendida.

— Tim, olá! — disse Robin em seu melhor sotaque de classe média londrina, apertando sua mão.

— Este lugar está bom o bastante para você? — perguntou ele, que estava usando uma camisa azul com o colarinho desabotoado e jeans. — Eu o escolhi porque teremos poucas chances de sermos incomodados por algum dos amigos do meu pai. Cidade pequena, sabe como é.

— Sei — disse Robin com uma risada.

Ele já tinha escolhido uma mesa para dois ladeada por poltronas de espaldar alto e permaneceu de pé educadamente enquanto Robin se sentava.

— Aqui é perfeito — disse Robin, sorrindo enquanto pegava um gravador pequeno da bolsa e o posicionava na mesa perto de Tim. — Foi *muito* simpático que você aceitasse fazer isto.

— Ah, não foi nada, não foi nada — disse Tim.

Sua calvície precoce não combinava com o rosto juvenil sem rugas, com olhos verdes sarapintados e atraentes.

— Nós pedimos aqui, ou...? — perguntou Robin.

— É, eles servem as mesas — disse Tim.

— Cidade adorável — disse Robin, olhando pela janela para uma bela casa em frente. — Eu nunca estive aqui antes. Meu marido sempre me disse o quanto era bonita. Ele cresceu em Chelmsford.

— É mesmo? — perguntou Tim, e eles conversaram sobre Colchester e Chelmsford, que ficava apenas a meia hora de carro, durante o tempo que levou para uma garçonete aparecer e anotar seu pedido de café. Durante esse intervalo, Robin conseguiu mencionar que seu marido, Ben, era produtor de TV. As sobrancelhas de Tim se ergueram ao ouvir isso, e seu sorriso ficou ainda mais cálido.

Depois que seus cafés chegaram, Robin ligou o gravador, conferiu se estava funcionando e cuidou para que ele estivesse perto o bastante de Tim.

— Você se importa de falar um pouco, para que eu tenha a certeza de que estou captando suas palavras? Me dê um breve monólogo ou algo assim.

Tim iniciou imediatamente o solilóquio de Iago:

*Como faço do tolo minha arma,*
*Pois meu próprio conhecimento conquistado deve profanar*
*Se eu passar o tempo com tal pessoa desprezível*
*Apenas para meu proveito pessoal. Eu odeio o mouro...*

— Maravilha! — disse Robin, e tocou a gravação. — Está bem, está funcionando perfeitamente.... Na verdade, não vou apagar isso, foi maravilhoso, vou manter aí...

Então a entrevista falsa começou, Robin fazendo uma série de perguntas que tinha preparado de antemão sobre os usos e aplicações de técnicas teatrais na educação. Tim falou com entusiasmo sobre o prazer de levar o teatro para pessoas jovens, frequentemente em áreas menos privilegiadas, e Robin fez muitas outras perguntas relacionadas e tomou notas.

— ... e eu, na verdade, percebi o quanto eu gosto disso quando uma amiga minha, na verdade, foi Edie, hã, Ledwell, que criou *O coração de nanquim*?

— Ah, foi *tão* terrível o que aconteceu — disse Robin com compaixão. — Eu sinto muito.

— Obrigado... é... bom, Edie foi meio que responsável por eu gostar tanto de trabalhar com crianças. Ela costumava dar aulas de arte para crianças com necessidades especiais em um coletivo artístico. Eu não estava trabalhando na época, então ela me chamou para ajudar e eu amei. Há um frescor muito grande na forma como as crianças veem o mundo.

— Você desenha, não é? — perguntou Robin com um sorriso.

— Um pouco — disse Tim. — Eu não sou muito bom.

— Deve ser um desafio fazer com que os jovens se interessem por teatro. Atualmente eles passam a vida inteira na internet, não é?

— Ah, nós exploramos o uso da internet durante nossas oficinas de teatro: bullying online, trolls e daí em diante, você sabe.

— Você tem filhos?

— Ainda não — respondeu Tim, sorridente. — Preciso primeiro encontrar alguém com disposição para tê-los comigo.

Robin sorriu, concordou que isso podia ajudar, então continuou a fazer suas perguntas. Ela ainda não queria aproveitar sua menção a Edie Ledwell, nem ao *Coração de nanquim* antes que Tim estivesse plenamente convencido de que ele e sua carreira fossem a verdadeira razão por ela estar ali. Portanto, ela mencionou seu recente papel principal em seu teatro local, o que agradou a ele.

— Eu, na verdade, tive que usar uma peruca para o papel, porque meu personagem era visto em sua adolescência e na meia-idade e... bom...

Ele apontou com um sorriso um tanto triste para a cabeça.

— O engraçado foi que o crítico local achou que a cabeça careca era a falsa.

Robin riu e disse:

— Bom, ele fez uma crítica sua muito boa.

— É, eu fiquei muito satisfeito... na verdade, baseei parte do personagem em um dos garotos que costumavam circular pelo North Grove.

— Pelo que, desculpe? — disse Robin, ainda se mostrando cuidadosamente ignorante a respeito da maioria das coisas pertencentes ao *Coração de nanquim*.

— Ah, esse foi o coletivo artístico onde eu ajudava com as aulas para crianças. Você sabe aquela coisa estranha, tipo "não olhe para mim", que os adolescentes têm quando estão crescendo? — Enquanto falava, Tim inconscientemente assumiu a postura que estava descrevendo, e, apesar do que Allan Yeoman tinha dito sobre suas limitações como a voz cômica do Verme, Robin se impressionou com a facilidade com a qual ele transmitia timidez e vergonha através de pequenas alterações na própria postura. — Ele tem muita acne, esse garoto, e sempre parecia estar tentando ficar o menor possível, e meu personagem, Lionel, ele, bem, ele é o mal encarnado, na verdade, mas na peça você volta e o vê sofrer bullying e ofensas, e... isso é uma coisa que o teatro pode fazer muito bem nas escolas, na verdade: explorar questões da vida como o bullying ou o abuso...

— Isso é absolutamente fantástico — disse Robin alguns minutos depois. — Meu Deus, eu gostaria que Ben pudesse escutar isso, meu marido, quero dizer. Na verdade, ele está montando uma proposta para o Channel 4 atualmente.

Quer levar atores para uma escola muito pobre de Londres para trabalhar de forma intensa com as crianças. É uma luta constante manter o investimento em artes, especialmente sob os Conservadores, então, potencialmente, ele apresentaria com isso argumentos fortes contra os cortes.

— Uau, isso parece ótimo — disse Tim, levando o café agora frio aos lábios e dando um gole em uma tentativa de esconder (ou pelo menos era disso que desconfiava Robin) a avidez repentina de sua expressão.

— É. O projeto ainda está muito em fase inicial, mas não vou mentir — disse Robin sorrindo. — Essa é parte da razão por que estou aqui. Ben achou que, com seu histórico de trabalhar em escolas, além do fato de ter estado no *Coração de nanquim*, você seria um argumento de venda com a produtora. É uma conexão instantânea com crianças que vivem no YouTube, não é? Com crianças que nunca foram ao teatro na vida?

— É, acho que sim — respondeu Tim —, embora, é claro... — Ele deu um risinho estranho. — Alguns deles possam me desprezar por ter estado nele.

— O que você quer dizer com isso? — perguntou Robin, cuidadosamente surpresa.

Tim olhou para o gravador, então Robin o desligou imediatamente. Não havia necessidade de que ele soubesse que um segundo dispositivo de gravação ainda estava ligado em sua bolsa aberta.

— Bom — disse Tim —, considerando mais uma vez meu tempo... Na verdade, me sinto desleal por dizer isso.

Robin continuou a projetar uma expressão educadamente receptiva.

— Eu... bem, eu adorava Edie. Adorava mesmo. Ela era fantástica. Mas, para ser honesto, eu talvez não tivesse aceitado o papel se ela não fosse uma amiga. O desenho animado é bem problemático, sabia?

— Tenho que admitir — disse Robin, fingindo estar encabulada — que não sei muito sobre ele. Só soube que era um enorme sucesso. Inclusive, uma das pessoas na produtora de Ben, Damian, está tentando fazer um programa sobre ele. Na verdade, foi por meio de Damian que ouvi falar dele. Imagino que eu seja um pouco mais velha que o público-alvo.

— Eu também — disse Tim, e Robin riu outra vez. — Acho que com o passar do tempo, fui ficando cada vez mais desconfortável com certos aspectos dos personagens e storylines. Não sei se você já ouviu falar de Wally Cardew. Ele estava fazendo um personagem chamado Drek, que é... meu Deus, me sinto um merda por dizer isso, mas ele era claramente uma caricatura de um judeu.

— É mesmo? — indagou Robin.

— É, você sabe: nariz grande, morava no maior mausoléu e meio que manipulava todos os personagens. Eu tentei conversar sobre o assunto com Edie. Os fãs estavam falando sobre isso. Nós tivemos uma discussão sobre isso, na verdade. Ela dizia que Drek não tinha nada a ver com judeus, que era uma espécie de demônio caótico e que ela tinha se inspirado em uma máscara de médico da peste, mas, na verdade, acho que todos devemos examinar nossos preconceitos inconscientes, certo?

— Com certeza — disse Robin, assentindo.

— E aí Wally, que fazia a voz de Drek, fez um vídeo no YouTube zombando do Holocausto, então, você sabe, não havia mais dúvida.

— Ah, uau — disse Robin, sacudindo a cabeça.

— É. Josh e Edie o dispensaram, mas o estrago estava feito. — Tim deu um suspiro. — E não era apenas Drek. O senso de humor de Josh e de Edie era... ele podia ser problemático. Um tanto sombrio e, às vezes, um pouco... Eu disse a ela que não queria dublar mais nenhuma fala a respeito do Verme estar confuso sobre ser menino ou menina, porque tivemos reclamações de crianças não binárias. Isso provocou outra discussão. "Um verme, porém, *é* hermafrodita." — Tim sacudiu a cabeça com tristeza. — Edie teve uma infância difícil. Você não podia culpá-la por ser... não ignorante, mas...

Tim pareceu não encontrar uma palavra alternativa, e simplesmente deu de ombros.

— Esse é *exatamente* o tipo de discussão que devemos ter no reality show, se ele for feito — disse Robin com seriedade. — Isso podia ser *tão poderoso*, ouvir você desconstruir preconceitos e tudo mais. Na verdade, isso está um pouco fora do assunto, mas Damian está tentando localizar pessoas que conheciam Edie Ledwell. Ele quer fazer um programa simpático e equilibrado. Não imagino que *você* esteja interessado em falar com ele.

— Hum... não sei — disse Tim, hesitante. — Sabe, considerando que é muito recente... e com toda a controvérsia em torno do desenho animado... Não sei se eu ia querer...

— Entendo totalmente — disse Robin, erguendo uma das mãos. — Não, vou dizer a Damian que não vai rolar. Você não conhece alguém que gostaria de falar? Alguém que fosse próximo dela?

— Bom, Edie era meio solitária, para dizer a verdade. Ela não tinha muitos amigos. Havia, porém, uma irmã de criação. Ela pode conseguir ajudar. E Edie estava em um novo relacionamento quando morreu. Um cara chamado Phil Ormond?

— É, acho que Damian sabe sobre ele.

— Eu não gostava muito de Ormond — murmurou Tim. — Ele... Bom, é melhor eu não falar demais.

— Não, é claro que não — exclamou Robin, mas sua expressão continuava encorajadora.

— Ela... Eu não acho que fosse um relacionamento muito saudável, digamos assim. Eu disse a ela para cair fora. Gostaria que ela tivesse feito isso.

— Você não está sugerindo...

— Ah, meu Deus, não! — disse Tim com o que pareceu pânico. — Não, eu não acho que ele... Meu Deus, não. Não, tenho certeza de que aquele grupo de extrema direita é o responsável. Era daí que vinham todos os problemas com os fãs, por causa de Drek. Todos esses caras da extrema direita o adoravam. Eles começaram a usar seus bordões e então, quando Wally foi dispensado, todos ficaram furiosos e começaram a atacar Edie.

"Pessoalmente, se eu fosse ela, teria eliminado o personagem do desenho animado. Deixado clara sua posição. Quero dizer, se a extrema direita acha suas piadas engraçadas, você devia estar fazendo essas piadas? Não que... obviamente não estou dizendo que foi culpa dela, ou... porque, obviamente, o que aconteceu foi terrível. Mas a arte deveria ser moral, certo?"

— Ah, com certeza — disse Robin.

— Certo — disse Tim, parecendo ter sido tranquilizado. — Eu realmente examino todos os projetos novos sob esse ponto de vista. Eu pergunto a mim mesmo: "O que isso está dizendo?", e também: "Como isso pode ser interpretado?" "Há grupos que podem ser machucados por essa peça, ou produção, ou seja lá o que for?" "Ela lida com estereótipos ou alegorias prejudiciais?" Acho que Edie nunca pensou nas coisas desse jeito... bem...

— Como vocês dois se conheceram? — perguntou Robin.

— Trabalhando em um bar — respondeu Tim com um sorriso triste. — Nós dois arranjamos emprego em um bar no West End, perto da Shaftesbury Avenue. Eu estava entre trabalhos como ator, e ela estava fazendo aulas de arte e vivendo em um apartamento decrépito. Isso foi antes de ela se mudar para o North Grove e conhecer Josh Blay.

— Esse é o outro criador? É, Damian pediu uma entrevista com ele, mas, aparentemente, ele ainda não está bem o bastante.

— Não, eu... eu soube que o estado dele é muito ruim.

Houve uma pausa breve, então uma torrente de palavras jorrou de Ashcroft.

— Isso foi terrível para todos nós... quero dizer, obviamente foi, nossa amiga ter sido assassinada... e todos nós fomos interrogados pela polícia, todos que tiveram qualquer conexão com o desenho animado. Eu tive de fornecer a porra de um álibi, acredite se quiser — disse Tim com um meio riso de descrença. — Para dizer a verdade, ultimamente eu andei preocupado em ficar marcado para sempre pelo *Coração de nanquim*, então você pediu para falar comigo sobre os Roving School Players, e eu fiquei, sei que isso parece estúpido, mas fiquei muito satisfeito, senti como se estivesse tendo uma chance de ser apreciado... não apreciado, mas você sabe o que estou dizendo... pelo meu outro trabalho. Eu só quero seguir em frente e fazer uma diferença positiva no mundo, se puder.

— Isso é óbvio — disse Robin de forma cálida. — Mal posso imaginar como isso deve ter sido estressante e perturbador para todos vocês. Ter que fornecer um álibi...

— Quero dizer, eu tinha um álibi sólido — afirmou Tim, observando Robin com ansiedade. — Não foi como se eu... Eu estava com alguém a tarde e a noite inteiras e eles confirmaram isso, e a polícia está feliz, então ficou por aí. Mas as mídias sociais podem ser um lugar bem assustador. Quer dizer, as pessoas podem falar *qualquer coisa* sobre você ali. Distorcer coisas, inventar...

— É verdade. — Robin deu um suspiro.

— Toda a situação já teve consequências na vida real para mim. Eu tive que sair... bom, na verdade, eu não *tive* que sair, mas estava dividindo um apartamento em Londres com um amigo, e ele, basicamente, me pediu que eu me mudasse porque a polícia apareceu, e suponho que ele ache que vai se tornar o próximo alvo da extrema direita ou algo assim. Esse é um cara que eu conheço há anos. Ele quebrou a perna seis meses atrás e eu lhe dava carona para todos os lugares, e, desculpe, não sei por que eu... não quero incomodar meus pais com tudo isso. Meu Deus, você vem aqui para falar de educação e eu fico falando sem parar sobre... desculpe.

— Por favor — disse Robin. — Não se desculpe. É *claro* que você está abalado. Quem não estaria?

— Certo — replicou Tim, parecendo levemente tranquilizado. — E se houver uma chance... quero dizer, se você acha mesmo que eu seria um bom personagem para seu programa sobre teatro nas escolas, eu preferiria que você soubesse da verdade por mim do que, você sabe, procurar por mim no Twitter ou qualquer coisa assim e descobrir que a polícia me interrogou. Mas, como eu disse, não fui o único que eles interrogaram. Sei que procuraram Wally Cardew e esse cara, Pez, também, que dublou um dos personagens por apenas dois episódios... Mas você não veio até aqui para falar sobre isso, então, é... desculpe. Tem sido um período difícil.

— Sério — disse Robin —, tudo bem. Eu entendo totalmente.

— Obrigado... não era mesmo minha intenção jogar isso tudo em cima de você.

Robin tomou um gole de café antes de dizer:

— Damian me contou que os fãs são meio loucos.

— Alguns deles são um pouco obsessivos, é — afirmou Tim, com outra meia risada.

— Ele estava me contando sobre um troll que vive fazendo bullying na internet — disse Robin.

— Anomia?

— Acho que é — respondeu Robin, fingindo surpresa por Tim ter o nome na ponta da língua.

— Ah, todo mundo ligado ao *Coração de nanquim* sabe quem é Anomia — disse Tim. — Quero dizer, não *quem* ele é, mas sabe sobre ele... Embora eu realmente ache que sei quem ele é — acrescentou Tim.

— Sabe? — perguntou Robin, tentando parecer apenas levemente interessada.

— É. Se estou certo, ela é muito nova e meio perturbada. Acho que a maioria desses trolls precisam se sentir importantes, sabe? Vejo crianças realmente difíceis em nossas oficinas...

Cinco minutos e várias anedotas sobre o efeito benéfico do teatro sobre adolescentes com problemas depois, Tim parou para tomar fôlego.

— Isso é tudo *fabuloso* — exclamou Robin, que teve presença de espírito para tornar a ligar o gravador. — Uma pena que você não tenha conseguido botar aquela Ano-qualquer coisa para assistir a um de seus cursos.

— É, eu acho que isso poderia ajudá-la, acho mesmo — disse Tim com seriedade.

— Você não podia me contar, confidencialmente, quem você acha que é? — perguntou Robin com um sorriso lisonjeiro. — Em off. Damian ia ficar tão empolgado em entrevistá-la... você sabe, um retrato verdadeiro dos fãs.

— Não, eu não poderia fazer isso — disse Tim. — Posso estar errado, não posso? Enfim, se *for* ela, isso poderia fazer com que surtasse.

— Ah — disse Robin, agora parecendo preocupada —, se é um caso de doença mental...

— Não tenho certeza se ela é realmente doente mental, mas sei que já teve problemas com a polícia e... Não, eu não ia querer sair distribuindo acusações por aí.

Enormemente frustrada, Robin olhou para suas anotações e disse:

— Bom, acho que tenho tudo de que preciso. Isso foi um *grande* prazer. Sei que Ben vai ficar fascinado por tudo o que você... Ah — disse Robin, fingindo perceber alguma questão deixada sem resposta. — Quem é Pez, por falar nisso? Ele é alguém com quem Damian deva falar? Esse é seu nome verdadeiro?

— Não — disse Tim.

O silêncio se prolongou um pouco mais do que Robin esperava. Ela só tinha perguntado sobre Pez para tentar levar a conversa novamente para *O coração de nanquim* e Anomia uma última vez. Erguendo os olhos, ela viu que Ashcroft estava boquiaberto, como se tivesse sido pausado em uma tela. Ele descongelou após uma fração de segundo e, em seguida, sorriu.

— O nome verdadeiro dele acabou de me escapar da cabeça — disse ele. — Meu Deus, quero dizer, nós mal nos conhecíamos, mas eu devia conseguir... Pez... Pez. *Qual* era a droga do nome dele? ... Não, desculpe, eu esqueci. Mas ele, na verdade, não conhecia Edie, não direito, para ser honesto, ou muito bem, sabe.

— Não precisa se preocupar — disse Robin com um dar de ombros e um sorriso. — Damian sempre pode conseguir o nome nos créditos, se precisar.

— É... mas como eu digo, Pez não... na verdade, ele é bem... qual a palavra? Não estou dizendo exatamente que ele é um fantasista, mas... Não, só estou dizendo que não daria muito crédito às coisas que Pez diz. Ele é o tipo de cara que diz coisas só para chocar. Você conhece o tipo.

— Ah, conheço sim — disse Robin ainda sorrindo, mas muito interessada nessa afirmação.

— Eu só não queria que alguém ficasse com a ideia errada sobre Edie. Pez não é... Qual *era* a droga do nome dele? — disse Tim, com um sorriso nada convincente.

Eles se despediram um do outro em frente ao bar, os dois sorrindo enquanto apertavam as mãos. Quando Robin olhou para trás, trinta segundos mais tarde, ela viu que Tim ainda estava parado onde ela o deixara, digitando rapidamente no celular.

# 46

*Sonhei e vi um Inferno moderno, mais temível*
*Que o espetáculo de Dante; não com trevas e luz,*
*Mas todas as formas de loucura e desespero*
*Cheio de torturas complexas, algumas criadas na Terra…*
*De tua própria Terra, e de seus habitantes mais felizes*
*Teu desejo de sofrimento pode extrair nutrição completa.*

Constance Naden
*The Pessimist's Vision*

— Como foi? — disse Strike ao atender à ligação de Robin no segundo toque.

— Ele acha que sabe quem é Anomia.

— Sério?

— É, mas não me contou quem. Eu o pressionei o máximo possível sem estragar meu disfarce, mas tudo o que ele disse é que é uma mulher jovem, ou possivelmente uma adolescente, que tem problemas e já é conhecida da polícia. Kea Niven não foi pega fazendo nada criminoso, foi?

— Não que eu tenha descoberto até agora — disse Strike, que, no momento, tinha o feed do Twitter, a página no Tumblr e a conta do Instagram de Kea abertos no laptop. Entretanto, esses itens não tinham sido examinados pela última hora e meia, porque Strike estava jogando *Drek's Game* no celular.

— Imagino que Anomia não tenha feito nenhuma aparição, certo? — perguntou Robin.

— Não — disse Strike —, mas ganhei novo respeito em relação a como deve ter sido entediante para você passar horas aqui.

— É tudo parte do trabalho — disse Robin, que estava sentada no Land Rover estacionado, agora sem óculos, mas ainda com a peruca louro-pálida, caso Tim Ashcroft reaparecesse. — Descobri mais duas coisas interessantes sobre Ashcroft.

"Uma delas é que a polícia o interrogou desde que você o viu no pub em Highgate. Ele teve que fornecer um álibi para a tarde das facadas. Alguém confirmou que esteve com ele a tarde e a noite inteiras."

— Ele disse a você quem forneceu esse álibi conveniente?

— Não — disse Robin —, mas teria parecido *muito* suspeito se eu o tivesse pressionado quanto a isso.

— É, esse é o problema de estar disfarçado.

— A outra coisa estranha foi que Ashcroft não quer *mesmo* que ninguém fale com Preston Pierce. Ele disse que Preston mal conhecia Edie, mas sabemos que isso é mentira. Tive a impressão de que Pierce sabe alguma coisa incriminadora sobre o próprio Tim.

— Interessante. O quanto você consegue imaginar Ashcroft como Anomia, agora que o conheceu?

— Não muito — admitiu Robin. — Mas o imagino facilmente como o Caneta da Justiça.

— É mesmo?

— É. Acabei de olhar o blog do Caneta outra vez. A primeira publicação escrita pelo Caneta foi sobre Drek ser uma caricatura de judeus, e o conteúdo dela é praticamente, palavra por palavra, o que Tim acabou de falar comigo, inclusive algo sobre preconceitos inconscientes.

— Quanto tempo depois da dispensa de Ashcroft como dublador do Verme o Caneta da Justiça começou?

Robin verificou.

— Na verdade — respondeu ela —, o Caneta da Justiça começou *antes* de Tim ser dispensado. Apareceu pela primeira vez em janeiro de 2012. Ele parou de dublar o Verme em março de 2013.

— Então, se ele é o Caneta, estava chamando Ledwell e Blay de racistas e todo o resto por mais de um ano anonimamente, enquanto ainda trabalhava com eles.

— E por que ele faria isso? — perguntou Robin, pensando em voz alta. — Se descobrissem que ele era o Caneta, com certeza as pessoas que concordavam com suas críticas ao desenho animado não o teriam achado um verdadeiro hipócrita? Não, eu devo estar errada... Acho que ele pode apenas ser um leitor, em vez de o criador... É melhor pegar a estrada de volta. Você continua a jogar até que eu possa assumir?

— Continuo, tudo bem — disse Strike pesadamente. — Embora eu esteja começando a pensar que devíamos pagar a você qualquer que seja o contrário de adicional por periculosidade, por todas as horas que dedicou a essa merda.

Logo depois de Robin desligar, Strike recebeu uma mensagem de texto de seu sobrinho Jack, que soubera pela mãe que Strike estava temporariamente preso em casa e, de forma comovente, enviara mensagens com perguntas.

Como está sua perna, está melhor?

Ainda não cresceu de volta, mas estou na torcida, respondeu Strike, o que resultou em três emojis rindo.

Na verdade, o coto de Strike estava demorando a voltar a um estado que suportasse confortavelmente seu peso. Ele sabia muito bem que precisava perder cerca de vinte e cinco quilos, fazer os exercícios recomendados pelo fisioterapeuta e parar de fumar, porque, se acabasse com arteriosclerose, podia chegar um momento em que a pele do coto possivelmente se recusaria a se curar de maneira total. Como ele não tinha nenhum desejo imediato de tomar nenhuma dessas medidas sensatas, estava escolhendo canalizar sua autorrecriminação em fúria contra Thurisaz, que o havia forçado, pelo menos na avaliação de Strike, a dar o soco que deixara sua perna naquele estado.

O exame sistemático feito por Strike de toda a atividade de Kea Niven na rede foi concluído no dia seguinte. Ele enviou para Robin um resumo de tudo o que tinha descoberto, então pediu a Pat que imprimisse alguns prints de tela de material relevante para que pudesse mostrar a Kea quando se encontrasse com ela na quinta-feira. Ele tinha encontrado alguns itens intrigantes em meio a suas diversas contas nas mídias sociais que ele estava ansioso para pedir a ela que explicasse.

Incapaz de fazer muito mais, Strike decidiu então examinar a massa de contas no Twitter da extrema direita em torno de *O coração de nanquim* na esperança possivelmente irrealista de identificar seu quase agressor no Ship & Shovell.

Como Robin já tinha percebido, os membros da Irmandade da Suprema Thule, em geral, usavam as iniciais IST, ou variações de Suprema Thule em seus nomes de usuário. Eles nunca anexavam a própria foto nas contas, nem diziam seus nomes completos, o que Strike supôs ser uma regra aplicada pela irmandade. A maioria usava fotos do vegvísir islandês, um símbolo complexo semelhante a um compasso, que, como Strike descobriu quando checou no site da irmandade, era supostamente um símbolo mágico que ajudaria o portador a navegar com tempo ruim. Uma jovem mulher islandesa tuitara para os membros da irmandade, implorando para que não se apropriassem de um símbolo que não tinha nada a ver com supremacia branca. Sua resposta foi chamá-la de vadia traidora da própria raça.

Embora a irmandade parecesse exigir que seus membros não revelassem suas verdadeiras identidades na internet, parecia divertido para eles serem tão agressivos e abusivos quanto quisessem. Dois deles tinham respondido de forma característica à publicação comemorativa de Edie no Twitter por conta do casamento gay.

---

**Edie Ledwell** @EdLedDesenha

Casamento entre pessoas do mesmo sexo legal no Reino Unido!
🌈 ✨ ❤

16h30 17 julho 2013

---

**Algernon Gizzard Esq** @Gizzard_Al
Em resposta a @EdLedDesenha
Vá se foder, sapata

---

**Discípulo de Lepine** @D1scipulodeLepine
Em resposta a @EdLedDesenha
Posso sentir o fedor de sua boceta velha daqui

---

**Will A** @will_da_IST
Em resposta a @Gizzard_Al @EdLedDesenha
Vá chupar um monte de picas

---

**Verdadeiro Britânico** @jkett_IST
Em resposta a @EdLedDesenha
Vocês batem suas palmas suspeitas por isso, mas nenhum de vocês guerreiros da justiça social abriu sua boca chupadora de rola para falar da morte de Lee Rigby

Strike anotou os nomes @will_da_IST e @jkett_IST e continuou descendo a página.

Uma hora e um sanduíche de presunto mais tarde, ele tinha retrocedido mais um ano na linha de tempo de Edie.

---

**Edie Ledwell** @EdLedDesenha

Que droga está acontecendo com este país para que o partido independente esteja tão bem nas pesquisas?

---

**Harv @HN_Suprema_Thule**
Em resposta a @EdLedDesenha
O que está acontecendo é que as pessoas podem ver que estamos sendo invadidos, sua vadia burra

Strike anotou o novo nome da irmandade, olhou a conta do homem, não encontrou nenhum detalhe que pudesse identificá-lo e retomou seu exame da linha de tempo de Edie.

Ele já sabia, é claro, que o catalisador para a extrema direita ficar com raiva de Ledwell tinha sido a dispensa de Wally Cardew, mas agora Strike tinha descoberto que, sob o ponto de vista da irmandade, houvera uma ofensa agravante: o ator que tinha substituído Cardew era negro.

---

**Anomia** @AnomiaGamemaster

Então a Comilona escolheu outro Drek, e se vocês fecharem os olhos e escutarem, ele é... uma merda. Eu me pergunto por que ela o escolheu

#políticadecotas #bajulandominorias

7h27 21 abril 2012

Um nome familiar aparecia bem embaixo dessa publicação.

---

**Yasmin Weatherhead** @YazzyWeathers
Em resposta a @AnomiaGamemaster
Injusto, devemos dar uma chance a @MichaelDavidsAtua.

A conta de Yasmin, percebeu Strike, não tinha fotografia, mas um desenho lisonjeiro dela mesma.

Strike desceu a tela para ver mais respostas.

---

**Discípulo de Lepine** @D1scipulodeLepine
Em resposta a @YazzyWeathers @MichaelDavidAtua @AnomiaGamemaster
Você gosta de p*** preta tanto quanto a Comilona?

---

**Jules @eu_sou_evola**
Em resposta a @D1scipulodeLepine @YazzyWeathers @MichaelDavidAtua @AnomiaGamemaster
Ledwell gosta de tudo. Soube que ela chupou o pau de seu senhorio holandês em vez de pagar o aluguel

---

**Algernon Gizzard Esq** @Gizzard_Al
Em resposta a @eu_sou_evola @D1scipulodeLepine
@YazzyWeathers @MichaelDavidAtua @AnomiaGamemaster
"qual o segredo de seu sucesso, srta. Ledwell"
"músculos fortes nas mandíbulas e não ter
reflexo de vômito"

---

**Caneta da Justiça** @canetajustaescreve
Em resposta a @AnomiaGamemaster
@MichaelDavidAtua
Discordo que MD seja ruim, mas concordo que escalá-lo é um
jeito atrapalhado de minimizar o racismo anterior em CN. Acho
que foi uma coisa certa feita pelas razões erradas:

www.canetadajustiça/porqueescalarMichaelDavidcomoDrek...

---

**SQ** @#I_S_T_Quince
Em resposta a @canetajustaescreve @MichaelDavidAtua
Seu babaca Drek não é negro

Strike anotou o nome @#I_S_T_Quince, então continuou a ler a conversa sobre Michael David ter sido escalado, na qual Edie, talvez mal aconselhada, tinha entrado.

---

**Edie Ledwell** @EdLedDesenha
Em resposta a @canetajustaescreve
Você estava na sala quando o escolhemos? Ele era o melhor
para o trabalho, nada a ver com ser negro

**Caneta da Justiça** @canetajustaescreve
Em resposta a @AnomiaGamemaster
Discordo que MD seja ruim, mas concordo que
escalá-lo é um jeito atrapalhado de minimizar o racismo anterior em
CN. Acho que foi uma coisa certa feita pelas razões erradas: www.
canetadajustiça/porqueescalarMichaelDavidcomoDrek...

---

**Anomia** @AnomiaGamemaster
Em resposta a @EdLedDesenha @canetajustaescreve
Se você é tão sensível e raivosa que está atacando fãs no
Twitter, talvez devesse ir se foder e deixar
@realJoshBlay no controle?

---

**Edie Ledwell** @EdLedDesenha
Em resposta a @AnomiaGamemaster @canetajustaescreve
Acreditem em mim, há dias em que isso parece uma ótima ideia.

**Ruby Nooby** @rubynooby*_*
Em resposta a @EdLedDesenha
@AnomiaGamemaster
não diga isso, nós amamos você!

**Zozo** @tinteiro28
Em resposta a @EdLedDesenha
@AnomiaGamemaster
Nããaooo , não vá !!!

**Penny Pavão** @rachledbadly
Em resposta a @EdLedDesenha
@AnomiaGamemaster
todo mundo fala merda por aqui, você tem toneladas de fãs, nós não queremos que você se vá

**Anomia** @AnomiaGamemaster
Em resposta a @rachledbadly @rubynooby*_*
@tinteiro28 @EdLedDesenha
Trollagem completa por #solidariedade 👏👏👏

Alguém bateu à porta do sótão.

— Estou com seus prints — disse a voz rouca de Pat desde o patamar da escada. — E bolo.

— A porta está aberta — gritou Strike, fechando o robe para se assegurar que ele cobrisse sua cueca. — Você disse bolo?

— Disse — respondeu Pat, entrando de costas com o cigarro eletrônico preso entre os dentes como sempre, uma pasta de cartolina em uma das mãos e uma grande fatia de bolo de frutas em um prato. — Eu fiz ontem à noite. Achei que talvez você quisesse um pedaço.

— Muito obrigado — disse Strike. — Você o *fez*?

— Não para você — respondeu Pat sem sentimentalismo, dando uma grande tragada em seu cigarro eletrônico antes de removê-lo para dizer: — Bom, não *só* para você. O moral da equipe podia estar melhor. O bom dos bolos de frutas é que eles duram. Você tem tudo de que precisa?

— Tenho, está tudo bem — disse Strike.

Ela se dirigiu para a porta. Strike a chamou às suas costas:

— Houve reclamações, não foi?

— Nada sério — disse Pat, parando na porta. — Robin está cuidando disso.

Ela foi embora. Strike comeu o bolo de frutas, que estava muito bom, sentindo uma mistura de culpa renovada, irritação com quem quer que estivesse reclamando e uma nova apreciação totalmente inesperada por Pat, que durante sua incapacidade tinha fornecido um tipo de assistência prática que ele achava estranhamente tranquilizante. A ideia de fazer um bolo para a equipe era uma que nunca teria ocorrido a Strike, embora reconhecidamente, nesse momento, seria muito difícil ele conseguir se equilibrar por tempo o bastante para bater um.

Depois de terminar o bolo, ele acendeu um novo cigarro e voltou para o Twitter.

Strike estava começando a se sentir como um porco farejador de trufas tentando fazer seu trabalho em um aposento cheio de incenso, peixe morto e queijo forte. À medida que uma hora entediante sucedia outra hora entediante, ele se viu cada vez mais propenso a ficar distraído pelos argumentos e linhas de raciocínio desconexos que nada tinham a ver com a Irmandade da Suprema Thule. Por exemplo, tinha começado a se interessar por dois dos tuiteiros mais prolíficos para Edie e Anomia: Discípulo de Lepine e Algernon Gizzard, que pareciam ambos ter obtido um enorme prazer ao atacar Edie Ledwell durante os últimos anos.

Por fim, com o objetivo de se livrar de uma desconfiança que o irritava como uma coceira, ele foi dar uma olhada com atenção na conta de Discípulo de Lepine.

O avatar mostrava uma foto borrada em preto e branco de um jovem com cabelo e barba fartos. Olhando para a foto antiga, Strike achou tê-la reconhecido e foi no Google verificar. De fato, a foto da conta era de Marc Lépine, o assassino em massa canadense que em 1989 matou catorze mulheres antes de se suicidar, deixando para trás um bilhete que culpava as feministas por arruinar sua vida.

Até onde Strike podia ver, a conta de @D1scipulodeLepine parecia existir principalmente para assediar e ameaçar mulheres jovens. Edie tinha sido um alvo recorrente, mas Kea Niven também tivera sua cota de abuso, com base em ter "usado" Anomia para amplificar sua acusação de plágio até que Anomia "enxergou quem ela era de verdade". Fora isso, Discípulo de Lepine tinha como alvo franquias que o escritor anônimo acreditava estarem sendo destruídas por atrizes e roteiristas mulheres, incluindo *Star Wars*, *Dr. Who* e uma grande variedade de videogames. Contas aleatórias de mulheres viraram alvos com base em suas donas serem muito feias, terem opiniões demais e (uma obsessão em especial) estarem muito acima do peso. O Discípulo de Lepine frequentemente tinha causas em comum com contas da extrema direita, incluindo a Irmandade da Suprema Thule, e frequentemente apoiava Anomia, cujos ataques a Ledwell pareciam lhe dar prazer.

A conta estava cheia de memes e bordões que Strike já tinha encontrado em meio aos diversos Dreks e os Irmãos da Suprema Thule: memes no estilo "Stacy versus Chad", críticas aos fãs "padrãozinho" de animações mainstream que eram vazios e narcisistas, e que faziam muito sexo, e menções regulares a "tomar a pílula vermelha", ou de ter despertado para o fato de que os homens estavam sendo subjugados e que as mulheres eram, na verdade, as opressoras. O Discípulo de Lepine também era propenso a sugerir soluções desagradáveis, e às vezes violentas, para os problemas de outros jovens. Para um adolescente americano que reclamava da hora rígida de chegar em casa imposta pela madrasta, ele sugeriu grampear seu quarto, depois tocar o áudio dela fazendo sexo em um alto-falante na janela. Um homem que tinha sido largado pela namorada, que era professora, foi aconselhado a botar pornografia infantil em sua bolsa e então telefonar para a polícia. Toda a raiva, rancor e falas sobre uma revolução do "macho beta" eram confissões francas e furiosas de que o dono da conta ainda era virgem.

O efeito cumulativo dos textos publicados por Discípulo de Lepine não era apenas desagradável para Strike, mas preocupante. Sua carreira investigativa o tinha ensinado que pessoas perigosas muito raramente explodiam em violência, como Strike dizia para si mesmo, de um início parado. Entretanto, como o Discípulo de Lepine era anônimo e sua localização oculta, não havia muito que pudesse fazer em relação a ele. Um pequeno consolo era que ele tinha apenas setenta e dois seguidores, cuja maioria, até onde Strike podia discernir, eram robôs.

Em seguida, voltou sua atenção para a conta de Algernon Gizzard, que tinha pouco mais de três mil seguidores. A foto do banner mostrava o Chelsea comemorando sua recente vitória na Premier League: Drogba, Ramires e Rémy estavam deitados na grama ao lado do troféu coroado, enquanto o resto do time vibrava e se cumprimentava atrás deles. Levando-se em conta que Strike era torcedor do Arsenal, essa imagem não aumentou sua simpatia por @Gizzard_Al.

O avatar mostrava a parte de trás de uma cabeça com o cabelo escuro cortado rente e óculos de aviador usados para trás. Strike aumentou a imagem, olhando com mais atenção para os óculos escuros: a ponte era de couro, e embora a pequena palavra escrita em prata nas lentes estivesse borrada, Strike achou que ela dizia "Cartier".

A vida descrita pelo proprietário da conta, sempre supondo que era realmente dele, dificilmente poderia causar um contraste maior com a de Discípulo de Lepine. Aqui não havia ódio por si mesmo; ao contrário, havia um tom de fanfarronice e consumismo alegre em quase toda publicação. Gizzard costumava publicar fotos do cupê Mercedes E-Class vermelho que dizia possuir, embora sempre com o número da placa removido. Uma foto do Chelsea jogando contra o Manchester City tinha sido tirada de um camarote particular, com champanhe em um balde de gelo em primeiro plano. Uma loura de cabelo comprido de minissaia fotografada por trás enquanto caminhava pela Bond Street, debaixo da qual havia a legenda: "estava com tesão, então liguei para a piriguete que larguei há um mês". Gizzard se referia com regularidade a mulheres usando termos como "piriguete" e "vagaba", palavras que o Strike de quarenta anos teve que pesquisar e descobriu que a primeira era sinônimo de mulher "fácil" e aproveitadora, e a segunda uma abreviação de "vagabunda".

Havia duas selfies, nenhuma das quais mostrava muito do rosto de Gizzard. Em uma, revelava-se uma sobrancelha grossa no canto de uma foto de uma praia comprida de areia branca que parecia poder ser nas Seychelles. Meio olho castanho também tinha sido capturado em uma foto tirada por cima do ombro de Gizzard, mostrando várias modelos e atrizes famosas nitidamente embriagadas no que Strike reconheceu como a área VIP de uma casa noturna até a qual ele certa vez seguira um marido errante. Gizzard tinha escrito "um monte de vagabas" junto à foto. A publicação obteve para ele mais de cinco mil curtidas.

Quanto mais Strike investigava a conta de Gizzard, mais seu subconsciente empreendia tentativas fúteis de lhe dizer alguma coisa. O que era? Ele voltou para o alto da página e olhou a biografia.

---

**Algernon Gizzard Esq** @Gizzard_Al

"Eu não tenho nenhuma simpatia pelo lixo da sociedade.
Não me importa se eles vivem ou morrem" — weev

De repente, embora não houvesse ninguém ali para ouvi-lo, Strike disse em voz alta:

— Algiz. Merda, é *Algiz*.

Ele digitou a palavra no Google. Como esperado, Algiz, tal qual Thurisaz, era uma runa do Antigo Futhark. Os significados atribuídos a Algiz eram vários, como proteção, defesa e um eu superior.

— Não pode ser a porra de uma coincidência — murmurou Strike, agora olhando novamente para o conteúdo de Gizzard com ainda mais cuidado, descendo a tela através dos anos, prestando atenção especial às pessoas com quem Algiz tinha interagido. Finalmente, de volta ao início de 2013, ele encontrou uma interação com uma conta da Irmandade da Suprema Thule.

---

**Ryder T** @Suprema_T_14

Vou ficar muito bêbado esta noite.

---

**Algernon Gizzard Esq** @Gizzard_Al
Em resposta a @Suprema_T_14
Auf die alten Götte!

Strike desconfiou que o brinde germânico podia ser apenas um favorito em retiros odinistas. Ainda assim, ele continuou a descer a tela e, finalmente, em julho de 2011, encontrou algo que justificasse as duas horas passadas em @Gizzard_Al, que tinha tuitado sua aprovação depois que um terrorista de extrema direita havia massacrado setenta e sete jovens em um acampamento do Partido Trabalhista na Noruega.

---

**Algernon Gizzard** Esq @Gizzard_Al

Andei lendo o manifesto do atirador
👍👍👍

---

**Jamie Kettle** @PílulaNegra28
Em resposta a @Gizzard_Al
Um puta herói

— *Peguei você, filho da puta!* — falou Strike em voz alta.

Thurisaz estava sorrindo na foto anexada à conta de Jamie Kettle, cuja localização estava listada como Londres. A única diferença entre sua aparência em 2011 e no presente era que quatro anos antes ele não tinha uma runa tatuada no pomo de adão. Entretanto, a fotografia de seu banner era o crânio que Strike tinha visto tatuado na parte de trás da cabeça de Thurisaz.

A conta tinha todos os estigmas de um membro da extrema direita que Strike passara a conhecer bem: uma preocupação com o excesso de procriação dos imigrantes, homens brancos sendo marginalizados, o policiamento do pensamento e do discurso, e o narcisismo, ganância e vazio das mulheres. Entretanto, a conta passara por uma mudança marcante em 2012, depois do que quase todo o conteúdo político desapareceu, deixando apenas publicações pouco frequentes sobre os dois principais hobbies de Kettle: marcenaria, do qual ele publicava exemplos de seu trabalho acabado, e sua motocicleta Norton Commando 1968.

Strike remexeu nos papéis na mesa de sua cozinha e encontrou a lista de contas da Suprema Thule que estava compilando e rapidamente encontrou @jkett_IST, também conhecido como Verdadeiro Britânico, cuja conta tinha sido criada em abril de 2012: no exato momento em que a conta de Jamie Kettle foi expurgada de conteúdo político.

— Peguei você por querer exibir suas mesinhas de sofá — disse Strike com um sorriso sombrio enquanto pegava o telefone para ligar para o detetive--inspetor chefe Murphy.

# 47

*... essas almas maculadas estão ávidas para infectar,*
*E soprar seu mau hálito no rosto de uma irmã*
*Como se obtivessem alguma facilidade com isso.*

Elizabeth Barrett Browning
*Aurora Leigh*

## Chats dentro do jogo entre cinco dos oito moderadores de *Drek's Game*

**<Canal de moderadores>**

**<13 de maio de 2015 23.47>**

**<Vilepechora, Corella, Verme28, Páginabranca>**

**Corella:** Estou tão ansiosa com a Comic Con

**Verme28:** eu também

**Vilepechora:** todo mundo já está com sua máscara pronta?

**Verme28:** rsrsrs claro

**Corella:** então vc vai, Vile?

**Vilepechora:** não me chame de Vile

**Corella:** rsrsrs

**Verme28:** rsrsrs

**Vilepechora:** Eu vou se Páginabranca for.

**Páginabranca:** por quê?

**Vilepechora**: Eu adoro uma ruiva. Sangue viking de verdade

**Corella**: como vc sabe como ela é?

**Vilepechora**: rsrsrs não posso entregar minhas fontes

>

**Corella**: LordDrek vai à Comic Con, alguém sabe?

**Verme28**: não sei , ele não entra aqui tem séculos

**Verme28**: Acho que Anomia devia indicar um novo moderador

**Corella**: não devia não

**Verme28**: mas ele nunca mais entrou aqui

**Verme28**: Vile , LordDrek foi embora ?

**Corella**: Tenho certeza que não

**Corella**: ele só está muito ocupado

>

>

>

>

>

**<LordDrek entrou no canal>**

**Corella**: MEU DEUS, estávamos falando de você agora!

**LordDrek**: espero que só coisas boas

**Corella**: é claro!

**Corella**: tudo bem com você?

**LordDrek**: tudo

**<Um novo canal privado foi aberto>**

**<13 de maio de 2015 23.50>**

**<Páginabranca convidou Vilepechora>**

**Páginabranca**: Como você sabe que sou ruiva?

**<Vilepechora entrou no canal>**

**Vilepechora**: Estou honrado, achei que só Morehouse falava com você por canal privado

**Vilepechora**: vocês dois tiveram uma briguinha de amantes? Percebi que ele não anda muito mais por aqui

**Vilepechora**: e você está aqui a toda hora

**Páginabranca**: responda a porra da pergunta

**Vilepechora**: devia ter dito ruiva *natural*

**Vilepechora**: o cabelo de cima é igual ao de baixo e tudo mais

**Páginabranca**: como você sabe?

**Vilepechora**: rsrs

**Vilepechora**: eu conto se você responder uma pergunta minha

**Páginabranca**: que pergunta?

**Vilepechora**: o quanto você quer me contar quem é Anomia?

**Páginabranca**: Não sei quem ele é

**Vilepechora**: não ferra, sei que Morehouse deve ter contado a você

**Páginabranca**: ele não contou

**Vilepechora**: mas Morehouse sabe, certo?

**LordDrek:** Morehouse não está por aqui?

**Corella:** não

**LordDrek:** bom, porque ser chamado de nazista de dez em dez minutos ficou velho

**Corella:** sinto muito

**LordDrek:** não é sua culpa =*

**Corella:** Morehouse estava agindo de um jeito estranho

**LordDrek:** Anomia não está aqui?

**Corella:** não, ele saiu há meia hora, tinha que fazer alguma coisa

**LordDrek:** o que ele é, um vampiro? É mais de meia-noite

**Corella:** rsrsrs

**LordDrek:** talvez agora que pegou o gosto por matar, ele tenha saído para caçar

**Corella:** rsrsrs não diga isso

**LordDrek:** Não sou quem diz isso, é ele

**LordDrek:** o tempo todo fora do jogo

**LordDrek:** um dia alguém vai levá-lo a sério

**LordDrek:** Sei que ele acha que manteve toda a polícia fora daqui, mas basta um conseguir entrar e ele está ferrado

**LordDrek:** ei, Vilepechora

>

**Vilepechora:** Estou ocupado, me dê 5 minutos

**Páginabranca:** é, Morehouse sabe, mas ele nunca ia contar a você

**Vilepechora:** Eu sei, por isso estou perguntando a você

**Páginabranca:** por que o interesse repentino?

**Vilepechora:** não é repentino

**Vilepechora:** todos os fãs querem saber quem é Anomia

**Vilepechora:** além disso, ele matou Ledwell

**Páginabranca:** não fode

**Vilepechora:** então quem matou?

**Páginabranca:** talvez você

**Vilepechora:** tenho um álibi sólido, linda

**Páginabranca:** aquele merda

**Páginabranca:** aquela canalha total do caralho

**Páginabranca:** como ele ousa?

**Páginabranca:** ele fala da regra 14 e depois vai lá e faz isso?

**Vilepechora;** não se preocupe, eu deletei

**Páginabranca:** tenho certeza que deletou

**Vilepechora:** Deletei. Minha namorada é do tipo ciumento

**Vilepechora:** aposto que agora você quer que eu descubra quem é Anomia, não quer?

>

>

**Páginabranca:** você vai à Comic Con?

>

**Corella:** é tão injusto se eles estão mesmo investigando os fãs

**Corella:** nenhum fã teria feito isso

**Corella:** especialmente não com Josh

**Verme28:** pq vc está dizendo isso ?

**Verme28:** especialmente não com Josh

**Corella:** você sabe o que quero dizer

**Verme28.** Não sei, explica

**Corella:** bom, porque era ela quem estava estragando tudo por dinheiro, não era?

**Verme28:** como assim ?

**Corella:** que isso, Verme, todo mundo sabia que era ela quem só estava interessada na grana

**Verme28:** como vc sabe ? Vc não estava lá em todas as reuniões e tudo

**Verme28:** como vc sabe que j*** não queria mais dinheiro ?

**Verme28:** E*** criou todas as boas ideias e os melhores perrsonages

**Verme28:** estou cansada de todos falarem mal dela

**Verme28:** ela era uma boa pessoa , sei que era

**Verme28:** então vá se foder , Corella

**<Verme28 saiu do canal>**

>

**Vilepechora:** não sei, por quê?

**Páginabranca:** Anomia vai estar lá vestido de Drek

**Vilepechora:** é mesmo?

**Páginabranca:** Morehouse me contou muito tempo atrás

**Páginabranca:** Anomia sempre vai de Drek

**Vilepechora:** assim como um monte de outras pessoas

**Páginabranca:** é por isso que ele faz isso, seu idiota

**Páginabranca:** o que você acha, que ele ia entrar com uma seta apontada para a cabeça dizendo "eu sou Anomia"?

**Vilepechora:** rsrsrs está bem

**Páginabranca:** Espero que você agora descubra quem é o canalha

**Páginabranca:** Eu também talvez investigue

**Vilepechora:** ótimo, nós devíamos nos unir

**Páginabranca:** Eu não vou me unir a você

**Vilepechora:** por que, Morehouse ia ficar com ciúme?

**Páginabranca:** Vilepechora, se minha foto cair na internet ou qualquer coisa

**Vilepechora:** ela não vai

**Vilepechora:** Eu podia ter tentado chantagear vc com ela

**Vilepechora:** mas não fiz isso porque sou um cara legal

**Páginabranca:** claro que é

**Corella**: hã... o que foi isso?

**LordDrek**: rsrsrs

**LordDrek**: a Verme não é mais a mesma

**Corella**: quero dizer, não é que eu *conhecesse* L****** nem nada

**Corella**: Josh teria deixado o desenho de graça no YouTube para sempre. Era ela que queria pagamento.

**LordDrek**: é, ela parecia uma vadia mercenária total

**Corella**: ela meio que era

>

>

**Corella**: vc vai à Comic Con?

**LordDrek**: eu queria ir, mas não posso ☹

**LordDrek**: e você?

**Corella**: vou, e em três semanas vou ver uma peça

**LordDrek**: é? que peça?

**Corella**: Tchekhov

**LordDrek**: uau, espero que você goste

**Corella**: espero que o ator principal me dê um autógrafo depois

**LordDrek**: bom, nunca se sabe

**Corella**: você acha que ele pode fazer isso?

**LordDrek**: Diria que há muita chance de isso acontecer

**Corella**: rsrs

**Vilepechora**: o que você quer dizer com isso?

**Páginabranca**: Corte?

**Vilepechora**: vá se foder, nós passamos séculos naquela pesquisa, nós achamos mesmo que Anomia era Ledwell

**Páginabranca**: está bem, se você está dizendo

**Páginabranca**: mas estou falando sério sobre minha foto

**Vilepechora**: Juro por Odin e os Velhos Deuses que não vou usá-la

**Páginabranca**: você disse que tinha deletado

**Vilepechora**: Deletei, por isso não posso usá-la

**Páginabranca**: bom, é melhor que isso seja verdade

**<Páginabranca saiu do canal>**

**<Vilepechora saiu do canal>**

**<O canal privado foi fechado>**

**<Um canal privado foi aberto>**

**<14 de maio de 2015 00.04>**

**<Vilepechora convidou LordDrek>**

**Vilepechora**: Notícias

**Corella:** o que você acha que eu devo fazer, esperar perto da entrada dos artistas?

**LordDrek:** espere, querida, tem alguém batendo na porta

**Corella:** sem problema bj

>

>

**Páginabranca:** Morehouse tem aparecido?

**Corella:** não

**Corella:** vocês dois brigaram?

**Páginabranca:** não, eu só queria falar com ele

>

>

>

**Páginabranca:** você diz a Morehouse que quero falar com ele, se ele aparecer?

**Corella:** digo sim

**Páginabranca:** obrigada

**<Páginabranca saiu do canal>**

**Corella:** você ainda está por aqui, LordDrek?

>

>

>

>

>

>

>

>

>

>

>

**<LordDrek entrou no canal>**

**LordDrek:** conseguiu alguma coisa?

**Vilepechora:** ela diz que não sabe quem ele é

**Vilepechora:** mas disse que ele vai à Comic Con vestido de Drek

**LordDrek:** isso não serve para nada, vai ter centenas de Dreks lá

**Vilepechora:** Foi o que eu disse, mas ela disse que é por isso que ele faz isso.

**Vilepechora:** Páginabranca está interessada em descobrir quem ele é, agora que ela descobriu que ele está mostrando seus nudes dentro do jogo.

**Vilepechora:** Eu podia me juntar a ela para tentar encontrá-lo

**LordDrek:** vá se foder, não envolvemos guerreiros da justiça social em nossas coisas.

**LordDrek:** Sei que você tem tesão por Páginabranca, mas você precisa esquecer isso. Mantenha a mente na porra do trabalho.

**LordDrek:** porque tenho notícias também, e não são boas

**LordDrek:** e nós estamos mais seguros conversando aqui que o normal, porque acho que a polícia ainda deve estar nos vigiando

**LordDrek:** Thurisaz foi levado para ser interrogado há uma hora

**LordDrek**: só um segundo querida

**Corella**: desculpe, eu não queria incomodar!

>

>

>

>

>

>

>

>

>

>

>

>

**LordDrek**: desculpe por isso, o vizinho se trancou fora de casa

**Corella**: você guarda uma chave extra para ele?

**LordDrek**: guardo

**Corella**: rsrs eu nunca imagino pessoas como você fazendo coisas assim para os vizinhos

**LordDrek**: "pessoas como eu"?

**Corella**: você sabe o que estou dizendo

**Corella**: pessoas f******

**LordDrek**: ainda somos pessoas

**Corella**: rsrsrs é, eu acho que sim

**Corella**: é só difícil de imaginar

>

**Vilepechora**: merda

**LordDrek**: devia haver uma câmera naquele banheiro

**LordDrek**: enfim, o idiota manteve sua velha conta do Twitter com sua foto e seu nome verdadeiro. Foi assim que o identificaram

**Vilepechora**: como você sabe?

**LordDrek**: Uruz estava na casa de Thurisaz quando a polícia apareceu

**LordDrek**: Eles perguntaram a Thurisaz se a conta velha era dele

**LordDrek**: ele não pôde nem negar, a moto estava em sua entrada de carros

**Vilepechora**: merda

**LordDrek**: então eu quero que você vá apagar a porra daquela conta de Algiz IMEDIATAMENTE

**Vilepechora**: está bem, vou fazer isso agora

>

>

>

**Vilepechora**: está bem, está apagada

**Vilepechora**: mas nunca botei meu nome verdadeiro nela, nem fotos do meu rosto

**LordDrek**: não, só de seu carro, de seu time de futebol e de sua casa noturna favorita

**Vilepechora**: olhe, alguém com certeza deve ir à Comic Con para tentar identificar Anomia

>

>

**LordDrek:** é melhor não falarmos mais dessas coisas. Regra 14.

**Corella:** rsrsrsrs, é, desculpe.

**Corella:** Às vezes fico meio descuidada quando Anomia não está aqui

**Corella:** Imagino que depois que termina uma peça os atores têm que ir para casa e dormir cedo

**LordDrek:** têm, sim

**Corella:** pena

**LordDrek:** Acho que os diretores devem ser rígidos em relação a isso

**Corella:** Eu imagino que sim

**Corella:** mas eles supostamente deixam as pessoas visitarem os atores no camarim antes da peça?

>

>

>

**LordDrek:** desculpe, é meu vizinho de novo. Ele quebrou a chave na fechadura

**Corella:** ah, não

**LordDrek:** Vou ter que desconectar, ele vai esperar o chaveiro na minha casa.

**Corella:** ah, está bem

**Corella:** boa noite bjs

>

>

**LordDrek:** boa noite bjs

**<LordDrek saiu do canal>**

**Vilepechora:** ele sempre diz que foi ele quem os atacou. Se descobrirmos quem ele é, podemos avisar à polícia. Vai tirar a pressão de cima de nós se ele for pego por esfaquear os dois

>

**LordDrek:** o que vc vai fazer, sair arrancando as máscaras das pessoas?

**Vilepechora:** vale a pena arriscar, caralho

**Vilepechora:** Ele vai estar com uma máscara de Drek e uma camiseta “Mantenham o jogo”. Eu só vou fazer com que ele fale

>

>

**LordDrek:** está bem, vá à Comic Con, mas não faça nada idiota

**LordDrek:** não dê uma de Thurisaz

**LordDrek:** se ele não tivesse ido atrás daquele policial, ele não estaria sob custódia

**Vilepechora:** Thurisaz não vai falar

>

**LordDrek:** esse não é o ponto

**Vilepechora:** você ainda vai fazer a reunião no sábado?

>

**LordDrek:** vou, precisamos manter a disciplina rígida nesse momento

**LordDrek:** Eu ainda tenho que falar com aquela vaca gorda da Corella para que ela não fique desconfiada

>

>

>

>

>

>

>

>

**Corella**: ainda está acordado, Vile?

>

>

>

**<Vilepechora saiu do canal>**

**LordDrek**: ela vem ver minha peça. Ela quer um autógrafo na entrada dos artistas

**Vilepechora**: rsrsrs, seu maluco. O que você vai dizer depois que Michael David ignorá-la, fingir que não a viu?

**Vilepechora**: porque ela não vai acreditar nisso, não quando ela é grande como um banheiro de tijolos.

**LordDrek**: Eu sei, devia ter fingido ser Stevie Wonder

**Vilepechora**: rsrs

**<LordDrek saiu do canal>**

**<Vilepechora saiu do canal>**

**<O canal privado foi fechado>**

# 48

*Às vezes, como fazem as coisas jovens, ela me importuna,*
*Desobediente, ou descuidada demais, ou cega demais.*
*Como pássaros sem rumo que, voando no vento,*
*Atacam enviesados sua própria árvore familiar...*

Augusta Webster
*Mother and Daughter*

O despertador de Strike o acordou cedo na manhã seguinte, porque ele tinha de ir dirigindo até King's Lynn para entrevistar Kea Niven. Embora levemente apreensivo a respeito de como seu coto ia suportar o desafio duplo de aguentar a prótese e operar o acelerador, seu ânimo melhorou com a mensagem de Ryan Murphy que chegara à noite. Thurisaz, também conhecido como Jamie Kettle, tinha sido encontrado em casa em Hemel Hempstead e levado para interrogatório. A polícia estava naquele momento examinando seu computador à procura de provas de atividade na dark web e revistando sua casa em busca de qualquer prova de equipamento para fazer bombas. Embora fosse um exagero afirmar que a queda de Strike devido à bolsa da finlandesa havia sido um golpe de sorte, especialmente levando-se em conta a pressão que isso pusera em seu próprio negócio, ele pelo menos tinha a satisfação de saber que suas muitas horas de imersão no Twitter tinham dado fruto, então tomou o café da manhã mais animado do que estivera em muitos dias.

Entretanto, quando saiu do chuveiro, Strike percebeu que tinha perdido uma ligação. Com forte desconfiança do que estava prestes a ouvir, ele acessou o correio de voz.

— Hã... sim, alô, sr. Strike? Aqui é Sara Niven. Kea está muito mal, hoje, infelizmente, por isso, hã, vamos ter que adiar a entrevista... desculpe.

Strike ficou parado equilibrado em uma perna, com a mão livre segurando as costas de uma cadeira da cozinha, uma toalha de banho enrolada na cintura. Finalmente decidiu que a única coisa a fazer era ir em frente como se nunca tivesse ouvido a mensagem. A ligação tinha sido transferida do número do escritório; ele ia alegar que houvera algum problema técnico.

Para seu alívio, a extremidade de seu coto aceitou docilmente a meia, a almofada de gel e a pressão de seu peso sobre a perna falsa. Seu tendão ainda estava reclamando, mas a alternativa ao uso da prótese era fazer a viagem até King's Lynn de trem e táxi andando sobre muletas, para em seguida ir se encontrar com Madeline naquela noite com uma perna da calça dobrada e meio vazia, então seu tendão ia ter que aguentar. Ele, porém, resolveu levar a bengala desmontável que Robin comprara para ele, antes de descer cautelosamente a escada usando um terno, porque não queria ter de voltar à Denmark Street para trocar de roupa antes de se encontrar com Madeline mais tarde.

Strike estava na A14 e margeava Cambridge quando Robin ligou para ele.

— Boa notícia. Seb Montgomery com certeza não é Anomia.

— Graças a Deus — disse Strike fervorosamente. — Já era hora de excluirmos alguém. Como você descobriu?

— Anomia entrou no jogo há cinco minutos, insistindo para que mais jogadores vão à Comic Con. Seb tinha saído para comprar café para o escritório na hora. Eu estava de olho nele: nenhum celular, nenhum iPad, nada onde pudesse digitar.

— Excelente trabalho, Ellacott — disse Strike. — Em outra notícia, a mãe de Kea Niven ligou dizendo que ela está muito mal para ser entrevistada hoje.

— Ah, *droga* — disse Robin. — O que você vai...

— Eu vou de qualquer jeito — retrucou Strike. — Que se foda. Vou fingir que não recebi a mensagem.

Houve uma breve pausa, na qual Strike ultrapassou um Vauxhall Mokka que seguia morosamente.

— Você acha que é...? — começou a dizer Robin.

— Ela é *sua* favorita para ser Anomia — argumentou Strike.

Levando-se em conta os acontecimentos da semana anterior, ele estava se sentindo um pouco sensível em relação a qualquer sugestão de que pudesse estar agindo de forma irresponsável.

— Não, acho que você está certo — disse Robin. — Ela pode continuar a adiar nosso encontro para sempre.

— Você leu meu e-mail sobre Jamie Kettle? — perguntou Strike. Ele contara a Robin que tinha identificado Thurisaz imediatamente depois de ligar para Murphy.

— Li — respondeu Robin. — Fantástico. Isso deve ter levado uma eternidade.

— Vinte e três horas vasculhando o Twitter — disse Strike. — Murphy, porém, ficou satisfeito. Onde está você?

— Andando na direção da Harley Street. Gus Upcott está viajando de metrô nessa direção, segundo Midge. Vou assumir Gus, e ela pode ir render Barclay com Preston Pierce. Acho que devíamos...

— Misturar um pouco as coisas, é — disse Strike, torcendo para que Robin não estivesse criticando implicitamente a decisão que ele tomara de continuar seguindo Wally Cardew por tantas horas, de modo que seu rosto acabou marcado por Thurisaz. — Bom, eu mando uma mensagem de texto para você assim que estiver diante de Kea.

A notícia sobre Montgomery era tão animadora que Strike nem se incomodou muito com o primeiro vislumbre de um moinho de vento ou a mudança da paisagem para amplos brejos e pântanos planos. Ele nunca ia voluntariamente a Norfolk e, na verdade, tinha um leve preconceito contra todo o condado, pois o pior dos muitos lugares aos quais sua mãe itinerante, sempre ávida por novidades, levara ele e sua irmã para morar tinha sido uma comunidade em Norfolk, um lugar que Strike esperava sinceramente que não existisse mais.

Ele entrou em King's Lynn pouco depois das 11h. Seu sistema de navegação o conduziu por uma série de ruas semelhantes até emergir em um cais de concreto às margens do grande Ouse, um rio de aspecto lamacento que passava junto à casa dos Niven. Strike estacionou, escreveu para Robin que estava prestes a bater à porta de Kea e desceu do carro, levando sua pasta contendo prints de telas. Quando estava quase fechando a porta do carro, levou a mão ao interior e pegou a bengala, embora, no momento, não estivesse sentindo necessidade dela, então seguiu pelo South Quay até a casa dos Niven e tocou a campainha.

Uma voz feminina aguda gritou do interior, embora as palavras não fossem identificáveis. Depois de uma pausa de quase um minuto, a porta se abriu.

Uma mulher de meia-idade, que Strike imaginou ser a mãe de Kea, com cabelo grisalho desarrumado e aparência vagamente boêmia, estava parada à frente dele. Ao ver o detetive, seu rosto registrou desalento.

— Ah... você é...?

— Cormoran Strike. Estou aqui para ver Kea.

Ao anúncio de seu nome, a voz aguda que ele ouvira antes literalmente gritou de algum lugar fora de vista.

— *Não! Você me disse que o havia impedido!*

— Kea — disse a mãe, girando o corpo, mas em seguida vieram os sons de passos correndo e de uma porta batendo. — Ah, *não* — disse Sara Niven, e voltando-se novamente para Strike, falou com raiva: — Eu disse para você não vir! Eu telefonei de manhã e deixei uma mensagem!

— Telefonou? — perguntou Strike, se apoiando pesadamente sobre a bengala, fingindo confusão misturada com descrença. — A senhora tem certeza de que ligou para o número certo? Nosso serviço de mensagens no escritório geralmente é confiável.

— Tenho certeza que eu...

Uma segunda porta mais pesada bateu. Strike deduziu que Kea tinha acabado de sair correndo pela porta dos fundos. Uma voz desconcertantemente metálica dentro da casa deu início a um grito repetido de "*Por favor*, Kea! *Por favor*, Kea! *Por favor...*"

— Acabei de vir dirigindo de Londres — disse Strike, franzindo o cenho enquanto se apoiava na bengala. — Eu podia pelo menos usar seu banheiro?

— Eu... bom...

Ela hesitou, antes de dizer com relutância:

— Tudo bem.

Sara se afastou para permitir a entrada de Strike, apontou na direção de uma porta fechada no corredor e, em seguida, desapareceu em uma curva no fim do corredor, onde Strike supôs que ficasse a porta dos fundos, chamando:

— Kea? *Kea!*

Strike parou sobre o capacho e olhou ao redor. Através de uma porta aberta a sua direita havia uma sala de estar decorada com uma mistura movimentada de estampas florais Liberty. Um casal de periquitos piscava para ele de uma gaiola grande. Ele também viu um laptop aberto em cima do sofá velho.

Strike entrou rapidamente na sala de estar e tocou o touchpad do laptop. Estava quente. Kea estivera procurando vestidos no site prettylittlething.com. Strike clicou em seu histórico de navegação, tirou uma foto apressada com o celular da lista de sites que ela visitara recentemente, então saiu o mais rápido possível da sala e entrou na porta que Sara tinha indicado.

O lavabo pequeno continha apenas um vaso sanitário e uma pia. Nenhum dos dois estava particularmente limpo. Havia uma pilha de exemplares do *New Statesman* e de um jornal local ao lado do vaso sanitário. Várias gravuras de aves exóticas com manchas de idade pendiam desorganizadamente nas paredes. A estranha voz metálica continuava sua cantilena de algum lugar do interior da casa:

— *Por favor*, Kea! *Por favor*, Kea!

Strike saiu do banheiro e ouviu Sara gritar:

— Pare com isso!

A voz metálica mudou sua cantilena:

— *Pare com isso! Pare com isso! Pare com isso!*

Ele seguiu o som das vozes. Sara Niven estava parada na cozinha parecendo ao mesmo tempo ansiosa e com raiva, de costas para uma pilha cheia de louça. O vestido largo que usava era feito de uma estampa Liberty verde-lama que combinava com as almofadas da sala de estar. Havia um buraco no pé esquerdo da meia de ginástica grossa, através do qual seu dedão tentava sair.

— *Pare com isso!*

Em um poleiro no canto havia uma grande cacatua alba, que agora estava olhando para Strike com olhos inteligentes e enervantes. Depois de falar as últimas palavras, ela passou a bicar o próprio pé.

— Fique bem longe dele — avisou Sara. — Ele não gosta de homens.

Strike parou obedientemente. Através da janela acima da pia, ele podia ver que metade do quintal tinha sido convertida em viveiros. Uma grande variedade de aves coloridas estava pousada ou esvoaçando em seu interior. A cozinha tinha um cheiro rançoso, com um toque de hortaliças.

— Kea saiu — informou Sara a Strike com voz acusadora. — Ela saiu pelo portão dos fundos.

— Ah — disse Strike, apoiando-se na bengala. — Isso é uma pena... Imagino que saiba tudo do que isso se trata, sra. Niven.

— Sei. Você disse ao telefone: aquela pessoa Anomalia, ou seja lá como se chama — disse Sara. — Kea disse que Josh acha que é *ela*, o que é *totalmente* ridículo.

— Kea deve ter me entendido mal — falou Strike. — Eu disse a ela que há uma teoria circulando por aí de que ela é Anomia, mas eu nunca disse que Josh acredita nisso. Josh só quer que Kea fale comigo porque ele sabe que ela já se comunicou pessoalmente com Anomia.

— Olhe — disse Sara vigorosamente. — Kea já falou com a polícia. Alguém entrou em contato com eles, *totalmente* ridículo, e disse a eles que Kea estava *perseguindo* aquela garota, aquela Ellie Led-qualquer coisa havia anos, por isso eles a interrogaram sobre coisas que ela falou nas mídias sociais, pelo amor de Deus! Isso está longe de ser *perseguição*, dizer que você foi roubada, não é? E, por acaso, Josh Blay tratou Kea *muito mal*, o que teve um efeito *terrível* sobre sua saúde mental, e ela acabou tendo que largar a faculdade...

— É, eu soube que Kea não anda bem — disse Strike. — Desculpe, mas a senhora se incomodaria muito se eu me sentasse?

Ele levantou a perna direita da calça para revelar a barra de metal de sua prótese. Como ele esperava, a visão pareceu chocar e aturdir Sara.

— Ah, sinto muito, eu... eu não sabia...

Strike, cujo único propósito era dificultar que Sara o expulsasse, se sentou em uma cadeira de madeira. A mesa estava coberta de farelos de torrada. Sara então se sentou automaticamente na cadeira em frente a ele e jogou distraidamente alguns deles no chão. Não era desse jeito que o exigente Strike gostava de viver.

— Ela estava melhor até que *isso* aconteceu — disse Sara, e Strike entendeu que "isso" significava as facadas. — Mas depois, obviamente, com o estresse causado por isso... Eu entrei com uma reclamação na polícia. Ela devia ter tido alguém com ela naquela entrevista. *Eu* devia estar presente. Ela tem uma doença crônica, pelo amor de Deus. Não é culpa de *Kea* ele ter ligado para ela. E então, *o que* eles a fizeram passar, rastreando seus movimentos...

— Desculpe, quem telefonou para Kea? — perguntou Strike.

— Josh — respondeu Sara, olhando para Strike com uma mistura de descrença e desalento. — Achei que você soubesse, ele ligou para ela na véspera de ser esfaqueado.

— Ah, entendi.

— Mas ele não contou a ela que ia ao cemitério no dia seguinte. Ela nunca soube *disso*. Por que ele diria a ela aonde... ele mal mencionava aquela Ellie Led-qualquer coisa para Kea, e por que faria isso? Mas a polícia a fez recontar todos os seus passos, e, bem, ela teve uma recaída enorme.

— É, Kea mencionou ao telefone que estava acamada — disse Strike.

Seguiu-se mais uma pausa breve na qual o fato de Kea ter saído de casa correndo parecia reverberar como um eco pela cozinha.

— Ela tem dias bons e dias ruins, essa é a natureza de sua condição — explicou Sara na defensiva. — O sistema nacional de saúde é absolutamente inútil. "Seus exames estão normais." "Nós recomendamos psicoterapia." Ah, recomendam mesmo? — disse Sara furiosamente. — E como exatamente pode ser um problema psiquiátrico Kea ser *literalmente* incapaz de se levantar da cama porque sente tanta dor, tanto cansaço? Então você acaba tendo que fazer toda a sua pesquisa pela internet, tendo que fazer o trabalho dos médicos para eles. Eu paguei todo tipo de exame particular, e claro que o *estresse* de tudo *isso*... — Sara fez um gesto brusco. — Tem sido terrível, ela tem estado em uma situação *horrorosa*...

A cacatua de repente levantou voo de seu poleiro em uma agitação de penas brancas, dando um susto em Strike, e saiu voando pelo corredor.

— A senhora o deixa voar por toda a casa?

— Só no primeiro andar — disse Sara. — Tem uma porta bloqueando o alto da escada.

A cacatua, agora fora de vista, emitiu seu grito de "*Por favor*, Kea! *Por favor*, Kea!" mais uma vez, e os dois periquitos engaiolados iniciaram uma série de trinados estridentes em resposta.

— Josh Blay está paralítico — começou a dizer Strike outra vez. — A faca atravessou seu pescoço. Ele só recuperou recentemente a capacidade de falar.

Ela pareceu encolher dentro do vestido sem forma.

— Tudo o que ele quer é impedir que esse troll da internet continue a causar problemas e pare de atacar a família de Edie. Como Edie morreu, Anomia partiu para cima de seu tio e...

— Kea *nunca*...

— Josh não acha que Kea seja Anomia — disse Strike. — Ele só quer que ela fale comigo porque, como eu disse, ele sabe que ela esteve em contato direto com Anomia. Qualquer coisa, o menor dos detalhes que ela possa saber sobre ele pode nos ajudar a descobrir quem está por trás da conta e tranquilizar a mente de Josh.

— *Por favor*, Kea! *Por favor*, Kea! — cantarolou a cacatua na sala distante.

— Ah, meu Deus — disse Sara Niven, com os olhos se enchendo de lágrimas, e Strike se lembrou de outra mãe de meia-idade que tinha chorado com a menção de Josh Blay, embora, ele tinha certeza, por motivos muito diferentes. Sara se levantou, cambaleou para o lado e pegou tanto uma toalha de papel quanto um inalador que estava ao lado da chaleira.

— Asmática — explicou ela rapidamente para Strike antes de usá-lo, então assoou o nariz ao se sentar novamente.

— Essa teoria de que Kea está por trás da conta de Anomalia... quem está dizendo isso?

— Boatos na internet ganham vida própria — disse Strike, com suficiente sinceridade. — Nem sempre é fácil descobrir de onde surgiram.

— Ela nunca, *nunca*... — começou a dizer Sara outra vez, mas a cacatua fora de vista que tinha brevemente parado de gritar "*Por favor*, Kea!" começou a imitar o toque de um telefone de maneira tão convincente que a mão de Strike foi imediatamente até seu bolso.

— Ah — disse Strike ao perceber de onde estava vindo o barulho. — Desculpe, o que a senhora estava...

— Olhe, você não entende — falou Sara em voz baixa. — Kea já passou por muita coisa. Seu pai morreu quando ela tinha dezoito anos, e ela era uma verdadeira filhinha de papai, ela o *idolatrava* completamente. Ele teve um AVC no trabalho, simplesmente caiu na cantina do escritório.

"Ela foi para a faculdade de artes seis meses depois e conheceu Josh. Então ele a traiu e a largou. Então aquele *maldito* desenho animado saiu, e Kea percebeu que Josh tinha contado para aquela tal de Led-qualquer coisa todas as ideias dela... Josh Blay destruiu a vida de minha filha, essa é a verdade, e agora ele manda você aqui pedindo favores dela..."

— Tudo bem, sra. Niven — disse Strike, fingindo deliberadamente ter dificuldade para ficar de pé outra vez. — A senhora deixou clara sua posição, mas entenda que estamos tentando ajudar Kea a limpar o próprio nome. Acusações na internet, por mais infundadas que sejam, têm um jeito de respingar na vida real e afetar a vida das pessoas, às vezes por anos. Mas, se ela não está confortável em ajudar com a investigação, não há mais nada a dizer e vou embora. Obrigado por me deixar usar seu banheiro.

Strike estava quase na porta da cozinha quando Sara chamou:

— Não... espere!

Ele se virou. Sara parecia dividida entre lágrimas e raiva.

— Está bem, eu vou... eu vou chamá-la. Vou ver se ela volta. Por favor, *não* abra nenhuma porta ou janela enquanto eu estiver fora.

Strike supôs que esse pedido incomum estivesse relacionado à cacatua fora da gaiola. Sara pegou um celular na bancada da cozinha e saiu pela porta dos fundos para o jardim, fechando a porta às suas costas.

Strike olhou com o canto do olho enquanto Sara digitava o número da filha. Depois de alguns segundos, ela começou a falar. Talvez imaginasse que sua voz não chegaria até o interior da casa, mas a moldura da janela estava empenada, e Strike podia ouvir cada palavra.

— Querida? — disse ela com hesitação. — Não, ele ainda está aqui... Bom, eu tive que fazer isso, ele precisava ir ao banheiro.

Uma pausa longa se seguiu, na qual Kea estava evidentemente jorrando palavras no ouvido da mãe. Sara começou a andar de um lado para outro de seus viveiros com expressão temerosa.

— Eu sei disso... É claro que sei disso...

Strike percebeu que havia fezes de ave no chão em frente à geladeira.

— Não, mas... Não, ele diz que Josh não... Bom, porque eles querem saber o que você... Não, mas... *Por favor*, Kea, apenas escute um ins...

Sara parecia estar ouvindo outro longo discurso. Finalmente, ela disse:

— Eu sei disso, querida, obviamente, mas você não acha que se recusar pode parecer que... Isso não é justo, Kea... Bom, mas não seria melhor resolver isso... É... Ele trouxe uma pasta... Eu não sei... *Por favor*, Kea, não... Kea, como você pode dizer isso? Claro que sim... Mas se esse boato está circulando...

Strike ouviu o som de asas. A grande cacatua branca tinha pousado em cima da porta da cozinha, de onde olhava para ele com o que pareceu a Strike um lampejo maligno nos olhos brilhantes de botão.

— Está bem... Isso, vou dizer a ele. Isso... Não, vou deixar isso claro para ele. Tudo bem, querida... *Por favor*, Kea, não... Sim... Está bem... Tchau, queri...

Mas, aparentemente, Kea tinha desligado.

Sara abriu a porta dos fundos o suficiente apenas para entrar e a fechou rapidamente, olhando para a cacatua ao fazer isso. Sua respiração estava um pouco ruidosa.

— Ela vai se encontrar com você no Maids Head. Ela não vai poder ficar mais que vinte minutos, está se sentindo muito mal.

Sara sugou novamente seu inalador.

— Dá para ir a pé até o Maids Head? — perguntou Strike.

— É melhor ir dirigindo. São apenas alguns minutos de carro. Fica no Tuesday Market Place. Não tem como errar.

— Ótimo. Bom, muito obrigado, sra. Niven.

Strike tinha acabado de pegar sua pasta de fotos de telas e se voltou para o corredor quando a cacatua de repente deu um grito alto e estridente e mergulhou. Ele viu um borrão de penas brancas e tentou se proteger com a pasta, mas foi tarde demais: o bico afiado como navalha já tinha cortado sua têmpora.

— Não bata nele! — gritou Sara após Strike tentar dar um tapa na ave para afastá-la, enquanto suas garras arranhavam em meio ao cabelo farto do detetive.

De olhos fechados, temendo que o bico agressor atingisse seu globo ocular em seguida, Strike andou às cegas na direção do lugar onde ele sabia que ficava a porta da frente.

— *Não abra!* — gritou Sara, já que a cacatua parecia disposta a perseguir Strike, mas ele, sem querer permitir à ave mais treino de alvo, já tinha agarrado a maçaneta da porta.

Fosse por causa de suas tentativas repetidas de espantá-la com a pasta terem funcionado, ou porque os gritos estridentes de Sara de algum modo a convenceram a se retirar, a massa agitada de garras, bico e penas desapareceu. Com sangue escorrendo agora pelo lado do rosto, Strike abriu a porta e saiu.

# 49

*E em seus olhos lúgubres brilhava*
*A chama moribunda do desejo da vida,*
*Enlouquecida porque não havia esperança,*
*E acesa no fogo que salta*
*Do ciúme e da feroz vingança*
*E da força que não podia mudar nem cansar.*

Mary Elizabeth Coleridge
*The Other Side of a Mirror*

— *Merda!* – disse Strike quando a porta da frente bateu às suas costas. O corte feito pelo bico da ave era profundo e parecia ter uns três centímetros de comprimento. Ele procurou no bolso alguma coisa para se limpar, mas não encontrou nada.

— Seria muito melhor andar por aí com um tigre do que entrar ali com aquele pássaro — disse uma voz idosa e masculina.

Strike olhou ao redor e viu o vizinho de Sara, um senhor de aparência frágil e cabelo branco, parado em sua soleira e observando Strike fazer uma expressão de dor enquanto tentava estancar o sangue que escorria do corte dolorido deixado pela cacatua.

— Aqui — ofereceu o homem. — Eu tenho um lenço.

Ele saiu arrastando os pés e entregou a Strike um quadrado limpo e dobrado que tirou do bolso.

— É muita gentileza, mas...

— Fique com ele, rapaz — disse o velho enquanto Strike hesitava. — Isso ainda vai sangrar por um tempo, se conheço aquele pássaro... E eu conheço aquele maldito pássaro — acrescentou ele amargamente.

Strike agradeceu, aceitou o lenço, e o senhor desapareceu em sua casa.

Quando Strike passou pela janela da frente de Sara Niven, enquanto voltava para o carro, ele a viu olhando fixamente para ele, a cacatua agora empoleirada sobre a gaiola dos periquitos às suas costas.

— Tudo bem? — falou ela silenciosamente através do vidro, embora parecesse estar sentindo mais raiva do que preocupação.

— Tudo — respondeu ele sem emitir som, mentirosamente.

Quando voltou para o carro, Strike ligou para Robin, com uma das mãos ainda segurando o lenço contra a cabeça.

— Oi — disse ela. — Anomia não está no jogo. O que aconteceu com Kea?

— Nada, ainda — respondeu Strike. — Ela fugiu pela porta dos fundos quando apareci na frente de sua casa. Ela vai me conceder vinte minutos no pub. Consegui, porém, um petisco interessante com a mãe dela: Josh Blay ligou para Kea na noite anterior a seu encontro com Edie Ledwell no cemitério.

— Você está brincando.

— Não estou. Tenho que dizer que sua teoria de que ele manteve contato com ela depois da suposta separação está parecendo cada vez mais plausível. Uma outra notícia é que fui atacado pela porra de uma cacatua.

— Pela *o quê?*

— Uma ave — disse Strike. — Com um bico que parecia a porra de uma navalha.

— Merda — disse Robin, e ele gostou do fato de ela não ter rido. — Você está bem?

— Vou sobreviver — respondeu Strike com irritação, jogando o lenço sujo de sangue no banco do passageiro. — Onde está Gus Upcott?

— No consultório da dermatologista. Está carregando uma bolsa que parece conter um laptop. Estou à espreita em frente a... Espere, Anomia acabou de tuitar — disse Robin. — Desculpe, eu só vou verificar se alguém acabou de usar um telefone.

Ela desligou, e Strike abriu o Twitter para ver o que Anomia tinha acabado de escrever.

---

**Anomia** @AnomiaGamemaster

Vista para demonstrar seu apoio ao Drek's Game.

Camisetas online agora em https://bit.ly/2l3tYGg

"MantenhamoDreksGame #ComicCon2015

Strike escarneceu, fechou o Twitter, então abriu a foto que tinha tirado do histórico de Kea na internet.

| | |
|---|---|
| Sapatos de salto alto rosa | https://www.prettylittlething.com/sapatosde... |
| Leggings de couro falso | https://www.prettylittlething.com/leggingsd... |
| Brincos de argola | https://www.prettylittlething.com/brincosde... |
| Recuperação de Josh Blay – busca no Google | |
| Josh Blay – busca no Google | |
| Twitter Josh Blay (@realJoshBlay) | |
| Fayola Johnson fala de saúde mental | https://www.buzzfeed.com/autoraFay... |
| 10 sinais de que você não é (totalmente) Cis | https://www.thebuzz.com/10si... |
| Pésdesajeitadosecolheres | https://www.pesdesajeitadosecolheres.tumblr.com |
| Drek's Game | https://www.jogodedrek/login |
| Camisetas mantenham o Drek's Game – busca no Google | |
| Cormoran Strike Jonny Rokeby – busca no Google | |
| Cormoran Strike perna – busca no Google | |
| Cormoran Strike – busca no Google | |
| Otherkin World | http://www.otherkinworld.com/ghostkin/fanfic... |
| Tribulationem et Dolorum | https://tribulationemetdolorum/forums... |
| Comic Con 2015 | https://animecons.com/events/info/15951/mcm |
| Twitter Wally Cardew (@O_Wally_Cardew) | |
| Twitter Anomia (@AnomiaGamemaster) | |

Com as sobrancelhas erguidas, Strike pôs o celular ao lado do lenço ensanguentado e partiu para o Tuesday Market Place, o corte acima do olho direito ainda doendo.

A praça grande onde ele entrou alguns minutos depois estava cercada por todos os lados por muitos prédios pequenos, incluindo bancos e hotéis. Nesse dia, não havia mercado ali, e o espaço central estava cheio de carros estacionados. O Maids Head, um pub baixo de tijolos escuros, ficava bem ao lado do maior e mais grandioso Duke's Head.

Strike estacionou, então usou o lenço do velho e a própria saliva para remover do rosto todos os traços de sangue, do qual havia uma quantidade surpreendente. Depois de limpar o rosto, ele pegou a pasta e saiu do carro, dessa vez deixando a bengala para trás.

Não havia muita gente no interior do bar, e uma olhada rápida ao redor disse a Strike que Kea não estava ali.

*É melhor você estar na droga do banheiro.*

— Oh, isso está feio — disse a balconista, olhando para a testa de Strike quando se aproximou para pegar seu pedido. — O que aconteceu?

— Acidente — respondeu Strike com aspereza.

Ele comprou uma cerveja sem álcool. Quando se virou para procurar uma mesa livre, Kea entrou no bar, caminhando devagar e apoiada em uma bengala desmontável do tipo exato que Strike tinha deixado no carro. Ela estava usando um agasalho de moletom rosa-bebê, calça de moletom igual e tênis brancos. Seu cabelo estava preso em um rabo de cavalo. Mesmo de cara limpa e sem filtros, ela era uma jovem linda. Quando viu Strike se aproximar, ela pareceu apreensiva. Seu olhar se dirigiu para a pasta na mão dele.

— Kea?

— Sim — disse ela, na mesma voz sussurrada com a qual tinha falado com ele ao telefone.

— Foi muito bom você se encontrar comigo. Eu agradeço, e Josh também vai — disse Strike. — Quer alguma coisa?

— Não — falou Kea sem força. — Na verdade, neste momento nada para no meu estômago.

Strike julgou ser melhor deixar passar esse comentário.

— Vamos sentar?

Ele se afastou para deixá-la passar, mas ela disse na mesma voz rouca:

— É melhor você ir primeiro. Eu sou *muito* devagar.

Então Strike levou sua pasta e sua cerveja até a mesa para dois mais próxima, e Kea foi devagar atrás dele, apoiando-se pesadamente na bengala. Se ela estava exagerando seus sintomas, era apenas o que o próprio Strike fizera na casa de sua mãe, então ele decidiu manter uma expressão neutra até Kea ter se sentado cuidadosamente na cadeira a sua frente.

Depois de compilar os sete anos anteriores de Kea, conforme ela própria os descrevera, Strike sabia que ela tinha vinte e cinco anos, que seu relacionamento com Josh Blay havia durado dezoito meses, sobrevivendo à expulsão de Josh da St Martin's, mas terminado quando ele começou a sair com Edie. Logo depois que o relacionamento terminou, Kea trancou seu curso por um ano devido ao estado de saúde debilitado. Ela passou a maior parte desse ano na casa da mãe, mas, a julgar por sua página no Instagram, fez viagens frequentes a Londres, às vezes ficando semanas nos sofás de amigos da faculdade. Ela voltou para a St Martin's depois de um ano, só para abandoná-la em definitivo dois Natais depois, citando seu estado de saúde.

Ela pareceu extremamente jovem para Strike, com sua pele perfeita, uma impressão reforçada, talvez, pelo moletom rosa-bebê que podia muito bem ser um pijama. Mesmo assim, alguma coisa em relação a Kea o lembrava de Charlotte. Havia uma sombra de desafio em seu comportamento. Ele achou que, mesmo que não tivesse lido suas publicações no Twitter, teria eventualmente detectado que, em algum lugar por baixo daquela maciez de marshmallow, havia aço.

— Obrigado por se encontrar comigo, Kea — disse Strike. — Eu agradeço.

— Ah, não — disse ela, olhando para o corte em sua têmpora. — Isso foi Ozzy?

— Se Ozzy é um grande raptor branco, foi — respondeu Strike.

— Desculpe — disse Kea com um sorriso triste. — Minha mãe é completamente estúpida com aquele pássaro. Ela, tipo, não dá limites. Está vendo?

Ela estendeu uma mão branca macia na qual uma cicatriz fina, rosa e protuberante, estava nitidamente visível na base do polegar.

— Isso foi Ozzy. E tenho outra aqui. — Ela mostrou a Strike a palma de sua mão, que tinha uma cicatriz semelhante. — E aqui atrás. — Ela apontou para a orelha esquerda.

— Ah, achei que era minha culpa por ser homem.

— Ah, não, ele é só um merdinha mal-humorado. Cacatuas albas podem ser traiçoeiras, especialmente os machos. Você precisa saber como lidar com elas...

Sua voz se calou.

— O que tem aí dentro? — perguntou ela com apreensão, olhando para a pasta de cartolina que ele pusera na mesa entre eles. — Essas são as coisas que você queria que eu visse?

— Isso mesmo — disse Strike, tomando um gole de cerveja. — Tudo bem se eu tomar notas?

— É, eu... eu acho que sim — disse ela. Quando Strike pegou o caderno, ela perguntou com hesitação: — Você viu Josh?

— Ainda não — respondeu Strike. — Ele não está bem o suficiente.

Os belos olhos castanhos de Kea, que eram da cor de brandy envelhecido, brilharam imediatamente com lágrimas.

— Não é verdade, é? Que ele está paralítico? É o que estão dizendo na internet. Isso não está certo, está?

— Infelizmente, está — disse Strike.

— *Ah* — disse Kea.

Ela perdeu o fôlego, então começou a chorar em silêncio em suas mãos. Pelo canto do olho, Strike viu pessoas no bar observando-os. Possivelmente achavam que ele fosse um padrasto malvado. Kea não parecia ligar muito para quem a via chorar. Charlotte também não se importava com testemunhas. Lágrimas, gritos, ameaçar pular de edifícios altos: ele suportara tudo isso diante de amigos e, de vez em quando, estranhos.

— D-desculpe — murmurou Kea, esfregando os olhos com as costas da mão.

— Tudo bem — disse Strike. — Então...

Ele abriu a pasta.

— Como você sabe, fui contratado para descobrir quem é Anomia. O que você pensa sobre ele?

— Quem se importa com o que eu penso? — falou Kea, desalentada.

— Eu me importo — afirmou Strike com simpatia. — Foi por isso que perguntei.

Ela esfregou os dois olhos com as costas da mão e disse:

— Josh não ia querer que eu dissesse.

— Eu garanto a você que ia — afirmou Strike.

— As pessoas vão me acusar de ter segundas intenções.

— Por que você diz isso?

— Todo mundo sempre me acusa de ter segundas intenções.

— Se especular sobre a identidade de Anomia é ter segundas intenções, todos os fãs...

— Eu não sou parte dos fãs — disse Kea, sua raiva de repente saltando do nada como uma cobra. — Eu, na verdade, sou um dos criadores.

Phillip Ormond olhara sem piscar do outro lado da mesa quando fez uma reivindicação parecida, mas Ormond sabia que estava mentindo. Strike não tinha a mesma certeza com Kea.

— Ela roubou minhas ideias — disse Kea, voltando para seu murmúrio alquebrado. — Ela estar morta não muda isso. Ela pegou minhas ideias e fingiu que eram delas. Josh, basicamente, admitiu isso para mim.

— Admitiu? — perguntou Strike. — Quando foi isso?

Kea piscou para Strike, seus cílios longos carregados de lágrimas.

— Não sei se ele ia querer que eu contasse a você.

— Ele quer que você me conte tudo — falou Strike com firmeza.

— Está bem... ele... ele contou a você que começamos a namorar outra vez?

— Isso teria sido em novembro de 2013? — perguntou Strike, com uma expressão impassível enquanto sua mente trabalhava rapidamente. Ele abriu a pasta. Ele notara um período de seis meses entre novembro de 2013 e maio de 2014 durante o qual as postagens de Kea na internet tinham se tornado repentina e anormalmente animadas, tornando-se depois ainda mais furiosas e desesperadas que antes.

— Ele *contou* a você? — quis saber Kea, e Strike viu surgir esperança em sua expressão.

— Não — respondeu Strike, extraindo a prova da pasta que Robin reunira —, mas você desativou seu canal no YouTube nessa época, não foi? E tuitou sobre o quanto estava se sentindo feliz... É — disse ele, olhando para duas páginas de publicações no Twitter que ele destacara, então virando-as para que Kea pudesse vê-las.

---

**Kea Niven** @realPaginabranca

Acordei me sentindo estranha. Então percebi que estou... feliz?

---

**Kea Niven** @realPaginabranca

Amo todos vocês que estão lutando agora. Eu estava pronta para me matar. Ah, meu deus, eu teria perdido tanto.

A segunda página mostrava uma série de publicações de seis meses depois, quando o velho tom de mágoa e agressividade passiva voltara para suas publicações como uma mancha de óleo.

---

**Kea Niven** @realPaginabranca

Se você sabe que alguém está frágil e a abandona mesmo assim, então sim, é totalmente sua culpa se ela desmoronar.

---

**Kea Niven** @realPaginabranca

Se um dia você acordar e descobrir que eu não acordei, tudo bem. Nós dois estamos onde deveríamos estar.

— Essas publicações abrangem o período em que você e Josh voltaram a sair? — perguntou Strike.

Kea assentiu, com olhos cheios de lágrimas enquanto empurrava suas publicações de volta para Strike.

— Como isso está ajudando você a descobrir quem é Anomia?

— Estávamos apenas interessados no fato de que você estava criticando Edie muito menos nesse período de tempo, enquanto Anomia continuava a assediá-la.

— Bom, isso é porque eu não sou Anomia — murmurou Kea. — Eu não sou. Não sei programar. Não saberia por onde começar a fazer aquele jogo.

— Você jogou, não jogou? — perguntou Strike.

— Não, por que eu faria isso? Qual você acha que é a *sensação* de ver todas aquelas pessoas enlouquecendo com *minhas* ideias? Quero dizer, você viu o coração lá fora, em cima da janela? — Ela gesticulou na direção da praça do lado de fora. — No número dezesseis?

— Não — disse Strike.

— Está bem, eles queimaram uma bruxa aí no século XVI...

Kea contou a Strike a história do coração de Margaret Read explodindo de seu peito em chamas, e ele concordou, sem sinceridade, que isso sem dúvida parecia a inspiração para Cori.

— Certo? — disse Kea. — Quero dizer, Cori é *preto*, inclusive, como se estivesse queimado!

— Então, voltando a esses seis meses em que você e Josh voltaram a ficar juntos, você parou de dizer em público que Edie tinha plagiado você porque Josh pediu que fizesse isso?

— Foi — murmurou Kea. — Ele não queria que ela soubesse que tínhamos voltado, porque sabia que ia ficar furiosa, e ele ainda tinha que trabalhar com ela no desenho animado. Era *muito* instável e meio que uma valentona. Ela era muito mais velha do que ele. Acho que Josh tinha medo dela. Então estávamos meio que saindo escondidos, para que ninguém soubesse. Eu nem contei a minha mãe, porque sabia que ela ia ficar com raiva. Minha mãe culpa Josh por eu estar doente, mas não é *tudo* culpa dele. Eu já estava tendo sintomas antes de nos conhecermos. Acho que o estresse não ajudou — acrescentou ela em um sussurro.

Kea de repente estendeu a mão e segurou a borda da mesa.

— Desculpe — arquejou ela. — Eu tenho uma vertigem terrível. Tudo está girando.

Ela fechou os olhos, os cílios longos roçando seu rosto. Strike bebeu um pouco de cerveja. Kea tornou a abrir os olhos.

— Tudo bem para continuar? — perguntou Strike.

— Hum... tudo. Isso não vai levar muito mais tempo, vai?

— Não — mentiu Strike. — Então foi durante esse segundo período de namoro que Josh admitiu ter passado suas ideias para Edie, não foi?

— Foi — disse Kea. — Ele concordou que provavelmente tinha contado a ela a história de Margaret Read naquele dia no cemitério, apesar de ela dizer que tinha pensado em tudo aquilo do nada. E admitiu que Pesga foi inspirada no que contei a ele sobre aves falantes, e a figura de Drek, com o bico grande, bom, isso foi tirado diretamente de um de meus desenhos.

— Que ele tinha mostrado a ela, não é?

— Hum... não, acho que ele deve apenas tê-lo descrito — disse Kea. — Mas ele concordou que meu desenho e o jeito como ela tinha desenhado Drek eram basicamente idênticos. Mas, a essa altura, eles estavam ganhando muito dinheiro com isso, e ele não queria aborrecê-la. Ela era cinco anos mais velha do que ele — enfatizou Kea — e supercontroladora. Em determinado momento, ele meio que me prometeu me dar algum crédito. Então ela forjou a suposta *tentativa de suicídio* — acrescentou Kea amargamente, ainda segurando a mesa como se pudesse simplesmente deslizar de lado para o chão se não fizesse isso —, e Josh me disse que devíamos dar um tempo, porque ele tinha muito medo do que ela podia fazer em seguida se descobrisse sobre nós.

"Ela era uma manipuladora *louca*, você não tem ideia. Toda a história do suicídio foi uma piada. Um monte de pessoas sabia que havia alguma coisa nela."

— Por que você não contou a todo mundo que ele tinha voltado a namorar com você depois que vocês terminaram pela segunda vez? — perguntou Strike. Esse ponto o intrigava, porque, com esse anúncio, Kea com certeza ia atingir seus dois objetivos, castigar Edie Ledwell e aumentar a própria credibilidade.

— Porque Josh disse... ele disse que, na verdade, não estava tudo acabado entre nós, ele só queria dar um tempo, porque precisava mantê-la feliz, e ele estava resolvendo o desenho animado e o trabalho e tudo, então eu, hã... é. Eu fiquei calada em relação a isso.

— Ele não pediu a você para parar de criticá-la?

— Não. Eu prometi que não ia dizer que tínhamos namorado outra vez, mas não ia fingir que ela não tinha roubado minhas ideias, porque ela *tinha roubado* — disse Kea com ferocidade. Ainda segurando firme a borda da mesa, ela massageou o peito com a mão livre. — Ah, Deus — acrescentou ela em uma voz mais faca. — Desculpe. Taquicardia. Hum... podemos ter que continuar isso mais tarde... ah, uau.

Ela fechou os olhos outra vez. Strike bebeu mais cerveja. Kea respirou lentamente várias vezes, massageando o peito, e finalmente abriu os olhos.

— Tudo bem? — perguntou Strike.

— Hã... não tenho certeza... Acho que sim — murmurou ela com a mão ainda pressionada sobre o peito.

— Então, recapitulando: você nunca entrou no jogo?

Ela sacudiu a cabeça.

— Já tentou entrar?

— *Não* — disse ela.

— Mas você tem uma teoria sobre quem é Anomia? Porque, se tiver, sei que Josh ia querer que você me contasse.

Kea respirou lentamente mais algumas vezes antes de dizer:

— Está bem, eu acho que Anomia é um cara chamado Preston Pierce.

— E o que faz você achar isso?

— Hum... bom... ele odeia Josh. Quando Josh foi morar no North Grove, eu costumava visitá-lo lá, e, hã, Pez, é assim que todo mundo o chama, sempre estava rebaixando Josh, sendo irônico com sua arte e opiniões. Zombando dele constantemente. Não acho que Pez gostava de ter outro cara bonito por lá, porque Pez estava, tipo, transando com o maior número possível de estudantes do sexo feminino, e eu acho que ele via Josh como concorrente. Mas Josh... Josh gosta de todo mundo — disse Kea. — Ele gostava de Pez, sempre dizia que ele só estava brincando, porque Josh... ele não *vê* o mal.

— Mal é uma palavra forte — comentou Strike enquanto a observava.

— Não consigo explicar — disse Kea, que tinha parado de massagear o coração, mas continuava a segurar a mesa. — Se você estivesse lá, ia saber. Havia alguma coisa estranha no coletivo artístico, nas pessoas que moram lá. Havia algo estranho em todos eles. Quero dizer, não me importa como você vive, se identifica ou o que quer que seja, e não sou do tipo que liga para essa babaquice de casar, ter filhos, conquistas, subir na carreira ou seja lá o quê, mas aquele lugar... eu podia *sentir* alguma coisa errada lá. Eu sou uma empata, sou realmente sensível à atmosfera. Não sou a única, por falar nisso, eu falei com outra pessoa que concordava totalmente que aquele lugar é estranho. Eu não queria que Josh ficasse no coletivo, eu sinto uma vibração ruim lá. Mas Josh precisava de um quarto barato, porque a St Martin's o havia expulsado, e imagino que *ela* simplesmente tenha sabido tirar proveito, e foi assim que aconteceu.

— Quem era essa outra pessoa que achava que o North Grove era estranho?

— Não consigo me lembrar do nome — disse Kea, depois de uma leve hesitação.

— Era alguém que morava lá ou fazia aulas?

— Eu não sei quem era, ele estava do lado de fora uma vez e começamos a conversar, só isso.

— Alguma outra razão para você achar que Preston Pierce é Anomia?

— Hum, bom, ele é um artista digital, não é? E sabe programar, então com certeza pode ter feito o jogo. E ele tinha muita inveja do desenho animado, especialmente quando começou a atrair atenção. Mas, hã, eu realmente tive certeza quando Anomia me enviou uma mensagem direta no Twitter.

Kea fez uma pausa para ser instigada.

— Continue — disse Strike.

— Anomia começou com alguma coisa do tipo, "Ah, isso não é uma cantada barata", mas ele queria dizer que Josh tinha me tratado muito mal e que acreditava em minha história. Então eu disse "Hã, obrigada", ou algo assim, então ele disse: "Você está ficando um pouco agressiva, mas acho que isso é compreensível."

— Anomia criticou você por ser muito agressiva?

— Eu sei, certo? — respondeu Kea. — Ele a odiava tanto quanto... quero dizer, ele ficou farto do quanto ela era cheia de mentiras e falsidades. E eu disse, hum, "eu só estou defendendo meus direitos", ou algo assim. Ele não disse mais nada por algumas horas. Eu me lembro disso porque, quando ele voltou, ele se desculpou e disse que estava dando uma carona para um amigo até o veterinário, porque seu gato estava doente.

Strike tomou nota disso.

— Mais alguma coisa?

— Sim, foi então que aquilo ficou estranho.

— Como assim?

— Hum, bom, eu disse que esperava que o gato estivesse bem, mas que, na verdade, não gosto de gatos, devido ao que eles fazem com a população de pássaros. Então, ele disse: "Quem se importa com pássaros?" E eu disse: "Eu me importo. Minha mãe os cria, e eu cresci com eles." Então ele disse: "Na verdade, é, eu também gosto deles. Eu tenho um papagaio."

"E eu achei que ele estivesse brincando. Então ele começou a pegar pesado e disse que se eu lhe enviasse nudes, ele ia divulgar ainda mais minha história. E eu respondi: 'Eu não vou lhe enviar nudes, eu não sei quem você é', então ele disse: 'Na verdade, nós nos conhecemos.'"

— "Nós nos conhecemos"? — repetiu Strike.

— É — disse Kea. — Achei que isso fosse uma grande mentira, como a coisa do papagaio. Só tentando dizer alguma coisa para despertar meu interesse. Então, hã, eu meio que disse isso a ele, e ele ficou superagressivo comigo e me chamou de provocadora, e eu acabei por bloqueá-lo.

— Posso ver essa conversa? — perguntou Strike, rapidamente anotando tudo o que tinha sido dito a ele. — Você mantém registro disso?

— Não — disse Kea —, porque eu o bloqueei. Você não pode ver mais. Depois que eu disse para que ele me deixasse em paz, ele tuitou: "me processe ou cale a boca, você está começando a entediar a todos nós", e todos os seus fãs tomaram isso como uma deixa para começarem a me dizer que sou uma puta feia e mentirosa.

— Quando você fez a conexão com Preston Pierce?

— Logo depois que bloqueei Anomia. Simplesmente se encaixou, a coisa toda se encaixava. O casal que administra aquele coletivo artístico tinha um gato. Ele é muito velho e só tem um olho. Esse é o gato que ele devia estar levando ao veterinário.

"E, hã", disse Kea, com a cor agora realçada —, "tem também o fato de que Pez tentou me levar para a cama depois que eu e Josh nos separamos. Eu fui até o North Grove para pegar umas coisas que tinha deixado lá, e Pez me disse que Josh e Edie estavam juntos no quarto de Josh, e eu fiquei muito aborrecida, e ele me levou para seu quarto e me passou uma cantada. Então, hã, imagino que eu o tenha contrariado duas vezes, e por isso ele me tratou com tanta crueldade como Anomia."

Strike terminou de tomar notas sobre isso e perguntou:

— Está bem, isso tudo foi muito útil. Você conheceu alguma das outras pessoas envolvidas no *Coração de nanquim*?

— Hum... Seb Montgomery, mas não mantivemos contato. E havia dois amigos de Josh da faculdade. Na verdade, é isso.

— Um dos amigos de faculdade era Wally Cardew?

— Era... Estamos quase acabando?

— Não tem muito mais — disse Strike. — Tem certeza de que não quer um refrigerante? Pode ajudar com a tontura.

— É — aceitou Kea. — É, talvez seja uma boa ideia. Posso tomar uma Coca?

Certa vez, Strike tinha ido buscar comida e bebida para um suspeito que fugiu, mas ele não tinha esses receios com Kea, e, de fato, ele voltou e a viu ainda segurando a mesa com força. Um pouco trêmula, ela agradeceu a ele pela Coca e tomou um gole.

— Você foi muito útil, Kea — disse Strike. — Só mais umas coisinhas... O que você sabe sobre o Caneta da Justiça?

— Hum... não muito.

— Fiquei curioso porque você teve muito contato com eles — falou Strike, pegando mais páginas impressas da pasta e as entregando a ela.

Na verdade, Kea retuitara toda publicação do blog Caneta da Justiça. Strike observou sua expressão enquanto examinava o que tinha escrito em resposta às críticas do Caneta da Justiça ao desenho animado.

---

**Caneta da Justiça** @canetajustaescreve

É, a estética monocromática é legal, mas quando negro = mau e branco = mais desejável, o que isso nos diz?

Minha opinião sobre a paleta problemática de Cori e Páginabranca.

www.canetadajustica/apoliticadascores...

9.38 28 de fevereiro de 2012

---

**Kea Niven** @realPaginabranca
Em resposta a @canetajustaescreve
Me enoja muito aquela vadia ter distorcido minhas ideias nessa merda racista

Kea folheou as páginas com a expressão rígida.

---

**Caneta da Justiça** @canetajustaescreve

Piadas inocentes sobre minhocas ou zombar da fluidez de gênero?
Minha opinião sobre as nuances transfóbicas do Verme.

www.canetadajustica/porqueovermee...

11.02 18 de novembro de 2012

---

**Kea Niven** @realPaginabranca
Em resposta a @canetajustaescreve
Só para deixar claro, ela roubou quase tudo de mim, mas NÃO o verme. O verme é todo dela & mostra sua verdadeira natureza lixo

A publicação do Caneta da Justiça que tinha provocado a resposta mais raivosa de Kea estava relacionada com o suposto tom capacitista do *Coração de nanquim*. Strike tinha imprimido todas as respostas de Kea para aqueles que zombavam da ideia de que o desenho animado estava atacando pessoas com deficiência.

---

**Kea Niven** @realPaginabranca
Em resposta a @SpinkyDan @canetajustaescreve
Merda capacitista como #Coraçãodenanquim aumenta pensamentos suicidas em deficientes

---

**Zozo** @tinteiro28
Em resposta a @realPaginabranca @SpinkyDan @canetajustaescreve
Concordo que rir da depressão não é legal, mas Edie já falou sobre ser suicida no passado

---

**Kea Niven** @realPaginabranca
Em resposta a @tinteiro28 @SpinkyDan @canetajustaescreve
Se ela se matasse agora, ia fazer com que muitas pessoas com deficiência se sentissem muito melhor

Kea devolveu as folhas de papel para Strike.

— O que você quer? — falou ela friamente. — Que eu peça desculpas, porque ela agora está morta? Eu não me arrependo de nenhuma palavra.

Strike não disse nada.

— Não há problema em não ficar triste quando pessoas ruins morrem — disse Kea, seu peito repentinamente arquejando com o que Strike tinha certeza de que era verdadeira emoção. — Não há problema em ficar feliz quando pessoas terríveis morrem. Não vou fingir que sinto muito. Ela *literalmente destruiu a porra da minha vida*. Eu superei essas babaquices de sentir culpa ou seja lá o que for. E ela fez com que Josh fosse *esfaqueado*.

— O que você quer dizer com "fez" com que ele fosse esfaqueado?

— Quem fez aquilo certamente não tinha a intenção de machucar Josh. Alguém decidiu apagá-la e ele simplesmente estava *lá*, então tiveram que atacá-lo também.

— Por que você acha isso?

— Porque... porque ninguém odiava Josh. Todo mundo sabia que ela estava no comando, fazendo todas as merdas.

— Que merdas?

— Bom, quero dizer, tudo *isso*, obviamente — disse Kea, apontando o dedo para suas respostas às muitas publicações do blog do Caneta da Justiça, parecendo incrédula com a estupidez de Strike. — Ela era apenas um ser humano de *merda*.

— Você acha que Edie foi morta por alguém que não gostava do desenho animado?

— Não é o desenho animado, é o que ele *significa* — disse Kea.

— E quem decide o que ele significa?

Kea deu uma risada baixa.

— Ah, meu Deus, quero dizer, *todo mundo*?

— Você sabe quem escreve o Caneta da Justiça?

— Achei que você estivesse tentando descobrir quem é Anomia.

— Estou, mas há uma chance de que a mesma pessoa esteja por trás das duas contas.

— Não, eu não sei quem são eles.

— O Caneta da Justiça entrou em contato com você em particular?

— Não. Por que fariam isso?

— Está bem — disse Strike, botando a última pilha de publicações no Twitter de volta à pasta e retirando as duas últimas páginas. — Só para deixar claro, você acreditou no ano passado que você e Josh estavam dando um tempo, em vez de terem terminado definitivamente?

— Eu... talvez, não sei — respondeu Kea, trêmula. — Eu preciso ir. Eu preciso mesmo ir.

— Vocês se encontraram como amigos durante esse tempo?

— Nós nos esbarramos algumas...

— Com que frequência vocês conversavam?

— Não sei... hum... de vez em quando? O que isso tem a ver com Anomia?

— Josh ligou para você na noite anterior a seu encontro com Edie no cemitério, certo?

— Quem contou isso a você, a polícia?

— Não, sua mãe.

Kea olhou fixamente para Strike.

— Ótimo — disse ela com uma voz aguda. — Obrigada, mãe. Uau. Isso é simplesmente ótimo.

— Não é grande coisa ele ter ligado para você, é? — perguntou Strike, observando-a com atenção.

— Não — disse ela, furiosamente. — Mas, se você quer saber se ele me contou que ia encontrá-la no cemitério, ele estava bêbado e eu não consegui ouvir o que ele estava dizendo, está bem? E tenho certeza de que a *porra* da minha mãe contou a você que eu estava em Londres no dia em que aquilo aconteceu, mas eu estava no metrô quando eles foram esfaqueados, e isso foi confirmado, está em vídeo, está bem?

— Está bem — respondeu Strike. — Bom, eu tenho uma última...

— Eu já aguentei o suficiente — disse Kea, olhando ao redor à procura de sua bengala. — Eu preciso ir.

—Você vai querer explicar esse último detalhe, Kea — disse Strike —, antes que eu o entregue à polícia.

Ela congelou com isso. Strike empurrou uma única última folha de papel sobre a mesa para ela.

Esta publicação foi apagada

Esta publicação foi apagada

Esta publicação foi apagada

---

**Wally Cardew** @O_Wally_Cardew
Em resposta a @realPaginabranca

Apague isso pelo amor de Deus

12.39 12 de fevereiro de 2015

Esta publicação foi apagada

---

**Wally Cardew** @O_Wally_Cardew
Em resposta a @realPaginabranca

Porque há maneiras melhores

12.42 12 de fevereiro de 2015

---

**Julius** @eu_sou_evola
Em resposta a @realPaginabranca

Essa vadia psicopata está se preparando para matá-los
😂😂😂

12.45 12 de fevereiro de 2015

Kea empurrou o papel de volta para Strike como se ele pudesse mordê-la.

— O que diziam todas as publicações apagadas?

— Não consigo me lembrar. Eu estava bêbada.

— Elas foram todas enviadas nas primeiras horas do dia em que Josh e Edie foram esfaqueados, não é?

Kea não disse nada. Pela primeira vez na entrevista, ela parecia prestes a realmente desmaiar. Estava pálida e sua respiração ficou ofegante.

— Esse tal de Julius nitidamente interpretou suas publicações como ameaçadoras.

— Hã, bom, como ele é um dos homens que constantemente surgem na minha linha de tempo para me chamar de puta e dizer para eu me matar, hã, é, na verdade, eu não me importo com o que ele pensa.

— Wally Cardew parece estar lhe dando conselho, aqui, como se conhecesse você.

— As pessoas dizem umas às outras o que fazer no Twitter o tempo todo.

Strike então empurrou a última página sobre a mesa para Kea em silêncio.

Em 2010, uma conta chamada de Spoonie Kea, cujo ID era @masnaoumpapagaio, tinha publicado uma selfie em preto e branco sem legenda exibindo uma Kea de aparência mais jovem sorrindo para a câmera de sua cama, com um lençol enrolado em torno de seu corpo aparentemente nu. Ao seu lado havia um homem deitado de bruços com o rosto virado para longe da câmera, possivelmente dormindo, seu cabelo louro comprido espalhado sobre o travesseiro.

Imediatamente após essa mensagem havia uma resposta.

---

**Wally C** @WalCard3w
Em resposta a @masnaoumpapagaio
vc está bonita

---

**Spoonie Kea** @masnaoumpapagaio
Em resposta a @WalCard3w
vc também ♥

A última coisa na página era uma publicação de Kea no Tumblr, também datada de 2010.

Todos os meus amigos me dizendo que "sexo casual com o melhor amigo dele não é a resposta", e eu digo, tipo, "isso depende da questão".

— Essas são as contas antigas no Twitter sua e de Wally Cardew, anteriores ao *Coração de nanquim*, certo? — disse Strike. — E você não nega que essa é sua conta no Tumblr?

Agora muito pálida, Kea não disse nada.

— Não sei se você e Cardew ainda estão em um relacionamento sexual ou são apenas amigos — disse Strike, agora botando as duas últimas páginas de volta na pasta e fechando-a —, mas, se você está pensando em entrar em contato com ele depois dessa entrevista, há três boas razões para não fazer isso.

"Primeiro, aquela pequena conversa no Twitter, horas antes do assassinato de Edie, vai parecer ainda mais incriminadora se vocês dois parecerem estar em conluio um com o outro."

— Eu não podia ter feito isso... eu fui filmada no metrô. Eu nunca...

— Segundo, Josh Blay está paralítico no hospital. Se você se importa com ele...

Kea irrompeu em lágrimas ruidosas. Mais pessoas olharam. Strike as ignorou.

— Se, como eu disse, você se importa com Josh, vai me deixar fazer essa investigação, que é o desejo dele, sem interferência.

"E terceiro, Wally Cardew já é uma pessoa de interesse para pessoas muito mais assustadoras do que eu. Se você tem algum bom senso, vai cortar essa conexão agora mesmo."

Ainda chorando, Kea ficou de pé com dificuldade e foi embora, muito mais rápido do que tinha entrado, embora ainda usando a bengala. Consciente de que agora era o alvo de olhares acusadores tanto de funcionários do bar quanto de clientes, Strike terminou o copo de cerveja, se levantou e se dirigiu ao banheiro. Olhando feio para observadores especialmente persistentes, ele garantiu que, ao reemergir, ninguém parecesse disposto a fazer contato visual com ele.

# 50

*Amor, amor, isso é mais forte que o ódio,*
*Mais duradouro e cheio de arte; —*
*Ah, abençoado amor, volte, volte,*
*Ilumine a chama que precisa arder.*

Christina Rossetti
*What Sappho Would Have Said Had Her*
*Leap Cured Instead of Killing Her*

Robin, que no momento usava uma peruca escura e óculos, estava esperando na Harley Street por quase uma hora que Gus Upcott emergisse de sua dermatologista, sem dúvida de preço exorbitante. Finalmente, às 13h, ele apareceu e saiu caminhando pela rua. Robin esperava que ele voltasse na direção do metrô, mas, em vez disso, ele passou a andar devagar, olhando vagamente ao redor à procura do que ela achou ser algum lugar para almoçar.

Gus era alto, de ombros arredondados e magro. Uma bolsa que ela achou que pudesse conter um laptop estava pendurada em seu ombro direito, que estava um pouco mais baixo que o esquerdo devido ao peso. Anomia não estivera no jogo a manhã inteira; Endiabrado1 e Vilepechora atuavam como moderadores.

Após cinco minutos, depois de passar por alguns lugares que Robin teria imaginado que um jovem pudesse achar mais apropriado, Gus entrou no Fischer's, um restaurante vienense que parecia tradicional e caro. Robin desconfiou que o rapaz, ainda assolado por erupções, o tivesse escolhido por seu exterior pouco iluminado.

Depois de dar a Gus tempo para se sentar, Robin entrou e encontrou um restaurante cheio, com paredes marrons de nicotina, painéis espelhados e pinturas dos anos 1930. Gus estava sentado em um banco de couro em um canto distante, onde seria fisicamente impossível andar despreocupadamente por trás dele e dar uma olhada na tela de seu laptop, que ele já tinha aberto. Enquanto ela observava, ele botou fones de ouvido e começou a digitar com uma expressão totalmente absorta no rosto, cuja superfície irregular estava em alto-relevo devido à luminária de vidro na parede ao lado. Se Seb Montgomery nunca se parecera muito com a imagem popular de um troll da internet, Gus, de quem Robin não conseguia evitar sentir pena, talvez estivesse mais de acordo com o estereótipo, com seu, esperava-se, desfiguramento temporário e ar geral de constrangimento.

O garçom conduziu Robin a uma mesa do outro lado do salão, mas, ao mudar cuidadosamente o ângulo de sua cadeira, ela conseguiu manter Gus sob vigilância. Depois de pedir um café, Robin examinou seu iPad e viu que tanto Endiabrado1 quanto Vilepechora tinham saído do jogo enquanto ela caminhava desde a Harley Street e haviam sido substituídos por Corella e Páginabranca.

Robin estava jogando havia pouco mais de um minuto quando Strike ligou para ela.

— Você pode falar?

— Posso. Estou em um restaurante, vigiando Gus Upcott. Onde está você?

— Sentado no carro. Acabei de deixar Kea. Algum sinal de Anomia?

— Não. Como foi com Kea?

— Muito interessante. Ela acha que Anomia é Pez Pierce.

— É mesmo? Por quê?

Strike contou as razões de Kea.

— Bom, eu suponho que isso seja plausível, de certa forma — disse Robin. — O que ela disse sobre Wally Cardew?

— Praticamente nada. Eu guardei isso para o final, porque achei que ela talvez fosse embora quando eu revelasse o que tinha. E foi mesmo.

— Hum — disse Robin sem empatia, olhando do jogo para Gus, que ainda estava digitando, os fones de ouvido bloqueando as conversas e barulhos por toda a sua volta. — Bom, se ela não queria que as pessoas soubessem que tinha dormido com um representante da extrema direita, ela devia ter apagado sua conta antiga, não devia? Ou talvez tenha várias contas e não fique de olho em todas elas.

— Erro comum — comentou Strike. — Veja nosso amigo Thurisaz. O que Gus está fazendo?

— Digitando no laptop — disse Robin, olhando para o canto outra vez. — Ele está em um canto, infelizmente. Não consigo ver o que está na tela.

Enquanto ela observava, Gus estendeu a mão esquerda de dedos longos sobre a mesa e pareceu tocar distraidamente um acorde invisível antes de retomar a contemplação da tela.

— Ele *pode* estar compondo — disse Robin, observando discretamente Gus através das lentes transparentes.

— Como está a urticária dele?

— Não muito melhor. Continue a falar de Kea. Ela mostrou a você essa suposta conversa com Anomia que ela teve por mensagens diretas?

— Não — disse Strike. — Ela disse que não é mais possível vê-la porque ela o havia bloqueado.

— Hum — disse Robin outra vez. — Você acha que ela estava dizendo a verdade?

— Não tenho certeza. A história saiu com muita fluência e nenhum sinal óbvio de mentira, embora eu ache que, no geral, ela adore fazer uma ceninha... Ela diz que Josh admitiu que eles roubaram suas ideias durante seu segundo período de namoro, mas não estou convencido. Também diz que nunca jogou *Drek's Game* nem tentou entrar nele, o que é mentira. Consegui tirar uma foto de seu histórico na internet enquanto estava em sua casa.

— Como?

— O laptop estava aberto no sofá onde ela o deixara. Sua mãe tinha acabado de sair correndo pela porta dos fundos atrás dela, então arrisquei.

— Bom trabalho — comentou Robin, impressionada.

— Ela ou entrou no jogo ou tentou entrar esta manhã.

— Uau — disse Robin. — Você não acha que ela é Páginabranca, a moderadora, acha? A ID de Kea no Twitter é realPaginabranca.

— Me diz você — respondeu Strike. — Foi você quem falou com Páginabranca.

— Nós nunca tivemos muito contato direto — disse Robin —, mas Verme28 me contou uma coisa interessante outra noite. Aparentemente, Anomia pode vetar os nomes de usuário quando as pessoas se cadastram. Ninguém no *Drek's Game* tem permissão de ser o personagem puro, quero dizer, seu nome não pode simplesmente ser Cori, nem Lorde Wyrdy-Grob nem nada assim.

— Imagino que nomes de usuários puros dariam status — disse Strike —, o que eu acho que Anomia considera uma mercadoria muito preciosa.

— Certo, mas Páginabranca teve permissão de usar o nome sem nenhuma adição.

Os dois ficaram em silêncio, cada um seguindo sua própria linha de pensamento, até que Strike disse:

— Se Kea é Anomia, então obviamente tudo o que ela acabou de me contar sobre Anomia flertando com ela, depois ficando agressivo, é mentira. Mas se ela *não* é Anomia, nós sabemos mais uma coisa sobre ele: ele não é tão assexuado quanto você pensava.

— Não — disse Robin. — Eu acho que não... Digamos, porém, que ela seja Páginabranca... Você acha que Anomia sabe quem ela realmente é, e é por isso que deixa ela usar o nome? Você precisa dar seu endereço de e-mail quando se cadastra, então há uma chance de que Anomia e talvez Morehouse conheçam as verdadeiras identidades das pessoas.

Robin ouviu Strike bocejar.

— Desculpe, eu comecei o dia cedo. Acho que vou comer alguma coisa e depois voltar para a estrada.

— Antes que você desligue — falou Robin rapidamente —, precisamos realmente conversar sobre fantasias, sabia?

— Fantasias?

— Para a Comic Con. Se nós formos.

— Ah, é. Tudo bem, vou cuidar disso quando voltar para o escritório.

Por cinco minutos depois que Strike desligou, Robin ficou jogando, olhando intermitentemente para Gus Upcott, que não fez nada mais interessante que consumir um prato de batatas fritas com uma das mãos e, de vez em quando, digitar, parecendo absorto na tela, ou no que quer que estivesse tocando em seus fones de ouvido.

Então um canal privado se abriu na tela à frente de Robin.

**<Moderadora Páginabranca convidou PatinhasdaBuffy>**

**Páginabranca:** oi

**<PatinhasdaBuffy entrou no canal>**

**PatinhasdaBuffy:** oi, tudo bem?

**Páginabranca:** Anomia quer saber se você vai à Comic Con

**PatinhasdaBuffy:** ele já me perguntou isso

**PatinhasdaBuffy:** e Corella me perguntou esta manhã

**PatinhasdaBuffy:** vocês estão trabalhando por comissão?

**Páginabranca:** rsrsrs não

**Páginabranca:** os moderadores só estão fazendo o que o chefe manda, como sempre

**PatinhasdaBuffy:** bom, sim, eu espero ir

**PatinhasdaBuffy:** ainda não comprei minha camiseta

**Páginabranca:** ótimo

**Páginabranca:** quero dizer, que você vai

**Páginabranca:** e você vai usar máscara?

**PatinhasdaBuffy:** ele está falando sério sobre isso?

**Páginabranca:** muito

**Páginabranca:** tipo, eu acho que ele não deixaria ninguém voltar para o jogo se não escondesse o rosto

**PatinhasdaBuffy:** uau está bem

No jogo principal, Robin viu a agitação empolgada que sempre acompanhava a chegada de Anomia. Ela observou a capa adejante aparecer no ponto de entrada do jogo, então olhou para Gus Upcott. Ele estava digitando como antes, sua expressão inalterada. Robin enviou uma mensagem para Nutley, Midge e Shah para informá-los de que Anomia tinha acabado de entrar no jogo, então se voltou novamente para o canal privado, onde Páginabranca tinha digitado outra vez.

**Páginabranca**: posso te perguntar uma coisa?

**PatinhasdaBuffy**: pode, claro

**Páginabranca**: você falou com Anomia na noite da eleição?

**Páginabranca**: em um canal privado?

**PatinhasdaBuffy**: hum é, acho que falei

**Páginabranca**: como ele estava?

Robin hesitou, pensando.

**PatinhasdaBuffy**: o que você quer dizer com isso?

**Páginabranca**: ele agiu estranho com você? Achei que ele parecia bêbado ou algo assim

Robin fez uma pausa, pensando no que dizer. Contar a verdade podia criar a possibilidade de Páginabranca fazer confidências. Por outro lado, Páginabranca podia estar cumprindo ordens de Anomia para verificar se Robin tinha registrado a mensagem que ele enviara para ela por engano.

**PatinhasdaBuffy**: Não consigo me lembrar. Ele me pediu para ir à Comic Con

**PatinhasdaBuffy**: ele podia estar bêbado, mas, se estava, na verdade não demonstrava isso.

**Páginabranca**: isso foi tudo o que ele disse a você? Sobre a Comic Con?

**PatinhasdaBuffy**: é, ele só queria que eu fosse à Comic Con

**PatinhasdaBuffy**: mas eu tive que fazer uma coisa no meio da conversa e, quando voltei, o canal privado tinha sido fechado

**PatinhasdaBuffy**: então ele pode ter dito outras coisas, mas, se disse, eu perdi

**Páginabranca**: ah, está bem

**PatinhasdaBuffy**: por quê, ele disse coisas estranhas para você?

**Páginabranca**: não estranhas, só achei que ele estava bêbado, e eu nunca o vi assim

**Páginabranca**: ele é tão obcecado por controle que eu não esperava que ele realmente bebesse, sabe?

**PatinhasdaBuffy**: rsrsrs é

**PatinhasdaBuffy**: bom, imagino que gênios também tenham permissão de se soltar um pouco

**Páginabranca**: rsrsrs ele ia amar ouvir você chamá-lo de gênio

**Páginabranca**: ei, você tem visto Morehouse por aqui ultimamente?

**PatinhasdaBuffy**: não, faz tempo que não o vejo

Na pausa que se seguiu, Robin olhou para Gus Upcott. Ele ainda estava digitando. Ela tornou a olhar para o iPad. Anomia tinha se afastado do ponto de entrada, mas não estava falando, pelo menos não no jogo aberto.

**Páginabranca**: Eu fiz merda

**PatinhasdaBuffy**: o que você quer dizer com isso?

**Páginabranca**: Eu fiz uma coisa muito estúpida

**PatinhasdaBuffy**: ?

**Páginabranca**: com Morehouse

**PatinhasdaBuffy**: o que aconteceu?

**Páginabranca**: Eu mencionei uma coisa que Endiabrado1 uma vez sugeriu

**Páginabranca**: Eu não queria magoá-lo

**Páginabranca**: Estava tentando dizer a ele que isso não importava nada para mim

**Páginabranca**: mas ele saiu do jogo quando eu disse isso, e não consegui falar com ele desde então

**Páginabranca**: Eu tenho esperança de que ele apareça na Comic Con para que possamos fazer as pazes

**PatinhasdaBuffy**: você sabe quem Morehouse realmente é?

>

>

**Páginabranca**: sei

**Páginabranca**: mas pelo amor de Deus não conte isso a ele

**Páginabranca**: ele não sabe que eu sei

**PatinhasdaBuffy**: claro que não vou contar a ele

**Páginabranca**: ele me stalkeou na internet primeiro

**Páginabranca**: então ele não devia me culpar, mas ele é muito sensível

**Páginabranca:** posso confiar em você, certo?

**PatinhasdaBuffy:** pode, claro

**Páginabranca:** escute, se eu não estiver aqui e ele aparecer, por favor, diga a ele que sinto muito. Que eu quero muito falar com ele.

**PatinhasdaBuffy:** Eu digo

**Páginabranca:** ha, por que estou contando isso tudo a vc?

**PatinhasdaBuffy:** porque eu estava aqui e vc precisava desabafar com alguém ☺

**Páginabranca:** rsrs é

>

>

**Páginabranca:** vc acha que é possível se apaixonar por alguém que vc nunca conheceu?

Robin olhou fixamente para a pergunta. Ela podia imaginar sentir uma atração, uma conexão ou um forte desejo de conhecer alguém melhor depois de um encontro online, mas amor? Amor, ali no *Drek's Game*, onde tudo o que era possível era digitar essas mensagens uns para os outros, sem mesmo uma foto para alimentar a fantasia?

**PatinhasdaBuffy:** talvez

**Páginabranca:** vc nunca conheceu ninguém online?

**PatinhasdaBuffy:** conheci

**PatinhasdaBuffy:** mas não funcionou. Nós terminamos

**Páginabranca:** sinto muito

**PatinhasdaBuffy:** não, está tudo bem

Robin tornou a erguer os olhos. Gus Upcott estava gesticulando para pedir a conta. Ela se voltou novamente para Páginabranca.

**PatinhasdaBuffy**: Vou ter que sair, desculpe

**PatinhasdaBuffy**: mas com certeza digo a Morehouse se eu o vir

**Páginabranca**: obrigada bjs

**<Páginabranca saiu do canal>**

**<PatinhasdaBuffy saiu do canal>**

**<O canal privado foi fechado>**

Anomia continuava flutuando no ar no jogo, provavelmente falando em um ou mais canais privados, mas, fora isso, estava inativo. Gus tirara os fones de ouvido, deixando-os pendurados em torno do pescoço, e agora estava guardando o laptop. Robin ergueu a mão para pedir a conta pelo café, com um olho no jogo, porque, se Anomia dissesse alguma coisa enquanto o laptop de Gus estava na bolsa, ela podia excluir outro suspeito. Entretanto, Anomia permaneceu em silêncio enquanto Gus, evitando fazer contato visual com a garçonete jovem e bonita, pagava sua conta. Minutos mais tarde, ele saiu do restaurante, com Robin em seu encalço.

# 51

*Uma coisa maravilhosa*
*estar tão separados tendo estado tão perto…*
*perto por ódio no final e uma vez por um amor tão forte.*

Augusta Webster
*Medea in Athens*

A perspectiva de apanhar Madeline no lançamento de sua joalheria, levá-la para tomar alguns drinques fortes e depois dormir com ela tinha seus atrativos, mas a perna de Strike estava doendo depois de dirigir na viagem de ida e volta a King's Lynn, e, se não pudesse ir direto para o quarto de Madeline, teria preferido muito mais voltar para casa sozinho. Mesmo assim, ele tinha combinado aquilo com muita antecedência para descumprir a promessa, então voltou com seu BMW para a garagem, comeu kebab com batatas fritas e passou o tempo até as 21h, tentando ignorar uma sensação levemente agourenta que se recusava a ir embora.

Estava chovendo na hora em que ele entrou na Bond Street e, mancando um pouco, seguiu em direção à loja de Madeline. Enquanto passava pelas vitrines escurecidas e sarapintadas de chuva das lojas, seu grande reflexo caminhando ao seu lado, ele percebeu um grupo ruidoso de pessoas a sua frente que estava parado diante de uma vitrine estonteantemente iluminada. Fotógrafos estavam tirando fotografias de duas mulheres paradas embaixo de um guarda-chuva grande. A julgar pelo comprimento da silhueta de suas pernas, elas eram modelos, sem dúvida usando algumas das joias de Madeline, com a rua escura como fundo. Evidentemente o lançamento ainda estava em curso, já que a imprensa não tinha ido embora.

Strike chegou para o lado para sair da chuva, entrou na soleira de uma porta dupla e escreveu para Madeline.

Um pouco atrasado. Devo procurar um bar
e esperar por você lá, em vez disso?

Independentemente do que Madeline respondesse, Strike pretendia permanecer na soleira pelo tempo que levasse para a imprensa se dispersar e o barulho distante de riso emanando das pessoas ainda na rua silenciar.

Um cheiro forte de maconha encontrou suas narinas. Ao se virar, ele percebeu que não estava sozinho no recuo escuro: o filho de Madeline, Henry, e um amigo estavam parados ali em silêncio, os dois usando terno e dividindo um baseado.

Ao ver o rosto de Strike, Henry largou o baseado com um "merda" sussurrado. O amigo, sem ter a menor ideia de quem era Strike, olhou com olhos baços para ele, tentando descobrir se era melhor fingir não saber de onde vinha o cheiro ou pegar o baseado agora queimando a seus pés.

— Está tudo bem — disse Strike a Henry. — Eu não vou contar.

Henry deu um riso nervoso.

Strike chegou a pensar em pedir a Henry para retribuir o favor e não informar à sua mãe que, longe de estar atrasado, ele estava escondido em uma soleira de porta a menos de cem metros de sua festa. Botando na balança, Strike decidiu que seria injusto botar esse fardo sobre o adolescente, então continuou a fumar enquanto ignorava os dois garotos.

— Quer um pouco? — perguntou o amigo de Henry. Ele tinha pegado o baseado e agora o estendia para Strike, nitidamente sentindo que isso era o mínimo que podia fazer.

— Não, obrigado — disse Strike. — Estou tentando parar.

O amigo riu e deu um longo tapa.

— Você não devia estar lá? — perguntou Henry a Strike, apontando na direção da joalheria, diante da qual as modelos ainda estavam rindo e brincando com o fotógrafo.

— Pelo que estou vendo, sua mãe ainda deve estar bastante ocupada — respondeu Strike. — Vou deixar que ela termine antes de me intrometer.

— *Ah* — disse o amigo, de olhos arregalados, para Henry. — Espere. Ele é o *detetive*?

Pelo canto do olho, Strike viu Henry assentir.

— Merda — disse o amigo, parecendo alarmado.

— Está tudo bem — afirmou Strike. — Eu deixei o esquadrão antidrogas anos atrás. Podem continuar.

Um carro com chofer tinha parado em frente à loja de Madeline. Uma das garotas sorridentes que estava sendo fotografada tornou a entrar na loja, supostamente para tirar as joias. A outra continuava a conversar com o fotógrafo embaixo do guarda-chuva. Enquanto Strike e os dois adolescentes observavam, o fotógrafo tocou o braço da garota.

— É a Progressão de Kino — disse o amigo de Henry, que chegou para a frente para observar o que estava acontecendo. Henry riu. — É mesmo. É assim que se faz.

— Quem diz isso? — perguntou Henry.

— Kosh.

— Isso é uma grande bobagem.

— É ciência — disse o amigo, dando outro longo tapa no baseado e entregando-o a Henry. — Você utiliza a Progressão de Kino e uns pequenos insultos para deixá-las mais suscetíveis. Daqui a um minuto ele vai dizer que ela tem pés grandes ou algo assim.

— Ele vai conseguir transar — disse Henry, rindo.

— Vai. Ganhou o dia.

— A noite.

— Mas eles estão na rua, não em uma casa noturna ou algo assim.

— Você está falando bobagem.

— Você devia ler Kosh. Veja agora...

O fotógrafo e a modelo ainda estavam conversando. Outra explosão de risos flutuou até eles na rua escura enquanto ela segurava, brincando, o braço do fotógrafo. Sua voz chegou até a soleira.

— Seu filho da mãe descarado!

— Pequenos insultos — falou triunfante o amigo. — Eu disse a você.

Ele estreitou os olhos na direção de Strike.

— Não é verdade? — perguntou ele com a voz levemente indistinta — Se você insultar uma garota, tipo, não insultar, mas criticar um pouco, ela não vai agir para recuperar sua aprovação?

— Eu não contaria com isso — respondeu Strike. — Quem deu esse conselho a você?

— Kosh — disse Henry.

— Amigo seu?

— Ele é um artista da sedução — disse Henry. — Americano.

A modelo e o fotógrafo continuavam a conversar e a rir. O homem voltou a tocar seu braço.

O celular de Strike tocou. Esperando que fosse Madeline, ele o pegou do bolso, mas o número estava oculto. Ele atendeu:

— Strike.

Houve uma breve pausa. Então uma voz profunda, rouca e distorcida disse:

— Dê uma olhada na carta no caixão dela.

Por um ou dois segundos, Strike ficou surpreso demais para dizer qualquer coisa.

— Quem é?

Ele podia ouvir uma respiração profunda.

— Leia a carta — disse a voz.

A linha ficou muda.

— Está vendo? Progressão de Kino — disse o amigo de Henry, ainda observando o fotógrafo e a modelo. —Você, tipo, aumenta seus toques nelas. Está funcionando, veja.

—Você fala muita merda — disse Henry com escárnio, agora novamente segurando o baseado.

Strike olhou para o celular. A ligação não tinha sido redirecionada do escritório. O autor anônimo tinha seu número direto. Ele então escreveu para Robin.

> Acabei de receber uma segunda ligação da pessoa que disse para desenterrar Ledwell. Dessa vez foi "dê uma olhada na carta no caixão dela"

Ele tornou a guardar o telefone no bolso.

— Estou tentando o jogo digital agora e funciona — estava dizendo o amigo de Henry.

— Como você faz a escalação... sei lá o que... online?

—Você faz coisas diferentes online.

Outra mulher tinha acabado de sair da loja de Madeline, segurando o que parecia ser uma bolsa de brindes. Ela parou e olhou de um lado para outro da rua. Quando se virou na direção de Strike, ele a reconheceu sob a luz que ainda emanava da vitrine da loja: Charlotte. Ele recuou para as sombras.

— ... você diz coisas como "se essa é sua foto verdadeira, você provavelmente está farta de homens importunando você, por isso vou sair agora"...

O barulho de saltos altos no concreto era audível mesmo acima do som da risada de Henry. O encontro iminente tinha sido quase inevitável; Strike sentiu que sempre soubera disso.

— Eu *achei* que fosse você.

Charlotte parecia estar se divertindo. Ela parou a sua frente em um vestido preto justo e saltos agulha, com o cabelo escuro solto e um casaco cinza de seda aberto.

— Acabei de ver a cara de Mads quando ela checou seu telefone, e eu pensei: ele cancelou. Ela vai ficar satisfeita que você esteja apenas escondido. Você esteve em uma briga?

Ela estava olhando para o corte na testa de Strike, feito pela cacatua branca.

— Não — disse ele, apagando a guimba de seu cigarro sob o calcanhar. Henry e o amigo agora olhavam fixamente para Charlotte em um silêncio de admiração. Strike não podia culpá-los.

— Posso filar um? — perguntou Charlotte a Strike, olhando para a ponta de cigarro no chão.

— Desculpe, esse foi o último — mentiu Strike.

— Está quase acabando — disse Charlotte, olhando para o lançamento. — Um enorme sucesso. Essa sua namorada é mesmo muito talentosa. Eu comprei esse... fabuloso, não é?

Ela estendeu uma mão esguia. Strike viu algo que parecia um pedaço de quartzo em estado bruto em seu dedo médio. Ele não disse nada.

— Eu me perguntei aonde vocês, garotos, tinham ido, por falar nisso — disse Charlotte, aparentemente imperturbada pelo silêncio de Strike, olhando por cima de seu ombro para os adolescentes. — Imagino que estava bem chato para vocês lá dentro.

O amigo de Henry balbuciou alguma coisa incoerente. Ainda sorrindo, Charlotte se voltou novamente para Strike.

— Como está a filha de Pru?

— Quem?

— A filha de Pru, querido — disse Charlotte. — Sua sobrinha.

Strike percebeu que sua meia-irmã Prudence era a pessoa a quem ela estava se referindo.

— Não tenho ideia.

— Você não sabia? Ah, merda — disse Charlote, agora sem sorrir. — Eu provavelmente não devia dizer.

— Bom, você começou — replicou Strike, lembrando que Prudence tinha mencionado uma emergência familiar —, agora pode muito bem terminar.

— Foi Gaby quem me contou — disse Charlotte. Gaby era outra das meias-irmãs de Strike. Ele mal a conhecia, mas ela e Charlotte circulavam nos mesmos círculos exclusivos havia anos. — Sylvie caiu de uma parede de escalada. A cadeirinha não estava bem presa ou algo assim.

— Ah — disse Strike. — Eu não sabia.

— Achei que você e Pru estivessem em contato atualmente.

— Gaby com certeza tem falado muito.

— Não fique irritado — disse Charlotte. Ele podia sentir vestígios de Shalimar, mesmo através do cheiro de maconha. — Eu não queria aborrecê-lo.

— Você não me aborreceu.

O carro esperando em frente à loja de Madeline, agora com as duas modelos dentro, finalmente se afastou do meio-fio. O fotógrafo desapareceu na escuridão. Os últimos retardatários estavam deixando a loja, mas pararam diante da porta, ainda falando e rindo.

— Henry — chamou uma voz do meio do grupo.

— Merda — disse Henry. Ele e o amigo correram para atender aos chamados de sua mãe, deixando os últimos centímetros do baseado abandonados no chão.

— Eu bem que gostaria disso — disse Charlotte, olhando para o baseado. — Mas é melhor não... Jago provavelmente está me vigiando, da mesma forma que estou fazendo com ele...

Ela olhou de um lado para outro da rua ao dizer isso, fechando o casaco apertado ao seu redor.

— Eu procurei a McCabes — contou ela a Strike, tornando a olhá-lo no olho. — Eles puseram uma pessoa para fazer isso, mas até agora não conseguiram nada. Jago tem sido muito cuidadoso. Aposto que você teria resultados mais rapidamente.

— A McCabes é boa — comentou Strike.

— É melhor que seja — rebateu Charlotte.

Strike queria sair dali, mas não queria se juntar ao grupo que ainda sorria diante da loja e que agora estava tirando selfies com Madeline.

— Eu queria me encontrar com Pru, para fazer terapia — disse Charlotte, em um tom sonhador.

— Você o *quê*? — perguntou Strike, reagindo da maneira que, sem dúvida, era a intenção dela.

— Ela supostamente é muito boa. Ajudou muito um amigo meu. Mas não quis me atender. Disse que seria um conflito de interesses.

— De todos os terapeutas de Londres, você queria ver minha irmã?

— Na época, eu não tinha nem ideia de que vocês estavam em contato.

— Ela ainda seria minha irmã na época, a menos que tudo isso tenha acontecido em algum universo paralelo.

— Eu só ouvi dizer que ela é muito boa — disse Charlotte, tranquila e serenamente. — Queria falar com alguém cuja família fosse tão fodida quanto a minha. Estou cansada de terapeutas de classe média e suas ideias entediantes de classe média sobre o que é normal.

Madeline estava então botando Henry e o amigo em um táxi preto. O grupo de convidados finalmente se dispersava. Agora Madeline estava sozinha, olhando na direção de Strike e Charlotte, que a encarou, então se voltou mais uma vez sorridente para Strike.

— Bom, é melhor eu deixar você ir parabenizar Mads.

Ela saiu andando na chuva, seus saltos altos fazendo barulho na calçada, o cabelo escuro se agitando às costas.

# 52

*Enfeito-me com sedas e joias,*
*Emplumo-me como uma pomba apaixonada;*
*Eles louvam meu espetáculo delicado, e nunca veem*
*Que meu coração está partido por um pouco de amor...*

Christina Rossetti
*L.E.L.*

Madeline, que usava um vestido justo de seda roxa com um pesado colar de ametistas e saltos vertiginosos, estava imóvel na calçada, de braços cruzados, metade do rosto na sombra, metade iluminada pela luz que ainda brilhava na vitrine da loja. Quando Strike saiu da soleira em sua direção, ele percebeu que eles estavam prestes a alcançar um marco importante em todo relacionamento: a primeira discussão acalorada.

— Oi — disse ele. —Você está linda. Como foram as coisas?

Ela se virou sem dizer uma palavra e tornou a entrar na loja, passando por um segurança tão grande quanto Strike, que estava parado do lado de dentro, perto da porta.

Duas jovens bonitas, que Strike supôs serem atendentes da loja, ambas usando vestidos pretos, estavam colocando seus casacos e olharam com curiosidade para Strike quando ele entrou. Três funcionários do bufê de paletós brancos recolhiam copos de champanhe vazios das mesas baixas e mostruários de vidro. A loja, que Strike nunca tinha visitado antes, era como o interior exuberante de um porta-joias, com suas paredes e o teto revestidos por tecidos de veludo azul-escuro, cordas douradas enroscadas no alto com borlas penduradas e seu chão coberto por um tapete persa.

— Isso parece... — começou ele, mas Madeline estava se despedindo das assistentes de vendas, e depois seguiu um dos garçons até uma sala nos fundos. Strike ouviu Madeline dar instruções para que o homem recolhesse os copos e fosse embora.Não havia necessidade de limpar os mostruários; ela botaria as garotas para fazer isso na manhã seguinte.

Quatro fotos enormes das modelos usadas na campanha estavam apoiadas em cavaletes dourados. Uma mulher negra de cabelo comprido estava usando brincos de diamante tão compridos que roçavam seus ombros nus; uma ruiva olhava através de dedos entrelaçados, cada um ostentando um anel de safira; uma loura segurava um broche de rubi sobre um dos olhos como um tapa-olho; e Charlotte olhava para ele com um sorriso de Mona Lisa nos lábios vermelhos, um colar de ouro pesado cravejado de esmeraldas brutas no pescoço.

Madeline reapareceu, seguindo os funcionários do bufê, cada um dos quais carregando uma caixa grande cheia de copos usados.

— Você pode ir, Al — disse ela para o segurança. — Eu tranco e ligo o alarme.

— Tem certeza? — perguntou ele.

— Tenho, pode ir — disse Madeline em uma voz entrecortada, batendo a mão em um botão ao lado de uma mesa de madeira pesada no canto. Persianas de segurança de aço começaram a descer automaticamente sobre as vitrines.

Strike percebeu que Madeline tinha bebido bastante. Ela estava corada e sua voz, levemente indistinta. Ela continuou evitando o olhar de Strike até que os garçons, funcionários do bufê e o segurança fossem embora. Quando finalmente ficaram sozinhos, com as vitrines cobertas, Madeline se virou para olhar para ele.

— Eu sabia que você ia fazer isso.

— Fazer o quê?

— Você nem se deu o trabalho de ficar aqui alguns minutos no fim.

— Ainda havia um fotógrafo em frente à loja.

— Escute o que você está dizendo! — disse Madeline com um riso estridente. — Quem você acha que é? *Seu pai?*

— O que você quer dizer com isso?

— Se *Jonny Rokeby* aparecesse aqui, sim, a imprensa ia se digladiar para conseguir uma foto dele. Pelo amor de Deus. Você não é tão famoso. Pare de se achar tão importante.

— A questão é que não *quero* nenhuma foto minha na imprensa — retrucou Strike calmamente. — Eu já disse isso a você várias vezes. Não posso ser reconhecível.

— E onde está a merda de sua paranoia quanto a ser fotografado conversando com Charlotte Campbell em soleiras escuras? Ela me contou esta noite como Jago quer citar você no divórcio...

— Isso foi de grande ajuda da parte dela — disse Strike, a raiva agora crescendo, embora estivesse tentando contê-la.

— ... o que seria bom de ouvir de você, em vez de descobrir na frente de mais de vinte pessoas na porra de meu lançamento...

— Pelo amor de Deus, você acha que eu queria que ela fizesse isso?

— ... e eu tive que fingir que sabia tudo sobre isso. Então, quando você terminou com ela *de verdade*?

— Exatamente quando disse a você que terminamos — disse Strike. — Há quase cinco anos...

— Então por que Jago quer sua cabeça?

— Porque ele me odeia.

— Charlotte diz que ele encontrou mensagens de texto entre vocês dois.

— Essas mensagens eram ela tentando reviver nosso caso. Eu não pedi por elas — disse Strike.

— Você acha mesmo que é Jonny Rokeby — disse Madeline com outra risada incrédula. — As mulheres simplesmente se jogam em cima de você sem serem convidadas, não é?

— Não, você foi a primeira.

Madeline pegou o objeto disponível mais próximo — um porta-joias de madeira vazio — e o jogou. Sua pontaria foi tão ruim que ele teria passado por Strike e atingido a vitrine se o detetive não tivesse estendido a mão e o pegado. Madeline avançou em sua direção.

— Você não quer que ninguém saiba que está comigo!

— Eu não dou a mínima para quem sabe que estou com você.

— Não é isso o que Charlotte diz!

— Quando você vai botar na sua cabeça que não pode acreditar em nada que Charlotte Campbell diz?

— Você contou a sua querida Robin que estamos juntos?

— Contei — respondeu Strike.

— Antes ou depois de Charlotte contar a ela? Porque Charlotte disse que ela pareceu muito chocada ao saber.

— Acorde, pelo amor de Deus. Charlotte diz o que quer que ela ache que vai causar mais...

— Charlotte disse que, se você realmente aparecesse no meu lançamento, você *devia* estar realmente dando uma chance a nossa relação, porque...

— Ela está querendo causar confusão, Madeline, pelo amor de Deus!

— ... você escondeu todas as suas namoradas desde...

— Eu não estou escondendo você!

— Por que você estava escondido a três portas daqui, fingindo estar atrasado?

— Eu já disse...

— Esperando para se encontrar com Charlotte quando ela saísse?

— Tente se decidir com qual delas você acha que estou flertando, Charlotte ou Rob...

— Talvez as duas... Seu pai. Nunca se restringiu a uma mulher de cada v...

— Se você mencionar meu pai mais uma vez, eu vou embora daqui.

Eles olharam fixamente um para o outro a um metro e meio de distância, e a foto grande de Charlotte em seu colar cravejado de esmeraldas olhava para eles com um meio sorriso nos lábios vermelhos.

— Estou ficando com a impressão de que importa mais para você o que Charlotte pensa de nós do que o que *eu* penso — disse Strike. — Foi por isso que eu tive que vir aqui buscar você? Para provar à Charlotte que você me tem aos seus pés?

— Você nunca me disse que dormiu com Ciara Porter!

— *O quê?* — perguntou Strike, confuso.

— Você me ouviu!

— Mas por que eu *teria* dito a você, porra? Foi uma transa de uma noite!

— Ou que você namorou Elin Toft!

— Meu Deus, eu já pedi a você uma lista com todos os seus...

— Elas são duas pessoas que eu *conheço*!

Strike sentiu o celular vibrar no bolso do casaco e o pegou.

— É melhor você não responder isso! — gritou Madeline enquanto ele olhava para a mensagem de texto de Robin.

Como era a voz?

Strike começou a digitar uma resposta.

— Você me *ouviu*?

— Ouvi você, sim — disse ele friamente, ainda digitando.

Igual à da última vez. Darth Vader.
Acho que é um aplicativo de alteração de voz.

Ele tornou a guardar o celular no bolso e ergueu os olhos para ver Madeline com a respiração ofegante e uma expressão dura de fúria no rosto.

— O que você estava dizendo?

— Eu estava *dizendo* que Charlote era uma anom... — bêbada, ela tropeçou na palavra — ... malalia. Valentine disse que você a conheceu na universidade. Achei que você não estivesse interessado em dinheiro, fama nem nada, mas então descobri que você tem passado o rodo em metade das celebridades de Londres!

— E como você encaixa eu ser uma espécie de garanhão das estrelas com sua reclamação de que não quero ser fotografado com você?

— Talvez isso só torne mais fácil você enrolar a próxima mulher rica para fazê-la pensar que gosta dela pelo que ela é!

Strike se virou e se dirigiu para a porta.

— Cormoran!

Mas ele já havia aberto a pesada porta e saído para a chuva.

— *Cormoran!* — gritou ela.

Seu telefone vibrou novamente no bolso. Ele o pegou e examinou a nova mensagem de texto de Robin. Gotas de chuva respingaram na tela. Ele podia ouvir Madeline correndo atrás dele com seus saltos altos e o que pareceu um molho pesado de chaves chacoalhando.

Qual é a chance de ser apenas um troll aleatório?
Afinal, quantas pessoas sabiam que havia cartas no caixão?

Strike digitou a resposta, ainda andando:

Exatamente.

Outra mensagem de texto de Robin chegou segundos depois.

Acabei de ouvir uma coisa interessante no jogo.
Se for conveniente para você conversar agora. Se não, eu espero.

Ele tinha acabado de digitar agora está bem quando ouviu um grito, um baque surdo e o tilintar de metal às suas costas. Ele se virou: Madeline tinha escorregado e caído, as chaves da loja tinham voado de sua mão, e ela estava deitada de bruços na calçada.

— Cacete — murmurou ele, mancando de volta em sua direção.

Madeline estava tentando se levantar, mas foi atrapalhada pelo fato de que um de seus saltos tinha quebrado. Chorando, ela segurou a mão de Strike e deixou que ele a puxasse de pé. Um de seus joelhos estava sangrando.

— Entre aqui — disse Strike, ajudando-a a ir para baixo de outra soleira coberta antes de ir pegar as chaves. — Você deixou a porta sem trancar?

Ela fez que sim, ainda chorando.

— Corm, desculpe... desculpe... eu não quis dizer nada daq...

— Vamos lá trancar aquela maldita porta antes que você perca todo o seu estoque.

— Espere...

Apoiando-se no braço dele, ela tirou os dois sapatos. Ainda chorando, descalça e agora consideravelmente mais baixa, ela deixou que ele a conduzisse de volta até a loja, parando apenas para enfiar o sapato de salto alto em uma lixeira.

— Corm, desculpe... isso foi tão estressante e... não foi minha intenção, honestamente não foi...

De volta ao interior da loja coberta de veludo azul-escuro, ela desabou em uma poltrona, levou as mãos ao rosto e chorou. Strike deu um suspiro profundo e pôs as chaves sobre um mostruário cheio de pingentes cintilantes.

— Quando eu já peguei um centavo seu? — perguntou ele, olhando para ela. — Quando deixei de pagar minha parte das contas?

— Nunca... nunca... Não sei por que eu disse isso... Foi por causa de tudo o que Charlotte disse... Eu descobri que Jim estava me traindo por causa de mensagens de texto... Ele estava comprando presentes para ela com o meu dinheiro e... Desculpe. Desculpe mesmo...

Ela ergueu os olhos para ele. Era bonita mesmo com o cabelo começando a despentear e o rímel escorrendo.

— É melhor você limpar esse joelho — disse ele.

Madeline se levantou da poltrona e jogou os braços em torno dele. Depois de um ou dois instantes, ele retribuiu e beijou o alto de sua cabeça molhada.

— Desculpe — repetiu ela em seu peito.

— Eu não sou Jim.

— Eu s-sei — soluçou ela. — Eu *sei* disso. Não devia ter bebido tanto champanhe.

— Você não devia ter ouvido a droga da Charlotte Campbell, isso sim — disse Strike com energia.

— Eu não... Eu sei que não devia...

Ele se soltou delicadamente e olhou para ela.

— Vá lavar seu joelho. Preciso fazer uma ligação de trabalho, para Robin. Isso não significa que estou transando com ela.

— E-eu sei — repetiu Madeline, meio rindo, meio chorando.

— Está bem, então. Vou ficar aqui na porta e tentar parecer seu segurança.

Ainda fungando, Madeline foi para o banheiro nos fundos da loja. Strike foi até a porta, se posicionou firmemente a sua frente, onde ficaria visível para os passantes, então ligou para Robin.

— Oi — disse ela. — Eu podia ter esperado.

— Está tudo bem. Vá em frente.

— Verme28, quero dizer, Zoe, acabou de me contar que teve uma discussão com Yasmin Weatherhead, você sabe, Corella, na noite passada no canal dos moderadores. Yasmin disse algo parecido com "um fã não pode ter dado as facadas porque ele não teria atacado Josh". Zoe ficou com raiva e perguntou se Yasmin estava dizendo que Edie merecia o que recebeu.

"Enfim, Zoe reclamou de Yasmin para mim e deixou escapar que acha que Yasmin e Anomia têm algum esquema paralelo. Um esquema para ganhar dinheiro."

— É mesmo?

— Aparentemente ele disse alguma coisa para Yasmin no canal de moderadores esta manhã sobre estar esperando para saber qual ia ser sua percentagem. Yasmin não respondeu diante dos outros moderadores, mas Zoe acha que eles provavelmente foram conversar sobre isso em um canal privado.

Madeline emergiu da sala dos fundos, com o rosto limpo. Ela deu um sorriso pálido para Strike e começou a circular entre os mostruários, conferindo se estavam todos trancados.

— Muito interessante — disse Strike. — Isso sugere que Morehouse pode não ser o único que conhece Anomia, no fim das contas.

— Exatamente — concordou Robin. — Estou pensando se há algum jeito de abordar Yasmin do mesmo jeito que fizemos com Tim Ashcroft.

— Como jornalista?

— Exatamente. Fingir estar fazendo uma reportagem sobre *O coração de nanquim*. "Você os conheceu nos primeiros dias" etc.

— Com certeza é uma possibilidade — disse Strike. — Eu preciso ir, mas vamos falar sobre isso amanhã.

— Ótimo — disse Robin. — Falo com você, então.

Ela desligou. Strike se voltou para Madeline, que agora tinha posto seu casaco.

— Vamos precisar de um táxi — disse ele, olhando para seus pés descalços.

— Desculpe — murmurou ela outra vez.

— Você está perdoada — respondeu Strike, forçando um sorriso.

Enquanto Madeline pegava o celular para chamar um táxi, Strike saiu para fumar um cigarro. Essa noite trouxera de volta uma onda de lembranças da vida com Charlotte; de gritos e objetos arremessados, explosões de ciúme irracional e acusações de todos os maus hábitos que ela conhecera na família onde nascera. A diferença era que ele tinha amado Charlotte, apesar de tudo. Sem amor, esse comportamento não tinha nenhum atrativo para Strike. A chuva continuava a cair e ele fumava, com a perna doendo, desejando estar a centenas de quilômetros da Bond Street.

# 53

*Doce é o pântano com seus segredos,*
*Até nos depararmos com uma cobra...*

Emily Dickinson
*XIX: A snake*

## Chat dentro do jogo entre quatro moderadores do *Drek's Game*

**<Um novo canal privado foi aberto>**

**<20 de maio de 2015 17.38>**

**<Anomia convidou Morehouse>**

Anomia: estamos sentindo sua falta, cara

>

**<Morehouse entrou no canal>**

Morehouse: é mesmo?

Anomia: é

Anomia: Páginabranca está aqui o tempo inteiro perguntando às pessoas se elas viram você

Morehouse: eu entrei aqui para saber se LordDrek e Vilepechora estavam

**<Um novo canal privado foi aberto>**

**<20 de maio de 2015 17.40>**

**<Páginabranca convidou Morehouse>**

**Páginabranca:** ah, meu deus, você está aqui

>

>

>

>

**Páginabranca:** Mouse, por favor, fale comigo

fora, mas vejo que não estão

**Anomia:** não

**Anomia:** mas eles estarão fora daqui até o fim da Comic Con

**Morehouse:** só os bloqueie de uma vez

**Anomia:** eu tenho um plano, está bem?

**Morehouse:** como o plano de "investigá-los"?

**Anomia:** Eu juro que eles vão sair em breve. Estou trabalhando nisso agora mesmo

**Morehouse:** Acho que você está só empurrando isso com a barriga

**Morehouse:** porque eles são "bons moderadores" e "só estão de sacanagem"

**Anomia:** não

>

**Anomia:** vc estava certo, está bem?

**Anomia:** eles são uns malditos nazistas

**Morehouse:** e como você chegou a esse insight,afinal?

**Anomia:** Eu mudei de opinião, só isso

>

**Páginabranca:** por favor

>

>

>

>

>

**<Morehouse entrou no canal>**

>

>

**Morehouse:** oi

>

>

**Páginabranca:** Mouse, eu quero me desculpar. Não tenho dormido. Só consigo pensar nisso. Desculpe, eu não devia ter dito aquilo

>

>

**Morehouse:** está tudo bem

>

>

>

**Páginabranca:** não está

**Morehouse:** eu só estava puto com Endiabrado1 por ter aberto aquela boca grande dela

**Morehouse:** Uma reviravolta surpreendente que, por coincidência, ocorreu após eu pedir a você para escolher entre mim e eles

**Anomia:** e se foi isso? você vai conseguir o que quer, não vai?

>

>

**Morehouse:** você ainda não entende, não é?

>

>

**Morehouse:** você parece estar totalmente indiferente a eles serem fascistas

**Anomia:** você não se diz a porra de um cientista? Onde está sua prova?

>

>

>

>

>

>

**Anomia:** deixe-me adivinhar: vc está conversando com Páginabranca em outro canal

>

>

**Páginabranca:** espere, o quê?

**Páginabranca:** Endiabrado1 é uma garota?

>

>

**Morehouse:** é, ela gosta de fingir que é homem na internet

>

>

>

**Morehouse:** como está sua mãe?

**Páginabranca:** nada bem

**Páginabranca:** o cabelo dela começou cair

>

>

**Morehouse:** merda

>

>

**Páginabranca:** é

**Páginabranca:** mas desde que funcione

>

**Morehouse:** é

>

>

**Páginabranca:** é tão bom falar com vc outra vez

**<Um novo canal privado foi aberto>**

**<14 de maio de 2015 17.42>**

**<Endiabrado1 convidou Morehouse>**

**Endiabrado1:** quero falar com você

>

**<Morehouse entrou no canal>**

**Endiabrado1:** Eu NÃO contei a Páginabranca que você tem deficiência, está bem?

**Endiabrado1:** se ela ouviu de alguém, foi de Anomia, não de mim

**Endiabrado1:** então certifique-se de que você tem todos os fatos antes de me enviar um e-mail daqueles outra vez

**Morehouse:** está bem, como quiser

**Endiabrado1:** “como quiser?”

**Morehouse:** vc tem certeza de que sempre se lembra do que diz às pessoas?

**Endiabrado1:** vá se ferrar

**Endiabrado1:** sei o que você está sugerindo

>

**Morehouse:** e se eu estiver? Qual é seu problema comigo e com Páginabranca?

**Anomia:** Problema nenhum, cara

>

>

**Morehouse:** Eu acho que você gosta dela

**Anomia:** e pq acha isso, cara?

**Morehouse:** vc sabe quem ela é. De quando ela se inscreveu

>

**Anomia:** você acha que endereços de e-mail me dão tesão?

>

**Morehouse:** talvez o nome verdadeiro dela esteja em seu e-mail e você tenha procurado

**Anomia:** bom, você está errado, eu não estou nem aí para quem ela é

**Anomia:** Se você quer ter alguma coisa com ela, sinta-se à vontade

**Morehouse:** e a regra 14?

**Anomia:** que se foda, você é um dos criadores, faça o que quiser

**Páginabranca:** Eu senti muito a sua falta

>

**Morehouse:** eu também senti a sua

**Páginabranca:** então estamos de boa?

>

>

**Morehouse:** é, estamos de boa bj

**Páginabranca:** e então, escute: você vai à Comic Con?

**Páginabranca:** oi?

>

>

**Morehouse:** Eu não posso ir à Comic Con

>

>

>

**Morehouse:** mas você pode ir com seu namorado.

>

>

>

**Páginabranca:** o quê?

>

>

>

>

>

>

>

>

**Morehouse:** Eu só sei como você fica depois de beber meia garrafa de vodca

**Endiabrado1:** vá se foder

**Endiabrado1:** Eu nunca contei a ela que você é deficiente

>

>

**Morehouse:** talvez não explicitamente

**Endiabrado1:** está bem, então o que eu disse?

>

>

>

>

>

>

>

>

>

>

**Morehouse:** provavelmente fez uma de suas piadas engraçadinhas sobre cadeira de rodas

>

>

**Morehouse:** é, bem, eu não posso fazer o que quero

**Morehouse:** pelo menos, não com ela

**Anomia:** por que não?

**Anomia:** ela obviamente é doida por você

**Morehouse:** você sabe por que não

>

**Anomia:** cara?

>

**Morehouse:** o quê?

>

>

>

>

>

>

**Anomia:** se eu expulsar LordDrek e Vile você vai ficar, não vai?

>

**Morehouse:** pelo amor de Deus, você não está escutando. O que me incomoda é que você não parece dar a mínima para o que eles são ou o que podem ter feito

**Morehouse:** seu namorado

>

>

>

>

>

**Morehouse:** camiseta cortada, músculos, louro

**Páginabranca:** então você parou de fingir que não sabe quem eu sou

>

**Páginabranca:** isso nunca teria começado se você tivesse concordado em me encontrar ou pelo menos mandar uma foto

**Páginabranca:** eu estava bêbada uma noite e ele estava ali

**Páginabranca:** isso não é uma coisa legal de dizer, mas é a verdade

**Morehouse:** você parece muito satisfeita em relação a isso na sua página no Instagram

**Páginabranca:** bem, talvez eu estivesse esperando que você visse e ficasse com ciúme

**Páginabranca:** essa coisa toda tem só um lado. Eu envio fotos, você não. Eu quero um encontro, você não.

**Endiabrado1:** isso foi há mais de um ano e eu pedi desculpas a você um milhão de vezes

>

>

>

>

>

>

>

**Morehouse:** você fez a única coisa que eu pedi para você nunca fazer

>

>

**Morehouse:** merda, eu estava tentando ajudar você

**Endiabrado1:** não seja tão condescendente

>

>

>

>

>

>

>

>

>

>

>

>

>

>

**Anomia:** Eu já disse a você que eles não podem ter matado Ledwell

>

**Morehouse:** como você pode ter certeza?

**Anomia:** porque fui eu, é óbvio

>

>

**Morehouse:** cacete, qual é o seu problema?

**Morehouse:** Estou quase acreditando, sabia?

**Morehouse:** você sempre diz isso no jogo

**Morehouse:** o que acontece se alguém levar você a sério e ligar para a polícia?

**Anomia:** pelo amor de Deus, estou brincando

**Anomia:** nós costumávamos nos divertir

**Morehouse:** costumávamos, sim

**Morehouse:** mas eu disse a Páginabranca

**Páginabranca:** o que você e eu temos é melhor

**Páginabranca:** mas como eu sei que você não está enrolando outras 100 garotas?

**Morehouse:** Não estou

**Morehouse:** olhe, andei pensando muito enquanto estava fora do jogo

>

>

>

**Páginabranca:** Mouse, por favor, não diga que você está indo embora

**Páginabranca:** por favor

>

**Páginabranca:** está bem, se você está indo embora, não tenho nada a perder, tenho?

>

>

>

**Morehouse:** ?

>

>

**Páginabranca:** Sei exatamente quem você é, V****

>

**Morehouse:** Não estou sendo condescendente, estou tratando você como uma adulta, para variar

**Endiabrado1:** o que você quer dizer com "para variar"?

**Endiabrado1:** olhe, você foi muito legal comigo quando eu estava passando por todas as minhas merdas e nunca quis magoá-lo ou ofendê-lo

>

>

**Endiabrado1:** Sei que aborreci você e tentei de tudo para pedir perdão, mas quando alguém ignora todos os seus e-mails e não conversa por aqui, é difícil fazer as pazes

**Endiabrado1:** mas eu nunca contei a ninguém que você tem deficiência, ninguém

**Endiabrado1:** por que eu faria isso?

>

>

>

>

>

>

>

>

outro dia que sinto que não conheço mais vc, na verdade

**Morehouse:** Ledwell está morta. Blay ainda está no hospital e vc não parece dar a mínima

**Morehouse:** é uma piada para você

>

>

>

**Anomia:** então eu gosto de humor negro, me processe por isso, caralho

>

>

>

>

>

>

**Anomia:** você quer que eu diga que é uma tragédia, claro que é

**Anomia:** mas considerando que o mundo sabe que eu odiava Ledwell, eu não vou bancar o hipócrita

**Morehouse:** só demonstre alguma decência, pelo amor de Deus

>

**Páginabranca:** e você não ouse reclamar, vendo que você foi atrás e descobriu quem eu sou

**Páginabranca:** Você está até me seguindo no Twitter como você mesmo

**Páginabranca:** e, para deixar registrado, agora que eu sei quem você é, acho você mais incrível do que achava antes

>

>

>

**Páginabranca:** hoje disse a PatinhasdaBuffy que estou apaixonada por você

**Páginabranca:** pode checar com ela se não acredita em mim

>

**Morehouse:** você está falando sério?

>

>

>

>

**Páginabranca:** sobre que parte?

**Páginabranca:** merda, nenhum homem me fez chorar tanto quanto

>

>

>

>

>

>

**Morehouse:** talvez para estragar as coisas entre mim e Páginabranca?

>

>

**Endiabrado1:** isso é uma grande mentira

**Endiabrado1:** Nunca quis vc como namorado, se isso é o que você está sugerindo.

**Endiabrado1:** Eu só achei que vc fosse meu amigo

>

>

>

>

>

>

>

>

>

>

>

>

>

**Anomia:** está bem, vou demonstrar alguma decência e expulsar LordDrek e Vile, você transa com Páginabranca até satisfazer seu coração e o jogo continua, certo?

>

>

>

>

>

**Anomia:** Morehouse?

>

>

>

>

**Morehouse:** o quê?

>

>

**Anomia:** se eu fizer isso tudo você fica?

**Morehouse:** vou pensar a respeito

>

**Anomia:** porra, não me faça nenhum favor

>

você. Estou com a cara cheia de catarro.

**Morehouse:** você acha que sabe quem eu sou?

>

>

>

>

>

**Páginabranca:** meio da foto, camisa verde, óculos, cadeira de rodas, sorriso incrível, dentes excelentes

>

**Morehouse:** e você disse a PatinhasdaBuffy que me ama?

**Páginabranca:** perguntei se ela achava que vc podia se apaixonar por alguém que nunca viu

**Páginabranca:** pq acho que é isso o que sinto por você

>

>

**Páginabranca:** vc não acha que tem que dizer isso também ou algo assim

**Morehouse:** hahaha

**Morehouse:** bom

>

>

>

>

**Morehouse:** Eu era

**Morehouse:** mas perdi a confiança

**Morehouse:** Eu tinha razões muito boas para não querer que ninguém soubesse que eu fui um dos criadores do jogo

**Morehouse:** então eu não precisava ter uma garota de 16 anos bêbada deixando pistas por toda parte, achando estar sendo engraçada/esperta

**Endiabrado1:** Eu pedi desculpas, o que mais posso fazer

>

**Morehouse:** nada

**<Endiabrado1 saiu do canal>**

**<Morehouse saiu do canal>**

**<O canal privado foi fechado>**

**Anomia:** você ainda está aqui?

**Morehouse:** me diga uma coisa

>

>

**Morehouse:** quando você vê esse jogo acabando?

>

>

>

**Anomia:** o que você quer dizer com isso?

>

>

**Morehouse:** bom, ele não pode durar para sempre, não é?

**Anomia:** por que não?

>

**Morehouse:** porque as pessoas crescem. Elas ficam entediadas.

>

**Anomia:** é por isso que precisamos continuar a melhorar o jogo

>

>

**Morehouse:** isso não pode durar para sempre

>

**Morehouse:** eu também amo vc

**Páginabranca:** é mesmo?

>

**Morehouse:** é

**Páginabranca** <3 <3 <3 <3 <3 <3 <3

**Páginabranca:** então se nós levarmos essa conversa para o Twitter posso enviar uma MD para você com meu número de telefone

**Morehouse:** não, não quero falar no telefone

**Morehouse:** não na primeira vez que conversarmos

**Páginabranca:** você tem problemas de fala ou algo assim?

**Morehouse:** é

**Páginabranca:** não pode ser tão ruim

**Páginabranca:** você falou no telefone com Anomia na outra semana

**Morehouse:** aquilo foi uma emergência

**Morehouse:** mas ele pode me entender porque passamos muito tempo no Facetime quando criamos o jogo

**Páginabranca:** então vamos para o Facetime

>

**Morehouse:** olhe, isso é difícil para mim

>

>

**Anomia:** vai durar o quanto eu quiser que dure

**Anomia:** nós agora estamos no controle, nós fazemos as regras

**Morehouse:** que regras?

>

**Anomia:** nós temos o poder. Podemos garantir que CN permaneça como queremos

>

**Morehouse:** você percebe que parece um megalomaníaco, não percebe?

>

>

>

>

**Anomia:** o desejo de poder faz o mundo girar

**Morehouse:** achei que fosse o amor

>

>

>

>

**Anomia:** o amor é para os fracos

**Páginabranca:** eu entendo

**Morehouse:** você não entende, não poderia, com a sua aparência

**Morehouse:** essa foto que você viu não conta toda a história

>

**Páginabranca:** o quê, ele é seu dublê de corpo?

**Morehouse:** rsrs

**Morehouse:** não

**Morehouse:** mas ela não mostra como eu falo ou me movimento

**Páginabranca:** pelo amor de Deus, eu não ligo

>

>

**Morehouse:** é fácil falar

**Páginabranca:** então nunca vamos poder nos encontrar ou conversar na vida real?

**Morehouse:** você vai à Comic Con no dia 24?

>

**Páginabranca:** eu vou se você for

**Morehouse:** vou tentar

**Páginabranca:** <3 <3 <3 <3 <3 <3 <3 <3

**Páginabranca:** Eu amo você

**Morehouse:** eu também amo você

# 54

*... máscaras em bandos e baixios;*
*Máscaras nubladas de carne exangue fazem cerco aqui,*
*Orbes e estacas sempre oscilantes...*

Christina Rossetti
*A Castle Builder's World*

Na manhã seguinte ao lançamento de Madeline, Strike e Robin se encontraram no escritório e concordaram que, depois de se darem ao trabalho de criar um site e uma conta no Twitter para a jornalista Venetia Hall, eles estariam desperdiçando uma oportunidade se não a usassem outra vez para abordar Yasmin Weatherhead. Robin, portanto, fez ajustes na biografia na conta de Venetia no Twitter para enfatizar suas credenciais jornalísticas, e passou algumas horas escrevendo algumas matérias sobre *O coração de nanquim* para a Medium.com no nome de Venetia.

— Elas são horríveis — disse ela mais tarde ao telefone com Strike. Ele tivera de ir para a Sloane Square onde estava vigiando o almoço de Dedos no Botanist outra vez. — Eu as criei a partir de um monte de outras matérias.

— Qualquer pessoa pode escrever alguma coisa no Medium, não é?

— Pode, mas Venetia supostamente é uma jornalista de verdade.

— Bom, com sorte, os padrões literários de Yasmin não são muito elevados.

Fosse esse o caso ou não, Yasmin Weatherhead se mostrou tão ávida quanto Tim Ashcroft para falar com Venetia Hall. Robin recebeu uma resposta promissora para seu e-mail apenas 24 horas depois.

Olá, Venetia,

Foi um certo choque receber seu e-mail. Sim, eu sou "a" Yasmin Weatherhead que trabalhava para Josh e Edie. Ainda estou chocada com o que aconteceu, como você pode imaginar. Acho que todos os fãs estão abalados. Foi tão horrível. Estamos todos rezando para que Josh se recupere completamente.

Sim, ainda sou uma enorme fã do *Coração de nanquim* e, na verdade, estou escrevendo um livro sobre o desenho animado e os fãs! Não sei se você sabe sobre o *Drek's Game*, que é o lugar onde muitos deles se reúnem para discutir o desenho e toda a franquia. Meu livro também aborda o jogo e como ele se tornou central para manter vivo o entusiasmo pelo *Coração de nanquim.*

Então, sim, eu adoraria falar com você! Quando você estava pensando? Como você nitidamente já sabe, estou trabalhando para a Lola June Cosmetics, mas estou disponível à noite ou nos fins de semana, menos nesse próximo, porque vou estar na Comic Con me divertindo como uma geek.

Atenciosamente,
Yasmin

— Por que não peço a ela para me encontrar na Comic Con? — perguntou Robin a Strike pelo telefone depois de encaminhar para ele o e-mail de Yasmin.

— Dois coelhos com uma cajadada só — disse Strike, que agora estava seguindo Preston Pierce pela Swain's Lane em Highgate. — Boa ideia.

— Por falar nisso, sua fantasia chegou — informou Robin. — Quando eu disse que você daria um ótimo Darth Vader, não achei que você fosse mesmo...

— Não consegui pensar em mais nada. Só espero que seja comprida o bastante.

— Gostei de você também ter comprado um sabre de luz — disse Robin. — Da cor certa e tudo mais.

— A Comic Con é *exatamente* o tipo de lugar em que os fãs iam dizer que eu era um impostor porque meu sabre de luz era verde — disse Strike, e Robin riu.

Ela respondeu o e-mail de Yasmin, dizendo que estava muito animada por saber de seu livro e fascinada pelo *Drek's Game*, e perguntando se ela queria se encontrar na Comic Con, que seria um pano de fundo maravilhoso para a matéria de Venetia sobre *O coração de nanquim*. Ela também deu o número do celular temporário que tinha usado ao abordar Tim.

Várias horas se passaram sem notícias de Yasmin, mas nesse ínterim houve um desenvolvimento interessante no canal dos moderadores que foi relatado para PatinhasdaBuffy pela sempre solícita Verme28.

**Verme28**: Corella acabou
de dizer a Anomia que
no fim das contas
ela não pode ir
à comiccon

**PatinhasdaBuffy**: meu deus,
depois de insistir para que
todo mundo fosse!

**Verme28**: é , eu sei . Anomia
está muito pto com ela

A sensação de Robin era que Yasmin tinha desistido de se juntar ao grupo mascarado promovendo a campanha de "Mantenham o jogo" para que pudesse se encontrar com Venetia Hall e divulgar seu livro, sem máscara. Confirmando isso, meia hora depois chegou um segundo e-mail de Yasmin.

Oi, Venetia,

Isso seria ótimo! Eu estava planejando estar lá no sábado, se estiver bom para você?

Robin respondeu que estava perfeito para ela, e as duas combinaram de se encontrar logo após as portas principais do ExCeL às 11h.

— O que pode significar que ela e Anomia nunca se encontraram, então ele não vai reconhecê-la — disse Robin para Strike por telefone mais tarde naquela noite —, ou ela espera conseguir evitá-lo em um espaço tão enorme.

— Ou — sugeriu Strike — Yasmin sabe que Anomia não vai estar lá.

— Ele *tem* que ir. Está tentando há semanas fazer com que todas as outras pessoas vão.

— Parece que o empreendimento em que eles estão juntos é esse livro, não é?

— Deve ser — disse Robin. — Anomia pode estar dando detalhes internos em troca de uma parte.

— Bom, isso tudo vai render uma entrevista muito interessante.

— Antes que você desligue — disse Robin apressadamente, porque o tom de voz dele indicou a ela que ele estava prestes a desligar. — Estava pensando que devíamos pegar o metrô para ir à Comic Con em vez de ir de carro.

A pausa que se seguiu na verdade não foi surpresa para Robin.

— Você quer que eu pegue o metrô vestido de Darth Vader?

— Sei como você se sente, mas pelo que Verme28 disse, o grupo do *Drek's Game* todo vai viajar de transporte público. Eles são jovens, duvido que tenham carro. Sei que Endiabrado1 vai pegar um ônibus. Se eu e você precisarmos trocar de disfarce... bom, você não precisa de um, só teria que tirar a fantasia. De qualquer forma, nós podemos ser muito flexíveis se precisarmos seguir um ou mais suspeitos de serem Anomia.

Ela ouviu Strike suspirar.

— Está bem. Mas você vai ter que me ajudar a entrar e sair de escadas rolantes, porque acabei de experimentar a maldita máscara e não consigo ver meus pés com ela.

Então na manhã da Comic Con, Strike e Robin se encontraram cedo no escritório. Ela se transformou em Venetia Hall, mais uma vez botando a peruca louro-cinza, lentes de contato cinza-claro e óculos de armação quadrada, enquanto Strike vestiu sua fantasia de Darth Vader, que de fato era curta demais.

— Você devia ter costurado aí mais um pedaço de tecido — disse Robin, olhando para os pés dele, acima dos quais vários centímetros de calça eram visíveis.

— Vai servir — disse ele enquanto botava pilhas no cabo de seu sabre de luz. — Não é como se eu estivesse fazendo um maldito teste de elenco.

A aparência de Strike causou tanto interesse quanto diversão na rua, e, por mais que a máscara fosse quente e suarenta, ele ficou grato por seu rosto estar escondido. Entretanto, quando eles pegaram o trem de Docklands, eles encontraram um monte de pessoas fantasiadas em seu vagão, inclusive uma dupla de meninas adolescentes, ambas vestidas de Arlequina, uma mulher fantasiada de Hera Venenosa com seu parceiro Batman e um grupo de rapazes, um dos quais estava sem camisa por baixo da capa e usava um capacete espartano. Agora que tinha deixado de ser a pessoa de aparência mais estranha no trem, Strike se sentiu um pouco mais à vontade.

Na estação seguinte, eles viram a primeira máscara cinza-escuro de Drek, com seu enorme nariz de médico da peste e a cabeça calva. Ao mesmo tempo fantástica e sinistra, a máscara era feita de látex e tinha uma textura enervantemente realista, completa com verrugas e poros. Ela cobria toda a cabeça e pescoço da pessoa que a estava usando, cujos olhos piscavam por trás de duas aberturas. O restante da fantasia consistia em uma capa preta que cobria tudo o que a pessoa estava usando por baixo.

Robin estava sentada em frente a Strike em silêncio, olhando para alguma coisa em seu telefone. Strike supôs que ela estivesse entrando no jogo, agora que tinham sinal outra vez. Entretanto, logo depois que a pessoa vestida de Drek entrou no vagão, Robin se levantou e se sentou ao lado dele.

— Você consegue me ouvir? — perguntou ela em voz baixa.

— Sim, mas bem abafado.

— Está bem, não sei se isso vai levar a algum lugar ou não — falou Robin baixinho —, mas Midge estava me dizendo que Jago Ross ainda não fez nada incriminador.

— Correto — disse Strike. Ele estava evitando qualquer discussão do caso Ross com Robin, em parte pela culpa de tê-lo acrescentado à carga de trabalho da agência e, em parte, porque não queria nenhuma conversa que pudesse levar a uma discussão de sua vida amorosa insatisfatória.

— Está bem, eu esperei para lhe mostrar isso porque pode não levar a lugar nenhum, mas veja.

Ela entregou o celular a Strike, que teve de erguê-lo para alinhá-lo com os buracos para os olhos em sua máscara para vê-lo. Robin tinha aberto o Reddit; especificamente um subreddit chamado r/paisnarcisistas, onde haviam sido publicados prints de uma conversa por mensagens de texto.

**Publicado por u/ChrisWossyWoss 11 dias atrás**

**Só uma conversa agradável com meu pai narcisista**

Oi, pai, posso ir para a casa de Milly nesse fim de semana?

É aniversário dela. Mamãe disse que tudo bem.

Você vem para Kent como planejado.

Sua avó está vindo especialmente para ver você

Algo que só uma escrotinha mimada

e egoísta poderia ter esquecido

Eu não esqueci, mas achei que, como Ari e Tatty vão e os gêmeos também, ela não se importaria se eu não fosse

Você vem para Kent, e se eu pegar você parecendo menos do que animadíssima por estar lá, você sabe o que vai acontecer. A resposta é não.

Parece que estou precisando ter outra conversa com sua mãe

Não, por favor, não culpe a mamãe

Você devia ter pensado nisso antes de me perturbar no trabalho para lidar com sua vida social.

Por favor, não culpe a mamãe, culpe a mim. Ela só disse que eu podia ir se você concordasse.

Eu vou falar com ela mais tarde.

Strike ergueu as sobrancelhas, percebeu que Robin não podia vê-lo fazendo isso e disse:

— Imagino que Chris seja...

— Christabel Ross, a filha mais velha, é. Ela tem catorze anos e está na Benenden. Faz duas semanas que tenho estado de olho em suas mídias sociais, porque ela sempre publicava comentários sobre um pai narcisista, embora isso obviamente não tenha sido de muita serventia sem maiores detalhes. Enfim, cruzei muitas referências em todas as suas mídias sociais e ontem à noite encontrei suas publicações no Reddit.

— Bom trabalho — disse Strike, que se sentiu irritado por não ter pensado nisso. — Paternidade na era da internet, hein? As crianças podem entrar na rede e contar tudo o que você acha estar escondido por trás de portas fechadas.

— Bom, exatamente — disse Robin, pegando de volta o telefone, abrindo uma nova página e tornando a entregá-lo para Strike. — Agora, veja isso. Ela publicou enquanto ainda estávamos no metrô.

**Publicado por u/ChrisWossyWoss 20 minutos atrás**
**Preciso de conselhos sobre um pai violento**

Não consigo mais aguentar isso, mas não consigo ver uma saída e estou desesperada. Tenho catorze anos, então, por favor, não me digam para não fazer contato ou me mudar ou seja lá o que for porque eu ainda não posso fazer isso.

Então, meu pai sempre foi violento comigo e minhas irmãs e minha mãe, empurrando, dando tapas, e uma vez ele bateu a cabeça de minha irmã com tanta força no chão que depois ela apresentou sinais de concussão. Quando eu era pequena, eu o vi uma vez arrastando minha mãe escada abaixo pelo pescoço. Graças a Deus, ele e minha mãe se divorciaram, mas ainda temos que o ver. Ela nunca disse a ninguém que ele era violento, acho que ficou com medo que isso se tornasse público, e provavelmente conseguiu um acordo financeiro melhor sem lutar contra ele. Ele paga minha escola, e, embora eu goste dela, sinceramente sairia e iria para qualquer outro lugar se isso significasse que eu não tinha mais que tornar a vê-lo.

Este fim de semana estou ficando com ele, e todos os seus filhos estão aqui (ele teve dois outros com a segunda mulher, e o único de nós com quem ele realmente se importa é meu irmão, todo o restante de nós somos meninas). Ele já me infernizou porque eu queria ir à festa de aniversário de uma amiga em vez de vir para cá.

Então houve uma enorme briga porque minha irmã mais nova esqueceu acidentalmente uma das portas do estábulo aberta esta manhã e o cavalo de caça de meu pai saiu. Quando ele descobriu que seu cavalo estava na estrada, ele ficou furioso. Bateu com tanta força em minha irmã que um de seus olhos está fechado de tão inchado, e quando

**eu disse a ele para parar porque honestamente acreditava que ele ia machucá-la seriamente, ele bateu em mim também, e agora estou com o lábio inchado, mas nem ligo para isso.**

**Minha avó acabou de entrar em meu quarto onde estou com minhas irmãs e disse que se todas fôssemos nos desculpar com ele (não sei por qual merda eu deveria me desculpar, nem minha irmã mais nova, que nem sequer estava lá quando tudo aconteceu), ela tinha certeza de que tudo ia ficar bem.**

**Se vocês pudessem ver a casa de meu pai, vocês pensariam que ninguém jamais poderia ser infeliz ali, naquele lugar enorme no meio do campo com animais e tudo mais, o que mostra que as pessoas não têm a menor ideia. Eu odeio esse lugar mais do que qualquer outro na Terra.**

**Como pessoas como eu e minhas irmãs saímos dessa situação? Eu o odeio muito. Eu preciso continuar a vê-lo? Sei que se contar a qualquer pessoa, como um professor, vai ser dez vezes pior, mesmo que acreditem em mim, e pessoas como nós não têm assistentes sociais. Eu tentei ligar para minha mãe, mas ela não está atendendo.**

**Por favor, qualquer conselho, qualquer coisa. Estou sinceramente com medo do que vai acontecer quando descermos.**

Havia quatro respostas abaixo dessa publicação.

**u/evelynmae31 15 minutos atrás**
**o comportamento de seu pai é abuso infantil. Estou surpresa que sua avó não as esteja protegendo. E sua madrasta, ela poderia intervir a seu favor?**

**u/ChrisWossyWoss 11 minutos atrás**
**minha madrasta não está aqui, meu pai se separou dela também. Ela é tão ruim quanto ele. Eu só quero saber o que podemos fazer para parar de vê-lo. Parece que não há jeito de não tornar as coisas piores. Sei que, de algum modo, ele vai punir minha mãe.**

**u/evelynmae31 9 minutos atrás**

**Você não devia se preocupar em proteger sua mãe. Ela devia estar protegendo você.**

**u/ChrisWossyWoss 7 minutos atrás**

**não é assim que as coisas funcionam nessa família, mas obrigada por ser tão legal.**

Strike ficou olhando para a tela por tanto tempo que Robin se inclinou para a frente para conferir se ele ainda estava acordado, mas seus olhos, na verdade, estavam abertos. Ao perceber que ela olhava para ele, devolveu o celular.

— Desculpe — disse Strike. — Meu Deus, eu devia ter... *é claro* que ele bate nas filhas. Eu sabia que ele tinha batido em pelo menos uma antiga namorada. Charlotte me contou há séculos. Riu sobre isso.

— Ela *riu*?

— Ah, riu — disse Strike. — A opinião de Charlotte sobre isso foi que ela só estava com Ross pelo dinheiro e pelo título, e tinha mordido um pouco mais do que conseguia abocanhar. Havia um subtexto forte de "ela mereceu".

Robin não disse nada.

— Essa foi exatamente a maldita razão para ela ter se tornado noiva de Ross — continuou Strike, com os olhos fixos novamente na pessoa com a máscara de Drek.

— O que você quer dizer com isso?

— Ela achou que eu ia galopando em meu cavalo branco até a igreja para salvá-la... A questão é — disse Strike, tirando os olhos de Drek e apontando um dedo enluvado para o telefone de Robin — como usamos esse conhecimento de que ele está batendo nas filhas contra Ross sem deixar as coisas cem vezes piores para as crianças. Posso imaginar o que ele faria se soubesse que ela está contando tudo na internet, mesmo sob um pseudônimo.

— Deve haver um jeito — respondeu Robin. — Nós podíamos informar à assistência social?

— Possivelmente — disse Strike. — Porém, como ela está ocultando todos os nomes próprios, não sei o quanto eles levariam isso a sério... É a nossa estação, não é?

Eles desembarcaram do trem em meio a uma multidão de visitantes empolgados da Comic Con. O ExCeL se erguia à frente deles, um edifício gigantesco de aço, concreto e vidro que apequenava as hordas que se moviam na direção da entrada, que incluía pessoas vestidas como personagens de desenhos animados, filmes, quadrinhos e videogames.

— Ah, por favor — disse uma mãe empolgada com voz esganiçada enquanto corria para alcançar Strike, enquanto ele e Robin caminhavam em direção à entrada. — Você *poderia* tirar uma foto com ele?

Ela posicionou um menino sorridente fantasiado como Boba Fett ao lado de Strike, e Robin saiu de perto para não aparecer na foto, tentando conter um sorriso ao imaginar como seria a expressão de Strike se ele estivesse sem máscara. Quando a família agradecida saiu correndo atrás de alguém vestido como Chewbacca, Strike disse:

— Certo, acho que devíamos nos separar aqui. Yasmin tem que pensar que você só veio aqui por ela, não porque você é a cuidadora de algum maluco vestido de Darth Vader.

— É capacitismo dizer "maluco" — lembrou a ele Robin, sem rodeios.

— Não tinha percebido que você viria fantasiada de Caneta da Justiça. Mande-me uma mensagem de texto quando terminar com Yasmin. Eu vou caçar Anomia.

Deixando Robin esperando ao lado das portas principais, Strike entrou no pavilhão.

Ele nunca tinha visto algo como aquilo. Como as únicas coisas de que Strike se diria fã eram Tom Waits e o Arsenal Football Club, o fenômeno que estava observando agora era inteiramente estranho para ele. Acrescentava-se a sua sensação de ter entrado em uma nova dimensão estranha o fato de que não reconhecia muitas das franquias que pareciam ter despertado um entusiasmo tão grande. Sim, ele sabia quem eram o Batman e o Homem-Aranha, e reconheceu Cinderela porque tinha crescido com uma irmã que amava as princesas da Disney, mas ele tinha apenas uma vaga ideia do que era a criatura pequena e amarela em forma de cápsula e com um olho só que tinha acabado de roçar em seu joelho, e quanto às multidões de mulheres jovens influenciadas por animes circulando com cabelo rosa ou roxo, ele era tão incapaz de explicar suas fantasias quanto à do homem a sua frente, envolto no que parecia ser um exoesqueleto azul e branco feito de metal.

Ele não chamava mais a atenção vestido de Darth Vader, mas era estranho o fato de estar sozinho. A maioria das pessoas tinha ido em grupos. Conforme Strike começava a andar lentamente pelos corredores acarpetados de laranja entre boxes e estandes, a grande escala do lugar tornou-se evidente. Ele tinha decidido procurar por um mapa quando duas pessoas vestidas como personagens do *Coração de nanquim* passaram por ele: uma Páginabranca, cujo rosto e o cabelo estavam brancos e que usava uma camisola de algodão comprida, e um parceiro de rosto negro como azeviche cuja cabeça projetava-se de um coração humano gigante, preto e coberto por veias bastante realistas que, supôs Strike, tinha o sorriso de Cori na frente. O casal parecia estar caminhando com uma sensação de propósito, então Strike os seguiu, com o sabre de luz na mão.

Eles passaram pelo carro de Mad Max, por um homem de roxo em um carro elétrico infantil, por um grupo de Stormtroopers cujas saudações Strike se sentiu obrigado, como uma questão de honra, a responder ao cruzar seu caminho, e, finalmente, viraram uma curva e ficaram de frente a um estande dedicado ao *Coração de nanquim*.

Strike reduziu a velocidade, observando a pequena multidão reunida em torno do estande. Ele reconheceu Zoe imediatamente. Pequena e de aspecto frágil, com o cabelo preto e comprido solto, ela usava uma máscara de papelão barata que tinha sido pintada com habilidade, imaginou Strike, por ela mesma para ficar semelhante a Páginabranca. Perto de Zoe estava uma garota mais alta e de aparência muito mais saudável de jeans, cujo cabelo castanho estava preso em um rabo de cavalo. Como Zoe, ela usava uma camiseta "Mantenham o *Drek's Game*" e uma máscara, que, em seu caso, tinha sido comprada, da esquelética Lady Wyrdy-Grob. As duas jovens estavam distribuindo panfletos que ele achou estarem relacionados à mensagem em suas camisetas.

Strike mudou de posição, ainda observando os fãs do *Coração de nanquim* através dos buracos em sua máscara. O estande em torno do qual eles haviam se reunido tinha evidentemente sido montado pela Netflix. Havia personagens de papelão recortado, ao lado dos quais as pessoas estavam posando para fotos e selfies, e uma variedade de produtos. No geral, Strike achou que a empresa tinha feito um bom trabalho de equilibrar a necessidade de servir os fãs com mostrar algum respeito pelo fato de que um dos criadores tinha acabado de ser assassinado. Na verdade, quando ele mudou de posição para conseguir um ângulo diferente do grupo, ele viu o que achou ser um livro de condolências, atrás do qual estava uma mulher com uma camiseta oficial do *Coração de nanquim*, que estava sendo examinado por três garotas adolescentes chorosas.

Um jovem passou pelo detetive. Como Strike, ele parecia estar desacompanhado. Usava uma jaqueta preta, jeans e tênis caros de designer, que estavam muito limpos, pareciam feitos parcialmente de camurça e tinham solas vermelhas marcantes. Strike observou o homem de solas vermelhas caminhar lentamente na direção dos fãs do *Coração de nanquim* e pegar um folheto com Zoe. Ele, então, penetrou na multidão em torno do estande e sumiu temporariamente da vista de Strike por trás de um Capitão América e de um Thor de peito nu e peruca loura comprida.

Strike andou mais alguns metros para ter uma visão melhor do aglomerado de fãs em mudança constante. Podia ver, pelo menos, meia dúzia de Dreks ali, todos usando as mesmas máscaras de látex que cobriam completamente a cabeça e o pescoço, mas todos com tipos corporais muito diferentes. Alguns tinham escolhido a capa negra com capuz que Drek usava, outros usavam camisetas originais e, em dois casos, camisetas "Mantenham o *Drek's Game*".

Strike, então, teve uma compreensão repentina enquanto estava observando um dos Dreks distribuindo panfletos. Ele soube, finalmente, o que era Drek. O nariz sinistro em forma de foice, a capa preta comprida com capuz, a insistência animada em jogar jogos que terminavam em desastre: Drek, é claro, era a Morte.

# 55

*... não, coração embotado, você era pequeno demais,*
*Pensando em esconder a dúvida feia por trás daquele sorrisinho apressado e intrigado:*
*Só a sombra, não foi, você viu? Mas ainda a sombra de algo maligno...*

Charlotte Mew
*Ne Me Tangito*

— Venetia?

Yasmin Weatherhead foi absolutamente pontual. Ela obviamente tivera muito trabalho com o cabelo, que era sua melhor característica e agora caía no estilo Veronica Lake sobre um dos olhos, ocultando parcialmente o rosto pálido e achatado. Seu sorriso largo revelou dentes brancos e pequenos, como os de um gato. Da mesma altura que Robin, embora muito mais larga, ela estava toda vestida de preto; camiseta, legging, sapatos baixos pretos e o mesmo cardigã de lã comprido que Robin tinha visto enquanto vigiava a casa dos Weatherhead em Croydon.

— Yasmin, é maravilhoso conhecê-la — disse Robin, apertando sua mão.

Yasmin pareceu estar olhando ao redor à procura de uma segunda pessoa que não estava ali. Robin se perguntou por um segundo se seu disfarce tinha caído por terra, então percebeu seu erro.

— Ah, eu não consegui trazer um fotógrafo — disse ela a Yasmin em tom de desculpas, dirigindo-se ao olho visível da mulher. — Nós temos um orçamento muito pequeno, infelizmente, mas se você conseguir nos fornecer uma foto de rosto...

— É claro — disse Yasmin, mostrando novamente os dentes felinos.

— Vamos encontrar um lugar para sentar? — sugeriu Robin. — Acho que há cafés por ali...

Elas levaram mais de dez minutos para abrir caminho através da multidão, que agora aumentara de tal maneira que elas foram empurradas de um lado para outro em meio a bolsas, pistolas plásticas e fantasias acolchoadas. Robin e Yasmin trocaram comentários eventuais em voz alta, mal conseguindo ouvir o que a outra estava dizendo. Finalmente elas chegaram a um Costa Coffee que tinha sido montado no meio do pavilhão e conseguiram ocupar dois assentos que tinham acabados de ficar vagos.

— Espero que meu gravador consiga gravar você em meio a todo esse barulho — disse Robin alto. — O que gostaria de beber?

— Um latte seria ótimo — respondeu Yasmin.

Esperando na longa fila do balcão, Robin observou Yasmin, que repetidamente penteava o cabelo louro-escuro com os dedos enquanto olhava para as hordas de visitantes e sorria, pareceu a Robin, de um jeito um tanto complacente. Ela se lembrou de Katya Upcott dizendo que tinha achado Yasmin doce e sincera ao conhecê-la, e se perguntou qual das primeiras impressões estava errada, ou se o ar de importância de Yasmin tinha sido adotado após ela se tornar moderadora no jogo.

— Aqui está — disse Robin, sorrindo enquanto entregava o latte de Yasmin e pegava o assento a sua frente. — Certo, vamos nos preparar.

Robin pegou o gravador que usara com Tim Ashcroft, ligou-o e o empurrou sobre a mesa na direção de Yasmin.

— Você podia dizer alguma coisa nele, para que eu possa conferir se estou ouvindo você?

— Ah... eu não sei o que dizer? — disse Yasmin com um risinho. Ela jogou o cabelo para trás, se curvou um pouco e falou: — Hum... eu sou Yasmin Weatherhead, autora de *Tinteiros: uma viagem pelos fãs do Coração de nanquim*?

As duas frases de Yasmin terminaram com inflexão crescente. Robin se perguntou se o tom de pergunta era habitual ou um produto dos nervos.

— Perfeito — disse Robin, reproduzindo a gravação, e de fato a animada voz de menina de Yasmin estava muito boa. — Tudo bem, então... aperto o botão de gravação e... lá vamos nós! Ah, você se importa se eu tomar notas?

— Não, por favor — disse Yasmin.

A bolsa que Yasmin estava aninhando no colo era de couro envernizado e parecia nova. Suas unhas estavam imaculadamente pintadas. Robin se lembrou brevemente de uma bolsa muito mais cara destruída por manchas de tinta, segurada por dedos sujos nos quais havia uma tatuagem borrada.

— Bom, estamos empolgados que você tenha concordado em conversar conosco — disse Robin. — Eu vou escrever uma matéria grande para nosso site e uma versão condensada que espero publicar em algum jornal importante. Posso perguntar se você já encontrou editora?

— Nós tivemos muitos interessados — disse Yasmin, radiante. Robin se perguntou se ela estava usando "nós" em imitação de Venetia, ou se estava se referindo a outras pessoas envolvidas no livro.

— Você podia dar uma visão rápida do que ele se trata?

— Bom, os fãs? — disse Yasmin, e dessa vez a entonação de pergunta fez com que ela parecesse incrédula por Robin nem sequer ter perguntado. Nesse momento, uma garota de cabelo ruivo brilhante, que estava usando uma camiseta "Mantenham o *Drek's Game*", passou andando. — É, aí está! — acrescentou Yasmin com um risinho, apontando. — Então, tipo, *O coração de nanquim* atraiu esses fãs incríveis e apaixonados? E imagino que, como alguém que foi fã, mas também esteve por dentro, eu tenho uma espécie de perspectiva única.

— Certo — disse Robin assentindo. — Claro, o que acabou de acontecer com Josh e Edie... — acrescentou.

— Horrível — disse Yasmin, seu sorriso desaparecendo instantaneamente, como se tivesse sido desligado. — Horrível e... e chocante... eu na verdade tive que faltar dois dias ao trabalho, de tão devastada que fiquei. Mas... bem, sei que vou ter que falar nisso, quando o livro for publicado, e isso é apenas algo que vou ter que aceitar e, hã, com o qual vou ter que lidar?

— Certo — disse Robin, que estava fazendo o possível para não se distrair com a entonação de Yasmin, que parecia especialmente incongruente quando o tema em discussão era assassinato.

— Porque eu tinha falado com Josh para alertá-lo? Apenas duas semanas antes do que aconteceu?

— Para *alertá-lo*?

— Não que uma coisa *dessas* ia acontecer! — explicou Yasmin apressadamente. — Não, para alertar ele e a Edie de que havia alguns rumores feios circulando entre os fãs? Sobre Edie?

Robin percebeu o leve ajuste do fato. Havia, afinal de contas, apenas um único rumor sobre Edie na pasta de Yasmin. Mesmo assim, ela resolveu aceitar a representação que Yasmin fazia de si mesma como a portadora triste, mas consciente, de uma multidão de falsidades desagradáveis. Ela desconfiou que Yasmin, assim como Tim Ashcroft, quisesse que Venetia Hall ficasse sabendo sobre ela ter falado com a polícia dela mesma, em vez de ouvir sobre isso de terceiros.

— Então eu reuni, tipo, um arquivo? Para que Edie e Josh pudessem, hum, para que pudessem botar o pessoal de RP em cima disso, ou seja lá o que for?

E eu o levei para Josh, e ele ficou muito grato, porque não sabia o que estava sendo dito? Então depois que eu... soube o que aconteceu, eu me ofereci para ser interrogada? Pela polícia? Eu achei que devia? E disse para um dos policiais como eu me sentia mal, embora estivesse apenas tentando *ajudar* Josh e Edie, porque eles estavam se encontrando no cemitério para discutir os rumores que eu tinha mostrado a Josh? E um dos policiais foi muito simpático. Ele me disse "*Isso não é sua culpa*", e que eu não devia me culpar? Disse que pessoas como eu frequentemente sentem, tipo, culpa desnecessária?

Perguntando-se se esse policial sensível de fato existia fora da imaginação de Yasmin, Robin disse com toda a sinceridade que conseguiu reunir:

— Deve ter sido horrível para você.

— Foi — disse Yasmin, sacudindo a cabeça cuidadosamente para não despentear o cabelo. — A polícia queria saber se eu, tipo, tinha contado a mais alguém que eles iam se encontrar no cemitério? E eu não tinha contado a ninguém, porque Josh tinha confiado que eu não faria isso? Eu, na verdade, achava que era a única pessoa que sabia onde eles iam se encontrar? Mas Edie deve ter contado a alguém, ou contado a alguém que contou a alguém, imagino? A menos que tenha sido um ataque aleatório? O que, obviamente, pode ter sido?

Robin, que já tinha resolvido que todas as perguntas relacionadas com o Corte teriam de esperar até o fim da entrevista, disse:

— Não pediram para você apresentar um álibi ou alguma outra coisa horrível do tipo? Quero dizer, porque você sabia onde eles iam se encontrar.

— Hã... pediram, sim — disse Yasmin, com o primeiro sinal de constrangimento. — Eu estava na casa da minha irmã. Para o aniversário de minha sobrinha? Então obviamente...

— Ah, por favor — falou Robin apressadamente —, não pense que eu...

— Não, não, claro que não — respondeu Yasmin com um risinho. Então, baixando um pouco a voz, ela acrescentou: — A polícia, na verdade, me mandou tomar muito cuidado depois do que aconteceu. Quero dizer, por minha própria segurança. Eu sou... bem — disse Yasmin com um leve dar de ombros autodepreciativo —, sou uma figura bem conhecida entre os fãs? E sabia-se que eu era amiga de Josh, e a polícia disse, tipo, "seja muito cautelosa e tome cuidado". Só para o caso, você sabe, de ter sido, tipo, uma vingança contra qualquer um que estivesse envolvido?

— Uau — retrucou Robin. — Assustador.

— É — disse Yasmin, tirando seu cabelo do ombro. — Eu realmente me perguntei se devia continuar com o livro? Tipo, se era sábio elevar ainda mais meu perfil, entende? Mas, na verdade, foi bom ter um projeto para, tipo, canalizar todas as emoções negativas em algo positivo? Sei que Phil sente a mesma coisa... esse é o noivo de Edie? — acrescentou ela. — Ele deu sua benção ao projeto e inclusive trabalhou um pouco nele comigo? Ele vai ficar com trinta por cento dos direitos. E estamos pensando em dar algum dinheiro para a caridade? Talvez algo relacionado a crimes com facas?

— Que maravilha — disse Robin. — Pobre homem, tudo que o noivo dela deve ter passado.

— Ah, Phil está arrasado... mas ele quer ajudar com o livro, pelo, tipo, legado de Edie?

— Maravilhoso — disse Robin assentindo.

— Ele, na verdade, me contou como ela via que a história devia avançar? Acho que os fãs vão ficar muito empolgados por saber o que ela estava planejando? Tem sido absolutamente incrível ouvi-lo falar.

— Tenho certeza — respondeu Robin, ainda assentindo com entusiasmo. — Uau, você não poderia ter uma fonte melhor!

— É. Quero dizer, na verdade, depois de Edie, ele é a pessoa mais indicada para isso, com as coisas que ele sabe? Eu, hã, não quero dar spoilers nem nada, mas ela estava desenvolvendo dois personagens totalmente novos para o filme, e eles são *incríveis*. Phil se lembra de muitos detalhes. Obviamente não sei se a Maverick vai usá-los ou não, mas sei que os fãs iam *amar* ler nas palavras da própria Edie como ela via esses personagens e qual era sua ideia para a trama do filme? Porque ela tinha rascunhado isso também?

— Isso está tudo na letra dela ou...?

— Não, na verdade, não havia anotações, mas Phil tem uma memória incrível.

— Fantástico — repetiu Robin, que estava ficando sem superlativos. — Então, conte-me a estrutura de seu livro. Como você vai...

— Bom, eu cubro o desenho animado desde os primeiros dias, obviamente, quando ele apareceu pela primeira vez no YouTube? Mas o livro na verdade é centrado em nós, os fãs? E como nós contribuímos com isso, e como demos forma à coisa toda, e eu acho que é tipo um fenômeno único?

Ela disse isso sem ironia aparente, enquanto devotos de cem outras franquias passavam pela barreira que separava sua mesinha da passagem ao lado.

— O que você diria que é o mais atraente no *Coração de nanquim*? — perguntou Robin. — O que fez *você* se apaixonar por ele?

— Bom, o humor, é óbvio? — disse Yasmin, sorrindo. — Mas é também esse mundinho louco, perfeito e assustador? É tão bonito, e todos esses personagens só, você sabe, meio que lutando através de tudo? Você conhece a frase icônica no fim do primeiro episódio?

Robin sacudiu a cabeça. Ela nunca tinha assistido ao primeiro episódio até o fim.

Yasmin abriu seu cardigã pesado e exibiu as palavras estampadas em branco sobre a camiseta preta justa: ESTAMOS MORTOS. AS COISAS SÓ PODEM MELHORAR.

Robin riu amavelmente.

— Imagino que, se você já se sentiu um pouco excluído, ou, sabe, como se estivesse *errado*, ou tivesse atingido o fundo do poço, há alguma coisa no desenho animado para você?

— E você se sentia assim? — perguntou Robin, sentindo-se como uma terapeuta.

— Bom, me sentia, um pouco — respondeu Yasmin, assentindo. — Eu sofria muito bullying na escola?

— Ah, eu sinto muito — disse Robin.

— Não, tudo bem, quero dizer, agora sou adulta, isso tudo ficou para trás? Mas imagino que eu tenha sempre me comparado com minha irmã mais velha? Ela sempre foi mais bonita, e você sabe como Páginabranca fala muito de sua irmã no desenho animado? Que ainda está viva e indo a festas e coisas assim?

— Claro que sei — respondeu Robin, assentindo.

— E, obviamente, tem Cori? — disse Yasmin com o sorriso mais aberto até então. — Todos amamos Cori. Josh fez um trabalho incrível em sua dublagem? Todos esperamos que, quando ele melhorar, ele volte e duble Cori outra vez?

A naturalidade com que Yasmin falava disse a Robin como ela sabia pouco dos danos infligidos ao pescoço de Josh com o facão que o havia perfurado. Apesar de Yasmin falar abertamente sobre horror e medo, ela parecia a Robin estar estranhamente isolada do que tinha acontecido no cemitério.

— Então, é, no livro eu cubro até os primeiros dias? As reações dos fãs aos diferentes dubladores, que eu conhecia...

— É — disse Robin —, é claro, você conhecia todo mundo! Podemos voltar a quando você conheceu Josh e Edie?

— Bom, eu era, tipo, uma *grande* fã, tipo, desde o início? E eu nunca tinha ido ao cemitério de Highgate? Então fui vê-lo um dia. E então, eu devo ter me perdido ou algo assim? Porque acabei indo parar no North Grove. Eu nem percebi que a casa era o North Grove, onde eles estavam morando, só achei que a oficina parecia interessante? E, honestamente, eu não pude *acreditar* quando, tipo, esbarrei direto com Josh! Ele estava ajudando no caixa e sua agente, Katya, estava ali conversando com ele?

Robin, que sabia muito bem que a oficina na frente do North Grove não era visível do exterior da casa, assentiu, sorriu e tomou nota.

— Então eu meio que, tipo, *congelei*? — disse Yasmin, rindo enquanto penteava o cabelo com os dedos outra vez. — E aí eu disse algo como "ah, meu Deus, eu amo você", mas estava tentando dizer que amava o desenho animado, então fiquei *mortificada*! Mas Josh foi muito simpático e conversador? Então ele teve que sair para fazer alguma coisa, e eu fiquei com Katya? Ela foi adorável, eu *amo* Katya. Eu perguntei a ela o que Josh e Edie estavam achando de toda a atenção e tudo mais? E ela pegou meu telefone, porque eu disse que se houvesse *qualquer coisa* que eu pudesse fazer para ajudar, como digitar algumas coisas ou sei lá o que, eu nem ia querer pagamento? E foi assim que aconteceu?

— Incrível... Agora, esse jogo — disse Robin, fingindo consultar suas anotações. — *Drek's Game*... ele já estava no ar àquela altura?

— Estava — disse Yasmin, sem nenhum sinal de embaraço. — Foi um jeito maravilhoso para os fãs, tipo, se conectarem? Como uma grande sala de bate-papo, e estávamos todos falando sobre os personagens e as tramas, e isso, na verdade, manteve vivo todo o entusiasmo? Ele realmente beneficiou a série, você sabe, desde o começo?

— E o *Drek's Game* vai estar em seu livro também?

— Vai, eu tive permissão do principal criador para dedicar uma seção ao jogo, e ele me contou um pouco sobre sua criação? Acho que os fãs vão ficar animados em saber um pouco mais sobre o jogo.

— Esse principal criador seria o famoso Anomia? — perguntou Robin, e Yasmin deu uma risadinha.

— *Não* me pergunte quem ele é.

— Então você sabe quem é?

— Eu não devia dizer.

— Vou considerar isso como um "sim" — disse Robin sorrindo. — Se você tem permissão dele para dar informação sobre o jogo em seu livro, você está obviamente em contato direto.

— Hum... — Yasmin deu outra risadinha. — Isso tudo é muito, tipo, Watergate?

— Mas é "ele"?

— Ah, é, todo mundo sabe *disso* — disse Yasmin.

— Anomia às vezes era um pouco... hã... bom, acho que "abusivo" pode ser a palavra, na internet, em relação à Edie, não era?

O sorriso de Yasmin vacilou.

— Hã... bem... quero dizer, ele pode ser direto, mas ele é tipo... quero dizer... odeio dizer isso agora? Mas os fãs se sentiram muito desrespeitados? Por Edie?

— De que jeito? — perguntou Robin.

— Bom, tipo, quando ela desdenhou do jogo? Tipo, estávamos todos adorando, sabe? E aí ela diz que nós, tipo, não entendíamos o desenho animado ou algo assim? Então, sim, as pessoas ficaram muito aborrecidas com isso.

— Certo — disse Robin, assentindo.

— E depois que ela fez isso, Anomia se tornou... tipo, um representante? Dos fãs? Ele é, tipo, muito inteligente e... ele é uma pessoa culta? E acho que os fãs sentiram que Anomia merecia o reconhecimento de Edie por todo o trabalho que fez por nós? E talvez uma recompensa financeira pelo que ele criou? Porque, quero dizer, ele é uma pessoa que superou muita coisa pessoal, sabia?

Para alguém que até tão recentemente acreditava que a própria Ledwell era Anomia, pensou Robin, Yasmin agora parecia acreditar piamente em sua nova teoria.

— Você nitidamente sabe quem é Anomia — disse Robin a Yasmin, e ao manter no rosto uma expressão de expectativa e falsamente inquisitiva, Robin finalmente conseguiu fazer Yasmin dar outra risadinha.

— Está bem, eu só juntei umas pontas e, é, se você somar tudo é meio óbvio? E é muito inspirador para mim ele ter feito isso, devido a sua situação pessoal? E, talvez, não teria simplesmente feito toda a diferença na vida de Anomia, e nas vidas de sua família, se Edie pudesse ter dado um pouco mais de apoio ao jogo? E deixar que Anomia compartilhasse de sua boa sorte, sabe? Por que ela não tinha pagado...

Yasmin se deteve com uma brusquidão quase cômica. Robin perguntou a si mesma como a frase terminaria: *O salário? A fatura? O aluguel?*

— Ela decepcionou Anomia de alguma forma, não foi? — perguntou Robin. Yasmin hesitou.

— Não quero dizer mais nada sobre Anomia, se estiver tudo bem.

— Ah, é claro — disse Robin, achando que elas podiam voltar para Edie deixando de pagar suas obrigações financeiras no momento certo. — Imagino que as coisas tenham ficado bem corporativas quando o desenho animado deixou o YouTube.

— Ficaram — disse Yasmin com fervor. — Foi totalmente isso. *Corporativas*. E todas as pessoas que estiveram lá desde o começo ficaram meio que... quero dizer, em *meu* caso, foi um certo alívio quando Edie disse que eles não precisavam mais de mim? Tipo, eu estava ficando muito ocupada na Lola June? E eu não podia continuar andando até Highgate para cuidar de sua correspondência, e eles não estavam... quero dizer, o que eles me pagavam mal cobria a passagem de metrô? Isso não era do feitio de Josh, ele é meio desinteressado por dinheiro — acrescentou Yasmin com um sorriso carinhoso. — Era mais... bom, eu digo tudo isso no livro? Porque acho que você precisa ser *completamente* honesta se vai fazer alguma coisa assim...

— Ah, sem dúvida — disse Robin.

— Edie mudou? Ela ficou... bem, sentindo-se superior e irritável? Como se tivesse começado a achar que todo mundo queria tirar proveito dela? E eu estava vendo isso de perto, como ela estava ficando? E ela não queria mais trabalhar com Katya? Estava ficando um pouco rude com Katya, mesmo antes de eu sair? E Katya é adorável. Eu adoro *muito* Katya, e ela também tinha seus próprios problemas pessoais, então era de imaginar que... mas Edie mudou, sabe?

— Agora, voltando um pouco, só para garantir que eu não cometa nenhum erro com a linha do tempo — disse Robin. — Por quanto tempo você trabalhou para Josh e Edie?

— Pouco mais de um ano? — respondeu Yasmin. — De agosto de 2011 a novembro de 2012.

— Então você deve ter conhecido todo o elenco original.

— É — disse Yasmin, radiante outra vez. — Josh, Tim, Bong, Lucy, Catriona, Wally e Pez, embora Pez...quer dizer, Preston Pierce... não estivesse mais no desenho animado na época em que comecei a trabalhar para Josh e Edie? Ele nunca achou que *O coração de nanquim* fosse ser um sucesso. Ele podia ser bem sarcástico em relação a...

Yasmin se deteve, parecendo nervosa.

— Por favor, não escreva isso. Não quero que Pez fique com raiva de mim.

— Claro que não, eu não vou incluir — tranquilizou-a Robin. — Na verdade...

Ela desligou o gravador.

— Vamos falar em off.

Yasmin pareceu não saber se estava mais empolgada ou alarmada.

— Você sabe que existe o rumor de que Preston Pierce é Anomia? — disse Robin, observando a reação de Yasmin.

— *Pez?* — disse Yasmin com um risinho incrédulo. — Ah, não, com certeza não é Pez.

— Anomia não parece ser de Liverpool ao telefone? — perguntou Robin, sorrindo.

— Não, não mesmo — respondeu Yasmin. Robin se perguntou se Yasmin tinha alguma vez ouvido a voz de Anomia. Seu tom de voz era incerto.

— Por que você disse que não quer que Pez fique com raiva de você? — perguntou Robin.

— Ah, ele é simplesmente um daqueles... — disse Yasmin. — Ele é... ele é o tipo de garoto que fazia bullying comigo na escola?

Lembrando de como Pez tinha sido agressivo com a garota de cabelo azul na aula noturna, Robin achou que sabia o que Yasmin queria dizer.

— Tudo bem continuar? — perguntou ela a Yasmin, com o dedo no botão de gravar.

— Tudo, ótimo — respondeu Yasmin, tomando um gole de seu latte.

— Bem, suponho que o livro vai lidar com algumas das controvérsias do *Coração de nanquim* — comentou Robin, com a fita rodando outra vez.

— Vai, claro — disse Yasmin, assentindo. — É importante permanecer crítica, mesmo a respeito das coisas que você ama?

— É claro — concordou Robin.

— Então... é, eu cubro a decepção dos fãs com Edie? Por parte do conteúdo, algumas das piadas?

— Tenho lido um blog chamado Caneta da Justiça, para me embasar — disse Robin, observando Yasmin atentamente, mas ela não deu nenhum sinal de embaraço.

— É, eu também o leio — disse Yasmin. — É bastante bom, mas eu não concordo com, tipo, *tudo*. Teve esse artigo reclamando do jeito como o coração negro está perseguindo o fantasma branco? Eu achei que isso foi um pouco exagerado, sabe? Dizer que isso era racista ou algo assim... Na verdade, você se importa de também não incluir isso? — pediu Yasmin, de repente ansiosa outra vez. — Quero dizer, sou *completamente* antirracista. Fiquei *enojada* quando soube que Edie baseou Páginabranca em uma mulher negra.

— Você sabia disso? — perguntou Robin abruptamente.

Assim que as palavras escaparam, ela se arrependeu delas. O tom não era de Venetia Hall: tinha sido acusador. Yasmin pareceu surpresa.

— Acho que esse fato era, hum, bem conhecido? — disse ela com incerteza.

— Desculpe — disse Robin com um sorriso conciliatório. — Acho que a primeira vez que isso foi tornado público foi por Anomia, então eu estava me perguntando se ele tinha contado isso a você.

— Ah — disse Yasmin. — Não, eu estava no North Grove um dia? E eu estava, tipo, atualizando o site para eles? E Josh me perguntou se eu queria tomar um drinque depois? No quarto deles, no andar de cima, porque eles tinham acabado de gravar um episódio?

Ela corou ao dizer isso. A lembrança era claramente importante.

— Parece divertido — disse Robin, tentando recuperar o tom mais leve anterior.

— É — respondeu Yasmin. — Estavam eu, Josh, Edie, Seb (ele costumava ajudar com a animação), Pez e Wally? E eles estavam todos fumando, tipo... você sabe, maconha? — disse Yasmin com um riso levemente nervoso. — Quero dizer, eles eram tipo abertos em relação a isso, então não é, tipo, nenhum grande segredo? Eu nunca fumei, eu, na verdade, não...

Robin teve uma repentina e vívida imagem mental de Yasmin sentada em uma cadeira de espaldar duro em um quarto abarrotado e enfumaçado com os criadores e membros do elenco espalhados ao redor, chapados, e a assistente em meio expediente empolgada por estar ali e ainda assim desconfortável, rindo com eles enquanto ouvia tudo o que podia.

— E, sim, eu ouvi Edie contar a Seb que, tipo, ela tinha baseado o personagem nessa garota com quem tinha dividido um apartamento ou algo assim? Tipo, a garota tinha um monte de caras correndo atrás dela, e Edie disse que ela, tipo, usava essa técnica de tratá-los mal? E, tipo, se você viu o desenho animado, Páginabranca é sempre meio má com Cori, que está completamente apaixonado por ela? Mas, às vezes, ela dá, tipo, esses pequenos fiapos de esperança a ele, ou algo assim, o que faz com que Cori sempre volte?

— Certo — disse Robin, assentindo. — Isso é fascinante. Os fãs vão amar esse tipo de informação.

— É, mas eu não percebi, até Anomia dizer mais tarde, no Twitter, que a colega de apartamento era negra? Então isso pareceu... bom, como Anomia disse, pareceu um golpe baixo? Tipo, por que você retrataria uma amiga assim? Tipo, retratá-la como uma espécie de... você sabe, provocadora de homens, ou algo do tipo?

— Embora, para ser justa — disse Robin —, Edie não tenha tornado pública a inspiração. Foi Anomia que fez isso.

— Acho que Anomia simplesmente ficou cansado de sua, tipo, hipocrisia? Ela estava representando a si mesma como, tipo, essa pessoa muito engajada, enquanto por trás dos panos, na verdade, ela não era assim?

— É — disse Robin. — Entendo o que você quer dizer. Como você mencionou política, é de imaginar que você cubra toda a questão de Wally Cardew/Drek em seu livro.

— É, tem um capítulo inteiro sobre isso — disse Yasmin, com a expressão ficando sombria. — Isso foi simplesmente loucura? Quem poderia pensar que a extrema direita ia gostar de qualquer coisa no *Coração de nanquim*? Nós todos ficamos, tipo, *furiosos* quando eles começaram a aparecer e, você sabe, *se apropriar* do personagem, porque todo mundo amava Drek, ele era muito engraçado, e então Drek se tornou toda essa outra coisa?

— Você conheceu Wally, obviamente.

— Conheci — respondeu Yasmin, agora parecendo estar em conflito. — Obviamente, aquele vídeo dos "biscoitos" que ele fez foi... quero dizer, eles não tiveram escolha além de dispensá-lo? Mas muitos fãs ficaram muito aborrecidos por ele ter saído? Tipo, e se ele tivesse simplesmente se desculpado? Isso causou muitas brigas entre os fãs. Mas Michael David, que assumiu, era incrível.

Um rubor rosado, que era muito óbvio considerando sua palidez, espalhou-se pelo rosto de Yasmin quando ela falou o nome de Michael David.

— É — disse Robin. — Ele também saiu, não foi?

— Hum... é, ele conseguiu um papel em *Casualty* — disse Yasmin. — E está em uma peça nova no West End, que estreia no mês que vem.

O rubor estava se espalhando em manchas pelo pescoço.

— Mas ele sempre esteve, tipo, conectado com os fãs? — continuou ela. — Ele ainda faz parte da comunidade dos Tinteiros, o que é, tipo, muito legal? Acho que ele gostava muito do apoio dos fãs? Porque quando ele foi escalado como Drek pela primeira vez, houve muito abuso, porque algumas pessoas ainda queriam Wally? E ele foi muito doce e grato com as pessoas que estavam dizendo que devíamos dar uma chance a ele e tudo mais?

— Que adorável — falou Robin calorosamente, mas ela estava interessada nessa afirmação. Em todas as horas passadas nas contas no Twitter de Anomia e outros fãs do *Coração de nanquim*, ela não vira sinal desse envolvimento entre Michael David e os fãs, não com nenhuma indicação de que ele continuava a se ver como ligado ao desenho animado desde que tinha saído.

— É — disse Yasmin, ainda corando. — Eu, na verdade, o conheci um pouco? Porque ele me procurou para agradecer por todo o apoio quando deixou o desenho animado? Eu tenho ingressos para sua peça, e ele me prometeu um autógrafo depois?

— Uau — disse Robin.

— Na verdade — disse Yasmin, parecendo preocupada outra vez —, você podia, por favor não incluir isso? É que, tipo, minha amizade com Michael é particular?

— É claro — respondeu Robin. — Não vou mencionar isso... Agora, essa história do Corte?

Ela esperava que Yasmin parecesse preocupada com isso, o que, de fato, aconteceu.

— Você quer dizer... tipo, aquele grupo neonazista ou coisa assim?

— Exatamente — confirmou Robin. — Supostamente você trata da possibilidade de que eles estivessem manipulando os fãs? No livro?

— Eu... bem, na verdade, não? Eu... eu não acho que nenhum dos fãs teria caído, se o Corte tivesse tentado, tipo, plantar histórias falsas ou coisa assim?

Mas a vermelhidão no pescoço de Yasmin agora lembrava as marcas de Gus Upcott. Quando Robin permaneceu em silêncio e séria, apenas observando Yasmin através dos óculos, esta última pareceu ficar mais nervosa.

— É, e eu contei isso à polícia? Tipo, é, alguns dos fãs, depois que a reportagem saiu no jornal, ficaram, tipo, "Ah, se você algum dia disse alguma coisa ruim sobre Edie Ledwell, deve ser um nazista querendo fazer com que ela se mate", o que era, tipo, muito ridículo?

— Mas você percebeu um aumento nos rumores sórdidos sobre Edie, não foi? Você estava tão preocupada que levou uma pasta cheia deles para Josh, certo?

— Eu... o que levei para Josh não foi *de jeito nenhum* montado pelo Corte — disse Yasmin. — Eu tenho certeza disso, porque eu... bom, as pessoas dizendo essas coisas seguramente não são do Corte.

Houve uma breve pausa. Yasmin passou a mão nervosamente pelo cabelo.

— Quero dizer, o que eles estavam dizendo podia ser verdade? Mas não era. Eles apenas cometeram um erro. E, enfim, uma das pessoas dizendo isso era negra, então obviamente *eles* não podem ser do Corte.

E então uma ideia ridícula ocorreu a Robin, uma que ela teria descartado instanteneamente se a mulher a sua frente não tivesse corado em um vermelho ainda mais forte.

Yasmin não podia, seguramente, acreditar que Michael David estivesse jogando anonimamente o *Drek's Game*. Ela era iludida o bastante para achar que um ator de sucesso dedicaria horas de sua vida para provar que Edie Ledwell era Anomia, em vez de investir no que parecia ser uma carreira florescente na televisão e nos palcos? E se Yasmin de fato acreditasse em uma mentira tão fantástica, quem exatamente a havia manipulado com habilidade para acreditar que ela estava conversando com Michael David?

— Essa pessoa é negra? Você tem certeza disso?

Na pausa que se seguiu, Robin teve certeza de que Yasmin estava presa a sua cadeira por um medo crescente. Talvez a dúvida que ela havia suprimido com sucesso por tanto tempo finalmente rastejara, como um escorpião, de seu subconsciente. Talvez ela também estivesse começando a desconfiar que Venetia Hall, que fizera certas perguntas com tanta rispidez, também não era quem Yasmin pensara ser. O rosto de Yasmin descorou em um amarelo doentio, mas com aquelas manchas ainda desfigurando seu pescoço. Quanto mais perdurava o silêncio entre elas, mais aterrorizada parecia Yasmin.

— É — disse finalmente Yasmin. — Eu tenho certeza.

— Ah, bem, se é alguém que você conheceu pessoalmente — disse Robin com um sorriso. — Então você não acha que o Corte teve nada a ver com a morte de Edie?

— N-não — gaguejou Yasmin. — Não acho.

— Ou que foi Anomia?

Robin jogou essa cartada porque não tinha mais nada a perder. Yasmin, a essa altura, podia estar preocupada que Venetia Hall não fosse de fato uma jornalista, mas a peruca louro-cinza, as lentes de contato e os óculos ainda significavam que ela não era reconhecível como Robin Ellacott.

— O que você quer dizer com isso?

— Bom, você foi muito eloquente a respeito de quantas queixas justificáveis Anomia tinha contra Edie Ledwell — explicou Robin com um sorriso.

— Anomia não pode ter feito isso — retrucou Yasmin. — Ele não pode ter feito.

— Bem, eu acho que isso é tudo — disse Robin, desligando o gravador. — *Muito* obrigada por se encontrar comigo, foi fascinante. E boa sorte com o livro!

Yasmin parecia em estado de choque. Ela até se esqueceu de usar a entonação interrogativa quando elas trocaram as últimas poucas palavras simpáticas e vazias. Robin observou a mulher ir embora do café, de cabeça baixa, e não se surpreendeu nada ao vê-la pegar o celular e começar a digitar. Robin, enquanto isso, pegou seu telefone e enviou uma mensagem de texto para Strike.

**Consegui umas coisas interessantes. Onde você está?**

# 56

*Sentidos falhos na contenda mortal:*
*Como a torre de uma cidade*
*Que um terremoto derruba,*
*Como um mastro atingido por um raio...*

Christina Rossetti
*Goblin Market*

— Bom, você se saiu muito melhor que eu — disse Strike vinte minutos mais tarde, de trás de sua máscara de Darth Vader.

Ele tinha feito circuitos repetidos dos estandes perto da exposição do *Coração de nanquim* na última hora, observando a multidão agitada, mas o exercício se revelara extremamente inútil. Agora ele estava apoiado na borda de um estande que vendia almofadas com estampas de animais em estilo de anime para tirar o peso de seu coto.

— Sei que não era provável que Anomia fizesse qualquer coisa para se revelar — continuou Strike, com os olhos ainda fixos na multidão aglomerada em torno do estande do *Coração de nanquim*. — Mas achei que havia uma pequena possibilidade que eu pudesse reconhecer pelas costas algum suspeito conhecido. Nada, exceto por Zoe.

— Onde está ela? — perguntou Robin.

Antes de se reunir com Strike, ela havia ido ao banheiro feminino, tirado a peruca e os óculos e trocado de camiseta. Enquanto Robin achava extremamente improvável que Yasmin quisesse permanecer no ExCeL depois da entrevista à qual tinha sido submetida, ela não queria correr o risco de esbarrar com seu alvo outra vez. Ela também tinha entrado no jogo, do qual, pela primeira vez, todos os moderadores estavam ausentes.

— Foi tomar um café com outra garota com uma camiseta "Mantenham o *Drek's Game*". As duas ainda estão de máscara. Eu não as segui porque havia uma pessoa circulando que despertou meu interesse na hora.

— Quem?

— Ele se foi — disse Strike. — Estava perambulando sozinho e parecia estar de olho no mesmo grupo que eu. Ele abordou dois Dreks e falou com eles... Conte outra vez o que Yasmin disse sobre Anomia?

— Bom, ela diz que ele é certamente homem e sugeriu que Edie devia dinheiro a ele. Contou que teria feito diferença para a família do cara se ela deixasse que ele monetizasse o jogo. E houve aquilo de ele ser inteligente e culto.

— Culto — repetiu Strike. — Você teria dito que Anomia é culto pelo que você viu de suas conversas?

— Não — disse Robin. — Como disse, ele é meio impetuoso no jogo. Talvez seja diferente no canal dos moderadores.

— Mas você disse que ele está meio que fazendo uma performance no jogo?

— Bom, às vezes ele me parece estar se esforçando demais para parecer descolado, sabe? Uma espécie de grosseria sem sentido.

— Não posso dizer que vi muita cultura no seu feed do Twitter — disse Strike.

— Bem, pelo menos ele conhece aquela expressão em latim — disse Robin. — Aquele negócio de "oderint dum".

— Yasmin pareceu ser tão facilmente impressionável?

— Bom — disse Robin. — Eu diria que sim. Ela me pareceu um pouco...

— Estúpida?

— Bom... definitivamente crédula. Quero dizer, a história de Michael David...

— É — disse Strike. — Mas quem quer que tenha conseguido convencê-la de que era Michael David deve ter sido bastante esperto. Ela não é uma criança. Ela mantém um emprego. Não consigo imaginar que a reação imediata de alguém, ao ser informado de que estava conversando com um astro da TV em um jogo anônimo, seria acreditar nisso imediatamente.

— Não, você tem razão — disse Robin. — Isso deve ter sido feito com habilidade.

— E ela diz que Anomia não seria capaz de matar ninguém. O que você acha disso? Um código moral rígido, fraqueza física ou talvez náusea?

— Não tenho ideia.

— Você não acha que ela estava dizendo "ele" para despistar você?

— Honestamente, não. Minha impressão é que ela tem uma teoria nova com a qual está muito satisfeita, e ela me contou tanto quanto ousou... Mas acho que ela se aferrou a essa pessoa nova por uma razão.

— Ele de algum modo se revelou para ela?

— Talvez — disse Robin. — Mas eu tive a impressão de que Yasmin *gostaria* muito de que Anomia fosse essa pessoa com um ressentimento justificado que estivesse passando por uma maré de azar, além de culta e incapaz de matar alguém. Ela está decidida a acreditar que Anomia é um cara bom? Ah, não, eu estou fazendo isso — disse Robin desesperada.

— Fazendo o quê?

— Usar essa entonação de interrogação. Ela fez isso durante toda a entrevista.

— Aquele é o cara que mencionei — disse Strike de repente. — Ele voltou.

Robin se virou para olhar na mesma direção que o detetive.

O jovem de jaqueta de couro, jeans e tênis caros de sola vermelha tinha reaparecido. Seu cabelo escuro farto caía sobre a testa. Enquanto Strike e Robin observavam, Solas Vermelhas circulava em torno de um rapaz de cadeira de rodas, que estava conversando com uma garota de aparência animada de minissaia, então abordou outra pessoa com máscara de Drek e começou a conversar com ela.

— Ele só está interessado em Dreks — disse Strike.

— Estranho — comentou Robin, também observando.

Solas Vermelhas agora estava rindo de algo que Drek tinha dito.

— Com licença — disse o funcionário do estande com irritação para Strike. — Você se importava de sair daí? Está bloqueando a visão das pessoas que querem ver.

Strike e Robin foram para o estande seguinte, que vendia revistas em quadrinhos.

— Você estava se mudando — disse Strike repentinamente para Robin.

— O quê?

— Se mudando. De casa. O que aconteceu com isso?

— Ah — respondeu Robin. — A mudança foi adiada. Vou fazer isso amanhã. É por isso que estou tirando o dia de folga.

— Merda — disse Strike. — Eu devia ter lembrado. Devia ter perguntado. Desculpe.

— Tudo bem — disse Robin.

*Antes tarde do que nunca.*

— Tem alguém ajudando você?

— Minha mãe e meu pai chegam esta noite.

Solas Vermelhas e Drek tinham se separado. Solas Vermelhas então pegou seu telefone e pareceu enviar uma mensagem de texto, depois saiu andando, se afastando do estande do *Coração de nanquim*.

— Você pode segurar meu sabre de luz?

Strike tirou a máscara de Darth Vader e também a sua túnica.

— O que você está...

— Vamos seguir aquele cara. Tem alguma coisa estranha com ele.

Strike embolou a fantasia, pegou o sabre de luz com Robin e pôs tudo em cima das revistas em quadrinhos.

— Pode doar como brinde — sugeriu Strike ao surpreso funcionário do estande.

Com Robin correndo em seu encalço, Strike andou o mais rápido que a perna dolorida permitia atrás de Solas Vermelhas. Felizmente, a multidão estava tão densa que o homem não tinha ido longe.

— Ele não parece o fã típico do *Coração de nanquim* — disse Strike para Robin enquanto eles abriam caminho com dificuldade através da multidão que se movia lentamente. — Ele estava tentando descobrir alguma coisa... talvez o mesmo que nós.

Levou vinte minutos para Solas Vermelhas chegar à saída. Com aparência de alívio por ter saído da aglomeração, ele pegou o celular e ligou para alguém, ainda andando. Não havia chance de se aproximar o bastante para ouvir o que ele estava dizendo por conta da multidão ao redor entrando e saindo do ExCeL.

Strike sentiu o próprio celular vibrar e o pegou na esperança de ver notícias de algum subcontratado.

— Midge? — perguntou Robin enquanto lançava um olhar apressado para o jogo, mas Anomia não estava presente.

— Não — disse Strike tornando a guardar o telefone no bolso. — Pru.

— Quem?

— Prudence. Minha irmã.

— Ah — disse Robin. — Você já a conheceu?

— Não — respondeu Strike, que estava tentando ignorar seu tendão latejante. — Nós íamos, mas a filha dela caiu de uma parede de escalada.

— Meu Deus, ela está bem?

— Está. Fraturou o fêmur... Então ele não veio de carro — disse Strike, porque Solas Vermelhas estava nitidamente se dirigindo à estação de trem, onde uma quantidade enorme de pessoas ainda entrava e saía.

Um Batman musculoso passou por Robin com uma cotovelada. Um grupo falante vestido de steampunk passou na direção oposta. Solas Vermelhas ainda estava falando ao telefone.

Eles chegaram à plataforma para ver Solas Vermelhas esperando o trem na frente da multidão. Houve alguns resmungos quando Strike usou seu corpo para afastar as pessoas para o lado. Ele queria chegar perto o bastante de Solas Vermelhas para garantir que eles entrassem no mesmo vagão.

Strike e Robin pararam a pouco mais de um metro de seu alvo no momento em que ele terminou a conversa e enfiou as mãos nos bolsos, quicando nos calcanhares de seus tênis caros com o que parecia ser impaciência.

Eles ouviram o ronco do trem se aproximando.

Strike sentiu alguém esbarrando em suas costas. Ele olhou ao redor a tempo de ver uma figura negra abrindo caminho a força até a frente da plataforma. Ela atingiu Solas Vermelhas.

E tudo pareceu desacelerar, como acontece quando se observa a extinção quase inevitável da vida.

Solas Vermelhas caiu da plataforma, girando um pouco em pleno ar, tirando as mãos dos bolsos tarde demais. O lado de sua cabeça atingiu os trilhos, e a multidão ouviu os sons de osso quebrando e de carne se chocando contra madeira mesmo com o ronco do trem que se aproximava.

E Robin deu três passos e pulou.

Ela ouviu gritos às suas costas. Um homem enorme de pele marrom vestido de Super-Homem tinha pulado na linha ao mesmo tempo que Robin. Enquanto erguiam o corpo inconsciente de Solas Vermelhas, outros na multidão estenderam os braços para ajudá-los.

Duas mãos encontraram Robin, uma por baixo do braço, a outra puxando-a pela camiseta, e ela continuava empurrando o corpo inerte com ajuda de dez outras pessoas, então o trem chegou aonde eles estavam. Strike puxou Robin, que escapou de ser atingida por menos de um centímetro, para a segurança, mas houve outro estalo alto e mais gritos porque a cabeça do homem inconsciente tinha escapado e batido na lateral do trem.

— Puta merda! — gritou Strike.

Ninguém, porém, o escutou, exceto Robin, porque todo mundo estava berrando e gritando, e a palavra "intencional" foi repetida, e começara uma discussão sobre exatamente quem tinha esbarrado em quem, e um homem que parecia bêbado se ofendeu com a acusação de que tinha sido ele quem derrubara o homem inconsciente da plataforma. Solas Vermelhas estava onde o haviam depositado sobre a plataforma, com sangue escorrendo de dentro do ouvido. Um funcionário estava tentando atravessar a multidão para chegar a ele. O trem permaneceu parado.

— Puta merda! — gritou Strike para Robin outra vez. — Como você achava que ia conseguir erguê-lo?

— Eu não sabia que ele tinha apagado — respondeu ela, tremendo devido à quantidade de adrenalina circulando através de seu corpo. — Achei que podia...

— Ele foi empurrado! Alguém o derrubou de propósito! — gritava uma mulher com voz estridente.

As pessoas começaram a embarcar no trem como se nada tivesse acontecido. O funcionário da linha férrea estava no rádio, e seus colegas chegaram correndo pela plataforma e abriram espaço em torno da figura imóvel no chão. Strike, que tinha pegado a mochila que Robin havia deixado cair, puxou-a para trás, longe da aglomeração. Ele podia senti-la tremer. Ela percebeu que o frio não era apenas devido ao choque: Strike rasgara sua camiseta. Um grande buraco embaixo do braço revelava seu sutiã. Pegando a mochila com seu sócio, ela retirou de dentro a blusa que tinha usado como Venetia e a vestiu por cima da camiseta rasgada.

— Quem viu o que aconteceu?

Dois policiais tinham chegado.

— Eu vi — disse Strike alto, sua voz acima do clamor.

Uma policial puxou Strike e Robin para o lado, enquanto seu colega e os funcionários da ferrovia tentavam impor ordem na multidão agitada. O trem não tinha partido. As pessoas estavam olhando pelas janelas para o homem ferido.

— Vá em frente — disse a policial para Strike com um caderno na mão.

— Um homem com máscara de Batman — disse Strike. — Ele se enfiou no meio da multidão, fingiu estar sendo empurrado para criar uma distração, então empurrou o cara com o ombro sobre os trilhos. Foi intencional.

— Onde está esse sujeito? Você pode vê-lo?

— Não — disse Strike, lançando um olhar para a massa na plataforma.

— Você viu para onde ele foi depois que o cara caiu?

— Não — repetiu Strike. — Estava ocupado tirando minha amiga dos trilhos.

— Certo, bem, você vai precisar esperar um pouco, vamos precisar do seu depoimento.

Eles ouviram uma sirene. Uma ambulância tinha chegado. A policial começou a se afastar.

— Tudo *bem* — disse Robin quando Strike tornou a abrir a boca. — Foi instintivo. Sei que não foi inteligente.

Ela podia sentir onde sua axila ficaria com um hematoma, no ponto em que Strike a puxara para cima, fora do caminho do trem. Ele pegou cigarros e isqueiro no bolso enquanto olhava para a figura inerte no chão. A camisa de Solas Vermelhas tinha sido erguida para expor uma pequena tatuagem abaixo do coração. Ela parecia um Y com um traço vertical no meio.

O trem ainda não tinha deixado a estação. Agora as pessoas estavam tentando sair, mas a polícia insistia para que permanecessem dentro, supostamente para serem interrogadas.

— Você não pode fumar aqui — observou Robin.

— O que eu não entendo é por que *você* não *está* fumando — disse Strike enquanto exalava. Robin, que estava tentando não tremer de forma muito óbvia, forçou um sorriso.

# 57

*Volte para seus covis de crime.*
*Você não me conhece nem me vê.*

Adah Isaacs Menken
*Judith*

## Chat dentro do jogo online *Drek's Game* entre Anomia e o moderador LordDrek

**<Um novo canal privado foi aberto>**

**<25 de maio de 2015 22.57>**

**<LordDrek convidou Anomia>**

**LordDrek:** apareça antes que eu o obrigue a fazer isso seu merda

>

**<Anomia entrou no canal>**

**Anomia:** posso ajudar em alguma coisa?

**LordDrek:** você tentoou matar meu irmão eu sei q foi vocêy

**Anomia:** tenho certeza de que me lembraria de algo assim

**LordDrek:** nhao faça joghinhos comigo seu mnerda você tentou empurrar meu irmão emvbaixo da porra de um trem

**Anomia:** se você digitar mais devagar, não vai cometer tantos erros

**LordDrek:** você nao sabe com quem você mnexeu, seu merda, nós va os atrás de você

**Anomia:** eu sei exatamente com quem mexi, garoto

**Anomia:** seu irmão menor não é tão cuidadoso quanto você

**Anomia:** "Vilepechora" foi um erro

**LordDrek:** seu filhom da puta, eu vou caçar vc

**Anomia:** não vai não

**Anomia:** ao contrário de você, eu não deixo vestígios

**Anomia:** estou sentado aqui, revendo o noticiário

**Anomia:** totalmente hilário ver a cabeça dele bater na lateral do trem

**LordDrek:** Eu vou cacar você e vou matar você

**Anomia:** mande todo meu amor para os outros rapazes do Corte

**Anomia:** um grande beijo molhado para seu irmão vegetal

**Anomia:** se você tiver sorte, ele vai conseguir segurar um copo com canudinho até o Natal

**LordDrek:** pode esperar seu merda doente eu vou

**<LordDrek foi bloqueado>**

# PARTE QUATRO

*Fibras dos ventrículos. –*
*Elas são dispostas de maneira extremamente complexa,*
*e os relatos feitos por vários anatomistas são consideravelmente diferentes.*

Henry Gray
*Henry Gray's Anatomy of the Human Body*

# 58

*Oh, vergonha!*
*Pronunciar o pensamento na chama*
*Que arde em seu coração.*

Elizabeth Barrett Browning
*A Curse for a Nation*

## Chat dentro do jogo online *Drek's Game* entre dois moderadores

**<Um novo canal privado foi aberto>**

**<23 de maio de 2015 11.18>**

**<Morehouse convidou Páginabranca>**

**Morehouse:** Páginabranca, precisamos conversar

>

>

>

**<Páginabranca entrou no canal>**

**Páginabranca:** então qual é a desculpa? Acidente de carro? Abdução por alienígenas? Sua mãe precisou de uma cirurgia de emergência?

**Páginabranca:** não, você não diria essa, seria meio que de mau gosto com minha mãe doente

**Morehouse:** desculpe

**Morehouse:** desculpe mesmo

**Morehouse:** Eu fiquei com medo

**Páginabranca:** você ficou com medo

**Páginabranca:** você sabe quantas horas eu passei na merda do ônibus?

**Páginabranca:** o que mais você quer de mim?

**Páginabranca:** você recebeu fotos, solidariedade, conversas intermináveis e eu estou estragando um relacionamento na vida real só para passar horas no jogo com você

**Morehouse:** Eu mereço tudo o que você está dizendo

**Morehouse:** mas por favor me escute porque estou muito preocupado, com você e com todos nós

**Páginabranca:** o que você quer dizer com isso?

**Morehouse:** você viu aquele cara que foi empurrado na frente de um trem depois da Comic Con?

**Páginabranca:** não, eu fui de ônibus, acabei de dizer a você

**Páginabranca:** por quê?

**Morehouse:** ele era Vilepechora

**Páginabranca:** o quê?

**Morehouse:** Foi Vilepechora que foi empurrado na frente do trem

>

**Páginabranca:** espere, o quê

**Páginabranca:** ele está morto?

**Morehouse:** a essa hora, talvez. Estão dizendo no noticiário que ele teve uma lesão séria na cabeça

>

**Morehouse:** foi isso o que Anomia quis dizer quando falou que tinha um plano para fazê-los sair no fim de semana da Comic Con

**Páginabranca:** Eu literalmente não sei do que você está falando

**Morehouse:** ele sabia que ia matar Vilepechora

**Páginabranca:** honestamente, você está me assustando. que porra é essa?

**Morehouse:** há algumas semanas, Vilepechora disse no canal dos moderadores algo do tipo "Anomia sabe tudo sobre Bitcoins, achamos que foi assim que ele comprou o taser", ou alguma coisa parecida

**Morehouse:** Acho que foi isso o que aconteceu. Vilepechora entende de Bitcoins e contou a Anomia como usá-las. Foi assim que Anomia pôs as mãos num taser ilegal e na porra de uma faca enorme sem que nada disso fosse rastreado. Vilepechora deu a ideia a ele

**Morehouse:** ele não queria irritar Vilepechora bloqueando-o porque Vile podia testemunhar que contou a Anomia como comprar armas na dark net com criptomoedas

**Morehouse:** ele me disse que Vile e LordDrek teriam saído após o dia da Comic Con

**Morehouse:** ele quis dizer que Vilepechora estaria morto & LD bloqueado

>

**Páginabranca:** você está louco

**Páginabranca:** como Anomia podia saber quem empurrar embaixo de um trem?

**Morehouse:** nós sabíamos qual era o nome verdadeiro de Vilepechora e conhecíamos a aparência dele

**Páginabranca:** como?

**Morehouse:** ficamos interessados no nome "Vilepechora"

**Morehouse:** é um anagrama

**Morehouse:** nós descobrimos de que e botamos o nome que deciframos no Google

**Morehouse:** e encontramos seu local de trabalho, e tudo mais. Parecia um babaca posando com o carro dele. Mas Anomia gostou. Ele gostou de saber que um cara assim estava em nosso jogo

**Morehouse:** Eu sempre achei muito estranho um cara como esse estar aqui

>

**Páginabranca:** como você poderia saber que o cara que você pesquisou no Google era mesmo Vilepechora? E se houvesse mais de uma pessoa com aquele nome?

**Morehouse:** Eu não tinha certeza até ver as imagens do cara caindo em frente ao trem

**Páginabranca:** Vou procurar as imagens do noticiário no Google

>

>

>

**Páginabranca:** Está muito granulada, tem certeza de que é ele?

**Morehouse:** vamos saber quando eles divulgarem um nome, não é

**Páginabranca:** qual é seu nome verdadeiro?

**Morehouse:** quanto menos você souber, melhor. E o mesmo vale para saber quem é Anomia, antes que você pergunte

**Morehouse:** Eu vou sair do jogo esta noite. Eu quero sair e você devia sair também. Aí vou precisar pensar no que fazer a seguir. A polícia pode pensar que estou louco, mas acho que preciso falar com eles

**Páginabranca:** você não pode sair

**Páginabranca:** se isso tudo é verdade

**Páginabranca:** e Anomia achar que você saiu por estar desconfiado, você vai ser o próximo. Ele sabe tudo sobre você, sabe onde você mora

**Morehouse:** não me importo

**Páginabranca:** bom, você se importa pelo menos um pouco COMIGO?

**Morehouse:** claro que me importo, por que você está perguntando isso?

**Páginabranca:** porque Anomia também sabe quem eu sou

**Morehouse:** o quê? como?

**Páginabranca:** eu fiz uma coisa estúpida

**Morehouse:** você quer dizer ter enviado aquela foto para ele?

**Páginabranca**: essa foi a segunda coisa estúpida

**Páginabranca**: a primeira coisa estúpida foi que meu nome verdadeiro estava em meu e-mail de inscrição

**Morehouse**: merda, eu sabia

**Morehouse**: eu sabia que ele sabe quem você é

**Morehouse**: merda

**Páginabranca**: está bem, vamos olhar para as coisas com bom senso

**Páginabranca**: pense no que você está dizendo por um momento

**Páginabranca**: essa pessoa que você conhece há séculos, que ama O coração de nanquim

**Páginabranca**: você realmente acha que ele poderia ter esfaqueado Ledwell e Blay?

**Páginabranca**: você acha realmente que ele pode ter empurrado alguém na frente de um trem?

**Morehouse**: essa é a conversa que continuo repetindo dentro de minha cabeça

**Morehouse**: e em geral eu ainda tenho respondido "não", mas está ficando mais difícil, e quando vi a notícia e em seguida vi que Vilepechora e LordDrek foram banidos, eu pensei: "merda, é ele. Ele fez tudo isso."

**Páginabranca**: Você não pode sair do jogo de nenhum jeito que o faça pensar que você pode ir à polícia

**Morehouse**: é, você tem razão. Se eu sair, ele com certeza vai desconfiar.

**Páginabranca:** Você precisa agir como se estivesse muito feliz por ele ter se livrado de Vilepechora e LordDrek e tratá-lo bem até descobrirmos o que fazer.

**Morehouse:** e o que acontece quando o nome verdadeiro de Vilepechora for liberado e ele souber que eu o reconheci?

>

**Páginabranca:** finja acreditar que foi um acidente. alguém esbarrou nele na plataforma

**Páginabranca:** ou diga que o cara deve ter irritado outra pessoa

>

**Páginabranca:** olhe, sei que você acha que sou uma covarde

**Páginabranca:** você queria contar à polícia sobre aquele dossiê que LordDrek e Vilepechora plantaram na gente e eu disse para não fazer isso

**Páginabranca:** Eu estava morrendo de medo

**Páginabranca:** mas isso é muito pior

**Páginabranca:** nós deixamos que tudo isso acontecesse e não procuramos a polícia

>

**Morehouse:** quer saber o que é mais engraçado?

**Morehouse:** Eu ligaria e contaria à polícia anonimamente, mas eles iam achar que eu estava bêbado ou passando um trote por causa do jeito que eu falo

**Páginabranca:** não faça piadas asism

**Morehouse:** suponho que eu podia escrever uma carta

**Morehouse:** mas o quanto eles a levariam a sério?

>

**Páginabranca:** Eu posso ligar anonimamente, se se você me contar o nome verdadeiro dele

**Morehouse:** Eu estou com medo. Se Anomia descobrir que a informação veio de uma mulher, ele vai saber que deve ter sido você. E se ele sabe quem você é, ele também pode descobrir onde você mora

>

**Morehouse:** isso é tudo minha culpa

**Páginabranca:** como assim?

**Morehouse:** fui eu quem o ajudou a erguer essa merda de império, não fui?

**Páginabranca:** Vikas, por favor, por favor não me deixe aqui sozinha

**Páginabranca:** vamos esperar e ver se é mesmo Vilepechora

**Morehouse:** e se for?

**Páginabranca:** aí a gente bola um plano.

**Páginabranca:** mas é melhor você não se esquivar de me conhecer pessoalmente se for necessário.

**Morehouse:** está bem

**Páginabranca:** promete?

>

**Morehouse:** prometo

# 59

*Pressentimento é aquela sombra longa no gramado*
*Indicativa de que o sol se põe;*
*A notícia para a grama surpresa*
*Que a escuridão está prestes a passar.*

Emily Dickinson
*XVI*

Strike, que tinha sido um em meio a uma dúzia de pessoas a prestar depoimento sobre o que havia acontecido na estação de Custom House, estava um pouco atrasado para o jantar com Madeline no sábado à noite. Ela reservara um restaurante otomano chamado Kazan, uma escolha que Strike aprovou, considerando que ele estava pronto para uma refeição substancial depois de não almoçar e apreciava a cozinha turca. Entretanto, o jantar foi eclipsado desde o início pelos acontecimentos do dia.

Sabendo que o incidente na estação estaria nos noticiários e desconfiando de que o nome de Robin seria divulgado em algum momento, ele se sentiu obrigado a contar a Madeline o ocorrido, sem dar a ela informações sobre o caso, entretanto. Ela ficou ao mesmo tempo fascinada e alarmada pelo fato de que Strike estivera a centímetros do que ele acreditava ter sido uma tentativa de homicídio, e voltou incessantemente ao assunto durante dois pratos. Isso não ajudou sua sensação corrosiva de desconforto, não apenas em relação ao que ele tinha testemunhado, mas sobre as possíveis consequências da presença de Robin na cena do crime ser anunciada ao público em geral pela televisão.

Quando Madeline finalmente foi ao banheiro feminino, ele pegou o telefone e pesquisou o símbolo do Y com três pontas que ele vira tatuado abaixo da caixa torácica do jovem de tênis caros. Com um sentimento de mau agouro que não parava de crescer, ele viu que ele representava a runa Algiz. Então abriu o Twitter para dar uma olhada na conta de @Gizzard_Al, só para descobrir que ela não existia mais. Ele checou a BBC News, que já dera a notícia do atentado contra a vida de Solas Vermelhas, embora sem citar nomes. Na falta de qualquer informação do contrário, Strike teve de supor que Solas Vermelhas ainda estava vivo, mas o sangramento pelo ouvido não parecera um bom presságio, provavelmente indicando um dano cerebral.

— Checando as coisas com Robin? — perguntou Madeline animadamente ao tornar a se sentar em frente a ele.

— Não — disse Strike. — Tentando descobrir como está o cara que caiu.

— Ela foi *tão* corajosa — comentou Madeline. Ela estava bebendo apenas água com gás esta noite e parecia determinada a ser generosa com o parceiro.

— Essa é uma palavra para isso — falou Strike sombriamente, tornando a guardar o telefone no bolso.

Na hora em que voltaram para a casa de Madeline, três fotos do indivíduo que empurrara Algiz tinham sido divulgadas para a imprensa, e um superintendente chefe uniformizado havia feito um apelo na TV por informação. Considerando que as fotos do agressor tinham sido retiradas de vídeos de segurança, Strike não esperava que elas fossem particularmente nítidas, mas ele ainda pausou a TV de Madeline em cada uma das fotos, examinando cuidadosamente.

A primeira mostrava o momento do impacto, Solas Vermelhas caindo para a frente, com as mãos nos bolsos, uma máscara de Batman nitidamente visível, o corpo do agressor escondido pela multidão. A segunda foto mostrava uma visão parcial de uma pessoa usando uma máscara de Batman entrando no trem. Mais uma vez era impossível avaliar seu físico devido ao número de pessoas que entraram no trem com ele. A maioria delas, Strike sabia, não teria percebido a tentativa de matar Solas Vermelhas, com a visão bloqueada pela massa de gente.

A terceira foto mostrava uma visão por trás do que parecia ser um homem careca e musculoso subindo correndo as escadas na direção oposta à da cena do crime. O agressor, como explicou o superintendente chefe, teria entrado no trem, onde se abaixara para fora de vista em meio aos outros passageiros de pé e retirara a máscara de Batman, por baixo da qual estava usando uma máscara de látex que cobria a cabeça e o pescoço. Então ele saiu correndo do trem e subiu as escadas para deixar a estação, misturando-se com as pessoas que agora estavam fazendo o mesmo em busca de outro meio para voltar para casa. Essa foto era a única de corpo inteiro do agressor, e a musculatura pesada parecia ser uma fantasia acolchoada. O que tinha acontecido com o agressor fantasiado depois de deixar a estação ou era desconhecido ou estava sendo ocultado do público.

— Meu Deus — disse Madeline. — Aquele pobre coitado. Ele recebeu todo o impacto na cabeça, não foi? Incrível ele não ter quebrado o pescoço.

Os inúmeros retrocessos do trecho de vídeo de Solas Vermelhas atingindo os trilhos, e de Robin e Mo (o homem na fantasia de Super-Homem, que, na verdade, tinha o crédito pela sobrevivência de Solas Vermelhas, e com quem Strike e Robin conversaram enquanto esperavam para prestar depoimento) pulando atrás dele, nada fizeram para amenizar sua sensação de mau agouro; supondo que a tatuagem de runa de Solas Vermelhas tivesse a conotação que Strike atribuíra a ela, ele achou que a possibilidade de que o Corte deixasse de conectar Robin Ellacott com o homem que socara um de seus membros no Ship & Shovell era ínfima ou inexistente.

— Bom, Robin com certeza merece um prêmio. Quero dizer, os dois merecem — disse Madeline.

Eles foram para a cama e fizeram, pelo menos por parte de Madeline, um sexo especialmente entusiasmado. Strike se lembrou mais uma vez de Charlotte, cuja libido em geral era estimulada por drama e conflito, embora ele desconfiasse que a performance energética de Madeline estivesse mais conectada com um desejo de apagar a lembrança da discussão no lançamento. Como ela estava sóbria, não caiu no sono logo depois, mas continuou discutindo o que tinha acontecido na estação, aparentemente acreditando que demonstrar interesse por seu dia de trabalho ia agradar a Strike. Por fim, ele disse a ela que estava exausto, e eles pegaram no sono.

Ela o acordou na manhã seguinte com uma caneca de café recém-feito, então tornou a se deitar na cama e iniciou sexo novamente. Embora Strike não pudesse fingir que não obteve nenhum prazer com uma mulher nua descendo lentamente por seu corpo para tomar seu pênis na boca, só quando estava à beira do orgasmo ele se libertou temporariamente de sua sensação agourenta, e esse sentimento sinistro caiu cada vez mais pesado sobre ele depois de chegar ao clímax. Mesmo enquanto murmurava as palavras costumeiras de apreço e afeição, ele estava se perguntando quando poderia ir embora.

Era domingo: Madeline evidentemente estava esperando passar o dia inteiro com ele, o que Strike não achava que pudesse aguentar. Embora soubesse muito bem que não havia nada que fosse capaz de fazer para evitar a ameaça em potencial do Corte, ter de atender a uma demanda implícita de garantia de que ele tinha perdoado totalmente Madeline estava elevando seu estresse a um nível mais alto do que ele achava razoável em um dia que supostamente era de folga. Disse a si mesmo que o que ele queria era a paz e o sossego de seu apartamento no sótão, mas, na verdade, estava sentindo um forte desejo de contatar Robin, sem ter nenhuma razão em especial para fazer isso. Ela estava se mudando nesse dia, ocupada com seus pais, e como Strike não chamara a sua atenção para a tatuagem no tronco do homem caído, havia uma chance de que ela ainda não tivesse avaliado como a posição deles podia ter se tornado perigosa.

Strike saiu do chuveiro de Madeline uma hora depois para descobrir que tinha perdido uma ligação de Dev Shah. Como quase qualquer coisa era preferível a se juntar a Madeline para uma discussão sobre como iam passar aquela bela manhã de primavera, ele deu uma demonstração insincera de pesar, disse que precisava ligar para Dev e se retirou para o quarto para fazer isso.

— Oi — disse Dev. — Atualização de Jago Ross.

— Vá em frente — replicou Strike.

— Eu estava na estrada em frente à casa de campo dele, fingindo consertar um pneu furado de minha bicicleta.

"Ross saiu com as três garotas mais velhas pelo portão, então parou. A menina do meio desceu do carro. Ela tinha esquecido alguma coisa. Ele estava gritando com ela. 'Sua merdinha idiota', e coisas assim. Não parecia dar a mínima que eu pudesse escutá-lo."

— Você conseguiu uma gravação?

— Comecei a gravar imediatamente, mas o áudio está bem pouco compreensível. Ele disse que ela tinha que voltar a pé para buscar o que quer que fosse. A entrada de carros tem uns 400 metros. A menina estava com um hematoma em torno do olho.

— Talvez eu saiba algo em relação a isso — disse Strike. — Sua irmã mais velha tem compartilhado detalhes de seu fim de semana nas mídias sociais.

— Bem, então, enquanto eles estavam esperando pela volta da filha do meio, ele gritava com a mais velha. Pelo que consegui ouvir, ela estava defendendo a do meio. Acho que ele deu um tapa nela, mas você não consegue ver na gravação por causa do reflexo nas janelas do carro.

"Finalmente a garota do meio reapareceu, arrastando uma bolsa. Eu fingi botar a bicicleta em movimento para me mover para uma posição melhor.

"Quando a garota reapareceu, ele saiu do carro, gritando com ela por demorar tanto. Ele abriu a mala e jogou a bolsa lá dentro. Então, quando ela estava prestes a entrar no banco de trás, ele a chutou na parte de baixo das costas para apressá-la. Isso eu tenho gravado, claro como o dia."

— Excelente — disse Strike. — Quero dizer...

— Não, eu entendo — retrucou Dev, que pareceu pensativo. — É um grande filho da puta. Se isso estivesse acontecendo em alguma rua normal...

— A garota mais velha disse na internet: "Pessoas como nós não têm assistentes sociais." Onde você está agora?

— No carro em direção a Londres, seguindo-os. Ele geralmente devolve as duas mais novas para a mãe, depois leva a mais velha de volta para Benenden.

— Onde estão os gêmeos?

— Ainda em casa com a babá.

— Está bem, foi um trabalho muito bom, Dev... claro que o advogado dele provavelmente vai alegar lapso temporário de julgamento e botá-lo em um curso para gestão de raiva para frear o juiz. Mas se conseguirmos mais um ou dois incidentes desses, estabelecer um padrão de comportamento...

— É — disse Shah. — Bom, eu aviso se alguma coisa acontecer no outro lado.

— Tchau. A gente se fala depois.

Strike, que conduziu a conversa de camiseta e cueca, então vestiu a calça, o tempo inteiro pensando em Robin e no Corte. Ao chegar finalmente a uma decisão, colocou uma mistura adequada de arrependimento e irritação no rosto e foi do quarto para a sala de estar, onde Madeline esperava sentada.

— Problema? — perguntou ela ao ver sua expressão.

— É — disse Strike. — A mulher de um dos subcontratados acabou de cair de uma maldita escada. Quebrou o pulso.

A mentira surgira facilmente em sua mente, porque isso tinha de fato acontecido com a mulher de Andy.

— Ah. Isso significa...?

O celular de Strike tocou outra vez. Olhando para baixo, ele viu o número de Katya Upcott.

— Desculpe, também tenho que atender isso. Vou tentar resolver as coisas.

Ele atendeu a ligação quando estava no quarto outra vez.

— Strike.

— Ah, sim, alô — disse Katya com a voz levemente esbaforida. — Espero que não se importe que eu esteja ligando em um domingo.

— Nem um pouco — respondeu Strike.

— Bom, eu fui ver Josh ontem, e seus médicos acham que ele vai estar bom o suficiente para ver você em uma ou duas semanas, se ainda quiser entrevistá-lo. Eles estão limitando as visitas, e o pai e a irmã dele frequentemente vão durante a semana, mas se você pudesse no próximo sábado...

— Sábado parece ótimo — disse Strike. — Deixe só eu pegar uma caneta.

Ele encontrou uma na mesa de cabeceira de Madeline.

— Se você quiser, podemos nos encontrar no hospital às 14h. Ele está no Centro de Lesões da Medula Espinhal de Londres. Eu devo estar presente, porque... bem, eu também devo estar presente. Ele ainda está em péssimo estado.

Depois de anotar os detalhes da ala de Blay e dos horários de visita em seu caderno, Strike guardou a caneta distraidamente no bolso, despediu-se de Katya e voltou para Madeline.

— Me desculpe. Eu preciso resolver isso. Parece que vou ter que assumir a vigilância desse filho da mãe.

— Merda — disse Madeline, parecendo decepcionada, mas Strike sabia que ela não ia criar problema, não com a lembrança de sua discussão na Bond Street ainda fresca em suas mentes. — Coitado de você. E coitada dela também.

— Coitada de quem? — perguntou Strike, com os pensamentos ainda em Robin.

— Da mulher que caiu da escada.

— Ah — disse Strike. — É, acho que sim. Bom, de qualquer modo, ela ferrou com meu domingo.

Ele manteve uma demonstração decente de arrependimento enquanto pegava o casaco e a mochila. Madeline envolveu os braços em torno do pescoço dele e lhe deu um longo beijo de despedida, então, finalmente, Strike estava livre para ir embora.

Ele desceu a rua e virou a esquina antes de acender um cigarro. A ligação de Katya lhe dera um pretexto para ligar para Robin, então ele apertou seu número, e ela atendeu quase imediatamente.

— Oi... me dê um segundo — disse ela, e ele soube imediatamente pelo tom agudo e choroso de sua voz que havia alguma coisa muito errada, mais do que qualquer problema possivelmente causado pela mudança, por mais estressante que isso sem dúvida fosse. As várias possibilidades (ela ter percebido que Solas Vermelhas era quase certamente membro do grupo terrorista de extrema direita ou, pior de tudo, alguma ação em retaliação já ter sido executada sem que Strike soubesse) fizeram com que ele aguardasse sua volta com certo receio, especialmente quando ouviu uma voz masculina e raivosa ao fundo. — Voltei — falou Robin, ainda com uma voz que anunciava estar à beira das lágrimas. — Tudo bem?

— Tudo. Eu é que pergunto: tudo bem?

— O que você quer dizer com isso?

— Parece que você andou chorando.

— Eu... bom...

— *O que aconteceu?* — perguntou Strike, com muito mais veemência do que era sua intenção.

— Meu pai. Você lembra que eles deviam chegar ontem à noite? Bom, aparentemente ele desmaiou na frente da casa quando eles estavam prestes a entrar no carro. Minha mãe o levou para o hospital e eles disseram que ele tinha tido um episódio cardíaco, seja lá o que isso signifique, e parecia não ser nada de mais, mas ela me ligou há cinco minutos para dizer que eles o estão levando... — Ele podia dizer que ela estava lutando contra a vontade de chorar. — Desculpe... tenho certeza de que vai dar tudo certo... merda, Strike, eu tenho de ir. Preciso mover o Land Rover...

Ela desligou.

# 60

*Ah, dê-me o amigo de cujo peito cálido e fiel*
*O suspiro respira em resposta ao meu...*

Mary Tighe
*A Faithful Friend Is the Medicine of Life*

O pai de Robin não achou que valia a pena contratar pessoal para a mudança. A maioria dos conteúdos do imóvel que ela e o ex-marido tinham um dia dividido havia sido doada, e a pesada cama de mogno na qual Matthew a traíra com sua esposa atual, Sarah, fora levada por ele. Robin não tinha espaço em seu quarto alugado para as peças que manteve, então elas estavam armazenadas em um depósito. Ela havia comprado do dono anterior de seu apartamento novo o sofá, poltronas e a cama de casal para a qual encomendara um colchão novo. Fora isso, só precisava transportar alguns móveis desmontáveis. Michael Ellacott assegurara à filha que era plenamente capaz de ajudar a carregar a traseira do Land Rover com os poucos itens restantes no depósito de armazenamento e ajudá-la a carregá-los escada acima. Um acadêmico criado em uma fazenda, ele ainda ansiava pela satisfação do trabalho manual, e Robin, consciente de ter perdido o Natal em família, decidira agradar-lhe.

Isso significava que ela agora tinha de pegar tudo da unidade de armazenamento e botar na traseira do Land Rover. Havia estado ocupada demais para se lastimar ou chorar durante as primeiras horas, mas isso tinha mudado quando o locatário desagradável e agressivo da unidade ao lado havia gritado e xingado ao exigir que ela movesse o Land Rover para que ele pudesse levar sua van mais para perto. Isso, somado à voz de Strike ao telefone, finalmente fez Robin desmoronar. Depois de terminar a ligação de Strike e de mover o Land Rover para acomodar a van grande e azul do homem raivoso, ela se retirou para o interior de sua unidade de armazenamento e chorou em silêncio, sentada em uma caixa de papelão cheia de livros. Metade dela queria abandonar a mudança, entrar no Land Rover e seguir para o norte, rumo a Yorkshire, para ver o pai.

Linda assegurou a Robin que o procedimento ao qual ele estava prestes a ser submetido era rotineiro, mas Robin sentira medo na voz da mãe.

Depois de algum tempo, Robin se recompôs e, suando e fazendo força, continuou a esvaziar a unidade de armazenamento até que finalmente quase todos os centímetros quadrados na traseira do Land Rover estivessem cheios, e ela conseguisse ir para Walthamstow, três horas mais tarde do que sua estimativa inicial.

Linda finalmente ligou para a filha às 16h30, quando ela estava parada em um sinal vermelho. Como o Land Rover antigo não tinha bluetooth, Robin pegou o celular e o levou ao ouvido.

— Ele está bem — disse a voz de Linda. — Stent colocado. Eles dizem que, se tudo correr bem, ele vai para casa amanhã.

— Ah, graças a Deus — replicou Robin. O sinal abriu. Pela primeira vez desde que o adquirira, Robin empacou com o Land Rover, ganhando muitas buzinadas do motorista atrás dela. — Mãe, desculpe, eu tenho que desligar. Estou no carro. Daqui a pouco telefono para você.

Embora seu eu racional agora soubesse que o pai estava fora de perigo, as emoções de Robin não haviam acompanhado, e ela estava se esforçando para não chorar quando finalmente pegou a Blackhorse Road.

Só quando entrou no estacionamento ao lado do prédio de seu novo apartamento ela avistou Strike parado ao lado da porta principal, com um vaso de planta em uma das mãos e uma sacola de compras do supermercado Tesco na outra. Embora muito bem-vinda, a imagem era tão desconexa que Robin não conseguiu conter um riso, que imediatamente se transformou em choro.

— O que aconteceu? — perguntou Strike, andando na direção dela. — Como está seu pai?

— Ele vai ficar bem — respondeu Robin, tentando conter as lágrimas. — Minha mãe acabou de me ligar. Eles puseram um stent.

Ela sentiu vontade de jogar os braços em torno do pescoço de Strike, mas pensar em Madeline e em sua decisão de lutar contra qualquer sentimento pelo sócio mais forte do que a amizade, junto com a consciência de que estava suada, dissipou essa ideia. Em vez disso, ela se encostou no Land Rover e enxugou os olhos com a manga.

— Bom, isso é boa notícia, não é? — disse Strike.

— É, ob-obviamente que é... é só que tive uma manhã de merda...

— Quer comer antes de descarregar o Land Rover? Porque eu quero, eu não almocei. A chaleira por acaso está fácil de achar?

— Sim — disse Robin, agora meio rindo. — Está no espaço para os pés do banco do passageiro, junto com algumas canecas. Strike, você não precisava mesmo fazer isso.

— Pegue isso — disse Strike, entregando a ela o vaso de planta e a sacola do Tesco antes de abrir a porta do Land River e pegar a caixa com a chaleira.

— Como você sabia o endereço?

— Você me mostrou as especificações há algumas semanas.

Esta prova de que Strike não era tão indiferente ou sem consideração como às vezes parecia ameaçou lançar Robin em uma torrente de lágrimas, mas ela conseguiu se segurar e, tentando fungar baixo, conduziu-o através da porta até um corredor de tijolos utilitário e, levando em conta a perna de Strike, até o elevador para o segundo andar.

— Muito bonito — disse Strike quando Robin abriu a porta para um apartamento luminoso e arejado, que era um pouco maior que o sótão de Strike e estava em condições muito melhores. — Você comprou o sofá do dono anterior?

— Comprei — respondeu Robin. — Ele é dobrável. Achei que seria útil.

Ela carregou a planta, que tinha folhas verdes grandes em forma de coração, para a cozinha.

— Adorei — disse ela a Strike, que a seguira com a caixa de coisas essenciais, que incluía chaleira, canecas, saquinhos de chá, leite e papel higiênico. — Obrigada.

— Eu estava com medo de que ela pudesse contar como flores — disse ele com um olhar de soslaio. Eles discutiram uma vez sobre a propensão de Strike a dar flores a Robin em vez de qualquer coisa mais imaginativa. Robin riu, com os olhos se enchendo de lágrimas.

— Não. Uma planta não são flores.

Strike encheu a chaleira, então se virou e viu Robin pegar o iPad na bolsa.

— Você não está entrando no maldito jogo, está? — perguntou Strike ao ligar a chaleira. — Tire um dia de folga, pelo amor de Deus.

— Não, só estou olhando para ver se eles pegaram o Bat... Espere — disse ela, olhando para o site da BBC News. — Eles liberaram o nome do cara que foi empurrado nos trilhos.

— E? — disse Strike, congelando com os saquinhos de chá na mão.

— Ele se chama Oliver Peach. Ele é... uau. Ele é filho de Ian Peach... você sabe, aquele maluco que se candidatou a prefeito de Londres? O bilionário?

— O cara da área de tecnologia, sei — disse Strike. — Aí diz como está o filho dele?

— Não, só que ainda está internado... o pai ofereceu uma recompensa de cem mil libras por qualquer informação em relação ao agressor...

— Seu nome já foi divulgado? — perguntou Strike, tentando parecer despreocupado.

— Não — respondeu Robin. Ela olhou para ele. — Olhe, me desculpe. Eu sei que foi...

— Corajoso, foi muito corajoso — disse Strike, interrompendo-a. Agora não era hora de mencionar as apreensões que o estavam atormentando pelas últimas vinte e quatro horas. — Vamos comer um sanduíche e tomar uma xícara de chá, e aí descarregamos o carro.

— Tem certeza de que você está em condições de...?

— Não se preocupe. Vou deixar você carregar as coisas pesadas.

Eles comeram os sanduíches de supermercado em pé na cozinha, então, quando Strike levou a caneca de chá até a porta para saborear um cigarro, Robin ligou para a mãe em busca de mais alguns detalhes sobre o procedimento do pai.

— Mas e a sua mudança? — perguntou Linda, parecendo preocupada, depois de elas terem discutido exaustivamente as condições de Michael Ellacott, e Robin ter se convencido de que a mãe não estava minimizando sua seriedade. — Você conseguiu fazê-la?

— Estou fazendo agora. Strike está me ajudando.

— Ah — disse Linda, conseguindo sobrecarregar o monossílabo com uma dose grande de surpresa, curiosidade e reprovação. Sua desconfiança de Strike tinha raízes emaranhadas, mas os ferimentos que Robin sofrera no trabalho para a agência, junto ao fato de ela ter fugido da primeira dança em seu casamento para ir atrás do sócio, provavelmente iam mais fundo. Robin decidiu não mencionar o fato de que ela quase tinha sido atropelada por um trem na véspera, o que, sem dúvida, também seria posto na conta de Strike. Com sorte, a preocupação da mãe com a saúde do marido a manteria longe do telejornal mais um pouco.

Quando a ligação terminou, Robin desceu e começou o trabalho de levar suas coisas para o andar de cima, auxiliada por Strike, cuja determinação em ajudar superou a apreensão do que aquilo poderia fazer com seu tendão.

— Juro que não parecia haver tantas coisas quando as retirei do depósito de armazenamento. — Robin arquejou e passou por Strike no patamar da escada com a caixa de livros nos braços.

Strike, que estava igualmente sem fôlego e suado, apenas grunhiu.

Finalmente, quase às 20h, o Land Rover estava vazio, e a maioria dos móveis estava montada.

— O que acha de batatas fritas? — perguntou Strike, sentando-se pesadamente no sofá. Robin percebeu que a perna dele estava doendo. — Você não pode chamar um lugar de lar antes de saber o lugar mais próximo que sirva batatas fritas.

— Eu vou comprar — falou Robin imediatamente, ficando de pé e deixando inacabada uma estante de livros. — É o mínimo que posso fazer, Strike. Não tenho como agradecer a você o suficiente por...

— Estamos quites. Você trabalhou demais enquanto eu estava de molho.

Ele puxou uma nota de dez do bolso.

— Você poderia comprar cerveja também?

— Claro, mas eu pago — respondeu Robin, descartando o dinheiro.

Ela partiu em direção do Bonner's Fish Bar, onde pediu duas porções de bacalhau com batatas fritas, então entrou distraidamente no *Drek's Game* pelo telefone. Anomia não estava lá. Depois de cumprimentar dois jogadores habituais, ela voltou para o apartamento novo, parando para comprar uma garrafa de vinho e meia dúzia de cervejas em lata no caminho. Quando chegou em casa, Strike tinha terminado de montar a estante.

— Você não precisava fazer isso — disse ela, apoiando o telefone contra um abajur para poder observar o jogo. — Sério, pare um pouco. Você merece... Qual o problema? — acrescentou, porque Strike parecia infeliz em relação a alguma coisa.

Ele hesitou antes de responder, então disse:

— Seu nome foi divulgado agora há pouco. Acabei de ver.

— Olhe, desculpe mesmo. Sei que fiz bobagem.

— Você estava tentando salvar uma vida — disse Strike, já atacando suas fritas com a ajuda do garfo de madeira que as acompanhava e com uma lata de Tennent's aberta ao seu lado. — Isso não é nenhum crime. Voltou ao jogo? — acrescentou ele, gesticulando na direção da tela do celular dela.

— Voltei — respondeu Robin, se sentando na poltrona e tentando manter normal o tom de voz, embora ela agora se sentisse muito ansiosa. — Posso também ficar de olho em Anomia. Midge está com Cardew, e Nutley está com Pierce. Seria ótimo descartar mais um... por falar nisso, por que você me ligou mais cedo?

— Ah, sim, Katya Upcott disse que Blay está bem o bastante para falarmos com ele no hospital. Eu combinei de irmos no sábado.

— Ótimo, eu vou... Espere — disse Robin, cujos olhos piscaram na direção do jogo. — Anomia está aqui.

Colocando as batatas fritas de lado, ela pegou o celular.

**Anomia:** boa noite, crianças

**PatinhasdaBuffy:** oi, Anomia!

— Estou só puxando um pouco o saco dele — informou Robin a Strike. — Quando me mostro mais amigável, Anomia não fica tanto em cima de mim nem envia seus capangas atrás de mim se eu fico parada...

Ela então enviou uma mensagem de texto para Midge e Nutley: Anomia está no jogo, vocês estão vendo seus alvos?, antes de olhar novamente para a tela de seu telefone, onde Anomia ainda estava falando.

**Anomia:** Morehouse não entrou?

**DrekIndediado:** não

**DrekIndediado:** demita esse filho da mãe preguiçoso

**Anomia:** rsrsrs

**DrekIndediado:** Eu sei programar, eu posso assumir

**Anomia:** vc tem que primeiro passar pelo teste dos moderadores

**Anomia:** na verdade, estou recrutando agora

**Anomia:** preciso de substitutos para LordDrek e Vilepechora

— Que droga é essa? — perguntou Robin em voz alta. Antes que ela pudesse fazer a pergunta, vários outros jogadores tinham feito isso por ela.

**Pesga7:** o que, eles foram embora?

**WyrdyGemma:** o quêêêêêêê?

**CoriCorCor:** ah, meu Deus, o que aconteceu?

**Anomia:** eles foram demitidos

— Strike, veja isso — disse Robin, sentando-se ao lado dele no sofá. — Anomia se livrou de LordDrek e Vilepechora.

**Coraçãodenanquimparasempre:** ah, meu Deus, pq vc os demitiu?

**Páginabronca:** merda, o que eles fizeram?

**DrekIndediado:** por que você os demitiu, cara?

**Anomia:** eles eram dois fidapuas

**Anomia:** então que isso sirva de aviso para todos vocês

Duas mensagens de texto apareceram simultaneamente sobre a tela do jogo.

Cardew no pub digitando no telefone

Não consigo ver Pierce ele está em casa

Robin arrastou as mensagens para removê-las da tela e poder continuar de olho em Anomia, que conversava com outros jogadores.

**MeninoDr3k:** mas eles eram engraçados

**Anomia:** eles pensaram que podiam enganar o mestre do jogo

**Anomia:** mas o mestre sabe tudo

**Garotasulitária:** rsrsrs como você pode saber tudo?

**Anomia:** vocês estão todos grampeados

— "Vocês estão todos grampeados" — repetiu Strike. — Quem mencionou grampos recentemente?

— Você — respondeu Robin. — Você disse que se Gus Upcott fosse Anomia, ele teria grampeado o segundo andar da casa dele.

— Não — disse Strike, que tinha acabado de se lembrar. — Foi um cara no Twitter. Discípulo de Lepine.

— Ah, *ele* — retrucou Robin de um jeito sombrio. — Ele é nojento. Aparece o tempo todo. Tem outro, Eu sou Evola, que é igualmente mau, se não pior... Vou deixar isso rodando. Se Verme28 entrar, posso perguntar a ela o que aconteceu com LordDrek e Vilepechora.

Ela voltou para sua poltrona, apoiou novamente o celular no abajur e pegou seu peixe com fritas parcialmente comido. Ao fazer isso, o som de um baixo, vindo do apartamento acima, começou a pulsar. Robin olhou para o alto.

— Seu apartamento também deve ser barulhento, não é?

— É — disse Strike, abrindo mais uma lata de cerveja. — Mas estou acostumado. Aconselho você a experimentar plugues de ouvido.

Robin não respondeu. Ela nunca tapava os ouvidos à noite, fosse com fones de ouvido ou plugues, porque temia a incapacidade de ouvir qualquer pessoa no escuro.

— Anomia não parece ter tanta informação de bastidores do *Coração de nanquim* ultimamente, você percebeu isso? — perguntou Strike.

— Pode não haver muita coisa a saber — comentou Robin. — Duvido que a Maverick esteja fazendo muita coisa sobre o filme nesse momento, pelo menos nada que eles estejam preparados para compartilhar com o grande público. Não com Josh ainda no hospital.

— Tem isso — concordou Strike. — Outra possibilidade é que, com a morte de Edie, sua fonte de informação tenha secado.

— Anomia ainda está pegando bem pesado com Grant e Heather Ledwell — disse Robin.

— "Grunt" e "Pesada", é — replicou Strike. — Mas tudo o que ele sabe sobre eles vem da página de Heather no Facebook. Eu verifiquei: o único detalhe que ele não podia ter conseguido ali é a ex-mulher de Grant ter lúpus...

— Aí está Verme28 — falou Robin de repente, com olhos novamente no jogo. — Espere aí, vou perguntar a ela o que aconteceu...

Enquanto Robin digitava, Strike estendeu o coto, tentando não fazer uma careta de dor.

— Ela acha que Anomia tentou se livrar deles para manter Morehouse feliz — disse Robin lendo a resposta de Verme28.

— Você acha que Morehouse desconfiava que eles fossem da extrema direita? — perguntou Strike, que estava louco para fumar um cigarro lá fora, mas não queria ter de subir e descer a escada outra vez.

— Talvez... Eu não me importo se você fumar aqui — acrescentou Robin, que tinha visto a mão de Strike se dirigir inconscientemente na direção do bolso. — Mas você se importa de abrir a janela?

— Valeu — disse Strike.

Ele se levantou e fez o que ela havia pedido, segurando uma lata vazia para usar de cinzeiro. A Blackhorse Road, ele percebeu ao olhar para a rua abaixo, era movimentada e bem iluminada, mas portarias comunitárias eram sempre um risco de segurança. Por outro lado, Robin tinha se mudado naquele dia mesmo: qualquer pessoa que quisesse retaliar a agência por suspeitar que havia sido posta sob vigilância teria achado muito mais difícil encontrá-la.

— Tem alarme antifurto? — perguntou ele a Robin depois de acender o cigarro.

— Tem — respondeu ela, ainda com os olhos no jogo.

— E trancas duplas na porta da frente, certo?

— Certo — falou ela distraidamente, ainda lendo o celular. — Verme está dizendo que Morehouse achava que LordDrek e Vilepechora eram "um problema". Estou tentando conseguir mais detalhes.

— Vilepechora — repetiu Strike. — Nome bizarro. Pechora não é um lugar?

— Não tenho ideia — respondeu Robin.

— É — disse Strike, que tinha acabado de dar um Google no nome em seu celular. — É uma cidade e um rio na Rússia... e o Pechora 2M é um sistema de mísseis antiaéreos terra-ar de curta distância.

Ele estava experimentando uma sensação familiar: mais uma vez seu subconsciente tentava lhe dizer alguma coisa.

— Vilepechora — repetiu Strike. Ele enfiou o cigarro na boca, procurou no bolso a caneta que havia tirado da casa de Madeline e escreveu "Vilepechora" nas costas da mão esquerda. Depois de olhar para a palavra inscrita em sua pele por quase um minuto, ele disse de repente: — Merda.

Robin ergueu os olhos.

— O quê?

— Vilepechora é um anagrama de Oliver Peach.

Robin engasgou em seco. Strike já estava pesquisando a família Peach no Google. O pai, que ganhara milhões por meio de sua empresa de tecnologia, tinha obtido muita publicidade através de sua campanha malfadada à prefeitura de Londres. Ele era um indivíduo de aparência marcante, com a linha da testa baixa e uma queda por gravatas largas.

— *Merda* — exclamou Strike outra vez. — Eles são irmãos.

— Quem?

Robin se juntou a Strike na janela. Ao lado de Ian Peach, na foto no celular de Strike, estavam seus dois filhos adultos, Oliver e Charlie, os dois de cabelo escuro, ambos com a testa baixa do pai. O mais jovem era nitidamente a pessoa de tênis de solas vermelhas que tinha caído na frente do trem. O mais velho estava usando o paletó de veludo que Strike tinha vislumbrado no Ship & Shovell, usado pelo homem que tentava recrutar Wally Cardew.

# 61

*Então afasta tu os fantasmas; limpa minha alma!*
*Tu, doce encantadora, com os feitiços mágicos!*

Mathilde Blind
*To Hope*

## Chats dentro do jogo entre quatro dos oito moderadores do *Drek's Game*

**<Um novo canal privado foi aberto>**

**<26 de maio de 2015 22.02>**

**<Corella convidou Anomia>**

**Corella:** Anomia

>

**<Anomia entrou no canal>**

**Anomia:** tudo bem?

**Corella:** você viu as notícias?

**Anomia:** a Maverick disse alguma coisa sobre o filme?

**Corella:** não

**Corella:** quero dizer a mulher que pulou nos trilhos para resgatar o cara que tinha caído neles

**Corella:** perto da Comic Con?

**Corella:** está nas notícias, você deve ter visto

**Anomia:** não tenho assistido aos noticiários, tenho andado ocupado

**<Um novo canal privado foi aberto>**

**<26 de maio de 2015 22.07>**

**<Páginabranca convidou Morehouse>**

>

>

**Páginabranca:** Mouse?

>

>

**<Morehouse entrou no canal>**

**Morehouse:** oi

>

>

**Corella:** bom, o nome dela foi divulgado. Ela se chama Robin Ellacott

**Corella:** e ela é detetive particular

**Corella:** por favor, não fique com raiva. Eu não disse nada que possa revelar quem você é.

**Corella:** Eu não disse mesmo, está bem?

>

>

**Anomia:** isso não parece algo que uma pessoa inocente diria, Corella

**Corella:** Eu juro que não

>

**Anomia:** então por que você acabou de me dizer para não ficar com raiva de você?

**Corella:** bom eu fui na Comic Con porque fui contatada por essa mulher que disse ser uma jornalista que queria fazer uma reportagem sobre O coração de nanquim e meu livro e tudo mais...

**Corella:** ela estava usando peruca quando falei com ela, mas eu a reconheci do noticiário. Era Robin Ellacott

**Corella:** sinto muito mesmo, Anomia, tudo parecia correto, ela tinha um site e tinha escrito reportagens e tudo mais

**Corella:** mas eu não contei a ela nada sobre você

**Corella:** Eu não podia ter feito isso, eu não sei nada, não é?

**Páginabranca:** você viu o noticiário hoje?

**Morehouse:** não, eu estava no laboratório

**Morehouse:** por quê, o que aconteceu?

**Páginabranca:** sabe a mulher que pulou nos trilhos para salvar Vilepechora?

**Morehouse:** sei

**Páginabranca:** o nome dela é Robin Ellacott e ela é detetive particular

**Morehouse:** sério?

>

>

**Páginabranca:** é

**Morehouse:** uau

>

**Morehouse:** isso é estranho

**Páginabranca:** você acha que ela estava seguindo alguém?

**Morehouse:** com certeza não Vilepechora

**Morehouse:** seria a polícia seguindo o Corte, acho, não uma detetive particular

**Páginabranca:** Mouse, isso pode parecer loucura, mas você acha que há alguma chance de a Maverick estar tentando descobrir quem é Anomia para impedir que ele fique falando merda sobre o filme?

**Páginabranca:** será que ela podia estar seguindo Anomia?

**Morehouse:** puta merda, isso faz sentido

>

**Anomia**: isso é mentira

**Corella**: não é mentira!

**Corella**: se você pudesse ter me ouvido falar sobre você, eu estava basicamente contando a ela o gênio que você é.

**Corella**: Tudo o que eu disse é que você é muito talentoso e culto

**Corella**: Eu não disse nada particular nem que pudesse identificar você, juro! eu nem sei nada que possa!

**Corella**: só achei que seria muito bom para nosso livro se eu conseguisse alguma cobertura!

**Corella**: E se o livro vender bem, muitas pessoas vão querer entrar no jogo, não é?

**Corella**: Eu não estava fazendo isso só por mim!

**Corella**: Anomia, vc ainda está aí?

>

>

>

>

>

**Anomia**: então você estava sendo a porra de minha benfeitora, é isso?

**Anomia**: e o que você quis dizer com isso de eu ser "culto"?

**Corella**: quero dizer, você é inteligente e sabe latim e tudo mais

**Anomia**: você acha que sabe quem eu sou

>

**Páginabranca**: bom, essa pode ser nossa oportunidade!

**Morehouse**: o que você quer dizer com isso?

**Páginabranca**: nós podemos ir à agência e falar com ela

**Morehouse**: onde fica?

**Páginabranca**: Denmark Street em Londres, eu procurei

**Páginabranca**: nós não teríamos que dizer que achamos que ele matou ninguém

**Páginabranca**: podemos dizer que estamos preocupados pela negatividade que ele está espalhando entre os fãs

**Páginabranca**: Se ela está tentando descobrir quem é Anomia provavelmente vai ficar muito feliz em nos conhecer. E acabei de ler sobre sua agência. Eles trabalham com a polícia, eles solucionaram casos de assassinato.

**Páginabranca**: Seria tão bom quanto procurar a polícia, sem nenhuma das desvantagens.

**Páginabranca**: você não acha?

**Morehouse**: nós íamos acabar sendo interrogados pela polícia, aposto

**Morehouse**: imagino que eles estejam interessados nesse momento em qualquer fã com comportamento estranho

>

>

>

>

**Corella:** não, não acho, como poderia?

>

>

**Anomia:** ah, acha sim. "Culto." Você acha que sabe

**Anomia:** bem, posso lhe dizer uma coisa?

**Anomia:** você está mergulhada na merda

**Anomia:** você pode ter enganado os policiais e feito eles acreditarem que você não teve contato com aquelas porras de terroristas, mas eu sei que não é verdade. Eu sei quem deu aquela pasta a você e sei que você tem molhado a calcinha por um deles há meses. Se eu quisesse, podia fazer vocês três irem pra cadeia

**Anomia:** Eu só fiquei de boca fechada porque não queria que o jogo fosse encerrado. Mas se você revelou minha identidade, vou garantir que seja presa por terrorismo

**Corella:** Anomia, pelo amor de deus, eu com certeza não revelei quem você é, juro que não.

**Anomia:** você vai consertar isso

**Corella:** Eu quero, mas como?

**Anomia:** depois eu conto a você

**Anomia:** e quando eu disser a você o que fazer, você vai obedecer, a menos que queira acabar presa

**<Anomia saiu do canal>**

**<Corella saiu do canal>**

**<O canal privado foi fechado>**

**Páginabranca:** mas nós não o acusaríamos de matar ninguém

**Páginabranca:** seríamos apenas duas pessoas preocupadas que não gostam do que ele está fazendo na internet

>

**Morehouse:** sabe de uma coisa

>

**Morehouse:** essa é uma puta ideia genial

>

>

>

>

**Morehouse:** o único problema que posso ver é que se ela nunca tiver ouvido falar de Anomia, seremos duas pessoas aleatórias que chegaram da rua – ou no meu caso, em cadeira de rodas – falando loucuras sobre um jogo online

>

>

>

**Morehouse:** embora, pensando nisso, mesmo que ela não saiba sobre o que estamos falando, nós vamos ter informado, mostrado que estávamos preocupados com ele.

**Morehouse:** e levando em conta que houve três ataques no entorno do Coração de nanquim agora, ela pode passar o nome dele para a polícia mesmo assim, então conseguimos o que queríamos.

**Morehouse:** Nicole, você é um gênio

**Páginabranca:** mas você vem comigo, certo? Você não vai furar de novo?

**Morehouse:** não

**<Um canal privado foi aberto>**

**<26 de maio de 2015 22.20>**

**<Anomia convidou Morehouse>**

**Anomia:** tem um instante, cara?

>

**<Morehouse entrou no canal>**

**Morehouse:** oi, tudo bem?

**Anomia:** precisamos de moderadores novos agora que LordDrek e Vilepechora estão fora

**Morehouse:** é

>

**Anomia:** alguma ideia?

**Morehouse:** DrekIndediado é legal

**Anomia:** é, eu estava pensando nele

**Morehouse:** CoriCorCor também tem entrado muito ultimamente

**Anomia:** ela me irrita muito

**Anomia:** seria como ter outra Verme28

**Morehouse:** de qualquer forma, vou precisar que você me leve até lá

**Morehouse:** mas que se foda

**Morehouse:** quando?

**Morehouse:** tem a questão da minha pesquisa

**Morehouse:** vai ser uma merda se eu perder o prazo

**Páginabranca:** e eu tenho provas, mas podemos fazer isso logo depois.

**Páginabranca:** afinal de contas, se estivermos certos, ele se livrou de todo mundo que precisava

**Páginabranca:** quero dizer, todas as pessoas que ele via como perigo para ele ou para o jogo

**Páginabranca:** quem mais ele ia querer tirar do caminho?

**Morehouse:** eu, provavelmente

**Morehouse:** Eu enchi o saco dele por causa de LordDrek e Vile

**Morehouse:** merda, ele veio falar comigo

**Páginabranca:** merda

>

>

**Páginabranca:** me conte o que ele está dizendo

**Morehouse:** diz que precisamos de moderadores novos

**Páginabranca:** aja com animação!

**Morehouse:** rsrs

**Páginabranca:** ele mencionou Vilepechora e o trem?

**Morehouse:** não, ele está agindo como se não soubesse nada sobre isso

>

**Morehouse:** rsrsrs entendo o que você quer dizer

**Anomia:** o que você acha de PatinhasdaBuffy?

**Morehouse:** nunca realmente falei com ela

**Morehouse:** quer que eu converse com eles ou você faz isso?

**Morehouse:** ia significar muito mais vindo de você

**Anomia:** por que você começou a puxar meu saco de repente?

**Morehouse:** rsrsrs só estou feliz por LordDrek e Vilepechora estarem fora, cara

**Morehouse:** você contou a eles ou você apenas deu uma rasteira quando eles menos esperavam?

**Anomia:** rsrsrs um pouco dos dois

>

**Morehouse:** excelente

**Anomia:** estou satisfeito por você estar feliz. De verdade. Eu só queria voltar a como as coisas costumavam ser.

**Morehouse:** estou nessa com você 100%

>

**Anomia:** está bem, eu vou sondar esses dois

**Anomia:** falo com você depois

**Morehouse:** até logo, cara

**<Anomia saiu do canal>**

**<Morehouse saiu do canal>**

**<O canal privado foi fechado>**

>

>

>

>

>

>

>

>

>

>

>

>

>

**Morehouse:** quando ele está desse jeito, começo a me perguntar se imaginei a coisa toda.

>

>

>

**Páginabranca:** tenho tentado acreditar que você está errado há séculos

>

>

>

>

>

>

**Páginabranca:** mas não acho que esteja

# 62

*Ele a deixou, mas ela o seguiu...*
*Ela achou que ele não poderia suportar,*
*Quando deixou seu lar por ele,*
*Olhar para o desespero dela.*

Letitia Elizabeth Landon
*She Sat Alone Beside Her Hearth*

Quando Strike ligou para Ryan Murphy para identificar Oliver Peach como um jogador do *Drek's Game*, e Charlie Peach como candidato ao homem que tentara recrutar Wally Cardew, ele recebeu um "merda!" alto como agradecimento.

— Amigos seus?

— Nós interrogamos os dois há três meses — disse Murphy. Strike ouviu uma porta bater e supôs que Murphy estivesse atendendo a ligação em um lugar mais reservado. — Os dois estão na Irmandade da Suprema Thule. Imagino que você saiba da irmandade?

— Retiros odinistas e repatriação de judeus?

— Exatamente, mas não encontramos nenhum indício de que estivessem ligados a atentados com bombas nem a assédio na internet. Então eles estavam no maldito jogo, não estavam?

— Oliver estava — respondeu Strike. — Não tenho certeza em relação a Charlie, mas diria que a probabilidade é grande, considerando que dois moderadores saíram imediatamente depois que Oliver caiu no trilho da ferrovia, e esses dois moderadores pareciam amigos, pelo que Robin descobriu.

— Nós temos um jogador infiltrado no jogo há semanas, mas ele não descobriu nada. Essa regra de anonimato é muito conveniente.

— Pode ter sido feita sob medida para terroristas — concordou Strike.

Dois dias depois, Murphy ligou para Strike com uma atualização de cortesia. O irmão mais velho dos Peach, Charlie, tinha sido entrevistado outra vez, como suspeito.

— Ele está negando tudo — disse Murphy. — Entregou o laptop e o celular, e não há nada neles. Ele deve ter outros, mais bem escondidos. O cara é esperto, independentemente do que mais ele for.

— Alguém entrevistou Oliver? Ele me parece o elo fraco. Usar um anagrama de seu nome foi muito estúpido.

— Ele ainda está no hospital, e os médicos não querem que falemos com ele. Precisou fazer uma cirurgia de emergência para conter a hemorragia no cérebro. O pai está furioso. Houve muita falação sobre amigos em postos elevados e processo judicial.

— Aposto que houve — disse Strike.

— O pai é um filho da mãe estranho. A esposa parece mumificada. Enfim, vou manter este contato. Tenho que dizer que sua ajuda nisso tem sido valiosa. Por falar nisso, ela está bem? — acrescentou Murphy. — Ela escapou por pouco.

— Robin? É, ela está bem. Escondida em casa por instrução minha.

— Provavelmente o mais sábio a se fazer agora — disse Murphy. — Bom, mande minhas lembranças para ela.

— Eu mando — disse Strike, mas ele se esqueceu do pedido assim que desligou o telefone.

Após a divulgação do nome de Robin para a mídia, o telefone do escritório tocou com pedidos para entrevistá-la sobre seu ato na estação de Custom House. Por instrução de Strike, Pat respondeu a todas as solicitações com a mesma frase: "A Sra. Ellacott está satisfeita por ter ajudado no resgate do sr. Peach, mas não fará comentários." A profundidade da voz de Pat levou alguns jornalistas a suporem estar falando com Strike e a pressioná-la por sua opinião quanto a um possível prêmio civil por coragem ser oferecido a Robin, assim como a Mohammed "Mo" Nazar. Strike não se surpreendeu, embora não tenha gostado, que era a foto da mulher jovem, branca e bonita que fora estampada na frente da maioria dos tabloides que cobriram o crime. Ele só podia torcer para que o interrogatório de Charlie Peach impusesse uma moratória temporária nas atividades do grupo terrorista, e tentou esquecer, ou pelo menos botar de lado, suas preocupações sobre uma possível retaliação. Isso se tornou um tanto mais fácil pelo fato de, na quarta-feira, a agência, que parecia estar esperando há muito tempo por qualquer descoberta em seus casos atuais, de repente fazer duas.

Primeiro, a empregada na South Audley Street fez outra busca por equipamento de vigilância e, dessa vez, removeu a câmera com suas lentes olho de peixe. Sem conseguir encontrar o mecanismo que a desligava, ela a botou na bolsa e a levou com ela para um restaurante onde Dedos estava sentado a sua espera, observado secretamente por Nutley. Como se levar a empregada para comer não fosse suspeito o bastante, considerando que Dedos não se associava com ninguém além dos poucos filhos dos superricos, ele pegou a bolsa da mulher e, mexendo em seu interior, conseguiu desligar a câmera sem revelar o próprio rosto.

— Então é bastante óbvio que ela está na jogada — disse Nutley quando ligou para contar a Strike o que tinha acabado de acontecer. Ele parecia extremamente presunçoso, como sempre. Strike tentou não se sentir irritado com aquela afirmação extremamente óbvia, um desafio que se tornou mais difícil pelo fato de que as palavras seguintes a saírem da boca de Nutley terem sido: — Nós devemos botar alguém em cima dela também.

— Boa ideia — disse Strike, tentando não soar sarcástico. — Bem, bom trabalho, Nutley, já era hora de termos alguma coisa para dizer ao cliente.

Cerca de uma hora depois, Barclay ligou de Hampstead.

— Não é o garoto dos Upcott.

— Como você sabe?

— Acabei de segui-lo até a farmácia e de volta. Nenhum telefone, nenhum iPad, mãos nos bolsos por todo o caminho de ida e volta, e Robin diz que Anomia está ativo no jogo há uma hora.

— Isso não podia ter acontecido em um momento melhor — disse Strike, que contou então o resultado da vigilância sobre Dedos naquela manhã. — ... então vou conseguir o endereço da casa da empregada com o cliente e você pode passar a segui-la.

Esses desenvolvimentos deixaram Strike em um estado de espírito um pouco mais otimista, o que o conduziu a um encontro de quinta-feira à noite com Madeline. Ele não deixou de notar que agora estava pensando em termos de fazer as horas em que estava com ela passarem, enquanto apenas algumas semanas antes seus encontros eram uma distração bem-vinda em uma vida dominada pelo trabalho. Ele ainda gostava do sexo, mas, fora isso, achava difícil dar a ela mais que uma fração de sua atenção, cuja maior parte estava focada em preocupações que ele não podia ou não queria dividir com Madeline. Se ela tinha sentido esse leve afastamento, não deu sinal. Ela ainda não estava bebendo álcool na presença dele.

No sábado, após terem passado uma semana sem ver um ao outro, Strike e Robin combinaram de se encontrar na garagem onde Strike guardava o BMW antes de irem para o Centro de Lesões da Medula Espinhal de Londres para entrevistar Josh Blay. Enquanto Strike caminhava sob o sol de primavera na direção do ponto de encontro, seu celular tocou com um número que tinha acabado de ser transferido do telefone do escritório.

— Strike.

— Alô — disse uma voz grave e ressonante, e por um ou dois segundos Strike achou que estava prestes a ouvir outra ligação anônima com voz alterada aconselhando-o a desenterrar Edie Ledwell. — Aqui é Grant Ledwell.

— Ah — disse Strike, um pouco surpreso. — O que posso fazer por você?

— Eu me perguntei se seria possível conseguir uma atualização.

Ele falava quase com raiva, como se Strike tivesse prometido uma, mas nunca tivesse cumprido isso. Como Grant não estava pagando pelos serviços da agência, Strike achou que o tom ressentido e o fato de Grant ter ligado para Strike em um fim de semana indicavam que o homem esperava que seu status de parente garantisse certos privilégios na investigação.

— Imaginava que Allan Yeoman e Richard Elgar fossem mantê-lo informado.

— Não frequentemente — disse Grant. — Pelo que soube, houve muito pouco progresso.

— Eu não diria isso — respondeu Strike com mais educação do que achava que o tom de Grant merecia.

— Bom, eu estava me perguntando se poderíamos nos encontrar pessoalmente. Aconteceram algumas coisas do meu lado sobre as quais eu gostaria de conversar. Enfim, como o parente mais próximo de Edie, gostaria de saber o que está acontecendo.

Lembrar a Grant que ele não era o cliente satisfaria uma vontade urgente de botar o homem em seu devido lugar, mas Strike estava intrigado a respeito do que seriam essas "algumas coisas". Ele, portanto, concordou em se encontrar com Grant no restaurante The Gun em Docklands, que ficava perto do local de trabalho do executivo do petróleo, na noite de quarta-feira.

— Um pouco insolente — foi a resposta de Robin quando Strike, depois de aceitar com gratidão seu oferecimento para dirigir, pois seu tendão continuava doendo, informou-a do pedido de Grant por uma reunião. — Aposto que ele está puto pela publicação de ontem à noite de Anomia no Twitter. É por isso que está ligando para você hoje.

— Pode mesmo ser isso — concordou Strike.

Depois de um período de relativa inatividade, Anomia revelou aos fãs no Twitter que a Maverick pretendia fazer uma mudança muito significativa em Cori, o herói, no futuro filme.

**Anomia** @AnomiaGamemaster

Más notícias, fãs de CDN. A Maverick quer mudar Cori de coração para humano e Grunt e a Pesada vão deixar. #pegueagranaecorra @gledwell101

20.40 29 maio 2015

A publicação disparara uma previsível explosão de abuso dos Tinteiros, que acusaram os Ledwell de ganância e traição, então ameaçaram com boicotes e violência física. O lugar de trabalho de Grant tinha sido revelado, fotos da página de Heather no Facebook foram copiadas e desfiguradas, e Discípulo de Lepine expressou a esperança de que seu bebê fosse natimorto. Robin, que observara a explosão de raiva em tempo real, já tinha checado as contas de Grant no Twitter e de Heather no Facebook naquela manhã. As duas agora estavam em privado.

— Você acha que é verdade que a Maverick está planejando tornar Cori humano? — perguntou Robin a Strike.

— Em geral, Anomia tem sido confiável em relação a desdobramentos do *Coração de nanquim* — disse Strike. — De qualquer forma, isso significa que sua fonte de informação interna não secou.

Eles seguiram em silêncio por algum tempo até que Strike disse:

— Você leu o relatório de Dev sobre Ross e as filhas?

— Li — disse Robin. — Pobres crianças.

— É. Obviamente, de um ponto de vista humano, não quero que Ross faça isso outra vez, mas, se fizer, eu quero que seja filmado. Alguns incidentes como esse me dariam bastante poder.

Robin ficou curiosa, embora não perguntasse, a respeito de como Strike pretendia usar as imagens, se conseguisse obtê-las. Ele as levaria direto para Ross, ou entregaria a Charlotte para ajudá-la a vencer o caso de custódia?

A viagem de carro de uma hora terminou com um longo trecho de estrada margeada de árvores. Finalmente, Robin entrou no estacionamento do hospital e viu, em frente à entrada, um grupo de pessoas que parecia estar tendo uma discussão. De fato, quando Robin estacionou e desligou o motor, o som de vozes estridentes pôde ser ouvido, mesmo através das janelas fechadas do carro.

— Aquelas são Katya e Flavia? — perguntou Robin, olhando através do para-brisa para a mulher de cabelo castanho-claro que estava usando um casaco cinza largo.

— Sim — respondeu Strike, tirando o cinto de segurança, com os olhos no grupo. — E as outras duas são Sara e Kea Niven.

— Você está brincando?

— Não. Parece que há uma briga pelo direito de visitar Blay.

— Mas por que Katya trouxe Flavia? — perguntou Robin. A menina de doze anos parecia absolutamente infeliz.

— Talvez Inigo ache que ela está contagiosa outra vez.

Quando eles saíram do carro, as vozes das três mulheres ficaram mais altas, mas, como estavam gritando ao mesmo tempo, era difícil ouvir exatamente o que era dito.

— Vamos? — disse Strike, e, sem esperar por uma resposta, saiu andando na direção do grupo que discutia, ansioso para ouvir o que estava acontecendo.

Quando ele e Robin chegaram ao alcance da audição, Katya, cujo rosto magro estava completamente corado, gritava:

— Ele não quer vê-la!

— Quem está dizendo isso? — gritou Kea, que estava apoiada em sua bengala. — Você não é a porra da *mãe* nem a *mulher* dele, vá perguntar a Josh o que ele quer!

— Nós viemos de Norfolk! — acrescentou Sara, que hoje usava um vestido magenta tão sem forma quanto o casaco de Katya. — Eles nos disseram que ele está pronto para receber visitas...

— Bom, vocês deviam ter me telefonado antes! — disse a furiosa Katya. — Ele já tem visitas marcadas para hoje, pessoas que ele *quer* ver, e aí estão elas! — gritou ela em triunfo quando os passos de Strike e Robin a alertaram de sua chegada.

— Ah, meu Deus, *não*! — disse sem pensar Kea, com os olhos em Strike. — *Ele* não!

Robin, que nunca tinha visto Kea pessoalmente, olhou para ela com interesse. A garota estava usando um suéter azul-claro e jeans. Seu cabelo preto reluzia sob o sol de primavera, e a pele de porcelana e os lábios vermelhos não precisavam de maquiagem para chamar a atenção. Na mão que não segurava a bengala, Kea levava um envelope.

— Bom dia — disse Strike, olhando de Kea para Sara.

— Ah, meu Deus, ah, meu Deus — disse Kea, se dissolvendo em lágrimas. — Não posso *acreditar* nisso...

Quando Katya e Sara começaram a gritar uma com a outra novamente, um homem baixo e carrancudo com bata cirúrgica saiu do prédio.

— As senhoras poderiam baixar o tom, por favor?

Katya e Sara ficaram em silêncio, envergonhadas. Após olhar irritado para uma das mulheres de cada vez, depois lançar um olhar duro para Strike, como se esperasse que o único homem do grupo mantivesse uma ordem melhor, ele desapareceu, novamente para dentro.

— Josh está esperando o sr. Strike — disse Katya em um sussurro raivoso. — Por isso, é melhor vocês irem embora.

Ainda chorando, Kea estendeu o envelope.

— Então você pode p-por favor dar...

— Eu não vou dar isso a ele — disse Katya, recuando como se a carta fosse uma arma.

— Pelo amor de Deus, você não pode se recusar a entregar um bilhete a ele! — falou Sara vigorosamente.

— *Por favor* — choramingou Kea, dirigindo-se para Katya enquanto se apoiava na bengala. — *Por favor*, só entregue a ele minha carta.

— Está bem — disse Katya em um tom rude, pegando-a bruscamente da mão de Kea. — Vamos entrar? — acrescentou ela para Strike e Robin.

Após seguir Katya e Flavia pelas portas de vidro, Robin olhou para trás. Sara e Kea tinham dado meia-volta e estavam caminhando lentamente até seu carro. Enquanto observava, Sara passou o braço em torno dos ombros da filha, mas Kea o retirou com um dar de ombros.

— Que audácia — falou Katya ferozmente enquanto seguia por um corredor comprido que levava ao quarto de Josh. — Que *audácia* delas. Graças a *Deus* eu estava aqui.

— Você está resfriada de novo? — perguntou Robin a Flavia, porque a garota tinha acabado de assoar o nariz.

— Não — disse Flavia. — Eu...

— Ela fez uma coisa muito tola — disse Katya antes que Flavia pudesse responder —, que ela tinha sido avisada de que *não deveria fazer*.

— Não foi...

— *Flavia, avisamos a você para não levar aquele filhote para casa* — disse Katya com rispidez. — Não quero mais ouvir *nem uma palavra* sobre o papai, ou Gus, ou cachorros, ou como as coisas são injustas, está me ouvindo?

— Você *sempre* fica do lado de...

— *Flavia*! — gritou Katya, virando-se brevemente para olhar para a filha antes de dizer a Strike: — Eu *tive* que trazê-la. Inigo está furioso.

Enquanto Katya os conduzia adiante, nitidamente familiarizada com cada detalhe do caminho até o quarto de Blay, Flavia disse, ressentida, embora em voz baixa:

— Eu estou *sempre* indo a hospitais.

— Está? — disse Robin, para quem a observação tinha sido dirigida. Ela e Flavia tinham ficado para trás dos outros dois.

— Estou. Uma vez, quando a pele de Gus estava muito mal, ele teve que ir para um hospital, então meu pai ficou doente no dia seguinte e foi internado também. Mas em hospitais diferentes. Meu pai vai para um muito melhor que Gus. É particular. Gus geralmente vai para o Serviço Nacional de Saúde.

Flavia acrescentou em voz baixa:

— Eu gostei *muito* de ter os dois fora de casa.

Robin não conseguiu pensar em nenhuma resposta adequada para isso, então não deu nenhuma.

— Eu podia assistir ao que quisesse na TV. Eu vi uma coisa no noticiário sobre um homem nos Estados Unidos que provocou um tiroteio em massa porque não conseguia nenhuma garota para fazer sexo com ele.

— ... como se não bastasse *bombardeá-lo* com cartas que o estressam *completamente* — dizia Katya para Strike —, ela teve que aparecer em pessoa...

— Eu queria fazer meu projeto escolar sobre aquele homem que atirou em garotas, mas minha mãe disse que eu não podia. Meu pai acha repulsivo minha mãe ter me deixado ficar sabendo sobre ele, mas... — Flavia lançou um olhar estreito para as costas da mãe. — Ela passou toda aquela noite falando com ele ao telefone, então não se importou com o que eu estava vendo.

Robin, que teve a impressão de que Flavia sabia muito bem o retrato que estava pintando de sua vida familiar, manteve um silêncio diplomático. À frente, Katya dizia:

— ... só estou preocupada que uma dessas tardes eu não esteja aqui, e ela force a entrada...

— Minha mãe e meu pai tiveram uma discussão esta manhã — disse Flavia muito baixo, mantendo um olhar cauteloso para as costas da mãe. — Porque meu pai acha que é obvio quem é Anomia, e minha mãe diz que ele não pode ter certeza e só está dizendo isso para ser cruel.

— É mesmo? — disse Robin, tentando manter um tom natural. — Quem...?

Mas ela se deteve. Katya tinha parado de repente junto de uma grande lata de lixo perto de um recesso no corredor. Com expressão selvagem, a mulher rasgou a carta de Kea ao meio e a jogou ali dentro.

— *Pronto* — disse ela e saiu andando outra vez, com Strike ao seu lado, Robin e Flavia se mantendo atrás.

— Achava que era ilegal destruir correspondência — disse Flavia.

— Hum... acho que isso é só com coisas que são enviadas pelo correio — respondeu Robin, cuja mente estava trabalhando rapidamente. Depois de mais alguns passos, ela mesma parou.

— Ah, droga — disse ela para Strike e Katya. — Desculpem, esqueci minhas anotações no carro.

— Bom, é melhor você voltar para buscá-las — disse Strike, virando-se para olhar para ela.

— É. Qual o número do quarto de Josh? — perguntou Robin a Katya.

— Cinquenta e um — disse Katya, parecendo ansiosa. — Mas, na verdade, eles só querem duas pessoas com ele de cada vez... Eu não tinha me dado conta de que vocês dois iam vir. Achei que eles não fossem se importar que Flavia estivesse comigo, porque ela é muito nova.

— Posso ficar sentada do lado de fora com Flavia se você preferir entrar com Cormoran — sugeriu Robin, realmente esperançosa que Katya concordasse: ela estava muito interessada nos pensamentos de Inigo sobre Anomia.

Katya também pareceu aprovar a ideia, mas depois de olhar da filha para Robin e novamente para a filha, e talvez imaginando as consequências de deixar a filha falar fora de sua esfera de controle, disse:

— Não, não posso pedir que você faça isso... Seria uma certa imposição. Não, eu vou ficar com Flavia, mas vou entrar com Cormoran primeiro, para que Josh saiba que estou por perto se precisar de alguma coisa.

— Está bem, vou só pegar minhas anotações no carro, depois alcanço vocês — disse Robin.

— Posso ir com você? — perguntou Flavia com avidez, mas Katya disse rispidamente:

— Não, você fica comigo.

Então Robin voltou até a lixeira onde Katya tinha jogado a carta de Kea. Tinha uma fenda, como uma caixa de correspondência, grande o bastante para ela enfiar a mão, mas infelizmente o corredor não estava nem um pouco deserto: equipes médicas circulavam por ele de um lado para outro, assim como visitantes. Robin permaneceu discretamente por perto até não estar sendo observada, então pegou o telefone no bolso e o jogou na lixeira.

— Ah, *droga* — disse ela em voz alta, fingindo desespero.

— Você está bem? — perguntou uma enfermeira que passava enquanto empurrava um homem em cadeira de rodas.

— Deixei meu telefone cair por acidente aí dentro junto com meu lixo — disse Robin, rindo enquanto enfiava a mão.

— Meu cunhado fez isso uma vez com uma caixa de correspondência — disse a enfermeira.

— Não consigo... encontrar — mentiu Robin, tateando o interior da lata de lixo. — Ah, aqui está...

Ela esperou que a enfermeira saísse de vista, então tirou o telefone e as duas metades da carta de Kea, ainda em seu envelope rasgado, que ela guardou no bolso. Robin refez seus passos até passar por um banheiro feminino, no qual entrou. Depois de se trancar em um cubículo, ela juntou as duas metades da carta e a leu.

*Querido Josh,*

*Eu espero muito conseguir vê-lo hoje e lhe entregar isso pessoalmente, porque não sei se tenho a força para dizer isso cara a cara. Se eu vir você, provavelmente vou simplesmente desmoronar. Eu sei que isso é patético.*

*Não sei se você recebeu minhas outras cartas. Sinto que você mandaria uma mensagem de resposta se as tivesse lido. Talvez Katya as tenha rasgado e você nem saiba que tenho tentado entrar em contato. Sei que ela acha que sou o Anticristo, ou isso é apenas meu autodesprezo falando mais alto?*

*Desde que essa coisa aconteceu, mal consegui comer ou dormir. Eu me mataria nesse exato minuto se isso fizesse com que você melhorasse. Às vezes acho que devia fazer isso mesmo assim. Não estou dizendo isso para fazer com que você se sinta mal. Só não sei por quanto tempo mais consigo viver com esse tipo de dor.*

*Fui entrevistada por um detetive particular. Ele disse que você queria que eu falasse com ele, então falei. Ele foi tão agressivo que, depois, voltei para casa e vomitei, mas fiz isso porque você queria que eu fizesse.*

*Honestamente sinto que, se pudéssemos voltar no tempo e você pudesse entender um pouco melhor meus sentimentos, nada disso nunca teria acontecido. Tudo começou a dar errado quando você se mudou para o North Grove. Anomia* tem *que ser alguém de lá, por causa da citação na janela, do desenho roubado e tudo mais. Mas você nunca quis acreditar em mim, que aquele lugar não era bom para você, por causa dela.*

*Há toneladas de boatos circulando sobre como você está. O detetive estava basicamente tentando me apavorar durante toda a entrevista, então ele pode ter mentido sobre você estar paralítico só para me fazer* falar. Espero que ele tenha mentido, embora tenha sido horrível ouvir isso e sinceramente tenha me deixado tão ansiosa e doente que comecei a machucar a mim mesma outra vez.

Não sei mais o que dizer exceto que há muito tempo você não vê meu verdadeiro eu porque tenho andado muito magoada e com raiva. Se você provocar um animal enjaulado por tempo o bastante, ele vai reagir e atacar, e isso não é culpa do animal, simplesmente não é.

Não quis dizer nada do que falei ao telefone naquela noite. Eu fiquei tão feliz ao ver seu número, e depois, quando você disse que vocês iam se encontrar no dia seguinte, sinceramente senti como se meu coração tivesse sido rasgado ao meio. Pareceu uma coisa muito cruel de se fazer, ligar para mim para contar que ia se encontrar com ela <u>lá</u>. Qualquer um teria se sentido como eu, mas nunca quis nem ela nem você mortos, aquilo foi apenas minha mágoa extravasando.

Eu espero muito que você esteja bem. O que quer que aconteça, e independentemente de eu estar viva ou não quando você sair do hospital, lembre-se do quanto amei você e tente se lembrar da verdadeira eu.

Kiki

Robin leu a carta inteira duas vezes, guardou-a no bolso e voltou para seu caminho.

Flavia estava encostada na parede em frente ao quarto de Blay jogando com o celular quando Robin chegou. Ela parecia melancólica, embora tenha se animado ao ver Robin.

— Você voltou para pegar a carta de Kea na lata de lixo? — perguntou ela.

— Não — mentiu Robin, sorrindo. — Só fui buscar minhas anotações.

— Você deve esperar até que minha mãe saia, porque ele só deve receber duas visitas de cada vez — avisou Flavia.

— Certo — disse Robin. — Então me diga, quem seu pai acha...

A porta se abriu, e Katya surgiu.

— Você pode entrar — disse ela a Robin em voz baixa. — Vou levar Flavia para o café por meia hora, mas, se Josh precisar de mim, você vai ligar, não vai?

— Vou, é claro — afirmou Robin. Quando ela empurrou e abriu a porta do quarto de Josh Blay, ela ouviu Flavia perguntar à mãe:

— Por que eu não podia ter ficado com Robin?

— *Cale a boca*, Flavia...

# 63

*Olhe para a agonia*
*Naquela câmara mais escondida do coração,*
*Onde o remorso se abriga sombriamente...*

Felicia Hemans
*Arabella Stuart*

O quarto pequeno, que dava para o sul, estava quente demais, como costumam ser todos os hospitais. Havia alguns cartões desejando melhoras no armário ao lado da cama, junto com um balão de hélio dourado que estava levemente desinflado.

Durante aqueles poucos minutos no quarto de Josh, Strike sentiu como se tivesse sido transportado para Selly Oak, o hospital militar onde ele fora tratado depois que sua perna explodira no Afeganistão. Josh Blay estava sentado em uma cadeira de rodas vestindo pijama, com os pés em chinelos azul-marinho de aparência nova, os antebraços apoiados inertes nos braços da cadeira. Alguém pusera o telefone a sua frente, em uma bandeja presa à cadeira de rodas. A expressão vazia e distante de Blay era familiar a Strike; ele a tinha visto antes no rosto de homens cuja atenção estava concentrada no interior de si mesmos, onde eles lutavam para chegar a uma acomodação com a estranha nova realidade de suas vidas. Talvez o próprio Strike também tivesse essa expressão em seu rosto enquanto estava deitado à noite, atormentado pela dor fantasma da parte inferior da perna que estava perdida para sempre e contemplando o fim de sua carreira militar.

As maçãs do rosto salientes, o queixo quadrado, os grandes olhos azuis, as sobrancelhas retas e o nariz e a boca belamente desenhados eram ainda mais impressionantes agora que seu cabelo, que antes caía abaixo dos ombros, tinha sido cortado bem curto. O olhar inclemente do sol que entrava no quarto, muito pouco suavizado pelas persianas creme abaixadas, revelava uma cicatriz de traqueostomia recém-curada na base do pescoço de Blay. Havia olheiras profundas e roxo-acinzentadas sob seus olhos, que tinham o embotamento que Strike associava à febre.

— Esta é minha sócia, Robin — disse Strike enquanto ela ocupava a segunda cadeira de plástico em frente a Josh.

— Olá — disse Robin.

— Tudo bem — murmurou Josh.

— Pegou as anotações? — perguntou Strike a Robin, sabendo muito bem por que ela tinha voltado.

— Peguei — respondeu Robin. — Mas acho que não vamos precisar delas.

— Sem problema. — Strike voltou-se novamente para Josh e disse: — Desculpe, você estava dizendo?

— É... eu posso szentir coisas do lado que está paraliszado — disse Josh devagar, falando como se as palavras fossem pesadas e viessem das profundezas de um abismo. — Mas o lado que conszigo mexer esztá dormente. Não conszigo szentir nada. Os médicosz dizem que pode melhorar um pouco, mas nunca vou... nunca vou voltar ao normal...

— Bom, lesões nos nervos são estranhas — disse Strike. — Leva muito tempo para reduzir todo o inchaço. Levou dois anos para que minha perna se estabilizasse. Provavelmente vai levar tempo até que saiba que funções você vai ter.

Josh não respondeu.

— Então — disse Strike, pegando o caderno. — Vamos falar sobre Anomia.

— Foi eule que nos eszfaqueou.

Josh falou sem rodeios, não permitindo contradição.

— O que faz você dizer isso?

— O que eule szussurrou depoisz de fazer aquilo — disse Josh.

— "Vou cuidar das coisas a partir daqui, não se preocupe" — citou Strike.

— É. Além disso... — Josh respirou fundo — ... eule me aviszou que ia fazer uma coisza, e eu ignorei.

— O que você quer dizer com ele avisou?

— Esztá tudo aí — disse Josh, olhando para o celular na bandeja, com braços e mãos inertes. — A szenha é meia, meia, szete, szete, cinco, doisz. Sze você for para fotosz, há uma paszta intitulada "Anomia".

Robin pegou o telefone, desbloqueou-o e começou a procurar a pasta.

— Eule me envia menszagens no Twitter há anosz — continuou Josh. — Ed me disse para bloqueá-lo, e Yeoman também disse isso, masz não gostava que me dissessem o que fazer, por isso não fiz nada.

Seus olhos azuis vidrados de febre perfuraram os de Strike.

— Então esze é o tipo de babaca que *eu* szou.

— Não me parece um crime tão grave — disse Strike.

— Acreditei em todasz asz merdasz que Yaszmin me deu, naquela paszta, também — disse Josh, ainda encarando o detetive como se desejasse que Strike o condenasse. — Toda aquela mentira de que Ed era Anomia.

— Muitas pessoas inteligentes acreditam em coisas muito mais estranhas todos os dias — respondeu Strike. — As pessoas que montaram aquele dossiê tinham muita prática. Eles são bons no que fazem.

— Encontrei — disse Robin, que tinha acabado de localizar a pasta cheia de fotos de telas.

Arrastando sua cadeira com pernas protegidas por borracha nas lajotas do chão, Strike se aproximou de Robin para que os dois pudessem ler as mensagens que Anomia tinha enviado no privado pelo Twitter.

Ideia: Cori deve começar a assassinar outra vez
15 de agosto de 2012

Ele devia começar a esfaquear turistas no cemitério. Uma reviravolta engraçada e inesperada.
15 de agosto de 2012

Ideia: deixar Páginabranca presa em seu caixão até que ela concorde em sair com Cori.
12 de setembro de 2012

Drek podia enganá-la para que ela entrasse no caixão de novo. Seria condizente com o aspecto de deus trapaceiro do personagem. Páginabranca colhe os merecidos frutos de sua insolência.
12 de setembro de 2012

Os Wyrdy-Grob estão ficando monocórdios. Ideia: Lorde WG deve enterrar Lady para sempre. Emparedá-la no mausoléu e encontrar alguém menos osso duro de roer para transar (<- trocadilho bom e engraçado)
4 de janeiro de 2013

Ideia: personagem novo. O cérebro do dono de Cori. Personagem maquiavélico, belo contraste com Cori. Batalha contínua entre os lados racional e emocional do matador.
26 de agosto de 2013

Você está perdendo todas as coisas boas do desenho. Pare de se vender. A necessidade de tramas e personagens novos está se tornando cada vez mais evidente. Veja as mensagens anteriores.
20 de janeiro de 2014

Você precisa de mim. Eu sei o que os fãs querem.
18 de março de 2014

Você precisa de mim se quer que os fãs voltem para seu lado, Josh.
22 de maio de 2014

Ideia: um velho mendigo morre de ataque cardíaco no cemitério, torna-se um fantasma grosseiro que compete com Cori por Páginabranca. Cori agora parece muito mais atraente para ela, mas ele a rejeita.
29 de julho de 2014

Achava que você era menos obtuso que Ledwell, mas começo a temer que não seja o caso.
19 de setembro de 2014

Está ficando cada vez mais claro que você na verdade não entende O coração de nanquim, Josh. Eu estou oferecendo ajuda para corrigir e melhorar, uma oferta que não seria sábio deixar passar.
1 de outubro de 2014

Ideia: você anuncia a saída de Ledwell dentro de um episódio do desenho animado. Faz Anomia entrar nos últimos segundos do episódio. Os fãs iam enlouquecer com isso.
29 de outubro de 2014

Anomia: um ser a quem até Drek teme. Visual: veja minha aparência no jogo. Essencialmente, uma criatura formada pelo vazio onde os personagens desinteressantes desaparecem.
29 de outubro de 2014

Suas pretensões de ser o herói criador agora estão completamente destruídas. Eu estava preparado para lhe dar crédito pelas sementes do que poderiam ter sido ideias interessantes nas mãos certas. Você agora traiu os fãs, e percebo que eu estava errado ao me oferecer como colaborador. Pode haver apenas um único 'Αρχηγέτης.
12 de novembro de 2014

Entenda isso: um contrato para um filme vai ser o fim. Você está avisado.
10 de fevereiro de 2015

— O que essa palavra em grego significa? — perguntou Robin a Strike.

— Acho que está relacionada com os heróis Arqueguetes — disse Strike, que ainda estava examinando a fileira de mensagens. — Gregos antigos que fundaram assentamentos ou colônias.

— O tom dessas mensagens é interessante — disse Robin.

— Você quer dizer o narcisismo? — perguntou Strike, enquanto os olhos febris de Josh iam de um detetive para o outro. — Sugerindo que ele se torne um personagem no jogo...

— Tem isso, sim, mas a linguagem é mais intelectual e adulta, não é? Não há palavrões, não há comportamento infantil... o uso daquela palavra em grego...

— É, essas mensagens estão mais próximas daquele comentário de Yasmin de que Anomia era "culto", não estão? — Strike olhou para Josh. — Isso é tudo o que Anomia enviou para você?

— Não — disse Blay. — Havia maisz que não me dei ao trabalho de fotografar. Masz era o meszmo: ideiasz de merda para o desenho animado.

— Você mostrou essas mensagens para a polícia?

— Mosztrei — respondeu Josh.

— E? — disse Strike.

— Não achio que eulesz levaram a szério. Eules esztão fixadosz naquele grupo de direita.

— Tudo bem com você se tirarmos cópias disso? — perguntou Strike.

Josh assentiu, e Robin enviou a pasta com as mensagens de Anomia para o próprio celular.

— Katya diz que vocêsz estão tentando deszcobrir q-quem podia szaber toda auquela informação interna — disse Josh com voz vazia. — Não vou sezr de nenhuma ajuda. Não conszigo me lembrar de q-quem szabia o que, quando. Passei a maior parte dosz últimosz cinco anosz bêbado ou chapado... Nósz estávamosz fumando muita maconha. Edie também sze eszquecia para q-quem tinha contado coisasz... ela pôsz na cabeça que Anomia era Szeb, porque ela contou a ele que Páginabranca era baszeada em uma antiga colega de apartamento... mas ela me contou isso na época em que fizemosz o personagem, e provavelmente contou para outrasz pessoasz... ela também eszquecia asz coisasz — falou Josh pateticamente, e Robin sentiu uma pontada dolorosa de pena em seu estômago.

— Katya diz que você achou que Anomia era Bram de Jong por muito tempo — disse Strike.

— Acho que você pensza que sou um retardado, depois de ler aquelas menszagensz — respondeu Josh de forma embotada. — Mas Bram tem um QI de 140. Ele foi tesztado na eszcola. Ele às vezesz age como se tivesse trêsz anos, masz outrasz vezes, se sua voz fosse diferente, você acharia que ele tem quarenta... Vocêsz ouviram a respeito de szua mãe?

— Sabemos que ela morreu — disse Robin.

— Eula foi assassinada — explicou Josh. — Em Amszterdam.

— Merda — disseram Strike e Robin simultaneamente.

— É... eula era uma viciada, que se prosztituía para comprar drogasz. Bram tinha em torno de seisz anos quando eula morreu... Eula costumava trancá-lo no quarto dele quando recebia homensz. Um cliente a esztrangulou e deixou o apartamento. Bram ficou preso em szeu quarto por doisz dias ou algo assim... Szua tia foi até lá, porque szua mãe não esztava atendendo o telefone, e ela encontrou o corpo e Bram ainda trancado.

— Meu Deus — disse Robin em voz baixa. — Que horrível.

— É — disse Josh pesadamente. — Não é szurpresza que eule seja perturbado. Eu achava que eule era engraçado quando me mudei para o North Grove, mas depoisz de algum tempo... acho que eule ateou fogo no meu quarto enquanto eu esztava dormindo, no dia antesz... antesz que tudo isso acontecessze. Mariam me culpou. Achava que eu tinha deixado cair meu baseado. Acordei com pessoas gritando e jogando água. Asz cortinasz estavam em chamasz... Mariam esztava gritando... eu tinha bebido muita cerveja e fumado muita maconha. Por isso esztava confuszo szobre o que esztava acontecendo. Deixei que Mariam me expulsasse e szó quando eu esztava do lado de fora no escuro eu szomei doisz maisz doisz e penszei: *Bram*. Essze é o tipo de coisza q-que ele faz.

— Tentar matar pessoas? — perguntou Strike, observando Josh atentamente.

— Não szei sze eule realmente quer matar alguém — respondeu Josh em uma voz monótona e distante. — Eule szó parece interesszado em ver até onde pode ir. Nilsz provavelmente podia impedi-lo se tentasse, masz ele não se dá ao trabalho... Eu não acho que eule realmente queria ter de assumir a reszponszabilidade por Bram... Katya contou a vocêsz que Bram eszpionou a mim e à Edie por szemanasz atravész de um buraco na parede de nosso quarto?

— Contou, sim — disse Strike.

— Foi isszo que pôsz em minha cabeça que ele era Anomia. Ele... ele viu coisasz, quando esztava morando com a mãe, szabe? Coisasz que uma criança pequena não devia ter viszto... Ele é meio fodido das ideias e tem um QI de gênio, então, szim... por séculosz, achei que fosse Bram... mas szuponho que eu esztava procurando a resposta fácil.

Robin podia ouvir o quanto a boca de Josh estava seca. Ela quis lhe oferecer uma bebida, mas se sentiu muito acanhada para fazer isso: ele não ia conseguir segurar o copo e se perguntou se ele acharia invasivo se ela oferecesse.

— Por que você diz que era uma "resposta fácil"? — perguntou Strike.

— Bom, imadgino... que se fosse algum garoto com a cabeça fodida que, na verdade, não entendessze o mal que esztava causzando, não era nenhum de nossosz amigosz. Masz não foi Bram que nosz eszfaqueou. Aquela coisa que eule disse szobre "cuidar das coisasz a partir daqui" era muito... não era algo que Bram diria.

— Por que não? — insistiu Strike.

Josh olhou fixamente para o detetive outra vez, com olhos desfocados, aparentemente pensando. Finalmente, ele respondeu:

— Sze Bram enfiasse uma faca em alguém, szeria para ver o que aconteceria depoisz. Qual szeria sua aparência ou qual a szenszação de matar alguém... Eule faria por *isso*, por si szó, não porque quisessze se apropriar de nada. Bram não é criativo. Nilsz fala muito szobre isso. Szempre está dizendo a Bram para se szentar e fazer alguma coisza, ou pintar alguma coisza... Nilsz acha que arte é tudo.

— Mas você achou que Bram podia estar assediando Edie na internet, por um período de anos?

— É, masz isszo... isso seria... como um experimento. Como arrancar as asas de uma moszca. Só para ver o quanto podia abalá-la... Mas a pessoa que nos eszfaqueou... Quando você quer assumir o controle, você esztá... esztá querendo criar, não esztá? Bram szó quer destruir asz coiszasz.

— Então, enquanto estava acontecendo, você achou que o abuso online foi feito apenas para ver Edie sofrer?

Houve outra pausa e então, repentinamente desperto de seu torpor depressivo, Josh disse:

— Você não precisza dizer que szou um merda. Szei que devia tê-la defendido...

— Eu não estava...

— Szei que devia ter mandado Anomia sze foder e o bloqueado. Você acha que não passo agora a porra dos dias e das noites aqui szentado penszando szobre isso?

Antes que Strike pudesse responder, a porta do quarto de Josh se abriu, e Katya enfiou sua cabeça para dentro, sorrindo timidamente.

— Está tudo bem? — sussurrou ela.

— Esztá — disse Josh com esforço.

— Você quer alguma coisa, Joshy?

— Não, esztou bem, obrigado.

— Você parece estar com calor — disse ela. — Quer que eu abra...

— Não — repetiu Josh. — Esztou bem.

— Então vou só buscar um pouco de água gelada para você — disse Katya e se retirou.

Josh, cuja cor estava nitidamente mais forte do que quando Strike e Robin entraram no quarto, olhou para Strike, que disse:

— Eu lhe asseguro que não o estou culpando por...

— Eu szei o que devia ter feito — retrucou Josh, com a respiração ofegante. — Eu agora szei disso.

Katya reapareceu com um copo grande de água gelada, com dois canudos se projetando dele.

— Posso? — ofereceu ela, abaixando-se para segurar o copo de modo que Josh pudesse beber, mas ele sacudiu a cabeça.

— Vou beber um pouco em um minuto. Obgrigado — acrescentou ele. Katya saiu outra vez. — Katya é ótima — disse Josh após uma pausa breve e levemente na defensiva, como se quisesse evitar qualquer discussão sobre o relacionamento.

Gesticulando na direção da água, Strike disse:

— Quer que eu...

— Não.

Seguiu-se um silêncio carregado, quebrado por Robin.

— Você estava na casa de Katya, não estava, na noite da véspera do ataque?

— Esztava — retrucou Josh. — Fui lá porque esztava szem dinheiro quando Mariam me expulsou... Acordei Inigo quando szubi... Vocêsz conheceram Inigo?

— Conhecemos — respondeu Strike.

— Imagino que eule tenha dito que szou um deszperdício de espaço — disse Josh. — Inigo podia ter szido qualquer coisa, szegundo ele: artiszta, múszico, eszcritor... o que você disser, eule szeria bom em nível internacional, sze não tivesse ficado doente... Então agora szeu filho tem que fazer o que ele não pôde fazer. Por isso o coitado tem urticária crônica. E...

Ele se deteve.

— "E"? — instigou-o Strike.

— Não é relevante... eu falo demais, Ed szempre dizia que eu falo qualquer coisa para qualquer um. Ela achava que era asszim que Anomia szabia de tudo, porque eu nunca soube quando ficar calado. Ela provavelmente esztava certa também. Masz odiei quando tudo ficou muito... profissional. No início, era muito divertido, então tivemosz que agir de forma diferente.

— Diferente como?

— Tipo, não podíamos mais pedir sugestões aos fãs, como fazíamos no começo. O pai de uma menina de doze anosz pediu dinheiro. Eule dissze que tínhamosz usado a ideia da filha, o que não era verdade, não tínhamosz nem viszto seu comentário... Tudo ficou muito complicgado rapidamente.

— Bom — disse Strike com cautela —, estamos interessados em pessoas que eram próximas de você e de Edie, que pudessem saber de suas ideias e detalhes sobre suas vidas.

— Eu já examinei todosz eulesz em minha cabeça — disse Josh, agora com os olhos voltados para baixo, encarando a bandeja à sua frente. — Não posso acreditar que algum deulesz fez isso com Ed.

— Você não consegue pensar em ninguém ressentido em relação a ela?

— Bom...

O que quer que estivesse prestes a dizer, ele conteve. Era, refletiu Strike, um momento terrível para Josh Blay ter aprendido discrição.

— Inigo gostava dela? — perguntou Strike, e Josh ergueu os olhos, surpreso.

— Eu não estava presztes a dizer "Inigo é Anomia" — respondeu ele, chegando perto de sorrir. — Eu ia dizer "eule é um merda com Flavia".

— É, nós testemunhamos um pouco disso — disse Strike, satisfeito simplesmente por manter Josh envolvido. — Por que isso, na sua opinião?

— Acho que ela não szatiszfaz szeu ego, diferente de Gusz.

— O quanto Inigo é fiel, na sua opinião? — perguntou Strike.

— O quê?

— Você me ouviu — disse Strike. — Se Inigo tem uma amante, essa pessoa é de interesse desta investigação. Ela podia saber detalhes sobre o desenho animado e Edie, através dele.

— Euuu... merda... Vocêsz szabem sobre szua namorada, então? — perguntou Josh.

— Conte o que *você* sabe, e podemos ver se já sabíamos disso.

— Eu esztou tentano... tentano virar uma nova página — disse Josh. — Manter a boca fechada. Não quero causzar maisz nenhum problema.

— Você não está causando nenhum problema. Você está nos ajudando a descartar pessoas — afirmou Strike. — Como você soube sobre o caso?

Josh hesitou, então disse:

— Katya me contou. Ela estava fazendo aulas no North Groove havia algunsz meszesz, e, de repente, Inigo começou a fazer com que osz doisz filhosz fossem para asz aulasz também. Pagra tirá-losz de casa. Eule esztava tendo um caszo com alguém que conheceu na internet... a mulher ia à casa deule toda noite de quinta-feira.

— Pobre Katya — disse Robin em voz baixa.

— É... Flavia deszcobriu o que esztava acontecendo. Eules voltaram para casa uma noite, e Flavia percebeu batom em um copo de vinho no eszcorredor, e Katya nunca usa maquiagem. Eule ainda esztava molhado, porque Inigo o lavou. Acho que é por isszo que Inigo é tão escroto com Flavia, porque eula o entregou. Eule não lhe perdoou. Masz essze caszo não esztá mais acontecendo, esztá? Isso foi trêsz, quatro anosz atrász, acho. Eule disse à Katya que tinha terminado tudo.

— O que você sabe sobre essa outra mulher?

— Eula era casada, e szeu nome era... Mary, eu acho. Katya meio que... eula abriu o coração comigo — disse Josh, parecendo levemente desconfortável —, e acho que Inigo szabe que eu szei, e isszo é parte da razão de eule n gosztar de mim... Eu não entendo por que Katya ainda esztá com ele, para ser honeszto. Inigo tem dinheiro. Eula provavelmente conseguiria um bom acordo de divórcio, masz acho que eula é meio oprimida... Não diga a Katya que eu contei a vocês.

— Não iremos — retrucou Strike. — Mas talvez precisemos ter uma conversa discreta com Inigo. Não se preocupe. Ele não precisa saber onde conseguimos a informação.

— Canalha dissimulado — disse Josh. — E eule é filho de um biszpo...

Mas o clima de interesse e leve divertimento partiu tão depressa quanto chegara.

— Imagino que eu szeja a porra de um hipócrita por chamá-lo de disszimulado quando eu também dei minhasz escapadasz.

— Kea Niven? — perguntou Strike sem rodeios. — Imagino que você saiba que há uma teoria circulando de que *ela é* Anomia — acrescentou ele, sem mencionar que a originadora da teoria estava sentada ao seu lado.

— Sei, há pessoasz na internet que achavam que era ela — disse Josh com tranquilidade. — Eu também me perguntei isszo, masz não pode szer ela. Por muito tempo, quando Edie e eu estávamos juntosz, quando Kea não podia szaber nada sobre Ed ou o desenho animado, Anomia parecia szaber tudo.

— Kea visitava o North Grove, não visitava? — perguntou Robin.

— É, logo que me mudei, porque ainda esztávamos juntosz. Eula não queria que eu ficasse. Acho que eula sze szentia ameaçada por toda aquela cena artística, e não gosztava que Edie fosse, tipo... uma eszpécie de, bem, a garota que todo mundo desejava.

— Quem desejava Edie especificamente? — disse Strike, com a caneta pronta.

— Bom, Pez — respondeu Josh. — Eu cosztumava penszar que Nilsz também a deszejava um pouco. E eu. Kea szabia disso, masz era maisz fácil para ela criticar o lugar como um todo.

"Eu ferrei completamente com tudo", disse Josh, agora olhando fixamente para o chão. "Ed sempre dizia que eu nunca queria aborrecer ninguém, mas, sze você vai aborrecer asz pessoasz, é melhor contar isso imediatamente para eulasz em vez de mentir... Eu devia ter largado Kea, masz mantive o relacionamento maisz um pouco porque... porque szou a porra de um covarde, eu acho... Vocêsz a conheceram?"

— Conhecemos — respondeu Strike.

— Eula contou a vocêsz que começamosz a namorar outra vez por um tempo? Depoisz que eu e Edie nosz separamosz?

— Contou, sim — respondeu Strike.

— Isso foi muito esztúpido — disse Josh em voz baixa. — *Muito* esztúpido. Eu não szabia com o que esztava brincando. Eula meio que... me perszeguiu depoisz da primeira vez em que nos szeparamosz, então eu szabia como eula era. O que eu esztava fazendo ao voltar com ela? Uma noite, entrei nesse bar em Camden e szoube que não era coincidência eula esztar ali, mas eu estava bêbado, arrasado por ter terminado com Ed e... bom, ela é gosztosa.

— Todos já passamos por isso — disse Strike quando uma lembrança de Annabel tremeluziu em sua mente. Nenhum dos homens percebeu o leve levantar de sobrancelhas de Robin.

— Eula esztava ainda pior na szegunda vez. Ciumenta para cacete, e não parava de me dizer que sze eu a deixasse outra vez eula ia sze matar. Então houve cinco ou seisz mesesz de tentativasz de manter isso escondido, porque eu não queria que Edie szoubesse. Eu szabia que Edie ia achar que era... você szabe... a maior traição, ou szeja lá o que, dormir novamente com Kea, depois de todasz as bobagensz que eula tinha falado szobre ter szido roubada por Edie.

— Kea diz que você confirmou algumas dessas acusações quando começou a sair com ela outra vez.

— Nunca — disse Josh, olhando Strike nos olhos. — O máximo que contei a eula foi que não szabia que pesgasz podiam falar antesz que eula me contasse. Todo reszto era, tipo: "*Jure sobre túmulo de szua mãe que nunca contou a Edie Ledwell szobre o coração de Margaret Read.*" E eu disse: "Não juro szobre o túmulo de minha mãe, masz não contei." Eula tinha a porra da mania de me fazer jurar sobre o túmulo de minha mãe. Quando nosz conhecemosz, era algo que tínhamosz em comum, termos perdido um pai... Eula me eszcreveu todasz aquelasz cartasz deszde que isszo aconteceu. Contando que esztava se autoflagelando e coisasz assszim... Que merda eula eszpera que eu faça agora em relação a isszo?

"Quando Ed descobriu que eu esztava vendo Kea outra vez, tudo ficou uma merda entre nósz. Não podíamosz converszar szem um dizer o quão filho da mãe o outro era...

"Então, enquanto esztava tentando deszcobrir como terminar com Kea szem que eula se matasse, Ed teve uma overdose", disse Josh, com os olhos desfocados, encarando fixamente o chão. "Eula me ligou enquanto ainda esztava tomando paracetamol com uísque. Disse que ia viajar por algum tempo e... e queria me passar o número do pin de szeu celular, porque tinha deixado algumasz ideiasz nele. A voz deula estava arrastada... eu sabia que eula devia ter tomado alguma coisa."

— Ela queria contar a você que havia ideias em seu celular, mesmo enquanto estava tendo uma overdose? — perguntou Strike.

— Queria, szim — disse Josh. Ele não parecia achar nada de estranho no comportamento. — Vocêsz não conheciam Ed. *O coração de nanquim*... szignificava tudo para eula, pelo menosz na época. Acho que no fim, eula estava farta deule... masz, quando isszo aconteceu, não teria conseguido szuportar que ferrássemosz com tudo depoisz que eula sze fosse. Eula provavelmente achava que, sze não me dissessze onde encontrar suasz ideiasz, eu me juntaria com Kea para continuar a escrevê-lo...

Ele ficou em silêncio, olhando fixamente para o chão outra vez, então continuou:

— Fui tentar vê-la no hoszpital depoisz de sua overdosze, e Ormond esztava lá, vigiando seu quarto. Vocêsz o conheceram?

— Conhecemos, sim.

— Eule me disse que Ed não queria me ver, e asz coisasz ficaram um pouco, vocês sabem, fisicasz. Um enfermeiro nos szeparou e me pediu para ir embora.

"Nessza noite, tive a ideia em minha cabeça de que *Ormond* era Anomia. Eu esztava chapado", disse Josh pesadamente. "Na hora, fez szentido. Eu achava que, talvez, Ormond esztivesse perseguindo Ed para fazer com que ela penszasse que preciszava de alguém como eule, você szabe, um ex-policial com um Ford Fiesta, e depoiz que eule a fragilizou, começou a aparecer no North Grove para tentar fiszgá-la... Masz, no dia szeguinte, quando eu esztava careta outra vez, percebi que isszo era bobagem... Onde Ormond teria conszeguido szua informação por todosz aquelesz mesesz antes szem szequer nosz conhecer?

"Nós cosztumávamosz chamá-lo de o geógrafo", prosseguiu Josh, "porque é o tipo de babaca que acha que szer capaz de ler um mapa é uma... uma enorme conquiszta humana. Nósz szó deszcobrimosz que eule lecionava computação quando nos pediu para darmosz uma palesztra para szua turma. Eu nunca entendi o que eule esztava fazendo no North Grove... eule é do tipo que goszta de fazer as coisasz com asz própriasz mãosz, szabe? Szó queria szoldar coisasz."

— Conte-me sobre seu apartamento em Millfield Lane — disse Strike. — Kea alguma vez teve a chave dele?

— Não — respondeu Josh. — Por quê?

— A polícia contou a você que o celular de Edie saiu do cemitério depois que vocês dois foram esfaqueados e terminou em Hampstead Heath, muito perto de seu apartamento?

— Não — disse Josh, parecendo vagamente surpreso.

— Alguém além de você tem a chave do lugar?

— Osz pedreirosz tinham a única cópia extra.

— Você estava com sua chave quando foi atacado?

— Não. Como disse, fui atacado levando apenasz meu telefone. A chave ainda deve esztar no meu quarto no North Grove, provavelmente.

— Está bem, isso é útil — disse Strike, tomando nota. — Agora, quando exatamente você terminou com Kea pela segunda vez?

— Depoisz da overdosze de Ed. Eu disse à Kea que preciszava de um tempo para limpar a cabeça. Eu *implorei* a ela que não disszessze na internet que tínhamosz namorado outra vez... Eu szabia que todosz os fãsz iam dizer que eu voltar com ela comprovava szua hisztória... eu szou um babaca — disse Blay amargamente. — Não szou? Por que caralhosz fiz tudo aquilo? Por que voltei a namorar Kea? Por que acreditei naquela merda que Yaszmin me mosztrou?

— Todos temos coisas das quais nos arrependemos — disse Strike. — Todos nós.

— Szuas coisasz não mataram ninguém — disse Josh.

— Nem as suas — disse Strike.

— Mataram, szim — afirmou Josh, a cor surgindo em seu rosto magro. — Eu nunca bloqueei Anomia, nunca defendi Ed, deixei que tudo acontecessze porque szou fraco para cacete. Eu szou *fraco* — disse com dentes cerrados.

— Não queria aturar asz merdasz dosz fãsz. Não queria ouvir o conszelho de ninguém, além do de Katya, porque eula me diz o que quero eszcutar. Szou como a porra do Bram, szó que não ateio fogo em pessoasz nem atiro pedrasz nelasz. Eu causo danosz maioresz ao tentar ter uma vida fácil...

"Eu não devia esztar vivo agora. Era eu que merecia morrer e fui eu quem esztava usando um casaco que impediu que a faca penetrassze tão fundo em meu peszcoço quanto deveria. E eu tenho uma coisa chamada *situsz inversusz*. Todosz osz meusz órgãosz são invertidosz, como uma imagem no eszpelho. Meu coração é do lado direito. Anomia achou que esztava me eszfaqueando no coração, masz em vez disszo perfurou meu pulmão. Eu nunca soube que era do jeito errado por dentro, nunca tinha preciszado fazer um raio-X antesz de tudo isso acontecer. *Situsz inversusz*... é o tipo de coisa bizarra da qual Edie teria gosztado mui..."

Robin sentiu que devia saber que aquilo estava por vir. Josh irrompeu em lágrimas. Seu nariz escorreu, sua cabeça se curvou, mas ele não podia cobrir os olhos com as mãos nem dobrar o corpo: seu corpo permanecia imóvel como um modelo de cera.

Strike se levantou, foi até o armário de cabeceira e apanhou ali uma caixa de lenços de papel. Ao voltar para sua cadeira, tirou um punhado de lenços de dentro da caixa.

— Não — arquejou Josh.

— Você pode se afogar em catarro se quiser — disse Strike —, mas se você quer nos ajudar a encontrar esse filho da mãe...

— Posso? — perguntou Robin, incapaz de se conter.

— Não — engasgou Josh. — Esztá bem — soluçou ele, e Strike limpou o rosto e o nariz de Josh de forma pragmática, como se estivesse limpando um para-brisa, jogou os lenços úmidos na lata de lixo, então se sentou novamente, botando os lenços de papel na bandeja à frente de Josh.

"Ed esztá morta por minha culpa", choramingou ele. "É tudo minha culpa, merda."

— É culpa do filho da puta que esfaqueou vocês dois — disse Strike com firmeza. — Não faça isso consigo mesmo. Você não fez com que isso acontecesse.

— Tudo... tudo o que eu quero agora é viver o szuficiente para ver a porra do Anomia szer apanhado e preszo. Depois disszo... vou embora.

— Não vai não — disse Strike com calma.

— Não me diga o que vou ou não vou fazer — retrucou Josh com brusquidão. — Você ainda conszegue andar!

— E você ainda pode pensar e falar. Em seis meses, você pode ter recuperado outras funções. Um ano depois disso, eles podem encontrar um jeito de emendar sua medula. Eles estão fazendo progresso nessas coisas o tempo inteiro. Células-tronco, chips implantados.

— E enquanto isszo...

— É, bem, essa é a parte difícil, não é? Aceitar o presente. Você tem que parar um pouco de pensar em longo prazo.

— Sze você vai me fazer um discurszo szobre a porra de *mindfulnessz* — disse Josh —, eu já tenho o szuficiente disszo com o psziquiatra. Viver a *porra* do momento. Eu não quero viver asszim. Eu não quero viver. Eu não *mereço*.

— Você não causou as facadas — disse Strike vigorosamente. — Outro ser humano comprou um taser, um facão e, desconfio muito, um disfarce, com a intenção de acabar com duas vidas. Se você precisa de razão para seguir em frente agora, deve se agarrar ao fato de que vai ser a grande testemunha no julgamento do filho da puta, e se precisar de uma razão para viver além disso, deve se lembrar de que foi para você que Edie ligou quando achou estar diante da morte, porque ela ainda confiava em você com aquilo que importava para ela mais do que qualquer outra coisa.

— Eu não dou a mínima para aquela *porra* de deszenho animado — disse Josh, começando a chorar outra vez.

— Bom, você devia — falou Robin em voz baixa. — Recentemente conheci uma fã cuja vida foi salva pelo *Coração de nanquim*, literalmente. Ela me contou que decidiu continuar a viver só para continuar assistindo. O que você e Edie fizeram foi extraordinário. Cormoran está certo: você é o único, agora, que pode fazer o que Edie ia querer que fosse feito. Ela não ia querer que você fosse embora. Ela ia querer que fizesse o que só você pode fazer.

— O filho da puta levou o telefone deula — disse Josh, as lágrimas escorrendo mais rápido que nunca. — É lá que esztão todas as szuasz ideiasz.

— Deixe que nós nos preocupemos em achar esse telefone — retrucou Strike, pegando mais lenços de papel da caixa e novamente enxugando o rosto de Blay. — Assoe o nariz e beba um pouco de água.

Josh deixou que Strike limpasse seu rosto e permitiu que Robin posicionasse o canudo em sua boca. Quando Josh terminou de beber e Strike jogou fora o segundo lote de lenços de papel úmidos, o detetive disse:

— Quero saber quem estava ciente de que você e Edie iam se encontrar no cemitério naquele dia.

— Szó Mariam — repondeu Josh com voz rouca. — Eu esztava conver-szando com eula enquanto eula esztava cozinhando quando Edie me ligou. Mariam achou que era uma boa ideia nósz nosz encontrarmosz para reszolver asz coiszasz. Masz Marian *nunca* ia...

— Alguém podia estar ouvindo vocês?

— Não szei... talvez.Tem uma deszpensa grande junto da cozinha, mas não ouvi ninguém lá dentro.

— Quem mais estava morando no North Grove na época?

— Nilsz e Bram.

—Você imagina que Mariam teria contado a Nils que você ia se encontrar com Edie?

— Szim.

— Fale sobre Nils.

— Ele é... um pouco louco — disse Josh. — Excêntrico.Você nunca szabe o que eule vai penszar das coisasz. Eule é rico. O pai deule era um industrial multimilionário, e Nilsz herdou tudo. Eule szempre quisz viver do jeito que vive: fazer arte, viver em uma comunidade, poliamor; eule e Mariam têm um relacionamento aberto. Nilsz às vezes dorme com Freyja, outra mulher no North Grove. O parceiro deula não parece ver problema nisso.

—Você disse antes que Nils desejava Edie.

— É, eu acho que desejava, masz nunca chegou a lugar nenhum com eula.

— Ela gostava dele?

— No fim, não muito — disse Josh. — Eule é uma espécie de libertário... votou naquele filho da puta maluco do Ian Peach para prefeito de Londresz.

Strike e Robin evitaram olhar um para o outro.

— Como são as habilidades de Nils com computadores? — perguntou Strike.

— Boasz — disse Josh. — O engraçado é que eule provavelmente szeria muito bom na área de tecnologia, masz tudo o que quer é szer um artiszta. Masz Nilsz não pode szer Anomia. Por que faria isszo conoszco? Com Edie?

— Estamos só falando sobre pessoas que podiam saber que vocês iam se encontrar no cemitério — disse Strike. — Então Mariam, Nils e Bram. Quem mais estava por lá?

— Freyja, Al e Sztar não esztavam, tinham ido visitar amigosz... Imagino que Pez esztava lá — disse Josh, e sua expressão se fechou. — Eule veio me ver na szemana passzada. Fiquei szatiszfeito em vê-lo, szempre gosztei de Pez. Masz meio que tive a impresszão que ele não esztava aqui para... Bom, eule dissze diretamente o que queria: que eu arranjassze um trabalho para eule no filme. Então... é — acrescentou Josh, engolindo em seco. — Isszo foi esztranho. Eule falou szobre szer capaz de imitar meu esztilo artísztico e tal...

— Pez podia estar na despensa enquanto você estava conversando com Mariam? — perguntou Strike. — Perto da porta da cozinha? Perto da janela?

— Acho que szim — respondeu Josh. — Mas Pez não pode szer Anomia, de jeito nenhum...

— Nós ainda estamos só falando de pessoas que podiam saber que vocês iam se encontrar no cemitério — disse Strike. — Quem mais?

— Bom — disse Josh lentamente —, a coisa no North Grove é que... asz pesszoasz szimplesmente entram e szaem o tempo todo. Alunosz, pesszoasz visitando a oficina... Ah — lembrou ele repentinamente —, atualmente tem uma garota que ajuda por lá. Zoe. Uma coiszinha miúda com tatuagensz em todo o braço. Imagino que eula pudessze estar de bobeira ali perto...

Enquanto Strike estava escrevendo o nome como se fosse novo para ele, Robin disse:

— Josh, em relação ao North Grove, e às pessoas entrando e saindo... você saberia alguma coisa sobre um desenho que foi roubado?

— Você está falando de *meu* desenho? — perguntou Josh, parecendo surpreso. — Do vampiro? Kea contou a você?

— Contou — respondeu Robin. Na verdade, não era mentira: ela tinha acabado de saber do roubo na carta de Kea.

— É... isszo foi quando a Maverick queria que criásszemos maisz perszonagensz para o filme. Eu quisz incluir o vampiro. As pesszoas achavam que havia um vampiro no cemitério verdadeiro nos anosz 1970. Edie achou que era brega ter um vampiro, masz eu o desenhei para que eula pudesse ver o que eu estava pensando. Eu queria que fosse um vampiro inepto, tipo tentando matar turisztasz, masz nunca conszeguindo szangue szuficiente para viver, por isszo eule era, tipo, fraco e frágil...

— Você fez anotações no desenho sobre como você via o personagem?

— Fiz — respondeu Josh. — No verszo do desenho. Masz deixei o desenho no térreo, em uma dasz salasz de arte, e ele deszapareceu.

— Quando foi isso? — perguntou Robin.

— Não conszigo me lembrar com exatidão. Em algum momento do ano passzado. Foi quando eu e Kea esztávamosz namorando pela szegunda vez. Eu contei a eula porque esztava puto que alguém o tivessze pegado. Eule desapareceu uma noite quando havia aulasz, então pode ter szido qualquer um... um aluno, alguém que esztivessze lá para buscar uma pesszoa... é meio caótico quando há muitasz aulasz acontecendo, com gente entrando e szaindo. Eu devia ter levado o desenho para cima.

— Está bem, obrigada — disse Robin, fazendo uma anotação. — Enquanto estamos no tema dos personagens novos, Edie contou a você sobre os dois que estava planejando? Phillip Ormond diz que ela contou a ele tudo sobre eles em detalhes.

— Eula me contou que tinha tido algumasz ideiasz, masz nunca disse o que eram. Eula nunca gosztava de falar sobre asz coisasz até penszar bem nelasz em szua cabeça. Masz talvez fossze diferente com Ormond. Era de sze pensar que eule fossze *me* contar, sze quiszessze ver asz coisasz deula na tela... szó que eule me odeia, então não faria isszo.

*E ele não pode ganhar dinheiro com elas se entregá-las a você*, pensou Robin.

— Então você deixou o North Grove no escuro na noite anterior às facadas — recomeçou Strike —, sem dinheiro, mas com o celular e o dossiê que Yasmin tinha entregado a você?

— Foi.

— E quando saiu, você ligou para...

— Kea — disse Josh, arrasado. — É. Por acidente. Eu esztava bêbado, e o nome deula fica bem abaixo do de Katya no meu celular. Eu dissze a eula que ia me encontrar com Edie no dia szeguinte no cemitério e que preciszava de uma cama aquela noite, então Kea começou a berrar no meu ouvido, e percebi que esztava falando com ela, não com Katya...

— Tem certeza de que contou para Kea onde vocês iam se encontrar? — perguntou Robin.

— Tenho, porque foi isszo que a deixou completamente louca — disse Josh. — Eu ligar para eula e contar detalhesz de meu "encontro" com Edie. Sabe, quando namoramosz pela primeira vez, Kea e eu fomosz em uma desszasz visitasz guiadasz na parte velha do cemitério. Essze foi o ponto de atrito, eu ir lá com Edie depoisz e falar szobre isszo nasz entrevisztasz...

— Alguém pode ter escutado sua ligação acidental para Kea? — perguntou Strike. — Você consegue se lembrar de alguém por perto na rua? Alguém o seguiu ou passou por você?

— Não, disszo eu me lembro — respondeu Blay. — Eu não notei ninguém... mas esztava bem bêbado.

— Você falou com mais alguém no caminho até a casa de Katya, no telefone ou em pessoa?

— Não — respondeu Josh.

— Você contou que acordou Inigo quando entrou na casa dos Upcott. Você contou a ele o que ia fazer no dia seguinte?

— Não, eule esztava realmente puto por eu esztar lá. Fui direto para a cama no quarto extra.

— E na manhã seguinte?

— Diszcuti tudo isszo com Katya. Eu mosztrei a ela o dossziê.

— Inigo estava em posição de ouvir o que vocês estavam falando?

— Não. Ele esztava no andar de cima — respondeu Josh. — Katya e eu esztávamosz no térreo, na cozinha.

— Quem mais estava em casa?

— Flavia esztava na eszcola, e Gusz esztava em szeu quarto.

— Gus pode ter ouvido o que vocês falavam?

— Não. A porta dele esztava fechada. Nósz podíamosz ouvi-lo enszaiar.

— Você falou com mais alguém antes de deixar a casa dos Upcott?

— Não — disse Josh. — Eu não falei com maisz ninguém. — Ele ficou bem pálido, de modo que a cor desapareceu até de seus lábios, e o roxo em torno de seus olhos pareceu mais escuro. — Até acordar no hospital com a cabeça raszpada.

— Você consegue nos contar do que se lembra do ataque? — perguntou Strike.

Josh tornou a engolir em seco.

— Eu esztava atrasado. Esztava correndo porque achava que Edie pudessze ter ido embora. Eula szempre ficava puta comigo por eu esztar atrasado para tudo.

Ele tentou dizer mais alguma coisa, mas não emitiu som. Depois de limpar a garganta, ele continuou:

— Eu esztava me dirigindo para o lugar onde íamosz nosz encontrar. Foi onde ficamosz doidõesz no dia em que eula teve a ideia para o desenho animado.

— Onde exatamente é isso?

— Em uma área de túmulosz aonde você não deve ir. Fica fora do caminho, e algunsz túmulosz esztão insztáveisz. Perto de uma szepultura da qual Edie sempre tinha gosztado. Ela tem um pelicano em cima. Atrász dela. Não era posszível nosz ver dosz doisz ladosz dasz trilhasz. Há uma eszpécie de depresszão.

— Você passou por alguém no caminho?

— Um szujeito grande debruçado szobre um túmulo. Ele devia trabalhar lá. Eu esztava atraszado e andando apresszado. Então ouvi passzosz correndo atrász de mim.

— Que tipo de passos?

— Rápidosz. Não muito levesz, masz levesz demais para szerem do homem por quem tinha acabado de passzar, debruçado sobre o túmulo. A polícia me perguntou isszo. O cara que vi era grande. Pesado.

"Então szenti algo como... foi como um cavalo me eszcoiceando nasz cosztasz. Caí de cara no chão. Então ele enfiou a faca nasz minhasz cosztasz e no meu peszcoço. Foi uma agonia como... você não pode... aí eule pegou o celular no meu bolszo e a paszta com... a paszta que eu tinha levado comigo, então disse aquela coisa szobre "Eu vou cuidar dasz coisasz a partir daqui", e szaiu correndo.

"Não conszigo me lembrar de nada depoisz disszo até acordar no hospital. Não conszigo me lembrar do cara me encontrando no cemitério nem da ambulância nem nada. Acordei com todo o meu cabelo raszpado e... e dessze jeito."

A porta tornou a se abrir, revelando Katya, Flavia e uma enfermeira loura e pequena.

— Desculpe, mas o tempo de visita acabou — disse a enfermeira.

— Está bem — disse Strike. — Posso fazer mais uma pergunta, e aí terminamos?

— Só uma — disse ela e saiu, levando Katya e Flavia consigo. Strike esperou até que a porta se fechasse antes de se voltar novamente para Blay.— O cara grande curvado sobre o túmulo por quem você passou enquanto se dirigia ao anjo adormecido. Ele era careca?

Josh abriu a boca, com olhos desfocados, rememorando a última vez em que pôde se movimentar livremente em seu corpo jovem e saudável.

— Eu... eu acho que era. É... é, era sim.

— Você foi de muita ajuda, Josh — disse Strike, fechando o caderno e se levantando. — Vamos mantê-lo informado dos desenvolvimentos.

— Como você szabia que ele era careca?

— Eu não sabia — disse Strike. — Mas eu acho que há uma boa chance de que a cabeça calva fosse uma máscara de látex, e o corpo que você achou grande e musculoso, um traje acolchoado. Isso explica por que os passos não soaram tão pesados quanto você imaginaria de um homem daquele tamanho.

— Aquele era Anomia? — perguntou Josh, olhando para o detetive.

— É — disse Strike. — Eu acho que era.

# 64

*... ele estava grato por ter um ouvido*
*No qual pudesse resmungar, e meio brincando*
*Ataca o implícito, reprova o destino de herdeiros,*
*E a má sorte de uma boa propriedade...*

Jean Ingelow
*Brothers, and a Sermon*

Robin achou muito difícil se esquecer da imagem do Josh paralítico chorando em seu quarto de hospital superaquecido, diante de um copo de água gelada que não podia erguer. Os pensamentos dela viajaram repetidamente de volta ao jovem na cadeira de rodas durante os dias seguintes, se perguntando como ele estava, qual a possibilidade de ele recuperar mesmo uma pequena quantidade de sensação e movimento, e quando, ou se, era razoável esperar que fosse capaz de se reconciliar com uma vida na qual tinha sido jogado de forma tão traumática.

Ela também pensou em Strike, porque tinha visto um lado anteriormente desconhecido de seu sócio no hospital. Ele frequentemente deixava que ela tomasse a iniciativa quando era necessária empatia para lidar com suspeitos e funcionários. Sua tendência a empurrar para Robin o que ela às vezes o ouvira chamar de coisas "delicadas e sensíveis" tinha sido o gatilho de sua maior discussão até então, na qual, entre outras coisas, o assunto das flores tinha sido levantado. Antes da entrevista com Blay, ela teria imaginado que, se houvesse um nariz que precisasse ser assoado ou um rosto que precisasse ser seco, Strike teria esperado que ela fizesse isso: na verdade, quando as lágrimas finalmente irromperam de Josh, Robin de algum modo achou que era seu trabalho fazer isso, como a única mulher no quarto, uma ideia talvez implantada pela imagem da equipe de enfermagem predominantemente feminina pela qual eles passaram enquanto andavam pelo hospital. Entretanto, Strike tomara a iniciativa, agindo com uma eficiência masculina contida e precisa que Blay se sentira capaz de aceitar.

Robin logo ficou com raiva de si mesma por ficar pensando nessa demonstração inesperada de empatia: não era assim que você deixava de amar, e ela mais uma vez empregou medidas confiáveis e irritantes para conter esse sentimento, como se lembrar da nova namorada de Strike e de seu envolvimento mal definido no caso do divórcio de sua ex-noiva.

As lembranças de Strike da ida deles ao hospital também estavam entremeadas com pensamentos em Robin, embora eles assumissem um rumo menos sentimental. Não pela primeira vez, ele se impressionou com o fato de que a mulher que fora até ele como uma secretária temporária tinha se revelado o maior ativo da agência. Recuperar a carta da lata de lixo, digerir rapidamente seu conteúdo, reconhecendo que havia ali um detalhe que precisava ser esclarecido com Josh e fazer isso sem nenhum estardalhaço podia não ser a obra mais vistosa no trabalho de detetive que Robin fizera até então, mas o incidente foi para Strike um exemplo perfeito do tipo de iniciativa com o qual passara a contar por parte da sócia. Se havia uma coisa que o fizesse valorizar ainda mais essa qualidade rara e valiosa, essa coisa era a presença contínua e cansativa de Nutley, cujos elogios a si mesmo por seu desempenho medíocre faziam um forte contraste com a diligência despretensiosa de Robin.

Josh Blay estava longe de ser o primeiro jovem que o ex-oficial da brigada de infantaria conhecia que tinha sido mutilado pelo ato violento de outro ser humano. Na verdade, ele desconfiava que, se tivesse conhecido Blay inteiro e saudável, podia tê-lo achado desagradável. Strike reconhecia ter preconceito com certos estilos de vida e mentalidades, por causa de sua exposição precoce e infeliz ao tipo de vida tão sem limites e averso às convenções que era abraçado com tanto entusiasmo no North Grove. Seus próprios hábitos de autodisciplina e sua preferência por limpeza e ordem em vez de sordidez e caos tinham sido forjados em grande parte em reação ao estilo de vida de sua mãe. Strike passara horas demais de sua juventude suportando o tédio dos perenemente chapados para encontrar prazer ou empolgação na névoa de bebidas, drogas e rock que tinham sido o habitat natural de Leda. O Josh Blay drogado, bêbado, de cabelo comprido e bonito teria sido exatamente o tipo de homem que Leda achava mais atraente; outra razão para a antipatia natural de Strike pelo tipo.

Entretanto, para sua própria surpresa, Strike encontrou um motivo para admiração no jovem que conhecera na unidade de medula espinhal. O remorso de Blay era baseado em uma avaliação fria de seu próprio comportamento passado, o que tinha impressionado o detetive. Ninguém podia ser culpado por sentir autopiedade em uma situação como a de Blay, mas Strike ficara impressionado pelo fato de que, aparentemente, a maior parte de sua dor era pela morte de sua ex-namorada e colaboradora. O detetive, que às vezes ainda era visitado em seus sonhos pelo torso decepado do sargento Gary Topley, que fora rasgado em dois pela explosão que levou a perna de Strike, entendia a culpa do sobrevivente e a vergonha que se introduzia nos pensamentos mais sombrios dos que escapavam da morte, por mais avariados que seus próprios corpos estivessem. Talvez o mais surpreendente, porque a investigação até então tivera a tendência de sugerir que Blay tinha sido apenas um complemento na parceria que gerara *O coração de nanquim*, foi que Strike achara Blay astuto e inteligente em alguns de seus comentários para os detetives. Ele sentia que nenhuma entrevista anterior o fizera avançar tanto no entendimento da psicologia de Anomia, e os próprios pensamentos do animador tinham sido tão valiosos quanto a visão daquelas mensagens em privado.

Foi com esse estado de espírito, com o cheiro de desinfetante hospitalar ainda metaforicamente em suas narinas, que Strike foi para seu jantar cedo com Grant Ledwell na noite de quarta-feira, escolhendo pegar o transporte público até Docklands em vez de dirigir, levando em conta o estado ainda vulnerável de seu tendão.

O restaurante escolhido por Ledwell, The Gun, ficava às margens do Tâmisa. O letreiro na fachada tinha um falso buraco de bala do tamanho de uma toranja, e a decoração no interior era tradicional. Strike, que parecia ser o primeiro cliente da noite, foi conduzido, passando por uma parede decorada com armas de fogo esportivas, até uma sala vazia, exceto por ele, e se sentou a uma mesa para dois que dava para uma vista limpa do Millennium Dome, a estrutura branca e curvada como uma tenda visível na margem oposta.

Assim como Robin fizera em Colchester, Strike teve tempo para refletir sobre o que a escolha daquele local em particular dizia sobre o homem com quem estava prestes a se encontrar. Tirando o fato de que Grant quisera que o detetive fosse até Docklands, onde ficava seu local de trabalho, a sede da Shell, em vez de se encontrar com Strike na área central de Londres, o que teria sido muito mais conveniente para Strike, o gastropub elegante exalava, com seus cardápios com capa de couro e suas espingardas, uma espécie de masculinidade inglesa idealizada.

Sentindo que não estava, estritamente falando, de serviço, Strike pediu uma cerveja, que tinha acabado de chegar quando seu celular tocou. Ele meio que esperava que fosse Grant, anunciando que ia se atrasar, consolidando assim seu jogo de poder, mas viu que a ligação chegara através do escritório, do qual Pat, nesse momento, já teria partido.

— Strike.

— Ah — disse uma voz masculina desconhecida, parecendo surpresa. — Eu, hã, não esperava que ninguém fosse atender. Eu só queria deixar uma mensagem para Robin.

— Eu posso receber — disse Strike, pegando uma caneta no bolso do peito.

— Hã... Está bem. Se você puder pedir a ela para ligar para Hugh Jacks, isso seria ótimo. Não tenho certeza se minhas mensagens anteriores foram entregues.

— Ela tem seu telefone? — perguntou Strike.

— Hã, tem, tem sim. Então, é, se você pudesse pedir a ela para me ligar. Hã... obrigado, então. Até logo.

Ele desligou.

Strike baixou o telefone, franzindo levemente o cenho. Ele supusera que Hugh "Jegue" Jacks tinha entrado e saído da vida de Robin sem deixar nenhuma impressão. Então a detetive tinha o telefone do homem, mas não estava retornando suas mensagens. O que isso significava? Jacks a estava aborrecendo, querendo marcar um encontro? Ou Robin estava se recusando a atender ligações para seu celular porque eles tinham discutido, forçando o homem a deixar uma mensagem de voz em seu local de trabalho?

— Eu não estou atrasado, estou?

Strike ergueu os olhos. Grant Ledwell tinha chegado, vestindo um terno cinza e uma gravata lilás, e parecendo, como tinha acontecido na última vez em que tinham se encontrado, um buldogue com uma coleira apertada demais, com seu cabelo cortado eriçado, sobrancelhas baixas e queixo prógnato.

— Não, bem na hora — disse Strike, botando o celular novamente no bolso.

Fosse por ter se esquecido de que Strike era maior que ele, ou por alguma outra razão, a agressividade demonstrada durante sua ligação telefônica não estava tão evidente pessoalmente. Depois de apertar a mão de Strike e de se instalar na cadeira do outro lado da mesa, Grant disse com aspereza:

— Foi gentileza sua se encontrar comigo. Eu agradeço.

— Sem problema — disse Strike.

— Eu, ah... peço desculpas se fui... hã... pouco amistoso quando liguei para você. Nós, hum, temos passado por muita coisa desde a última vez que o vi.

— Lamento ouvir isso — disse Strike, e com esforço tirou Hugh Jacks da cabeça.

— É... isso tem aborrecido Heather. Todas as coisas na internet... Eu digo a ela para não ver o que os filhos da mãe estão dizendo, mas ela sempre faz isso, então fica histérica. Você é casado?

— Não — respondeu Strike.

— Filhos?

— Não — repetiu Strike.

— Bom, mulheres grávidas... — Grant limpou a garganta. — Ela imagina o tempo todo que alguém irá machucar ela e as garotas. Eu disse a ela que eles são só um bando de covardes, se escondendo por trás dos teclados, mas... — Grant tamborilou os dedos grossos com impaciência no tampo da mesa. — Uma bebida ia cair bem.

Ele chamou um garçom e pediu uma taça de vinho tinto. Quando o garçom se afastou outra vez, Grant disse:

— Você viu o que Anomia tuitou no sábado à noite? Sobre a Maverick querer transformar Cori em humano? Estou começando a achar que Elgar e Yeoman deviam dar outra olhada nas pessoas em seus escritórios.

— Era verdade, então? — perguntou Strike.

— É verdade, sim — respondeu Grant. — Vamos lá. Quem vai assistir a um filme com a droga de um coração saltitando e perseguindo um fantasma?

— As pessoas gostam disso no desenho animado — observou Strike.

— Mas isso é diferente, não é? — disse com impaciência o executivo do petróleo. — Nós agora estamos falando da tela grande, um público mais mainstream. O, hã... como eles chamam isso? O roteiro... me parece bom. Para ser honesto, não consigo ver o que todas essas pessoas viram no... é engraçado, é claro — conteve-se Grant. — Muito, hã... criativo. Mas ele pode ser transformado em um filme sem algumas adaptações?

— Na verdade, eu não...

— Bom, a Maverick acha que não, e eles são profissionais.

O vinho de Grant chegou. Ele tomou um gole grande, que pareceu acalmá-lo um pouco.

— Depois que Anomia tuitou aquilo, tudo virou um caos. Passei metade da noite acordado com Heather. Ela quer fazer as malas e ir para algum lugar onde não possam nos encontrar. Um filho da mãe doente disse que espera que nosso bebê nasça morto, você acredita nisso? Eu teria convidado você a minha casa, em vez de nos encontrarmos aqui, mas ela chamou a mãe para lhe fazer companhia — falou Grant e deu outro gole no vinho antes de continuar:

— Eu disse a ela: "Muita gente ia querer ter os nossos problemas." Eu disse: "Com o dinheiro que temos em vista, se toda essa coisa correr bem, podemos nos mudar para um condomínio fechado se você quiser." Eu pedi para ver os números da venda e licenciamento de produtos assim que tomamos posse da fatia de Edie e, bem... — Ele deu um risinho. — Eu trabalho com petróleo, estou acostumado com balanços saudáveis, mas fiquei surpreso ao ver quanta receita já existe.

"Claro, tudo precisa de gestão", acrescentou depressa Grant, para que Strike não o achasse sortudo demais. "Uma coisa dessas é muito mais complicada do que as pessoas imaginam. Estou descobrindo isso. Estou pensando em auditar a Netflix para ver se estão repassando tudo. Isso ainda não foi feito. Não sei o que Allan Yeoman está fazendo por seus quinze por cento, sinceramente.

"Mas nós *temos* que descobrir quem é Anomia. Não podemos continuar com esse tipo de merda toda vez que seja preciso tomar uma decisão sobre a propriedade. Então, é. Foi por isso que telefonei para você. Para descobrir o que está acontecendo."

— Bem, nós excluímos algumas pessoas — disse Strike. — E conseguimos falar com Josh Blay no sáb...

— *Ele* só *está* interessado em tornar as coisas piores para nós — disse Grant friamente. — Vamos pedir?

Grant abriu seu cardápio e, antes que Strike pudesse perguntar como Josh estava tornando as coisas piores para os Ledwell, disse:

— Eu não queria dizer isso por telefone, mas tem mais uma coisa. Recebemos alguns telefonemas, e, na verdade, essa é uma das principais coisas que deixaram Heather com medo. Esses telefonemas estranhos. Anônimos.

Strike pegou o caderno.

— Continue.

— Eles foram feitos para meu celular. Heather atendeu da primeira vez, porque eu estava no banheiro. A voz do outro lado da linha disse a ela para desenterrar Edie.

— Isso é tudo?

— Bom, já é o bastante, não é? — respondeu Grant de forma acalorada. — Que tipo de pessoa doente...

— Quero dizer, isso foi tudo o que disseram?

— Ah, entendo... bom, não sei.

O garçom voltou. Os dois homens pediram bife com fritas. Quando o garçom saiu do alcance de suas vozes, Grant disse:

— Talvez a pessoa tenha dito mais, mas Heather gritou quando ouviu isso e, bem, ela deixou cair a droga do meu telefone. Rachou a tela — disse Grant com irritação. — Quando cheguei para ver o que a havia assustado, quem quer que fosse tinha desligado.

— Quando isso aconteceu?

— Não muito depois daquele almoço em que você foi contratado.

— A que horas do dia?

— Noite.

Strike fez uma anotação.

— E o segundo telefonema?

— Esse foi há cerca de dez dias. De noite, outra vez. O número do telefone não aparecia, mas eu atendi.

Grant bebeu mais vinho.

— Tenho quase certeza que era alguém usando uma daquelas coisas, um daqueles aplicativos que mudam a voz, sabe? A voz era grave e robótica, e... — Grant olhou ao redor e falou mais baixo — a pessoa disse "Desenterre Edie e leia a carta", então desligou. Heather acha que é Anomia. Talvez seja, mas, se for, só Deus sabe como conseguiu meu telefone.

— Seria muito difícil consegui-lo através de seu escritório?

— Bom, acho que é possível — respondeu Grant. Assim como sua mulher e a página dela no Facebook, Ledwell não parecia ter considerado a explicação mais prosaica. — Mas minha assistente não teria dado meu número para ninguém com uma voz *assim*, a de um ciborgue respirando fundo. Eles teriam que ter inventado uma história muito boa.

— Você checou com sua assistente, para ver se ela deu seu número para alguém?

— Não — disse Grant mal-humorado. — Eu raramente... eu não quero discutir esse tipo de coisa com as pessoas do trabalho. Já houve bastante curiosidade em relação a... em relação ao que aconteceu. Bom, Edie estava usando o nome da família, então as pessoas inevitavelmente conectaram os pontos...

De cenho levemente franzido, ele terminou seu vinho, dando a Strike tempo para refletir que Ledwell era o sobrenome de Edie tanto quanto de Grant.

— ... longe de ser o tipo de coisa sobre o qual eu gostaria de ver as pessoas fofocando. Não, até eu saber quanto... quero dizer, não sei o que o futuro me reserva em termos profissionais. Então não quero trazer essas coisas para o trabalho.

Grant levantou a mão para o garçom e pediu outra taça de vinho, e Strike se perguntou quanto do seu desconforto com as pessoas em seu local de trabalho saberem sobre Edie se dava ao fato de elas terem conhecimento de que ela havia passado a vida na pobreza, em lares provisórios, enquanto seu tio desfrutava de uma renda saudável em Omã.

— Você sabe quem exatamente sabia que havia cartas no caixão? — perguntou Strike.

— Não tenho ideia. Heather e eu não anunciamos isso. Foi uma aporrinhação, quero dizer, já tínhamos muita coisa para organizar, entre o funeral e a imprensa ligando para casa, sem ter de dizer ao agente funerário para não fechar ainda o maldito caixão porque aqueles dois queriam enfiar cartas dentro dele.

"Obviamente o agente funerário sabia, porque pedi a ele que a pusesse lá, mas ele tem um compromisso de confidencialidade, ou pelo menos devia ter, e a tal Upcott sabia, porque Blay ditou sua carta para ela. Ormond sabia, obviamente. *Ele* provavelmente contou a todo mundo no funeral. Eu disse a Heather que devíamos procurar as cebolas em seus bolsos, pelo jeito como estava se comportando.

"Então sim, a essa altura, qualquer número de pessoas podia saber que tinha uma carta lá dentro, mas o que quero saber é quem seria doente o bastante para ligar para os parentes de Edie e aconselhá-los a desenterrá-la, e quem está tentando sugerir que Ormond a matou. Porque a menos que estejam fazendo isso por diversão, para nos atormentar, essa é a ideia que está tentando plantar, não é? Ele não pode dizer que Blay foi o responsável porque... bem, ele não se esfaqueou no pescoço, não é?

Strike achou ter detectado na voz de Grant um traço de decepção por ele ter de dar esse crédito a Blay.

A segunda taça de vinho de Grant chegou e ele bebeu um terço dela antes de tirar o paletó e pendurá-lo nas costas da cadeira.

— Você acabou de dizer que Blay está tornando as coisas piores para vocês — falou Strike.

— Está mesmo. Ele entrou em contato com a Maverick na segunda-feira para dizer que não quer ver uma mudança em Cori. Ele disse que *Edie* não ia querer isso. É perfeitamente óbvio o que ele está tramando.

— É?

— Claro que é. Tática de barganha, não é? Ele quer mais dinheiro antes de concordar com qualquer alteração.

Strike se perguntou se o que ele e Robin tinham dito a Blay durante sua visita havia provocado o animador a sair de sua indiferença em relação ao que acontecia com *O coração de nanquim*.

— A maldita Katya Upcott deve estar encorajando-o. Mulher revoltante.

— "Revoltante"? — repetiu Strike.

— Você não precisa fazer negócios com eles. Eles têm uma ética de gatos vira-latas, aqueles dois. Eles sabem que o estúdio não vai querer ser visto indo contra os desejos de Blay enquanto ele está hospitalizado, então acham que têm a Maverick, e nós, à sua mercê. Uma publicação no Twitter do sr. Josh Blay sobre como a Maverick está destruindo sua maldita história preciosa seria o inferno, e Heather e eu entraríamos na linha de fogo outra vez. Mas posso garantir uma coisa a você: ele só vai ter uma receita maior que nós passando por cima do meu cadáver. Se você soubesse o que eu sei, concordaria que é nojento Blay estar usando Edie como instrumento de barganha.

Grant bebeu mais vinho.

— O que exatamente você sabe? — perguntou Strike.

— O quê?

— O que você sabe — repetiu Strike — que o faz pensar que é "nojento" Josh dizer que Edie não teria concordado com essas mudanças?

— Bom, eu não acho que ele dê a mínima para ela estar morta. As coisas acabaram muito bem para o sr. Blay.

— É, você disse isso na última vez em que nos encontramos — comentou Strike. Grant não era seu cliente; ele não era obrigado a tratar as opiniões do homem com respeito. — Mas não consigo ver como as coisas podem ter se acabado "muito bem" para um homem que está paralítico do pescoço para baixo.

— Bom, essa parte é... obviamente isso é uma grande infelicidade, mas veja... Blay podia ter repreendido Anomia a qualquer momento que quisesse. Parece que todo mundo ficou feliz em ver a situação se deteriorar, e agora minha família está pagando o preço. Ninguém está atacando Josh Blay, você vai perceber. Ninguém está dizendo a Blay que vai pegar ele e os seus filhos. Bom, é o que eu digo: "Se anda como um pato e grasna como um pato, é um pato." Quando as pessoas vão acordar e começar a perguntar por que Blay sempre sai ileso?

— Você não está sugerindo — disse Strike — que *Blay* é Anomia.

— Bom, não — respondeu Grant com relutância. — Eu entendo que Anomia tem estado no jogo desde que Blay foi esfaqueado, e ele não poderia fazer isso em sua condição atual, pode?

— Não, não poderia — disse Strike.

— Mas você tem que admitir que é muito suspeito o jeito com que os interesses de Blay e de Anomia coincidem. Nenhum deles quer que Cori vire humano, os dois queriam Edie fora do desenho animado...

Dois pratos de bife com fritas chegaram. Embora não tivesse terminado seu segundo copo de vinho, Grant pediu um terceiro, antes de desabotoar o colarinho e afrouxar a gravata.

— O que faz você pensar que Blay quisesse Edie fora? — perguntou Strike.

Grant cortou um pedaço de bife e o comeu antes de responder.

— Bom, se você quer saber — disse ele. — Edie me contou isso.

— É mesmo?

— É. Ela... me ligou no ano passado. Disse que Blay a queria fora. Pediu conselhos. Bom, ela é da família, não é? Imagino que tenha achado que podia confiar em mim.

Ele terminou o copo de vinho, ainda mantendo contato visual, então disse:

— Esse pode não ser o jeito como Blay queria assumir o controle, mas... bom, cuidado com o que você deseja, não é mesmo? Obrigado — acrescentou ele quando o garçom serviu a terceira taça.

O celular de Strike vibrou em seu bolso, e ele o pegou. Robin tinha lhe enviado uma mensagem de texto.

Wally Cardew não é Anomia. Atualmente na traseira
de uma ambulância. Ligue quando puder.

Strike largou o garfo e a faca.

— Com licença, preciso atender uma ligação — disse ele para Grant, se levantando da mesa e andando o mais rápido possível até a porta do pub, pressionando o número de Robin no caminho.

— Oi — disse ela, atendendo no segundo toque. — Isso podia ter esperado.

— Por que você está em uma ambulância? — perguntou Strike, quase derrubando uma mulher ao sair à rua.

— O quê? Ah, desculpe... *Eu* não *estou* em uma ambulância, Cardew está.

— Meu Deus, Robin — disse Strike, seu alívio e sua irritação rivalizando um com o outro. — Eu pensei... o que aconteceu?

— Na verdade, muita coisa — respondeu Robin.

Strike podia ouvi-la andando pela rua. Ele acendeu um cigarro enquanto ouvia.

— Eu cheguei para render Dev às 16h. Ele me disse que houve gritos no interior do apartamento de Wally no meio da tarde. MJ saiu parecendo furioso e, segundo Dev, como se tivesse apanhado. Seu nariz estava sangrando. Então a irmã de Wally saiu do apartamento e foi correndo atrás de MJ, e eles desapareceram pela vizinhança. Dev diz que viu a avó e Wally perto da janela, gritando um com o outro.

"Tudo ficou calmo por algumas horas depois que cheguei, mas percebi um grupo de cinco ou seis homens meio que reunidos em uma esquina próxima. Dois deles pareciam estar na adolescência. Não seria surpresa se fossem parentes de MJ. Eles estavam vigiando a porta de Wally.

"Então Anomia entrou no jogo de novo e cerca de cinco minutos depois Wally saiu do apartamento falando no celular. Ele não estava prestando atenção e..."

— Eles o atacaram.

— Atacaram, e ele não teve a menor chance. Eles o derrubaram no chão e o chutaram na cara, no saco... basicamente em qualquer lugar que conseguissem atingir. Havia pessoas olhando pela janela, e alguém deve ter ligado para a polícia, porque eles chegaram rápido. Os agressores saíram correndo quando ouviram a sirene, e acho que a polícia deve ter chamado a ambulância. Wally parecia estar muito machucado. Eu fui embora de lá — disse Robin, antecipando a próxima pergunta de Strike. — Eles não precisavam de mim, havia muitas testemunhas. Mas Anomia estava falando no jogo enquanto Wally estava caído no chão com a polícia ao seu redor, então, no que nos diz respeito...

— É, esse é o fim de Wally Cardew — disse Strike, se afastando para o lado para deixar mais pessoas entrarem no The Gun. — Bom, eu nunca achei que fosse ele. Se não é esperto o bastante para verificar pela janela se havia parentes vingativos o esperando, não é esperto o bastante para ser Anomia.

— Como está Grant?

— Razoavelmente interessante. Ele tem recebido as mesmas ligações anônimas que eu. "Desenterre-a e leia as cartas."

— Sério?

— É. É melhor eu voltar para ele... ah — disse Strike, prestes a apagar o cigarro. — Hugh Jacks ligou para o escritório. Ele quer que você telefone para ele.

— Ah, pelo amor de Deus — disse Robin, parecendo irritada. Strike esperou que ela elaborasse, mas ela não pretendia fazer isso. — Está bem, vou deixar você voltar a Grant. Conversamos amanhã.

Ela desligou, e Strike, depois de um último trago no Benson & Hedges, voltou para Grant Ledwell.

— Alguma notícia? — perguntou Grant quando o detetive tornou a se sentar.

— Outro suspeito descartado — respondeu Strike, pegando a faca e o garfo outra vez. — Então, além desses dois telefonemas anônimos e do assédio online, você teve alguma outra comunicação com a qual esteja preocupado? Mais alguma coisa fora do comum aconteceu?

— Só no maldito funeral — disse Grant pesadamente, com a boca cheia de carne. Como Strike tinha percebido no almoço no Arts Club, o homem era um mastigador barulhento: ele podia ver os maxilares de Grant estalando. O executivo engoliu, então falou de forma sucinta: — Um show de horrores.

— É mesmo?

— Ah, é. Tivemos uma multidão de malucos em frente à igreja, chorando e se lamentando. Usando camisetas com os malditos corações negros e segurando velas. Todos tatuados. Um idiota foi de fantasma. Quando o caixão chegou, estavam todos tentando jogar flores negras sobre ele. De tecido, é óbvio, mas uma maldita falta de respeito *completa*, e uma delas acertou uma das pessoas que carregava o caixão no olho.

"Então, dentro da igreja, havia essa *criança*, esse *menino* enorme... alguém me contou depois que ele vive no coletivo artístico...e ele *não calava a boca*. Comentários altos, perguntando o que o vigário estava fazendo. Em um momento, ele se levantou e foi até a frente, na cara de pau. Seguindo direto para o caixão. Sua mãe, ou suponho que seja sua mãe, saiu correndo atrás dele e o arrastou de volta para o banco.

"Então, quando me levantei para fazer o discurso fúnebre, algum filho da mãe vaiou. Não consegui ver quem era."

Strike, embora se divertisse em silêncio, manteve uma expressão impassível.

— Então, é, nós fomos para o cemitério, e a multidão de rejeitados pelo circo nos seguiu. Eu queria que ela fosse cremada, mas tanto Blay quanto Ormond insistiram que ela queria ser enterrada no cemitério de Highgate, o que custa um braço e... enfim, achei que era de muito mau gosto, considerado que esse era o lugar onde ela tinha sido... mas nós cedemos, porque... bom, nós cedemos.

"Então estamos ali, de pé em torno da sepultura, e cento e tantas pessoas que pareciam figurantes de Halloween estão observando a distância e chorando como se a conhecessem pessoalmente. Veja bem, pelo menos estavam de preto.

Alguns dos supostamente enlutados estavam de amarelo. 'Era sua cor favorita', pelo amor de Deus. Fiquei feliz por não termos levado as crianças, embora Rachel tenha insistido em ir. Minha mais velha. Ela nunca nem conheceu Edie, mas tudo é motivo para tirar um dia de folga da maldita escola."

Atacando novamente seu bife, Grant disse:

— Então, houve uma vigília a seguir... e tenho que dizer que esses artistas conseguem consumir muita comida e bebida. Enfim, dois deles quase começaram uma briga. Rachel me contou sobre isso, porque, àquela altura, Heather e eu estávamos sentados em outra sala; como você sabe, ela está grávida, e tinha passado muito tempo em pé. E nesse momento eu estava pensando: se alguém quiser nos dar as condolências, que venha nos encontrar.

Strike desconfiou que a vaia na igreja podia ser resultado de sua má vontade em se misturar.

— Rachel estava na sala principal, conversando com os filhos dos Upcott. Um garoto e uma garota. O garoto tem um problema de pele horrível — disse Grant, como se isso fosse algo que Gus tivesse adotado conscientemente. — Mas, pelo menos, Katya tinha feito com que eles se vestissem de maneira apropriada para o luto... e Rachel disse que um homem alto e careca que se chamava, não consigo me lembrar, talvez Jim...

— Tim? Tim Ashcroft?

— Ele fez a voz de um dos personagens?

— Fez. O Verme.

— Então é ele — disse Grant, bebendo mais vinho. — Então Jim, Tim, tanto faz, se aproxima de Rachel e dos meninos Upcott, e começa a puxar papo, então esse cara de Liverpool chega.

— Pez Pierce?

— O quê?

— Acho que esse pode ser o nome do homem de Liverpool.

— Bom, eu não sei o nome dele — disse Grant com impaciência —, mas ouvi seu sotaque quando ele estava parado atrás de mim no cemitério. Eu nunca gostei do sotaque Scouse. Sempre parece que estão zombando de nós, não acha? E ele era um dos que estavam vestidos de amarelo. Camisa amarela e gravata amarela ensanguentada. De qualquer forma, Rachel diz que ele bebeu um pouco. Bem, todos eles beberam, podíamos ouvi-los conversando e rindo. Voce teria achado que era a droga de uma festa. E Rachel nos contou que esse Fez, ou seja lá qual é o nome dele, cambaleou até Jim e disse: "Eu sei o que você está tramando e é melhor parar agora." E Jim diz que não sabia do que Fez estava falando, então, segundo Rachel, Fez o empurrou no peito e disse algo mais ou menos como "fazendo isso na merda do funeral dela", e aí Ormond percebeu o que estava acontecendo e interveio.

"Se eu estivesse lá, teria dado um tapa na orelha dos dois. Então Fez mandou Ormond se foder, isso em um *funeral*, veja bem, e foi embora, e Jim saiu pouco tempo depois. Em sua defesa, *ele* teve a decência de parar em nossa sala e dizer como sentia muito. Praticamente o único que fez isso.

"Não, isso não é verdade..."

Os olhos de Grant agora estavam injetados, e grandes marcas de suor em sua camisa se espalhavam embaixo de cada braço.

— Bem no fim, aquele holandês gigante que administra a comuna, ou seja lá o que for... cabelo comprido... usando uma espécie de *bata* amarela e calça jeans — disse Grant com desprezo. — Ele veio andando até nós quando todo mundo estava indo embora e me deu um embrulho. Ele fedia a maconha. Obviamente tinha saído para fumar um baseado.

"E ele disse: 'Foi uma morte triunfal.'"

— "Triunfal" — repetiu Strike.

— É. Aí ele botou esse embrulho em minhas mãos e disse: "Abra depois. Achei que você devia ter uma cópia." Então ele se afastou outra vez. Nenhum "sinto muito pela sua perda", nada.

"Eu abri o embrulho no carro. Nunca se viu nada como aquilo. Ele tinha feito essa... essa... Não sei como descrever. Se aquela é sua ideia do que é arte... Partes eram pintadas, outras partes eram fotos. Com palavras coladas sobre elas. Coisas gregas. Havia versos e lápides atrás e Edie estava no centro, ajoelhada, como se estivesse..."

Pela primeira vez, Strike achou ter captado um vislumbre de aflição no homem sentado a sua frente. Grant tomou outro gole de vinho, mas um pouco do líquido errou sua boca e caiu em gotas escuras sobre a mesa.

— ... figuras estranhas ao fundo e uma gigantesca... bem, não importa. Mas a coisa era uma abominação.

— Você ainda tem...

— Não, não tenho — rosnou Grant Ledwell. — Os lixeiros levaram no dia seguinte.

# 65

*Ervas triunfantes se estendem,*
*Estranhos passam e soletram*
*Na ortografia solitária*
*Dos anciãos mortos.*

Emily Dickinson
*XLI: The Forgotten Grave*

O e-mail que Strike enviou a Robin após seu jantar com Grant Ledwell, que ela leu sentada em um banco da Sloane Square na manhã seguinte, concluía:

Estamos ficando sem suspeitos originais: só restam Tim Ashcroft, Kea Niven e Pez Pierce. Eu fico me perguntando quem podemos ter deixado passar. Algumas ideias para novas linhas de investigação:

**Quem sabia sobre a mudança de Cori para humano?**
Liguei para Allan Yeoman esta manhã. Ele afirma que apenas dez pessoas sabiam que a Maverick estava pensando em mudar Cori de coração para humano: meia dúzia na produtora cinematográfica, todas as quais tinham assinado termos de confidencialidade, arriscando assim perderem empregos lucrativos se falassem sobre o roteiro fora do estúdio; o próprio Yeoman, mas ele diz que não contou nem para a esposa, e que ocultou isso de todo mundo por medo de vazamentos; Josh Blay, Grant Ledwell e Katya Upcott.

**1) Josh**
Enviei uma mensagem para Katya pedindo uma lista das pessoas que visitaram Josh no hospital. Resposta: além dela própria e do pai, do irmão e da irmã de Blay, só duas: Mariam Torosyan (que o visitou três vezes) e Pez Pierce. Vou ligar para Josh mais tarde e descobrir se ele discutiu a mudança proposta com algum deles. Se ele fez isso, a notícia

pode ter viajado até o North Grove e supostamente até um amplo grupo de pessoas.

De nossos suspeitos conhecidos, Pez Pierce ainda me parece ser o Anomia mais plausível. Ele tem as habilidades artísticas/digitais, tinha acesso a todas as coisas pessoais sobre Edie depois de viver com ela no coletivo, e há uma chance razoável de que Josh tenha contado a ele sobre a proposta do Cori humano. Se Pierce renovar sua oferta de um drinque esta noite, acho que você devia aceitar, e eu assumo os deveres de PatinhasdaBuffy enquanto você estiver com ele.

Eu também gostaria de olhar com mais atenção para Nils de Jong. "Morte triunfal" é um jeito muito estranho para descrever assassinato, mesmo que você esteja chapado. Nós não temos mão de obra para botar Nils sob vigilância até descartarmos mais alguém, mas qualquer coisa que você puder descobrir sobre ele enquanto estiver no North Grove ia ajudar. Importante: aparentemente, a pintura que ele deu a Grant era uma cópia. Eu gostaria de ver o original.

2 ) Grant

Muito difícil imaginar Grant deixando essa informação escapar. Heather me parece ser, em geral, fofoqueira, mas atualmente está paranoica e assustada, então provavelmente está sendo mais discreta que o habitual.

Entretanto, me pareceu estranho que a filha mais velha de Grant, Rachel, tenha insistido em ir ao funeral de Edie. Ela tem dezesseis anos e nunca conheceu Edie. Grant acha que Rachel só queria um dia de folga da escola, mas ela mora fora de Londres com a ex-mulher dele (ele não foi específico sobre o lugar, vou investigar um pouco na internet). Eu acho que fingir uma dor de barriga teria alcançado o mesmo resultado com muito menos esforço. A essa altura, qualquer adolescente com conexões com os Ledwell/os Upcott/North Grove e que estiver agindo de forma estranha tem que ser investigado.

**3) Katya**

**Não consigo imaginar Katya discutindo algo tão sensível fora de sua própria casa, mas se ela mencionou isso em casa, qualquer dos outros membros da família pode ter passado a informação adiante, seja de forma deliberada ou inocente. Os amigos de Flavia são muito novos para se encaixarem no perfil de Anomia, mas precisamos checar os de Gus. Também acho que devemos tentar descobrir quem é a "criança querida" de Inigo.**

**4) Tim Ashcroft e Kea Niven**

**Esses dois agora parecem ter menos chances de serem Anomia para mim. Até onde sabemos, nenhum tem nenhuma conexão (atual) com o North Grove/os Ledwell/os Upcott, então é difícil ver como poderiam saber sobre a mudança de Cori para humano.**

**Gostaria de descobrir se há algum problema entre Pez e Ashcroft, só para excluir a possibilidade de que esteja relacionado com Anomia. Do contrário, proponho botar vigilância adequada sobre Kea com o propósito de excluí-la e manter a vigilância sobre Ashcroft pelo mesmo motivo.**

Depois de terminar de ler esse e-mail, Robin recolocou o celular na bolsa e checou o iPad, onde o jogo estava rodando como sempre. Anomia não estava presente, então em vez disso ela ergueu os olhos para as janelas de Dedos no apartamento no terceiro andar. Enquanto olhava para os quadrados de vidro, que tinham se transformado em mercúrio sob o sol de primavera, ela pensou na possibilidade de Anomia ser alguém que eles nem tinham levado em conta. Se você não se concentrasse nos detalhes, pensou ela, Anomia podia ser um entre milhões, só mais uma pessoa anônima na internet, mas quando você olhava com mais atenção — para as habilidades necessárias para produzir o jogo, o conhecimento íntimo do passado de Edie e dos desenvolvimentos dentro do desenho animado, sem mencionar a animosidade profundamente enraizada que com certeza motivara esses anos de assédio — parecia incrível que o culpado tivesse permanecido escondido todo esse tempo.

Robin não se animou com nenhuma das sugestões de seu sócio de novos possíveis suspeitos e desconfiava que Strike também se sentia assim, e estava apenas considerando todas as possibilidades em vez de buscando seriamente novas pistas.

Depois de Robin passar mais meia hora de vigilância infrutífera no apartamento de Dedos, Nutley chegou para rendê-la, aproximando-se com sua leve ginga habitual. Nutley parecia ter uma necessidade irresistível de se proclamar um homem que sabia mais do que estava revelando, ao ponto de Robin sempre ter a sensação em rendições que ele poderia cutucá-la nas costelas e dar uma piscadela, e ela se ressentiu por ter de tomar para si o fardo de fazer a substituição parecer natural.

— Pouco depois de uma hora — disse ela a Nutley, conferindo o relógio ao falar.

— O quê? — perguntou Nutley.

— Você acabou de me perguntar a hora. *Não* se sente onde eu estava sentada — implorou ela quando Nutley ia fazer exatamente isso.

Enquanto ia para o metrô, Robin se consolou com o pensamento de que se Dedos estivesse olhando pela janela, ia supor que ela estava saindo das proximidades de um homem irritante, que tinha mudado de ideia sobre onde se sentar depois que ela havia ido embora. Mesmo assim, não conseguia evitar desejar que eles encontrassem alguém melhor que Nutley, ou que a carga de trabalho da agência ficasse administrável o suficiente para dispensá-lo.

Enquanto, em teoria, tinha a tarde livre, Robin decidira se transformar cedo em Jessica Robins, porque queria visitar o cemitério de Highgate antes de seguir para a aula noturna no North Grove, e não parecia seguro circular tão perto do coletivo artístico sem seu disfarce. Suas razões para visitar o cemitério eram confusas. Tinha curiosidade sobre o lugar em cuja representação digital ela estava vivendo havia semanas, e queria ver o lugar onde Edie e Josh tinham sido esfaqueados. Também sentia um desejo apenas parcialmente admitido de visitar o túmulo de Edie Ledwell. Por medo de que alguém dissesse que ela estava sendo mórbida ou demasiadamente emotiva, ela não contara para ninguém, muito menos para Strike, o que pretendia fazer. Por outro lado, ela achou, enquanto ajustava a peruca de Jessica no banheiro no patamar da escada do escritório, que não era uma perda de tempo para a agência: ela podia ter passado suas poucas horas livres fazendo algo agradável, como... Robin não conseguiu pensar em nada que quisesse fazer mais que visitar o cemitério de Highgate. Olhando para o espelho rachado para conferir as lentes de contato avelã, ela se lembrou das palavras de Ilsa no jantar: *Honestamente, você é simplesmente igual a ele...*

*O trabalho vem primeiro*. Mas como remoer sua compatibilidade com Cormoran Strike era algo que ela estava se esforçando para não fazer, Robin afastou o pensamento com firmeza da cabeça e voltou para o escritório.

— Fica muito bem em você — disse Pat, lançando um olhar crítico para a peruca morena de Robin, os olhos com delineador, o batom vermelho e a jaqueta de camurça preta.

— Obrigada — disse Robin enquanto voltava para o escritório interno, onde deixara o iPad e a bolsa. — Espero que me convidem para um drinque.

— É mesmo? Por quem? — gritou Pat às suas costas, mas Robin não respondeu imediatamente. Ela havia acabado de ver o iPad. Enquanto estivera no banheiro, Anomia não tinha apenas entrado no jogo, mas tinha aberto um canal privado com PatinhasdaBuffy.

— Espere aí, Pat, tenho que cuidar de uma coisa aqui.

**<Um novo canal privado foi aberto>**

**<4 de junho de 2015 14.13>**

**<Anomia convidou PatinhasdaBuffy>**

**Anomia:** boa tarde

>

>

>

>

>

>

**Anomia:** oi?

>

>

>

**Anomia:** Eu não tenho a porra do dia inteiro, sabia?

>

>

**<PatinhasdaBuffy entrou no canal>**

**PatinhasdaBuffy**: oi, desculpe, estava falando com meu chefe

**Anomia**: é mesmo?

**Anomia**: bom, isso pode ser um problema

**PatinhasdaBuffy**: desculpe?

**Anomia**: é bom mesmo pedir desculpas

**Anomia**: Eu estava pensando em fazer uma oferta a você

**Anomia**: mas se seu trabalho significa que você precisa tirar meias horas, não vai funcionar

**PatinhasdaBuffy**: que tipo de oferta?

**Anomia**: moderadora

**Anomia**: substituindo LordDrek

Robin emitiu uma exclamação de surpresa tão alta que Pat chamou desde o escritório externo:

— Você está bem?

— Estou! — respondeu Robin.

**PatinhasdaBuffy**: ah meu deus, eu ia adorar

**Anomia**: rsrsrs é, eu achei que gostaria

**Anomia**: mas você vai ter que se esforçar para isso

**PatinhasdaBuffy**: como?

**Anomia:** teste

**Anomia:** Eu faço isso em um canal privado

**Anomia:** todas as respostas em menos de 15 segundos para que eu saiba que você não teve tempo de pesquisar

**PatinhasdaBuffy:** isso parece difícil

**Anomia:** e é

**Anomia:** elimina os fãs casuais

**Anomia:** você tem uma semana para estudar

**Anomia:** Coração de nanquim, episódios 1-42

**Anomia:** além do jogo

**Anomia:** além disso, pergunta bônus: você tenta adivinhar quem eu sou

**PatinhasdaBuffy:** rsrsrs

**PatinhasdaBuffy:** alguém já acertou essa?

**Anomia:** não

**PatinhasdaBuffy:** se eu acertasse, você ia me dizer?

**Anomia:** você não vai acertar

**Anomia:** mas me diverte ver o quanto as pessoas estão erradas.

**Anomia:** então na quinta da semana que vem, ok?

**Anomia:** 14h

**PatinhasdaBuffy:** está bem

>

**PatinhasdaBuffy:** muito obrigada!

**<Anomia saiu do canal>**

**<PatinhasdaBuffy saiu do canal>**

**<O canal privado foi fechado>**

Muito contente, Robin enviou a notícia por mensagem de texto para Strike, que, no momento, estava vigiando a empregada da South Audley Street, então pôs o iPad na bolsa e voltou para o escritório externo.

— Convidaram você para aquele drinque? — perguntou a gerente do escritório, observando a expressão alegre de Robin.

— Uma coisa muito melhor.

— Jantar?

— Não. Fui convidada para um lugar no qual eu queria entrar há semanas.

— Com Hugh Jacks? — insistiu Pat, que tinha um interesse saudável na vida amorosa de Robin, ou na falta dela.

— Ah, merda — disse Robin, parando e batendo com a mão na testa. — Hugh Jacks.

Depois da última mensagem de Hugh Jacks, ela decidira que devia retornar a ligação e deixar clara sua falta de interesse por ele, mas ao acordar a decisão estava completamente fora de sua cabeça. Robin, naturalmente, não estava inclinada a magoar as pessoas e, enquanto descia a escadaria de metal, com o iPad na bolsa, ela sentiu uma mistura de medo e ressentimento por ter de dizer a Jacks o que devia, sem dúvida, estar totalmente óbvio depois de uma falta de resposta tão prolongada a suas muitas investidas.

Meia hora depois, quando Robin estava saindo da estação Highgate, seu celular tocou.

— Canal dos moderadores, hein? — disse Strike sem preâmbulos. — Bom trabalho.

— Ainda não entrei — disse Robin, agora caminhando na direção do cemitério. — Tenho que passar em um teste sobre o desenho animado e o jogo, aplicado por Anomia, daqui a uma semana. A pergunta final é adivinhar quem é Anomia, então é melhor eu começar a tentar pensar na resposta mais lisonjeira.

— Alguém já acertou?

— Eu perguntei isso. Aparentemente não, mas diverte Anomia ouvir as respostas.

— Babaca ególatra — resmungou Strike.

— Como está nossa empregada?

— Atualmente fazendo compras no supermercado Aldi. Nenhuma caixa Fabergé escondida com ela que eu possa ver. Nutley rendeu você direito?

— Bom, ele chegou na hora — disse Robin —, mas eu gostaria que ele fosse menos...

— Babaca? Eu também. Confie em mim, eu quero que ele vá embora assim que possível. Tudo pronto para o North Grove esta noite?

— Tudo — respondeu Robin.

— Vamos torcer para que Pierce ainda esteja interessado por Jessica. Outra notícia: Midge perdeu Tim Ashcroft.

— Merda, é mesmo?

— O tipo de coisa que podia acontecer com qualquer um. Ela o estava seguindo desde Colchester de carro e ficou presa atrás de um caminhão quebrado em uma rotunda, então, no momento, ele não está sendo vigiado. Ela acha que ele estava indo para Londres, mas... você leu meu e-mail?

— Li, e concordo: ele não é nosso candidato mais forte a Anomia. Mas ainda seria bom poder excluí-lo com convicção.

— Exatamente. Bom, vou deixar você voltar para sua tarde livre. Boa sorte no North Grove esta noite. Me informe sobre o que acontecer.

Strike desligou. Robin guardou o celular na bolsa e continuou na direção do cemitério.

Ao entrar na Swain's Lane, a longa rua murada que descia de forma íngreme entre as duas metades do cemitério, ela viu um grupo de jovens à frente: quatro mulheres e um homem, dois dos quais usando camisetas do *Coração de nanquim*. Nas costas da do homem, estava escrito um dos bordões de Drek: *Estou sulitário e indediado*, e nas de uma das mulheres, o de Páginabranca: *Triste, muito triste*. O grupo fez uma pausa entre as entradas das seções leste e oeste, conversando animadamente e olhando de uma entrada para a outra. Robin tinha certeza de que estavam tentando descobrir qual o caminho para a parte oeste mais antiga, onde Edie estava enterrada e onde o assassinato acontecera, mas que só era acessível por meio de uma visita guiada. Mantendo-se afastada, Robin observou-os entrar à direita.

Quando chegou na altura da entrada, ela os viu comprando ingressos e se reunindo no outro lado da bilheteria, em um pátio cercado por arcos onde já havia um grupo de pessoas esperando um guia. Aparentemente, tinha algum tempo antes que a próxima visita começasse. Então, com um nó de ansiedade no estômago, mas dizendo a si mesma que devia lidar com essa situação de uma vez, ela saiu de vista e do alcance da voz do grupo reunido do tour, bloqueou a identificação de sua ligação e ligou para Hugh Jacks.

Ele atendeu após alguns toques, parecendo impaciente.

— Alô?

— Ah, oi, Hugh — disse Robin. — Hã, aqui é Robin Ellacott.

— Robin! — disse ele, parecendo surpreso e satisfeito. — Espere, deixe-me ir para um lugar onde possamos conversar.

Ela o ouviu andar, provavelmente para longe de seus colegas.

— Como você está? — perguntou ele.

— Bem, e você?

— Nada mal. Melhor agora com notícias suas. Eu estava começando a achar que era vítima de ghosting.

Robin, que achava que a existência de um relacionamento anterior era um requisito necessário para que aquilo se qualificasse como ghosting, não disse nada. Ela podia dizer que Jacks estava esperando restabelecer confiança, porque ele pareceu mais seguro ao continuar:

— É, então, eu estava me perguntando se você gostaria de jantar um dia desses.

— Hum — disse Robin. — Eu... eu acho que não, Hugh, mas obrigada.

Quando ele não respondeu, Robin acrescentou, com um nó por dentro:

— É que... na verdade, não estou, sabe, pronta para sair com alguém ainda.

Silêncio.

— Então... bom, eu espero que você esteja bem — disse Robin em voz contida — e, hã...

— Bom, na verdade, não estou — disse Hugh, e sua mudança repentina para o que pareceu uma fúria gelada a chocou. — Eu, na verdade, *não* estou bem. Eu só voltei a trabalhar nesta semana, depois de uma licença por depressão.

— Ah — disse Robin. — Sinto muito por isso...

— Tenho discutido você com minha terapeuta, na verdade. É. Desperdicei muito tempo falando sobre você, e sobre como era a sensação de ligar repetidas vezes para uma pessoa, e ela não se dignar sequer a responder suas ligações.

— Eu... não sei o que dizer em relação a isso.

— Você *sabia* que estou em uma situação muito frágil...

— Hugh — disse Robin outra vez, agora presa entre a culpa e a irritação crescente —, se dei a você a impressão de estar interessada...

— Minha terapeuta vive dizendo que devo esquecer isso, e eu sempre respondo mencionando a pessoa legal que você é, mas agora vejo que você é apenas mais uma...

— Até logo, Hugh.

Mas ela não foi rápida o suficiente para calar sua última palavra:

— *... vaca.*

O coração de Robin estava acelerado como se ela tivesse acabado de participar de uma corrida de cem metros. Ela olhou instintivamente para trás, mas Hugh não estava correndo pela rua em sua direção, e ela sentiu raiva de si mesma por ser tão irracional.

*Ele é um babaca*, disse Robin a si mesma, mas ela ainda precisou de alguns segundos para se recompor antes de voltar à guarita gótica para comprar um ingresso para a visita.

O grupo no pátio tinha crescido para uma dúzia de pessoas. Além dos fãs do *Coração de nanquim*, havia um casal de turistas americanos e um casal de idade com óculos de armação de chifre iguais. Robin se juntou à periferia do grupo, tentando não pensar em Hugh Jacks nem na última palavra que ele tinha vociferado para ela. *Vaca*. Ela se lembrou da forma educada e quase igualmente envergonhada com a qual o detetive Murphy da Divisão de Investigação Criminal recebera sua recusa grosseira para um drinque e passou a gostar mais do homem, embora mal o conhecesse.

O guia da visita que chegou alguns minutos depois de Robin se juntar ao grupo era um homem de meia-idade de óculos usando uma parca leve, e seus olhos se dirigiram imediatamente para os dois jovens usando camisetas do *Coração de nanquim* com, achou Robin, um leve ar de estar se preparando.

— Boa tarde! Eu sou Toby e hoje vou ser seu guia. Nossa visita dura em torno de setenta minutos. Algumas dicas da casa antes de começarmos: se vocês estiverem interessados em ver o túmulo de Karl Marx, saibam que está na seção leste. A entrada é gratuita com o ingresso que vocês acabaram de comprar.

Robin já sabia disso. Josh e Edie, e posteriormente Anomia e Morehouse, tinham tomado algumas liberdades com a planta do cemitério, juntando as duas partes em uma só e misturando túmulos que, na verdade, eram separados pela Swain's Lane.

— Se estiverem interessados em ver algum túmulo em especial...

A jovem na camiseta de Páginabranca e uma mulher de idade de óculos falaram simultaneamente:

— Nós queremos muito ver o de Edie Ledwell...

— Christina Rossetti está incluída na visita?

O guia respondeu primeiro à mulher de idade.

— Sim, podemos certamente visitar o túmulo de Rossetti. Ela está em um beco sem saída. Vamos visitá-la perto do fim, para não termos de ir e voltar. Mas, infelizmente — acrescentou ele, se dirigindo à jovem com a camiseta de Páginabranca —, não visitamos a sepultura da srta. Ledwell. Ela fica em uma área privativa, veja bem. Este ainda é um cemitério em funcionamento, e famílias...

— A família *dela* não dá a mínima para ela — disse o jovem com a camiseta de Drek em um sussurro audível, que o guia da visita fingiu não ouvir.

— ... têm direito a privacidade, então pedimos que os visitantes sejam respeitosos. Câmeras são permitidas, mas as fotos são apenas para uso pessoal. E, por favor, nada de comer, beber ou fumar enquanto estamos no cemitério, e mantenham-se nas trilhas. Alguns túmulos não são seguros.

— Mas nós *vamos* ver o túmulo de Munck? — disse uma jovem corpulenta de cabelo roxo, que fazia parte do grupo do *Coração de nanquim*.

Robin não tinha ideia de quem era Munck, nem por que seu túmulo teria algum interesse especial para os fãs.

— Nós passamos, sim, pelo de Munck — disse o guia.

— Bom, isso é alguma coisa — comentou a garota para seus amigos.

O grupo da visita partiu, não pela escada principal que levava ao cemitério, mas por um grande memorial aos mortos na I Guerra Mundial, então subiu uma trilha estreita. Pelos resmungos baixos dos fãs do *Coração de nanquim* imediatamente a sua frente, Robin entendeu que o guia não os estava levando por seu caminho preferido. Mantendo-se deliberadamente no final do grupo, Robin olhou para o iPad dentro de sua bolsa, onde o jogo ainda estava rodando. O único moderador presente era Corella, e ninguém, felizmente, estava querendo conversar com PatinhasdaBuffy em um canal privado.

O guia da visita os levou por uma trilha estreita de terra ladeada em ambos os lados por túmulos e, à direita, por uma parede de tijolos. Tudo estava nas sombras devido ao denso dossel de árvores acima, e o ar estava carregado com o aroma de plantas úmidas, adubo bolorento e terra com fungos. O guia estava falando, mas Robin não conseguia ouvir muito do que ele estava dizendo porque os fãs do *Coração de nanquim* estavam conversando em sussurros a sua frente.

— Eles não podem ter entrado *aqui* — disse a jovem com a camiseta de Páginabranca, olhando para o muro de quatro metros de altura.

— Acho que está tudo do outro lado — disse o homem com a camiseta de Drek, olhando à esquerda através das árvores e túmulos cobertos de trepadeiras. — Eu não reconheço nada disso.

Mas quando o grupo chegou ao alto da trilha, a garota com a camiseta de Páginabranca emitiu uma expressão de surpresa, e a garota de cabelo roxo pôs a mão sobre o coração. Robin entendeu a reação: sua própria sensação de déjà vu era assombrosa.

Ali estava a trilha sinuosa que subia através de árvores emaranhadas com hera, ao longo da qual o pequeno Cori quicava em sua perseguição perpétua e tragicômica da bela Páginabranca; ali estava a floresta de colunas clássicas, cruzes, urnas de pedra, caixões de mármore e obeliscos partidos entre os quais espreitava a sombra sinistra de Drek, pronto para assustar os outros jogadores e provocá-los a jogar seu jogo.

O guia da visita parou ao lado de um túmulo retangular encimado pela estátua de um cavalo, explicando ao casal de idade e aos turistas americanos que ele pertencia ao abatedor de cavalos da rainha Vitória. Entretanto, a atenção de Robin tinha sido atraída para um obelisco quadrado de pedra cercado por um enorme emaranhado de trepadeiras densas e fibrosas, cujos ramos grossos haviam descido em torno do monumento, dando a aparência de um parasita alienígena semelhante a uma aranha tentando engolir o túmulo inteiro. Esse era o túmulo no qual Pesga, o personagem dublado originalmente por Pez Pierce, geralmente se empoleirava. Os fãs do *Coração de nanquim* estavam tirando fotos com empolgação.

O grupo da visita saiu andando outra vez, e Robin se perguntava se achava o cemitério mais bonito ou assustador. De todos os lados, hera, grama, samambaias, arbustos espinhosos e raízes de árvores espalhavam-se enlouquecidos, imitando a grandiosidade formal das sepulturas; samambaias brotavam em túmulos nos quais não se depositava flores havia um século; raízes de árvores tinham levantado lápides que agora se erguiam tortas, curvando-se à terra.

Outro frisson de excitação percorreu os fãs do *Coração de nanquim* quando chegaram ao túmulo de Mary Nichols, que tinha um anjo adormecido em tamanho real. Esse, como Robin sabia, era o túmulo de Páginabranca no desenho animado. O fantasma em geral era visto jogado sobre ele, lamentando sua condição de morto, e os fãs do *Coração de nanquim* imploraram que um dos turistas tirasse uma foto de todos eles agrupados diante da sepultura.

Eles então passaram entre enormes pilares egípcios de pedra e entraram no Circle of Lebanon, um anfiteatro fundo onde fileiras duplas de mausoléus ocupavam as paredes. A garota na camiseta de Páginabranca deu um gritinho ao ver a grande sepultura gótica que mais se assemelhava à de Lorde e Lady Wyrdy-Grob no desenho animado. Enquanto o guia falava da paixão vitoriana por iconografia egípcia, os fãs do *Coração de nanquim* tiravam selfies e fotos uns dos outros diante do mausoléu.

Eles deixaram o Circle of Lebanon e passaram pelo túmulo de William Wombwell, que o guia da visita explicou ser um colecionador de animais vitoriano, o que explicava o grande leão de pedra no alto de seu túmulo, em seguida conduziu-os de volta a uma longa extensão de concreto bordejada por ainda mais túmulos e árvores, que se estendiam ao longe em todas as direções.

Subitamente, o jovem na camiseta de Drek à frente de Robin parou, apontando para uma lápide que se erguia em uma elevação íngreme acima da trilha, cercada de mato. Para leve surpresa de Robin, ela tornou a ver a imagem cujo significado ela ouvira Aliciador explicar a Pernas na Galeria William Morris: a mãe pelicano bicando o próprio peito, com um ninho cheio de filhotes famintos com seus bicos para o alto, prontos para serem alimentados pelo sangue dela.

As garotas que cercavam o jovem com a camiseta de Drek agora estavam agarrando umas às outras.

— *É isso, tem que ser isso!*

— Ah, meu Deus — disse sem fôlego a garota na camiseta de Páginabranca, falando de trás dos dedos que ela levara à boca. — Eu vou chorar.

O guia também tinha parado. Virando-se para olhar para o grupo e ignorando a agitação demonstrada pelos fãs do *Coração de nanquim*, ele disse:

— Essa lápide incomum é de Elizabeth, baronesa de Munck. A imagem do pelicano representa sacrifício. Este túmulo foi erguido pela filha de Elizabeth, Rosalbina...

Mas Robin não estava escutando. Ela acabara de se lembrar do que Josh Blay havia dito sobre o lugar onde eles tiveram as primeiras ideias para o desenho animado — o lugar onde Edie tinha sido assassinada. "*Perto de uma sepultura da qual Edie sempre tinha gostado. Ela tem um pelicano em cima.*"

— Tire minha foto — disse uma das fãs do *Coração de nanquim* para outra, entregando-lhe o telefone com mãos trêmulas. O jovem com a camiseta de

Drek olhou na direção do guia; Robin tinha certeza de que ele estava se perguntando se poderia ter uma oportunidade de subir a elevação e olhar o local onde o corpo de Edie tinha sido encontrado. Os fãs do *Coração de nanquim* ficaram para trás quando o grupo saiu andando outra vez, mas uma olhada em sua direção do guia da visita fez com que eles começassem a andar, com relutância, olhando por cima do ombro ao avançarem.

Robin seguia atrás do grupo com uma leve aversão pelos fãs do *Coração de nanquim* por quererem fotografias do local onde Edie Ledwell tinha sido esfaqueada. Mas ela era melhor que isso? Agora que tinha visto o lugar onde aquilo havia acontecido, ela entendeu a habilidade, ou sorte, que tinha o assassino. Ele com certeza conhecia o caminho até aquela área de túmulos afastada das trilhas e, supostamente, proibida para visitantes. Ele também tinha evitado grupos de visitação e conseguiu sair do cemitério sem ser notado. Robin olhou ao redor: não havia câmeras de segurança em lugar nenhum. Ela pensou nas duas máscaras que o agressor de Oliver Peach tinha usado. Teria sido brincadeira de criança, ali, em meio ao arvoredo e aos monumentos densamente aglomerados, tirar um disfarce e revelar outro. Talvez o assassino, ou assassina, tivesse esperado um grupo de visitantes passar e se misturado a ele silenciosamente, ou talvez tivesse saído pelo mesmo caminho que chegara.

Perdida em seus pensamentos, Robin ficara um pouco para trás do grupo, que agora estava seguindo em direção do túmulo de Christina Rossetti. Ela estava se perguntando onde Josh tinha sido encontrado quando ouviu um "*psiu*" alto.

Robin parou e olhou ao redor. Um par de olhos tristes e uma cabeleira cacheada estavam visíveis através de uma área de muita vegetação. Pez Pierce estava parado, parcialmente escondido pelas plantas, com um caderno de desenho nas mãos e sorrindo para ela.

— O que...?

Pez levou um dedo aos lábios, então chamou Robin. Ela olhou para o grupo de visitantes, que estava fazendo uma curva na trilha. Ninguém olhou para trás, então ela seguiu cuidadosamente através do mato. Com espinhos rasgando suas roupas, Robin debateu rapidamente se devia ou não continuar com o sotaque de Londres que adotara quando falou com Pez pela última vez, considerando que Zoe podia ter contado a Pez que Jessica era de Yorkshire. Ao chegar à pequena clareira onde Pez estava parado, ela decidiu por um meio-termo.

— Achava que só era possível entrar aqui com um guia — sussurrou ela em seu próprio sotaque.

— Não se você conhece a entrada secreta — disse Pez, também sorrindo. Ele estava com um caderno de desenho na mão. — O que uma workaholic como você está fazendo visitando cemitérios?

— Tive uma consulta no dentista, então tirei o resto da tarde de folga — respondeu Robin. — Nunca estive aqui antes. É incrível, não é?

— Ah, sim. Agora eu posso ouvir — disse Pez.

— Ouvir o quê?

— Que você é de Yorkshire. Zoe me contou. Ela contou que você também acabou de se separar de seu namorado.

— Bom... é — disse Robin, tentando exibir um sorriso corajoso. — Também é verdade.

A vegetação úmida e na altura da cintura que os cercava significava que eles estavam necessariamente parados muito juntos sobre um trecho musgoso de solo irregular entre túmulos e árvores. Robin podia sentir o cheiro de Pez através da camiseta amarrotada que ele estava usando: um cheiro selvagem forte, quase, mas não exatamente, o de odor corporal, e ela teve uma lembrança súbita e invasiva do pênis de Pez.

— Eu ganho um prêmio se lhe contar uma terceira coisa sobre você?

— Vá em frente — disse Robin.

— Você não checou seus e-mails esta tarde.

— O que você é, um sensitivo?

— Não, mas sua aula de desenho foi cancelada.

— Ah, *droga* — disse Robin, fingindo decepção. — Mariam está bem?

— É, está sim, apenas com um excesso de compromissos. Alguma coisa política que ela esqueceu que tinha que fazer. Esse tipo de coisa acontece o tempo todo no North Grove. Você não vai ser a única pessoa que não sabia. As pessoas vão aparecer como sempre, e aí vão tomar uma bebida na cozinha ou fazer um desenho por conta própria. É assim que funcionamos. Ou você é o tipo de pessoa que vai fazer uma reclamação por escrito?

— Não, é claro que não — diz Robin, falsamente ofendida, como Jessica sem dúvida teria ficado por ser considerada tão mesquinha e irritável.

— Que bom ouvir isso. Para onde eles foram? — perguntou Pez, olhando para o grupo.

— Christina Rossetti — respondeu Robin.

— Você não quer ver?

— Não sei — disse Robin. — É interessante?

— Posso contar a você a única história interessante sobre essa sepultura — disse Pez. — Aí podíamos ir tomar aquele drinque.

— Ah — disse Robin com o que esperava ser uma demonstração decente de acanhamento —, hum, é, está bem. Por que não?

— Ótimo. Então venha — disse Pierce. — Vamos ter que fazer o caminho mais longo para não esbarrarmos em nenhuma visita guiada. E vou precisar deixar isso em casa primeiro — acrescentou ele, erguendo o caderno de desenho.

Eles saíram andando através das árvores e túmulos, evitando as trilhas usadas pelas visitas dos grupos. Várias vezes Pez estendeu a mão para ajudar Robin a passar por raízes de árvores e solo rochoso coberto de fragmentos de pedra, e ela deixou que ele segurasse sua mão. Na terceira vez que fez isso, ele continuou a segurá-la por mais alguns passos antes de largá-la.

— Então, qual a história sobre o túmulo de Rossetti? — perguntou Robin.

Ela sentiu um desejo possivelmente paranoico de manter Pez falando enquanto seguiam através das árvores escuras, escondidos dos olhos de qualquer outro humano.

— Ah — disse Pez —, bem, Rossetti não é a única ali dentro.

— Não?

— Não. Tem também uma mulher chamada Lizzie Siddal. Ela era a mulher do irmão de Christina. Teve uma overdose, e quando a enterraram, Dante pôs o único manuscrito de seus poemas no caixão com ela. Como se fosse um grande gesto.

— Romântico — comentou Robin, soltando o tornozelo de um monte de hera.

— Sete anos depois — disse Pez —, Dante mudou de ideia, fez com que a desenterrassem e o pegou novamente, com buracos de vermes nas páginas e tudo mais... mas a arte em primeiro lugar, as vadias vem depois, não é mesmo?

Robin não achou essa uma piada particularmente engraçada, mas Jessica Robins riu como esperado.

# 66

*Uma das crianças por ali*
*Apontou para toda a pilha tenebrosa e sorriu...*
*Há algo terrível em uma criança.*

Charlotte Mew
*In Nunhead Cemetery*

— O que você estava desenhando? — perguntou Robin a Pez quando eles saíram do cemitério e estavam se dirigindo ao North Grove.

— Tive uma ideia para uma coisa cyberpunk — respondeu Pez. — Nela, tem um agente funerário vitoriano que viaja no tempo.

— Ah, uau, isso parece ótimo — disse Robin. Pez passou a maior parte da curta caminhada até o coletivo artístico contando a história para ela, que, para sua leve surpresa, realmente a achou elaborada e envolvente.

— Então você escreve além de desenhar?

— É, um pouco — disse Pez.

O saguão colorido do coletivo artístico parecia deslumbrante depois do tom melancólico do cemitério.

— Não demoro mais do que um minuto, só vou botar isso lá em cima — disse Pez, indicando o caderno de desenho, mas antes que pudesse pôr os pés na escada em caracol, Nils de Jong apareceu vindo da cozinha. Enorme, louro e desmazelado, ele vestia seu velho short cargo e algo semelhante a um avental respingado aqui e ali de tinta.

—Você tem visita — informou ele a Pez em voz baixa. Era difícil dizer se Nils estava sorrindo ou não devido à curva para cima de sua boca grande e de lábios finos. — Ele acabou de ir ao banheiro.

— Quem? — perguntou Pez com a mão no corrimão.

— Phillip Ormond — disse Nils.

— Que merda ele quer *comigo*? — perguntou Pez.

— Ele acha que você tem uma coisa que é dele — respondeu Nils.

— O que, exatamente?

— Aí está ele — disse Nils em voz mais alta quando Ormond surgiu após uma curva.

Robin, que nunca tinha posto os olhos em Ormond antes, percebeu sua aparência limpa e bem cuidada, bastante deslocada ali, no Norton Grove. Ele estava usando terno e gravata e carregava uma pasta, como se tivesse chegado direto da escola.

— Oi — disse ele para Pez sem sorrir. — Eu queria saber se posso trocar uma palavra com você.

— Sobre o quê?

Ormond olhou para Robin e Nils e disse:

— É meio delicado. É sobre Edie.

— Está bem — concordou Pez, embora não parecesse feliz. — Quer vir até a cozinha?

— Mariam está lá com seu grupo — disse Nils.

— Está bem — disse Pez com leve irritação. — Vamos lá para cima.

Ele se virou para Robin.

— Tudo bem com você se eu...

— Tudo, claro, eu espero aqui — disse Robin.

Então os dois homens subiram juntos a escada em caracol em silêncio e desapareceram de vista, deixando Robin sozinha com Nils.

— Você não viu um gato, por acaso? — perguntou o holandês, olhando para ela de trás de sua franja loura emaranhada.

— Não, desculpe — disse Robin.

— Ele desapareceu.

Nils olhou vagamente ao redor, então novamente para Robin.

— Zoe me contou que você é de Yorkshire.

— Sou, sim — disse Robin.

— Ela está doente hoje.

— Ah, sinto muito. Espero que não seja nada sério.

— Não, não, acho que não.

Houve uma pausa durante a qual Nils olhou ao redor do saguão vazio, exceto pelos dois, como se seu gato pudesse se materializar de repente do nada.

— Eu adoro essa escada — disse Robin para romper o silêncio.

— É — disse Nils, virando a cabeça enorme para olhar para ela. — Um velho amigo fez isso para nós... Você sabe que a aula de desenho foi cancelada esta noite?

— Sei, sim, Pez me contou — respondeu Robin.

— Você ainda pode fazer um desenho, se quiser. Mariam arranjou umas samambaias e outras coisas. Acho que Brendan está lá.

— Isso seria ótimo, mas concordei em tomar um drinque com Pez.

— Ah — disse Nils. — Você quer se sentar enquanto está esperando por ele?

— Ah, muito obrigada — respondeu Robin.

— Venha — disse Nils indicando que ela devia segui-lo na direção oposta à da cozinha.

Os pés enormes dentro de sandálias do homem faziam barulho no chão enquanto ele andava. Quando passaram pelo estúdio onde normalmente era a aula de desenho, Robin viu o velho Brendan trabalhando diligentemente no desenho de samambaias.

— A cozinha está cheia de revolucionários armênios — disse Nils parando diante de uma porta fechada e pegando em seu bolso um molho de chaves. — Não há paz naquele lugar. Política... você se interessa por política?

— Me interesso bastante — respondeu Robin com cautela.

— Eu também — disse Nils —, mas sempre discordo de todo mundo, e Mariam fica irritada. Meu estúdio particular — acrescentou ele, entrando à frente em uma sala grande com cheiro forte de terebintina e maconha.

A palavra "bagunça" não era suficiente para descrever o cômodo. O chão estava coberto por trapos, tubos de tinta vazios, papel amassado e lixo como embalagens de chocolate e latas vazias. As paredes eram cobertas de prateleiras frágeis, que estavam cheias não apenas com potes de pincéis, tubos de tinta e a paleta de muitos artistas, mas brochuras em frangalhos, garrafas, peças enferrujadas de máquinas, esculturas nodosas em argila, máscaras que iam de madeira a tecido, um chapéu tricorne empoeirado, vários modelos anatômicos, uma mão de cera, penas diversas e uma máquina de escrever antiga. Havia pilhas de telas apoiadas por toda parte, de frente para a parede.

Alguns exemplos da arte de Nils erguiam-se do lixo como cogumelos estranhos que chegavam à altura do tornozelo. Eles eram tão agressivamente feios que Robin, chafurdando em meio aos detritos no chão ao se dirigir a uma das duas poltronas baixas, decidiu que eram ou obras de um gênio ou simplesmente horríveis. Um busto de argila de um homem com engrenagens no lugar dos olhos e pedaços do que parecia ser um pneu de carro como cabelo olhava cegamente para ela quando ela passou.

Quando Robin se sentou na poltrona coberta por pano um tanto fedorenta a qual Nils indicara para ela, viu uma colagem grande em um cavalete em frente à janela. A imagem, que era predominantemente uma mancha verde e amarela, mostrava o rosto fotografado de Edie Ledwell sobreposto a uma figura ajoelhada pintada.

— Sinto muito por seu gato — disse ela tirando os olhos da colagem. — Ele sumiu tem muito tempo?

— Faz cinco dias agora. — Nils suspirou, afundando na outra poltrona que emitiu um gemido rangente quando o homem pediu a ela que aceitasse seu peso. — Pobre Jort. Ele nunca sumiu por tanto tempo.

Depois do que Josh dissera sobre o relacionamento aberto de Nils e Mariam, Robin se perguntou se o interesse de Nils em levá-la para seu estúdio era sexual, mas ele parecia basicamente sonolento, com certeza não inclinado na direção da sedução. Sobre uma mesinha de pedestal ao lado dele havia um cinzeiro no qual repousava um baseado meio fumado do tamanho de uma cenoura que, embora apagado, ainda enchia o ar com seu cheiro pungente.

— Adorei esse — mentiu Robin, apontando para a colagem com o rosto de Edie. Edie estava cercada por uma variedade estranha de seres: duas figuras humanas usando túnicas compridas, uma aranha gigante e um papagaio vermelho, que estava carregando uma folha de maconha no bico e parecia estar pousando em seu colo. Duas frases, uma em grego e a outra em latim, tinham sido impressas em papel creme grosso e coladas sobre a tela: *Thule ultima a sole nomen habens* e ὅ μιν ἑκάεργος ἀνήρπασε Φοῖβος Ἀπόλλων.

— É — disse Nils, examinando seu trabalho com complacência modorrenta. — Eu fiquei satisfeito com ele, ficou bom... Eu me interessei pelas possibilidades da colagem no ano passado. Houve uma retrospectiva de Hannah Höch na Whitechapel Gallery. Você gosta de Höch?

— Não conheço o trabalho dela, infelizmente — respondeu Robin com sinceridade.

— Parte do movimento dadaísta de Berlim — disse Nils. — Você conhece o desenho animado *O coração de nanquim*? Você reconhece minha modelo?

— Ah — disse Robin, fingindo surpresa. — Essa não é a animadora, é? Edie não sei do quê?

— Ledwell, isso, exatamente. Você identificou a inspiração para a composição?

— Hã... — disse Robin.

— Rossetti. *Beata Beatrix*. A imagem de sua amante morta.

— Ah — disse Robin. — Eu preciso dar uma olhada nela.

— No original — explicou Nils, olhando para sua tela —, tem um relógio de sol, não uma aranha. Isso — disse ele, apontando para a criatura — é uma aranha tecelã. Elas odeiam a luz. Até a noite é clara demais para elas. Elas foram encontradas em uma cripta no cemitério de Highgate. O único lugar na Grã-Bretanha onde sua existência foi registrada.

— Ah — disse Robin outra vez.

— Você identificou o simbolismo? A aranha, representando a indústria e as artes, odeia a luz. Não pode sobreviver na luz.

Nils então percebeu o que parecia ser um fiapo de tabaco preso em sua barba desgrenhada e o retirou. Robin, que esperava distraí-lo por tempo o bastante para tirar uma foto da colagem com Edie para mostrar a Strike, apontou para o busto do homem com engrenagens no lugar dos olhos e disse:

— Isso é fabuloso.

— É — disse Nils, e mais uma vez era difícil, levando-se em conta a curva para cima de sua boca, que fazia seu rosto lembrar uma máscara, dizer se ele estava realmente sorrindo ou não. — Esse é meu pai. Eu misturei suas cinzas na argila.

— Você...

— É. Ele se matou. Há mais de uma década — disse Nils.

— Ah, eu... eu sinto muito — replicou Robin.

— Não, não, isso não significou muito para mim — afirmou Nils com um leve dar de ombros. — Nós não nos dávamos bem. Ele era moderno demais para mim.

— Moderno?

— É. Ele era um industrial... petroquímica. Um homem importante na Holanda. Ele era cheio daquele liberalismo social-democrata vazio, sabe... conselho de gestão dos empregados, uma creche... tudo para manter suas pequenas engrenagens felizes.

Robin assentiu de forma reservada.

— Mas sem base em nada real ou importante — disse Nils, olhando fixamente para o busto grotesco. — O tipo de homem que compra um quadro para combinar com o tapete, sabe?

Ele deu uma risadinha, e Robin sorriu.

— Uma semana depois que minha mãe morreu, meu pai descobriu que tinha câncer... um câncer tratável, mas ele decidiu se matar mesmo assim. Você já leu alguma coisa de Durkheim?

— Não — respondeu Robin.

— Pegue emprestado — disse Nils com um aceno de sua mão enorme. — Émile Durkheim. *O suicídio*. Nós temos uma pequena biblioteca que empresta livros no banheiro... Durkheim descreve perfeitamente a reclamação de meu pai. *Anomia.* Você sabe o que é isso?

— Uma ausência — disse Robin, torcendo para que seu tremor de surpresa não tivesse sido visível — de padrões normais éticos e sociais.

— Ah, muito bom — retrucou Nils, sorrindo preguiçosamente para ela. — Você já sabia, ou procurou depois de ver em nossa janela da cozinha?

— Eu procurei depois de ver sua janela — mentiu Robin, retribuindo o sorriso. Em sua experiência, os homens gostavam de dar informações às mulheres. Nils riu, então disse:

— Meu pai não tinha vida interior. Era vazio, vazio... lucro, aquisições e agir de acordo com as pautas social-democratas... sua morte nasceu naturalmente de sua vida. Suicídio anômico: Durkheim o descreve bem. A morte de todo mundo é um êxito, na verdade. Não acha?

A resposta honesta de Robin teria sido não, mas Jessica Robins respondeu:

— Pra ser sincera, nunca tinha pensado nisso desse jeito.

— É verdade — disse Nils, assentindo pesadamente com a cabeça. — Não consigo pensar em ninguém que eu conheça cuja morte não fosse inevitável e totalmente apropriada. Você sabe sobre os chacras?

— Hã... eles são áreas do corpo, não são?

— Um pouco mais do que isso. Tantrismo hindu — explicou Nils. Ele então pegou o baseado apagado e o mostrou para ela. — Se importa se eu...?

— Não, vá em frente — disse Robin.

Nils acendeu usando um Zippo velho e surrado. Nuvens enormes de fumaça saíram do baseado.

— O câncer de meu pai foi na próstata — disse Nils de dentro de sua nuvem de fumaça azul. Segundo chacra: *svadhishthana.* Doenças do segundo chacra têm origem na falta de criatividade e no isolamento emocional. Eu tenho alguma coisa aqui...

Ele ficou de pé inesperadamente. Durante o tempo que ele levou para atravessar o aposento, Robin pegou o celular, tirou uma foto da colagem e guardou o telefone novamente na bolsa.

— Onde está — murmurou Nils, procurando em meio às prateleiras abarrotadas, afastando objetos para o lado, alguns dos quais caíram no chão sem que ele demonstrasse muito interesse por seu destino.

— Cuidado! — disse Robin, repentinamente alarmada.

Uma espada de lâmina angulada caiu da estante e errou os pés calçados com sandálias de Nils por centímetros. Ele apenas riu e se abaixou para pegá-la.

— A *klewang* de meu avô. Eu fiz uma gravação em aço nela, está vendo? Você sabe o que diz?

— Não — respondeu Robin, olhando para as letras gregas levemente vacilantes na lâmina.

— κληρονομιά. "Legado"... Onde está aquele livro?

Ele recolocou a espada novamente na estante e, depois de procurar por mais um minuto com indiferença, disse:

— Não está aqui.

E voltou de mãos vazias para Robin. A poltrona baixa gemeu outra vez ao aceitar o peso de Nils.

— Então, no caso de alguém como... bem — disse Robin, apontando para a foto de Edie —, como a morte de Edie Ledwell foi um êxito?

— Ah — disse Nils, piscando com olhos turvos para a pintura —, bem, isso se deveu a uma falta do que eu chamaria de perspectiva *aristocrática*. — Ele deu outro trago enorme no baseado e exalou, de modo que Robin só conseguia ver seus traços de forma indistinta. — Não me refiro a "aristocrata" em termos de classe, estritamente falando... quero dizer uma atitude mental específica... Uma natureza aristocrática tem *desinteresse*... exige uma visão ampla e generosa da vida... pode aguentar mudanças na sorte, boas ou más... Mas Edie tinha a atitude mental burguesa... possessiva de suas conquistas... preocupada com *direitos autorais*, aborrecida com críticas... e o sucesso a destruiu, no fim...

— Você acha que a arte deve ser de graça? — perguntou Robin.

— E por que não? — respondeu Nils. Ele estendeu o baseado. — Você quer?

— Não, obrigada — disse Robin. Ela já estava se sentindo tonta de inalar a fumaça de segunda mão. — Mas — ela suavizou a pergunta com um risinho — você não acha que se preocupar com direitos autorais fez com que ela fosse morta, acha?

— Não exatamente direitos autorais... não. Edie foi morta por aquilo em que se *transformou*.

— Se transformou?

— Uma figura de ódio. Ela se fez ser odiada... mas era uma artista.

Olhando para a figura verde borrada ajoelhada com a cabeça de Edie colada sobre ela, Nils disse:

— E que maior tributo ao poder do trabalho de um artista do que ser destruído? Então, nesse sentido, sabe, ela teve seu triunfo na morte... eles reconheceram seu poder... ela foi sacrificada por sua arte... mas se ela soubesse como... como *habitar* em seu poder... aí as coisas teriam terminado melhor para ela...

Nils deu outro longo tapa em seu baseado. Sua voz estava ficando cada vez mais sonolenta.

— As pessoas não podem evitar ser o que são... de forma inata... Seu amigo Pez... clássico tipo ocidental...

Robin então ouviu Bram cantando em holandês outra vez a distância, antes de gritar:

— Nils?

Nils levou um dedo grosso aos lábios, sorrindo para Robin.

— *Nils?*

Eles ouviram os passos de Bram correndo pelo corredor, e depois um punho bateu à porta. Robin achou que Nils normalmente a trancava quando estava dentro do estúdio, porque Bram não tentou a maçaneta.

— Sei que você está aí dentro, pai, posso sentir o cheiro de maconha!

Robin desconfiou que Nils pudesse ter fingido uma incapacidade de ouvir o filho se ela não estivesse presente. Em vez disso, ele riu e disse:

— Está bem, garoto...

Levantando-se, ele largou o baseado e foi até a porta. Bram apareceu, de olhos arregalados com a visão de Robin sentada ali, e deu uma risada.

— Pai, você estava tentando...

— Essa é uma amiga de Pez — disse Nils, cortando o fim da frase de Bram. — O que você quer?

— Posso levar a espada do *overgrootvader* para a escola?

— Não, garoto, eles com certeza expulsariam você se fizesse isso — respondeu Nils. — Agora vá embora. Vá brincar.

— *Drek está sulitário e indediado* — disse Bram. — *Drek está sulitário e indediado. Drek...*

— Nils — disse uma voz feminina. A mulher de cabelo cortado rente que Robin tinha visto anteriormente apareceu com seu bebê nos braços. — Tem um cara na porta para falar do boiler.

— Vou esperar no saguão — falou Robin de forma agradável para Nils, ficando de pé. — Você vai querer trancar este estúdio outra vez, se não estiver aqui.

Ao mencionar trancar a porta do estúdio, ela esperava lembrar o chapado Nils de fazer isso. Robin não gostava especialmente da ideia de Bram botar suas mãos na *klewang* de seu bisavô, e ficou aliviada ao ouvir o chacoalhar de chaves às suas costas enquanto saía de volta para o saguão.

Pez ainda não estava em nenhum lugar à vista, mas um homem de macacão azul olhava absorto para a gigantesca costela-de-adão e os quadros pendurados nas paredes. Nils passou por Robin envolto em um bafo de fumaça de maconha, saudou o bombeiro e o conduziu na direção da cozinha. A mulher de cabelo cortado rente sorriu para Robin, então subiu a escada em caracol, sussurrando para a criança em seus braços, que estava rindo.

Sozinha, Robin pegou o celular para enviar a Strike a foto que tinha feito da colagem. Antes, porém, que conseguisse fazer isso, uma voz estridente e alta como um apito falou quase em seu ouvido:

— *DREK QUER JOGAR O JOGO, CARA!*

Com uma expressão de surpresa, Robin deu um pulo e virou-se para trás. Bram chegara em silêncio por trás dela segurando um dispositivo de plástico junto à boca. Ao ver o susto de Robin, ele caiu na gargalhada. Robin guardou o telefone novamente na bolsa, com o coração acelerado, e se forçou a sorrir.

— Você gosta do *Coração de nanquim*, não é?

— Eu gosto de Drek — disse Bram, ainda falando através do dispositivo, que distorcia sua voz em um guincho de perfurar os tímpanos.

— Isso faz outras vozes? — perguntou Robin, atingida por uma desconfiança repentina.

— Talvez — respondeu Bram. Ele apertou um botão e sua voz se tornou grave e rouca. — *Posso fazer essa também.*

— Onde você arranjou isso? Parece divertido.

— *No Museu da Ciência* — disse Bram com voz rouca. Ele, então, abaixou o modificador de voz e perguntou: — Quem é você?

— Jessica — respondeu Robin. — Eu faço aulas de arte aqui.

— Achei que você fosse amiga de Pez — disse Bram, e a desconfiança em sua voz e a astúcia em seu olhar fizeram com que Robin entendesse por que Josh tinha dito que Bram às vezes parecia ter quarenta anos.

— Eu também sou isso — disse Robin. Ela apontou para o modificador de voz. — Isso seria muito bom para passar trotes. Você já fez isso? Eu costumava fazer — mentiu Robin. — Com meu irmão.

Bram apenas deu um sorriso malicioso.

— Você quer ver uma arte de Pez? — perguntou ele a ela.

— Eu adoraria — respondeu Robin, supondo que estava prestes a ser conduzida até uma das obras nas paredes ao seu redor.

— É lá em cima — disse Bram, sorrindo enquanto a chamava para segui-lo pela escada.

— Não tenho certeza se devo ir lá em cima — disse Robin.

— Ninguém vai ligar — disse Bram. — Todo mundo pode tudo por aqui.

— Onde exatamente *está* essa arte? — perguntou Robin sem se mexer. Ela não tinha intenção de ser conduzida por Bram até o quarto de Pez. Por mais que quisesse saber o que ele e Ormond estavam dizendo um para o outro, ela achou que teria mais chance de extrair essa informação de Pez enquanto tomavam um drinque do que entrando em seu quarto com Bram.

— No antigo quarto de Edie e Josh — respondeu Bram.

A tentação de ver aquilo era irresistível, então Robin subiu a escada em caracol atrás de Bram até o andar seguinte.

Bram parecia extremamente empolgado ao conduzi-la pelo corredor, que era estreito, acarpetado e pontuado por pequenos lances de dois ou três degraus. O lugar teria lembrado Robin de um hotel pequeno se a maioria das portas não estivesse descuidadamente aberta, revelando quartos desarrumados.

— Esse é o meu — disse Bram desnecessariamente, uma vez que o quarto estava cheio do que parecia ser, em sua maioria, brinquedos quebrados. — Esse é o deles.

Ao contrário da maioria dos outros, a porta ao lado do quarto de Bram estava fechada. Para a surpresa de Robin, o garoto olhou de um lado para outro do corredor vazio antes de pegar uma chave em seu bolso e destrancá-lo.

O quarto dava para o norte. Ele cheirava a madeira e pano queimados, com uma nuance de podridão úmida. O lustre no teto estava sem lâmpada. Quando os olhos de Robin se acostumaram com a penumbra, ela percebeu que o lugar tinha sido mantido no estado em que Josh o deixara alguns meses antes. Cortinas enegrecidas ainda pendiam diante da janela, suas bordas esfarrapadas balançando um pouco com a brisa provocada pelo movimento da porta. A cama de casal tinha sido desfeita, revelando um colchão parcialmente queimado. Alguns dos desenhos nas paredes haviam sido reduzidos a fragmentos ainda presos no lugar por tachas desdouradas, mas a maior obra de arte, se é que podia ser chamada assim, permanecia, porque tinha sido pintada direto na parede. Era para esse grafite que Bram estava apontando, esperando ansioso para ver a reação de Robin.

Alguém — Pez, se Bram estava falando a verdade — tinha pintado a imagem de 1,80 metro de altura de um pênis entrando em uma vagina. Acima disso, tinham sido pintadas as mesmas palavras inscritas na janela de Mariam na cozinha abaixo.

*Um estado de anomia é impossível*
*onde quer que órgãos em solidariedade uns com os outros*
*estejam em contato suficiente,*
*e em contato suficientemente longo.*

— O que acha? — perguntou Bram através de risos mal contidos.

— Muito bom — respondeu Robin de forma trivial. — Alguém com certeza sabe desenhar genitálias.

Bram pareceu um pouco frustrado por essa resposta.

— Foi Pez. Ele fez isso um dia, quando eles tinham saído. Edie não gostou.

— Não? — falou Robin com indiferença.

— Eu sei quem a matou — disse Bram.

Robin olhou para ele. Bram era tão alto que quase a olhava nos olhos. Lembrando-se do que tinha acontecido com a mãe dele, ela não conseguiu evitar sentir pena do garoto, mas nem sua expressão ávida nem seu desejo evidente de inspirar choque ou medo eram afetuosos.

— Então você deve contar a um adulto — disse Robin.

— *Você* é uma adulta — disse Bram. — Se eu contar a você, você tai ter que fazer alguma coisa em relação a isso, não vai?

— Eu estava falando em um adulto como seu pai ou Mariam.

— Como você sabia que ela não é minha mãe? — perguntou ele.

— Alguém me disse isso — respondeu Robin.

—Você sabe o que aconteceu com minha mãe de verdade?

— Não.

— Um homem a estrangulou e a matou.

— Isso é terrível — falou Robin com seriedade. — Eu sinto muito.

Ela desconfiou que Bram esperava que ela o acusasse de mentir. Por uma fração de segundo, o sorriso dele vacilou. Então ele falou em voz alta:

— Eu nem me importo. Eu gosto de morar com Nils. Ele me dá qualquer coisa.

— Sorte a sua — disse Robin com um sorriso, virando-se para olhar para o resto do quarto.

Esse não podia, pensou ela, ser o lugar onde Josh e Edie tinham gravado aquele primeiro vídeo, quando estavam obviamente apaixonados, porque a cama naquele quarto era de solteiro. Ela não viu a carteira de Josh nem qualquer chave. Um alvo de dardos sobrevivera ao fogo, porque estava pendurado na outra extremidade do quarto, e havia um desenho preso nele, do qual projetavam-se três dardos. Curiosa, Robin se aproximou do alvo e, com uma leve emoção de surpresa, viu que era um desenho a lápis um tanto ruim de Inigo Upcott, que ela identificou principalmente pelo fato de Katya ter escrito o nome dele acima da própria assinatura.

— Quem pôs o retrato desse pobre homem no alvo? — perguntou ela a Bram com delicadeza.

Ao não receber resposta, ela se virou e se viu olhando diretamente para a cara de um rato morto. Robin deu um grito, cambaleou para trás contra a parede e sentiu os dardos espetarem a parte de trás de sua cabeça. O rato, que estava parcialmente podre, não tinha olhos: seus dentes eram amarelos e sua cauda grossa, semelhante a uma minhoca, estava rígida. Ele fedia a álcool, e Bram o estava empurrando na direção dela, rindo. Um vidro grande cheio de um líquido turvo agora estava destampado no chão ao lado da cama.

— Não — gritou Robin, que empurrou Bram para o lado e saiu quase em disparada do quarto para o corredor deserto, voltando apressada pelo mesmo caminho e tentando resistir a uma necessidade primitiva de sair correndo, embora não pudesse ouvir Bram indo atrás dela.

Quando chegou ao alto da escada, ela viu Pez parado sozinho no saguão abaixo, parecendo irritado, mas sua expressão relaxou quando ela começou a descer a escada.

— Achei que você tinha fugido.

— Não — disse Robin, tentando se recompor. — Bram queria me mostrar uma coisa lá em cima.

— Ah, meu Deus — disse Pez, parecendo achar graça. — O quê?

— Uma coisa que você pintou em uma parede — respondeu Robin, tentando imitar a expressão descontraída dele.

— Merda, ele mostrou aquilo a você? — disse Pez desapontado. — Foi uma piada... e aquela porta devia estar trancada.

Robin tinha acabado de chegar ao saguão quando Bram desceu barulhentamente a escada atrás dela.

— Onde você conseguiu uma chave para o quarto de Josh? — perguntou Pez ao garoto.

Bram deu de ombros de forma insolente, então olhou Robin direto nos olhos.

— Foi Zoe — disse ele com um largo sorriso, então saiu correndo e fez uma curva na direção da cozinha.

# 67

*Agora ele me desconsidera como aflita.*
*Acho que me envolvi em orgulho feminino*
*Para um propósito perfeito.*

Elizabeth Barrett Browning
*Aurora Leigh*

— O que foi que Zoe fez? — perguntou Pez.

— Não tenho ideia — mentiu Robin. — Ele é... um garoto engraçado, não é?

— "Engraçado" é uma palavra para ele — disse Pez com escárnio. — Vamos. Vamos para o Gatehouse.

O bom humor anterior parecia ter sido afetado pela conversa com Ormond, embora seu estado de ânimo tivesse se recuperado assim que eles saíram no ar fresco do início da noite. Enquanto andavam na direção do pub, ele fez perguntas a Robin sobre sua carreira em marketing, que felizmente ela havia inventado com detalhes suficientes para dar respostas imediatas.

— Mas você não acha isso tudo chato? — perguntou Pez.

— Claro que acho — respondeu Robin, e Pez riu.

— Desculpe, eu demorei muito lá em cima — disse ele.

— Tudo bem. Eu fiquei conversando com Nils.

— É? — disse Pez com um sorriso. — O que achou dele?

— Interessante — respondeu Robin, e Pez riu novamente.

— Não tem problema dizer que ele é estranho. Não é como se ele fosse meu pai. Do que ele estava falando?

— Hum... tantrismo hindu, capitalismo, suicídio, anomia... — Robin observou pelo canto do olho à procura de alguma reação, mas não viu nenhuma. — A perspectiva aristocrática, a morte ser um êxito...

— Você recebeu todos os seus maiores sucessos — disse Pez sorrindo. — Ele é inofensivo, só excêntrico, tipo... ele acha que é um verdadeiro aristocrata porque herdou milhões do pai.

— Deve ter sido um desafio e tanto — disse Robin, e dessa vez, quando Pez riu, ele estendeu a mão e tocou o braço dela.

—Você é engraçada — disse ele, um pouco surpreso.

— Ele também me mostrou alguns de seus trabalhos.

— É? O que você achou? — Antes que Robin pudesse responder, Pez disse: — É horrível, não é? Não se preocupe, todos sabemos que é uma merda. Ele já fez de tudo: pintura, escultura, gravura em metal, serigrafia, coisas digitais... E na semana passada estava falando em começar a fazer xilogravuras.

— Ele já vendeu alguma coisa? Ah, não, espere, ele acha que a arte deve ser de graça, certo?

— É — disse Pez. — É fácil dizer quando você tem milhões no banco. Às vezes ele faz pequenas exposições individuais no North Grove, e todos os antigos fiéis, os alunos que circularam ali por anos, vão e bebem vinho e dizem que ele é um gênio. Acho que alguns deles até acreditam nisso. Na verdade, é muito fofo... Ele disse de que raça você é?

— Que *raça*? — repetiu Robin.

— Posso precisar de uma cerveja antes de falar nisso — disse Pez. O Gatehouse agora estava à vista: um prédio grande preto e branco com estrutura de madeira aparente e cadeiras e mesas do lado de fora.— Quer sentar dentro ou fora?

— Dentro — respondeu Robin. Agora que ela e Pez não estavam mais parados sob o dossel sombreado de árvores no cemitério, ela temeu o escrutínio próximo da peruca e das lentes de contato coloridas.

— O que você quer? — perguntou Pez quando eles entraram em uma grande área de bar, com paredes de tijolos e piso de madeira, no qual havia muitas mesas, um terço delas já ocupado.

— Uma taça de tinto, por favor — disse Robin. — Eu só vou dar um pulo no banheiro.

O papel de parede do banheiro feminino exibia rododendros e papagaios. Robin se trancou em um cubículo, enviou para Strike a foto da colagem de Nils com Edie, então ligou para ele, que atendeu quase imediatamente:

—Você não está na aula de arte?

— Ela foi cancelada, então, em vez disso, estou tomando um drinque com Pierce. Escute, acabei de enviar a você uma foto do quadro que Nils de Jong deu a Grant Ledwell, quero dizer, fez uma cópia para dar a ele, e agora eu quero que você tome nota do que aconteceu enquanto ainda consigo me lembrar de tudo, porque não tenho tempo de fazer isso eu mesma. Pez está esperando por mim no bar.

— Vá em frente — disse Strike.

Robin contou da visita de Ormond a Pez, tudo o que podia se lembrar do falatório de Nils sobre a morte de Edie, descreveu em detalhes o quarto de Josh e terminou com um breve relato do comportamento de Bram, culminando em sua acusação contra Zoe. Durante todo o tempo, ela pôde ouvir o arranhar rápido da caneta de Strike.

— Minha nossa, isso é o suficiente para seguirmos adiante — disse Strike quando ela havia terminado. — Bom trabalho.

— Então você precisa logar no jogo agora mesmo — continuou Robin. — Da última vez que vi, Anomia não estava lá, mas isso faz mais de três horas.

— Virando PatinhasdaBuffy enquanto falo — disse Strike, e ela ouviu seus dedos digitarem no teclado.

— Está bem, ligo para você quando os drinques terminarem.

— Está bem. Boa sorte.

Robin desligou, deixou o cubículo, checou seu reflexo no espelho para se assegurar que nem a peruca nem as lentes de contato tinham saído do lugar, pôs o celular para gravar, recolocou-o na bolsa, torcendo para ele captar a conversa com Pez mesmo com o barulho do pub, então saiu do banheiro.

Pez estava sentado a uma mesa circular para dois em um canto distante, ao lado de uma janela, com uma taça de vinho tinto e um pint de lager à sua frente. Ele tinha chegado sua cadeira para mais perto da de Robin, de modo que, em vez de se sentar em frente a ela, eles estavam virtualmente lado a lado.

— Então — disse Robin, sorrindo ao se sentar, tirando a jaqueta de camurça preta ao fazer isso (os olhos de Pez viajaram automaticamente para seus seios e depois voltaram para seus olhos) —, que história é essa de Nils dizer às pessoas suas raças?

De perto, Robin pode sentir o odor corporal de Pez outra vez. Seus braços nus eram musculosos, suas unhas, sujas. Tirando a camiseta e o jeans, ele pareceria um santo de Caravaggio, com seus olhos grandes, escuros e tristes, e o emaranhado de cabelo preto encaracolado.

— Ele divide as pessoas que conhece em raças — explicou Pez, então, ao ver a expressão de Robin, acrescentou: — Apenas europeus brancos. Ele tirou isso de um livro antigo. É, seis raças de europeus brancos. Ele lê coisas esquisitas de que ninguém nunca ouviu falar e adora uma discussão, mesmo que esteja chapado. É do contra.

— Então, quando ele me disse que você é um típico ocidental, isso era essa coisa da raça?

— Ha, ele disse isso? — Pez revirou levemente os olhos. — É, eu sou um homem ocidental. Pequeno e de cabelos escuros.

Robin quase disse "Você não é pequeno", mas conteve as palavras antes que pudesse dizê-las: ela estava pensando em altura, mas as palavras podiam ter sido interpretadas de um jeito bem diferente.

— Mas todo mundo é pequeno em comparação com Nils — disse ela.

— É, mas ocidentais têm aparência latina e são emotivos, e gostam de espetáculo.

— Então de que raça Nils acha que é?

— Nórdica — disse Pez. — Guerreiro criador grande e louro. A melhor raça, obviamente.

— Então é tudo uma piada, mas Nils vem da raça mestra? — disse Robin.

Pez riu.

— É. Mariam fica muito puta quando ele começa com essa coisa de raça, mas Nils diz que ela só está irritada porque é do tipo dinárico, e eles são inferiores aos nórdicos.

Robin riu com ele, embora não achasse isso muito engraçado.

— Uma vez, durante uma festa de fim de período... nós as fazemos sempre, sabe, sob qualquer pretexto...Nils disse a esse senhor em cadeira de rodas que ele era um alpino clássico. Isso é uma verdadeira piada interna dos frequentadores do North Grove, porque Nils diz a qualquer um de quem não goste que ele é alpino. Alpino é, basicamente, um código para "babaca chato". Pequeno burguês, de mente estreita.

Robin, que estava se perguntando se o suposto alpino podia ser Inigo Upcott, riu em sua deixa.

— Mas o engraçado foi que esse coroa conhecia o livro do qual Nils tirou isso, ha, ha, ha, então ele sabia que Nils estava dizendo que ele era convencional e lento, e tudo mais que os alpinos são. Por que você não está bebendo seu vinho?

— Eu estou — disse Robin, tomando um gole. — Então o homem na cadeira de rodas disse: "Como você ousa me chamar de lento e convencional"?

— Não, ele disse — Pez adotou um tom de ultraje cheio de pompa —: "As teorias raciais do sr. Seja-lá-como-se-chama-o-velho-fascista foram totalmente desacreditadas." E se afastou. Mais tarde, comecei uma discussão com o mesmo cara sobre os Beatles, e então ele disse a sua mulher que era hora de ir, foi embora dali e nós nunca mais tornamos a vê-lo, ha, ha.

— Qual de vocês gostava dos Beatles e qual não gostava? — perguntou Robin.

— Ah, nós dois gostávamos deles — disse Pez. — Beatles, não é? Não consigo me lembrar agora de como chegamos lá, mas acabamos discutindo sobre qual álbum dos Beatles só tinha músicas de McCartney e Lennon. Eu estava certo. *Hard Day's Night*. É a porra de um clichê ser de Liverpool e gostar dos Beatles, mas...

Ele baixou a gola de sua camiseta para revelar o círculo fino de letras que davam a volta na base de seu pescoço forte. Robin se inclinou um pouco mais para perto para ler, e com um movimento rápido da cabeça, Pez a beijou.

Ao longo de toda a sua vida, Robin Ellacott tivera uma soma total das línguas de dois homens em sua boca: a de seu marido, com quem começou a namorar aos dezessete anos, e a do menino que tinha namorado aos quinze, cujos beijos eram mais babados que os do labrador da família. Por uma fração de segundo, ela ficou tensa, mas Jessica Robins não era Robin Ellacott: ela tivera todos os namorados que Robin não tivera; estivera no Tinder; visitara casas noturnas de Londres com as amigas, então Robin retribuiu com entusiasmo fingido, enquanto Pez levava a mão a seu cabelo para segurar sua cabeça imóvel, os lábios dele apertados com força sobre os dela, a língua dele trabalhando em sua boca de modo que ela sentiu gosto de cerveja que não tinha bebido e o hálito quente de Pez em seu lábio superior.

Quando ela achou que Jessica — que tinha toda a experiência que faltava a Robin, mas não era fácil — tinha tido o suficiente, ela se afastou, e Pez a soltou, a mão passando pela peruca, que felizmente era feita de cabelo humano. Robin teve que justificar a despesa quando a comprou, mas disse a Strike que, de perto, as sintéticas não eram a mesma coisa.

— Você é maravilhosa — disse Pez com voz rouca.

— Eu só estava tentando ler sua tatuagem — falou Robin recatadamente.

— "*It's getting hard to be someone, But it all works out, It doesn't matter much to me*" — citou ele. — "Strawberry Fields Forever". Ela faz a volta em quase todo o meu pescoço.

— *Não* faz muita diferença para você? — perguntou Robin, procurando a melhor maneira de introduzir os Strokes na conversa.

— Não muito — respondeu Pez. — Por quê? Você gosta de homens que dirigem carrões e ganham muita grana?

— Não, eles me matam de tédio — disse Robin, e Pez deu uma risada. Se aquele fosse um encontro de verdade, pensou Robin, enquanto seu coração batia acelerado com uma mistura de nervosismo e divertimento, ela estaria se saindo excepcionalmente bem. — Então, como você foi morar no North Grove?

— Eu estava aqui uma noite e conheci um cara que morava lá, quando estava me esforçando para pagar meu aluguel. Ele já não está mais lá, mas me disse que eles estavam com um quarto sobrando. Eu fui com ele e conheci Nils, que gostou de mim e disse: "É, venha se juntar a nós." Estou lá desde então. Onde você mora?

— Kentish Town — disse Robin, que tinha preparado sua resposta.

— É, Zoe me contou que você mora perto dela — disse Pez. — Sozinha?

— Não, tenho duas colegas de apartamento — respondeu Robin, com o objetivo de conter qualquer sugestão de que eles fossem para seu apartamento para ter alguma privacidade. — Nils disse que Zoe está doente hoje.

— Está? — disse Pez sem muito interesse. — Bom, ela é anoréxica. Nunca come. Típica fã do *Coração de nanquim*.

— O que você quer dizer com isso?

— Eles são todos malucos, os que mergulham de cabeça nele. Estão à procura de algo. Machucam a si mesmos e coisas assim. Por que você não está bebendo seu vinho?

— Eu estou — disse Robin, embora na verdade tivesse tomado apenas três goles, enquanto Pez tinha praticamente terminado sua cerveja. — Eu não bebo muito.

— Vamos ter que fazer alguma coisa em relação a isso — disse Pez.

— Alguém ligou para Zoe para saber se ela está bem?

— Mariam, provavelmente — disse Pez. Ele bebeu o resto de sua cerveja até o fim. — Eu precisava disso — falou ele, e Robin se perguntou se tinha sido a conversa com Ormond que o fizera ansiar por álcool.

— Eu pego outra para você — disse Robin.

— Você nem...

— Não é uma competição, é? — perguntou Robin sorrindo, e Pez retribuiu o sorriso.

— Está bem, saúde.

Ela se levantou e foi até o bar, sentindo os olhos de Pez em suas costas ao se afastar. Ela deliberadamente ignorara sua primeira referência ao *Coração de nanquim* e pretendia reintroduzir o assunto depois que ele tivesse bebido um pouco.

Quando Robin voltou com sua cerveja, Pez estendeu o braço e tomou sua mão livre quando ela se sentou.

— Você não é como achei que fosse ser — disse ele, avaliando-a com um leve sorriso no rosto.

— Por que, você achou que eu fosse uma alpina? — perguntou Robin, permitindo que ele entrelaçasse os dedos nos dela.

— Não — disse Pez, sorrindo. — Achei que você fosse mais tensa.

— Eu sou muito tensa — disse Robin. — Você deve ter despertado alguma coisa em mim.

Pez riu. Sua mão estava quente e seca.

— Então, você volta muito a Liverpool? — perguntou ela, pensando na página de Pez no Instagram, que revelava estadias de um mês em sua cidade natal.

— Sim — respondeu ele. — Meu pai tem uma doença do neurônio motor. Ele é viúvo. Vive sozinho.

— Ah, isso é triste — disse Robin desconcertada.

— Minha irmã é sua principal cuidadora, mas ela tem dois filhos autistas, então às vezes vou para casa para fazer a minha parte. Para dar uma folga a ela.

— Isso é muita bondade sua — disse Robin. — Uau... você também não é quem eu achei que fosse ser.

— É? — perguntou Pez, olhando para ela com um meio sorriso, seus dedos quentes apertados nos dela. — O que *isso* quer dizer?

— Você é bom — disse Robin. — Decente. Eu achei que você fosse... não sei... um playboy artista.

— Por quê? Porque eu tiro a roupa para a aula de arte?

— Ah, eu não tive problema com isso — disse Robin, e Pez riu novamente. — Então, de que outras músicas você gosta?

— Qualquer coisa boa, não me importa — respondeu Pez, dando de ombros. — Então, quando você terminou com seu namorado?

— Há uns seis meses — disse Robin. — E você?

— Não saio direito com alguém há mais de um ano. Mas eu fico bem.

— Aposto que fica — disse Robin, e Pez a puxou para outro beijo.

Enquanto ela fingia entusiasmo, os dentes dele batendo nos dela enquanto ela pressionava o rosto no seu, a mão dele na parte de trás da cabeça dela outra vez, Robin desejou que ele parasse de tocar a peruca, e não conseguiu deixar de desconfiar estar sendo usada, assim como a cerveja, para distrair Pez de suas preocupações. Havia certa temeridade em sua técnica agressiva. Mais uma vez, foi ela que interrompeu o contato, e ele emitiu um pequeno gemido quando ela fez isso.

— Eu normalmente não faço esse tipo de coisa à luz do dia — sussurrou ela, olhando ao redor para os outros bebedores. Dois homens de meia-idade estavam evidentemente observando o beijo com sorrisos de prazer. Pez, que tinha movido sua cadeira para ainda mais perto da dela, passou o braço em torno dela, o polegar acariciando sua omoplata.

— Sem problema — disse ele. — Logo vai estar escuro.

— Beba sua cerveja — disse Robin — e me fale sobre seu trabalho. Mariam disse que você é muito bom.

— Eu sou — disse Pez. — Só não consigo arranjar nada fixo. Em parte, porque preciso sempre voltar para casa para cuidar de meu pai. Ele tem durado muito mais do que achavam que ia quando foi diagnosticado. Mas tenho algumas coisas em vista... talvez. Depende.

— Mostre-me algumas de suas coisas — pediu Robin. — Aposto que você está no Instagram.

— Estou, sim — disse Pez.

Ele precisou tirar o braço de cima do ombro dela para pegar o celular e abrir o Instagram.

— Aí está.

Ele empurrou o telefone na direção dela.

— *Uau* — exclamou Robin.

Dessa vez, ela não estava fingindo entusiasmo: os trabalhos eram todos extremamente bons. Enquanto descia a tela passando por desenhos, ilustrações de fantasia, anime, trechos de desenhos animados em estilos diferentes, Pez se inclinou para mais perto outra vez, botando o braço sobre as costas da cadeira dela, e falou com ela sobre cada um.

— Essa foi uma encomenda de história em quadrinhos... Essa foi para um anúncio, mas o cliente não gostou. Mas ainda fui pago... Essa foi para um desenvolvedor independente de jogos que faliu. Ainda estou tentando descobrir se posso pegar minhas coisas de volta...

— Você fez tudo isso no North Grove?

— A maioria. É, Nils tem as tecnologias mais modernas.

— Bonito — disse Robin, pausando em um rosto familiar. O rosto em forma de coração de Kea Niven estava olhando para ela de um retrato em estilo desenho animado de uma mulher de cabelo preto usando túnicas verdes compridas e provocantes, a maior parte de seus seios exposta. Uma lua enorme e crescente pairava no céu atrás dela.

— Lunática — disse Pez com outra expressão de escárnio. — Ela estava namorando um cara no coletivo. Eu precisava de uma modelo para uma bruxa sexy, então pedi que ela posasse. Ela só concordou para tentar deixar seu namorado com ciúme. Ficou aborrecida quando ele não quis assistir. Ele estava transando com outra garota enquanto ela estava no andar de baixo comigo, no estúdio.

— Ai — disse Robin.

— É — disse Pez com um sorriso malicioso. — Depois que ele a largou, ela retornou ao North Grove para "pegar algumas coisas de volta", e quando chegou ao quarto dele, a porta estava trancada e ela os ouviu trepando, então ela foi correndo para o meu, histérica. Depois de vinte minutos ali, ela se jogou em cima de mim, mas eu não gosto de malucas.

Observando que isso era o exato oposto da história que Kea contara a Strike, na qual Pez passou a cantada e Kea o recusou, Robin continuou vendo a página no Instagram à procura de qualquer coisa que pudesse usar como pretexto para conduzir a conversa de volta para *O coração de nanquim*.

— Esse é o gato de Nils? O que desapareceu?

— É — disse Pez, olhando para a imagem do gato casca de tartaruga adormecido. — Eu estava tentando conseguir uma encomenda para ilustrar um livro infantil sobre bichos de estimação. Eu não gosto de gatos, sou alérgico. Talvez eles tenham percebido isso, e eu nunca consegui o trabalho. Aquela coisa só tem um olho, mas não dá para notar isso quando ela está dormindo.

— Como ele perdeu um olho?

— Não sei, nunca perguntei... Ele sumiu há quase uma semana. Ou ele foi atropelado ou Bram o estrangulou.

— O quê? — perguntou Robin, fingindo estar chocada.

— Ele é um pequeno psicopata. Vou sair de lá quando ele atingir um metro e oitenta. Provavelmente vai ser na próxima terça-feira, do jeito que está crescendo... É, chega disso — disse ele de repente, botando a mão sobre a dela quando uma figura angulosa em preto e branco com uma casaca vitoriana comprida apareceu.

— Eu estava gostando de ver!

— E eu estava gostando de fazer outra coisa e você me interrompeu — disse Pez sorrindo enquanto guardava o celular de volta no bolso de seu jeans.

— Então — disse Robin enquanto Pez começava a acariciar suas costas com o polegar outra vez. — Você devolveu àquele homem a coisa da qual ele estava atrás?

— Não — respondeu Pez, seu sorriso desaparecendo imediatamente.

— O que era?

— Nada. Eu perdi. Mas não era dele. — Depois de uma breve hesitação, ele acrescentou: — A namorada dele me deu.

— Ah — disse Robin. — Mas então... por que ele...?

— A namorada dele era Edie Ledwell. A garota que fazia *O coração de nanquim*. A que foi assassinada.

— *Ah* — disse Robin outra vez. — Coitado dele!

— O quê? — perguntou Pez. — Ah, é, acho que sim.

Pez deu um grande gole em sua cerveja, enquanto a mente de Robin trabalhava depressa.

— Olhe — disse ela após tomar uma decisão rápida —, como você a mencionou... eu... eu não sei se devia contar isso a você, mas isso meio que me deixou assustada.

— O quê?

— Bom, eu sei do que aquele garoto estava falando, lá atrás.

— Quem, Bram?

— É. Ele estava me dizendo que Zoe matou aquela garota. Edie.

Por um momento, Pez apenas olhou fixamente para Robin.

— Bram disse que Zoe matou Edie?

— Disse — respondeu Robin. — Quero dizer, eu obviamente não *acreditei* nele. Foi só uma coisa estranha para uma criança dizer.

— Meu Deus — murmurou Pez, tirando o braço das costas da cadeira de Robin para passar a mão através de seu cabelo preto encaracolado antes de beber o resto de sua segunda cerveja.

— Eu não devia ter contado a você — disse Robin em voz baixa.

— Eu só achei que poderia ter uma noite sem pensar nisso.

— Ah... desculpe por tocar no assunto — disse Robin, agora permitindo que o mais leve toque de pesar penetrasse em sua voz. Não era culpa de Jessica Robins ter sido levada até aquele quarto queimado por uma criança perturbada e sobrecarregada com aquela conversa sobre assassinato. Jessica Robins ficou surpresa com essa mudança de tom e começou a achar que Pez não era o cara divertido e charmoso que ela pensava que fosse.

— Não — falou Pez rapidamente. — Não é culpa sua. É que foi horrível. Desde que aconteceu, todo mundo quer falar sobre isso a porra do tempo inteiro, e qual o sentido disso? Quero dizer, ela está morta, não está? Falar sobre isso o tempo todo não vai trazê-la de volta... Bram não gosta de Zoe, só isso. Ela às vezes cuida dele. Ele não gosta de ninguém que tente lhe dizer o que fazer. Você a viu: ela não conseguiria erguer um facão, muito menos usar um... Você *alguma hora* vai terminar esse vinho?

— Vou — disse Robin, com o cuidado de manter apenas a quantia certa de reserva na voz.

— Desculpe — disse Pez, agora parecendo meio contrito e meio irritado. — Tem sido... nós todos temos sofrido com isso, desde que aconteceu. A polícia falou comigo.

— Sério?

— É. Eles falaram com todo mundo que conhecia Josh e Edie. Até Mariam.

— Você está brincando?!

— Não. Ela sabia que Josh e Edie iam se encontrar no cemitério naquela tarde, entende? Mas ela estava dando uma aula vespertina quando aconteceu. Aula para necessidades especiais. Crianças. Eu estava no estúdio trabalhando em minha ideia para uma história em quadrinhos.

— O agente funerário viajante do tempo?

— É — disse Pez, embora não parecesse especialmente lisonjeado por Robin ter se lembrado. — Enfim, as pessoas me viram, tipo, passando pela porta, então eu não podia ter cometido o assassinato. Mas aí a polícia quis saber se eu era esse troll que estava perseguindo Edie no Twitter.

Ele escarneceu.

— Eu dividi a porra de um prédio com ela por três anos. Se quisesse assediá-la, nem precisaria entrar na porra da internet. Enfim, eu sei quem era o troll, não é difícil adivinhar.

— Quem era? — perguntou Robin, tentando manter a voz natural.

— Um sujeito chamado Wally Cardew — disse Pez sem um segundo de pausa para pensar.

— Você contou isso à polícia?

— Contei. Contei a eles que sempre soube que era ele. Anomia, é assim que o troll se chama...

— Anomia? — indagou Robin. — É estranho. Nils estava falando...

— É, o nome foi uma das razões pelas quais eu sabia que era Wally. Eu ouvi Nils explicando a ele. Ele deve ter lido na janela da cozinha.

— Ah, você conhece esse cara pessoalmente?

— Conheço, nós dois estávamos no *Coração de nanquim*. Dublamos personagens. Eu participei em apenas dois episódios, porque tive que voltar para casa e cuidar um pouco do meu pai, e quando voltei, alguém tinha assumido, fazendo um sotaque falso de Liverpool.

Pela expressão dele, Robin deduziu que Pez não ficara feliz com isso.

— Wally tem um amigo que sabe programar. Eu me lembro de ele me contar que o cara estava tentando achar um estúdio para desenvolver um jogo, e esse troll, Anomia, tem um jogo online com base no desenho animado, com um amigo. Então é... não é difícil, é? Vou pegar outra cerveja — disse Pez. — Tem certeza de que não quer outro vinho?

— Não, vou terminar este primeiro — disse Robin.

Pez foi até o bar, enquanto a mente de Robin corria acelerada. Várias das coisas que Pez dissera sobre si mesmo se encaixavam no perfil experimental de Anomia que ela e Strike montaram, e, mesmo assim, ela imaginara que, se um dia sentasse frente a frente com Anomia, ela ia sentir, saber instintivamente, porque a malevolência e o sadismo que ele exibira durante sua longa perseguição a Edie Ledwell emanaria dele, por mais astúcia que tivesse para ocultar isso. Pez Pierce podia não ser seu companheiro ideal de copo, mas ela não conseguia imaginá-lo dedicando horas de sua vida ao jogo ou a uma campanha implacável de assédio conduzida no Twitter. Ele era um artista talentoso, um sucesso com as mulheres, um amante de música: ele parecia para Robin viver uma vida muito satisfatória no mundo físico e não precisar dos prazeres dúbios de uma persona anônima online.

Quando ele voltou para a mesa e se sentou, Robin perguntou:

— Por que eles substituíram você no desenho animado? Não seria melhor usar alguém que fosse realmente de Liverpool em vez de alguém imitando o sotaque? Eu *odeio* pessoas imitando meu sotaque — acrescentou ela. — Tem um cara no trabalho que acha muito engraçado imitar meu sotaque sempre que falo em uma reunião.

— Malditos londrinos, não é? — disse Pez. Ele bebeu sua cerveja nova. — Edie disse que eles não sabiam quando eu ia voltar da casa de meu pai, então foram em frente sem mim. Não vamos falar da merda desse desenho animado — acrescentou ele. — Eu disse a você, quero uma noite livre.

— Está bem — disse Robin, tomando o cuidado de parecer surpresa e um pouco ofendida outra vez.

— Ah, não... olhe, desculpe — disse Pez,voltando atrás imediatamente ao perceber a frieza na voz dela. — Eu só... eu ainda não consigo entender. O que aconteceu.

— Bom, eu não estou surpresa — disse Robin. — É horrendo.

Pez passou o braço sobre as costas da cadeira dela outra vez.

— Eu mencionei que você é maravilhosa?

Robin deixou que ele pressionasse sua boca contra a dela outra vez. Esse beijo foi mais delicado, não um caso demorado de dentes batendo, língua e saliva, o que parecia apropriado poucos segundos após uma discussão sobre assassinato. Quando Pez a soltou, Robin falou em voz baixa:

— Talvez ajudasse se você falasse sobre isso.

— Está se oferecendo para ser minha terapeuta? — perguntou ele olhando nos olhos dela enquanto acariciava sua omoplata.

— Bom, eu não tenho licença — disse Robin. — Mas veja pelo lado bom: eu ofereço serviços que você não vai encontrar no Serviço Nacional de Saúde.

Ele deu outra risada alta, e antes que ele pudesse perguntar exatamente o que ela estava pensando, Robin disse com seriedade:

— Talvez você *devesse* falar com alguém. Isso deve ter sido muito traumático, e você já tem estresse suficiente na vida, não é mesmo, com seu pai doente e tudo mais?

Ele pareceu um pouco surpreso com isso.

— Por que você e seu namorado terminaram?

— Ele me traiu — disse Robin — com uma amiga minha. Por que você está perguntando isso?

— Porque você é maravilhosa *e* doce. Ele deve ter sido um babaca completo.

*Ah, de novo, não*, pensou Robin quando Pez se aproximou para mais um beijo. Foi o mais longo até então: pelo menos ele não estava tocando em seu cabelo, mas, quando sua boca se apertou contra a dela com mais força do que nunca e sua língua se movimentou em sua boca, ele a envolveu com os dois braços, de um jeito que quase a puxou da cadeira.

— Controle-se — sussurrou ela contra sua boca, meio rindo enquanto se soltava com certa dificuldade. — Meu Deus. As pessoas estão olhando.

— Eu só queria um pouco daquela terapia que não tem no Serviço Nacional de Saúde.

— Você se esqueceu da parte de falar — disse Robin, virando, sobretudo para impedir que ele a beijasse outra vez, o resto de sua taça de vinho, enquanto Pez continuava a acariciar a parte alta de suas costas.

— Essa é a ideia — disse ele, observando-a beber.

— Eu não estava brincando — falou Robin com leveza. — Você passou por uma coisa horrível. Eu percebo que está abalado.

— Ah, não pense que eu perdi minha melhor amiga — afirmou Pez bruscamente. — Nós nos afastamos muito antes de isso acontecer.

— Por quê? — perguntou Robin.

— Você não quer ouvir falar sobre isso — respondeu Pez. — Confie em mim. Você não quer saber.

— Está bem — disse Robin, e mais uma vez permitiu um pouco de frieza na voz, assim como um toque de mágoa. Jessica Robins não gostava de ser tratada como se estivesse apenas um pouco acima de um pint de lager em termos de distrações. Ela gostava de um pouco de conversa antes de ser convencida a ir para a cama. Depois de alguns segundos de silêncio carregado, Pez falou:

— Está certo, mas eu avisei. Ok, está bem, um dos outros caras dublando um dos personagens do desenho animado estava na sala dos computadores no North Grove, esperando por sua cena ou alguma coisa assim. Eu entrei e notei que ele fechou o que estava vendo muito rápido, e fiquei curioso. Nunca gostei desse cara. Professor de escola pública, pais ricos, tentando dizer a todo mundo quanto privilégio teve. Uma vez Wally encontrou uma foto da escola preparatória onde esse cara estudou. Pegou na internet. Ele a ampliou e prendeu na parede com o rosto de Tim colado sobre um dos babaquinhas em suas pequenas boinas rosa e escreveu sobre ela: "Tim aprendendo a desprezar o privilégio cis-hétero branco."

Robin riu.

— Tim não gostou disso — disse Pez com certa satisfação. — Não mesmo. Conheci pessoas como eles em outros trabalhos. Babacas de classe média ressentidos com você por ter crescido na classe trabalhadora. Como se achassem que você está se exibindo. Tentando obter uma vantagem injusta no jogo da opressão ou algo assim.

Robin riu outra vez.

— Enfim... você sabe o que é lolicon?

— Não, o que é?

— Desenhos animados de menininhas. Desenhos delas fazendo coisas. Você sabe... coisas sexuais. É uma coisa japonesa, ou foi lá que isso começou. Agora está em toda a internet.

— *Ah* — disse Robin com a mente acelerada. — Quero dizer... nojento.

— É... então era isso o que Timmy Politicamente Correto estava vendo quando eu entrei. Ele não teve tempo de apagar o histórico porque Edie entrou logo depois de mim e disse que precisava dele para a cena. Eu fui imediatamente verificar o que ele estava vendo.

"Enfim, eu contei isso a Edie, depois que todos tinham ido para casa, e tivemos uma discussão. Ela não acreditou em mim. Ela idolatrava o cara como um herói. Sempre gostou que pessoas inteligentes gostassem dela. Ela não tinha sido uma aluna nota dez nem nada do tipo. Não tinha educação superior. Não conseguia ver que esse Tim era um babaca. Achava que ele era inteligente só porque tinha aquele sotaque.

"Mas ela decidiu perguntar a ele sobre o que eu tinha dito. Ele disse que eu estava mentindo, e ela acreditou nele. Então tivemos uma grande discussão, porque eu disse que, se ele tinha tara por crianças, ela não devia levá-lo para o North Grove para ajudar com as aulas de crianças. Sei que eram apenas desenhos, mas alguns eram bem pesados. Ela me disse que eu estava com inveja e todo tipo de coisa."

— Por que ela achava que você estava com inveja? — perguntou Robin, parecendo apropriadamente indignada a favor de Pez.

— Porque eles tinham feito muito sucesso, eu acho — respondeu Pez de modo sombrio. — Então, depois disso, nós não conversamos muito.

Ele bebeu um pouco mais de cerveja, parecendo emburrado, então continuou:

— Sabe, antes que ela conhecesse Josh, quero dizer, o cara com quem ela fez o desenho animado, rolou um lance entre nós. Nada sério. E estávamos trabalhando em uma coisa jun...

Pez se deteve.

— E agora a porra do namorado dela vem tentar me fazer entregar o que é meu. Bom, ele pode ir se foder — disse Pez, embora Robin achasse ter detectado algum desconforto por baixo da raiva e da bravata. — É meu e vai ficar comigo.

*Então você não perdeu*, pensou Robin, mas a doce e simpática Jessica Robins expressou apenas solidariedade pelo ressentimento justificável de seu acompanhante, antes de se oferecer para comprar uma quarta cerveja.

# 68

*A dúvida ciumenta, a dor ardente,*
*Que atormentam o coração e o cérebro do amante;*
*O medo que não vai possuir seu medo,*
*A esperança que não pode desaparecer...*

Letitia Elizabeth Landon
*The Troubadour, Canto 2*

Cansado do confinamento do escritório e de seu apartamento no sótão, Strike tinha decidido passar a noite no Tottenham, onde podia saborear alguns pints de cerveja enquanto continuava suas investigações online. Entretanto, o Tottenham estava inusitadamente cheio para uma noite de quinta-feira, então, em vez disso, ele se dirigiu para o Angel, só para encontrar uma placa no bar declarando que o uso de celulares e laptops era proibido no estabelecimento.

Com a vontade de beber cerveja aumentando a cada tentativa frustrada de conseguir uma, ele finalmente parou no Cambridge, um pub grande e barulhento localizado nos limites de Theatreland, onde, assim que se sentou com o primeiro copo de Doom Bar, Robin ligou, pedindo a ele para assumir como PatinhasdaBuffy no *Drek's Game*. Em consequência, ele teve de abandonar as linhas de investigação que havia planejado e passou o resto das duas horas seguintes fingindo ser PatinhasdaBuffy na companhia de sucessivas cervejas e de um hambúrguer com fritas. Tirando uma conversa no privado com Endiabrado1, sua presença no jogo correu sem incidentes. Anomia esteve ausente o tempo todo.

Às 21h45, com Strike ainda no Cambridge e cada vez mais entediado com o jogo, seu celular tocou.

— Strike.

— Boa noite — disse Nutley. — Tenho novidades sobre Kea Niven.

Strike enviara seu mais novo subcontratado para King's Lynn na esperança de finalmente excluir Kea da investigação. A escolha por Nutley tinha sido ditada em grande parte pelo desejo de Strike de manter o homem longe de sua proximidade.

— Pode falar — disse Strike, pegando uma caneta e puxando o caderno para mais perto.

— Ela saiu para beber com alguns amigos — disse Nutley. — O bar de vinhos local.

— Ela está andando bem, então? — perguntou Strike.

— Ela está carregando uma bengala — respondeu Nutley —, e seus amigos têm ido até o bar para comprar bebidas para ela.

Ele esperou que Strike o pedisse para continuar. Esse era um dos muitos hábitos de Nutley que o detetive achava extremamente irritantes.

— É isso?

— Não — disse Nutley, parecendo achar divertido que Strike pudesse pensar isso. — Há cerca de vinte minutos, seu telefone tocou e ela saiu do bar para atender a ligação. Eu fui também, fingindo querer um cigarro.

Nutley fez uma pausa para ser elogiado por sua iniciativa. Quando a única reação de Strike foi o silêncio, ele continuou:

— É, então, ela estava falando com alguém ao telefone e ficou meio histérica. Querendo saber por que não tinham telefonado para ela antes e tal. Ela estava dizendo que tinha de entregar uma mensagem para Josh e queria que essa pessoa providenciasse isso. Ela disse que as pessoas no Edit estão dizendo coisas terríveis sobre ela, e que estão mentindo, e foi tudo forjado, ou algo assim. E — disse Nutley com o ar de um homem prestes a tirar um coelho da cartola — ela acha que Anomia está por trás disso. Das coisas no Edit.

— Tem certeza de que ela não estava dizendo "Reddit"? — perguntou Strike, sem se dar ao trabalho de manter a frustração longe da voz.

— O quê?

— *Reddit* — repetiu Strike.

— É, pode ter sido — disse Nutley depois de pensar nisso por alguns segundos. — Mas, como eu disse, ela estava meio histérica, era difícil ouvir exatamente o que estava dizendo. Eles, porém, são todos tipos artísticos, não são, então achei que Edit podia ser alguma espécie de...

— Você conseguiu o nome da pessoa com quem ela estava falando?

— Eu não a ouvi dizer nenhum nome.

*É claro que não ouviu.*

— Está bem, bom trabalho — disse Strike, seu tom de voz contradizendo as palavras. — Anote isso para o arquivo e me ligue se mais alguma coisa acontecer.

Depois que Nutley desligou, Strike voltou para o *Drek's Game*, desejando muito ter alguém que ele pudesse mandar ir até o bar em seu lugar. As mesas ao redor estavam cheias de pessoas rindo e conversando: ele era o único bebedor solitário, um cara estranho de quarenta anos com seu laptop, jogando sozinho enquanto sentia vontade de fumar. Ele tinha acabado de evitar ser atacado por um vampiro digital, então conduziu PatinhasdaBuffy com sucesso em torno de um leão com a ajuda de uma cola feita por Robin ("digite 'você é um fidapua de pedra muito mau, rapá'") quando chegou uma mensagem de texto de sua meia-irmã Prudence.

Ele ainda não a havia conhecido, é claro. Enquanto estava derrubado pela sua perna e sobrecarregado no trabalho, ela estava preocupada com a filha machucada.

Oi. Sylvie está muito melhor, então me perguntei se você estaria livre na próxima quinta-feira para um drinque rápido.

Decidindo que não precisava responder imediatamente, Strike voltou sua atenção para a tela do laptop. Cinco minutos depois, seu celular soou com uma segunda mensagem, então tocou antes que ele pudesse vê-la: era Robin ligando, e ele atendeu imediatamente.

— Oi — disse ela. — Acabei de deixar Pez. Anomia entrou no jogo?

— Não — disse Strike, e Robin deu um gemido. — Mas eu tive uma conversa pessoal com Endiabrado1, que entende de futebol, tenho que reconhecer. A pessoa mais sã que encontrei aqui até agora. Mas você devia ter me dito que PatinhasdaBuffy era torcedora do Manchester United.

— Merda, isso não estava nas anotações? Desculpe, foi o primeiro time em que consegui pensar.

— Tudo bem, eu me virei — disse Strike. — Mas seria educado fazê-la torcedora do Arsenal. Como foi com Pez?

— Acabei de enviar para você uma gravação da entrevista. Eu não a ouvi, por isso não sei quanto meu celular captou. O pub era muito barulhento.

— Estou tendo o mesmo problema — disse Strike, erguendo a voz acima do falatório de um grupo especialmente ruidoso que tinha acabado de chegar à mesa ao lado.

— Vou escrever minhas notas assim que puder, caso ele não tenha gravado. Consegui coisas interessantes com ele.

— Onde está você agora? — perguntou Strike, que achou estar ouvindo trânsito.

— Indo para a Junction Road — disse Robin. — Tentando chamar um táxi.

— Mas por que você está indo para a Junction Road?

— Pode não ser nada, mas tenho uma sensação de que... Strike, um táxi. Vejo você no escritório amanhã e botamos os assuntos em dia.

Robin acenou para o táxi que se aproximava, e ele reduziu a velocidade. Ela deu o endereço ao motorista e embarcou.

Embora tivesse feito o possível para parecer natural ao telefone, ela estava definitivamente se sentindo aturdida. A última hora de sua suposta entrevista com Pez, que ela cortara da gravação enviada a Strike, consistira principalmente em longas séries de beijos e tentativas cada vez mais insistentes de levá-la de volta ao North Grove "só para mais um drinque". Robin estava preparada para fazer muito pela Agência de Detetives Strike e tinha uma cicatriz de vinte centímetros no antebraço para provar isso, mas não achava que dormir com Pez estivesse no escopo dos deveres que Strike podia esperar dela, mesmo que passar a noite inteira com ele pudesse ter permitido que o excluíssem como Anomia.

Enquanto o táxi seguia pela Highgate Street, Robin refletiu que estava colecionando uma grande variedade de reações masculinas à rejeição ultimamente. Pez ficara em um meio-termo entre a fúria fria de Hugh Jacks e o recuo embaraçoso e imediato de Ryan Murphy. Ele tinha tentado manipulação ("O que, você acha que não pode confiar em mim?"), passivo-agressividade ("Não, eu só achei que você estava, tipo, interessada em mim") e, finalmente, um pedido por seu número de telefone. Robin dera a ele o número do celular descartável que tinha usado com Tim Ashcroft e Yasmin Weatherhead, e depois de mais abraços em frente ao Gatehouse, durante os quais Pez apertou-a com tanta força contra seu corpo que ela pôde sentir cada músculo por baixo de sua camiseta, ela finalmente foi embora.

Pensamentos confusos e que geravam confusão, em parte cheios de culpa e em parte cheios de prazer, se acotovelavam na cabeça de Robin enquanto o táxi a levava na direção do apartamento de Zoe. Pez Pierce não era o tipo de homem que ela geralmente achava atraente: ela não era fã de unhas sujas e de um cheiro forte mal lavado; ela não gostava particularmente dele nem tinha se esquecido de que estava ali para extrair informação dele. Entretanto, enquanto a língua dele explorava os recessos mais profundos de sua boca e as mãos dele acariciavam suas costas, seu corpo, que tinha evitado qualquer forma de contato sexual por três anos, não ligara muito para o que o cérebro estava pensando. A verdade levemente desconfortável era que sua resposta física a Pez não tinha sido totalmente fingida. Robin não sabia ao certo se sentia mais vergonha ou orgulho porque Pez Pierce, um homem com (ela desconfiava) uma longa história sexual, não pareceu ter detectado nada em suas respostas que entregassem sua falta de experiência. Esta última reflexão a levou imediatamente de volta à lembrança daquele momento em frente ao Ritz com Strike; por sorte, para sua paz de espírito, nesse exato instante o táxi terminou a viagem curta até a Junction Road, parando perto do prédio decrépito de esquina onde Zoe morava.

Uma luz estava acesa em uma das janelas do segundo andar, na qual pendia uma cortina rosa. Robin virou a esquina, entrou na Brookside Lane e examinou as campainhas ao lado da porta em que vira Zoe entrar. O nome da garota não estava ao lado de nenhuma delas, então, por um palpite aleatório, ela apertou a de cima.

Ninguém respondeu. Robin apertou outra vez. Mais um minuto se passou. Claro, o prédio estava em condições tão ruins que era perfeitamente possível que a campainha não funcionasse. Robin apertou uma terceira vez.

— Alô? — disse a voz de Zoe, parecendo diminuta pelo interfone.

— Zoe, oi — disse Robin, reforçando outra vez o sotaque de Yorkshire. — É Jessica, do North Grove? Eu estava passando a caminho de casa e me perguntei se você estaria bem. Eles me contaram que você estava doente.

— Ah — disse Zoe. — É, eu estou bem. Foi só um mal-estar de estômago.

— Você está precisando de alguma coisa?

— Eu... não. Mas muito obrigada — respondeu Zoe.

— OK, espero que você melhore logo — disse Robin.

— É, obrigada — disse Zoe.

Robin então atravessou para a outra calçada, de olho na janela de Zoe. A silhueta de uma pessoa passou por trás da cortina rosa fina. Parecia grande demais para ser de Zoe. Olhando ao redor para confirmar que não estava sendo observada, Robin removeu com cuidado a peruca morena e a pôs na bolsa, então retirou as lentes de contato avelã. Agora, se alguém olhasse para a rua escura, ia apenas ver uma mulher loura aparentemente esperando uma carona.

Uma hora inteira se passou. Ninguém entrou nem saiu do prédio. Mesmo assim, Robin esperou.

Às 23h50, um jovem negro se aproximou da porta e a destrancou. Robin atravessou a rua correndo.

— Desculpe, se importa se eu entrar? Deixei as chaves da porta da frente na casa de minha amiga e ela não está atendendo a campainha.

O jovem não fez nenhuma objeção.

O corredor era sujo e as escadas nuas de concreto estavam repletas de guimbas de cigarros e embalagens de comida. A escadaria fedia como se pelo menos uma pessoa a tivesse usado como mictório.

Robin subiu a escada estreita atrás do inquilino, que desapareceu por uma porta no patamar do primeiro andar, deixando que Robin subisse sozinha até o segundo andar, botando o celular em modo silencioso ao avançar.

Quando Robin se aproximava do último andar, ela viu, sob a luz de uma única lâmpada nua pendurada no teto, duas portas, uma fechada, outra entreaberta.

A segunda revelava um banheiro do tamanho de um armário de cozinha, suas paredes cobertas de azulejos sujos e rachados, um chuveiro pendurado acima do vaso sanitário. Robin duvidava que essa conversão estivesse de acordo com a lei.

A porta fechada parecia que podia ser arrombada com um único chute. Bem consciente do risco que estava assumindo, Robin foi até ela e botou o ouvido na fresta onde a porta barata de madeira se encontrava com o batente.

Ela podia ouvir uma voz masculina. A cadência parecia raivosa, mas a pessoa que falava, talvez sabendo como o som viajava longe naquele prédio de construção ordinária, não erguera a voz alto o bastante para que Robin captasse mais que algumas palavras.

— ... atuando... livre escolha... me pressionando...

Robin checou o celular outra vez. Passava da meia-noite. O convidado de Zoe podia estar planejando passar a noite, mas seu tom de voz estava longe de ser o de um amante. Robin permaneceu onde estava, com o ouvido grudado na fresta da porta.

— ... me faz mal...

Agora a voz de Zoe se ergueu, aguda e chorosa, muito mais fácil de ouvir que a do homem.

— Eu *nunca* quis machucar você, nunca!

— Fale baixo!

Zoe obedeceu, mas Robin podia dizer pela maneira como sua voz subia e descia que ela estava suplicando, as palavras indistintas.

Então Robin ouviu passos no interior do quarto: eles pareciam estar se aproximando da porta.

Ela recuou para a escada de concreto o mais silenciosamente possível e chegou ao primeiro andar antes de ouvir a porta de Zoe se abrir.

— Não, por favor. — Ela ouviu a garota dizer. — *Por favor*, não vá...

— Me largue. *Me largue.* Se você começar a me ameaçar...

— Eu não estava... eu não estava ameaçando. Eu só estava...

— *Quem começou isso?*

— Fui eu, fui eu. Eu sei....

— Eu disse a você no começo. Era eu que estava assumindo a porra do risco...

Robin continuou descendo, tentando fazer o menor barulho possível, até chegar ao térreo, onde se apertou contra a parede para não ser vista por Zoe ou seu companheiro se eles olhassem para o pé da escada.

— Por favor, fique, não foi minha intenção, eu só...

— Está tarde. Eu preciso ir. Tenho muito em que pensar.

— Não — lamentou-se Zoe, e suas palavras ecoaram pelas paredes sujas.

— Eu disse para *falar baixo, porra!*

Houve um ruído abafado. Aproveitando o barulho, Robin abriu a porta da rua em silêncio e permaneceu ali, ainda ouvindo, pronta para escapar.

— *Me deixe.* Você me deixou em uma posição péssima e agora está chantageando...

— *Não* estou — lamentou-se Zoe.

Passos pesados agora estavam descendo a escada. Robin saiu pela porta, tirou a jaqueta que Jessica Robins tinha usado toda vez em que fora ao North Grove, correu até uma posição a dez metros de distância e curvou a cabeça, fingindo estar olhando para o celular.

Olhando através do cabelo que agora escondia seu rosto, Robin observou Tim Ashcroft sair andando do prédio e seguir na direção de um Fiat estacionado. Segundos depois, Zoe, chorando e descalça, o seguiu. Ela tentou impedir que Ashcroft entrasse no carro, mas ele a afastou com facilidade e, depois de bater a porta na cara dela, partiu, mas não antes de Robin tirar uma foto de seu carro.

Zoe permaneceu tremendo e chorando na rua até o carro desaparecer de vista, sua silhueta magra como a de uma menina de doze anos. Robin rapidamente baixou a cabeça outra vez quando Zoe tornou a entrar no prédio sem sequer olhar para a mulher loura.

Quando a porta se fechou, Robin pegou o caderno e a caneta, se agachou, apoiou o caderno no joelho e escreveu tudo de que podia se lembrar dos breves trechos da discussão que ela havia ouvido. *Chantagem... quem começou isso?... você me deixou em uma situação péssima... fui eu que assumi o risco...*

Ela tornou a ficar de pé e conferiu a hora no celular. Ela gostaria de ligar para Strike imediatamente, mas com certeza já era muito tarde; ele estaria dormindo.

A suposição de Robin, porém, estava errada. Nesse momento, seu sócio, que deixara o Cambridge uma hora antes, estava bem acordado, fumando sentado à sua pequena mesa da cozinha. Diante dele estavam o celular e o caderno, este aberto em uma página dupla que ele tinha acabado de encher de perguntas e observações sobre a gravação da entrevista de Robin com Pez, que seu telefone tinha captado razoavelmente bem, considerando o barulho de fundo no pub.

Enquanto Robin estava chamando um táxi para levá-la de volta a Walthamstow, Strike estava com o cenho levemente franzido ao repassar a gravação repetidamente, à procura das partes na gravação em que estava especialmente interessado.

Um longo silêncio seguido por Pez falando em uma voz rouca:

— *Você é maravilhosa.*

— *Eu só estava tentando ler sua tatuagem* — disse Robin, com a voz levemente provocante.

Strike avançou a gravação.

— *Você é bom. Decente. Eu achei que você fosse... não sei... um playboy artista.*

— *Por quê? Porque eu tiro a roupa para a aula de arte?*

— *Ah, eu não tive problema com isso* — disse Robin. Pez riu.

Strike avançou a gravação outra vez.

— *Não saio direto com alguém há mais de um ano. Mas eu fico bem.*

— *Aposto que fica* — disse Robin com um riso na voz.

Outro silêncio longo, seguido pelo que pareceu ser um gemido de Pez. Então Robin murmurou algo que Strike não conseguiu entender. Ele repetiu a gravação três vezes, finalmente decidindo que o que Robin dissera era:

— *Eu normalmente não faço esse tipo de coisa à luz do dia.*

O que fazia sentido com o complemento de Pez:

— *Sem problema. Logo vai estar escuro.*

Ele avançou a gravação outra vez.

— *Eu mencionei que você é maravilhosa?*

Outra pausa longa. Então Robin disse:

— *Talvez ajudasse se você falasse sobre isso.*

Strike avançou a gravação outra vez.

— *Bom, eu não tenho licença, mas veja pelo lado bom: eu ofereço serviços que você não vai encontrar no Serviço Nacional de Saúde.*

Ele nunca tinha ouvido Robin falar desse jeito, nunca havia imaginado que ela pudesse flertar tão bem. Ele achava... o quê? Que ela fosse uma colegial inocente?

Strike disse a si mesmo que havia boas razões para que ela pudesse ter entrado em pânico diante de sua abordagem equivocada em frente ao Ritz, mas agora ele soube que ela estava perfeitamente preparada para aceitar avanços sexuais se isso ajudasse um caso... ou, talvez, se ele fosse feito por um jovem artista musculoso que, aparentemente, ela já tinha visto nu.

— *Porque você é maravilhosa e doce. Ele deve ter sido um babaca completo.*

Outro silêncio longo. Então a voz de Robin:

— *Controle-se... Meu Deus. As pessoas estão olhando.*

— *Eu só queria um pouco daquela terapia que não tem no Serviço Nacional de Saúde.*

Strike permaneceu sentado, fumando e olhando feio para a parede da cozinha por mais vinte minutos antes de se levantar e ir para a cama. A consciência de que ele não tinha motivo razoável para reclamar — que, longe de se sentir magoado e abalado, ele devia estar parabenizando a sócia por um trabalho bem-feito — nada fez para restaurar sua serenidade.

# 69

*Ela o serviu com humildade, ansiosa,*
*Com amor — meio fé — meio medo.*

Letitia Elizabeth Landon
*She Sat Alone Beside Her Hearth*

## Chats dentro do jogo entre cinco moderadores originais e um novo moderador do *Drek's Game*

<Canal de moderadores>

<4 de junho de 2015 23.57>

<Verme28, Endiabrado1, Corella>

<Anomia entrou no canal>

<DrekIndediado entrou no canal>

**Anomia:** Então aqui está ele, nosso novo moderador

**Verme28:** ah uau oi !!!

**Endiabrado1:** *aplausos*

**Corella:** parabéns, DrekIndediado

**DrekIndediado:** oi gente

**Endiabrado1:** que nota ele tirou no teste?

>

>

<Um novo canal privado foi aberto>

<5 de junho de 2015 00.02>

<Anomia convidou Corella>

<Corella entrou no canal>

**Anomia:** Vou precisar que você faça aquilo de novo amanhã. Nos mesmos horários

**Corella:** Anomia, não posso. Tenho uma apresentação no trabalho

**Anomia:** você então vai ter que dizer que está doente, não vai

**Anomia**: 64%

**Anomia**: respeitável

**Verme28**: muito melhro que eu

**Verme28**: Endiabrado1 tirou 83 %

**DrekIndediado**: uau

**Verme28**: Anomia, quando PatinhasdaBuffy vai fazer o teste?

>

**Anomia**: em uma semana

**Verme28**: ei, DrekIndediado, quem você disse que era Anomia?

**DrekIndediado**: o irmão de Josh Blay

**Endiabrado1**: rsrsrs

**Endiabrado1**: esse é comum, não é?

**Endiabrado1**: Corella achou o mesmo, não foi?

>

>

>

**Endiabrado1**: Corella, você está no banheiro?

**DrekIndediado**: rsrsrs

**<Anomia saiu do canal>**

**DrekIndediado**: é muito legal estar aqui

**Endiabrado1**: você gostou do carpete?

**Corella**: por favor, Anomia

**Corella**: estou trabalhando nisso há semanas

**Anomia**: aposto que você não está trabalhando nessa sua apresentação há tanto tempo quanto estou trabalhando no jogo

>

>

**Anomia**: e você ficou bem satisfeita em colocá-lo em risco, não foi? Falando sobre mim com a porra de uma jornalista

**Corella**: Anomia, eu não contei a ela nada que pudesse identificar você

**Anomia**: "culto"

**Corella**: por que você quer que eu faça isso, afinal?

**Anomia**: adivinhe,não é difícil

**Anomia**: e você vai fazer o que eu mandar se não quiser ir para a cadeia, sra. colaboradora de terroristas

**<Anomia saiu do canal>**

**<Corella saiu do canal>**

**<O canal privado foi fechado>**

**DrekIndediado:** rsrsrs é, é ótimo

**DrekIndediado:** então quem você disse que era Anomia?

**Endiabrado1:** Luciano Becchio

**DrekIndediado:** o jogador de futebol?

**Endiabrado1:** é, eu não tinha a menor ideia

**DrekIndediado:** rsrsrs

**DrekIndediado:** então quando posso começar a bloquear pessoas?

**Endiabrado1:** vá em frente

**Endiabrado1:** embora normalmente a gente espere até elas fazerem alguma coisa errada

**DrekIndediado:** rsrs

>

>

>

>

**<Páginabranca entrou no canal>**

**Páginabranca:** boa noite

**DrekIndediado:** oi

**Páginabranca:** ah, uau, moderador novo!

**DrekIndediado:** rsrsrs é

**Páginabranca:** Morehouse esteve aqui?

**<Um novo canal privado foi aberto>**

**<5 de junho de 2015 00.06>**

**<Endiabrado1 convidou Verme28>**

**<Verme28 entrou no canal>**

**Verme28:** oi, tudo bem?

**Endiabrado1:** vc acha que Corella está bem?

**Verme28:** o que vc quer dizer com isso ?

**Endiabrado1:** ela anda muito quieta

**Verme28:** acho que ela ainda está triste com a saída de LordDrek

**DrekIndediado:** não desde que entrei

**Páginabranca:** me disseram que você é um bom programador

**DrekIndediado:** tenho permissão de responder isso?

**Páginabranca:** o que, por causa da regra 14? Vc disse que sabe programar em frente a Anomia & ele não bloqueou você, então estamos bem

**DrekIndediado:** rsrs está bem

**DrekIndediado:** é, eu sou um programador decente

**DrekIndediado:** mas não tão bom quanto eles

**DrekIndediado:** Anomia e Morehouse

**DrekIndediado:** este jogo é incrível

**Páginabranca:** não se esqueça de dizer isso a eles, eles vão amar

**<Verme28 saiu do canal>**

**DrekIndediado:** Eu já disse a Anomia

**Páginabranca:** não é surpresa que ele goste de você ;)

**DrekIndediado:** rsrsrs

**Páginabranca:** um babaca está tentando descobrir idade/sexo/localização de garotas outra vez

**Endiabrado1:** é, talvez

**Endiabrado1:** ah que grande surpresa

**Endiabrado1:** a madame chegou para flertar com o garoto novo

**Verme28:** ela na verdade é ok

**Endiabrado1:** ela adora jogar merda no ventilador

**Verme28:** ela foi legal comigo ontem à noite

**Verme28:** Eu estava me sentindo péssima & entrei aqui e ela disse que tudo ia ficar bem

**Endiabrado1:** pelo amor de deus, Verme, seus padrões são baixos

**Verme28:** o quevc quer dzeir com isso ?

**Endiabrado1:** qualquer um pode dizer que "vai ficar tudo bem"

**Verme28:** então eu sou patética ou algo assim ?

**Endiabrado1:** não, claro que não, eu só

**<Verme28 saiu do canal>**

**Endiabrado1:** ah, pelo amor de deus

**<Endiabrado1 saiu do canal>**

**<O canal privado foi fechado>**

**Páginabranca:** perto de Stoney

**Páginabranca:** Drekkk5, está vendo ele?

**Páginabranca:** Quer excluí-lo? Seu primeiro bloqueio?

**DrekIndediado:** haha, ótimo

>

>

**DrekIndediado:** ISSO!

**Páginabranca:** hahaha

**DrekIndediado:** é incrível!

**Endiabrado1:** o que aconteceu?

**Endiabrado1:** Páginabranca lhe enviou um nude?

**DrekIndediado:** o quê?

**DrekIndediado:** não

**Endiabrado1:** Dê tempo a ela

**<Endiabrado1 saiu do canal>**

**Páginabranca:** é bom que vc saiba que eu não distribuo nudes

**Páginabranca:** ela tem um problema comigo pq estou com o cara que ela gosta

**DrekIndediado:** meu deus, o canal dos moderadores é cheio de intriga!

**Páginabranca:** você ainda não sabe a metade

**<Um novo canal privado foi aberto>**

**<5 de junho de 2015 00.15>**

**<Endiabrado1 convidou Corella>**

>

**<Corella** entrou no canal**>**

**Endiabrado1:** vc está bem?

**Endiabrado1:** você anda muito quieta

**Corella:** não, estou bem

**Corella:** só ocupada no trabalho

>

>

**Endiabrado1:** ah ok

**Corella:** obrigada por perguntar, de qualquer forma bjs

**<Corella saiu do canal>**

>

>

**<Endiabrado1 saiu do canal>**

**<O canal privado foi fechado>**

# 70

*Enquanto eu o temia, ele veio...*

Emily Dickinson
*XCVIII*

Strike, que ficara acordado até 1h30 da madrugada tomando notas da entrevista de Robin com Pez, foi acordado às 5h pelo fenômeno conhecido como "coto saltitante".

Ele tinha sofrido espasmos mioclônicos na parte restante da perna direita nos meses seguintes à amputação, e essa recorrência inesperada não foi nada bem-vinda. Sem conseguir voltar a dormir devido às contorções e repuxadas, ele finalmente saiu da cama e foi pulando até o banheiro, usando a maçaneta da porta e as paredes para se equilibrar.

Sua perna continuou a sofrer espasmos no chuveiro. Ao se ensaboar, ele se viu pensando mais seriamente do que nunca sobre sua saúde. Ele tinha quarenta anos e estava vários quilos acima do peso; sua dieta era ruim, e seu tendão se rompera duas vezes e permanecia vulnerável. Sabia que sua circulação e forma física geral estavam sendo comprometidas por fumar muito, que suas resoluções vagas de retomar os exercícios diários recomendados pelo fisioterapeuta eram esquecidas assim que tomadas. Pelo menos uma vez por semana, ele admitia que tinha de largar os cigarros, mas continuava a fumar um maço por dia; comprava sacos de salada e os jogava fora antes de abrir. Enquanto sentia seu coto repuxar, ele viu isso como um apelo mudo: alguma coisa precisava mudar.

Depois de se secar com a toalha, Strike pôs a prótese, esperando que o peso dela detivesse os movimentos involuntários de seu coto, depois preparou uma caneca de chá e, apesar de seus pensamentos sérios no chuveiro, acendeu um cigarro. Quando tornou a se sentar à mesinha da cozinha, onde seu laptop e seu caderno ainda estavam desde a noite anterior, ele se lembrou de que devia jantar com Madeline naquela noite.

A perspectiva não lhe trouxe nenhum prazer: pelo contrário, um enorme peso de obrigação e irritação instalou-se na boca de seu estômago. Ele bebeu seu chá, olhando pela janela para os pombos no telhado em frente, em silhueta contra o céu cristalino do início da manhã, e perguntou a si mesmo como as coisas tinham chegado a esse ponto. Ele tinha sido acusado no passado de sabotar inconscientemente relacionamentos porque, na verdade, não queria compromisso: ele se lembrou de levar um sermão de Ilsa sobre a necessidade de compromisso e perdão depois de terminar com uma namorada de pouca duração com quem saíra durante um dos muitos rompimentos com Charlotte. É claro, Ilsa, como todos os seus outros amigos, tinha um objetivo maior: fazer com que ele sossegasse com literalmente qualquer uma que não fosse Charlotte. E ele tinha tentado, não é? Ele tinha realmente tentado dar uma chance ao relacionamento com Madeline. O sexo era bom; havia coisas nela que ele achava amáveis, até admiráveis, mas não havia mais como evitar: faltava alguma coisa essencial.

A perna de Strike ainda estava tentando sair pulando, mesmo com a prótese; o pé falso se mexendo de maneira irritante no chão. Bocejando, ele abriu o laptop para checar a escala de serviços do dia. Robin devia seguir a empregada da South Audley Street naquela manhã. Strike pegou o celular e enviou uma mensagem para ela.

> Seria bom fazer uma atualização sobre Anomia hoje. Nutley conseguiu alguma coisa sobre Kea ontem à noite. Você pode deixar a empregada sem vigilância. Dev está com Dedos, ele vai saber se eles se encontrarem

Depois de enviar essa mensagem, Strike fez e comeu mingau, em vez de fritar o bacon que realmente queria, se vestiu e desceu cuidadosamente até o escritório, em parte porque isso o faria parar de fumar: ele tentava manter o local de trabalho livre de cigarros.

Ele pegou a pasta cada vez maior sobre Anomia no arquivo, então se instalou em frente ao computador, com a intenção de prosseguir com as investigações online que tivera de abandonar na noite anterior, enquanto se passava por PatinhasdaBuffy no *Drek's Game*.

Uma hora se passou, mas a tentativa de Strike de encontrar amigos de Gus Upcott não deu em nada. Ele não conseguiu encontrar nenhum traço do estudante de música na internet, além de um clipe de sete anos antes de um concerto na escola, no qual um Gus adolescente tocava o que pareceu a Strike ser um solo de violoncelo especialmente difícil. Se Gus usava o Twitter, o Instagram ou o Facebook, ele estava fazendo isso sob um pseudônimo, e sua vida social permanecia tão misteriosa quanto quando Strike começara a investigar.

Ele também não teve sucesso com a filha de Grant Ledwell, Rachel, encontrando apenas uma foto do ano anterior no Instagram. A foto mostrava um grupo de adolescentes rindo nos fundos de um ônibus. Uma garota de cabelo escuro puxara seu gorro sobre o rosto, de modo que apenas seu queixo era visível. Ela estava fazendo a saudação do rock and roll com as mãos, os mindinhos e os indicadores esticados, e a legenda dizia @RachLedwell. Entretanto, quando Strike foi procurar essa conta no Instagram, descobriu que tinha sido apagada. Voltando à página com a foto do ônibus, ele observou lentamente o restante das fotos até que, finalmente, cruzando um pouco de informações sobre uniformes escolares e pontos de referência, deduziu que a dona da página (@ShellyPinker) vivia em Bradford, o que significava que tudo o que Strike tinha após mais de uma hora de trabalho eram as palavras "Rachel Ledwell — Bradford?" em seu caderno.

Bocejando outra vez, ele foi para o escritório externo para fazer mais uma caneca de chá, grato pelo fato de que pelo menos sua perna tinha parado de se retorcer.

De volta a sua mesa, ele encontrou uma mensagem de resposta de Robin em seu telefone.

Ótimo, porque tenho muita coisa para contar a você. Se importa se eu chegar às 10h? Fiquei acordada a noite inteira trabalhando

Strike passou um minuto inteiro encarando a mensagem, uma multidão de possibilidades cruzando sua mente. Robin dissera que ia à Junction Road; ele supusera que isso significava que ela queria, por razões desconhecidas, visitar Zoe ou vigiar seu apartamento. *"Eu mencionei que você é maravilhosa?"* O que exatamente a mantivera acordada a noite inteira? *"Controle-se... Meu Deus. As pessoas estão olhando."* Pez Pierce com certeza não tinha acompanhado Robin à Junction Road. Será que ela havia prometido voltar ao North Grove depois da Junction Road? "*Eu normalmente não faço esse tipo de coisa à luz do dia.*"

Agora de cara fechada, Strike escreveu OK, voltou a atenção novamente para o computador e digitou "Kea Niven Reddit" no Google.

Houve um resultado imediato. Sentindo-se ainda mais irritado com Nutley, que podia ter feito essa pesquisa simples em seu próprio telefone, Strike abriu uma página do Reddit intitulada:

r/LocalizeVadiasCriminosas

Strike desceu a tela. Ele se surpreendeu que a página não tivesse sido fechada, porque parecia ser uma longa exortação ao vigilantismo, e seu propósito era expor detalhes pessoais, endereços e empregadores de mulheres que tinham sido condenadas por crimes contra homens, ou que (na visão daqueles que publicavam os perfis dela) tinham alegado mentirosamente serem vítimas de crimes masculinos. Havia fotografias de todas elas para facilitar a identificação. Acima da foto de uma loura de aparência cansada na casa dos trinta estava escrito:

**baba_yaga** Melanie Jane Strong fez acusações falsas de violência doméstica contra o ex-marido para impedir seu contato com os filhos. Uma juíza caiu direitinho. Atualmente morando na Parteger Avenue 3, Cheam, SM1 2PL. Trabalha para advogados locais Miller, May & Bricknell, telefone: 020 8443 8686

E acima de uma foto de uma garota muito bonita de cabelo preto que parecia ter vinte e tantos anos:

**John_baldwin** A vadia mentirosa Darcy Olivia Barrett fez falsas acusações de violência sexual contra o namorado. Mora em Lancaster Drive 4b, Hoxteth. Instagram: @ViolaD97 Twitter: @DarkViola90 Filhos na Raglan Road 98, Barnet, EN4 788 telefone: 020 8906 4359 Ligue e conte à família dela a piranha que ela é.

Strike levou apenas alguns minutos mais para encontrar o nome de Kea. O post tinha sido publicado dez dias antes.

**Drekrapah** Essa vadia maluca ameaçou matar o ex-namorado e a namorada dele uma noite antes de eles serem realmente esfaqueados

http://dailymail.co.uk/noticias/assassinato-de-animadora-no-cemiterio-de-highgate.html
Ela agora apagou suas publicações no Twitter. Espalhem esses prints o máximo possível.
Twitter: @realPaginabranca
Tumblr: *http://pesdesajeitadosecolheres.tumblr.com*
*https://www.instagram.com/keaniven*
*http://patreon.com/KeaNivenArte*

---

**Kea Niven** @realPaginabranca

quando vc descobre por acaso a profundidade da traição e que mentiram para vc por meses
@realJoshBlay @EdLedDesenha

0h10 12 de fevereiro de 2015

---

**Kea Niven** @realPaginabranca

Você está prestes a descobrir que há consequências de se esfaquear pessoas no coração e fugir
@realJoshBlay @EdLedDesenha

0h25 12 de fevereiro de 2015

---

**Kea Niven** @realPaginabranca

se você trata as pessoas com desprezo por tempo suficiente, elas vão retaliar. Violência gera violência
@realJoshBlay @EdLedDesenha

0h26 12 de fevereiro de 2015

---

**Wally Cardew** @O_Wally_Cardew
Em resposta a @realPaginabranca
apague isso pelo amor de deus

0h39 12 de fevereiro de 2015

---

**Kea Niven** @realPaginabranca
Em resposta a @O_Wally_Cardew
por que eu faria isso/

0h40 12 de fevereiro de 2015

---

**Wally Cardew** @O_Wally_Cardew
Em resposta a @realPaginabranca
porque há maneiras melhores

0h42 12 de fevereiro de 2015

**Kea Niven** @realPaginabranca
Em resposta a @O_Wally_Cardew
Não estou nem aí

0h42 12 de fevereiro de 2015

**Wally Cardew** @O_Wally_Cardew
Em resposta a @realPaginabranca
bom, devia estar

0h44 12 de fevereiro de 2015

Strike abriu a pasta de Anomia e pegou a lista impressa de sites visitados por Kea antes de sua entrevista com Strike. Ele dera apenas uma olhada superficial nessa lista, mas agora que tinha descoberto que Kea fizera uma ameaça pouco velada de violência contra Josh e Edie menos de vinte e quatro horas antes que eles fossem esfaqueados, ele sentiu que ela merecia um pouco mais de sua atenção.

Examinando a lista de sites, ele descartou mentalmente o teste do Buzzfeed sobre ser cis, os sites de compras e a pesquisa de seu nome e do de Josh no Google, e finalmente concentrou sua atenção em um site chamado "Tribulationem et Dolorum". Ele abriu o site em seu computador.

Ele se revelou um grupo de apoio para pessoas sofrendo de doenças crônicas, principalmente encefalomielite miálgica. A aparência geral do site era amadora e em alguns lugares a formatação estava estranha. Entretanto, depois de examinar os murais de mensagens por meia hora, Strike finalmente achou uma coisa interessante, datada de 2013.

**Arque:** Oi, eu sofro de cansaço crônico (síndrome de Ehlers-Danlos) e na verdade só estou procurando me conectar com outros que estão passando pela mesma coisa. Acabei de fazer vinte e quatro anos, devia estar terminando meus estudos na faculdade de artes, mas tive que abandonar devido a inúmeras questões de saúde.

**John:** Bem-vinda, Arque! Estou muito satisfeito por você ter se juntado a nós. Espero que ache úteis nossos recursos. Somos uma comunidade amistosa, e tenho certeza de que você vai encontrar o apoio que está procurando!

**Arque:** Muito obrigado. Esse site parece ótimo, o melhor que encontrei bj

**John:** Nós fazemos o possível! Posso perguntar se seu handle é uma referência à deusa grega com o mesmo nome?

**Arque:** É, não posso crer que você sabe isso! Por várias razões ela meio que tem a ver comigo — o arco-íris de sombra. Não brilho tanto quanto deveria! Posso perguntar se você fez o design do site?

**John:** Fiz, sim.

**Arque:** Ah, uau, é ótimo! Como eu disse, sou artista. O visual aqui é muito bom. Amo a paleta de cores e a vibe, como um todo. Percebi só de olhar que não era trabalho de amador!

**John:** Elogios de uma artista! Eu fazia web design antes de ser acometido por encefalomielite miálgica, que infelizmente me obrigou a parar de trabalhar.

**Arque:** Sinto muito. Há quanto tempo você tem encefalomielite miálgica?

**John**: Doze anos

**Arque:** Urgh, isso é horrível. Você tem o apoio de um bom médico?

**John:** Tenho sorte de poder ir a médicos particulares atualmente e encontrei um que é apropriado para mim. Antes disso, era uma luta, por isso eu criei este site.

**Arque:** Me disseram para experimentar terapia de exercício graduado, mas estou vendo muitas coisas ruins a respeito dela na internet.

**John:** Eu não recomendo. No meu caso, piorou dramaticamente meu cansaço.

**Arque:** É, foi isso o que ouvi. E quando me dizem para tentar terapia comportamental cognitiva, parece que estão me dizendo que está tudo na minha cabeça.

**John:** É, infelizmente muitos médicos são profundamente ignorantes sobre as realidades da condição. Se você estiver confortável em me mandar uma mensagem privada, ficarei feliz em compartilhar os medicamentos e tratamentos que tiveram algum benefício para mim.

**Arque:** Ah, com certeza, isso é muito gentil!

**John:** É só clicar no balão de diálogo no canto superior direito.

Strike, então, voltou para a home page.

**Sobre o fundador do Tribulationem et Dolorum**

John é uma pessoa criativa cuja carreira florescente no mercado editorial (além de trabalhos paralelos tanto em arte quanto em música) foi interrompida quando desenvolveu encefalomielite miálgica (EM) há mais de uma década. Ele continua a fazer arte e música dentro das limitações necessárias de sua condição. Uma seleção das composições de John pode ser ouvida em www.IJU.CrieSons, e ele também pode ser encontrado defendendo doentes crônicos (e compartilhando suas opiniões políticas!) no Twitter como @BillyShearsEM

— Pode mesmo? — murmurou Strike enquanto navegava para a conta do Twitter de @BillyShearsEM.

Como ele descobriu, ela era composta principalmente de ataques à profissão médica, críticas severas e desdenhosas tanto do Partido Conservador quanto do Trabalhista e links eventuais para www.IJU.CrieSons.

A porta do escritório externo se abriu. Erguendo os olhos, ele viu Pat entrar, com os braços cheios de correspondências, o cigarro eletrônico já preso entre os dentes.

— Você chegou cedo — resmungou ela.

— Seguindo uma pista — disse Strike.

Cinco minutos depois, ele encontrou aquilo que estava procurando.

---

**Kea Niven** @realPaginabranca

Quando você está deprimida demais para fazer qualquer coisa exceto olhar para o teto e gostaria de morrer, mas isso exige esforço

13h50 4 de setembro de 2014

---

**Discípulo de Lepine** @D1scipulodeLepine
Em resposta a @realPaginabranca
Que tipo de vadia narcisista chorona diz algo assim?

13h51 4 de setembro de 2014

---

**Direitos EM** @BillyShearsEM
Em resposta a @D1scipulodeLepine @realPaginabranca
Você não sabe de nada pelo que essa jovem passou, nem ela merece que usem esse tipo de linguagem com ela

13h57 4 de setembro de 2014

---

**Discípulo de Lepine** @D1scipulodeLepine
Em resposta a @BillyShearsEM @realPaginabranca
O vovô tá de pau duro 😂😂😂

13h59 4 de setembro de 2014

---

**Direitos EM** @BillyShearsEM
Em resposta a @D1scipulodeLepine @realPaginabranca
Estou vendo que o nível do discurso aqui está elevado como sempre

14h03 4 de setembro de 2014

Antes que Strike conseguisse assimilar o que tinha acabado de ler, ele ouviu passos correndo. Ergueu os olhos: Pat estava correndo em sua direção. Ela mal tinha batido a porta do escritório externo quando houve um estrondo ensurdecedor e a porta explodiu para dentro, partindo ao meio. A dobradiça inferior resistiu, mas a porção superior se soltou, atingiu Pat nas costas e a teria atirado no chão se Strike não a houvesse segurado. Havia detritos voando por toda parte; Strike sentiu algo afiado cortar seu pescoço enquanto arrastava Pat para trás da mesa. Do escritório externo veio o som de vidro e escombros caindo, e o cheiro cáustico de fumaça e produtos químicos encheu o ar.

— Um pacote — gritou Pat no ouvido de Strike. — Comecei a abri-lo, percebi que ele estava chiando...

Metal ecoou, algo pesado caiu no chão na sala externa e Strike sentiu o piso tremer. A fumaça estava se tornando mais densa. Seus olhos estavam lacrimejando. Ele ouviu gritos do lado de fora na rua.

— Deixei cair a droga do meu cigarro eletrônico — disse Pat aborrecida, olhando para si mesma.

— Fique aqui — ordenou Strike.

Ele se levantou lentamente, apertando os olhos para ver através da fumaça. Pó de gesso ainda estava chovendo do teto do outro lado da porta. O computador de Pat estava no chão, com a tela destruída. A mesa dela tinha partido ao meio e ainda estava fumegando. Pedaços de madeira e gesso tomavam o chão.

— Polícia, por favor — disse Pat, que apesar do comando de Strike para permanecer abaixada também tinha se levantado para usar o telefone na mesa dele. — Aqui é da Agência de Detetives Strike, na Denmark Street. Nos enviaram um artefato explosivo, e ele acabou de explodir. Não, não há feridos... Ah, estão?... Certo... Eles já estão a caminho — informou Pat, recolocando o telefone no gancho. — Alguém deve ter telefonado.

— Não estou muito surpreso — disse Strike. Um acúmulo de vozes nervosas na rua estava se tornando audível, mesmo acima do zumbido em seus ouvidos.

— Quero meu cigarro de volta — disse Pat, olhando para o chão do lado de fora.

— Fume um dos meus — ofereceu Strike, entregando a ela um maço de Benson & Hedges e um isqueiro. — Você não vai sair daqui até sabermos que é seguro.

Depois de uma espera de cinco minutos, durante a qual mais nada caiu do teto, Strike decidiu que era hora de sair.

Ele pegou a pasta de Anomia, então insistiu em segurar o braço de Pat para conduzi-la por cima dos escombros enquanto seguiam cuidadosamente na direção da porta externa, onde o vidro tinha explodido para fora. As paredes tinham marcas de queimado, os arquivos de metal exibiam amassados profundos e estofo saía através de rasgos no sofá de couro falso. Fios pendiam de dois grandes buracos no teto, um dos quais parecia ter chegado perto de atingir seu apartamento no sótão acima. Ele sentiu uma onda crescente de fúria.

*Seus filhos da puta covardes.*

— Acabei de mandar lavar essa droga — resmungou Pat, examinando o casaco coberto de poeira ainda pendurado incongruentemente em seu gancho. Sua bolsa estava no chão, seu conteúdo espalhado por toda parte. Quando ela se abaixou para recolhê-lo, Strike ouviu uma sirene se aproximando.

— A cavalaria chegou. Vamos.

— Só um instante, eu quero achar...

— Pelo amor de Deus, Pat. Eu compro a droga de um cigarro eletrônico novo para você. Vamos.

Strike não queria pensar em qual seria o estado de seu apartamento. Grato ao menos pelo hábito de sempre levar o celular, as chaves do carro e a carteira consigo para o escritório, para minimizar as subidas desnecessárias até o andar de cima, ele conduziu Pat até o patamar da escada, e, juntos, eles desceram para a Denmark Street.

# 71

*Esses monstros, dispostos sob o sol aberto,*
*Projetam, é claro, sombras monstruosas: aqueles que pensam*
*De maneira enviesada dificilmente vão agir com correção.*

Elizabeth Barrett Browning
*Aurora Leigh*

Às 9h50, Robin saiu com a visão um pouco turva da estação do metrô de Tottenham Court Road e seguiu através das obras na rua na direção do escritório. Ela havia dormido apenas duas horas, então a mensagem de Strike dizendo que ela não ia precisar seguir a empregada da South Audley Street hoje tinha sido um alívio.

Quando se aproximava da Denmark Street, ela viu um carro da polícia e uma pequena multidão, em meio à qual ela reconheceu algumas das pessoas que trabalhavam nas várias lojas de música em torno do escritório. Com uma sensação terrível de mau agouro, ela apertou o passo e, quando chegou ao grupo de pessoas olhando na direção do escritório, seguiu seu olhar, viu a fita azul e branca da polícia bloqueando a entrada no prédio da agência e um policial uniformizado parado diante da porta.

Robin pegou seu telefone com mãos trêmulas. Uma mensagem de Strike tinha chegado enquanto ela ainda estava no metrô.

Pacote-bomba enviado para o escritório. Pat e eu estamos bem. No Starbucks

— Ah, graças a Deus — arquejou Robin, atravessando a rua correndo.

Strike e Pat estavam sentados nos fundos do café. Havia sangue no colarinho de Strike, e Pat parecia mais pálida que o habitual.

— Meu Deus — disse Robin correndo até eles e, sem encontrar mais nada a dizer, repetiu: — *Meu Deus!*

— Ele com certeza estava do nosso lado há uma hora — disse Strike. — Nos mandaram ficar aqui. Eles têm mais perguntas a fazer. Acho que estão esperando o detetive-inspetor chefe.

— O que... como?

— Um embrulho — disse Pat em sua voz grave e profunda. — Comecei a abrir, ouvi um chiado. Então... *cabum*.

— O lugar está destruído — disse Strike. — Pedaços do teto caíram. Tive sorte de minha cama não cair pelo chão.

— Vocês estão...

— Os paramédicos já nos examinaram — disse Strike, lançando um olhar a Pat. — Estamos bem. Informei a Barclay e aos outros o que aconteceu.

— Acho que vou só dar um pulo na Boots — disse Pat, pegando a bolsa, que Robin percebeu estar chamuscada.

— Não, você vai ficar aqui — falou Strike com firmeza.

Pat, na opinião de Strike, que reconhecia aqueles sinais, estava em choque. Seu mau humor pragmático podia ter sido elogiado pelo paramédico que fizera neles um exame rápido, mas Strike percebera o quanto suas mãos tremiam quando ela tomou um gole de café.

— Do que você precisa, Pat? — perguntou Robin.

— Ele não me deixou voltar para procurar meu cigarro eletrônico — reclamou Pat, com um olhar amargo para Strike.

— Eu vou comprar um novo para você — disse Robin no ato.

— Você não vai saber o tipo certo que deve comprar — respondeu Pat de forma petulante —, e eu não me lembro como ele se chama.

— Compre qualquer um que eles tiverem — aconselhou Strike a Robin, botando duas notas de vinte libras em sua mão. — E, se eles estiverem sem, chicletes e adesivos.

Quando Robin saiu, Strike perguntou a Pat:

— Você tomou café da manhã?

— Claro que tomei café da manhã, que tipo de pergunta idiota é essa?

— Acho que você precisa de um pouco de açúcar — disse Strike, se levantando. Ele não tinha problemas com a rabugice de sua gerente do escritório; na verdade, até simpatizava com isso. Sua própria reação ao choque tendia a assumir a forma de irritabilidade. Ele voltou para a mesa com dois pães doces e café fresco, e, depois de olhar para o prato que ele pusera a sua frente, Pat cedeu, arrancou um pedaço e o comeu.

— Você percebe que salvou a vida de nós dois? — perguntou Strike, tornando a se sentar. — Se você não tivesse percebido e fechado aquela porta...

Ele bateu seu copo plástico de café delicadamente contra o dela.

— Você é uma maravilha, Pat. Além disso, faz um ótimo bolo de frutas.

Pat apertou os lábios, franzindo o cenho. Seus olhos tinham se tornado supreendentemente úmidos. Strike pensou por um segundo em passar o braço ao seu redor, mas quase pôde sentir seus ombros ossudos se esquivando dele.

— Imagino que tenha sido o grupo terrorista que você irritou — disse ela.

— Deve ter sido. Isso não foi coisa de amador.

— Filhos da mãe.

— Exatamente.

— Meu tio morreu em um atentado a bomba do IRA em um pub. Woolwich, 1974.

— Merda, sinto muito — disse Strike surpreso.

— Lugar errado. Hora errada. É difícil compreender isso. Bom — falou Pat com uma olhada na direção do tampo da mesa, abaixo do qual a perna falsa de Strike estava escondida —, eu não preciso dizer isso a *você*.

Ela comeu mais pão doce. Strike viu um Toyota Avensis azul passar pela janela e achou ter reconhecido o perfil de Ryan Murphy, o detetive da Divisão de Investigação Criminal que visitara o escritório anteriormente.

— Eles podem querer nos levar para a New Scotland Yard — disse Strike. — Para prestar depoimento.

— Eu não vou a lugar nenhum. Por que não podemos fazer isso aqui?

— Talvez possamos — respondeu Strike de forma apaziguadora.

— Onde está Robin? — perguntou Pat, frustrada. Strike quase podia sentir sua necessidade de nicotina. O primeiro policial na cena pedira a eles para permanecerem dentro do café e não ficar do lado de fora na calçada. Isso agradou a Strike, porque, sem dúvida, era apenas questão de tempo até a imprensa aparecer.

Quando Robin voltou, carregando uma sacola plástica cheia de cigarros eletrônicos variados, dois homens da Divisão de Investigação Criminal tinham se juntado a Strike e a Pat: Murphy e um homem negro mais velho com cabelo grisalho. Robin estava tão preocupada com o que tinha acontecido que a visão das costas de Ryan Murphy mal lhe provocou um tremor. Ela chegou à mesa a tempo de ouvir Pat insistindo estrondosamente que não queria ir para a New Scotland Yard, ela não tinha feito nada de errado, e por que não podia dizer o que tinha a dizer bem ali?

Strike soube que Murphy reconhecera o estado de choque de Pat por sua resposta calma.

— Nós só gostaríamos de conversar com a senhora em algum lugar mais reservado, sra. Chauncey. Ah, olá — acrescentou quando Robin se juntou a eles.

— Oi — disse Robin. — Aqui está, Pat. Espero que algum deles sirva.

Enquanto Pat aceitava a sacola e revirava desconsolada seu conteúdo, Strike disse para os policiais da Divisão de Investigação Criminal:

— Tem um pub rua acima com uma sala no porão. Eles provavelmente deixariam que a usássemos por uma meia hora. Somos frequentadores assíduos.

Então o grupo andou a curta distância até o Tottenham, e Strike e Pat aproveitaram a oportunidade para fumar um cigarro de verdade enquanto caminhavam. Robin se viu andando atrás deles, ensanduichada entre Murphy e seu colega, que ele apresentou como Neal Jameson, antes de dizer:

— Você está bem?

— Eu não estava lá — respondeu Robin. Ela se sentia irracionalmente culpada por não estar no escritório quando a bomba explodiu.

— Ainda assim, é um choque — disse Murphy.

— É — disse Robin.

O barman no Tottenham foi prestativo. Alguns minutos depois de chegarem, os dois policiais da Divisão de Investigação Criminal, Strike, Robin e Pat estavam sentados em torno de uma mesa na sala acarpetada de vermelho no porão, que estava deserta, a não ser por eles.

— Está bem, sra. Chauncey — disse o policial mais velho, abrindo seu caderno enquanto Pat tentava fazer o mesmo com um dos cigarros eletrônicos. Suas mãos ainda estavam tremendo, então Strike pegou a embalagem com ela, abriu-a e começou a montar o dispositivo em seu interior. — Se a senhora puder nos contar em suas próprias palavras o que aconteceu.

— Bom, o carteiro subiu a escada bem atrás de mim — disse Pat.

— O carteiro de sempre?

— Foi — disse Pat. — Ele me conhece. Peguei nossa correspondência com ele no patamar da escada.

— Qual era o tamanho do pacote? — perguntou o homem da Divisão de Investigação Criminal.

Pat demonstrou com as mãos uma forma do tamanho de uma caixa de sapatos.

— Pesado?

— Era — respondeu Pat, observando avidamente enquanto Strike enchia o cigarro eletrônico com fluido.

— O que estava escrito nele, você consegue se lembrar?

— O nome *deles* — disse Pat, apontando Strike e Robin com a cabeça.

— Você consegue se lembrar de alguma coisa da letra?

— Rebuscada — disse Pat. — Às vezes uns malucos nos escrevem. Você sempre sabe pela letra.

— Tinta verde? — perguntou Murphy com um sorriso.

— A pior foi roxa — disse Pat, quase retribuindo o sorriso. Ela sempre teve um fraco por homens bonitos, e Murphy sem dúvida era bem-apessoado, como Robin, abalada como estava, conseguia apreciar naquele momento: maçãs do rosto altas, aquele lábio superior cheio e cabelo ondulado semelhante ao de Strike, embora de cor mais clara. — Um maluco achava que toda a família real tinha sido substituída por impostores.

Os dois policiais da Divisão de Investigação Criminal riram educadamente.

— Mas essa letra não era de um maluco? — perguntou o colega de Murphy.

— Não — respondeu Pat. — Tinta preta, tudo escrito corretamente. Eles nem sempre acertam "Ellacott", e a maioria das pessoas *o* chama de "Cameron".

— Imagino que a senhora não tenha percebido o carimbo postal.

Pat aceitou o cigarro eletrônico funcional e cheio de Strike, deu um longo trago nele como se fosse oxigênio, então disse:

— Kilburn. Eu moro lá — esclareceu Pat. — Você percebe quando é seu, não é?

— Verdade — disse o homem da Divisão de Investigação Criminal. — Então a senhora pegou o pacote...

— Eu o levei para o escritório, o pus sobre a mesa. Tirei o casaco, abri uma das cartas, então comecei a abrir o embrulho. Com a boa letra manuscrita e tudo mais, achei que fosse um presente de agradecimento — explicou ela, um pouco na defensiva. — Eles às vezes ganham chocolate e bebida dos clientes. Eu abri um lado e ouvi o chiado. E eu... eu simplesmente soube — disse Pat.

Ela ficou um pouco mais branca. Robin se levantou em silêncio e saiu da sala.

— Eu corri para o escritório dele — continuou Pat, indicando Strike — e bati a porta, e o pacote explodiu.

— Bom, se todo mundo tivesse seu poder de observação e reações rápidas, sra. Chauncey — disse o policial mais velho da Divisão de Investigação Criminal —, nosso trabalho seria muito mais fácil.

— A perícia vai precisar de pelo menos vinte e quatro horas — disse Murphy para Strike. — Você vive acima do escritório, não é?

— É — respondeu Strike. — Suponho que você vá me aconselhar a ficar longe de lá.

— É, vou sim — disse Murphy. — Pelo que soube, ele pode estar estruturalmente inseguro. E...

— É — disse Strike outra vez. Ele não queria dizer na frente de Pat que, quando o Corte percebesse que seu atentado contra a vida dele e de Robin tinha falhado, eles podiam começar a procurar outros meios de pegá-los.

Robin voltou, com um cálice do que parecia vinho do Porto, que ela pôs à frente de Pat.

— Eu não preciso disso — disse Pat.

— Beba — disse Robin com firmeza, tornando a se sentar.

— Você podia ter pegado uma cerveja para mim enquanto estava lá — falou Strike. — Eu também fui vítima do atentado, sabia?

Os dois policiais da Divisão de Investigação Criminal riram outra vez.

— Está bem — disse Neal Jameson. — Eu vou escrever tudo o que você falou na íntegra e pedir para a senhora assinar, sra. Chauncey.

Enquanto ele estava escrevendo o depoimento de Pat, Murphy se voltou para Robin.

— Eu estava falando com seu chefe...

— Ele é meu sócio — disse Robin, ao mesmo tempo que Strike falou:

— Ela é minha sócia.

— Ah, desculpe. Eu estava dizendo ao seu sócio que seria inteligente passar um tempo longe do escritório. Qual é sua... não é minha intenção ser invasivo... mas qual é sua condição de moradia? Você mora...

— Sozinha — disse Robin. — Acabei de me mudar para Walthamstow.

— Perto de mim: eu estou em Wanstead. Pode ser útil, já que você acabou de se mudar. De todo modo...

— Eu tenho toda a segurança habitual — disse Robin, interrompendo-o.

O colega de Murphy tinha terminado de escrever. Pat, cuja cor tinha voltado após alguns goles de vinho do Porto, leu o depoimento e o assinou.

— Certo — disse Strike para Pat enquanto ele ficava de pé. — Eu vou levar você para casa.

— Não há necessidade disso — afirmou Pat, irritada.

— Não se preocupe, não é porque eu gosto de você — disse Strike, olhando para ela. — Só não acho que possa encontrar outra gerente de escritório com seu conjunto de habilidades.

Robin viu os olhos de Pat se encherem de lágrimas. Enquanto Strike se dirigia à escada, com Pat ao seu lado, Robin o chamou:

— Cormoran, tenho aquele sofá-cama, se você precisar.

Ela não teve certeza de que ele a havia escutado, porque não respondeu, e um segundo depois desejou não ter dito isso: ele podia, é claro, ficar com Madeline Courson-Miles.

Os dois policiais da Divisão de Investigação Criminal estavam conversando em voz baixa. Robin pegou sua bolsa, pronta para ir embora.

— Quer uma carona? — perguntou Murphy, olhando ao redor.

— O que, até Walthamstow? — disse Robin com incredulidade.

— É — respondeu Murphy. — Este devia ser meu dia de folga, mas Neal me chamou por causa deste negócio. Ele vai voltar para o trabalho. Não é muito longe de meu caminho, eu vou naquela direção, de qualquer forma.

— Ah — disse Robin. — Eu... sim, está bem.

# 72

*Você encara, hoje... veja bem, não*
*Uma mulher que quer proteção. Quanto a um homem,*
*Demonstre hombridade, fale abertamente, seja preciso*
*Com fatos e datas.*

Elizabeth Barrett Browning
*Aurora Leigh*

Por que tinha dito sim, perguntou-se Robin. Tinha sido o choque? As duas horas de sono? Um atrevimento causado por um resquício de sua personificação da experiente Jessica Robins na noite anterior? Enquanto seguia Murphy e seu colega até a frente do pub, ela se perguntou se seria paranoia questionar a afirmação de Murphy de que tinha o dia livre. Ela pensou em dizer "Na verdade, vou pegar o metrô", ou "Eu esqueci que tenho que fazer uma coisa na cidade", mas a cada momento ela adiava isso, e logo eles chegaram ao Avensis azul, e os dois policiais da Divisão de Investigação Criminal estavam combinando seus próximos passos. Robin ouviu o nome de Angela Darwish. O policial mais velho atravessou a rua e passou por baixo da fita que agora bloqueava o final da Denmark Street, e Murphy e Robin entraram no carro.

— Que inferno uma coisa dessas ter acontecido — comentou Murphy, afastando-se do meio-fio.

— É — disse Robin.

— Você não podia ficar com amigos, talvez?

— Vou ficar bem em casa — respondeu Robin. Talvez Murphy tivesse interpretado sua aparência doentia como um indício de que ela estava em choque, mas era apenas porque tinha ficado acordada praticamente a noite inteira. Desejando evitar mais sugestões úteis, ela disse: — Não é a primeira vez que nos mandam uma coisa horrível. Eu já recebi uma perna amputada pelo correio.

— É. Eu me lembro de ter lido sobre isso na imprensa — disse Murphy.

Uma pausa se seguiu, na qual Robin começou a procurar tópicos neutros de conversa e, cansada como estava, não encontrou nenhum. Murphy quebrou o silêncio.

— Como está indo o caso de Anomia?

— Não tão bem quanto gostaríamos.

Outro silêncio. Mais uma vez, Murphy acabou com ele.

— Eu viajo de férias esta noite.

— Ah, é mesmo? — disse Robin por educação. — Aonde você vai?

— San Sebastián — respondeu Murphy. — Minha irmã mora lá com a família. Toda vez que eu os visito, me pergunto por que moro em Londres. Eu estava ansioso por isso, não tiro férias há dois anos, mas ontem à noite fizemos uma grande descoberta em nosso caso de assassinato. Eu pensei em adiar minha ida à Espanha, mas minha irmã faz quarenta anos depois de amanhã. Se eu não estiver lá, posso muito bem virar a próxima vítima de homicídio.

— Que caso de assassinato? — perguntou Robin, certa de que sabia a resposta.

— O seu. A animadora.

— Você pegou o assassino de Edie Ledwell? — disse Robin, agora olhando diretamente para Murphy.

— Achamos que sim. Todas as provas estão apontando em uma direção... mas não posso dizer quem é. Não até que ele seja preso.

Murphy olhou para o relógio no painel.

A mente cansada de Robin de repente estava acelerada com perguntas.

— Ele falou com alguém? Admitiu?

— Não — respondeu Murphy.

Houve outro breve silêncio, durante o qual Robin tentou pensar em outras maneiras para obter informação dele, embora pudesse dizer pela expressão de Murphy que ele sabia exatamente o que estava passando pela cabeça dela. Finalmente, ele disse:

— Foi o telefone. O de Ledwell.

— Está com ele?

— Não mais — disse Murphy. — Ele o jogou em um lago de patos em Writtle.

— Onde fica isso?

— Para os lados de Chelmsford.

Ela podia dizer que Murphy ia lhe contar mais, sabia que ele queria explicar como tinham apanhado seu homem, mesmo que sua identidade não pudesse ser revelada. No lugar dele, ela teria sentido a mesma tentação. Ela também conhecia a satisfação de mostrar as peças do quebra-cabeça para alguém que apreciasse o que tinha sido necessário para montá-lo.

— Cerca de quinze dias depois que ela foi morta — disse Murphy —, alguém ligou o telefone de Ledwell por quinze minutos, então tornou a desligá-lo. Nós rastreamos o sinal até o estacionamento do shopping center Westfield em Stratford. Você já esteve lá?

— Não — respondeu Robin.

— O maior shopping center da Europa. Você pode imaginar o tamanho do estacionamento. Recolhemos imagens das câmeras de segurança. Mais de mil carros, muita gente usando o celular. Anotamos todo número de placa, pegamos imagens de todo mundo que pudemos ver com um celular e começamos a examinar isso tudo.

"Cinco dias depois, o telefone foi novamente ligado por dez minutos, e desligado em seguida. Rastreamos o sinal até um campo em Kent. Não havia câmeras por perto, mas conseguimos as imagens da câmera de segurança mais próxima, que não era tão próxima assim. Começamos a olhar números de placa dos carros entrando e saindo da área, além de pedestres e ciclistas, à procura de qualquer dos carros ou pessoas que tínhamos conseguido no Westfield. Trabalho lento, como você pode imaginar."

— Ele estava escolhendo com muito cuidado os lugares para usar o telefone — comentou Robin.

— Muito — disse Murphy. — Tornando nossas vidas o mais difícil possível. Não conseguimos encontrar nenhum automóvel ou pessoa equivalente entre os dois locais. Ainda não temos certeza de por que estavam ligando o telefone. É de imaginar que seria mais inteligente nem mesmo tocar nele. Não fizeram nenhuma ligação. Nossa suposição é que havia alguma informação ali que o assassino quisesse.

— Você sabia que Edie Ledwell guardava ideias para o desenho animado no celular? — perguntou Robin.

— Sim, Blay nos contou isso — disse Murphy. — Enfim, há três semanas, um homem sai de seu carro no laguinho de patos em Writtle nas primeiras horas da manhã, com o rosto escondido por um cachecol, e joga alguma coisa na água. Ele foi visto por um adolescente que estava fumando com atrevimento na janela do banheiro enquanto seus pais estavam dormindo. Esse garoto ficou bem interessado, então, no dia seguinte, ele entra no lago, encontra um iPhone e o leva para casa. Depois de cerca de uma hora, o garoto se dá conta de que há alguma coisa errada com o que tinha acabado de acontecer, então ele desce e conta a seus pais. A mãe leva o telefone para o distrito de polícia local. Somos contatados, botamos nossos peritos e pessoal da área tecnológica para trabalhar no celular; obviamente, ele tinha ficado a noite inteira debaixo d'água, por isso foi um trabalho especializado, mas, depois que eles terminaram, constataram que era, de fato, de Ledwell.

"Câmeras de segurança mostraram um Ford Fiesta entrando e saindo da área nas horas certas. Placas falsas. Nós voltamos e olhamos as fotos do Westfield e..."

— Encontraram um Ford Fiesta com a placa terminando em CBS.

Murphy se virou tão depressa que Robin disse, com medo de que estivessem prestes a bater no carro da frente:

— Sinal de trânsito!

Enquanto Murphy reduzia, ele disse:

— Como...?

— Eu já o vi nele — explicou Robin, cujos pensamentos tinham sido lançados em um estado de confusão completa. Ela se sentiu atônita e confusa, e teve uma estranha sensação doentia de... como descreveria? Descrença? Anticlímax? — Eu percebi as letras no número da placa.

— Por causa do canal de notícias americano? — perguntou Murphy.

— É — mentiu Robin. — Não se preocupe, não estou prestes a ligar para a imprensa. E o telefone de Blay, ele o usou?

— Não, esse não foi ligado desde que desapareceu. Estamos supondo que Ormond o tenha em casa, a menos que o tenha descartado em algum outro lugar. Nós dragamos o lago de patos de Writtle, e ele não estava lá.

— Eu o vi ontem à noite — disse Robin pela segunda vez naquela manhã, enquanto era tomada por ondas de incredulidade.

— Onde?

— No coletivo artístico North Grove. Ele estava tentando conseguir uma coisa de uma das pessoas que mora lá.

— É mesmo? O quê?

— Não sei... Acho que um desenho ou alguma coisa que Edie escreveu... Eu... eu não posso acreditar nisso. Não sei por que, embora suponha que...

Ela não terminou a frase, mas Murphy tinha seguido sua linha de pensamento.

— A primeira pessoa que você investiga é o parceiro. Foi você quem viu os hematomas no pescoço dela.

— Achei que ele estava cuidando de alunos de castigo quando ela foi morta.

— Ele saiu cedo e disse à garota para não contar a ninguém, a menos que quisesse passar mais uma semana de castigo.

— Meu Deus... então ele sabia onde eles iam se encontrar?

— Sabia. Aqui entre nós, temos razões para acreditar que ele pôs um rastreador no celular de Edie, do qual ela não sabia. Ainda estamos tentando destravá-lo. A Apple se recusa a ajudar. Liberdades civis. Mas ele nitidamente conhecia a senha, para abri-lo duas vezes.

— Vão prendê-lo hoje?

— Vão. Ele vai para o trabalho como sempre. Vamos pegá-lo assim que sair da escola. Prender um cara na frente de um monte de crianças não é inteligente. Preferimos não ter a imprensa nisso até que o tenhamos em uma sala de interrogatório.

Então tinha sido Phillip Ormond todo o tempo, o ex-policial e professor que Edie achou que ia mantê-la em segurança contra todas as ameaças e assédio. Um parceiro ciumento, que a seguiu quando ela foi se encontrar com o ex-namorado, esfaqueou os dois e foi embora levando seus celulares... Claro, muitas coisas faziam sentido. A capacidade de o assassino saber exatamente onde Edie estava, o celular ser usado só quando seria mais difícil identificar quem havia feito isso, o que implicava em familiaridade com os métodos da polícia, e o conhecimento extraordinariamente detalhado sobre os dois personagens novos para o filme que Ormond possuía, de acordo com Yasmin.

Murphy agora estava perguntando a ela sobre seus planos de férias. Robin se compôs o suficiente para descrever ter aprendido a esquiar no Ano-Novo. A conversa era apenas levemente pessoal, mas era agradável e fácil. Murphy fez Robin rir com uma descrição do acidente de um colega em uma pista seca de esqui, aonde ele levara uma mulher que estava ansioso para impressionar. Em nenhum momento ele mencionou o convite prévio para um drinque, nem fez com que Robin se sentisse desconfortável naquele espaço restrito, e ela ficou grata por essas duas coisas.

Eles estavam se aproximando da Blackhorse Road quando Robin de repente disse, surpresa com a própria coragem:

— Escute, na última vez que você me ligou para me convidar para um drinque... a razão pela qual eu fui... Não estou acostumada com pessoas me chamando para sair.

— Como isso é possível? — perguntou Murphy, mantendo os olhos na pista.

— Acabei de me divorciar... bem, agora faz um ano, na verdade... de alguém com quem estava desde os dezessete anos — explicou Robin. — Enfim, eu estava no modo trabalho quando você ligou, e foi por isso que fui um pouco, você sabe, sem noção.

— Ah — disse Murphy. — Eu me divorciei há três anos.

Robin se perguntou a idade dele. Imaginava que ele era uns poucos anos mais velho que ela.

—Você tem filhos? — perguntou ela.

— Não. Minha ex não queria.

— Ah — disse Robin.

— E você?

— Não.

Eles pararam em frente ao apartamento de Robin antes que os dois tornassem a falar. Quando ela pegou a bolsa e botou a mão na maçaneta da porta, Murphy disse:

— Então... se depois que voltar de férias eu ligasse para você outra vez e a chamasse para sair...

É só um drinque, ela ouvia a voz de Ilsa em sua cabeça. *Ninguém está dizendo que você tem que pular na cama com ele*. Uma imagem de Madeline Courson-Miles tremeluziu diante dos olhos de Robin.

— Hã... — disse Robin, cujo coração estava acelerado. — É, está bem. Isso seria ótimo.

Ela achou que ele fosse ficar satisfeito com isso, mas ele pareceu tenso.

— Está bem. — Ele esfregou o nariz, então disse: — Tem uma coisa que eu preciso contar a você primeiro. É o que você diz, não é, "sair para um drinque"? Mas, ah, eu sou alcoólatra.

— Ah — disse Robin outra vez.

— Estou sóbrio há dois anos e nove meses — disse Murphy. — Não tenho problema com pessoas bebendo à minha volta. Só preciso esclarecer isso. É o que as regras do AA dizem que você deve fazer.

— Bem, isso não faz nenhuma... quero dizer, obrigada por contar — disse Robin. — Eu ainda gostaria de sair com você algum dia desses. E obrigada pela carona, eu agradeço muito.

Ele, então, pareceu alegre.

— Foi um prazer. É melhor eu voltar e arrumar as malas.

— Isso. Divirta-se na Espanha!

Robin desceu do carro. Enquanto o Avensis azul se afastava, Murphy ergueu a mão para se despedir, e Robin retribuiu, ainda impressionada consigo mesma. Tinha sido uma manhã e tanto.

Ela havia acabado de destrancar a porta da frente quando o celular tocou.

— Oi — disse Strike. — Aquela oferta do sofá-cama ainda está de pé?

— Está, claro — respondeu Robin, ao mesmo tempo confusa e satisfeita, entrando no apartamento e fechando a porta com o pé. — Como está Pat?

— Muito mal-humorada. Eu a levei para casa. Disse a ela para marcar uma consulta de emergência com seu médico. Metade da porta voou e a atingiu nas costas. Percebi que está dolorida... pode ter fraturado alguma coisa. Ela me mandou embora, não exatamente com essas palavras, porém. Ela provavelmente acha que a estou acusando de ser velha demais para sobreviver ao ser atingida por uma porta.

— Strike — disse Robin. — Acabei de descobrir uma coisa. Eles estão prestes a prender Phillip Ormond por assassinato.

Silêncio se seguiu a essas palavras. Robin foi até a cozinha e pôs a bolsa na bancada.

— Ormond? — repetiu Strike.

— É — disse Robin, indo na direção da chaleira. Ela explicou sobre o telefone de Edie ter sido ligado e desligado, e Ormond ter sido visto jogando-o no lago em Writtle.

Outro silêncio longo se seguiu.

— Bom — disse finalmente Strike. — Eu entendo por que eles acham que pegaram o culpado, mas ainda tenho perguntas.

Robin se sentiu estranhamente aliviada. Depois de dizer a ela que chegaria às 18h porque precisava comprar alguns produtos essenciais, Strike desligou.

# 73

*Meu rival trama suas injúrias —*
*O que importa? Sua deslealdade é vazia.*
*Eu o desprezo: sei a quem pertence o prêmio.*

May Kendall
*The Last Performance*

## Chats dentro do jogo entre quatro moderadores do *Drek's Game*

**<Canal de moderadores>**

**<5 de junho de 2015 15.58>**

**<DrekIndediado, Anomia>**

**<Morehouse entrou no canal>**

**DrekIndediado**: Oi, Morehouse!

**Morehouse**: oi

**DrekIndediado**: você não costuma entrar aqui à tarde

**Anomia**: ele é um homem ocupado

**Morehouse**: exatamente

>

>

>

>

**<Um novo canal privado foi aberto>**

**<5 de junho de 2015 16.00>**

**<Anomia convidou Morehouse>**

>

**DrekIndediado:** os números estão baixos

**Anomia:** não por muito tempo

**DrekIndediado:** ?

>

>

**Anomia:** quando a Maverick fizer seu próximo pronunciamento, este lugar vai explodir

**DrekIndediado:** você sabe o que eles vão dizer???

>

**Anomia:** o mestre do jogo sabe tudo

**DrekIndediado:** cara, como você sabe todas essas coisas?

**DrekIndediado:** você trabalha lá, não é? Na Maverick?

>

>

>

**DrekIndediado:** desculpe se ofendi vc

>

>

>

>

**Anomia:** suas provas acabaram, rapá?

**Morehouse:** não é uma prova, é uma pesquisa

>

**Anomia:** ah, é, eu sabia disso

**Morehouse:** Páginabranca esteve aqui?

>

>

**Anomia:** aposto que ela vai aparecer rapidinho, agora que você entrou

>

>

>

>

**Anomia:** e aqui está ela. Telepatia ou coincidência?

**Morehouse:** telepatia, é óbvio

**Anomia:** você é a porra de um físico, não acredita nessas merdas

**Morehouse:** então foi coincidência

>

>

>

>

**<Um novo canal privado foi aberto>**

**<5 de junho de 2015 16.03>**

**<Páginabranca convidou Morehouse>**

>

>

**Páginabranca:** Morehouse?

>

>

>

>

>

>

>

**Páginabranca:** oi?

>

**Páginabranca:** você está conversando com uma colega cientista gostosa?

**Anomia**: rsrs não, vc não me ofendeu

**Anomia**: Eu recebo informação direto na veia, meu amigo

**DrekIndediado**: então me conte

**DrekIndediado**: o que eles vão fazer?

**DrekIndediado**: vamos lá, me conte, eu não vou contar a ninguém

>

>

>

>

>

>

**Anomia**: Eu conto assim que você assumir o lugar de Morehouse

**DrekIndediado**: ?

**Anomia**: quero dizer, se Morehouse sofrer um acidente

**DrekIndediado**: rsrsrs

**DrekIndediado**: você quer saber minha teoria?

**DrekIndediado**: acho que você é amigo de Josh Blay

>

>

>

>

>

>

>

>

>

**Anomia**: certo, vá para um canal privado com ela

**Morehouse**: você sabe que você é meu número 1

>

>

>

>

>

>

>

>

>

>

>

>

>

**Anomia**: rsrsrs

**Anomia**: sua bicha

**Morehouse**: vá conversar com DrekIndediado, ele acha que você é deus

>

>

>

**<Morehouse entrou no canal>**

**Morehouse**: desculpe, eu estava puxando o saco de Anomia

**Morehouse**: você viu o atentado a bomba?

>

**Páginabranca**: vi!!! Que porra foi aquela?

**Morehouse**: estão dizendo que foi o Corte

**Páginabranca**: Eu sei, eu vi

**Morehouse**: bom, isso se encaixa, tudo se encaixa, não é?

**Morehouse**: aquela tal de Ellacott pulou para salvar Vilepechora

**Morehouse**: então eles provavelmente pensaram que ela o estava seguindo, não Anomia

**Páginabranca**: isso faz sentido

>

>

>

>

>

**Anomia:** talvez você esteja certo

**DrekIndediado:** você também conhecia Ledwell?

>

>

>

>

**Anomia:** conhecia, mas ela me sacaneou

**DrekIndediado:** sério?

>

>

>

>

>

**Anomia:** é, ela era uma vaca do caralho

>

>

**Anomia:** verdade. Mas afinal, eu sou

**<Anomia saiu do canal>**

**<Morehouse saiu do canal>**

**<O canal privado foi fechado>**

>

>

>

>

>

**Páginabranca:** mas se Ellacott não está no escritório, como a encontraremos?

**Morehouse:** vamos ligar para o número, vamos dar um jeito

**Morehouse:** quantas provas você ainda tem?

**Páginabranca:** 2

**Morehouse:** então não falta muito para nos encontrarmos

**Morehouse:** a menos que você tenha perdido a coragem e não queira mais

**Páginabranca:** vá se foder, Morehouse

**Páginabranca:** há quanto tempo estou implorando para que você se encontre comigo?

**Morehouse:** hahaha

# 74

*Ainda assim, dizes tu, há muitos espiões a nossa volta…*
*Pois há risco que nosso sangue comum*
*Possa avermelhar em alguma floresta solitária*
*A faca da traição?*

Charlotte Brontë
*The Wood*

Se havia um lado positivo em ser expulso de casa e do escritório por uma bomba, pensou Strike enquanto andava pela Kilburn High Road comprando cuecas, meias, artigos de banho — incluindo pomada para seu coto —, algumas camisas e um pijama (o primeiro que tinha desde a adolescência, mas que achava que deveria usar na casa de Robin), era que isso dava a ele uma grande desculpa para não jantar com Madeline naquela noite, especialmente com a bomba sendo noticiada no site da BBC News.

— *O quê?* — disse ela quando ele lhe telefonou da frente da Superdrug para contar a ela o que tinha acontecido. — Ah, meu Deus... quem... por quê? — Ele a ouviu engasgar em seco. — Acabei de ver na internet, Corm! — Ele a ouviu chamar uma pessoa desconhecida, provavelmente uma das vendedoras. — Ele recebeu um pacote-bomba que explodiu!

Por motivos que não conseguia identificar com precisão, Strike não gostou do fato de Madeline estar contando isso para uma de suas vendedoras, embora o atentado estivesse longe de ser informação reservada, considerando que estava na BBC.

— Venha ficar conosco! — ofereceu Madeline, voltando a atenção novamente para Strike.

— Não posso — respondeu Strike pegando um cigarro. — A polícia disse para eu agir com discrição por um tempo. Não quero levar essa coisa até você e Henry.

— Ah — disse Madeline. — Você acha...? Quero dizer, na verdade, ninguém sabe de nós, sabe?

*Não por falta de tentativas suas*, foi o pensamento imediato e indelicado de Strike.

— Eles são terroristas — disse ele. — Eles vigiam pessoas.

— *Terroristas?* — repetiu Madeline, parecendo, então, realmente assustada. — Eu achei que fosse algum maluco aleatório.

— Não, é o mesmo grupo que mandou bombas caseiras para aquelas parlamentares. Os que estavam atrás de sua amiga Gigi.

— Ah, meu Deus — disse Madeline de novo. — Eu não tinha me dado conta de que você estava investigando...

— Não estamos. Só entramos em conflito com eles por outro caso. Não posso lhe contar nenhum detalhe. É melhor que você não saiba.

*Considerando que você vai contar imediatamente para sua vendedora.*

— Não, acho que não... Mas para onde você vai, então?

— Um hotel da Travelodge ou algum outro lugar, espero — mentiu Strike. — Ligo para você quando souber o que está acontecendo.

— Me ligue de qualquer jeito — disse Madeline —, sabendo ou não o que está acontecendo. Eu quero saber que você está bem.

Depois de desligar, Strike percebeu como seu coração estava mais leve, sabendo que não tinha de ir para Pimlico naquela noite. Ele levou a mão automaticamente ao bolso para celebrar com um cigarro, mas depois de pegar o maço dourado familiar ele passou alguns segundos olhando para ele, então o recolocou no bolso e tornou a entrar na Superdrug.

Depois de comprar todas as suas necessidades imediatas, além de uma mochila barata para carregá-las, ele entrou no McDonald's, onde, lembrando-se do estado de seu coto naquela manhã, evitou relutantemente um hambúrguer e comprou uma salada insatisfatória. Depois disso, ainda com fome, comprou uma torta de maçã com café e consumiu a primeira enquanto tentava não se ressentir de três adolescentes magros à mesa mais próxima, que estavam todos comendo Big Macs.

Embora cansado, Strike se sentia agitado. Adrenalina formigava em suas veias, instando-o a tomar alguma atitude em retaliação, mas em vez disso comeu sua torta, olhando para o espaço enquanto as pessoas riam e falavam por toda a sua volta. As consequências do atentado estavam se tornando claras, agora que ele não tinha que cuidar de Pat e não havia nenhuma tarefa prática para distraí-lo. Ele não tinha acesso ao laptop, a nenhum computador e a nenhuma impressora. Todo o material que tinha eram seu caderno, o arquivo de Anomia e seu telefone.

Ele pegou este último, com a intenção de abrir o Twitter para checar o que Anomia estava fazendo, então percebeu que tinha duas novas mensagens de texto, uma de sua meia-irmã Prudence e uma de Shanker, um amigo dos tempos de adolescência com quem ele mantinha contato, apesar da criminalidade incurável do sujeito. Ele abriu primeiro a de Prudence.

Acabei de ver que seu escritório sofreu um atentado.
Espero que você esteja bem

Strike escreveu em resposta:

Eu estou bem. Mas posso ter que adiar nosso drinque. A polícia está me aconselhando a manter discrição. Espero que tudo esteja bem com Sylvie

Ele, então, abriu a de Shanker.

Quem você irritou dessa vez, seu babaca idiota?

Antes que pudesse responder a isso, seu telefone tocou. Ao ver que era sua irmã Lucy, ele hesitou, mas depois decidiu que era melhor se livrar disso de uma vez.

— *Por que você não me ligou?* — Essas foram suas primeiras palavras acaloradas.

— Eu estava prestes a fazer isso — disse Strike, se perguntando para quantas mulheres mais ele teria mentido até o fim do dia. — Eu estava com a polícia.

— Bom, você podia ter enviado uma mensagem de texto! Eu quase tive um *ataque cardíaco* quando Greg ligou e me contou!

— Eu estou bem, Luce. Literalmente escapei com apenas um arranhão.

— Onde você está? A BBC disse que o prédio foi seriamente danificado! Venha ficar conosco!

Strike repetiu a história que tinha contado para Madeline, enfatizando o perigo para qualquer um com quem tivesse contato naquele momento, e ao enfatizar para ela o risco que seus filhos correriam, conseguiu convencê-la de que era melhor que ele se retirasse para algum hotel anônimo e barato. Mesmo assim, ela falou por vinte minutos, implorando que ele garantisse que ia tomar cuidado, até Strike mentir para ela e dizer que a polícia pretendia prender os responsáveis em dias. Apenas levemente tranquilizada, Lucy finalmente desligou, deixando Strike irritado e ainda mais cansado.

Ele então abriu o Twitter. Não havia publicações recentes de Anomia, mas seus olhos foram atraídos para uma das hashtags atualmente nos trending topics do site: #vásefoderWallyCardew.

Antes da descoberta daquela manhã de que Wally estivera em contato com Kea na noite da véspera das facadas, Strike não teria se interessado muito no que quer que Wally tinha feito para ganhar a reprovação do Twitter. Agora, entretanto, ele clicou na hashtag para saber o que estava acontecendo.

---

**Aoife** @aoifeoconz

rsrs já era hora #vásefoderWallyCardew

www.tubenewz.com/youtube-dispensa-Wally-Cardew-por-alegacoes-de-racismo/html

---

**Sammi** @Sammitch97
Em resposta a @aoifeoconz
Ah, meu deus, ele bateu em MJ??? #vásefoderWallyCardew
#EuEstouComMJ

---

**Drew C** @_drewc^rtis
Em resposta a @Sammitch97 e @aoifeoconz
Por que ele bateria em MJ?

---

**SQ** @#I_S_T_Quince
Em resposta a @ydderidna @_drewc^rtis
@Sammitch97 e @aoifeoconz
Porque aquele crioulo estava comendo sua irmã

---

**SQ** @#I_S_T_Quince
Em resposta a @ydderidna @_drewc^rtis
@Sammitch97 e @aoifeoconz
Então um bando de paquistaneses botou Wal no hospital

---

**SQ** @#I_S_T_Quince
Em resposta a @ydderidna @_drewc^rtis
@Sammitch97 e @aoifeoconz
E alguns irmãos vão dar uma resposta para essa situação
@Heimd&ll88

Strike tornou a guardar o telefone no bolso, se perguntando quando poderia voltar a seu sótão. Ele não sentia que pudesse ficar na casa de Robin por mais de algumas poucas noites, mas tampouco gostava da ideia de deixá-la sozinha naquele apartamento pequeno e arrumado, não até que a ameaça apresentada pelo Corte fosse eliminada. Evidentemente os supremacistas brancos não sentiam nenhuma gratidão por ela por tentar salvar a vida de um dos seus: tudo o que importava era que ela e Strike pareciam estar seguindo seus membros. Aquela bomba não tinha sido uma ameaça vazia: não fossem as reações rápidas de Pat, ele agora poderia estar deitado em um hospital com outra parte de seu corpo amputada, lamentando cheio de culpa a morte de sua gerente do escritório.

Repassando mentalmente as preocupações práticas imediatas, os pensamentos de Strike se voltaram para seu BMW, estacionado em uma garagem cara. Até onde se lembrava, havia muitas vagas na rua de Robin. Apesar de seu tendão dolorido, ele achou que podia voltar à garagem e ir de lá para Walthamstow, para que tivesse o carro à disposição caso precisasse dele. Depois de beber o resto de seu café, ele se levantou de sua cadeira de plástico e pendurou no ombro a mochila que agora continha o que, nesse momento, eram quase todos os seus pertences, então saiu mancando outra vez.

# 75

*Ela dava forças a tuas maldições, aquecia*
*Teus ossos na noite mais fria,*
*Para sentires que não estavas sozinho*
*Novamente para enfrentar o mundo.*

Emily Pfeiffer
*The Witch's Last Ride*

Enquanto Strike estava voltando para a região central de Londres, a igualmente cansada e preocupada Robin estava andando pelo supermercado local. Ela sabia como o apetite de Strike era voraz, e o conteúdo de sua geladeira não estaria à altura da tarefa de alimentá-lo sem um reforço substancial. Enquanto botava um frango inteiro no carrinho, ela se perguntou por que Strike resolvera ficar com ela em vez de com Madeline. Ela não se surpreenderia se estivesse preocupado com a segurança dela: ele às vezes demonstrava instintos protetores que, embora ocasionalmente irritantes, tinham seu aspecto terno. Se fosse totalmente honesta consigo mesma, ela estava muito abalada pelo que acontecera naquela manhã, e feliz por ele estar vindo para ficar. Afinal de contas, os nomes dos dois estavam escritos na bomba, e ela sentia necessidade de estar com a única pessoa que entendia como ela se sentia.

Enquanto ela estava na fila do caixa, seu celular tocou. Era sua mãe. Da mesma forma que Strike fizera com Lucy, Robin atendeu a ligação porque sabia que a ignorar tornaria as coisas piores.

— Robin? Acabamos de ver a notícia! Por que...?

— Eu não estava lá quando explodiu, mãe — disse Robin, andando para a frente com a fila.

— *E como nós devíamos saber disso?*

— Desculpe, eu devia ter ligado para você — respondeu Robin, cansada. — Nós tivemos que prestar depoimento e tudo mais, e eu acabei de...

— Por que você teve que prestar depoimento se não estava lá?

— Bom, porque foi um ataque à agência — disse Robin —, então...

— Eles estão dizendo no noticiário que foi um grupo terrorista de extrema direita.

— É — disse Robin. — Eles acham que foi.

— Robin, *por que um grupo terrorista de extrema direita atacou sua agência*?

— Porque eles acham que estamos interessados neles — respondeu Robin. — O que não é o caso...Você vai perguntar quem *estava* no escritório quando explodiu, ou...

—Você não pode me culpar por me preocupar primeiro com minha filha!

— Não estou culpando você — disse Robin, andando para a frente outra vez e começando a botar suas compras no caixa com uma das mãos. — Só achei que pudesse estar interessada.

— Então quem...

— Pat e Strike. Mas eles estão bem, graças às reações rápidas de Pat.

— Bom, fico satisfeita por isso — disse Linda com rigidez. — Obviamente estou satisfeita. Então o que você vai fazer agora? Quer vir para casa?

— Mãe — disse Robin pacientemente. — Eu *estou* em casa.

— Robin — disse Linda, claramente à beira das lágrimas —, ninguém quer impedir você de fazer o que ama...

—Você quer — retrucou Robin, sem conseguir se segurar. —Você quer que eu pare de fazer isso. Eu sei que isso é um choque, foi um choque para mim também, mas...

— Por que não tentar entrar para a polícia? Com a experiência que você tem, tenho certeza de que iam *gostar* de...

— Estou feliz onde estou, mãe.

— Robin — disse Linda, agora chorando audivelmente —, quanto tempo até que uma dessas vezes que passaram perto...

Robin sentiu lágrimas nos olhos também. Ela estava exausta, estressada e assustada. Entendia o pânico e o sofrimento da mãe, mas era uma mulher adulta de trinta anos e ia tomar as próprias decisões, não importava quem isso aborrecesse, depois de anos longos fazendo o que outras pessoas — seus pais, Matthew — queriam que ela fizesse: a coisa segura, sem graça e esperada.

— Mãe — disse ela outra vez, quando o caixa começou a escanear suas compras e ela tentava abrir uma sacola plástica com uma das mãos —, *por favor,* não se preocupe, eu...

— *Como você espera que eu não me preocupe?* Seu pai acabou de sair do hospital, e nós ligamos no noticiário...

Quinze minutos mais se passaram antes que Robin conseguisse encerrar a ligação, sentindo-se ainda mais exausta e infeliz. A perspectiva da chegada de Strike era a única coisa que a animava enquanto ela voltava pela rua, carregando sacolas pesadas de comida e bebida.

Quando chegou novamente a seu apartamento, ela se ocupou arrumando as compras, separando roupa de cama para o sofá-cama e, em uma atitude de desafio contra a mãe, entrando no *Drek's Game* em seu iPad, que ela deixou rodando enquanto fazia as várias tarefas domésticas, checando periodicamente para ver se Anomia tinha aparecido. Ela também pôs os prints que fizera nas primeiras horas da manhã na mesinha atrás do sofá, que tinha espaço para três cadeiras no máximo.

Atipicamente para Strike, ele chegou exatamente quando disse que chegaria. Robin mal tinha posto o frango no forno quando a campainha tocou. Ela apertou o botão, abriu a entrada principal e esperou por ele na porta aberta de seu apartamento.

— Boa noite — disse ele, arfando um pouco ao chegar ao alto da escada.

Ele entregou a ela uma garrafa de vinho tinto ao entrar no apartamento.

— Obrigado por me deixar ficar. Estou agradecido.

— Nenhum problema — disse Robin, fechando a porta atrás dele. Strike tirou o casaco e o pendurou em um conjunto de ganchos que não estava ali no dia da mudança. Ele tinha a expressão exausta que ela sabia indicar que ele estava sentindo dor, e enquanto subia a escada atrás dele, Robin viu que ele estava usando o corrimão para se erguer.

Strike, que não via o apartamento desde que Robin tinha terminado de desembalar tudo, olhou para a sala de estar. Havia porta-retratos em cima da lareira que não estavam ali no dia da mudança e uma reprodução de Raoul Dufy pendurada acima deles, mostrando uma paisagem marinha vista através de duas janelas abertas.

— Então — disse Strike, voltando-se para olhar para Robin. — Ormond.

— Eu sei... eu comprei cerveja, quer uma?

— Espere aí — disse Strike quando Robin se voltou automaticamente na direção da cozinha, sem qualquer dúvida de que ele ia responder "sim" —, o que tem mais calorias, cerveja ou vinho?

Ela congelou na porta, atônita.

— Calorias? *Você?*

— Tenho que perder um pouco deste peso — disse Strike. — Minha perna não está aguentando.

Ele mencionava o coto tão raramente que Robin decidiu não aproveitar a oportunidade para fazer humor.

— Vinho — disse ela. — Vinho tem menos calorias.

— Eu temia que você dissesse isso — disse Strike com tristeza. — Você podia me servir um copo disso, então. — Ele apontou para a garrafa nas mãos dela com a cabeça. — Posso fazer alguma coisa?

— Não, sente-se — respondeu Robin. — Não tem nada para fazer. Acabei de botar no forno frango e algumas batatas para assar.

— Você não precisava cozinhar — disse Strike. — Nós podíamos ter pedido alguma coisa.

— E as calorias?

— Isso é verdade — admitiu Strike, sentando-se no sofá.

Quando Robin voltou, ela entregou a ele uma taça de vinho, em seguida se sentou em uma poltrona em frente a ele, posicionou o iPad onde podia ver o jogo, do qual Anomia estava ausente, e disse:

— Pois é, Ormond.

— Bom — disse Strike, que tinha bebido um gole bem-vindo de vinho. — Entendo que o tenham prendido. Ele tinha o telefone.

— Mas você não acha que é ele — disse Robin.

— *Pode* ter sido ele — respondeu Strike —, mas eu tenho algumas questões. Tenho certeza de que elas também ocorreram à polícia.

— Murphy disse que Ormond pode ter posto um rastreador no telefone.

— Se ele está dizendo isso, aposto que ele sabe que há mesmo um rastreador nele. Bom, se Ormond o pôs no telefone sem que ela soubesse, isso o deixa numa situação delicada, não é? Ele tinha o meio de localizá-la e um forte motivo para roubar o celular depois de matá-la, para remover o aplicativo de rastreamento.

Strike pôs o vinho na mesinha ao lado do sofá, abriu a mochila e, para surpresa de Robin, pegou uma embalagem que ela reconheceu, depois de passar parte da manhã procurando por algo assim na Boots, como sendo de um cigarro eletrônico.

— Você está tentado parar de fumar? — perguntou ela com incredulidade. Ela presumia que Strike fosse morrer com um Benson & Hedges preso entre os dentes.

— Estou pensando nisso — respondeu ele, rasgando o celofane enquanto falava. — Nunca fumei um desses.

"Então", disse Strike, voltando ao que estava falando enquanto começava a montar o cigarro, "digamos, só para analisar essa hipótese, que Ormond estava com sua aluna de castigo na escola, verificou o aplicativo de rastreamento e viu Edie se dirigindo para o cemitério. Ele ficou desconfiado. Tinha certeza de que ela ia se encontrar com Blay. Ele disse à aluna de castigo que precisava ir embora e ameaçou a criança com uma semana de castigo se ela contasse a qualquer um que ele tinha saído cedo... Bem, esse, para começar, é um álibi muito frágil. Eu não ia gostar de depositar minha esperança de não ser apanhado por assassinato em uma colegial sob ameaça de detenção."

— Talvez ele não estivesse planejando matar Edie quando saiu.

— Mas ele botou um facão em sua pasta só por garantia?

— Está bem, você tem um ponto — disse Robin, contendo um bocejo. — Onde é a escola de Ormond em relação ao cemitério?

— Perto do Flask, onde o entrevistei. Uma caminhada bem curta. Se ele levou o Fiesta, poderia ter chegado ao cemitério em minutos.

Os dois ficaram sentados em silêncio, pensando, enquanto Strike enchia o cigarro eletrônico com fluido de nicotina e Robin conferia o jogo: ainda nada de Anomia. Finalmente, ela disse:

— É possível que o homem por quem Blay passou no cemitério, o cara grande e careca que achamos que estava disfarçado, fosse Ormond?

— Teoricamente, é possível — disse Strike enquanto atarraxava a ponta de seu cigarro eletrônico. — Mas há questões logísticas. Ele levou o disfarce para o trabalho, na possibilidade de que fosse cometer um assassinato? E onde o vestiu? Seria muito arriscado fazer isso na escola. Se estava cuidando de uma criança de castigo, provavelmente havia outros funcionários por perto.

— Ele mora em Highgate?

— Não. Finchley.

— Então o telefone ter sido levado até Hampstead Heath também precisa de explicação — observou Robin. — Com certeza, se ele tinha acabado de esfaquear Edie e Josh, ele ia voltar para o carro e sair de lá o mais depressa possível, não fazer um desvio até o lago número um.

"Mas é engraçado, não é?", continuou ela. "Porque a polícia inicialmente achou que a pessoa que estava com o telefone tinha ido ao lago número um para jogá-lo fora, e Ormond acabou jogando o telefone em um lago, só que diferente."

— O que é interessante, concordo — disse Strike. — O que o fez tomar a decisão de descartar o celular em um lago? Talvez tenha sido encontrá-lo ao lado de um lago. Talvez isso tenha plantado uma ideia subliminar em sua cabeça.

— Você acha que ele rastreou o celular até o Heath e o encontrou jogado na grama?

— Isso é uma possibilidade. A outra é que ele se viu cara a cara com quem quer que o tenha pegado.

— Por que ele não contaria isso à polícia?

— Pânico? — sugeriu Strike. — Ele não quer admitir que estava nas vizinhanças do cemitério quando o crime aconteceu, não quer admitir que a estava rastreando?

Ele, então, ligou o cigarro eletrônico em sua boca e tragou, franzindo o cenho.

— Mas se ele se viu cara a cara com o assassino — disse Strike, exalando vapor —, como Ormond pegou o telefone dele? Houve uma briga?

— Talvez o assassino tenha fingido ter encontrado o telefone, sabe, jogado no chão, e Ormond disse que era dele, e o assassino o entregou.

— Acho que isso é mais plausível do que Ormond lutar com ele para reaver o celular — disse Strike, assentindo. — Supondo que nosso cara grande e careca debruçado sobre o túmulo tenha sido o assassino, ele pode ter tirado o disfarce, então Ormond podia tê-lo considerado um transeunte normal...

"Porém", disse Strike, "se Ormond se encontrou com o assassino quando ele ainda estava mascarado, isso explica muito o que ele me disse quando eu o entrevistei. Não me lembro se lhe contei isso, mas, quando ele falou sobre Anomia se esconder por trás de um teclado, ele fez um gesto sugerindo uma máscara. E se ele acha que o homem mascarado com quem se encontrou era Anomia? Se era, Anomia viu *Ormond* perto da cena do assassinato, e viu *Ormond* segurando o telefone de Edie, o que se encaixa perfeitamente com "Anomia lançaria suspeitas sobre qualquer um para salvar o próprio pescoço". Isso também poderia explicar "Não tenho motivo para dizer que foi ele". Freud ia se divertir com essa. Se minha hipótese estiver certa, Ormond *tem* um motivo muito bom para achar que o assassino era Anomia, porque ficou cara a cara com ele, então ele se defendeu de uma acusação que eu não tinha feito: de que ele tinha uma prova testemunhal que estava escondendo.

— Isso faz sentido — disse Robin. — Então Ormond pegou o telefone de Edie...

— ... mas não a encontrou. Ele entra no carro e vai para casa. Espera. Ela não volta. Ele liga para a polícia e bem depressa percebe que ela foi assassinada. Ele toma uma decisão rápida de mentir sobre seus movimentos, com medo de que o rastreador e o fato de estar com o celular dela fizessem com que fosse acusado.

Robin checou o jogo outra vez, viu que Anomia ainda estava ausente, então apontou para o cigarro eletrônico.

— Como é isso?

— Não tão bom quanto um de verdade — respondeu Strike, olhando para ele. — Mas acho que posso me acostumar com ele. Pelo menos não vai deixar seu apartamento fedendo.

— Quer mais vinho?

— Obrigado — disse Strike, estendendo a taça. — Então, Nils de Jong parece um personagem e tanto.

— Ele é muito estranho — afirmou Robin. — Como eu disse a você, ele é meio, bem, um hippie com traços fascistas. Toda aquela "perspectiva aristocrática" e a coisa racial: eu não esperava nada disso. E contei a você o que ele disse sobre a morte de Edie ser um "êxito", não contei?

— Foi um êxito para o assassino — disse Strike. — Então o que mais você fez ontem à noite? Você disse que estava trabalhando.

— Sim — disse Robin. — Eu estive na Junction Road até depois da meia-noite, depois passei a maior parte da madrugada nas redes sociais. Em poucas palavras, o namorado misterioso de Zoe é Tim Ashcroft. Eu o vi deixar o apartamento dela ontem à noite.

— Ashcroft — disse Strike, surpreso. — Eu não teria posto esses dois juntos em um milhão de anos.

— Bom, Zoe tem, ou *tinha*, algo de que Ashcroft gosta muito — disse Robin sem sorrir, então se levantou para pegar os prints que fizera antes da chegada de Strike e os entregou a ele. — Foi isso o que passei a maior parte da noite fazendo. Dê uma olhada enquanto eu preparo o molho.

Robin foi para a cozinha. As páginas que ela entregara a Strike continham conversas do Twitter, algumas datando de vários anos atrás. Ele começou a ler.

---

**Timothy J Ashcroft** @VirandoOVerme

Feliz ano-novo, Tinteiros!
Saudações do Verme

11h10 1 de janeiro de 2011

---

**Zozo** @tinteiro28
Em resposta a @VirandoOVerme
Obrigada, Timothy! E para você também, eu amo o Verme!!!!

💔💔💔

---

**Timothy J Ashcroft** @VirandoOVerme
Em resposta a @tinteiro28
Obrigado, mas esse desenho animado não é muito adulto para você?!

---

**Zozo** @tinteiro28
Em resposta a @VirandoOVerme
😍 Tenho quase 14 anos!!!!!!

---

**Timothy J Ashcroft** @VirandoOVerme
Em resposta a @tinteiro28
Ah, está bem, estava preocupado que estivéssemos corrompendo você!

---

**Zozo** @tinteiro28
Em resposta a @VirandoOVerme
😂 Não, não sou tão inocente 😂

---

**Timothy J Ashcroft**@VirandoOVerme
Em resposta a @coraçãodetinta28
Conte mais...

---

**Zozo** @tinteiro28
Em resposta a @VirandoOVerme
😂😂😂😂😂😂😂😂😂😂😂😂😂

---

**Timothy J Ashcroft** @VirandoOVerme
Em resposta a @tinteiro28
Bom, estou seguindo você também, então você pode me contar no privado caso se sinta muito tímida aqui!

---

**Timothy J Ashcroft** @VirandoOVerme

Hoje é aniversário do Verme (bom, meu)
#Coraçãodenanquim

9h14 1 de novembro de 2011

---

**Sra. Cori** @carlywhistler_*
Em resposta a @VirandoOVerme
Feliz aniversário. Eu adoro o Verme. Ele é muito bonitinho!

---

**Timothy J Ashcroft**
@VirandoOVerme
Em resposta a @carlywhistler_*
Você também é muito bonitinha, mas como você está tuitando a essa hora da manhã? Você não devia estar na escola?!

---

**Sra. Cori** @carlywhistler_*
Em resposta a @VirandoOVerme
Não fui hoje, estou doente.

---

**Timothy J Ashcroft**
@VirandoOVerme
Em resposta a @carlywhistler_*
Bom, estou seguindo você porque você foi simpática o bastante para me desejar feliz aniversário bj

---

**Laura H** @tinteiro<3
Em resposta a @VirandoOVerme
Eu morreria na guerra pelo Verme
#Coraçãodenanquim💔

19h13 30 de novembro de 2011

---

**Timothy J Ashcroft**
@VirandoOVerme
Em resposta a @tinteiro<3
O Verme também morreria na guerra por você! Quantos anos você tem?

---

**Laura H** @tinteiro<3
Em resposta a @VirandoOVerme
Ah, meu deus, não posso crer que você viu isso!!!!!! 13

---

**Timothy J Ashcroft** @VirandoOVerme

Acabei de gravar o próximo episódio. Grande desenvolvimento de personagem para o Verme!

21h32 23 de dezembro de 2011

---

**Orla Moran** @CoracaoNegroOrla
Em resposta a @VirandoOVerme
Nos conte agora!!!!!!!!!

---

**Timothy J Ashcroft** @VirandoOVerme
Em resposta a @CoracaoNegroOrla
Mandona! Quantos anos você tem?

---

**Orla Moran** @CoracaoNegroOrla
Em resposta a @VirandoOVerme
😂😂😂 14 por quê?

---

**Timothy J Ashcroft** @VirandoOVerme
Em resposta a @CoracaoNegroOrla
Me siga e eu posso enviar uma MD para você com alguns detalhes!

---

**Orla Moran** @CoracaoNegroOrla
Em resposta a @VirandoOVerme
Ah, meu deus 😍

---

**Timothy J Ashcroft** @VirandoOVerme
Em resposta a @tinteiro<3
Bem, você está sendo seguida pelo Verme agora!

---

**Caneta da Justiça** @canetajustaescreve

Quando negro = mal e branco = desejável, o que isso nos diz? Minha posição em relação à paleta problemática de #Coraçãodenanquim

www.CanetaDaJustica/APoliticadasCores...

9h38 9 de fevereiro de 2013

---

**Zozo** @tinteiro28
Em resposta a @canetajustaescreve
Isso é muito bom, eu não tinha visto as coisas desse jeito

---

**Caneta da Justiça** @canetajustaescreve
Em resposta a @tinteiro28
Obrigado gata

Inexpressivo, Strike virou a página.

---

**Caneta da Justiça** @canetajustaescreve

Favorito inofensivo dos fãs ou estereótipo antissemita?

Minha opinião sobre o personagem problemático Drek

www.CanetaDaJustica/DesenhoAnimadoAntissemita...

11h02 28 de fevereiro de 2012

---

**Penny Pavão** @rachledbadly
Em resposta a @VirandoOVerme
Mas Edie Ledwell disse que Drek foi inspirado em uma máscara da peste

---

**Netflix RU & Irlanda** @N£tflix

Estamos felizes em anunciar que o grande sucesso no YouTube #Coraçãodenanquim vai estrear na Netflix em junho de 2013, com conteúdo novo e uma segunda temporada já em desenvolvimento. Leia a notícia inteira aqui: www.NetflixRU/Coracaodenanquim...

21h12 5 de fevereiro de 2013

---

**Esther Cohen** @coelhafeliz
Em resposta a @N£tflix
Que ótima notícia, fico feliz pelos dois criadores talentosos!

---

**Caneta da Justiça** @canetajustaescreve
Em resposta a @rachledbadly
Isso não se trata apenas do nariz! Quantos anos você tem?

---

**Penny Pavão** @rachledbadly
Em resposta a @canetajustaescreve
14, por quê?

---

**Caneta da Justiça** @canetajustaescreve
Em resposta a @rachledbadly
Uau, você parece mais velha. Se você ler todo o texto, vai ver que Drek manipula todo mundo e mora no maior mausoléu, ou seja, é o mais rico

---

**Penny Pavão** @rachledbadly
Em resposta a @canetajustaescreve
Mas ele não mora no maior mausoléu. Lorde e Lady WG moram.

---

**Penny Pavão** @rachledbadly
Em resposta a @canetajustaescreve
E ele não manipula pessoas, elas apenas fazem o que ele quer porque ele está entediado

---

**Caneta da Justiça** @canetajustaescreve
Em resposta a @rachledbadly
Ei, eu sempre estou disposto a um debate inteligente! Você ganhou um seguidor!

---

**Sra. Cori** @carlywhistler_*

Então, eu estou indo para Londres, quais são as melhores coisas para se ver?

19.45 14 de março de 2012

---

**Caneta da Justiça** @canetajustaescreve
Em resposta a @carlywhistler_*
Eu

---

**Caneta da Justiça** @canetajustaescreve
Em resposta a @N£tflix
Espero muito que @N£tflix escute as preocupações dos fãs sobre material problemático antes que CN alcance um público maior

---

**Caitlin Adams** @CaitAdumsss
Em resposta a @canetajustaescreve @N£tflix
Só tem um jeito de resolver isso #DemitamaComilona

---

**Penny Pavão** @rachledbadly
Em resposta a @CaitAdumsss @canetajustaescreve @N£tflix
Não quero que ela seja demitida, todas as ideias decentes são dela

---

**Caneta da Justiça** @canetajustaescreve
Em resposta a @rachledbadly @CaitAdumsss @N£tflix
Concordo que ela é talentosa, só acho que certas mudanças vão melhorar o desenho animado

---

**Penny Pavão** @rachledbadly
Em resposta a @canetajustaescreve @CaitAdumsss @N£tflix
mas eu não quero que eles cortem Drek, transformem Cori em rosa ou façam Páginabranca deixar de ser um fantasma, como vc

---

**Caneta da Justiça** @canetajustaescreve
Em resposta a @rachledbadly @CaitAdumsss @N£tflix
rsrsrs você obviamente é leitora habitual minha! Quantos anos você tem?

---

**Penny Pavão** @rachledbadly
Em resposta a @canetajustaescreve @CaitAdumsss @N£tflix
você já me perguntou isso. Por que você sempre quer saber a idade das garotas?

**Sra. Cori** @carlywhistler_*
Em resposta a @canetajustaescreve
😂💔

**Sra. Cori** @carlywhistler_*

então, meu pai não quer me deixar ir a Londres 😟😭

20h02 20 de março de 2012

**Zozo** @tinteiro28

É MEU ANIVERSÁRIO E ESTOU EM LONDRES!!!!!!
🎆🎆🎆🎈🎈🎈

10h02 28 de março de 2012

**Timothy J Ashcroft** @VirandoOVerme

Não vou mentir, fiquei aborrecido de ter sido dispensado de #Coraçãodenanquim, mas novos projetos estão a caminho!

"Nós estamos mortos. As coisas só podem melhorar."

11h14 25 de março de 2013

**Ruby Nooby** @rubynooby*_*
Em resposta a @VirandoOVerme
Estou muito triste. Amava você como o Verme

**Timothy J Ashcroft** @VirandoOVerme
Em resposta a @rubynooby*_*
Seu rosto bonito acabou de deixar meu dia melhor 💔

**Ruby Nooby** @rubynooby*_*
Em resposta a @VirandoOVerme
ah uau eu nunca achei que você fosse responder!!!!!!💔💔💔

**Timothy J Ashcroft** @VirandoOVerme
Em resposta a @rubynooby*_*
Quantos anos você tem?

**DrekRapah14** @DrekRapah14
Em resposta a @rachledbadly @canetajustaescreve @CaitAdumsss @N£tflix
porque ele é um pedófilo

**Caneta da Justiça** @canetajustaescreve
Em resposta a DrekRapah14 @rachledbadly @canetajustaescreve @CaitAdumsss @N£tflix
Por que o insulto da vez para fascistas é sempre "pedófilo"? Bloqueado.

**DrekRapah14** @DrekRapah14
Em resposta a @canetajustaescreve @rachledbadly
você ainda é a porra de um pedófilo 😂

**Zozo** @tinteiro28

Quando vc acha que alguém se importa com vc e sua mãe morre e ele não responde mensagens e vc se pergunta pq vc ainda é leal

9h05 14 de maio de 2012

**Caneta da Justiça** @canetajustaescreve
Em resposta a @tinteiro28
Cheque seu telefone. Enviei uma msg

**Caneta da Justiça** @canetajustaescreve

Meu Deus, odeio embrulhar presentes.

21h32 23 de dezembro de 2014

**Darcy Barrett** @DarkViola90
Em resposta a @canetajustaescreve
Eu também, é uma merda.

**Discípulo de Lepine** @D1scipulodeLepine
Em resposta a @DarkViola90 @canetajustaescreve
Uma merda reconhece outra merda

**Ruby Nooby** @rubynooby*_*
Em resposta a @VirandoOVerme
12

**Timothy J Ashcroft** @VirandoOVerme
Em resposta a @rubynooby*_*
safadinha, você não devia estar no Twitter!

**Ruby Nooby** @rubynooby*_*
Em resposta a @VirandoOVerme
quero dizer, 13!

**Timothy J Ashcroft** @VirandoOVerme
Em resposta a @rubynooby*_*
hahaha bem, você conseguiu um seguidor

**Andrew Whistler** @andywhistler8
Em resposta a @VirandoOVerme
@rubynooby*_*
você ainda está nessa, não está?

**Andrew Whistler** @andywhistler8
Em resposta a @VirandoOVerme
@rubynooby*_*
ah, você me bloqueou, não estou surpreso.

**Timothy J Ashcroft** @VirandoOVerme
Em resposta a @doceluce
Adorei seu cachorrinho! Quantos anos você tem?

**Caneta da Justiça** @canetajustaescreve
Em resposta a @carla_mappin5
Você entende mesmo essas questões! Quantos anos você tem?

**Caneta da Justiça** @D1scipulodeLepine
Em resposta a @D1scipulodeLepine
@DarkViola90
vá bater outra punheta, incel

**Discípulo de Lepine** @D1scipulodeLepine
Em resposta a @canetajustaescreve
@darkling_b
ela é velha demais para você, pedófilo

**Caneta da Justiça** @canetajustaescreve
Em resposta a @D1scipulodeLepine
@DarkViola90
bloqueado, babaca

**Ellen Richardson** @e_r_coracaodenanquim
Em resposta a @canetajustaescreve
Eu gosto muito de como você interpreta as coisas para nós🖤

**Caneta da Justiça** @canetajustaescreve
Em resposta a @e_r_coracaodenanquim
Obrigado! 🖤 Quantos anos você tem?

**Ellen Richardson** @e_r_coracaodenanquim
Em resposta a @canetajustaescreve
13

**Caneta da Justiça** @canetajustaescreve
Em resposta a @e_r_coracaodenanquim
Seguindo você por ser tão legal!

**Ellen Richardson** @e_r_coracaodenanquim
Em resposta a @canetajustaescreve
Ah uau🖤

**Timothy J Ashcroft** @VirandoOVerme
Em resposta a @mollydeverill1
Faz sentido! Quantos anos você tem?

**Timothy J Ashcroft** @VirandoOVerme
Em resposta a @annaff0rbes
Bonita foto! Quantos anos você tem?

**Timothy J Ashcroft** @VirandoOVerme
Em resposta a @tash&&&rgh
Você é engraçada! Quantos anos você tem?

Robin tornou a entrar na sala quando Strike, com uma expressão sombria no rosto, terminou de ler.

— Você leu tudo?

— Li.

— Acho que ele criou a conta do Caneta da Justiça como plano B. Ele queria manter a conexão com os fãs do *Coração de nanquim,* mesmo se perdesse o Verme. Enquanto isso, ele podia atrair meninas fãs como Tim, e críticos como a Caneta.

— E ele começou a aliciar Zoe quando ela tinha o que... catorze?

— Treze — respondeu Robin. — Ela mentiu para ele, disse ser um ano mais velha do que é. Ela veio a Londres pela primeira vez em seu aniversário de catorze anos. Eu verifiquei alguns registros na internet. Ela agora só tem dezessete anos.Você viu o pai que sacou qual era a dele: "Você ainda está nessa, não é?"

— O cara que impediu a filha de ir para Londres? É. Homem inteligente... e agora Ashcroft está indo a escolas com seu grupo de teatro. Meu Deus.

Robin pegou o caderno sobre a mesa e o abriu nos resultados anotados do que ouvira na Junction Road.

— Zoe e Ashcroft estavam discutindo ontem à noite. Eu entrei no prédio e fiquei ouvindo por trás da porta. Ashcroft parecia estar acusando Zoe de chantagem, o que ela negou. Ele disse a ela: "Quem começou com isso?" e "Você me põe em uma posição ruim", e falou que era ele quem assumia o risco. Não houve nenhuma explicação do que era esse risco, mas obviamente ele devia estar falando de seu relacionamento. Fora isso, o resto foi Zoe implorando a ele para não ir embora e ele dizendo que "precisava pensar". Claro — disse Robin, fechando o caderno —, ela envelheceu e deixou de ser a preferência sexual dele, não é? Ele parece gostar mais delas em torno de treze ou catorze. Eu me pergunto se é por isso que ela está passando fome, para permanecer com a aparência mais jovem possível.

— Eu *odeio* pedófilos — murmurou Strike quando o vizinho do andar de cima de Robin começou a tocar um rap alto.

— E alguém gosta deles? — perguntou Robin.

— Outros pedófilos gostam. Eles têm as mesmas preferências, de acordo com minha experiência. Bem, isso explica seu amigo Pez discutir com Ashcroft no funeral, não é? Ashcroft não estava falando com duas garotas menores de idade?

— Não sei se Rachel Ledwell é menor — disse Robin —, mas Flavia Upcott com certeza é. E o que você quer dizer com "meu amigo" Pez? — acrescentou ela, porque havia uma insinuação na voz de Strike da qual ela não tinha gostado muito.

Ele ergueu as sobrancelhas, com um leve sorriso malicioso no rosto, e Robin, para sua própria irritação, se sentiu corar.

— Eu fiz o que foi necessário para obter informação dele — disse ela com frieza e tornou a sair da sala ostensivamente para mexer o molho, mas, na verdade, para dar a si mesma algum tempo até que a cor sumisse de seu rosto.

Arrependido da tentativa de fazer piada, que, na realidade, tinha sido uma tentativa desajeitada de descobrir o quanto Robin tinha gostado das partes da entrevista que envolveram beijos e, talvez, apalpadelas de Pez Pierce, Strike cogitou pedir desculpas. Entretanto, antes que pudesse fazer isso, seu celular tocou. Era Madeline.

Strike hesitou, olhando fixamente para a tela. Madeline pedira para que ele ligasse para ela, o que, é claro, ele não fez. Ele devia estar sentado sozinho em um hotel barato e anônimo, e desconfiou que, se ignorasse a ligação de Madeline, ela ia tornar a ligar de dez em dez minutos até que ele atendesse.

— Oi — disse ele, atendendo a ligação.

— Como você está? Conseguiu um quarto de hotel?

— Consegui. Acabei de fazer o check-in — disse Strike, mantendo a voz baixa. — Não posso falar por muito tempo. Estou esperando uma atualização de um subcontratado.

— Estou preocupada com você — disse ela. — Mas que inferno, Corm. Uma *bomba*. É aterrorizante.

Robin tornou a entrar na sala, ainda bastante corada. Sem perceber que Strike estava ao telefone, ela disse:

— Olhe, eu não gosto muito de...

Ela se deteve, vendo que ele estava com o telefone no ouvido.

— Quem falou? — perguntou Madeline.

— Serviço de quarto — disse Strike.

— Não, não foi — disse Madeline enquanto Robin olhava para ele com olhos acusadores. Ele tinha a forte sensação de que as duas mulheres sabiam exatamente o que estava acontecendo, e cedendo equivocadamente ao impulso do macho encurralado, ele manteve o tom de voz firme.

— Foi.

— Corm — disse Madeline. — Eu não sou estúpida.

Robin tornou a sair da sala.

— Eu não acho que você seja estúpida — disse Strike, agora fechando os olhos, como se fosse uma criança em uma bicicleta descontrolada, seguindo diretamente na direção de um muro.

— Então quem era aquela mulher e do que ela não gosta muito?

*Merda, merda, merda.* Ele devia ter saído do apartamento antes de atender a ligação, mas estava tão cansado e a perna doía tanto que não quis se levantar. Ele tornou a abrir os olhos e os fixou na reprodução de Raoul Dufy na parede. O que ele não daria para estar sentado sozinho junto de uma janela com vista para o Mediterrâneo nesse momento?

— Estou tomando um drinque rápido com Robin — disse ele. — Para falar sobre coisas da agência. Como vamos seguir em frente se não tivermos acesso ao escritório.

Houve um longo silêncio, então Madeline falou:

— Você está ficando na casa dela.

— Não, não estou — retrucou Strike.

— Mas não tem problema se encontrar com Robin esta noite e arriscar que os terroristas localizem *ela*...

— Ela já está na mira deles — disse Strike. — A bomba estava endereçada a nós dois.

— Que fofo — disse Madeline friamente. — É como se vocês fossem casados, não é? Bom, vou deixar você continuar com seu drinque.

A linha ficou muda.

Uma enxurrada de pensamentos raivosos e ansiosos invadiu rapidamente o cérebro de Strike: *Isso tem que acabar. Seu babaca. Eu não preciso disso esta noite. Nunca ia funcionar. Não faz sentido ligar de volta. É preciso terminar. Pedir perdão.*

Strike se levantou do sofá e foi mancando até a cozinha onde Robin estava em pé de costas para ele, mexendo o molho.

— Desculpe — disse Strike. — Eu estava sendo um babaca.

— Estava — retrucou Robin friamente. — Você estava. Você não usaria aquele tom de voz com Barclay se ele tivesse que seduzir uma mulher para obter informação.

— Eu diria coisa muito pior que isso se Barclay tivesse que beijar uma mulher para obter informação dela, acredite em mim — disse Strike, e quando Robin se virou para olhar para ele, um pouco irritada, mas também achando graça a contragosto, ele deu de ombros e acrescentou: — Provocações, sabe? É isso o que os homens fazem.

— Hum — disse Robin, virando de costas para dar outra mexida no molho. — Bom, achei que você ia ficar satisfeito por eu conseguir tanta coisa com Pierce.

— Eu *fiquei* satisfeito — afirmou Strike. — Você trabalhou muito bem. Esse frango está com um cheiro ótimo.

— Vai precisar de mais meia hora, aproximadamente — disse Robin. Ela hesitou, então perguntou: — Para quem você estava dizendo que eu era o serviço de quarto?

— Madeline — disse Strike. Ele não tinha mais energia para mentir. — Ela queria que eu ficasse com ela. Eu disse que ia para um hotel. Mais fácil.

Robin, que estava muito interessada nessa informação, continuou a mexer o molho, torcendo para ouvir mais, mas sem querer perguntar por isso. Entretanto, como Strike não se estendeu no assunto, Robin abaixou o fogo embaixo da panela de molho e os dois voltaram para a sala de estar.

Enquanto Robin checava o jogo e cumprimentava vários jogadores para se assegurar de que PatinhasdaBuffy não ficasse completamente inativa, Strike pegou seu caderno e foi até as páginas em que tinha escrito observações sobre a entrevista de Robin com Pez.

— Você fez mesmo um bom trabalho com Pierce — disse ele.

— Está bem — disse Robin revirando levemente os olhos enquanto tornava a encher as taças dos dois —, mas não precisa exagerar.

— Imagino que você tenha percebido quantas características ele tem do nosso perfil de Anomia. Ele sabe muito sobre os Beatles, não gosta de gatos...

— Isso sempre foi apenas um palpite...

— Passa algum tempo cuidando do pai... também sabe como entrar naquele cemitério sem ser pego...

— Sei disso, mas...

— E pelo que parece, ele e Edie estavam trabalhando em alguma coisa juntos, e ela o deixou na mão, juntou-se com Josh e escreveu com ele um grande sucesso. Isso é motivo para ressentimento sério.

— Ela não o deixou na mão, necessariamente — disse Robin. — Ela podia achar que o que estava fazendo com Pez não era bom. Mudou de ideia. Eles também tinham discutido sobre Tim. Talvez não fosse divertido trabalhar com ele depois disso.

— Pode não ser como Pez via isso.Você não acha que ele seja Anomia, não é? — disse Strike, observando a reação dela.

— Bom... — Robin hesitou. — Ele tem a habilidade para criar o jogo, mas sempre soubemos disso. Não sei... Quando eu estava com ele, simplesmente não *senti* isso.

Contendo-se com um esforço heroico, Strike não fez o mais óbvio dos comentários vulgares que ocorreram a ele.

— Quero dizer — disse Robin, que felizmente não notara nenhum traço de tensão na expressão de Strike —, Anomia é do mal, sádico. Eu simplesmente não senti isso em Pez. Ele com certeza pode ser grosseiro, eu contei a você sobre aquela coisa que ele pintou na parede de Josh e Edie, e foi muito agressivo com uma fã do *Coração de nanquim* que compareceu a nossa primeira aula de desenho e disse que estava lá para "pegar um pouco da magia" ou algo assim. Ela *foi* um pouco irritante — acrescentou Robin, tomando um gole de vinho —, mas não havia necessidade de ele ser tão cruel. Yasmin Weatherhead parecia ter medo dele. Eu posso imaginá-lo fazendo piada com gordos. Ele faz o tipo.

"Mas descontando a doença de seu pai, que deve ser uma grande tensão, a vida dele está indo bem, até onde eu sei. Ele é popular com as mulheres. Encontrou um lugar onde gosta de morar. E está conseguindo trabalho, mesmo que não seja tão fixo quanto ele gostaria. Imagino que seja a mesma objeção que eu tinha em relação a Gus Upcott. Para serem tão bons em suas respectivas carreiras são necessárias horas e horas todos os dias, e se tem uma coisa que sabemos com certeza sobre Anomia é que ele tem muito tempo nas mãos."

—Verdade — disse Strike. — Bom, falando de pessoas com muito tempo nas mãos, eu mesmo descobri algo novo esta manhã. Não tive tempo para imprimir antes da explosão da bomba, mas a questão é: Kea Niven fez comentários muito ameaçadores no Twitter na noite anterior ao ataque, que ela deletou, mas que consegui recuperar no Reddit. Ela estava falando sobre esfaquear pessoas no coração.

— *Ah*... foi isso o que Cardew estava tentando fazer com que ela apagasse?

— Exatamente. O casinho rápido entre eles não parece ter sido o fim de seu relacionamento, o que é interessante, assim como seu comentário "há jeitos melhores". De certa forma, é uma pena que tenhamos excluído Cardew, porque, em termos de personalidade, ele parece se encaixar melhor com Anomia do que quase qualquer um, e percebo que Pierce acha o mesmo.

"Enfim, Kea tem feito outras coisas além de ameaças no Twitter", continuou Strike, pegando então o telefone e abrindo o site Tribulationem et Dolorum. "Dê uma olhada nisso. É de uns dois anos atrás."

Robin pegou o telefone e leu a conversa entre Arque e John que Strike descobrira naquela manhã.

— Agora abra a página "Sobre o fundador" — disse Strike.

Robin fez isso e então, com seu rosto se iluminando à medida que ela compreendia, leu em voz alta:

— "Uma seleção das composições de John pode ser ouvida em www.IJU.CrieSons..." IJU? Não...

— Inigo John Upcott — disse Strike. — Exatamente.

Robin olhou fixamente para Strike.

— Mas então...

— Você se lembra da defesa acalorada de Inigo de Kea, quando fomos a sua casa? Palavras como "Blay tratou aquela jovem extremamente mal"? Tenho a forte desconfiança de seu contato com Kea vai muito além de uma discussão online sobre cansaço crônico.

— Você não acha...

— Que ela é sua "criança querida"? Acho que sim.

— Uau — disse Robin lentamente, olhando novamente para o site Tribulationem et Dolorum. — Bom, isso não pode ser coincidência de jeito nenhum. Ela não apareceu naquele site sem saber por quem ele era gerido.

— Concordo. Ela estava procurando um jeito sorrateiro para vigiar Josh e Edie. Não duvido que tenha chegado a um ponto, depois de ter convencido Inigo de que estava lá atraída por sua personalidade fascinante, em que eles "descobriram" sua conexão comum com Josh e Edie, e tenho certeza de que Kea ficou adequadamente surpresa com essa coincidência bizarra. Não o conheço muito bem, mas diria que Inigo é um homem com um ego enorme. Não acho que Kea teria muito trabalho para convencê-lo de que estava mantendo contato porque ele era um homem tão sábio e talentoso, e não porque queria extrair informação dele. E tudo isso coloca Kea novamente na lista de suspeitos de serem Anomia, não é? Achávamos que ela não tinha como saber sobre a proposta de mudar Cori para humano, mas, se estivermos certos, ela tinha um caminho direto para a casa dos Upcott desde 2013.

— Você acha que ela e Inigo se encontraram na vida real? — perguntou Robin.

— Isso é uma coisa que vamos ter que perguntar a Upcott. Eles evidentemente têm o telefone um do outro, se ela é mesmo a "criança querida" que ele estava tranquilizando e prometeu ajudar.

— Ela com certeza não teria... — começou a dizer Robin, antes de se calar de repente.

— Quem sabe? — disse Strike, que adivinhara corretamente como a frase teria terminado. — Algumas pessoas fazem qualquer coisa para defender seus interesses.

Os dois pensaram imediatamente em Robin deixando que Pez Pierce enfiasse a língua na sua boca.

— Eu amanhã vou vigiar Ashcroft — disse Robin.

— Vamos alterar a escala de serviço — sugeriu Strike, tornando a pegar o celular. — E vamos ver Upcott juntos, bem cedo.

Robin desconfiou que a sugestão de que ficassem juntos fosse motivada pelas apreensões de Strike em relação ao Corte, mas, como não tinha nenhuma reclamação verdadeira por passar a manhã com Strike, ela apenas disse ao se levantar:

— O frango deve estar quase pronto. Fique de olho no jogo. Vou só cozinhar uns legumes no vapor.

— Vapor — repetiu Strike como se nunca tivesse escutado a palavra antes.

— Alguma coisa errada com o vapor?

— Não. Só nunca fiz isso. Eu normalmente frito tudo.

— Ah — disse Robin. — Bom, talvez você queira mudar isso, se está preocupado com calorias.

Ela voltou para a cozinha, deixando que Strike enviasse um e-mail para Pat sobre a escala de serviço e mensagens para Midge, Dev, Barclay e Nutley. Depois de fazer isso, Strike tornou a guardar o telefone no bolso, conferiu o *Drek's Game* para se assegurar de que Anomia ainda estava ausente, então observou a sala de estar.

O que ele teria achado sobre a ocupante se não soubesse quem morava ali? Ela gostava de ler: os livros tinham enchido parcialmente a estante pequena que o próprio Strike ajudara a montar, e ele percebeu quantas obras sobre criminologia estavam amontoadas junto dos romances. Aparentemente ela gostava de arte fauvista, considerando que havia uma segunda reprodução pendurada acima da mesa na sala de jantar: *Natureza morta com gerânios*, de Matisse. Ele saberia que a ocupante do apartamento não ganhava o mesmo dinheiro, ou não tinha o mesmo tipo de família que Charlotte, cujo apartamento, compartilhado brevemente com Strike, estava cheio de móveis antigos deixados para ela por diversos parentes. As cortinas azuis e creme que Robin pendurara desde a última vez em que ele estivera ali não eram caras, nem tinham puxadores de corda nem franjas com contas, enquanto o lustre no teto era uma lanterna chinesa branca barata. Ele teria achado que ela era organizada e limpa, porque a sala não tinha a aparência de ter sido arrumada às pressas para sua chegada: não havia marcas de aspirador no carpete nem cheiro de produto de limpeza no ar. Ele notou com certo prazer que Robin pusera o filodendro que ele lhe dera em um vaso de cerâmica azul. A planta agora estava em uma mesinha de canto, parecendo saudável: aparentemente, ela também regava plantas. Depois de dar mais um trago em seu cigarro eletrônico, ele se levantou para ver as fotos nos porta-retratos em cima da lareira.

Ele reconheceu os pais de Robin, sorrindo no que parecia ser, a julgar pelos balões prateados atrás deles, uma comemoração de bodas de prata. A mãe dela, Linda, nem sempre exibia esse sorriso quando estava diante de Strike; mas, para ser sincero, ela ficava menos enamorada dele a cada episódio perigoso no qual a filha se envolvia trabalhando para a agência. Uma segunda foto mostrava uma criança pequena e sorridente em um maiô rosa de bolinhas, parada sob um regador de jardim: Strike supôs que era a sobrinha de Robin. A terceira foto mostrava uma Robin adulta de braços dados com os três irmãos, todos os quais Strike conhecia; a quarta, um labrador marrom; e a quinta um grupo de pessoas sentadas a uma mesa de jantar com uma vista espetacular do Matterhorn, o pôr do sol visível através da janela grande ao lado delas.

Olhando para trás para se assegurar de que Robin não ia reaparecer, ele pegou a foto e a examinou. Em cada extremidade da mesa havia uma criança sentada em uma cadeira alta,com uma colher de plástico agarrada na mão gorducha. Robin estava sorrindo para a câmera de um lugar no meio da mesa, e um homem de aparência forte com uma barba clara bem aparada e olhos que Strike achou desonestos estava sentado ao lado dela, também sorrindo, com o braço passado nas costas da cadeira de Robin. Strike ainda estava segurando a foto quando Robin voltou, carregando talheres.

— O Matterhorn — disse ele, recolocando a foto onde ela estava.

— É — disse Robin. — Estava muito bonito. Anomia apareceu? — perguntou ela, apontando para o iPad.

— Não — disse Strike. — Deixe-me ajudar você a arrumar as coisas.

Os dois estavam tão cansados que a conversa foi inconstante durante o jantar, durante o qual Robin fez pausas regulares para movimentar PatinhasdaBuffy no jogo. Anomia não apareceu, e os únicos moderadores presentes eram Páginabranca e Morehouse.Nenhum dos dois repreendeu PatinhasdaBuffy por passar longos períodos inativa.

— Se quero passar no teste para moderador, tenho que encontrar tempo para rever o desenho animado na semana que vem — disse Robin enquanto eles arrumavam a mesa após o jantar.

— Eu sei — disse Strike. — Vamos ter que priorizar isso.

Strike verificou se a prisão de Ormond tinha sido noticiada depois de se lavar, mas nenhum site de notícias que visitou tinha publicado a história. Eles se retiraram para suas respectivas camas pouco depois, e se os dois tinham consciência da intimidade de Robin ao entregar a Strike uma toalha de banho e uma pilha de roupa de cama limpas, e de usar o mesmo banheiro, ambos esconderam isso por baixo de trivialidades que beiravam a brusquidão.

Deitado com seu pijama novo, a extremidade de seu coto massageada com pomada e a prótese de sua perna apoiada na parede, Strike mal teve tempo para refletir que o sofá-cama de Robin era surpreendentemente confortável antes de cair em um sono profundo.

Enquanto se preparava para se deitar a apenas quatro metros de distância, Robin podia ouvir Strike roncar mesmo com o rap que tocava no andar de cima, o que a divertiu e a tranquilizou um pouco. Ela estava saboreando os prazeres de morar sozinha desde que se mudou para a Blackhorse Road, desfrutando da independência e da paz, mas nessa noite, depois da bomba no escritório, era um consolo ter Strike ali, mesmo que ele já estivesse em sono profundo e roncando como um trator. Seu último pensamento consciente antes de pegar no sono foi em Ryan Murphy. Embora o encontro com ele ainda não tivesse acontecido, e pudesse nunca acontecer, a possibilidade de algum modo havia corrigido o desequilíbrio entre ela e Strike. Ela não era mais a tola apaixonada comprometida com o celibato na esperança de que Strike um dia quisesse o que tão claramente não queria. Logo ela mergulhou em um mundo de sonhos onde estava outra vez prestes a se casar com Matthew, que explicava a ela no vestíbulo da igreja, como se fosse uma criança, que, se ela tivesse perguntado, ele podia ter dito a ela quem era Anomia, e que seu fracasso em ver o que era tão nitidamente óbvio para todas as outras pessoas provava que ela não estava preparada para o trabalho que quase os havia separado para sempre.

# 76

*Que estalagem é esta*
*Onde para a noite*
*Chegam viajantes peculiares?*

Emily Dickinson
*XXXIV*

Quando entrou na sala de estar na manhã seguinte às 7h, Robin encontrou Strike já vestido, o sofá-cama de volta a seu estado natural e a roupa de cama de seu sócio bem dobrada. Ela fez chá e torradas para os dois, e, enquanto eles os consumiam à mesa onde tinham jantado, Strike disse:

— Vamos direto para os Upcott e descobrir o que Inigo tem contado a Kea. Aí, dependendo do que ele nos disser, vamos para King's Lynn.

— Está bem — disse Robin, embora parecesse infeliz.

— Qual é o problema?

— Estou só me perguntando o que Katya vai dizer quando perceber que Inigo está se comunicando com Kea esse tempo todo.

— Imagino que ela vá ficar com muita raiva — disse Strike, com um leve dar de ombros. — Isso não é problema nosso.

— Eu sei, mas não consigo deixar de sentir pena dela. Mas acho que seus filhos iam ficar mais felizes se eles se separassem...

O telefone de Strike soou. Ele o pegou, leu a mensagem que tinha acabado de chegar, e sua expressão se tornou furiosa imediatamente.

— O que aconteceu? — perguntou Robin.

— O filho da puta do Nutley!

— O que ele fez?

— Acabou de pedir demissão, foi isso o que ele fez.

— *O quê?* — indagou Robin. — Por quê?

— Porque — disse Strike, que estava lendo rapidamente o parágrafo de justificativas que Nutley enviara — sua mulher não quer que ele trabalhe para nós agora que sofremos o atentado. "Sei que isso vai deixar vocês com pouca mão de obra, e assim que essa situação dos terroristas se resolver, adoraria..." Ah, adoraria mesmo, seu merda inútil?

— Escute — disse Robin enquanto as consequências de menos subcontratados passavam rapidamente pela sua cabeça. — Vá falar com Inigo sozinho. Eu fico com Ashcroft como havia planejado e...

— Nós ficamos juntos — disse Strike. — Eram os nomes de nós dois na porra da bomba, as fotos de nós dois na porra das reportagens, e eu estou levando esses merdas do Corte a sério, mesmo que você não esteja.

— É claro que eu os estou levando a sério, o que você...?

— Então não sugira sair por aí sozinha — retrucou Strike com raiva, se levantando da mesa e, se esquecendo de todas as suas resoluções do dia anterior, descendo para um cigarro de verdade na rua.

Ele sabia muito bem que tinha sido injustificadamente agressivo com Robin, mas o pensamento apenas aumentou seu mau humor enquanto fumava dois cigarros até o fim e escrevia a notícia da demissão de Nutley para Barclay, Midge e Dev. Ele se sentiu totalmente solidário com Barclay, que escreveu em resposta: **Babaca covarde.**

Depois de voltar à sala de Robin, Strike encontrou a mesa do café limpa e Robin pronta para sair. Como ele esperava, as maneiras dela estavam geladas outra vez.

— Desculpe por ter estourado — disse Strike antes que ela pudesse falar qualquer coisa. — Só estou preocupado.

— Curiosamente, eu também estou — disse Robin tranquilamente —, mas quando você diz "sair por aí", como se eu fosse uma desmiolada que...

— Não quis dizer isso. Não acho que você seja uma desmiolada, mas... pelo amor de Deus, Robin, a bomba era de verdade, não apenas para nos assustar. Além disso, sabemos que eles têm um problema em particular com mulheres que não sabem seu devido lugar.

— Então, como as coisas vão ficar agora, você vai me seguir como minha sombra até que o Corte seja preso?

— Não... não sei. Vamos só conversar com Inigo. Provar que Kea é Anomia pelo menos resolveria nossos problemas de mão de obra.

Eles pegaram o BMW de Strike, com Robin ao volante, e passaram a maior parte da viagem de vinte minutos em silêncio. Robin não conseguiu evitar se lembrar de que ela também estava com raiva de Strike na última vez em que tinham visitado os Upcott: isso tinha sido logo depois que ela descobriu que ele estava namorando Madeline. Ela se perguntou qual seria o resultado da mentira de Strike sobre o serviço de quarto. Ele não parecia ter falado com Madeline desde então, a menos que os roncos altos que ela ouvira na noite anterior tivessem sido falsos e ele estivesse mandando mensagens de texto debaixo das cobertas. Ela também não tinha se esquecido de Charlotte. Investigar Jago Ross tinha sido o que levara a agência àquela situação de crise, um fato que Strike parecia curiosamente avesso a reconhecer.

Mas, sem que Robin soubesse, os pensamentos de Strike estavam correndo em paralelo com os dela. A menos que ele pudesse encontrar um substituto para Nutley imediatamente, eles não teriam a capacidade para cobrir todos os casos, e não havia dúvida de que o mais fácil de largar seria o de Jago Ross. Mesmo que seu próprio futuro como investigador fosse prejudicado para sempre por estar associado a um divórcio de tão alto nível, todas as outras pessoas ainda teriam empregos. Talvez, pensou ele, fosse seu dever retirar a vigilância de Ross, independentemente das consequências.

Ele ainda estava nesse ponto deprimente de sua ruminação quando seu telefone soou outra vez. Olhando para ele, viu uma mensagem de texto de Madeline.

Por favor, me ligue quando puder. Precisamos ter uma conversa

Strike tornou a guardar o telefone no bolso sem responder. Ele sabia exatamente para onde aquilo estava se dirigindo: para o mesmo caminho que seguiam todos os seus relacionamentos, para o lugar onde expectativa era recebida com resistência e implodia.

*Está bem*, pensou ele enquanto olhava de cara fechada pela janela, *eu não devia ter mentido sobre onde ia passar a noite, mas se eu contasse a verdade a você, haveria uma cena do mesmo jeito.* Era um crime ter tentado evitar conflito, ter se esforçado para poupar os dois de aborrecimento?

Ele tinha tentado, não é? Tinha aparecido quando era esperado que fizesse isso, dado a ela flores quando apropriado, ouvido Madeline falar de suas preocupações no trabalho e feito o que ele acreditava ser sexo mutuamente excitante: o que mais ela queria? *Honestidade*, ele ouviu Madeline dizer, como as mulheres sempre diziam, mas honestidade teria sido admitir que ele tinha começado o relacionamento porque queria uma distração de sentimentos complicados por outra mulher, e a resposta de Madeline, sem dúvida, teria sido que ele a havia usado. *E daí? As pessoas usam umas às outras o tempo todo*, disse Strike a uma Madeline imaginária, dando tragadas profundas em seu cigarro eletrônico que ele enchera para usar no carro. *Evitar a solidão. Tentar descobrir o que falta em sua vida. Mostrar ao mundo que você tem muita sorte.* E ele se lembrou de Madeline tentando tirar uma foto dos dois para sua página no Instagram, e a discussão na noite de seu lançamento, e ele já podia se ouvir dizer: *Acho que nós queremos coisas diferentes*. Ele devia mandar imprimir cartões com isso, prontos para serem entregues no início de relacionamentos, para que ninguém pudesse dizer que não tinha sido avisado...

— Merda — disse Robin.

Strike olhou e viu um Range Rover saindo da fila de carros estacionados diante da casa dos Upcott.

— Acho que Inigo está ali dentro — disse Robin, olhando através do para-brisa. — Sim... está. Gus está dirigindo. O que fazemos?

— Siga-os — disse Strike. — Provavelmente é uma consulta médica. De qualquer modo, vai ser mais fácil falar com ele longe de Katya.

— Ele vai ficar furioso por ter sido seguido — observou Robin.

— É bem possível — disse Strike. — Mas vai ser muito mais difícil para ele se livrar de nós estando cara a cara. Enfim, ele pediu por isso, o canalha sorrateiro.

Entretanto, Inigo e Gus não pararam em um consultório médico ou um hospital, mas continuaram seguindo rumo ao leste. Robin podia ver o perfil de Inigo voltado na direção do filho. Ele parecia estar repreendendo Gus. De vez em quando, ela via um dedo se agitando.

— Para onde eles estão indo? — perguntou-se em voz alta Strike, uma hora depois de começarem a seguir o Range Rover, quando chegaram à Dartford Crossing, a longa ponte pênsil que atravessa o Tâmisa.

— Inigo não pode estar indo a um hospital tão longe, pode? — disse Robin.

— É — disse Strike, que também estava observando o dedo agressivo. — Inigo parece estar muito bem de saúde, não é?

— Achava que Gus fosse seu filho favorito.

— O fato de estar coberto de erupções pode indicar que essa é uma posição muito estressante de manter — disse Strike. — Talvez ele tenha acabado de dizer a Inigo que quer desistir do violoncelo.

O Range Rover seguiu pela M2 por mais uma hora.

— Acho que estão indo para Whitstable — disse Robin finalmente, quando o Range Rover entrou em uma estrada chamada Borstal Hill. — Será que estão indo visitar alguém?

— Ou — disse Strike, assaltado por uma ideia repentina — eles têm uma segunda casa. É o tipo de lugar onde londrinos ricos comprariam uma pequena residência à beira mar... conveniente para os fins de semana...

Ele pegou o telefone outra vez e abriu o site de diretório de pessoas e empresas 192.com e procurou por "I J Upcott" e "Whitstable".

— É, eu tinha razão — disse ele. — Eles têm outra casa aqui. O Aquarelle Cottage, na Island Wall.

Robin seguiu o Range Rover até o coração da bela cidadezinha, passou por casas com estruturas de madeira e pequenas residências contíguas com cores de sorvete, depois pegou a Harbour Street, que era ladeada por galerias de arte e lojas de curiosidades. Finalmente, o Range Rover fez duas curvas para a direita, o que os levou para o estacionamento de Keam's Yard. Robin estacionou o BMW a certa distância do Range Rover, e ela e Strike observaram pelos espelhos laterais e retrovisor Gus sair do carro, tirar a cadeira de rodas do pai da mala, ajudar Inigo a desembarcar, então empurrar Inigo na cadeira de rodas, até eles fazerem uma curva e desapareceram de vista.

— Acho que devemos dar a eles dez minutos — disse Strike, verificando o relógio no painel. — Aposto que Gus vai voltar até o carro para pegar bolsas. Não quero que eles saibam que estamos aqui até terem posto a chaleira para esquentar e tirado os sapatos. Uma coisa a nosso favor — acrescentou ele de forma insensível — é que é muito difícil fugir de cadeira de rodas.

# 77

*Você chora: "Eu tinha objetivos tão elevados,*
*Minha alma tinha desejos grandiosos.*
*Que altares partidos, chamas moribundas,*
*Eu merecia um destino melhor..."*

May Kendall
*Failures*

Depois de observar Gus descarregar duas malas da traseira do Range Rover e de dar a ele tempo suficiente para levá-las até a casa, Strike e Robin desceram do BMW. Havia uma praia de seixos do outro lado do muro de pedra do estacionamento, e Strike, que nascera na Cornualha, experimentou a leve melhora de humor que o cheiro de mar e o som de ondas quebrando sempre proporcionavam a ele.

Island Wall, que ficava logo após a esquina do estacionamento, era uma rua estreita em ladeira descendente. O conjunto de casas pintadas do lado direito tinha uma vista desimpedida para o mar. O Aquarelle Cottage, que ficava várias casas abaixo, era pintado de verde pastel, e o vitral da janela de ventilação acima da porta retratava um galeão com as velas enfunadas.

Não parecia haver campainha, então Strike ergueu a aldrava em forma de âncora e bateu duas vezes. Menos de dez segundos se passaram até que Gus abrisse a porta.

Ao reconhecer Strike e Robin, sua expressão encheu-se de horror. Robin teve tempo de observar que sua urticária, embora não estivesse mais em torno de seus olhos injetados, permanecia inflamada como sempre.

— Quem é? — gritou Inigo do interior da casa.

Gus se virou e viu o pai surgir à vista em sua cadeira de rodas. Inigo também pareceu temporariamente atordoado pela aparição dos dois detetives, mas seus modos habituais se reafirmaram quase imediatamente.

— O que os...?

— Bom dia — disse Strike, com o que Robin julgou ser um sangue-frio impressionante, levando-se em conta a expressão de fúria no rosto de Inigo. — Estava me perguntando se poderíamos conversar, sr. Upcott.

Inigo se aproximou mais. Gus se apertou contra a parede de um jeito que sugeria que ele teria gostado de desaparecer dentro dela.

—Vocês... Como souberam que eu... *Vocês estavam me seguindo?*

Lamentando que seria indelicado dizer "*Obviamente estávamos, seu babaca presunçoso*", Strike respondeu:

— Esperávamos pegá-lo em casa em Hampstead, mas como vocês estavam saindo quando chegamos, viemos atrás.

— Por quê? — perguntou Inigo. — O que... por que...? Isso é ultrajante!

— Achamos que você pode ter informação importante para nossa investigação — disse Strike, elevando levemente a voz porque duas jovens estavam passando, e ele desconfiava que Inigo temeria que os vizinhos soubessem de seus negócios ainda mais do que as possíveis consequências de deixar Robin e Strike entrarem. E de fato, embora parecesse estar com ainda mais raiva, Inigo falou:

— Não fique parado na porta gritando! Meu Deus, isso é um completo... um absoluto...

Os anos de Robin com a agência tinham ensinado a ela que, por mais indesejável que fosse a visita de um detetive particular, quase todo mundo queria saber por que eles tinham vindo, então ela não se surpreendeu quando Inigo disse com rispidez:

— Eu dou a vocês cinco minutos. *Cinco*.

Ele tentou se afastar deles de ré quando eles entraram, mas, em sua agitação, colidiu com a parede.

— Mas que droga, me ajude! — gritou ele com o filho, que correu para fazer isso.

A casa, como eles viram ao entrar e fechar a porta, tinha sido adaptada para se equiparar aos padrões elevados de sua casa em Hampstead. O térreo tinha sido convertido em uma área aberta plana incorporando a cozinha e as áreas de estar e jantar, tudo com tábuas lisas no chão. Nos fundos da casa havia portas duplas que se abriam para um jardim que também tinha sido adaptado para a cadeira de rodas de Inigo, com uma extensão levemente inclinada de um deque que levava a uma plataforma na qual havia um guarda-sol grande, mesa e cadeiras com vista para o mar. Havia uma palmeira no meio de uma pequena faixa gramada, farfalhando delicadamente com a brisa quente.

— Vá desfazer as malas — disse Inigo com rispidez para o filho, que pareceu muito feliz por deixar as proximidades do pai. Quando o som dos passos de Gus desapareceu escada acima, Inigo posicionou sua cadeira de rodas ao lado de uma mesa de centro baixa e gesticulou rudemente com Strike e Robin para que se sentassem em duas poltronas cobertas por lona listrada azul e branca.

Aquarelas pontilhavam as paredes da sala, que eram pintadas de branco. Lembrando-se do site Tribulationem et Dolorum ("Ele continua a fazer arte e música dentro das limitações necessárias de sua condição"), Robin se perguntou se eram de Inigo ou de Katya, e o que Mariam e Pez achariam delas: para ela, elas pareciam insípidas e amadoras. A maior, que ganhara uma moldura extravagante de madeira trazida pelo mar, mostrava a Island Wall como eles a tinham visto ao entrar, com o Aquarelle Cottage à direita; a perspectiva tinha ficado um pouco estranha, de modo que, enquanto a rua parecia ter uma extensão imensa, desaparecendo em um ponto no horizonte, as casas pareciam grandes demais para sua localização. Havia um teclado elétrico em um canto e uma estante de partitura com um livro de partituras, *30 kleine Choralvorspiele*, de Max Reger, cuja capa exibia um desenho do compositor alemão, que, por ter uma expressão enfezada, ser barrigudo e usar óculos, tinha uma semelhança impressionante com seu anfitrião contrariado.

— Então — disse Inigo, olhando com raiva para Strike —, a que devo essa invasão de minha privacidade?

— À Kea Niven — respondeu Strike.

Embora tentasse manter a expressão agressiva, Inigo foi traído pelo leve fechar convulsivo de suas mãos nos braços da cadeira de rodas e o retorcer de sua boca silenciosa.

— O que você imagina que eu possa contar a você que minha mulher não tenha contado? — disse ele após uma pausa longa demais.

— Muita coisa. Acreditamos que você tenha desenvolvido um relacionamento particular com Kea Niven, sem o conhecimento de sua esposa, datando de pelo menos dois anos atrás.

Strike permitiu que o silêncio se espalhasse entre eles como gelo: perigoso de quebrar, impossível de atravessar. Finalmente o homem mais velho disse:

— Não vejo como meus relacionamentos particulares, e estou longe de admitir que esse relacionamento específico exista, possam ter a mais remota relevância para sua investigação. Isso supondo — disse Inigo, com rubor substituindo agora sua palidez — que você ainda esteja tentando descobrir quem é essa pessoa que se chama de Anomia. Ou Katya contratou vocês, em vez disso, para me investigarem?

— Atualmente, só estamos investigando Anomia.

— E sua prova desse suposto relacionamento é...?

— Sr. Upcott — disse Strike pacientemente —, um homem com a sua inteligência sabe que não vou revelar tudo o que sabemos de modo que você possa formular sua história de acordo com isso.

— Como você *ousa* sugerir que eu tenha alguma razão para "formular" qualquer coisa — explodiu Inigo, e Robin percebeu que ele achava um alívio se tornar abertamente raivoso. — Estou em contato com inúmeras pessoas com doenças crônicas através de um site que administro. Sim, Kea visitou o site em busca de conselhos. E dei a ela exatamente o que daria a qualquer pessoa sofrendo dessa nossa condição terrível, que os médicos mal acreditam existir.

— Mas você não contou a sua mulher que Kea Niven tinha entrado em contato.

— Na época, eu não sabia quem Kea era. Ela visitava o site sob pseudônimo, como muitos usuários fazem. Há vergonha e estigma ligados a ter condições que a maldita profissão médica acredita serem psicossomáticas, se quiser saber!

— Mas chegou um ponto em que você descobriu quem era Arque.

Na breve pausa que se seguiu, eles ouviram um rangido na escada. A cabeça de Inigo virou-se tão rapidamente que Robin não ficaria surpresa se ele tivesse machucado o pescoço.

— O que você está fazendo? — rosnou ele enquanto Gus descia apressadamente a escada outra vez.

— Desfiz as malas — disse Gus, aparecendo na porta com aparência apreensiva. — Eu preciso mesmo ir embora agora se vou...

— E eu devo comprar mantimentos para mim sozinho, então? — gritou Inigo.

— Desculpe, eu esqueci — disse Gus. — Eu vou comprar agora. O que você...?

— Tenha alguma iniciativa, droga — disse Inigo, virando-se para ficar de frente para Strike e Robin. Ele esperou, respirando pesadamente, até que eles ouviram a porta da frente se fechar, então falou com a voz mais controlada: — Até onde me lembro, e eu falo com muitas pessoas online, depois de algumas semanas, Kea por acaso mencionou uma coisa que me fez entender que ela tinha estado envolvida de alguma forma com o maldito desenho animado, e, sim, nós, ah, descobrimos mutuamente nossa conexão um tanto *remota* fora da internet.

— Não lhe pareceu uma coincidência estranha ela ter aparecido em seu site?

— Por que deveria? — indagou Inigo, agora ficando com o rosto vermelho. — Um número enorme de pessoas visita meu site. Ele é considerado uma das melhores fontes na internet para pessoas sofrendo de cansaço crônico e fibromialgia.

— Mas você não contou à sua mulher? — perguntou Strike novamente.

— Existe uma coisa como confidencialidade do paciente, sabia?

— Não tinha percebido que você é médico.

— Claro que não sou a droga de um *médico*, mas você não precisa ser *médico* para ter certa *ética* a respeito de compartilhar detalhes pessoais daqueles que procuram você por aconselhamento de saúde e apoio psicológico.

— Entendo — disse Strike. — Então foi preocupação com a privacidade de Kea que impediu que você contasse à Katya que estava falando com ela?

— O que mais seria? — perguntou Inigo, mas sua tentativa de contra-ataque foi prejudicada pela vermelhidão cada vez maior de seu rosto. — Se você está sugerindo... Isso é absolutamente ridículo. Ela é jovem o bastante para ser minha filha.

Ao se lembrar da afirmação de Katya de ter se sentido maternal em relação a Josh Blay, Robin não conseguiu decidir se sentia mais aversão ou compaixão pelos infelizes Upcott, que pareciam, os dois, buscar conforto e, talvez, a esperança de recuperar a juventude através de seus relacionamentos com pessoas de vinte e poucos anos.

— E desde então você conheceu Kea pessoalmente, é claro — disse Strike, dando um tiro no escuro.

Com isso, Inigo ficou totalmente vermelho. Robin se perguntou com leve pânico o que fariam se ele tivesse um ataque cardíaco. Erguendo uma mão trêmula e apontando-a para Strike, ele disse com voz rouca:

— Vocês têm me seguido. Essa é uma infração desprezível, uma invasão *ultrajante* de minha... minha...

Ele começou a tossir; na verdade, parecia estar engasgando. Robin ficou de pé com um pulo, correu até a área da cozinha, pegou um copo na prateleira e o encheu com água da bica. Inigo ainda estava tossindo quando ela voltou, mas aceitou a água e, embora tenha derramado boa quantidade dela na sua frente, conseguiu tomar alguns goles. Finalmente ele reconquistou alguma aparência de controle sobre sua respiração.

— Eu não testemunhei seu encontro com Kea — disse Strike, e acrescentou, de forma menos sincera: — Eu estava fazendo uma pergunta.

Inigo olhou com raiva para ele, com olhos aquosos, a boca tremendo.

— Quantas vezes você se encontrou com Kea?

Inigo agora estava visivelmente tremendo com ressentimento e fúria. A água no copo se derramou em sua coxa.

— Uma vez — disse ele. — *Uma vez*. Ela, por acaso, estava em Londres e nos encontramos para tomar um café. Ela estava se sentindo especialmente doente e queria meu conselho e apoio, o que, fico feliz em dizer, consegui oferecer.

Ele tentou botar o copo d'água na mesa de centro; ele escorregou de sua mão trêmula e se espatifou no piso de madeira.

— Pelo amor de Deus! — berrou Inigo.

— Eu faço isso — disse Robin se levantando depressa novamente e indo pegar toalhas de papel.

— Ultrajante... *ultrajante* — repetiu Inigo, com respiração ofegante. — Isso tudo... me seguir até *aqui*... invadir meu espaço... e tudo porque tentei ajudar uma garota...

— ... que tinha um forte ressentimento contra Edie Ledwell — disse Strike, enquanto Robin voltava e se agachava ao lado de Inigo para enxugar a água —, que dizia que Ledwell tinha roubado as ideias dela, que assediou Ledwell na internet, que perseguiu Blay depois que eles terminaram e fez ameaças violentas contra os dois na noite anterior às facadas.

— Quem disse que ela fez ameaças? — perguntou Inigo furiosamente, enquanto Robin catava cuidadosamente o vidro quebrado.

— Eu — retrucou Strike. — Eu vi as publicações no Twitter que ela apagou quando ficou sóbria outra vez. Wally Cardew a aconselhou a fazer isso. Provavelmente a única coisa sensata que ele fez desde que começamos a investigar este caso. Você sabia que eles ainda estão em contato? Sabia que ela dormiu com Wally depois de se separar de Blay?

Era difícil dizer que efeito essas perguntas tiveram sobre Inigo, porque seu rosto já estava sarapintado e arroxeado, mas Strike achou ver um vislumbre de choque. Strike acreditava que Inigo tinha ficado cativado por uma garota que ele via como vulnerável e inocente, e de fato ele podia imaginar Kea interpretando esse papel muito bem.

— Não sei do que você está falando — disse Inigo. — Não tenho ideia de quem é esse Cardew.

— É mesmo? Ele dublou Drek até ser dispensado por um vídeo antissemita que botou no YouTube.

— Eu não acompanho toda a palhaçada que acontece em torno daquele maldito desenho animado. Tudo o que sei é que Kea é uma pessoa jovem e vulnerável que foi pega em uma situação ruim, e eu lhe digo isso neste momento: ela *com toda a certeza* não é Anomia. Seguramente não.

— Então você nunca discutiu sobre *O coração de nanquim* com ela?

Depois de uma breve pausa, Inigo disse:

— Só em termos muito genéricos. Naturalmente, depois que percebi quem ela era, nós *mencionamos* isso. Ela sentia que tinha sido plagiada. Eu ofereci meu conselho. Como ex-editor, tenho algum conhecimento nessa área.

— Então você a estava apoiando em suas alegações de plágio?

— Eu não estava *apoiando* suas alegações, estava apenas proporcionando a ela argumentos inteligentes — disse Inigo enquanto Robin levava o vidro quebrado de volta para a cozinha e o botava na lata de lixo. — Sua saúde mental estava sofrendo com a sensação de que haviam tirado proveito dela, a usado e jogado de lado. Ela estava precisando de um ouvido amigo: eu ofereci isso. Kea e eu temos muita coisa em comum — acrescentou ele, ficando ainda mais vermelho.

Strike se lembrou da beleza de Kea, sem qualquer maquiagem, sentada em frente a ele no Maids Head, enquanto olhava para aquele rosto gorducho de meia-idade com poros dilatados e bolsas roxas embaixo dos olhos cinza pálidos usando óculos.

— Por acaso sei qual a sensação *exata* de ser interrompido no auge — continuou Inigo. — Saber que poderia ter alcançado a excelência, só para ver os outros obterem sucesso enquanto seu próprio mundo encolhe à sua volta e todas as suas esperanças no futuro são destruídas. Fui dispensado de meu trabalho quando essa doença terrível me atingiu. Eu tinha minha música, mas a banda, os meus supostos amigos, deixou claro que não estava preparada para acomodar minhas limitações físicas, apesar do fato de eu ser o melhor músico daquela droga de grupo. Eu podia ter feito o que Gus fez, seguido o caminho das bolsas de estudos, ah, podia. E eu também tinha muito talento artístico, mas esta maldita doença significa que não sou capaz de dedicar o tempo necessário para fazer isso de nenhum jeito significativo...

O celular de Robin tocou. Ela estava prestes a voltar para sua poltrona, mas então, depois de pegar o telefone no bolso com um pedido de desculpas, olhou para o número de quem estava ligando e disse:

— Acho que é melhor eu atender isso, desculpe.

Como não havia nenhum lugar reservado na área aberta onde eles estavam sentados, Robin tornou a sair para a rua. Enquanto ela saía, Inigo tirou os óculos e enxugou os olhos, que Strike então percebeu terem se enchido de lágrimas durante sua recitação de suas várias perdas. Depois de colocar de forma trêmula os óculos em cima do nariz, deu uma fungada alta.

Mas se Inigo Upcott estava esperando empatia de Strike, ficou decepcionado. Ele, que já estivera deitado em uma estrada de terra no Afeganistão com sua própria perna arrancada por uma explosão, com o torso decepado de um homem que, minutos antes, estava falando bem-humorado sobre uma despedida de solteiro regada a álcool em Newcastle jogado ao seu lado, não tinha piedade para desperdiçar com os sonhos despedaçados de Inigo Upcott. Se os colegas de trabalho e de banda de Upcott não se sentiram generosos, Strike estava pronto para apostar que tinha sido resultado da natureza agressiva e propensa ao autoengrandecimento do homem sentado a sua frente, em vez de qualquer falta de compaixão. Quanto mais velho Strike ficava, mais acreditava que em um país próspero, em tempos de paz — apesar dos pesados golpes do destino aos quais ninguém estava imune, e daqueles golpes de sorte desmerecida da qual Inigo, herdeiro de uma fortuna, tinha claramente se beneficiado —, o caráter era o determinante mais poderoso do curso da vida.

— Você contou à Kea alguma coisa que sua mulher lhe revelou sobre as negociações com a Maverick?

— Eu... posso ter mencionado isso — disse Inigo, ressentido com o tom claramente pragmático de Strike, e repetiu: — Mas só nos termos mais genéricos.

— Kea pediu a você que entregasse mensagens a Josh?

— De vez em quando — disse Inigo depois de uma leve hesitação.

— Mas você não entregou essas mensagens?

— Eu não tenho contato com Josh Blay.

— E imagino que você dificilmente possa pedir a sua mulher que entregue a ele mensagens de Kea.

A única reação de Inigo foi cerrar os lábios.

— Você prometeu à Kea alguma assistência, além de aconselhá-la em suas alegações de plágio?

— Eu a tranquilizei um pouco.

— Tranquilizou-a em relação ao quê?

— Ela sabe muito bem que minha mulher não gosta dela — acrescentou Inigo. — Com certeza passou pela cabeça de Kea que ela pudesse ser acusada de ser Anomia, ou de ter algo a ver com a morte de Ledwell. Eu só prometi a ela que tentaria conversar racionalmente com Katya. Eu repito — acrescentou Inigo vigorosamente —, Kea *não pode* ser Anomia.

— O que faz com que você tenha tanta certeza?

— Bom, primeiro, ela está *muito mal* — disse Inigo alto. — Qualquer trabalho contínuo, como construir e manter um jogo online do tipo em questão, seria impossível para ela devido a seus problemas médicos. Ela precisa de muito repouso e sono... não que o sono venha fácil com essa maldita doença.

"Além disso, Anomia atacou Kea na internet. Na verdade, ela foi muito desagradável com Kea, que ficou muito abalada com isso."

— "Ela"? — repetiu Strike.

— O quê?

— Você acabou de se referir a Anomia como "ela".

Inigo olhou carrancudo para Strike, então disse:

— Minha mulher não queria que eu contasse isso a você em sua primeira visita. Eu concordei em não contar, porque não queria Katya se lamentando e reclamando depois. Há um limite com o qual eu consigo lidar; eu não devo me estressar. Mas, na verdade — disse Inigo, perdendo a calma outra vez —, ela não está no direito de reclamar, quando sou seguido e *assediado* em um lugar que deveria ser um *santuário* para mim...

"Yasmin Weatherhead é Anomia", afirmou Inigo. "Ela trabalha com TI, é intrometida, manipuladora e sempre procurava se beneficiar ao máximo com as situações. *Eu* pude ver o que aquela droga de garota estava tramando assim que entrou pela nossa porta. Katya não quer admitir isso porque, é claro, foi *ela* que levou a maldita mulher para dentro de seu círculo. Só mais uma coisa estúpida que Katya fez, mas ela sempre se surpreende quando tudo explode em sua cara."

— Yasmin Weatherhead trabalha com RP, não TI — disse Strike.

— Você está equivocado — retrucou Inigo com toda a arrogância de um homem desacostumado com a contradição. — Ela é muito habilidosa com computadores, conhece muito. Eu estava com um problema com o meu um dia e ela consertou.

— Você tem alguma outra razão para achar que ela é Anomia além de trabalhar com TI?

— Certamente. Eu a ouvi admitir isso — disse Inigo, agora com um ar de triunfo malicioso. — Eu acompanhei Katya a uma festa de Natal naquele maldito coletivo artístico. Eu precisei ir ao banheiro. Entrei no lugar errado e lá estava Yasmin, agarrada com aquele homem revoltante que administra o lugar.

— Nils de Jong? — disse Strike, agora pegando o caderno pela primeira vez e abrindo-o.

— Não sei qual é a droga do nome dele. Um homem gigantesco. Fedia a maconha. Tinha acabado de fazer um discurso sobre Evola para mim.

— Evola? — repetiu Strike, agora escrevendo. Ele se lembrava vagamente de ter ouvido o nome recentemente, embora não conseguisse pensar onde.

— Julius Evola. Filósofo de extrema direita. Teorias raciais terríveis. Um colega de turma meu em Radley, determinadamente excêntrico, gostava dele. Costumava circular com *O mito do sangue* e lê-lo de forma ostensiva na hora das refeições.

"Os dois não perceberam que eu estava ali. Estava escuro onde eles estavam, e eu obviamente não fiz barulho de passos", falou Inigo, apontando novamente para a cadeira de rodas. "Enfim, eu a ouvi dizer: 'Eu sou Anomia.'"

— Você tem certeza disso? — perguntou Strike.

— Eu sei o que ouvi — respondeu Inigo com os maxilares cerrados. — Vá lá interrogar os dois. Até onde sei, eles estão nisso juntos. Ele podia ser Morehouse, não podia?

— E você sabe o nome do parceiro de Anomia?

— Não por escolha própria — resmungou Inigo. — Entre Katya e Blay falando sem parar sobre Anomia e aquele maldito jogo, e Kea preocupada em ser acusada, estou tão bem informado quanto qualquer um pode estar tendo virtualmente nenhum interesse no assunto.

— Você contou à Kea sua teoria sobre Anomia? — perguntou Strike a Inigo.

— Contei. — Seu tom de voz suavizou-se. — Ela não acredita nisso. Ela é, de muitas maneiras, ingênua. Não é apegada a coisas mundanas. Está convencida de que Anomia é um artista de Liverpool de mau gosto que vive naquela droga do North Grove também. Algo como Presley, acho que é o nome dele. Ele também estava naquela festa. É um canalhazinho arrogante, e aparentemente violentou Kea uma vez, quando a convenceu a entrar em seu quarto. Repugnante — disse Inigo. — Naturalmente isso deixou sua marca. Kea diz que esse Anomia passou uma cantada, de teor sexual, na internet, o que a levou a achar que fosse esse Presley.

"Kea é muito inocente", disse Inigo, a cor aumentando em seu rosto outra vez. "Ela não percebe os jogos que as pessoas jogam. Nunca ocorreria a ela que uma *mulher* ia tentar atraí-la para uma conversa sexualmente comprometedora."

— O que você imagina que Yasmin ia conseguir fazendo uma coisa dessas?

— Poder sobre ela. Algo para usar contra ela, para ameaçá-la. Yasmin é extremamente manipuladora, além de bisbilhoteira.

— O que faz você dizer isso?

— Seu comportamento em nossa casa — disse Inigo. — Ela inventava desculpas para aparecer, se Blay e Ledwell não estivessem disponíveis, ou tivessem se esquecido de passar e-mails ou coisas assim. Olhos por toda parte. Pequenas perguntas. Coletando informação. Ah, entendo como Katya foi enganada no início. Yasmin fingia estar preocupada e solidária, nada de muito problemático. Então, aos poucos, percebeu-se que ela era uma parasita, pura e simplesmente. *Ela é Anomia.*

Eles ouviram a porta da frente se abrir, e Gus reapareceu cheio de sacolas de comida do supermercado Sainsburys, seguido por Robin, que parecia tensa.

— Pai — disse Gus. — Eu tenho que ir se quero conseguir chegar...

— E eu devo guardar tudo isso? — perguntou seu pai.

— Vou guardar o leite e as coisas — disse Gus, que parecia dividido entre o medo e um desejo desesperado de ir embora que o tornou, talvez de forma atípica, assertivo —, mas se eu não for agora...

Ele correu para a cozinha e começou a retirar garrafas de leite e outros perecíveis das sacolas, então os guardou apressadamente na geladeira.

— De quem é a culpa — gritou selvagemente seu pai, virando-se para trás — se você precisa de aulas extras por ter uma queda no rendimento? *De quem é a culpa*, seu maldito gazeteiro?

Gus, cuja expressão estava escondida pela porta da geladeira, não respondeu. Inigo se voltou para Strike e disse de forma peremptória:

— Não há mais nada que eu possa dizer a você. Isso é tudo o que sei. Isso vai me causar estresse e problemas — acrescentou ele em uma onda renovada de raiva.

— Mas de quem é a culpa — disse Strike, se levantando; ele estava cansado daquele homem petulante, arrogante e amargurado, e não gostava do jeito como ele tratava os filhos, que contrastava com a preocupação que exibia em relação a uma mulher jovem e bonita que o aliciara de forma tão habilidosa — de você ter escondido de sua esposa que tem conversado com Kea Niven às escondidas?

Robin viu Gus olhar na direção deles, de olhos arregalados, enquanto fechava a geladeira. Por um breve momento, Inigo pareceu sem fôlego. Então ele disse em um rosnado baixo:

— Vão embora de minha casa.

# 78

*Por que devo elogiar-te, bem-aventurada Afrodite?*
*Tu não ages como guia,*
*E sim com conflitos terríveis minha mente divide...*

Katherine Bradley e Edith Cooper
*Ψάπφοι, τί τὰν πολύολβον' Αφρόδιταν*

— Quem era no telefone? — perguntou Strike a Robin quando os dois estavam outra vez na calçada. Ele tinha a sensação de que sua expressão aflita estava relacionada à ligação que acabara de atender. Robin se afastou um pouco da porta da frente dos Upcott antes de se virar para olhar para ele.

— A polícia. Eles estão seguindo um cara que sabem que é do Corte. Ele foi até a Blackhorse Road há uma hora e tirou fotos do meu prédio.

— Merda — disse Strike. — Está bem, vamos...

Ele se calou. Gus Upcott tinha acabado de sair do Aquarelle Cottage e pareceu alarmado ao encontrar os dois detetives ainda por ali.

— Vocês estavam esperando por mim?

— Não — responderam Strike e Robin simultaneamente.

— Ah — disse Gus. — Bom, eu estou indo naquela direção.

Ele apontou na direção do estacionamento.

— Nós também — disse Strike, então o trio caminhou em silêncio de volta pela rua. Quando dobraram a esquina, Gus de repente disse:

— Ela não é a única com quem ele fala.

— Como assim? — perguntou Strike, cujos pensamentos ainda estavam com o Corte e o apartamento de Robin.

— Meu pai fala com outra mulher.

Gus tinha o ar determinado de quem estava prestes a realizar uma ação imprudente. A luz do dia era cruel com sua pele desfigurada, mas em algum lugar por baixo da urticária havia um garoto de boa aparência. Ele cheirava como jovens que não são particularmente dedicados à higiene frequentemente cheiram: um pouco úmido e oleoso, e sua camiseta preta amarrotada parecia estar sendo usada havia dias.

— Através do mesmo site. Eu a vi enviando mensagens para ele. Ela se chama Rachel.

Quando nenhum dos detetives falou, Gus disse:

— Ele foi infiel com minha mãe antes. Ela acha que isso acabou.

— Rachel — repetiu Robin.

— É — disse Gus. — *Eu* não posso contar a minha mãe. Ele ia me matar. Enfim, eu preciso ir.

Ele saiu andando, destrancou o Range Rover e entrou, deixando Strike e Robin se dirigirem ao BMW, no qual eles entraram antes que qualquer um deles dissesse outra palavra.

— O que mais a polícia disse? — perguntou Strike quando as duas portas do carro estavam fechadas. No momento, ele estava muito mais preocupado com terroristas do que com a vida amorosa de Inigo Upcott.

— Bom, eles agora estão com um policial à paisana vigiando meu apartamento — respondeu Robin, que estava olhando diretamente para a frente, em direção ao muro do estacionamento, em vez de para Strike. — E ainda estão seguindo o cara que tirou as fotos. Não o prenderam, porque acham que ele está muito abaixo na hierarquia, e esperam que ele os conduza para seus superiores... ou a quem faz as bombas. — Ela, então, baixou os olhos para o celular que ainda estava segurando. — O policial disse que ia me enviar uma... ele mandou — acrescentou ela.

Robin abriu a foto que tinha acabado de ser enviada para ela e estendeu o telefone para que Strike pudesse ver também.

— É, ele parece perfeito para o papel. Oitenta e oito no bíceps, cabelo da Juventude Hitlerista... na verdade, um pouco exagerado. Qual o conselho da polícia?

— Sair de lá — respondeu Robin. — Caso chegue alguma coisa pelo correio.

— Bom — disse Strike. — Se não tivessem dito isso, eu teria.

— Droga — disse Robin, abaixando a cabeça até que a testa tocasse no volante e fechando os olhos. — Desculpe, é só que...

Strike estendeu a mão e lhe deu tapinhas no ombro.

— O que você acha de passarmos a noite em Whitstable? É um lugar legal. Ninguém sabe que estamos aqui. Vamos analisar a situação e criar um plano de ação. Você perdeu as melhores partes de Inigo. Temos muita coisa para discutir.

— É mesmo? — disse Robin, erguendo a cabeça novamente, querendo distrair sua mente dos pensamentos em sua casa nova, um refúgio tão breve, agora um alvo da extrema direita.

— É. Ele acha que Anomia é Yasmin Weatherhead.

— Não creio! — disse Robin, e Strike ficou levemente bem-humorado ao ver o desprezo de Robin pela teoria de Inigo, mesmo diante de suas preocupações novas e formidáveis. — Yasmin não é uma atriz tão boa, e ninguém crédulo o bastante para achar que estava tendo um caso online com um ator de TV de sucesso poderia se manter oculto por tanto tempo.

— Concordo. Mas Inigo afirma tê-la ouvido confessar ser Anomia enquanto se agarrava com Nils de Jong na festa de Natal do North Grove.

— *O quê?*

— Pois é. Não é uma imagem tão desagradável quanto Ashcroft e Zoe, mas...

— Não acredito que Inigo tenha ouvido isso — disse Robin. — Desculpe, mas não acredito. Se aqueles dois ficaram mesmo, aposto que estavam bêbados...

— Nils, pelo menos, devia estar.

— *Ele* não *é* exatamente um bom partido — retrucou Robin. — Um fascista chapado que vem com um filho a tiracolo que pode cortar sua garganta à noite?

Strike riu.

— Embora — acrescentou Robin sem sorrir — ele *seja* um multimilionário. E uma fonte em potencial de fofocas sobre Josh e Edie. E Mariam obviamente vê alguma coisa nele... e a outra mulher que mora lá também dorme com ele... eu sou uma puritana? Eu não conseguiria viver desse jeito. Não entendo...

"O que eu estava dizendo?", perguntou ela distraidamente. Seu fluxo de pensamento tinha sido perturbado: oitenta e oito no bíceps, fotografias de seu apartamento, *saia daí, você não sabe o que pode chegar pelo correio.* "Bêbado, sim", disse Robin, esforçando-se para manter o foco. "Aposto que Nils estava só falando sobre anomia, alpinos e chacras, todas as suas coisas habituais, Pez diz que são seus maiores sucessos, e Inigo ouviu mal alguma coisa que ela disse em resposta."

— Acho que é bastante possível que você esteja certa — disse Strike. — Inigo também não disse o quanto ele tinha bebido. Também podia estar bêbado. Tenho a impressão de que ele está com tanta raiva de Katya que quer que Anomia, de algum modo, seja culpa dela.

— Você acha que ele está com ciúme, porque ela é apaixonada por Blay? — perguntou Robin.

— Não tenho nem certeza se é isso — disse Strike. — Isso provavelmente fere o ego de Inigo, mas não é como se ele também não tivesse pulado a cerca, não é mesmo? Não, acho que ele está apenas reclamando do mundo por não dar a ele o apreço que merece, então desconta na mulher. Você estava lá para o discurso sobre ele ser um gênio multitalentoso que foi interrompido em seu auge, não estava?

— Estava — disse Robin, que acrescentou: — Para ser justo, ele *está* doente.

— Ele tem duas casas muito boas e está bem o bastante para ter casos, pintar, tocar teclado e administrar um site — disse Strike. — Seu pai, o bispo, deixou muito dinheiro para ele, ao que parece. Posso pensar em muitas outras pessoas mais dignas de pena que Inigo Upcott. Você, porém, perdeu outro ponto interessante. Ele acabou de me contar de onde Nils tirou todo esse lixo racial de alpinos. Isso vem de um escritor chamado Julius Evola. Um filósofo de extrema direita.

— Evola? — repetiu Robin. — Sinto como se já tivesse visto esse nome em algum lugar...

— É, também achei que tinha ouvido isso recentemente, mas não consigo me lembrar onde.

Robin revirou sua mente por um breve espaço de tempo, então disse:

— Ah, é claro. *Eu* falei isso para você. *Eu sou Evola.*

— O quê? — perguntou Strike, confuso.

— É o nome de usuário de um dos trolls que circulam em torno dos fãs do *Coração de nanquim* no Twitter. "Eu sou Evola." Ele é basicamente um segundo Discípulo de Lepine, que está lá para dizer às garotas para se matarem ou que elas são putas feias.

— Ah — disse Strike. — É, eu me lembro... Suponho que você vá precisar comprar alguma coisa se vamos nos registrar em uma pousada. Porque eu vou. Não, que se dane — acrescentou ele, levando a mão ao bolso para pegar o próprio telefone. — Não estou no clima para ficar em qualquer cortiço. É uma despesa de trabalho; vamos para algum lugar decente.

Quando olhou para a tela de seu celular, ele encontrou uma nova mensagem de texto de Madeline esperando por ele. Pelas duas frases visíveis, parecia que ela podia ser longa. Ele varreu da tela sem ler e pesquisou no Google lugares onde ficar em Whitstable.

— O Marine Hotel parece bom. Três estrelas, de frente para o mar, fica perto estrada acima... Vou ligar para eles agora...

Mas, antes que pudesse fazer isso, o telefone em sua mão tocou. Era Madeline.

— Vou atender isso lá fora — disse Strike.

Na verdade, ele não queria que Robin o ouvisse deixar a chamada cair no correio de voz. Ele saiu do carro. Gus e o Range Rover tinham partido: em seu lugar havia um velho Peugeot, do qual uma família com dois meninos pequenos estava desembarcando. Strike se afastou do BMW, com o telefone ainda tocando, e subiu o pequeno lance de escada que levava para fora do estacionamento, fazendo uma pausa no alto, de onde tinha uma vista para a vasta extensão de mar além da praia de seixos. Ele teria gostado de descer os degraus do outro lado, mas sua perna protética com certeza não estaria à altura da superfície instável, então, em vez disso, ele respirou fundo o cheiro familiar de sal, observando as ondas se enroscarem como babados rendados em torno de um longo quebra-mar de madeira, enquanto seu celular tocava em sua mão. Quando ele finalmente parou de tocar, Strike abriu o texto que Madeline, sem dúvida, teria esperado que ele tivesse lido antes que tornassem a se falar.

> Se você está com raiva de mim, prefiro que me diga do que me tratar com silêncio. O que não suporto é que mintam para mim e me tratem como idiota. Quando um homem finge que a mulher com quem está trabalhando é o serviço de quarto, ele não devia se surpreender quando sua namorada fica desconfiada e com raiva. Estou velha demais para brincadeiras estúpidas. Já passei muitas vezes por esse tipo de merda e não gosto de ouvir mentiras transparentes sobre onde você está e com quem. Tenho certeza de que, na sua opinião, estou sendo possessiva e irracional, mas para mim isso é questão de autorrespeito básico. Fui alertada que você era assim, não escutei e agora estou me achando uma completa estúpida por me aproximar de você. Depois de ontem à noite, creio que mereço uma conversa de verdade em vez de ter que o perseguir com mensagens de texto, então, por favor, me ligue.

Sem expressão, Strike discou o correio de voz e escutou a mensagem que Madeline tinha acabado de deixar, que era composta por quatro palavras ditas com uma voz fria: "Por favor, me ligue."

Em vez de fazer isso, Strike ligou para o Marine Hotel. Depois de reservar dois quartos para a noite, ele voltou para o BMW e uma Robin inexpressiva.

— Nós vamos ficar no Marine Hotel. Você está bem?

— Estou — disse ela com um ar de quem estava se recompondo.

— Bom — disse Strike. — Vamos arranjar alguma coisa para comer, comprar pasta de dente e meias, e podemos tornar a entrar naquele maldito jogo quando estivermos no hotel.

# 79

*O amor vem apenas com o chamado do amor,*
*E a piedade pergunta por ele em vão;*
*Porque eu não posso lhe dar tudo,*
*Você não retribui nada outra vez.*

Mary Elizabeth Coleridge
*An Insincere Wish Addressed to a Beggar*

Depois de comprarem o que precisavam para uma estadia de uma noite e de comerem sanduíches em um café local, Strike e Robin chegaram ao Marine Hotel às 14h. O prédio comprido de tijolos vermelhos, cheio de coruchéus e portas que davam para a rua, tinha varandas de madeira branca por toda a sua extensão. Separado da calçada por uma sebe viva e bem cuidada, ele dava para a praia do outro lado da rua e parecia arrumado e bem cuidado.

Disseram a Strike ao telefone que ele tivera sorte por reservar os dois últimos quartos vagos para aquela noite de sábado, e ao voltar os olhos para a fachada do hotel quando faziam a volta para o estacionamento dos fundos, ele teve esperança de conduzir a conversa que teria com Madeline de uma daquelas varandas com vista para o mar, de preferência com um uísque do frigobar na mão.

Essa visão agridoce foi destroçada na recepção, onde um homem grande de terno repetiu animadamente que eles tinham muita sorte por conseguirem os dois únicos quartos livres, que ficavam no último andar, sem varandas.

— Números trinta e trinta e dois. Subam a escada, façam a volta, subam o lance seguinte e em seguida mais um até seus quartos.

— Tem elevador? — perguntou Strike, pegando as chaves e entregando uma delas para Robin.

— Tem, mas não até esses quartos em particular.

Com um sorriso breve, ele se voltou para cumprimentar um casal que estava logo atrás de Strike.

— Ótimo — resmungou Strike enquanto eles subiam a primeira escada estreita, que estava revestida por um carpete estilo anos 1970 com padronagem de folhas laranja e marrons. — Também não ofereceram para ajudar com a bagagem.

— Nós não temos bagagem — disse Robin sensatamente: cada um deles estava carregando uma mochila pequena e não especialmente pesada.

— Essa não é a questão. — Strike ofegava quando eles chegaram ao segundo lance. Seu tendão estava cansado de escadas, e a extremidade de seu coto começava a incomodar outra vez.

— Três estrelas não significam um serviço estilo Ritz — comentou Robin, se esquecendo de que havia um tabu tácito em relação a mencionar o Ritz desde a noite que passaram lá. — Enfim, acho que isso é o melhor que o contador vai aceitar sem reclamações.

Strike não respondeu: seu coto estava começando a tremer com o esforço de subir as escadas, e ele receava do que os espasmos da manhã anterior estivessem prestes a se repetir. O terceiro lance de escadas os levou além de um pequeno nicho atrás do corrimão no qual havia modelos de iates e potes de cerâmica. Strike, que estava suando, achou isso mais irritante do que charmoso: se eles tinham espaço de sobra, por que não instalar mais um elevador, porra?

Finalmente, eles chegaram a um pequeno patamar onde havia duas portas lado a lado, evidentemente ocupando duas metades de uma única água.

— Vamos trocar — disse Robin, pegando a chave do número trinta e dois da mão de Strike e entregando a ele a do número trinta.

— Por quê?

— Você pode ficar com a vista para o mar. Sei que está sentindo aquela coisa da Cornualha.

Ele ficou emocionado, mas estava demasiado sem fôlego e preocupado com a perna para entusiasmar-se.

— Obrigado. Escute, eu tenho que fazer umas coisas. Bato na sua porta quando terminar, e nós podemos discutir nossos planos.

— Está bem — disse Robin. — Eu vou entrar no jogo.

Ela abriu a porta e entrou em um quarto de sótão agradável que tinha um teto inclinado de madeira branca e vista para o estacionamento nos fundos do prédio. Havia uma cama de casal e uma de solteiro, as duas com colchas imaculadamente brancas. Robin imaginou seu contador, que era um homem especialmente sem humor, perguntando por que eles não podiam ter reduzido os custos dividindo o quarto. O comentário de Barclay depois de seu único encontro com o homem tinha sido: "Parece que ele caga grampos."

Desfazer a mochila nova de Robin — ela se sentira desconfortável de chegar ao hotel com sacolas de compras — levou apenas alguns minutos. Depois de pendurar a camisa que comprara, ela pôs seus produtos de higiene pessoal no banheiro, então se sentou na cama de casal, onde havia agora três dispositivos eletrônicos — seu próprio celular, o celular descartável do qual Pez tinha o número e o iPad.

Uma mensagem de sua mãe tinha chegado enquanto ela e Strike faziam o check-in.

Tudo bem com você? Teve alguma atualização da polícia?

Plenamente consciente da ironia de a mensagem de sua mãe estar em cima da foto do jovem terrorista que estava vigiando seu apartamento novo, Robin digitou em resposta:

Estou bem. A polícia está nos atualizando com regularidade. Eles dizem que estão fazendo progressos. Por favor, não se preocupe, juro que estou tomando todas as precauções e perfeitamente bem. Mande um beijo para o papai. Bjs

Então, pegou o telefone temporário e, com um leve aperto no coração, viu que Pez Pierce tinha lhe mandado uma foto.

*Por favor, que não seja uma foto do seu pau*, pensou ela, abrindo-a, mas Pez tinha enviado o que ela achou que podia ser considerado o oposto: o desenho de uma morena nua, um braço posicionado timidamente sobre os seios, a outra mão escondendo o púbis. Robin levou alguns segundos para perceber que o desenho devia ser dela, ou melhor, de Jessica. Embaixo, Pez tinha escrito duas únicas palavras:

Está preciso?

Tanto a foto quanto a mensagem tinham sido enviadas mais de duas horas antes. Jessica Robins seguramente tinha uma vida social movimentada, então

Robin decidiu que aquele lapso de tempo era perfeitamente razoável, e enviou uma mensagem em resposta:

Muito preciso. Você desenha ombros MUITO melhor que eu

Ela deixou o celular descartável de lado e pegou o iPad para entrar no jogo. Anomia estava ausente: os únicos moderadores presentes eram Corella e Endiabrado1. Para a surpresa de Robin, Endiabrado1 imediatamente abriu um canal privado com ela.

**Endiabrado1:** fui ver aquele gol de cabeça de Ferdinand no YouTube

**Endiabrado1:** incrível

Robin ficou olhando para a mensagem completamente perdida. Quem era Ferdinand? Aquela mensagem tinha sido enviada mesmo para ela?

**Endiabrado1:** 18 milhões de libras pela transferência agora parecem pouco rsrs

*Futebol*, pensou Robin, lembrando-se de que Strike contara a ela que ele e Endiabrado1 tiveram uma conversa agradável em um canal privado duas noites antes enquanto ele personificava PatinhasdaBuffy. Ela chegou a pensar em bater na parede e perguntar a Strike o que eles tinham dito um para o outro, mas, como ele havia dito que tinha coisas a resolver, em vez disso ela pegou o celular e pesquisou no Google "Ferdinand transferência de 18 milhões de libras".

Enquanto Robin deduzia que Endiabrado1 estava falando sobre Rio Ferdinand, que marcou um famoso gol de cabeça para o Leeds United contra o Deportivo em 2001, Strike estava sentado a poucos metros de distância em sua própria cama de casal, em um quarto igual ao de Robin. Ele não desfizera a mochila porque sua prioridade tinha sido remover a prótese. Em vez de aproveitar a vista para o mar, ele agora estava olhando para seu coto, que se retorcia descontroladamente dentro da perna da calça.

Uma olhada rápida pelo quarto revelou a ausência de um frigobar, o que ele agora supunha que seria o caso — esse não era, como Robin observara, o

Ritz —, mas que não fez com que ele se sentisse mais simpático em relação ao hotel. Talvez uísque à tarde fosse um mau hábito ao qual não deveria se entregar, mas entre o atentado a bomba, o surgimento de um membro jovem do Corte na rua de Robin, a recorrência de espasmos em seu coto e a perspectiva iminente de uma "conversa de verdade" com Madeline, uma dose relaxante de álcool teria sido muito bem-vinda.

Por menos que quisesse falar com ela, ele precisava tirar Madeline do caminho, como disse para si mesmo, porque ele já tinha muita coisa com as quais lidar e não precisava acrescentar a isso ser perturbado por uma namorada com raiva. Sabendo bem que se comportara de forma menos que exemplar, ele estava preparado para pedir desculpas, mas depois o quê? Recostado sobre os travesseiros, Strike parecia ver apenas um túnel cada vez mais sufocante de crescente ressentimento mútuo se continuasse com o relacionamento. Enquanto seu coto pulava de um lado para outro como se estivesse sendo percorrido por impulsos elétricos, ele achou que devia ter notado desde o início que sua vida e a de Madeline eram fundamentalmente incompatíveis. Ela precisava de um homem feliz por estar ao seu lado que sorrisse quando os flashes das câmeras explodissem; precisava de alguém que gostasse dela o suficiente para não se importar com uma cena resultante de excesso de estresse e de álcool, e ele não se qualificava como nenhum dos dois. Ele respirou fundo, pegou o celular e apertou o número dela.

Madeline atendeu depois de alguns toques, sua voz fria como estivera na mensagem de voz.

— Oi.

Quando ficou claro que ela estava esperando que ele dissesse alguma coisa, ele perguntou:

— Tudo bem com você?

— Uma boa merda. E com você?

— Já estive melhor. Escute, quero pedir desculpas por ontem à noite. Eu não devia ter mentido. Foi uma atitude de merda. Achei que haveria uma discussão, então...

— Você se assegurou de que houvesse uma.

— Não intencionalmente — retrucou Strike, desejando que a perna parasse com seus espasmos incontroláveis.

— Você ficou na casa de Robin na noite passada, Corm? Diga a verdade.

Ele virou a cabeça e olhou para o horizonte, onde o azul do céu se encontrava com o verde-azulado do mar.

— Fiquei sim.

Houve um longo silêncio. Strike não disse nada, torcendo para que Madeline terminasse com as coisas agora, sem mais esforços de sua parte. Porém, o som seguinte que ouviu, embora baixo, era inconfundivelmente choro.

— Olhe... — começou ele sem ter ideia do que ia pedir para ela olhar, mas Madeline disse:

— *Como eu posso ter sido tão burra para gostar de você?* As pessoas me *disseram*, elas me *avisaram*...

Ele não ia cair na armadilha de perguntar quem eram essas pessoas, porque estava certo de que havia apenas uma: aquela cujo casamento em desintegração estava atualmente ameaçando seu trabalho.

— Mas você não parecia ser assim...

— Se com "assim" você quer dizer que estou dormindo com Robin, eu não estou — disse ele, pegando o cigarro eletrônico só para descobrir que aquela coisa maldita estava descarregada. — Você foi a única pessoa com quem dormi durante todo o tempo em que estivemos juntos.

— Você está falando no passado. Eu *fui* a única pessoa.

— Nós estamos falando sobre o passado, não estamos?

— Você quer isso, Corm? — perguntou ela, sua voz mais aguda que o normal, contendo as lágrimas. — Você *quer* mesmo ficar comigo?

— Você é ótima — disse ele, se contorcendo por dentro diante da necessidade dessas palavras vazias e automáticas, que não poupam ninguém de sofrimento, mas oferecem a quem as pronuncia uma convicção reconfortante de sua própria bondade. — E tem sido ótimo, mas acho que nós queremos coisas diferentes.

Ele esperou que ela discutisse, talvez gritasse com ele, porque a cena em seu lançamento revelara uma perfeita disposição de Madeline de ferir ao ser ferida. Em vez disso, depois de alguns soluços, ela desligou.

# 80

*Não sei o que pode aliviar minhas dores,*
*Nem aquilo que desejo;*
*A paixão tensiona as cordas de meu coração*
*Como um tigre em uma coleira.*

Amy Levy
*Oh, Is It Love?*

Arrancado abruptamente de um sono profundo por duas batidas à porta do quarto, Strike piscou ainda zonzo para o teto inclinado de madeira por alguns segundos, se perguntando onde estava, e, ao se lembrar de que aquilo era um hotel em Whitstable, olhou pela janela para o céu e avaliou que devia ser fim de tarde.

— Strike? — chamou a voz de Robin do lado de fora da porta. —Você está bem?

— Estou — respondeu ele com voz rouca. — Me dê um minuto.

Os espasmos em sua perna tinham cessado. Ele foi pulando até a porta, o que não foi tão difícil quanto podia ter sido, porque havia um gaveteiro estrategicamente posicionado e a armação de latão da cama.

— Desculpe — foi sua primeira palavra ao abrir a porta. — Peguei no sono. Entre.

Robin sabia que ele não teria retirado a prótese se não estivesse sentindo muita dor, porque ele sempre odiava os comentários e perguntas que isso gerava. Ele foi pulando desajeitadamente de volta para a cama e se jogou sobre ela.

— O que está acontecendo com a sua perna?

— Ela fica se mexendo por vontade própria.

— O quê? — disse Robin, olhando para a prótese apoiada na parede, o que fez Strike grunhir uma risada.

— Não isso, minha perna. Espasmos. Eu os tive logo após a amputação, e eles voltaram há alguns dias.

— Merda — disse Robin. —Você quer ir a um médico?

— Não adianta — respondeu Strike. — Sente-se — acrescentou ele, apontando para uma cadeira de vime. —Você parece ter notícias.

—Tenho — disse Robin, se sentando. — A prisão de Ormond acabou de ser noticiada na TV. Aparentemente, a polícia solicitou que ele continue preso por mais vinte e quatro horas.

— Então ele ainda não confessou o assassinato.

— Não pode ter feito isso. Mas tem mais uma coisa...

—Você se importa — disse um Strike ainda zonzo de sono — se eu fumar antes de continuarmos? — Ele passou a mão pelo cabelo cacheado farto, deixando-o com a mesma aparência. —Tenho que botar minha perna de volta no lugar. E estou faminto... aqueles sanduíches do almoço não foram muita coisa, não é?

—Você quer ajuda para descer a esc...?

— Não, não — disse Strike, dispensando-a com um aceno de mão. — Eu vou ficar bem.

— Quer, então, que eu desça e guarde uma mesa para nós no salão de jantar?

— É. Isso seria ótimo. Eu encontro você lá embaixo.

Robin se dirigiu para o térreo, preocupada com Strike, mas também cheia de uma empolgação mal contida. Ela ficara tão consumida pela linha de investigação que de repente se abrira diante dela depois de sua conversa com Endiabrado1 que mal percebera a tarde passar, e só às dez para as seis ela se dera conta de que Strike não tinha voltado.

Uma funcionária prestativa do hotel indicou a Robin onde ficava o salão de jantar, cujas paredes eram pintadas da cor de ardósia, as janelas arqueadas tinham vista para o mar e as cornijas das lareiras eram enfeitadas com pedaços corrugados de coral branco. Um garçom a conduziu a uma mesa para dois, e Robin, depois de pedir uma taça de Rioja, escolheu o lugar de frente para o mar, o que ela achou justo, considerando que tinha dado a Strike o quarto com vista para o litoral. Ela, então, pôs sobre a mesa o iPad, no qual o jogo ainda estava rodando.

Anomia ainda estava ausente, o que estava começando a intrigar Robin. A menos que ela tivesse perdido uma aparição durante sua viagem até Whitstable, esse era o maior período em que ele não aparecia no jogo desde que ela entrara, e ela não conseguiu deixar de pensar que Phillip Ormond estava atualmente sob custódia e certamente sem acesso a qualquer dispositivo eletrônico.

Enquanto isso, Pez Pierce enviara mensagens para Jessica Robins várias vezes desde que Robin respondera a seu desenho. Ela inventara uma noite com os pais para conter as expectativas de Pierce de receber respostas regulares, mas isso não impedira que ele enviasse mensagens, a última das quais era **Então quando vou ver você de novo?**, ao que Jessica respondera timidamente, **Vou verificar minha disponibilidade. Preciso ir. Meu pai está reclamando que estou muito no telefone.**

O garçom trouxe seu vinho, e enquanto Robin bebia, viu seus pensamentos viajando na direção do ex-marido, Matthew. Ela nunca estaria sentada ali se ainda fosse casada. A mera ideia de escrever uma mensagem de texto para Matthew dizendo "O escritório sofreu um atentado a bomba, Strike está vindo para dormir no sofá" era uma piada ruim: Matthew não gostara de Strike desde o começo, e ela podia imaginar sua resposta se tivesse ligado para casa para dizer "Cormoran e eu vamos passar a noite juntos em um hotel em Whitstable". Por alguns segundos, ela saboreou a sensação de liberdade que isso lhe propiciava, mas então seus pensamentos saltaram imediatamente para Madeline e a mentira de Strike sobre o serviço de quarto: ela desconfiava que uma das coisas que ele quisera fazer lá em cima era acalmar os ânimos da namorada. Ela se perguntou como Strike falava quando estava tentando ser doce com alguém. Ela nunca o ouvira fazer isso.

*Não importa*, disse ela a si mesma com severidade. *Você tem isto* — ela estava falando da investigação, não do Marine Hotel e do Rioja —, *que é melhor. É melhor serem amigos e sócios*. E antes que seus sentimentos pudessem oferecer algum contra-argumento, ela pegou o telefone, abriu o Twitter e checou para ver se havia alguma resposta para a mensagem direta longa que ela enviara uma hora antes para uma jovem fã do *Coração de nanquim*. Se a teoria de Robin estivesse certa — e ela tinha certeza de que estava —, a resposta da garota podia ser extremamente importante para o caso de Anomia, mas ainda não havia recebido nenhuma.

Strike levou meia hora para chegar ao restaurante, porque tomara um banho rápido na esperança de que ele pudesse aliviar seus músculos doloridos antes de descer cuidadosamente até a rua para fumar um cigarro. Ele percebeu enquanto atravessava o salão que Robin tinha vestido a blusa azul nova. As paredes escuras faziam sua cor marcante e viva se destacar em alto-relevo, e passou pela sua cabeça que podia elogiá-la pelo fato de a cor da blusa cair bem nela, mas antes que pudesse fazer isso, ela disse:

— Como está sua perna?

— Nada mal — respondeu ele, se sentando. — Me conte qual a sua outra notícia.

— Bom — disse Robin —, primeiro, eu tive uma conversa em canal privado com Endiabrado1 esta tarde. Vocês dois foram fundo sobre futebol na outra noite: precisei pesquisar muito no Google para acompanhar. Rio Ferdinand, o lendário gol de cabeça contra o Deportivo, vitória lendária do Leeds et cetera...

— Desculpe — disse Strike com um sorriso sem graça. — Eu devia ter posto isso nas anotações. O que você está bebendo?

— Rioja. Está bom.

— Ótimo... vou querer o mesmo que ela está bebendo — pediu ele ao garçom que aparecera prontamente a sua mesa. Quando ele se foi, Strike prosseguiu: — Imagino que você não esteja parecendo tão empolgada por ter visto o gol de Ferdinand.

— Correto — disse Robin. — Estou parecendo empolgada porque descobri que o Leeds United também é conhecido como os Pavões.

— E isso deixa você empolgada porque...

— Porque acho que fiz uma descoberta, uma descoberta importante. Estou me sentindo uma idiota por não ter visto isso antes, mas há tantos milhões de pessoas no Twitter que eu simplesmente... Dê uma olhada nisso.

Robin fechou o Twitter no celular, abriu sua galeria de fotos e selecionou o primeiro print de tela que ela fizera naquela tarde, que mostrava a última parte de uma longa conversa em canal privado que tivera com Endiabrado1.

**Endiabrado1:** hoje é meu
último dia aqui

**Endiabrado1:** só entrei
para me despedir de Verme,
mas ela não está aqui

**Endiabrado1:** conversar com você
esses últimos dias tem sido a
maior diversão que tive aqui
em séculos

**PatinhasdaBuffy:** você não está
mesmo de saída, está?!

**Endiabrado1:** Eu preciso

**Endiabrado1:** este lugar
tem me deixado fisicamente mal.
Não estou brincando

**Endiabrado1**: sei que você quer ser moderadora, mas, sério, não faça isso. Esse lugar é tóxico.

Strike deslizou a tela para a direita e continuou a ler.

**PatinhasdaBuffy**: você disse a Anomia que está de saída?

**Endiabrado1**: não

**Endiabrado1**: vou simplesmente desaparecer

**Endiabrado1**: tem muita coisa sobre este lugar que você não sabe

**Endiabrado1**: estou tão ansioso que minha mãe queria me levar ao médico

**Endiabrado1**: mas não é de um médico que eu preciso

**PatinhasdaBuffy**: do que você precisa?

>

>

**Endiabrado1**: encontrar alguém que possa deter Anomia

O vinho de Strike chegou, mas ele estava tão absorto que não percebeu; foi Robin que agradeceu ao garçom.

**PatinhasdaBuffy**: o que você quer dizer com deter Anomia?

**Endiabrado1**: Deixe para lá. Só não se torne moderadora. Estou tão envergonhado por ter participado disso que não consigo pensar em mais nada. Eu preciso ir

**<Endiabrado1 saiu do canal>**

Strike ergueu os olhos para Robin e abriu a boca para falar, mas ela disse:

— Continue lendo. Tem muito mais.

Ele fez o que ela sugeriu e se viu olhando para uma série de fotos de publicações no Twitter, a primeira das quais estava datada de mais de três anos antes. A foto do perfil mostrava uma adolescente de cabelo castanho-escuro, sobrancelhas grossas e um sorriso astuto. Ela não tinha aplicado filtros na foto e não parecia estar usando maquiagem, o que a tornava muito incomum na experiência recém-adquirida de Strike sobre jovens usuárias do Twitter.

---

**Penny Pavão** @rachledbadly

Tive uma discussão com meu pai no telefone e ele me chamou de demônio do inferno #FelizAnoNovo

13h58 1 de janeiro de 2012

---

**Penny Pavão** @rachledbadly

Eu AMO isso. Joguem o jogo, cara!

www.CN/OJogo.com

19h55 9 de fevereiro de 2012

---

**Penny Pavão** @rachledbadly

Fui suspensa por fumar no banheiro da escola 😂😂😂

0h49 27 de fevereiro de 2012

---

**Penny Pavão** @rachledbadly

Estou completamente bênada

0h49 14 de abril de 2012

---

**Direitos de EM** @EMBillyShears

Pesquisas promissoras sobre disfunção mitocondrial e patofisiologia da EM aqui: bitly.sd987m

15h49 14 de maio de 2012

---

**Penny Pavão** @rachledbadly

Em resposta a @EMBillyShears

Você sabe alguma coisa sobre lúpus?

18h02 14 de maio de 2012

---

**Direitos de EM** @EMBillyShears

Cheque a seção "autoimune" de meu site www.TribulationemEtDolorum.com

18h26 14 de maio de 2012

— Penny esteve em contato com Inigo? — perguntou Strike.

— Continue a ler — disse Robin.

---

**Penny Pavão** @rachledbadly

@TheMorehou©e ALFA CENTAURI Bb QUERIDO!

20h51 16 de outubro de 2012

---

**Morehouse** @theMorehou©e
Em resposta a @rachledbadly
É, eu sei! Mas eu não faria as malas ainda.

---

**Penny Pavão** @rachledbadly
Em resposta a @theMorehou©e
Não seja estraga prazeres

---

**Morehouse** @theMorehou©e
Em resposta a @rachledbadly
Só estou dizendo... que pode na verdade não estar lá.

---

**Penny Pavão** @rachledbadly
Em resposta a @theMorehou©e
como assim, porra????

---

**Morehouse** @TheMorehou©e
Em resposta a @rachledbadly
É uma hipótese de trabalho, só isso. Existe algum ceticismo.

—Você chegou nas conversas de astronomia com Morehouse? — perguntou Robin.

— Acabei de chegar lá.

— Estou furiosa comigo mesma, porque eu notei algumas de suas interações. Eu mencionei isso a você, lembra? A colegial com quem Morehouse conversou? Mas nunca liguei os pontos.

Vendo que Strike tampouco parecia tê-los conectado, ela disse:

— Continue.

---

**Penny Pavão** @rachledbadly

Estou ansiosa para o jogo de amanhã, meu pai torce pelos Azuis e eu torço pelos Brancos, e quero muito assistir a nós ACABANDO com eles

17h45 18 de dezembro de 2012

---

**Ron Briars** @ronbriars_1962
Em resposta a @rachledbadly
Como você e seu pai acabaram em campos opostos dessa guerra de cem anos?!

---

**Penny Pavão** @rachledbadly
Em resposta a @ronbriars_1962
Ele foi embora quando eu tinha 12 anos, e eu e minha mãe nos mudamos para Leeds para ficar com a família dela.

17h57 18 de setembro de 2012

---

**Ron Briars** @ronbriars_1962
Em resposta a @rachledbadly
Ah, está bem. Esse assunto é um pouco pessoal?

---

**Penny Pavão** @rachledbadly
Em resposta a @ronbriars_1962
Só um pouco.

— Espere — disse Strike, olhando para Robin, que agora sorria para ele. — Leeds United? O pai dela a chamou de demônio do inferno?

— E a mãe dela tem lúpus — disse Robin. — E Gus acabou de nos contar que seu pai conversa com uma mulher chamada Rachel.

— Como isso é relevante?

— Strike, ignore "Penny Pavão" e olhe para o handle dela.

Strike olhou para as duas publicações seguintes.

---

**Penny Pavão** @rachledbadly

Merda. MERDA.
MEEEEERDAAAAAA #LeedsvsChelsea

21h32 18 de dezembro de 2012

---

**Penny Pavão** @rachledbadly

Ótimo, lá vem meu pai me mandar mensagens. Ele não se lembra de meu aniversário, mas escreve para tripudiar pela porra da vitória do Chelsea.

— Rachledbadly. "Rach led badly"... — começou a falar ele. — Espere... "led badly" significa malconduzida, cujo oposto é bem conduzida...

— "Led well". Rachel Ledwell — disse Robin radiante. — Continue a ler.

---

**Penny Pavão** @rachledbadly

Se você tivesse um parente famoso que não conhecesse, você entraria em contato com ele?

21h13 28 de janeiro de 2013

---

**Julius** @eu_sou_evola
Em resposta a @rachledbadly
Não se eu me parecesse com você. Ele ia se perguntar por que Ringo Starr tinha aparecido usando saia na porta dele

— Prontos para fazerem o pedido?

— Não, desculpe — disse Robin, puxando apressadamente a folha impressa em sua direção e escolhendo aleatoriamente espaguete com pesto.

— Para mim, escolha qualquer coisa que encha, mas não engorde — disse Strike sem erguer os olhos, porque agora estava absorto em um longo feed do Twitter que Robin fotografara em segmentos. Seu pedido não era fácil de atender: o cardápio, que incluía itens que Strike certamente teria amado, como barriga de porco e bacalhau empanado, não era muito amigável para dietas. Robin pediu um bife com salada em vez de batatas fritas, e o garçom foi embora.

— Onde você está? — perguntou ela a Strike.

— Na comprida, sobre Ledwell mentir quanto a estar sem dinheiro — respondeu ele.

---

**Anomia** @AnomiaGamemaster

Aqueles que compram as histórias tristes de pobreza da Comilona devem saber que seu tio rico deu dinheiro a ela duas vezes no início dos anos 2000. #EdieMentira

22h30 26 de abril de 2013

---

**Colheres da Lua** @colheresdalua
Em resposta a @AnomiaGamemaster
Sempre achei que havia algo estranho naquela merda de ter passado um tempo sem-teto #EuEstouComJosh #EdieMentira

22h32 26 de abril de 2013

---

**Yasmin Weatherhead** @YazzyWeathers
Em resposta a @AnomiaGamemaster
Acho que ela estava dura, mas nem de perto tanto quanto afirma. Por exemplo, não compro essa história de ficar sem-teto.

---

**Penny Pavão** @rachledbadly
Em resposta a @YazzyWeathers @AnomiaGamemaster
Ela não está mentindo. Ela realmente era muito pobre

---

**Discípulo de Lepine** @D1scipulodeLepine
Em resposta a @rachledbadly @YazzyWeathers
@AnomiaGamemaster
Ela faz qualquer coisa por grana

**Max R** @mreger#5
Não tenho orgulho disso, mas em 2002 paguei a
@EdLedDesenha por um boquete.

---

**Julius** @eu_sou_evola
Em resposta a @D1scipulodeLepine @rachledbadly
@YazzyWeathers @AnomiaGamemaster
#SobreoJogo 😂😂😂😂😂😂😂😂😂😂

---

**Johnny B** @jbaldw1n1>>
Em resposta a @D1scipulodeLepine @rachledbadly
@YazzyWeathers @AnomiaGamemaster
#BoqueteiraComilona 😂😂😂😂😂😂😂😂😂😂

---

**Max R** @mreger#5
Em resposta a @D1scipulodeLepine @rachledbadly
@YazzyWeathers @AnomiaGamemaster
Não sou o único. Parece que ela chupa seu senhorio holandês
em vez de pagar o aluguel #SobreoJogo

---

**Penny Pavão** @rachledbadly
Em resposta a @mreger#5 @D1scipulodeLepine
@YazzyWeathers @AnomiaGamemaster
vocês todos deviam ir se foder

---

**Colheres da Lua** @colheresdalua
Em resposta a @mreger#5 @D1scipulodeLepine
@rachledbadly @YazzyWeathers @AnomiaGamemaster
Estou muito cansada de Ledwell e seus defensores. Ela é uma
intolerante nojenta e uma mentirosa comprovada

---

**Penny Pavão** @rachledbadly
Em resposta a @colheresdalua @mreger#5
@D1scipulodeLepine @YazzyWeathers
@AnomiaGamemaster
Bem, eu conheço a família dela e sei que ela está falando a
verdade, então vão se ferrar

Quando Strike ergueu os olhos para dizer alguma coisa, Robin, que tinha fechado a tela em seu iPad que mostrava o jogo e aberto o Twitter, emitiu uma pequena expressão de espanto.

— Espere aí — disse ela. — Continue a ler. Preciso responder a uma coisa.

Strike obedeceu, e Robin leu a resposta de três palavras de Rachel Ledwell a sua mensagem direta, que Robin enviara de uma conta no Twitter que havia criado naquela tarde com esse objetivo, chamada @DetenhamAnomia.

Penny Pavão
Quem é você?

Detenham Anomia
Uma mulher que acha que Anomia já provocou muitos danos a esta comunidade de fãs e deve ser detido.

Ela esperou, prendendo a respiração, mas nenhuma outra mensagem de Rachel apareceu. Ela ergueu os olhos para Strike.

— Onde você está agora?

— Estou lendo mais dessas conversas que ela tem com Morehouse sobre astronomia — disse Strike.

---

**Penny Pavão** @rachledbadly

@theMorehou©e

26 buracos negros em Andrômeda.
Ou você vai me dizer que eles também não existem?

22h02 12 de junho de 2013

---

**Morehouse** @theMorehou©e
Em resposta a @rachledbadly
rsrs não, eles estão lá. Isso é realmente empolgante.

---

**Penny Pavão** @rachledbadly

@theMorehou©e Kepler-78b?

20h25 5 de novembro de 2013

---

**Morehouse** @theMorehou©e
Em resposta a @rachledbadly
Em oposição a Alfa Centauri Bb: existe, mas não devia

— Isso realmente faz com que pareça que eles se conheciam — disse Strike. — O que ele é, astrofísico?

— Páginabranca me disse que descobriu quem era Morehouse porque Endiabrado1 deu uma dica a ela no canal de moderadores. Morehouse ficou com raiva de Páginabranca por descobrir o que quer que tenha descoberto, mas duvido que tenha sido que ele é um astrofísico. Acho que isso seria uma coisa da qual você teria orgulho.

— Sabe, estou interessado no tom de Morehouse — disse Strike.

— De que forma?

— Não acho que ele é tão jovem quanto ela. Na verdade, pelo jeito que escreve, ele poderia ter qualquer idade. Até mesmo ser um professor universitário.

— Concordo — disse Robin, que ainda estava de olho nas mensagens diretas de @DetenhamAnomia. — E em todas as suas postagens públicas no Twitter que eu vi, ele praticamente nunca usa palavrão.

— E nessa sobre variável constante...

Ele moveu o celular de Robin para que ela pudesse ver do que ele estava falando.

---

**Penny Pavão** @rachledbadly

"Dê um exemplo de quando você usaria uma variável constante."
Pedindo ajuda para @theMorehou©e

22h33 11 de novembro de 2013

---

**Morehouse** @theMorehou©e
Em resposta a @rachledbadly
vamos lá, isso você sabe

---

**Penny Pavão** @rachledbadly
Em resposta a @theMorehou©e
estou exausta para caralho, vc não pode fazer isso para mim?

---

**Morehouse** @theMorehou©e
Em resposta a @rachledbadly
hahaha não, tenho meu próprio trabalho a fazer

— Ele está falando como um irmão mais velho ou... não sei, um tio.

— Um tio muito legal, se ela se sente à vontade para usar palavrões com ele.

— Por outro lado, aqui não há nada assustador. Ele não é nenhum Ashcroft.

— Engraçado você mencionar Ashcroft. Ele vai aparecer logo mais.

Strike passou para a próxima foto, mas Robin não estava mais prestando atenção, porque Rachel acabara de responder a sua mensagem direta.

Penny Pavão
Por que você me procurou pedindo ajuda?

Com o coração em disparada, Robin digitou sua resposta.

Detenham Anomia
Porque acho que você é uma pessoa decente que sente o mesmo que eu, e acho que pode me fornecer informação que me ajudaria a deter Anomia.

Enquanto Robin aguardava com alguma ansiedade a resposta de Rachel, Strike começou a ler o feed seguinte no Twitter.

---

**Anomia** @AnomiaGamemaster

O último exemplo de #trollandoporempatia de Edinheiro Comilona. "Prefiro lugares pequenos, foi como eu cresci."

Este lugar parece pequeno para vocês?

13h53 15 de agosto de 2013

Anexada à publicação havia uma foto de uma casa geminada com o número na porta nitidamente visível.

---

**Caneta da Justiça** @canetajustaescreve

**@AnomiaGamemaster @rachledbadly**

Independentemente dos defeitos de Ledwell, não é legal revelar seu endereço. Denunciado.

13h56 15 de agosto de 2013

---

**Anomia** @AnomiaGamemaster
Em resposta a @canetajustaescreve @rachledbadly
Por favor, onde eu revelei o endereço?

13h57 15 de agosto de 2013

---

**Penny Pavão** @rachledbadly
Em resposta a @AnomiaGamemaster @canetajustaescreve
Ele está certo. Apague

13h58 15 de agosto de 2013

---

**Caneta da Justiça** @canetajustaescreve
Em resposta a @rachledbadly @AnomiaGamemaster
Não faça joguinhos, Penny

13h58 15 de agosto de 2013

---

**Penny Pavão** @rachledbadly
Em resposta a @canetajujstaescreve
@AnomiaGamemaster
EU NÃO SOU ANOMIA

13h58 15 de agosto de 2013

---

**Discípulo de Lepine** @D1scipulodeLepine
Em resposta a @EdLedDesenha
Se alguém quiser o endereço completo daquele apartamento, me peça por mensagem direta. Eu o tenho 😂😂😂😂😂😂

— Espere, então Ashcroft achava que Rachel era Anomia?

— Ele ainda acha isso. Se você ler a próxima parte, vai descobrir por que ele me disse que Anomia é uma garota perturbada que teve problemas com a polícia.

---

**Penny Pavão** @rachledbadly

Presa pichando no Hyde Park. Acabei de sair do distrito policial e fui indiciada. Minha mãe diz que é o pior dia de sua vida.

19h19 7 de fevereiro de 2014

---

**Penny Pavão** @rachledbadly
Em resposta a @rachledbadly
isso foi meio que um tapa na cara de meu pai. Aparentemente, ele tê-la abandonado quando ela estava gravemente doente foi menos doloroso

---

**Penny Pavão** @rachledbadly
Em resposta a @rachledbadly
do que eu escrever LUCY WRIGHT É UMA VADIA em um muro.

---

**Penny Pavão** @rachledbadly

Mais alguém foi detido por pichar? Estou tentando tranquilizar minha mãe que eles não vão me enforcar.

---

**Lilian Asquith** @LilAsquith345

Em resposta a @rachledbadly

pare de ficar se achando. Pichar é crime contra o patrimônio. Honestamente não entendo por que as pessoas fazem isso.

---

**Penny Pavão** @rachledbadly

Em resposta a @LilAsquith345

Nós tá sulitário e indediado

19h42 7 de fevereiro de 2014

Sem conseguir se conter, Strike deu uma pequena risada, mas Robin não estava prestando atenção; Rachel tinha acabado de responder a sua última mensagem direta.

Penny Pavão

O que faz você pensar que eu tenho informação?

Robin bebeu o resto de seu Rioja e digitou:

Detenham Anomia

Acho que você sabe quem é Morehouse, e Morehouse sabe quem é Anomia.

Depois de alguns segundos, Rachel respondeu.

Penny Pavão

Morehouse nunca contaria a você

Como Rachel não havia negado conhecer Morehouse nem se recusado a falar, a empolgação de Robin se acelerou.

Detenham Anomia

Eu posso conseguir convencê-lo. Tenho uma certa experiência com esse tipo de coisa.

Enquanto Robin esperava ansiosa, Strike lia o último print no celular dela.

---

**Penny Pavão** @rachledbadly

Então recebi uma advertência formal por minha pichação e provavelmente vou ter que limpá-la ou algo assim.

16h27 8 de julho de 2014

---

**Penny Pavão** @rachledbadly
Em resposta a @rachledbadly
Minha mãe diz que eu mereci, e eu escrevi para meu pai e descobri que ele tinha se esquecido de que eu fui a julgamento hoje. #paisdeprimeira

---

**Penny Pavão** @rachledbadly
Em resposta a @rachledbadly
então agora vou beber um pouco de vodca para comemorar haha. #naovouparaaprisão

---

**Discípulo de Lepine** @D1scipulodeLepine
Em resposta a @rachledbadly
Eles deviam trancar mulheres como você só por serem tão feias

---

**Penny Pavão** @rachledbadly
Em resposta a @D1scipulodeLepine
por que você não VAI SE FODER

— Eu estava esperando alguém mandar Discípulo de Lepine se foder — disse Strike, empurrando o celular sobre a mesa na direção de Robin. — Esse é o tipo de cara que as pessoas deviam mandar se foder alto e com frequência... Está tudo bem? — perguntou ele, porque Robin estava com uma expressão muito tensa enquanto observava o iPad em suas mãos.

— Tudo — disse Robin. — Mas outra taça de vinho cairia bem.

Enquanto Strike chamava o garçom, a resposta de Rachel surgiu na tela à frente dela.

Penny Pavão
Você é jornalista?

Penny Pavão
Ou polícia?

Quando Robin começou a digitar muito rápido, Strike se perguntou o que ela estava fazendo. Seu silêncio sugeria algo particular, e ele de repente se lembrou daquela ligação de Hugh Jacks para o escritório que foi transferida para seu celular na noite em que jantara com Grant Ledwell. Ele nunca descobrira o que estava acontecendo entre eles. Então ele se lembrou daquela foto com um sujeito de olhos de peixe com os braços em torno dela em cima de sua lareira. Quando duas novas taças de vinho chegaram, ele bebeu enquanto observava Robin discretamente, tentando decidir se parecia mais uma mulher combinando novas férias com o namorado ou terminando com ele.

Na verdade, Robin estava digitando:

Detenham Anomia
Nenhum dos dois. Conto tudo a você, se topar se encontrar comigo. Posso garantir anonimato total e podemos nos encontrar pessoalmente em um lugar movimentado durante o dia de sua escolha. Se você não gostar da minha cara, pode simplesmente ir embora. Ninguém nunca vai precisar saber que nos encontramos nem que você me ajudou, se decidir fazer isso.

Penny Pavão
Por que você não me diz quem é agora?

Detenham Anomia
Porque se você contar a alguém pode atrapalhar minha tentativa de deter Anomia

O garçom voltou então à mesa deles com a comida. Robin moveu-se levemente para permitir que ele pusesse o prato de massa a sua frente, com os olhos fixos no iPad. Strike olhou para o próprio prato: onde devia haver batatas fritas, havia apenas salada. Ele concluiu que não podia culpar ninguém além de si mesmo por isso, então pegou a faca e o garfo e começou a comer em silêncio enquanto Robin continuava a digitar.

Penny Pavão
Quero ajudar, mas estou com medo

Detenham Anomia
Entendo, mas você não tem nada a temer de mim, juro

Penny Pavão
Minha mãe está doente.
Ela não vai aguentar se eu
me meter em encrenca
outra vez

Detenham Anomia
Você não vai estar encrencada. Ninguém
precisa nem saber que você vai se
encontrar comigo

Penny Pavão
Você pode vir a Leeds?

Detenham Anomia
É claro

Penny Pavão
Amanhã à tarde?

— Strike — disse Robin, erguendo os olhos com uma expressão de empolgação que fez com que ele temesse o pior: um possível pedido de casamento feito por mensagem de texto. — Podemos ir a Leeds amanhã?

— Leeds?

— Rachel Ledwell concordou em conversar comigo.

— *O quê?*

— Explico em um minuto... podemos ir?

— Claro que podemos ir!

Então Robin digitou:

Detenham Anomia
Posso

Penny Pavão
Você não pode vir na minha
casa por causa de minha mãe

Detenham Anomia
Tudo bem

Penny Pavão
Tem um lugar chamado
Meanwood Park

Penny Pavão
Entre pela entrada perto
da cafeteria e pegue
a trilha à direita

Penny Pavão
Tem uma ponte de pedra sobre
o riacho à esquerda,
como lajes partidas

Penny Pavão
Do outro lado do rio há uma
árvore com dois rochedos
grandes de
seus dois lados

Penny Pavão
Perto da árvore tem um banco
onde está escrito o
nome Janet Martin

Penny Pavão
Encontro você no banco
de Janet Martin às 15h

Detenham Anomia
Maravilha. Vejo você lá. Bj

Robin largou o iPad, bebeu direto a maior parte de sua segunda taça de Rioja, então contou tudo a Strike. Ele escutou cada vez mais atônito e, quando ela terminou seu recital, disse:

— Do cacete, Ellacott. Eu pego no sono por três horas e você resolve a porra do caso!

— Ainda não — disse ela, corando com uma mistura de empolgação, vinho e o prazer proporcionado por essas palavras. — Mas, se chegarmos a Morehouse, chegamos a Anomia!

Strike pegou sua taça de vinho e a bateu de leve contra a dela.

— Quer mais uma?

— É melhor não. São quinhentos quilômetros até Leeds. Não quero ser pega em um teste de bafômetro.

Ela finalmente pegou o garfo e começou a comer sua massa.

— Como está seu bife?

— Muito bom, na verdade — disse Strike, se perguntando se devia dizer o que queria dizer, e finalmente resolveu fazer isso. — Achei que você pudesse estar mandando e-mails para Hugh Jacks.

— *Hugh Jacks?* — indagou Robin, incrédula, sua garfada seguinte de espaguete suspensa a meio caminho de sua boca. — Por que eu faria isso?

— Não sei. Ele está ligando para você no trabalho. Achei que alguma coisa podia estar rolando...

— *Deus*, não — disse Robin. — Não está rolando nada entre mim e Hugh Jacks.

Uma combinação de Rioja com a satisfação de marcar um encontro com Rachel Ledwell tinha baixado a guarda que Robin mantivera erguida pelos últimos meses. Naquele instante, ela se sentia mais simpática em relação ao sócio do que em semanas.

— Me diga uma coisa — pediu ela. — Se uma mulher ignorasse suas batidas na porta de seu quarto, um cartão de Dia dos Namorados e diversos telefonemas, *você* ia achar que ela estava interessada em você?

Strike riu.

— Eu diria que, em geral, não.

— Graças a Deus — disse Robin —, porque você não seria um bom detetive se não conseguisse ler pistas como essas.

Strike riu outra vez. O alívio que estava sentindo naquele momento estava lhe dizendo algo, ele sabia disso, mas não era o momento para embarcar em um devaneio introspectivo, então, em vez disso, ele bebeu mais vinho e disse:

— É um bom hotel, este.

— Achei que estivesse puto por ele não ter um elevador até o sótão e ninguém o ter ajudado com sua bagagem imaginária.

— Mas eles fazem um bom bife.

Robin riu disso. Como ele tinha perguntado sobre Hugh Jacks, ela pensou brevemente em perguntar a ele como estavam as coisas com Madeline, mas resolveu não fazer uma indagação que podia estragar seu bom humor atual. O resto do jantar transcorreu de forma agradável, preenchido por conversas casuais, piadas e risos que provavelmente pareceriam extraordinários para as outras pessoas no salão se soubessem que, apenas pouco tempo atrás, eles tinham recebido uma bomba pelo correio.

# 81

*... portões de ouro se estendem entre nós,*
*A verdade abre seus olhos proibitivos...*

Mary Elizabeth Coleridge
*An Insincere Wish Addressed to a Beggar*

## Um chat dentro do jogo entre dois moderadores do *Drek's Game*

**<Um novo canal privado foi aberto>**

**<6 de junho de 2015 23.29>**

**<Morehouse convidou Páginabranca>**

**<Páginabranca entrou no canal>**

**Páginabranca:** você viu? Sobre o namorado de Ledwell?

**Morehouse:** literalmente há dois minutos

**Morehouse:** passei a tarde inteira no laboratório

**Morehouse:** meu Deus, eu ainda não consigo entender

**Páginabranca:** e agora?

**Morehouse:** não sei

**Páginabranca:** a polícia não o prendeu por nada

**Morehouse:** não

**Morehouse:** mas eles ainda não o indiciaram

**Páginabranca:** Mouse, você QUER que Anomia a tenha matado?

**Morehouse:** droga, claro que não

**Morehouse:** mas e quanto a Vilepechora

**Páginabranca:** talvez não tenha nenhuma conexão

**Páginabranca:** talvez NADA disso tenha sido Anomia!

**Morehouse:** se eles acusarem Ormond, tudo o que sabemos é que A não esfaqueou Ledwell e Blay

**Páginabranca:** mas querido, se ele não os esfaqueou, por que atacaria Vilepechora?

>

**Morehouse:** não sei

**Morehouse:** talvez eu tenha passado tanto tempo me preocupando muito que tenha sido ele que fez tudo isso que estou achando difícil conciliar

>

**Morehouse:** você percebeu alguma coisa estranha nele no canal de moderadores recentemente?

**Páginabranca:** mais do que o normal, você quer dizer?

**Morehouse:** duas vezes, em vez de digitar "oderint dum metuant", ele digitou "oderum dum mentum"

**Páginabranca:** e daí?

**Morehouse:** daí que ele não costuma fazer isso

**Páginabranca**: talvez ele estivesse bêbado?

**Morehouse**: e algumas noites atrás, quando você não estava online, ele concordou com DrekIndediado que Grandes Astros: Batman & Robin na verdade era muito bom.

**Páginabranca**: e daí?

**Morehouse**: daí que isso é como Nigel Farage dizer que o que a Inglaterra realmente precisa é de cem mil imigrantes turcos

**Páginabranca**: rsrsrs

**Morehouse**: é estranho

**Páginabranca**: talvez ele estivesse tentando agradar a DrekIndediado

**Morehouse**: Anomia não tenta agradar a ninguém

**Morehouse**: ele acha que estamos aqui para agradar a ele, não o contrário

**Páginabranca**: rsrsrs verdade

**Morehouse**: bom, se Ormond for acusado, vai ser um alívio enorme

**Morehouse**: mas só o fato de eu pensar que Anomia podia ter feito isso acendeu um sinal de alerta

**Morehouse**: tenho pensado muito ultimamente sobre o que ele estava fazendo com Ledwell

**Morehouse**: assediá-la e publicar seu endereço e todo o resto

**Morehouse:** não gosto muito de mim mesmo quando penso nisso tudo

**Morehouse:** Eu devia tê-lo detido. Eu inventei desculpas para ele em minha cabeça

**Morehouse:** Nicole, mesmo que Ormond a tenha matado, estou saindo fora e acho que você devia fazer o mesmo. Anomia e este jogo não são boa coisa

**Páginabranca:** é

**Páginabranca:** tenho pensado a mesma coisa

**Páginabranca:** meu Deus, vai ser estranho, porém, sem o jogo em minha vida

**Páginabranca:** Eu provavelmente vou só ficar mandando mensagens de texto para você o dia e a noite inteiros

**Morehouse:** por mim, tudo bem

**Páginabranca:** <3

**Morehouse:** então...

**Páginabranca:** ???

**Morehouse:** acho que devíamos ir para o Facetime

**Páginabranca:** AH, MEU DEUS!!!!!

**Morehouse:** agora?

**Páginabranca:** não posso acreditar nisso

**Páginabranca:** você também vai me contar quem é Anomia?

**Morehouse:** por que não?

**Morehouse:** não, espere um segundo

**Páginabranca:** MOREHOUSE, VOCÊ NÃO PODE DIZER ISSO E DEPOIS DESISTIR

**Morehouse:** não, tem alguém na minha porta

**Morehouse:** me dê um segundo

>

>

>

>

>

>

>

>

>

>

>

>

>

>

>

>

>

>

>

>

>

>

>

# 82

*Garotas enrubescem porque estão vivas,*
*Desejando em parte estarem mortas para se pouparem da vergonha…*
*Elas se aproximaram muito do fogo da vida, como mosquitos,*
*Incendiando o corpo, com asas e tudo.*

Elizabeth Barrett Browning
*Aurora Leigh*

Robin estava tão ansiosa para não perder a oportunidade de falar com Rachel Ledwell que ela e Strike estavam outra vez na estrada às oito horas da manhã seguinte. O céu estava sem nuvens, e os dois logo estreitavam os olhos diante do sol ofuscante, e Robin lamentou por não ter comprado óculos escuros em Whitstable.

Strike, que recarregara o cigarro eletrônico durante a noite, de vez em quando dava tragadas sem entusiasmo enquanto seguiam pela M11. Quando não estava fumando, vigiava o *Drek's Game*, no qual fizera login antes de entrarem no carro. Ele estava com certa dificuldade para movimentar PatinhasdaBuffy porque tinha de usar a mão esquerda. A direita era necessária para apertar forte sua coxa, porque seu coto novamente o havia acordado com espasmos e ainda estava tentando sair pulando por conta própria. Em consequência disso, ele recusou com relutância o café da manhã inglês completo oferecido pelo Marine Hotel, optando em vez disso por mingau e salada de frutas.

— Anomia está aí? — perguntou Robin.

— Não — respondeu Strike.

— Algum moderador?

— Páginabranca e DrekIndediado. Veja bem, não temos ninguém vigiando Kea Niven e Tim Ashcroft no momento, então, mesmo se Anomia aparecer, não vamos conseguir descartar nenhum deles. *Maldito* Nutley — disse Strike. — Espero que ele peça referências minhas, porque vou dar uma que ele não vai esquecer tão cedo.

Seguiu-se um silêncio de vinte minutos, até que Strike, profundamente entediado com o jogo, saiu dele e tornou a pegar o cigarro eletrônico.

— Como você consegue não ganhar peso fazendo este trabalho? — perguntou ele a Robin.

— O quê? — perguntou Robin, cuja atenção estava em grande parte concentrada nas perguntas que pretendia fazer a Rachel Ledwell, supondo que ela aparecesse. — Ah... bom, eu planejo um pouco. Tento levar coisas saudáveis comigo quando estou fazendo vigilância, assim não acabo comendo chocolate quando preciso fazer um lanche.

— Coisas saudáveis como...

— Não sei... nozes? Às vezes faço sanduíches... Sua perna está mal? — perguntou. Ela havia percebido, mas não mencionado, que ele estava apertando o coto contra o assento.

— Não mal o suficiente para comer como um esquilo.

— Eu não como como um *esquilo* — disse Robin —, mas não frito tudo nem como batatas fritas em todas as refeições, já que você perguntou.

Strike deu um suspiro profundo.

— Eu esperava que você dissesse que havia uma pílula mágica.

— Lamento — disse Robin enquanto ultrapassava um Volvo preguiçoso. — Não existe pílula mágica. Imagino que esteja com fome.

— Só um pouco.

— Nós podemos parar em um posto Cambridge, mas não por muito tempo. Não quero me atrasar para Rachel, supondo que ela apareça.

Eles seguiram por mais vinte minutos, até que Strike disse:

— Isso tudo parece um pouco com *O espião que veio do frio*... sabe, essa história de se encontrar em um banco.

— É um pouco coisa de adolescente — disse Robin. — Provavelmente é onde ela se encontra com amigos... escute, espero que esteja tudo bem com isso...

Ela se sentiu desconfortável para dizer a parte seguinte, porque nunca tinha feito isso antes.

— ... mas acho que eu devia me encontrar com ela sozinha. Ela não sabe nada sobre você, e você pode ser um pouco assustador para uma adolescente. Além disso, ela está esperando uma pessoa sozinha.

— Faz sentido — disse Strike tragando a imitação sem graça de um cigarro de verdade. — Vou esperar no café que ela mencionou... talvez eles tenham batatas fritas.

Eles fizeram uma parada rápida em um posto Cambridge, onde Strike consumiu um café e uma barra de cereal insípida enquanto checava e-mails de trabalho. Robin, que percebera sua expressão mudar, perguntou com apreensão:

— O que foi?

— Dev — respondeu Strike.

— Ele se demitiu também?

— Não... o contrário... droga, ele conseguiu falar com uma das babás de Charlotte e Jago. Na noite passada em um pub em Kensington... ela estava puta... disse a ele que nenhuma das pessoas para quem ela trabalha estão preparadas para serem pais... "testemunhou o pai ser violento com as filhas em diversas oportunidades". Merda, isso pode ser bom.

— Que bom que você está feliz — disse Robin secamente.

— Você sabe o que quero dizer. Obviamente eu preferiria que ele não estivesse batendo em suas filhas, mas se está, vai ser um grande prazer ser o responsável por expô-lo.

*Mas você não vai expô-lo, vai?*, pensou Robin enquanto bebia o próprio café. *Se fizer isso, vai perder o poder que tem sobre ele.* Ela se perguntou também sobre a facilidade com que Strike passara pela parte que dizia que nenhum dos pais estava preparado para cuidar dos filhos, mas talvez, no fundo, ele achasse impossível acreditar que Charlotte fosse uma mãe ruim. Em voz alta, ela disse apenas:

— Achava que um casal como esse teria contratos de confidencialidade com seus empregados.

— É, provavelmente — disse Strike, que ainda estava lendo o relatório de Dev. — Todas as crianças estão na casa de campo de Ross outra vez hoje... Midge está lá... Meu Deus, se conseguíssemos tirar Ross de nossas costas, ajudaria muito.

Depois de meia hora no posto, eles seguiram viagem, chegaram finalmente a Leeds uma hora antes do encontro marcado com Rachel e encontraram o caminho até o Meanwood Park com ajuda do sistema de navegação por satélite do BMW.

— Acho que essa não é a entrada que ela quis dizer — disse Robin enquanto passavam por um portão semelhante a um templo em miniatura, com telhado de ardósia e colunas de pedra. — Deve ser a próxima... é, posso ver o café.

— Você ainda tem cinquenta e cinco minutos — disse Strike enquanto conferia seu relógio.

— Eu sei — replicou Robin ao entrar em um pequeno estacionamento e levar o BMW até uma vaga —, mas quero chegar cedo para me posicionar e ficar aguardando ela. Espere no café. Vou me encontrar com você depois de entrevistá-la, ou assim que ficar claro que ela não vem.

Então Strike entrou sozinho no café Three Cottages. Ele não ficara ofendido com a sugestão de Robin de que seria melhor se ele, um homem corpulento de 1,90 metro, cuja expressão relaxada ele sabia ser severa, quase ameaçadora, não fosse à entrevista com uma adolescente assustada, mas, ao pedir café e resistir à tentação de pedir um scone, seus pensamentos permaneceram na forma como Robin assumira o controle daquela linha de investigação em particular. Se ele fosse totalmente honesto consigo mesmo, essa era a primeira vez que ele a via como uma verdadeira sócia, uma igual. Ela conseguira a entrevista por meio da própria engenhosidade, assumira o controle de como a entrevista devia se desenrolar, dizendo-lhe, em essência, que ele não era necessário ali. Ele não ficou aborrecido; pelo contrário, estava quase se divertindo por ser relegado ao papel de esperar a uma mesa redonda no café arejado que dava para os vastos gramados do Meanwood Park.

Enquanto isso, Robin saía pelo parque, que já estava cheio de gente naquela tarde de domingo ensolarada. Seguindo as instruções de Rachel, ela pegou a direita quando a trilha se dividiu e continuou andando, com uma ampla área de parque pontilhada de árvores à direita e um riacho à esquerda, que era bordejado dos dois lados por mais árvores.

Depois de mais alguns minutos, ela chegou à ponte que Rachel tinha mencionado: era composta de grandes blocos de pedra dispostos através do riacho, e ela logo identificou a árvore com os dois rochedos dos lados e o banco com sua pequena placa de metal:

**Janet Martin**
(28.02.67 — 04.12.09)
Amava Yorkshire
Amava a Vida. Era Amada.

Nascida e criada em Yorkshire, Robin se sentou no banco sentindo simpatia por Janet Martin e examinou o ambiente. A desconfiança de que aquele era um lugar aonde Rachel ia com regularidade para se encontrar com os amigos foi reforçada pelo que ela viu. O banco ficava em uma trilha parcialmente escondida do parque principal por árvores que cresciam dos dois lados do riacho que corria a sua frente. Ela podia imaginar adolescentes bebendo álcool ali, longe dos olhos curiosos de pessoas jogando frisbee ou tomando sol em cima de cobertores.

Quarenta minutos se passaram. Durante esse tempo, três pessoas passeando com seus cachorros passaram por ela. Logo depois que o último tinha passado, Robin viu alguém do outro lado do riacho, caminhando lentamente na direção da ponte.

Apesar do calor do dia, a garota estava usando uma calça jeans larga, uma camisa xadrez grossa e muito grande e tênis volumosos. Cabelo escuro caía até pouco abaixo de seus ombros. Robin permaneceu sentada muito imóvel, como se a garota fosse um animal selvagem que ela pudesse espantar com um movimento repentino. A garota fez uma pausa duas vezes, olhando fixamente na direção de Robin, talvez estudando-a, ou verificando se estava de fato sozinha. Por fim, ela atravessou a ponte.

Duas coisas chamaram imediatamente a atenção de Robin quando a garota entrou completamente em seu campo de visão. Primeiro, ela possuía uma semelhança notável com a prima Edie Ledwell: tinha o mesmo rosto quadrado e a boca generosa, embora os olhos de Rachel fossem escuros e seu nariz fosse aquilino. Segundo, ela estava naquele estágio de vergonha que Robin lembrava muito bem, quando o corpo de uma garota deixava de ser um mero veículo para dor e prazer sensoriais e se tornava algo que atraía escrutínio lascivo e julgamento. Enquanto caminhava na direção do banco, ela cruzou os braços de forma autoprotetora, olhando para Robin e nitidamente sem ter certeza se ela era mesmo a pessoa com quem ia se encontrar.

— Rachel? — perguntou Robin, ficando de pé com o que esperava que fosse um sorriso reconfortante. — Eu sou Robin, também conhecida como Detenham Anomia.

Ela estendeu a mão. Rachel descruzou os braços para apertá-la, e Robin sentiu a umidade na palma da mão da garota.

— Suas orientações foram ótimas — disse Robin, tornando a se sentar no banco de Janet Martin. — Amei este parque. Você sabe os nomes em todos os bancos?

— Não — respondeu Rachel. — Só neste.

Ela ficou de pé, brincando com a barra da camisa pesada demais, então se sentou ao lado de Robin no banco. Robin calculou que ela devia ter no máximo dezesseis anos.

— Eu costumava me encontrar com minha prima neste banco antes que ela se mudasse. Nós morávamos em lados opostos do parque.

— Para onde sua prima se mudou?

— Bradford — respondeu Rachel.

— Não é muito longe — disse Robin.

— Não — concordou Rachel.

O riacho passava tagarelando por elas, e um labrador latia alegremente enquanto corria atrás de uma bola jogada por seu dono na margem oposta. Rachel respirou fundo, então disse:

— Você é PatinhasdaBuffy, não é?

— Sou — disse Robin.

— Sabia que devia ser — disse Rachel. — Era coincidência demais eu dizer que queria encontrar alguém que pudesse deter Anomia e você me enviar uma mensagem direta logo depois. Então o que é você, se não é da polícia nem jornalista?

Robin levou a mão ao bolso, pegou a carteira e entregou um cartão de visita a Rachel.

— Essa sou eu. Sou detetive particular. Meu sócio e eu fomos contratados para tentar descobrir quem é Anomia.

Ela percebeu que o nome da agência no cartão não tinha significado nada para Rachel, e deduziu que Grant não tinha contado à filha sobre sua contratação. Confirmando isso, a pergunta seguinte de Rachel foi:

— Quem está pagando vocês?

— Não posso lhe dizer isso, infelizmente — disse Robin. — Mas eles são boas pessoas. Eles querem deter Anomia e se preocupam com *O coração de nanquim*.

Rachel ainda parecia apreensiva, então Robin acrescentou:

— Como eu disse a você ontem à noite, Rachel, ninguém nunca vai precisar saber que você falou comigo. Isso é totalmente sigiloso. Não vou nem fazer anotações.

— Você sabe meu sobrenome também? — perguntou Rachel em pouco mais que um sussurro.

— Sei — disse Robin.

Os olhos de Rachel se encheram de lágrimas.

— Você acha que sou repulsiva?

— Claro que não — disse Robin, agora sem sorrir. — Por que acharia isso?

— Porque ela era minha prima e...

Lágrimas escorreram pelo rosto de Rachel, seus ombros se curvaram e ela começou a soluçar. Robin remexeu em sua bolsa para pegar um lenço de papel e o botou na mão de Rachel.

— Obrigada — choramingou Rachel.

— Por que você está chorando? — perguntou Robin em voz baixa.

— Porque eu era um deles. — Rachel soluçava. — Eu estava no *Drek's Game*, e ela provavelmente pensava que todos a odiávamos, mas não odiávamos, não todos nós... Eu só queria nunca ter me envolvido com Anomia... Eu queria ter escrito para ela ou algo assim e dito o quanto eu amava o desenho animado, para que ela soubesse que *uma* p-pessoa de sua família era...

A voz de Rachel, então, ficou incompreensível, porque ela apertou as duas mãos e o lenço de papel sobre o rosto.

— ... e eu fui ao funeral. — Rachel chorava e baixou as mãos — E entrei no Twitter no trem voltando para casa, e as pessoas estavam fazendo piadas sobre desenterrá-la, e quando cheguei em casa, bebi, tipo, meia garrafa de vodca, e eu gostaria... eu gostaria de nunca... e não tenho ninguém com quem conversar sobre tudo isso, porque se minha mãe soubesse que estou nesse jogo... ela acha que a culpa é dos fãs, e diz que meu pai está tirando proveito do assassinato e...

Sua voz se dissolveu em soluços.

— Rachel — disse Robin com delicadeza. — Nunca vi você ser cruel dentro do jogo nem fazer bullying com ninguém, muito menos com Edie. Não é crime ser fã.

— Eu devia ter me imposto mais. — Rachel soluçava. — Na n-noite em que soubemos que ela estava morta, tudo com que Anomia se importava eram quantas p-pessoas estavam entrando no maldito jogo. Por que eu fiquei?

— Porque eles eram seus amigos — disse Robin. — Porque você se divertia com eles.

— Você está sendo gentil — disse Rachel enquanto enxugava os olhos. — Mas não sabe tudo o que aconteceu. Anomia não parava de fazer piada com os esfaqueamentos e todos deixamos isso para lá, e também tinha umas pessoas no jogo que eu *sabia* que não prestavam, e Morehouse também sabia, mas ele não estava mais falando comigo, então eu não podia discutir isso com ele. Você não sabe tudo o que aconteceu — repetiu Rachel. — Se soubesse, ficaria enojada comigo.

— Deixe-me contar o que acho que aconteceu — disse Robin. — Acho que LordDrek e Vilepechora disseram que a própria Edie era Anomia, e eles deram a alguns moderadores um dossiê com provas que supostamente confirmariam isso.

O espanto de Rachel foi quase cômico, mas Robin fingiu não perceber isso.

— Acho que Corella disse que ia entregar o dossiê a Josh, o que ela fez, e acho que ela contou a você que Josh ia se encontrar com Edie e confrontá-la em relação a ser Anomia, mas, no dia seguinte a esse encontro, você soube que eles tinham sido ambos esfaqueados.

— Como você sabe tudo isso? — perguntou Rachel, parecendo estar aterrorizada.

— Eu fui juntando os pontos — disse Robin, preocupada com o medo estampado no rosto de Rachel; ela não queria que a garota saísse correndo. — Mas, Rachel, você era, no máximo, uma espectadora. Você não causou nada disso. Nada disso foi sua culpa.

— Eu podia ter contado à Edie o que estava acontecendo. Eu podia tê-la avisado de onde tinha vindo aquele dossiê...

— Como? — disse Robin com tranquilidade. — Vocês nunca se conheceram. Eu duvido que o agente dela passaria seu telefonema para ela. Ele podia nem acreditar que você fosse prima dela. Pessoas famosas recebem todo tipo de mensagem estranha de gente que nunca as conheceu.

— Eu devia ter *tentado* — disse Rachel de forma passional, lágrimas novamente escorrendo de seus olhos.

— Você não sabia ao que aquele dossiê ia levar e estaria se colocando em muito perigo se LordDrek e Vilepechora descobrissem que você tinha tentado interferir com os planos deles. Você precisa ser menos dura consigo mesma, Rachel. Nada disso é sua culpa.

Rachel fungava, o riacho tagarelava e crianças gritavam no parque principal, correndo de um lado para o outro e brincando com bolas. Robin desconfiou que pressionar Rachel para saber o nome de Morehouse não seria sábio até ter estabelecido mais confiança, então perguntou:

— Como você descobriu *O coração de nanquim*? Simplesmente o encontrou no YouTube e começou a segui-lo ou...

— Não — disse Rachel, olhando para o lenço de papel que estava torcendo entre as mãos. — Eu soube dele através de um cara com quem eu costumava conversar no Club Penguin... aquele site de rede social para crianças, sabe? Era fofo. Éramos todos pinguins de desenho animado conversando uns com os outros.

Ela deu uma risadinha trêmula.

— É, então, havia ali esse garoto chamado Zoltan e viramos amigos no Club Penguin. Ele costumava me falar de seu pai, que era muito abusivo, e *meu* pai tinha acabado de largar minha mãe quando ela estava muito doente e fugiu com uma mulher do trabalho, e minha mãe e eu nos mudamos de Londres para Leeds, e eu ainda não conhecia ninguém, então costumava entrar o tempo todo no Club Penguin para conversar com Zoltan, e nós tentamos meio que dar apoio um para o outro.

"Zoltan descobriu o primeiro episódio do *Coração de nanquim* no YouTube e me disse que eu *tinha* que o ver, que era a coisa mais engraçada que ele já tinha visto, então eu assisti e simplesmente amei. Nós dois ficamos *obcecados* por ele.

"Aí eu descobri que ele tinha sido feito pela minha prima", disse Rachel em voz baixa, "e fiquei empolgadíssima, não podia acreditar. Eu contei a Zoltan que era prima de Edie Ledwell e... ele ficou estranho. Começou a dizer que a conhecia de verdade e que ela tinha flertado com ele. Não acho que ele fosse muito mais velho que eu. Aquilo era uma besteira completa. Eu disse a ele que sabia que ele estava mentindo e tivemos uma discussão, mas eu meio que recuei porque ele era meu amigo, e eu achava que ele era tão infeliz em casa que talvez precisasse compensar as coisas, sabe, para se sentir melhor em relação a si mesmo, ou talvez me impressionar, sei lá.

"Mas aí", disse Rachel com um suspiro, "ele mudou. Começou a, sabe, tentar se encontrar comigo. Ele nunca tinha dado em cima de mim antes, nunca fomos assim, éramos só muito bons amigos que costumavam conversar sobre o desenho animado e nossos problemas...

"Eu sabia que ele só queria namorar comigo porque eu era prima de Edie", disse Rachel de um jeito infeliz. "Àquela altura, nós dois estávamos no Twitter, e eu publiquei uma foto minha verdadeira, e ele começou a usar todas essas frases idiotas comigo que não se pareciam nada com ele. 'Se essa é sua foto verdadeira, você provavelmente está cansada de homens dando em cima de você' e coisas assim. 'Desculpe por ter sumido, precisei levar um cachorro doente ao veterinário no meu carro'... Ele era novo demais para dirigir. Tudo isso era muito triste e estúpido."

Os dedos de Robin estavam coçando por um caderno, porque ela achou que o que Rachel estava lhe contando era muito interessante, mas se conformou em ter de se concentrar muito, para que pudesse contar tudo para Strike depois.

— Quando disse a ele para parar com as mentiras e as frases elogiosas, ele ficou com muita raiva e foi horrível. Ele... ameaçou me estuprar e matar minha mãe.

— *O quê?* — disse Robin.

— É... e aí ele apagou as contas no Club Penguin e no Twitter, e nunca mais tive notícias dele. Mas essa foi a razão que me fez decidir ser um garoto quando entrei no *Drek's Game*, porque as coisas ficaram muito estranhas e feias com Zoltan. É simplesmente mais fácil ser homem. Você não tem que aturar tanta besteira.

— Você tem certeza de que Zoltan desapareceu? — perguntou Robin. — Ele parece alguns dos homens que circulam entre os fãs do *Coração de nanquim*.

— É, eu sei — disse Rachel. — Tinha um cara chamado Scaramouche que ficou um tempo no Twitter, participando de todas as conversas entre os tinteiros, e achei que ele pudesse ser Zoltan sob outro nome, porque ele tentou usar as mesmas frases com Verme28. Ela me contou sobre isso. Ele disse para ela: "Denunciei Discípulo de Lepine por assediar você", e então, quando ela não agradeceu a ele o suficiente nem se ofereceu para lhe bater uma punheta... desculpe — disse Rachel, enrubescendo.

— Está tudo bem — disse Robin, divertindo-se por pensar que chegara a uma idade em que uma adolescente podia achar que ela ficaria chocada diante de uma menção a punhetas.

— Então, é, quando Verme não ficou, tipo, caída por ele, cheia de gratidão, nem se ofereceu para dormir com ele ou sei lá o que, ele meio que fez a mesma coisa que Zoltan fez comigo: chamou-a de vadia e coisas assim. Isso acontece muito entre os fãs do *Coração de nanquim*. Tipo, você não é uma verdadeira fã do *Coração de nanquim* até que o Caneta da Justiça tenha tentado transar com você.

— Ele faz muito isso?

— Toda essa porra de... desculpe — pediu Rachel outra vez.

— Está tudo bem — disse Robin. — Fale tanto palavrão quanto quiser. Você devia ouvir meu sócio quando ele está irritado com alguma coisa.

— É, bom, o Caneta age como um pervertido com garotas o tempo todo — disse Rachel. — Ele é horrível. "Ah, gostei muito de sua teoria sobre a Pesga, quantos anos você tem?" "Uau, que observação inteligente, quantos anos você tem?" Ele faz isso com tanta frequência que se esquece com quem já fez isso. Eu tive que aturar umas três vezes.

"A última vez em que ele tentou isso comigo, eu disse a ele por mensagem direta que era Anomia, só para implicar com ele. Eu queria assustá-lo, porque se Anomia decide que você é um inimigo, você está enrascado. E o Caneta acreditou em mim, ha ha... Mas, depois de um tempo, tive que explicar a ele que estava brincando, porque ele começou a dizer isso abertamente no Twitter, e as pessoas meio que acreditaram nele... Eu fiquei meio que famosa por três dias... bom, entre os fãs... mas aí todos eles criaram uma nova teoria sobre quem era Anomia e me deixaram em paz.

"Eu era um *verdadeiro* tinteiro", disse Rachel, olhando fixamente para a água que corria. "Eu era fanática. Eu fazia tudo aquilo... tipo, você não é um verdadeiro tinteiro até ter uma discussão pesada com alguém sobre se Página-branca é uma vadia ou não, ou debatido se o leão de pedra está escondendo uma pista sobre o dono de Cori em sua tumba.

"E eu fiz todas as coisas que os fãs fanáticos fazem, como tentar conseguir informação interna e tudo mais."

— Como o quê? — perguntou Robin, com cuidado para parecer natural.

— Bom, tipo, todos sabíamos que o marido da agente de Josh tem esse site sobre EM, então costumávamos entrar lá com nomes falsos para tentar conseguir alguma coisa com ele. Na verdade, ele é bem simpático. Eu ainda converso com ele de vez em quando sobre minha mãe. Ele se mantém atualizado com todo tipo de pesquisa médica, e eu imprimi um dos artigos sobre o qual ele tinha falado, para que minha mãe pudesse levá-lo para o especialista dela... Ele tem sido muito compreensivo em relação ao lúpus de minha mãe.

"No início, eu gostava de tudo, era como se fôssemos todos detetives ou algo assim, garimpando pistas sobre o que viria em seguida, e sempre que saía um episódio novo, todos nós o analisávamos e era muito divertido... e no início, Anomia era tranquila, ela sinceramente era. Eu gostava dela."

— "Ela"? — repetiu Robin. — "Dela"?

— É — disse Rachel em voz baixa. — Eu *sei* que é uma garota. Tive essa conversa com ela bem no início, quando o jogo tinha acabado de começar, só nós duas. Isso foi antes de Edie irritá-la. É, então, quando estávamos conversando, Anomia me disse: "Edie e eu somos basicamente a mesma pessoa." Tipo, isso não é algo que um garoto diria, é? Ela *não parava* de falar como elas eram parecidas. Anomia meio que *idolatrava* Edie no início... é, eu percebi que era uma garota. Eu *de fato* achava que ela era um pouco... não sei... tipo, eu era obcecada pelo desenho animado, era mesmo. Mas ela estava em outro nível.

"Aí Edie disse que não gostava do jogo de Anomia, e Anomia, a reação dela, eu sei como são as garotas quando você faz algo que elas não gostam", disse Rachel com amargura. "Se você diz *uma* coisa errada, se não faz as coisas do jeito que elas querem, é o fim... você é, tipo, o *diabo* ou coisa assim. As garotas na minha escola são umas verdadeiras vacas", acrescentou Rachel, ficando vermelha outra vez. "Se você não acorda, tipo, às 5h da manhã para botar os cílios postiços e tanta maquiagem que precisa arrancá-la do rosto à noite, e se você gosta de futebol, videogame e astronomia em vez de dublar as músicas de Ariana Grande no Instagram e posar com os peitos de fora, você é, tipo, uma *aberração* sub-humana e uma grande *lésbica*. Tem essa garota, Lucy Wright... minha mãe queria ir à escola para reclamar que ela estava fazendo bullying comigo, mas não fazia sentido. Isso só ia piorar as coisas."

Rachel agora estava rasgando o lenço de papel úmido em pedaços. Um jovem casal com uma mistura de cocker spaniel com minipoodle caminhava pela trilha em sua direção. O homem carregava um neném em um bebê-conforto às suas costas, e Robin esperou até que eles passassem e saíssem do alcance de sua voz, a cabeça do bebê balançando debaixo de seu chapéu de sol, antes de dizer:

— Fale-me sobre Morehouse.

Rachel engoliu em seco, e lágrimas tornaram a brotar em seus olhos.

— Ele era... ele era, tipo, meu melhor amigo no jogo. Por muito tempo, ele achou que eu era um homem. Tínhamos muita coisa em comum, gostamos do mesmo tipo de coisa... bom, na verdade, ele não acompanha futebol, mas era louco por ciência e pelo espaço, e nós dois amávamos videogames. Ele era tipo meu novo Zoltan, só que Morehouse era de fato um cara legal. Mesmo depois de descobrir que eu era uma garota, ele não mudou a maneira de falar comigo, e meio que...

Ela respirou fundo, trêmula.

— ... meio que me ajudou, porque comecei a matar aulas por causa do bullying — disse Rachel, tornando a esfregar os olhos. — E tive problema com a polícia por pichar, e ele sempre me dizia que eu tinha que botar a cabeça no lugar, porque era inteligente demais para não tentar entrar para uma universidade, e eu precisava parar de beber e estudar, e quando entrasse na universidade não teria mais que lidar com todas as vadias da escola.

— Você contou a Morehouse que achava que Anomia era uma garota?

— Contei — disse Rachel. — E ele negou isso, mas percebi que ele estava apenas protegendo-a. No início, achei que eles estivessem juntos, você sabe, que eram namorados, como Edie e Josh. Ele disse: "Ela é minha irmã, não minha namorada", tipo, como se fosse uma piada, ou ele *disse* que era uma piada. Mas mesmo do jeito que Anomia era, ao saber que Morehouse e eu estávamos conversando em canais privados... ela ficou com ciúme, eu notei. Ela agiu da mesma forma quando Páginabranca apareceu. Ela é possessiva em relação a Morehouse.

"Morehouse sempre me disse: 'Ele é um homem, não diga que ele é uma garota na sua frente, você vai ser bloqueada.' Mas eu sabia que ela estava fingindo ser um garoto pelas mesmas razões que eu. Depois que Morehouse fez aquele comentário sobre ela ser sua irmã, fui averiguar se ele tinha uma irmã, porque pensei, bem, por que não, talvez eles *sejam* irmãos."

— E Morehouse tem uma irmã? — perguntou Robin, mantendo o tom neutro.

— Tem, mas eu sabia que ela não podia ser Anomia. Ela é advogada. Simplesmente não pode ser.

— Então — disse Robin —, àquela altura, você tinha descoberto quem realmente era Morehouse?

Uma pausa longa se seguiu. Finalmente, Rachel assentiu.

— E — disse ela arrasada — foi isso que acabou com nossa amizade. Ele tinha me alertado para nunca, nunca tentar descobrir quem ele realmente era. Não achei que estivesse falando sério, mas ele estava, porque, quando contei a ele que o havia identificado, ele ficou furioso. Fiquei muito chateada e... tentei me desculpar, mas ele não falava em canal privado comigo...

"Aí fiquei muito puta, porque não era como se eu fosse expô-lo no Twitter nem nada assim, ele era meu *amigo*. Aí, uma noite, fiquei bêbada no meu quarto e estava no canal de moderadores e... e eu fiz meio que uma piada sobre algo que eu sabia sobre ele... e isso foi a gota d'água. Ele só conversou comigo em privado uma vez desde então, e isso foi quando ele me atacou por contar à Páginabranca que ele tem deficiência, mas eu nunca contei a ela. Ela provavelmente apenas se lembrava da minha piada idiota sobre ele fazer manobras radicais... tipo, em sua cadeira de rodas..."

— Ele está em cadeira de rodas? — perguntou Robin com os pensamentos voando automaticamente para Inigo Upcott. Rachel assentiu, então começou a chorar novamente.

— Desculpe — disse ela entre soluços. — Se Páginabranca não tivesse chegado, nós podíamos ter feito as pazes, mas os dois se tornaram, tipo, melhores amigos muito rápido, e ele não teve mais tempo para mim...

Robin passou outro lenço de papel para Rachel e esperou que seus piores soluços se acalmassem antes de perguntar em voz baixa:

— Como você descobriu quem Morehouse realmente era?

— Ele cometeu um erro no Twitter — disse Rachel com voz embargada enquanto enxugava os olhos freneticamente. — Publicou um link por acidente na conta de Morehouse em vez de sua conta pessoal. Ele percebeu o que tinha feito cerca de dez segundos depois e apagou, mas eu tinha visto, então eu procurei e encontrei o link.

"Ele levava para um projeto louco de pesquisa em astrofísica na Universidade de Cambridge. Morehouse tinha me contado algumas coisas sobre si mesmo quando estávamos conversando em um canal privado no jogo, então eu meio que tinha pistas. Ele disse que era mais velho do que eu, mas não me contava sua verdadeira idade, e disse que tinha feito o jogo com Anomia por diversão, porque era, tipo, uma boa folga de seu trabalho, que era de uma pressão muito grande. Achei que ele tinha pele marrom porque um dia ele falou que era permanentemente bronzeado quando eu comentei que estava com queimaduras de sol, e um dos sobrenomes no projeto de pesquisa era indiano.

"Aí eu entrei no site de Cambridge e procurei no departamento de física e em várias outras faculdades e tal, e finalmente encontrei uma foto dele, em sua cadeira de rodas, posando com todos os outros pesquisadores."

Rachel enrubesceu outra vez.

— Ele é muito bonito. Entendo por que Páginabranca gosta tanto dele... Enfim, então, eu tinha seu nome verdadeiro, aí voltei ao Twitter e encontrei sua conta pessoal, onde ele faz publicações sobre o espaço e posta fotos e outras coisas de Cambridge.

"Ele tem paralisia cerebral. Acho que deve ser bem ruim, porque ele falou sobre ter que adaptar o computador e outras coisas. Acho", acrescentou Rachel com ingenuidade, "que ele deve ser uma espécie de gênio, porque ele não parece *tão* velho... Enfim..."

Ela se virou para olhar diretamente para Robin outra vez. Quando a luz mosqueada caiu sobre seu rosto marcado por lágrimas, Robin se impressionou novamente com sua forte semelhança com Edie.

— Você *não vai* contar a ele que fui eu quem a ajudou a encontrá-lo?

— É claro que não — disse Robin.

Rachel respirou fundo, então disse:

— Está bem. O nome dele é Vikas Bhardwaj, e ele é doutor em astrofísica no Gonville and Caius College.

# 83

*Eles são todos tão infiéis,*
*O tormento deles é seu ganho;*
*Você manteria seu coração ileso,*
*E seria aquele a causar dor.*

Letitia Elizabeth Landon
*Cottage Courtship*

— O único registro que posso encontrar para um dr. Vikas Bhardwaj com menos de trinta anos é em Birmingham — disse Strike quarenta e cinco minutos mais tarde no Three Cottages Café depois de parabenizar efusivamente Robin pelo sucesso de sua entrevista e abrir o site 192.com em seu celular. — Será que é a casa dos pais dele?

— Pode ser onde ele está registrado para votar — disse Robin. — Mas vamos ligar para eles primeiro, em vez de ir até Cambridge e voltar.

— Eu faço isso — disse Strike enquanto se levantava. — Posso fumar rapidamente lá fora.

Ele voltou cinco minutos depois.

— É, ele está em Cambridge. Acho que acabei de falar com a mãe dele. Ela disse que ele está "na faculdade".

"Típico. Passamos por ele no caminho até aqui", disse Strike quando ele e Robin estavam novamente no BMW, voltando para o sul na M11. "Podíamos tê-lo visitado depois que tomei aquele café com uma barra de serragem no posto de gasolina."

O sol tornou a ofuscá-los enquanto seguiam para o sul.

— Talvez seja melhor nós o encontrarmos em seu recanto à noite — disse Strike. — Provavelmente ele fica no laboratório o dia inteiro.

— É domingo. Talvez ele esteja no pub.

— Então nós esperamos por ele. Vou dormir na porta de seu quarto, se for preciso. Graças a você, estamos muito perto de solucionar o caso.

— Tem mais uma coisa que Rachel disse que ainda não contei a você — disse a ele Robin. — Não é relevante para Vikas ou Anomia, mas é estranho, de qualquer forma.

"Ela disse que ouviu falar sobre *O coração de nanquim* por intermédio de um garoto com quem costumava conversar online, em um site para crianças chamado Club Penguin. Ele chamava a si mesmo de Zoltan..."

Robin relatou a história de Zoltan, as tentativas de namorar Rachel quando soube que ela era prima de Edie Ledwell, as repentinas ameaças violentas quando ela disse a ele para parar de importuná-la e depois o apagamento das contas dele.

— Mas o engraçado é que — disse Robin — as frases das conversas que Zoltan começou a tentar usar com Rachel foram utilizadas comigo por homens aleatórios circulando entre os fãs. *Exatamente* as mesmas. É como se eles estivessem trabalhando a partir de um padrão.

— Frases como o quê? — perguntou Strike, preparando-se para se divertir.

— Bom, uma delas era "se essa é sua foto verdadeira, você provavelmente está cansada de homens mandando mensagens diretas para você, então vou embora agora." Configurei minha conta no Twitter para que qualquer um pudesse me enviar mensagens, porque queria falar com o maior número possível de fãs do *Coração de nanquim*. Obviamente não era minha foto verdadeira, usei uma que encontrei em um banco de imagens de uma adolescente. Enfim, era tudo muito autodepreciativo e nada ameaçador, você sabe, mas quando eu não respondia, o cara ficava logo agressivo. Eu era uma vadia convencida que me achava boa demais para ele.

— Repita a frase de abertura — disse Strike, agora franzindo o cenho.

— "Se essa é sua foto verdadeira, você deve estar cansada de homens enviando mensagens para você." E Rachel me contou sobre outro cara, que ela desconfiava ser Zoltan sob um nome diferente, que abordou Zoe Haigh no Twitter dizendo que a havia defendido de outro homem que a estava assediando, e que esperava que Zoe dormisse com ele por gratidão ou algo assim.

"Bom, um cara chamado Max fez *exatamente* a mesma coisa comigo no Twitter. Ele disse: 'Isso não é uma cantada barata, eu só queria dizer a você que aquele cara tinha problemas, e eu o denunciei.' Mas esbarrei com Max outra vez ontem enquanto estava vendo todas aquelas publicações no Twitter durante a pesquisa por Rachel, e ele com certeza não é nenhum sir Galahad. Ele era uma das pessoas que assediava Edie. Na verdade, foi ele quem deu origem ao boato de que ela tinha sido garota de programa.

"*E* Rachel me contou que Zoltan uma vez disse a ela que tinha que levar um cachorro doente ao veterinário. Você não me contou que Anomia disse a Kea Niven que teve que levar um..."

— ... gato doente ao veterinário, é — disse Strike, agora totalmente intrigado. — Sabe, tenho certeza de que ouvi isso de "se essa é sua foto verdadeira" em algum outro lugar... Espere. — Ele repentinamente pegou o celular.

Robin continuou a dirigir em silêncio enquanto Strike procurava alguma coisa no telefone.

— Eu estava certo. Estou no site de um cara chamado Kosh com K, que descreve a si mesmo como "o artista da sedução mundialmente famoso que ensinou milhares de homens a transar com mulheres horas após conhecê-las! Autor dos best-sellers *Bang!* e *Jogo*". Acabei de baixar seu e-book *Jogo Digital*. Você está pronta?

— Vá em frente — disse Robin, então Strike leu em voz alta:

## Jogo Digital

Repita comigo: você não vai encontrar uma esposa na internet.

Mulheres na internet podem conseguir tanto pau quanto quiserem. Até aquelas que são só nota quatro ou cinco recebem cantadas, o que significa que elas ficaram...

— Ele é americano — interveio Strike.

— Estou começando a gostar dele — disse Robin.

... ficaram acostumadas a considerar os homens como brinquedos descartáveis. Ao jogar o jogo dos números, mulheres na internet podem até ter uma chance eventual com um macho alfa.

Se uma mulher tem um padrão comprovado de encontros marcados pela internet, você nunca vai estar seguro diante da ameaça implícita de que pode ser substituído enquanto os dedinhos preguiçosos dela puderem operar o mouse. Nenhum homem quer deixar uma esposa em casa sabendo que ela vai caçar picas novas com o clique de alguns botões.

Essa é a má notícia.

A boa notícia é que isso libera você das restrições habituais do Jogo na versão cara a cara. O Jogo Digital é o Jogo mais implacável e, de certa forma, mais agradável de todos: mínimo esforço, máxima recompensa, desde que você esteja disposto a aceitar bocetas de nível mais baixo.

— Adorável — disse Robin.

Mas se você está mais interessado na quantidade em vez da qualidade das bocetas, entre na internet. Ao internalizar as regras seguintes e empregando uma pequena dose de esforço, você seguramente vai conseguir mulheres com regularidade e facilidade.

— Aí nós temos os passos infalíveis para conseguir mulheres — disse Strike.

## 1. Bombardeio de saturação

Você pode ter de contatar de cinquenta a cem garotas para garantir um ou dois encontros, além de alguns nudes e um pouco de diversão na webcam.

Se você seguir esses passos consistentemente, seu jogo digital vai se tornar fácil. Uma grande vantagem do Jogo Digital é que você pode mirar em um grande número de mulheres simultaneamente. Aconselho seriamente a manter uma planilha para saber em que parte do processo você está com cada alvo.

— Esse foi o erro de Tim Ashcroft — disse Robin. — Não fazer uma planilha. Rachel me disse que ele a cantou três vezes por engano.

## 2. Conheça sua presa

A maioria das bocetas em aplicativos como o Twitter, o Tumblr etc. tendem a ser liberais/guerreiras da justiça social — mais uma razão para você não encontrar uma parceira de vida aqui. Mulheres liberais são mimadas, autocentradas, arrogantes e frequentemente agressivas. Também é incrivelmente fácil jogar com elas se você souber as regras.

Guerreiras da justiça social têm uma camada extra de falsidade em comparação com a maioria das mulheres. Elas querem alfas, mas têm vergonha disso. Elas amam um cavaleiro branco, mas fingem que não. Elas querem igualdade, mas serem tratadas como as princesinhas que secretamente acreditam ser.

Sensibilidade, respeito aparente por limites e fingir interesse por suas opiniões são a chave para conquistar uma guerreira da justiça social.

— Como você sabe sobre esse cara, Kosh? — perguntou Robin.

— Um garoto de dezesseis anos me contou sobre ele... Mas escute isso...

## 3. Frases de introdução

As frases seguintes são introduções garantidas que usei várias vezes para conseguir encontros. Uma das vantagens do Jogo Digital é que você não precisa contar com aparência, charme pessoal, tom de voz e linguagem corporal. Simplesmente corte, cole e espere.

- Se essa é sua foto verdadeira, você provavelmente está cansada de homens em suas mensagens diretas, então vou embora agora.
- Considerando pelo que as mulheres passam nesta plataforma horrível, sinto necessidade de declarar abertamente que essa não é uma cantada barata, mas o que você acabou de dizer sobre [política/justiça social/comportamento horrível dos homens] é muito preciso.
- Isso não é uma cantada barata, eu só queria dizer que aquele [cara que discutiu com ela/a assediou/a insultou] tem sérios problemas/eu o denunciei.

— Não posso acreditar nisso — disse Robin, olhando de esguelha. — Então todos esses idiotas estão usando frases de Kosh?

— Tem mais — disse Strike. — Essa parte é interessante.

## 4. Irritar deliberadamente

Irritar deliberadamente funciona na internet tão bem quanto fora dela. Quando você conquistar a atenção dela com seu interesse falso em suas opiniões/preocupação com seu bem-estar/apreço por sua beleza, encontre algo para criticar ou do que discordar. Mantenha o escopo pequeno e seguro.

Desestabilizada, ela vai trabalhar para recuperar sua aprovação.

- [sobre a foto dela] mas acho que você usou um monte de filtros, não foi? Todo mundo faz isso.
- Acho que você não leu [inserir um autor favorito dos guerreiros da justiça social como Noam Chomsky/Ta-Nehisi Coates/Anand Giridharadas, e esteja pronto com uma única citação do autor]
- Você pareceu um pouco agressiva, mas acho que isso é compreensível.

— Kea contou que Anomia disse que ela parecia um pouco agressiva, mas que ele imaginava que isso fosse compreensível — disse Strike. — O que, na época, eu achei ser o cúmulo, vindo de Anomia...

## 5. Promova o medo do abandono

Ela acha que você é um cara legal e começou a trabalhar para recuperar sua aprovação: agora fique em silêncio de uma a vinte e quatro horas, dependendo de seu alvo. Mulheres nota oito ou nove não devem ser mantidas esperando por muito tempo, porque elas têm outras opções. Para uma quatro ou cinco, vinte e quatro horas vão fechar o negócio. Ela precisa saber que você tem uma vida/outras demandas, além da interação online com uma estranha.

## 6. O alfa em pele de cordeiro

Volte sem pedir desculpas — você não deve nada a ela ainda, porque ela não deu nada a você. A razão para sua ausência revela que você é um alfa sem precisar ser explícito: você é fisicamente/emocionalmente forte, popular, financeiramente independente e competente. Está criando a imagem de um cara legal sem dizer explicitamente que o é.

- O vizinho do outro lado do corredor precisou que eu levantasse sua geladeira para que ele pudesse pegar um maldito brinquedo de bebê embaixo dela.
- O ex de minha irmã está criando problemas. Eu me ofereci para ficar esta noite com ela.
- Tive que levar um amigo para pegar seu cachorro no veterinário.

— Então é daí que vêm todos aqueles gatos e cachorros doentes? — perguntou Robin.

— É o que parece.

## 7. Amplie o escopo da conversa

Ela está feliz por ser o foco de sua atenção novamente, e a razão de sua ausência temporária aumentou seu valor aos olhos dela. Agora faça perguntas sobre ela mesma para moldar melhor seu próprio histórico às preocupações específicas dela. Se ela é mãe solteira, você foi criado por uma mãe solteira, que fez um trabalho ótimo. Se ela está preocupada com a pobreza, você é voluntário em um banco de alimentos local. Se ela está preocupada com injustiça racial, você acabou de falar sobre esse tema com seu melhor amigo negro...

— Kea — disse Strike — me contou que, depois que Anomia mencionou o gato, ela disse que não gosta deles por causa do que eles fazem com as populações de passarinhos. Quando ela disse que sua mãe criava papagaios, ele imediatamente disse que também tinha um papagaio.

Robin não disse nada por alguns segundos, então perguntou:

— Então você acha que Kea estava dizendo a verdade sobre essa interação? Ela não a mostrou a você, certo?

— Não — disse Strike. — Ela me contou que bloqueou Anomia depois que ele começou a agir mal, então não era mais possível vê-la. O que está incomodando você?

— Bom, um bando de homens ou adolescentes está nitidamente circulando entre os fãs do *Coração de nanquim* tentando pegar mulheres e garotas liberais e de esquerda, certo? Todos usando frases de Kosh?

— Concordo.

— Bom, Kea, sem dúvida, foi cantada por um deles, não acha? Ela é muito bonita e esteve no Twitter nos últimos anos.

— Você acha que ela inventou a história de ser cantada por Anomia? Apenas citou uma interação que teve com um desses outros caras?

— Acho que ela fez isso sem perceber que tudo é um modelo que tem origem em Kosh. Além disso, não entendo por que ela não salvou essa conversa com Anomia se ela aconteceu, porque faria com que Anomia parecesse um pouco idiota, não é? Especialmente a parte do papagaio. E isso também sustenta sua alegação de não ser Anomia. "Olhe, ele me assediou também."

— Observações razoáveis — disse Strike. — Então você está inclinada para a teoria de Rachel de que Anomia é mulher?

Robin pensou por um tempo. Finalmente, ela disse:

— Simplesmente não sei. Até falar com Rachel, achava que o mais perto que chegamos do verdadeiro Anomia foram aquelas mensagens diretas enviadas para Josh, muito arrogantes, aparentemente educadas e nitidamente sentindo que devia assumir o papel criativo de Edie. Mas a conversa que Rachel acabou de descrever para mim, que aconteceu na época em que tudo começou, é estranha, não é? *"Edie e eu somos basicamente a mesma pessoa."* Rachel disse que não é assim que um garoto ou homem médio falam, e eu concordo. Tenho certeza de que Rachel estava me dizendo a verdade sobre aquela conversa: seu arrependimento de ter entrado no jogo está nitidamente a torturando. Não vejo por que ela mentiria.

"Eu disse a você, no início da investigação, que achava haver algo errado com Anomia e o sexo. Nada de cantadas, nada de tentar conhecer ou se encontrar com nenhuma daquelas garotas que buscavam conseguir sua atenção. No jogo, sim, ele é diferente, pode ser rude e agressivo, mas, como eu disse a você, isso às vezes parece um pouco artificial, como se estivesse fazendo o que era esperado dele, como um homem online."

— Bom, sempre gostei da sua teoria de Kea ser Anomia — disse Strike. — Mas, para efeito de discussão, digamos que Anomia *tenha* cantado Kea usando frases de Kosh. É perfeitamente possível que Anomia pudesse estar disfarçado como um daqueles Maxes e Zoltans que estão tentando pegar garotas, não é?

— Acho que sim — disse Robin. — Mas por que se incomodar com outras contas para tentar pegar garotas quando todas as fãs do *Coração de nanquim* são fascinadas por Anomia?

— Para manter Anomia limpo e anônimo?

— É possível — disse Robin em dúvida. — Mas, meu Deus, se Anomia está administrando o jogo, tuitando o tempo todo *e* tentando pegar o máximo de garotas possível usando o sistema de Kosh, quando ele dorme?

— Com certeza isso não deixaria muito mais tempo para mais nada — concordou Strike. — E agora temos outro mistério, não temos? Por que Vikas Bhardwaj, astrofísico em uma das universidades de maior prestígio do país, começaria uma amizade com Anomia?

— "Ela é minha irmã" — citou Robin. — Sabe, eu estava pensando...

O celular de Strike tocou e se conectou imediatamente por Bluetooth. Ele atendeu a ligação, e a voz de Midge chegou pelo alto-falante.

— Strike?

— É, estou aqui, e Robin também.

— Tenho notícias... sobre Ross...

Midge parecia estar sem fôlego. Strike e Robin olharam um para o outro.

— Está tudo bem? — perguntou Strike.

— É... tudo... eu só tive que correr... por quase um quilômetro... só estou recuperando o fôlego...

— Você estava na casa de campo de Ross, certo?

— É... eu invadi a propriedade... Não fique bravo. Eu precisei... era o único jeito de conseguirmos aquilo de que precisamos...

"Está bem", disse Midge depois de respirar fundo. "Eu estava no alto de uma colina de onde era possível avistar o lugar, observando a propriedade de binóculo."

— Pelo que entendo, é uma colina que pertence a Ross.

— É, mas era o único ponto de observação de onde eu podia ver bem. Eu estava atrás de umas árvores. Enfim, cerca de uma hora atrás, duas das garotas mais velhas apareceram, conduzindo pôneis para um... como você chama um lugar onde você monta que não é um campo?

— Escola ao ar livre? — sugeriu Robin.

— Está bem, que seja — disse Midge. — Strike, acho que você vai ficar puto com algumas partes disso, mas eu faria novamente.

— A menos que você tenha abatido as crianças com um fuzil de precisão, não posso me dar ao luxo de dispensar você quando estamos com tão pouca mão de obra — disse Strike. — Continue.

— Bom, elas estavam dando pequenos saltos e coisas do tipo, então Ross apareceu para observá-las, aí comecei a filmar.

— Está bem, filmar em propriedade particular é ilegal, mas fora isso...

— E a menina menor desabou com o pai observando. O pônei não parava de refugar. Então o filho da puta entrou na pista e pôs a barra do obstáculo mais alto e disse a ela para tentar outra vez. Ela fez isso com o pônei, mas ele derrubou a barra superior. Então ele pôs a barra ainda mais alto.

"Eu sabia o que ia acontecer", disse Midge. "Eu podia sentir no ar. Sabia que ele ia ficar violento. Então eu desci a colina, ainda filmando..."

— Ele viu você? — perguntou Strike, olhando com raiva para o alto-falante de onde saía a voz de Midge.

— Na hora não, não viu — disse Midge. — Eu me agachei atrás de um daqueles arbustos cheios de flores, seja lá como eles se...

— Esqueça a porra da horticultura, *o que aconteceu*?

— Ela estava dizendo a ele que não conseguia, chorando e tremendo. Então a menina mais velha começa a dizer ao pai para deixar sua irmã em paz. Ross vai até onde está a menina, a arranca do pônei, bate no rosto dela e a manda entrar. Ela tentou ficar, e ele bateu nela novamente, então ela foi.

"Eu devia ter ido pra cima dele na hora", disse Midge, "porque a outra coisa não teria acontecido, mas fiquei escondida, filmando, então ele se voltou para a filha menor, disse a ela para saltar a droga do obstáculo e bater no pônei com o chicote até ele conseguir. A barra superior estava mais alta que o cavalo. Era ridículo.

"A garota estava aterrorizada, mas Ross estava gritando com ela, então ela seguiu direto na direção do obstáculo, batendo no cavalo com o chicote como ele a estava mandando fazer, e o pônei simplesmente se chocou contra as barras e caiu. Ele rolou e eu a ouvi gritar. O pônei não conseguia se levantar porque estava com uma perna presa, e ela estava aprisionada embaixo do pônei.

"Foi então que saí correndo de trás do arbusto", disse Midge. "Eu conheço primeiros socorros. Não podia deixar a criança ali assim..."

— E tenho certeza de que Ross não viu problema em deixar que você desse uma olhada nela, e não perguntou nada sobre por que você estava escondida na porra de um arbusto...

— *O que ela devia fazer?* — disse Robin de forma acalorada, totalmente do lado de Midge. — Continuar filmando enquanto a garota morria esmagada?

— Eu estava subindo a cerca quando Ross conseguiu arrastar o cavalo de cima dela, mas acho que a garota estava, no mínimo, com uma perna quebrada. Estava pálida como uma folha de papel.

"Então Ross me vê e grita: 'Quem diabos é você?' ou algo assim, você também não vai gostar dessa parte, Strike..."

—Você disse a ele que tinha filmado a cena toda?

— Disse, sim — respondeu Midge. — Então ele partiu para cima de mim com o chicote de cavalo. Eu achava que esse tipo de coisa tinha desaparecido com os vitorianos.

— Ele deixou a filha jogada no chão com a perna quebrada para ir atrás de você? — perguntou Robin sem acreditar.

— Claro que ele fez isso — disse Strike. — A culpa de ela ter uma maldita perna quebrada é toda dele, não seria agora que ele começaria a se preocupar com ela, não é? Imagino que você tenha corrido mais rápido que ele, não? — perguntou Strike a Midge.

— É claro — disse Midge. — Ele não está muito em forma. Um motorista o leva para todos os lados. Babaca preguiçoso. Então, sim, eu tenho um vídeo para você com um bom trecho de crueldade com crianças e animais. Achei que ia ficar satisfeito com essa parte, pelo menos.

— Eu fiquei — disse Strike. — Com sorte, Ross vai achar que você é alguma louca preocupada com o bem-estar dos animais... Bom, eu não teria aconselhado essa tática, mas você conseguiu resultados excelentes. Muito bem.

Depois que Midge desligou, Strike deu um longo suspiro de alívio.

— Bom, com isso, o vídeo que Dev conseguiu e a babá aborrecida, acho que Ross está completamente fodido. Depois que Bhardwaj nos contar quem é Anomia, ficamos com apenas dois casos, e podemos nos concentrar em Dedos e em um grande pagamento.

Robin não respondeu. Strike olhou de lado para ela, registrou sua expressão de pedra e adivinhou imediatamente o que estava por trás dela.

— Não estou feliz pela garota ter se machucado.

— Nunca achei que estivesse — disse Robin com tranquilidade.

— Então por que o olhar de Medusa?

— Só estou pensando: para essas meninas, saber que seu pai foi filmado enquanto as machucava não as ajuda em nada. Tudo o que provavelmente vai acontecer é ele ficar um pouco mais cuidadoso em relação a quem está vendo.

Strike pegou o cigarro eletrônico do bolso enquanto voltava os olhos novamente para a M11 e disse:

— Eu não me esqueci de tentar ajudá-las. Se puder fazer os dois, eu vou.

# 84

*Qual foi meu pecado para merecer isso?*

Christina Rossetti
*Zara*

Eram quase 19h quando Strike e Robin entraram nos arredores de Cambridge. O céu limpo de primavera agora tinha um brilho opalino, e Robin, embora cansada, percebeu a frequência crescente de belos prédios clássicos enquanto eles seguiam seu caminho na direção da faculdade de Vikas Bhardwaj.

— Isso é irônico — disse Strike, que estava lendo o site da faculdade em seu telefone. — "Caius", um dos sujeitos que deram nome ao lugar, obviamente, "*era conhecido por suas regras incomuns de ingresso, impedindo os doentes e enfermos, assim como os galeses, de estudar aqui...*" Bom, obviamente todas as pessoas sensatas vão concordar com ele em relação aos galeses, mas duvido que Caius tivesse deixado Vikas Bhardwaj passar... Meu Deus, e Stephen Hawking também esteve aqui... a quarta faculdade mais antiga... uma das mais ricas...

— Não é fácil entrar, sei disso — disse Robin, que podia ver a faculdade nitidamente no navegador do carro, mas estava sendo conduzida por uma série de ruas que pareciam estar levando-os para mais longe de lá. — Você está disposto a andar? Não acho que vamos conseguir estacionar perto dela, não com todas essas faixas de ônibus e áreas de pedestres.

— É, sem problema — disse Strike, abrindo outra janela em seu celular, que mostrou uma foto de Vikas, sentado na cadeira de rodas e vestindo uma camisa verde-clara e calça jeans, cercado por um grupo de colegas pesquisadores. Vikas era mesmo muito bonito, com cabelo preto farto, queixo quadrado e um sorriso singularmente charmoso, e pareceu a Strike estar na metade da casa dos vinte anos. Ele podia dizer que o jovem tinha disfunção nas mãos, que estavam enroscadas sobre si mesmas, e nitidamente nas pernas, porque, como as de Inigo Upcott, elas mostravam sinais de atrofia muscular. Segundo a legenda embaixo da foto, Vikas e seus colegas estavam estudando estrelas de nêutrons, um assunto do qual Strike não sabia absolutamente nada, e estavam posando no Tree Court, o que fornecia um fundo de gramado verde e prédios de pedra dourada.

— Não parece um lugar ideal para um cadeirante viver — comentou Strike, olhando para as portas estreitas atrás de Vikas, que sem dúvida davam para escadas ainda mais estreitas e íngremes do que aquelas do Marine Hotel.

Alguns minutos depois, Robin estacionou e eles desceram. Robin, então, consultou o próprio celular para se situar.

Eles passaram por muitos jovens que também respiravam o ar suave do entardecer. O sol dava um brilho dourado aos velhos prédios de tijolos. Robin, cuja vida de estudante acabara de forma muito grotesca, se viu recordando aqueles breves meses de felicidade e liberdade nos quais geralmente evitava pensar por causa do que tinha acontecido com ela na escadaria do alojamento residencial. Ela havia passado a acreditar ao longo dos anos que, se o estuprador com a máscara de gorila nunca tivesse saído daquele lugar escuro e a agarrado, ela e Matthew teriam se separado antes de fazerem vinte anos, afastados por interesses e vidas conflitantes. Em vez disso, Robin largou a faculdade, voltou para a casa dos pais em Yorkshire onde tinha sido criada e se agarrou ao único homem no mundo que parecia seguro. Como essas lembranças permaneciam dolorosas, ela tornou a voltar com determinação sua atenção para o ambiente que a cercava.

— Seria um ótimo lugar para estudar, não seria? — disse ela para Strike enquanto cruzavam uma ponte sobre o rio Cam e olhavam para a água bordejada por salgueiros abaixo, na qual dois jovens estudantes estavam em um bote.

— É, se você gosta de estátuas e filhinhos de papai.

— Uau — disse Robin, sorrindo para ele. — Nunca imaginei que você se aborrecesse com tanta facilidade. Você mesmo é de Oxbridge, por que essa atitude?

— Eu fui reprovado em Oxbridge — corrigiu ele enquanto os dois entravam na Garret Hostel Lane, uma viela estreita entre velhos prédios de tijolos.

— Não é ser reprovado se você escolhe sair por vontade própria — disse Robin, que sabia que Strike tinha largado a Universidade de Oxford depois da morte suspeita de sua mãe.

— É, tenho certeza de que foi isso o que Joan contou aos vizinhos — disse Strike, que se lembrava bem da decepção amarga de sua tia quando ele abandonou Oxford.

— O que você estudou? — perguntou Robin, que nunca tinha procurado saber. — Literatura Clássica?

— Não. História.

— É mesmo? Eu achei que como você sabe latim...

— Eu não sei latim — retrucou Strike. — Não direito. Só tenho uma boa memória e um diploma do Ensino Médio.

Eles entraram na Trinity Lane.

— Em uma das ocupações aonde minha mãe nos levou para morar — disse Strike, para a surpresa de Robin, porque ele raramente falava sobre a infância —, havia esse cara que era professor de Literatura Clássica em uma escola pública importante. Não lembro qual delas agora, mas sei que era famosa. O cara era um alcoólatra que dizia ter tido um esgotamento nervoso. Bom, ele era bem instável, então talvez tivesse tido, mas também era um bosta completo.

"Eu tinha uns treze anos e ele me disse que eu nunca ia ser nada na vida porque, entre outras coisas, eu não tinha o básico de uma educação de cavalheiro."

— Como o quê?

— Bom, como os clássicos — disse Strike. — E ele fazia longas citações em latim para mim com uma expressão de escárnio no rosto. Eu não sabia o que aquilo significava, então, obviamente, ficava sem resposta, mas eu não gostava nada de atitudes condescendentes quando era criança.

Eles continuaram pela Trinity Lane em meio a mais prédios antigos de tijolos.

— Enfim — disse Strike —, quando deixamos a ocupação, o que eu me lembro de ter acontecido cerca de um dia depois, eu roubei todos os livros de latim do sujeito.

Robin deu uma risada alta: ela não esperava por isso.

— Havia um exemplar de Catulo — disse Strike. — Você já leu Catulo?

— Não — respondeu Robin.

— É nojento. Eu soube porque havia inglês de um lado e latim do outro. É basicamente sexo, sodomia, boquetes, poemas sobre pessoas de quem Catulo não gostava descritas como babacas, e sua paixão por uma mulher que ele chamava de Lésbia, porque vinha da ilha de Lesbos.

— Presumo que ela não fosse...

— Não, ela gostava de homens. Muito, segundo Catulo. Enfim, eu nunca mais quis ser tratado com condescendência por nenhum babaca que despejasse latim sobre mim outra vez, por isso usei os livros do canalha para aprender o suficiente para conseguir um diploma de Ensino Médio nessa matéria dois anos depois, e decorei uma tonelada de citações.

Robin começou a rir de forma tão descontrolada que Strike começou a rir também.

— O que é tão engraçado?

— Você aprendeu latim para provar algo para um homem que nunca mais ia tornar a ver?

— Ele era condescendente comigo — justificou-se Strike, que ainda estava sorrindo, mas, na verdade, não conseguia ver por que ela considerava seu comportamento incomum. — E vou lhe dizer uma coisa: não há nada melhor do que latim para destroçar pessoas que acham ser melhores do que você. Eu o usei várias vezes com bons efeitos.

— Esse é todo um novo lado seu — disse Robin, tentando com dificuldade conter o riso. — Eu devia ter dito a você que nenhum cavalheiro pode manter a cabeça erguida até entender totalmente a reprodução de carneiros. Você provavelmente teria saído correndo para conseguir um diploma nisso.

— Sem ofensa a seu pai — disse Strike com um sorriso —, mas, se você precisa de um diploma para entender como carneiros se reproduzem, você tem preocupações maiores do que ser um cavalheiro...

"Eu usei latim com Charlotte na noite em que a conheci", acrescentou ele de forma inesperada, e Robin parou de rir para ouvir. "Ela achou que eu fosse apenas um plebeu, obviamente, mas estava me dando trela porque queria irritar Ross quando ele viesse procurar por ela na festa. Eles estavam namorando e tinham brigado, então ela estava tentando deixá-lo com ciúme.

"Enfim, ela *estava* estudando Literatura Clássica", disse Strike quando eles entraram na Senate House Passage. "Ela me disse que amava Catulo, esperando que eu nunca tivesse ouvido falar nele, então declamei o Cinco, de Catulo, seu primeiro poema de amor para Lésbia, em sua totalidade. O resto é história: dezesseis anos de sofrimento. Apropriado, na verdade, porque Lésbia botou Catulo para dançar... É aqui.

O Gonville & Caius College se erguia acima deles, sua entrada em arco fechada por um portão preto de ferro e sua fachada ornamentada de pedra marrom-acinzentada desafiando o mundo moderno representado pelas lojas ao redor. Três estátuas de homens sérios dos séculos XIV e XVI olhavam para Strike de seus nichos. Uma faixa de gramado verde brilhante era visível através das barras do portão, e havia mais prédios dourados ao seu redor. O que parecia o alojamento de um porteiro estava desocupado: não havia sinal de nenhum ser humano.

— Trancado — disse Strike, tentando o portão. — É óbvio. Merda.

Mas então, enquanto eles ainda estavam olhando através das barras, uma mulher asiática na casa dos trinta anos apareceu, vestida com calça de linho branco e camiseta e carregando uma bolsa de laptop. Antes que ela sumisse de vista, Strike chamou através do portão trancado.

— Por favor? Olá? Você conhece Vikas Bhardwaj?

Ele estava certo de que ela era uma das pessoas que tinha acabado de ver na foto do grupo de pesquisa de Vikas, e, confirmando isso, ela parou, com o cenho levemente franzido.

— Conheço — disse ela, se aproximando do portão.

— Somos amigos dele, estávamos de passagem e pensamos em lhe fazer uma surpresa — disse Strike —, mas ele não está atendendo o telefone. Você por acaso não sabe...

Ele viu o olhar dela ir dele para Robin e voltar. Como Strike teria adivinhado, a presença de Robin pareceu convencê-la de que ele era inofensivo.

— Vocês foram até seus aposentos? — perguntou ela.

— Achávamos que seus aposentos eram aqui — disse Robin.

— Não, não, ele está lá no Edifício Stephen Hawking.

— Ah, é claro — disse Strike, fingindo desespero consigo mesmo. — Ele me contou isso. Muito obrigado.

Ela deu um sorriso rápido e voltou para o interior da faculdade. Robin já estava procurando o Edifício Stephen Hawking no celular.

— É uma caminhada longa. Faz sentido voltar para o carro e dirigir até lá.

Então eles refizeram seus passos e, depois de um trajeto curto no BMW, chegaram a um prédio moderno em forma de S feito de pedra cinza pálida, cercado por um jardim no qual rosas grandes e pesadas floresciam em meio a uma massa de vegetação. Uma placa pedia aos visitantes para irem ao alojamento do porteiro, mas um homem de olhos sonhadores e cabelo comprido tinha acabado de abrir a porta principal, então Robin chamou:

— Por favor, somos amigos de Vikas Bhardwaj, podemos entrar com você?

O homem de cabelo comprido segurou a porta aberta em silêncio. Robin teve a impressão de que o sujeito estava tão mergulhado em suas próprias abstrações que mal registrava o que estava fazendo.

— Onde fica o quarto de Vikas, você saberia dizer? — perguntou Robin. — Somos amigos de...

O homem de cabelo comprido apenas apontou para a esquerda em silêncio, então sumiu de vista.

— Ele não devia ter feito aquilo — disse Strike enquanto eles passavam por um retrato de Stephen Hawking. — Você não deixa simplesmente as pessoas entrarem em prédios como este.

— Eu sei — respondeu Robin. A segurança em torno de seus antigos alojamentos tinha sido reforçada depois do ataque contra ela, mas as pessoas deixavam a porta principal entreaberta para amigos.

— Está bem, *isto* é amigável com pessoas em cadeiras de rodas — disse Strike. O chão era liso, e a passagem levemente curva na qual eles entraram, larga, com portas brancas surgindo em intervalos.

Na outra extremidade do corredor, um homem branco, alto e magro, e uma mulher negra baixa pareciam estar examinando algo na parede.

— Não tem nome nas portas — disse Strike. — Vamos perguntar a eles. Se não souberem, vamos começar a bater.

Quando ouviram os passos de Strike e Robin, o homem e a mulher se viraram rapidamente. Suas expressões estavam ansiosas, até assustadas.

— Vocês por acaso sabem qual é o quarto de Vikas Bhardwaj? — perguntou Strike.

— É esse — disse a mulher, apontando para a porta ao lado da qual ela estava parada. Havia um bilhete curto preso nela, impresso em letras grandes que permitiram que tanto Strike quanto Robin o lessem rapidamente.

**Fui para Birmingham. Volto na segunda.**

— Quem são vocês? — perguntou o homem.

— Sou detetive particular — respondeu Strike.

Robin soube exatamente por que ele tinha dito isso. Algo estava errado, ela podia sentir: o medo no rosto da dupla que os encarava, o bilhete dizendo que Vikas estava onde eles sabiam que não estava e um cheiro leve e desagradável no ar, que lembrou a ela o velho quarto de Josh e Edie no North Grove, onde um rato morto estava se decompondo silenciosamente em um vidro. Seu coração tinha começado a se acelerar: ele sabia o que a mente dela não queria aceitar.

— Vocês tinham combinado de se encontrar com ele? — perguntou Strike à dupla de aparência assustada.

— Tínhamos, sim — respondeu a mulher.

— Alguém foi chamar o porteiro?

— Sim — disse o homem.

Nenhum deles pareceu desconfiar do direito de Strike fazer essas perguntas, e isso em si era confirmação de que os dois sabiam que havia algo muito errado.

— Ele normalmente imprime seus bilhetes? — perguntou Strike.

— Imprime — disse novamente a mulher —, mas essa não é sua fonte habitual. Ele sempre usa Comic Sans. Como piada.

— Ele não está atendendo o telefone — disse o homem.

— Ele não atendeu o dia inteiro.

Passos apressados soaram atrás deles, e todos os quatro se viraram para ver outra mulher, loura e de óculos, correndo em sua direção.

— O porteiro não está lá — disse ela ofegante. — Não consigo encontrá-lo.

— O carro — disse Strike a Robin. — No porta-luvas. Chaves mestras. Você pode ir com ela? — perguntou ele à mulher loura. — Para que ela possa tornar a entrar?

A mulher pareceu satisfeita por lhe dizerem o que fazer. Ela e Robin se afastaram apressadas.

—Vocês não ligaram para a polícia? — perguntou Strike ao homem.

— Nós só chegamos aqui há dez minutos — respondeu ele, parecendo totalmente assustado. — Achamos que o porteiro...

— Ligue agora — disse Strike. — Quando eu abrir a porta, ninguém deve entrar, a menos que ele ainda esteja vivo.

— Ah, meu Deus — disse a mulher, cobrindo a boca com a mão.

O homem tinha pegado o celular e ligado para a emergência.

— Polícia, por favor — disse ele com voz trêmula.

Strike estava agora examinando o bilhete na porta sem tocá-lo. No canto superior, ele viu uma marca tão leve que mal era visível: uma marca oval suavemente rosada, como se tivesse sido deixada por um polegar coberto por látex.

Passos apressados e o chacoalhar de chaves anunciaram o ressurgimento de Robin e da loura.

— Estamos preocupados com um amigo nosso com deficiência — dizia o homem alto e magro à polícia. — Ele não está atendendo o telefone nem abrindo a porta... Sim... Edifício Stephen Hawking...

Strike pegou as chaves com Robin e, depois de tentar algumas diferentes, conseguiu girar a fechadura. Ele empurrou e abriu a porta.

O grito da mulher negra foi de estourar os tímpanos.Vikas Bhardwaj estava sentado em sua cadeira de rodas virado para a porta, de costas para sua mesa e seu computador. Sua camisa branca estava rígida com sangue seco marrom, seus olhos e sua boca estavam abertos, a cabeça estava pendendo torta e a garganta estava cortada.

# PARTE CINCO

*No vértice as fibras de repente se voltam para dentro,*
*para o interior do ventrículo,*
*formando o que se chama o vórtice.*

Henry Gray
*Henry Gray's Anatomy of the Human Body*

# 85

*Achei que meu espírito e meu coração estavam domados*
*Até a morte; estão mortas as pontadas que agonizam.*

Amy Levy
*The Old House*

Enquanto os peritos ainda estavam ocupados na cena do crime e a ambulância esperava para levar o corpo de Vikas Bhardwaj, Strike e Robin foram separados dos amigos de Vikas pela polícia e conduzidos a uma sala que parecia uma caixa com uma única janela alta. Parecia uma mistura estranha de escritório e armário, com prateleiras de arquivos em uma parede, duas cadeiras e um balde e um esfregão no canto. Ali, eles deram depoimento para um policial uniformizado local com cabelo ruivo brilhante, que não tentou esconder sua desconfiança da dupla, e cujas perguntas sobre as chaves mestras de Strike foram agressivas.

Strike fez um relato lúcido sobre a participação de Vikas no jogo e mencionou deliberadamente o fato de o Corte ter se infiltrado nele, na esperança de que isso acelerasse a chegada de pessoas competentes para lidar com o caso, mas esses detalhes pareceram apenas irritar mais o policial ruivo. Um segundo policial entrou na sala segurando um celular. O policial ruivo saiu da sala para atender a ligação, e depois de dez minutos voltou e disse a Strike e Robin que esperassem.

Eles permaneceram na sala semelhante a uma caixa por mais uma hora, sem serem incomodados por ninguém além do porteiro devastado, que levou café morno em copos de plástico para eles.

— Ele era um homem adorável, o dr. Bhardwaj — disse o porteiro. — Um dos mais simpáticos que...

Sua voz ficou embargada. Depois de depositar o café sobre a mesa, foi embora com as mãos nos olhos.

— Pobre sujeito — disse Strike em voz baixa quando a porta se fechou. — Não é culpa dele.

Robin, que achava que jamais ia se esquecer da imagem do ferimento aberto no pescoço de Vikas Bhardwaj, os tendões e as artérias cortados claramente expostos, disse:

— Por que você acha que eles estão nos mantendo aqui?

— Esperando que algum superior apareça — disse Strike. — Estou torcendo para vermos alguns rostos familiares. Foi por isso que mencionei o Corte para aquele babaca ruivo.

A janela alta passara a revelar uma faixa de céu negro estrelado antes que a porta se abrisse outra vez, e Strike viu com alívio a pequena figura de Angela Darwish.

— Nós tornamos a nos encontrar — disse ela. Strike começou a se levantar para oferecer a Darwish uma das cadeiras, mas ela sacudiu a cabeça. — Obrigada, não. Acabei de ler seus depoimentos. Então Bhardwaj estava em seu jogo online? O que foi infiltrado pelo Corte?

— Ele não estava apenas nele, ele era um dos criadores — disse Strike.

— Eles sabem há quanto tempo ele está morto? — perguntou Robin a Darwish.

— A estimativa é de cerca de vinte e quatro horas — disse Darwish.

Então, pensou Robin, já era tarde demais quando ela e Strike pararam para um café no posto Cambridge.

— Tem muitas câmeras de segurança por aqui — disse Strike, que as tinha notado ao chegar. — Eu diria que é extremamente seguro, a menos que o idiota que nos deixou entrar tenha o hábito de segurar a porta aberta para estranhos.

— O idiota que os deixou entrar é doutor em física teórica — disse Angela Darwish. — Eles o estão entrevistando agora. Esse é o problema com prédios comunitários. Eles são tão seguros quanto a pessoa menos preocupada com segurança vivendo neles. Dito isso, não acho que vamos ter muita dificuldade para identificar o assassino. Como você disse, tem câmeras por toda parte. Alguém devia estar desesperado para se livrar desse pobre homem para arriscar ter seu rosto nessa quantidade de imagens.

— Tenho a sensação de que tudo que a câmera registrou foi uma máscara de látex — disse Strike.

Ele achou interessante a falta de reação de Darwish a esse comentário.

— Vamos tentar manter seus nomes longe da imprensa — disse ela. — Vocês não precisam de mais exposição na mídia, não depois daquele atentado a bomba.

— Obrigado por isso — disse Strike.

— Onde vocês estão ficando?

— Não tenho ideia — respondeu Strike.

— Bom, informe-nos quando souber — disse Angela Darwish. — Provavelmente vamos precisar falar com vocês outra vez. Eu vou acompanhá-los até lá fora — acrescentou ela. — Não se preocupem, eu limpei o nome de vocês junto à polícia.

— Obrigado — disse Strike, fazendo uma expressão de dor ao ficar de pé. Seu joelho direito estava latejando outra vez. — Não acho que aquele ruivo tenha gostado muito de nós.

— Chaves mestras têm esse efeito em algumas pessoas — disse Darwish com um sorriso seco.

Enquanto se dirigiam para a rua através do jardim escuro, Robin viu carros da polícia estacionados. Grupos de estudantes estavam reunidos em frente ao prédio, horrorizados, sem dúvida, com o que tinha acontecido com um dos seus.

— Bem, boa viagem, e não se esqueçam de nos informar onde podemos encontrá-los — pediu Darwish quando eles chegaram ao BMW. Depois de erguer a mão para se despedir, ela saiu andando.

— Você está bem? — perguntou Strike quando ele e Robin estavam novamente no carro.

— Estou — disse ela, o que não era totalmente verdade. — E agora?

— Podíamos ficar com Nick e Ilsa — sugeriu Strike sem muita convicção.

— Não podemos. Ela está grávida. Eles não precisam de hóspedes com o Corte em seu encalço.

— Bom, se você estiver disposta a voltar para Londres, podemos encontrar outro hotel, talvez em algum lugar perto do escritório para podermos acessar nossas coisas assim que tivermos permissão para voltar a entrar lá. Mas se preferir passar a noite aqui...

— Não — disse Robin, que já tivera o suficiente de Cambridge para durar muito tempo. — Eu prefiro voltar.

# 86

*Ah, enfadada e impaciente paciência de meu quinhão! —*
*É assim comigo: como avaliam isso, amigos, com vocês?*

Christina Rossetti
*Later Life: A Double Sonnet of Sonnets*

O assassinato brutal de Vikas Bhardwaj, que tinha entrado para a Universidade de Cambridge aos dezesseis anos, cujo gênio precoce o levara a se tornar doutor em astrofísica aos vinte e três e que já tinha ganhado um prêmio de pesquisa internacional, provocou um ruído justificável na mídia. Robin, que leu todas as reportagens, se viu cheia do que sentia ser uma tristeza pouco justificada pelo jovem que nunca tinha conhecido. Era errado, se perguntou ela, sentir que seu assassinato era particularmente terrível porque ele tinha sido tão brilhante?

— Não — disse Strike na hora do almoço dois dias depois, quando ela lhe fez a pergunta no café do hotel na Poland Street, onde os dois haviam se hospedado. Eles estavam esperando que o resto da equipe chegasse para uma atualização cara a cara que já devia ter acontecido muito tempo antes. Strike decidira que, como o escritório tinha sido recentemente explodido, o moral da equipe devia ser priorizado acima de algumas horas sem vigilância. — Eu preferiria muito que Oliver Peach fosse atropelado por um trem, se pudéssemos ter Bhardwaj de volta. Qual a utilidade do maldito Peach para qualquer um?

— Você não acha que isso é um pouco... eugênico? — indagou Robin.

— Só se eu começasse a empurrar pessoalmente babacas na frente de trens — disse Strike. — Mas como não vou sair por aí matando pessoas de quem não gosto, não acho que haja muita coisa errada em admitir que algumas pessoas contribuem mais para o mundo do que outras.

— Então você não concorda com a frase "a morte de qualquer homem me diminui"? — perguntou Robin.

— Eu não me sentiria nem um pouco diminuído com a morte de alguns dos canalhas que conheci — disse Strike. — Você viu o que a família de Bhardwaj disse no *The Times* esta manhã?

— Vi — disse Robin, sem mencionar que o depoimento a reduzira a lágrimas. Além do apelo por ajuda para encontrar seu assassino, a família de Vikas falara de seu orgulho imenso e duradouro pelo gênio que nunca deixara sua deficiência ficar no caminho, e para quem a astrofísica tinha sido toda a sua vida.

— Isso preencheu muitas lacunas para mim — disse Strike.

— De que maneira?

— Um doutor em astrofísica parecia um candidato muito improvável para passar tanto tempo em um jogo online. Mas aí descobrimos que ele estava em Cambridge aos dezesseis anos, com sérias deficiências. Aposto que era muito solitário. O jogo era sua vida social. Dentro do jogo, ele não tinha que lidar com questões de fala e mobilidade. Deve ter sido um alívio não precisar ser mais a criança prodígio. Apenas mais um fã conhecendo outros fãs.

— E ter um melhor amigo em Anomia.

— É — disse Strike —, o que é um ponto interessante, não é? Com quem Vikas Bhardwaj teria mais chance de fazer amizade entre nossos suspeitos restantes?

— Eu estava me perguntando isso — disse Robin.

— Kea é bonita — apontou Strike. — Posso imaginar um sujeito jovem e solitário ficar muito empolgado por ser seu melhor amigo.

— Verdade — disse Robin. — Por outro lado, se você não soubesse das inclinações pedófilas de Ashcroft, podia achar que ele era um cara legal.

— E, pelo que ouvi em sua gravação, Pierce pode ser charmoso quando quer. Além disso, ele conhecia Ledwell e Blay. Morava com eles. Isso seria muito empolgante para um fã.

Eles permaneceram sentados em silêncio por alguns segundos, imersos em seus pensamentos, antes de Strike dizer:

— Bom, a imprensa ainda não se deu conta do fato de que estávamos lá, graças a Deus... Tudo correu bem ontem no seu apartamento?

— Tudo correu bem, sim — afirmou Robin.

Depois de checar com a polícia que era seguro fazer isso, ela voltara rapidamente a sua casa para pegar uma bolsa grande cheia de roupas limpas para levar até o hotel. Durante a hora em que passou no apartamento, ela regou o filodendro levemente murcho e, por um momento louco, pensou em levá-lo para o hotel consigo.

Robin desconfiava que o estado em que se encontrava ao entrar pela primeira vez no Z Hotel, cansada após dirigir centenas de quilômetros, e logo depois de encontrar o cadáver de Vikas Bhardwaj, pudesse ter produzido nela um preconceito com o lugar, mas ela achou seu quarto, que era decorado em tons de cinza, ao mesmo tempo apertado e desagradavelmente sem alma. Ao contrário de Strike, ela passava a maior parte do tempo entocada ali, porque tinha de estudar para o teste de moderador que Anomia aplicaria nela em menos de uma semana.

Seu sócio, por outro lado, estava perfeitamente feliz. Seus anos no exército o habituaram a mudanças regulares de residência; ele preferia seus espaços limpos, com poucos móveis e utilitários; e as condições apertadas eram úteis para os momentos em que não estava usando a perna protética. O hotel também tinha uma localização ideal que permitia a ele ficar de olho nos reparos do escritório e acessar todas as amenidades da área que conhecia melhor.

Midge e Barclay foram os primeiros contratados a chegarem para a reunião da equipe, Midge usando jeans preto e um colete que deixou Robin consciente da falta de tônus nos próprios braços.

— Tudo correu como planejado esta manhã — foram as primeiras palavras de Midge para Strike.

— O que aconteceu esta manhã? — perguntou Robin, que tinha passado todo o tempo desde as 7h da manhã assistindo a episódios do *Coração de nanquim* e tentando memorizar tramas e falas importantes.

— Fiz uma visita à primeira mulher de Jago Ross — disse Midge. — Mostrei a ela os vídeos que fizemos, dele batendo nas filhas e forçando aquela menininha a saltar o obstáculo com seu cavalo.

— E? — perguntou Strike.

— Ela vai pedir a guarda exclusiva — disse Midge. — Mas prometeu que não ligaria para Ross ou para o advogado dela antes de hoje à noite.

— Bom — disse Strike.

— Você vai... — começou a dizer Robin, mas Barclay disse ao mesmo tempo:

— Já encontrou alguém para substituir o babaca do Nutley?

— Estou trabalhando nisso — disse Strike a Barclay, embora, na verdade, não tivesse tido tempo para cuidar do problema de mão de obra desde que voltara de Cambridge. A maior parte daquela manhã tinha sido dedicada a uma reunião com o senhorio do escritório, que ficara compreensivelmente hesitante em renovar o aluguel desde o atentado, e apenas a muito custo fora tranquilizado.

— Bom, Midge e eu temos boas notícias sobre Dedos — disse Barclay.

— Excelente — disse Strike. — Conte quando Dev e Pat chegarem; eles estão a um minuto daqui.

Robin ficou satisfeita ao ver que Pat parecia absolutamente normal quando ela chegou com Dev, seus passos rápidos indicando que a porta que explodira para dentro em sua direção não causara nenhuma lesão duradoura. Os modos de Pat também não tinham mudado em nada: quando ela lançou um olhar de desaprovação para o banco triangular em que devia se sentar, Strike se levantou para lhe oferecer o sofá, ao que ela resmungou:

— Eu posso me sentar em um banco. Ainda não estou decrépita. — Então ela se sentou, tragando furiosamente seu cigarro eletrônico.

Quando todos tinham pedido comidas e bebidas, Strike disse:

— Achei que devíamos nos encontrar pessoalmente. Sei que tem sido duro para todos vocês, Robin e eu nos afastando por alguns dias. Quero que saibam que aprecio a quantidade de trabalho que vocês estão cobrindo em nossa ausência e o fato de terem ficado com a agência depois do que aconteceu.

— A polícia está mais perto de encontrar o responsável pelo atentado? — perguntou Dev.

— Ainda não tivemos nenhuma atualização, mas não deve demorar muito, não com o MI5 envolvido — respondeu Strike, torcendo para não estar sendo excessivamente otimista. — Então, qual a novidade sobre Dedos?

— A empregada pediu demissão — disse Barclay.

— Interessante — disse Strike.

— É. Eu estava ao lado dela em um ponto de ônibus ontem à noite enquanto ela dizia a Dedos que não queria voltar ao trabalho, nunca mais, porque estava com medo.

— Com medo? Com medo de quê? — perguntou Strike.

— Da KGB — disse Barclay.

— A KGB não existe mais — replicou Robin. — Além disso... como assim?

— Pelo que pude ouvir — disse Barclay —, Dedos estava dizendo a ela que seu padrasto está sob vigilância do governo russo, então ele a mandou procurar todas as câmeras escondidas e entregá-las a ele, porque sua mãe não pode se preocupar, por estar doente. Mas Midge sabe um pouco mais sobre isso.

— É. Doente é o cacete — disse Midge de forma sucinta. — A mãe está aqui em Londres. Chegou há dois dias. Eu segui Dedos e ela ontem e, por um grande golpe de sorte, consegui um lugar ao lado deles no bar que vende champanhe e caviar na Harrods.

— Vou ficar de olho nisso nas suas despesas do mês — disse Strike.

— Se serve de consolo, foi horrível — disse Midge. — Eu nunca tinha comido caviar antes.

— Não havia uma opção mais barata?

— Pelo amor de Deus, Strike. Eu estava sentada em um bar de caviar, o que devia pedir, que eles fizessem um empadão de porco para mim?

Robin riu.

— Enfim — continuou Midge —, eu ouvi toda a conversa. Ela está planejando se divorciar. Na minha opinião, Dedos tem roubado coisas porque quer obter o máximo possível daquela casa antes que troquem as fechaduras.

— Ou — disse Strike — ela o mandou roubar coisas que quer manter consigo em vez de lutar por elas nos tribunais, supostamente na esperança de que a empregada fosse responsabilizada.

— Isso não me surpreenderia — disse Midge. — Dedos e sua mãe parecem muito próximos.

— Está bem, isso foi um trabalho excelente dos dois. Nós seguimos vigiando Dedos e talvez também sua mãe enquanto ela estiver aqui. Quantos anos ela tem?

— Não sei... quarenta e tantos anos? — disse Midge. — Pode parecer mais jovem se estiver escuro. Ela tem o rosto cheio de preenchimentos. Debaixo de uma luz forte, ela parece ter sofrido um choque anafilático.

— Eu estava me perguntando — disse Strike. — Tendo em vista que ela está planejando um divórcio... A vida social dela está movimentada desde que chegou a Londres?

— Ela faz todas as refeições fora — respondeu Midge. — Na noite de anteontem, ela foi a um bar em Knightsbridge com duas mulheres iguais a ela.

O olhar de Strike dirigiu-se especulativamente para Dev, que disse:

— O quê?

— Pode ser útil um negociante de arte bonito tentando seduzi-la. Ver se ela pede a ele para avaliar ou vender as coisas que Dedos roubou.

— Eu não sei nada sobre arte — disse Dev.

— Você só precisa se especializar no que sabemos que desapareceu da casa — disse Strike.

— Por que eu não sou o escolhido para esse tipo de trabalho? — indagou Barclay secamente.

— Você sabe muito sobre arte, não sabe? — perguntou Strike.

— Tenho diploma técnico em Fabergé e soldas.

Até Pat riu.

Quando seus sanduíches chegaram, Strike disse:

— Então: Anomia.

Os rostos inexpressivos dos contratados disseram a ele que eles não estavam especialmente entusiasmados com o novo assunto.

— Restaram três candidatos fortes — disse Strike. — Vai ser trabalho braçal até excluirmos mais alguém.

— Nesse ritmo, pode levar dez anos — comentou Midge.

— Robin está perto de entrar no canal de moderadores do jogo — disse Strike. — Acho que ela entrar lá vai ser chave para solucionarmos o caso.

Strike não podia culpar seus subcontratados por parecerem céticos. A agência tinha cinco investigadores, uma das quais estava atualmente sem tarefas, completamente focada em tentar passar no teste de Anomia, e eles deviam fazer a vigilância de seis pessoas.

— Olhe — disse Strike —, sei que estamos com excesso de trabalho, mas Ross deve sair de nossos livros esta noite.

— Você vai vê-lo? — perguntou Robin.

— Vou — disse Strike, sem elaborar mais. Como ele não queria uma discussão com toda a equipe sobre Ross, seu longo relacionamento com Charlotte ou sua culpa por ter acrescentado o caso à sua carga de trabalho, ele voltou a conversa novamente para Anomia, atribuindo a cada subcontratado um suspeito que eles tornariam a vigiar a partir daquela tarde.

# 87

*Grandes amores, até o final, têm pulsos vermelhos;*
*Todos os grandes amores que já morreram caíram mortos.*

Helen Hunt Jackson
*Dropped Dead*

Às 20h30 daquela noite, hora em que Jago geralmente já tinha voltado do trabalho, Strike chegou a Kensington e se dirigiu ao enorme prédio de tijolos vermelhos com aparência sólida e decoração de pedra branca, no qual Jago tinha um apartamento. Como esperado, todas as luzes do segundo andar estavam acesas, então Strike tocou a campainha ao lado da porta da frente, que era, em parte, feita de vidro através do qual podia ser visto um saguão luxuoso. Um porteiro de libré preta atendeu quando Strike tocou, mas não permitiu sua entrada.

— Estou aqui para ver Jago Ross — disse Strike. — Cormoran Strike.

—Vou ligar para lá, senhor — disse o porteiro, que falava no tom contido de um agente funerário, e fechou delicadamente a porta na cara de Strike.

O detetive, que estava confiante de que Jago iria vê-lo, nem que fosse pela chance de ser ofensivo e ameaçador pessoalmente, esperou sem preocupação desnecessária, e de fato o porteiro voltou depois de alguns minutos, abriu a porta e permitiu a entrada do detetive.

— Segundo andar, apartamento 2B — disse o homem ainda com uma voz contida e excessivamente delicada, como se estivesse dando condolências a um dignitário importante. — O elevador fica seguindo em frente.

Como Strike podia muito bem ver aquilo, ele não considerou a informação merecedora de uma gorjeta, então atravessou o saguão, que era acarpetado de azul-real, e apertou o botão de latão ao lado das portas do elevador, que se abriram para revelar um interior revestido de mogno completo com um espelho chanfrado em uma moldura dourada.

Quando as portas tornaram a se abrir, Strike se viu no corredor do segundo andar, que estava mobiliado com mais carpete azul-real, lírios frescos sobre uma mesa e três portas de mogno para diferentes apartamentos. O nome ROSS estava gravado em uma pequena placa de metal na porta do meio, então Strike tocou outra campainha de latão e esperou.

Ross demorou quase um minuto para atender. Era tão alto quanto Strike, embora muito mais magro e parecia, como sempre era o caso, uma raposa--do-Ártico com seu cabelo branco, rosto fino e olhos azuis brilhantes. Ainda com o terno de trabalho, ele tinha afrouxado a gravata azul escura e segurava um copo de cristal com o que parecia ser uísque. Ele se afastou, com expressão impassível, para permitir que Strike entrasse no vestíbulo, então fechou a porta do apartamento, passou silenciosamente pela visita e entrou no que parecia ser uma sala de estar.

Strike sabia que o apartamento pertencia aos pais de Ross, e a decoração era quase uma paródia de "dinheiro antigo", das cortinas de brocados levemente desbotadas, mas ainda lustrosas, ao candelabro antigo e o tapete Aubusson. Pinturas a óleo escuro de cães, cavalos e o que Strike supôs serem ancestrais cobriam as paredes. Em destaque entre as fotografias em porta-retratos de prata sobre a mesa, havia uma foto do jovem Ross vestindo a gravata branca e a casaca de Eton.

Ross parecia querer que Strike falasse primeiro, e o detetive não tinha nenhuma objeção em especial quanto a isso — na verdade, estava ansioso para terminar com aquilo o mais rápido possível —, mas antes que pudesse começar, ele ouviu passos.

Charlotte saiu andando de um aposento ao lado, usando sapatos de salto agulha pretos e um vestido preto justo. Ela parecia estar chorando, mas sua expressão ao ver Strike foi simplesmente de surpresa.

— Corm — disse ela. — O que...

— E o Oscar de melhor atriz vai para... — disse Jago de um dos sofás, com o braço estendido sobre seu encosto, ostentando seu relaxamento.

— Eu não sabia que ele vinha! — disparou Charlotte para o marido.

— Claro que não — disse lentamente Jago.

Mas Charlotte estava olhando para Strike, que viu, com profunda apreensão, que ela havia corado com o que parecia ser prazer e esperança.

— Estou atrapalhando uma reunião de casal? — perguntou ele com o propósito duplo de reduzir as expectativas de Charlotte e fazer com que eles fossem direto ao assunto o mais depressa possível.

— Não — disse Charlotte, e, apesar dos olhos vermelhos, deu uma pequena risada. — Jago me chamou aqui com uma oferta para comprar meus filhos de mim. Se eu não quiser ser retratada como uma vadia psicótica nos tribunais, eu posso ir embora agora com cento e cinquenta mil, livres de impostos. Acho que ele imagina que vai ser mais barato do que ir a julgamento. Cento e quarenta e cinco por James e cinco por Mary, imagino. Será que ela vale isso tudo mesmo? — perguntou ela para Ross.

— Bom, não se ela puxou a mãe — disse Jago olhando para ela.

— Está vendo como ele me trata? — disse Charlotte para Strike, vasculhando seu rosto à procura de algum sinal de pena.

— É minha oferta final — disse Jago a sua esposa —, e só estou fazendo isso para que meus filhos não tenham que ler a verdade sobre sua mãe quando tiverem idade suficiente para ler jornais. Do contrário, não terei qualquer problema em ir a julgamento. "Eles deram as crianças para o pai porque a mãe era uma verdadeira Charlotte Ross", é o que vão dizer quando eu acabar com você. Desculpe — acrescentou ele, voltando-se preguiçosamente para Strike. — Sei como deve ser doloroso para você ouvir isso.

— Não dou a mínima para qual dos dois vai ficar com a guarda — disse Strike. — Estou aqui para garantir que eu e minha agência fiquemos fora desse espetáculo de merda.

— Isso, infelizmente, não vai ser possível — disse Ross, embora não parecesse nem um pouco infeliz. — Nudes. "Sempre vou te amar, Corm." Salvando a vida dela quando teria me poupado muito tempo, aborrecimento e dinheiro se ela tivesse morrido no hospício...

Charlotte pegou uma esfera polida de malaquita do tamanho de uma laranja grande da mesa mais próxima e a arremessou, mirando o espelho acima da lareira. Como Strike podia ter previsto, ela caiu bem antes, aterrissando com um baque surdo em uma pilha de livros reunidos sobre a mesa de centro, então rolando de forma inofensiva para o tapete. Jago riu. Como Strike também podia ter previsto, Charlotte então pegou o segundo objeto mais próximo, uma caixa com detalhes em casco de tartaruga e a atirou em Jago, que a desviou com um movimento da mão que lançou a caixa para dentro da lareira, onde, com um barulho alto, ela se quebrou.

— Isso — disse ele, agora sem sorrir — era do século XVIII, e você vai pagar por ela.

— Ah, eu vou? Eu *vou*? — gritou Charlotte.

— Vai, sua vadia maluca, você vai — disse Jago. — Com isso, são menos dez mil de minha oferta. Cento e quarenta, e você pode ver os gêmeos sob supervisão seis vezes por ano.

Ele se voltou para Strike.

— Espero que você não ache que é a única pessoa com a qual ela está flertando, porque...

— *Seu mentiroso filho da puta!* — gritou Charlotte — Eu não fiz *nada* com Landon e você sabe disso, você só está tentando criar problemas entre mim e Corm!

— Não tem isso de "mim e Corm", Charlotte — disse Strike. — Não tem há cinco anos. Se vocês dois puderem se controlar por alguns minutos, acho que ambos vão querer ouvir o que tenho a dizer, porque é altamente relevante para a conversa de vocês.

Os dois pareceram um pouco surpresos com isso, e antes que qualquer um deles pudesse interromper, Strike continuou, dirigindo-se a Jago:

— Uma subcontratada minha foi visitar sua ex-mulher hoje. Ela lhe mostrou provas em vídeo de você chutando e estapeando sua filha em frente a sua casa em Kent e na propriedade. Sua ex também viu imagens de você forçando uma delas a saltar com o cavalo, o que resultou em um ferimento sério. Minha subcontratada disse que sua ex está planejando pedir a guarda exclusiva, usando as provas obtidas pela minha agência.

Era impossível dizer se Ross tinha ficado pálido, porque o homem parecia ter anticongelante nas veias no lugar de sangue, mas ele certamente ficou paralisado de uma maneira que não era natural.

— Enviei cópias dos mesmos vídeos para *sua* casa esta tarde — disse ele para Charlotte, que, ao contrário de Ross, tinha ficado mais rosada que nunca, e parecia animada. — É desnecessário dizer que também tenho minhas próprias cópias.

"Se meu nome for mencionado no tribunal durante seu caso de divórcio", continuou Strike, olhando Ross direto nos olhos, "vou enviar as imagens direto para os tabloides, e vamos ver em que história eles ficam mais interessados: uma alegação sem fundamento de que tive um caso com uma mulher casada, ou o aristocrata milionário com conexões com a família real que espanca suas filhas pequenas e força acidentes que quebram suas pernas porque ele acha que é intocável."

Strike então se dirigiu à porta antes de fazer uma pausa.

— Ah, e, por acaso, uma de suas babás está prestes a se demitir. Obviamente minha agência não ia gravar às escondidas uma conversa particular, mas um de meus detetives tomou muitas notas depois de conversar com ela em um pub. Na opinião dela, vocês dois não deveriam chegar nem perto de crianças. Com certeza vocês têm acordos de confidencialidade com ela, mas estou certo de que os jornais arcariam com suas despesas legais em troca de detalhes sórdidos.

"Então não se esqueçam de que eu tenho o nome e o endereço da babá, e as anotações sobre sua conversa. E tenho aqueles vídeos. Um telefonema para uma redação e vamos ver qual nome vai ser jogado na lama. Então vocês dois pensem muito bem sobre me envolver em suas merdas outra vez."

Nenhum som o seguiu pelo vestíbulo. Os Ross pareciam ter ficado atordoados. Ele fechou a porta do apartamento com firmeza às suas costas.

O porteiro no saguão pareceu surpreso ao ver Strike outra vez tão cedo e se levantou para abrir a porta para ele. Como Strike podia ter feito isso com facilidade sozinho, ele também não considerou que isso merecesse uma gorjeta, então partiu com um "boa noite" e seguiu pela escuridão na direção da Kensington High Street, onde esperava encontrar um táxi.

Mas ao se aproximar da rua alguns minutos mais tarde, ele ouviu o estalido de saltos altos sobre pedra às suas costas, e soube exatamente de quem era a voz que estava prestes a ouvir.

— Corm... *Corm!*

Ele se virou. Charlotte caminhou os últimos metros sobre os saltos finos, sem fôlego, bela e corada.

— *Obrigada* — disse ela, estendendo a mão para tocar o braço dele.

— Não fiz isso por você — disse Strike.

— Você não me engana, querido.

Ela agora estava sorrindo, examinando o rosto dele à procura de confirmação.

— É verdade. Eu fiz isso por mim e pelas filhas mais velhas.

Ele se virou outra vez, pegando um cigarro enquanto andava, mas ela correu para alcançá-lo e segurou seu braço.

— Corm...

— Não — disse ele rispidamente, soltando o braço. — Isso nada teve a ver conosco.

— Seu maldito mentiroso — disse ela, meio rindo.

— Eu não minto — mentiu ele.

— Corm, devagar, estou de salto alto.

— Charlotte — disse ele, voltando-se para encará-la —, ponha isso na sua cabeça. Minha agência estava sob ameaça. Tudo pelo que trabalhei nos últimos cinco anos teria ido pelo ralo se eu tivesse sido arrastado para seu caso de divórcio. Eu não quero estar nas colunas de fofocas.

— É, eu soube que você e Madeline terminaram — respondeu ela, meio sorrindo, e ele soube que nada do que tinha acabado de dizer havia causado nenhuma impressão sobre ela. — Corm, vamos tomar um drinque e comemorar. Sua agência está em segurança. Eu estou livre de Jago...

— Não — repetiu, Strike, voltando-se para sair andando novamente, mas dessa vez ela agarrou seu braço com tanta força que se livrar dela causaria um risco de derrubá-la no chão enquanto ela se equilibrava sobre os saltos agulha.

— Por favor — disse ela com delicadeza, e ele soube que ela acreditava que o velho poder que exercera sobre ele por tanto tempo ainda existia, que por baixo de sua raiva e impaciência havia o amor que sobrevivera a tantas cenas feias. — *Por favor*. Um drinque. Corm, eu disse a você que, quando eu estava morrendo... quando eu estava *morrendo*... essas podiam ter sido minhas últimas palavras: *Eu te amo*.

Mas com isso a paciência dele se esgotou. Ele se soltou de sua mão usando os dedos e disse:

— O amor é a droga de uma experiência de química para você. Você está nisso pelo perigo e pelas explosões, e mesmo que eu não tivesse terminado com *você* — acrescentou ele com brutalidade —, nada no mundo me faria querer ajudar a criar os filhos de Jago Ross.

— Bom, espero que agora a guarda seja compartilhada. Eles não vão ficar comigo o tempo inteiro.

Com essas palavras, a noite movimentada pareceu desacelerar outra vez em torno de Cormoran Strike, e o ronco constante do trânsito pareceu repentinamente silenciado. Dessa vez, ele não estava olhando para o rosto de Robin, cheio de álcool e desejo: a mudança sísmica dentro dele ocorrera porque ele sentiu algo se quebrar, e ele soube, finalmente, que não havia como juntar os pedaços outra vez.

Não que ele tivesse visto a verdade sobre Charlotte naquele instante, porque ele passara a acreditar que não havia uma única verdade estática sobre nenhum ser humano, mas ele entendeu, de uma vez por todas, que algo que ele acreditara ser verdade não era.

Ele sempre tinha acreditado — *tivera* de acreditar, porque se não conseguisse acreditar nisso, o que estava fazendo ao voltar várias vezes para o relacionamento? — que por mais problemática e destrutiva que ela fosse, por mais propensa que fosse a gerar o caos e infligir dor, eles compartilhavam uma essência semelhante, onde habitavam certos princípios inalienáveis. Apesar de todas as provas do contrário — sua maldade e tendência à destruição, sua necessidade de caos e conflito —, ele tinha se agarrado romanticamente à ideia de que a infância dela, que tinha sido tão perturbada, caótica e, às vezes, assustadora quanto a dele, a deixara com um desejo de reformular seu canto do mundo em um lugar mais são, seguro e agradável.

E agora ele via que tinha estado completamente errado. Ele imaginara que a vulnerabilidade dela significava uma ligação com outras pessoas vulneráveis. Mesmo que você não quisesse filhos, o que ele não queria, porque não queria ter de fazer os sacrifícios necessários para criá-los, com certeza você faria qualquer coisa em seu poder para impedir que eles passassem metade de seu tempo com Jago Ross. Por mais baixa que pudesse ser sua opinião de Charlotte, ele nunca duvidara que ela agora faria o que a ex-mulher de Ross estava se preparando para fazer: lutar para manter as crianças em segurança do pai.

— Por que você está me olhando assim? — perguntou Charlotte, agora impaciente.

Na verdade, Strike tinha acabado de registrar, enquanto olhava para o vestido preto justo que tinha sido a menor de suas preocupações no apartamento de Jago, que Charlotte fora falar com seu marido afastado vestida para seduzir. Era possível que seu plano fosse tornar a enfeitiçar Ross, embora talvez o desconhecido Landon estivesse sentado cheio de esperança em algum bar de Mayfair enquanto Charlotte tentava reavivar o caso com o homem do qual ela nunca realmente desistira.

— Boa noite, Charlotte — disse Strike, fazendo a volta e indo embora, mas ela correu atrás dele e segurou seu braço.

— Você não pode ir assim. Corm, por favor — disse ela, meio rindo outra vez. — Um drinque.

Mas um táxi desocupado estava correndo na direção deles. Strike levantou o braço, o táxi desacelerou, e, pouco mais de um minuto depois, ele estava se afastando do meio-fio, deixando uma das mulheres mais bonitas de Londres com um olhar vazio em sua direção.

# 88

*Veja a velocidade com que derreteram de sua visão*
*Os objetos prometidos que você tanto estimava...*

Mary Tighe
*Sonnet*

Por menos que quisesse tomar um drinque com Charlotte, Strike agora queria muito um, então ele parou em uma loja de bebidas no caminho de volta para o hotel onde, saindo de sua dieta, comprou uísque e cerveja.

A sacola plástica cheia de álcool batia ruidosamente contra sua perna falsa enquanto ele andava pelo corredor e passava pelo quarto de Robin, que ficava a cinco do dele. Strike tinha acabado de pegar no bolso o cartão magnético que servia de chave quando ouviu uma porta se abrir atrás dele e, olhando para trás, viu a cabeça de Robin se projetando no interior do corredor.

— Por que você não está respondendo as suas mensagens de texto? — perguntou ela.

Pela expressão dela, Strike percebeu que havia alguma coisa errada.

— Desculpe, não ouvi a notificação. O que aconteceu? — perguntou ele, voltando na direção dela.

—Você pode vir aqui?

Só quando ficou de frente a Robin ele viu que ela estava usando um pijama composto de short cinza e uma camiseta igual. Talvez a consciência do fato de que ela estava nitidamente sem sutiã tenha se abatido sobre Robin ao mesmo tempo que sobre Strike, porque, quando ele chegou à sua porta, ela foi pegar um roupão atoalhado na cama e o vestiu. O quarto quente cheirava a xampu, e Robin nitidamente tinha usado o secador de cabelo.

— Tenho uma boa notícia — disse ela, voltando-se para olhar para ele enquanto ele fechava a porta — e uma má.

— A má primeiro.

— Eu estraguei tudo — disse ela, pegando o iPad e o entregando a ele. — Tirei a última foto no último instante. Desculpe, Strike.

Strike pôs a sacola de bebidas no chão, se sentou na cama, porque não havia cadeira, e examinou as fotos do que tinha acontecido no jogo na última hora.

**<Um novo canal privado foi aberto>**

**<9 de julho de 2015 21.45>**

**<Anomia convidou PatinhasdaBuffy>**

**Anomia:** O que você está fazendo aqui? Você devia estar estudando para o teste de moderador

**<PatinhasdaBuffy entrou no canal>**

**PatinhasdaBuffy:** estou estudando há horas

**PatinhasdaBuffy:** precisava de uma folga!

**Anomia:** você viu Endiabrado1?

**PatinhasdaBuffy:** não, sinto muito

>

>

**Anomia:** bom, se você vai ser moderadora, deve saber que vai haver algumas mudanças

**Anomia:** Morehouse foi embora

**PatinhasdaBuffy:** ah, meu deus, é mesmo?

**Anomia:** nenhuma perda

**<Um novo canal privado foi aberto>**

**<9 de junho de 2015 21.47>**

**<Corella convidou PatinhasdaBuffy e Verme28>**

**Corella:** oi

**<Verme28 entrou no canal>**

**<PatinhasdaBuffy entrou no canal>**

**PatinhasdaBuffy:** oi, tudo bem?

**Verme28:** Corella , Morehouse saiu mesmo ???

**PatinhasdaBuffy:** o quê? Morehouse foi embora?!

**Corella:** Anomia diz que ele não estava se esforçando

**Anomia**: DrekIndediado vai me ajudar se o jogo precisar de atualização

**Anomia**: e a partir de agora, nada de canais privados, eu os estou fechando

**Anomia**: vão ser só o canal dos moderadores e do jogo principal

**Anomia**: chega de falar pelas minhas costas

>

>

>

**Anomia**: você agora está falando em algum outro canal privado?

>

>

>

**PatinhasdaBuffy**: estou

**PatinhasdaBuffy**: com Corella e Verme28

**Anomia**: bom, você não mentiu

**Anomia**: isso é bom

**Anomia**: preciso saber que posso confiar em meus moderadores

**Anomia**: estão perguntando se você sabe aonde Endiabrado1 foi?

**PatinhasdaBuffy**: estão

**Verme28**: não posso acreditar nisso

**Verme28**: achava que eles fossem tipo melhores amigos?

**Verme28**: por que não colocamos mais moderadores e deixamos Morehouse fazer menos?

**Corella**: Anomia está mais feliz sem ele

**Corella**: alguma de vocês viu Endiabrado1?

**PatinhasdaBuffy**: não

**Verme28**: não, pq ?

**Corella**: ele desapareceu

**Corella**: já perdeu duas sessões de moderação

**Corella**: Anomia está furioso

**Corella**: mandou e-mail para ele e tudo

>

>

**PatinhasdaBuffy**: ah, uau, isso é estranho

**Verme28**: será que ele está doente ?

**Corella**: ele não pode estar doente, nós todos temos que informar Anomia se não pudermos moderar

**Verme28**: e se ele teve um acidente ou algo assim

**PatinhasdaBuffy**: mas não sei

>

>

>

>

>

>

>

>

>

>

>

>

>

>

>

>

>

>

**Anomia**: você está falando com mais alguém em um canal privado no momento?

>

>

>

>

>

**Corella**: não pode ser isso

**Corella**: acho que Anomia saberia. Tenho quase certeza de que ele sabe quem são todos os moderadores na vida real.

**Verme28**: mas Endiabrado1 não sairia do jogo

**Verme28**: ele teria me contado

**Verme28**: ele não simplesmente sairia , de jeito nenhum

**Corella**: você tem as informações de contato dele?

**Verme28**: claro que não. regra 14

**Verme28**: vocês sabem se a polícia já indiciou P***** O*****?

**Corella**: não indiciaram nem vão

**Corella**: não foi ele

**Corella**: as pessoas precisam calar a boca em relação a coisas que não sabem

**Verme28**: quando eu fiz isso ?

**Corella**: não é de você que estou falando, todos os Tinteiros no Twitter estão dizendo que foi ele

>

**<Um novo canal privado foi aberto>**

**<9 de junho de 2015 21.56>**

**<Páginabranca convidou PatinhasdaBuffy>**

**Páginabranca**: Anomia está falando com você?

>

>

>

**<PatinhasdaBuffy entrou no canal>**

**PatinhasdaBuffy**: oi

**Páginabranca**: só me diga, Anomia está falando com você

>

>

>

**PatinhasdaBuffy**: no momento, não, mas estamos com um canal privado aberto

**Páginabranca**: o que ele está dizendo?

**PatinhasdaBuffy**: me perguntado se eu sei onde está Endiabrado1

>

>

>

**PatinhasdaBuffy:** desculpe, precisei ir ao banheiro

>

>

>

**Anomia:** responda à pergunta

>

**PatinhasdaBuffy:** não

**PatinhasdaBuffy:** só estou conversando com Verme28 e Corella

**Anomia:** tem certeza disso?

**Anomia:** sua pequena viagem ao banheiro aconteceu assim que Páginabranca chegou

**PatinhasdaBuffy:** Eu mal conheço Páginabranca

**Anomia:** e você definitivamente não está falando com ela agora?

**PatinhasdaBuffy:** acabei de dizer que não

**Anomia:** a coisa sobre DrekIndediado é que ele é esperto o suficiente para não ficar esperto demais

**PatinhasdaBuffy:** não sei o que você quer dizer com isso

**Corella:** com certeza não foi ele

**Verme28:** como você sabe ?

**Corella:** eu simplesmente sei

>

**Corella:** urgh, olhem, Páginabranca voltou

>

**Corella:** achei que ela fosse embora se Morehouse fizesse isso

**Corella:** ela é uma vadia sorrateira

**Verme28:** pq ?

**Corella:** fica enviando nudes para todos os homens

**Corella:** ela provavelmente vai fazer isso com você em seguida, Buffy

**Corella:** tem que sempre aumentar os números de seu fã-clube

**Corella:** Endiabrado1 estava certo em relação a ela

>

**PatinhasdaBuffy:** ela envia nudes?

**Corella:** para todos os homens, é

**Verme28:** você não sabe disso

**PatinhasdaBuffy:** e ele me disse que Morehouse saiu

**Páginabranca:** não conte a Anomia que estou falando com você

**Páginabranca:** estou implorando

**Páginabranca:** por favor, não faça isso

**PatinhasdaBuffy:** está bem, não vou fazer

**Páginabranca:** obrigada =*

>

>

**PatinhasdaBuffy:** não consigo acreditar que Morehouse saiu do jogo

>

>

**Páginabranca:** ele não teve escolha

>

>

>

**Páginabranca:** Eu também estou saindo

>

>

**PatinhasdaBuffy:** por quê???

>

**PatinhasdaBuffy**: não estou tentando ser esperta

>

**Anomia**: você é só amistosa, não é?

**PatinhasdaBuffy**: bom, eu tenho falado com ela, mas não esta noite

>

>

**PatinhasdaBuffy**: é por isso que eu amo o jogo, eu posso conversar com outros fãs.

**Anomia**: hinc cum hostibus clandestina colloquia nasci

**PatinhasdaBuffy**: o que isso significa?

**Anomia**: isso

**<PatinhasdaBuffy foi bloqueada>**

**Corella**: sei com certeza que ela os enviou para Anomia e Morehouse

**Corella**: eu vi um. Vile me mostrou

**Verme28**: sério ?

**Corella**: é, quando eu pedi que Vile trocasse de turno comigo uma vez

**Corella**: ele disse "se você puder provar que é mais bonita do que ela nua, eu troco"

**Corella**: e eu perguntei "quem é essa garota?"

**Corella**: e ele disse Páginabranca

>

**Corella**: ela o enviou para Anomia "por engano", então Anomia mostrou a Vile, e eu acho que ele repassou para todos os caras, como ela

**<PatinhasdaBuffy foi bloqueada>**

**Páginabranca**: porque Morehouse era minha única razão para estar aqui

>

>

>

**Páginabranca**: você é legal, então leve isso a sério

**PatinhasdaBuffy**: levar o que a sério?

**Páginabranca**: nunca bata de frente com Anomia

>

**PatinhasdaBuffy**: isso soou como uma ameaça

>

**Páginabranca**: NUNCA

**PatinhasdaBuffy**: Páginabranca?

**<Páginabranca saiu do canal>**

**<PatinhasdaBuffy foi bloqueada>**

— Anomia sabia — disse Robin enquanto Strike terminava de ler e erguia os olhos. Ela agora estava sentada ao lado dele na cama. — Ele *sabia* que eu estava conversando com Páginabranca. Eu não devia ter mentido, mas estava preocupada por ela e...

— Talvez ele não tivesse certeza — disse Strike —, embora eu suponha que ele possa ter encontrado um jeito de observar os canais privados.

— *Merda* — disse Robin, levando as mãos ao rosto. — Todo esse trabalho para nada.

— Não foi para nada — disse Strike de forma reflexiva, porque ela parecia muito arrasada.

Ele pegou a garrafa de uísque de sua sacola plástica, tentando pensar em algo a dizer que não fosse *mas isso realmente vai atrapalhar a investigação.*

— Páginabranca é a que estava em um relacionamento com Morehouse, certo? — perguntou ele, olhando ao redor à procura de um copo ou mesmo de uma caneca.

— É, e ela dizia saber sua verdadeira identidade.

— Então ela sabe que ele foi assassinado. Não é surpresa que esteja caindo fora — disse Strike. — A questão é se deixar o jogo vai colocá-la em um perigo maior, porque se Morehouse contou a ela quem é Anomia, e Anomia souber quem *ela* é, e nós sabemos que, no mínimo, ele viu sua foto, então ela vai ter sorte se não acabar com uma faca nas costas.

— O que fazemos?

— Amanhã vou contar a Murphy o que aconteceu — disse Strike —, embora por ele e Darwish parecerem convencidos de que o Corte está por trás de tudo, não tenho certeza do quanto vai ficar interessado. Pelo menos, vou ter um pretexto para perguntar o que eles conseguiram com as câmeras de segurança de Cambridge.

— O que significa aquele texto em latim? — perguntou Robin. — A coisa que Anomia disse antes de me bloquear?

Strike tornou a olhar para o iPad.

— Você disse: "É por isso que eu amo o jogo, eu posso conversar com outros fãs", e a resposta, em tradução grosseira, é "e disso nascem reuniões secretas com inimigos". Então, sim, ele agora considera Páginabranca uma inimiga... Uma pena que Vilepechora não tenha mostrado a *você* aquela foto de Páginabranca.

— Yasmin a viu. Ela não gosta de Páginabranca. Ela pode ter guardado a foto como prova de que ela estava desrespeitando a regra 14.

— É uma ideia — disse Strike, agora pegando a caneta e o caderno no bolso e escrevendo um lembrete para si mesmo. — Talvez eu faça uma visita a Yasmin. Tempos desesperados, medidas desesperadas. Quer uísque enquanto me conta a boa notícia?

— Ah — disse Robin, que quase tinha se esquecido de que havia boa notícia. — Kea Niven, com certeza, não é Anomia.

— O quê? — disse Strike, pego de surpresa. Kea recentemente tinha subido direto ao topo de sua lista pessoal de suspeitos.

— Midge ligou há meia hora. É aniversário de Sara Niven, e ela e Kea saíram para jantar em um bar de ostras com amigos. Kea não estava digitando no telefone, e como você acabou de ver, Anomia esteve muito ativo em canais privados esta noite.

— Merda — disse Strike, franzindo o cenho enquanto abria o uísque. — Não, eu não quis dizer isso. É bom que ela tenha sido excluída, mas isso só nos deixa com...

— Tim Ashcroft e Pez Pierce — disse Robin. — Eu sei, tive que atender ligações de Pez a noite inteira. Ele está querendo um encontro. Talvez eu devesse aceitar.

Strike grunhiu com indiferença.

— Tem um copo?

— Só um. Está no banheiro, com minha escova de dente.

— Está bem, vou pegar o meu e volto.

Só depois que Strike tinha deixado o quarto Robin se lembrou do que ele tinha acabado de confrontar Jago Ross: o desespero dela por ter sido bloqueada do jogo tinha tirado todo o resto de sua cabeça. Ela foi pegar o copo no banheiro e, quando Strike reapareceu com seu próprio copo de escova de dente na mão, ela perguntou:

— Como você...?

Mas Strike a interrompeu:

— Aconteceu outra vez! Bem na hora em que eu estava pegando meu copo! Uma daquelas ligações com voz modificada! A voz de Darth Vader!

— Você está brincando? — disse Robin.

— "Se você desenterrar Edie, vai saber quem é Anomia. Está tudo na carta." Eu perguntei: "Quem é você?" Então ouvi um rosnado estranho e desligaram.

Eles olharam um para o outro.

— Essa menção a Anomia é uma novidade, não é? — disse Robin.

— É, sim — disse Strike. — Antes era "se você quiser saber a verdade" ou "se quiser saber quem a matou".

Ele pegou o uísque e serviu uma dose dupla no copo na mão de Robin. Enquanto se recostava na cama, puxando o roupão ao seu redor, ela disse:

— Eu contei a você que Bram tem aquele dispositivo de alteração de voz, não contei? Ele o usou comigo no North Grove.

— Ele fazia com que a voz de Bram parecesse com a do Darth Vader?

— Sim, um pouco.

Strike, que também tinha se servido um uísque grande, tomou um gole considerável, sentou-se ao lado de Robin na cama, pegou o cigarro eletrônico e disse:

— Você acha que Bram está fazendo as ligações?

— Tentar fazer com que Edie seja desenterrada parece *muito* Bram.

— Ele teria como saber que há cartas no caixão?

— Provavelmente — disse Robin depois de uma leve hesitação. — Tanto Mariam quanto Pez estiveram em contato com Josh, não estiveram?

— Bram estaria *interessado* nas cartas?

— Não sei... ele é um garoto muito estranho. Muito mais inteligente do que você pode imaginar, já que ele passa o tempo todo gritando os bordões de Drek. Você ouviu o que Pez disse: ele tem um QI nível gênio.

Strike deu uma tragada profunda no cigarro eletrônico, então disse:

— Grant Ledwell acha que quem quer que esteja fazendo essas ligações está tentando lançar suspeitas sobre Ormond, e é difícil contrariar sua lógica. Ninguém em sã consciência vai achar que Josh matou Edie, quase decepou a própria cabeça, então ditou uma confissão para Katya e pediu que ela fosse posta no caixão. Mas Ormond foi preso, então por que continuar mencionando as cartas?

— Bram pode não estar pensando tão à frente assim. É como Josh disse: ele pode estar apenas tentando ver o que vai acontecer em seguida.

— É de pensar que um garoto com QI de gênio saberia muito bem que nada vai acontecer. Você não começa a desenterrar corpos porque um anônimo com voz de Darth Vader disse a você para fazer isso. Enfim, pelo que sabemos dele, eu teria pensado que Bram é mais o tipo de invadir o cemitério à noite e tentar desenterrá-la ele mesmo.

— Não diga coisas assim — falou Robin com um estremecimento involuntário.

— Também tem o fato de que ninguém no North Grove deve saber que estamos investigando Anomia. Quem quer que esteja me ligando nitidamente sabe, o que o coloca em um grupo de pessoas muito pequeno... sempre na suposição de que não fomos descobertos, é claro. Nossas fotos apareceram nos jornais muito recentemente, e Tim Ashcroft, Pez Pierce e Yasmin Weatherhead podem ter ligado você a Jessica Robins ou Venetia Hall.

— Mas as ligações anônimas começaram antes disso — disse Robin.

— Verdade — disse Strike.

Os dois beberam um pouco de uísque, então passaram algum tempo olhando para o nada, contemplando esse novo problema, o vapor do cigarro eletrônico de Strike flutuando entre eles.

— Se a pessoa que está ligando quer mesmo que Edie Ledwell seja exumada — disse Robin por fim —, por que não diz explicitamente o que sabe, ou acha que sabe, sobre as cartas?

— Bom — respondeu Strike lentamente —, a conclusão óbvia seria que ela está com medo de ser identificada. Posso perguntar a Murphy se a polícia recebeu algum desses telefonemas. — Strike tornou a pegar a caneta e escreveu mais um lembrete para si mesmo no caderno.

— Tem que haver alguma coisa que não estamos vendo — disse Robin, que ainda estava olhando fixamente para o nada. — Ou *alguém* que não estamos vendo... Você teve alguma sorte com os amigos de Gus Upcott?

— Não consegui encontrar nenhum traço dele online, com a exceção de um antigo vídeo dele tocando violoncelo no YouTube. Nós podemos botar vigilância nele novamente, ver com quem está se encontrando — disse Strike, embora não parecesse entusiasmado. — Mas, como você disse bem no começo, Anomia não pode ser um amigo de um amigo de um amigo de Josh ou Edie. A velocidade com a qual a informação interna é compartilhada não sugere uma longa corrente de comunicação.

— Tem algum sentido tentar procurar a ex-amante de Inigo Upcott?

— Nós podemos tentar, mas também não vejo uma mulher de meia-idade como Anomia.

— Então voltamos a Pez e Ashcroft, não é? — disse Robin. — Eles são os dois únicos que não descartamos. Aposto que Ashcroft sabe latim. Ele recebeu esse tipo de educação.

— Verdade, mas o que ele conseguiria criando o jogo que não obteria de um jeito muito melhor como o Caneta da Justiça? O jogo é um lugar horrível para aliciar garotinhas, regra 14. Se você não pode dar detalhes pessoais, como vai descobrir que elas estão na faixa etária certa?

— Essa regra é muito estranha... qual era o objetivo de Anomia e Morehouse com ela?

— Só Deus sabe, mas percebo que Corella acha que Anomia sabe a identidade verdadeira de todos os moderadores. A regra não existe para Anomia, apenas para todos os outros. Anomia tem todo o poder.

Houve outro silêncio, no qual Strike, que já tinha terminado seu copo de uísque, se serviu de mais um pouco.

— Eu continuo a voltar ao North Grove — disse Robin. — Ainda acho que o North Grove é... o *epicentro* de tudo isso. Tenho *certeza* de que Anomia está no North Grove ou *esteve* ali. A citação na janela: aquele desenho roubado de Josh...

— Isso pode ter sido roubado por qualquer pessoa.

— Mas o vampiro está no jogo — disse Robin, voltando-se para olhar para Strike. — Ele não está no desenho animado, mas está no jogo. Anomia e Morehouse achavam que estavam se antecipando a Josh e Edie ao colocarem o vampiro, mas ele nunca foi inserido de fato no desenho animado.

— Isso — respondeu Strike, que não tinha pensado naquele ponto — é um excelente raciocínio, e nos leva de volta a Pez Pierce, não é?

— E, em teoria, ele preenche todos os requisitos, eu sei que sim — disse Robin. — Sem dúvida, ele tem as habilidades necessárias, era ressentido com Edie... mas Anomia simplesmente não soa como ele. O latim... a *obsessão*, as críticas cruéis... Não estou dizendo que Pez não tinha sentimentos complicados em relação a Edie, ele com certeza tinha, mas... Ele foi de amarelo ao funeral porque era a cor favorita dela... se está atuando, é a melhor atuação que já vi... Se importa? — acrescentou ela com os olhos no uísque.

— Beba o quanto quiser — disse Strike, entregando a garrafa a ela.

Ele sentiu o cheiro do xampu dela outra vez quando seu cabelo balançou para a frente e, embora tentasse manter os olhos em seu rosto, percebeu seus seios se moverem por baixo do material fino da camiseta do pijama.

Houve outra pausa, durante a qual Robin se serviu uma dose grande de uísque, pôs a garrafa no chão e disse:

— Evola... eu sou Evola... Você não acha que isso também é uma coincidência estranha?

— O quê? — perguntou Strike, que estava principalmente tentando não pensar nos seios de Robin.

— Haver um troll circulando entre os fãs do *Coração de nanquim* usando o nome de Evola, quando ele é um dos favoritos de Nils...?

Robin de repente arquejou.

— *Ele está no banheiro do North Grove.*

— Quem está? — perguntou Strike, confuso.

— *Evola!* Tenho *certeza* de que vi um de seus livros na estante! Nils me contou que era uma pequena biblioteca, e eu podia pegar emprestado o que quisesse... ele tinha uma lombada amarela... espere...

Ela pegou seu iPad outra vez e por aproximadamente um minuto permaneceu em silêncio. Então disse:

— *Cavalgue o tigre*, de Julius Evola. Esse livro está no banheiro do North Grove.

— Você está sugerindo que Eu sou Evola e Anomia são a mesma pessoa?

— Eu... não... — disse Robin, incerta. — É só estranho...

— Porque eu acho que isso pode mesmo ser coincidência. Sabemos que *O coração de nanquim* atraiu muitos tipos neonazistas e de extrema direita. Evola é seu tipo de autor.

— Verdade. — Robin deu um suspiro. — *Meu Deus*, eu gostaria que todos os misóginos e fascistas sumissem da minha frente.

— Eu também, mas não acho que isso vai acontecer tão cedo. Eles estão se divertindo muito.

— Então o que aconteceu com Jago Ross?

— Ah — disse Strike, que tinha esquecido que ainda não havia contado a ela. — Bom, foi bem rápido e agradável...

Ele contou a história do que tinha acontecido em Kensington enquanto bebia o terceiro copo cheio de uísque.

— ... então sua primeira mulher vai pedir a guarda exclusiva.

— Fico satisfeita — disse Robin com fervor. — Ah, fico muito satisfeita com isso. Achava que você ia apenas usar os vídeos para ameaçá-lo... aquelas pobres meninas... mas sua mãe devia *saber*. As garotas com certeza contavam a ela o que estava acontecendo.

— Ela provavelmente gosta da pensão — disse Strike de um jeito cínico. — Em time que está ganhando não se mexe, não é? Talvez ela dissesse a si mesma que as garotas estavam exagerando. Mas, veja bem, sua filha chegar em casa com uma perna quebrada deve ter sido um choque, e depois ver como isso realmente aconteceu em vídeo... Na verdade, acho que vão chegar a um acordo de forma discreta, porque Ross não vai querer que essas imagens sejam exibidas no julgamento. E não é como se ele se importasse com as filhas, afinal. Ele parece ter fixação por seu filho e herdeiro.

— Mas se você mandou os vídeos para Charlotte também...

Strike terminou o terceiro copo de uísque.

— Ela não parece interessada na guarda exclusiva. Isso atrapalharia sua vida social.

Robin nunca o tinha ouvido falar nesse tom sobre Charlotte antes.

— É melhor eu deixar você ir dormir — disse Strike de forma inesperada. Ele se levantou, então pegou o uísque e sua sacola com cerveja. — Boa noite.

Robin ficou olhando fixamente para a porta, se perguntando por que Strike partira tão de repente. Será que as lembranças de Charlotte o haviam desarmado? *Dezesseis anos de dor*, dissera ele em Cambridge, mas deve ter havido prazer também, para continuar atraindo-o repetidas vezes.

*Bom, isso é problema de Madeline, não seu*, disse Robin a si mesma. Ela terminou o uísque e voltou ao banheiro para escovar os dentes.

Na verdade, o motivo para Strike ter ido embora de forma tão precipitada era que, depois de quase meia garrafa de Macallan de estômago vazio, ele achou melhor ficar o mais longe possível de Robin. Com seu rosto sem maquiagem, seu sorriso doce e nitidamente limpa em seu pijama e roupão, conversando com inteligência sobre o caso e expressando compaixão por crianças que não conhecia, ela não podia representar um contraste maior com Charlotte. Strike temia perder o controle — não uma investida física desajeitada, embora com muito mais Macallan isso poderia se tornar um risco —, mas ceder à tentação de falar coisas pessoais demais, de dizer demais, enquanto os dois estavam sentados na mesma cama, em um convidativo quarto anônimo de hotel.

Já bastava que seu escritório estivesse em ruínas nesse momento e o caso de Anomia, virtualmente impenetrável. Ele não precisava estragar o único relacionamento que o mantinha são no momento.

# 89

*Os poderosos são reduzidos por muitas coisas*
*Pequenas demais para ter nome...*

Helen Murphy Hunt
*Danger*

Strike assumiu a responsabilidade de ligar para cada um dos subcontratados na manhã seguinte para dizer a eles que a agência tinha perdido seu acesso ao *Drek's Game.* Como ele esperava, cada um respondeu com um único palavrão, que ele ficou satisfeito por Robin não ter ouvido. Strike então contou a Barclay e Dev que eles deviam continuar a vigiar Pierce e Ashcroft, respectivamente.

— Qual é o sentido disso? — perguntou Barclay.

— Anomia pode tuitar — disse Strike. — Isso é tudo o que temos agora.

O detetive então telefonou para Ryan Murphy, só para ser informado de que ele estava em uma reunião e que retornaria a ligação, então Strike foi andando até a Denmark Street pela primeira vez desde o atentado para conferir o progresso dos pedreiros e ver o que podia ser salvo dos destroços.

Robin estava novamente na Sloane Square, vigiando as janelas de Dedos, quando Strike ligou para ela uma hora depois. Ele concordara que ela assumisse a vigilância durante o dia devido a sua atual falta de mão de obra, mas não gostou disso.

— Como está o escritório? — perguntou ela.

— Melhor do que eu esperava. As paredes e o teto foram emboçados novamente e eles puseram uma porta nova no escritório interno. Vamos precisar de móveis novos, um computador novo e uma mesa para Pat. Ainda não tem vidro na porta da frente, ela está coberta de madeira. Meu apartamento está OK, agora que eles consertaram o teto do escritório.

"Mas não é por isso que estou ligando. Acabei de falar com Murphy. Eles liberaram Ormond sem indiciá-lo."

— *Ah* — disse Robin. — Você contou a ele sobre Páginabranca?

— Contei — disse Strike. — Não posso dizer que ele ficou muito animado, mas ainda quer ver a nós dois na New Scotland Yard o mais cedo possível.

— O quê? — perguntou Robin. — Por quê?

— Ele está sendo muito misterioso. Diz que tem uma coisa com a qual podemos ajudá-lo, e algo com o qual eles talvez consigam *nos* ajudar. Eu liguei para Midge. Ela vai render você.

— Strike, ela não tem um dia de folga há semanas.

— Prometi a ela um fim de semana prolongado. Eu me encontro com você em frente ao prédio — disse Strike e desligou.

Então, depois de ser rendida por Midge, Robin pegou um táxi para a New Scotland Yard, um prédio cinzento e pálido enorme diante do Tâmisa. Ela encontrou Strike fumando perto das portas principais.

— Isso tudo é um pouco estranho, não é? — disse Robin ao alcançá-lo.

— É — concordou Strike, apagando sua guimba com o pé falso. — Murphy não parecia uma pessoa que perdeu seu suspeito principal. Na verdade, ele parecia bem satisfeito com alguma coisa. Eu disse que ligava para ele quando chegássemos.

Murphy foi recebê-los pessoalmente, e, após uma rápida viagem de elevador, eles se viram em uma saleta mobiliada com uma mesa redonda e várias cadeiras com pernas de metal. Angela Darwish já estava presente e apertou a mão de Strike e Robin quando eles chegaram. Havia uma caixa preta lustrosa sobre a mesa, que Strike reconheceu como o gravador de uma câmera de segurança.

A única janela da sala dava para o rio, que hoje era uma massa ofuscante de centelhas brancas, e deixava entrar tanta luz do sol sem filtro que as cadeiras plásticas em torno da mesa estavam quase desconfortavelmente quentes. Depois de fechar a porta e se juntar a eles à mesa, Murphy disse com um sorriso:

— Vocês estão aqui por causa de um gato.

— Um gato? — repetiu Robin.

— É. Estou prestes a mostrar para vocês uma coisa que gravamos há uma semana, cortesia de alguns dispositivos de escuta no apartamento de uma senhora idosa.

— O que você é, o conselho? — perguntou Strike a Angela Darwish. — Um serviço de dedetização?

Angela sorriu, mas não respondeu. Murphy apertou um botão na caixa preta.

Eles ouviram pancadas surdas que pareceram para Strike passos em um tapete, como se alguém estivesse andando de um lado para outro. Então uma voz falou, e com algumas palavras, Strike a reconheceu como de Wally Cardew.

— Uruz?

Uma pausa curta, em seguida:

— É, eu entrei, mas não foi fácil... precisei de umas cinco tentativas para me lembrar da minha senha... É... mas tudo está mudado, eu não consegui ver nenhuma pessoa com quem eu conversava... Bom, eu não fiquei lá tanto tempo assim, porque, tipo, eu só criei uma conta depois que fui dispensado, tipo, para tentar conseguir algum apoio... Ha, ha, é... Não, é mesmo uma merda... É, eles têm um moderador novo, então fiz algumas perguntas a ele, mas nada. Então Anomia apareceu e me perguntou o que eu estava fazendo ali, desconfiado, e começou a fazer um monte de perguntas, e eu não conseguia me lembrar do que tinha contado a ele sobre mim no passado, porque obviamente eu tinha fingindo ser um merdinha aleatório, não queria que ninguém soubesse que eu estava no jogo me promovendo... Ha, ha, é, exatamente... Mas eu errei uma das respostas, e o filho da puta me bloqueou... É... Não, cara, eu sei disso... Eu quero ajudar, faço qualquer coisa... É, está bem... É... Mas diga a ele que eu ainda quero ajudar... Diga a ele que estou pronto para fazer uma reunião com ele e seu pai a qualquer hora... É, eu sei... Pode deixar... Está bem, até logo.

Murphy apertou o pause.

— Cardew tem tentado descobrir quem é Anomia dentro do *Drek's Game* — disse Strike.

— Exatamente — disse Murphy. — Você vai notar que eles usam seus codinomes sempre que falam uns com os outros pelo telefone, mas identificamos Uruz há algum tempo. Uruz estava na casa de Thurisaz quando nós o pegamos.

— Thurisaz é Jamie Kettle — disse Darwish a Strike. — O homem que você...

— Socou — disse Strike. — É, eu me lembro. Não faço isso com frequência. Quero dizer, eu não perco a conta.

Surpreendentemente, Darwish riu.

— Na época, nós não tínhamos nada contra Uruz — disse Murphy —, mas suas tatuagens nos deram uma boa indicação sobre quais seriam suas posições políticas.

— Eu achava que homens tentando operar nas sombras pensariam duas vezes antes de tatuar suásticas por todo o corpo — comentou Strike.

— Nós achamos — disse Darwish — que Uruz e Thurisaz foram escolhidos por seus músculos, não seus cérebros.

— Enfim, nós identificamos Uruz bem rápido — disse Murphy. — Era ele que estava observando seu apartamento — falou para Robin —, e ele fica descuidado quando começa a beber. Nós botamos um homem à paisana para vigiá-lo enquanto ele contava a seus amigos sobre um canal de extrema direita na internet com bons recursos que está prestes a ser aberto. Ele estava muito satisfeito consigo mesmo por ter essa informação dos bastidores, o pequeno Uruz. Ele disse que havia um multimilionário por trás do projeto e que nele haveria uma celebridade que não podia falar livremente no YouTube...

— O multimilionário por acaso não seria Ian Peach, seria?

— Não posso comentar — disse Murphy, com uma piscadela quase imperceptível. — Então: isso é uma segunda gravação, que fizemos ontem à tarde.

Ele apertou o botão novamente. Dessa vez, a voz empolgada de Wally ecoava um pouco, como se ele tivesse se trancado em um banheiro.

— Uruz? Eu tenho uma grande novidade... É. Eu descobri quem é Anomia... É! Eu estava a caminho de ver Heimdall para dizer a ele que estou em... Ah, certo... Não, eu entendo... Merda, estão?

Murphy apertou o pause.

— Heimdall, que é o cérebro da operação, é inteligente o bastante para saber que ele e seu pai estão sob vigilância — disse Murphy. — É por isso que ele está usando asseclas como mensageiros, obviamente.

Ele tornou a apertar o play, e Wally disse:

— Bom, minha casa é segura.

Murphy resfolegou, achando graça.

— ... É, com certeza... Não, esta noite a qualquer hora...

De forma indistinta, no fundo da fita, a voz de uma mulher de idade pôde ser ouvida fazendo uma pergunta.

— Só um minuto, vó — disse Wally, que então falou em uma voz mais baixa. — Não, ela deve sair mais tarde... É, está bem... É... Nos vemos depois.

Strike supôs que Wally tinha desligado antes de começar a cantar em voz baixa:

*There is a road an' it leads to Valhalla*
*Where on'y the chosen are allowed...*

Murphy tornou a apertar o pause.

— Música e letra de Skrewdriver — disse o policial. — Popular em refúgios odinistas, ouvi dizer... Então, essa próxima gravação foi feita ontem à noite. Preste atenção no gato.

Murphy apertou o botão do play pela terceira vez.

Aparentemente, nenhum dos dispositivos de escuta instalados no apartamento da sra. Cardew estavam no vestíbulo, porque o barulho de uma porta se abrindo pareceu distante, como a primeira conversa entre os dois homens.

— Dagaz, meu irmão.

— Wally agora tem um nome de runa? — perguntou Robin em voz baixa, e Murphy assentiu.

O som de risos foi seguido por uma porta se fechando. Mais passos abafados, como se sobre o carpete, então uma voz feminina idosa falou alto e bom som.

— Algum de vocês quer uma xícara de chá?

— Não, obrigado.

— Não, obrigado, vó. Tem cerveja. Dá mais meia hora pra gente, está bem?... Não, ele está aqui, vai ficar bem... Só olhando pela janela...

— Esse seria o gato, que está olhando pela janela? — perguntou Strike.

— Exatamente.

Outra porta se fechou.

— Achei que ela ia sair — disse Wally, se desculpando. — É bom te ver, mano. Como está Algiz?

— Ainda não está bem, coitado. Nervoso. Com fortes dores de cabeça...

Um rangido baixo, o movimento suave de um material, como se almofadas tivessem sido retiradas.

— ... ele pode ficar, tipo, com dano cerebral para sempre, então se você sabe quem é esse filho da puta...

— Está bem, eu tenho noventa e nove por cento de certeza. Sirva-se.

O som inconfundível de latas de cerveja sendo abertas se seguiu.

— Então — disse Wally —, tem esse cara no Twitter chamado Discípulo de Lepine...

Robin olhou para Strike.

— Ele sempre curte minhas publicações e às vezes aparece, ou costumava aparecer, para publicar comentários no meu programa com MJ.

"Então ontem à noite ele me tagueia em uma discussão que estava tendo com um babaca chamado Caneta da Justiça, e ele diz que conhece Anomia."

— Quem conhece, o Caneta?

— Não. O Discípulo de Lepine. Então fui atrás dele e enviei uma mensagem direta perguntando: "Você conhece Anomia?" E ele disse: "É, ele é amigo meu." E falou que Anomia era a porra de um gênio e coisas assim, então eu disse: "E o que ele tinha contra Ledwell?", e ele me disse que ela sacaneou com ele de verdade, parece que eles estavam transando, então a vadia fugiu com todo o dinheiro pra ficar com Josh Blay.

— Ele deu um nome a você?

— Não precisou. Eu sei exatamente quem é ele. Um cara chamado Pe...

Um barulho alto foi ouvido, e as vozes de repente ficaram distantes.

— ...ierce... droga de gato... e ele vive com os hippies...

Outro barulho alto.

— ... para gravar. Como eu disse, tenho noventa e nove por cento de...

Mais barulhos: Robin podia visualizar Wally reposicionando o objeto em que o dispositivo de escuta estava escondido, que evidentemente tinha sido derrubado no chão pelo gato. As vozes ficaram claras outra vez.

— ... obcecado por ela, porque eu me lembro de dizer para Josh: aquele filho da puta não gosta de você, cuidado com ele. Ele está a fim da sua mulher. Ele achava que era um artista melhor do que Josh, e ele faz animação. Tenho noventa e nove por cento de certeza que é ele. Um de seus apelidos na comunidade é Cavalo porque ele tem um enorme p...

Uruz riu. Murphy parou a gravação.

— Esperamos — disse ele — que vocês possam nos dizer...

— Pez Pierce — respondeu Robin. — Nome completo: Preston Pierce. Ele é de Liverpool e mora na comunidade artística North Grove, em Highgate.

— Excelente — disse Darwish com decisão, enquanto ela e Murphy ficavam de pé. O detetive disse para Strike e Robin:

— Esperem aqui.

— Sem problema — retrucou Strike.

— Foi um prazer — disse Darwish, em seguida estendendo uma mão fria, que Strike e Robin apertaram um de cada vez. — Espero que seu escritório não tenha sido danificado demais.

— Podia ter sido muito pior — disse Strike.

Darwish se retirou. Strike e Robin olharam um para o outro.

— Discípulo de Lepine é amigo de Anomia na vida real? — perguntou Robin.

— Eu não apostaria nisso.

— Mas ele defende muito Anomia.

— Assim como um monte de trolls de extrema direita.

— Essa história, porém, se encaixa com Pez.

— É... acho que sim — disse Strike, que não parecia convencido.

— *Foi você* que sempre achou que Pierce era um forte candidato a ser Anomia.

— Você não acha que Ledwell ser uma vadia que traiu Anomia é *exatamente* o tipo de história que um virgem que odeia mulheres inventaria?

— Acho que sim — disse Robin —, mas...

Murphy então voltou carregando um envelope pardo que pôs sobre a mesa sem nenhum comentário.

— Considerando que seu escritório sofreu um atentado a bomba e vocês nos deram pistas significativas neste caso, acho que vocês merecem saber como eles cometeram um erro. É um trecho mais adiante na gravação que vocês escutaram.

Ele adiantou a gravação e apertou o play.

— ... não toque no filho da puta, ele só vai arranhar você...

Ele tornou a avançar.

— ... fiquei de pau duro e tive que bater uma punheta para o Instagram de Kea Niven...

— Isso continua por algum tempo — disse Murphy, cortando o riso de Uruz ao tornar a avançar a fita. — Uma ex-namorada de esquerda que Cardew não conseguiu levar novamente para a cama.

Ele apertou o play mais uma vez.

A voz de Uruz agora parecia distante, como se os dois homens estivessem novamente conversando no vestíbulo.

— É isso — disse Murphy, aumentando o volume quando a voz de Uruz saiu novamente pelo alto-falante.

— Não, Eihwaz... nova prisão... a porra da polícia... não, não Ben...

Mais conversa indistinta, algumas risadas, então Uruz disse:

— ... ficando melhor em... ha ha... não conte isso a ele. Enfim, Charlie vai ficar bastante animado.

— Fico feliz em ajudar. Mande lembranças para ele e para Ollie.

— Pode deixar.

— Bingo — disse Murphy, apertando o stop. — Nomes verdadeiros. Os idiotas tinham bebido cerveja demais. Heimdall, chefe da coisa toda: Charlie Peach. Nós o investigamos há alguns meses, mas não encontramos nada. Muito astuto, muito inteligente, nunca comete um erro.

— Uma pena que ele não possa dizer o mesmo em relação ao irmão — disse Strike.

— É, ele é um merdinha arrogante, ou era. Aquele dano cerebral não vai se curar tão cedo. E o terceiro cara que eles mencionaram, Ben, nós já sabíamos que era Eihwaz quem fazia as bombas, e eles o chamarem de "Ben" foi a confirmação de que nosso principal suspeito *é* o cara. Formado em engenharia, aparência respeitável, emprego decente. Você não diria que é um neofascista ao conhecê-lo.

— Esse é o benefício de uma educação universitária, não é? — disse Strike. — Ensina você a tatuar seu nome de runa no rabo, não na testa.

Murphy riu.

— Ele é inteligente, mas ainda é um criminoso. Recebeu uma medida protetiva por perseguir uma ex-namorada e uma sentença suspensa por tentativa de lesão corporal quando era adolescente. Eu me surpreenderia se a defesa não solicitasse uma avaliação psiquiátrica. Quanto mais tempo você fala com ele, mais estranho ele fica.

"Enfim, às 6h da manhã de hoje fizemos uma série de prisões simultâneas. Acreditamos que pegamos todo o primeiro escalão do Corte..."

— Parabéns — disseram juntos Strike e Robin.

— ... o que significa que deve ser seguro para vocês voltarem para casa.

— Fantástico — disse Robin, aliviada, mas Strike perguntou:

— E Anomia?

— Bom — disse Murphy —, como você acabou de ouvir, Charlie está convencido de que Anomia tentou empurrar seu irmão embaixo do trem. Acabei de mandar duas pessoas até esse North Grove para alertar Pierce de que ele pode ser um alvo. É possível que Charlie Peach tenha dado uma ordem para eliminá-lo, e não podemos garantir que já pegamos todos os peixes pequenos.

"Eu aconselharia muito que vocês se mantenham bem distantes de Pierce até receberem nosso sinal verde. Vocês não querem ser vistos entrando novamente no caminho do Corte, não até termos certeza de apanharmos todos eles. Vejam bem, mesmo que tenhamos deixado escapar alguns caras dos níveis mais baixos, eles vão se borrar todos quando virem as notícias."

— Vocês não acham que Anomia empurrou Oliver Peach na frente do trem, acham? — perguntou Strike, observando Murphy com atenção.

— Não — disse Murphy. — Não achamos.

— Então quem foi?

Murphy se encostou em sua cadeira.

— Ben, o cara que faz as bombas, teve uma sentença suspensa por empurrar uma criança na frente de um carro. A criança sobreviveu, mas foi por pouco.

"Três meses atrás, Ben e Oliver Peach tiveram uma grande discussão online, antes de perceberem que nós os estávamos vigiando. Na época, nós só suspeitávamos de suas verdadeiras identidades. Charlie prefere acreditar que esse Anomia de vocês empurrou seu irmão da plataforma em vez de um dos homens que recrutou para o Corte. Natureza humana, entende? Mas achamos que é Ben, o fabricante de bombas."

— Usar máscaras de látex é uma marca do Corte?

Murphy pegou o envelope pardo enquanto dizia:

— Como você mencionou, é, sim.

— É? — perguntou Robin, que não esperava essa resposta.

Murphy então tirou diversas fotografias do envelope pardo e empurrou duas delas sobre a mesa. As duas fotos tinham sido tiradas na rua à noite e mostravam uma figura masculina em um moletom com capuz, seu rosto prógnato e inexpressivo. Ele estava examinando a caixa de correio de um pequeno escritório que dava para a rua.

— Essas foram tiradas há dezoito meses. O cara está usando uma máscara de látex que cobre toda a cabeça e o pescoço. Um sujeito muito suspeito na Alemanha faz máscaras assim sob qualquer especificação, e o Corte comprou várias. Essas máscaras estão ficando realistas demais para nosso gosto. O Corte não são os únicos criminosos que as usam. Teve um grande assalto a banco em Munique recentemente em que toda a quadrilha as estava usando.

Murphy apontou para as fotos que Strike e Robin estavam examinando.

— Essas são do comitê de campanha de Amy Wittstock. Dois dias depois de o mascarado mexer sorrateiramente na caixa de correspondência à noite, uma bomba caseira chegou com o correio matinal.

"Essas", continuou Murphy, empurrando mais duas fotos sobre a mesa "foram tiradas na noite em que Vikas Bhardwaj foi assassinado em Cambridge."

A foto mostrava um homem moreno de cadeira de rodas se dirigindo à porta do Edifício Stephen Hawking.

— Esse é Vikas? — perguntou Robin.

— Olhe com atenção — disse Murphy. — A cadeira de rodas não é motorizada. É uma daquelas leves, de dobrar.

— Espere — disse Robin. — Esse é...

— O assassino — confirmou Murphy. — Ele estava usando uma máscara de látex de pele marrom, era noite, e o mesmo idiota que deixou vocês entrarem deixou esse cara entrar, achando que era Vikas.

De fato, na segunda foto estava o mesmo homem de cabelo comprido solicitamente segurando a porta aberta para o homem na cadeira de rodas, enquanto olhava distraidamente para o celular. A terceira foto mostrava o homem moreno na cadeira de rodas deixando o local, a cabeça baixa escondida sob o capuz. Strike devolveu as fotos para Murphy.

— O que aconteceu depois que o assassino deixou o local?

— A cadeira de rodas foi encontrada dobrada em um arbusto em uma rua, mas não o disco rígido.

— Que disco rígido?

— Ah, eu não contei a vocês. O disco rígido no computador de Bhardwaj desapareceu, o que faz sentido. Se ele estivesse conversando com qualquer pessoa online sobre suas suspeitas, não iam querer deixar isso para trás.

"Parece que o assassino pegou um caminho através de alguns jardins, então não há imagens de câmeras de segurança. Ainda estamos examinando imagens das câmeras posicionadas mais perto dos jardins. Não vai demorar muito até identificarmos o indivíduo, mas estou noventa por cento seguro de que já temos o culpado sob custódia. Achamos que esse Vikas ficou desconfiado e deduziu quem eram os irmãos Peach, por isso teve que ser eliminado."

— Modus operandi muito parecido com as facadas no cemitério de Highgate — disse Strike. — Mate, depois siga para parques ou arbustos, ainda disfarçado.

— É, quem quer que tenha perpetrado os ataques tem nervos fortes e planejou bastante. Charlie Peach treinou bem seu pessoal, mesmo que um deles tenha se rebelado e tentado matar seu irmão.

— E Ormond está limpo — disse Strike.

— É — disse Murphy. — Ele não facilitou as coisas para si mesmo ao não nos contar imediatamente a verdade, mas no fim acabamos chegando lá. Confidencialmente, ele acabou confessando ter posto um aplicativo de rastreamento no telefone de Edie, para que pudesse vigiá-la. Ele estava com a aluna de castigo e viu o telefone se mover na direção do cemitério de Highgate quando ela devia estar em casa, no apartamento em Finchley. Ele imediatamente se tocou que ela ia se encontrar com Blay, então largou o castigo e foi até ela, furioso.

— Então ela não tinha contado a ele que ia se encontrar com Josh? — perguntou Robin.

— Não — respondeu Murphy. — A história dele é que, quando entrou no carro, o telefone estava saindo do cemitério de Highgate e se dirigindo para Hampstead Heath. Ele foi até lá, seguiu o sinal e encontrou o telefone jogado na grama. Ele o pegou, e, de acordo com sua história, enquanto estava ali, uma "figura estranha" emergiu das árvores e correu em sua direção.

— Estranha como?

— Ele disse que parecia um troll. Corpo cheio de protuberâncias, cabeça careca e feia com orelhas grandes. Máscara de látex, obviamente — disse Murphy. — A pessoa deu uma olhada em Ormond, parado ali com o telefone dela, que tinha uma capa amarela e era facilmente reconhecível, então voltou para as árvores e desapareceu.

— Então ele acha que essa pessoa mascarada deixou cair o telefone, percebeu que não estava com ele e voltou para pegá-lo? — perguntou Robin.

— É — disse Murphy. — E Ormond entrou em pânico quando soube que ela tinha sido assassinada, porque sabia que tinha estado a um minuto do local do crime. "Eu sabia que vocês iam achar que eu era suspeito, todo mundo sempre acha que é o parceiro, não é? Eu entrei em pânico, eu não machucaria um fio de cabelo dela."

— Ele provavelmente não machucou um *cabelo* — disse Robin. — O pescoço dela, por outro lado...

— Não acho que haja a menor dúvida de que ele era abusivo, mas nós praticamente destruímos o apartamento dele. Nenhum sinal do telefone de Blay nem da arma do crime, tampouco o dossiê levado pelo assassino. Nós não tínhamos motivo para segurá-lo mais, mas estou totalmente seguro de que não foi ele quem cometeu o assassinato.

— Você acha que a pessoa mascarada era do Corte? — perguntou Strike.

— Acho — disse Murphy, gesticulando na direção das fotografias de indivíduos mascarados. — Acho, sim. Agora que os temos sob custódia, podemos fazer busca em todos os seus pontos de encontro, e acho que há uma boa chance de encontrarmos o telefone de Blay e a arma do crime.

"Enfim", disse Murphy recolhendo as fotografias, "vocês nos avisarem sobre o jogo foi extremamente útil."

— Posso fazer mais uma pergunta? — disse Strike.

— Vá em frente. Não posso prometer que vou responder.

— A polícia tem recebido telefonemas anônimos dizendo para desenterrarem o corpo de Edie Ledwell?

Murphy pareceu surpreso.

— Não. Por que, você recebeu?

— Recebi — disse Strike.

— Trolls — sugeriu Murphy.

— Talvez — disse Strike.

Murphy os acompanhou até o térreo.

— Ando meio ocupado com esse caso desde que voltei da Espanha — disse Murphy a Robin em voz baixa enquanto o absorto Strike caminhava à frente deles, checando o Twitter no celular. — Mas agora que as coisas se acalmaram...

— Ótimo — disse Robin pouco à vontade.

— Vou ligar para você — disse Murphy.

Quando se despediu deles, ele repetiu:

— E fiquem longe de Pez Pierce. Não sabemos se pegamos todos eles.

# 90

*Nos falta, ainda assim não conseguimos reparar essa falta:*
*Nem isso nem aquilo, porém algo, certamente.*
*Nós vemos coisas que não desejamos ver*
*A nossa volta: e o que vemos nos olhando?*

Christina Rossetti
*Later Life: A Double Sonnet of Sonnets*

— Vamos beber e comer alguma coisa — sugeriu Strike —, mas bem longe daqui. Não quero nenhum policial desgarrado ouvindo o que tenho a dizer.

Eles se afastaram do Tâmisa, entraram no coração de Westminster e finalmente entraram no St Stephen's Tavern, um pub vitoriano pequeno e escuro que ficava bem em frente ao Big Ben e às casas do parlamento. Robin encontrou uma mesa no canto no fundo do pub, e cinco minutos depois Strike pôs sobre ela um copo de cerveja Badger e uma taça de vinho, fez a volta com certa dificuldade na mesa de pés de ferro e se sentou no banco de couro verde abaixo de uns painéis espelhados.

— Sua perna está bem? — perguntou Robin, porque Strike tinha feito uma careta outra vez.

— Já esteve melhor — admitiu ele. Depois de dar um gole bem-vindo de cerveja, disse: — Então, segundo Discípulo de Lepine, Edie fodeu com Anomia, possivelmente depois de foder literalmente com ele.

— Mas você está cético.

— Acredito que o Discípulo de Lepine realmente contou isso a Wally — disse Strike, abrindo o cardápio e procurando em vão por algo que quisesse comer que também pudesse sustentar a perda de peso de forma plausível. — Só não tenho certeza se acredito em Discípulo de Lepine. Ele está falando com um YouTuber que evidentemente admira. Não seria a primeira vez que um babaca na internet inventa uma história para tentar parecer importante. Dizer ser amigo de Anomia e conhecer todos os seus segredos não custaria nada a ele... Quantas calorias você diria que tem em um cheeseburger com batatas fritas?

— Muitas — disse Robin, então ela mesma examinou o cardápio. — Mas eles têm um hambúrguer vegetariano. Você podia comer isso, sem as batatas fritas.

— Está bem — respondeu Strike com tristeza.

— Eu vou pedir — disse Robin se levantado para poupar Strike de andar mais.

Quando ela voltou, perguntou:

— O que você não queria que nenhum policial desgarrado ouvisse?

— Bom — disse Strike, baixando a voz porque uma família de quatro pessoas tinha acabado de se sentar à mesa ao lado. — Entendo por que a polícia acha que todos os ataques foram o Corte. Máscaras no estilo do Corte foram usadas todas as vezes; Edie estava em sua lista de ação direta; Vikas *pode* ter descoberto alguma coisa sobre os irmãos Peach dentro do jogo e se tornado um perigo para eles.

"Se tudo o que tivéssemos fossem os assassinatos de Edie e Vikas, eu possivelmente concordaria com Murphy que o Corte é o provável responsável, mas ainda não consigo acreditar que Josh foi atacado por um terrorista, e acho que é um grande exagero sugerir que Ben, o fabricante de bombas, decidiu matar Oliver Peach com um método tão arriscado e em um lugar tão cheio de gente. Para mim, esse ataque faz muito mais sentido se Anomia for o responsável. Esse foi um movimento desesperado, o tipo de ataque que acontece porque o criminoso sabe que tem uma chance e não pode se dar ao luxo de perdê-la. Foi um risco enorme, e por mais estranho que Ben, o fabricante de bombas, possa ser, se ele é inteligente o bastante para fazer bombas, é inteligente o bastante para saber que sua vida acabou se Charlie suspeitar que ele tentou matar Oliver.

"Pelo que sabemos sobre ele, Charlie é inteligente. Ele já escapou das garras da polícia uma vez. Não é um homem que vai tirar conclusões do nada. Então o que o deixa tão certo de que foi Anomia que atacou seu irmão? Ele sabia que Anomia tinha combinado de se encontrar com Oliver na Comic Con? Ou suspeitava que Anomia o havia atraído até lá?"

— É possível — disse Robin.

— Tenho certeza de que Oliver Peach foi à Comic Con para tentar identificar Anomia. Ele ficava abordando Dreks e tentava falar com eles. Sei que isso não é prova — acrescentou ele quando Robin abriu a boca para falar —, mas observei o cara por uma hora. Ele com certeza estava tentando encontrar alguém. Então, ou *encontrou* Anomia, que agora sabia exatamente quem atacar, ou Anomia já sabia qual era a aparência de Oliver, porque ele fez o que eu fiz e procurou o idiota no Google. Então, enquanto Oliver está tentando encontrar Anomia, Anomia está vigiando Oliver e esperando pela sua oportunidade.

— Mas por que atacar Oliver?

Strike bebeu mais cerveja, então disse:

— Estou partindo da premissa de que, ao contrário de seu irmão mais velho, Oliver é um idiota. Anagrama de seu nome verdadeiro no jogo, nome de runa em uma conta no Twitter cheia de fotos que permitem identificá-lo, então ele usa sua melhor roupa de grife para ir à Comic Con, onde suponho que o plano era que ele fosse discreto. Você concorda que ele é um cara de boca grande, ego grande e um perigoso senso de invulnerabilidade?

— Concordo, sim — disse Robin.

— Beleza, então. Acho que há uma grande chance de que Oliver tenha exibido seu conhecimento de bitcoins, da dark web e de fabricantes de máscaras de látex com conexões criminosas em um canal privado para impressionar Anomia. Os irmãos Peach tiveram que puxar muito o saco de Anomia para virarem moderadores.

— Espere, você acha que Anomia aprendeu alguns dos truques do Corte diretamente com Oliver?

— Acho, sim, e se foi isso o que aconteceu, ele era perigoso para Anomia. Oliver podia testemunhar que Anomia tinha esse conhecimento, porque foi ele mesmo quem o passou.

Mais uma vez, Robin abriu a boca para falar, e mais uma vez, Strike leu corretamente sua mente.

— Olhe, sei que é especulação, mas tem uma coisa que sabemos com certeza: quando Anomia e membros do Corte entraram em contato direto, houve uma mudança repentina na forma como as pessoas eram atacadas.

"O modus operandi do Corte estava bem estabelecido antes de entrarem no jogo: máscaras para trabalhos de vigilância, bombas para a lista de ação direta e assédio online para a lista indireta, que era como Edie devia morrer. O plano era que ela sofresse tanto bullying até entrar em um estado em que tiraria a própria vida. O Corte não é uma organização que põe a mão na massa. Todos os seus assassinatos foram cometidos a distância: enviar bombas pelo correio, incitar pessoas online.

"Aí, do nada, temos dois assassinatos e duas tentativas de assassinato que não seguem o padrão: três esfaqueamentos e um empurrão de uma plataforma de trem, todos cometidos por alguém usando uma máscara que, suponho, diante da convicção da polícia de que é tudo terrorismo, eles tenham identificado como sendo trabalho de um sujeito de caráter questionável associado ao Corte na Alemanha.

"Aí tivemos o bloqueio de LordDrek logo depois que Oliver atingiu os trilhos do trem. Por que aconteceu tão depressa depois da tentativa de assassinato? Acho que foi para Charlie não começar a falar sobre a tentativa de assassinato de Anomia dentro do *Drek's Game*."

— Faz sentido — admitiu Robin com cautela —, mas...

— Estou sempre voltando à pergunta de por que o Corte teria esfaqueado Blay — disse Strike. — Blay não estava em nenhuma de suas listas, e sabemos que ele não foi simples dano colateral: ele não foi morto porque estava defendendo Edie do agressor, mas porque estava atrasado e nunca chegou a alcançá-la. O que o assassino quis dizer com "Vou cuidar das coisas a partir daqui", se não se tratava do desenho animado?

— Não sei — admitiu Robin.

— Por que o Corte levaria os celulares de Josh e Edie? Seria melhor para eles tê-los deixado exatamente onde estavam. Não havia nada que pudesse incriminá-los. Eles estariam apenas carregando o fardo de objetos que os ligavam à cena do crime. Levar o dossiê teria feito sentido, porque podiam facilmente queimá-lo, mas por que os celulares?

— Não sei — repetiu Robin. — Mas levar o dossiê com certeza faz mais sentido se *foi* o Corte que os matou.

— Não necessariamente — disse Strike. — Talvez Anomia não soubesse o que havia ali e achou que estivesse roubando uma pasta de fotos ou novas ideias para tramas. *Ou* Anomia descobriu seu conteúdo de algum modo e não queria que ninguém soubesse que o jogo tinha sido infiltrado por terroristas.

"E por que o Corte ia querer o disco rígido do computador de Bhardwaj? De novo, eles estão apenas carregando uma prova incriminadora. Seria tarde demais para consertar o dano, se achassem que ele estava enviando e-mails dizendo que acreditava tê-los identificado como terroristas. Mas se o assassino foi Anomia, o desaparecimento do disco rígido faz sentido. Ele estava tentando garantir que ninguém ligasse Morehouse a Bhardwaj. No mínimo, aquele disco rígido teria mostrado que era Bhardwaj quem estava programando o jogo. Não vamos esquecer que a polícia não tem nenhuma prova física de que Vikas tinha descoberto a identidade dos irmãos Peach, mas nós *sabemos* que ele sabia a de Anomia."

— Mas...

— Digamos, para efeito de argumentação, que Vikas se convenceu de que Anomia estava por trás dos ataques a Edie, Josh e Oliver Peach. E se Anomia desconfiasse que Vikas estava prestes a contatar as autoridades?

— Mas também não temos nenhuma prova de que isso aconteceu.

— Você pode explicar o jeito frio com que Anomia contou a você que Morehouse tinha saído ontem à noite? Anomia sabe que Vikas foi assassinado, está em todos os noticiários. Onde estão o choque e o pesar? Eles supostamente eram amigos. Você acha que o jeito com que Anomia falou sobre Morehouse era natural, partindo do princípio que ele não teve nada a ver com seu assassinato?

— Não — disse Robin. — Não acho.

Os dois beberam, pensando. Ao lado deles, os dois adolescentes do grupo familiar estavam digitando em seus celulares, ignorando os pais. Finalmente, Robin disse:

— Você acha que vale a pena pesquisar a fundo sobre Discípulo de Lepine?

— Dei uma olhada na conta dele há algum tempo. Duvido que tenha muito a ser encontrado. Ele é só um escrotinho anônimo que não gosta de mulheres.

— Mas para garantir que não deixamos nada passar...

— É — disse Strike com um suspiro. — Se você quer dar uma olhada, vá em frente. Pessoalmente, acho que temos muito mais chances de conseguirmos o que precisamos com Páginabranca do que com Discípulo de Lepine. Deve haver uma chance de que Morehouse tenha contado a ela quem é Anomia. Vou falar com Yasmin esta noite. Vou visitá-la em casa, para pegá-la de surpresa. Se ela ainda tiver uma foto de Páginabranca, isso vai nos ajudar a encontrá-la.

Um barman então trouxe para eles dois hambúrgueres vegetarianos.

— Por que você não pediu batatas fritas? — perguntou Strike, olhando para o prato de Robin.

— Solidariedade — disse ela, sorrindo.

— Mas eu poderia roubar algumas. — Strike deu um suspiro enquanto pegava a faca e o garfo.

# 91

*Seu cabelo estava para trás dos dois lados*
*Um rosto desprovido de beleza.*
*Ele não tinha inveja para esconder*
*O que antes nenhum homem na Terra pôde adivinhar.*
*Ele formava a auréola de espinhos*
*Da agonia dura e ímpia.*

Mary Elizabeth Coleridge
*The Other Side of a Mirror*

A perna de Strike o estava incomodando muito mais do que ele queria admitir para Robin. Outra onda de espasmos o havia despertado naquela manhã, e uma dor calcinante percorria seu tendão toda vez que ele pisava na prótese, lembrando a ele que ela preferiria carregar menos peso e, de forma ideal, peso nenhum.

Se ele tivesse tido escolha, teria ficado no Z Hotel por mais uma noite para descansar, mas como Murphy tinha dito que eles estavam seguros e podiam voltar para casa, e preocupado com a visão crítica do contador sobre o que podia ser considerado despesas da empresa, Strike voltou para o hotel com Robin só para empacotar suas coisas e levá-las de volta para o apartamento no sótão na Denmark Street.

A subida dos três lances de escada aumentou substancialmente a dor em seu coto. Um cochilo vespertino antes de visitar Yasmin Weatherhead em Croydon seria impossível devido ao barulho alto dos pedreiros no escritório abaixo. Strike, portanto, se sentou à mesa pequena da cozinha, com a perna elevada sobre outra cadeira, e encomendou online uma nova mesa, um arquivo, um computador, uma cadeira e um sofá para serem entregues em alguns dias.

A notícia das prisões do Corte foi exibida nos noticiários algumas horas depois que ele chegou em casa. Strike passou o resto da tarde sossegado, fumando e bebendo café enquanto visitava vários sites de notícias. De forma nada surpreendente, a maioria das reportagens abria com a notícia de que os dois filhos de Ian Peach, multimilionário da tecnologia e ex-candidato à prefeitura de Londres, tinham sido levados algemados de sua casa na Bishop Avenue, que tinha colunas gregas e um Maserati novinho estacionado na entrada de carros. Fotos de Uruz, com seu 88 tatuado e o cabelo louro com gel; o skinhead Thurisaz, com sua runa em destaque no pomo de adão; Ben, o fabricante de bombas, cuja expressão séria na foto revelava um olhar estrábico; e Wally Cardew, descrito na legenda de sua foto como "um famoso YouTuber", estavam entre aqueles relegados ao rodapé da história. Dezenove homens jovens estavam sob custódia, a maioria deles de Londres, embora tivessem sido feitas prisões em Manchester, Newcastle e Dundee. Strike compreendia a satisfação que Ryan Murphy e Angela Darwish deviam estar experimentando; ele mesmo a conhecia, na conclusão dos casos, e os invejou pela sensação de resolução.

Às 17h, Strike saiu na direção de Croydon, e pouco mais de uma hora depois, era visto mancando pela Lower Addiscombe Road, a rua residencial sonolenta na qual Robin se sentara no Saucy Sausage Café para vigiar a frente da casa dos Weatherhead.

Strike resolveu observar a residência da família por algum tempo antes de bater à porta. Seu coto não gostou muito de que ele lhe pedisse para sustentá-lo enquanto andava de um lado para outro diante da fileira de lojas fechadas por quarenta minutos, mas ele se sentiu justificado em sua decisão quando finalmente avistou a loura Yasmin subindo a rua, digitando em seu celular enquanto caminhava, com uma bolsa grande de carteiro a tiracolo e vestindo o mesmo cardigã preto comprido que estava usando nas fotografias que Robin enviara para ele semanas antes. Mal tirando os olhos do telefone, ela virou-se automaticamente na direção da porta de entrada da casa de sua família e desapareceu em seu interior.

Strike esperou cinco minutos, então atravessou a rua e tocou a campainha. Depois de uma breve espera, a porta se abriu, e Yasmin estava ali, ainda segurando o celular e parecendo um pouco surpresa por ver um estranho em seu capacho.

— Boa noite — disse Strike. — Yasmin Weatherhead?

— Sim — respondeu ela, parecendo intrigada.

— Meu nome é Cormoran Strike. Sou detetive particular. Eu esperava poder lhe fazer algumas perguntas.

A expressão de leve confusão no rosto redondo e achatado de Yasmin se transformou instantaneamente em medo.

— Não deve demorar muito — disse Strike. — Só algumas perguntas. Phillip Ormond me conhece e pode confirmar quem eu sou.

Uma mulher mais velha surgiu no corredor atrás de Yasmin. Tinha cabelo grisalho farto e o mesmo rosto achatado da filha.

— Quem é?

— Ele é só... só alguém que quer me fazer algumas perguntas — disse Yasmin.

— Sobre o quê? — perguntou a sra. Weatherhead, piscando para Strike com olhos que lembravam os de ovelhas.

— Sobre meu livro — mentiu Yasmin. — Eu... está bem, entre — acrescentou ela para Strike. — Não vai demorar muito — garantiu ela a sua mãe.

Strike desconfiou que, como Inigo Upcott, a necessidade de Yasmin saber por que ele queria falar com ela superava o óbvio medo que estava sentindo. Ela o conduziu para uma sala com vista para a rua e fechou a porta com firmeza diante de sua mãe.

O espaço tinha um ar de ter sido redecorado recentemente: o carpete azul-claro imaculado exalava um cheiro de borracha nova, e o sofá de couro creme e as poltronas pareciam ter sido sentados poucas vezes. A grande televisão de tela plana dominava a sala. Um conjunto de fotografias exibido em uma mesinha lateral em sua maioria mostrava as mesmas duas meninas de cabelo escuro, que Strike achou, considerando a falta de semelhança com Yasmin, serem suas sobrinhas.

— Pode se sentar — disse Yasmin, então Strike ocupou o sofá enquanto ela se sentou em uma poltrona e pôs o celular sobre o braço. — Quando você falou com Phillip? — perguntou ela.

— Há algumas semanas — disse Strike. — Minha agência foi contratada para descobrir quem é Anomia. Achei que ele teria contado isso a você.

Yasmin piscou rapidamente algumas vezes e disse:

— Foi sua sócia que falou comigo na Comic Con, não foi?

— Isso mesmo.

— Bom, eu já contei à polícia tudo o que eu sei, que é nada? — acrescentou ela, e ele percebeu a entonação de pergunta que Robin tinha mencionado.

— Não foi isso o que você contou a minha sócia. Você disse a ela que tinha juntado pistas para descobrir a identidade de Anomia.

A mão direita de Yasmin estava brincando com as unhas perfeitamente feitas da esquerda. Desde que chegara em casa, ela havia trocado os sapatos por botas de pele de carneiro, que deixavam marcas grandes e achatadas no carpete novo.

— Você é Corella no *Drek's Game*, é claro — disse Strike.

A cor então se esvaiu dos lábios de Yasmin. Se ela pensou em responder com um incrédulo "Eu sou *o quê*?", ela estava visivelmente incapaz de dizer as palavras com qualquer convicção, então apenas olhou fixamente para ele, muda.

— Não sei se você viu as notícias esta tarde — disse Strike. — Dezenove membros de um grupo terrorista de extrema direita...

Yasmin começou a chorar. O cabelo louro-escuro pesado escondia seu rosto enquanto ela soluçava nas mãos, enquanto suas pernas grossas, plantadas nas botas sobre o carpete, tremiam. Strike, cujo instinto era que conseguiria mais de Yasmin sendo profissional, em vez de solidário, esperou em silêncio que ela recobrasse o controle.

Depois de quase um minuto, Yasmin tornou a erguer a cabeça. Seu rosto estava agora tão manchado quanto o pescoço, e ela havia esfregado o rímel, deixando rastros cinza-claro embaixo dos olhos inchados.

— Eu não sei nada — disse ela com uma voz suplicante. — *Não* sei!

Sem ter um lenço de papel, Yasmin limpou os olhos e o nariz na manga de seu cardigã preto.

— Nós dois sabemos que isso não é verdade — disse Strike, sério. — Onde você conseguiu aquele dossiê com supostas provas de que Edie Ledwell era Anomia?

— Eu mesma o montei? — disse ela em pouco mais que um sussurro.

— Não foi você — disse Strike com calma. — Outra pessoa montou aquele dossiê e o passou para você dentro do jogo.

Considerando o inchaço nos olhos de Yasmin, Strike achou que não era a primeira vez que ela chorava naquele dia. Talvez ao ver as notícias das prisões do Corte, ela tivesse corrido para o banheiro no trabalho, onde chorou aterrorizada com o que poderia acontecer antes de reaplicar cuidadosamente a maquiagem.

— Sabemos que dois membros do Corte se infiltraram no canal dos moderadores — disse ele. — A polícia logo vai encontrar os dispositivos usados por LordDrek e Vilepechora...

Ela engasgou em seco com os nomes, como se ele tivesse jogado água fria como gelo nela.

— ... para jogar o *Drek's Game*. O MI5 também está no caso. Não vai demorar muito até eles localizarem você e...

Yasmin começou a chorar novamente, com uma das mãos sobre a boca enquanto balançava para a frente e para trás na poltrona.

— ... perguntarem por que você não contou a eles...

— Eu não sabia! — disse ela por trás dos dedos. — Eu não sabia! *Não* sabia!

— ... de onde veio aquele dossiê.

Houve uma batida delicada à porta da sala de estar, que começou a se abrir.

— Vocês gostariam de uma xícara...

— Não! — disse Yasmin com voz mal contida.

A sra. Weatherhead entrou um pouco mais pela porta, parecendo preocupada. Como a filha, ela estava usando botas de pele de carneiro.

— O que está a...

— Conto a você depois, mãe! — murmurou Yasmin. — Só *vá embora*!

A mãe de Yasmin se retirou, parecendo preocupada. Depois que a porta se fechou, Yasmin levou as mãos ao rosto e começou a chorar outra vez. Palavras abafadas escaparam dela, que Strike achou incompreensíveis, até captar "tão... *humilhante...*".

— O que é humilhante?

Yasmin ergueu os olhos. O nariz e os olhos ainda escorriam.

— Eu achava... eu achava que LordDrek e-era... um ator? Ele me *disse* que era, ele foi muito convincente... e-então eu fui a sua p-peça... e disse à mulher na porta dos bastidores que Corella e-estava ali... ele tinha me p-prometido um autógrafo... no camarim? E ele passou d-direto por mim enquanto eu dizia "Sou eu! Sou eu!", e...

Seguiu-se uma tempestade de soluços.

— Se você continuar fingindo que eles nunca estiveram no jogo, vai parecer que você é um deles — disse Strike sem remorso. — As pessoas vão pensar que você os ajudou espontaneamente.

— Não tem como elas pensarem isso — disse Yasmin, erguendo os olhos com uma espécie de desafio desesperado. — Quero dizer, tipo, todo mundo que me conhece sabe que sou super de esquerda? E todas as minhas mídias sociais provam isso?

— As pessoas contam mentiras sobre si mesmas o tempo todo na internet. Um promotor vai argumentar que você estava fingindo ser de esquerda para encobrir suas verdadeiras crenças.

Ela olhou fixamente para ele por um ou dois segundos, os olhos cheios de lágrimas, e então, o que não foi uma surpresa completa para o detetive, ela atacou.

— Achei que você devia descobrir quem é *Anomia*? É trabalho da polícia descobrir sobre o Corte, não seu! Você está tentando ficar mais *famoso* ou algo assim?

— Se prefere falar sobre Anomia, vamos fazer isso — disse Strike. — Você já se perguntou se foi ele quem matou Ledwell?

— Claro que não — respondeu Yasmin com um leve arquejar.

— Mesmo com ele se gabando no jogo de tê-la matado?

— Isso é só... quero dizer, ele está brincando? — disse Yasmin, tentando parecer incrédula.

— E nunca ocorreu a você que não é piada? Que Anomia realmente fez isso?

— Claro que não! — repetiu ela.

— Como vai seu livro? Anomia ainda está recebendo parte do lucro?

— Não está... está parado? Porque...

— Porque um de seus coautores foi preso por assassinato e o outro pode de fato ter cometido um?

— Porque... porque agora não parece ser o momento certo — disse ela sem fôlego.

— Você percebe que todas as informações detalhadas que Ormond deu a você sobre os novos personagens de Edie e a trama do filme saíram do telefone que ele pegou e escondeu depois que ela foi assassinada?

Strike sabia que em algum lugar por trás da expressão aterrorizada e dos olhos inchados, os sonhos de Yasmin com entrevistas na imprensa, fotos lisonjeiras, seu prestígio aumentado entre os fãs e o status de autora publicada estavam virando pó.

— Se descobrirem que Anomia assassinou Edie Ledwell e deixou Josh Blay paralítico...

— Josh *não está* paralítico — disse Yasmin com uma certeza desesperada. — Sei que as pessoas estão dizendo isso, mas ele não está. Soube que está cada vez melhor?

— Onde você ouviu isso? De alguém no Twitter, que conhece um cara cuja irmã trabalha no hospital? Josh está com um lado do corpo paralisado e não tem nenhuma sensibilidade no outro, e eu sei porque o entrevistei no hospital.

Yasmin ficou ainda mais pálida. Os dedos trêmulos brincavam com a manga do cardigã.

— Se Anomia foi o responsável... — insistiu Strike.

— Se Anomia é quem eu penso que é, ele *não pode* ter feito isso — sussurrou Yasmin. — Ele não pode *fisicamente* ter feito isso.

— Quem — disse Strike — você acha que é Anomia?

Yasmin hesitou, então disse:

— Inigo Upcott.

Strike não esperava por isso.

— Por que você acha que é Upcott?

— Só porque... Anomia soa como ele? Anomia sabe latim, e Inigo sempre estava usando expressões em latim? E por coisas que Anomia disse: ele teve uma vida dura, e obviamente Inigo está em cadeira de rodas? E Anomia ficou com *muita* raiva quando Edie dispensou Katya, e sei que Inigo tinha raiva porque Katya nunca foi paga pelas coisas que fazia para Josh e Edie, porque eu o ouvi reclamando disso algumas vezes quando estive na casa deles? E uma vez, quando estava por lá — acrescentou Yasmin —, eu vi Inigo jogar o jogo.

— Você viu?

Yasmin assentiu, enxugando a ponta do nariz escorrendo com a manga do cardigã.

— Seu computador estava com problema? E eu fui ajudá-lo com isso, e vi o que ele estava fazendo quando ele travou? Ele estava dentro do jogo. Na época, achei que ele só tinha entrado para dar uma olhada? Porque Josh e Edie tinham estado na casa e falaram sobre o jogo e Anomia? Mas aí, depois, eu comecei a juntar dois mais dois...

*E chegou a vinte e dois.*

— E faz sentido, porque ele vive preso em casa e está sempre no computador? E ele é um artista e estava nos ouvindo falar do *Coração de nanquim* o tempo todo? Ele provavelmente fez isso só por diversão, como um projeto...

— Você acha que Anomia fala como um homem de mais de sessenta anos?

— Bom... acho? — disse Yasmin, novamente desafiadora. — Inigo tem... tem um mau temperamento? Ele fala muito palavrão e não gostava de Josh? Mas ele parecia gostar de Edie, no começo, então quando ela falou mal do jogo, isso provavelmente o aborreceu muito? Depois de todo o tempo e trabalho dedicados a ele?

— Você gostava de Inigo?

— Eu... gostava. Sentia pena dele, por estar tão doente? E a primeira vez em que eu fui lá, ele foi simpático, mas ele é... ele é muito... Ele *pode* ficar agressivo, e imagino... que Anomia também? Mas — acrescentou ela na defensiva — isso era só uma *teoria*, só isso...

Strike se perguntou se Yasmin tinha vivido em um mundo virtual de pessoas anônimas por tanto tempo que os conceitos de probabilidade e plausibilidade tinham se esvaído de seu processo de raciocínio. Uma teoria parecia tão boa quanto a seguinte, desde que satisfizesse seu desejo de se sentir parte de algo. Essas qualidades a tornaram valiosa para o Corte, mas muito menos útil como testemunha.

— Você e Inigo estiveram ambos em uma festa de Natal no North Grove, alguns anos atrás, não estiveram?

— Estivemos? — indagou Yasmin, que não pareceu entender a relevância da pergunta.

— Ele me disse que viu você agarrada com Nils de Jong lá.

Yasmin pareceu chocada, mas Strike achou ter visto uma leve gratificação.

— Ele... ele me pediu um beijo embaixo do visco, só isso.

— Você ficaria surpresa de saber que Inigo disse ter ouvido você confessar para Nils que *é* Anomia?

Ela emitiu uma expressão de choque.

— Isso é uma mentira completa! Quero dizer, é ridículo!

— Você consegue se lembrar do que você e Nils estavam falando antes de ele beijar você?

— Eu... todos nós tínhamos bebido muito? E... acho que ele me disse que eu parecia infeliz e que queria me animar? E ele... meio que me puxou para baixo do visco?

Strike desconfiava bastante de que nenhum homem tinha feito uma coisa dessas com Yasmin antes.

— Nils não estava falando sobre anomia de maneira abstrata?

— O que você quer dizer com isso?

— Anomia, como em um estado de amoralidade?

Quando Yasmin simplesmente pareceu confusa, Strike disse:

— Você nunca percebeu que a palavra "anomia" está gravada na janela da cozinha no North Grove?

— Está? — disse Yasmin com o que pareceu ser surpresa genuína.

— Você já falou com Anomia, a pessoa, por telefone?

— Não. Só por e-mail.

— Qual o endereço de e-mail dele? — perguntou Strike, tirando o caderno do bolso.

— Eu não vou dar isso a você. — Seus olhos vermelhos estavam lacrimejando outra vez, mas ela estava assustada. — Anomia me *mataria*.

— Você pode não estar errada — disse Strike. — Você sabe que Morehouse foi assassinado?

— O quê? Não, ele... *o quê*?

Strike viu o lento processo de pensamento dela se esforçando para registrar o que tinha acabado de ouvir.

— Não acredito em você — murmurou ela por fim.

— Pode pesquisar — disse Strike. — Vikas Bhardwaj. Universidade de Cambridge. Sua garganta foi cortada.

Yasmin de repente pareceu prestes a vomitar.

— Como você sabe que ele era Morehouse? — perguntou ela sem forças.

— Se você ler as reportagens — disse Strike, ignorando a pergunta —, vai ver que o assassinato aconteceu na noite em que Morehouse desapareceu do jogo.

— Não acredito em você — disse ela outra vez, mas estava tremendo. — Você só está tentando me assustar.

Através das cortinas na janela, Strike então viu um homem corpulento de cabelo grisalho andando pelo caminho de entrada, carregando uma pasta.

Pouco depois, ele ouviu uma conversa murmurada do outro lado da porta da sala de estar e calculou que a mãe ansiosa de Yasmin estava contando ao pai dela que um estranho corpulento estava atormentando sua filha.

A porta se abriu e o pai de Yasmin entrou, ainda carregando a pasta.

— O que está acontecendo? Quem é esse homem, Yasmin?

— Não é nada... eu explico depois...

— *Quem é ele?* — perguntou o pai de Yasmin, que parecia compreensivelmente alarmado diante da imagem dos olhos marcados e inchados da filha.

— Cormoran Strike — disse o detetive, levantando-se sem firmeza enquanto seu tendão gritava por piedade. Ele estendeu a mão. — Sou detetive particular, e sua filha está me ajudando com um caso.

— Um dete... O que é isso? — vociferou o sr. Weatherhead, ignorando a mão de Strike enquanto a mãe de Yasmin entrava na sala atrás dele. — Isso ainda é sobre aquele maldito desenho animado?

— Deixe-me falar com ele, pai — sussurrou Yasmin. — *Por favor.* Eu já vou sair e vou... eu vou explicar.

— Eu...

— *Por favor*, pai. Deixe-me acabar de conversar com ele! — disse Yasmin de um jeito um pouco histérico.

Seus pais saíram com relutância. A porta tornou a se fechar. Strike se sentou novamente.

— Você entende, não é — disse Strike antes que Yasmin pudesse falar —, que quando tudo isso vier a tona... o que vai acontecer, porque, como eu contei, a polícia e os serviços de segurança estão confiscando os computadores e celulares do Corte enquanto conversamos... o público, a mídia e um júri vão saber que você tomou posse espontaneamente de um dossiê com provas falsas contra Edie Ledwell, que foi preparado por uma organização terrorista que a queria morta, e o levou para Josh Blay com a intenção de voltá-lo contra ela. O que você acha que o mundo vai pensar de você, Yasmin, quando souber que você continuou jogando animadamente o jogo depois de descobrir que terroristas tinham se infiltrado nele; mais ainda: continuou a *moderar* o jogo enquanto planejava um livro com base em informação roubada de uma mulher morta? Eu estou alertando você neste momento: o líder do Corte vai dizer que foi Anomia quem esfaqueou Ledwell e Blay, e que Anomia tentou matar um de seus membros empurrando-o na frente de um trem. E tenha sido o Corte ou Anomia, você está envolvida nisso até o pescoço.

Yasmin se curvou, com o rosto nas mãos, e começou a chorar outra vez.

— Sua única esperança — disse Strike em voz alta, para se assegurar de que ela o escutasse em meio aos soluços trêmulos — é fazer a coisa certa agora, de forma voluntária. Saia do jogo, conte à polícia tudo o que sabe e me ajude a identificar Anomia.

— N-não posso ajudá-lo, como poderia? E se não é Inigo...

— Primeiro, você pode me dar o e-mail de Anomia — disse Strike. — Depois, pode me ajudar a encontrar a moderadora que chama a si mesma de Páginabranca.

— Por que você quer saber sobre *ela*?

— Porque acho que ela está em perigo.

— Como?

— Morehouse pode ter contado a ela quem é Anomia.

— Ah...

Yasmin enxugou o rosto na manga, borrando ainda mais a maquiagem, então disse:

— Eu não sei nada sobre ela.

— Vocês estão juntas no jogo há meses, então deve saber alguma coisa. Sabemos que Vilepechora mostrou a foto dela a você.

— Como você sabe?

— Não importa como eu sei. Você guardou a foto?

— Não... ela estava...

— Nua?

— Não, não completamente.

— Descreva-a.

— Ela é... bonita. Magra. Cabelo ruivo.

— Qual a idade?

— Não sei... vinte e poucos? Talvez mais nova?

— Ela deixou escapar alguma dica de onde mora?

— Ela... Ela uma vez disse que estava a quilômetros de Londres, quando...

— Quando...? — instigou-a Strike.

Yasmin brincou nervosamente com a manga molhada de seu cardigã, então disse:

— Quando contei aos outros moderadores que Josh e Edie iam se encontrar... para discutir o dossiê.

— Você contou a eles *onde* eles iam se encontrar? — perguntou Strike com rispidez.

— Não. Páginabranca perguntou, e eu disse que não ia contar a ela, porque Josh nunca me perdoaria se alguém caçando autógrafos aparecesse. Ela ficou irritada e disse que não poderia aparecer nem se quisesse, porque estava a quilômetros de distância de Londres? Então ela disse que era óbvio onde eles iam se encontrar e saiu furiosa.

—Você acha que a maioria dos fãs do *Coração de nanquim* adivinharia que Josh e Edie iam se encontrar no cemitério?

—Talvez — disse Yasmin. — Quero dizer... era o lugar deles, não era? Foi lá onde... tudo aconteceu.

—Você consegue pensar em mais alguma coisa que Páginabranca tenha dito sobre sua vida ou onde morava?

— Não. Só sei que todos os homens estavam interessados por ela? Mas ela gosta... gostava mais de Morehouse.

— Quantas pessoas você acha que viram essa fotografia com o nu parcial?

—Todos os homens, provavelmente? Vilepechora me contou que ela queria enviá-la para Morehouse, mas mandou para Anomia por engano, entende? Vilepechora provavelmente a mostrou para todos os outros homens...

— Está bem — disse Strike, tomando nota. — Agora me dê o endereço de e-mail de Anomia.

Depois de um momento de hesitação, ela pegou o celular que pusera no braço da poltrona, abriu sua conta de e-mail e disse:

— É coracaoengaiolado14@aol.com. Tudo em caixa baixa. O número em algarismos.

— Obrigado — disse Strike. — Catorze... como a regra 14?

Yasmin, que estava ocupada enxugando o rosto na manga outra vez, assentiu.

— Apenas por curiosidade, quais são as outras treze regras? — perguntou Strike.

— Não tem nenhuma — disse ela com voz embargada. — Essa é a única.

— Então por que ela se chama "catorze"?

— É o número favorito de Anomia.

— Por quê?

Ela deu de ombros.

— Está bem — disse Strike, fechando o caderno e pegando a carteira. — Você ajudou muito, Yasmin. Se decidir seguir meu conselho, entre em contato com este homem... — Ele abriu a carteira, pegou o cartão de Ryan Murphy e o entregou a ela. — E conte a ele tudo o que acabou de me contar. Tudo. Depois, eu aconselharia você a sair do jogo de forma permanente.

— Não posso — disse Yasmin, com os lábios pálidos.

— Por que não?

— Porque Anomia disse que se eu saísse...

De repente, ela soltou uma risada sem humor, levemente histérica.

— Ele ia contar para a polícia que eu ajudei terroristas? Mas imagino que se eu mesma contasse à polícia... pelo menos não vou ter que continuar...

Sua voz se calou.

— Pelo menos você não vai ter que continuar...

Yasmin esfregou os olhos novamente, então disse de um jeito triste:

— Anomia tem... meio que me chantageado?

— Para fazer o quê?

— Para... ele tem feito com que eu me passe por ele no jogo?

— O que você quer dizer com isso? — disse Strike, assolado por uma suspeita terrível.

— Ele me forçou a fingir que era ele? No jogo, em certas horas? Ele me deu suas informações de login e me dizia quando eu tinha que fazer isso, ou ia contar à polícia sobre o dossiê?

— Há quanto tempo você tem feito isso? — disse Strike, enquanto sua mente passava rapidamente por todos os suspeitos que eles tinham eliminado com base em estarem longe de dispositivos enquanto Anomia estava no jogo.

— Não sei — disse Yasmin com outro soluço. — Desde... Foi depois que contei a Anomia que me encontrei com sua sócia? Na Comic Con?

— Meu Deus — disse Strike. Tentando não demonstrar a fúria que o consumia, ele perguntou: — Isso não pareceu um pedido estranho para você?

— Bom, mais ou menos... Eu perguntei a ele por que queria que eu fizesse isso, e ele me disse apenas que eu tinha que fazer.

— Você consegue se lembrar exatamente das ocasiões em que você "foi" Anomia? Você manteve um registro?

— Não — disse Yasmin, infeliz. — Aconteceu muitas vezes. Não consigo me lembrar de todas... Por quê?

— Porque — disse Strike, que não tinha mais nenhum escrúpulo em assustar uma mulher tão perigosamente obtusa — você tem ajudado Anomia a criar álibis. Se eu fosse você, ia tentar me lembrar se estava se passando por Anomia na noite em que o pescoço de Vikas Bhardwaj foi cortado. Acho que a polícia vai estar muito interessada nessa informação.

Ele tornou a se levantar, com tanta raiva que saiu sem dizer uma palavra.

Os pais de Yasmin correram pelo corredor na direção da sala quando Strike abriu a porta da frente, e a última coisa que ele ouviu antes de batê-la às suas costas foram suas vozes ansiosas fazendo perguntas à filha e o lamento angustiado de Yasmin em resposta.

# 92

*Esta noite novamente o tapete branco da lua*
*Se estende pelo chão do alojamento*
*Enquanto lá fora, como um gato maligno,*
*O peão anda à espreita pelo corredor escuro,*
*Planejando, eu sei, me atacar, com rancor*
*Por ter de sair e dormir na cidade na noite passada.*

Charlotte Mew
*The Fête*

No início, Robin se sentiu satisfeita por estar em casa na Blackhorse Road. Era um pouco estranho estar de repente sozinha — sem ter Strike para conversar sobre as coisas ou compartilhar o silêncio durante as viagens de carro —, mas a leve sensação de deslocamento podia ser ignorada enquanto botava roupa suja na máquina de lavar, guardava suas coisas pessoais, regava seu filodendro e dava uma passada no supermercado para tornar a encher a geladeira.

Entretanto, com o passar do dia, ela achou mais difícil fingir que seus nervos não estavam agitados, que ela se sentia completamente segura. Assombrada por imagens que não conseguiria esquecer — o pescoço cortado de Vikas Bhardwaj, a máscara de látex grotesca usada pelo terrorista, o jovem com o número oitenta e oito tatuado tirando fotos de seu apartamento —, ela fechou as cortinas cedo e verificou duas vezes se tinha ligado o alarme antirroubo.

Ela havia acabado de se sentar para comer ovos mexidos com torradas quando o toque pouco familiar do celular descartável em sua bolsa a assustou. Quando ela pegou o celular, viu um texto de Pez Pierce.

Você não vai acreditar no dia que eu tive

Robin pensou na resposta por alguns segundos antes de digitar:

Por que, o que aconteceu?

A resposta de Pez chegou quase imediatamente.

**A merda da polícia esteve aqui. Algum babaca contou a eles que eu era aquele cara que estava trollando Edie. Agora eles estão dizendo que eu tenho que me esconder. Uns malucos de extrema direita estão atrás do troll. Os mesmos caras que estão em todos os noticiários**

**Ah, meu Deus,** escreveu Robin em resposta. **Está falando sério?** Ela teve a forte sensação de que Pez estava prestes a pedir seu sofá emprestado, e foi isso o que aconteceu:

**Eu podia dormir na sua casa?**

**Sinto muito,** respondeu Robin, **temos duas pessoas hospedadas.**

**É, muitos dos meus amigos também têm hóspedes agora que terroristas estão atrás de mim**

**Desculpe,** escreveu Robin em resposta. **É verdade. Me diga onde você está ficando. Eu posso passar por lá para animar você.**

Ela não tinha a menor intenção de se encontrar com Pez, mas não conseguiu pensar em outra maneira de convencê-lo a lhe informar sua localização para que pudessem manter vigilância sobre ele. Entretanto, provavelmente irritado por ela não ter lhe oferecido santuário, ele não respondeu. De certa forma, Robin ficou aliviada: ela não tinha certeza se seus nervos iam aguentar uma noite de flerte por mensagens de texto com Pez Pierce, que ainda podia ser a pessoa que Strike acreditava ter cortado a garganta do jovem gênio em Cambridge e o deixado sufocar até a morte com o próprio sangue.

Seu vizinho de cima estava tocando música alta de novo, e, pela primeira vez, o baixo pulsante incomodou Robin: ela queria ser capaz de escutar ruídos incomuns. Depois de terminar de jantar e lavar a louça, ela tentou se tranquilizar para examinar a conta no Twitter de Discípulo de Lepine, mas achou difícil se concentrar. Quando Strike ligou, ela pegou o telefone com alívio.

— Oi — disse ela. — Como foi com...

— Você não vai acreditar nisso — disse Strike.

— O que aconteceu?

— Desde a Comic Con, Yasmin está fingindo ser Anomia por alguns períodos de horas, mas não anotou exatamente quando fez isso. Ela descobriu que a mulher que a havia entrevistado era você depois de ver sua foto no jornal, contou a Anomia que tinha sido entrevistada por uma detetive disfarçada, então Anomia a chantageou para que ela se passasse por ele no jogo.

— *O quê?*

— Então todos os suspeitos que descartamos desde a Comic Con estão de volta.

— Mas isso é...

— Praticamente todo merda de quem suspeitamos desde o início, exceto Seb Montgomery. Vou ter que me sentar e pensar nisso, mas, *meu Deus*, nós não precisávamos disso. Achei que estávamos reduzidos a duas pessoas. E em relação à Páginabranca...

— Bom — disse Robin quando Strike terminou de lhe contar tudo o que Yasmin falara sobre Páginabranca, esforçando-se para ver algo de positivo —, isso é *alguma coisa.* Ruiva, bonita, jovem, mora a quilômetros de Londres...

— Isso reduz o número para algumas centenas de milhares de mulheres. Se você tem alguma boa ideia sobre como identificamos qual delas é Páginabranca, me ligue — disse Strike.

Depois de se despedirem, Robin permaneceu sentada por alguns momentos, chocada e desanimada com a nova revelação, até que uma batida alta no corredor lhe deu um susto. Ela se virou na cadeira, olhando na direção do corredor. Sua porta da frente estava trancada, o alarme estava ligado, então era absurdo, certamente, se preocupar que alguém poderia estar tentando entrar. Depois de alguns segundos, nos quais sentiu seu coração bater muito mais rápido que o normal para uma mulher saudável e parada, ela se levantou lentamente, foi até a porta e apertou a orelha contra ela, desejando ter um olho mágico. Ela não conseguiu ouvir nada. Certamente alguém subindo a escada tinha deixado alguma coisa cair, mas a imagem de Vikas Bhardwaj assassinado em sua cadeira de rodas, a garganta aberta, os olhos sem vida, de repente tornou a invadir sua mente.

Pela primeira vez, desde que encontrou o corpo de Vikas, os pensamentos de Robin saltaram para Rachel Ledwell. Àquela altura, a garota devia saber que Vikas estava morto.

Então uma ideia atingiu Robin com a surpresa irritante de um choque elétrico. Ela correu para o laptop, saiu do feed de Discípulo de Lepine no Twitter, abriu as mensagens diretas e a conversa que tinha tido com Rachel, então começou a digitar.

Detenham Anomia
Rachel, sou eu, Robin. Imagino que você tenha visto as notícias terríveis sobre Vikas. Sinto muito.

Agora estou tentando garantir que mais ninguém se machuque. Se puder, me envie uma mensagem. Tem uma coisa com a qual talvez você possa me ajudar.

Robin sabia perfeitamente bem que a garota podia não estar no Twitter naquele exato momento, que talvez estivesse tão completa e compreensivelmente revoltada com o mundo online que levaria horas ou mesmo dias para ela ler a mensagem. Mesmo assim, Robin ficou olhando fixamente para a tela como se pudesse fazer com que Rachel entrasse no Twitter com o poder de sua mente, então viu três pontos aparecerem embaixo de sua própria mensagem: Rachel estava digitando.

Penny Pavão
Vikas já estava morto quando você chegou lá?

Detenham Anomia
Estava. É horrível. Sinto muito, Rachel. Posso imaginar como você está se sentindo.

Robin esperou ansiosamente.

Penny Pavão
Você sabe quem fez isso? A polícia sabe?

Detenham Anomia
Ainda não.

Houve uma pausa de cerca de um minuto. Robin estava prestes a digitar outra vez quando viu os três pontos, e, depois de mais um minuto, apareceu uma mensagem muito mais longa de Rachel.

Penny Pavão
Estou com muito medo.
Tenho chorado sem parar. Minha mãe acha que estou deprimida e quer me levar ao médico, mas não posso contar a ela o que realmente está acontecendo. Você acha que foi alguém do Corte? Vikas queria expulsar LordDrek e Vilepechora do jogo porque estava convencido que eles eram do Corte. Talvez eles o tenham matado por vingança. Talvez ele tenha descoberto quem eles realmente são — ele podia ter feito isso, ele era muito inteligente — e ligado para a polícia? Vi todas aquelas prisões no noticiário hoje e estou aqui sentada lendo todas as reportagens e o que as pessoas estão falando a respeito no Twitter. Achei que a polícia talvez anunciasse que o Corte matou Vikas, mas não fez isso.

Detenham Anomia
Não sei muito mais do que você, agora, mas quero impedir que outras pessoas se machuquem.

Penny Pavão
Mas o Corte foi todo preso.

Robin começou a digitar, mas ao mesmo tempo três pontos apareceram. Então ela parou e esperou pela nova mensagem de Rachel.

Penny Pavão
Você acha que foi Anomia

Robin hesitou, se perguntando a melhor maneira de proceder.

Detenham Anomia
Não necessariamente, embora na última vez em que estive no jogo Anomia estava se comportando de forma muito estranha para alguém cujo amigo acabou de ser assassinado.

Penny Pavão
Estranha como?

Detenham Anomia
Muito frio e realista.
Não pareceu natural.

Seguiu-se a pausa mais extensa, mas então os três pontos reapareceram e, logo depois, surgiu mais uma longa mensagem de Rachel:

Penny Pavão
Isso parece um pesadelo. Eu fico me lembrando de algo muito estranho que Vilepechora disse há séculos. Foi quando Morehouse entrou no canal de moderadores para dizer a Vile e a LordDrek para saírem do jogo. Eles negaram serem do Corte, então Vile disse como piada que Anomia tinha matado Edie e usado bitcoins para comprar a faca e o taser. Vile disse que Anomia sabia tudo sobre essa coisa de dark web. Nunca vi Anomia falando de criptomoedas, mas agora estou achando que ela e Vilepechora discutiram isso em um canal privado. Fiquei com muita raiva por eles estarem falando daquele jeito sobre minha prima ter sido morta, como se fosse engraçado, e saí do canal. Mas, depois que vi o que aconteceu com Vikas, isso tudo está em replay em minha cabeça, porque Anomia sempre brincava dizendo ter esfaqueado Josh e Edie. E pode ter sido uma garota que fez tudo isso, porque Josh e Edie foram atingidos por taser antes, para que não pudessem revidar, e Vikas não podia ter lutado de sua cadeira de rodas, podia?

— Bingo — disse Robin em voz baixa. Ela enviou uma resposta:

Detenham Anomia
Entendo por que isso é tão angustiante, Rachel, entendo mesmo.

Penny Pavão
Você não entende. Não pode.

Penny Pavão
Já é ruim o bastante achar que Edie e Vikas foram mortos pelo Corte, mas, se foi Anomia, eu fui amiga de uma assassina. Eu estava ajudando a moderar o jogo de uma assassina.

Detenham Anomia
Mesmo que a culpa seja de Anomia, você não tinha como saber que essa pessoa era capaz de assassinato. Se todo mundo que fizesse piada sobre querer matar alguém realmente fizesse isso, nenhum de nós estaria seguro para andar pelas ruas.

Minha prioridade número um é tentar localizar Páginabranca. É possível que ela saiba quem é Anomia. Ela também pode nos ajudar a descobrir se Vikas estava planejando procurar a polícia com suspeitas sobre Anomia ou o Corte.

Penny Pavão
Não sei quem é Páginabranca. Nunca soube.

Detenham Anomia
Sabemos que havia uma foto dela circulando no canal dos moderadores. Anomia a compartilhou com Vilepechora, e Vilepechora a mostrou a Corella, por isso eu estava me perguntando se alguém alguma vez a mostrou a você. Sei que eles todos achavam que você era homem.

Uma pausa se seguiu. O coração de Robin estava batendo quase tão rápido quanto quando ela achou que sua caixa de correio tinha feito barulho.

Penny Pavão
Vilepechora mostrou

Penny Pavão
Ele e LordDrek sempre acharam que eu era um homem gay

Penny Pavão
Ele disse: "Se você não ficar de pau duro com isso, vamos ter certeza de que você é veado"

Robin sabia que tinha de redigir sua mensagem seguinte com sensibilidade, porque ela não tinha se esquecido das pessoas que faziam bullying com Rachel chamando-a de lésbica.

Detenham Anomia
Rachel, você pode checar e ver se você a apagou, por favor? Porque, se você se esqueceu de fazer isso, essa foto podia nos ajudar a encontrá-la.

Robin esperou, mal respirando. A pausa se prolongou, o que lhe deu esperança, porque, se Rachel tivesse apagado a imagem, ela certamente teria dito na hora. Então os três pontos apareceram, e Rachel respondeu.

Penny Pavão
Vou ver. Eu não tinha a intenção de guardá-la, mas vou ver se fiz isso.

*Ela tem*, pensou Robin. Ela não sabia nem se importava se Rachel tinha guardado a foto por rancor ou para tentar descobrir a identidade da garota que tinha roubado seu melhor amigo da internet: tudo o que importava é que ela a havia guardado.

Três minutos se passaram, que para Robin pareceram trinta. Então Rachel respondeu.

Penny Pavão
Achei.

Penny Pavão
Enviando agora.

A foto apareceu antes que Robin tivesse tempo para digitar seu agradecimento. A garota na foto não era apenas bonita: era linda. Com no máximo vinte anos, ela era magra, com cabelo ruivo comprido, pele cor de creme com sardas delicadas, maçãs do rosto altas e grandes olhos castanhos. Vestindo apenas uma camisa leve rosa desabotoada, ela posara pressionando os seios um contra o outro usando os braços, a camisa mal cobrindo seus mamilos. Uma barriga muito reta podia ser vista, e a foto era cortada logo abaixo de seu umbigo.

Detenham Anomia
Rachel, MUITO obrigada. Isso pode nos ajudar muito.

Penny Pavão
Por favor, você me conta o que acontecer? Não aguento não saber o que está acontecendo. Qualquer coisa seria melhor que isso.

Detenham Anomia
Claro que vou manter contato. E, por favor, seja gentil com você mesma. Você foi uma ajuda enorme, e nada disso é sua culpa. Nada disso. Bj

Penny Pavão
Bj

Robin então salvou a foto de Páginabranca em seu laptop, abriu o Google para fazer uma pesquisa reversa de imagem e fez upload da foto.

As "imagens semelhantes" encontradas eram, como Robin presumiu que devia ter esperado, uma variedade de fotos de mulheres em roupas minúsculas e cenas de pornografia softcore. Ela se viu olhando para uma multidão de mulheres mostrando os seios em camisas abertas, nenhuma delas lembrando Páginabranca. Entretanto, isso revelou a ela algo útil: Páginabranca nunca tinha publicado a foto online, o que sugeria que era realmente uma foto enviada em privado para um namorado ou alguém que ela considerava um namorado.

Robin olhou com atenção para o fundo da foto. Ele mostrava um quarto com pouca iluminação, possivelmente de estudante, pois havia uma mesa no fundo. Quando ampliou a foto, viu uma caixa vazia sobre a mesa, que estava rotulada de Pastéis Macios Faber-Castell, e que Robin reconheceu como material artístico em vez de doces.

Ela então recortou apenas o rosto da garota da foto e o colou no aplicativo. Um conjunto de imagens muito mais promissoras apareceu: fotos de rosto de ruivas jovens, algumas das quais pareciam ter sido produzidas profissionalmente, outras eram naturais. Robin seguiu lentamente pelas fotos, examinando cada rosto com atenção, até que perto da décima sexta foto ela parou.

Ela mostrava a mesma garota: os mesmos olhos, as mesmas maçãs do rosto, o mesmo cabelo ruivo comprido. Agora muito empolgada, ela clicou na foto. Ela era de uma conta no Instagram. Robin navegou até a página e disse em voz alta:

— *Isso!*

O nome da garota era Nicole Crystal. Conforme Robin foi descendo pelas fotos em sua conta, viu que ela era aluna da Glasgow School of Art. A página estava repleta de exemplos de seu trabalho, que, mesmo para os olhos não treinados de Robin, pareciam demonstrar enorme talento. Entretanto, havia selfies eventuais, e uma delas fez com que Robin parasse, um pouco desconcertada. Um rapaz louro bonito com uma camiseta preta recortada estava abraçando Nicole por trás, os lábios pressionados na bochecha dela. À medida que Robin ia descendo mais, ela viu mais duas fotos do mesmo homem, uma das quais tinha um coração desenhado ao redor.

Esse homem sabia que sua namorada passara horas no jogo conversando com Vikas Bhardwaj? Que ela estava enviando para ele fotos provocantes?

Robin clicou nos seguidores, examinou-os à procura do nome de Vikas Bhardwaj, mas não conseguiu encontrá-lo.

Ela então abriu o Twitter e procurou por Nicole Crystal. Várias contas apareceram, mas ela localizou a certa sem dificuldade: Nicole tinha usado sua foto e seu nome completo, com sua localização listada como Glasgow, mas parecia usar o Twitter muito menos do que o Instagram. Sua última publicação, retuitando uma conta chamada Arte de Mulheres, tinha sido feita mais de dez dias atrás, antes que o corpo de Vikas fosse encontrado.

Mais uma vez, Robin clicou nos seguidores e, depois de vários minutos de busca, encontrou aquilo que estava procurando. A verdadeira conta de Vikas Bhardwaj estava seguindo a de Nicole.

Robin estava tão imersa em suas descobertas que o som de seu celular tocando lhe deu um susto. Era o número do escritório, que era transferido para o celular de Robin ou de Strike se não fosse atendido. Supondo que Strike tivesse voltado para a Denmark Street mais rápido do que esperava, ela pegou o telefone e o atendeu.

Um sussurro falou em seu ouvido, cada palavra sendo cuidadosamente pronunciada.

— *Eu... vou... matar... você.*

A linha ficou muda.

# 93

*Minhas roupas estão molhadas e meus dentes estão cerrados,*
*E o caminho era difícil e longo...*
*Ah, erga-me acima do umbral e deixe-me entrar pela porta!*

Mary Elizabeth Coleridge
*The Witch*

A perna de Strike agora estava doendo tanto que ele parou para descansar por cinquenta minutos em um banco na estação Victoria. Dizendo a si mesmo que a perna estava muito melhor e que entrar na fila do táxi seria tão oneroso quanto continuar a viagem de metrô, ele tornou a entrar mancando na estação, então deixou que dois trens passassem, porque precisava dar um descanso ao seu coto antes de pedir a ele que sustentasse seu peso outra vez. Quando saiu da estação Tottenham Court, a noite estava caindo e ele se esforçava para não falar um palavrão em voz alta a cada dois passos que dava. Ele agora sentia como se cacos de vidro estivessem penetrando em seu coto e não conseguia mais distinguir se era devido à dor nos músculos ou ao tendão calcinante. Lamentando amargamente a decisão de não levar sua bengala consigo, e suando com o esforço de continuar seguindo em frente, ele se viu oferecendo mentalmente barganhas para um Deus em que ele não tinha muita certeza de acreditar. *Eu vou perder peso. Vou parar de fumar. Só me deixe chegar em casa. Juro que vou cuidar melhor de mim mesmo. Só não permita que eu desabe na porra da rua.*

Ele estava com medo de que seu coto estivesse prestes a ceder e que tivesse de suportar a humilhação de desmoronar em público. Isso tinha acontecido uma vez antes, e ele sabia muito bem o que aconteceria depois, porque ele não era uma velhinha frágil para quem ajuda instintiva era oferecida por estranhos: homens carrancudos, corpulentos e de quarenta anos com 1,90 metro não geravam automaticamente confiança entre o público; a suposição imediata era a de que eles estavam bêbados ou eram perigosos, e mesmo motoristas de táxi tendiam a fingir não ver homens grandes gesticulando freneticamente da sarjeta.

Para seu alívio, ele chegou a estação Tottenham Court Road ainda de pé. Então ele se apoiou na parede, respirando fundo o ar noturno e mantendo todo o peso sobre o pé esquerdo saudável enquanto seus batimentos cardíacos desaceleravam e uma procissão de canalhas sortudos com duas pernas funcionando passava sem qualquer esforço por ele. Strike ficou tentado a ir coxeando até o Tottenham, mas isso ia fornecer apenas um alívio temporário: ele precisava voltar para a Denmark Street, e, se conseguisse subir três lances de escada, haveria bolsas de gelo na geladeira e analgésicos no armário, e ele poderia tirar a prótese, se sentar confortavelmente e xingar tão alto quanto quisesse.

Apenas para fazer algo que justificasse permanecer imóvel por mais alguns minutos, e determinado a não fumar, ele pegou o celular no bolso, olhou para ele e viu, para sua surpresa, uma mensagem de texto de Robin.

Tenho boas notícias. Ligue-me quando puder.

Ele não poderia explicar por que, mas acreditava que talvez conseguiria andar com mais conforto se estivesse falando com Robin ao mesmo tempo, por isso apertou o número dela, então se afastou da parede amiga que o estava apoiando e começou a mancar pela Charing Cross Road com o telefone no ouvido.

— Oi — disse ela, atendendo no segundo toque.

— Qual é a boa notícia? — perguntou ele, tentando não cerrar os dentes.

— Eu identifiquei Páginabranca.

— *O quê?* — disse Strike, e por alguns passos a dor em sua perna realmente pareceu diminuir. — Como?

Robin explicou, e Strike fez força para se concentrar, e quando ela parou de falar, ele disse, com todo o entusiasmo que conseguiu reunir naquele nível de dor:

— Absolutamente brilhante, Ellacott.

— Obrigada — disse ela, e ele não percebeu como a voz dela soou sem emoção, porque estava se concentrando em não respirar pesadamente demais.

— Nós podíamos mandar Barclay para falar com ela — disse Strike. — Glasgow é a área dele.

— É, também pensei nisso — disse Robin, que, como o sócio, estava se esforçando muito para parecer natural. — Hã... uma outra coisa acabou de acontecer.

— O quê? — disse Strike, porque um ônibus de dois andares estava passando roncando.

— Uma outra coisa acabou de acontecer — repetiu Robin alto. — Acabei de receber um telefonema, transferido do escritório. Era alguém dizendo que ia me matar.

— *O quê?*

Strike cambaleou até o lado da calçada, longe do trânsito e dos pedestres, e ficou imóvel, com um dedo no ouvido livre, escutando.

— Ele estava sussurrando. Eu *acho* que era um homem, mas não tenho como ter cem por cento de certeza. Ele disse: "Eu vou matar você", e desligou.

— Certo — disse Strike, e seus colegas nas forças armadas teriam reconhecido o tom autoritário que não permitia argumentos. — Faça as malas. Você precisa voltar para o Z Hotel.

— Não — disse Robin, que estava andando de um lado para o outro em sua pequena sala de estar, devido a sua necessidade de liberar sua adrenalina. — Estou melhor aqui. O alarme está ligado. A porta é dupla.

— O Corte sabe onde você mora! — disse Strike, enfurecido. Por que ela não podia fazer o que lhe diziam?

— E se eles estão aqui fora agora — disse Robin, que estava resistindo à vontade de espiar através da cortina —, a coisa mais estúpida que eu posso fazer é sair sozinha.

— Não se houver um táxi esperando por você — contradisse-a Strike. — Diga que você quer um motorista homem. Peça a ele para subir e ajudá-la com as bolsas, diga que vai dar uma gorjeta por sua ajuda e leve seu alarme de estupro com você, caso alguém a ataque.

— Quem quer que tenha sido, ele só queria assustar.

— Eles são terroristas, porra! Tudo o que eles fazem é com a intenção de deixar as pessoas morrendo de medo!

— Sabe de uma coisa? — disse Robin, a voz ficando aguda. — Eu não preciso de você gritando comigo agora, está bem?

Ele, então, percebeu seu pânico e, com um esforço semelhante ao que precisara fazer para subir a última escada rolante quebrada, reprimiu seu instinto profundamente arraigado de gritar ordens diante do perigo.

— Desculpe. Está bem, se você não quer voltar para o centro, eu vou até você.

Subir três lances de escada para fazer uma bolsa, depois tornar a descer e ir até Walthamstow era a última coisa que ele queria fazer, mas o som do escritório externo explodindo ainda estava fresco em sua lembrança.

—Você está só tentando fazer com que eu me sinta culpada e...

— Não estou tentando fazer com que você se sinta culpada por nada — disse Strike de forma dura, saindo andando novamente, mancando mais do que nunca. — Eu estou levando a sério a possibilidade de que um desses escrotos ainda esteja à solta e querendo pegar mais uma mulher insolente antes que toda a organização desmorone.

— Strike...

— Não venha... *merda* — disse ele porque sua perna trêmula tinha cedido. Ele cambaleou, conseguiu se manter de pé e continuou a coxear.

— O que aconteceu?

— Nada.

— É sua perna — disse Robin, que podia ouvir a respiração entrecortada dele.

— Está tudo bem — disse Strike enquanto o suor frio brotava em seu rosto, peito e costas. Ele estava tentando ignorar as ondas de náusea que ameaçavam engolfá-lo.

— Strike...

—Vejo você em cerca de...

— Não — disse ela, parecendo derrotada. — Eu vou... Está bem, vou voltar para o hotel. Vou chamar um táxi agora.

—Vai mesmo?

Isso saiu de forma mais agressiva do que ele pretendia, mas seu coto agora tremia tanto que, toda vez que botava seu peso sobre ele, Strike sabia que teria sorte de chegar à porta do escritório sobre os dois pés.

—Vou. Vou chamar um táxi. Vou pedir que me ajude com minhas bolsas e tudo mais.

— Então tudo bem — disse Strike, entrando na Denmark Street, que estava deserta, exceto pela silhueta de uma mulher na outra extremidade. — Me ligue quando estiver no táxi.

— Ligo. Nos falamos daqui a pouco.

Ela desligou. Agora cedendo ao impulso de xingar em voz baixa toda vez que pisava com o pé direito, Strike continuou seu caminho desajeitado na direção da porta do prédio.

Só quando estava a dez metros dela, ele reconheceu Madeline.

# 94

*E isso foi quando eu o derrubei,*
*E o esfaqueei duas vezes e mais duas novamente,*
*Porque você ousou tirar sua coroa,*
*E ser um homem como os outros homens.*

Mary Elizabeth Coleridge
*Mortal Combat*

— Você está *bêbado*? — perguntou ela quando ele estendeu a mão e usou a parede da loja mais próxima para se estabilizar.

— Não — disse ele.

Enquanto ela andava de forma insegura na direção dele, Strike soube imediatamente que o mesmo não podia ser dito dela. Ela parecia mais magra que da última vez em que a vira, e seus saltos altos prateados e o vestido curto metálico sugeriam que ela viera direto de uma festa ou, talvez, do lançamento de algum livro, álbum ou produto de beleza: no mínimo, de algum lugar, onde pessoas eram vistas e fotografadas, assegurando-se de que eram importantes.

— Eu quero falar com você — disse ela com a voz indistinta. — Eu quero *falar* com você, porra!

Strike estava sentindo tanta dor, e consumido por tanta ansiedade e raiva depois da ligação com Robin, que ele não sentiu nada além de um desejo de que a cena terminasse o mais rápido possível.

— Então fale — disse ele arquejante.

— Seu *filho da puta*.

Ela balançou um pouco. A bolsinha pendurada por uma corrente em sua mão estava aberta.

— Está bem — disse Strike. — É isso?

— Vá se foder. *Vá se foder*. Eu ia... ia... escrever uma carta para você, mas então pensei: não, ele vai ouvir isso cara a cara. *Diretamente*. Seu *filho da puta mentiroso*.

Apesar de todas as resoluções que ele tomara no caminho, Strike pegou os cigarros do bolso. Se Deus queria sacanear com ele tanto assim, então todos os acordos estavam desfeitos.

— Você é um cara *tão* legal, não é? — disse ela com desprezo. — A porra de um *herói*.

Ele acendeu, deu uma tragada longa no cigarro, então exalou.

— Eu não me lembro de ter dito isso.

— Você disse. *É, você disse, porra*. E você estava me *usando*... me usando o tempo todo... o tempo todo. Bom, você agora conseguiu o que queria, *não é*? — berrou ela, seu sotaque do East End de repente muito forte.

— Tudo o que eu quero — disse Strike, fumando enquanto olhava para ela — é ir para a cama e ser deixado...

— Seu *filho da puta!*

Ela o socou com toda a força no peito. Ele andou para trás; ela quase perdeu o equilíbrio e, enquanto cambaleava sobre os saltos altos, um batom caiu da bolsa aberta e rolou para longe.

Strike tentou passar por ela, mas ela segurou sua manga e, agarrando-a com as mãos, disse:

— Você estava me usando, e *eu sei por quê*.

Com uma sensação de déjà vu, Strike tentou soltá-la de seu braço; seu cigarro aceso caiu no chão.

— Você me *usou*... Você é a porra de um *parasita*...

— Por que você não vai curar essa bebedeira — disse ele, lutando para se soltar sem quebrar os dedos dela — e me mandar aquela carta?

Com a mão esquerda ainda agarrada à manga dele, ela bateu em suas costas com a direita até ele girar o corpo e segurá-la também. Mais uma vez, ele viu o sorriso feio que ela exibira na noite de seu lançamento na Bond Street.

— *"Não fale sobre meu pai!"* Mas você é igual a ele, só que com menos sucesso, e você finge não querer a droga da publi... publicidade, mas você é famoso... e você acha que agora a conquistou de vez, não é?

— Pare de passar vergonha — disse Strike, ainda tentando se soltar sem machucá-la.

— *Eu*, vergonha? Todo mundo sabe que ela tem saído com Landon Dormer! E você sai em seu resgate e acha que ela quer *você*?

— Quer, sim — disse Strike, o instinto de crueldade que existe dentro de cada amante com raiva chegando em seu auxílio. — Ela está louca por mim.

Mas eu não quero nenhuma de vocês, então que tal encontrar um pouco de dignidade e...

— Seu filho da puta. Você entra na minha vida... na vida de Henry...

— Henry não está nem aí para mim, e eu não estou nem aí...

— E foi tudo por *ela*, não foi? Para deixá-la com ciúme...

— Você continua acreditando em Charlotte... Tome outro drinque.

— E eu tenho uma entrevista com o *Mail* na semana que vem, e vou contar a eles...

— Pura classe, me ameaçar com a merda da...

Ela se retorceu na pegada dele e chutou com toda a sua força. Strike sentiu seu salto agulha atingir sua coxa, e enquanto ele andava para trás, seu pé verdadeiro escorregou no batom que ela deixara cair. Com um grito de dor, ele tombou de costas, caiu com o cóccix no concreto, e a parte de trás da cabeça bateu segundos depois.

Por alguns segundos, ele achou que fosse vomitar. Ele rolou e se ergueu de quatro, sem se importar se ela continuaria a chutá-lo. Ele estava aprisionado em um vórtice de dor, seu coto em espasmos e se contraindo, seu tendão gritando por piedade.

Em algum lugar acima dele, ela estava falando, suplicando. Ele não conseguia identificar as palavras: queria que ela desaparecesse, partisse para sempre. Com o canto do olho, ele a viu se ajoelhar ao seu lado, agora chorando.

— Corm...

— Vá se foder — disse ele com a voz rouca, enquanto sua prótese arranhava o chão, presa ao coto que espasmava. — Só vá embora. Só vá embora, porra.

— Eu não quis...

— *Vá*.

Ela se levantou com dificuldade.

— Corm, por favor, deixe-me...

— VÁ!

Ela ainda estava chorando, mas depois de um período que pode ter sido de segundos ou minutos, ele ouviu seus passos incertos voltando na direção da Charing Cross Road. Quando eles morreram, ele tentou se levantar, mas seu coto se recusou terminantemente a suportar seu peso.

Enquanto rastejava até a porta do escritório, ele se deparou com o cigarro que tinha deixado cair, tornou a pegá-lo e o enfiou na boca. Arrastando o coto atrás de si, ele chegou aos degraus da porta, fez uma manobra lenta e cuidadosa até conseguir se sentar, deu um trago no cigarro e se encostou na porta preta.

O ar da noite estava frio em seu rosto molhado, as estrelas sobre Londres brilhavam fracas, como sempre era o caso na metrópole, e ele experimentou um daqueles momentos de confusão e clareza simultâneos que pertencem aos bêbados e aos desesperados, no qual o rosto achatado de Yasmin se misturou com o sorriso retorcido de Madeline, e ele pensou no dossiê de mentiras convincentes que levara a assassinato e paralisia, e na carta não escrita de acusações que ele podia ter queimado sem ler.

Então, na entrada de seu escritório, enquanto metade dele estava se perguntando se ele teria de dormir no mesmo lugar onde estava agora sentado, algo flutuou de seu subconsciente para sua mente consciente. Todas as mulheres que esperaram construir uma vida com ele reclamaram disso: a forma como uma parte dura e impenetrável de seu cérebro vivia para sempre em um domínio de solução de problemas, não importava o que estivesse acontecendo ao seu redor; na verdade, apenas uma mulher nunca reclamara disso...

O celular tocou em seu bolso e ele o pegou.

— Estou no táxi — disse Robin.

— Bom — disse Strike, ainda fumando.

— Acho que não tinha ninguém por perto do meu prédio. Devo estar ficando um pouco paranoica.

— Nós sofremos um atentado a bomba. Você não está paranoica.

— Como está sua perna, Cormoran?

— Fodida — respondeu Strike. Não fazia mais sentido mentir; ele duvidava que conseguisse andar plenamente tão cedo. — Mas, pelo lado positivo, acabei de perceber que podemos ter uma pista.

# 95

*Mas este lugar é cinza,*
*E quieto demais. Não tem ninguém aqui,*
*Ah, isso é horrível, isso é medo!*
*Nada para ver, nenhum rosto.*
*Nada para ouvir exceto seu coração batendo no espaço*
*Como se o mundo tivesse acabado.*

Charlotte Mew
*Madeleine in Church*

## Chat dentro do jogo entre um criador e uma moderadora do *Drek's Game*

<Canal de moderadores>

<11 de junho de 2015 00.15>

<Presentes: Verme28>

>

>

<Anomia entrou no canal>

**Verme28:** ah , meu deus , finalmente !

**Verme28:** Eu tenho me perguntado onde anda todo mundo

**Verme28:** Corella devia estar moderando esta noite comigo

**Anomia:** Ela foi embora. Não vai voltar

**Anomia:** ela acabou de me contar

**Verme28**: o q ? !

**Verme28**: por que ela sairia ???

**Anomia**: porque ela é a porra de uma traidora

**Anomia**: vou enviar para você duas fotos e quero que você as olhe com cuidado

**<Anomia quer enviar um arquivo>**

**<Clique alt+y para aceitar o arquivo>**

>

>

>

**Verme28**: quem são essas pessoas?

**Anomia**: pelo amor de deus, você é assim tão burra? Leia a porra das legendas

**Anomia**: você conhece algum deles?

>

>

>

**Verme28**: não

**Anomia**: tem certeza?

**Verme28**: tenho

**Anomia**: eles podiam estar disfarçados, usando perucas ou algo assim

**Verme28**: não, eu nunca vi os dois

**Anomia**: você está mentindo?

**Verme28**: não

**Verme28**: por que você está perguntando se eu os conheço?

**Anomia**: eles foram contratados para descobrir quem eu sou

**Anomia**: porque a Maverick quer acabar com o jogo

>

**Anomia**: por que você não está dizendo nada?

**Verme28**: é que eu estou chocada

**Anomia**: você está escondendo alguma coisa?

**Verme28**: não , claro que não

**Anomia**: é melhor que não esteja

**Anomia**: coisas ruins acontecem com pessoas que escondem coisas de mim

**Verme28**: sei que você está brincando , mas não diga cosias assim

**Anomia**: você está me dizendo o que fazer?

**Verme28**: Eu só não gosto desse tipo de brincadeira

**Anomia**: você vai saber que eu não estou brincando quando vir o que vai acontecer com esses dois detetives

**Anomia**: Eu já avisei à vadia o que a espera

**Anomia**: diga a verdade: Endiabrado1 se encontrou com eles? É por isso que ela saiu?

**Verme28**: o que você quer dizer com ela ?

**Anomia**: Endiabrado1 era uma garota, sua imbecil

**Anomia**: aqueles detetives descobriram quem são alguns dos moderadores do jogo

**Anomia**: ele esteve na casa dos pais de Corella esta noite

**Anomia**: então me diga, Endiabrado1 se encontrou com eles?

**Verme28**: não

**Verme28**: quero dizer eu não sei

**Verme28**: Endiabrado1 simplesmente desapareceu

**Verme28**: ela nunca me disse por quê

**Verme28**: está todo mundo desaparecendo

**Verme28**: só sobraram quatro moderadores

**Anomia**: três, você não sabe contar?

**Verme28**: você, eu , DrekIndediado, Páginabranca

**Anomia**: Páginabranca vai desaparecer em breve, mas não até ser conveniente

>

**Verme28**: você está me assustando

**Anomia**: bom

**Anomia**: se esses detetives chegarem perto de você, me avise imediatamente

**Verme28**: está bem

**Anomia:** mas talvez eu faça como fiz com Ledwell e Blay antes que eles cheguem até você

**Verme28:** Anomia , não

**Verme28:** não faça piadas assim , eu odeio isso

**Anomia:** você acha que eu não faria isso?

**Anomia:** porque se acha isso, está sonhando

**Anomia:** mas você está segura

**Anomia:** desde que permaneça leal

**<Anomia saiu do canal>**

>

>

>

>

>

>

>

>

>

>

>

**<Verme28 saiu do canal>**

**<O canal de moderadores foi fechado>**

# 96

*Trabalhe, homem, trabalhe, mulher, pois há trabalho a fazer*
*Nesta terra sitiada, para a mente e o coração...*

Elizabeth Barrett Browning
*Aurora Leigh*

Se toda boa ideia pudesse ser concretizada de forma limpa e sem atraso, o trabalho investigativo não seria a tarefa árdua e demorada que Cormoran sabia ser. Ele, portanto, conseguia ser estoico em relação ao fato de que, quando ligou para o número de Grant Ledwell na manhã seguinte às 9h, ouviu um ringtone internacional que o levou direto para a caixa postal. Depois de deixar uma mensagem dizendo que ficaria agradecido se Grant pudesse retornar a ligação, ele ligou para Ryan Murphy.

O homem da Divisão de Investigação Criminal levou tão a sério quanto Strike poderia desejar a notícia de que Robin tinha recebido uma ameaça de morte pelo telefone na noite anterior, aprovou a decisão dela de ir para o hotel em vez de permanecer no seu apartamento, disse que poria um homem novamente na Blackhorse Road para vigiar o imóvel e prometeu dar notícias sobre outras prisões do Corte.

— Na verdade, estou prestes a entrevistar um de seus jogadores. Ele disse que tem informações para nós.

— Ela ligou para você, não é? — disse Strike. — Bom.

— Como você sabe que é uma mulher?

— Porque, quando eu a entrevistei ontem à noite, eu a aconselhei a contar tudo para você.

— Estou começando a achar que devíamos ter você sob contrato — disse Murphy.

A terceira ligação de Strike foi para Midge, porque precisava contar a ela que, nas últimas doze horas, a maioria dos suspeitos de serem Anomia que eles tinham descartado anteriormente agora estavam em sua mira outra vez.

— Merda — disse Midge. — Então isso é o quê? Meia dúzia de pessoas que temos que vigiar? E o único jeito que podemos excluí-los é quando Anomia estiver no Twitter e elas não?

— Não é meia dúzia — disse Strike, sabendo muito bem que isso era um falso conforto. — Fomos alertados para nos afastarmos de Pez Pierce pela Divisão de Investigação Criminal, então escolha: Kea Niven em King's Lynn ou Tim Ashcroft em Colchester.

— E Wally Cardew?

— Ele está certamente fora — disse Strike. — Andou tentando ajudar o Corte a identificar Anomia. Não pode ser ele.

— E se ele estiver mentindo?

— Eu não acho que está — disse Strike, que antecipava que sua ligação iminente para Robin ia ser a mais estressante do dia, e não estava gostando daquela quantidade de crítica. Ele tinha dormido mal, em parte devido à dor em seu coto, mas também devido ao galo na parte de trás de sua cabeça causado pela queda de costas na rua depois do chute de Madeline.

— E o garoto dos Upcott?

— Não me lembro de quando o excluímos — disse Strike, que ainda não tinha voltado à pasta do caso.

— Foi depois da Comic Con, porque, quando Barclay me ligou para dizer que não me preocupasse em botar vigilância sobre ele, eu estava lendo sobre Robin saltar nos trilhos do trem.

— Merda — disse Strike. — Bom, se você quiser, pode ir para Hampstead. Não faz diferença para mim. Só quero saber que estamos vigiando um suspeito hoje.

— E Phillip Ormond? Nós nunca o descartamos como Anomia. Nem mesmo o vigiamos.

— Ele não se encaixa no nosso perfil.

— Ele se encaixa melhor que o garoto dos Upcott. É um professor de computação.

— Anomia estava ativo antes mesmo que Ormond conhecesse Edie. Onde ele teria conseguido todas as coisas pessoais sobre ela?

— Eu tive um caso em Manchester em que um marido criou três perfis falsos no Facebook e começou a ferrar com sua mulher, assediando-a, tentando ver se ela o traía...

Strike decidiu deixar Midge tirar a história de seu sistema, mas ele mal estava escutando. Quando finalmente ela terminou, ele disse:

— Olhe, estamos com um problema de mão de obra. Tudo o que me importa é mantermos vigilância sobre um suspeito. Então escolha: Tim Ashcroft, Kea Niven ou Gus Upcott.

Midge escolheu Gus, uma decisão que Strike tinha certeza de que ela tomara porque preferia não ter de dirigir até King's Lynn ou Colchester, e desligou.

Strike terminou de beber seu chá muito doce e cor de mogno, então ligou para Barclay e pediu que ele pegasse um avião para a Escócia para localizar e entrevistar Nicole Crystal.

— Vou mandar uma foto para você esta manhã. Ela frequenta a Glasgow School of Art, mas o semestre terminou, então imagino que esteja de volta à casa dos pais em Bearsden, que...

— Ah, eu sei onde fica — disse Barclay. — Área chique de Glasgow. Eu devo perguntar a ela se ela sabe quem é Anomia, supostamente?

— É, mas vá com cuidado. Seu namorado virtual foi assassinado, ela quase certamente sabe disso e deve estar morrendo de medo. Diga que sabemos que ela é Páginabranca no *Drek's Game*, assegure que ela não fez nada de errado, então descubra o máximo que puder.

Para seu alívio, Barclay aceitou a tarefa sem reclamar e desligou.

Então, depois de se preparar, ele ligou para Robin.

— Oi — disse ela, atendendo imediatamente e parecendo fria. — Eu li seu e-mail.

Ele tinha enviado o e-mail em questão à 1h da manhã, depois de se arrastar escada acima e entrar em seu apartamento no sótão. Quando chegou lá, tirou os sapatos, calça e prótese para examinar o coto, que começou a entrar em espasmos outra vez assim que ele o ergueu. Havia uma marca vermelha e funda onde o salto agulha de Madeline o atingira, seu tendão estava em uma dor calcinante, seu joelho estava inchado, e a pele em torno de seu coto, inflamada. Tudo isso o forçara a chegar a duas conclusões indesejadas.

Primeira, e mesmo temendo um conselho e um tratamento que potencialmente o deixariam fora de ação, chegara a hora de procurar assistência médica. Segunda, como ele não conseguiria acompanhar Robin a lugar nenhum pelos próximos dias, pelo menos, e como todos os outros subcontratados estavam ocupados, Dev ainda seguindo a mãe de Dedos de restaurante a bar na esperança de estabelecer uma conversa sobre Fabergé ou antiguidades gregas, Strike queria Robin fora de perigo.

— Tudo combinado, então? — perguntou Strike, os músculos em seu coto agora se retorcendo outra vez, embora ele estivesse elevado. — Você continua a investigar Discípulo de Lepine...

— O que você acha não fazer sentido — disse Robin.

— Não, concordei que devíamos dar uma olhada nele só para termos certeza.

— Sei o que você está fazendo, Strike — disse Robin. — Não sou burra. Nós devíamos estar cobrindo diversos suspeitos, mas você quer que eu fique trancada em um quarto de hotel vigiando o Twitter.

— Você recebeu uma ameaça de morte — disse Strike, que estava chegando rapidamente ao limite de sua paciência. — Eles sabem seu endereço e sua aparência, e seu nome estava na porra daquela bomba, assim como o meu.

— Então por que você não está escondido na droga de um...

— *Porque eu preciso ir ao hospital* — retrucou ele.

— O quê? — disse Robin bruscamente. — Por quê? O que aconteceu?

— A droga da minha perna estourou — disse Strike.

— Ah, merda, está assim tão ruim? Bom, então deixe que eu...

— *Não*, você não vai me acompanhar — disse ele, tão tenso que mal conseguia evitar gritar. — Você pode, *por favor*, ficar sossegada, para que eu tenha uma coisa a menos com que me preocupar?

— Está bem — respondeu Robin com rispidez, mas depois de uma pausa breve, ela acrescentou: — Mas você pode me ligar quando for possível e me dizer como está?

Strike concordou em fazer isso, desligou e, em seguida, usando os encostos das cadeiras, a maçaneta da porta e seu gaveteiro para se equilibrar, pulou até o quarto para se vestir.

Sem ter ilusões sobre a probabilidade de conseguir uma consulta com seu especialista com tão pouca antecedência, Strike decidira se apresentar na emergência do University College Hospital e esperar por sua vez. Ele planejava dizer que tinha caído na noite anterior e agora estava com muita dor, o que era perfeitamente verdade, embora, claro, ele omitisse o fato de que estava em agonia mesmo antes de cair, além dos meses de negligência com seu coto que o levaram àquela situação. Ele não duvidava que um médico visse a verdade por trás da história, mas ele não se importava: tudo o que queria era um frasco grande de analgésicos fortes controlados, que permitiriam que ele continuasse a trabalhar.

Cinquenta minutos depois, enquanto viajava de táxi, com as muletas apoiadas ao seu lado e a perna direita da calça presa com alfinetes, seu celular tocou.

— Strike.

— Oi — disse uma voz masculina dura e profunda em uma linha com estalidos. — Aqui é Grant Ledwell.

— Ah, Grant — disse Strike. — Obrigado por retornar a ligação. Eu queria saber se podíamos nos encontrar pessoalmente? Só para atualizar você com os desenvolvimentos recentes — acrescentou ele, mentindo.

— É, isso seria ótimo — respondeu Grant, parecendo entusiasmado. — Eu atualmente estou em Omã, mas volto na segunda-feira. Teria de ser à noite outra vez. Às 21h seria tarde demais? Você pode vir até nossa casa?

Strike, que estava ansioso por entrevistar os Ledwell em sua própria casa, disse que o lugar e o horário estavam perfeitos.

— Ótimo, porque Heather não vai querer que eu fique saindo logo depois de voltar de Omã, mas vai querer notícias de Anomia. Ela não tem gostado de eu sair e deixá-la sozinha em casa.

Grant deu a ele o endereço na Battledean Road. Strike agradeceu e desligou.

A emergência do St Mary's estava, como ele esperava, extremamente movimentada. Havia crianças sentadas chorando no colo de suas mães, idosos esperavam sua vez em um silêncio infeliz, representantes de todas as etnias de Londres estavam lendo revistas ou olhando para seus celulares, uma jovem estava dobrada ao meio com os braços cruzados sobre o estômago e um rapaz branco desmazelado, com o cabelo em dreadlocks, estava sentado emitindo aleatoriamente gritos e xingamentos na outra extremidade da sala de espera. Não era surpresa que os únicos lugares vagos fossem perto dele.

Strike foi de muletas até a recepção, deu suas informações para uma mulher de aparência exausta, então se dirigiu a um assento perto do homem que gritava, que Strike presumiu sofrer de uma séria doença mental, estar sob o efeito de drogas ou ambos.

— *É, faça isso mesmo, porra!* — gritou o homem com o olhar fixo no vazio enquanto Strike se sentava em uma cadeira a duas de distância e inspirava seu cheiro pungente de urina choca e odor corporal. Depois de apoiar as muletas na cadeira ao seu lado, ele pegou o telefone, somente para ter algo que pudesse ler, evitando o olhar de seu vizinho, e abriu o Twitter.

Anomia tinha tuitado uma citação apenas alguns minutos antes.

---

**Anomia** @AnomiaGamemaster

Aprendi a odiar todos os traidores, e não há doença que eu despreze mais que a traição — Ésquilo

13h18 11 de junho de 2015

As respostas a essa publicação estavam chegando rapidamente, proliferando enquanto Strike atualizava a página repetidamente.

---

**Andi Reddy** @ydderidna
Em resposta a @AnomiaGamemaster
Grunt Ledwell se vendeu para a Maverick, certo?
#FaturandoComCoraçãodeNanquim
#Coriéumcoraçãonãoumhumano

---

**Lucy Ashley** @lucesaborosa
Em resposta a @AnomiaGamemaster
Ah meu deus, Josh concordou em mudar Cori?
#Coriéumcoraçãonãoumhumano

---

**Colheres da Lua** @colheresdalua
Em resposta a @AnomiaGamemaster
Sério, se Josh concordou com isso...
#Coriéumcoraçãonãoumhumano

Bem consciente de que podia estar sendo tão tendencioso quanto os fãs raivosos que chegavam a conclusões apressadas, Strike se perguntou se a conversa de Anomia sobre traição tinha alguma conexão com Yasmin, que, se tivesse ouvido o conselho de Strike, a essa altura teria deixado o jogo de uma vez por todas. Mas se fora a deserção de Yasmin que provocara o discurso de Anomia sobre traição, ela devia ter voltado ao jogo para contar a Anomia que estava saindo: uma coisa idiota de fazer, mas Strike considerava Yasmin uma mulher muito tola. Ele nem mesmo duvidava de que ela poderia ter mencionado sua visita à casa dela.

— *Vá embora daqui, porra!* — gritou o vizinho de Strike, que parecia estar tendo uma discussão com um antagonista imaginário.

E se Yasmin *tivesse* voltado ao jogo para anunciar sua partida, pensou Strike, e *tivesse* contado a Anomia sobre o detetive que a assustara e a fizera deixar o jogo, então a ligação para o telefone do escritório, que tinha sido transferida para o celular de Robin, podia não ter nada a ver com o Corte, afinal de contas. A ligação podia ter simplesmente sido feita pela pessoa que Strike acreditava ter esfaqueado Edie Ledwell no coração, cortado o pescoço de Vikas Bhardwaj, deixado Josh Blay parcialmente paralítico e Oliver Peach com um dano cerebral significativo.

Enquanto esses pensamentos se perseguiam uns aos outros rapidamente na mente de Strike, Anomia voltou a tuitar.

---

**Anomia** @AnomiaGamemaster

É preciso, é verdade, perdoar aos inimigos — mas não antes que eles tenham sido enforcados.
Heinrich Heine

E agora uma parte diferente da base de fãs de Anomia apareceu, circundando as jovens fãs que tinham respondido da última vez como tubarões.

---

**Destruidor de GJS** @Quebrad0729
Em resposta a @AnomiaGamemaster
👏👏👏

---

**Julius** @eu_sou_evola
Em resposta a @AnomiaGamemaster
enforque as vadias acima da cama como móbiles 😂
veja-as apodrecer enquanto pega no sono

---

**Arlene** @rainhaarlene
Em resposta a @eu_sou_evola @AnomiaGamemaster
pessoas como você e Wally Cardew dão má fama aos fãs, Anomia não está sendo literal

---

**Discípulo de Lepine** @D1scipulodeLepine
Em resposta a @rainhaarlene @eu_sou_evola @AnomiaGamemaster
A vadia feia que daria um ótimo móbile está dizendo o que, agora?

— Sr. Thomson — chamou uma voz distante. Strike ergueu os olhos: dois auxiliares de enfermagem tinham chegado para escoltar seu vizinho desgrenhado para ser examinado e, sem dúvida, para garantir que ele chegasse lá sem causar problema. O jovem se levantou sem reclamar e, embora estivesse com as pernas bambas, não fez nada além de gritar:

— Vocês são todos malucos, porra!

Uma onda fraca de risos se espalhou pela sala de espera, agora que o homem estava sob os cuidados dos homens de jaleco. Aliviado por se livrar do cheiro dele, Strike voltou a atenção novamente para o Twitter e viu que Anomia tinha publicado uma terceira e uma quarta vez.

---

**Anomia** @AnomiaGamemaster

O tipo de herói amado pelas multidões sempre terá semelhança com um César.

**Anomia** @AnomiaGamemaster
Em resposta a @AnomiaGamemaster
Sua insígnia os atrai, sua autoridade os domina, e sua espada lhes causa medo.

Intrigado pela onda repentina de citações e declamação de Anomia, Strike não se surpreendeu que essas últimas publicações tivessem causado alguma confusão entre os seguidores de Anomia.

**SraCori** @carlywhistler_*
Em resposta a @AnomiaGamemaster
Você ainda está falando sobre Cori? O que isso significa?

**Baz Tyler** @BzTyl95
Em resposta a @AnomiaGamemaster
Está se sentindo bem, parceiro?

**Destruidor de GJS** @Quebrad0729
Em resposta a @AnomiaGamemaster
Você foi hackeado?

**Discípulo de Lepine** @D1scipulodeLepine
Em resposta a @Quebrad0729 @AnomiaGamemaster
Não, ele não foi hackeado, é óbvio o que ele quis dizer

**Discípulo de Lepine** @D1scipulodeLepine
Em resposta a @Quebrad0729 @AnomiaGamemaster
Por que vocês todos são tão burros?

O celular no bolso de Strike tocou. Ao ver o número de Pat, ele atendeu.

— Oi, tudo bem?

Ela havia ligado para falar da entrega da mobília do escritório e de algumas questões na escala de serviço. Strike fez o possível para responder a todas as perguntas enquanto ficava atento caso um médico chamasse seu nome.

— E eu prometi a Midge um fim de semana prolongado — concluiu ele. — Então é bom você anotar isso também.

— Certo — disse Pat em sua voz grave e profunda. — E recebi duas legações silenciosas de um mesmo número. Foram transferidas do escritório.

— É mesmo? — disse Strike, pegando uma caneta no bolso. — Me dê o número.

Ela fez isso. Strike anotou os algarismos nas costas de sua mão e viu que era um número de celular que ele não reconhecia.

— E desligaram quando você atendeu nas duas vezes?

— A pessoa respirou um pouco na segunda vez — disse Pat.

— Você pode dizer se era homem ou mulher?

— Não. Era só respiração.

— Tudo bem. Me avise se acontecer outra vez — disse Strike. — E se assegure de que a porta esteja trancada.

Quando ele botou o telefone de volta no bolso, uma voz chamou:

— Cameron Strike?

— Sou eu — gritou Strike em resposta para a mulher distante de cabelo grisalho curto, que estava de jaleco e segurando uma prancheta.

Dez minutos depois, ele estava sentado em uma cama de hospital, isolado do resto da enfermaria por uma cortina que o circundava, sua calça e as muletas em uma cadeira ao lado, enquanto a mulher de cabelo grisalho examinava primeiro seu coto, depois a perna saudável. Strike tinha se esquecido como os médicos eram minuciosos. Na verdade, ele queria apenas os analgésicos.

— E você caiu para trás, não foi? — disse ela, agora olhando através dos óculos para a extremidade irritada de seu coto.

— Foi — disse Strike.

— Você pode levantá-lo para mim?

Ele fez isso, emitiu uma exclamação abafada de dor, então deixou-o cair novamente. Assim que seu coto atingiu a cama, começou a entrar em espasmos de novo.

— Isso já aconteceu antes? — perguntou ela, observando os movimentos involuntários.

— Um pouco — disse Strike, que tinha começado a suar outra vez.

— Com que frequência?

— Tem acontecido algumas vezes nas últimas semanas. Eu tive espasmos nela logo depois da amputação, mas eles pararam dentro de alguns meses.

— Quando foi sua amputação?

— Seis, não, sete anos atrás.

— É bem incomum que a mioclonia recomece sete anos depois — disse a médica, dando a volta na cama. — Que marca é essa na sua perna? — perguntou ela, apontando para a marca deixada pela ponta de aço do salto alto de Madeline. — Isso aconteceu durante a queda?

— Deve ter sido — mentiu Strike.

Espasmos ainda faziam sua perna saltar, mas a médica agora estava olhando para o rosto de Strike.

—Você percebeu que seu rosto está se retorcendo?

— O quê?

— O lado direito de seu rosto está se retorcendo.

— Acho que é apenas por causa da dor — disse Strike.

Ele estava começando a temer uma bateria de exames indesejados ou, pior, ter de passar a noite no hospital.

— Está bem, eu mesma vou levantar sua perna. Me diga quando doer.

— Está doendo — disse Strike quando ela levantou o coto pouco mais de cinco centímetros da cama.

— Seus músculos estão muito tensos. Vou ter de examinar seu tendão. Me diga se...

Ela tocou delicadamente a parte de trás de sua coxa.

— É — disse Strike entre os dentes cerrados —, isso dói.

— Está bem — disse ela, baixando o coto cuidadosamente até a cama, onde ele continuou a se retorcer. — Eu quero fazer uma ultrassonografia. Seu joelho está bem inchado, e quero saber o que está acontecendo com o tendão.

— Meu tendão já deu problema antes — disse Strike. — Eu o distendi recentemente. Se você pudesse me receitar uns analgésicos...

— Estou preocupada com esses espasmos — disse a médica, olhando atentamente para seu rosto outra vez. — Gostaria de fazer um exame de sangue, e vou chamar um colega para dar uma olhada em você. Eu volto em um minuto.

— Por que exame de sangue? — perguntou Strike.

— Só para descartar qualquer outro problema. Deficiência de cálcio, por exemplo.

Ela desapareceu através da cortina e a fechou ao passar, deixando Strike levando o dedo ao rosto para ver se conseguia senti-lo se retorcer, o que não foi o caso. Enquanto estava ali sentado de cueca, odiando o ambiente, detestando a sensação de vulnerabilidade e dependência forçada que hospitais sempre provocavam nele, ele ouviu o telefone tocar. Jogou as pernas para fora da cama, pegou o casaco nas costas da cadeira e pegou o telefone, apenas para ver um texto longo de Madeline que começava:

Corm, me desculpe. Eu estava bêbada.

Acabei de esbarrar com Charlotte e

Ele apagou o texto sem lê-lo, em seguida bloqueou o número dela. Ao fazer isso, sentiu pela primeira vez um músculo no canto direito da boca se retorcer: um movimento leve, mas, ainda assim, perceptível.

Ele mal tinha esticado as pernas novamente sobre a cama quando uma enfermeira de meia-idade chegou para coletar sangue.

— Você vai querer tirar isso — disse ela, apontando com a cabeça para a camisa dele. — Nós não vamos conseguir enrolar a manga alto o bastante.

Pensando ressentidamente que ela estava totalmente enganada ao achar que ele queria tirar a camisa, ele mesmo assim obedeceu. Enquanto a enfermeira prendia o torniquete em torno da parte superior de seu braço, enfiava a agulha e extraía uma seringa de sangue dele, seu celular tocou mais uma vez.

— Você ainda não pode atender isso — disse a enfermeira, sem necessidade, enquanto Strike olhava na direção dele.

Quando ela partiu, levando dois tubos do sangue de Strike com ela, ele tornou a vestir a camisa, então pegou o telefone e viu um texto de Midge, que tinha um vídeo anexado.

Único avistamento de Gus Upcott até agora. Nós sabemos quem é o grandalhão esquisito?

Strike abriu o vídeo e viu a forma inconfundível de Nils de Jong subindo a rua dos Upcott, com uma caixa de papelão embaixo de um braço enorme e o celular na outra mão. Vestindo seu velho short cargo, uma camisa amarrotada e sandálias, o cabelo louro caindo sobre a máscara grega peculiar de seu rosto, ele parecia absorto no que quer que estivesse lendo no telefone. Pouco antes de chegar à residência dos Upcott, Nils parou, pôs a caixa de papelão no chão, digitou alguma coisa, então pegou a caixa outra vez e se dirigiu à porta da frente, que se abriu, e Strike captou um vislumbre de Gus Upcott antes que os dois entrassem. O vídeo terminou.

Nils de Jong, escreveu Strike em resposta. Dono do Coletivo Artístico North Grove. Possivelmente entregando alguns objetos de Josh para Katya.

Ele tinha acabado de enviar essa mensagem quando um enfermeiro negro abriu a cortina. Com certa apreensão, Strike viu que o homem tinha trazido uma cadeira de rodas.

— Ultrassom? — disse o enfermeiro, que tinha um forte sotaque brasileiro.

Strike se perguntou brevemente o que aconteceria se ele dissesse: "Não, obrigado, acabei de fazer um."

— Eu posso andar.

— Não, sinto muito, a doutora quer você aqui — disse o enfermeiro sorridente, dando tapinhas no braço da cadeira de rodas. — Pode trazer o cobertor.

Então Strike, ainda segurando o celular, foi empurrado na cadeira para fora da enfermaria com um cobertor fino cobrindo suas pernas nuas e cueca, apenas mais um espécime de humanidade ferida, transportado contra seus desejos na direção de um exame que teria preferido não fazer.

A sonda estava gelada sobre sua perna e dolorosa quando foi pressionada sobre o tendão. O rosto do médico que estava observando o monitor ao lado da cama não demonstrou emoção até o telefone de Strike soar outra vez, então olhou com irritação para o celular antes de voltar sua atenção para a tela. Depois de alguns minutos, a médica de cabelo grisalho reapareceu para falar em voz baixa com o colega. Era como se Strike nem estivesse ali.

— Tudo muito inflamado — disse o homem, pressionando a sonda contra o lado da rótula de Strike.

— Ligamentos rompidos?

— Possivelmente uma lesão menor...

Ele moveu a sonda dolorosamente até a parte de trás da coxa de Strike outra vez.

Ele pressionou a sonda com ainda mais força sobre a parte de trás do coto de Strike, que tentou se distrair da dor imaginando socar o médico na parte de trás da cabeça.

— Não consigo ver nada aqui que explique a mioclonia. Os músculos estão muito tensos...

Strike foi empurrado de volta à enfermaria pelo enfermeiro brasileiro, que o ajudou a subir novamente na cama, disse que um médico retornaria em breve para vê-lo e deixou Strike sozinho em seu cubículo de cortina.

Strike então leu o texto que tinha acabado de chegar, que era de Robin.

O que está acontecendo? Como está sua perna?

Ainda esperando que eles me digam, respondeu Strike.

Anomia está se comportando de forma muito estranha no Twitter

É, eu percebi

A cortina em torno da cama de Strike foi aberta outra vez para revelar uma nova enfermeira: baixa, gorducha e de aparência hispânica.

— O médico vai demorar um pouco. Gostaria de uma xícara de chá?

— Na verdade, eu só preciso de analgésicos — disse Strike, que estava tão ansioso para não ser um fardo sobre o Serviço Nacional de Saúde quanto qualquer médico com excesso de trabalho teria desejado, e achou a oferta de chá um mau presságio, porque implicava que ele não ia sair dali tão cedo. Entretanto, quando a enfermeira apenas olhou para ele com expectativa, ele disse: — Chá seria ótimo, obrigado.

— Leite e açúcar?

— Tudo o que você tiver.

*Talvez inclua um pouco de co-codamol.*

Strike se recostou sobre os travesseiros e olhou desanimadamente em torno do interior da cortina. Pés passavam ao lado de sua cama batendo contra o chão e se arrastando. Em algum lugar ao longe havia um bebê chorando. Seu celular soou outra vez, e, ao pegá-lo, ele viu outra mensagem de Robin.

Se você quer uma demonstração de verdadeira hipocrisia, dê uma olhada no Twitter de Tim Ashcroft agora. O dele, não o do Caneta da Justiça

Então Strike abriu o Twitter e foi dar uma olhada na conta de Tim.

Uma hora antes, Tim Ashcroft tinha publicado um link para uma reportagem do *Daily Mail*, acima do qual ele tinha escrito:

---

**Tim Ashcroft** @VirandoOVerme

Como amigo próximo de Edie Ledwell, e alguém que trabalha com crianças e leva sua segurança a sério, estou francamente horrorizado.
www.DailyMail/Paisrevoltadoscom...

15h10 11 de junho de 2015

Strike clicou no link, cujo título dizia:

**Pais "revoltados" por professor interrogado por homicídio permanecer no cargo**

Ele examinou a reportagem que, como esperava, se referia a Phillip Ormond, que estava atualmente suspenso de seu emprego e à espera de uma investigação pelas autoridades escolares. A reportagem sugeria que Ormond era um professor desagradável e nada popular, mas não chegava a dizer que ele tinha esfaqueado a namorada e o ex-amante dela. Maior destaque era dado para as observações da mãe cuja filha tinha sido instruída por Ormond a mentir por ele, quando ele abandonara o castigo que deveria estar supervisionando antes da hora para localizar o celular de Edie.

"Ele ameaçou Sophie se ela contasse a verdade. Ela ficou com medo demais para nos contar por dias. Então ela chegou para mim chorando, porque tinha visto que a namorada dele havia sido assassinada naquela tarde e me contou toda a história. Eu liguei para a polícia imediatamente. Não me importa que ele não tenha sido acusado, isso não é o importante. O fato é que ele disse a uma menina de catorze anos para mentir por ele, e até onde sei, isso é razão o bastante para demissão."

Strike voltou para o Twitter. Tim, ele viu, não tinha se contentado com as primeiras observações, então seguiu a primeira publicação com duas outras.

---

**Tim Ashcroft** @VirandoOVerme

(Por falar nisso, desculpe por linkar esse lixo fascista, mas parece que os pais falaram com eles diretamente, então é aí que está a história)

---

**Tim Ashcroft** @VirandoOVerme

A questão é que pedir a uma menina de catorze anos para mentir por você é um comportamento nojento. Esse homem não serve para trabalhar com crianças ou adolescentes.

---

**Andi Reddy** @ydderidna
Em resposta a @VirandoOVerme
Você é um dos caras decentes, Tim

Strike escreveu em resposta:

Incrível performance de bonzinho de Ashcroft. Parte do manual de introdução à pedofilia

A enfermeira voltou com seu chá, que tinha leite demais. Ao agradecer a ela, seu coto começou a pular de novo. Sentando-se mais reto, ele o apertou para baixo com a mão direita, forçando-o a permanecer imóvel, desejando que ele se comportasse, não o entregasse, não fizesse com que aqueles médicos bem-intencionados aconselhassem que ele permanecesse ali para mais exames.

— Você está bem? — perguntou a enfermeira, observando-o prender o coto à cama.

— Estou — respondeu ele, que agora podia sentir as contrações musculares na bochecha direita.

A enfermeira se foi. O celular de Strike soou mais uma vez: outra mensagem de Robin.

E nós perdemos uma discussão sobre Kea Niven ontem à noite. Faça uma busca por #VáSeFoderKeaNiven

Strike seguiu a recomendação dela.

Evidentemente houvera uma pequena tempestade no Twitter em torno de Kea pouco antes da meia-noite. O gatilho tinha sido a detenção de Wally Cardew, que nitidamente tinha sido muito discutida na internet. Esquerdistas que sempre o haviam desprezado agora antecipavam com alegria sua prisão, enquanto seus antigos defensores estavam igualmente certos de que aquilo era apenas um erro e que não era possível que ele fosse membro de uma célula terrorista. A batalha gerara as hashtags #LibertemWally e #Sembiscoitosnacadeia, e, em meio a esse furor, alguém resgatara velhas publicações entre ele e Kea que indicavam, na melhor das hipóteses, alguma forma de familiaridade, e na pior, um caso. Não demorou muito para que a publicação de Kea no Tumblr em 2010 ("Todos os meus amigos me dizendo que 'sexo casual com o melhor amigo dele não é a resposta', e eu digo, tipo, 'isso depende da questão'.") fosse postada no Twitter, quando os fãs do *Coração de nanquim* se voltaram contra ela com a ferocidade de um jacaré faminto.

---

**Lizzie de tinta** @lizzydetinta00

Ah, meu Deus, vejam isso, Kea Niven e o nazista comprovado Wally Cardew estavam de fato... transando?

**Wally C** @WalCard3w
Em resposta a @masnaoumpapagaio
Vc está bonita

**Spoonie Kea** @masnaoumpapagaio
Em resposta a @WalCard3w
Você também ♥

22h37 10 de junho de 2015

---

**Loren** @lºrygill
Em resposta a @ilizydetinta00
Ah, uau, eu sempre apoiei, mas se isso é verdade...

---

**Colheres da Lua** @colheresdalua
Em resposta a @fantasmaPaginabranca @lizydetinta00
@lºrygill
Se você transa com fascistas, você *é* um fascista. Ponto final.
#VáSeFoderKeaNiven

---

**Johnny B** @jbaldw1n1>>
Em resposta a @colheresdalua @fantasmaPaginabranca
@lizydetinta00 @lºrygill
Então você deve ter transado com uma baleia #libertemWally

---

**Pau de Drek** @paudeDrek
Em resposta a @dickymacD @marnieb89
😂😂😂😂😂😂

Nesse momento, a médica de cabelo grisalho voltou.

Strike ouviu com atenção dividida enquanto ela lhe dizia o que ele já sabia: que tanto seu tendão quanto seu joelho estavam lesionados, e que só tempo e descanso podiam curá-los.

— Você deve marcar uma consulta com seu especialista, mas eu o aconselharia a não botar peso sobre sua perna no mínimo por quatro semanas. Você pode precisar de seis.

— *Quatro semanas?* — disse Strike, sua atenção agora toda nela. Ele estava esperando que lhe mandassem manter a perna para cima por uma semana, o que ele estava planejando interpretar como três dias.

— Varia de acordo com o paciente, mas você é um homem alto — explicou a médica. — Está pedindo a seu coto para sustentar muito peso. Aconselho que entre em contato com seu especialista para uma avaliação mais completa. Enquanto isso, não use a prótese, mantenha a perna elevada, descanse, aplique gelo às áreas inchadas e cuide da extremidade de seu coto, porque você não quer que essa pele se rompa ainda mais.

"Em relação aos espasmos", prosseguiu ela, "inflamação e tensão muscular podem ter disparado uma renovação de seus sintomas nervosos, mas vamos saber mais quando tivermos o resultado do exame de sangue."

— Que vai ser quando? — perguntou Strike, que agora não queria mais nada além de ir embora do hospital antes que pudessem lhe aplicar mais alguma sonda ou agulha.

— Não deve demorar muito — disse ela. — Eu volto quando nós o recebermos.

A médica tornou a ir embora, deixando Strike se perguntando se estava mesmo com deficiência de cálcio. Ele comia bastante queijo, não comia? E não era como se tivesse quebrado ossos recentemente: se ele tivesse deficiência de cálcio, com certeza teria fraturado alguma coisa em suas quedas recentes.

Mas pensar nisso lhe trouxe lembranças da vez em que caíra da escada anos antes, e da vez em que seu tendão deu problema enquanto ele estava seguindo um suspeito, deixando-o caído na calçada. Ele pensou na comida ruim que formava a maioria de sua dieta, na tosse de fumante que o acometia todas as manhãs, e se lembrou de rastejar pela sarjeta na noite passada, parando apenas para pegar o cigarro que tinha deixado cair. Sentiu vontade de chamar a médica de volta e dizer: "Sei por que tudo isso aconteceu. É porque não cuido de mim mesmo. Escreva isso no prontuário e me deixe ir para casa."

À procura de distração da autorrecriminação, ele tornou a pegar o celular e leu os comentários no Twitter sobre Kea Niven.

---

**Max R** @mreger#5
Em resposta a @paudeDrek @dickymacD @marnieb89
Vadias da justiça social fingem querer pacifistas, mas só homens de verdade as deixam molhadas #VáSeFoderKeaNiven

---

**Max R** @mreger#5
Em resposta a @paudeDrek @dickymacD @marnieb89
Ela transou com Wally porque sabia que ele era um assassino. É disso que as vadias gostam.

A cortina se abriu: a médica estava de volta.

— Tudo certo. Seu sangue parece normal, o que é bom. É possível — acrescentou ela — que esses espasmos sejam psicogênicos.

— Isso significa?

— Eles podem ser causados por fatores psicológicos. Você está sob muito estresse no momento?

— Não mais que o habitual — disse Strike. — Alguma chance de analgésicos?

— O que você tem tomado?

— Ibuprofeno, mas ele está tendo o mesmo efeito em mim que balinhas.

— Está bem, vou lhe dar algo mais forte, só para que fique bem pela próxima semana, mas isso não é substituto para descanso e bolsas de gelo, certo?

Depois que a médica foi embora, e enquanto Strike tornava a vestir a calça, dois pensamentos contraditórios começaram a lutar pela predominância dentro de sua cabeça. Seu lado racional estava lhe dizendo com firmeza que a investigação sobre Anomia estava encerrada, pelo menos naquilo referente a sua agência. Com o principal sócio sem poder andar por pelo menos um mês e a escassez de subcontratados disponíveis, simplesmente não havia como cobrir o trabalho necessário.

Mas aquele elemento de autoconfiança teimosa que mais de uma ex-namorada tinha chamado de arrogância insistia que aquilo ainda não tinha acabado. Barclay não havia dado notícias de Páginabranca até então, e havia uma chance de que a futura visita de Strike a Grant Ledwell, se conduzida corretamente, pudesse finalmente levá-los a Anomia.

# 97

*Ela era uma garota má? E daí?*
*Ela não dava a mínima!*
*Ela não era pior que todos aqueles homens*
*Que pareciam tão chocados em público quando*
*Cometiam e compartilhavam de seu pecado.*

Mathilde Blind
*The Message*

Quando Strike acordou às 8h da manhã seguinte, percebeu que o uísque que tinha bebido na noite anterior, sem dúvida, não tinha combinado bem com Tramadol. Agora ele se sentia enjoado e desequilibrado, sensações que não tinham passado totalmente até às 11h, quando recebeu um telefonema de Barclay.

— Notícia — disse o escocês.

— Já? — disse Strike, que pulava desequilibrado até o banheiro quando Barclay ligou, e agora estava agarrado ao encosto de uma cadeira para se equilibrar.

— Já, mas não é o que você está esperando.

— Nicole não está na casa dos pais?

— Ela está aqui, sim. Estou com ela agora. Ela gostaria de falar com você. De preferência no FaceTime.

— Ótimo — disse Strike. — Ela se importa se Robin participar da ligação?

Ele ouviu Barclay transmitir a pergunta.

— Sem problema, ela disse que está tudo bem com isso.

— Me dê cinco minutos — disse Strike. — Vou avisar à Robin.

O telefonema de Strike encontrou Robin ainda de robe em seu quarto claustrofóbico no Z Hotel, embora ela estivesse trabalhando duro havia três horas. Qual o sentido de se vestir se você nunca saía do quarto?

— Ela quer falar conosco? Fantástico — disse Robin, saltando e tentando tirar o robe com uma das mãos.

— Vou lhe enviar os detalhes, só me dê alguns minutos — disse Strike, que ainda estava desesperado para fazer xixi.

Robin correu para vestir uma camiseta e escovar o cabelo, para que Strike não imaginasse que ela estava dormindo a manhã inteira, então voltou correndo para a cama, que era o único lugar onde podia se sentar, e abriu o laptop. Enquanto isso, Strike, cujo cabelo ficava igual penteado ou despenteado, tinha trocado a camisa por outra, que parecia menos amassada, e se sentou a sua pequena mesa da cozinha.

Quando a ligação começou, Strike e Robin se surpreenderam ao ver não apenas a beleza pré-rafaelita que era Nicole Crystal, mas duas outras pessoas que só podiam ser seus pais. Embora nenhum deles tivesse cabelo ruivo, sua mãe tinha as mesmas maçãs do rosto altas e a face em forma de coração, e o pai, que possuía um queixo marcante, parecia precisamente tão tenso e com raiva quanto Strike esperaria que um homem parecesse ao descobrir que uma foto erótica da filha levara a uma ligação com detetives particulares.

— Bom dia — disse Strike. — Muito obrigado por conversar conosco.

— Sem problema — falou Nicole animadamente. Seu sotaque não passava nem perto de ser tão forte quanto o de Barclay. A sala atrás da família Crystal tinha uma simplicidade estilosa que Strike desconfiava ter sido alcançada graças aos serviços de um decorador de interiores muito caro. — Hã... Eu não sou Páginabranca. O que quer que seja. Nesse jogo.

Ela falava sem nenhum traço de estorvo, desconforto ou embaraço. Na verdade, parecia estar intrigada pela situação na qual se via.

— Não sei como minha foto entrou nesse jogo. Não sei mesmo. Eu nem gosto do *Coração de nanquim*!

— Certo — disse Strike, que não conseguia ver em seu rosto alegre nenhuma indicação de que ela estivesse mentindo. — Mas você ouviu falar no desenho animado?

— Ah, ouvi — falou Nicole ainda animada. — Uma amiga minha é uma grande fã. Ela o adora.

— Sua amiga alguma vez teve acesso a sua fotografia?

— Não, nunca — disse Nicole.

— Ela pode ter conseguido a foto sem que você soubesse?

— Ela teria de entrar nas fotos de meu celular. De qualquer forma, ela é da União Cristã. Ela é bastante, você sabe... quero dizer, com certeza, ela não tem interesse *nisso*. Enviar nudes.

A julgar pela expressão no rosto do pai de Nicole, ele desejava muito que o mesmo pudesse ser dito da filha.

— Quando a foto foi tirada, você se lembra? — perguntou Robin.

— Cerca de... dois anos e meio atrás? — respondeu Nicole.

— E você a mandou para alguém? — perguntou Robin.

— Mandei — respondeu Nicole. — Para meu ex-namorado. Estávamos saindo durante nosso último ano na escola, mas aí ele foi estudar na Real Academia de Arte Dramática e eu fiquei por aqui para fazer arte.

— Ele é ator? — quis saber Strike.

— Quer ser, sim. Eu lhe enviei as fotos enquanto estávamos tentando um namoro a distância por algum tempo.

Um músculo se retorceu no queixo do pai de Nicole.

— Qual é o nome de seu ex? — perguntou Strike, pegando uma caneta.

— Marcus — disse Nicole. — Marcus Barrett.

— Você ainda mantém contato com ele? — perguntou Robin. — Você tem um número de telefone?

— Tenho, mas vocês vão pegar leve com ele, não vão? Porque, honestamente, não consigo imaginar Marcus...

— Dê a eles o maldito número — disse rapidamente o pai de Nicole.

— *Pai* — disse Nicole, olhando de lado para o pai —, pare com isso. Não aja assim.

O sr. Crystal parecia estar disposto a agir "assim" por um longo tempo.

— Marcus pode ter sido hackeado — disse Nicole, tornando a olhar para Strike e Robin. — Aconteceu com uma amiga minha: eles conseguiram fotos dela na nuvem. A senha dela era muito fácil de adivinhar, entendem? Eu *sinceramente* não consigo ver Marcus botando uma foto minha online intencionalmente, nós ainda somos amigos! Ele é um cara muito legal.

— Qual de vocês terminou o relacionamento? — perguntou Strike.

— Fui eu — disse Nicole. — Mas ele foi fofo em relação a isso. Estamos em cidades diferentes e ainda somos jovens. Ele agora está namorando outra pessoa.

— Marcus tem colegas de apartamento? — perguntou Robin, que estava tentando pensar em quem mais podia, plausivelmente, ter acesso à fotografia.

— Ele divide um apartamento com a irmã. Ela é quatro anos mais velha que ele e é um *amor*. Por que Darcy ia querer mostrar meus peitos para todo mundo?

Nicole riu. Sua mãe disse em voz baixa:

— Nic, isso não é engraçado.

— Ah, vamos lá, é um pouco engraçado, sim — retrucou Nicole, parecendo não dar a mínima para o fato de que todo mundo nessa ligação a havia visto seminua. Quando nenhum de seus pais riu, ela disse, dando de ombros: — Olhem, eu sou uma artista. Não fico tão incomodada com a nudez como vocês.

— Não é questão de estar incomodado — disse o pai, olhando fixamente para a tela em vez de para a filha. — A questão é que, quando você manda a homens esse tipo de foto, está dando a eles um meio de chantageá-la ou envergonhá-la...

— Mas eu não estou com vergonha — afirmou Nicole, e Robin acreditou nela. — Eu estou muito sexy naquela foto. Não é como se eu estivesse de *pernas abertas*...

— *Nicole* — disseram seus pais exatamente com o mesmo tom.

— Então, para que fique claro — disse Strike —, até onde você sabe, a única pessoa que viu essa foto foi Marcus Barrett, correto?

— Correto — respondeu Nicole. — A menos que ele a tenha mostrado para algum amigo, imagino, mas não acho que ele faria isso.

— Você disse que enviou fotos para ele, no plural — disse Strike.

— Enviei, sim — disse Nicole.

— Essa foto, ou alguma das outras, já apareceu em algum lugar que você não esperava?

— Não — disse Nicole.

— As outras fotos eram parecidas com essa?

— Mais ou menos. Acho que havia uma em que eu estava completamente nua.

A mãe de Nicole levou as mãos brevemente à cabeça.

— *O quê?* — disse Nicole com impaciência. — Ele estava cercado por um monte de estudantes de teatro atraentes, eu tive que dar a ele, você sabe, algo *em que pensar*.

Ela teve um acesso de risadinhas outra vez.

— Desculpem — disse ela entre risos. — Eu só... tudo isso é meio que um choque. Nunca esperei conversar com detetives particulares porque alguém estava pescando com minhas fotos.

— Pescando? — repetiu seu pai.

— *Você sabe*, pai — disse Nicole. — Fingir ser eu para fisgar alguém.

— Então — disse Strike —, só para esclarecer: você nunca entrou no *Drek's Game*?

— Não, nunca — respondeu Nicole.

— E você nunca interagiu online com um homem que chamava a si mesmo de Morehouse?

— Não, nunca — repetiu Nicole.

— E você nunca falou, trocou mensagens ou teve qualquer contato com um dr. Vikas Bhardwaj?

Nicole abriu a boca para responder, então hesitou.

— Na verdade... esperem — disse ela, agora de cenho franzido. — Eu... esperem aí.

Ela se levantou e saiu de vista, os pais olhando para ela com ansiedade. Agora Strike e Robin podiam ver Barclay sentado em silêncio em uma poltrona distante. Alguém lhe fizera uma xícara de chá.

Nicole voltou com o celular na mão.

— Tem um cara me seguindo no Twitter — disse ela ao tornar a se sentar entre seus pais. — Ele sempre curte minhas publicações, mas eu não o conheço... ele tem um nome parecido com Vikas... esperem...

Por quase um minuto ela procurou entre seus seguidores no Twitter.

— É ele? — disse ela, por fim, voltando a tela do celular para a câmera.

— É — respondeu Strike, olhando para a foto de Vikas. — É ele. Você já enviou alguma mensagem ou teve alguma conversa direta com ele?

— Não — disse Nicole —, eu só reparei que ele curte todos os meus posts e nunca entendi por que ele me seguia. Ele é um cientista, não é? — perguntou ela, virando o celular de volta para examinar o perfil de Vikas.

— Era — respondeu Strike. — Ele está morto.

— O quê? — exclamaram Nicole e o pai simultaneamente. A garota não parecia mais estar se divertindo.

— Ele foi assassinado — disse Strike — em Cambridge na última...

— Não o astrofísico? — perguntou o pai de Nicole, consternado. — Aquele em cadeira de rodas?

— Exatamente — disse Strike.

Seguiu-se uma pausa longa, os três Crystal olhando para a câmera horrorizados.

— Ah, meu Deus — disse Nicole por fim.

— Nós gostaríamos muito de conversar com Marcus — disse Strike. — Você podia nos dar seu número?

— Eu... não acho que devo dar o número dele a vocês antes de perguntar primeiro a ele — disse ela, agora parecendo tão tensa quanto seus pais.

— Nicole... — começou a dizer o pai.

— Eu não vou simplesmente jogar isso tudo em cima dele sem avisar. Ele é meu amigo, pai.

— Na verdade, seria melhor se você *não* ligasse primeiro para ele — disse Strike, mas Robin podia ter lhe dito que nada o que ele dissesse ia fazer com que Nicole mudasse de ideia.

— Não, sinto muito — disse a estudante de arte, olhando para a câmera. — Não há como Marcus ter algo a ver com isso, com nada disso. Ele simplesmente não faria isso. Não vou dar o número dele a vocês sem dizer a ele do que se trata, ele *nunca* faria isso comigo. *Não vou* — insistiu ela para o pai, que tinha aberto a boca para falar. Ela se voltou novamente para Strike e Robin. —Vou dizer a Marcus para ligar para *vocês*, está bem? Depois que eu falar com ele.

Eles não tinham escolha além de aceitar isso. Depois de agradecer aos Crystal por seu tempo, Strike lhes desejou um bom dia. Quando eles desapareceram da tela, Strike e Robin ficaram olhando fixamente um para o outro.

— Merda — disse Robin.

— Bom... é — concordou Strike.

# 98

*Olhando com maldade um para o outro,*
*Irmão com irmão estranho;*
*Sinalizando um para o outro,*
*Irmão com irmão ardiloso.*

Christina Rossetti
*Goblin Market*

Restando pouco mais que pudesse fazer enquanto estava preso em seu sótão com uma bolsa de gelo permanentemente sobre seu coto, Strike atribuiu a si mesmo a tarefa de pesquisar Marcus Barrett na internet. Ainda levemente grogue devido ao Tramadol, ele conseguiu identificar a conta de Barrett no Instagram, porque o jovem tinha usado seu nome completo e postado muitas fotos de ensaios e um monte de selfies tiradas em frente ao prédio da Real Academia de Arte Dramática. Barrett era um jovem bonito, de cabelo negro e olhos escuros, com o tipo de traços que Strike imaginou que um escritor romântico poderia chamar de cinzelados.

Strike assumiu uma posição de ceticismo em relação à insistência de Nicole de que seu ex-namorado nunca teria compartilhado deliberadamente suas fotos com outras pessoas. Anos passados investigando as consequências confusas de relacionamentos rompidos, sem mencionar o efeito tóxico de suas muitas separações com Charlotte e a cena feia recente com Madeline, deixaram Strike com poucas ilusões sobre as profundezas em que amantes rejeitados afundavam em seu desespero para ferir aqueles que os deixaram.

Entretanto, conforme o detetive examinava a página de Marcus no Instagram, ele encontrou uma fotografia de grupo datada de dezembro anterior com a legenda "#FestadeNatal #VelhaTurmadaEscola #Festas", na qual tanto Marcus quanto Nicole apareciam. Strike tinha de admitir que, pelo visto, os ex-namorado e namorada ainda se davam muito bem, com os braços sobre os ombros um do outro, sorrindo junto com seus velhos colegas de colégio.

Além disso, como Nicole contara a eles, Marcus estava nitidamente em um novo relacionamento. Havia muitas fotografias que mostravam o rapaz na companhia de uma loura magra tão bonita quanto Nicole, e, a julgar pelo número de beijos e abraços exibidos, a atração mútua era verdadeira. A irmã de Marcus também estava marcada em muitas fotos: cabelo preto como o irmão e igualmente bonita. Uma das fotos mostrava irmão e irmã cantando juntos no karaokê em uma festa, com a legenda "#Timber #Pitbull&Ke$ha #AssassineSuaMusicaFavorita".

Mesmo sabendo muito bem que o Instagram não representava necessariamente a verdade sobre a vida de ninguém, havia indícios claros de que Marcus Barrett tinha uma vida social muito ativa e, a menos que já fosse um ator de nível internacional, parecia estar se divertindo muito em Londres. Havia fotos de grupos em pubs, restaurantes e em casa, em seu apartamento, que Strike deduziu por pontos de referência locais que ficava no elegante Shoreditch. A família Barrett, como os Crystal, parecia ter bastante dinheiro: embora os dois ainda estivessem na casa dos vinte anos, os irmãos dividiam um apartamento que parecia maior e mais bem mobiliado que o de Strike.

Só um conjunto de fotografias fez Strike parar para pensar. Em 2013, supostamente pouco antes do rompimento com Nicole, Marcus tinha visitado o cemitério de Highgate com alguns amigos e publicado fotos dele com aspecto melancólico, vestindo um casaco preto comprido em meio a urnas, colunas partidas e anjos chorosos.

— Claro que pode ter sido apenas uma visita a um lugar histórico — disse Strike a Robin por telefone no fim da tarde de domingo. — Precisamos lembrar que o lugar é uma atração turística, não só uma cena de crime.

— E ele ainda não ligou? — perguntou Robin, que estava novamente de robe, ainda no quarto de hotel que passara a desprezar totalmente.

— Não — disse Strike. — Sinto cheiro de uma ligação em pânico de Nicole e conversas igualmente em pânico entre membros da família Barrett.

— Você acha que ele vai chamar um advogado?

— Deve chamar — disse Strike. — Não acho que muitos pais iam querer o nome do filho arrastado para um caso de assassinato. Mas uma coisa eu sei: não pode ser ele quem está se passando por Nicole no jogo. Ele está fazendo um curso em tempo integral e, até onde pude ver, passa a maior parte de seu tempo livre farreando. Achei que Nicole estivesse sendo ingênua, mas tenho que dizer que agora estou inclinado a concordar com seu ponto de vista. Eles nitidamente ainda *são* amigos. Eu não o vejo como o tipo que divulgaria pornografia por vingança.

— Então quem diabos é Páginabranca?

— Eu tenho pensado nisso — disse Strike, agora dando uma tragada em seu vaporizador. Ele não tinha fumado desde sua visita à emergência, embora ainda houvesse meio maço de Benson & Hedges no bolso do casaco: — Eu me pergunto o que veio primeiro: Nicole ou suas fotos?

— Você quer dizer que alguém conseguiu suas fotos, então foi procurar na internet quem ela realmente era?

— Exatamente, o que sabemos ser possível, porque você fez isso. Quem quer que tenha roubado as fotos tinha uma persona prontinha para encarnar, porque ela botou muita informação pessoal na internet. Então tudo ia bater se Vikas tentasse descobrir com quem estava falando no jogo: lá está ela, estudante de arte, Glasgow, mesmas fotos...

— Ainda era um risco se passar por ela — disse Robin. — E se Vikas contatasse a verdadeira Nicole diretamente, telefonasse para ela ou pedisse uma conversa no FaceTime?

— Tenho pensado nisso. Não sei se você percebeu, mas o computador dele parecia muito adaptado. E se ele tivesse um problema de fala? E se quem quer que estivesse se passando por Páginabranca soubesse disso e contasse com o fato de que ele preferiria falar com ela online, em vez de pessoalmente?

— Ah, meu Deus, isso é horrível — disse Robin, fechando os olhos.

— É, é sim, mas também genial. Páginabranca estaria segura para pressionar Vikas por um contato offline sabendo que ele não ia aceitar. Um trabalho incrível de manipulação.

"Tem mais uma coisa. Muitas pessoas passaram pelo apartamento do garoto, a julgar pelo seu Instagram. Eles são pessoas que gostam de festa, os Barrett. As fotos de Nicole podiam estar em muitos dispositivos, se Marcus as sincronizou, e se qualquer desses dispositivos foi roubado ou aberto sem seu conhecimento... Eu estava pesquisando sobre como hackear o iCloud de uma pessoa também. É possível, mesmo sem senha."

— Alguma coisa sobre a irmã de Marcus?

— Não consigo encontrar nenhuma mídia social dela, então não sei o que ela faz para viver, mas uma coisa eu percebi: não há apenas garotos em suas fotos de festa. Quero dizer, algumas das pessoas com quem eles socializam parecem estar na casa dos trinta ou dos quarenta.

— Acha que são colegas de trabalho dela?

— Acho, o que sugere que ela também tem uma vida offline movimentada.

Strike foi acometido por um bocejo. Com o Tramadol e as horas na internet, ele estava mais do que pronto para encerrar a noite.

— Como você está indo?

— Bom, pesquisei Discípulo de Lepine tão fundo quanto consegui — disse Robin, cujos olhos estavam secos e coçando após passarem horas fixos na tela do computador —, e botei tudo em um documento principal para você, mas andei pesquisando outras três contas também. Você sabe aquele tal de Max, no Twitter, que começou o boato sobre Edie ser uma profissional do sexo? Ele tentou falar comigo usando uma frase de Kosh.

— Todos os trolls estão se misturando em apenas um para mim — admitiu Strike.

— Bom, ele tuitou algo sobre Wally ser um assassino, na quarta-feira.

— Ah, é — murmurou Strike. — Acho que vi isso.

— Fiquei interessada nele e, quando voltei e pesquisei sistematicamente suas publicações no Twitter, percebi que ele é uma de quatro contas que está sempre em torno de Anomia toda vez que ele entra no Twitter. Foi difícil ver isso, até que finalmente comecei realmente a me focar neles, mas eles estão se coordenando uns com os outros e com Anomia.

— O que você quer dizer com "coordenando"? — perguntou Strike, esfregando os olhos em um esforço para permanecer alerta.

— Bom, por exemplo: em 2011, Discípulo de Lepine acusou Edie de mentir sobre como a mãe dela morreu. Ele citou uma frase de uma entrevista de Edie em que ela disse que se lembrava de sua mãe estar "drogada". Discípulo de Lepine tuitou que Edie estava tentando fingir que sua mãe era viciada. Cerca de um minuto depois, Max publicou o obituário da mãe de Edie, que dizia que ela tinha morrido de câncer.

— Ele estava com o obituário preparado e pronto para publicar?

— Exatamente. Então Anomia retuitou a citação fora de contexto de Discípulo de Lepine e o obituário publicado por Max para seus cinquenta mil seguidores, e, logo depois disso, alguém chamado de Johnny B, que, por falar nisso, também deu em cima de mim usando Kosh, publicou uma foto da mãe de Edie, escarnecendo de sua aparência; em seguida, Julius "Eu sou Evola" se juntou ao grupo, dizendo que um amigo tinha ouvido Edie dizer que a mãe era uma viciada, o que Anomia também retuitou.

"Os cinco planejaram entre eles como fazer com que ela parecesse uma mentirosa. Não há outra explicação plausível. A coisa toda aconteceu no espaço de dois minutos. Eles devem ter feito muita pesquisa para encontrar o obituário e a foto. Eu chequei, e os dois estão online, mas em cantos bem obscuros da internet.

"Eles coordenaram ataques assim algumas vezes, mas tem outra coisa: eles estão armando uns com os outros para usar frases de Kosh com garotas."

— O que você quer dizer com isso? — perguntou Strike, se esforçando para se concentrar.

— Discípulo de Lepine ou Julius dizem uma coisa horrível para uma garota, então Max R ou Johnny B entram em ação e dizem tê-los denunciado. Mas é tudo armado, porque eles são nitidamente amigos. Discípulo de Lepine e Julius tiveram algumas suspensões temporárias por assediar garotas, mas eles sempre voltam.

— Eles estão potencialmente sacrificando suas contas no Twitter para que seus amigos possam usar Kosh com garotas?

— É. É como se eles estivessem... não sei... trabalhando em grupo.

— Alguma indicação de quem realmente é algum deles?

— Não. As localizações estão todas ocultas, e nenhum deles fala muito sobre suas vidas reais. Isso só fez com que eu me perguntasse sobre Anomia — disse Robin, se encostando nos travesseiros e olhando para a face vazia da TV na parede. — Tenho imaginado alguém muito amargo e solitário, mas ele nitidamente é capaz de despertar solidariedade, mesmo que apenas de pessoas bem horríveis.

— Vikas Bhardwaj parece um cara decente — disse Strike —, sabia exatamente quem era Anomia e, ainda assim, ficou do seu lado por muito tempo.

Os dois permaneceram em silêncio por um tempo, Robin ainda olhando fixamente para a TV na parede, Strike com o vaporizador à mesa da cozinha, pensando principalmente no quanto estava cansado.

— A nova mobília do escritório vai ser entregue amanhã, não é? — disse Robin por fim.

— À tarde, é — confirmou Strike. — E à noite vou me encontrar com Grant Ledwell. Eu ia perguntar se você me levava até lá.

— Ah, graças a Deus — disse Robin fervorosamente. — Estou enlouquecendo, presa neste quarto. Por que eu não vou até o escritório à tarde, ajudo a arrumar tudo e nós vamos de lá?

Quando Strike hesitou, ela disse:

— Olhe, se o Corte sabe onde estou, eles tiveram tempo o bastante para bater na minha porta fingindo ser um eletricista ou algo assim. Duvido que me esfaqueiem durante uma caminhada de dez minutos até o escritório em uma rua movimentada, em plena luz do dia.

— Está bem. — Strike deu um suspiro. — Chegue às 14h.

Com isso, eles desligaram. Strike permaneceu onde estava por mais alguns minutos, exausto, sonolento, mas temendo o esforço que seria necessário para ir para a cama. Seu caderno estava aberto ao lado do laptop, mostrando o endereço de e-mail de Anomia que Yasmin tinha lhe dado, mas ele ainda não tinha feito nada com isso. Ao contrário de Yasmin, Anomia era inteligente: ele certamente ficaria desconfiado de qualquer abordagem de estranhos naquele momento.

Sentado em uma nuvem de vapor de nicotina, com o céu em frente a sua janela mostrando a borda da lua, Strike se viu olhando fixamente para o trabalho de seu sobrinho Jack sobre a Batalha de Neuve Chapelle, que permanecia preso nos armários da cozinha.

Embora a aldeia de Neuve Chapelle tivesse sido capturada com sucesso dos alemães, isso custou um número inacreditável de vidas, não apenas devido à falta de munição e a comunicação ruim, mas porque mil homens morreram desnecessariamente tentando passar pela cerca de arame farpado que cercava as trincheiras fortificadas alemãs e que não tinha sido cortada.

No estado levemente onírico induzido pelo Tramadol, Strike tentou visualizar o caso de Anomia em termos militares. O alvo ainda impenetrável estava cercado de arame que não tinha sido cortado: não apenas a segurança equivalente à de uma fortaleza que Vikas Bhardwaj construíra no jogo, mas também ajudado e encorajado por quatro trolls anônimos.

Então qual era a lição a ser tirada de Neuve Chapelle? *Corte o arame antes de mandar sua infantaria avançar.*

Strike bocejou mais uma vez, cansado demais para aprofundar mais a analogia, e, fazendo uma careta de dor em antecipação, se ergueu da cadeira.

Enquanto isso, no quarto do Z Hotel, Robin já estava na cama, mas seu cérebro permanecia teimosamente alerta, continuando a vomitar ideias e teorias experimentais como se estivesse embaralhando cartas e mostrando a ela imagens aleatórias. Depois de tentar dormir por vinte minutos, ela tornou a acender a luz da cabeceira, se sentou e abriu seu caderno na última página em que escrevera, onde listara os nomes de usuários das quatro contas que tinham sido tão úteis para Anomia e umas para as outras.

Depois de algum tempo e sem saber ao certo por que estava fazendo isso, Robin pegou a caneta em sua mesa de cabeceira e escreveu um quinto nome: *Zoltan*, o primeiro de todos os amigos online de Rachel, que a garota acreditava ter adotado outra persona virtual, chamada... Como era mesmo? Por alguma razão, Robin tinha uma vaga imagem mental de um arlequim.

Ela, então, se curvou ao lado da cama para pegar o laptop, que estava carregando, abriu-o e fez uma busca por "arlequim".

— *Scaramouche* — disse ela em voz alta após ler um artigo sobre personagens da Commedia dell'Arte italiana. Scaramouche era um palhaço: astuto, presunçoso e fundamentalmente covarde, um nome estranho para escolher se você estivesse tentando transar com mulheres jovens. Mais uma vez sem saber muito bem por que estava fazendo isso, Robin escreveu *Scaramouche* embaixo de *Zoltan*, olhou por um momento para os seis nomes, então pegou o laptop novamente.

# 99

*Nunca sabemos o quanto estamos altos*
*Até que somos chamados a nos erguer...*

Emily Dickinson
*Aspiration*

— Se você não vai falar nada — disse a voz grave e irritável de Pat desde o escritório externo —, pare de telefonar.

Eram 13h30 da tarde de segunda-feira, e Strike, que estava sentado a sua mesa no escritório interno, com as muletas apoiadas na parede, comia biscoitos enquanto lidava com sua caixa de entrada superlotada de e-mails. Ele perguntou a Pat:

— O mesmo número? Só respirando outra vez?

— Não consegui ouvir nenhuma respiração dessa vez — disse Pat, chegando à porta aberta com o cigarro eletrônico na mão. Atrás dela, o escritório externo estava quase vazio, exceto pelo telefone no chão e as pilhas de pastas de casos que Pat estava arrumando, prontas para irem para os arquivos novos. — Só silêncio. Maldito idiota.

— Talvez eu telefone para esse número depois que lidar com este problema — disse Strike, respondendo um e-mail do senhorio, que parecia achar que o atentado justificava um aumento no aluguel, uma visão da qual Strike não compartilhava. — Você está bem?

— Por que não estaria? — perguntou Pat, desconfiada.

— Por estar de novo aqui — respondeu Strike. — Depois do que aconteceu.

— Eu estou bem. Já pegaram todos eles, não pegaram? E espero que joguem a droga da chave fora — acrescentou Pat, voltando para suas pastas de arquivo.

Strike voltou a seu e-mail. Alguns minutos depois, após enviar uma resposta educada, mas firme, para o senhorio, ele começou a escrever uma atualização para Allan Yeoman. Ainda estava tentando redigir o parágrafo de abertura de forma que sugerisse progresso sem de fato mencionar nenhum quando ouviu Pat dizer:

—Você não devia estar aqui hoje.

Strike ergueu os olhos, supondo que Robin tivesse chegado cedo, mas foi Dev Shah que apareceu na porta entre os escritórios externo e interno com um sorriso largo.

— Eu os peguei — informou ele a Strike. — Dedos e sua mãe.

— Está falando sério? — disse Strike, abandonando alegremente seu e-mail.

— Estou. Conversei com ela ontem à noite no bar Connaught. Ela estava lá com a irmã. Ou uma mulher que tem o mesmo cirurgião plástico.

Dev pegou a carteira, pegou um cartão de visitas elegantemente impresso e o entregou a Strike, que viu o nome Azam Masoumi, seguido por "Negociante de antiguidades e objetos de arte".

— O sr. Masoumi intermedeia a venda de objetos valiosos para clientes particulares — disse Dev —, e cobra mais barato do que a comissão padrão das grandes casas de leilões.

— Isso é muito bom da parte dele. Aposto que ele também é discreto.

— O sr. Masoumi se orgulha de sua discrição — disse Dev, sem emoção. — Alguns clientes não querem que saibam que estão vendendo objetos valiosos. O sr. Masoumi entende totalmente suas situações.

— E isso bastou?

— Por si só, não — disse Dev. — Eu também tive que pagar para ela e para a irmã uma montanha de drinques e dizer que ela era quinze anos mais nova do que é. O bar fechou e ela me convidou para o apartamento de Dedos para uma saideira.

— Dedos estava lá?

— Não, o que foi muita sorte, porque não acho que ele gostaria de ver como a mãe estava se comportando.

— Ela estava toda fogosa, não é?

—Tudo começou a ficar muito parecido com *A primeira noite de um homem*. Quando eu fiz menção de ir embora, ela tentou manter meu interesse me mostrando uma caixa Fabergé e uma cabeça de Alexandre, o Grande, que ela disse terem sido presentes do marido afastado.

— Ele vai ficar muito afastado quando souber de tudo isso.Você tirou fotos?

— Tirei — disse Dev, pegando o celular do bolso e mostrando a Strike as imagens dos dois objetos, que juntos valiam mais de um milhão de libras.

— E você saiu de lá sem ter caído nas garras da Sra. Robinson?

— Escapei por pouco, marcando um encontro para jantar esta noite.

—Você — disse Strike, esforçando-se para se manter de pé sobre uma perna, e estendendo a mão — acabou de ser escolhido o funcionário da semana.

— Eu recebo um certificado?

— Vou mandar Pat digitar um quando o computador dela chegar.

— A perna está mal outra vez? — perguntou Dev, olhando para a perna da calça vazia de Strike.

— Vou ficar bem — disse Strike, caindo pesadamente de volta em sua cadeira.

— Onde está todo mundo?

— Barclay deve estar chegando de Glasgow enquanto conversamos, ele foi visitar os pais. Midge está de folga, e Robin está prestes a chegar, assim como nossos móveis novos.

— Quer que eu fique por aqui para ajudar?

— Não, você merece uma folga. Estou planejando dar 150 libras para os entregadores caso alguma coisa precise ser montada.

Dez minutos depois de Dev ter saído, Robin chegou. Ela ficou tão satisfeita quanto Strike ao saber que o caso de Dedos agora estava resolvido, mas chocada ao ver Strike pessoalmente. Sua pele estava com um tom levemente acinzentado, seus olhos estavam injetados e a barba por fazer de dois dias. Entretanto, ela não fez nenhum comentário e ficou apenas segurando o pen drive que tinha trazido consigo.

— Quando a impressora chegar, vou ser capaz de mostrar a você tudo o que consegui sobre o bando de trolls de Anomia. O que você está fazendo?

— Tentando escrever um e-mail para Allan Yeoman, mas há um limite para quantas vezes você pode dizer "desenvolvimentos promissores" sem de fato relatar algum desenvolvimento.

— Com sorte, Grant Ledwell vai admitir esta noite.

— É melhor que ele faça isso — disse Strike —, ou vou ter que encontrar uma maneira positiva de escrever "esta investigação está fodida".

A primeira entrega de móveis chegou às 15h, e as duas horas seguintes foram dedicadas a encher os novos arquivos, montar a mesa de Pat, instalar seu computador e sua impressora e arrancar o invólucro de plástico do sofá novo, que era forrado de tecido vermelho.

— Você não quis couro falso novamente? — perguntou Robin enquanto ela e Pat botavam o sofá no lugar, e Strike observava equilibrado em suas muletas, frustrado por sua incapacidade de ajudar.

— Fiquei cansado do sofá velho peidando toda vez que eu me mexia sobre ele — disse Strike.

— Esse vai manchar se alguém derrubar café nele — disse Pat, o cigarro eletrônico preso entre os dentes. Ela deu a volta na mesa nova e sentou sua estrutura ossuda na nova cadeira do computador. — Mas é melhor do que o velho — admitiu a contragosto.

— Quase valeu a pena sofrer um atentado a bomba para isso, não foi? — disse Strike olhando ao redor do escritório externo, que, com a pintura nova e os móveis novos, nunca tinha parecido tão arrumado.

— Quando eles vão substituir o vidro? — perguntou Pat, apontando para a metade da porta ainda coberta por madeira que dava para o patamar da escada. — Eu gosto de poder ver a silhueta de quem está aí fora. Isso ajuda você a ficar preparado.

— O vidraceiro vem no fim da semana — disse Strike. — É melhor eu terminar o e-mail para Yeoman. — Ele voltou de muletas para o escritório interno. Robin tinha acabado de começar a imprimir os resultados de sua investigação sobre Discípulo de Lepine e seus amigos quando o telefone do escritório voltou a tocar.

— Agência de Detetives Strike — disse Pat.

Pat escutou por alguns segundos, então disse:

— *O que você quer?* Se está tentando ser engraçado...

— O mesmo número de antes? — perguntou Strike, reaparecendo na porta entre as duas salas. Pat assentiu. — Passe para mim — disse ele, mas Pat, cuja expressão rabugenta tinha de repente mudado para uma expressão de desconfiança, cobriu o bocal com a mão e falou:

— Ela está perguntando por Robin.

Robin apertou o botão de pausa na impressora e estendeu a mão na direção do telefone, mas Pat, ainda olhando para Strike, sussurrou:

— Ela parece uma doida.

— Pat — disse Robin com firmeza. — Me passe o telefone.

Com a expressão de que nada de bom podia sair daquilo, Pat entregou o telefone.

— Alô? — disse Robin. — É Robin Ellacott falando.

Uma voz sussurrou no ouvido de Robin:

— Você era Jessica?

Robin olhou nos olhos de Strike.

— Quem é? — perguntou Robin.

— Você *era*? — insistiu a voz baixa.

— Com quem estou falando? — disse Robin.

Agora ela podia ouvir a respiração da garota. A respiração entrecortada com certeza indicava terror.

— Eu conheço você? — perguntou Robin.

— Conhece — sussurrou a voz. — Acho que conhece. Se você era Jessica.

Robin pôs a mão sobre o bocal e disse em voz baixa:

— É Zoe Haigh. Ela quer saber se eu era Jessica.

Strike hesitou, em dúvida se a confissão valia o risco, então assentiu. Robin tirou a mão do bocal e disse:

— Zoe?

— Isso — disse a voz. — Eu... eu...

— Você está bem? Aconteceu alguma coisa?

— Estou com muito medo — murmurou a garota.

— Por que você está com medo? — perguntou Robin.

— Por favor... você pode vir me ver?

— É claro — disse Robin. — Você está em casa agora?

— Estou — disse Zoe.

— Tudo bem. Fique aí. Vou chegar o mais rápido possível.

— Está bem — murmurou Zoe. — Obrigada.

A linha ficou muda.

— Ela quer me ver — disse Robin conferindo o relógio. — Talvez seja melhor você pegar um táxi para se encontrar com Ledwell, e eu vou...

— Você não vai nada. E se for uma armação? E se ela for a isca, e Anomia estiver à espera?

— Aí vamos descobrir quem ele é — disse Robin, tornando a ligar a impressora.

— Logo antes de cortarem sua garganta, você quer dizer? — perguntou Strike acima do farfalhar de páginas.

A cabeça de Pat ia de um sócio para outro, como se ela estivesse assistindo a um jogo de tênis.

— Tem dois lances de escada até o apartamento de Zoe — disse Robin sem olhar para Strike.

— E como você acha que eu cheguei aqui? Levitando? — perguntou Strike, omitindo o fato de ter feito a maior parte do trajeto de costas.

— Strike, sinceramente, não acredito que Zoe esteja me atraindo para minha morte.

— Você também não achava que fôssemos encontrar Vikas Bhardwaj com a jugular cortada.

— Engraçado — disse Robin, com tranquilidade, agora se virando para olhar para o sócio. — Eu também não me lembro de *você* ter previsto isso.

— A diferença — disse Strike com impaciência — é que aprendi a droga da minha lição. Eu vou com você. Se formos para a Junction Road agora, vamos ter bastante tempo antes de nos encontrar com Grant Ledwell às 21h.

Depois de desaparecer novamente no escritório interno para pegar o celular e a carteira, Pat disse, em um rosnado baixo que passava por seu sussurro:

— Ele está certo, você sabe.

— Não está, não — disse Robin, juntando as folhas impressas e pegando um envelope plástico na prateleira atrás de Pat para guardá-las. — Se ele tentar socar outra pessoa, ou se cair da escada outra vez, ele vai ficar fora de ação por...

Ela se calou quando Strike voltou para o escritório externo, ainda furioso.

— Pronta?

Robin soube, pela expressão no rosto do sócio, que ele tinha escutado o que ela havia acabado de dizer.

# 100

*Mas ali está, triunfante, uma coragem selvagem,*
*A grandeza atormentada de um desespero orgulhoso;*
*Um espírito ousado, alegre com sua aflição,*
*Mais poderoso que a morte, indomável pelo destino.*

Felicia Hemans
*The Wife of Asdrubal*

Nenhum dos detetives falou durante os primeiros minutos de viagem até a Junction Road. Um ressentimento silencioso queimava dentro de Strike pelo fato de Robin considerá-lo no momento uma inconveniência e não um recurso a seu favor. Sempre sensível aos estados de ânimo do sócio, Robin sentiu o incômodo por baixo de seu silêncio e passou a parte inicial da viagem tentando reunir tanto a coragem quanto as palavras certas para falar sobre isso.

Finalmente, enquanto esperavam que um sinal de trânsito se abrisse, ela disse, com olhos na rua à frente:

— Você me disse uma vez que temos que ser honestos um com o outro ou estamos ferrados.

Strike manteve o silêncio até o sinal ficar verde e eles estarem novamente em movimento.

— E daí?

— Você disse que se preocupava mais comigo quando eu estava sozinha do que se preocuparia com um subcontratado homem, porque as chances sempre estariam contra mim se eu me deparasse com um agressor...

— Exatamente — disse Strike. — E é por isso que...

— Posso terminar? — pediu Robin com tom calmo, embora seu pulso estivesse acelerado.

— Vá em frente — disse friamente Strike.

— E você me disse que preciso cuidar de meus ataques de pânico, porque você não queria o peso em sua consciência se eu estragasse as coisas e acabasse machucada outra vez.

Strike, que agora sabia exatamente aonde aquela conversa estava levando, fez uma expressão que Robin, se a tivesse visto, teria descrito como teimosa.

— Eu nunca perturbei você sobre se cuidar — disse Robin, com os olhos ainda fixos na rua. — Nem uma vez. É sua vida e seu corpo. Mas o dia que você me disse que eu tinha que fazer terapia, você disse que não era apenas *eu* que teria de viver com as consequências, se fosse morta.

— E daí? — perguntou Strike novamente.

Uma mistura de masoquismo e sadismo fazia com que ele quisesse forçá-la a ser explícita. Agora começando a ficar irritada, Robin disse:

— Sei que você está sentindo dor. Sua aparência está horrível.

— Obrigado. Era a injeção de ânimo de que eu precisava.

— Ah, pelo amor de Deus — disse Robin, agora quase incapaz de conter o mau humor. — Você *nunca* deixaria outra pessoa sair em um trabalho em sua condição. Como você acha que vai se defender, ou a mim, se...

— Então eu sou peso morto na merda de minha própria agência, é isso?

— *Não* distorça minhas palavras, você sabe *exatamente* o que estou dizendo...

— Sei, sou um aleijado de meia-idade que você preferia deixar no carro...

— *Quem disse alguma coisa sobre sua idade?*

— ... enquanto você caminha alegremente para o que pode ser...

— Alegremente? Será que você consegue *ser* mais condescendente?

— ... a merda de uma *emboscada*.

— Eu levei isso em conta e...

— Ah, você levou isso em conta, não é? *Isso* vai impedir que você seja esfaqueada no pescoço quando entrar pela porta...

— PELO AMOR DE DEUS, STRIKE! — gritou Robin, batendo no volante com as duas mãos, a tensão que estava carregando com ela desde o atentado finalmente sendo liberada de uma maneira catártica. — EU NÃO QUERO QUE VOCÊ SE MATE! Sei que você se sente... não sei... *emasculado* por estar de muletas ou algo assim...

— Não, eu não...

— Você fala de honestidade, mas *não* é honesto, não comigo, não consigo mesmo! Você sabe por que estou dizendo isso: *Eu não quero perder você*. Está feliz agora?

— Não, eu não estou feliz — falou Strike automaticamente, o que ao mesmo tempo era e não era verdade: em uma parte quase escondida de seu cérebro, ele havia registrado as palavras dela, e elas aliviaram um fardo que ele mal sabia estar carregando. — Acho que estamos lidando com a porra de um assassino em série...

— Eu também! — disse Robin, furiosa por ele não ter demonstrado reação a algo que custara a ela muito para admitir. — Mas eu conheço Zoe, e você, não!

— Você a conhece? Você caminhou por vinte minutos com ela...

— Às vezes vinte minutos são suficientes. Ela estava aterrorizada ao telefone, e não acho que seja porque Anomia esteja com uma faca em seu pescoço: é porque ela está prestes a trair Anomia! Sei que você acha que sou uma tola ingênua e boba que entra "alegremente" em situações perigosas...

— Eu não acho isso — disse Strike. — Não acho.

O silêncio caiu, então, no BMW. Strike estava processando o que tinha acabado de ouvir. *Eu não quero perder você.* Isso era algo que uma mulher diria ao que ele temia, em seus momentos mais sombrios, ter se tornado? Um velho caindo aos pedaços, um fumante inveterado gordo, de quarenta anos e com uma perna só, iludido em relação a sua aparência e competência, ainda se imaginando o boxeador amador talentoso com barriga de tanquinho que era capaz de conquistar as mulheres mais bonitas da Universidade de Oxford?

Mas Robin não estava se sentindo confortada; pelo contrário, ela se sentia vulnerável e exposta, porque tinha acabado de dizer o que tinha tentado não dizer por muito tempo, e ficou com medo de que Strike tivesse ouvido naquele "Eu não quero perder você" mais do que sua preocupação de que ele causasse em si mesmo algum ferimento cataclísmico ao subir a escada íngreme de concreto no prédio de Zoe. Ela temia que ele tivesse percebido seu sofrimento com a ideia de Madeline e sua vontade por uma intimidade que ela estava tentando se convencer de que não desejava.

Depois de alguns minutos, ela disse, tentando manter a voz nivelada e racional:

— Você *é* esta agência. Ela não seria nada sem você. Eu nunca disse a você para descansar, ou parar de fumar, ou comer melhor. Isso não era da minha conta. Mas agora você está fazendo com que seja. Tenho um alarme de estupro na bolsa, vou garantir que seja lá quem estiver no quarto de Zoe, quando eu chegar lá, saiba que não vim sozinha. Você parece intimidador o bastante, mesmo sentado em um carro. Qualquer pessoa olhando pela janela vai pensar duas vezes em me machucar, sabendo que você está bem em frente, mas você não vai conseguir subir aquelas escadas sem correr risco, e eu ficaria mais preocupada com você do que comigo se alguém nos atacasse.

Strike não disse nada, porque estava aguentando a experiência sempre humilhante de encarar sua própria hipocrisia e ilusão. Se houvesse uma briga de faca, ele seria menos que inútil.

— Você trouxe mesmo seu alarme de estupro?

— Trouxe — disse Robin, virando na Junction Road —, porque eu não sou uma louca...

— Eu nunca achei que você fosse... Tudo bem, vou ficar no carro. Mas me telefone assim que entrar lá. Se eu não tiver notícias suas em cinco minutos, eu vou subir.

— Está bem — disse Robin.

Eles passaram pela loja de brinquedos, e agora o prédio em forma de cunha de Zoe estava bem à frente. Robin entrou com o BMW na Brookside Lane e estacionou.

— Você pode examinar as coisas de Discípulo de Lepine enquanto estou lá — disse ela, pegando o envelope plástico com material impresso no banco de trás e o entregando a ele. — Passei muito tempo nisso ontem à noite. Eu gostaria de pensar que alguém leu.

Quando ela soltou o cinto de segurança, Strike disse:

— Só tome cuidado, está bem?

— *Vou tomar* — disse Robin com firmeza ao sair do carro.

# 101

*Meus homens e mulheres de vidas desordenadas...*
*Quebraram as máscaras de cera que os fiz usar,*
*Com contorções ferozes do rosto natural —*
*E me amaldiçoaram por minha repressão tirânica...*

Elizabeth Barrett Browning
*Aurora Leigh*

O saguão do prédio de Zoe, com seu cheiro de sujeira e urina choca, não pareceu menos deprimente na segunda vez em que Robin entrou nele. Ao subir a escada de concreto, pegou na bolsa o alarme de estupro que carregava constantemente consigo e o segurou na mão, preparada.

No último andar, ela bateu delicadamente à porta de Zoe.

Ela se abriu imediatamente. A garota emaciada que olhava para Robin parecia estar saudando a Morte em pessoa, mas Robin estava certa, e Strike, errado: não havia mais ninguém no quarto, apenas Zoe, magra e aterrorizada, os olhos contornados com maquiagem escura examinando o rosto de Robin agora que o via sem disfarce.

— Posso entrar? — perguntou Robin.

— Claro — disse Zoe, saindo do caminho.

O quarto tinha uma cama de solteiro, que ela havia coberto com um tecido fino de algodão com estampa de estrelas brancas, sobre o qual estava um laptop velho. A cortina rosa sem forro pendia inerte sobre a janela, e havia um fogareiro de duas bocas em cima de uma geladeira que parecia datar dos anos 1980, ao lado de uma pia pequena que parecia estar se soltando da parede. Não havia armários, apenas prateleiras. Uma única panela e duas latas de sopa de baixa caloria estavam guardadas na prateleira acima da geladeira, enquanto em outra, acima da cama, havia alguns itens de maquiagem baratos, um desodorante, alguns lápis e canetas e um bloco. O estoque escasso de roupas inteiramente pretas de Zoe estava dobrado e empilhado em um canto. Isso deixava uns poucos centímetros quadrados de chão cobertos por um carpete verde-claro manchado.

Entretanto, Robin mal reparou em tudo isso ao entrar no quarto, porque toda a sua atenção estava direcionada às paredes e ao teto, que tinham cada centímetro coberto por desenhos feitos a lápis e nanquim preto presos com tachinhas. Eles eram imensamente detalhados e ornamentados: os desabafos extraordinários e incontroláveis de uma mente criativa incurável. O talento exibido naquelas paredes dilapidadas era quase chocante para Robin.

— Uau — disse ela em voz baixa enquanto seus olhos percorriam as paredes. — Zoe... eles são *incríveis*...

Um leve tremor de prazer passou pelo rosto assustado da garota.

— Tenho que fazer uma ligação rápida — disse Robin. — Nada com que se preocupar — acrescentou ela ao ver a ansiedade de Zoe aumentar. — Aí podemos conversar.

Ela apertou o número de Strike.

— Zoe está aqui — disse ela para ele.

— Sozinha?

— Sim.

— Tudo bem, boa sorte — disse Strike, e Robin desligou, então acionou o gravador do telefone sem dizer a Zoe o que estava fazendo e tornou a guardá-lo na bolsa.

— Você quer se sentar? — sussurrou Zoe.

— Claro, obrigada — disse Robin, e as duas se sentaram na cama.

— Por que você queria me ver, Zoe?

— Porque — Zoe respirou fundo — Anomia, o cara que criou o *Drek's Game*? Ele diz que vai matar você e seu sócio. Disse que vai fazer com vocês o mesmo que aconteceu com Ledwell e Blay. Ele me mostrou fotos suas no jornal outro dia, foi assim que percebi que você era Jessica. Sei que irritei aquele homem que sempre atendia o telefone em seu escritório... eu sempre desligava porque estava com muito medo e... e meu namorado disse que eu não devia entrar em contato com você, que eu me meteria em problemas, mas tive que fazer isso, porque *acho que ele matou Edie*.

— Você acha que seu *namorado*...?

— Não! — respondeu Zoe com voz esganiçada. — Não, Anomia! Eu estava conversando com essa garota que chama a si mesma de Páginabranca na internet, e...

— Ela está no *Drek's Game* neste momento?

Zoe pareceu chocada por Robin saber exatamente onde estava Páginabranca.

— Zoe, você me deixaria falar com ela, por favor? Não se preocupe. Ela não precisa saber que não é você.

— Mas você não sabe como...

— Eu sei tudo sobre o jogo — disse Robin. — Eu sou PatinhasdaBuffy. Ou, pelo menos, fui pelos últimos dois meses.

— *Você é PatinhasdaBuffy?* — perguntou Zoe em um tom de voz impressionado. — Era com *você* que eu estava...

— Isso mesmo.

Boquiaberta, Zoe virou o laptop para que Robin pudesse ver o canal de moderadores no qual Verme28 e Páginabranca estavam conversando. Robin subiu a tela para ver o que já tinha sido dito.

<Canal de moderadores>

<15 de junho de 2015 17.47>

<Presentes: DrekIndediado, Verme28, Anomia>

**DrekIndediado:** mas por quê?

>

>

>

>

**Anomia:** porque quero que todas as conversas fiquem no canal dos moderadores de agora em diante

**DrekIndediado:** Morehouse não deixou um manual de instruções ou alguma outra coisa?

**DrekIndediado:** eu não sei como me livrar deles.

**Anomia:** você me disse que sabia programar, cacete

**DrekIndediado:** Eu sei

**DrekIndediado:** mas isso é um nível diferente

<Canal privado>

<15 de junho de 2015 17.47>

<Presentes: Páginabranca, Verme28>

**Verme28:** mas e se ele fez isso ?

**Verme28:** e se ele não estiver brincando ?

**Páginabranca:** não seja estúpida, claro que ele não fez

**Verme28:** como você saeb disso ? Porque ele sempre diz que fez

**Páginabranca:** Eu sei quem é Anomia e não há como ele ter feito isso

**Verme28:** você sabe quem é Anomia ?

>

>

**Páginabranca:** sei

**DrekIndediado:** enfim, as pessoas gostam dos canais privados

>

**Anomia:** as pessoas têm abusado dos canais privados, por isso faça o que eu estou mandando

**Páginabranca:** você não tem dito às pessoas que Anomia matou Ledwell, tem?

**Verme28:** não

**Verme28:** claro que não

>

— Você estava dizendo a Páginabranca que acha que Anomia matou Edie? — perguntou Robin a Zoe, que assentiu.

Robin então levou os dedos ao teclado, lembrando-se de duplicar a pontuação idiossincrática de Zoe enquanto Páginabranca tornava a falar.

>

>

>

**Anomia:** as pessoas gostam de um monte de merda que não deveriam. Só faça o que eu mando

>

>

>

**DrekIndediado:** tenho que ir

**<DrekIndediado saiu do canal>**

>

>

**Anomia:** Verme?

>

>

>

>

**Páginabranca:** bom, porque Anomia vai ficar com muita raiva de você se descobrir que você tem feito isso

**Verme28:** Eu não contei a ninguém

**Verme28:** Morehouse contou a você quem é Anomia ?

**Páginabranca:** Não, foi o próprio Anomia que me contou

**Verme28:** sério ??

**Páginabranca:** é. Nós ficamos amigos.

**Verme28:** uau . Eu achei que você ia ficar puta com ele por se livrar de Morehouse

**Páginabranca:** Morehouse era um filho da mãe repulsivo

**Páginabranca:** já foi tarde

>

>

**Verme28**: oi

>

>

**Anomia**: você está falando com alguém em um canal privado agora?

**Verme28**: Eu achava que vcs eram bons amigos

**Páginabranca**: não, quando eu o conheci, percebi que ele era nojento

>

>

Robin não ia cometer o mesmo erro duas vezes.

**Verme28**: sim, estou falando com Páginabranca

>

**Anomia**: e você ficaria confortável se eu conseguisse ver o que você está dizendo?

**Verme28**: ficaria

>

**Anomia**: mesmo?

**Verme28**: ficaria, sim

**Páginabranca**: haha, você está encrencada agora

>

>

>

**Páginabranca**: mentirosa

>

>

>

Então Robin parou, olhando para os dois canais, e seu coração se acelerou.

**Verme28**: é engraçado

**Verme28**: o jeito como você e Páginabranca nunca falam ao mesmo tempo

>

>

**<Verme28 foi bloqueada>**

>

>

>

>

**Verme28**: não é?

>

**<Verme28 foi bloqueada>**

Robin fechou o laptop devagar.

— O que aconteceu? — perguntou Zoe com ansiedade.

— Infelizmente Verme28 acabou de ser bloqueada.

— *Ah, não!* — murmurou Zoe, pressionando as mãos sobre o rosto e examinando Robin por cima das pontas dos dedos com seus olhos enormes e fundos delineados de preto. — Ah, merda, ele está com raiva? Você contou a ele o que eu estava dizendo, sobre ele matar...

— Eu não precisei fazer isso. Você estava falando com Anomia o tempo todo. Anomia e Páginabranca são a mesma pessoa.

— *O quê?* Ah, meu Deus, ah, não. Ele vai vir atrás de mim agora, ele vai...

Zoe se levantou em pânico, parecendo estar prestes a pegar seus poucos pertences e fugir.

— Zoe, sente-se — disse Robin com firmeza. — *Sente-se*. Eu posso ajudar você, *prometo* que posso ajudar você, mas precisa me contar o que sabe.

A garota tornou a se sentar na cama, olhando para Robin com aqueles olhos enormes e fundos. Finalmente, ela murmurou:

— Anomia é quem você pensa que é.

— Quem *eu* penso que é? — disse Robin.

— É — disse Zoe, com lágrimas escorrendo de seus olhos. — É por isso que você estava conversando com ele disfarçada, não é? Se eu soubesse, nunca teria me aproximado dele.

— Zoe, você está falando sobre Tim Ash...?

— Não! — exclamou Zoe. — Claro que não.

Mas ela instintivamente cerrou os lábios, como se estivesse com medo do que sairia deles em seguida.

— Olhe, eu sei que você e Tim estão... em um relacionamento — disse Robin, hesitando porque odiava dignificar a exploração por parte de Tim daquela garota problemática e isolada com a palavra "relacionamento".

O rosto de Zoe desmoronou outra vez, e Robin se surpreendeu novamente com sua estranha aparência ao mesmo tempo velha e jovem, a fragilidade de seus ossos e o jeito infantil como enxugava os olhos com as costas da mão tatuada.

— Ele vai acabar com tudo agora — choramingou ela. — Ele vai ficar com raiva por você saber. Vai achar que eu contei.

Ao dizer isso, ela pegou o telefone e viu a hora.

— Você o está esperando?

— Estou — disse Zoe, lágrimas ainda escorrendo pelas bochechas fundas. — Ele quis vir aqui porque eu disse que queria entrar em contato com você. Ele não queria que eu fizesse isso. Está sempre nervoso em relação à polícia e outras coisas.

*É, aposto que está,* pensou Robin, mas disse:

— Achei que ele ia querer que a morte de Edie fosse investigada. Ele era amigo dela, não era?

— Ele *quer* que o assassino seja pego, ele só... ele acha que as pessoas não vão entender sobre nós, então ele não gosta quando eu falo com estranhos... Ele ficou com muita raiva quando comecei a trabalhar no North Grove... mas ele não começou isso, nós... eu comecei — disse Zoe com sinceridade. — Não foi culpa dele. Fui eu quem o beijou primeiro.

— Quantos anos você tinha?

— Treze, e ele não queria, por causa da minha idade. Fui *eu* que comecei. É minha culpa, não de Tim.

— Você o forçou, então?

— N-não — disse Zoe com um meio soluço. — Ele me disse que estava apaixonado por mim, mas que não podíamos fazer nada devido a minha idade, e eu disse que isso não importava. Mas ele não queria nada físico, fui eu que fiz com que acontecesse.

— Você disse a Tim que acha que Anomia matou Edie?

Zoe assentiu, as lágrimas ainda escorrendo por seu rosto.

— Você contou a ele quem acha que é Anomia?

— Contei, mas ele disse que estou sendo tola.

— Zoe, por favor, me conte quem...

— Mas eu achei que você *soubesse*, achei que era por isso que estava no North Grove!

— Você acha que é Pez Pierce?

— Não — murmurou Zoe. — É Nils.

# 102

*... e como você se revelou tão vil,*
*Sim, vil, eu digo — vamos mostrar isso agora...*
*você enganou a pobre Marian Erle,*
*E mandou o amor dela cavar a própria cova*
*No solo de seu belo jardim verde de esperança...*

Elizabeth Barrett Browning
*Aurora Leigh*

No BMW, Strike tinha acabado de ler as anotações de Robin sobre as quatro contas do Twitter que tinham sido tão úteis para Anomia na disseminação de informações falsas sobre Edie Ledwell. Então ele abaixou a janela, deu um trago profundo em seu cigarro eletrônico e voltou para as páginas que achara especialmente interessantes.

Todas as quatro contas tinham descrito Anomia como "brilhante" e "um gênio"; todas chamaram Edie Ledwell de variações de "vadia", "puta" e "interesseira"; e todas sugeriram que ela dera as costas a sua amizade com Anomia, ou que ela e Anomia tiveram um relacionamento sexual no passado.

Strike virou mais uma página. Abaixo do título *Beatles outra vez*, Robin colara outra publicação no Twitter.

---

**Julius** @eu_sou_evola
Em resposta a @rachledbadly

não se eu fosse parecido com você. Eles iam se perguntar por que Ringo Starr tinha aparecido usando saia na porta dele

21h15 28 de janeiro de 2013

Strike então releu a seção intitulada *Frases repetidas*. Todas as quatro contas gostavam de dizer "posso sentir o cheiro de sua boceta velha daqui" para mulheres; Julius Eu Sou Evola e Max R tinham dito a garotas que, se elas fossem estupradas toda vez que dissessem algo estúpido, iam estar "permanentemente cheias de pica", e, junto com Discípulo de Lepine, ambos também tinham expressado em termos quase idênticos a opinião de que todas as mulheres deviam "passar fome até atingirem o peso ideal para a reprodução".

Strike voltou para a primeira página, onde Robin colara as primeiras publicações de Discípulo de Lepine.

**Discípulo de Lepine** @D1scipulodeLepine

Marc Lépine era um Deus

**Discípulo de Lepine** @D1scipulodeLepine

14 fêmeas mortas hahahahahahahaha

**Discípulo de Lepine** @D1scipulodeLepine

Eles as enfileirou e atirou nelas

Por fim, Strike foi para a última página de resumo de Robin.

Todas as contas atacam garotas aleatórias, mas três mulheres ficaram sob fogo constante por anos: Edie Ledwell, Kea Niven e Rachel Ledwell.

O quarteto não se voltou para Kea até Anomia fazer isso, ou seja, depois da publicação "processe ou cale a porra da boca, você está começando a entediar todos nós". Nesse momento, a temporada de caça à Kea começou, e eles a trataram quase tão mal quanto estavam tratando Edie.

O estranho é que Anomia nunca atacou Rachel Ledwell, e, ainda assim, ela sofreu quase tanto abuso por parte do quarteto quanto Kea. Isso me fez pensar que há um rancor separado, não relacionado ao *Coração de nanquim*, contra Rachel.

Um possível culpado é Zoltan, velho amigo de Rachel do Club Penguin. Rachel cortou o contato com Zoltan quando ele começou a usar frases de Kosh com ela, e acha que ele pode ter reaparecido como Scaramouche, porque ele fez a mesma coisa com Zoe Haigh. As contas, tanto de Zoltan quanto de Scaramouche, desapareceram do Twitter, mas o tom do abuso direcionado a Rachel pelo quarteto pode sugerir ressentimento contínuo com uma ex-amiga que os abandonou.

Abaixo disso, Robin tinha colado exemplos de publicações que o quarteto havia enviado para a Rachel de dezesseis anos.

---

**Johnny B** @jbaldw1n1>>
Em resposta a @rachledbadly
Ainda montada no carrossel de pica, esperando conseguir um alfa? Continue sonhando, mocreia de peito caído

---

**Julius** @eu_sou_evola
Em resposta a @rachledbadly
O que essa vadia nojenta que se acha boa demais para homens beta está dizendo agora?

---

**Max R** @mreger#5
Em resposta a @rachledbadly
Sapatonas feias como você deviam ser postas em campos de concentração e estupradas coletivamente

---

**Discípulo de Lepine** @D1scipulodeLepine
Em resposta a @rachledbadly
Pelo menos quando sua mãe morrer você vai ter alguma coisa em comum com #EdinheiroComilona

Erguendo os olhos das páginas, de cenho franzido, Strike então viu alguém pelo espelho lateral: um homem alto e calvo caminhando com determinação na direção da porta preta ordinária de Zoe.

Imediatamente, Strike jogou os papéis que estava lendo no banco do motorista e baixou a janela.

— Ei.

Tim Ashcroft se virou, assustado, localizou a fonte do grito e olhou fixamente para o homem com barba por fazer e nariz quebrado de pugilista.

— Quero dar uma palavrinha com você — disse Strike.

Parecendo cauteloso, Ashcroft se aproximou de Strike, parando a pouco mais de um metro de distância.

— Posso ajudar em alguma coisa? — perguntou ele com sua voz educada de Home Counties.

— Pode, sim. Meu nome é Cormoran Strike. Sou um detetive particular.

Ele observou com satisfação o sorriso educado de Tim evaporar.

— Pelo que entendo, você está indo visitar Zoe Haigh?

Tim hesitou por um tempo longo demais antes de fingir estar confuso.

— Quem?

— A menor de idade que você tem comido pelos últimos quatro anos — disse Strike.

— Eu... o quê? — disse Tim. — Foi isso o que Zoe contou a você?

— Achei que você não sabia quem ela era.

— Não ouvi você direito — disse Tim. Strike podia ver o leve brilho de suor no lábio superior sem pelos de Ashcroft. — Eu conheço Zoe, sim. Ela é uma jovem bem problemá...

— Mas é assim que você gosta delas, não é? Elas são mais fáceis de manipular se têm uma autoestima fodida e nenhuma família para levá-lo aos tribunais.

— Eu realmente não...

— Ah, eu acho que sim — disse Strike.

Ele abriu a porta do carro. Tim saiu do caminho, parecendo muito assustado, mas quando Strike se ergueu sobre sua única perna, usando o teto do carro para se equilibrar, então pegou suas muletas, Ashcroft pareceu recobrar alguma coragem.

— Acho que você começou essa conversa com o pé...

— Você não está fazendo uma piada capacitista sobre minha amputação, está? — perguntou Strike, avançando na direção de Ashcroft, que deu um passo para trás. — Talvez eu tenha que começar meu próprio blog. "Por que o Caneta da Justiça é um pedófilo, e por que isso devia incomodar você."

Tim deu outro passo para trás.

— Não sei o que Zoe tem contado às pessoas — gaguejou ele —, mas ela não bate bem...

— Ela é uma doente mental, é isso? Uma maluca?

— Garotas às vezes têm crushes por homens mais velhos, interpretam as coisas de...

— Ah, ela devia ter percebido que seu pau estava dentro dela *platonicamente*, então? — disse Strike, se aproximando mais de Tim, que continuava a recuar. — Você sabe o que vai acontecer agora?

— O quê? — perguntou Tim.

— Vou tentar convencê-la a ir à polícia. Se ela não quiser cooperar, vou entrar em contato com todas as garotinhas que você está seguindo no Twitter. Minha sócia reuniu um arquivo bem grande sobre você e seu comportamento online. Tem pelo menos um pai furioso por aí que, tenho certeza, ficaria felicíssimo de ter notícias minhas.

Tim, agora, parecia prestes a cair de joelhos ou começar a chorar.

— Se você se aproximar de Zoe Haigh outra vez — disse Strike —, eu mesmo vou amputar uma coisa, e não vai ser a merda da sua perna. Entendeu?

— Entendi — murmurou Tim.

— Agora vá embora...

A porta preta atrás de Tim se abriu e revelou Robin e Zoe.

— Tim! — gritou Zoe.

Ashcroft a ignorou e começou a se afastar apressadamente. Enquanto Zoe olhava fixamente para ele, Tim começou a correr, dobrou a esquina e desapareceu. Os olhos de Strike e de Robin se encontraram, e ainda que ela não soubesse exatamente os detalhes específicos, compreendeu na hora o que devia ter acontecido.

— Nós vamos dar à Zoe uma carona até o metrô — disse Robin. — Ela vai ficar com meu quarto no Z Hotel esta noite.

— Não — protestou Zoe, e Strike então viu ter marcas de lágrimas no rosto. — Eu quero ver Tim.

— Mas ele não quer ver você — disse Strike.

— Por que não? — lamentou-se Zoe, com lágrimas novas escorrendo pelo rosto.

— Podemos falar sobre isso no carro — disse Strike, abrindo uma das portas traseiras. — Entre.

# 103

*Muito é acabado, sabido ou não sabido:*
*Vidas são terminadas; o tempo, diminuído;*
*A terra alqueivada não foi semeada?*
*Esses brotos nunca vão florescer?*

Christina Rossetti
*Amen*

— Você podia ter sido mais solidário — disse Robin em tom de reprovação meia hora mais tarde.

Ela e Strike estavam estacionados em uma ruazinha perto da estação de Tufnell Park, depois de deixarem Zoe na estação de metrô. Zoe agora estava com o cartão magnético que era a chave do quarto de hotel de Robin e cem libras em dinheiro dadas a ela por Strike.

— Eu sou solidário — disse Strike. — Por que você acha que acabei de ameaçar arrancar fora o pau de Ashcroft?

Eles levaram trinta minutos para acalmar a tristeza de Zoe em relação à partida apressada de Ashcroft e, depois, para explicar como hotéis funcionavam, porque ela nunca tinha ficado em um antes. Entretanto, ela estava com tanto medo de que Anomia viesse atrás dela que foi finalmente convencida de que ninguém ia expulsá-la do Z Hotel por não se parecer com Robin, e tinha até aceitado o abraço tranquilizador da detetive no alto da escada da estação.

— Ela vai ligar para Ashcroft assim que tiver sinal novamente — disse Robin.

— Se Ashcroft souber o que é bom para ele, não vai atender — replicou Strike. — Nunca mais.

— Você percebe que se ele for Anomia...

— Ele não é — afirmou Strike. — Acabei de excluí-lo. Bom, noventa por cento.

— Como? — indagou Robin, pega de surpresa.

— Vou explicar depois de você me contar o que aconteceu lá em cima.

— Está tudo aqui.

Robin pegou o celular na bolsa, localizou a gravação e apertou o play.

Strike escutou, com expressão dura, Zoe dizer que Anomia ia fazer com os detetives "o mesmo que aconteceu com Ledwell e Blay". Quando eles chegaram a um silêncio interrompido apenas pela digitação nas teclas do laptop, Robin disse:

— Então eu entrei no jogo. Havia dois canais abertos, e Páginabranca... ela estava *totalmente* diferente. Ela disse que Morehouse tinha sido horrível e repugnante, e que estava farta dele. E então, depois de um tempinho, eu percebi: Anomia e Páginabranca não digitam ao mesmo tempo, e quando apontei esse fato, nos dois canais, fui imediatamente bloqueada. Tenho certeza de que eles são...

— A mesma pessoa — disse Strike. Ele se debruçou para a frente e apertou o botão de pausa. — *Merda.* É claro: Páginabranca foi criada para ficar de olho em Morehouse. Descobrir o que ele estava pensando, se estava cogitando sair...

— E para tentar mantê-lo lá — disse Robin. — Porque Vikas tinha crescido desde que ajudara a criar o jogo, não tinha? Ele estava fazendo cada vez mais sucesso no mundo real, e Anomia devia saber que seria praticamente impossível substituí-lo. Acabei de ver Anomia dar uma boa bronca no moderador novo, DrekIndediado, que nitidamente não está à altura da tarefa.

"Páginabranca entrou no *Drek's Game* mais ou menos na mesma época em que Vikas e Rachel se afastaram. Não acho que isso foi coincidência. Rachel disse que Anomia era possessivo em relação a Vikas, que não gostava que Vikas e Rachel estivessem se aproximando. Páginabranca era um jeito perfeito para afastar Vikas de Rachel para sempre."

— Com um monte de nudes roubados, que Anomia também mostrou para os outros homens — disse Strike, pensando rápido. — Qual a chance de Oliver Peach ter sido atraído à Comic Con uma vaga ideia de que uma ruiva linda estaria lá para ajudá-lo a localizar Anomia?

Ele tornou a apertar o play.

No ponto em que Zoe dizia ter sido ela que iniciara o relacionamento sexual com Tim Ashcroft, Strike murmurou:

— Esse merda.

Mas quando Zoe pronunciou as palavras "É Nils", ele disse em voz alta:

— Que porra é essa?

— Pst. Escute — disse Robin, apontando para o celular, de onde agora saía sua própria voz.

— *Por que você acha que é Nils?*

— *Muitas coisas. Na primeira vez em que vi a janela no North Grove, fiquei chocada. Ela tem a palavra "anomia", então naquela noite, no canal dos moderadores, eu disse: "Vocês nunca vão adivinhar: eu vi uma janela com 'anomia' escrito nela hoje, isso não é engraçado?", ou algo assim, e Anomia veio falar comigo em um canal privado logo que eu disse isso, e ele falou: "Nunca mais mencione essa janela, ou vou bloquear você. Não mencione isso para ninguém." Ele foi muito estranho em relação a isso.*

*— Anomia mencionou o North Grove?*

*— Não, mas fiquei com a sensação de que ele sabia onde ficava a janela, e comecei a achar que ele devia ter estado ali, e talvez tenha sido onde ele teve a ideia para o nome.*

*"Então, um dia, Nils conversou comigo sobre anomia e explicou o que significava. Ele me disse que você precisa ter, tipo, um propósito em seu trabalho e precisa sempre permanecer conectado com outras pessoas, e como uma comunidade é a melhor maneira de viver, porque você não pode sofrer anomia se está morando em uma comunidade, e como eu devia me mudar daqui e ir morar no North Grove. Mariam o estava apoiando. Achei que estavam sendo simpáticos. Mas eu não fui porque Tim não queria que eu fosse. Ele disse que não teríamos privacidade lá.*

*"Então, um dia, ouvi Nils e Pez falando sobre Edie e fiquei escutando, porque eu sempre torcia para que um dia ela fosse ao North Grove e eu pudesse conhecê-la.*

*"Mas os dois estavam falando muito mal dela... Achava que eles estariam orgulhosos por conhecê-la depois do que ela fez, mas não estavam. Pez estava falando sobre essa ideia para uma revista em quadrinhos em que ele e Edie estavam trabalhando, antes de Josh se mudar para lá. Pez disse que Edie provavelmente ia processá-lo agora, se ele a terminasse e lançasse sozinho, porque algumas das ideias eram dela. Era uma história bem sombria, sobre um agente funerário que viajava no tempo, usando caixões? Achei que era uma ideia legal. Aposto que era tudo ideia dela, parecia seu tipo de história. Aposto que Pez fez apenas alguns desenhos para ela.*

*"E então Nils começou a criticá-la de um jeito bem pesado, e eu nunca o havia visto assim antes. Ele estava com raiva, com muita raiva. Tipo, Nils não fica com raiva com frequência. Disse que ela nunca o havia mencionado em nenhuma entrevista depois de dar a ela um lugar para morar de graça e espaço para criar* O coração de nanquim*, e que ela tomava tudo e nunca dava nada de volta. Ele fez com que parecesse que, se não fosse por ele, ela nunca teria feito sucesso, e estava dizendo que ela meio que flertou com ele para conseguir o que queria. E ele estava dizendo que Edie nunca tinha mencionado a arte dele nem nada, nem se dera ao trabalho de aparecer em sua última exposição.*

*"E quando eu estava ouvindo Nils, pensei: é exatamente assim que Anomia fala sobre Edie, porque uma noite, não muito tempo depois que entrei no jogo, Anomia estava dizendo a vadia que Edie era por ter criticado o jogo, quando ele estava mantendo o interesse dos fãs e lhe fazendo um favor. Então ele me disse que Edie tinha dado em cima dele, tipo, na vida real, mas meio que o havia dispensado quando começou a ganhar dinheiro.*

*"Anomia estava bêbado quando disse isso, ele me contou que estava bebendo. Ele disse que tinha tido um dia ruim."*

*— Por que tinha sido ruim?*

— *Ele não me contou, ele nunca fala muito sobre sua vida real. Mas então, na manhã seguinte, depois de me contar tudo aquilo sobre Edie, ele abriu outro canal privado comigo e disse: "Esqueça o que eu disse ontem à noite, se quiser permanecer no jogo." Então eu nunca contei para ninguém, porque eu amava muito o jogo, na época. Eu tinha amigos nele, Endiabrado1 e PatinhasdaBuffy, quero dizer, antes de você, eu costumava conversar muito com a outra PatinhasdaBuffy.*

*"Mas depois que ouvi Nils falando sobre Edie, não gostei mais tanto dele. E comecei a perceber como ele ficava muito no computador. Ele faz um pouco de arte, mas não termina muitas peças."*

— *Você já o viu jogando o jogo?*

— *Não, mas alguém ali tinha jogado, alguém no North Grove, porque vi o histórico de internet uma vez, depois que comecei a achar que Anomia podia ser Nils. Eu procurei. Você acha que foi errado da minha parte fazer isso?*

— *Não, Zoe, acho que foi inteligente.*

— *Então, quando Josh ficou no North Grove, naquele mês antes de serem atacados, Nils estava sugerindo a ele ideias para o desenho animado. Eu o ouvi fazer isso algumas vezes, e isso também parece muito com Anomia, porque ele estava sempre criticando o desenho animado, e eu nunca entendi isso, porque Anomia na verdade é louco por ele, mas estava sempre dizendo que podia fazer um trabalho muito melhor que o de Edie.*

*"Então eu estava começando a ter fortes suspeitas em relação a Nils, e então, o dia... em que... aquilo aconteceu..."*

— *Os ataques?*

— *É... Nils tinha saído. Ele quase nunca sai.*

— *Ele contou a você aonde foi?*

— *Não, simplesmente sei que ele saiu porque Bram não foi à escola, e Mariam estava reclamando que precisava cuidar de Bram ao mesmo tempo que tentava dar aulas de arte.*

*"Mas a pior parte... fiquei com muito medo quando descobri... Eu estava no estúdio de Nils. Ele o mantém trancado, mas queria que eu pegasse um livro para ele... e eu descobri..."*

— O que ela descobriu? — perguntou Strike enquanto o silêncio se estendia.

— Uma faca — disse Robin. — Ela articulou a palavra com os lábios.

— *... uma muito grande* — recomeçou Zoe, agora sussurrando e parecendo estar à beira das lágrimas. — *Ela estava ali, na prateleira. E tinha coisas estranhas escritas nela, como um feitiço mágico ou algo assim.*

Robin apertou o pause.

— Eu já vi essa faca. Era do avô de Nils. Ele a chamou por um nome holandês que não consigo me lembrar. O "feitiço mágico" era uma palavra em grego que significa "legado".

— Ela estava simplesmente ali, em seu estúdio?

— Estava, e as pessoas nitidamente sabiam que estava ali, ou Bram sabia, porque perguntou a Nils se podia levá-la para a escola com ele. Nils disse não — acrescentou Robin.

— Graças a Deus por isso — disse Strike —, ou provavelmente estaríamos diante de um massacre na escola.

— Isso é tudo o que Zoe tinha a contar sobre suas razões para suspeitar de Nils — disse Robin. — O resto da conversa foi ela entrando em pânico por Anomia estar vindo para matá-la, e eu tentando convencê-la a ir para o hotel. Então, o que acha da teoria dela?

— Honestamente? — disse Strike. — Nada de mais.

Ele pegou o cigarro eletrônico e deu um longo trago nele. Depois de exalar, disse:

— Edie Ledwell irritou muitos homens, não foi?

— Irritou — disse Robin. — Mas não acredito que tenha flertado com Nils para conseguir coisas com ele. Não acho que ela fosse esse tipo, e de qualquer forma...

— Os homens, em geral, são predispostos a achar que estão flertando com eles? — disse Strike, antecipando corretamente o que Robin estava prestes a falar.

— Alguns homens são — disse Robin enquanto checava seu relógio. — São sempre aqueles de quem você não gosta que parecem mais predispostos a achar que você está louca por eles.

Ela estava pensando em Hugh Jacks, mas os pensamentos de Strike voltaram para a calçada em frente ao Ritz.

— Vamos comer alguma coisa? — sugeriu Strike. — Ainda tem muito tempo até precisarmos ir à casa dos Ledwell.

Então eles foram ao bar de sanduíches mais próximo, para o qual Strike levou as anotações de Robin sobre os trolls. Depois de se sentarem a uma mesinha ao lado da janela, cada um deles abastecido com sanduíches, Strike disse:

— Eu li suas anotações.

— E? — perguntou Robin.

— E eu concordo.

— Com o quê? — perguntou Robin, que não tinha escrito sua própria conclusão, preocupada que Strike achasse que ela estava vendo coisas que não existiam.

— Que eles são a mesma pessoa. Estou falando de Julius, Johnny, Max e Lepine, obviamente. É difícil ter certeza quanto a Zoltan e Scaramouche, porque não temos material deles para comparar com o dos outros.

— Acho que é possível que Zoltan e Scaramouche tenham sido bloqueados — disse Robin, aliviada por Strike não achar sua teoria absurda —, porque não consegui encontrar nenhum traço deles no Twitter. Mas, se Rachel estava certa e Zoltan retornou como Scaramouche, que também foi bloqueado, Zoltan/Scaramouche não podia ter decidido, não sei, espalhar o trabalho? Criar várias contas para poder se dar ao luxo de sacrificar uma ou duas se ultrapassassem os limites?

— É plausível — disse Strike assentindo —, embora não haja escassez de homens se divertindo por aí assediando garotas na internet. Nem todos eles estão conectados.

— Eu sei — disse Robin —, mas isso não explica por que Rachel recebe tanto ódio dessas quatro contas. Isso quebra o padrão: tanto Edie quanto Kea irritaram Anomia. Rachel nunca fez isso. E você viu a referência a Ringo Starr?

— Vi — respondeu Strike —, o que nos leva à pergunta inevitável, não é? Nós estamos olhando para quatro novas personas virtuais de Anomia? Acredito fortemente que estamos, e se isso for verdade, Ashcroft não pode ser Anomia. Não sei se você bateu as datas, mas Julius e Johnny estavam tuitando muito quando você estava cara a cara com Ashcroft em Colchester.

— *Ah* — disse Robin. — Foi assim que você o excluiu?

— Posso estar errado, mas não acho que estou.

— Bom, então, *quem* — disse Robin com um traço de desespero — é essa pessoa? O indivíduo que escreveu aquelas mensagens pomposas para Josh Blay com palavras em grego, e disse para Rachel: "Edie e eu somos basicamente a mesma pessoa", poderia ser a mesma pessoa que diz a mulheres jovens na internet que elas deviam ser estupradas e passar fome até chegarem ao peso reprodutivo ideal?

— Por que não? — disse Strike com veemência. — Você acha que pessoas educadas e cultas não são capazes de ser tão más e imundas quanto o resto do mundo? Veja a porra do Ashcroft. Enfim, não é difícil encontrar expressões em latim e grego, depois copiá-las e colá-las. Isso não significa necessariamente que estamos procurando por um cérebro como o de Vikas Bhardwaj.

— Se eles são todos a mesma pessoa — disse Robin —, Kea Niven *pode* ter dito a verdade sobre Anomia usar frases de Kosh com ela. Ela é um partidão: bonita, diretamente conectada com *O coração de nanquim*... Anomia pode ter achado que ela merecia o tratamento em pessoa em vez de delegar isso a um dos trolls.

— Faz sentido — disse Strike, assentindo. — E se Anomia abordou Kea usando Kosh, isso aponta para um homem que não faz sucesso com as mulheres na vida real, ou não tanto quanto gostaria. Há muitos homens supostamente felizes em seu casamento que gostam da caçada pela caçada. Quantidade em vez de qualidade, como diz Kosh.

"Sabe", prosseguiu Strike, após uma pausa breve, "eu ainda continuo voltando àquela primeira pergunta: o que Anomia tem a perder se for desmascarado? Entendo por que Bhardwaj queria permanecer anônimo. Ele era um garoto querendo ser levado a sério por astrofísicos em Cambridge. Duvido que quisesse que os outros soubessem o quanto de sua vida era tomado pelo jogo, ou que gostaria de ser associado com a perseguição pública de Anomia a Edie.

— Eu ainda não entendo por que Vikas não cortou os laços com Anomia mais cedo.

— Mas você acabou de descobrir por que, não é? — disse Strike. — Páginabranca.

— Mas Páginabranca não estava ali desde o começo. Por que Vikas não foi embora antes de ela aparecer?

— Boa pergunta — disse Strike.

— Lembra daquela "piada" que Vikas contou a Rachel? "Anomia não é minha namorada. Ela é minha irmã." O que diabos *isso* significa?

— Só Deus sabe — respondeu Strike.

Algo em seu inconsciente o estava incomodando, mas se recusando a ser explícito.

Depois de comerem seus sanduíches, e de Robin ter visitado o banheiro, ela disse:

— Não é muito longe até a Battledean Road, mas provavelmente é melhor irmos... Você está bem?

— O quê? — disse Strike, que estava tentando forçar a ideia subconsciente que insistia em incomodá-lo a emergir até a superfície. — Estou bem. Só pensando.

De volta ao BMW, Strike pegou novamente o celular, com a intenção de conseguir alguma informação sobre o que ele agora acreditava serem quatro pseudônimos de Anomia. Perversamente, considerando que tinha acabado de dizer a Robin que Zoltan poderia não ter nada a ver com o caso, ele buscou esse nome primeiro no Google.

Os resultados foram, para dizer o mínimo, ecléticos. Zoltan, ele aprendeu, era um nome húngaro e também o nome de um gesto de mão, que tinha se originado em um filme de quinze anos atrás chamado *Cara, cadê meu carro?*.

Com uma breve risada contida, Strike pesquisou "John Baldwin". Os resultados foram numerosos e igualmente diversos. Entretanto, agora que se concentrou no nome, ele teve uma sensação estranha de que o havia visto em algum outro lugar que não no Twitter, embora seu cérebro, que se recusava a cooperar, não revelasse onde.

Os nomes Discípulo de Lepine e Julius Evola eram autoexplicativos, pensou Strike, mas, ao pensar em Scaramouche, ele ouviu um trecho de música em sua cabeça e refletiu que provavelmente não era a única pessoa que pensava em "Bohemian Rhapsody" em vez de em um palhaço do século XVI quando ouvia aquele nome.

Finalmente, ele voltou sua atenção para o último nome: Max R, também conhecido como @mreger#5.

— Chegamos — disse Robin quando entrou na Battledean Road, mas as palavras mal tinham saído de sua boca quando Strike disse alto:

— *Puta que pariu.*

— O quê? — perguntou Robin.

— Me dê um minuto — disse Strike, digitando apressadamente o nome Zoltan no Google outra vez.

Robin continuou seguindo pela rua, que era margeada dos dois lados com residências de construção sólida que ela calculou, com base em sua experiência de ter procurado um apartamento recentemente, valerem bem mais de um milhão de libras. Por sorte, havia uma vaga bem em frente à casa de Grant e Heather Ledwell. Depois de estacionar o BMW, ela se voltou novamente para Strike, que ainda estava digitando em seu telefone, examinando os resultados com uma expressão que ela sabia, graças a um longo tempo de convivência, significar concentração profunda.

Eles ainda tinham alguns minutos antes das 21h. Robin permaneceu sentada em silêncio, esperando que Strike lhe contasse o que estava fazendo. Finalmente, ele ergueu os olhos.

— O quê? — perguntou Robin, certa, pela expressão no rosto dele, de que Strike tinha algo importante para lhe dizer.

— Acho que acabei de cortar um arame.

— O quê?

Antes que Strike pudesse responder, alguém bateu na janela do lado de Robin, dando-lhe um susto.

Grant Ledwell estava sorrindo pela janela, com uma garrafa de vinho embrulhada na mão, nitidamente ansioso para receber sua importante atualização.

# 104

*A poeira negra da morte, sendo soprada,*
*Infiltrou-se por todas as dobras secretas*
*Desta carta lacrada por um golpe do destino,*
*Seca para sempre a tinta recém-escrita…*

Elizabeth Barrett Browning
*Aurora Leigh*

—Vou explicar quando terminarmos com isso — disse Strike em voz baixa.

— Acabei de chegar da loja de bebidas — disse Grant, apontando para a garrafa enquanto Strike e Robin saíam do carro.

Sua estadia em Omã o deixara com um forte bronzeado que era realçado pela camisa branca que estava usando com jeans. Sem o disfarce de um terno, uma barriga protuberante se revelava.

— Heather e a mãe acabaram com todos os meus tintos decentes. Ah — exclamou ele quando Strike deu a volta na frente do carro e ficou completamente à vista, com suas muletas e a perna da calça meio vazia. —Você... ah...

— Perdi metade da perna, é — disse Strike. — Ela provavelmente vai aparecer.

Grant riu com desconforto. Robin, cuja mente ainda estava no comentário peculiar de Strike sobre cortar arame, foi distraída pelo desconforto nítido de Grant com a evidência óbvia da deficiência de Strike. Isso não fez com que ela se sentisse mais amigável em relação a Ledwell, contra quem ela já tinha preconceito, devido à negligência com a qual, na avaliação dela, ele havia tratado a filha mais velha e a sobrinha.

—Tivemos um novo acréscimo à família desde a última vez que vi você — disse ele, mantendo os olhos afastados de Strike enquanto os três se dirigiam à porta da frente.

— Ah, Heather teve o bebê? — disse Robin por educação. — Meus parabéns!

— É, teve finalmente meu menino — disse Grant. — A terceira vez deu sorte!

Aparentemente, pensou Robin, sua aversão se aprofundando, Rachel não contava mais como um dos filhos de Grant.

— Qual é o nome dele? — perguntou ela.

— Ethan — disse Grant. — Esse sempre foi o nome favorito de Heather. Ela gosta dele desde *Missão: impossível.*

Ele abriu a porta para um vestíbulo decorado em bege e creme. Eles entraram por uma porta que dava para uma grande sala de estar e jantar, onde Heather e a mãe estavam sentadas. Agora foi a vez de Strike desviar os olhos, porque Heather estava amamentando o filho recém-nascido, com nove décimos de seu seio inchado exposto, a cabeça do bebê, com sua cobertura esparsa de cabelo castanho, aninhada na mão dela como uma batata grande. Duas garotinhas em pijamas idênticos de estampa cor-de-rosa estavam enroscadas no chão, brincando com dois pôneis e cavaleiros de plástico. Elas ergueram os olhos quando o pai entrou com dois estranhos, e as duas ficaram boquiabertas ao verem a calça de Strike presa por alfinetes. A avó delas, que era baixinha, com um cabelo agressivamente ruivo, parecia bastante empolgada.

— Ah, olá! — disse Heather animadamente. — Me desculpem. Quando ele está com fome, ele está com fome!

— Eu li tudo sobre você — disse a sogra de Grant, sorvendo Strike com olhos ávidos. — Contei às meninas sobre você. Elas quiseram ficar acordadas para ver a visita famosa do pai!

— Vamos sair para o jardim — disse Grant, poupando Strike da necessidade de dar uma resposta.

Strike e Robin o seguiram até uma cozinha grande e muito bem montada, cheia de equipamentos e acessórios de aço inoxidável. As portas duplas já estavam abertas, e Robin viu que o jardim era na verdade uma pequena área pavimentada pontilhada por vasos de plantas, que cercavam uma mesa e cadeiras de madeira.

— Algum de vocês quer uma bebida? — perguntou Grant, pegando para si mesmo uma taça de vinho de um armário na parede. Os dois recusaram.

Quando os três estavam sentados à mesa no jardim, e Grant tinha se servido de vinho e tomado um gole, Robin disse, não com especial sinceridade, porque na verdade a achava um tanto insípida:

— Bela casa.

— Obrigado — disse Grant. — Mas não vamos ficar aqui por muito mais tempo. Estamos de partida. É um alívio, na verdade, ter decidido. Vamos voltar para Omã. Ótimas escolas para as crianças, boa comunidade de expatriados.

Ainda temos amigos lá. Posso lidar com todas as coisas do filme de forma remota, não há necessidade de ficar no Reino Unido para isso. Enfim, Heather está ansiosa para ir. Ela ainda está preocupada com Anomia e todos os filhos da mãe loucos do *Coração de nanquim*.

*Além disso, Omã é um gigantesco paraíso fiscal*, pensou Strike.

Grant bebeu um pouco de vinho e, em seguida, disse:

— Então, vocês têm uma atualização para mim?

— Sim — disse Strike. — Temos noventa por cento de certeza de quem é Anomia.

*Temos?*, pensou Robin, olhando para Strike.

— Bom, isso é uma notícia muito boa — disse Grant com entusiasmo. — Quem...?

— Não posso dizer até ficar provado — disse Strike. — Nós podemos ser processados por difamação. Na verdade, ainda precisamos de uma prova chave, e nos perguntamos se você poderia ajudar.

— Eu? — indagou Grant, parecendo surpreso.

— É — disse Strike. — Tenho duas perguntas, se estiver tudo bem?

— Pode mandar — respondeu Grant, embora Robin tivesse achado que um vestígio de cautela tivesse passado pelo rosto de buldogue, que parecia coriáceo ao sol do entardecer.

— Primeiro — prosseguiu Strike —, aquela ligação com Edie sobre a qual você me contou. Aquela na qual ela disse a você que Blay queria afastá-la do *Coração de nanquim*?

Grant ergueu a mão esquerda e limpou algo invisível do nariz.

— Sim? — disse ele.

— Quando exatamente foi isso? — perguntou Strike.

— Hã... no ano passado — respondeu Grant.

— Você consegue se lembrar exatamente quando?

— Deve ter sido... por volta de junho?

— Ela tinha o número de seu celular?

Uma outra breve pausa se seguiu.

— Tinha — respondeu Grant.

— E quando tinha sido a última vez que vocês se falaram, antes desse telefonema?

— Como isso é relevante para Anomia?

— Ah, é muito relevante — assegurou Strike.

— Nós... estávamos sem contato havia um bom tempo antes disso.

— Essa última ocasião pode ter sido quando ela estava sem-teto e pediu sua ajuda?

O queixo prógnato de Grant ficou mais pronunciado. Antes que ele conseguisse tentar responder, suas duas filhas pequenas saíram da casa com o constrangimento hiperalerta de crianças curiosas em relação a estranhos, cada uma carregando um pônei e um cavaleiro de plástico.

— Papai — disse a maior das duas, se aproximando da mesa —, olhe o que a vovó deu para a gente.

Ela pôs o pônei e o cavaleiro em cima da mesa. Sua irmã mais nova estava olhando de esguelha para a perna presa da calça de Strike.

— Querida — disse Grant. — Volte depressa lá para dentro agora. Papai está ocupado.

A mais velha das duas agora tinha chegado mais perto de Grant, ficou na ponta dos pés e sussurrou alto em seu ouvido.

— *O que aconteceu com a perna desse homem?*

— O carro em que eu estava passou por cima de uma bomba, quando eu era soldado — disse Strike à menina, mais para se livrar dela do que para poupar Grant do embaraço de ter de responder.

— *Ah* — disse ela.

Sua irmã mais nova agora tinha se aproximado, e as duas olharam como corujas para Strike.

— Voltem logo para dentro — repetiu Grant. — Vão.

As meninas tornaram a entrar, sussurrando uma com a outra.

— Desculpe por isso — disse Grant tenso, tomando mais um gole de vinho.

— Sem problema — replicou Strike. — Próxima pergunta: eu queria saber se você recebeu mais um daqueles telefonemas dizendo a você para exumar sua sobrinha.

— Não — disse Grant. — Só os dois sobre os quais contei a você.

Strike então pegou o caderno pela primeira vez e voltou para as anotações da entrevista anterior com Ledwell.

— Você só atendeu o segundo telefonema, correto? Heather atendeu o primeiro.

— Isso — disse Grant. — Era Anomia quem estava telefonando para nós dois, não era?

— Não, não era Anomia — disse Strike. — A pessoa que ligou disse: "Desenterre Edie e leia a carta", correto?

— Correto — disse Grant. Ele agora parecia claramente desconfortável.

— Mas não especificaram qual das cartas devia ser olhada?

— Não — disse Grant.

— Porque há duas cartas no caixão, certo? Uma de Ormond e uma de Blay?

— Certo — confirmou Grant, agora protegendo os olhos do sol poente. — Com licença, vou pegar meus óculos escuros. Está muito claro aqui.

Ele se levantou e desapareceu no interior da casa.

— Ele está com medo — murmurou Robin.

— E devia mesmo estar. Ligação de Edie é o cacete. Acho que vamos precisar fazer o truque do policial bonzinho, policial malvado aqui.

— Quão má você quer que eu seja? — perguntou Robin.

— Ha ha — disse Strike quando passos atrás deles indicaram o retorno de Grant Ledwell, agora usando óculos Ray-Ban de aviador.

— Desculpem por isso — disse ele, tornando a ocupar sua cadeira e imediatamente bebendo mais vinho.

— Sem problema — disse Strike. — Então, voltando às cartas no caixão. Havia duas, certo? Nós concordamos nisso?

— Cormoran — murmurou Robin antes que Grant pudesse responder.

— O quê? — disse Strike, aparentemente irritado.

— Eu acho — disse Robin, com um sorriso de desculpas para Ledwell — que não podemos nos esquecer de que estamos falando da sobrinha de Grant.

— Obrigado — disse Grant, bem mais alto que o necessário. — Muito obrigado, hã...

Mas ele obviamente tinha esquecido o nome de Robin.

— Está bem — disse Strike, e em uma voz levemente menos agressiva, continuou: — Duas cartas, não é?

— É — respondeu Grant.

— Porque, quando nos encontramos no The Gun — disse Strike —, você falou sobre *uma* carta em vez de duas. "O agente funerário sabia, porque pedi a ele que *a* pusesse lá." Não dei muita importância a isso na época. Presumi que você estivesse falando de uma carta que tinha entregado pessoalmente, e que talvez Ormond tivesse levado a dele para o agente funerário. Foi assim que aconteceu?

O rosto de Grant tinha ficado inexpressivo, e Robin teve certeza de que ele estava lembrando a si mesmo de que Ormond estava em liberdade e podia expô-lo se ele mentisse.

— Não — disse Grant. — As duas... eu estava com as duas cartas. Era eu quem estava lidando com o agente funerário.

— Então por que você pediu que o agente funerário "a" pusesse no caixão?

— Eu não disse isso — mentiu Grant, acrescentando: — Ou se disse, disse errado.

— Então você entregou duas cartas ao agente funerário, e se a polícia for interrogá-lo, ele vai lhes contar que botou duas cartas ali dentro, certo?

— Por que a polícia ia querer falar com o agente funerário? — perguntou Grant.

Pela segunda vez naquele entardecer, Strike tinha feito um homem suar: a testa de Grant estava brilhando sob a luz avermelhada do sol.

— Porque isso é a merda de um caso de homicídio — disse Strike, elevando a voz. — E qualquer um contando mentiras sobre o corpo de Edie, ou seu relacionamento com ela quando estava viva...

— *Cormoran!* — disse Robin. — Falando assim está parecendo... desculpe — pediu ela novamente para Grant. — Esse caso tem sido difícil. Sei que também tem sido muito duro para você.

— É, tem sido muito duro — disse Grant vigorosamente.

Ele bebeu mais vinho e quando pôs o copo na mesa, olhou para Strike e disse:

— Não sei que diferença faz quantas cartas estavam dentro do caixão.

— Então você está admitindo que apenas uma delas foi posta ali, não está?

— Não — disse Grant. — Estou perguntando como isso é relevante.

— Vamos voltar ao telefonema sobre o qual você me contou. Aquele no qual Edie descobriu por mágica o número de seu celular e pediu seu conselho, quando você não a via desde dar a ela algumas centenas de libras e a jogar de volta na rua.

— Agora, espere...

— Cormoran, isso não é justo — falou Robin calorosamente.

— É um relato preciso...

— *Você* não sabe, assim como eu, o que aconteceu nesta família — disse Robin.

— Eu sei que a droga daquele telefonema nunca aconteceu. Enfim, isso é verificável, agora que a polícia recuperou o telefone de Edie.

Strike deduziu pela expressão paralisada de Grant que ele não sabia disso.

— Não é crime sentir remorso por não ter tido mais contato com um membro da família que você perdeu — disse Robin. — *Eu* entendo por que alguém poderia dizer que houve uma ligação quando não houve. Todos já fizemos algo assim. É da natureza humana.

— Sua sócia parece entender as pessoas muito melhor do que você — disparou Grant do outro lado da mesa para Strike.

— Então não houve nenhuma ligação? — disse Strike. — É isso o que você está nos dizendo?

Os botões da camisa branca de Grant quase se abriam sobre sua barriga enquanto ele inspirava e expirava.

— Não — disse ele por fim —, não houve. É como disse sua sócia. Eu sentia... eu não me sentia bem por não manter contato com ela.

— Mas esse telefonema não existente supostamente foi a razão para você achar que Blay queria Edie fora do *Coração de nanquim*.

— Ele a *queria* fora — rosnou Ledwell, então imediatamente pareceu se arrepender disso.

— Como você sabe? — perguntou Strike. — Onde você soube disso?

Diante do silêncio de Ledwell, Strike continuou:

— Você me contou naquela noite no The Gun que tanto Blay quanto Katya Upcott têm uma "ética de gatos vira-latas". Linguagem forte. O que fez você dizer isso?

Ledwell não falou.

— Posso lhe contar onde eu acho que você teve a ideia de que Blay queria controle total? — disse Strike.

Mas, antes que ele pudesse fazer isso, as duas garotinhas de pijama reapareceram, agora na companhia da avó, que sorriu para o grupo sentado à mesa, aparentemente alheia à tensão.

— As meninas queriam dar boa noite para o papai.

Grant tolerou que cada uma de suas filhas o beijasse no rosto. Em vez de sair imediatamente, a mãe de Heather se voltou para Strike e disse:

— Mia quer lhe fazer uma pergunta. Eu disse a ela que você não se importaria.

— Claro — disse Strike, xingando ela e as crianças por dentro.

— Doeu quando sua perna foi explodida? — perguntou a maior das duas meninas.

— Doeu, sim — disse Strike.

— Pronto, Mia — disse a avó, sorrindo. Robin não ficaria nem um pouco surpresa se ela perguntasse se Strike poderia visitar a escola de Mia. — Está bem, meninas, digam boa noite para as visitas.

— Boa noite — disseram as duas meninas em uníssono e tornaram a entrar.

O sol agora tinha descido abaixo do telhado da casa, lançando o pequeno pátio pavimentado dos Ledwell na sombra, mas Grant não tirou os óculos escuros, que agora refletiam o brilho rubi do céu. Ele recebera uma pausa útil para pensar graças a sua sogra, e antes que qualquer um dos detetives pudesse falar, ele disse:

— É só minha impressão geral que Blay a queria fora.

— Mas você não pode dizer de onde veio essa impressão? — perguntou Strike.

— Bom, eles tinham brigado, não tinham?

— Você disse que ele e Katya tinham uma ética de gatos...

— Eles achavam que Edie era Anomia, não achavam?

— Blay ser convencido de que Edie era Anomia é exatamente o tipo de paranoia que você esperaria de um cara sempre chapado em um relacionamento rompido — disse Strike —, mas você foi a única pessoa que sugeriu que ele queria assumir totalmente *O coração de nanquim*. Tudo o que nos disseram nesta investigação sugere que ele mal estava em condições de segurar um baseado, muito menos de escrever o desenho animado sozinho e lidar com estúdios cinematográficos e a Netflix. Acho que você tem uma razão muito específica para acreditar que ele queria assumir tudo sozinho, e uma razão muito específica para dizer que Katya também é desonesta. Acho que você abriu e leu as cartas que deveria ter posto no caixão de Edie, e depois de lê-las, escolheu botar apenas a de Ormond.

Se Grant teria admitido isso permaneceria para sempre uma interrogação, pois Heather cruzou as portas abertas e entrou no pátio com uma taça de vinho vazia na mão e sorrindo para todos eles.

— Me dê um pouco disso, Grub — disse ela, se sentando na quarta cadeira. — Acabei de botar Ethan para dormir, e minha mãe está lendo uma história para as meninas.

Enquanto Grant enchia sua taça, com a expressão ainda rígida, Heather perguntou com ansiedade:

— Então, o que eu perdi? Nós já sabemos quem é Anomia?

— Vamos saber — disse Strike, antes que Grant pudesse falar — assim que virmos a carta que não foi posta no caixão.

— Ah, você contou a eles — disse Heather, sorrindo para Grant. — Eu *disse*...

— Cale a boca — rosnou Grant.

Heather não poderia parecer mais chocada se ele tivesse lhe dado um tapa. O silêncio desconfortável foi interrompido por um cachorro latindo furiosamente em um jardim ao lado.

— Disse a ele para abrir o jogo, não foi? — perguntou Strike para Heather. — Uma pena que ele não tenha ouvido. Reter provas em um caso de assassinato, contar mentira sobre sua comunicação com a mulher morta...

Heather, então, pareceu em pânico.

— Cormoran — disse Robin pela terceira vez —, ninguém estava retendo provas. Em minha opinião — prosseguiu ela, virando-se para se dirigir aos Ledwell —, acho que você tinha todo o direito de ler aquelas cartas. Ela era *sua* sobrinha, e qualquer um dos homens que as escreveram podia ser responsável pela sua morte, não podia?

— Foi exatamente o que eu disse! — falou Heather, encorajada. Ao ver a expressão do marido, ela acrescentou: — Bom, é verdade, Grub, eu *disse*...

— Não estou admitindo que lemos as cartas e não estou admitindo que não pusemos as duas no caixão — disse Grant. Ele então tirou os óculos escuros. Seu rosto de queixo pesado parecia um entalhe primitivo à luz do poente.

— Mas sua mulher acabou de admitir isso — disse Strike.

— Não, ela...

— Ela admitiu, sim — insistiu Strike. — E isso é razão para um mandato de busca. Claro, se você quiser queimar a carta antes de a polícia chegar aqui, a escolha é sua, mas nós dois vamos poder testemunhar o que Heather acabou de dizer. Sem escolha, acredito que as autoridades autorizariam uma exumação.

Com o que Strike achou ser uma previsibilidade irritante, a mãe de Heather então apareceu nas portas e disse alegremente:

— Espaço para mais uma?

— Não — retrucou Grant. — Quero dizer, nos dê um minuto, Wendy.

Nitidamente decepcionada, ela foi embora. O cachorro da casa ao lado continuava a latir.

— Aconselho que pensem bem sobre as consequências de continuarem a negar que têm essa carta — disse Strike.

— Vai ficar tudo bem — mentiu Robin, dirigindo-se à apavorada Heather — se vocês abrirem o jogo agora. Todo mundo vai entender. *É claro* que vocês estavam preocupados que Ormond ou Blay tivessem tido alguma coisa a ver com a morte de Edie. Não acho que ninguém seria capaz de resistir a abrir as cartas na sua posição, considerando como ela morreu. É uma coisa perfeitamente compreensível de fazer.

Heather pareceu levemente tranquilizada.

— Mas, se vocês continuarem a fingir que não têm a carta, isso vai parecer muito suspeito quando tudo vier à tona — disse Strike, retribuindo com interesse o olhar de hostilidade de Grant. — É o tipo de coisas que os jornais adoram. "Por que eles não disseram?" "Por que a esconderam?"

— Grub — murmurou Heather, agora parecendo assustada, e Robin teve certeza de que ela estava imaginando a fofoca nos portões do parquinho se os jornais realmente publicassem essa história. — Eu acho...

— Nós não a estávamos escondendo — disse Ledwell com raiva. — Nós apenas não a pusemos no caixão. O que ele escreveu era repulsivo. Eu não ia enterrá-la com *aquilo*.

— Nós podemos vê-la?

O cachorro da casa ao lado continuava com seus latidos frenéticos enquanto Grant permanecia sentado, olhando fixamente para Strike. O detetive considerava Ledwell um homem estúpido de muitas maneiras, mas não era um tolo completo. Finalmente, Grant se levantou devagar e desapareceu no interior da casa, deixando a mulher parecendo extremamente ansiosa.

— Isso é muito frequente? — perguntou Robin de forma agradável, apontando na direção do cachorro barulhento.

— O... o cachorro? Ah, é — disse Heather. — Ele nunca para! É um lulu-da-pomerânia. As meninas estão nos *implorando* por um cachorrinho. Nós dissemos talvez, depois que voltarmos para Omã; na verdade, serviços domésticos são tão baratos por lá que eu provavelmente poderia lidar com um cachorro e o bebê. Mas não vai ser um lulu-da-pomerânia, isso é certo.

— Eu não culpo você — disse Robin, sorrindo enquanto seu pulso se acelerava com o pensamento na prova que estava prestes a aparecer.

Grant reapareceu, segurando um envelope. Antes que pudesse se sentar, Strike disse:

— Você tem um saco plástico transparente?

— O quê? — disse Grant, ainda parecendo com raiva.

— Um saco plástico transparente. Vai haver evidências de DNA aí. Não quero contaminá-la mais.

Grant voltou em silêncio até a cozinha e retornou com o envelope e um saco para congelamento.

— Se você puder abrir a carta e botar ela e o envelope no saco, antes que nós a leiamos — disse Strike. Grant fez o que foi solicitado, depois empurrou a carta protegida sobre a mesa.

O coração de Robin estava acelerado. Ela se inclinou na direção de Strike para ler um parágrafo curto escrito no mais puro exemplo do que Pat teria chamado de "letra de maluco" que Strike já tinha visto. Pequena e irregular, com algumas letras obsessivamente retraçadas em tinta escura, ela parecia estranhamente infantil, ou teria parecido, não fosse pela ortografia impecável e o conteúdo.

Você me disse que sou igual a você. Você me fez achar que me amava, depois me largou como se eu fosse um monte de merda. Se você tivesse vivido, teria usado e torturado mais homens por diversão, jogando-os fora quando estivesse entediada. Você era uma vadia arrogante, hipócrita e desprezível, e quero que essas palavras apodreçam ao seu lado, seu epitáfio mais próximo e verdadeiro. Assista do fundo do inferno e observe enquanto eu assumo o controle do Coração de nanquim para sempre.

— Katya Upcott lhe deu isso? — perguntou Strike, erguendo os olhos para Grant.

— Deu.

— É nojento, não é? — disse Heather calorosamente. — Simplesmente *nojento*. E o fato de Katya ter escrito toda essa imundície e entregá-la a Grub, sabendo o que estava nela, e Allan Yeoman e Richard Elgar dizendo que ela era uma mulher muito boa... Honestamente, fiquei *enojada* ouvindo-os falar isso naquele dia no Arts Club.

— Só que Katya Upcott não escreveu isso — disse Strike. — Essa não é a letra dela. *Aquela* é a letra dela. — Strike apontou para o envelope, no qual estava escrito "Para Edie" na mesma letra limpa e quadrada da lista de nomes que Katya lhe dera semanas antes.

— Então... quem escreveu isso? — perguntou Grant, apontando um dedo curto e grosso para a carta. Ele e Heather agora pareciam ambos assustados.

— Anomia — disse Strike, pegando o celular e tirando uma fotografia da carta. Ele guardou o telefone e o caderno no bolso, então estendeu as mãos para pegar as muletas. — Você deve ligar para a polícia imediatamente. Chame Ryan Murphy da Divisão de Investigação Criminal. Ele precisa ver essa carta. Enquanto isso, não a tire do saco.

Strike conseguiu se levantar sobre as muletas com certa dificuldade. Era sempre mais difícil se equilibrar depois de um longo período sentado.

— Boa noite — disse Robin em voz alta para os Ledwell, achando difícil abandonar de imediato sua persona de policial boazinha. Ela entrou na casa atrás de Strike, os latidos do lulu-da-pomerânia no imóvel ao lado pontuando o silêncio chocado que eles deixaram para trás.

# 105

*Quando mistérios vão ser revelados;*
*Todos os segredos vão ser desvendados;*
*Quando coisas da noite, quando coisas da vergonha,*
*Vão finalmente encontrar um nome...*

Christina Rossetti
*Sooner or Later: Yet at Last*

— Certo — disse Strike enquanto eles seguiam pela curta entrada da casa dos Ledwell sob a escuridão que caía. — Precisamos conversar com Katya. Quero chegar a Anomia antes que ele comece a destruir mais discos rígidos.

Quando os dois estavam de volta ao BMW e Strike tinha deixado as muletas no banco de trás, ele ligou para Katya, mas, depois de alguns toques, caiu na caixa postal.

— Não atende.

— São quinze para as 22h — disse Robin, olhando para o relógio do painel. — Talvez ela silencie as ligações a essa hora da noite.

— Então nós vamos até sua casa — disse Strike.

— Não acho que Inigo vai ficar muito feliz em receber uma visita nossa a essa hora — disse Robin enquanto ligava o motor. — Vamos levar uns bons vinte minutos para chegar lá.

— Com sorte esse sujeito miserável ainda vai estar em Whitstable.

Enquanto Robin saía da vaga e acelerava pela Battledean Road, ela disse:

— Katya não podia saber o que estava entregando. Ela *devia* ter pensado que o que Josh ditara ainda estava no envelope.

— Concordo, o que significa que ela deixou esse envelope fora de vista em algum momento entre fechá-lo no hospital e entregá-lo a Grant Ledwell. Precisamos saber exatamente o trajeto que ele percorreu.

— Ainda tem o DNA, desde que os Ledwell não a tenham contaminado demais.

— Anomia não é burro. Aposto que usou luvas, e se não houver DNA na carta, tudo o que temos é a letra e o acesso em potencial à bolsa de Katya.

Enquanto passavam por ruas residenciais, Robin imaginava que por trás daquelas janelas iluminadas moravam pessoas saudáveis e felizes. Ela disse em voz baixa:

— Estamos olhando para alguém realmente cruel, não estamos? Querendo botar *aquilo* em seu caixão.

— É — disse Strike, mergulhado em pensamentos, com os olhos na estrada à frente —, esse é um indivíduo profundamente perturbado.

— Que achava que Edie o amava.

— Ou enganava a si mesmo que ela o amava.

— Eu agora posso saber o que significou seu comentário sobre "cortar arame"?

— O quê? — disse Strike, que estava seguindo seu próprio fluxo de pensamento. — Ah... eu estava falando sobre cortar arame farpado para invadir as trincheiras inimigas.

— E o arame nesse caso é...?

— As contas satélites que Anomia criou no Twitter. O escroto arrogante nunca achou que alguém se interessaria por todas aquelas contas de menor importância, então foi um pouco descuidado com relação aos nomes... Me dê só mais um minuto, e vou dizer a você para onde estão apontando — falou Strike, pegando novamente o celular. — Eu *sei* que já vi o nome John Baldwin em algum lugar que não no Twitter...

Embora se sentisse ao mesmo tempo impaciente e ansiosa, Robin ficou obedientemente em silêncio enquanto o carro entrava na Holloway Road, que ia levá-los para noroeste, na direção de Hampstead e Highgate. Ao lado dela, Strike estava curvado sobre o celular, de cara fechada, digitando intermitentemente e pensando.

— *Te peguei!* — disse Strike tão alto que Robin se assustou. — Ele está no Reddit, na página "Localize vadias criminosas" e... merda.

— O que foi? — disse Robin, cujo coração ainda estava batendo forte.

— Ele denunciou a irmã de Marcus Barrett.

— *O quê?*

— *"A vadia mentirosa Darcy Olivia Barrett fez falsas acusações de agressão sexual contra o namorado. Mora em Lancaster Drive 4b, Hoxteth"*... Ele revela todas as suas contas em mídias sociais... Por isso não consegui encontrar nada dela. Aposto que ela apagou tudo assim que isso apareceu.

— Strike, *fale-me sobre os nomes* — pediu Robin. — O que eles revelam?

— Bom, para começar, Marc Lépine matou catorze mulheres. O número favorito de Anomia é catorze. Julius Eu Sou Evola nos revela que Anomia está, ou esteve, no North Grove.

— Achei que você tinha dito que Evola era o tipo de escritor que a extrema direita...

— Eu estava errado. Se Anomia é Discípulo de Lepine, ele é Eu Sou Evola também. Aí temos Max Reger, compositor alemão do século XIX. Eu devia ter notado isso: vi um livro com suas partituras em cima do maldito teclado.

— Espere...

— John Baldwin, compositor britânico do século XVI; Zoltán Kodály, compositor húngaro do início do século XX. Scaramouche veio direto de "Bohemian Rhapsody", do Queen. O que significa alguém que ouve o Queen e os Beatles, possivelmente porque ele não tem...

O celular de Strike tocou no Bluetooth do carro: Katya estava retornando a ligação. Ele atendeu ao telefonema, mas tinha dito apenas uma sílaba de "alô" quando um grito agudo soou pelo alto-falante:

— *Ajude-nos, ajude-nos, ajude...!*

A ligação foi cortada.

Strike apertou o número para retornar a ligação, mas ninguém atendeu. Robin pisou fundo.

— Essa não era Katya... essa era Flavia. Strike, ligue para...

Mas ele já tinha ligado para a emergência.

— Polícia, há gritos vindos do número 81 da Lisburne Road e tem um homem lá dentro com uma faca... Porque eu sei que tem... Cormoran Strike... Uma família de quatro pessoas...

— Merda — disse Robin quando Strike desligou. — *Merda*... isso é culpa minha, é tudo culpa minha. Eu o assustei...

— Não é sua culpa — disse Strike, agarrando as laterais de seu assento quando Robin virou uma esquina em alta velocidade.

— É, é sim... Eu devia ter percebido... Strike, ele sabe desenhar muito, *muito* bem.

— Como você...?

— Tem um autorretrato no banheiro do North Grove. Achei que tinha sido feito por Katya, mas aí vi um dos dela no quarto de Josh e Edie, e era um lixo, e... — Robin engoliu em seco. — Strike, *eu sei por que ele entrou pelas árvores depois de esfaquear Edie.* Ryan Murphy me contou que houve um alsaciano fora de controle no Heath naquela tarde...

— E ele morre de medo de cachorros.

# 106

*Ordena que eu te defenda!*
*Teu perigo vai me emprestar força sobre-humana,*
*Um punho de ferro e um coração de aço,*
*Para atacar, para ferir, para matar e não para sentir.*

Mary Elizabeth Coleridge
*Affection*

— Nenhuma polícia — disse Robin em frenesi ao frear a algumas portas da casa dos Upcott.

Ela tirou o cinto de segurança, debruçou-se por cima de Strike e, antes que ele se desse conta, socou o botão que abria o porta-luvas e pegou as chaves mestras dele.

— Que merda você pensa que...? — gritou Strike, pegando a parte de trás da jaqueta de Robin enquanto ela abria a porta do motorista.

— Me solte...

— Você não vai entrar lá, sua idiota, ele tem a porra de um facão...

— *Tem uma menina de doze anos... ME SOLTE!*

Sacando o alarme de estupro do bolso, Robin se soltou da jaqueta e meio que caiu para fora do carro. O alarme escorregou de sua mão e rolou para longe; agora livre da mão de Strike que a segurava, ela foi atrás dele, pegou-o, então saiu correndo pela rua na direção da casa dos Upcott.

— Robin! ROBIN!

Xingando fluentemente, Strike se virou para pegar as muletas no banco de trás.

— *ROBIN!*

A silhueta de uma cabeça apareceu na janela acesa da casa mais próxima.

— *Chame a polícia, chame a porra da polícia!* — berrou Strike para o vizinho e, deixando a porta do BMW aberta, partiu de muletas em lenta perseguição a Robin.

Ela já estava na porta da frente dos Upcott tentando, com mãos trêmulas, encontrar uma chave que funcionasse. As três primeiras não funcionaram, e enquanto ela tentava a quarta, viu a luz que saía pela janela do quarto de Gus, no térreo, se apagar.

Na quinta tentativa, ela conseguiu girar a chave na fechadura. Ignorando o grito distante de Strike de "ROBIN!", ela empurrou e abriu parcialmente a porta da frente.

O vestíbulo estava escuro como breu. Com uma das mãos ainda na maçaneta, ela tateou a parede ao seu lado, encontrou o interruptor e o apertou. Alguém, ela tinha certeza, havia removido o fusível principal, sem dúvida, porque tinham ouvido os gritos, a menção da polícia, passos apressados e o chacoalhar de chaves na porta da frente.

Deixando a porta da frente aberta para que alguma luz entrasse, com o dedo no botão do alarme de estupro, Robin andou lentamente na direção da escada.

Ela havia subido até a metade quando ouviu a pancada surda das muletas de Strike e de seu pé. Ela se virou e o viu em silhueta contra as luzes da rua, então algo se movimentando nas sombras atrás da porta.

— STRIKE!

A figura escura bateu a porta atrás de Strike. Robin viu fagulhas azuis e ouviu um zumbido. Strike tombou no chão com os membros se contorcendo, as muletas caíram com um estrondo no chão, e, à luz cinzenta e fantasmagórica que entrava pelo vidro acima da porta da frente, Robin viu um facão ser erguido.

Ela pulou do quarto degrau e caiu sobre as costas de Gus, com os braços em torno de seu pescoço; ela esperava que ele caísse, mas, mesmo magro como era, ele apenas cambaleou, tentando se soltar dos braços dela. As narinas dela foram invadidas por seu cheiro úmido e sujo, então ele tropeçou na perna estendida e inerte de Strike, e os dois caíram para a frente, e quando a cabeça de Gus atingiu a parede oposta, ele soltou um urro de fúria:

— *Eu vou matar você, sua vadia…*

De algum modo, Robin estava de pé outra vez, mas quando o facão cortou o ar a sua frente, Gus ainda parcialmente ajoelhado, ela não teve escolha além de fugir escada acima, e só então se deu conta de que o alarme de estupro ainda estava agarrado em sua mão e o acionou. O ruído agudo perfurou seus tímpanos.

— Flavia? FLAVIA?

Ela não conseguiu ouvir resposta em meio ao barulho do alarme, mas às suas costas escutou Gus correndo atrás dela, subindo dois degraus de cada vez com suas pernas compridas.

— FLAVIA?

Havia mais luz lá em cima: as cortinas estavam abertas, e, através da porta para a sala de estar, Robin vislumbrou uma figura encolhida no chão, perto da janela. Pensando apenas em se interpor entre a menina e o irmão — *onde estava a polícia?* —, Robin correu na direção do que pensou ser Flavia, escorregou em uma poça escura no chão encerado e só então viu a cadeira de rodas virada, escondida pelo sofá, e os óculos tortos no rosto do homem morto.

— Ah, meu Deus...

Ela se virou. O alarme em sua mão ainda estava berrando seu alerta, e ela o jogou para longe. Gus estava se aproximando lentamente dela, arfando, ainda segurando o facão.

— Vou estuprá-la antes de matá-la.

— A polícia está a caminho — disse Robin.

— Não tem problema — disse Gus, meio arfando, meio rindo. — Eu provavelmente não vou durar muito. Vai ser minha primeira vez.

O torso feminino de mármore de trinta centímetros estava perto dela sobre a mesa. Robin começou a se mover lentamente em sua direção.

— Você fica molhada ao me imaginar estuprando você?

O pé esquerdo de Robin escorregou em mais sangue. Mesmo assim, ela continuou se movendo na direção da mesa.

— Sei que mulheres fantasiam serem estupradas — disse Gus, ainda avançando.

A mão tateante de Robin encontrou o mármore.

— Você fede a peixe?

Em um movimento rápido, Robin pegou o mármore da mesa: era tão pesado que ela mal conseguia segurá-lo, mas, com uma força nascida do horror, ela bateu com ele na janela, que se estilhaçou: o mármore escorregou de suas mãos e caiu com um baque ecoante na entrada — se isso não alertasse os vizinhos, nada alertaria.

Então Gus estava em cima dela, virando-a de costas, com um braço em torno de seu pescoço, o outro ainda segurando o facão. Robin pisou com força em seu pé descalço antes que ambos escorregassem em outra poça do sangue de Inigo. Quando a pegada de Gus afrouxou, Robin encontrou o antebraço dele com os dentes e o mordeu com força. Ele largou o facão para socá-la num lado da cabeça: ela se sentiu zonza, a sala pareceu girar, mas o terror mantinha seus maxilares apertados na carne dele, e ela pôde sentir o gosto de seu sangue e o cheiro de seu suor animal, então Gus pisou no facão caído e, com um grito de dor, deslizou para o lado, soltando-a. Robin pisou novamente em seu pé machucado, então, de algum modo, ela se viu livre outra vez, escorregando e correndo na direção da porta.

— *Vadia escrota!*

— FLAVIA? — berrou Robin ao chegar ao patamar da escada.

— Aqui, aqui, estou aqui em cima!

Robin subiu correndo o segundo lance de escada, passando por um celular caído, mas não tinha tempo para parar e pegá-lo, porque podia ouvir Gus novamente correndo atrás dela. No andar de cima, uma porta que já havia sido atacada com o facão se abriu. Robin se jogou por ela, percebeu que estava em um banheiro, se virou e fechou o trinco da porta segundos antes de Gus jogar seu peso contra ela. Enquanto a porta estremecia, Robin viu sob a luz fraca de uma claraboia Katya jogada no chão ao lado da banheira, com sangue nas mãos, pressionando a barriga.

— Flavia, ajude sua mãe, faça pressão sobre o ferimento! — gritou Robin, pegando uma toalha pendurada e a jogando para a menina aterrorizada. Ela procurou o próprio celular, mas então percebeu que ele tinha ficado na jaqueta que Strike puxara dela.

Gus agora estava golpeando a porta do banheiro com o facão. Um dos painéis se partiu e ela pôde ver seu rosto lívido.

— Eu vou comer você e depois vou matar você, sua *puta*, sua *vadia*...

Robin olhou ao redor: havia um vaso pesado de latão com um cacto em cima de um lavatório. Ela o pegou, pronta para batê-lo no rosto dele quando entrasse, mas, de repente, ele se virou, e com um choque de alívio, Robin ouviu vozes masculinas.

— Calma, Gus... Calma, filho...

Olhando para o rosto pálido de Flavia, ela pressionou o dedo sobre os lábios, então destrancou a porta silenciosamente. Gus estava de costas para ela, encarando dois homens, o maior dos quais estava usando pijama. Gus estava atacando o ar entre eles com o facão.

Robin ergueu o vaso de latão e o bateu com força na parte de trás da cabeça de Gus. Ele cambaleou enquanto o cacto e a terra choviam por toda parte, então os dois homens o seguraram, um agarrando o braço que segurava o facão e batendo nele com o joelho, de modo que a arma caiu no chão, e o outro segurando o pescoço de Gus e o forçando de rosto virado para baixo.

— Chamem uma ambulância — arquejou Robin. — Ele esfaqueou a mãe.

— Já chamamos — disse o homem de pijama, que agora estava ajoelhado sobre Gus, que se debatia. — Ele esfaqueou um cara perto da porta de entrada.

— Eu sou médico — disse o outro homem, que entrou correndo no banheiro.

Mas Robin agora estava descendo correndo a escada, pulando degraus, resvalando nas paredes. O alarme de estupro continuava seu lamento desde a sala de estar quando Robin passou por ela, voando na direção onde Strike estava caído contra a parede ao lado da porta da frente aberta, com uma das mãos pressionadas contra a parte superior do peito e marcas de sangue na parede atrás dele.

— Ah, meu Deus, Strike...

Quando ela se ajoelhou ao seu lado, ele arquejou:

— ... acho... que ele perfurou... meu pulmão...

Robin pulou de pé, abriu a porta do quarto de Gus e entrou correndo, procurando alguma coisa para pressionar sobre as costas de Strike. O cômodo fedia: um lugar aonde ninguém ia, que ninguém visitava, onde roupas imundas estavam espalhadas por todo o chão. Ela agarrou um moletom, voltou correndo para Strike e o fez se inclinar para a frente, para que ela pudesse pressionar a roupa com força sobre a parte superior de suas costas.

— O que... aconteceu?

— Inigo está morto, Katya foi esfaqueada, Flavia está bem — disse Robin rapidamente. — Não fale... Você deixou aqueles dois homens entrarem?

— Achei que você... não quisesse... que eu falasse.

— Você podia ter movido a cabeça! — disse Robin, furiosa. Ela podia sentir o sangue quente dele encharcando o moletom. — Ah, graças a Deus...

Luzes piscantes azuis tinham finalmente aparecido na rua, e enquanto mais e mais vizinhos se reuniam para espiar a casa, onde o alarme continuava a berrar, policiais e paramédicos vieram correndo pelo caminho, passando pela escultura caída em meio a vidro quebrado do torso de uma mulher.

# ENCERRAMENTO

*O coração continua aumentando em peso,*
*e também em comprimento, largura e espessura,*
*até um período avançado da vida:*
*esse aumento é mais notado em homens do que em mulheres.*

Henry Gray
*Henry Gray's Anatomy of the Human Body*

# 107

*Ah, a loucura tola e terna de um coração*
*Dividido, sem descansar nem aqui nem ali!*
*Que anseia pelo céu, mas se agarra à terra*
*Que nem aqui nem ali conhece a alegria plena,*
*Meio escolhendo, mas totalmente perdendo a parte boa:–*
*Ah, tolo entre os tolos, em sua missão.*

Christina Rossetti
*Later Life: A Double Sonnet of Sonnets*

— Adesivos de nicotina — disse Robin —, uvas... bananas... castanhas... barras de cereal...

— Sério?

— Você me disse que queria coisas saudáveis — disse Robin do alto da sacola aberta de supermercado.

— É, eu sei. — Strike deu um suspiro.

Cinco dias tinham se passado desde que Anomia havia sido arrastado algemado e se debatendo da casa de seus pais, mas essa era apenas a segunda visita de Robin ao leito de hospital de seu sócio. A irmã de Strike, Lucy, e seu tio Ted tinham dominado as horas de visita, e Robin presumiu que Madeline também devia ser uma presença regular. Robin estava desesperada para falar com Strike, mas sua única visita anterior tinha sido insatisfatória, porque ele estava cheio de morfina, atordoado e sonolento. Sua culpa e ansiedade em relação ao ferimento dele não tinham sido abrandadas pela óbvia frieza na voz de Lucy quando ela ligou para dizer a Robin que Strike queria vê-la de novo naquele dia. Evidentemente, Robin não era a única pessoa que a culpava pelo que tinha acontecido com o sócio. Ela se perguntou por que Madeline ou Lucy não podiam ter levado para Strike os mantimentos que ele pedira por mensagem de texto para ela, mas, grata por ter permissão para fazer alguma coisa por ele, ela não havia perguntado sobre isso.

— E também chocolate amargo, porque não sou desumana.

— Agora você falou minha língua... Mas amargo?

— Melhor para você. Antioxidantes. Menos açúcar. E Pat insistiu em fazer um bolo de frutas para você.

— Sempre gostei daquela mulher — disse Strike enquanto observava Robin botar a embalagem de papel-alumínio em forma de tijolo em seu armário de cabeceira.

Todos os quatro homens na pequena enfermaria tinham visita nessa tarde. Os dois pacientes idosos que se recuperavam de operações não especificadas estavam conversando em voz baixa com suas famílias, mas o homem que se recuperava de um ataque cardíaco aos trinta e três anos tinha acabado de convencer a namorada a darem uma volta onde, Strike sabia, ele esperava fumar um cigarro sossegado. O cheiro de fumaça que seu companheiro de enfermaria trazia em seu rastro toda vez que retornava de um desses passeios era um lembrete constante de um hábito que Strike agora jurava eliminar para sempre. Ele até aconselhou o jovem, em tom de censura, que ele não devia estar fumando depois de um ataque cardíaco. Strike estava perfeitamente consciente da própria hipocrisia, mas essa virtude dissimulada era um dos poucos prazeres que ele podia ter no momento.

— ... e essas duas garrafinhas são de chá forte, mas antes que você me diga que elas têm um gosto estranho, elas têm stevia e não açúcar.

— Que merda é stevia?

— Um adoçante sem calorias. E isso — disse Robin, sacando o último item da sacola — é de Flavia e Katya.

— Por que elas estão *me* dando um cartão? — disse Strike, pegando-o e examinando a foto de um filhote de cachorro segurando balões. — Você fez todo o trabalho.

— Se você não tivesse conseguido abrir aquela porta para permitir a entrada dos vizinhos — respondeu Robin, baixando a voz quando a esposa de um dos idosos passou pelo pé da cama em seu caminho para encher seu jarro de água —, todos nós estaríamos mortos.

— Como elas estão?

— Katya está devastada, o que não é surpresa. Ela ainda está na enfermaria aqui no andar de cima. Eu a visitei ontem. Foi quando Flavia me deu o cartão. Acho que Katya não tinha a menor ideia do que... do que Gus *é*. Ryan Murphy me contou que, quando a polícia revistou o quarto de Gus, encontrou desenhos terríveis por toda parte. Mulheres sendo esfaqueadas, enforcadas e torturadas. Ele também tinha destruído o violoncelo.

— Eles encontraram o celular de Blay? O dossiê? — perguntou Strike, que estava sem dúvida mais mentalmente alerta nesse dia do que na última vez em que Robin o visitara.

— Encontraram. Estava tudo escondido embaixo de uma tábua do assoalho que ele tinha soltado, com a verdadeira carta de Josh para Edie e as máscaras de látex... tudo.

— Então aqueles telefonemas com voz alterada... — disse Strike, que tinha tido bastante tempo para pensar ali, deitado na cama. — Eles vieram de Flavia, certo?

— Meu Deus, você é bom — disse Robin, impressionada. — Vieram, sim. Ela viu Gus substituir a carta de Josh pela que ele mesmo escrevera na cozinha, onde Katya tinha deixado a bolsa. Ele estava de costas para Flavia, e ela subiu a escada em silêncio sem que Gus percebesse que ela havia visto. Ela me contou que teve a ideia da alteração de voz com Bram, que contou a ela sobre esses aplicativos de ruído. Ela é uma garota muito inteligente e observadora.

— Bom, espero que sua mãe a mantenha longe da internet — disse Strike enquanto pegava a barra de chocolate. — Nós não precisamos de outro gênio do crime na família.

— Flavia quer ser detetive — disse Robin. — Ela me contou isso ontem.

— Nós devíamos oferecer um estágio para ela. Por que ela não contou à mãe o que viu Gus fazer com a carta? Medo?

— Bom, ela não pode dizer isso abertamente na frente de Katya, mas é, acho que estava morrendo de medo de Gus. Em minha opinião, Flavia era a única na família que sentia o que ele realmente era. Sabe, ela *meio* que tentou nos contar, ou sugerir... Lembre-se de que ela disse "Talvez vocês tenham que voltar outra vez" depois de nossa visita à casa dela. Ela me contou que viu a matança de Elliot Rodger no noticiário enquanto Gus estava no hospital. Eu verifiquei: esse foi o dia em que Edie foi hospitalizada pela tentativa de suicídio, e Anomia também desapareceu do Twitter e do jogo nessa época. Essa era parte das supostas provas de que Edie era Anomia que os irmãos Peach botaram naquele dossiê.

— Hum — disse Strike com uma leve careta de dor ao se reposicionar sobre os travesseiros —, teria sido melhor se tivéssemos dicas um pouco menos indiretas. Mas na próxima vez que eu disser "Você acha que Fulano pode ser nosso culpado?" vamos simplesmente parar a investigação nesse ponto até termos descartado Fulano.

— Devidamente anotado — respondeu Robin com um sorriso.

— Veja só. Angela Darwish passou aqui ontem — disse Strike, e Robin sentiu um lampejo de ressentimento por Darwish ter tido permissão para ver Strike antes de sua própria segunda visita —, e ela me contou que o canalha *estava* grampeando o andar de cima. Ele andou muito ocupado na dark web, comprando todo o seu kit. Conseguia ouvir tudo o que Josh e Katya diziam um para o outro, e Edie também, até que ela parou de ir a sua casa. Mas ele acabou atingido pela própria arma, porque os grampos captaram o que aconteceu antes de chegarmos à rua.

"Aparentemente o Royal College of Music ligou naquela tarde para dizer que Gus não tinha aparecido para falar com seu tutor, não tinha apresentado nenhum dos trabalhos combinados e, basicamente, que ele estava mentindo para os pais por mais de um ano dizendo que estava fazendo aulas particulares, e estava prestes a ser expulso. Depois de Inigo passar uma hora inteira dizendo a ele o merdinha inútil que era, Gus desceu até seu quarto, pegou o facão, tornou a subir e esfaqueou Inigo repetidamente no peito e no pescoço."

Robin já sabia de tudo isso, porque Murphy contara a ela, mas fez ruídos apropriados de interesse. Tinha a sensação de que Strike precisava saber de coisas que ela não sabia no momento.

— E ela me disse que eles também entrevistaram os Barrett, mas não me disse como isso transcorreu.

— Murphy me contou alguma coisa — disse Robin. — Darcy estava três anos à frente de Gus no Royal College of Music, e ela sentia pena dele, porque ele era muito solitário, então, num fim de semana, o convidou para uma festa.

— A capacidade das mulheres para a piedade é muito perigosa — disse Strike com a boca cheia de chocolate amargo. Ele teria preferido um Twix, mas ainda era muito melhor que a comida do hospital.

— Então Gus contou à Katya que Darcy era sua nova namorada. Ela ficou muito feliz por ele ter encontrado alguém, porque sempre tinha sido "um pouco desajeitado com garotas".

— Jura?

— Segundo os Barrett, Gus apareceu na festa e passou a noite inteira sentado no sofá mexendo no celular, sem falar com ninguém e aparentemente chocado porque Darcy estava com um namorado *de verdade*. Gus deve ter hackeado o iCloud de Marcus naquela noite, porque os Barrett nunca mais o convidaram a voltar, depois que ele seguiu Darcy até o banheiro às 2h da madrugada e tentou beijá-la à força.

— Estou começando a ver por que ele precisava de Kosh — comentou Strike.

— Darcy gritou e lutou, e seu namorado e o irmão o expulsaram, mas ela nunca o denunciou à faculdade nem nada. Como eu disse, ela tinha pena dele, como Rachel tinha de Zoltan. Zoltan contou a Rachel que seu pai era abusivo, então ela deu muita trela para ele, até que começaram as ameaças de estupro e de morte.

— Parece que Gus estava vivendo em um mundo completamente ilusório, no qual toda mulher que é educada com ele quer transar com ele.

— Acho que é exatamente isso — comentou Robin sobriamente. — Katya me contou que Edie costumava ser legal com Gus quando visitava a casa. Quando Inigo levou os filhos consigo para o North Grove, Edie encorajou Gus com seus desenhos e disse a ele que também era muito introvertida quando era adolescente. Acho que esse foi todo o contato que eles tiveram, mas ele acabou colocando na cabeça que ela estava interessada por ele. Aí Edie criticou o jogo publicamente... e ele se voltou contra ela.

— Será que até sua urticária é real?

— É — disse Robin —, mas quando a polícia entrou no quarto dele, encontrou comida que ele não devia estar comendo, escondida nos cantos mais estranhos, porque ela disparava surtos. Ele não queria voltar para a faculdade, só queria ficar em seu quarto e ser Anomia... Também andei pensando sobre a regra 14, sabe? Todo aquele anonimato. Não acho que era apenas por medo de que as universidades e os pais dele e de Morehouse descobrissem o que estavam fazendo. Acho que Gus não podia suportar a ideia de criar um jogo onde outras pessoas pudessem flertar umas com as outras. Ele queria controle total e abstinência forçada dos jogadores e, enquanto isso, estava usando desesperadamente frases de Kosh com garotas em todo o Twitter.

— Sabe — disse Strike, que por fim tivera tempo para rever mentalmente o caso enquanto estava deitado na cama —, tudo isso podia ter sido evitado se as pessoas tivessem simplesmente *aberto a porra dos olhos*. Inigo e Katya, sem se darem ao trabalho de verificar o que o filho estava fazendo, sempre entocado em seu quarto. E Grant Ledwell, aquele idiota... se ele tivesse olhado a letra no envelope e a comparado com a da carta, se a tivesse mostrado à polícia em vez de decidir que Josh só estava interessado em dinheiro, o que, aliás, é o pior caso de projeção que vejo em um bom tempo, então Vikas Bhardwaj ainda poderia estar vivo.

— "Ela é minha irmã" — citou Robin. — Pelo que Murphy me contou, não acho que os pais de Vikas fossem iguais a Inigo; eles não pareciam nem um pouco violentos, mas Murphy diz que eles ficaram surpresos ao saber que Vikas tinha sido um dos criadores do jogo, porque achavam que a única coisa com a qual ele se importava fosse ciência.

— Todos os adolescentes precisam de alguma coisa da qual seus pais não saibam — disse Strike. — É uma pena que alguns deles escolham assassinato.

— Mas isso explica o elo inicial entre Gus e Vikas, não explica? Os dois eram precocemente muito bons em seus campos, deviam estar sentindo muita pressão e nenhum deles tinha sorte com garotas... você pode ver como aconteceu, como eles se tornaram amigos... Quer que eu arrume esse cartão para você?

Ele o entregou, mas sua mesa de cabeceira já estava tão cheia de cartões feitos à mão por seus sobrinhos, além daqueles que Lucy e Ted tinham comprado, que Robin, ao tentar equilibrar o de Flavia, derrubou um grande no chão. Ao se abaixar para pegá-lo, ela viu uma longa mensagem manuscrita e a assinatura: "Madeline."

— Jogue isso no lixo — disse Strike ao ver o que Robin estava segurando. — Nós terminamos.

— Ah — disse Robin. — Enquanto você estava aqui?

— Não, há algumas semanas. Não estava dando certo.

— Ah — disse Robin, e então, incapaz de resistir à tentação: — Um rompimento amigável?

— Na verdade, não — respondeu Strike. Ele quebrou e comeu mais dois quadrados de chocolate amargo. — Ela me deu um chute.

Robin não queria rir, mas não conseguiu se conter. Então Strike começou a rir também, mas parou ao sentir uma dor lancinante na parte superior do peito.

— Ah, merda, você está bem? — perguntou Robin ao vê-lo fazer uma careta.

— Eu estou bem. *Você* está bem?

— É claro. *Eu* não fui esfaqueada. Estou ótima.

— Está mesmo? — insistiu Strike, observando-a atentamente.

— Estou — disse Robin, sabendo muito bem o que aquele olhar penetrante significava. — Estou, de verdade. A pior coisa é o hematoma onde ele me socou na cabeça. Não consigo me deitar desse lado para dormir.

Ela não queria contar a Strike sobre as noites insones desde então nem sobre os pesadelos, mas, quando ele continuou a olhar de forma inquisitiva para ela, ela disse:

— Olhe, foi horrível. Não estou fingindo que não foi. Ver Inigo morto, embora não tenha sido tão ruim quanto encontrar Vikas... Mas tudo aconteceu muito rápido, e eu sabia que a polícia estava a caminho, e sabia que, se Gus estivesse ocupado tentando me estuprar, ele não podia estar matando Flavia ou Katya. E — Robin tentou conter uma risada, um reflexo levemente histérico que ela tivera de combater nos últimos dias — ele *certamente* queria estuprar uma mulher viva e não uma morta, o que contribuiu em meu favor.

— Não é engraçado — disse Strike.

— Sei que não é — replicou Robin com um suspiro. — Nunca quis que você fosse esfaqueado, Strike, eu sinto muito. Sinto mesmo. Tenho andado muito preocupada...

— Você não fez com que eu fosse esfaqueado. Eu tinha uma escolha. Eu não tinha que ir atrás...

Ele respirou o mais fundo que seu pulmão ferido permitia, então se forçou a dizer uma coisa que preferia não ter de dizer.

— Você salvou as vidas de Katya e Flavia ao entrar na casa. Os grampos gravaram tudo. O filho da mãe estava no processo de arrebentar a porta do banheiro quando escutou você tentando entrar pela porta da frente. Ele desligou o fusível principal, então desceu correndo para se esconder atrás da porta. E se você não tivesse jogado aquela coisa de mármore pela janela, os vizinhos não teriam corrido para ajudar, então... não posso dizer que preferiria que você não tivesse feito isso.

— Mas, se você tivesse morrido, eu não teria me perdoado. Nunca.

— Não comece a chorar — disse Strike enquanto Robin enxugava apressadamente os olhos. — Eu já tive minha dose disso com Lucy. Achava que a razão de visitar pessoas no hospital era animá-las. Ela chora muito toda vez que olha para mim.

— Você não pode culpá-la — disse Robin com voz rouca. — Você quase morreu.

— Mas estou vivo, não estou? Então ela devia aprender algumas piadas se quiser continuar a vir aqui.

— Ela volta esta noite?

— Não — disse Strike. — Esta noite é Prudence.

— O que, a irmã que você nunca... a terapeuta?

— É. É meio difícil fingir que estou ocupado agora.

— Não venha com essa — disse Robin, agora sorrindo. — Você teria encontrado um jeito de impedi-la, se quisesse.

— É, talvez — admitiu Strike, mas acrescentou: — Mas me faça um favor. Se Lucy telefonar para o escritório, não mencione que Prudence esteve aqui.

— Por que você quer que eu faça isso?

— Porque ela não vai gostar que eu veja Prudence.

A ideia de sugerir que Strike parasse de mentir para as mulheres em sua vida ocorreu a ela, mas foi logo descartada, tendo em vista que as resoluções de parar de fumar, perder peso e se exercitar já eram enormes melhorias pessoais, por enquanto.

— Como estão as coisas no escritório? — perguntou Strike, ainda comendo chocolate.

— Tudo bem, não se preocupe. Pegamos os dois casos seguintes em nossa lista de espera, ambos extraconjugais. Simples e diretos. Ah, mas uma coisa engraçada aconteceu esta manhã. Nutley telefonou. Agora que o Corte foi preso, ele estaria feliz em voltar.

— Ah, *estaria*, agora? — perguntou Strike de um jeito perigoso.

— Está tudo bem, Barclay cuidou disso — disse Robin. — Ele pegou o telefone das mãos de Pat. Acho que suas palavras exatas foram: "Vá se foder, seu covarde de merda."

Strike riu, fez uma expressão de dor e parou.

— O vidro da porta foi consertado? — perguntou ele, mais uma vez esfregando o peito.

— Foi — respondeu Robin.

— E? — disse Strike.

— E o quê?

— Você olhou para ele?

— Olhei para o quê? O vidro? Na verdade, não. Não tenho ido muito ao escritório, mas Pat não disse nada, então suponho que esteja tudo bem. Por quê?

— Me passe meu telefone — disse Strike com impaciência. — Meu Deus. Quatro pessoas no escritório e ninguém percebeu?

Robin lhe entregou o celular, totalmente confusa. Strike abriu as fotos e encontrou a que o vidraceiro havia enviado após sua solicitação.

— Aqui — disse ele, passando o telefone para Robin.

Ela olhou para a porta familiar do escritório, com seu vidro jateado, a qual vira pela primeira vez cinco anos antes, quando fora enviada como funcionária temporária para uma empresa desconhecida e percebera que tinha sido enviada para trabalhar para um homem que estava fazendo o trabalho dos sonhos dela, chance que ela achava estar perdida para sempre. Cinco anos atrás, as palavras gravadas no vidro eram "C. B. Strike, Detetive Particular", mas não eram mais. Ela agora estava olhando para "Agência de Detetives Strike e Ellacott".

Sem aviso, as lágrimas não derramadas durante dias jorraram sobre a tela do celular, e ela escondeu o rosto com a mão desocupada.

— Que droga — murmurou Strike, olhando ao redor para as visitas reunidas, algumas das quais encaravam Robin fixamente. — Achei que você fosse ficar satisfeita.

— Eu estou, eu *estou* satisfeita. Mas por que você teve que me fazer essa surpresa? — perguntou Robin, enxugando os olhos freneticamente.

— Surpresa? Você tem passado por ela pelos últimos cinco dias!

— *Não tenho*, eu disse a você, estou fazendo vi-vigilância.

Ela foi pegar lenços de papel no armário de cabeceira, derrubando metade dos cartões ao fazer isso. Depois de assoar o nariz, falou em voz baixa:

— Obrigada. *Obrigada*. Eu simplesmente... obrigada.

Ela não ousou abraçá-lo para não o machucar, então estendeu o braço e apertou a mão que estava sobre as cobertas.

— Está tudo bem — disse Strike, retribuindo o aperto dos dedos dela. Em retrospecto, ele ficou satisfeito por ela não ter percebido, e por ele ter podido testemunhar pessoalmente sua reação. — Já era hora, poderiam dizer alguns. É melhor você pedir à Pat para encomendar cartões de visita novos também.

— Infelizmente terminou o horário de visita! — disse uma enfermeira da porta.

— Algum plano divertido para a noite? — perguntou Strike.

Uma apreensão estranha atravessou Robin quando Strike largou sua mão. Ela pensou em mentir, mas não pôde, não depois de ficar com tanta raiva de Strike por fazer exatamente isso.

— Bom, eu... na verdade, eu tenho um encontro.

A barba de Strike escondeu parte do desalento que ele sentiu, mas não todo. Robin escolhera não olhar para ele, mas tinha se abaixado para pegar a bolsa ao lado de sua cadeira.

— Com quem? Não vá me dizer que é com Pez Pierce?

— *Pez Pierce?* — perguntou Robin com incredulidade, erguendo os olhos. — Você acha que eu sairia com um *suspeito*?

— Hugh Jacks, então, não é?

— Não, claro que não! — disse Robin. — Não... é Ryan Murphy.

— Ryan... o que, o cara da Divisão de Investigação Criminal?

— É — respondeu Robin.

Strike não disse nada por alguns segundos, porque estava se esforçando para processar o que acabava de ser dito a ele.

— Quando isso aconteceu, então? — perguntou ele, de forma um pouco mais vigorosa do que pretendia.

— Ele me convidou há algum tempo, mas não pude ir, porque estava trabalhando, e... agora eu posso. Fim de semana livre.

— Ah. Certo.

Strike se esforçou para encontrar mais alguma coisa a dizer.

— Bom... ele parece um cara decente.

— É bom saber que você acha isso — disse Robin com um pequeno sorriso. — Bom, eu volto quando for conveniente, se você...

— Sim, faça isso — disse Strike. — Espero estar fora daqui logo.

Ela tornou a sorrir, se levantou e foi embora, virando-se na porta para acenar.

Strike foi deixado olhando fixamente para o lugar onde ela havia desaparecido, até que o jovem sobrevivente de um ataque cardíaco reapareceu e voltou para seu leito. O detetive não repreendeu seu companheiro de enfermaria pelo cheiro forte de Marlboro que agora flutuava pelo ar quente, porque estava experimentando um esclarecimento de seus sentimentos, tão irrefutáveis quanto indesejáveis. A coisa que ele passara anos tentando não ver, sem dar nome a ela, saíra do canto escuro onde ele tentara mantê-la, e Strike soube que não havia mais como negar sua existência.

Preso pelo soro e pelos drenos no peito, confinado à cama estreita do hospital, ele não conseguiu seguir Robin, não conseguiu chamá-la de volta e dizer a ela que era hora de eles conversarem sobre aquele momento em frente ao Ritz.

*É um encontro,* disse a si mesmo Strike, de repente desejando mais avidamente um cigarro do que em qualquer outro momento desde que dera entrada no hospital. *Qualquer coisa pode dar errado.*

Murphy podia ficar bêbado e contar uma piada racista. Ele podia ser condescendente com Robin, que era uma detetive sem treinamento formal. Podia até passar uma cantada agressiva — embora Strike não gostasse nada dessa ideia.

Ele pegou uma das garrafas de chá forte que Robin lhe trouxera e se serviu de um copo. O fato de ter exatamente a mesma cor de creosoto, do jeito que preferia, fez com que ele se sentisse pior, se isso era possível. Ele o bebeu, na verdade, sem sentir seu gosto, então não pôde dizer se stevia tinha um sabor diferente do açúcar. Cormoran Strike tinha acabado de sofrer um golpe no coração que o facão não acertara, mas essa ferida, ao contrário da do facão, provavelmente ia lhe criar problema muito depois que os drenos fossem retirados e o soro, removido.

E o pior era que ele sabia que essa situação podia ter sido evitada, de acordo com as palavras que ele mesmo dissera recentemente, se ele abrisse a porra dos olhos.

# Agradecimentos

Minha mais profunda gratidão vai para:

David Shelley, meu editor incomparável, pela sabedoria, empatia e por ser extraordinário em seu trabalho.

Meu amigo Neil Blair, com minhas garantias de que nenhum dos personagens fictícios na série de Strike tem qualquer semelhança com ele.

Mark Hutchinson, Rebecca Salt e Nicky Stonehill pelo apoio em tantos níveis que eu poderia encher o resto dessa página com exemplos, e com desculpas para Nicky, porque Rebecca, Mark e eu estragamos o fim deste livro para ela em um jantar.

Di Brooks, Simon Brown, Danny Cameron, Angela Milne, Ross Milne, Fi Shapcott e Kaisa Tiensuu, porque sem vocês eu não conseguiria continuar escrevendo.

Sofia, por permitir generosamente que eu lhe fizesse perguntas sobre o mundo da animação.

O gênio da tecnologia que é Decca, por salvar meu livro e minha sanidade. Meu Deus, como eu gostaria de poder clonar você, e não apenas por motivos de suporte técnico.

David e Kenzie, que me acompanharam ao cemitério de Highgate embaixo de chuva no meu aniversário e fizeram um grande esforço para parecer que aquele era exatamente o jeito como gostariam de passar algumas horas.

Neil, por suas infinitas xícaras de chá, paciência, bondade, bons conselhos e por sempre, sempre me defender. #NotAllBeards

# Créditos

**'Rather Be'** (p. 35) Hal Leonard: letra e música de Grace Chatto, Jack Patterson, Nicole Marshall e James Napier. © 2013 EMI Blackwood Music Inc., Sony Music Publishing (US) LLC e Concord SISL Limited. Todos os direitos em nome de EMI Blackwood Music Inc. e Sony Music Publishing (US) LLC. Administrada por Sony Music Publishing (US) LLC, 424 Church Street, Suite 1200, Nashville, TN 37219. Todos os direitos em nome de Concord SISL Limited. Administrada por Concord Lane c/o Concord Music Publishing. Copyright internacional garantido. Todos os direitos reservados. Reimpressa por permissão de Hal Leonard Europe Ltd.

Sony: letra e música de Grace Chatto/Nicole Marshall/James Napier/Jack Patterson © 2014. Reproduzida por permissão de 50/50 UK/EMI Music Publishing, Londres W1T 3LP.

**'Ebony and Ivory'** (p. 189) Letra e música de Paul McCartney. © 1982 MPL Communications, Inc. Todos os direitos reservados. Reimpressa por permissão de Hal Leonard Europe Ltd.

**'Apunhale o corpo e ele se cura, mas machuque o coração e a ferida dura uma vida'** (p. 275) Mineko Iwasaki, *Geisha of Gion: The True Story of Japan's Foremost Geisha*, publicado por acordo com Simon & Schuster UK Ltd, 1st Floor, 222 Gray's Inn Road, Londres, WC1X 8HB. Uma empresa CBS.

**'Quando você dá todo o seu coração para alguém que não o deseja, você não pode pegá-lo de volta. Ele está perdido para sempre'** (p. 275) Compton, Elizabeth Sigmund, 'Sylvia in Devon 1962' memória/ensaio em Butscher (ed.), *Sylvia Plath the Woman and the Work* (Nova York: Dodd Mead, 1985).

Impressão e Acabamento:
GEOGRÁFICA EDITORA LTDA.